GUERRE ET PAIX

Tome I

ŒUVRES DE LÉON TOLSTOÏ

Dans Le Livre de Poche :

GUERRE ET PAIX (2 tomes).
ANNA KARÉNINE (2 tomes).
LA SONATE À KREUTZER.
ENFANCE ET ADOLESCENCE.
NOUVELLES.
RÉSURRECTION (2 tomes).
RÉCITS.
JEUNESSE *suivi de* SOUVENIRS.
LA MORT DE IVAN ILLICH
suivi de MAÎTRE ET SERVITEUR
et de TROIS MORTS.

TOLSTOÏ

Guerre et Paix

Tome I

TRADUCTION
D'ÉLISABETH GUERTIK

PRÉFACE ET COMMENTAIRES
DE JEAN THIEULIN

LE LIVRE DE POCHE

Jean Thieulin, né en 1947 à Paris, a fait ses études secondaires au lycée Janson-de-Sailly. Licencié d'anglais et agrégé de russe à l'issue d'études supérieures à Nanterre et à la Sorbonne, il enseigne depuis 1969 au lycée Corneille de Rouen et prépare une thèse de doctorat d'État sur le *Journal d'un Écrivain* de Dostoïevski.

PRÉFACE

NAISSANCE DE « GUERRE ET PAIX »

En 1862, le comte Léon Tolstoï aborde sa trente-quatrième année. Dans la carrière des lettres ce n'est pas un nouveau venu, bien au contraire; il est un écrivain connu, dont les œuvres ont déjà touché un large public. Ses écrits les plus marquants à cette date sont sans aucun doute, la première partie de son récit autobiographique, *Enfance,* publiée en 1852, suivie bientôt de *Adolescence* et *Jeunesse,* respectivement de 1854 et 1856, sans oublier assurément les *Récits de Sébastopol*, publiés en 1855 et issus de cette campagne de Crimée à laquelle Tolstoï a pris part avec bravoure; à cette production quantitativement et qualitativement importante nous n'ajouterons pas la liste des œuvres mineures dont certaines, demeurées à l'état d'ébauches, pourront être reprises, en partie, dans le cadre d'une création ultérieure plus ample.

Cependant, Tolstoï n'est pas un écrivain comme les autres. Le rencontrerons-nous dans les cercles littéraires et mondains de la capitale? En fait nous aurions du mal à l'y trouver. Bien que les salons recherchent sa présence, bien que les directeurs de revues dont Niékrassov, le directeur du *Contemporain*, lui ouvrent les portes de leurs salles de rédaction, Tolstoï ne fréquente guère les cénacles, refuse toute collaboration systématique avec tel ou tel; pis encore, il a pour ainsi dire rompu avec ses « confrères », s'est apparemment détaché des grandes idées qui passionnent le public de son temps, que ces grandes idées aient nom scientisme ou positivisme. Du reste, pour lui, écrire n'est pas un gagne-pain, il ne vit pas de sa plume : il peut, s'il le veut, abandonner sur-le-champ et sans retour la carrière des lettres. Marié depuis peu, et, renfermé dans sa propriété de Iasnaïa Poliana qu'il tient de sa famille et où il a vu le jour, il consacre tout son temps à gérer son domaine et à gouverner ses paysans.

Cependant, Tolstoï a d'autres soucis. Cette activité pédagogique, par exemple, pour laquelle l'écrivain s'est passionné quelques années plus tôt, il faut essayer de la mener à bien. Depuis 1859, en effet, date à laquelle il a ouvert une école destinée aux enfants de ses paysans, afin de leur enseigner l'orthographe, l'arithmétique et le catéchisme, il a rencontré de plus en plus de difficultés dans l'accomplissement de sa tâche, jusqu'à ce jour de juillet 1862, où, en son absence, une perquisition de la police a lieu à Iasnaïa Poliana, sur ordre du gouvernement, que la « lubie pédagogique » du seigneur-paysan ne laissait pas d'intriguer.

Ainsi on commettrait une très lourde erreur si l'on voyait en Tolstoï un homme souverainement indifférent à son époque et au monde qui l'entoure. La retraite en son domaine de Iasnaïa Poliana permet à l'écrivain non pas de se retrancher de la société mais bien plutôt de prendre du recul, de la considérer avec la distance nécessaire pour accéder à une vision objective. C'est son attitude préférée, celle qu'il a adoptée lorsqu'il a rédigé ses œuvres antérieures. Considérons-les un bref instant, et nous comprendrons quelles ont été et quelles sont les préoccupations de Tolstoï. Toujours nous le voyons se pencher sur les problèmes humains aussi bien que sur les problèmes sociaux. Dès qu'il le peut, il s'efforce de fouiller le substrat psychologique de ses personnages; en même temps, il se tourne vers l'homme ou vers la collectivité, non plus seulement par rapport à eux-mêmes, mais par rapport à l'Histoire. Dans les *Récits de Sébastopol* ou dans *Les Cosaques,* nous le voyons aborder le problème de l'homme devant la guerre. Dans le récit *Trois Morts,* enfin, l'anecdote n'est qu'un moyen de parvenir à l'universalité, permettant à Tolstoï, à partir de l'élément narratif, de s'élever au plan spirituel de la vie et de la mort.

A toutes ces questions, il a déjà tenté de donner une réponse bien avant que naisse en lui l'idée de ce qui deviendra plus tard *Guerre et Paix;* de la même manière, il nous est possible de dire que les thèmes de ses œuvres futures sont déjà virtuellement contenus dans les écrits d'avant 1862. Cessons donc de voir, si nous l'avons jamais fait, en la personne de Tolstoï une sorte de gentilhomme campagnard épris de littérature, et que se découvre son vrai visage, c'est-à-dire celui d'un homme scrupuleux et sincère, que sa nature excessive porte à aller au fond des choses sans craindre les difficultés, celui d'un penseur enfin, dont l'objet de méditation n'est autre que l'Homme dans son intégrité et dans sa pérennité. Ce souci de sérieux est le garant du caractère profond et véridique de ses œuvres. Cherchant à voir toujours plus loin que le fait anecdotique ou que l'actualité, il veut trouver l'Homme en tant qu'Homme et, par là, faire œuvre de philosophe.

En 1856, Alexandre II accorde aux Décembristes l'autorisation de rentrer en Russie. Tolstoï ne pouvait manquer de s'intéresser à la personnalité de ces hommes, jeunes officiers de la garde pour la plupart qui avaient tenté en 1825 de substituer à l'absolutisme tsariste une démocratie libérale, et avaient ensuite supporté courageusement les conséquences de leur échec. Il comprenait et admirait leur sacrifice, par son goût de la grandeur morale il se sentait tout proche de cette poignée de généreux idéalistes qui en leur temps avaient osé se dresser contre l'autocratie. C'est la raison pour laquelle, presque insensiblement, l'idée lui vient d'écrire un grand roman historique, dont le héros sera précisément un de ces Décembristes revenu d'exil, qui, comme il le confie à Alexandre Herzen dans une lettre datée du 14 mars 1861, « évalue la Russie nouvelle d'un regard sévère et quelque peu idéaliste ». Aussitôt il jette sur le papier les trois premiers chapitres du roman naissant qu'il intitule *Les Décembristes*. L'entreprise est non moins rapidement abandonnée, parce qu'il voit plus grand et plus loin. En effet, ce qu'il importe de comprendre, c'est pourquoi de jeunes officiers ont tenté de renverser en 1825 le nouveau tsar Nicolas Ier

Or, en étudiant leur passé, Tolstoï constata que la plupart d'entre eux avaient pris part aux campagnes contre Napoléon et que c'est durant leur séjour en France avec les troupes d'occupation qu'ils avaient fait la découverte du libéralisme. Du reste, dès la fin du règne d'Alexandre Ier, les autorités avaient eu à réprimer un début de sédition dans certains de ces régiments. Pour bien comprendre l'évolution des conjurés, il faut remonter jusqu'en 1812-1814, quand ils avaient entre quinze et vingt ans. A la place des *Décembristes* apparaît donc le projet d'un autre roman que l'auteur envisage un moment de composer sous forme de triptyque; son plan prévoit dans une première partie de décrire la formation de cette élite sociale que furent les révolutionnaires de 1825, de consacrer la seconde partie à l'insurrection elle-même, tandis que le troisième « volet » ferait paraître les Décembristes revenus d'exil. Le roman initial s'en trouve bouleversé, et ainsi s'explique que peu à peu, par un processus logique, s'estompe 1825 et que s'affirme avec force, succédant au thème des Décembristes, le thème de la guerre nationale de 1812.

Cependant les intentions de l'écrivain sont encore assez vagues, et quinze essais de début montrent clairement les hésitations de Tolstoï devant la multiplicité des commencements possibles. Ce n'est qu'aux premiers mois de 1863 qu'il jette sur le papier les ébauches de son roman, et ces tâtonnements dureront une année entière. Un an plus tard, au printemps de 1864, il donne à l'œuvre le titre de « De 1805 à 1814 », roman du comte Léon Tolstoï; la première partie, elle, s'intitule « L'année 1805 ». Quant au titre définitif de *Guerre et Paix,* l'auteur ne s'y arrêtera que beaucoup plus tard, après avoir, là aussi, longuement hésité.

Les premières ébauches, qui sont, comme nous l'avons dit, au nombre de quinze, donnent de précieuses indications sur la manière dont Tolstoï avance dans ses recherches et nous montrent également pourquoi après 1825 et 1812 Tolstoï prend comme point de départ l'année 1805. Considérons donc d'un peu plus près ce travail préliminaire.

« En 1811, le jeune Zoubtsov était en visite chez le prince Volkonsky. » C'est par cette phrase que Tolstoï ouvre sa première ébauche de commencement; le jeune Zoubtsov dont il est question deviendra dans la rédaction définitive le prince André, mais à ce moment c'est l'année 1812 qui occupe une place importante dans l'esprit de l'auteur. Dans les quatre premiers projets, le début de l'action reste fixé à 1811, mais dans le troisième une précision supplémentaire nous est fournie : « En 1811, au moment où fut reçue à Saint-Pétersbourg la lettre de Napoléon à Alexandre et où Caulaincourt fut remplacé par Lauriston. » Dans l'introduction à la variante n° 4, Tolstoï procède à un rapide survol des événements de « la période comprise entre Tilsitt et l'incendie de Moscou », c'est-à-dire de 1807 à 1812. Dans les deux variantes suivantes (5 et 6), l'action commence en 1808; enfin, dans la variante n° 7 on remonte dans le temps plus nettement encore pour aboutir au mois de novembre 1805, aux journées précédant immédiatement la bataille d'Austerlitz. Tolstoï reste un moment sur cette date de 1805, au point, nous l'avons vu, de faire paraître sous ce titre ce qui ne sera que la première partie du roman définitif. Toutefois, l'écrivain sent bien que si le désastre d'Austerlitz est un fait capital, à plus forte raison est-il nécessaire d'expliquer pourquoi une telle catastrophe a pu se produire; aussi, dès l'ébauche n° 9 il décide de partir de l'été de 1805, tandis que dans l'introduction à la variante n° 11 il passe en revue les événements depuis août 1804, c'est-à-dire depuis la rupture des relations entre la France et la Russie. Le point culminant est enfin atteint lorsque dans l'introduction à la variante n° 13 (printemps 1864), supprimée par la suite il est vrai, il décide de s'étendre sur la période historique comprise entre « la grande Révolution française et l'incendie de Moscou ». L'année 1789 deviendrait ainsi le point de départ de cette vaste fresque historique que Tolstoï se propose d'écrire.

Une vaste fresque historique, où les opérations militaires tiendront une grande place, telle est bien, semble-t-il, la définition à laquelle peut répondre le roman que le seigneur de

Iasnaïa Poliana porte en lui en 1864. Le thème de la guerre doit apparaître dès les premières pages de l'œuvre, en font foi les notes marginales de l'auteur : « Échange de lettres à propos de la guerre, la guerre est dans toutes les conversations. » Suivant fidèlement ces indications, le récit s'ouvre par cette phrase : « A la Cour on ne fait que parler de la guerre et des sentiments d'inquiétude qu'elle provoque. Dans le vieux Palais d'Hiver toutes les dames d'honneur en ont fait le sujet de leurs discussions. » Un peu plus loin nous trouvons le récit de la dame d'honneur Annette B., qui avait passé une soirée à s'entretenir de la guerre avec ses amis de Moscou. Parmi les invités nous voyons figurer le prince Basille et sa fille, la princesse Gortchakova (la future Troubetzkaïa), le comte Mortemart.

Tolstoï jugeait cette treizième variante la plus réussie et convenant le mieux à son dessein, aussi les modifications ultérieures ne concernent-elles plus que les détails d'une composition maintenant achevée. La ligne directrice est désormais trouvée, et l'auteur y revient encore; il veut refléter « les considérations de la haute société de Saint-Pétersbourg sur Bonaparte, sur les causes et le caractère inéluctable de la guerre ». Cette précision supplémentaire a son importance, car on voit le roman commencer par une scène de salon (variantes 13 et 14), qui préfigure la soirée politique et mondaine organisée par Anna Pavlovna Scherer, telle que nous la montre Tolstoï dans la quinzième et dernière variante où la scène commence par ces mots, qui sont ceux de la rédaction définitive : « Eh bien, mon prince... » Étaient conviées à cette soirée « les personnes les plus remarquables de Saint-Pétersbourg, la fine fleur de la société », à qui la dame d'honneur « voulait faire part des impressions qu'avaient produites en elle les dernières nouvelles de Bonaparte en Italie, que l'on avait tout juste reçues la veille à la cour de l'impératrice Marie Fedorovna ». A nouveau, des indications portées en marge du brouillon tracent le programme des cinq premiers chapitres de la première partie : « La soirée bat son plein. Conversations par petits groupes. Dans l'un d'eux, on parle des tendances idéalistes de la Cour et de l'antagonisme entre l'impératrice-mère et Alexandre, dans un autre, du duc d'Enghien; ailleurs, des intrigues de la Cour. Ton mesuré et grave. »

Les recherches de Tolstoï s'arrêtent là. Il avait enfin trouvé le plan et le commencement qui répondaient aux exigences formulées lors des réflexions sur le thème des Décembristes; il fallait créer dans les premières pages, écrit Tolstoï, une atmosphère « d'où l'action, semblable aux mille gouttelettes d'un jet d'eau, puisse s'éparpiller de tous côtés, où des caractères différents auront leur rôle à jouer ». Ce « jet d'eau » était, dans l'esprit de l'auteur, la soirée mondaine qui permettait de prendre d'une manière sûre la « température politique du moment ». Résumons-nous : mondanité, société, histoire, philosophie de l'histoire, telles seront jusqu'au bout les lignes de force autour desquelles va se constituer *Guerre et Paix*.

Ce patient travail de recherche, cette progression infiniment lente et difficile avaient été précédés d'une exploration minutieuse de tous les documents, sources, témoignages, permettant de retrouver, puis de préciser l'époque grandiose qui fut celle de la guerre nationale. Là comme ailleurs, Tolstoï est avide de vérité; les traités d'histoire sont souvent trompeurs, il redouble de méfiance à leur égard. Il sait que la vie authentique d'une époque, si l'on ne s'astreint pas à un dépouillement méticuleux de toutes les données possibles, finit par s'effacer et ne laisser subsister d'elle-même qu'une image déformée.

Dès le mois d'août 1863, Tolstoï se procure des livres concernant la période napoléonienne. Le 15, en effet, dans une librairie de Moscou, il achète les huit volumes de Mikhaïlovsky-Danilevsky, l'historien officiel des guerres de 1805, 1812, 1813 et 1814, les *Récits de l'année 1812* d'un certain Serge Glinka, publiés à Saint-Pétersbourg en 1836, les *Notes de l'année 1812* de l'amiral Chichkov, parus en 1832, de même que les quatre volumes, du *Carnet de route* du lieutenant-colonel d'artillerie I. Radojitsky. Dans sa bibliothèque de Iasnaïa Poliana figurent aussi en bonne place les trois volumes de Bogdanovitch concernant l'histoire de 1811-1812, sans oublier l'*Histoire du Consulat et de l'Empire* de Thiers.

Nous n'avons pas donné là, il s'en faut, une liste exhaustive des ouvrages consultés par Tolstoï lors de la préparation du roman. Cependant nous ne devons pas négliger une autre sorte de documentation, vers laquelle l'écrivain se tourne avec passion. Il se méfie, avons-nous dit, des historiens de métier; il est convaincu qu'il n'a une chance de saisir la vérité qu'en procédant par recoupements successifs; aussi, concurremment aux ouvrages officiels, il va rechercher des documents moins arides, plus humains, en un mot, plus vécus. A cet égard, les *Mémoires* du poète-partisan Denis Davydoff, héros de 1812, vont se révéler particulièrement précieux. Il s'adresse aussi à sa belle-famille, et, dans une lettre de septembre 1863, sa belle-sœur E. A. Bers lui envoie une liste de livres indispensables concernant 1812. Nous y relèverons les *Souvenirs d'un témoin oculaire de l'occupation de Moscou par les Français,* de P. Kitchéiev, les *Notes d'un contemporain,* 1805-1819, de Jikharev, la *Libération de Moscou en 1812,* de C. T. Aksakov, les *Anecdotes et faits glorieux de la vie du comte Miloradovitch.* Ces livres, où il est surtout parlé de la vie sociale, sont marqués d'un astérisque par E. A. Bers, et nous savons que Tolstoï les utilisera tous.

Mais il n'est pas satisfait encore, et ses requêtes s'adressent cette fois à son beau-père, le docteur Bers, qui réside à Moscou : ne serait-il pas possible d'obtenir des documents inédits, des témoignages confidentiels? C'est ainsi que grâce à l'aide du docteur Bers sont portés à la connaissance de l'écrivain des faits ignorés de tous. Après bien des démarches, il finit par avoir entre les mains une importante correspondance familiale, et, bien sûr, inédite, faisant partie des archives secrètes de M. A. Volkova, dame d'honneur de l'impératrice Marie Fedorovna, entre cette même M. A. Volkova et la comtesse Lanskaïa. Le docteur Bers lui-même, enfin, est directement interrogé par Tolstoï; n'avait-il pas confié au romancier que, alors qu'il était enfant, son propre père lui parlait de 1812? Et c'était, disait-il, « une époque extraordinairement riche et intéressante ».

Ainsi, la liste des ouvrages en tous genres utilisés par Tolstoï est extrêmement étendue et variée. En premier lieu figurent, comme il est naturel, les livres susceptibles de mettre l'écrivain au fait des événements historiques de la période considérée, documents officiels à l'appui. Mais il va de soi que cela n'aurait pu suffire. L'œuvre qui s'élabore sous nos yeux n'est pas un ouvrage d'histoire, mais une création artistique. L'auteur, en dernière analyse, est moins historien que poète. Il ne s'agissait pas seulement de faire état des données de l'histoire, mais surtout de brosser un tableau aussi fidèle que possible de la vie en Russie durant le premier quart du XIXe siècle. Les grands courants d'idées de cette époque, ce qui faisait vivre et agir les hommes de ce temps-là, voilà ce qui par-dessus tout intéresse le romancier. « La conscience de l'humanité, écrit-il, est le premier moteur de l'histoire. » C'est pourquoi ses sources historiques sont de deux ordres ; il y a d'abord celles qui donnent le fait historique dans sa sécheresse brutale, nécessaires à toute œuvre sérieuse, puis il y a les témoignages directs et immédiats, qui permettent de retrouver le bruit et l'odeur de l'époque et invitent à réfléchir et à comprendre. Ces deux ordres sont indispensables, ils se complètent l'un l'autre, car les événements historiques fournissent la trame sur laquelle Tolstoï tissera l'élément humain, permettant à l'artiste, au créateur, de s'exprimer.

Comment Tolstoï utilise-t-il ses matériaux de base ?

De nombreux critiques se sont attachés à relever les épisodes de *Guerre et Paix* pour lesquels l'auteur a puisé directement dans ses sources. Ainsi les faits essentiels des deuxième et troisième parties du livre premier sont très proches de la *Description de la première guerre* (1805) de Mikhaïlovsky-Danilevsky ; citons, par exemple, ce qui a trait à l'apparition du général Mack sur la scène militaire, à l'incendie du pont d'Ems, au combat près de Krems, à Koutouzov envoyant Bagration pour contenir les Français près de Hollabrünn, à la bataille de Schœngraben. C'est, nous l'avons dit, la base sur laquelle l'écrivain va construire son roman.

Toutefois, et plus souvent encore, nous parlerons non pas

d'emprunts, mais bien plutôt d'une utilisation personnelle du fait historique brut. Prenons comme premier exemple un passage extrait du livre premier, 3e partie, chapitre XIII. Voici ce qu'en dit Mikhaïlovsky-Danilevsky : « Napoléon parcourait à cheval les bivouacs pour inspecter nos feux. On observa dans le camp français des allées et venues. Les soldats élevaient au-dessus de leurs têtes des torches de paille qu'ils avaient allumées. »

Que devient ce passage sous la plume de Tolstoï?

« Ces cris et ces feux dans l'armée ennemie avaient pour cause la présence de Napoléon qui, tandis qu'on lisait aux troupes son ordre du jour, parcourait à cheval les bivouacs. A sa vue, les soldats avaient allumé des torche de paille et couraient derrière lui en criant « Vive l'Empereur. » Prenons un autre exemple :

(Mikhaïlovsky-Danilevsky) : « Il faisait de plus en plus sombre, des nuages recouvraient le ciel. Bien que le temps fût sec, le sol était tout humide, les troupes marchaient sans bruit; on n'entendait même pas l'artillerie. Il avait été défendu de parler à haute voix, de fumer, de battre le briquet; on empêchait les chevaux de hennir. »

(Tolstoï. Livre IV, 2e partie, chapitre VI) : « C'était par une de ces nuits d'automne où les nuages sont d'un noir violacé, mais sans pluie. Le sol bien qu'humide n'était pas boueux; les troupes marchaient sans bruit; on n'entendait que de temps à autre le cliquetis assourdi de l'artillerie. Il avait été défendu de parler à haute voix, de fumer, de battre le briquet; on empêchait les chevaux de hennir. »

Deux détails ici sont transformés : les nuages se parent chez le romancier d'une coloration noir violacé, introduite sans aucun doute pour relever la description plate et banale que donne l'historien; un peu plus loin, et en cela, il s'écarte quelque peu de son modèle, il parle « du léger cliquetis de l'artillerie » A l'auteur, ancien officier d'artillerie, il paraît impossible que tout bruit soit supprimé. Là encore, il est à l'affût du détail concret et réel. En ajoutant au fait historique une marque personnelle, il nous permet de déceler l'interprétation qu'il en donne.

Rien n'est plus frappant à cet égard que la description de la bataille d'Austerlitz. Pour ce chapitre, l'écrivain utilise trois sources : Thiers, Mikhaïlovsky-Danilevsky, et enfin les *Récits* d'Alexis Pétrovitch Ermolov. Voici ce que dit l'historien : « L'armée sortit d'Olmütz en cinq régiments marchant à même hauteur; le premier était sous les ordres de Wimpfen, le second était dirigé par le comte Langeron, le troisième par Przebyszewsk, le quatrième avait à sa tête le prince de Lichtenstein, le cinquième, le prince de Hohenlohe. » Chez Tolstoï, l'énumération se charge d'une intention : en faisant ressortir les noms étrangers des commandants en chef, il nous donne à comprendre que ces généraux ne sont, en somme, que des mercenaires, indifférents à la gloire ou au déshonneur de l'armée russe. Dans cette absence de contact entre le commandement et la troupe, le romancier voit l'une des principales causes du désastre d'Austerlitz. Il insiste sur ce point, et, dans le roman, le passage ci-dessus devient : « Les chefs, les voici : Herr General Wimpfen, le comte de Langeron, le prince de Lichtenstein, le prince de Hohenlohe, et enfin Prsch... Prsch : et ainsi de suite, comme tous les noms polonais. » L'auteur ne nomme pas Koutouzov, il se contente de le décrire dans l'action même. Tout au plus souligne-t-il l'inquiétude du chef russe, son dédain du galimatias prétentieux et vain, des phrases entortillées des stratèges étrangers. L'hostilité de Tolstoï envers ceux-ci se donne libre cours, et en cela il a été aidé par les récits qu'avait laissés Ermolov de la bataille; il y est en effet parlé sans détour de la trahison des généraux autrichiens; les commentaires ironiques y abondent. Les plans autrichiens sont si embrouillés qu'on ne peut « ni les comprendre ni s'en souvenir », dit-il. Et il conclut en ces termes : « Si les dispositions géniales de ces messieurs nous avaient dispersés, en revanche nous nous retrouvâmes nombreux dans la déroute. » Tolstoï n'invente rien. Il ne lui reste, sur la toile de fond de la réalité, qu'à assigner à chaque petit fait sa place et sa fonction dans la marche globale des événements.

Il n'est donc presque pas une page ou un épisode sur lequel

on ne puisse mettre une note indiquant sa provenance. Parfois Tolstoï fait appel non pas à une source, mais à plusieurs, et reconstitue l'ensemble à partir de cette mosaïque de pièces détachées. Ainsi, de l'épisode de la mission de Balachev, où il a recours à Mikhaïlovsky-Danilevsky, Bogdanovitch, Thiers, ainsi qu'à l'amiral Chichkov et à Las Cases. L'essentiel est respecté, mais des différences, minimes en soi, altèrent la réalité. Tolstoï a des thèses à soutenir. La description est chargée d'intentions; il accentue la faiblesse de l'ambassadeur du tsar, trop ému pour dire les paroles dont on l'a chargé et qui se laisse tirer l'oreille comme un simple grenadier (alors qu'en réalité la phrase fut prononcée et l'oreille tirée fut celle de Caulaincourt). Plus nous avançons dans le roman, et plus fréquente devient l'utilisation de cette technique de « montage », plus souvent l'auteur se sert de ses matériaux avec désinvolture. L'épisode fournit maintenant une base au commentaire. S'agit-il de ridiculiser Napoléon? On va décrire le cérémonial de la toilette, tel que nous le trouvons dans le *Mémorial de Sainte-Hélène*. Tout est fidèlement reproduit, jusque dans ses moindres détails. Fait à souligner, cependant : cette scène, qui concerne le captif de Sainte-Hélène, Tolstoï la place à la veille de Borodino!

« Partout où dans mon roman parlent et agissent des personnages historiques je n'ai pas inventé, j'ai utilisé des matériaux qui ont fini par constituer toute une bibliothèque », répond Tolstoï à ses critiques. Certes, mais avec les restrictions que nous avons vues. D'autre part, des erreurs, involontaires celles-là, apparaissent parfois. Emporté par sa narration, il lui arrive de mêler les calendriers julien et grégorien. Ainsi lorsqu'il nous dit que Napoléon a quitté Dresde le 29 mai 1812 pour atteindre la frontière russe le 12 juin, il y a confusion entre le nouveau et l'ancien styles; la première date vient en effet de Thiers, la seconde de Bogdanovitch, et il a fallu à Napoléon non pas douze, mais vingt-quatre jours pour parcourir cette distance. Nous relèverons d'autres erreurs lorsque l'écrivain relie l'histoire événementielle à l'histoire fictive de ses personnages. Le vieux prince Bolkonsky, par exemple, est frappé de paralysie pendant les trois dernières semaines de sa vie, et pourtant dix jours seulement se passent entre le bombardement de Smolensk, le 5 août, date à laquelle il est encore en bonne santé, et sa mort, qui survient le 15 août. De même, la nuit sans nuages de juin, peu après la soirée chez Anna Pavlovna Scherer, a lieu en juillet 1805. Pierre Bézoukhov voit en 1811 la comète de 1812[1]. Semblables négligences sont inévitables dans une œuvre de cette dimension. Ne leur accordons pas plus d'importance qu'elles n'en méritent; attachons-nous plutôt à voir comment l'auteur cherche à fixer cette odeur de vécu et de réel, non plus maintenant dans les données de l'histoire, mais dans l'élaboration de ses personnages, car si bon nombre d'entre eux sont historiques ou du moins semi-historiques, l'immense majorité est imaginaire.

NAISSANCE DES PERSONNAGES DE « GUERRE ET PAIX »

Les quinze premières ébauches, auxquelles nous devons continuellement revenir pour tout ce qui a trait à la genèse de *Guerre et Paix,* nous permettent de suivre la naissance et l'évolution des principaux caractères. Dans les quatre grandes parties du livre (à Saint-Pétersbourg, à Moscou, à la campagne, la guerre) les personnages s'affirment, se définissent les uns après les autres. La figure du vieux prince Bolkonsky est ainsi esquissée dès le début; il a pour prototype le prince Volkonsky, aïeul maternel de l'écrivain, qui avait fait construire le domaine de Iasnaïa Poliana, lequel apparaît bientôt sous le nom de Lyssyia Gory. Dès le départ, donc, le roman prend l'allure d'une chronique familiale.

Les modèles ne lui manquent pas. Pour les trouver, il lui suffit de se tourner vers ses proches, qu'il considère comme convenant le mieux aux caractères qu'il se propose de fixer. Nous avons déjà fait allusion au vieux prince Bolkonsky, mais c'est loin d'être un cas isolé. La propre mère de l'écrivain,

1. *Cf.* P. Pascal *in* Tolstoï : *Guerre et Paix*, Éd. de la Pléiade.

qui vivait partie à Moscou et partie à la campagne, en la compagnie de son père qui veillait sur son éducation, deviendra la princesse Marie, complétée par certains traits empruntés à la tante de Tolstoï, A. I. Osten-Saken, personne de grande piété. Mademoiselle Bourienne n'est autre que Mademoiselle Hénissienne, dame de compagnie de sa mère. Des personnages typiques s'offrent à lui, et, s'il ne les a pas connus personnellement, du moins en a-t-il entendu abondamment parler. Ainsi de son grand-père paternel, le comte Ilya Andréévitch Tolstoï (1757-1820), brigadier et conseiller secret, gros propriétaire terrien qui avait inconsidérément mené large vie et avait fini par ruiner les siens, « homme d'intelligence limitée, très affable, bon vivant, généreux jusqu'à l'extravagance, et très confiant », nous dit l'auteur, qui en fera le comte Rostov. Sa femme, la comtesse Rostov, rappelle la grand-mère du romancier, Pélaguéia Nikolaievna Tolstoïa (1762-1838), « femme assez sotte, de peu d'instruction et très gâtée ». Quant à leur fils, Nicolas, c'est une réplique du père de l'écrivain, Nicolas Ilitch Tolstoï, qui a pris part aux campagnes de 1812-1814, puis, afin de rétablir la fortune compromise par son père, sacrifié un amour de jeunesse pour faire un riche mariage. Cet amour de jeunesse, dans le roman, a nom Sonia.

Ses autres héros sont le plus souvent de véritables portraits d'après nature. Pour les autres membres de la famille Rostov il lui suffit d'observer autour de lui. Véra Rostova ressemble étrangement à Élizabeth Andréievna Bers, belle-sœur de Tolstoï; Véra, dans une variante, s'appelle même Liza. Cependant, comme pour l'utilisation des matériaux historiques, l'écrivain retourne à ses « montages »; ses portraits sont composites, issus non pas d'un seul, mais de plusieurs modèles. « Il faut prendre à quelqu'un ses principaux caractères et les compléter par ceux de plusieurs autres : alors seulement vous obtiendrez un type. » Ainsi de Natacha Rostov, qui tient tout à la fois de Tatiana et de Sophie Bers, respectivement belle-sœur et femme de l'auteur. Écoutons son témoignage : « J'ai pris Sophie, je l'ai battue dans mon creuset avec Tatiana et il en est sorti Natacha. » Le même processus s'applique, quoiqu'à un degré moindre, au vieux prince Bolkonski en qui se retrouve, outre le grand-père de Tolstoï, nous l'avons vu, le feld-maréchal Kamensky, despote féodal et terreur de ses proches. La comtesse Rostov tient aussi de la belle-mère de Léon Tolstoï, concurremment à beaucoup de traits empruntés à sa grand-mère. Mais écoutons plutôt la jeune Tatiana Bers, qui, dans une lettre à son ami Polivarev, raconte la soirée chez les Perfiliev, en décembre 1864, où Tolstoï fit la lecture d'une partie de son ouvrage; le plus amusant consistait à identifier les personnages : « Quel charme que ce début. Combien j'y ai reconnu des nôtres... Des Rostov, on dirait que ce sont des personnes vivantes. Pour moi, en tout cas, comme ils me sont proches. Boris, c'est vous-même, et pour l'extérieur et pour les manières. Véra, mais c'est Lisette toute crachée : son sérieux, ses rapports avec nous, c'est-à-dire avec Sophie, plutôt qu'avec moi. Au moment où il a été question de Natacha, Varia Perfilievna m'a coulé un regard malin, mais Dieu merci, personne, je crois, ne s'en est aperçu. Mais attendez un peu, vous allez rire : ma grande poupée Mimi a eu les honneurs du roman. Vous vous rappelez le jour où nous l'avons mariée à Alexandre Kouzminski, et où j'insistais pour qu'il l'embrassât, et lui n'a pas voulu et l'a pendue sur la porte. Oui, vous retrouverez là beaucoup d'êtres connus. Pierre est celui qui a le moins plu, mais à moi il m'a plu, et plus que les autres. J'aime beaucoup ces types-là. La petite princesse a reçu les compliments des dames, mais on n'a pas retrouvé son original.

« Il y a eu une pause, on est allé boire le thé. Tous, je crois, étaient enchantés. Du côté des dames, on ne faisait que se demander qui Léon a voulu dépeindre, et on nommait tel ou tel. Tout à coup voilà Varia qui s'écrie bien haut : "Maman, mais Marie Akhrosimova, c'est vous. Elle vous ressemble tant." — "Je ne sais pas, ma petite Varia, je ne vaux pas la peine qu'on fasse mon portrait", dit Mme Perfilieva, comme toujours avec sa voix décidée et rapide. Notre Léon se mit à rire et ne dit rien. Papa était au septième ciel du succès de la soirée et du roman. Moi je me réjouissais de le regarder. C'est dommage que Sophie n'ait pas été là. Mais, vous savez, Varia a dit vrai. Selon moi, il y a un mélange de Marie Volkova et de Mme Perfilieva. Et Hippolyte, savez-vous qui il rappelle[1]? »

Deux personnages, toutefois, semblaient défier les identifications, Pierre Bézoukhov et André Bolkonski. Pierre a le moins plu, et il n'est pas fait mention d'André. Pourtant ces deux personnages occupent une place de premier plan dès les premières ébauches du roman. La figure de celui-là a connu une mise au point particulièrement lente et difficile. La variante 12 nous le montre sous les traits de ce Décembriste dont Tolstoï voulait écrire l'histoire, et pour lequel il s'était plongé dans l'étude de la période 1812-1814. Le portrait qu'il réalise est d'ailleurs beaucoup moins imaginaire qu'il n'y paraît. Qu'on se tourne non plus vers l'entourage du romancier, mais vers ce dernier : Tolstoï est un homme capable de se passionner, de s'enthousiasmer pour une cause, une idée, pour la philosophie naturelle de Rousseau comme pour la pédagogie et l'émancipation des serfs. Ainsi de Bézoukhov pour son programme social. Il semble bien que Pierre ait été une projection de certains traits du caractère de son créateur.

Et le prince André? Un jeune et brillant aristocrate, qui, à l'heure du danger, n'est pas parmi ceux qui fuient, mais demeure aux côtés de Koutouzov. L'auteur insiste sur la noblesse et la profondeur de ses sentiments, et aussi sur l'amitié qui le lie à Pierre. En fait, ne sommes-nous pas ici en présence de frères jumeaux, opposés toutefois par le caractère et l'aspect extérieur? Si Pierre semble être à maints égards l'écrivain tel qu'il se voyait, André est en partie le portrait de ce qu'il aurait voulu être. L'aisance aristocratique de Bolkonski contraste avec les allures gauches de Bézoukhov, dont Tolstoï était parfaitement conscient pour lui-même. Le prince André va jusqu'au bout de ses idées, et tombe à Austerlitz, tandis que Pierre s'arrête en chemin. N'y pourrait-on voir un reflet du

1. Cité par P. Pascal.

déchirement intérieur de Tolstoï lui-même, voulant insuffisamment pour pouvoir réaliser, velléitaire nostalgique de volonté?

Pour les personnages épisodiques, il va plus loin encore dans cet art de la transcription où il est passé maître. Le moindre détail se trouve être le reflet d'un fait réel. Il regarde, écoute, observe et ce sont des tranches de vie qui lui ont été racontées qui viennent s'insérer dans le roman. Un jour, par exemple, le docteur Bers emmène sa cadette à Saint-Pétersbourg; parmi les gens qui lui sont présentés dans une famille amie figure un certain Anatole Chostak. Quelques temps après ils se retrouvent tous et vont au théâtre, Tatiana et ses amies dans une loge, les messieurs au parterre. Profitant de l'entracte, Anatole quitte sa place et vient s entretenir quelques instants avec les jeunes filles.

Tout cela est banal, mais le récit qu'en fait Tatiana à son beau-frère Léon, à son retour, passionne ce dernier. Il l'écoute avec le plus vif intérêt, car il va utiliser l'épisode pour son livre; il esquisse alors une silhouette de bellâtre coureur qui aura nom Anatole Kouraguine. Le prénom, la soirée au théâtre, la porte de la loge qui s'entrouvre, tous ces détails sont fidèlement reproduits.

Autre personnage secondaire, Dolokhov n'est pas sans rappeler ses modèles, bien que la technique soit plus composite. On y retrouve Dorokhov, partisan de 1812 et son fils Ruben, mais aussi et surtout Théodore Ivanovitch Tolstoï, dit l'Américain, personne étrange et inquiétante, homme intelligent et instruit, quelque peu brigand, très brave, « séduisant et criminel ». Quant à Vaska Denissov, enfin, il rappelle irrésistiblement le célèbre Denis Davydoff, auteur d'un journal des opérations de partisans que Tolstoï aura entre les mains. Dans ces pages, les descriptions pittoresques, les portraits haut en couleur abondent. Mais le personnage lui-même, dans le roman, est amputé. Tel sera aussi du reste le sort d'Elie Radojitsky, chef conscient de sa valeur et promis à un brillant avenir, que nous voyons sous les traits du valeureux mais obscur et modeste capitaine Touchine, décidant du succès d'une victoire grâce à sa bravoure et à sa lucidité au cœur de l'action.

Tous ces personnages, réels ou fictifs, sont fort nombreux.

La difficulté va être de les caractériser, sinon tous, du moins les principaux. Relisons le début du livre; voilà qu'apparaissent les protagonistes. Une remarque s'impose; leurs données biographiques sont limitées au maximum. Par contre, l'auteur s'attache à décrire leurs traits, leur manière de sourire, certaines mimiques révélatrices. Quelques mots suffisent à introduire Pierre Bézoukhov : « un jeune homme corpulent, à cheveux ras, en lunettes, pantalon clair à la mode du jour, jabot très haut et frac cannelle ». Une phrase encore à propos de ses origines sociales et de son *curriculum vitae,* et ce sera tout. Il sera décrit ensuite, vu par les yeux d'un autre. Deux ou trois indications encore : « intelligent, réservé, observateur, naturel ». De même, le prince André est « fort beau garçon, de taille moyenne, aux traits nets et froids »; on nous parle encore de « son regard las et sombre », de « la lenteur mesurée de sa démarche ». Mais quelles ont été les occupations de Pierre à Paris, pourquoi André a-t-il épousé Lise, il n'est pas de réponse à ces questions que le lecteur peut se poser, parmi tant d'autres. Ce qui est important, pour l'écrivain, c'est, grâce à une gamme appropriée d'épithètes qui sont autant de petites touches de pinceau, de donner les contours d'une personnalité choisie à tel ou tel moment, pour la préciser peu à peu, pour rendre l'image moins floue et plus détaillée. Les marges de ses brouillons sont remplies d'adjectifs « à l'essai », nous allions dire de coloris, qui se cherchent dans la mosaïque qui s'élabore devant nous. Comment décrire Napoléon au moment où il va donner l'ordre d'engager la bataille d'Austerlitz? Dans les marges apparaissent les adjectifs « ferme, frais, intelligent et allègre »; « allègre, heureux, rayonnant »; « avec, sur son visage, comme un reflet de bonheur mérité ». Le choix fait, la phrase devient : « Frais et allègre, dans cette heureuse disposition d'esprit où tout paraît possible et où tout réussit, il était monté à cheval pour se rendre sur le terrain... Son visage froid reflétait un bonheur confiant et mérité, celui des jeunes amoureux quand ils sont payés de retour. »

Mais les personnages ainsi caractérisés, vont-ils demeurer

semblables à eux-mêmes, ou bien évoluer au fur et à mesure que l'action progresse? Il est évident que la deuxième alternative est à retenir. Pierre Bézoukhov, agnostique et fervent admirateur de Napoleon, est bien éloigné du « philosophe » ayant perdu toute illusion sur la grandeur du pouvoir, qu'il deviendra à la fin du livre. Bolkonski lui aussi subit une transformation radicale en plusieurs étapes, ce qui a permis à un contemporain de Tolstoï de voir en cette évolution « la dialectique d'une âme ». Et que dire de la spirituelle et vive Natacha, en qui l'on ne voit plus, pour reprendre les propres mots de l'écrivain dans l'Épilogue, que « la forte femelle, belle et féconde »? Mais la preoccupation essentielle de Tolstoï n'est-elle pas de saisir la vie dans sa plénitude et sa diversité, et de montrer qu'à chacune des étapes de son existence l'individu est susceptible de se modifier, de répondre à des stimulations d'ordre extérieur ou intérieur?

ÉVOLUTION DE L'ŒUVRE

Ayant terminé la première partie de *L'Année 1805*, Léon Tolstoï traita avec Katkov pour la publication du roman dans *Le Messager russe*. Elle eut lieu en février et mars 1865, suivie quelque temps après de celle de la deuxième partie. Depuis mai 1866 l'écrivain n'avait plus rien livré, lorsque le 17 décembre 1867 apparut dans les librairies, en trois volumes, la première édition, qui comprenait, outre les deux premières parties sorties dans *Le Messager russe*, la suite du roman. Le 15 mars 1868 ces trois volumes seront suivis d'un quatrième, où l'action est menée jusqu'à la fin de la bataille de Borodino. La conception même de l'œuvre était modifiée, la « chronique familiale » cédant souvent la place au discours philosophique. Le volume IV s'ouvrait en effet par de longues réflexions sur les origines de la guerre de 1812, sur le déterminisme historique en général. Le tome V, quand il sortira de presse le 28 février 1869, commencera lui aussi par une digression philosophique, et le tome VI paru le 4 décembre 1869, fera de même. Quant à l'Épilogue, il comportait, jusqu'au chapitre v, un grand développement sur la philosophie de l'histoire. Le dénouement du roman était révélé à partir du chapitre vi, tandis que la deuxième partie de l'Épilogue, sur douze chapitres, reprenait sans interruption l'exposé philosophique[1].

Un reflet de ce changement d'orientation est perceptible dans le choix du titre. « L'année 1805 » n'était, nous l'avons vu, que le titre de la première partie, et, de toute manière, il n'était pas satisfaisant. Dans ses recherches, Tolstoï pense un moment à un titre dans le genre des romans anglais, « Tout est bien qui finit bien », malgré la désapprobation de ses amis, en particulier du poète Fet. C'est alors que deux faits marquants vont se produire et exercer une profonde influence sur l'orientation, et, partant, sur le titre de l'ouvrage.

Le premier fait, c'est la lecture, par Tolstoï, de trois articles de Herzen publiés pendant l'été 1859, intitulés « La guerre », « En observation », « La paix », où il était question des prétentions de l'Autriche à l'hégémonie, ainsi que du bonapartisme. Or cette lecture cristallise et fixe l'attention du romancier sur le phénomène mystérieux de la guerre, qui avait toujours excité sa réflexion. Quant au deuxième fait, plus important, c'est la visite qu'il avait rendue, lors de son voyage à l'étranger en 1860-1861, au célèbre Proudhon, à Bruxelles. Celui-ci publiait alors son ouvrage intitulé *La Guerre et la Paix. Recherches sur le principe et la constitution du droit des gens,* traduit en russe en 1864 et qui figurera dans la bibliothèque de Iasnaïa Poliana. La guerre est d'ordre divin, dit Proudhon, reprenant les conclusions de Joseph de Maistre, et l'influence de ce dernier sur Tolstoï est loin d'être négligeable. La guerre et la paix sont comme deux fonctions alternant dans la vie de l'humanité, la guerre est inspiratrice d'art et de poésie. Ces idées de Proudhon ont pu influencer le romancier russe, pour le titre et la conception générale de l'ouvrage, où les scènes de guerre et

1. *Cf.* H. Troyat, *op. cit.*

de paix « se succèdent, non pas mécaniquement, mais en réagissant les unes sur les autres » (Pierre Pascal). Mais les parties philosophiques de *Guerre et Paix* ne se réduisent pas seulement à cela, elles aboutissent à une vision globale de l'histoire.

Le thème était certes à la mode, et les discussions sur la liberté, la causalité, le déterminisme, étaient fort prisées. Le point de départ, pour l'écrivain, c'est le rôle de la personnalité dans l'histoire, clef de voûte de sa vision du monde. Nous le voyons s'ériger en ennemi des grands hommes, qui prétendent influer sur le cours des événements. Voyez l'empereur des Français, ce grand stratège : « Pendant tout le temps de ce mouvement, Napoléon fut semblable à un enfant qui tient des rubans fixés à l'intérieur de la voiture et s'imagine ainsi conduire les chevaux. » Ce qui compte, c'est l'histoire des hommes, non celle des rois et des généraux. Sans la masse des soldats, ceux-ci ne seraient rien. Que nous sommes loin du début de l'œuvre, où Tolstoï écrivait, dans une préface qui ne devait pas être publiée : « L'existence des fonctionnaires, marchands, séminaristes et moujiks m'indiffère et m'est à moitié incompréhensible[1]. » Austerlitz, préparé par les stratèges allemands et autrichiens, a tourné au désastre, mais Borodino, où tous ont à cœur l'honneur de l'armée russe et la résistance à l'envahisseur, depuis le général en chef Koutouzov jusqu'à l'obscur fantassin, est une victoire du peuple russe tout entier. Cet intérêt particulier de Tolstoï pour le simple moujik s'explique d'ailleurs aisément. Comme beaucoup de ses contemporains il est préoccupé par le problème paysan au lendemain de l'émancipation des serfs. Il connaît bien ce monde particulier en plein bouleversement grâce à un contact quotidien. L'un des représentants de cette couche sociale, le staroste Drone, bien avant 1861 illustre le type du paysan, énergique et faible tout à la fois, énergique dans la gestion du domaine qui lui est confié, mais faible aussi parce que crédule et influençable, et dont la résistance est brisée aussitôt que Nicolas Ros-

1. Cité par P. Pascal.

tov élève la voix. Cependant le peuple russe se reconnaît mieux encore en Platon Karataev, incarnation de l'esprit de simplicité et de justice, patient et doux, s'exprimant à l'aide de proverbes, « sachant tout faire, ni très bien ni très mal », et en Tikhone Chtcherbaty, robuste, courageux, adroit, « pouvant, avec sa hache, fendre une poutre d'un seul coup ou tailler délicatement une cuillère, alliant la force morale à la résistance physique » (P. Pascal). Ces trois paysans sont beaucoup plus que des personnages épisodiques, ils sont essentiellement la manifestation individuelle fragmentaire et complémentaire du principal héros de *Guerre et Paix,* le peuple russe.

« GUERRE ET PAIX »
ET SES LECTEURS

La publication du roman en six volumes remporta dans l'ensemble un succès auquel Tolstoï s'attendait peu, car les chapitres parus dans *Le Messager russe* avaient été accueillis assez froidement. L'événement fit grand bruit, et chacun s'accorda à penser qu'il s'agissait là d'un événement littéraire de première importance. Le poète Fet, que nous avons déjà mentionné, y voit un « roman excellent », tandis que pour Gontcharov, Tolstoï est un « lion de la littérature ». Fausse note du côté de Saltykov-Chtchédrine, pour qui « les scènes militaires ne sont que mensonge et confusion ». Sur ce dernier point, et d'une manière générale pour ce qui a trait à l'histoire, les réserves sont plus marquées. Tourguéniev, bien que subjugué par l'ensemble, est quelquefois assez aigre : « Tolstoï étonne ses lecteurs en leur parlant de la pointe des bottes d'Alexandre ou du rire de Spéransky et les oblige à croire qu'il sait tout de ces personnages puisqu'il descend à de pareils détails, alors qu'il ne sait d'eux précisément que ces détails. »

Chose plus grave, la critique conservatrice attaque Tolstoï en lui reprochant de dénigrer systématiquement les héros du pays, tandis que la critique dite progressiste l'accuse de mépriser le peuple. C'est ainsi qu'entre autres absurdités on pouvait lire que le roman « était l'apologie de la noblesse repue, de la bondieuserie de l'hypocrisie et du vice ». Et, concluait un certain Chelgounov avec emphase, « heureusement que le comte Tolstoï ne dispose pas d'un grand talent... Si, avec son manque de maturité spirituelle, il avait possédé un talent comparable à celui de Shakespeare ou de Byron, il n'y aurait pas eu de malédictions assez fortes sur la terre dont il n'eût mérité qu'on le frappât[1] ».

Du côté de la critique modérée et de l'amateur éclairé l'accueil fut chaleureux. Annenkov, dans *Le Messager de l'Europe* dit que c'est une œuvre qu'on ne peut comparer avec rien, et Strakhov écrira dans *L'Aurore* un article élogieux. Quant aux lecteurs, ils dévalisaient les librairies, discutaient avec passion du livre et de ses héros, contribuant grandement au succès de l'œuvre.

Les éditions se multiplièrent, et l'on n'en compte pas moins de onze du vivant de l'auteur. Dans la troisième, celle de 1873, Tolstoï, sensible aux critiques qui lui reprochaient l'introduction de la philosophie dans le roman, supprima les commentaires qui ouvraient les divers volumes ou « parties ». Les chapitres de théorie militaire étaient relégués en annexe; de plus, la nouvelle édition était divisée en quatre volumes au lieu de six, tandis que les textes français qui avaient suscité tant d'opposition étaient remplacés par leur traduction. Cependant, malgré une quatrième édition qui conserva toutes ces dispositions, on s'aperçut que ces changements et coupures avaient été opérés trop hâtivement et pouvaient nuire à la compréhension de l'œuvre. C'est pourquoi, pour l'édition suivante, en 1886, la comtesse Tolstoï, aidée de Strakhov, rétablit tous les passages supprimés ou déplacés, ainsi que les conversations en français. On revenait de la sorte au texte de 1868-1869, sauf en ce qui concernait la division en quatre volumes, qui était maintenue. Les éditions ultérieures s'en tinrent à cette solution. L'auteur n'a pas fait connaître son opinion sur ces diverses modifications et ne s'est jamais soucié d'établir un texte définitif.

1. *Cf.* H. Troyat, *op. cit.*

QU'EST-CE QUE *« GUERRE ET PAIX »*?

« Ce n'est pas un roman, encore moins un poème, et encore moins une chronique historique. *Guerre et Paix* est ce que l'auteur a voulu et pu exprimer dans la forme où cela s'est exprimé. » Ces mots de Tolstoï lui-même nous confirment bien dans notre impression : l'œuvre n'entre dans aucun genre, il n'est pas possible de la réduire à une seule définition. Roman historique, chronique de famille, série de documents humains, le livre est tout cela à la fois. Tolstoï regarde autour de lui et décrit l'événement, mais il sait tout aussi bien approfondir les problèmes qui sont les siens et ceux des hommes de son temps, donnant ainsi au livre sa profondeur psychologique. Œuvre originale aussi, à plus d'un titre. Dans le style, d'abord, que l'écrivain renouvelle en y introduisant des termes de terroir; par là il ouvre la voie à toute une école littéraire qui n'aura plus pour modèles Pouchkine, Lermontov et Gogol. Toujours assoiffé de vérité, il rature, corrige, surcharge ses lignes, pour être plus simple, plus naturel et plus véridique, au détriment peut-être de l'harmonie de la phrase. Le signifiant doit correspondre à la réalité profonde qu'il veut rendre, à la « prismatique diversité des âmes ». Tolstoï a profondément ressenti le mystère de vivre et d'exister, aussi n'est-il pas étonnant que sa pensée ait constamment régi son écriture. Là est le gage du sérieux et de la sincérité de ses œuvres.

Guerre et Paix aura eu jusqu'au bout, même jusque dans sa forme, une genèse tourmentée, et porte la marque de son créateur sans cesse déchiré par des tendances conflictuelles. Le roman est le champ clos de ce débat intérieur, dont la progression, opposant sans cesse l'essentiel au factice, substituera au réel, à la vision extérieure, le subjectif, fruit de la vision intérieure. Fidèle à ses exigences, Tolstoï a fait de *Guerre et Paix* un chef-d'œuvre de la littérature universelle, car il lui a donné un caractère essentiellement et profondément humain.

JEAN THIEULIN.

TOME PREMIER

PREMIÈRE PARTIE

I

« EH BIEN, *mon prince, Gênes et Lucques ne sont plus que des apanages*, des domaines, *de la famille Buonaparte. Non, je vous préviens que si vous ne me dites pas que nous avons la guerre, si vous vous permettez encore de pallier toutes les infamies, toutes les atrocités de cet Antéchrist (ma parole, j'y crois), je ne vous connais plus, vous n'êtes plus mon ami, vous n'êtes plus* mon fidèle serviteur, *comme vous dites*. Eh bien, bonjour, bonjour. *Je vois que je vous fais peur**, asseyez-vous et racontez. »

Ainsi parlait, en juillet 1895, Anna Pavlovna Scherer, une demoiselle d'honneur bien connue et une intime de l'impératrice Maria Fédorovna, en accueillant le prince Vassili, personnage important et haut fonctionnaire, arrivé le premier à sa soirée. Anna Pavlovna toussait depuis quelques jours, elle avait la grippe, disait-elle (c'était alors un mot nouveau dont ne se servaient que de rares personnes). Dans les billets qu'elle avait fait porter dans la matinée par un laquais en livrée rouge, il était dit à tous sans distinction :

« Si vous n'avez rien de mieux à faire, monsieur le comte (ou *mon prince*), *et si la perspective de passer la soirée chez une pauvre malade ne vous effraie pas trop, je serai charmée de vous voir chez moi entre sept et dix heures. Annette Sherer. »*

« Dieu, quelle virulente sortie! » répondit le prince sans s'émouvoir le moins du monde d'un pareil accueil; il portait l'uni-

* A l'exception des lettres, tous les passages en italique sont en français dans le texte.

forme chamarré de la cour, orné de plaques, avec bas et escarpins, et arborait sur son visage plat une expression claire. Il s'exprimait dans ce français recherché que parlaient nos grands-parents, dans lequel même ils pensaient, et avec les douces intonations protectrices propres à un homme important vieilli dans le monde et à la cour. Il s'approcha d'Anna Pavlovna, lui baisa la main en lui présentant sa calvitie parfumée et luisante, et s'installa confortablement sur un divan.

« *Avant tout, dites-moi comment vous allez, chère amie*. Rassurez-moi, dit-il de la même voix et d'un ton où, sous la politesse et la sympathie, perçaient l'indifférence et même l'ironie.

– Comment peut-on être bien portant... quand on souffre moralement? Peut-on de nos jours garder son calme quand on a du cœur? dit Anna Pavlovna. Vous resterez toute la soirée, j'espère?

– Et la fête de l'ambassadeur d'Angleterre? Nous sommes aujourd'hui mercredi. Je dois faire acte de présence là-bas. Ma fille passera me prendre et m'y emmènera.

– Je croyais que cette fête était décommandée. *Je vous avoue que toutes ces fêtes et tous ces feux d'artifice commencent à devenir insipides*.

– Si l'on avait su que vous le désiriez, la fête aurait été décommandée », répliqua le prince disant par habitude, comme une pendule bien remontée, des choses qu'il ne voulait même pas que l'on crût.

« *Ne me tourmentez pas. Eh bien, qu'a-t-on décidé par rapport à la dépêche de Novosiltzoff? Vous savez tout.*

– Que vous dire? répondit le prince d'un ton froid et plein d'ennui. *Qu'a-t-on décidé? On a décidé que Buonaparte a brûlé ses vaisseaux, et je crois que nous sommes en train de brûler les nôtres.* »

Le prince Vassili parlait toujours avec indolence, comme un acteur qui récite un rôle connu depuis longtemps. Anna Pavlovna Scherer, au contraire, était, malgré ses quarante ans, pleine de vivacité et d'élans.

Être enthousiaste était si bien devenu pour elle sa fonction sociale que parfois, même quand elle n'y tenait pas, elle se montrait enthousiaste pour ne pas décevoir l'attente de ceux qui la connaissaient. Le sourire réservé qui flottait sans cesse sur son visage, bien qu'il n'allât pas à ses traits fanés, attestait, comme chez les enfants gâtés, la conscience permanente de son charmant défaut dont elle ne voulait, ne pouvait et ne jugeait pas nécessaire de se corriger.

Au cours de la conversation sur la situation politique, Anna Pavlovna s'échauffa.

« Ah! ne me parlez pas de l'Autriche! Je n'y comprends rien peut-être, mais l'Autriche n'a jamais voulu et ne veut pas la guerre. Elle nous trahit. La Russie doit seule sauver l'Europe. Notre bienfaiteur connaît sa haute mission et il lui sera fidèle. Voilà la seule chose à laquelle je crois. Notre bon et merveilleux empereur a le rôle le plus noble à jouer dans le monde, et il est si vertueux et si admirable que Dieu ne l'abandonnera pas et qu'il remplira sa mission, celle d'écraser l'hydre de la révolution, encore plus terrible aujourd'hui dans la personne de cet assassin et de ce scélérat. Nous devons seuls racheter le sang du juste. Sur qui pouvons-nous compter, je vous le demande?... L'Angleterre avec son esprit mercantile ne comprendra pas et ne peut comprendre toute la grandeur d'âme de l'empereur Alexandre. Elle a refusé d'évacuer Malte. Elle veut voir, elle cherche une arrière-pensée à nos actes. Qu'ont-ils dit à Novosiltzev?... Rien. Ils n'ont pas compris, ils ne peuvent comprendre l'abnégation de notre empereur qui ne veut rien pour lui-même et qui veut tout pour le bien du monde. Et qu'ont-ils promis? Rien. Et même ce qu'ils ont promis ne sera pas tenu. La Prusse a déjà déclaré que Bonaparte est invincible et que l'Europe tout entière ne peut rien contre lui... Et je ne crois pas un seul mot de ce que disent Hardenberg et Haugwitz... *Cette fameuse neutralité prussienne, ce n'est qu'un piège*. Je ne crois qu'en Dieu et en la haute destinée de notre cher empereur. Il sauvera l'Europe!... » Elle s'arrêta soudain en souriant ironiquement de sa propre ardeur.

« Je crois, dit le prince avec un sourire, que si on vous avait envoyée à la place de notre cher Wintzingerode, vous auriez enlevé d'assaut l'adhésion du roi de Prusse. Vous êtes si éloquente. Vous m'offrirez une tasse de thé?

— Tout de suite. *A propos,* ajouta-t-elle de nouveau calmée, j'aurai aujourd'hui deux personnes fort intéressantes, *le vicomte de Mortemart, il est allié aux Montmorency par les Rohans,* un des plus grands noms de France. C'est un des bons émigrés, des vrais. Et puis *l'abbé Morio :* vous connaissez ce profond esprit? Il a été reçu par l'empereur. Vous le savez?

— Ah! J'en serais enchanté, dit le prince. Dites-moi », ajouta-t-il d'un air particulièrement dégagé, comme s'il venait seulement de se rappeler quelque chose, quoique ce qu'il allait demander constituât l'objet principal de sa visite, « est-il vrai que *l'impératrice mère* désire la nomination du baron Funke comme premier secrétaire à Vienne? *C'est un pauvre sire, ce baron, à ce qu'il paraît*. Le prince Vassili désirait faire nommer son fils à ce poste que, par l'intermédiaire de l'impératrice Maria Fédorovna, on s'efforçait de faire obtenir au baron. »

Anna Pavlovna ferma presque les yeux, signifiant ainsi que ni elle ni personne n'était juge des désirs ou du bon plaisir de l'impératrice.

« *Monsieur le baron de Funke a été recommandé à l'impératrice par sa sœur* », se borna-t-elle à dire d'un ton triste et sec. Lorsque Anna Pavlovna prononça le nom de l'impératrice, son visage revêtit soudain une expression de profond et sincère dévouement et de respect, alliés à de la tristesse, expression qu'elle prenait chaque fois que, dans la conversation, il était question de sa haute protectrice. Elle dit que Sa Majesté avait daigné témoigner au baron Funke *beaucoup d'estime*, et de nouveau son regard se voila de tristesse.

Le prince se tut avec indifférence. Anna Pavlovna, avec son habileté et sa présence d'esprit de femme et d'habituée de la cour, voulut lui décocher une flèche pour avoir osé s'exprimer ainsi sur le compte d'une personne recommandée à l'impératrice, et en même temps le consoler.

« *Mais à propos de votre famille*, dit-elle, savez-vous que votre fille, depuis qu'elle va dans le monde, *fait les délices de tout le monde? On la trouve belle comme le jour*. »

Le prince s'inclina en signe de respect et de gratitude.

« Je pense souvent », poursuivit Anna Pavlovna après un instant de silence en se rapprochant du prince avec un gracieux sourire, comme pour lui signifier ainsi que les conversations politiques et mondaines étaient terminées et que commençait maintenant une conversation intime; « je pense souvent que la chance est parfois bien injustement répartie dans la vie. Pourquoi le sort vous a-t-il donné deux si gentils enfants (à l'exception d'Anatole, votre cadet, je ne l'aime pas), ajouta-t-elle d'un ton sans réplique en levant les sourcils, deux si charmants enfants? Vous êtes vraiment le dernier à les apprécier, donc vous ne les méritez pas. »

Et elle eut son sourire enthousiaste.

« *Que voulez-vous? Lavater aurait dit que je n'ai pas la bosse de la paternité,* répondit le prince.

– Trêve de plaisanteries. Je voulais vous parler sérieusement. Vous savez, je suis mécontente de votre plus jeune fils. Entre nous soit dit (son visage prit une expression de tristesse), on a parlé de lui chez Sa Majesté l'impératrice et on vous plaint... »

Le prince ne répondit pas, mais, le regardant d'un air significatif, elle attendait en silence sa réponse. Le prince Vassili fit une grimace.

« Qu'y puis-je? dit-il enfin. Vous le savez, j'ai fait pour leur éducation tout ce que peut faire un père, et tous deux sont *des imbéciles*. Hippolyte du moins est un imbécile paisible, alors qu'Anatole en est un turbulent. Voilà la seule différence », ajouta-t-il avec un sourire plus contraint et plus expressif que d'habitude, tandis que les plis qui se formèrent autour de sa bouche révélaient plus nettement quelque chose de brutal et de déplaisant.

« Pourquoi des gens comme vous ont-ils seulement des enfants? Si vous n'étiez pas père, je n'aurais rien à vous reprocher, dit Anna Pavlovna en levant les yeux d'un air songeur.

– *Je suis votre* fidèle serviteur *et à vous seule je puis l'avouer*. Mes enfants, *ce sont les entraves de mon existence*. C'est ma croix. C'est ainsi que je vois la chose. *Que voulez-vous?* » Il se tut un instant, exprimant par un geste sa soumission à son sort cruel.

Anna Pavlovna devint songeuse.

« Vous n'avez jamais pensé à marier votre enfant prodigue, Anatole? On dit que les vieilles filles *ont la manie des mariages*. Je ne me sens pas encore ce travers, mais je connais une *petite personne* qui est très malheureuse avec son père, *une parente à nous, une princesse* Bolkonski. »

Le prince Vassili ne répondit pas, quoique avec la vivacité d'esprit et la mémoire des gens du monde il indiquât d'un signe de tête qu'il avait pris note de ces indications.

« Savez-vous que cet Anatole me coûte quarante mille roubles par an? » dit-il, visiblement incapable de contenir le cours triste de ses pensées. Il se tut.

« Que sera-ce donc dans cinq ans si cela continue ainsi? *Voilà l'avantage d'être père.* Elle est riche, votre princesse?

– Le père est très riche et avare. Il vit à la campagne. Vous savez, c'est ce fameux prince Bolkonski qui a dû quitter le service sous feu l'empereur et qu'on a surnommé le « roi de Prusse ». C'est un homme fort intelligent, mais avec des bizarreries et d'un caractère difficile. *La pauvre fille est malheureuse comme les pierres.* Elle a un frère, celui qui a épousé récemment Lise Meinen, un aide de camp de Koutouzov. Il doit venir ce soir.

– *Écoutez, chère Annette,* dit le prince en prenant soudain la main de son interlocutrice et en la tirant, Dieu sait pourquoi, vers le bas. *Arrangez-moi cette affaire et je suis à tout jamais votre* serviteur le plus fidèle. Elle est de bonne famille et riche. C'est tout ce qu'il me faut. »

Et avec les gestes aisés, pleins de grâce et de familiarité qui le caractérisaient, il prit la main de la demoiselle d'honneur, la baisa et, l'ayant baisée, la secoua un peu en s'affalant dans son fauteuil et en regardant de côté.

« *Attendez,* dit Anna Pavlovna en réfléchissant, j'en parlerai ce soir même à *Lise* (*la femme du jeune* Bolkonski). Et il se peut que cela s'arrange. *Ce sera dans votre famille que je ferai mon apprentissage de vieille fille.* »

II

Le salon d'Anna Pavlovna s'était peu à peu rempli. Toute la haute société de Pétersbourg était là, des gens les plus divers par l'âge et le caractère mais tous pareils quant au monde auquel ils appartenaient; la fille du prince Vassili, la belle Hélène, qui venait chercher son père pour aller avec lui à la fête de l'ambassadeur, arriva également. Elle était en robe de bal ornée du chiffre de l'impératrice. Vint aussi la petite princesse Bolkonski, réputée pour *la femme la plus séduisante de Pétersbourg,* qui s'était mariée l'hiver précédent et que sa grossesse retenait maintenant loin du grand monde, mais qui se montrait encore aux soirées intimes. Vint enfin le prince Hippolyte, le fils du prince Vassili, en compagnie de Mortemart qu'il présenta; ainsi que l'abbé Morio et beaucoup d'autres.

« Vous n'avez pas encore vu », ou « Vous ne connaissez pas *ma tante* », disait Anna Pavlovna à ses invités en les conduisant avec beaucoup de sérieux vers une petite dame âgée tout enrubannée qui était apparue de la pièce voisine dès qu'on avait commencé à se réunir; elle les lui présentait en promenant lentement les yeux de l'invité à *ma tante,* puis s'éloignait.

Chacun des invités accomplissait le rite de saluer cette tante que personne ne connaissait, qui n'intéressait personne et dont personne n'avait besoin. Anna Pavlovna assistait aux salutations avec une attention triste et solennelle en approuvant en silence. *Ma tante* parlait à tous en termes identiques de leur santé, de la sienne propre et de celle de Sa Majesté l'impératrice qui, grâce à Dieu, était aujourd'hui meilleure. Tous ceux qui s'approchaient, sans manifester de hâte par politesse, quittaient la vieille dame avec le sentiment de soulagement qu'on éprouve après avoir rempli un devoir pénible, pour ne plus s'occuper d'elle de toute la soirée.

La jeune princesse Bolkonski avait apporté son ouvrage dans un sac de velours brodé d'or. Sa jolie lèvre supérieure ombrée d'un soupçon de duvet était trop courte pour ses dents, mais elle ne s'en entrouvrait et s'avançait que d'autant plus gracieusement en s'abaissant sur la lèvre inférieure. Ainsi qu'il en est toujours chez les femmes parfaitement séduisantes, ce défaut – la lèvre trop courte et la bouche entrouverte – semblait lui donner un attrait spécial, une beauté bien à elle. C'était une joie pour tout le monde que de voir cette future mère, jolie, pleine de santé et de vie, qui supportait si facilement son état. Les vieillards et les jeunes gens maussades et ennuyés avaient l'impression de devenir comme elle après avoir passé quelque temps en sa compagnie. Ceux qui lui parlaient et qui, à chacune de ses paroles, voyaient son clair sourire et l'éclat de ses dents blanches se découvrant sans cesse se croyaient particulièrement aimables ce jour-là. Et c'était là une impression générale.

A petits pas rapides et en se balançant, la petite princesse, son sac à ouvrage à la main, fit le tour de la table, et, arrangeant gaiement sa robe, s'assit sur un divan près du samovar en argent, comme si tout ce qu'elle pouvait faire était une *partie de plaisir* pour elle et pour tous ceux qui l'entouraient.

« *J'ai apporté mon ouvrage* », dit-elle, ouvrant son réticule et s'adressant à tous à la fois.

« Prenez garde, *Annette, ne me jouez pas un mauvais tour,* poursuivit-elle à l'intention de la maîtresse de la maison. *Vous m'avez écrit que c'était une toute petite soirée, voyez comme je suis attifée.* »

Et elle écarta les bras pour montrer son élégante robe grise garnie de dentelles et nouée d'un large ruban un peu au-dessous des seins.

« *Soyez tranquille, Lise, vous serez toujours la plus jolie,* répondit Anna Pavlovna.

— *Vous savez, mon mari m'abandonne,* reprit-elle sur le même ton en s'adressant à un général, *il va se faire tuer. Dites-moi, pourquoi cette vilaine guerre?* » demanda-t-elle au prince Vassili et, sans attendre la réponse, elle se tourna vers la fille, la belle Hélène.

« *Quelle délicieuse personne que cette petite princesse!* » dit le prince Vassili à voix basse à Anna Pavlovna.

Un gros jeune homme massif, aux cheveux coupés court, avec des lunettes, portant un pantalon clair à la mode d'alors, un haut jabot et un habit brun, entra peu de temps après la petite princesse. Ce gros jeune homme était le fils naturel d'un grand seigneur du règne de Catherine, le comte Bezoukhov, qui se mourait à Moscou. Il n'exerçait encore aucune activité, venait de rentrer de l'étranger où il avait été élevé et se montrait pour la première fois dans le monde. Anna Pavlovna lui adressa le salut qu'elle destinait aux gens placés au plus bas de la hiérarchie de son salon. Mais en dépit de cet accueil de qualité inférieure, en voyant Pierre entrer, le visage d'Anna Pavlovna refléta l'inquiétude et la frayeur qu'on éprouve à la vue de quelque chose de trop grand et de déplacé. Quoique Pierre fût en effet légèrement plus grand que les autres hommes présents, cette frayeur ne pouvait avoir pour cause que son regard intelligent en même temps que timide, observateur et naturel, qui le distinguait entre tous dans ce salon.

« *C'est bien aimable à vous, monsieur Pierre, d'être venu voir une pauvre malade* », dit Anna Pavlovna en échangeant un regard inquiet avec sa tante, auprès de qui elle le conduisit. Pierre marmonna quelques mots inintelligibles et continua de chercher quelque chose des yeux. Il sourit gaiement et avec joie en saluant la petite princesse comme une amie et s'approcha de la tante. Les craintes d'Anna Pavlovna n'étaient pas vaines, car Pierre quitta la tante sans écouter jusqu'au bout ce qu'elle lui disait de la santé de Sa Majesté. Anna Pavlovna l'arrêta d'un air effravé par ces mots :

« Vous ne connaissez pas l'abbé Morio? Il est très intéressant... dit-elle.

– Oui, j'ai entendu parler de son projet de paix perpétuelle et c'est fort interessant, mais guère réalisable...

– Vous croyez? » dit Anna Pavlovna, pour dire quelque chose et pouvoir retourner à ses devoirs de maîtresse de maison, mais Pierre commit la faute de politesse inverse. Tout à l'heure, il était parti sans attendre que son interlocutrice eût fini de parler; maintenant il en retenait par sa conversation une autre qui avait besoin de le quitter. La tête penchée et ses longues jambes écartées, il entreprit de démontrer à Anna Pavlovna pourquoi il tenait le projet de l'abbé pour une chimère.

« Nous en parlerons tout à l'heure », dit Anna Pavlovna en souriant.

Et, s'étant débarrassee du jeune homme qui ne savait pas vivre, elle revint à ses fonctions de maîtresse de maison, continuant de prêter l'oreille et d'observer, prête à venir en aide là où la conversation languissait. Comme le patron d'un atelier de tissage qui, ayant installé ses ouvriers à leur place, se promène dans son établissement et s'apercevant de l'arrêt d'un métier ou d'un bruit insolite, grinçant ou trop fort, s'approche en hâte, le retient ou lui imprime la cadence voulue, ainsi Anna Pavlovna, allant et venant dans son salon, s'approchait d'un groupe qui se taisait ou qui parlait trop et, d'un mot ou par un regroupement, rétablissait le fonctionnement régulier, décent de la machine à parler. Mais au milieu de ces préoccupations, son appréhension au sujet de Pierre ne la quittait visiblement pas. Elle le suivit d'un regard soucieux quand il s'approcha pour écouter ce qu'on disait autour de Mortemart, puis se dirigea vers un autre groupe où parlait l'abbé. Pour Pierre, élevé à l'étranger, cette soirée d'Anna Pavlovna était la première à laquelle il assistât en Russie. Il savait que toute la société cultivée de Pétersbourg était réunie ici et ses yeux allaient de l'un à l'autre, tels ceux d'un enfant dans un magasin de jouets. Il craignait tout le temps de manquer une conversation intéressante qu'il aurait pu entendre. En voyant la distinction et l'air assuré des personnages réunis ici, il s'attendait sans cesse à entendre quelque chose de particulièrement intelligent. Enfin il s'approcha de Morio. La conversation lui parut intéressante et il s'arrêta, guettant l'occasion d'exposer sa façon de voir, comme aiment le faire les jeunes gens.

III

LA soirée d'Anna Pavlovna était lancée. De tous côtés, les métiers ronronnaient régulièrement et sans arrêt. A l'exception de *ma tante* qui n'avait auprès d'elle qu'une dame d'un certain âge, au visage maigre ravagé par les larmes et qui paraissait quelque peu étrangère dans cette brillante société, les invités s'étaient répartis en trois groupes. L'un, composé pour la plupart d'hommes, avait pour centre l'abbé; l'autre, un groupe de jeunes, la belle princesse Hélène, la fille du prince Vassili, et la jolie petite princesse Bolkonski, toute rose, trop forte pour son âge. Le troisième, Mortemart et Anna Pavlovna.

Le vicomte était un agréable jeune homme aux traits fins et aux manières douces, qui se croyait apparemment une célébrité mais, par bonne éducation, laissait modestement bénéficier de sa présence la société dans laquelle il se trouvait. De toute évidence, Anna Pavlovna l'offrait en régal à ses invités. Tel un bon maître d'hôtel qui présente comme une chose indiciblement exquise une pièce de viande dont on ne voudrait pas si on la voyait dans une cuisine sale, Anna Pavlovna servait ce soir à ses hôtes d'abord le vicomte, puis l'abbé, comme le comble du raffinement. Dans le groupe de Mortemart, la conversation roula aussitôt sur l'assassinat du duc d'Enghien. Le vicomte déclara que le duc avait péri victime de sa grandeur d'âme et que le ressentiment de Bonaparte avait des causes particulières.

« *Ah! voyons. Contez-nous cela, vicomte,* dit Anna Pavlovna, qui sentit avec joie dans cette phrase un petit parfum *à la Louis XV, contez-nous cela, vicomte.* »

Le vicomte s'inclina en signe d'obéissance et sourit avec courtoisie. Anna Pavlovna forma le cercle autour de lui et invita tout le monde à écouter son récit.

« *Le vicomte a été personnellement connu de monseigneur* », murmura-t-elle à l'un. « *Le vicomte est un parfait conteur* », dit-elle à un autre. « *Comme on voit l'homme de la bonne compagnie* », dit-elle à un troisième; et le vicomte fut servi à la société sous son jour le plus distingué et le plus avantageux, tel un rosbif sur un plat chaud, garni de persil.

Le vicomte, prêt à commencer son récit, eut un fin sourire.

« Venez ici, *chère Hélene* », dit Anna Pavlovna à la belle princesse assise à l'écart, au centre d'un autre groupe.

La princesse Hélène souriait; elle se leva avec le même sourire inaltérable de femme parfaitement belle avec lequel elle était entrée dans le salon. Dans un léger frou-frou de sa robe de bal blanche ornée de lierre et de mousse et dans l'éblouissement de ses épaules blanches, l'éclat de ses cheveux et des diamants, elle passa au milieu des hommes qui s'écartaient devant elle, et toute droite, sans regarder personne mais souriant à tous et comme donnant gracieusement à chacun le droit d'admirer la beauté de sa silhouette, de ses épaules pleines, de sa gorge et de son dos généreusement décolletés à la mode d'alors, elle alla rejoindre Anna Pavlovna, semblant apporter avec elle tout l'éclat d'un bal. Hélène était si belle que non seulement on ne voyait en elle nulle ombre de coquetterie, mais qu'au contraire elle donnait l'impression d'être gênée de sa beauté incontestable et de son pouvoir trop puissant, trop triomphant. Elle semblait chercher en vain à en atténuer l'effet.

« *Quelle belle personne!* » disait chacun en la voyant. Comme ébloui, le vicomte releva les épaules et baissa les yeux tandis qu'elle s'asseyait devant lui et l'éclairait à son tour du même sourire immuable.

« *Madame, je crains pour mes moyens devant un pareil auditoire* », dit-il avec un sourire en s'inclinant.

La princesse appuya son bras nu et plein sur un guéridon et ne jugea pas utile de répondre. Elle attendait en souriant. Pendant toute la durée du récit, elle se tint droite, regardant de temps à autre soit son beau bras plein qui reposait légèrement sur le guéridon, soit sa gorge encore plus belle sur laquelle elle arrangeait sa rivière de diamants; elle remit plusieurs fois en ordre les plis de sa robe et, lorsque le récit produisait de l'effet, elle se tournait vers Anna Pavlovna et copiait aussitôt l'expression que reflétait le visage de la demoiselle d'honneur, puis se figeait de nouveau dans un sourire éclatant. A la suite d'Hélène, la petite princesse quitta aussi la table à thé.

« *Attendez-moi, je vais prendre mon ouvrage,* dit-elle. *Voyons, à quoi pensez-vous?* ajouta-t-elle à l'adresse du prince Hippolyte : *apportez-moi mon réticule.* »

Tout en souriant et en parlant à tous, la princesse changea vivement de place et, une fois assise, arrangea gaiement sa robe.

« Maintenant, je suis bien », dit-elle, et demandant qu'on commençât, elle se mit au travail.

Le prince Hippolyte lui apporta son réticule, la suivit et approchant un fauteuil tout près du sien, s'assit à ses côtés.

Le charmant Hippolyte frappait par son extraordinaire ressemblance avec sa sœur et encore plus en étant, malgré cette ressemblance, d'une laideur extrême. Il avait les mêmes traits que sa sœur, mais chez elle tout était éclairé par son immuable sourire satisfait, jeune, respirant la joie de vivre, et par la rare beauté antique de son corps; chez son frère, au contraire, le même visage était voilé de bêtise et reflétait invariablement une humeur grincheuse pleine de suffisance, tandis que le corps était maigre et chétif. Les yeux, le nez, la bouche, tout se contractait en une sorte de grimace vague et ennuyée, et les bras et les jambes prenaient toujours des attitudes qui manquaient de naturel.

« *Ce n'est pas une histoire de revenants?* dit-il en s'asseyant près de la princesse et ajustant hâtivement à ses yeux un lorgnon, comme s'il ne pouvait commencer à parler sans cet instrument.

— Mais non, mon cher, dit en haussant les épaules le narrateur surpris.

— *C'est que je déteste les histoires de revenants* », dit le prince Hippolyte d'un ton qui prouvait qu'il avait parlé avant d'avoir compris ce que signifiaient ces paroles.

Étant donné l'aplomb avec lequel il parlait, personne ne comprit si ce qu'il avait dit était très intelligent ou très stupide. Il portait un habit vert foncé, une culotte *cuisse de nymphe effrayée*, comme il disait lui-même, des bas et des escarpins.

Le vicomte raconta très plaisamment l'anecdote qui circulait alors sur un voyage secret que le duc d'Enghien avait fait à Paris pour voir Mlle George; il avait rencontré chez elle Bonaparte qui bénéficiait également des faveurs de la célèbre comédienne, et en rencontrant le duc, le hasard avait voulu que

Napoléon se fût évanoui, comme cela lui arrivait, et se fût trouvé à la merci du duc, ce dont celui-ci ne voulut pas profiter; mais ce fut de cette générosité que Bonaparte se vengea par la suite en faisant assassiner le duc.

Le récit était très joli et intéressant, surtout à l'endroit où les deux rivaux se reconnaissent soudain, et les dames parurent émues.

« *Charmant,* dit Anna Pavlovna en adressant un regard interrogateur à la petite princesse.

— *Charmant* », murmura la petite princesse en piquant son aiguille dans son ouvrage, comme pour dire que l'intérêt et le charme du récit l'empêchaient de poursuivre son travail.

Le vicomte apprécia cet hommage muet et avec un sourire reconnaissant reprit sa narration; mais Anna Pavlovna ne cessait d'observer le jeune homme qui lui inspirait des craintes; elle s'aperçut à ce moment qu'il parlait trop fort et avec trop de feu à l'abbé et vola au secours vers le point menacé. En effet, Pierre avait pu engager avec l'abbé une conversation sur l'équilibre politique, et l'abbé, visiblement intéressé par l'ardeur naïve du jeune homme, développait devant lui son idée favorite. Tous deux écoutaient et parlaient avec trop d'animation et de naturel, et c'est ce qui déplut à Anna Pavlovna.

« Le seul moyen, c'est l'équilibre européen et le *droit des gens,* disait l'abbé. Il suffit qu'un État puissant tel que la Russie, réputée barbare, se place d'une façon désintéressée à la tête d'une ligue ayant pour objet l'équilibre de l'Europe, et il sauvera le monde!

— Et comment trouverez-vous cet équilibre? » commença Pierre, mais Anna Pavlovna survint à ce moment et, regardant sévèrement Pierre, demanda à l'Italien comment il supportait le climat d'ici. Le visage de l'Italien changea brusquement et prit l'expression suave et hypocrite à en être blessante qui lui était manifestement habituelle en parlant aux femmes.

« Je suis si séduit par les charmes d'esprit et de culture de la société, surtout féminine, dans laquelle j'ai eu le bonheur d'être accueilli que je n'ai pas encore eu le loisir de penser au climat », dit-il.

Sans plus lâcher ni l'abbé ni Pierre, Anna Pavlovna, afin de pouvoir les observer plus facilement, les entraîna vers le groupe général.

A ce moment, un nouveau personnage entra dans le salon. Ce personnage était le jeune prince André Bolkonski, le mari de la petite princesse. Le prince Bolkonski était un très beau garçon de taille moyenne, aux traits nets et secs. Tout dans sa personne, depuis le regard las, ennuyé, jusqu'à sa démarche lente et mesurée, présentait le contraste le plus violent avec la vivacité de sa petite femme. Visiblement, tous, dans ce salon, lui étaient si bien connus que de les voir et les entendre l'ennuyait à mourir. Mais de tous ceux qui l'excédaient, c'était sa femme qui semblait l'excéder le plus. Avec une grimace qui déparait son beau visage, il se détourna d'elle. Il baisa la main d'Anna Pavlovna et en plissant les yeux examina toute l'assistance.

« *Vous vous enrôlez pour la guerre, mon prince?* dit Anna Pavlovna.

– *Le général Koutouzoff,* répondit Bolkonski en accentuant la dernière syllabe à la française, *a bien voulu de moi pour aide de camp.*

– *Et Lise, votre femme?*

– Elle ira s'installer à la campagne.

– Comment n'avez-vous pas honte de nous priver de votre charmante femme?

– *André,* dit cette dernière en s'adressant à son mari sur ce même ton de coquetterie dont elle parlait aux étrangers, quelle histoire le vicomte nous a racontée sur Mlle George et sur Bonaparte! »

Le prince André ferma les yeux et se détourna. Pierre qui, depuis son entrée, ne le quittait pas d'un regard joyeux et amical, alla vers lui et le prit par le bras. Le prince André, sans se retourner, fit une grimace de dépit à l'intention de celui qui lui prenait le bras; mais, à la vue du visage souriant de Pierre, il lui adressa un sourire inattendu, agréable et bon.

« Tiens!... Toi aussi dans le grand monde! lui dit-il.

– Je savais vous y trouver, répondit Pierre. J'irai souper chez vous, ajouta-t-il à voix basse pour ne pas déranger le vicomte qui poursuivait son récit. Je peux?

– Non, tu ne peux pas », dit le prince André en riant et en lui faisant comprendre par une pression de main qu'il était inutile de le demander. Il voulut ajouter quelque chose, mais à ce moment le prince Vassili et sa fille se levèrent et les hommes les imitèrent pour les laisser passer.

« Excusez-moi, mon cher vicomte, dit le prince Vassili au

Français en le retenant amicalement par la manche pour l'empêcher de se lever. Cette malheureuse fête chez l'ambassadeur me prive d'un plaisir et vous interrompt. Je suis désolé de devoir quitter votre délicieuse soirée », dit-il à Anna Pavlovna.

Sa fille, la princesse Hélène, passa entre les chaises en maintenant légèrement les plis de sa robe, et le sourire brillait encore plus clair sur son beau visage. Pierre regarda cette beauté avec des yeux émerveillés, presque effrayés, quand elle passa devant lui.

« Elle est très belle, dit le prince André.

– Oui, très belle », dit Pierre.

En passant le prince Vassili prit le bras de Pierre et se tourna vers Anna Pavlovna.

« Dressez-moi cet ours, dit-il. Voilà un mois qu'il habite chez moi et c'est la première fois que je le vois dans le monde. Rien n'est plus nécessaire à un jeune homme que la société de femmes d'esprit. »

IV

ANNA PAVLOVNA sourit et promit de s'occuper de Pierre qui, elle le savait, était apparenté au prince Vassili par son père. La dame d'un certain âge qui était assise près de *ma tante* se leva en hâte et rejoignit le prince Vassili dans le vestibule. Tout l'entrain de commande s'était effacé de ses traits. Son bon visage ravagé par les larmes n'exprimait que l'inquiétude et la crainte.

« Que pouvez-vous me dire, prince, au sujet de mon Boris? » dit-elle en le rattrapant dans le vestibule. (Elle prononçait le nom de Boris en accentuant particulièrement l'o.) « Je ne puis rester longtemps à Pétersbourg. Dites-moi, quelles nouvelles puis-je rapporter à mon pauvre enfant? »

Quoique le prince Vassili l'écoutât à contrecœur et presque impoliment en manifestant même de l'impatience, elle lui souriait avec une touchante amabilité et, pour l'empêcher de s'en aller, elle le prit par le bras.

« Que vous en coûterait-il de dire un mot à l'empereur, et il serait directement muté dans la garde, dit-elle.

– Croyez bien que je ferai tout ce que je pourrai, princesse, répondit le prince Vassili, mais il m'est difficile de solliciter l'empereur; je vous conseillerais de vous adresser plutôt à Roumiantzev, par l'intermédiaire du prince Golitzine : cela vaudrait mieux. »

La dame âgée portait le nom de princesse Droubetzkoï, un des plus grands noms de Russie, mais elle était très pauvre, avait depuis longtemps renoncé à aller dans le monde et avait perdu ses anciennes relations. Elle était venue de Pétersbourg pour obtenir la mutation dans la garde de son fils unique. C'est pour voir le prince Vassili qu'elle s'était fait inviter à la soirée d'Anna Pavlovna, ce n'est que pour cela qu'elle avait écouté le récit du vicomte. Les paroles du prince Vassili l'effrayèrent; son visage autrefois beau trahit de l'irritation, mais cela ne dura qu'un instant. Elle sourit de nouveau et s'accrocha plus fortement au bras du prince Vassili.

« Écoutez, prince, dit-elle, je ne vous ai jamais rien demandé, jamais je ne vous demanderai plus rien, jamais je ne vous ai rappelé l'amitié que mon père avait pour vous. Mais maintenant, je vous en conjure au nom du Ciel, faites cela pour mon fils et je vous considérerai comme mon bienfaiteur, ajouta-t-elle en hâte. Non, ne vous fâchez pas, mais promettez-le-moi. Je l'ai déjà demandé à Golitzine, il a refusé. *Soyez le bon enfant que vous avez été* », et elle s'efforça de sourire, alors qu'il y avait des larmes dans ses yeux.

« Papa, nous allons être en retard », dit la princesse Hélène, qui attendait près de la porte, en tournant vers son père sa belle tête sur ses épaules dignes de l'antique.

Mais l'influence dans le monde est un capital qu'il faut ménager pour l'empêcher de s'épuiser. Le prince Vassili le savait et ayant une fois compris que s'il intervenait pour tous ceux qui l'en priaient, il ne pourrait plus rien demander pour lui-même, il usait rarement de son crédit. Dans le cas de la princesse Droubetzkoï, il éprouva cependant, après son nouvel appel, quelque chose qui ressemblait à un remords. Elle lui avait rappelé la vérité; de ses premiers pas dans sa carrière il était redevable à son père. En outre, il voyait à sa façon d'agir que c'était une de ces femmes, surtout de ces mères, qui, une fois qu'elles se sont mis quelque chose en tête, ne vous lâchent plus avant d'avoir obtenu gain de cause et, dans le cas contraire, sont prêtes à vous harceler chaque jour, à chaque instant, et même à faire des scènes. Cette dernière considération l'ébranla.

« *Chère* Anna Mikhaïlovna, dit-il avec dans la voix sa familiarité et son ennui habituels, il m'est presque impossible de faire ce que vous désirez; mais pour vous prouver toute l'affection que je vous porte et combien je révère la mémoire de feu votre père, je ferai l'impossible : votre fils sera muté dans la garde, je vous en donne ma parole. Êtes-vous contente?

— Mon cher, vous êtes mon bienfaiteur! Je n'attendais pas moins de vous; je savais combien vous êtes bon. »

Il voulut s'en aller.

« Attendez, encore un mot. *Une fois passé aux gardes...* » Elle hésita. « Vous connaissez bien Michel Ilarionovitch Koutouzov, recommandez-lui Boris comme aide de camp. Ainsi je serais tranquille et alors... »

Le prince Vassili sourit.

« Cela, je ne vous le promets pas. Vous ne savez pas combien Koutouzov est assailli depuis qu'il a été nommé commandant en chef. Il me disait lui-même que toutes les dames moscovites se sont donné le mot pour lui imposer tous leurs enfants comme aides de camp.

— Si, promettez-le, je ne vous lâcherai pas, mon bienfaiteur.

— Papa, répéta sur le même ton la belle Hélène, nous allons être en retard.

— Allons, *au revoir*, adieu. Vous voyez bien?

— Alors vous parlerez demain à l'empereur?

— Absolument, mais je ne promets pas pour Koutouzov.

— Si, promettez, promettez-le, *Basile* », dit Anna Mikhaïlovna avec un sourire de jeune coquette qui, autrefois, devait lui être habituel mais qui maintenant allait si mal à son visage flétri. Elle avait visiblement oublié son âge et, par habitude, mettait en œuvre toutes ses ressources féminines de jadis. Mais dès qu'il fut sorti, son visage reprit l'expression froide, contrainte de tout à l'heure. Elle rejoignit le groupe dans lequel le vicomte continuait à raconter et fit de nouveau semblant d'écouter, attendant le moment de partir, car sa tâche était accomplie.

« Mais que pensez-vous de cette dernière comédie du *sacre de Milan?* dit Anna Pavlovna. *Et la nouvelle comédie des peuples de Gênes et de Lucques qui viennent présenter leurs vœux à M. Buo-*

naparte. M. Buonaparte assis sur un trône et exauçant les vœux des nations! Adorable! Non, mais c'est à en devenir folle! On dirait que le monde entier a perdu la tête. »

Le prince André sourit en regardant Anna Pavlovna dans les yeux.

« – *Dieu me la donne, gare à qui la touche* », dit-il (paroles de Bonaparte lors du couronnement). « *On dit qu'il a été très beau en prononçant ces paroles* », ajouta-t-il, et il répéta ces mots en italien : « *Dio mi la dona, guai a chi la tocca.* »

« *J'espère enfin,* poursuivit Anna Pavlovna, *que ç'a a été la goutte d'eau qui fera déborder le verre. Les souverains ne peuvent plus supporter cet homme qui menace tout.*

– *Les souverains? Je ne parle pas de la Russie,* dit le vicomte d'un air courtois et désabusé. *Les souverains, madame! Qu'ont-ils fait pour Louis XVII, pour la reine, pour Madame Elisabeth?* Rien, continua-t-il en s'animant. *Et croyez-moi, ils subissent la punition pour leur trahison de la cause des Bourbons. Les souverains? Ils envoient des ambassadeurs complimenter l'usurpateur.* »

Et avec un soupir dédaigneux il changea de position. A ces mots, le prince Hippolyte, qui avait longuement examiné le vicomte à travers son lorgnon, se tourna soudain tout d'une pièce vers la petite princesse et, lui demandant une aiguille, se mit à lui indiquer en les dessinant sur la table les armoiries des Condés. Il les lui expliqua d'un air aussi important que si elle le lui avait demandé.

« *Bâton de gueules engrêlé de gueules d'azur : maison Condé* », disait-il.

La princesse l'écoutait en souriant.

« Si Bonaparte demeure encore un an sur le trône de France, dit le vicomte, poursuivant la conversation commencée comme quelqu'un qui n'écoute pas les autres mais, dans une question qu'il connaît mieux que personne, ne suit que le cours de ses pensées, les choses iront trop loin. Par l'intrigue, la violence, l'exil, les exécutions, la société française, j'entends la bonne société, sera anéantie à jamais, et alors... »

Il haussa les épaules et écarta les bras avec désolation. Pierre voulut dire son mot : la conversation l'intéressait, mais Anna Pavlovna qui le guettait ne lui en laissa pas le temps.

« L'empereur Alexandre, dit-elle avec cette tristesse qui ne la quittait jamais quand elle parlait de la famille impériale, a déclaré qu'il laisserait les Français choisir eux-mêmes leur forme de gouvernement. Et je pense qu'il est hors de doute que toute la nation, une fois délivrée de l'usurpateur, se jettera dans les bras de son roi légitime, conclut-elle, soucieuse de se montrer aimable envers l'émigré et le royaliste.

– C'est douteux, dit le prince André. *Monsieur le vicomte* a parfaitement raison de croire que les choses sont déjà allées trop loin. Je crois qu'il sera difficile de revenir en arrière.

– D'après ce que j'ai entendu dire, intervint de nouveau Pierre en rougissant, presque toute la noblesse s'est déjà ralliée à Bonaparte.

– Ce sont les bonapartistes qui le prétendent, répliqua le vicomte sans regarder Pierre. Il est difficile de connaître actuellement la véritable opinion publique en France.

– *Bonaparte l'a dit »*, fit remarquer le prince André avec un sourire. (On voyait que le vicomte lui déplaisait et que, bien qu'il ne le regardât pas, ses paroles étaient dirigées contre lui.)

« – Je leur ai montré le chemin de la gloire », dit-il après un bref silence en citant de nouveau Napoléon : *« ils n'en ont pas voulu ; « je leur ai ouvert mes antichambres, ils se sont précipités en foule »... Je ne sais pas à quel point il a eu le droit de le dire.*

– *Aucun,* rétorqua le vicomte. Depuis l'assassinat du duc, ses plus chauds partisans eux-mêmes ont cessé de voir en lui un héros. *Si même ç'a a été un héros pour certaines gens,* dit-il en s'adressant à Anna Pavlovna, *depuis l'assassinat du duc, il y a un martyr de plus dans le ciel, un héros de moins sur la terre. »*

Anna Pavlovna et les autres eurent à peine le temps d'approuver par un sourire les paroles du vicomte que Pierre faisait de nouveau irruption dans la conversation, et Anna Pavlovna, tout en pressentant qu'il allait dire des incongruités, ne put plus l'arrêter.

« L'exécution du duc d'Enghien, dit M. Pierre, était une nécessité d'État, et je vois de la grandeur d'âme précisément dans le fait que Napoléon n'a pas craint d'assumer seul la responsabilité de cet acte.

– *Dieu! mon Dieu!* fit Anna Pavlovna dans un murmure terrifié.

– *Comment, monsieur Pierre, vous trouvez que l'assassinat est grandeur d'âme?* dit la petite princesse en souriant et en attirant à elle son ouvrage.

– *Ah! Oh!* firent des voix.

– *Capital!* » dit en anglais le prince Hippolyte en se frappant le genou de la paume de sa main. Le vicomte se contenta de hausser les épaules.

Pierre regarda ses interlocuteurs d'un air solennel par-dessus ses lunettes.

« Je parle ainsi, poursuivit-il comme on se jette à l'eau, parce que les Bourbons ont fui devant la Révolution en livrant le peuple à l'anarchie; Napoléon seul a su comprendre la Révolution, la vaincre, et c'est pourquoi, pour le bien général, il ne pouvait reculer devant le sacrifice de la vie d'un individu.

– Ne voulez-vous pas passer à l'autre table? » dit Anna Pavlovna. Mais sans lui répondre Pierre continuait de parler.

« Oui, disait-il de plus en plus animé. Napoléon est grand car il s'est élevé au-dessus de la Révolution, il en a réprimé les abus en conservant tout ce qu'elle avait de bon – et l'égalité des citoyens, et la liberté de la parole et de la presse – et ce n'est que pour cela qu'il a obtenu le pouvoir.

– Oui, si en prenant le pouvoir il l'avait transmis au roi légitime sans en profiter pour assassiner, alors je l'appellerais un grand homme.

– Il n'aurait pas pu le faire. Le pays ne lui a abandonné le pouvoir que pour qu'il le débarrassât des Bourbons et parce qu'il voyait en lui un grand homme. La Révolution a été une grande chose, poursuivit M. Pierre, révélant par cette incidente audacieuse et pleine de défi sa jeunesse et son désir de dire au plus vite toute sa pensée.

– La révolution et le régicide sont une grande chose?... Après cela... mais ne voulez-vous pas passer à l'autre table? répéta Anna Pavlovna.

– *Ce Contrat social*, dit le vicomte avec un sourire indulgent.

– Je ne parle pas du régicide. Je parle d'idées.

– Oui, l'idée de pillage, de meurtre et de régicide, interrompit de nouveau une voix ironique.

– C'étaient des excès, bien entendu, et l'essentiel n'est pas là mais dans les droits de l'homme, l'affranchissement des préjugés et l'égalité des citoyens; et toutes ces idées, Napoléon les a maintenues dans toute leur force.

– La liberté et l'égalité, dit dédaigneusement le vicomte

qui paraissait enfin décidé à démontrer sérieusement à ce jeune homme toute la sottise de ses propos, ce sont là de grands mots depuis longtemps compromis. Qui donc n'aime pas la liberté et l'égalité? Notre Sauveur enseignait déjà la liberté et l'égalité. Les hommes sont-ils plus heureux depuis la Révolution? Au contraire. C'est nous qui voulions la liberté, et c'est Bonaparte qui l'a détruite. »

Le prince André regardait en souriant tantôt Pierre, tantôt le vicomte, tantôt la maîtresse de maison. Au premier abord, Anna Pavlovna avait été épouvantée par la sortie de Pierre, malgré toute son habitude du monde, mais lorsqu'elle s'aperçut que, pour sacrilèges que fussent ses paroles, le vicomte ne s'emportait pas, et qu'elle fut convaincue qu'on ne pouvait plus étouffer la conversation, elle rassembla ses forces et, se joignant au vicomte, attaqua l'orateur.

« *Mais, mon cher monsieur Pierre,* dit-elle, comment expliquez-vous donc qu'un grand homme ait pu faire exécuter le duc, enfin disons simplement un homme, sans jugement et sans qu'il soit coupable?

– Et moi je demanderais, dit le vicomte, comment *monsieur* explique le 18 brumaire? N'est-ce pas une duperie? *C'est un escamotage qui ne ressemble nullement à la manière d'agir d'un grand homme.*

– Et les prisonniers en Afrique qu'il a fait massacrer? dit la petite princesse. C'est horrible! » Et elle eut un geste d'effroi.

« *C'est un roturier, vous aurez beau dire* », dit le prince Hippolyte.

M. Pierre ne savait à qui répondre, il parcourut tout le monde du regard et sourit. Son sourire ne ressemblait pas à celui des autres, qui se confond avec l'absence de sourire. Chez lui, au contraire, quand le sourire naissait, son expression sérieuse et même un peu maussade disparaissait soudain, d'un seul coup, cédant la place à une autre, enfantine, bonne, même simplette, et qui semblait demander pardon.

Il devint évident pour le vicomte qui le voyait pour la première fois que ce jacobin n'était nullement si terrible que ses paroles. Tous se turent.

« Comment voulez-vous qu'il réponde à tout le monde à la fois? dit le prince André. Au surplus, dans les actes d'un homme d'État il faut distinguer les actes du simple particulier, ceux du chef d'armée et ceux de l'empereur. C'est ce qu'il me semble.

– Oui, oui, bien entendu, reprit Pierre, heureux du renfort qui lui venait.

– On ne peut pas ne pas le reconnaître, continua le prince André. Napoléon en tant qu'homme est grand au pont d'Arcole, à l'hôpital de Jaffa où il tend la main aux pestiférés, mais... mais il est d'autres actes qu'il est difficile de justifier. »

Le prince André, qui avait visiblement voulu atténuer la maladresse des propos de Pierre, se leva pour partir et fit signe à sa femme.

Soudain, le prince Hippolyte se mit debout et, demandant d'un geste à tout le monde de rester assis, commença à parler :

« Ah! aujourd'hui on m'a raconté une anecdote moscovite, charmante : il faut que je vous en régale. Vous m'excusez, vicomte, il faut que je raconte en russe. Autrement on ne sentira pas le sel de l'histoire. »

Et le prince Hippolyte se mit à parler russe avec l'accent qu'ont les Français après un an de séjour en Russie. Tous les regards se tournèrent vers lui, tant étaient grandes l'animation, l'insistance avec lesquelles il réclamait l'attention pour son histoire.

« *A Moscou* il y a *une dame*. Et elle est très avare. Elle avait besoin de deux *valets de pied* derrière sa calèche. Et de très grande taille. Tel était son goût. Et elle avait *une femme de chambre* encore plus grande de taille. Elle dit... »

Ici le prince Hippolyte réfléchit, rassemblant ses idées avec une peine visible.

« Elle dit... oui, elle dit : « Ma fille *(à la femme de chambre)*, « mets la livrée et viens avec moi, derrière la calèche, *faire des* « *visites*. »

Ici le prince Hippolyte éclata de rire bien avant ses auditeurs, ce qui fit une impression fâcheuse pour le narrateur. Pourtant beaucoup de personnes sourirent, parmi elles la dame âgée et Anna Pavlovna.

« Elle partit. Soudain un grand vent se fit. La jeune fille perdit son chapeau et ses longs cheveux se dénouèrent... »

Ici il ne put plus se contenir et partit d'un rire saccadé tout en disant :

« Et tout le monde sut... »

Ainsi finit l'anecdote. Bien qu'on ne comprît pas pourquoi il l'avait racontée et pourquoi il était indispensable de la raconter en russe, Anna Pavlovna et les autres apprécièrent la courtoisie mondaine du prince Hippolyte qui avait mis si plaisamment fin à la sortie pénible et peu aimable de M. Pierre. La conversation après l'anecdote s'éparpilla en menus propos insignifiants sur les bals passés et à venir, les spectacles, les prochaines occasions de se revoir.

V

APRÈS avoir remercié Anna Pavlovna de sa *charmante soirée,* les invités commencèrent à se retirer.

Pierre était gauche. Gros, large, d'une taille au-dessus de la moyenne, avec d'énormes mains rouges, il ne savait, comme on dit, entrer dans un salon et encore moins en sortir, c'est-à-dire prononcer quelques mots particulièrement aimables avant de se retirer. Par surcroît, il était distrait. En se levant, il prit, au lieu de son chapeau, un tricorne empanaché de général dont il tirailla le panache jusqu'à ce que le général l'eût prié de le lui rendre. Mais toute sa distraction et son inaptitude à entrer dans un salon et à parler étaient rachetées par son expression de bonhomie, simple et modeste. Anna Pavlovna se tourna vers lui et, lui accordant avec une mansuétude chrétienne le pardon pour sa sortie, lui fit un signe de tête en disant :

« J'espère vous revoir, mais j'espère aussi que vous changerez d'idées, mon cher monsieur Pierre. »

Il ne répondit rien, mais se contenta de s'incliner et montra encore une fois à tous son sourire qui n'exprimait rien, sinon : « Les idées sont les idées, mais vous voyez bien quel bon et brave garçon je suis. » Et tous, et Anna Pavlovna elle-même, le sentirent malgré eux.

Le prince André passa dans le vestibule et présentant ses épaules au laquais qui lui mettait son manteau, prêta une oreille indifférente au bavardage de sa femme avec le prince Hippolyte qui les avait suivis. Le prince Hippolyte se tenait près de la jolie princesse enceinte et la dévisageait avec insistance à travers son lorgnon

« Rentrez, Annette, vous allez prendre froid, dit la petite princesse en prenant congé d'Anna Pavlovna. *C'est arrêté »,* ajouta-t-elle à voix basse.

Anna Pavlovna avait déjà eu le temps de parler à Lise du mariage qu'elle projetait entre Anatole et la belle-sœur de celle-ci.

« Je compte sur vous, chère amie, dit Anna Pavlovna également à voix basse, vous lui écrirez et vous me direz *comment le père envisagera la chose. Au revoir »,* et elle quitta le vestibule.

Le prince Hippolyte s'approcha de la petite princesse et penchant son visage tout près du sien, lui parla à mi-voix.

Deux valets de pied, celui de la princesse et le sien, qui attendaient la fin de leur conversation, tenaient l'un le châle, l'autre la redingote, et les écoutaient parler français, langue inintelligible pour eux, comme s'ils comprenaient ce qui se disait mais ne voulaient pas le laisser voir. La princesse parlait comme toujours en souriant et écoutait en riant.

« Je suis ravi de ne pas être allé chez l'ambassadeur, disait le prince Hippolyte : c'est d'un ennui... Charmante soirée, n'est-ce pas, vraiment charmante?

— On dit que le bal sera très beau, répondit la princesse en retroussant sa petite lèvre ombrée de duvet. Toutes les jolies femmes du monde y seront.

— Pas toutes puisque vous n'y serez pas, pas toutes », dit le prince Hippolyte en riant joyeusement et, prenant le châle des mains du laquais qu'il bouscula même, il se mit en devoir d'en envelopper la princesse. Par maladresse ou à dessein (nul n'eût pu le dire), il fut longtemps, le châle mis, sans retirer ses mains, comme s'il étreignait la jeune femme.

Elle s'écarta avec grâce mais toujours en souriant, se retourna et regarda son mari. Les yeux du prince André étaient clos : tant il paraissait las et ensommeillé.

« Vous êtes prête? » demanda-t-il à sa femme en l'enveloppant du regard.

Le prince Hippolyte enfila hâtivement sa redingote qui, à la dernière mode, lui descendait jusqu'aux talons, et s'y embarrassant il courut sur le perron à la suite de la princesse que le laquais aidait à monter en voiture.

« Princesse, au revoir », cria-t-il, la langue aussi embarrassée que les jambes.

La princesse, relevant le bas de sa robe, s'installait dans

l'obscurité de la voiture; son mari ajustait son sabre; le prince Hippolyte, sous prétexte de se rendre utile, gênait tout le monde.

« Permettez, monsieur », dit le prince André en russe, avec une sécheresse désagréable, à Hippolyte qui l'empêchait de monter.

« Je t'attends, Pierre », dit la même voix du prince André avec un accent affectueux et tendre.

Le postillon mit les chevaux en marche et les roues de la voiture sonnèrent sur le pavé. Le prince Hippolyte, debout sur le perron, riait par saccades, attendant le vicomte qu'il avait promis de déposer chez lui.

« Eh bien, mon cher, votre petite princesse est très bien, dit le vicomte, une fois installé dans la voiture en compagnie d'Hippolyte. *Mais très bien.* » Il envoya un baiser du bout des doigts. *« Et tout à fait française. »*

Hippolyte pouffa.

« Et savez-vous que vous êtes terrible avec votre petit air innocent? continua le vicomte. *Je plains le pauvre mari, ce petit officier qui se donne des airs de prince régnant. »*

Hippolyte pouffa encore et dit à travers son rire :

« Et vous disiez que les dames russes ne valaient pas les dames françaises. Il faut savoir s'y prendre. »

Pierre, arrivé le premier, se rendit en familier de la maison dans le cabinet de travail du prince André et aussitôt, selon son habitude, s'allongea sur le divan, prit sur un rayon le premier livre venu (c'était les Commentaires de César) et s'accoudant se mit à lire au hasard.

« Qu'as-tu fait chez Mlle Scherer? Elle va en tomber vraiment malade », dit le prince André qui entrait en se frottant ses petites mains blanches.

Pierre se retourna tout d'une pièce, au point que le divan gémit, offrit au prince André un visage animé, sourit et fit de la main un geste d'indifférence.

« Vraiment, cet abbé est fort intéressant, mais son raisonnement n'est pas juste... A mon avis, une paix perpétuelle est possible, mais... je ne sais pas le dire... En tout cas, ce n'est pas par l'équilibre politique... »

Ces discussions abstraites n'intéressaient visiblement pas le prince André.

« On ne peut pas, *mon cher,* dire partout tout ce que l'on

pense. Voyons, as-tu pris une décision? Seras-tu chevalier-garde ou diplomate? » demanda-t-il après une minute de silence.

Pierre s'assit sur le divan, les jambes ramenées sous lui.

« Figurez-vous, je n'en sais toujours rien. Ni l'un ni l'autre ne me tente.

– Mais il faut bien prendre une décision? Ton père attend. »

A l'âge de dix ans, Pierre avait été envoyé à l'étranger, avec son gouverneur, un abbé; il y était demeuré jusqu'à vingt ans. A son retour à Moscou, son père congédia l'abbé et dit au jeune homme : « Va maintenant à Pétersbourg, vois et choisis. Je souscris à tout. Voici une lettre pour le prince Vassili et voici de l'argent. Écris-moi pour me tenir au courant, je t'aiderai en tout. » Il y avait trois mois déjà que Pierre choisissait une carrière et ne faisait rien. C'est de ce choix que lui parlait le prince André. Pierre se frotta le front.

« Mais il doit être franc-maçon, dit-il en pensant à l'abbé rencontré à la soirée.

– Sornettes que tout cela, l'interrompit de nouveau le prince André, parlons plutôt de choses sérieuses. Es-tu allé voir la garde à cheval...?

– Non, je n'y suis pas allé, mais voici ce qui m'est venu à l'esprit, je voulais vous en parler. Nous sommes en guerre avec Napoléon. Si c'était une guerre pour la liberté, je le comprendrais, je serais le premier à m'enrôler; mais aider l'Angleterre et l'Autriche contre le plus grand homme au monde... ce n'est pas bien... »

Le prince André se borna à hausser les épaules aux propos enfantins de Pierre. Il fit comme s'il était impossible de répondre à de pareilles sottises; mais il eût en effet été difficile de donner à cette question naïve une autre réponse que celle qu'il fit.

« Si tout le monde ne faisait la guerre que selon ses convictions, il n'y aurait pas de guerre, dit-il.

– C'est cela qui serait parfait », dit Pierre.

Le prince André sourit.

« C'est fort possible, mais cela n'arrivera jamais...

– Voyons, pourquoi allez-vous à la guerre? demanda Pierre.

– Pourquoi? Je ne sais pas. Il le faut. En outre, j'y vais... » Il s'arrêta. « J'y vais parce que la vie que je mène ici, cette vie ne me convient pas! »

VI

On entendit dans la pièce voisine le frou-frou d'une robe de femme. Comme s'il revenait à lui, le prince André se secoua et son visage reprit l'expression qu'il avait dans le salon d'Anna Pavlovna. Pierre reposa les pieds par terre. La princesse entra. Elle avait déjà mis une autre toilette, une robe d'intérieur, tout aussi élégante et fraîche d'ailleurs. Le prince André se leva et lui avança poliment un fauteuil.

« Pourquoi, je me le demande souvent, dit-elle en français, comme toujours, en s'installant hâtivement et avec agitation dans le fauteuil, pourquoi Annette ne s'est-elle pas mariée? Comme vous êtes tous stupides, *messieurs,* de ne pas l'avoir épousée. Excusez-moi, mais vous n'entendez rien aux femmes. Quel disputeur vous êtes, monsieur Pierre!

– Même avec votre mari je discute tout le temps; je ne comprends pas pourquoi il veut aller à la guerre », dit Pierre en s'adressant à la princesse sans le moindre embarras (si fréquent dans les rapports d'un jeune homme avec une jeune femme).

La princesse s'anima. Visiblement les paroles de Pierre avaient atteint en elle un point sensible.

« Ah! c'est bien ce que je dis moi aussi! fit-elle. Je ne comprends pas, je ne comprends absolument pas pourquoi les hommes ne peuvent se passer de la guerre. Comment se fait-il que nous autres femmes nous ne voulions rien, n'ayons besoin de rien? Soyez-en juge. Je ne cesse de le lui répéter : ici il est aide de camp de son oncle, une situation des plus brillantes. Tout le monde le connaît, l'apprécie tant. J'ai entendu l'autre jour une dame demander chez les Apraksine : « *C'est ça le fameux « prince André? » Ma parole d'honneur.* Il est si bien reçu partout. Il pourrait très facilement être nommé aide de camp de l'empereur. Vous savez, l'empereur lui a adressé très gracieusement la parole. Nous en avons parlé, Annette et moi, il serait très facile d'arranger cela. Qu'en pensez-vous? »

Pierre regarda le prince André et, voyant que cette conversation déplaisait à son ami, ne répondit rien.

« Quand partez-vous? demanda-t-il.

– *Ah! ne me parlez pas de ce départ, ne m'en parlez pas. Je ne veux pas en entendre parler,* dit la princesse de ce ton capricieusement enjoué qu'elle avait dans le salon en parlant à Hippolyte et qui de toute évidence convenait si mal au cercle familial dont Pierre semblait faire en ce moment partie. Quand j'ai pensé aujourd'hui qu'il me faut rompre toutes ces chères relations... Et puis, tu sais, *André?* » Elle adressa à son mari un clignement d'yeux significatif. *« J'ai peur, j'ai peur! »* murmura-t-elle en frissonnant.

Son mari la regarda, comme surpris de découvrir dans la pièce une autre présence que la sienne et celle de Pierre; pourtant il demanda à sa femme avec une froide courtoisie :

« De quoi as-tu peur, Lise? Je ne parviens pas à le comprendre.

– Voilà bien l'égoïsme de tous les hommes: tous, tous sont des égoïstes! Par caprice, Dieu sait pourquoi, il m'abandonne, m'enferme seule à la campagne.

– Avec mon père et ma sœur, ne l'oublie pas, dit le prince André à voix basse.

– N'empêche que je serai seule, sans MES amis... Et il veut que je n'aie pas peur. »

Son ton était cette fois boudeur, sa lèvre se releva, donnant à son visage non plus une expression joyeuse mais un air animal, celui d'un écureuil. Elle se tut, comme si elle jugeait inconvenant de parler de sa grossesse devant Pierre, alors que toute la question était bien là.

« Je n'ai tout de même pas compris *de quoi vous avez peur* », prononça lentement le prince André sans quitter sa femme des yeux.

La princesse rougit et agita les mains avec véhémence.

« Non, André, je dis que vous avez tellement, tellement changé...

– Ton médecin te prescrit de te coucher de bonne heure, dit le prince André. Tu devrais te mettre au lit. »

La princesse ne dit rien, mais tout à coup sa courte lèvre ombrée de duvet se mit à trembler; le prince André se leva en haussant les épaules et fit quelques pas dans la pièce.

Pierre, qui, à travers ses lunettes, regardait tantôt lui, tantôt la princesse, d'un air surpris et naïf, s'agita comme s'il voulait se lever à son tour, mais changea d'avis.

« Que m'importe que M. Pierre soit là, dit soudain la petite princesse, et son joli visage se contracta en une grimace pleurnicheuse. Il y a longtemps que je voulais te demander, André, pourquoi tu as tellement changé à mon égard? Que t'ai-je fait? Tu t'en vas à l'armée, tu n'as pas pitié de moi. Pourquoi?

— Lise! » se contenta de dire le prince André; mais dans ce mot il y avait et une prière, et une menace et, surtout, l'assurance qu'elle regretterait elle-même ses paroles; néanmoins elle reprit hâtivement :

« Tu me traites comme une malade ou comme une enfant. Je vois tout. Est-ce ainsi que tu étais il y a six mois?

— Lise, je te prie de cesser », dit le prince André d'un ton encore plus ferme.

Pierre, qui devenait de plus en plus nerveux pendant cette conversation, se leva et s'approcha de la princesse. Il semblait ne pouvoir supporter la vue des larmes et être prêt à pleurer lui-même.

« Calmez-vous, princesse. C'est une idée que vous vous faites parce que, je vous assure, j'ai éprouvé moi-même... pourquoi... c'est que... Non, excusez-moi, un tiers est de trop ici... Calmez-vous... Adieu... »

Le prince André le retint par le bras.

« Non, attends Pierre. La princesse est trop bonne pour vouloir me priver du plaisir de passer la soirée avec toi.

— Vraiment, il ne pense qu'à lui, prononça la princesse sans retenir des larmes de dépit.

— Lise », dit sèchement le prince André en haussant le ton à ce diapason qui signifie qu'on est à bout de patience.

Soudain, l'air d'écureuil fâché céda la place sur le beau visage de la princesse à une expression de frayeur attrayante et propre à éveiller la compassion; elle regarda son mari en dessous de ses beaux yeux et prit cette expression timide et coupable qu'on voit à un chien qui remue à petits coups vifs sa queue baissée.

« Mon Dieu, mon Dieu! » fit-elle en ramassant d'une main les plis de sa robe, elle s'approcha de son mari et le baisa au front.

« Bonsoir, Lise », dit le prince André en se levant et en lui baisant poliment la main comme à une étrangère.

Les amis se taisaient. Ni l'un ni l'autre ne rompait le silence. Pierre jetait des regards au prince André, le prince André se frottait le front de sa petite main.

« Allons souper », dit-il avec un soupir en se levant et en se dirigeant vers la porte.

Ils entrèrent dans l'élégante salle à manger luxueusement aménagée et remise à neuf. Tout, depuis les serviettes jusqu'à l'argenterie, la vaisselle et les cristaux, portait cette marque particulière du neuf qu'on rencontre dans les jeunes ménages. Au milieu du souper, le prince André s'accouda et, comme quelqu'un qui depuis longtemps a quelque chose sur le cœur et se décide soudain à le soulager, prit la parole avec une nervosité que Pierre n'avait jamais encore vue à son ami :

« Ne te marie jamais, mon ami, jamais; c'est le conseil que je te donne; ne te marie pas avant de t'être dit que tu as fait tout ce que tu as pu et avant d'avoir cessé d'aimer la femme que tu auras choisie, avant d'avoir vu clair en elle; sinon tu te tromperas cruellement et irrémédiablement. Marie-toi une fois vieux, quand tu ne seras plus bon à rien... Sinon, tout ce qu'il y a en toi de bon et d'élevé sera perdu. Tout sera gaspillé en vétilles. Oui, oui, oui! Ne me regarde pas de cet air surpris. Si tu attends quelque chose de toi dans l'avenir, tu sentiras à chaque instant que pour toi tout est fini, que tout est fermé, sauf le salon où tu compteras autant qu'un servile courtisan et qu'un imbécile... Mais quoi!... »

Il fit un geste énergique de la main.

Pierre enleva ses lunettes, ce qui donna à son visage un aspect nouveau, faisant ressortir encore davantage sa bonté, et il regarda son ami avec surprise.

« Ma femme, poursuivit le prince André, est une excellente personne. C'est une des rares femmes avec qui on peut être tranquille pour son honneur; mais, mon Dieu, que ne donnerais-je pas pour ne pas être marié! Tu es le seul, le premier, à qui je le dis, parce que je t'aime bien. »

En disant cela, le prince André ressemblait encore moins à ce Bolkonski qui, affalé dans un fauteuil chez Anna Pavlovna, laissait tomber du bout des lèvres des phrases françaises en plissant les yeux. Des tressaillements nerveux agitaient chaque muscle de son visage sec, ses yeux où, tout à l'heure, la flamme de la vie semblait éteinte brillaient maintenant d'un éclat vif et lumineux. On voyait que plus il paraissait apathique d'ordinaire, plus énergique il était aux moments d'excitation nerveuse.

« Tu ne comprends pas pourquoi je dis cela, poursuivit-il. C'est toute l'histoire d'une vie. Tu dis : Bonaparte et sa carrière, ajouta-t-il bien que Pierre n'eût soufflé mot de Bonaparte. Tu dis : Bonaparte; mais quand il travaillait, que pas à pas il allait vers son but, Bonaparte était libre, il n'avait rien d'autre à l'esprit que son but – et il l'a atteint. Mais qu'on se lie à une femme, et comme un forçat enchaîné on pert toute liberté. Et tout ce que l'on a en soi d'espoirs et de forces, tout n'est plus qu'une chose qui pèse et tourmente par le remords. Les salons, les potins, les bals, la vanité, la médiocrité, voilà le cercle vicieux dont je ne puis sortir. Je pars maintenant pour la guerre, pour la plus grande des guerres qu'on ait jamais vue, et je ne sais rien et je ne suis bon à rien. *Je suis très aimable et très caustique* et chez Anna Pavlovna on m'écoute. Et cette sotte société dont ma femme ne peut se passer, et ces femmes... Si seulement tu pouvais savoir ce que sont *toutes les femmes distinguées* et les femmes en général! Mon père a raison. Égoïsme, vanité, sottise, nullité en tout, voilà bien les femmes quand elles se montrent telles qu'elles sont. A les voir dans le monde, on a l'impression qu'elles ont quelque chose, mais il n'y a rien rien, rien! Non, ne te marie pas, mon cher, ne te marie pas, conclut le prince André.

– Je trouve drôle, dit Pierre, que ce soit vous, vous qui vous jugiez un incapable, vous qui croyiez votre vie une vie gâchée. Vous avez tout devant vous, tout. Et vous... »

Il n'acheva pas sa pensée, mais son ton à lui seul montrait en quelle haute estime il tenait son ami et tout ce qu'il attendait de lui dans l'avenir.

« Comment peut-il parler ainsi? » pensait Pierre. Pour lui, le prince André était un modèle de toutes les perfections parce qu'il réunissait au plus haut degré toutes les qualités qui précisément manquaient à Pierre et qu'on peut le mieux qualifier de force de volonté. Pierre admirait toujours le don qu'avait le prince André de garder son calme dans ses rapports avec les gens les plus divers, son extraordinaire mémoire, sa culture générale (il lisait tout, savait tout, avait des notions de tout) et par-dessus tout sa capacité de travail et d'étude. Si Pierre était souvent frappé du manque chez lui de tendance à la rêverie philosophique (ce à quoi il était particulièrement enclin lui-même), même en cela il voyait non pas un défaut mais une force.

Dans les meilleures relations, les plus amicales et les plus simples, la flatterie ou la louange sont indispensables, comme est indispensable le graissage pour le bon fonctionnement des roues.

« *Je suis un homme fini,* dit le prince André. A quoi bon parler de moi? Parlons plutôt de toi », ajouta-t-il après un silence en souriant à des pensées plus réconfortantes.

Le même sourire se refléta instantanément sur le visage de Pierre.

« Et à quoi bon parler de moi? dit-il, détendant sa bouche en un joyeux sourire insouciant. Que suis-je? *Je suis un bâtard!* » Et il devint soudain écarlate. On voyait que ce mot lui avait coûté un grand effort. « *Sans nom, sans fortune*... en vérité... » Il ne dit pas ce qu'il entendait par « en vérité ». « Je suis libre pour le moment, et je suis content. Je n'arrive seulement pas à décider ce que je devrais entreprendre. Je voulais vous consulter sérieusement.

Le prince André le regardait avec de bons yeux. Mais la conscience de sa supériorité perçait néanmoins dans son regard amical et affectueux.

« Je tiens à toi, surtout parce que tu es le seul être vivant dans tout notre monde. Choisis ce que tu voudras, c'est égal. Tu seras bon partout, une chose seulement : cesse de fréquenter ces Kouraguine, de mener cette vie... Cela te convient si mal : toutes ces débauches, ces allures de hussard, et tout...

– *Que voulez-vous, mon cher,* dit Pierre en haussant les épaules, *les femmes, mon cher, les femmes!*

– Je ne comprends pas, répondit André. *Les femmes comme il faut,* passe encore; mais *les femmes* de Kouraguine, *les femmes et le vin,* je ne le comprends pas! »

Pierre habitait chez le prince Vassili Kouraguine et participait à la vie dissolue de son fils Anatole, celui-là même que, pour l'amender, on voulait marier à la sœur du prince André.

« Savez-vous? dit Pierre comme si une idée heureuse lui venait à l'improviste, sérieusement, il y a longtemps que je me le dis. A mener cette vie, je ne peux rien décider ni réfléchir à rien. J'ai des maux de tête, je n'ai pas d'argent. Il m'a invité aujourd'hui, je n'irai pas.

— Donne-moi ta parole d'honneur de ne plus y aller?
— Parole d'honneur! »

Pierre ne quitta son ami qu'à une heure passée. Il faisait une nuit blanche de juin, une nuit de Pétersbourg. Pierre prit un fiacre avec l'intention de rentrer chez lui. Mais plus il approchait, plus il sentait qu'il était impossible de dormir par cette nuit qui ressemblait plutôt au crépuscule ou à l'aube. Le regard portait loin dans les rues désertes. Chemin faisant, il se souvint que l'habituelle bande de joueurs devait se réunir ce soir chez Anatole Kouraguine, après quoi on se livrait d'ordinaire à une beuverie qui se terminait par une de ses distractions favorites.

« Il serait agréable d'aller chez Kouraguine », pensa-t-il. Mais aussitôt il se souvint de la parole donnée au prince André de ne plus fréquenter Kouraguine.

Mais au même moment, comme il advient aux gens qu'on dit sans caractère, il eut si passionnément envie de goûter encore une fois cette vie déréglée qu'il connaissait si bien qu'il décida d'y aller. Et tout de suite l'idée lui vint que la parole donnée ne signifiait rien car, avant sa promesse au prince André, il avait déjà donné sa parole à Anatole de venir chez lui; enfin il se dit que toutes ces paroles d'honneur sont chose si conventionnelle, dépourvue de tout sens précis, surtout quand on pense qu'on peut mourir dès le lendemain ou qu'il peut vous arriver quelque chose de si extraordinaire qu'il n'y aurait plus rien d'honnête ni de malhonnête. Des raisonnements de ce genre qui détruisaient toutes ses décisions et ses projets étaient fréquents chez Pierre. Il se rendit chez Kouraguine.

Arrivé devant la grande maison qu'habitait Anatole, près des casernes de la garde à cheval, il monta le perron éclairé, puis l'escalier et franchit la porte ouverte. Dans le vestibule il n'y avait personne; des bouteilles vides y traînaient, des manteaux, des galoches; cela sentait le vin, on entendait au loin un brouhaha de voix et des cris.

On avait déjà fini de jouer et de souper, mais les invités ne partaient pas encore. Pierre enleva son manteau et entra dans la première pièce où l'on voyait les reliefs du souper et où un laquais, ne se sachant pas observé, vidait subrepticement le fond des verres. De la troisième pièce parvenaient un vacarme, des rires, des voix familières à Pierre qui criaient et des grognements d'ours. Sept ou huit jeunes gens se pressaient d'un air préoccupé autour d'une fenêtre ouverte. Trois autres s'amusaient avec un jeune ours que l'un d'eux tirait par la chaîne et faisait semblant de lancer sur un autre.

« Je parie cent roubles sur Stevens! criait l'un.

— Attention de ne pas le soutenir! criait un autre.

— Moi, je parie pour Dolokhov! criait un troisième. Sois l'arbitre, Kouraguine.

— Allons, laissez Michka[1], il y a le pari.

— D'un seul trait, sinon c'est perdu, criait un quatrième.

— Iakov! Apporte une bouteille, Iakov! » criait le maître de céans lui-même, un grand et beau garçon qui se tenait au milieu de la pièce, la poitrine couverte seulement d'une mince chemise déboutonnée. « Attendez, messieurs. Voilà Petroucha, ce cher ami », dit-il en s'adressant à Pierre.

Une autre voix, celle d'un homme de taille peu élevée, aux limpides yeux bleus, qui frappait particulièrement par son ton lucide au milieu de toutes ces voix avinées, cria de la fenêtre : « Viens ici, arbitre le pari! » C'était Dolokhov, un officier du régiment Semenovski, fameux joueur et bretteur, qui habitait chez Anatole. Pierre souriait en regardant gaiement autour de lui.

« Je n'y comprends rien. De quoi s'agit-il? demanda-t-il.

— Attendez, il n'est pas ivre. Donne une bouteille, dit Anatole, et prenant un verre sur la table, il s'avança vers Pierre. Tout d'abord, bois. »

Pierre se mit à vider verre sur verre en regardant en dessous les invités ivres qui se pressaient de nouveau près de la fenêtre, et prêtant l'oreille à leurs propos. Anatole lui versait du vin et expliquait que Dolokhov avait parié avec l'Anglais Stevens, un officier de marine qui était présent, de vider une bouteille de rhum assis sur le rebord de la fenêtre du second étage, les jambes pendantes à l'extérieur.

« Allons, finis la bouteille! dit Anatole en tendant à Pierre le dernier verre, je ne te lâcherai pas autrement!

— Non, je n'en veux plus », dit Pierre en le repoussant, et il s'approcha de la fenêtre.

1. Nom familier qu'on donne aux ours.

Dolokhov tenait la main de l'Anglais dans la sienne et nettement, distinctement précisait les conditions du pari en s'adressant principalement à Anatole et à Pierre.

Dolokhov était un garçon de taille moyenne, aux cheveux bouclés et aux yeux bleu clair. Il pouvait avoir vingt-cinq ans. Il ne portait pas la moustache, selon l'usage parmi les officiers d'infanterie, et sa bouche, trait le plus frappant de son visage, était entièrement découverte. Les contours de cette bouche dessinaient une courbe d'une finesse remarquable. Au milieu, la lèvre supérieure descendait énergiquement en un angle aigu sur la ferme lèvre inférieure et, aux coins, s'esquissait constamment quelque chose qui ressemblait à un double sourire, un de chaque côté; et l'ensemble, surtout allié au regard ferme, insolent, intelligent, produisait une impression telle qu'il était impossible de ne pas remarquer ce visage. Dolokhov n'était pas riche et n'avait pas de relations. Et bien qu'Anatole dépensât des dizaines de milliers de roubles, il partageait son appartement et avait su s'imposer au point qu'Anatole et tous ceux qui les connaissaient le respectaient plus qu'ils ne respectaient celui-ci. Dolokhov savait jouer à tous les jeux de cartes et gagnait presque toujours. Quoi qu'il eût bu, il ne perdait jamais sa lucidité. Kouraguine et Dolokhov étaient tous deux à cette époque des célébrités dans le monde des têtes brûlées et des fêtards de Pétersbourg.

On apporta la bouteille de rhum; deux laquais qui se hâtaient, visiblement intimidés par les conseils et les cris de ceux qui les entouraient, étaient en train d'arracher le châssis qui empêchait de s'asseoir sur le rebord extérieur de la fenêtre.

Anatole s'approcha de son air conquérant. Il avait envie de casser quelque chose. Il repoussa les laquais et tira sur le châssis mais celui-ci ne céda pas. Il brisa une vitre.

« Eh bien, à ton tour, hercule », dit-il à Pierre.

Pierre saisit les montants, tira et avec fracas arracha le châssis de chêne.

« Retire-le complètement, autrement on pensera que je me tiens, dit Dolokhov.

— L'Anglais se vante .. hein?... c'est bien?... dit Anatole.

— C'est bien », dit Pierre en regardant Dolokhov qui, la bouteille de rhum à la main, s'approchait de la fenêtre par laquelle on apercevait la clarté du ciel et l'aurore qui se confondait avec le crépuscule.

Dolokhov, la bouteille à la main, sauta sur la fenêtre.

« Écoutez! » cria-t-il, debout sur le rebord et parlant vers l'intérieur de la pièce. Tous se turent.

« Je parie (il s'exprimait en français pour se faire comprendre de l'Anglais, et il ne parlait pas particulièrement bien cette langue), je parie cinquante impériales. Voulez-vous cent? ajouta-t-il à l'adresse de l'Anglais.

– Non, cinquante, répondit celui-ci.

– Bien, je parie cinquante impériales de vider entièrement la bouteille de rhum d'un trait, de la vider assis sur la fenêtre, à cette place-là (il se pencha et désigna le rebord en pente du mur, à l'extérieur) et sans me tenir à quoi que ce soit... C'est entendu?

– Très bien », dit l'Anglais.

Anatole se tourna vers ce dernier et, le tenant par un bouton de son habit et le regardant de haut en bas (l'autre était petit), lui répéta en anglais les conditions du pari.

« Attends! cria Dolokhov en frappant avec la bouteille sur la fenêtre pour attirer l'attention. Attends, Kouraguine, écoutez. Si quelqu'un en fait autant, je lui paierai cent impériales. Vous comprenez? »

L'Anglais fit un signe de tête, sans laisser nullement entendre s'il avait ou non l'intention d'accepter ce nouveau pari. Anatole ne le lâchait pas et, quoique celui-ci lui fît savoir d'un signe qu'il avait tout compris, il lui traduisait en anglais les paroles de Dolokhov. Un jeune garçon mince, des hussards de la garde, qui avait perdu au jeu au cours de la soirée, monta sur le rebord de la fenêtre, passa la tête au-dehors et regarda en bas.

« Ouh!... ouh!... ouh!... fit-il en regardant au-delà de la fenêtre les pierres du trottoir.

– Silence! » cria Dolokhov, et il fit descendre l'officier qui, s'embarrassant dans ses éperons, sauta gauchement dans la pièce.

Posant la bouteille sur l'appui pour l'avoir à sa portée, Dolokhov se glissa lentement et avec prudence par la fenêtre. Laissant pendre ses jambes et s'appuyant des deux mains au chambranle, il choisit sa place, lâcha prise, se déplaça à droite, à gauche, et prit la bouteille. Anatole apporta deux bougies et les posa sur l'appui, bien qu'il fît déjà complètement jour. Le dos de Dolokhov en chemise blanche et sa tête bouclée étaient éclairés des deux côtés. Tous s'attroupèrent à la fenêtre. L'Anglais se tenait au premier rang. Pierre souriait et ne disait rien. Un des assistants, plus âgé que les autres, l'air effrayé et mécontent, se poussa soudain en avant et voulut saisir Dolokhov par sa chemise.

« Messieurs, c'est stupide; il va se tuer », dit cet homme plus raisonnable.

Anatole l'arrêta.

« Ne le touche pas, tu vas l'effrayer, il se tuera. Hein?... Et alors?... Hein?... »

Dolokhov se retourna, rectifiant sa position et s'appuyant de nouveau de ses bras écartés.

« Si quelqu'un me dérange encore, dit-il en laissant lentement filtrer les mots à travers ses lèvres minces et serrées, je le fais aussitôt descendre par là. Allons-y!... »

Ayant dit « Allons-y! » il se détourna de nouveau, lâcha prise, saisit la bouteille et la porta à ses lèvres, la tête renversée en arrière et son bras libre levé en l'air pour garder l'équilibre. Un des laquais qui, avait commencé à ramasser les débris de la vitre s'arrêta, accroupi, sans détacher les yeux de la fenêtre et du dos de Dolokhov. Anatole se tenait droit, les yeux écarquillés. L'Anglais, les lèvres avancées, regardait de côté. Celui qui avait voulu arrêter Dolokhov s'enfuit dans un coin de la pièce et s'allongea sur le divan, face contre le mur. Pierre s'était caché le visage et un faible sourire oublié flottait sur ses traits qui exprimaient maintenant l'horreur et l'effroi. Tous se taisaient. Pierre écarta les mains de ses yeux. Dolokhov était toujours assis dans la même position, sa tête s'était seulement à ce point renversée en arrière que les cheveux bouclés sur sa nuque touchaient le col de sa chemise, et la main avec la bouteille se levait de plus en plus haut, tremblant sous l'effort. La bouteille se vidait à vue d'œil et montait à mesure, entraînant la tête en arrière. « Pourquoi est-ce si long? » se dit Pierre. Il lui semblait que plus d'une demi-heure s'était déjà écoulée. Soudain Dolokhov fit du dos un mouvement en arrière et son bras eut un tremblement nerveux; ce tremblement suffisait à déplacer tout le corps assis sur le rebord en pente. Il se déplaça tout entier, et son bras et sa tête tremblèrent encore plus fortement sous l'effort. Une main se leva pour saisir l'appuï, mais s'abaissa de nouveau. Pierre referma les yeux et se dit que jamais plus il ne les rouvrirait. Brusquement, il sentit tout le monde bouger autour de lui. Il regarda : Dolokhov se tenait debout sur l'appui, son visage était pâle et gai.

« Elle est vide! »

Il lança la bouteille à l'Anglais qui l'attrapa adroitement. Dolokhov sauta à bas de la fenêtre. Il sentait fortement le rhum.

« Parfait! Quel gaillard! En voilà un pari! Le diable vous emporte! » criait-on de tous côtés.

L'Anglais ayant pris sa bourse comptait l'argent. Dolokhov fronçait le sourcil sans rien dire. Pierre sauta sur l'appui de la fenêtre.

« Messieurs! Qui veut parier avec moi? Je vais en faire autant, cria-t-il subitement. Du reste, pas la peine même de parier, voilà. Faites apporter une bouteille. Je vais en faire autant... faites-la apporter.

– Laissez-le, laissez-le! dit Dolokhov en souriant.

– Es-tu fou? Qui te laissera faire? Tu as le vertige même dans l'escalier, dit-on de tous côtés.

– Je vais la vider, donnez-moi une bouteille de rhum! » cria Pierre, frappant sur la table d'un geste résolu d'homme ivre, et il grimpa sur l'appui.

On le saisit par les bras, mais il était si fort qu'il rejeta loin ceux qui s'étaient approchés.

« Non, il est impossible de lui faire entendre raison ainsi, dit Anatole, attendez, je vais lui donner le change. Écoute, je tiens ton pari mais pour demain, maintenant nous allons chez X...

– Allons, cria Pierre, allons!... Et emmenons Michka... »

Et il prit l'ours à bras-le-corps et le soulevant se mit à tourner avec lui dans la pièce.

VII

Le prince Vassili tint la promesse faite à la soirée d'Anna Pavlovna à la princesse Droubetzkoï intervenue auprès de lui en faveur de son fils unique Boris. On parla de celui-ci à l'empereur et, à titre exceptionnel, il fut muté dans la garde et promu enseigne au régiment Semenovski. Mais il ne fut pas nommé aide de camp de Koutouzov ni attaché à sa personne, en dépit de toutes les démarches et des intrigues d'Anna Mikhaïlovna. Peu de temps après la soirée d'Anna Pavlovna, Anna Mikhaïlovna rentra à Moscou, directement chez ses riches parents Rostov, chez qui elle descendait toujours et où avait été élevé depuis son enfance et avait vécu de longues années son petit Boris adoré, récemment promu enseigne dans l'armée et aussitôt muté dans la garde. La garde avait quitté Pétersbourg le 10 août, et son fils, resté à Moscou pour s'équiper, devait la rejoindre en route, à Radziwilow.

Chez les Rostov, c'était la fête des Nathalie, la mère et la fille cadette. Depuis le matin, les équipages des visiteurs venus présenter leurs vœux se succédaient sans cesse devant le vaste hôtel de la comtesse Rostov connu de tout Moscou, dans la rue Povarskaïa. La comtesse, en compagnie de son aînée, une belle jeune fille, et des visiteurs qui ne cessaient de défiler, se tenait dans le salon.

La comtesse était une femme de quarante-cinq ans environ, au visage maigre de type oriental, visiblement épuisée par les douze enfants qu'elle avait eus. La lenteur de ses mouvements et de son parler, due à la faiblesse, lui donnait un air important qui imposait le respect. La princesse Anna Mikhaïlovna Droubetzkoï, en sa qualité d'habituée de la maison, était également présente et aidait à recevoir les visiteurs. La jeunesse se trouvait dans les pièces du fond, ne jugeant pas utile d'y prendre part. Le comte accueillait et reconduisait les visiteurs, les invitant tous à dîner.

« Je vous suis bien, bien reconnaissant, *ma chère* ou *mon cher* (il disait *ma chère* ou *mon cher* à tout le monde sans exception, sans la moindre nuance, tant à ceux qui étaient plus haut placés que lui qu'à ceux qui lui étaient inférieurs), pour moi-même et pour celles que nous fêtons. Ne manquez pas de venir dîner. Vous me vexeriez, *mon cher*. Je vous en prie cordialement au nom de toute la famille, *ma chère*. »

Ces paroles, avec la même expression sur son visage plein, gai et rasé de près, la même poignée de main énergique accompagnée de brefs saluts répétés, il les adressait à tous sans exception et sans aucune variante. Après avoir reconduit un visiteur, le comte revenait auprès de celui ou de celle qui restait encore au salon; approchant un fauteuil et, de l'air d'un homme qui aime et sait vivre, les jambes crânement écartées et les mains posées sur les genoux, il se balançait d'un air important, avançait des pronostics sur le temps, demandait conseil pour sa santé, parfois en russe, parfois dans un français fort mauvais mais plein d'assurance, et, derechef en homme fatigué mais ferme quand il s'agit de remplir son devoir, il allait reconduire les visiteurs en arrangeant sur son crâne chauve ses rares cheveux gris et en réitérant son invitation à dîner. Parfois, en revenant du vestibule, il faisait un tour, par le jardin d'hiver et l'office, dans la grande salle de marbre où l'on dressait une table de quatre-vingts couverts; là, observant les domestiques occupés à transporter l'argenterie et la porcelaine, à disposer les tables et à déplier les nappes damassées, il appelait Dmitri Vassilievitch, un noble qui s'occupait de toutes ses affaires, et lui disait :

« Eh bien, eh bien, Mitenka, veille à ce que tout soit en ordre. Parfait, parfait, ajoutait-il en regardant avec plaisir l'immense table à rallonges. Le principal, c'est le couvert. C'est ça... » Et il s'en retournait au salon en poussant un soupir de satisfaction.

« Maria Lvovna Karaguine avec sa fille! » annonça d'une voix de basse l'immense valet de pied de la comtesse en apparaissant à la porte du salon. La comtesse réfléchit et prit une prise dans une tabatière en or décorée du portrait de son mari.

« Ces visites m'ont exténuée, dit-elle. Tant pis, c'est la dernière que je recevrai. Elle est tellement guindée. Fais entrer », dit-elle au valet d'une voix triste comme si elle entendait : « Allons, achevez-moi! »

Une dame corpulente de haute taille, l'air orgueilleux, accompagnée de sa fille au visage rond et souriant, entra dans le salon dans un bruissement de robes.

« *Chère comtesse, il y a si longtemps... elle a été alitée, la pauvre enfant... au bal des Razoùmovsky... et la comtesse Apraksine... J'ai été si heureuse* », firent des voix animées de femmes, s'interrompant l'une l'autre et se fondant dans le bruissement des toilettes et le bruit des chaises déplacées. Une conversation s'engagea, celle qu'on ne commence que pour pouvoir, à la première pause, se lever dans un frou-frou de robe, dire : « *Je suis bien charmée ; la santé de maman... et la comtesse Apraksine* », puis, dans un nouveau froufrou, gagner le vestibule, mettre sa pelisse ou son manteau et partir. On en vint à parler de la principale nouvelle du jour, la maladie du vieux comte Bezoukhov, célèbre et richissime, un des plus beaux hommes de l'époque de Catherine, ainsi que de son fils naturel Pierre qui s'était conduit d'une façon si inconvenante à la soirée d'Anna Pavlovna Scherer.

« Je plains beaucoup le pauvre comte, dit la visiteuse, sa santé est si mauvaise, et maintenant cette peine que lui cause son fils, cela le tuera !

– Que s'est-il passé ? demanda la comtesse comme si elle ignorait à quoi la visiteuse faisait allusion, bien qu'elle eût entendu parler une quinzaine de fois de la cause du chagrin du comte Bezoukhov.

– C'est cela l'éducation actuelle ! A l'étranger déjà, répondit la visiteuse, ce jeune homme a été livré à lui-même, et maintenant, à Pétersbourg, on dit qu'il a commis de telles horreurs qu'on l'a fait expulser par la police.

– Vraiment ? dit la comtesse.

– Il choisit mal ses fréquentations, intervint la princesse Anna Mikhaïlovna. Le fils du prince Vassili, un certain Dolokhov et lui, il paraît qu'ils faisaient Dieu sait quoi. Et deux d'entre eux en ont subi les conséquences. Dolokhov a été remis simple soldat et le fils de Bezoukhov exilé à Moscou. Quant à Anatole Kouraguine, son père a étouffé l'affaire d'une façon ou d'une autre. Mais il a tout de même été expulsé de Pétersbourg.

– Mais qu'ont-ils donc fait ? demanda la comtesse.

– Ce sont de véritables brigands, surtout Dolokhov, dit la visiteuse. C'est le fils de Maria Ivanovna Dolokhov, une personne si respectable, et que pensez-vous qu'ils aient fait ? Figurez-vous, à eux trois ils se sont procuré quelque part un ours, l'ont fait monter en voiture et l'ont emmené chez des actrices. La police est accourue pour leur faire entendre raison. Ils ont saisi le commissaire du quartier et l'ont attaché dos à dos avec l'ours, puis ont lâché l'ours dans la Moïka; l'ours nage et le commissaire est sur son dos.

– Il devait avoir bonne mine, *ma chère,* le commissaire, cria le comte qui mourait de rire.

– Ah! quelle horreur! De quoi y a-t-il à rire, comte? »

Mais les dames elles-mêmes riaient malgré elles.

« On a eu beaucoup de mal à sauver ce malheureux, reprit la visiteuse. Et c'est le fils du comte Cyrille Vladimirovitch Bezoukhov qui s'amuse si intelligemment! ajouta-t-elle. On le disait si bien élevé et si intelligent. Voilà où l'a mené toute cette éducation étrangère. J'espère que personne ne le recevra ici, malgré sa fortune. On voulait me le présenter. J'ai refusé catégoriquement : j'ai des filles.

– Qu'est-ce qui vous fait dire que ce jeune homme est si riche? demanda la comtesse en se penchant du côté opposé aux jeunes filles qui firent aussitôt semblant de ne pas écouter. Il n'a que des enfants naturels. Je crois que... Pierre lui aussi est un enfant naturel. »

La visiteuse fit un geste de la main.

« Il en a bien une vingtaine, j'imagine. »

La princesse Anna Mikhaïlovna se mêla à la conversation, manifestement désireuse de faire état de ses relations et de sa connaissance des questions mondaines.

« Voici de quoi il s'agit, dit-elle d'un air entendu et parlant elle aussi dans un demi-murmure. La réputation du comte Cyrille Vladimirovitch est bien connue... Il a perdu le compte de ses enfants, mais ce Pierre était son préféré.

– Comme le vieillard était beau, l'an dernier encore! dit la comtesse. Je n'ai jamais vu de plus bel homme.

– Il a beaucoup changé, dit Anna Mikhaïlovna. Je voulais donc dire, poursuivit-elle, que, par sa femme, c'est le prince Vassili qui est l'héritier direct de toute la fortune, mais le père aimait beaucoup Pierre, il s'occupait de son éducation et a écrit à l'empereur... de sorte que s'il vient à mourir (il est si bas qu'on s'y attend à tout moment et Lorrain est arrivé de Pétersbourg), personne ne sait à qui ira cette immense fortune, à Pierre ou au prince Vassili. Quarante mille âmes et des millions. Je suis parfaitement au courant car c'est le prince Vassili lui-même qui me l'a dit. Et puis Cyrille Vladimirovitch est mon oncle à la mode de Bretagne par ma mère. C'est aussi lui qui est le parrain de Boris, ajouta-t-elle sans paraître attacher la moindre importance à ce détail.

– Le prince Vassili est à Moscou depuis hier. Il est en voyage d'inspection, à ce qu'on m'a dit, remarqua la visiteuse.

– Oui, mais *entre nous,* dit la princesse, c'est un prétexte, il n'est venu en réalité que pour voir le comte Cyrille Vladimirovitch en apprenant qu'il était si bas.

– N'empêche, *ma chère,* c'est une fameuse farce, dit le comte, et voyant que la visiteuse ne l'écoutait pas, il se tourna vers les jeunes filles. Il devait avoir bonne mine, le gendarme, j'imagine. »

Et représentant comment le commissaire agitait les bras, il partit de nouveau d'un rire sonore et profond qui secouait toute sa corpulente personne, le rire de ceux qui ont toujours bien mangé et surtout bien bu. « Alors, je vous en prie, nous vous attendons à dîner », dit-il.

VIII

Un silence se fit. La comtesse regardait la visiteuse en souriant aimablement, sans d'ailleurs dissimuler qu'elle ne serait nullement peinée maintenant de la voir se lever et partir. La fille de la visiteuse arrangeait déjà sa robe en regardant sa mère d'un air interrogateur, quand tout à coup on entendit dans la pièce voisine un bruit de pas précipités, féminins et masculins, le fracas d'une chaise accrochée et renversée au passage, et une fillette de treize ans, qui cachait quelque chose dans sa courte jupe de mousseline, entra en coup de vent et s'arrêta au milieu du salon. On voyait que c'est sans le vouloir qu'elle était allée si loin, entraînée par sa course. Au même instant apparurent à la porte un étudiant à col framboise, un officier de la garde, une jeune fille de quinze ans et un gros garçon aux joues roses vêtu d'une petite veste d'enfant.

Le comte se leva vivement et en se balançant déploya largement les bras devant la fillette.

« Ah! la voilà! cria-t-il en riant. L'héroïne de la fête! *Ma chère,* voilà celle que nous fêtons!

— *Ma chère, il y a un temps pour tout,* dit la comtesse, feignant la sévérité. Tu la gâtes toujours, *Élie,* ajouta-t-elle en s'adressant à son mari.

— *Bonjour, ma chère, je vous félicite,* dit la visiteuse. *Quelle délicieuse enfant!* » ajouta-t-elle à l'adresse de la mère.

La fillette aux yeux noirs, à la bouche trop grande, pas jolie mais pleine de vie, avec ses épaules découvertes d'enfant que sa course rapide avait dégagées de son corsage, ses boucles noires emmêlées rejetées en arrière, ses minces bras nus et ses petites jambes en pantalon de dentelles laissant voir ses pieds chaussés d'escarpins, était à cet âge charmant où la fillette n'est plus une enfant et où l'enfant n'est pas encore une jeune fille. Échappant à son père, elle courut vers sa mère et, sans prêter attention à sa sévère observation, cacha son petit visage empourpré dans les dentelles de sa mantille et éclata de rire. Elle riait de quelque chose en parlant d'une voix saccadée de la poupée qu'elle avait tirée de sa petite jupe.

« Vous voyez?... La poupée... Mimi... Vous voyez. »

Et Natacha ne put en dire davantage (tout la faisait rire). Elle s'écroula sur sa mère et partit d'un fou rire si sonore que tous l'imitèrent malgré eux, même la visiteuse guindée.

« Eh bien, va, va-t'en avec ton monstre! » dit sa mère en la repoussant avec une colère feinte. « C'est ma cadette », ajouta-t-elle en s'adressant à la visiteuse.

Natacha, le visage émergeant un instant du fichu de dentelles de sa mère, la regarda de bas en haut à travers les larmes du rire et se cacha de nouveau.

La visiteuse, forcée d'admirer cette scène familiale, jugea nécessaire d'y prendre part.

« Dites-moi, ma chérie, demanda-t-elle à Natacha, qu'est-elle pour vous, cette Mimi? C'est votre fille sans doute? »

Le ton condescendant dont lui parlait la visiteuse pour se mettre à la portée d'un enfant déplut à Natacha. Elle ne répondit rien et la regarda d'un air sérieux.

Cependant toute cette jeune génération : Boris, l'officier, fils de la princesse Anna Mikhaïlovna, Nicolas, l'étudiant, fils aîné du comte, Sonia, la jeune fille de quinze ans, sa nièce et le petit Petroucha, son benjamin, s'étaient tous installés dans le salon et s'efforçaient visiblement de contenir dans les limites des convenances l'animation et la gaieté que respirait chacun de leurs traits. On voyait que là-bas, dans les pièces du fond d'où ils étaient accourus si précipitamment, la conversation entre eux était plus amusante que celle qui roulait ici sur les potins de la ville, le temps qu'il faisait et la *comtesse Apraksine*. Par moments ils se regardaient et contenaient leur rire à grand-peine.

Amis d'enfance, les deux jeunes gens, l'étudiant et l'officier, avaient tous deux le même âge et tous deux étaient beaux, mais sans se ressembler. Boris était un grand blond aux traits réguliers et fins, au beau visage calme; Nicolas était de taille peu élevée, avec des cheveux bouclés et une expression ouverte. Un léger duvet noir ombrait déjà sa lèvre supérieure et son visage était empreint d'impétuosité et d'enthousiasme. Il avait rougi dès son entrée dans le salon. On voyait qu'il cherchait en vain quelque chose à dire; Boris, au contraire, fit aussitôt preuve de présence d'esprit et raconta posément sur un ton enjoué qu'il avait connu cette poupée Mimi encore jeune fille au nez intact, qu'en cinq ans elle avait vieilli sous ses yeux et que sa tête s'était fendue tout le long du crâne. Ayant dit, il jeta un coup d'œil à Natacha. Natacha se détourna, regarda son jeune frère qui, les yeux fermés, était tout secoué d'un rire silencieux et, incapable de se contenir plus longtemps, elle sauta sur ses pieds et s'enfuit aussi vite que pouvaient la porter ses jambes agiles. Boris ne rit pas.

« Je crois que vous vouliez aussi sortir, *maman?* Avez-vous besoin de la voiture? dit-il en s'adressant avec un sourire à sa mère.

– Oui, va, va fais atteler », répondit-elle en souriant aussi.

Boris sortit posément et suivit Natacha; le gros garçon courut les rejoindre d'un air irrité, comme dépité d'avoir été dérangé dans ses occupations.

IX

De la jeunesse, sans compter la fille aînée de la comtesse (qui avait quatre ans de plus que sa sœur et se tenait déjà comme une grande) et la jeune fille en visite, seuls restaient au salon Nicolas et la nièce Sonia. Sonia était une mince et frêle brunette au doux regard ombragé de longs cils, avec une lourde tresse noire qui faisait deux fois le tour de sa tête et au teint mat, particulièrement accentué sur son cou et ses bras musclés, maigres mais non sans charme. Par l'harmonie de ses mouvements, par la grâce et la souplesse de ses membres menus, ses manières un peu futées et réservées, elle faisait penser à un beau chaton pas encore formé mais qui promet de devenir une délicieuse chatte. Elle jugeait apparemment convenable de manifester par un sourire l'intérêt qu'elle prenait à la conversation générale; mais, malgré elle, ses yeux, par-dessous ses longs cils fournis, regardaient son *cousin* qui partait pour l'armée avec une adoration si passionnée de jeune fille que son sourire ne pouvait un instant tromper personne, et l'on voyait que le chaton ne s'était assis que pour bondir encore plus énergiquement et jouer avec son *cousin* dès que, comme Boris et Natacha, ils auraient réussi à quitter le salon.

« Oui, *ma chère,* dit le vieux comte à la visiteuse en désignant son Nicolas. Son ami Boris est promu officier et, par amitié pour lui, il ne veut pas demeurer en reste; il abandonne l'université et le vieillard que je suis : il choisit la carrière militaire, *ma chère*. Or, il y avait déjà un poste tout prêt pour lui dans les archives, et tout. Ça c'est de l'amitié? conclut-il sur un ton interrogateur.

– En effet, on dit que la guerre est déclarée, dit la visiteuse.

– Il y a longtemps qu'on en parle, fit le comte. Cette fois encore on en parlera et cela en restera là. *Ma chère,* ça c'est de l'amitié! répéta-t-il. Il entre aux hussards. »

La visiteuse, ne sachant que dire, hocha la tête.

« Je ne le fais pas du tout par amitié, répliqua Nicolas en s'empourprant et se défendant comme s'il s'agissait d'une calomnie infamante. Pas du tout par amitié, mais tout simplement parce que je me sens la vocation de la carrière des armes. »

Il jeta un coup d'œil vers sa cousine et la jeune visiteuse; toutes deux le regardaient avec un sourire approbateur.

« Nous avons à dîner Schubert, colonel des hussards de Pavlograd. Il était en congé ici et il l'emmène. Que faire? dit le comte en haussant les épaules et en parlant sur un ton de plaisanterie d'une question qui manifestement lui causait beaucoup de chagrin.

– Je vous ai déjà dit, papa, intervint le fils, que si vous ne voulez pas me laisser partir, je resterai. Mais je sais que je ne suis bon à rien d'autre que le métier militaire; je ne suis pas fait pour être diplomate ni fonctionnaire, je ne sais pas dissimuler mes sentiments », dit-il en continuant, avec la coquetterie de sa belle jeunesse, à jeter des regards vers Sonia et la jeune visiteuse.

La petite chatte, les yeux rivés à lui, semblait à tout instant prête à s'ébattre et à manifester sa nature féline.

« Allons, allons, c'est bon! dit le vieux comte, il s'échauffe toujours... Tout cela, c'est Bonaparte qui leur a tourné la tête à tous; ils ne cessent de se dire que de lieutenant il est devenu empereur. Pourquoi pas, s'il plaît à Dieu », ajouta-t-il sans remarquer le sourire ironique de la visiteuse.

Les grandes personnes se mirent à parler de Bonaparte. Julie, la fille de Mme Karaguine, s'adressa au jeune Rostov :

« Quel dommage que vous ne soyez pas venu jeudi chez les Arkharov. Je me suis ennuyée sans vous », dit-elle en lui souriant tendrement.

Avec le sourire coquet de la jeunesse, le jeune homme flatté vint s'asseoir plus près d'elle et entama avec la souriante Julie une conversation en aparté, sans s'apercevoir que ce sourire involontaire transperçait comme un poignard de jalousie le cœur de Sonia qui rougissait et souriait avec contrainte. Au cours de la conversation, il jeta un coup d'œil vers elle. Sonia le regarda avec un ressentiment passionné, et retenant à grand-peine dans ses yeux des larmes et sur ses lèvres un sourire forcé, elle se leva et sortit. Toute l'animation de Nicolas tomba. Il attendit le premier silence, et, le visage défait, partit à la recherche de Sonia.

« Comme les secrets de toute cette jeunesse sont cousus de fil blanc! dit Anna Mikhaïlovna en désignant Nicolas qui sortait. *Cousinage, dangereux voisinage,* ajouta-t-elle.

– Oui, dit la comtesse, une fois disparu le rayon de soleil qui avait pénétré dans le salon avec cette jeune génération, et comme en réponse à une question que personne ne lui posait mais qui la préoccupait constamment. Que de souffrances, que d'inquiétudes ne subit-on pas pour que maintenant ils fassent votre joie! Mais vraiment, même maintenant, on en a plus de craintes que de joie. On se tourmente toujours, toujours! C'est précisément l'âge où les dangers sont si nombreux, et pour les filles et pour les garçons.

– Tout dépend de l'éducation, dit la visiteuse.

– Oui, vous avez raison. Jusqu'à présent j'ai toujours été, Dieu merci, l'amie de mes enfants et j'ai leur entière confiance, poursuivit la comtesse, renouvelant l'erreur de nombreux parents qui s'imaginent que leurs enfants n'ont pas de secrets pour eux. Je sais que je serai toujours la première *confidente* de mes filles et que si Nicolas, avec son caractère fougueux, fait des bêtises (un garçon ne peut y échapper), ce ne sera jamais comme ces messieurs de Pétersbourg.

– Oui, ce sont de bons, de gentils enfants, confirma le comte qui résolvait toujours toutes les questions épineuses en trouvant tout gentil. Pensez donc! Il veut être hussard! Mais que voulez-vous, *ma chère!*

– Quel être charmant que votre cadette! dit la visiteuse. C'est du vif-argent!

– Oui, du vif-argent, dit le comte. Elle me ressemble! Et quelle voix! Elle a beau être ma fille, je dirai la vérité : ce sera une cantatrice, une nouvelle Salomoni. Nous avons engagé un Italien pour lui donner des leçons.

– N'est-ce pas trop tôt? On dit qu'il est mauvais pour la voix d'étudier à cet âge.

– Oh! non, pourquoi trop tôt! dit le comte. Et nos mères qui se mariaient à douze, treize ans?

– Elle est déjà amoureuse de Boris! Qu'en dites-vous? » intervint la comtesse en souriant doucement et en regardant la mère de Boris, puis, manifestement en réponse à la pensée qui la préoccupait sans cesse, elle poursuivit : « Voyez-vous, si je la tenais sévèrement, si je lui interdisais... Dieu sait ce qu'ils feraient en cachette (la comtesse voulait dire qu'ils s'embrasseraient), alors qu'ainsi je connais chacune de ses paroles. Elle accourt elle-même chez moi le soir et me raconte tout. Il se peut que je la gâte, mais vraiment je crois que cela vaut mieux. J'ai tenu l'aînée trop sévèrement.

– Oui, j'ai été élevée tout autrement », dit en souriant sa fille aînée, la belle comtesse Vera.

Mais le sourire n'embellit pas le visage de Vera, comme c'est le cas d'habitude; au contraire, il prit une expression peu naturelle et, partant, désagréable. L'aînée, Vera, était belle, point sotte, bien élevée, elle avait été une excellente élève, sa voix était agréable, ce qu'elle avait dit était juste et opportun; mais, chose étrange, tous, et la visiteuse et la comtesse, la regardèrent comme s'ils se demandaient pourquoi elle avait dit cela et en éprouvèrent de la gêne.

« On raffine toujours avec les aînés, on veut faire quelque chose d'extraordinaire, dit la visiteuse.

– Il faut bien l'avouer, *ma chère!* Ma petite comtesse raffinait avec Vera, dit le comte. Mais quoi! Elle est quand même gentille », ajouta-t-il en clignant avec approbation de l'œil à Vera.

Les visiteuses se levèrent et partirent, promettant de revenir dîner.

« Quelles façons! Elles s'éternisaient! » dit la comtesse après les avoir reconduites.

X

QUAND, en quittant le salon, Natacha s'était mise à courir, elle n'était allée que jusqu'au jardin d'hiver. Là elle s'arrêta, prêtant l'oreille au bruit de voix qui venait du salon et attendant l'arrivée de Boris. Elle commençait déjà à perdre patience et, tapant du pied, elle allait pleurer parce qu'il ne venait pas tout de suite, quand elle entendit le pas du jeune homme, ni lent ni rapide, décent. Natacha se jeta vivement entre les caisses de fleurs et se cacha.

Boris s'arrêta au milieu de la pièce, regarda autour de lui, épousseta de la main la manche de son uniforme et alla vers la glace où il examina son beau visage. Natacha, tapie, observait de son embuscade, attendant ce qu'il allait faire. Il resta quelque temps devant la glace, sourit et se dirigea vers la porte de sortie. Natacha voulut l'appeler, mais se ravisa.

« Qu'il cherche », se dit-elle. Boris était à peine sorti que Sonia, toute rouge, entra par une autre porte en murmurant quelque chose avec irritation à travers ses larmes. Natacha réprima son premier mouvement de courir à elle et demeura dans son embuscade, comme sous le chapeau qui rend invisible, épiant ce qui se passait au monde. Elle en éprouvait un plaisir particulier, tout nouveau. Sonia murmurait quelque chose et jètait des regards vers la porte du salon. Nicolas en sortit.

« Sonia! Qu'as-tu? Est-il permis? dit-il en accourant vers elle.

– Je n'ai rien, rien, laissez-moi! » Et elle éclata en sanglots.

« Si, je sais ce qu'il y a.

– Eh bien, puisque vous le savez, c'est parfait, allez donc la rejoindre.

– S-o-o-o-nia! Un mot seulement! Peut-on se tourmenter et me tourmenter ainsi pour une simple idée? » dit Nicolas en lui prenant la main.

Natacha, sans bouger et retenant son souffle, regardait avec des yeux brillants de son embuscade. « Que va-t-il se passer? » se demandait-elle.

« Sonia! je n'ai besoin de personne au monde! Toi seule tu es tout pour moi, disait Nicolas. Je te le prouverai.

– Je n'aime pas quand tu me parles ainsi.

– Eh bien, je ne le ferai plus, voyons, pardonne-moi, Sonia! » Il l'attira à lui et l'embrassa.

« Ah! comme c'est bien! » se dit Natacha, et lorsque Sonia et Nicolas furent sortis, elle les suivit et appela Boris.

« Boris, venez ici, dit-elle d'un air important et futé. J'ai quelque chose à vous dire. Par ici, par ici », ajouta-t-elle, et elle le conduisit dans le jardin d'hiver, à l'endroit où elle avait été cachée entre les caisses. Boris la suivit en souriant.

« De quoi s'agit-il donc? » demanda-t-il.

Elle se troubla, jeta un regard autour d'elle et, apercevant la poupée abandonnée sur une caisse, la prit dans ses mains.

« Embrassez la poupée », dit-elle.

Boris regardait son visage animé avec des yeux attentifs, amicaux, et ne répondait rien.

« Vous ne voulez pas? Alors venez par ici », dit-elle, et elle s'enfonça davantage parmi les fleurs en jetant la poupée. « Plus près, plus près! » murmurait-elle. Elle saisit l'officier par le parement de sa manche, et sur son visage rougissant il y avait une expression solennelle et effrayée.

« Et moi, voulez-vous m'embrasser? » murmura-t-elle d'une voix à peine perceptible, le regardant en dessous, souriant et pleurant presque d'émotion.

Boris rougit.

« Comme vous êtes drôle! » fit-il, devenant encore plus rouge et se penchant vers elle mais attendant sans rien entreprendre.

Elle sauta tout à coup sur une caisse, le dominant ainsi, l'enlaça de façon que ses minces bras nus se joignirent au-dessus de la nuque de Boris et, rejetant d'un mouvement de la tête ses cheveux en arrière, l'embrassa en pleines lèvres.

Elle se glissa entre les pots de l'autre côté des fleurs et s'arrêta, la tête baissée.

« Natacha, dit-il, vous savez que je vous aime mais...

— Vous êtes amoureux de moi? l'interrompit Natacha.

— Oui, je suis amoureux de vous mais, je vous en prie, ne recommençons pas... Quatre ans encore... Je demanderai alors votre main. »

Natacha réfléchit.

« Treize, quatorze, quinze, seize... dit-elle en comptant sur ses doigts minces. Bien! C'est décidé? »

Et un sourire joyeux et apaisé illumina son visage animé.

« C'est décidé! dit Boris.

— Pour toujours? dit la fillette. Jusqu'à la mort? »

Et prenant son bras, l'air heureux, elle se dirigea lentement avec lui vers le fumoir, à côté.

XI

La comtesse était si fatiguée des visites qu'elle donna l'ordre au suisse de ne plus recevoir personne et de se contenter d'inviter instamment à dîner tous ceux qui viendraient encore présenter leurs vœux. La comtesse voulait s'entretenir en tête-à-tête avec son amie d'enfance, la princesse Anna Mikhaïlovna, qu'elle avait à peine vue depuis son retour de Pétersbourg. Anna Mikhaïlovna, son agréable visage ravagé par les larmes, rapprocha son fauteuil de celui de la comtesse.

« Je serai absolument franche avec toi, dit-elle. Nous ne sommes plus nombreuses, nous autres vieilles amies! C'est pour cela que je tiens tant à ton amitié. »

Anna Mikhaïlovna regarda Vera et s'arrêta. La comtesse pressa la main de son amie.

« Vera, dit-elle à sa fille aînée, visiblement peu aimée. Comment se fait-il que vous ne compreniez rien, vous autres? Ne sens-tu donc pas que tu es de trop ici? Va rejoindre tes sœurs ou bien... »

La belle Vera sourit avec dédain, nullement offensée.

« Si vous me l'aviez dit plus tôt, maman, je serais aussitôt partie », dit-elle, et elle s'en alla dans sa chambre.

Mais en passant devant le fumoir elle aperçut deux couples installés systématiquement près des deux fenêtres. Elle s'arrêta et eut un sourire méprisant. Sonia était assise tout près de Nicolas qui recopiait pour elle les premiers vers qu'il eût composés. Boris et Natacha étaient installés près de l'autre fenêtre, et ils se turent à l'entrée de Vera. Sonia et Natacha la regardèrent d'un air coupable et heureux.

Ces fillettes amoureuses offraient un spectacle amusant et touchant, mais leur vue n'inspira apparemment aucun sentiment plaisant à Vera.

« Que de fois ne vous ai-je pas demandé, dit-elle, de ne pas prendre mes affaires, vous avez votre propre chambre. » Elle enleva à Nicolas l'encrier.

« Tout de suite, tout de suite, dit-il en y trempant sa plume.

– Vous ne savez rien faire qu'à contretemps, dit Vera. Tout à l'heure vous avez fait une telle entrée dans le salon que tout le monde a eu honte pour vous. »

En dépit ou peut-être précisément à cause de la justesse de sa remarque, personne ne lui répondit et tous quatre ne firent qu'échanger des regards. Elle s'attardait dans la chambre, l'encrier à la main.

« Et puis quels secrets peut-il y avoir à votre âge entre Natacha et Boris et entre vous deux, bêtises que tout cela!

– Voyons, qu'est-ce que cela peut te faire, Vera? » prononça Natacha d'une petite voix douce et conciliante.

Elle était visiblement aujourd'hui plus bienveillante et plus gentille envers tout le monde que d'habitude.

« C'est tout à fait stupide, dit Vera, j'ai honte pour vous.

— Chacun a ses secrets. Nous ne vous ennuyons pas, Berg et toi, dit Natacha en s'échauffant.

— Je pense bien que vous ne nous ennuyez pas, dit Vera, car il ne peut rien y avoir de mal dans ce que je fais. Mais je dirai à maman comment tu te conduis avec Boris.

— Nathalie Ilinichna se conduit très bien avec moi, dit Boris. Je n'ai pas à me plaindre.

— Laissez, Boris, vous êtes un tel diplomate (le mot « diplomate » était tres en faveur auprès des enfants, dans l'acception particulière qu'ils lui donnaient); c'en est même ennuyeux, dit Natacha d'une voix offensée qui tremblait. Pourquoi s'en prend-elle toujours à moi? Tu ne comprendras jamais cela, ajouta-t-elle en s'adressant à Vera, parce que tu n'as jamais aimé personne, tu n'as pas de cœur, tu n'es qu'une *Madame de Genlis* (ce surnom qu'on tenait pour très blessant avait été donné à Vera par Nicolas), et ton plus grand plaisir est de faire des ennuis aux autres. Fais la coquette avec Berg tant que tu voudras, dit-elle rapidement.

— En tout cas, je n'irais certainement pas courir après un jeune homme devant des invités...

— Allons, tu es arrivée à tes fins, intervint Nicolas, tu as débité des choses désagréables à tout le monde, tu nous as tous démontés. Allons dans la chambre d'enfants. »

Tous quatre, comme un vol d'oiseaux effarouchés, se levèrent et se dirigèrent vers la porte.

« C'est à moi qu'on a dit des choses désagréables, moi je n'ai rien dit à personne, répliqua Vera.

— *Madame de Genlis! Madame de Genlis!* » firent des voix rieuses derrière la porte.

La belle Vera, qui produisait cet effet désagréable et irritant sur tout le monde, sourit et, nullement affectée par ce qu'on venait de lui dire, s'approcha de la glace et arrangea son écharpe et sa coiffure : en regardant son beau visage, elle devint visiblement encore plus froide et plus calme.

La conversation se poursuivait au salon.

« *Ah! chère,* disait la comtesse, dans ma vie non plus *tout n'est pas rose.* Est-ce que je ne vois pas que, *du train que nous allons,* notre fortune n'ira pas loin! Et toute la faute en est au club et à sa bonté. Même à la campagne, est-ce que nous nous reposons? Il y a les spectacles, la chasse, et Dieu sait quoi encore. Mais à quoi bon parler de moi! Voyons, comment t'es-tu arrangée? Je m'étonne souvent à te voir, *Annette;* comment peux-tu, à ton âge, courir seule en poste à Moscou, à Pétersbourg, chez tous les ministres, tous les gens en vue? tu sais t'y prendre avec chacun, je t'admire! Voyons, comment cela s'est-il arrangé? Moi je n'y entends rien.

— Ah! ma chérie! répondit la princesse Anna Mikhaïlovna. A Dieu ne plaise que tu apprennes jamais comme il est dur de rester veuve sans soutien et avec un fils qu'on aime jusqu'à l'adoration. On est bien obligé de tout apprendre, poursuivit-elle avec une certaine fierté. Mon procès m'a instruite. Quand j'ai besoin de voir un des personnages en place, j'écris un mot : « *La princesse une telle* désire voir un tel », et j'y vais. Je prends un fiacre et je le relance personnellement deux, trois, quatre fois, jusqu'à ce que j'obtienne ce que je veux. Peu m'importe ce qu'on peut penser de moi.

— Et qui donc as-tu sollicité pour ton Boris? demanda la comtesse. Voilà ton fils déjà officier de la garde, alors que mon Nicolas n'est qu'aspirant. Il n'a personne pour faire des démarches pour lui. A qui t'es-tu adressée?

— Au prince Vassili. Il a été très gentil. Il a aussitôt consenti à tout, il a parlé à l'empereur, répondit la princesse Anna Mikhaïlovna avec enthousiasme, oubliant complètement toutes les humiliations par lesquelles elle avait dû passer pour atteindre son but.

— A-t-il vieilli, le prince Vassili? demanda la comtesse. Je ne l'ai pas revu depuis nos représentations théâtrales chez les Roumiantzev. Et j'imagine qu'il a dû m'oublier. *Il me faisait la cour,* ajouta-t-elle en évoquant ce souvenir avec un sourire.

— Il est toujours le même, aimable, empressé, répondit Anna Mikhaïlovna. *Les grandeurs ne lui ont pas tourné la tête du tout.* « Je regrette de ne pouvoir faire que trop peu de chose « pour vous, chère princesse, m'a-t-il dit, mais ordonnez. » Vraiment c'est un brave homme et un excellent parent. Mais tu connais, *Nathalie,* mon amour pour mon fils. Je ne sais pas ce que je ne ferais pas pour son bonheur. Or mes affaires vont si mal, poursuivit Anna Mikhaïlovna avec tristesse et en baissant la voix, si mal que je me trouve actuellement dans une situation vraiment affreuse. Mon malheureux procès engloutit tout ce que je possède et n'avance pas. Je n'ai pas un sou, *à la lettre,* imagine-toi, et je ne sais comment équiper Boris. » Elle prit son mouchoir et se mit à pleurer. « J'ai besoin de cinq cents roubles et je n'en possède qu'un billet de vingt-cinq. Je suis dans une situation... Mon seul espoir maintenant c'est le comte Cyrille Vladimirovitch Bezoukhov. S'il ne veut pas aider son filleul – c'est qu'il est le parrain de Boris – et lui faire une pension, toutes mes démarches auront été vaines : je n'aurai pas les moyens de l'équiper. »

La comtesse versa une larme et réfléchit en silence.

« Je me dis souvent, et peut-être est-ce un péché, enchaîna la princesse, je me dis souvent : voilà le comte Cyrille Vladimirovitch qui vit tout seul... il a cette immense fortune... et pourquoi vit-il? La vie lui est à charge, alors que Boris ne fait que commencer à vivre.

– Il lui laissera sans doute quelque chose, dit la comtesse.

– Dieu seul le sait, *chère amie!* Ces Crésus et ces grands seigneurs sont si égoïstes. Mais je vais quand même aller le voir maintenant avec Boris et je lui dirai franchement ce qu'il en est. Qu'on pense de moi ce qu'on voudra, cela m'est vraiment égal quand le sort de mon fils en dépend. » La princesse se leva. « Il est deux heures et vous dînez à quatre heures. J'ai le temps d'y aller. »

Et avec les allures d'une femme pratique de Pétersbourg qui sait la valeur du temps, Anna Mikhaïlovna envoya chercher son fils et gagna avec lui le vestibule.

« Adieu, ma chérie, dit-elle à la comtesse qui l'accompagnait jusqu'à la porte. Souhaite-moi bonne chance, ajouta-t-elle dans un murmure pour ne pas être entendue de son fils.

– Vous allez chez le comte Cyrille Vladimirovicth, *ma chère?* dit de la salle à manger le comte qui les rejoignit dans le vestibule. S'il va mieux, demandez donc à Pierre de venir dîner. Il venait nous voir autrefois, il dansait avec les enfants. Invitez-le sans faute, *ma chère.* Eh bien, nous verrons comment Tarass se sera distingué aujourd'hui. Il dit que chez le comte Orlov lui-même il n'y a jamais eu de dîner comme celui que nous allons avoir. »

XII

« Mon cher Boris, dit la princesse Anna Mikhaïlovna à son fils quand la voiture de la comtesse Rostov dans laquelle ils avaient pris place eut parcouru la rue couverte de paille et pénétré dans la large cour de l'hôtel du comte Cyrille Vladimirovitch Bezoukhov. *Mon cher Boris,* répéta la mère en dégageant la main de sa vieille rotonde et en la posant d'un geste timide et affectueux sur celle de son fils, sois aimable, sois prévenant. Le comte Cyrille Vladimirovitch est tout de même ton parrain et ton avenir dépend de lui. Souviens-toi de cela, *mon cher,* sois aimable comme tu sais l'être...

— Si je savais qu'il en sortirait quelque chose d'autre que de l'humiliation... répondit froidement le fils. Mais je vous l'ai promis et je le fais pour vous. »

Quoiqu'il vît une voiture devant le perron, le suisse, après avoir dévisagé la mère et le fils (qui, sans se faire annoncer, entraient directement dans le vestibule vitré, entre deux rangées de statues dans leurs niches) et jeté un coup d'œil significatif sur la vieille rotonde, demanda qui ils désiraient voir, les princesses ou le comte; apprenant que c'était le comte, il dit que Son Excellence allait aujourd'hui plus mal et que Son Excellence ne recevait personne.

« Nous pouvons partir, dit le fils en français.

— *Mon ami!* » dit la mère d'une voix suppliante en lui effleurant de nouveau la main, comme si ce contact avait le pouvoir de le calmer ou de le stimuler.

Boris se tut et sans enlever son manteau regarda sa mère d'un air interrogateur.

« Mon brave, dit Anna Mikhaïlovna d'une voix tendre au suisse, je sais que le comte Cyrille Vladimirovitch est très malade... c'est pour cela que je suis venue... je suis une parente... Je ne dérangerai pas, mon brave... J'aurais seulement besoin de voir le prince Vassili Sergueievitch : je sais qu'il est descendu ici. Annonce-nous, s'il te plaît. »

Le suisse tira le cordon d'un air maussade et se détourna.

« La princesse Droubetzkoï pour le prince Vassili Sergueievitch », cria-t-il à un valet en habit avec des bas et des escarpins qui, accouru d'en haut, se penchait par-dessus la rampe de l'escalier.

La mère arrangea les plis de sa robe de soie teinte, se regarda dans le grand miroir de Venise pendu au mur et d'un air alerte monta avec ses souliers éculés l'escalier couvert d'un tapis. « *Mon cher, vous m'avez promis* », dit-elle de nouveau à son fils en l'encourageant par le contact de sa main.

Le fils la suivait avec calme, les yeux baissés.

Ils entrèrent dans un grand salon d'où une porte donnait sur les appartements réservés au prince Vassili.

Au moment où, arrivés au milieu de la pièce, la mère et le fils allaient demander leur chemin à un vieux valet accouru à leur entrée, la poignée de bronze d'une des portes tourna et le prince Vassili, en tenue d'intérieur – veste de velours fourrée avec une seule décoration – apparut, reconduisant un bel homme brun. C'était Lorrain, le célèbre médecin de Pétersbourg.

« *C'est donc positif?* disait le prince.

– *Mon prince, errare humanum est, mais...* répondit le médecin en grasseyant et en prononçant les mots latins à la française.

– *C'est bien, c'est bien..* »

Apercevant Anna Mikhaïlovna et son fils, le prince Vassili prit en s'inclinant congé du médecin et en silence mais avec un air interrogateur s'avança vers eux. Le fils remarqua qu'une profonde affliction se refléta soudain dans les yeux de sa mère et il eut un léger sourire.

« Dans quelles tristes circonstances il nous est donné de nous revoir, prince!... Comment va notre cher malade? » dit-elle, semblant ne pas remarquer le regard froid et blessant fixé sur elle.

Le prince Vassili la regarda d'un air interrogateur voisin de la perplexité, puis reporta les yeux sur Boris. Boris s'inclina poliment. Sans lui rendre son salut, le prince Vassili se tourna vers Anna Mikhaïlovna et répondit à sa question par un mouvement de la tête et des lèvres qui ne laissait que le plus faible espoir pour le malade.

« Est-ce possible? s'écria Anna Mikhaïlovna. Ah! c'est affreux! C'est terrible.. C'est mon fils, ajouta-t-elle en désignant Boris. Il a tenu à vous remercier personnellement. »

Boris s'inclina de nouveau avec politesse.

« Croyez bien, prince, qu'un cœur de mère n'oubliera jamais ce que vous avez fait pour nous.

– Je suis heureux d'avoir pu vous être agréable, ma chère Anna Mikhaïlovna », dit le prince Vassili en rajustant son jabot et, par son geste et sa voix, se donnant devant sa protégée Anna Mikhaïlovna une importance encore bien plus grande ici, à Moscou, qu'à Pétersbourg, à la soirée d'Annette Scherer.

« Tâchez de bien faire votre devoir et de vous montrer digne, ajouta-t-il sévèrement en s'adressant à Boris. Je suis enchanté... Vous êtes ici en congé? scanda-t-il de son ton impassible.

– J'attends des ordres, Excellence, pour me rendre à mon nouveau poste, répondit Boris sans manifester aucun dépit du ton brusque du prince, ni aucun désir d'engager la conversation, mais d'un air si tranquille et si respectueux que le prince le regarda avec attention.

– Vous habitez chez votre mère?

– J'habite chez le comtesse Rostov, dit Boris en ajoutant de nouveau : Excellence.

– Il s'agit d'Ilia Rostov qui a épousé *Nathalie* Chinchine, dit Anna Mikhaïlovna.

– Je sais, je sais, dit le prince Vassili de sa voix monocorde. *Je n'ai jamais pu concevoir comment Nathalie s'est décidé à épouser cet ours mal léché! Un personnage complètement stupide et ridicule. Et joueur à ce qu'on dit.*

– *Mais très brave homme, mon prince* », fit remarquer Anna Mikhaïlovna avec un sourire attendri, comme si, tout en sachant elle aussi que le comte Rostov méritait ce jugement, elle demandait qu'on épargnât le pauvre vieillard.

« Que disent les médecins? demanda la princesse après un silence, laissant de nouveau une grande affliction paraître sur son visage ravagé par les larmes.

– Il y a peu d'espoir, dit le prince.

– Et moi qui tenais tant à remercier encore une fois mon oncle de toutes les bontés qu'il a eues pour moi et pour Boris. *C'est son filleul* », ajouta-t-elle comme si cette nouvelle devait réjouir le prince Vassili à l'extrême.

Le prince Vassili devint songeur et fronça les sourcils. Anna Mikhaïlovna comprit qu'il craignait de trouver en elle une prétendante à la succession du comte Bezoukhov. Elle s'empressa de le rassurer.

« N'étaient ma sincère affection et mon dévouement pour mon ONCLE... dit-elle en prononçant ce mot négligemment et avec assurance, je connais son caractère noble et droit, mais il n'a auprès de lui que les princesses... Elles sont encore jeunes... » Elle pencha la tête et ajouta en murmurant : « A-t-il rempli ses derniers devoirs, prince? Combien ces derniers instants sont précieux! Il ne pourrait rien y avoir de plus grave; il faut absolument le préparer s'il est si bas. Nous autres femmes, prince – elle eut un sourire suave –, nous savons toujours dire ces choses-là. Il est indispensable que je le voie. Si pénible que ce soit pour moi, je suis habituée à souffrir. »

Le prince avait visiblement compris, et il comprenait aussi, tout comme la soirée d'Annette Scherer, qu'il était difficile de se débarrasser d'Anna Mikhaïlovna.

« Je crains que cette entrevue ne lui soit pénible, *chère* Anna Mikhaïlovna, dit-il. Attendons jusqu'à ce soir, les médecins laissent prévoir une crise.

– Mais il est impossible, prince, d'attendre en ces moments-là. *Pensez, il y va du salut de son âme... Ah! c'est terrible, les devoirs d'un chrétien...* »

Une porte des appartements du fond s'ouvrit, livrant passage à l'une des princesses, nièces du comte, personne à l'air maussade et froid et au buste d'une longueur frappante, hors de proportion avec celle de ses jambes.

Le prince Vassili se tourna de son côté.

« Eh bien, comment va-t-il?

– Toujours sans changement. Et comment voulez-vous, ce bruit... dit la princesse en examinant Anna Mikhaïlovna comme une inconnue.

– *Ah! chère, je ne vous reconnaissais pas,* dit celle-ci avec un sourire heureux en s'avançant d'un pas léger et souple vers la nièce du comte. *Je viens d'arriver et je suis à vous pour vous aider à soigner mon oncle. J'imagine combien vous avez souffert* », ajouta-t-elle en roulant les yeux avec compassion.

La princesse ne répondit rien, ne sourit même pas et sortit aussitôt. Anna Mikhaïlovna se déganta et s'installa dans un fauteuil sur les positions conquises, invitant le prince Vassili à s'asseoir près d'elle.

« Boris! dit-elle à son fils, et elle sourit, je vais chez le comte, chez mon oncle, et toi pendant ce temps va voir Pierre, *mon ami,* et n'oublie pas de lui transmettre l'invitation des Rostov. Ils l'invitent à dîner. Je pense qu'il n'ira pas? ajouta-t-elle à l'adresse du prince.

– Au contraire, répondit celui-ci qui visiblement était maintenant de mauvaise humeur. *Je serais très content si vous me débarrassiez de ce jeune homme*... Il ne bouge pas d'ici. Le comte ne l'a pas encore demandé une seule fois. »

Il haussa les épaules. Un valet fit redescendre le jeune homme et, par un autre escalier, le conduisit chez Pierre Kirilovitch.

XIII

PIERRE, en définitive, n'avait pas eu le temps de se choisir une carrière à Pétersbourg et il avait en effet été exilé à Moscou pour conduite tapageuse. L'histoire qu'on racontait chez le comte Rostov était vraie. Il avait pris part au ligotage du commissaire et de l'ours. Il était rentré quelques jours plus tôt et, comme toujours, était descendu chez son père. Tout en supposant que son histoire devait déjà être connue à Moscou et que l'entourage féminin de son père, toujours mal disposé à son égard, profiterait de l'occasion pour monter le comte contre lui, il s'était néanmoins présenté chez celui-ci dès son arrivée. Entrant dans le salon où les princesses se tenaient d'habitude, il salua les dames qui étaient installées devant leurs métiers à broder tandis que l'une d'elles lisait à haute voix. Elles étaient trois. L'aînée, une jeune fille sévère, soignée, au buste trop long, celle-là même qu'avait vue Anna Mikhaïlovna, faisait la lecture; les deux plus jeunes, toutes deux jolies et fraîches, qui ne se distinguaient que par le grain de beauté que l'une d'elles avait au-dessus de la lèvre et qui l'embellissait beaucoup, brodaient au métier. Pierre fut accueilli comme un revenant ou un pestiféré. L'aînée des princesses interrompit sa lecture et le regarda en silence avec des yeux effrayés; la cadette, celle qui n'avait pas de grain de beauté, prit exactement la même expression; la plus jeune, celle qui avait un grain de beauté et qui était d'un caractère rieur et gai, se pencha sur son métier pour dissimuler le sourire que provoquait sans doute la scène qui allait suivre et dont elle prévoyait qu'elle serait amusante. Elle tira une aiguillée de laine et se pencha comme pour examiner le dessin, réprimant son rire avec peine.

« *Bonjour, ma cousine,* dit Pierre. *Vous ne me reconnaissez pas?*

– Je ne vous reconnais que trop bien, que trop bien.

– Comment va le comte? Puis-je le voir? demanda Pierre gauchement comme toujours, mais sans se troubler.

– Le comte souffre et physiquement et moralement, et je crois que vous vous êtes chargé de lui causer un surcroît de souffrances morales.

– Puis-je voir le comte? répéta Pierre.

– Hum!... Si vous voulez le tuer, l'achever, vous pouvez le voir. Olga, va voir si le bouillon de notre oncle est prêt, il est bientôt l'heure », ajouta-t-elle, signifiant ainsi à Pierre qu'elles étaient très occupées, et occupées à réconforter son père, alors que, manifestement, il ne s'occupait, quant à lui, que de lui faire de la peine.

Olga sortit. Pierre attendit quelques instants, regarda les sœurs et dit en s'inclinant :

« Alors je vais chez moi. Quand ce sera possible, vous me préviendrez. »

Il sortit et le rire sonore quoique étouffé de la sœur au grain de beauté s'éleva derrière lui.

Le lendemain, le prince Vassili arriva et s'installa chez le comte. Il fit venir Pierre et lui dit :

« *Mon cher, si vous vous conduisez ici comme à Pétersbourg, vous finirez très mal; c'est tout ce que je vous dis*. Le comte est très malade; tu n'as absolument pas besoin de le voir. »

Depuis lors on laissa Pierre tranquille et il passait toutes ses journées seul en haut, dans sa chambre.

Lorsque Boris entra chez lui, Pierre se promenait de long en large, s'arrêtant de temps en temps dans un coin pour faire des gestes menaçants vers le mur, comme s'il pourfendait un ennemi invisible, et jetant des regards sévères par-dessus ses lunettes, puis il reprenait sa promenade prononçant des paroles confuses, haussant les épaules et écartant les bras.

« *L'Angleterre a vécu,* proféra-t-il en fronçant les sourcils et en montrant quelqu'un du doigt. *M. Pitt comme traître à la nation et au droit des gens est condamné à...* »

Il n'eut pas le temps d'achever le verdict qui condamnait Pitt, se croyant en ce moment Napoléon lui-même, s'imaginant avoir déjà accompli avec son héros la dangereuse traversée du Pas de Calais et conquis Londres, lorsqu'il vit un jeune officier élancé et beau entrer chez lui. Il s'arrêta. Quand Pierre avait vu Boris pour la dernière fois, c'était un jeune garçon de quatorze ans et il ne se souvenait absolument pas de lui; mais avec la bienveillance spontanée qui lui était propre, il lui tendit néanmoins la main et sourit amicalement.

« Vous vous souvenez de moi? dit tranquillement Boris avec un sourire agréable. Nous sommes venus, ma mère et moi, pour voir le comte, mais je crois qu'il n'est pas très bien portant.

– Oui, je crois. On le dérange tout le temps », répondit Pierre tout en s'efforçant de se rappeler qui était ce jeune homme.

Boris sentait que Pierre ne le reconnaissait pas, mais ne jugeait pas utile de se nommer et sans le moindre embarras le regardait droit dans les yeux.

« Le comte Rostov vous prie de venir dîner chez lui aujourd'hui, dit-il après un silence assez long et embarrassant pour Pierre.

– Ah! Le comte Rostov! dit joyeusement Pierre. Alors vous êtes son fils Ilia? Figurez-vous qu'au premier abord je ne vous ai pas reconnu. Vous vous rappelez comme nous allions aux monts aux Moineaux avec *Madame Jacquot*... il y a longtemps.

– Vous faites erreur, dit Boris sans hâte et avec un sourire hardi et quelque peu railleur. Je suis Boris, le fils de la princesse Anna Mikhaïlovna Droubetzkoï. C'est Rostov père qui s'appelle Ilia et son fils, Nicolas. Et je n'ai pas connu de *Madame Jacquot*. »

Pierre agita les mains et secoua la tête, comme assailli par des moustiques ou des abeilles.

« Ah! qu'ai-je donc! J'ai tout confondu. J'ai tant de famille à Moscou! Vous êtes Boris... Eh bien, nous sommes enfin arrivés à quelque chose. Voyons, que pensez-vous de l'expédition de Boulogne? Ça ira mal pour les Anglais pour peu que Napoléon franchisse la Manche? Je crois cette expédition fort possible. Pourvu que Villeneuve ne commette pas de bévue! »

Boris ignorait tout de l'expédition de Boulogne, il ne lisait pas les journaux et entendait pour la première fois parler de Villeneuve.

« Ici, à Moscou, nous nous occupons plutôt des dîners et des commérages que de politique, dit-il de son ton calme et railleur. Je ne sais rien de tout cela et je n'en pense rien. Ce qui occupe surtout Moscou, ce sont les cancans. En ce moment on parle de vous et du comte. »

Pierre sourit de son bon sourire, comme s'il craignait que son interlocuteur ne dît quelque chose qu'il pourrait avoir à regretter plus tard. Mais Boris parlait distinctement, nettement et sèchement en regardant Pierre dans les yeux.

« Moscou n'a rien d'autre à faire que de potiner, poursuivit-il. Tout le monde se demande en ce moment à qui le comte laissera sa fortune, quoiqu'il soit possible qu'il nous enterre tous, ce que je lui souhaite de tout cœur...

– Oui, tout cela est bien pénible, reprit Pierre, bien pénible. » Il craignait toujours que cet officier ne se lançât dans une conversation embarrassante pour lui.

« Vous devez croire, dit Boris en rougissant légèrement mais sans changer de voix ni d'attitude, vous devez croire que tout le monde ne pense qu'à obtenir quelque chose du Crésus. »

« Ça y est », pensa Pierre.

« Je tiens justement à vous dire, pour éviter tout malentendu, que vous vous trompez fort si vous nous rangez, ma mère et moi, au nombre de ces gens. Nous sommes très pauvres mais je déclare, du moins en ce qui me concerne, que c'est justement parce que votre père est riche que je ne me considère pas comme un de ses parents, et ni ma mère ni moi nous ne lui demanderons jamais rien et n'accepterons rien de lui. »

Pierre fut longtemps sans comprendre, mais quand il eut compris il se leva d'un bond du divan, saisit par-dessous le bras de Boris avec la spontanéité et la gaucherie qui lui étaient propres et, beaucoup plus rouge que lui, dit avec un sentiment fait de honte et de dépit :

« C'est étrange! Est-ce que je... et qui donc a pu croire... Je sais fort bien... »

Mais Boris l'interrompit de nouveau.

« Je suis content d'avoir tout dit. Cela vous a peut-être été désagréable, excusez-moi, dit-il pour rassurer Pierre au lieu d'être rassuré par lui, mais j'espère que je ne vous ai pas offensé. J'ai pour principe de toujours tout dire franchement... Alors, que dois-je répondre? Viendrez-vous dîner chez les Rostov? »

Et Boris, déchargé d'un pénible devoir et s'étant tiré lui-même d'une situation embarrassante en y mettant un autre, redevint tout à fait agréable.

« Écoutez, dit Pierre en se calmant. Vous êtes étonnant. Ce que vous venez de dire est très bien, très bien. Naturellement, vous ne me connaissez pas. Il y a si longtemps que nous ne nous sommes vus... nous étions encore enfants... Vous pouviez croire que je... Je vous comprends, je vous comprends parfaitement. Je n'aurais pas agi ainsi, je n'en aurais pas eu le courage, mais c'est très bien. Je suis très heureux d'avoir fait votre connaissance. C'est étrange, ajouta-t-il après un silence en souriant, de quoi vous avez pu me croire capable! » Il rit. « Mais quoi! Nous apprendrons à nous mieux connaître. Je vous en prie. » Il serra la main de Boris. « Vous savez, je n'ai pas encore vu le comte une seule fois. Il ne m'a pas fait appeler... Je le regrette comme homme... Mais que faire?

– Alors vous croyez que Napoléon réussira à faire passer son armée? » demanda Boris en souriant.

Pierre comprit qu'il voulait changer de conversation et, s'y prêtant, il se mit à exposer les avantages et les inconvénients de l'entreprise de Boulogne.

Un valet vint chercher Boris de la part de la princesse. Pierre promit de venir dîner pour faire plus ample connaissance avec Boris, lui donna une vigoureuse poignée de main en le regardant amicalement dans les yeux à travers ses lunettes... Après son départ, Pierre se promena encore longtemps dans la pièce, non plus en pourfendant un ennemi invisible mais en souriant au souvenir de ce charmant jeune homme intelligent et ferme.

Ainsi qu'il arrive dans la première jeunesse et surtout lorsqu'on mène une vie solitaire, il venait d'éprouver pour ce jeune homme une tendresse irraisonnée et il se promit de ne pas manquer de se lier d'amitié avec lui.

Le prince Vassili reconduisait la princesse. La princesse

tenait son mouchoir devant ses yeux et son visage était en larmes.

« C'est affreux! affreux! disait-elle, mais quoi qu'il m'en coûte, je ferai mon devoir. Je viendrai le veiller. On ne peut le laisser ainsi. Chaque instant est précieux. Je ne comprends pas ce que les princesses attendent. Peut-être Dieu m'aidera-t-il à trouver le moyen de le préparer!... *Adieu, mon prince, que le Bon Dieu vous soutienne*...

— *Adieu, ma bonne,* répondit le prince Vassili en se détournant.

— Ah! il est dans un état épouvantable, dit la mère à son fils comme ils remontaient en voiture. Il ne reconnaît presque plus personne.

— Je ne comprends pas, maman, quelles sont ses relations avec Pierre? demanda le fils.

— Le testament nous dira tout, mon ami; notre sort en dépend aussi...

— Mais pourquoi croyez-vous qu'il nous laissera quelque chose?

— Ah! mon ami! Il est si riche et nous sommes si pauvres!

— Ma foi, ce n'est pas là une raison suffisante, maman.

— Ah! mon Dieu! Comme il est bas! » s'exclamait la mère.

XIV

Anna Mikhaïlovna et son fils partis chez le comte Cyrille Vladimirovitch Bezoukhov, la comtesse Rostov demeura assez longtemps seule, son mouchoir sur les yeux. Enfin elle sonna.

« Qu'avez-vous, ma chère? dit-elle avec irritation à la femme de chambre qui s'était fait attendre quelques instants. Vous ne voulez pas travailler? Alors je vous trouverai une autre place. »

Le chagrin et l'humiliante pauvreté de son amie avaient déprimé la comtesse, aussi était-elle de mauvaise humeur, ce qui se traduisait toujours chez elle par sa façon de dire « ma chère » et « vous » à la femme de chambre.

« Je demande pardon à madame, dit celle-ci.

— Priez le comte de venir me voir. »

Le comte s'approcha de sa femme en se balançant, l'air, comme toujours, légèrement coupable.

« Eh bien, ma petite comtesse! quel *sauté* de gelinottes *au madère* nous allons avoir, *ma chère!* Je l'ai goûté; ce n'est pas pour rien que j'ai donné mille roubles pour Taraska. Il les vaut! »

Et il s'assit près de sa femme, les coudes crânement appuyés sur les genoux et ébouriffant ses cheveux gris.

« Que désirez-vous, chère petite comtesse?

– Voici, mon ami... qu'est-ce que c'est que cette tache? dit-elle en montrant son gilet. Ça doit être le sauté, ajouta-t-elle en souriant. Eh bien, voici, comte, j'ai besoin d'argent. »

Son visage se fit triste.

« Ah! ma petite comtesse!... » Et le comte s'agita en cherchant son portefeuille.

« Il m'en faut beaucoup, comte, j'ai besoin de cinq cents roubles. » Et prenant son mouchoir de batiste, elle en frotta le gilet de son mari.

« Tout de suite, tout de suite. Hé! y a-t-il quelqu'un? cria-t-il de la voix que seuls ont ceux qui sont sûrs de voir les gens accourir à toutes jambes à leur appel. Qu'on m'envoie Mitenka! »

Mitenka, ce fils de nobles élevé dans la famille du comte, qui administrait maintenant toutes ses affaires, entra à pas feutrés.

« Écoutez, mon cher, dit le comte au respectueux jeune homme. Apporte-moi... il réfléchit. Oui, sept cents roubles, oui... Et attention, pas de billets déchirés et sales comme la dernière fois mais des neufs, c'est pour la comtesse.

– Oui, Mitenka, je t'en prie, qu'ils soient propres, dit la comtesse en soupirant avec tristesse.

– Excellence, quand vous les faut-il? dit Mitenka. Vous savez que... D'ailleurs, ne vous inquiétez pas, ajouta-t-il en voyant que le comte commençait déjà à respirer vite et péniblement, ce qui était toujours un signe de colère proche. J'oubliais... Les désirez-vous sur-le-champ?

– Oui, oui, c'est ça, apporte-les. Tu les donneras à la comtesse.

– Quel trésor que mon Mitenka! ajouta en souriant le comte quand le jeune homme fut sorti. Rien n'est jamais impossible. Je déteste cela. Tout est possible.

– Ah! l'argent, comte, l'argent, que de chagrin il cause en ce monde! dit la comtesse. J'ai grand besoin de cette somme.

– Vous êtes une dépensière connue, petite comtesse », dit le comte, et, après avoir baisé la main de sa femme, il regagna son cabinet de travail.

Quand Anna Mikhaïlovna revint de chez Bezoukhov, la comtesse était déjà en possession de la somme, toute en billets neufs, qu'elle avait posée sur un guéridon, sous son mouchoir, et Anna Mikhaïlovna s'aperçut de sa nervosité.

« Eh bien, mon amie? demanda la comtesse.

– Ah! dans quel état terrible il est! Il est méconnaissable, tellement bas, tellement bas; je ne suis restée qu'un instant et je n'ai pas pu dire deux mots...

– *Annette,* pour l'amour de Dieu, ne me le refuse pas », dit soudain la comtesse en rougissant, ce qui contrastait étrangement avec son visage maigre et grave ayant perdu toute jeunesse, et elle prit l'argent sous le mouchoir.

Anna Mikhaïlovna avait instantanément compris de quoi il s'agissait et se penchait déjà pour étreindre adroitement la comtesse au moment voulu.

« Voici pour Boris de ma part, pour son uniforme... »

Anna Mikhaïlovna la serrait déjà dans ses bras et pleurait. La comtesse pleurait aussi. Elles pleuraient parce qu'elles étaient amies; parce qu'elles étaient bonnes; et parce que, amies d'enfance, elles avaient à s'occuper d'une chose si vile – l'argent; et parce que leur jeunesse s'était enfuie... Mais leurs larmes à toutes deux étaient douces...

XV

La comtesse Rostov se tenait dans le salon en compagnie de ses filles et d'invités déjà nombreux. Le comte avait emmené les hommes dans son cabinet pour mettre à leur disposition sa collection de chibouques. Il sortait de temps en temps et demandait si la personne attendue n'était pas arrivée. On attendait Maria Dmitrievna Akhrossimov, surnommée dans le monde *le terrible dragon,* une dame célèbre non par sa fortune, non par les honneurs, mais par la droiture de son esprit et la franche simplicité de ses manières. Maria Dmitrievna était connue de la famille impériale, de tout Moscou et de tout Pétersbourg, et, tout en l'admirant, les deux villes riaient en cachette de sa rudesse, racontaient sur son compte des anecdotes; tout le monde sans exception ne l'en respectait et ne l'en craignait pas moins.

Dans le cabinet plein de fumée, on parlait de la guerre qui venait d'être déclarée par un manifeste, et du recrutement. Personne n'avait encore lu le manifeste mais tous savaient qu'il avait paru. Le comte était assis sur une ottomane, flanqué de deux fumeurs qui causaient entre eux. Il ne fumait ni ne parlait lui-même mais, la tête penchée tantôt d'un côté, tantôt de l'autre, regardait les fumeurs avec un plaisir visible et écoutait la conversation de ses deux voisins qu'il avait mis aux prises.

L'un des deux interlocuteurs était un civil au maigre visage ridé, bilieux et glabre; il approchait déjà de la vieillesse, quoiqu'il fût habillé comme le plus élégant des jeunes gens. Il était assis, les jambes ramenées sous lui sur l'ottomane, de l'air d'un familier de la maison, et, le bout d'ambre profondément enfoncé dans un coin de la bouche, il aspirait la fumée par saccades en plissant les yeux. C'était un cousin germain de la comtesse, nommé Chinchine, vieux célibataire et mauvaise langue, comme on disait dans les salons de Moscou. Il semblait condescendre jusqu'à son interlocuteur. Celui-ci, un officier de la garde frais et rose, irréprochablement soigné, sanglé et coiffé, tenait sa chibouque au milieu de sa belle bouche et de ses lèvres roses aspirait légèrement la fumée qu'il rejetait en faisant des ronds. C'était ce lieutenant Berg, du régiment Semenovski, avec qui Boris devait rejoindre son régiment et au sujet de qui Natacha taquinait Vera, l'aînée des comtesses, en l'appelant son fiancé. Le comte était assis entre eux et écoutait attentivement. L'occupation qu'il aimait entre toutes, en dehors du jeu de boston dont il raffolait, consistait dans le rôle d'auditeur, surtout lorsqu'il avait réussi à mettre aux prises deux interlocuteurs bavards.

« Eh bien, mon cher, *mon très honorable* Alphonse Karlitch, disait Chinchine souriant et entremêlant (ce en quoi consistait la particularité de son langage) les expressions russes les plus populaires et les phrases françaises les plus recherchées. *Vous comptez vous faire des rentes sur l'État,* vous voulez tirer un revenu de votre compagnie?

— Non, Pierre Nicolaïevitch, je tiens seulement à démontrer que la cavalerie offre beaucoup moins d'avantages que l'infanterie. Tenez, Pierre Nicolaïevitch, prenez maintenant ma situation. »

Berg parlait toujours avec une grande précision, tranquillement et poliment. Il ne parlait jamais que de lui-même; il se taisait toujours avec calme quand le sujet de la conversation ne le concernait pas personnellement. Et il pouvait se taire ainsi pendant des heures, sans éprouver la moindre gêne ni en provoquer chez les autres. Mais, dès que la conversation en venait à lui personnellement, il parlait avec abondance et avec un plaisir visible.

« Considérez ma situation, Pierre Nicolaïtch : si j'étais dans la cavalerie, je ne toucherais pas plus de deux cents roubles par trimestre, même avec le grade de lieutenant; tandis que maintenant j'en touche deux cent trente », disait-il avec un sourire joyeux et agréable en regardant Chinchine et le comte comme s'il était évident pour lui que ses succès constitueraient toujours l'objet principal des vœux de tous les autres.

« En outre, Pierre Nicolaïtch, en passant dans la garde je suis en vue, poursuivit Berg, et l'avancement est beaucoup plus rapide dans l'infanterie de la garde. Puis, jugez vous-même comment j'ai pu m'organiser avec deux cent trente roubles. Je mets de l'argent de côté et j'en envoie même à mon père, conclut-il en faisant un rond de fumée.

— *La balance y est...* L'Allemand fait flèche de tout bois, *comme dit le proverbe* », fit Chinchine en déplaçant son bout d'ambre, et il cligna de l'œil au comte.

Le comte éclata de rire. D'autres invités, voyant que Chinchine menait la conversation, s'approchèrent pour écouter Berg, qui, ne remarquant ni l'ironie ni l'indifférence de ses auditeurs, continua de raconter que, grâce à son passage dans la garde, il avait déjà gagné un galon sur ses camarades du Corps des cadets, qu'en temps de guerre un commandant de compagnie peut être tué et que lui-même, devenu le plus élevé en grade, pouvait très facilement en obtenir le commandement, et combien tous l'aimaient dans son régiment, et combien son papa était content de lui. Berg se délectait visiblement en racontant tout cela et ne semblait pas se douter que d'autres pussent avoir eux aussi leurs intérêts. Mais tout ce qu'il racontait était si gentil, si pondéré, la naïveté de son jeune égoïsme était si évidente qu'il désarmait ses auditeurs.

« Allons, mon cher, que ce soit dans l'infanterie ou dans la cavalerie, vous ferez votre chemin partout; je vous le prédis », dit Chinchine en lui tapant sur l'épaule et en reposant ses pieds par terre.

Berg eut un sourire joyeux. Le comte et tous les invités à sa suite passèrent au salon.

On en était à ce moment précédant un dîner d'apparat où les invités ne commencent pas de longue conversation dans l'attente d'être appelés à attaquer les zabouski, tout en se croyant obligés de bouger et ne de pas se taire afin de montrer qu'ils ne sont nullement impatients de se mettre à table. Les hôtes jettent des regards vers la porte et de temps à autre échangent un coup d'œil. Les invités s'efforcent de deviner d'après ces regards ce que l'on attend encore : un parent important en retard ou le repas qui n'est pas encore prêt.

Pierre, arrivé juste avant le dîner, s'installa gauchement dans le premier fauteuil venu, au milieu du salon, barrant le passage à tout le monde. La comtesse voulut le faire parler, mais il regardait naïvement autour de lui à travers ses lunettes comme s'il cherchait quelqu'un, et répondait par monosyllabes à toutes les questions qu'elle lui posait. Encombrant, il était le seul à ne pas s'en apercevoir. La plupart des invités qui étaient au courant de son aventure avec l'ours regardaient avec curiosité ce grand et gros garçon paisible, se demandant comment ce pataud et ce modeste avait pu jouer un pareil tour à un commissaire.

« Vous venez d'arriver? lui demanda la comtesse.

– *Oui, madame,* répondit-il en regardant autour de lui.

– Vous n'avez pas vu mon mari?

– *Non, madame.* » Il sourit tout à fait hors de propos.

« Vous êtes allé récemment à Paris, je crois? J'imagine que cela doit être intéressant.

– Très intéressant. »

La comtesse échangea un regard avec Anna Mikhaïlovna. Celle-ci comprit qu'on lui demandait de s'occuper de ce jeune homme et, s'asseyant près de lui, elle se mit à lui parler de son père; mais de même qu'à la comtesse, il ne lui répondit que par monosyllabes. Les invités étaient tous occupés entre eux. « *Les Razoumovsky... Ç'a été charmant ... Vous êtes bien bonne... La comtesse Apraksine...* entendait-on de toutes parts. La comtesse se leva et se dirigea vers la salle de bal.

– Maria Dmitrievna? fit sa voix dans la salle.

– Elle-même », répondit une rude voix de femme, à la suite de quoi Maria Dmitrievna entra en personne.

Toutes les jeunes filles et même les dames, à l'exception des plus âgées, se levèrent. Maria Dmitrievna s'arrêta sur le pas de la porte et du faîte de son corps obèse, tenant haut sa tête de quinquagénaire aux boucles grises, enveloppa les assistants du regard tout en arrangeant sans hâte les larges manches de sa robe comme pour les retrousser. Maria Dmitrievna parlait toujours russe.

« Bonne fête à notre chère hôtesse et à ses enfants, dit-elle de sa grosse voix qui dominait tous les autres bruits. Et toi, vieux pécheur, ajouta-t-elle en s'adressant au comte, qui lui baisait la main, tu dois t'ennuyer à Moscou? Pas moyen d'y faire courir les chiens? Mais que faire, mon cher, quand ces petites-là grandissent – elle montra les jeunes filles – qu'on le veuille ou non, il faut bien leur chercher des fiancés.

– Eh bien, mon cosaque? (Maria Dmitrievna appelait ainsi Natacha) dit-elle en caressant Natacha qui s'approchait gaiement et sans crainte pour lui baiser la main. Je sais que c'est une vilaine fille, mais elle me plaît. »

Elle tira d'un énorme réticule des boucles d'oreilles de topaze en forme de poire et, les donnant à Natacha empourprée et rayonnante comme il sied un jour de fête, se détourna aussitôt pour s'adresser à Pierre.

« Eh, eh! mon cher! viens un peu par ici, dit-elle d'une voix faussement douce et fluette. Viens par ici, mon cher... »

Et d'un air menaçant elle remonta encore plus haut ses manches.

Pierre s'approcha en la regardant naïvement à travers ses lunettes.

« Approche, approche, mon cher! Même à ton père j'étais la seule à dire la vérite à l'occasion, et, quant à toi, Dieu lui-même m'ordonne d'en faire autant. »

Elle marqua un temps d'arrêt. Tous se taisaient également dans l'attente de ce qui allait suivre, sentant que ce n'était là qu'un préambule.

« Il est joli, il n'y a pas à dire! Un gentil garçon!... Son père est à l'article de la mort et il s'amuse, lui, il fait enfourcher un ours à un gendarme. C'est honteux, mon cher, honteux! Tu ferais mieux d'aller à la guerre. »

Elle se détourna et donna le bras au comte, qui avait peine à se retenir de rire...

« Eh bien, je pense qu'il est temps de se mettre à table? » dit Maria Dmitrievna.

Le comte et Maria Dmitrievna ouvrirent la marche; venait ensuite la comtesse, qui donnait le bras au colonel de hussards, un homme utile en compagnie de qui Nicolas devait rejoindre son régiment. Anna Mikhaïlovna était au bras de Chinchine. Berg offrait le sien à Vera. Julie Karaguine, souriante, passa à table avec Nicolas. Les autres couples suivaient, s'étirant sur toute la longueur de la salle, puis fermant la marche, un par un, les enfants, les précepteurs et les gouvernantes. Les laquais s'empressèrent, on entendit le bruit des chaises qu'on avançait, au balcon l'orchestre personnel du comte se mit à jouer et les invités prirent place. Aux accents de la musique succédèrent le cliquetis des couteaux et des fourchettes, le brouhaha des conversations, le pas feutré des laquais. La comtesse occupait le haut bout de la table. A sa droite elle avait Maria Dmitrievna, à sa gauche Anna Mikhaïlovna et les autres dames. Le comte, à l'autre bout, était flanqué à sa droite du colonel de hussards, à sa gauche de Chinchine et des autres invités masculins. D'un côté de la longue table, les jeunes gens : Vera à côté de Berg. Pierre à côté de Boris; de l'autre, les enfants, les précepteurs et les gouvernantes. De derrière les cristaux, les bouteilles et les corbeilles de fruits, le comte regardait sa femme et son haut bonnet à rubans bleu ciel, tout en versant assidûment à boire à ses voisins, sans s'oublier non plus. La comtesse de même, sans négliger ses devoirs de maîtresse de maison, jetait, de derrière les ananas, des regards significatifs sur son mari dont le crâne et le visage rouges lui semblaient trancher plus nettement que d'habitude sur ses cheveux blancs. Du côté des dames, un babillage régulier ne s'arrêtait pas; à celui des hommes, les voix allaient montant, surtout celle du colonel de hussards qui, de plus en plus rouge, mangeait et buvait tant que le comte le proposait en exemple aux autres convives. Berg disait avec un tendre sourire à Vera que l'amour est un sentiment céleste et non pas terrestre. Boris nommait les convives à son nouvel ami Pierre et échangeait des regards avec Natacha, assise en face de lui. Pierre parlait peu, examinait ces visages nouveaux et mangeait beaucoup. Depuis les deux potages dont il choisit celui *à la tortue,* depuis le pâté de poisson jusqu'aux gelinottes, il ne manqua pas un seul plat ni un seul vin, que le maître d'hôtel faisait surgir d'un air mystérieux, dans une bouteille enveloppée d'une serviette, de derrière l'épaule du voisin en murmurant : « dry madère » ou « tokay » ou « vin du Rhin ». Il tendait le premier verre qui lui tombait sous la main parmi les quatre en cristal au monogramme du comte alignés devant chaque couvert, et buvait avec plaisir en regardant les invités d'un air de plus en plus affable. Natacha, en face de lui, regardait Boris comme les fillettes de treize ans regardent le garçon avec qui elles viennent d'échanger leur premier baiser et dont elles sont amoureuses. Ce même regard se posait parfois sur Pierre et sous les yeux de cette fillette amusante et animée, il avait envie de rire lui-même sans savoir pourquoi.

Nicolas, loin de Sonia, était assis auprès de Julie Karaguine et lui parlait de nouveau avec le même sourire involontaire. Sonia arborait un sourire d'apparat mais se rongeait visiblement de jalousie : pâlissant et rougissant tour à tour, elle tendait de toutes ses forces l'oreille à ce que Nicolas et Julie se disaient entre eux. La gouvernante jetait autour d'elle des regards inquiets, comme prête à foncer sur tous ceux qui s'aviseraient de s'en prendre aux enfants. Le précepteur allemand s'efforçait de graver dans sa mémoire toutes les sortes de plats, de desserts et de vins qu'on servait, pour pouvoir tout décrire en détail dans la lettre qu'il enverrait à sa famille en Allemagne, et il était profondément vexé quand le maître d'hôtel avec sa bouteille enveloppée d'une serviette omettait de le servir. Il fronçait les sourcils tout en s'efforçant de feindre qu'il ne tenait même pas à ce vin mais n'était mortifié que parce que personne ne voulait comprendre qu'il aurait voulu en boire non par avidité, non pour étancher sa soif, mais par un désir consciencieux de s'instruire.

XVI

Du côté des hommes, la conversation s'animait de plus en plus. Le colonel raconta que le manifeste portant déclaration de guerre avait déjà été publié à Pétersbourg et qu'un exemplaire qu'il avait vu lui-même avait été remis aujourd'hui au gouverneur militaire par un courrier.

« Pourquoi diable avons-nous besoin de faire la guerre à Napoléon? dit Chinchine. *Il a déjà rabattu le caquet à l'Autriche. Je crains que cette fois ce ne soit notre tour.* »

Le colonel était un grand Allemand solide et sanguin, manifestement vieux soldat zélé et bon patriote. Les paroles de Chinchine le froissèrent.

« Pourquoi, monsieur? répliqua-t-il avec un accent étranger. L'empereur sait pourquoi. Il a dit dans son manifeste qu'il ne pouvait rester indifférent aux dangers qui menacent la Russie et que la sécurité de l'empire, sa dignité et le caractère sacré de ses ALLIANCES... » dit-il en appuyant, on ne sait pourquoi, sur ce mot, comme si toute la question était là.

Et, avec l'infaillible mémoire officielle qui le caractérisait, il répéta les mots par lesquels s'ouvrait le manifeste : « ... et le désir, but unique et bien arrêté de l'empereur, de rétablir la paix en Europe sur des fondements solides, l'a décidé à faire passer aujourd'hui la frontière à une partie de l'armée et à tenter de nouveaux efforts pour remplir ses intentions. »

« Voilà pourquoi, monsieur, conclut-il sentencieusement en vidant un verre de vin et en quêtant du regard l'approbation du comte.

– *Connaissez-vous le proverbe :* « Erema, Erema, que ne restes-« tu chez toi à faire tourner tes fuseaux »? dit Chinchine en fronçant les sourcils et en souriant. *Cela nous convient à merveille*. Souvorov a beau être ce qu'il était, il a été battu lui-même *à plate couture,* et où sont aujourd'hui nos Souvorov! *Je vous demande un peu,* dit-il en passant du russe au français.

– Nous devons nous battre jusqu'à la dernière goutte de notre sang, dit le colonel en frappant sur la table, et mourir pour notre empereur, alors tout ira bien. Et raisonner le moins possible (il étira particulièrement le mot « possible »), le moins possible, conclut-il en s'adressant de nouveau au comte. C'est ainsi que nous voyons les choses, nous autres, vieux hussards, et c'est tout. Et vous, qu'en pensez-vous, jeune homme et jeune hussard? ajouta-t-il en se tournant vers Nicolas qui, entendant qu'il était question de la guerre, avait laissé son interlocutrice et regardait le colonel de tous ses yeux et l'écoutait de toutes ses oreilles.

– Je suis entièrement de votre avis, répondit Nicolas qui, s'empourprant, faisait tourner son assiette et déplaçait ses verres d'un air si résolu et si intrépide qu'on eût dit qu'il courait un grand danger, je suis convaincu que les Russes doivent vaincre ou mourir, dit-il sentant lui-même, tout comme les autres, une fois le mot lâché, que ses paroles étaient trop exaltées, trop pompeuses pour la circonstance, donc maladroites.

– *C'est bien beau ce que vous venez de dire* », fit en soupirant sa voisine Julie. Sonia se mit à trembler toute et rougit jusqu'aux oreilles, derrière les oreilles et jusqu'au cou et aux épaules pendant que Nicolas parlait. Pierre prêta attention aux discours du colonel et hocha la tête avec approbation.

« Voilà qui est bien, dit-il.

– Vous êtes un vrai hussard, jeune homme, cria le colonel en frappant de nouveau sur la table.

– A propos de quoi faites-vous tout ce bruit? demanda tout à coup, à l'autre bout de la table, la voix de basse de Maria Dmitrievna. Pourquoi tapes-tu sur la table? dit-elle au colonel de hussards; à qui en as-tu? Tu crois peut-être avoir devant toi les Français?

– Je dis la vérité, répondit en souriant le colonel.

– C'est toujours au sujet de la guerre, cria le comte d'un bout à l'autre de la table. C'est que j'ai mon fils qui y va, Maria Dmitrievna, mon fils.

– Et moi, j'ai quatre fils à l'armée et je ne m'en afflige pas. Tout est entre les mains de Dieu : on peut mourir dans son lit comme Dieu peut vous épargner dans la bataille, rétorqua Maria Dmitrievna dont la grosse voix parvenait sans aucun effort à l'autre bout de la table.

– C'est juste. »

Et la conversation se concentra de nouveau, celle des dames à leur bout de la table, celle des hommes à l'autre.

« Chiche que tu ne demanderas pas, disait à Natacha son petit frère, chiche que non!

– Chiche! » répondit Natacha.

Son visage s'empourpra soudain, exprimant une résolution joyeuse et prête à tout. Elle se souleva, invitant du regard Pierre, son vis-à-vis, à écouter et s'adressa à sa mère.

« Maman! lança d'un bout à l'autre de la table sa voix grave d'enfant.

– Qu'y a-t-il? » demanda la comtesse effrayée, mais, voyant au visage de sa fille qu'il s'agissait d'une espièglerie, elle agita sévèrement la main en lui faisant de la tête un signe menaçant.

Un silence se fit.

« Maman! quel dessert va-t-il y avoir? » lança encore plus résolument, sans fléchir, la petite voix de Natacha.

La comtesse voulut froncer les sourcils, mais ne le put. Maria Dmitrievna menaça Natacha de son gros doigt.

« Cosaque! » dit-elle sévèrement.

La plupart des invités regardaient les aînés, ne sachant comment prendre cette sortie.

« Attends un peu! dit la comtesse.

– Maman! quel dessert va-t-il y avoir? » cria Natacha, cette fois hardiment et d'un ton capricieusement enjoué, sûre d'avance que sa sortie serait bien prise.

Sonia et le gros Petia étouffaient leur rire.

« Voilà, je l'ai demandé, murmura Natacha à son petit frère et à Pierre, à qui elle jeta un nouveau regard.

– Une glace, seulement tu n'en auras pas », dit Maria Dmitrievna.

Natacha voyait qu'elle n'avait rien à craindre et n'eut pas peur de Maria Dmitrievna non plus.

« Maria Dmitrievna! quelle glace? Je ne l'aime pas à la vanille.

– Aux carottes.

– Non, vraiment? Maria Dmitrievna, quelle glace? criait-elle presque. Je veux savoir. »

Maria Dmitrievna et la comtesse se mirent à rire, et, à leur suite, tous les invités. Tous riaient non pas de la réponse de Maria Dmitrievna mais de l'habileté et de l'inconcevable audace de cette fillette qui savait et osait en user ainsi avec Maria Dmitrievna.

Natacha ne lâcha prise qu'une fois qu'on lui eut dit que la glace serait à l'ananas. Avant la glace, on servit le champagne. L'orchestre se remit à jouer, le comte et la comtesse s'embrassèrent et les invités se levèrent pour présenter leurs vœux à la comtesse, choquer par-dessus la table leur verre contre celui du comte, ceux des enfants et entre eux. Les laquais se remirent à courir, les chaises furent repoussées bruyamment et, dans le même ordre mais le visage plus rouge, les invités regagnèrent le salon et le cabinet du comte.

XVII

On installa les tables à boston, des parties s'organisèrent et les invités du comte s'installèrent dans les deux salons, le fumoir et la bibliothèque.

Le comte, tenant ses cartes en éventail, luttait à grand-peine contre son habitude de faire une sieste après le dîner et riait de tout. Entraînée par la comtesse, la jeunesse se réunit autour du clavecin et de la harpe. A la demande générale, Julie joua la première sur la harpe un morceau de variations et se joignit aux autres jeunes filles pour prier Natacha et Nicolas, qu'on savait très musiciens, de chanter quelque chose. Natacha qu'on traitait comme une grande en était visiblement très fière mais en même temps intimidée.

« Qu'allons-nous chanter? demanda-t-elle.

– « La source », répondit Nicolas.

– Eh bien, allons-y vite. Boris, venez ici, dit Natacha. Où est donc Sonia? »

Elle jeta un regard tout autour et, constatant l'absence de son amie, courut la chercher.

Ne la trouvant pas dans sa chambre, Natacha courut dans la chambre d'enfants, mais Sonia n'y était pas non plus. Natacha comprit qu'elle devait être dans le couloir, sur le coffre. Le coffre dans le couloir était le lieu où s'épanchaient les chagrins de la jeune génération féminine de la famille Rostov. En effet, Sonia, dans sa vaporeuse robe rose qu'elle chiffonnait, était couchée à plat ventre sur l'édredon sale à rayures de la nounou qui recouvrait le coffre et, le visage caché dans ses mains, sanglotait, ses épaules nues toutes secouées. Le visage animé de Natacha qui toute la journée avait arboré un air de fête changea subitement : ses yeux devinrent fixes, puis son large cou frémit, les coins de sa bouche s'abaissèrent.

« Sonia! qu'as-tu?... Qu'as-tu, mais qu'as-tu donc? Ou-ouh-ouh!... »

Et Natacha, distendant sa grande bouche et devenue tout à fait laide, se mit à sangloter comme une enfant, sans savoir pourquoi, uniquement parce que Sonia pleurait. Sonia voulut lever la tête, voulut répondre, mais ne le put et cacha son visage encore davantage. Natacha pleurait, assise sur l'édredon bleu et enlaçant son amie. Rassemblant son courage, Sonia se redressa, essuya ses larmes et se mit à raconter.

« Nicolas part dans huit jours, sa... feuille... est arrivée... il me l'a dit lui-même... Mais je ne pleurerais quand même pas... (elle montra un papier qu'elle cachait dans sa main : c'étaient les vers écrits par Nicolas), je ne pleurerais pas mais tu ne peux... personne ne peut comprendre... quelle âme il a. »

Et elle se remit à pleurer parce que son âme était si belle.

« Tout est facile pour toi... je ne t'envie pas... je t'aime, et Boris aussi, disait-elle ayant un peu repris courage, il est gentil... il n'y a pas d'obstacles pour vous. Mais Nicolas est mon *cousin*... il faut que... le métropolite lui-même... et même alors ce n'est pas possible. Et puis, si maman... (Sonia considérait la comtesse comme sa mère et l'appelait ainsi) elle dira que je brise la carrière de Nicolas, que je n'ai pas de cœur, que je suis une ingrate, et pourtant... Dieu m'est témoin... (elle se signa) je l'aime tant, elle aussi, et vous tous, il n'y a que Vera... Pourquoi? Que lui ai-je fait? Je vous suis si reconnaissante que je sacrifierais volontiers tout pour vous, mais je n'ai rien... »

Sonia ne put en dire davantage et de nouveau enfouit sa tête dans ses mains et dans l'édredon. Natacha commençait à se calmer, mais on voyait à son visage qu'elle comprenait toute la gravité du chagrin de son amie.

« Sonia! dit-elle soudain, comme devinant la vraie cause de la peine de sa cousine, Vera t'a parlé après le dîner? N'est-ce pas?

– Oui, ces vers c'est Nicolas qui les a écrits et j'en ai encore recopié d'autres; elle les a trouvés sur ma table et a dit qu'elle les montrerait à maman; et elle a dit encore que je suis une ingrate, que maman ne lui permettrait jamais de m'épouser et qu'il épouserait Julie. Tu as vu, il est resté toute la journée avec elle... Natacha! Pourquoi?... »

Et elle pleura de plus belle. Natacha la souleva, l'enlaça et souriant à travers ses larmes, entreprit de la consoler :

« Sonia, ne la crois pas, ma chérie, ne la crois pas. Tu te souviens comme tous les trois nous parlions avec Nicolas dans le fumoir; tu te souviens, après le souper? Nous avions tout décidé. Je ne me rappelle plus comment c'était, mais tu te rappelles comme tout s'arrangeait bien et que tout était possible. Le frère de l'oncle Chinchine a bien épousé sa cousine germaine, et nous ne sommes qu'issus de germains. Boris disait aussi que c'est parfaitement faisable. Tu sais, je lui ai tout dit. Il est si intelligent et si gentil, disait Natacha. Ne pleure pas, Sonia, ma petite chérie, mon ange, Sonia. » Et elle l'embrassait en riant. « Vera est méchante, laisse-la! Tout sera bien et elle ne dira rien à maman. Nicolas lui parlera lui-même, et il n'a jamais songé à Julie. »

Et elle l'embrassait sur la tête. Sonia se redressa et le chaton reprit vie, ses yeux brillèrent, il semblait prêt à brandir la queue, à sauter sur ses pattes souples et à se remettre à jouer avec la pelote, comme il lui convenait d'ailleurs.

« Tu crois? Vraiment? Tu le jures? dit-elle en remettant vivement de l'ordre dans sa robe et sa coiffure.

– Vraiment, je le jure! » répondit Natacha en arrangeant une mèche de cheveux rebelles échappée de la natte de son amie.

Et toutes deux éclatèrent de rire.

« Eh bien, allons chanter « La Source ».

– Allons.

– Tu sais ce gros Pierre, celui qui était assis en face de moi, il est si drôle! dit soudain Natacha en s'arrêtant. Je m'amuse beaucoup! »

Et elle partit en courant dans le couloir.

Sonia, secouant le duvet de sa robe et cachant les vers dans son corsage près de son cou aux clavicules saillantes, s'élança d'un pas léger et joyeux, le teint animé, à la suite de Natacha en direction du fumoir. A la demande des invités, les jeunes gens chantèrent en quatuor « La Source » que tous aimèrent beaucoup; puis Nicolas chanta une chanson qu'il venait d'apprendre :

Ah! qu'il est bon, au clair de lune,
De se dire tremblant d'émoi :
Je suis l'élu de la fortune,
On pense tendrement à moi.
Deux blanches mains, touchant les cordes,
Sur une harpe font vibrer
Un air qui croît et qui déborde
Et dont l'appel vient m'enivrer,
Quand vivrons-nous le jour heureux?
Mais le verrons-nous tous les deux?

Et il n'avait pas encore achevé les dernières paroles que, dans la salle, la jeunesse prenait déjà place pour la danse, tandis qu'au balcon on entendait le piétinement des musiciens qui se mettaient à toussoter.

Pierre était au salon, où Chinchine avait engagé avec lui, puisqu'il revenait de l'étranger, une conversation politique qui l'ennuyait et à laquelle d'autres s'étaient joints. Lorsque l'orchestre se mit à jouer, Natacha entra et, allant tout droit à Pierre, dit en rougissant et en riant :

« Maman m'a dit de vous demander de venir danser.

– Je crains de me tromper dans les figures, dit Pierre, mais si vous voulez bien être mon professeur... »

Et il abaissa son gros bras pour l'offrir à la mince fillette.

Pendant que les couples prenaient place et que les musiciens accordaient leurs instruments, Pierre s'assit avec sa petite cavalière. Natacha était parfaitement heureuse : elle dansait avec un GRAND qui arrivait de L'ÉTRANGER. Elle était assise bien en vue de tous et causait avec lui comme une grande. A la main elle avait un éventail que lui avait confié une jeune fille. Et prenant la pose la plus mondaine (Dieu sait où et quand elle avait pu l'apprendre), elle s'éventait et souriait par-dessus l'éventail en causant avec son cavalier.

« Qu'en dites-vous? Regardez, regardez-la », fit la vieille comtesse qui traversait la salle en montrant Natacha.

Natacha rougit et se mit à rire.

« Voyons, maman? Voyons, quel plaisir avez-vous?... Qu'y a-t-il là de surprenant? »

Au milieu de la troisième écossaise, un bruit de chaises se fit dans le salon où le comte et Maria Dmitrievna étaient en train de jouer, et la plupart des invités de marque ainsi que les gens âgés, s'étirant après être restés longtemps assis, rangèrent dans leurs poches portefeuilles et porte-monnaie et se dirigèrent vers la salle de bal. Maria Dmitrievna ouvrait la marche avec le comte, tous deux le visage gai. Avec une politesse enjouée, comme dans les ballets, le comte offrit à Maria Dmitrievna son bras arrondi. Il se redressa et son visage s'éclaira d'un sourire malicieux et hardi; dès la fin de la dernière figure de l'écossaise, il frappa dans ses mains à l'intention des musiciens et cria vers le balcon en s'adressant au premier violon :

« Semion! Tu sais Danilo Cooper? »

C'était la danse favorite du comte qu'il dansait déjà dans sa jeunesse. (Danilo Cooper était à proprement parler une figure de l'anglaise.)

« Regardez papa », cria Natacha de toutes ses forces (oubliant complètement qu'elle dansait avec un grand) en courbant jusqu'aux genoux sa petite tête bouclée et en éclatant de son rire sonore qui retentit dans toute la salle.

En effet, toutes les personnes présentes regardaient avec un sourire amusé ce joyeux vieillard qui, aux côtés de sa majestueuse cavalière Maria Dmitrievna, plus grande que lui, arrondissait les bras en marquant la mesure, redressait les épaules, pivotait, frappant légèrement le parquet, et, du sourire qui s'épanouissait de plus en plus sur son visage rond, préparait les spectateurs à ce qui allait suivre. Dès qu'eurent retenti les accents joyeux et entraînants de Danilo Cooper qui ressemblaient au trepak endiablé, toutes les portes de la salle se garnirent des visages souriants des domestiques, les hommes d'un côté, les femmes de l'autre, qui venaient voir leur maître s'amuser.

« Notre maître! C'est un aigle! » dit la nounou à haute voix à l'une des portes.

Le comte dansait bien et il le savait, mais sa cavalière n'y entendait rien et ne se souciait pas de bien danser. Son corps énorme restait tout droit, ses bras puissants pendaient (elle avait confié son réticule à la comtesse); seul dansait son visage sévère mais beau. Ce qu'exprimait toute la silhouette ronde du comte ne se reflétait chez Maria Dmitrievna que sur son visage de plus en plus souriant et son nez qui frémissait. Mais si le comte, toujours plus en train, charmait les spectateurs par l'imprévu des entrechats et les bonds légers qu'exécutaient ses souples jambes, le moindre effort de Maria Dmitrievna, par un mouvement d'épaules ou des bras arrondis, pendant qu'elle virevoltait et frappait le parquet du talon, faisait autant d'effet par le mérite qu'elle y avait et qu'appréciait chacun, étant donné sa corpulence et son austérité habituelle. La danse ne cessait de s'animer. Les vis-à-vis ne parvenaient pas un seul instant à attirer l'attention et ne le tentaient même pas. Tout était absorbé par le comte et Maria Dmitrievna. Natacha tirait tout le monde par la manche ou la robe bien que, même sans cela, personne ne quittât les danseurs des yeux, et elle exigeait qu'on regardât son papa. Dans les intervalles, le comte reprenait péniblement haleine tout en faisant signe aux musiciens et leur criant de jouer plus vite. Vite, vite, toujours plus vite, crânement, de plus en plus crânement, le comte se déchaînait, tournant autour de Maria Dmitrievna, tantôt sur les pointes, tantôt sur les talons, et enfin, dirigeant sa cavalière vers sa place, il fit un dernier pas, levant en arrière sa jambe souple, sa tête en nage inclinée, le visage souriant, et décrivant un cercle de son bras droit, au milieu d'un fracas d'applaudissements et de rires, surtout de celui de Natacha. Les deux danseurs s'arrêtèrent, à bout de souffle et s'épongeant avec des mouchoirs de batiste.

« Voilà comment on dansait de notre temps, *ma chère,* dit le comte.

– Bravo Danilo Cooper! » dit Maria Dmitrievna en exhalant difficilement et longuement son souffle tout en retroussant ses manches.

XVIII

PENDANT que, chez les Rostov, on dansait la sixième anglaise aux sons d'un orchestre qui, de fatigue, jouait faux, et que les valets et les cuisiniers éreintés préparaient le souper, le comte Bezoukhov eut sa sixième attaque. Les médecins déclarèrent qu'il n'y avait plus d'espoir. On confessa et on fit communier le malade sans connaissance; on procédait aux préparatifs de l'extrême-onction, et l'agitation et l'anxiété de l'attente habituelles dans ces moments-là régnaient dans la maison.

Dehors, les employés des pompes funèbres qui attendaient une belle commande pour l'enterrement du comte se pressaient à la porte cochère, se cachant à l'arrivée d'une voiture. Le gouverneur militaire de Moscou, qui avait sans cesse fait prendre des nouvelles du comte par ses aides de camp, vint ce soir en personne faire ses adieux au célèbre grand seigneur du règne de Catherine, le comte Bezoukhov.

La somptueuse salle de réception était pleine de monde. Tous se levèrent respectueusement lorsque le gouverneur, après être resté près d'une demi-heure en tête-à-tête avec le malade, sortit de sa chambre et passa en répondant légèrement aux saluts, pressé d'échapper aux regards fixés sur lui des médecins, des ecclésiastiques et de la famille. Le prince Vassili, qui avait maigri et pâli au cours de ces derniers jours, accompagnait le gouverneur à qui plusieurs fois il répéta quelque chose à voix basse.

Après l'avoir reconduit, le prince Vassili alla s'asseoir seul sur une chaise dans la salle, les jambes haut croisées, un coude appuyé sur son genou et les yeux cachés de sa main. Au bout d'un certain temps, il se leva et d'un pas précipité, contrairement à son habitude, regardant autour de lui avec des yeux inquiets, prit le long couloir qui conduisait aux appartements du fond, pour se rendre chez l'aînée des princesses.

Dans la salle faiblement éclairée, les personnes réunies se parlaient à voix basse et hésitante, puis se taisaient et fixaient des yeux pleins d'interrogation et d'attente sur la porte qui menait dans les appartements du moribond, chaque fois qu'elle s'ouvrait avec un léger bruit en laissant entrer ou sortir quelqu'un.

« Un terme est assigné à l'homme, disait un vieil ecclésiastique à une dame assise à côté de lui et qui l'écoutait naïvement, un terme lui a été fixé, on ne peut le dépasser.

– Je me demande s'il n'est pas trop tard pour l'administrer? demanda la dame en ajoutant à ses paroles le titre ecclésiastique de son interlocuteur, comme si elle n'avait aucune opinion à ce sujet.

– C'est un grand sacrement, ma fille, répondit l'ecclésiastique en passant la main sur son crâne chauve encore garni de quelques mèches de cheveux gris bien peignés.

– Qui est-ce? C'est le gouverneur militaire qui est venu en

personne? demandait-on à l'autre bout de la pièce. Comme il fait jeune!...

– Pourtant il va sur ses soixante-dix ans! Il paraît que le comte ne reconnaît plus personne? On voulait l'administrer?

– J'ai connu quelqu'un qui a été administré sept fois. »

La cadette des princesses sortit de la chambre du comte; on voyait qu'elle avait pleuré. Elle vint s'asseoir auprès du docteur Lorrain, accoudé à une table dans une attitude pleine de grâce, sous le portrait de Catherine.

« *Très beau,* dit le médecin, répondant à sa question au sujet du temps, *très beau, princesse, et puis à Moscou on se croit à la campagne.*

– *N'est-ce pas?* dit la princesse en soupirant. Alors on peut lui donner à boire? »

Lorrain réfléchit.

« Il a pris sa potion?

– Oui. »

Le médecin consulta son chronomètre.

« Prenez un verre d'eau bouillie et mettez-y *une pincée* (il montra de ses doigts minces ce qu'est *une pincée*) *de cremor tartari*...

– Il n'y a jamais eu d'exemple, disait un médecin allemand à un aide de camp, qu'on survive à la troisième attaque.

– Comme il était vert! dit l'aide de camp. A qui donc ira toute cette fortune? ajouta-t-il dans un murmure.

– Les amateurs ne manqueront pas », répondit l'Allemand en souriant.

Tous les regards se fixèrent de nouveau sur la porte : elle grinça et la cadette des princesses qui avait préparé la boisson prescrite par Lorrain, la porta au malade. Le médecin allemand s'approcha de Lorrain.

« Il passera peut-être encore la nuit? » demanda-t-il en français avec un fort accent.

Lorrain, les lèvres pincées, agita sévèrement son doigt devant son nez en signe de dénégation.

« Cette nuit, pas plus tard », dit-il à voix basse avec un sourire qui disait la satisfaction pleine de décence qu'il éprouvait de savoir diagnostiquer si parfaitement l'état du malade, et il s'éloigna.

Cependant le prince Vassili ouvrait la porte de la chambre de la princesse.

La pénombre y régnait; seules deux veilleuses brûlaient devant les icônes, et cela sentait bon l'encens et les fleurs. Toute la pièce était encombrée de petits meubles, chiffonniers, petites armoires, guéridons. Derrière un paravent, on apercevait le couvre-pied blanc d'un haut lit de plume. Un petit chien aboya.

« Ah! c'est vous, *mon cousin?* »

La princesse se leva et arrangea ses cheveux qu'elle avait toujours, et même maintenant, si extraordinairement lisses qu'on eût dit qu'ils étaient laqués et ne formaient qu'un tout avec sa tête.

« Est-il arrivé quelque chose? demanda-t-elle. Vous m'avez fait peur.

– Rien, c'est toujours pareil; je viens seulement, Catiche, te parler affaires, dit le prince en se laissant tomber d'un air las dans le fauteuil qu'elle venait de quitter. Comme il fait chaud chez toi. Allons, assieds-toi, *causons*.

– Je me demandais s'il n'était pas arrivé quelque chose, dit la princesse et, avec son immuable expression d'une sévérité de pierre, elle s'assit en face du prince, s'apprêtant à écouter.

– Je voulais dormir, *mon cousin,* mais je ne peux pas.

– Eh bien, ma chère? » dit le prince Vassili prenant la main de la princesse, et selon son habitude, la tirant vers le bas.

On voyait que cet « eh bien » se référait à beaucoup de choses que sans les nommer ils comprenaient tous deux.

La princesse, avec son buste sec et droit d'une longueur hors de proportion avec ses jambes, regardait le prince en face et d'un air impassible de ses yeux gris saillants. Elle hocha la tête et jeta en soupirant un regard vers les icônes. On pouvait interpréter son geste aussi bien comme une expression de chagrin et de dévouement que comme celle de lassitude et d'espoir d'un repos proche. Le prince Vassili l'interpréta comme une marque de fatigue.

« Et moi, dit-il, crois-tu que ce soit moins pénible pour moi? *Je suis éreinté comme un cheval de poste;* et pourtant j'ai besoin de te parler, Catiche, et très sérieusement. »

Le prince Vassili se tut et ses joues furent prises de tiraillements, tantôt d'un côté, tantôt de l'autre, donnant à son visage une expression désagréable qu'on ne lui voyait jamais dans les salons. Ses yeux n'étaient pas non plus les mêmes : tantôt ils reflétaient une insolence enjouée, tantôt ils erraient tout autour, effrayés.

La princesse, qui de ses maigres mains sèches retenait le petit chien sur ses genoux, regardait attentivement le prince Vassili dans les yeux; mais on voyait qu'elle ne romprait pas le silence par une question, dût-elle se taire jusqu'au lendemain.

« Voyez-vous, ma chère princesse et cousine Catherine Semionovna, poursuivit le prince Vassili, se décidant non sans une visible lutte intérieure à reprendre son discours, en des moments comme ceux-ci il faut penser à tout. Il faut penser à l'avenir, à vous... Je vous aime toutes comme mes propres enfants, tu le sais... »

La princesse le considérait toujours du même regard terne et fixe.

« Enfin, je dois penser aussi à ma famille, continua le prince Vassili en repoussant avec nervosité le guéridon et sans la regarder; tu sais, Catiche, que vous trois, les sœurs Mamontov, et puis ma femme, vous êtes les seules héritières directes du comte. Je sais, je sais combien il t'est pénible de penser à ces choses-là et d'en parler. Cela ne m'est pas moins pénible; mais, mon amie, j'ai bientôt soixante ans, il faut être prêt à tout. Sais-tu que j'ai envoyé chercher Pierre? C'est le comte qui l'a réclamé en montrant nettement son portrait. »

Le prince Vassili regarda la princesse d'un air interrogateur mais ne put discerner si elle réfléchissait à ce qu'il venait de lui dire ou si tout simplement elle le regardait...

« Il n'y a qu'une chose que je ne cesse de demander à Dieu, *mon cousin,* répondit-elle, qu'il ait pitié de lui, et laisse sa belle âme quitter en paix cette...

— Oui, c'est juste, poursuivit avec impatience le prince Vassili en frottant son crâne chauve et en attirant de nouveau à lui avec humeur le guéridon qu'il venait de repousser; mais enfin... enfin, le fait est, tu le sais, que l'hiver dernier le comte a fait un testament par lequel, par-dessus la tête de tous les héritiers directs et la nôtre, il laisse toute sa fortune à Pierre.

— En a-t-il fait des testaments! dit calmement la princesse, mais il n'a pu instituer Pierre son héritier. Pierre est un enfant naturel.

— *Ma chère,* dit soudain le prince Vassili qui, tout en s'animant et parlant plus vite, serrait le guéridon contre lui, et si une lettre a été écrite à l'empereur où le comte demande à reconnaître Pierre? Tu comprends, étant donné les services rendus, il sera fait droit à cette demande... »

La princesse sourit comme sourient ceux qui croient en savoir plus long que leurs interlocuteurs.

« Je t'en dirai davantage, reprit le prince Vassili en lui saisissant la main, la lettre a bel et bien été écrite, quoiqu'elle ne soit pas partie, et l'empereur l'a su. Il s'agit seulement de savoir si elle a été ou non détruite. Si elle ne l'a pas été, dès que TOUT SERA FINI – le prince Vassili soupira pour faire comprendre ce qu'il entendait par ces mots – et qu'on aura décacheté les papiers du comte, le testament et la lettre seront transmis à l'empereur et il sera certainement fait droit à sa requête. Pierre, en qualité de fils légitime, recevra tout.

– Et notre part? demanda la princesse en souriant ironiquement, comme si tout pouvait arriver, sauf cela.

– *Mais, ma pauvre Catiche, c'est clair comme le jour.* Il est alors le seul héritier légal et vous ne recevrez pas ça. Tu dois découvrir, ma chère, si le testament et la lettre ont été écrits et s'ils ont été détruits. Et si pour une raison quelconque on les a oubliés, il faut que tu apprennes où ils sont et que tu les trouves, car...

– Il ne manquait plus que cela! interrompit la princesse avec un sourire sardonique et sans que l'expression de ses yeux changeât. Je suis une femme; selon vous, nous sommes toutes des sottes; mais je suis assez au courant pour savoir qu'un fils naturel ne peut hériter... *Un bàtard,* ajouta-t-elle, croyant par cette traduction démontrer définitivement au prince l'inanité de ses assertions.

– Comment ne comprends-tu pas à la fin, Catiche! Tu es si intelligente, comment peux-tu ne pas comprendre que si le comte a écrit une lettre à l'empereur pour lui demander l'autorisation de reconnaître son fils, Pierre n'est alors plus Pierre mais comte Bezoukhov et que tout lui reviendra d'après le testament? Et si la lettre et le testament n'ont pas été détruits, il ne te restera rien, sinon la consolation d'avoir été vertueuse et *tout ce qui s'ensuit*. C'est certain.

– Je sais que le testament a été fait; mais je sais aussi qu'il n'est pas valable et je crois que vous me prenez pour une vraie sotte, *mon cousin,* dit la princesse avec cette expression qu'ont les femmes quand elles croient avoir dit quelque chose de spirituel et de blessant.

– Ma chère princesse Catherine Semionovna! dit le prince Vassili avec impatience. Je ne suis pas venu chez toi pour échanger des piques, mais pour te parler de tes propres intérêts comme à une parente, une bonne, une excellente, une véritable parente. Je te répète pour la dixième fois que si la lettre à l'empereur et le testament en faveur de Pierre se trouvent parmi les papiers du comte, ni toi, mon petit, ni tes sœurs, vous n'héritez plus. Si tu ne me crois pas, crois-en les gens qui savent : je viens de parler à Dmitri Onoufritch (c'était l'avocat de la famille), il dit la même chose que moi. »

Visiblement, un changement intervint soudain dans la façon de penser de la princesse; ses lèvres minces pâlirent (les yeux demeurèrent inchangés) et sa voix, lorsqu'elle se mit à parler, eut des éclats auxquels de toute évidence elle ne s'attendait pas elle-même.

« Ce sera parfait, dit-elle. Je n'ai jamais voulu et je ne veux rien. »

Elle chassa le petit chien de ses genoux et rajusta les plis de sa robe.

« Voilà la reconnaissance, voilà la gratitude qu'il a envers ceux qui ont tout sacrifié pour lui, dit-elle. Parfait! Fort bien! Je n'ai besoin de rien, prince.

– Oui, mais tu n'es pas seule, tu as des sœurs », répondit le prince Vassili.

Mais la princesse ne l'écoutait pas.

« Oui, je le savais depuis longtemps, mais j'avais oublié qu'en dehors de la bassesse, de la duplicité, de l'envie, des intrigues, en dehors de l'ingratitude, la plus noire des ingratitudes, je ne pouvais m'attendre à rien dans cette maison...

– Sais-tu ou ne sais-tu pas où se trouve ce testament? demanda le prince Vassili dont les joues étaient de plus en plus tiraillées.

– Oui, j'étais une sotte, je croyais encore aux gens, et je les aimais et je me sacrifiais. Mais il n'y a que ceux qui sont lâches et odieux qui réussissent. Je sais qui est l'auteur de ces intrigues. »

La princesse voulut se lever, mais le prince la retint par le bras. Elle donnait l'impression de quelqu'un qui a soudain perdu toutes ses illusions sur le genre humain; elle regardait son interlocuteur avec colère.

« Il est encore temps, mon amie. Souviens-toi, Catiche, que tout cela s'est fait par hasard, dans un moment d'emportement, de maladie, puis tout a été oublié. Notre devoir, ma chère, est de réparer l'erreur, d'adoucir ses derniers instants en l'empêchant de commettre cette injustice, de ne pas le laisser mourir avec la pensée qu'il a rendu malheureux ceux qui...

– Ceux qui ont tout sacrifié pour lui, reprit la princesse en s'efforçant de se lever, mais le prince l'en empêcha; ce qu'il n'a jamais su apprécier. Non, *mon cousin,* ajouta-t-elle avec un soupir, je me souviendrai que dans ce monde il n'y a pas de récompense à attendre, que dans ce monde il n'y a ni honneur ni justice. Dans ce monde, il faut être fourbe et méchante.

– *Voyons,* calme-toi, je connais ton excellent cœur.

– Non, j'ai un cœur méchant.

– Je connais ton cœur, répéta le prince, j'apprécie ton amitié et je voudrais que tu en penses autant de moi. Calme-toi et *parlons raison* pendant qu'il en est encore temps; nous avons peut-être vingt-quatre heures, peut-être une heure. Raconte-moi tout ce que tu sais du testament et dis-moi surtout où il se trouve; tu dois le savoir. Nous allons le prendre dès maintenant et le montrer au comte. Il l'aura oublié et il voudra le détruire. Tu comprends que mon seul désir est d'accomplir scrupuleusement sa volonté; je ne suis venu ici que pour cela. Je ne suis ici que pour vous aider, lui et vous.

– Maintenant je comprends tout. Je sais d'où viennent ces intrigues. Je le sais, disait la princesse.

– Il ne s'agit pas de cela, mon enfant.

– C'est votre *protégée,* votre chère Anna Mikhaïlovna, dont je n'aurais même pas voulu pour femme de chambre, cette vilaine femme, cette ignoble femme.

– *Ne perdons pas de temps.*

– Ah! ne m'en parlez pas. L'hiver dernier, elle s'est introduite ici et a raconté au comte de telles vilenies, de telles horreurs sur nous toutes, surtout sur Sophie – je ne puis les répéter – qu'il en a été malade et pendant quinze jours a refusé de nous voir. C'est à ce moment, je le sais, qu'il a fait ce vilain, cet infâme papier; mais je pensais que ce papier ne comptait pas.

– *Nous y voilà,* pourquoi donc ne m'as-tu rien dit plus tôt?

– Il est dans le portefeuille à incrustations qu'il garde sous son oreiller. Maintenant je sais, dit la princesse sans lui répondre. Oui, si j'ai un péché sur la conscience, un grand péché, c'est celui de haïr cette misérable, cria-t-elle presque, complètement changée. Et pourquoi se faufile-t-elle ici? Mais je lui dirai tout, tout. Le moment viendra! »

XIX

PENDANT que ces conversations se déroulaient dans le salon de réception et dans la chambre de la princesse, la voiture qui amenait Pierre (qu'on avait envoyé chercher) et Anna Mikhaïlovna (qui avait jugé nécessaire de l'accompagner) entrait dans la cour de l'hôtel du comte Bezoukhov. Lorsque les roues de la voiture résonnèrent sourdement sur la paille étendue sous les fenêtres, Anna Mikhaïlovna qui se tournait vers son compagnon pour lui adresser des paroles de réconfort constata qu'il dormait dans son coin et le réveilla. Revenant à lui, Pierre descendit à la suite d'Anna Mikhaïlovna et ne pensa qu'alors à l'entrevue qui l'attendait avec son père mourant. Il s'aperçut qu'ils s'étaient arrêtés non pas devant l'entrée principale mais à la porte de service. Au moment où il mettait pied à terre, deux hommes vêtus comme des petits bourgeois coururent se réfugier précipitamment à l'ombre du mur. S'arrêtant, Pierre en distingua plusieurs autres des deux côtés, à l'ombre de la maison. Mais ni Anna Mikhaïlovna, ni le valet de pied, ni le cocher, qui ne pouvaient pas ne pas les avoir vus, ne leur prêtèrent attention. Par conséquent, il fallait qu'il en fût ainsi, décida Pierre, et il suivit Anna Mikhaïlovna. Celle-ci montait d'un pas pressé l'étroit escalier de pierre faiblement éclairé, appelant Pierre qui restait en arrière et qui, bien qu'il ne comprît pas pourquoi il devait se rendre chez le comte et encore moins pourquoi il lui fallait emprunter cet escalier, avait décidé à part lui, à voir l'assurance et la hâte d'Anna Mikhaïlovna, que c'était indispensable. Au milieu de l'escalier, ils faillirent être renversés par des gens portant des seaux qui descendaient en courant dans un vacarme de bottes. Ces gens se serrèrent contre le mur pour les laisser passer et ne manifestèrent pas la moindre surprise à leur vue.

« C'est par ici les appartements des princesses? demanda Anna Mikhaïlovna à l'un d'eux.

– Oui, par ici, répondit un des valets d'une voix forte et hardie, comme si désormais tout était permis, la porte à gauche, madame.

– Peut-être le comte ne m'a-t-il pas demandé, dit Pierre en atteignant le palier, si j'allais chez moi? »

Anna Mikhaïlovna s'arrêta pour lui permettre de la rejoindre.

« *Ah! mon ami,* dit-elle en lui effleurant le bras du même geste qu'elle avait eu, le matin, avec son fils, *croyez que je souffre autant que vous, mais soyez homme*

– Vraiment, je m'en irais bien? demanda Pierre en la regardant gentiment à travers ses lunettes.

– *Ah! mon ami, oubliez les torts qu'on a pu avoir envers vous, pensez que c'est votre père... peut-être à l'agonie.* Elle soupira. *Je vous ai tout de suite aimé comme mon fils. Fiez-vous à moi, Pierre. Je n'oublierai pas vos intérêts.* »

Pierre n'y comprenait rien; de nouveau, il eut encore plus nettement l'impression qu'il devait en être ainsi, et il suivit docilement Anna Mikhaïlovna qui ouvrait déjà la porte.

La porte donnait sur le vestibule des appartements de derrière. Dans un coin, le vieux domestique des princesses tricotait un bas. Pierre n'était jamais entré dans cette partie de la maison, il ne soupçonnait même pas l'existence de ces pièces. Anna Mikhaïlovna s'enquit de la santé des princesses auprès d'une femme de chambre (en l'appelant « ma chère » et « ma fille ») qui les dépassa, un plateau avec une carafe à la main, et elle entraîna Pierre le long du couloir dallé. Du couloir, la première porte à gauche donnait sur les pièces d'habitation des princesses. Dans sa hâte (tout se faisait en ce moment en hâte dans cette maison), la femme de chambre à la carafe ne referma pas la porte, et en passant Pierre et Anna Mikhaïlovna jetèrent malgré eux un regard dans la pièce où, assis l'un près de l'autre, l'aînée des princesses et le prince Vassili étaient en train de causer. A leur vue, le prince Vassili eut un mouvement d'impatience et se rejeta en arrière; la princesse se leva d'un bond et, d'un geste violent, claqua la porte à toute volée.

Ce geste s'accordait si mal avec le calme habituel de la princesse, la frayeur qu'avait reflétée le visage du prince Vassili était si peu en rapport avec sa gravité habituelle, que Pierre s'arrêta et à travers ses lunettes regarda son guide d'un air interrogateur. Anna Mikhaïlovna ne manifesta aucune surprise, elle ne fit que sourire légèrement et soupira, comme pour montrer qu'elle s'attendait à tout cela.

« Soyez homme, mon ami, c'est moi qui veillerai à vos intérêts », dit-elle en réponse à son regard, et elle pressa encore le pas dans le couloir.

Pierre ne comprenait pas de quoi il s'agissait et encore moins ce que signifiait « veiller à vos intérêts », mais il comprenait qu'il fallait qu'il en fût ainsi. Du couloir, ils pénétrèrent dans une grande salle faiblement éclairée, attenante au salon de réception du comte. C'était une de ces pièces froides et luxueuses que Pierre connaissait en entrant par le grand escalier. Mais au milieu de cette pièce il y avait une baignoire vide et de l'eau était répandue sur le tapis. Ils croisèrent un domestique et un sacristain portant un encensoir qui passèrent sur la pointe des pieds sans prêter attention à eux. Ils entrèrent dans le salon de réception familier à Pierre, avec ses deux fenêtres à l'italienne, une porte donnant sur le jardin d'hiver, un grand buste et un portrait en pied de Catherine. Les mêmes personnes, presque dans les mêmes attitudes, chuchotaient toujours entre elles. Tous se turent et regardèrent Anna Mikhaïlovna qui entrait, son pâle visage flétri par les larmes, et le gros et grand Pierre qui, la tête baissée, la suivait docilement.

La conscience que le moment décisif était venu se peignit sur les traits d'Anna Mikhaïlovna; avec les façons d'une Pétersbourgeoise pratique, sans lâcher Pierre, elle entra encore plus hardiment que dans la matinée. Elle sentait que puisqu'elle amenait celui que voulait voir le mourant, elle pouvait être sûre d'être bien reçue. Elle embrassa l'assistance d'un regard rapide et, apercevant le confesseur du comte, alla à lui non pas exactement en se courbant mais en se faisant brusquement plus petite, et reçut respectueusement la bénédiction de l'un, puis de l'autre ecclésiastique.

« Dieu soit loué! il n'est pas trop tard, dit-elle à l'un d'eux, nous avions si peur, toute la famille. Ce jeune homme est le fils du comte, ajouta-t-elle plus bas. Quels terribles instants! »

Ayant prononcé ces mots, elle alla vers le médecin.

« Cher docteur, dit-elle, *ce jeune homme est le fils du comte... y a-t-il de l'espoir? »*

D'un mouvement rapide, le médecin leva en silence les yeux et les épaules. Anna Mikhaïlovna leva exactement du même mouvement les épaules et les yeux qu'elle ferma presque, soupira et quittant le médecin rejoignit Pierre. Elle lui parla d'un air particulièrement respectueux et plein de tendresse attristée. *« Ayez confiance en Sa miséricorde! »* lui dit-elle et, désignant un petit canapé pour qu'il s'y assît en attendant, elle se dirigea silencieusement vers la porte que tout le monde regardait et, la faisant grincer à peine en l'ouvrant, disparut derrière elle.

Pierre, décidé à obéir en tout à son mentor, se dirigea vers le canapé qu'elle lui avait désigné. Dès qu'Anna Mikhaïlovna eut disparu, il s'aperçut que tous les regards s'étaient portés sur lui avec plus que de la curiosité et de la sympathie. Il constata que toutes les personnes présentes chuchotaient entre elles en le montrant des yeux, avec une sorte de crainte et même d'obséquiosité. On lui témoignait un respect auquel on ne l'avait jamais habitué jusqu'alors : la dame inconnue qui parlait avec les ecclésiastiques se leva et lui offrit son siège; l'aide de camp ramassa le gant qu'il avait laissé tomber et le lui tendit; les médecins se turent respectueusement à son approche et s'écartèrent pour lui livrer passage. Pierre avait d'abord eu l'intention de s'asseoir ailleurs pour ne pas déranger la dame, il avait voulu ramasser lui-même son gant et éviter les médecins qui n'étaient nullement sur son chemin; mais il sentit soudain que tout cela ne serait pas convenable, il sentit qu'en cette nuit il était un personnage obligé d'accomplir quelque rite terrible et attendu de tous, et qu'il devait donc accepter les services de chacun. Il prit en silence son gant des mains de l'aide de camp, s'assit à la place de la dame, ses grandes mains posées sur ses genoux avancés symétriquement, dans l'attitude naïve d'une statue égyptienne, et il décida à part lui que tout cela devait se passer précisément ainsi et que, pour ne pas perdre contenance et faire des sottises, il ne devait pas agir ce soir selon son initiative mais s'en remettre entièrement à la volonté de ceux qui le guidaient.

Deux minutes ne s'étaient pas écoulées que le prince Vassili, son caftan orné de trois plaques, entra dans la pièce, portant haut la tête d'un air majestueux. Il semblait avoir maigri depuis le matin; ses yeux étaient plus grands que d'habitude quand il fit du regard le tour de la pièce et aperçut Pierre. Il alla à lui, lui prit la main (ce qu'il n'avait jamais fait) et la tira vers le bas, comme pour éprouver si elle tenait bien.

« Courage, courage, mon ami. Il a demandé à vous voir. C'est bien... » et il voulut s'en aller.

Mais Pierre jugea nécessaire de lui demander :

« Comment va la santé... » Il hésita, ne sachant s'il convenait d'appeler le mourant le comte; l'appeler « père » le gênait.

« Il a eu encore un coup, il y a une demi-heure. Courage, mon ami... »

L'esprit de Pierre était si troublé qu'il comprit le mot « coup » dans son sens littéral. Perplexe, il regarda le prince Vassili et ne comprit qu'ensuite qu'on appelle ainsi une maladie. Le prince Vassili dit en passant quelques mots à Lorrain et franchit la porte sur la pointe des pieds. Il ne savait pas marcher sur la pointe des pieds et sautillait gauchement de tout son corps. L'aînée des princesses passa après lui, puis les ecclésiastiques et les sacristains ainsi que les domestiques. Un remue-ménage se fit derrière cette porte, et enfin, le visage tout aussi pâle mais ferme dans l'accomplissement du devoir, Anna Mikhaïlovna arriva en courant et touchant le bras de Pierre, dit :

« La bonté divine est inépuisable. C'est la cérémonie de l'extrême-onction qui va commencer. Venez. »

Pierre franchit le seuil, marchant sur l'épais tapis, et remarqua que l'aide de camp, la dame inconnue et quelques domestiques le suivaient, comme si désormais il n'était plus besoin maintenant de permission pour franchir ce seuil.

XX

PIERRE connaissait bien cette grande pièce, séparée en deux par des colonnes et un arc et entièrement tendue de tapis de Perse. La partie qui se trouvait derrière les colonnes et où, d'un côté, il y avait un haut lit d'acajou à rideaux de soie et, de l'autre, une immense vitrine aux icônes, était baignée d'une lumière rouge, comme le sont les églises pendant l'office du soir. Sous les icônes aux revêtements éclairés, on avait placé un long fauteuil Voltaire et, dans ce fauteuil, au dossier garni d'oreillers dont les taies d'une blancheur de neige et pas encore froissées venaient sans doute d'être changées, était allongée, enveloppée jusqu'à la ceinture dans une couverture vert vif, la majestueuse silhouette, bien connue de Pierre, de son père, le comte Bezoukhov, avec la même crinière léonine de cheveux gris au-dessus du large front, et les mêmes grosses rides d'une noblesse pleine de caractère sur son beau visage d'un rouge brique. Il était couché juste sous les icônes; ses deux grandes et grosses mains reposaient sur la couverture. Dans sa main droite posée à plat, on avait placé entre le pouce et l'index un cierge que maintenait un vieux domestique, penché par-dessus le fauteuil. Autour du fauteuil, les prêtres dans leurs majestueux habits chatoyants, leurs longs cheveux tombant sur les épaules, officiaient lentement et solennellement, un cierge allumé à la main. Un peu en retrait, derrière eux, se tenaient les deux plus jeunes princesses, le mouchoir sur les yeux, et, devant elles, l'aînée, Catiche, qui, l'air méchant et résolu, ne quittait pas un instant les icônes des yeux, comme pour dire à tous qu'elle ne répondrait plus d'elle si elle se retournait. Anna Mikhaïlovna, une douce affliction et la miséricorde peintes sur son visage, et la dame inconnue se tenaient près de la porte. Le prince Vassili avait pris place de l'autre côté de la porte, plus près du fauteuil, derrière une chaise sculptée garnie de velours dont il avait tourné vers lui le dossier, et, s'y appuyant de la main gauche qui tenait le cierge, il se signait de la main droite en levant les yeux au ciel chaque fois qu'il portait ses doigts à son front. Son visage respirait une calme piété et la soumission à la volonté de Dieu. « Si vous ne comprenez pas ces sentiments, tant pis pour vous », semblait dire son expression.

Derrière lui se tenaient l'aide de camp, les médecins et le personnel masculin; comme à l'église, les hommes et les femmes s'étaient séparés. Tous se taisaient, tous se signaient, on n'entendait que les récitatifs liturgiques, un chant contenu et profond de basse et, dans les intervalles de silence, un bruit de pieds et des soupirs. Anna Mikhaïlovna, de cet air entendu qui montrait qu'elle savait ce qu'elle faisait, traversa toute la pièce et tendit un cierge à Pierre. Il l'alluma et, distrait par les observations qu'il faisait sur les assistants, se mit à se signer de la main qui tenait le cierge.

La plus jeune des princesses, Sophie, celle qui, rieuse et le teint rose, avait un grain de beauté, le regardait. Elle sourit, se cacha le visage dans son mouchoir et resta longtemps sans le retirer; mais ayant de nouveau regardé Pierre, elle se mit à rire. Elle se sentait de toute évidence incapable de le regarder sans rire mais ne pouvait s'empêcher de le regarder, et pour fuir la tentation, elle se réfugia sans bruit derrière une colonne. Au milieu de la cérémonie, les voix des officiants se turent soudain; ils chuchotèrent quelque chose entre eux, le vieux domestique qui soutenait la main du comte se leva et se tourna vers les dames. Anna Mikhaïlovna s'avança et, se penchant sur le malade, fit signe derrière son dos à Lorrain. Le médecin français – qui, adossé à une colonne et sans cierge allumé, avait cette attitude déférente de l'étranger qui indique qu'en dépit de la différence de confession, il comprend toute l'importance du rite qui s'accomplit et même l'approuve – s'approcha du malade du pas silencieux d'un homme dans toute la force de l'âge, prit dans ses doigts blancs et minces la main libre posée sur la couverture verte et, tourné de côté, tâta le pouls en prenant un air pensif. On donna au malade quelque chose à boire, on s'affaira autour de lui, puis chacun regagna sa place et la cérémonie reprit. Pendant cette interruption, Pierre s'aperçut que le prince Vassili avait quitté sa chaise et du même air de savoir ce qu'il faisait, et tant pis pour les autres s'ils ne comprenaient pas, au lieu de s'approcher du malade, était passé devant lui, avait rejoint l'aînée des princesses et, en sa compagnie, s'était dirigé vers le haut lit à rideaux de soie au fond de la chambre. De là le prince et la princesse disparurent par la porte du fond, mais regagnèrent leur place l'un après l'autre avant la fin de la cérémonie. Pierre ne fit pas plus attention à cette circonstance qu'à tout le reste, ayant décidé une fois pour toutes dans son esprit que ce qui se passait devant lui ce soir devait absolument se passer ainsi.

Les chants liturgiques se turent et l'on entendit la voix d'un prêtre qui félicitait respectueusement le malade d'avoir reçu le sacrement. Le malade était toujours aussi inerte et immobile. Autour de lui tout s'agita, on entendit un bruit de pas et des chuchotements que dominait celui d'Anna Mikhaïlovna.

Pierre l'entendit dire :

« Il faut absolument le transporter sur son lit, ici c'est impossible... »

Les médecins, les princesses et les domestiques entouraient le malade au point que Pierre ne pouvait plus voir cette tête rouge brique à la crinière blanche que, tout en voyant aussi d'autres visages, il n'avait pas un instant perdue de vue pendant toute la cérémonie. Il devina aux mouvements précautionneux de ceux qui se pressaient autour du fauteuil qu'on soulevait le mourant pour le transporter.

« Tiens-toi à mon bras, tu vas le laisser tomber », entendit-il murmurer un des domestiques d'un ton effrayé, « par en bas... encore un... » disaient des voix, et les halètements et les piétinements se faisaient plus précipités, comme si le fardeau qu'on transportait était au-dessus des forces des porteurs.

Les porteurs, dont Anna Makhaïlovna, passèrent devant le jeune homme et, derrière le dos et les nuques, lui apparurent un instant la haute poitrine grasse découverte, les fortes épaules du malade que soulevaient ceux qui le tenaient sous les aisselles, et la tête léonine blanche et bouclée. L'approche de la mort n'avait pas défiguré cette tête au front et aux pommettes extraordinairement larges, à la belle bouche sensuelle et au regard froid et majestueux. Elle était telle que Pierre l'avait connue, trois mois plus tôt, quand le comte l'avait envoyé à Pétersbourg. Mais cette tête ballottait sans défense au pas heurté des porteurs et le regard froid, indifférent, ne savait où se fixer.

Il y eut quelques instants de remue-ménage autour du haut lit, puis les porteurs se dispersèrent. Anna Mikhaïlovna toucha le bras de Pierre et lui dit : « *Venez.* » Pierre la suivit jusqu'au lit sur lequel on avait déposé le malade dans une pose solennelle qui avait visiblement un rapport avec le sacrement accompli. Il était couché, la tête appuyée haut sur les oreillers. Ses mains étaient symétriquement posées à plat sur la couverture de soie verte. A l'approche de Pierre, le comte le regardait en face, mais de ce regard dont l'homme ne peut comprendre le sens et la signification. Ou ce regard ne voulait absolument rien dire, sinon que tant qu'on a des yeux il faut bien regarder quelque chose, ou il voulait dire trop de choses. Pierre s'arrêta, ne sachant que faire, et jeta à son guide Anna Mikhaïlovna un regard interrogateur. Anna Mikhaïlovna lui fit un signe rapide des yeux, montrant la main du malade et esquissant des lèvres un baiser. Pierre, allongeant soigneusement le cou pour ne pas accrocher la couverture, suivit son conseil et appuya ses lèvres sur la main charnue fortement charpentée. Ni la main ni aucun muscle du visage du comte ne bougea. Pierre jeta à Anna Mikhaïlovna un nouveau regard interrogateur pour lui demander ce qu'il devait faire. Anna Mikhaïlovna lui désigna des yeux un fauteuil près du lit. Pierre s'y assit docilement tout en continuant de lui demander du regard s'il avait bien fait ce qu'il fallait. Il reprit la pose naïvement symétrique de statue égyptienne, regrettant visiblement que son gros corps maladroit prît tant de place et essayant de toutes ses forces de paraître le plus petit possible. Il regardait le comte. Le comte regardait la place où se trouvait le visage de Pierre quand il était debout. Anna Mikhaïlovna manifestait par son expression la conscience qu'elle avait de la gravité émouvante de ces derniers instants d'entrevue du père et du fils. Cela dura deux minutes qui parurent à Pierre une heure. Tout à coup, les gros muscles et les rides du visage du comte furent parcourus d'un frémissement. Le frémissement s'accentua, la belle bouche se tordit (ce ne fut qu'alors que Pierre comprit combien son père était proche de la mort), un son rauque, indistinct, s'échappa de la bouche tordue. Anna Mikhaïlovna regardait consciencieusement le malade dans les yeux et s'efforçant de deviner ce qu'il voulait, tantôt lui désignait Pierre ou la boisson, tantôt nommait dans un murmure interrogateur le prince Vassili, tantôt montrait la couverture. Les yeux et le visage du malade exprimaient l'impatience. Il fit un effort pour regarder le domestique qui ne quittait pas son chevet.

« Son Excellence désire se retourner sur l'autre côté », murmura le domestique, et il se leva pour tourner le lourd corps du comte contre le mur.

Pierre se leva pour aider le domestique.

Pendant qu'on retournait le comte, un de ses bras se rejeta inerte en arrière et il fit de vains efforts pour le ramener. Le comte avait-il remarqué le regard d'effroi que Pierre fixait sur ce bras sans vie, ou quelque autre pensée avait-elle traversé l'esprit du moribond, mais il regarda le bras indocile, puis l'expression d'effroi sur le visage de Pierre, puis de nouveau son bras, et ses lèvres esquissèrent un faible sourire douloureux qui allait si mal à ses traits et semblait railler sa propre impuissance. Brusquement, à la vue de ce sourire, Pierre ressentit un coup dans la poitrine, un picotement dans le nez, et des larmes lui obscurcirent la vue. On avait mis le malade sur le côté, face au mur. Il soupira.

« *Il est assoupi,* dit Anna Mikhaïlovna en apercevant l'une des princesses qui venait la relever. *Allons.* »

Pierre sortit.

XXI

Il n'y avait plus dans le salon de réception que le prince Vassili et l'aînée des princesses qui, assis sous le portrait de Catherine, s'entretenaient avec animation. Dès qu'ils aperçurent Pierre et son mentor, ils se turent. Pierre eut l'impression que la princesse dissimulait quelque chose, et elle murmura :

« Je ne peux pas voir cette femme.

— *Catiche a fait donner du thé dans le petit salon,* dit le prince Vassili à Anna Mikhaïlovna. *Allez, ma pauvre* Anna Mikhaïlovna, *prenez quelque chose, autrement vous ne suffirez pas.* »

Il ne dit rien à Pierre, se contentant de lui serrer avec émotion le bras au-dessous de l'épaule. Pierre et Anna Mikhaïlovna passèrent au *petit salon*

« *Il n'y a rien qui restaure comme une tasse de cet excellent thé russe après une nuit blanche* », disait Lorrain avec une animation contenue en buvant dans une fine tasse de Chine sans anse; il se tenait debout dans le petit salon rond, devant une table chargée d'un service à thé et d'un souper froid. Tous ceux qui avaient passé cette nuit dans la maison du comte Bezoukhov s'étaient réunis autour de la table pour se restaurer. Pierre se souvenait bien de ce petit salon rond, avec ses miroirs et ses guéridons. Pendant les bals qui se donnaient dans l'hôtel du comte, Pierre, qui ne savait pas danser, aimait se réfugier ici et observer les dames en toilette de bal, leurs épaules nues ruisselantes de diamants et de perles, qui en traversant cette pièce se contemplaient dans les miroirs brillamment éclairés où leur visage se reflétait plusieurs fois. Maintenant cette pièce était à peine éclairée par deux bougies, au milieu de la nuit le service à thé et des plats traînaient en désordre sur un des guéridons et des gens disparates de l'aspect de tous les jours, y parlaient et chuchotaient entre eux, attestant par chacun de leurs gestes, chacune de leurs paroles que personne n'oubliait ce qui s'accomplissait en ce moment et ce qui devait encore s'accomplir dans la chambre à coucher. Pierre ne mangea rien, bien qu'il eût grand-faim. Il jeta un regard interrogateur à son mentor et le vit regagner sur la pointe des pieds la salle de réception, où le prince Vassili était demeuré avec l'aînée des princesses. Pierre supposa que cela aussi était nécessaire et, après un instant d'hésitation, la suivit. Anna Mikhaïlovna était debout devant la princesse et toutes deux parlaient en même temps dans un murmure agité :

« Permettez-moi, princesse, de savoir ce qu'il faut et ce qu'il ne faut pas, disait la jeune princesse qui était visiblement dans le même état d'agitation qu'au moment où elle avait claqué la porte de sa chambre.

– Mais, chère princesse, dit Anna Mikhaïlovna, patiemment et avec persuasion en lui barrant le chemin de la chambre à coucher, ne serait-ce pas trop pénible pour mon pauvre oncle en un tel moment où il a besoin de repos? En de pareils moments, parler des choses terrestres quand son âme est déjà préparée... »

Le prince Vassili était assis dans un fauteuil, les jambes haut croisées, dans son attitude familière. Des tiraillements agitaient fortement ses joues qui, affaissées, paraissaient du bas plus larges que d'ordinaire; mais il ne semblait guère s'occuper de la conversation des deux dames.

« *Voyons, ma bonne* Anna Mikhaïlovna, *laissez faire* Catiche. Vous savez combien le comte l'aime.

– Je ne sais même pas ce qu'il y a dans ce papier, dit la jeune princesse en s'adressant au prince Vassili et en montrant le portefeuille à incrustations qu'elle tenait à la main. Je sais seulement que le véritable testament se trouve dans son bureau et que ce n'est là qu'un papier oublié... »

Elle voulut contourner Anna Mikhaïlovna mais d'un bond celle-ci lui barra de nouveau le passage.

« Je sais, ma chère, ma bonne princesse, dit-elle en saisissant le portefeuille de la main, et cela si solidement qu'on voyait qu'elle ne le lâcherait pas de sitôt. Chère princesse, je vous en prie, je vous en supplie, ayez pitié de lui. *Je vous en conjure...* »

La princesse se taisait. On n'entendait que le bruit de la lutte pour le portefeuille. On voyait que si elle ouvrait la bouche, elle dirait des choses peu flatteuses pour Anna Mikhaïlovna. Anna Mikhaïlovna s'agrippait solidement mais, malgré cela, sa voix n'avait rien perdu de sa suavité et de sa douceur.

« Pierre, venez ici, mon ami. Je pense qu'il n'est pas de trop dans le conseil de famille, n'est-ce pas, prince?

– Pourquoi ne dites-vous rien, *mon cousin?* s'écria soudain la princesse si haut qu'on l'entendit au salon et qu'on fut effrayé de sa voix. Pourquoi vous taisez-vous quand Dieu sait qui se permet d'intervenir et de faire des scènes sur le seuil de la chambre d'un mourant? Intrigante! murmura-t-elle rageusement, et elle tira le portefeuille de toutes ses forces, mais Anna Mikhaïlovna fit quelques pas en avant pour ne pas le lâcher et changea de main.

– *Oh!* » dit le prince Vassili avec reproche et surprise. Il se leva. « *C'est ridicule. Voyons,* lâchez, vous dis-je. »

La jeune princesse lâcha prise.

« Vous aussi! »

Anna Mikhaïlovna n'obéit pas.

« Lâchez, vous dis-je. Je prends tout sur moi. Je vais aller le lui demander. Je... que cela vous suffise.

– *Mais, mon prince,* dit Anna Mikhaïlovna, laissez-lui un instant de répit après un si grand sacrement. Voyons, Pierre, donnez votre avis, demanda-t-elle au jeune homme qui, s'étant approché tout contre eux, contemplait avec surprise le visage courroucé de la jeune princesse qui avait perdu toute décence, et les joues frémissantes du prince Vassili.

– Souvenez-vous que vous répondrez de toutes les conséquences, dit sévèrement le prince Vassili, vous ne savez pas ce que vous faites.

– Ignoble femme! » s'écria la princesse en se jetant à l'improviste sur Anna Mikhaïlovna et en lui arrachant le portefeuille.

Le prince Vassili baissa la tête et écarta les bras dans un geste d'impuissance.

A ce moment, la porte, cette porte redoutable que Pierre avait si longuement contemplée et qui jusque-là s'était toujours ouverte si doucement, s'ouvrit vivement et avec bruit en heurtant le mur, et la cadette des princesses accourut et leva les bras au ciel.

« Que faites-vous! s'écria-t-elle avec véhémence. *Il s'en va et vous me laissez seule.* »

L'aînée des princesses lâcha le portefeuille. Anna Mikhaïlovna se baissa prestement et, saisissant l'objet du litige, courut dans la chambre à coucher. L'aînée des princesses et le prince Vassili, reprenant leurs esprits, la suivirent. Au bout de quelques minutes, l'aînée des princesses reparut, le visage pâle et sec et se mordant la lèvre inférieure. A la vue de Pierre, ses traits exprimèrent un ressentiment insurmontable.

« Oui, réjouissez-vous maintenant, dit-elle, vous le souhaitiez. »

Et éclatant en sanglots, elle se cacha le visage dans son mouchoir et s'enfuit.

Le prince Vassili revint à son tour. Il alla en chancelant jusqu'au divan sur lequel était assis Pierre et s'y laissa tomber en se couvrant le visage de sa main. Pierre s'aperçut qu'il était pâle et que sa mâchoire inférieure s'agitait et tressaillait comme dans un frisson de fièvre.

« Ah! mon ami! dit-il en prenant Pierre par le coude; et dans sa voix il y avait une sincérité et un abandon que Pierre ne lui avait jamais encore connus. Que de péchés nous commettons, que de duperies, et pourquoi tout cela? J'ai près de soixante ans, mon ami... J'ai... Tout finira par la mort, tout. La mort est une chose terrible. » Il se mit à pleurer.

Anna Mikhaïlovna sortit la dernière. Elle s'approcha de Pierre à pas lents et silencieux.

« Pierre! » dit-elle.

Pierre l'interrogea du regard. Elle déposa un baiser sur le front du jeune homme, l'arrosant de ses larmes. Elle resta un instant silencieuse.

« *Il n'est plus...* »

Pierre la regardait à travers ses lunettes.

« *Allons, je vous reconduirai. Tâchez de pleurer. Rien ne soulage comme les larmes.* »

Elle le conduisit dans un salon sombre et Pierre fut content que personne n'y pût voir son visage. Anna Mikhaïlovna le quitta et, lorsqu'elle revint, il dormait d'un profond sommeil, la tête posée sur son bras.

Le lendemain matin, Anna Mikhaïlovna dit à Pierre :

« *Oui, mon cher, c'est une grande perte pour nous tous. Je ne parle pas de vous. Mais Dieu vous soutiendra, vous êtes jeune et vous voilà à la tête d'une immense fortune, je l'espère. Le testament n'a pas encore été ouvert. Je vous connais assez pour savoir que cela ne vous tournera pas la tête, mais cela vous impose des devoirs, et il faut être homme.* »

Pierre se taisait.

« *Peut-être plus tard je vous dirai, mon cher, que si je n'avais pas été là, Dieu sait ce qui serait arrivé. Vous savez, mon oncle avant-hier encore me promettait de ne pas oublier Boris. Mais il n'a pas eu le temps. J'espère, mon cher ami, que vous remplirez le désir de votre père.* »

Pierre ne comprenait pas et regardait en silence la princesse Anna Mikhaïlovna rougissant timidement. Après lui avoir parlé, Anna Mikhaïlovna rentra chez les Rostov et se coucha. A son réveil, elle donna aux Rostov et à toutes les personnes de connaissance des détails sur la mort du comte Bezoukhov. Elle disait que le comte était mort comme elle souhaiterait de mourir elle-même, que sa fin avait été non seulement émouvante mais même édifiante; quant à la dernière entrevue du père et du fils, elle avait été tellement touchante qu'elle ne pouvait y repenser sans larmes et ne savait pas qui s'était le mieux conduit en ces instants terribles, du père qui s'était si bien souvenu de tous et de tout en ses derniers moments et avait dit à son fils des choses si émouvantes, ou de Pierre qui faisait pitié à voir, tant il était frappé, et qui s'efforçait néanmoins de cacher sa douleur pour ne pas faire de peine à son père mourant. « *C'est pénible mais cela fait du bien, ça élève l'âme de voir des hommes comme le vieux comte et son digne fils* », disait-elle. En grand secret et à voix basse, elle parla aussi en les désapprouvant des agissements de la princesse et du prince Vassili.

XXII

A Lissi Gori, domaine du prince Nicolas Andreievitch Bolkonski, on attendait d'un jour à l'autre l'arrivée du jeune prince André et de la princesse; mais l'attente n'avait pas troublé l'ordre strict qui réglait la vie dans la maison du vieux prince.

Depuis que, sous Paul Ier, il avait été exilé dans ses terres, le général en chef prince Nicolas Andreievitch, surnommé dans le monde *le roi de Prusse,* avait constamment vécu dans ses Lissi Gori avec sa fille, la princesse Maria, et la dame de compagnie de cette dernière, Mlle Bourienne. Sous le nouveau règne, bien que l'entrée des capitales lui fût de nouveau permise, il avait continué de vivre à la campagne sans jamais s'en absenter, disant que si quelqu'un avait besoin de lui, il ferait aussi bien les cent cinquante verstes qui séparaient Lissi Gori de Moscou et que, pour sa part, il n'avait besoin de rien ni de personne. Il assurait qu'il n'y a que deux sources de vices humains : l'oisiveté et la superstition, et deux vertus seulement : l'activité et l'intelligence. Il s'occupait personnellement de l'éducation de sa fille et, afin de développer en elle les deux vertus cardinales, il lui donna jusqu'à l'âge de vingt ans des leçons d'algèbre et de géométrie tout en réglant son temps en d'incessantes occupations. Il était constamment occupé lui-même, soit à écrire ses mémoires, soit à résoudre des problèmes de mathématiques supérieures, soit à tourner des tabatières, soit encore à jardiner et à surveiller les constructions toujours en cours dans son domaine. Étant donné que l'ordre est la condition première de toute activité, l'ordre dans sa vie était poussé jusqu'au dernier degré de précision. Il se mettait à table dans les mêmes conditions immuables et non seulement à la même heure mais à la même minute. Avec son entourage, depuis sa fille jusqu'aux domestiques, le prince était brusque et invariablement exigeant; aussi, sans être cruel, inspirait-il une crainte et un respect auxquels n'aurait pu prétendre le plus cruel des hommes. Bien qu'il fût en retraite et n'eût plus aucune influence dans les affaires d'État, chaque nouveau gouverneur de la province où était situé son domaine jugeait de son devoir de se présenter à lui et, de même que l'architecte, le jardinier ou la princesse Maria, attendait dans la haute salle de réception l'heure fixée pour l'apparition du prince. Et chacun, dans cette salle, éprouvait le même sentiment de respect, voire de crainte, au moment où s'ouvrait la haute porte massive du cabinet de travail et qu'apparaissait la menue silhouette du vieillard avec sa perruque poudrée, ses petites mains sèches et ses sourcils blancs embroussaillés qui, quand il les fronçait, voilaient l'éclat de ses yeux brillants, jeunes et intelligents.

Le jour de l'arrivée du jeune couple, au matin, la princesse Maria entra, comme à l'ordinaire, dans la salle de réception, à l'heure des salutations matinales, en se signant avec appréhension et en disant mentalement une prière. Elle y entrait chaque jour et chaque jour elle priait pour que cette entrevue quotidienne se passât bien.

Le vieux serviteur poudré se leva sans bruit et dit dans un murmure : « Veuillez entrer. »

Derrière la porte, on entendait le bruit régulier d'un tour. La princesse tira timidement la porte, qui s'ouvrit doucement et sans effort et s'arrêta sur le seuil. Le prince travaillait à son tour et, après avoir jeté un regard derrière lui, il poursuivit sa besogne.

L'immense cabinet était rempli d'objets dont manifestement on se servait constamment. La grande table chargée de livres et de plans, les hautes bibliothèques vitrées avec leurs clefs dans les serrures, le pupitre pour écrire debout sur lequel était ouvert un cahier, le tour avec les outils épars et les copeaux répandus tout autour, tout dénotait une activité incessante, variée et ordonnée. Le mouvement du petit pied chaussé d'une botte tartare brodée d'argent, la ferme pression de la main sèche et musclée révélaient chez le prince la force tenace et bien conservée d'une verte vieillesse. Après avoir donné encore quelques tours de roue, il enleva le pied de la pédale, essuya le ciseau, le jeta dans une poche en cuir fixée au tour et, s'approchant de la table, appela sa fille. Il ne bénissait jamais ses enfants, et en lui tendant sa joue hérissée de poils pas encore rasés, il se contenta de lui dire, après l'avoir examinée sévèrement mais en même temps avec une tendre sollicitude :

« Tu vas bien?... alors assieds-toi! »

Il prit le cahier de géométrie écrit de sa main et, du pied, approcha son fauteuil.

« Pour demain! » dit-il en cherchant rapidement la page et en la marquant d'un alinéa à l'autre de son ongle dur.

La princesse se pencha sur le cahier.

« Attends, il y a une lettre pour toi », dit soudain le vieillard en tirant d'une poche fixée au-dessus de la table une enveloppe qui portait une écriture féminine et en la jetant sur la table.

Le visage de la princesse se couvrit de taches rouges à la vue de la lettre. Elle la prit précipitamment et se pencha sur elle.

« D'Héloïse? demanda le prince en montrant dans un sourire froid des dents jaunâtres et encore solides.

– Oui, de Julie, dit la princesse avec un regard et un sourire timides.

– Je laisserai passer encore deux lettres mais je lirai la troisième, dit sévèrement le prince, je crains que vous ne vous écriviez beaucoup de bêtises. Je lirai la troisième.

– Lisez celle-ci si vous voulez, mon père, répondit la princesse en rougissant encore davantage et en lui tendant la lettre.

– La troisième, j'ai dit la troisième, cria brièvement le prince en repoussant la lettre et, s'accoudant à la table, il attira à lui le cahier avec les figures géométriques.

– Eh bien, mademoiselle », commença le vieillard en se penchant sur le cahier tout près de sa fille et la main posée sur le dossier du fauteuil qu'occupait la princesse, si bien qu'elle se sentit enveloppée de toute part de cette odeur de tabac et du relent âcre de la vieillesse qu'elle connaissait depuis si longtemps. « Eh bien, mademoiselle, ces triangles sont égaux : tu vois, l'angle a b c... »

La princesse regardait, apeurée, les yeux de son père qui brillaient tout près d'elle; des taches rouges envahissaient son visage, on voyait qu'elle ne comprenait rien et qu'elle avait tellement peur que la peur l'empêcherait de comprendre les explications de son père, si claires qu'elles fussent. Était-ce la faute du professeur ou celle de l'élève, la même scène se répétait chaque jour : la vue de la princesse se brouillait, elle ne voyait ni n'entendait rien, elle sentait seulement tout près du sien le visage sec de son père, si sévère, sentait son souffle et son odeur et ne pensait qu'à quitter au plus vite son cabinet pour comprendre chez elle le problème à loisir. Le vieillard s'emportait : il repoussait et rapprochait avec fracas son fauteuil, faisant un effort sur lui-même pour ne pas se mettre en colère, et presque chaque fois il se fâchait, jurait et quelquefois lançait le cahier.

La princesse se trompa dans sa réponse.

« Voyons, comment ne serais-tu pas une sotte! » cria le prince repoussant le cahier et se détournant vivement, mais aussitôt il se leva, fit quelques pas, effleura des mains les cheveux de la princesse et se rassit.

Il rapprocha son fauteuil et reprit ses explications.

« Ça ne va pas, princesse, ça ne va pas, dit-il comme celle-ci prenait le cahier avec les devoirs donnés et, le refermant, se disposait déjà à partir, les mathématiques sont une grande chose, mademoiselle. Je ne veux pas que tu ressembles à nos sottes de dames. A force de patience on finit par y prendre goût. » Il lui caressa la joue. « Les sottises te sortiront de la tête. »

Elle voulut s'en aller, mais il l'arrêta du geste et prit sur le pupitre un livre neuf non coupé.

« Voici encore quelque « Clef du mystère » que t'envoie ton Héloïse. C'est un ouvrage religieux. Je ne me mêle de la foi de personne... Je l'ai feuilleté. Tiens. Eh bien, va, va! »

Il lui tapota l'épaule et referma lui-même la porte derrière elle.

La princesse Maria regagna sa chambre de cet air triste et effrayé qui la quittait rarement et qui rendait encore plus ingrat son visage maladif et sans séduction; elle s'assit à sa table à écrire chargée de miniatures, de cahiers et de livres. La princesse était aussi désordonnée que son père était méticuleux. Elle posa le cahier de géométrie et décacheta avec impatience la lettre. Elle venait de sa meilleure amie d'enfance, cette même Julie Karaguine qui était chez les Rostov le jour de la fête.

Julie écrivait :

« Chère et excellente amie, quelle chose terrible et effrayante que l'absence! J'ai beau me dire que la moitié de mon existence et de mon bonheur est en vous, que, malgré la distance qui nous sépare, nos cœurs sont unis par des liens indissolubles; le mien se révolte contre la destinée, et je ne puis, malgré les plaisirs et les distractions qui m'entourent, vaincre une certaine tristesse cachée que je ressens au fond du cœur depuis notre séparation. Pourquoi ne sommes-nous pas réunies, comme cet été, dans votre grand cabinet sur le canapé bleu, le canapé à confidences? Pourquoi ne puis-je, comme il y a trois mois, puiser de nouvelles forces morales dans votre regard si doux, si calme et si pénétrant, regard que j'aimais tant et que je crois voir devant moi quand je vous écris. »

Arrivé à ce passage, la princesse Maria soupira et jeta un regard vers le trumeau, à sa droite. La glace lui renvoya l'image de son corps chétif et disgracieux et de son maigre visage. Les yeux, toujours tristes, regardaient maintenant la glace d'un air particulièrement désenchanté. « Elle me flatte », pensa la princesse en se détournant et en reprenant sa lecture. Julie ne flattait cependant pas son amie : en effet, les yeux de la princesse, grands, profonds et lumineux (on eût dit que par moments ils irradiaient en faisceaux des gerbes d'une chaude lumière), étaient si beaux que bien souvent ils donnaient à son visage ingrat plus d'attrait que ne l'eût fait la beauté. Mais la princesse ne voyait jamais cette expression de ses yeux, cette expression qu'ils ne prenaient que lorsqu'elle ne pensait pas à elle-même. Comme chez tout le monde, son visage prenait un air apprêté, dépourvu de grâce dès qu'elle se regardait dans le miroir. Elle poursuivit sa lecture :

« Tout Moscou ne parle que guerre. L'un de mes deux frères est déjà à l'étranger, l'autre est avec la garde, qui se met en marche vers la frontière. Notre cher empereur a quitté Pétersbourg et, à ce qu'on prétend, compte lui-même exposer sa précieuse existence aux chances de la guerre. Dieu veuille que le monstre corsicain, qui détruit le repos de l'Europe, soit terrassé par l'ange que le Tout-Puissant, dans Sa miséricorde, nous a donné pour souverain. Sans parler de mes frères, cette guerre m'a privée d'une relation des plus chères à mon cœur. Je parle du jeune Nicolas Rostoff, qui avec son enthousiasme n'a pu supporter l'inaction et a quitté l'université pour aller s'enrôler dans l'armée. Eh bien, chère Marie, je vous avouerai que, malgré son extrême jeunesse, son départ pour l'armée a été un grand chagrin pour moi. Le jeune homme, dont je vous parlais cet été, a tant de noblesse, de véritable jeunesse qu'on rencontre si rarement dans le siècle où nous vivons parmi nos vieillards de vingt ans; il a surtout tant de franchise et de cœur, il est tellement pur et poétique que mes relations avec lui, quelques passagères qu'elles fussent, ont été l'une des plus douces jouissances de mon pauvre cœur, qui a déjà tant souffert. Je vous raconterai un jour nos adieux et tout ce qui s'est dit en partant. Tout cela est encore trop frais. Ah! chère amie, vous êtes heureuse de ne pas connaître ces jouissances et ces peines si poignantes. Vous êtes heureuse, puisque les dernières sont ordinairement les plus fortes! Je sais fort bien que le comte Nicolas est trop jeune pour pouvoir jamais devenir pour moi quelque chose de plus qu'un ami, mais cette douce amitié, ces relations si poétiques et si pures ont été un besoin pour mon cœur. Mais n'en parlons plus. La grande nouvelle du jour qui occupe tout Moscou est

la mort du vieux comte Bezoukhov et son héritage. Figurez-vous que les trois princesses n'ont reçu que très peu de chose, le prince Basile rien, et que c'est M. Pierre qui a tout hérité, et qui par-dessus le marché a été reconnu pour fils légitime, par conséquent comte Bezoukhov *et possesseur de la plus belle fortune de Russie. On prétend que le prince Basile (Vassili) a joué un très vilain rôle dans toute cette histoire et qu'il est reparti tout penaud pour Pétersbourg.*

« Je vous avoue que je comprends très peu toutes ces affaires de legs et de testament; ce que je sais, c'est que, depuis que le jeune homme que nous connaissions tous sous le nom de M. Pierre tout court est devenu comte Bezoukhov *et possesseur de l'une des plus grandes fortunes de la Russie, je m'amuse fort à observer les changements de ton et de manières des mamans accablées de filles à marier et des demoiselles elles-mêmes à l'égard de cet individu qui, par parenthèse, m'a paru toujours être un pauvre sire. Comme on s'amuse depuis deux ans à me donner des promis que je ne connais pas le plus souvent, la chronique matrimoniale de Moscou me fait comtesse* Bezoukhov. *Mais vous sentez bien que je ne me soucie nullement de le devenir. A propos de mariage savez-vous que tout dernièrement « la tante en général »,* Anna Mikhaïlovna, *m'a confié sous le sceau du plus grand secret un projet de mariage pour vous. Ce n'est ni plus ni moins que le fils du prince Basile, Anatole, qu'on voudrait ranger en le mariant à une personne riche et distinguée. Je ne sais comment vous envisagerez la chose, mais j'ai cru de mon devoir de vous en avertir. On le dit très beau et très mauvais sujet; c'est tout ce que j'ai pu savoir sur son compte.*

« Mais assez de bavardage comme cela. Je finis mon second feuillet, et maman me fait chercher pour aller dîner chez les Apraksine. Lisez le livre mystique que je vous envoie, et qui fait fureur chez nous. Quoiqu'il y ait des choses dans ce livre difficiles à atteindre avec la faible conception humaine, c'est un livre admirable dont la lecture calme et élève l'âme. Adieu. Mes respects à monsieur votre père et mes compliments à Mlle Bourienne. Je vous embrasse comme je vous aime.

« JULIE.

« P. S. — Donnez-moi des nouvelles de votre frère et de sa charmante petite femme. »

La princesse réfléchit, sourit pensivement (son visage éclairé par ses yeux lumineux en fut transfiguré) et, se levant soudain, alla d'un pas lourd vers la table. Elle prit du papier et sa main se mit à courir rapidement. Voici la réponse qu'elle fit :

« Chère et excellente amie. Votre lettre du 13 *m'a causé une grande joie. Vous m'aimez donc toujours, ma poétique Julie. L'absence, dont vous dites tant de mal, n'a donc pas eu son influence habituelle sur vous? Vous vous plaignez de l'absence — que devrais-je dire, moi, si j'osais me plaindre, privée de tous ceux qui me sont chers? Ah! si nous n'avions pas la religion pour nous consoler, la vie serait bien triste. Pourquoi me supposez-vous un regard sévère, quand vous me parlez de votre affection pour le jeune homme? Sous ce rapport je ne suis rigide que pour moi. Je comprends ces sentiments chez les autres et si je ne puis les approuver, ne les ayant jamais ressentis, je ne les condamne pas. Il me paraît seulement que l'amour chrétien, l'amour du prochain, l'amour pour ses ennemis est plus méritoire, plus doux et plus beau, que ne le sont les sentiments que peuvent inspirer les beaux yeux d'un jeune homme à une jeune fille poétique et aimante comme vous.*

« La nouvelle de la mort du comte Bezoukhov *nous est parvenue avant votre lettre, et mon père en a été très affecté. Il dit que c'était l'avant-dernier représentant du grand siècle et qu'à présent c'est son tour; mais qu'il fera son possible pour que son tour vienne le plus tard possible. Que Dieu nous garde de ce terrible malheur! Je ne puis partager votre opinion sur Pierre que j'ai connu enfant. Il me paraissait toujours avoir un cœur excellent, et c'est la qualité que j'estime le plus dans les gens. Quant à son héritage et au rôle qu'y a joué le prince Basile, c'est bien triste pour tous les deux. Ah! chère amie, la parole de notre divin Sauveur qu'il est plus aisé à un chameau de passer par le trou d'une aiguille qu'il ne l'est à un riche d'entrer dans le royaume de Dieu, cette parole est terriblement vraie; je plains le prince Basile et je regrette encore davantage Pierre. Si jeune et accablé de cette richesse, que de tentations n'aura-t-il pas à subir! Si on me demandait ce que je désirerais le plus au monde, ce serait d'être plus pauvre que le plus pauvre des mendiants. Mille grâces, chère amie, pour l'ouvrage que vous m'envoyez, et qui fait si grande fureur chez vous. Cependant, puisque vous me dites qu'au milieu de plusieurs bonnes choses il y en a d'autres que la faible conception humaine ne peut atteindre, il me paraît assez inutile de s'occuper d'une lecture inintelligible, qui par là même ne pourrait être d'aucun fruit. Je n'ai jamais pu comprendre la passion qu'ont certaines personnes de s'embrouiller l'entendement en s'attachant à des livres mystiques qui n'élèvent que*

des doutes dans leurs esprits, exaltent leur imagination et leur donnent un caractère d'exagération tout à fait contraire à la simplicité chrétienne. Lisons les Apôtres et l'Évangile. Ne cherchons pas à pénétrer ce que ceux-là renferment de mystérieux, car comment oserions-nous, misérables pécheurs que nous sommes, prétendre à nous initier dans les secrets terribles et sacrés de la Providence, tant que nous portons cette dépouille charnelle qui élève entre nous et l'Éternel un voile impénétrable? Bornons-nous donc à étudier les principes sublimes que notre divin Sauveur nous a laissés pour notre conduite ici-bas; cherchons à nous y conformer et à les suivre, persuadons-nous que moins nous donnons d'essor à notre faible esprit humain et plus il est agréable à Dieu, qui rejette toute science ne venant pas de Lui; que moins nous cherchons à approfondir ce qu'il Lui a plu de dérober à notre connaissance, et plus tôt Il nous en accordera la découverte par Son divin esprit.

« Mon père ne m'a pas parlé de prétendant, mais il m'a dit seulement qu'il a reçu une lettre et attendait une visite du prince Basile. Pour ce qui est du projet de mariage qui me regarde, je vous dirai, chère et excellente amie, que le mariage, selon moi, est une institution divine à laquelle il faut se conformer. Quelque pénible que cela soit pour moi, si le Tout-Puissant m'impose jamais les devoirs d'épouse et de mère, je tâcherai de les remplir aussi fidèlement que je le pourrai, sans m'inquiéter de l'examen de mes sentiments à l'égard de celui qu'il me donnera pour époux.

« J'ai reçu une lettre de mon frère, qui m'annonce son arrivée à Lissi Gori *avec sa femme. Ce sera une joie de courte durée puisqu'il nous quitte pour prendre part à cette malheureuse guerre à laquelle nous sommes entraînés Dieu sait comment et pourquoi. Non seulement chez vous, au centre des affaires et du monde, on ne parle que de guerre, mais ici, au milieu de ces tracas champêtres et de ce calme de la nature, que les citadins se représentent ordinairement à la campagne, les bruits de la guerre se font entendre et sentir péniblement. Mon père ne parle que marche et contremarche, choses auxquelles je ne comprends rien; et avant-hier, en faisant ma promenade habituelle dans la rue du village, je fus témoin d'une scène déchirante... C'était un convoi des recrues enrôlées chez nous et expédiées pour l'armée... Il fallait voir l'état dans lequel se trouvaient les mères, les femmes, les enfants des hommes qui partaient et entendre les sanglots des uns et des autres! On dirait que l'humanité a oublié les lois de son divin Sauveur, qui prêchait l'amour et le pardon des offenses, et qu'elle fait consister son plus grand mérite dans l'art de s'entre-tuer.*

« Adieu, chère et bonne amie, que notre divin Sauveur et Sa très Sainte Mère vous aient en Leur sainte et puissante garde.

« MARIE. »

« Ah! vous expédiez le courrier, princesse, moi j'ai déjà expédié le mien. J'ai écrit à ma pauvre mère », dit en grasseyant la souriante Mlle Bourienne de sa voix agréable et bien timbrée, apportant avec elle dans l'atmosphère concentrée, triste et maussade qui entourait la princesse Maria un tout autre monde, gai, frivole et suffisant.

« Princesse, il faut que je vous prévienne, ajouta-t-elle en baissant la voix, *le prince a eu une altercation »,* dit-elle en grasseyant particulièrement au mot altercation et s'écoutant avec plaisir, *« une altercation avec Michel Ivanoff. Il est de très mauvaise humeur, très morose. Soyez prévenue, vous savez...*

— *Ah! chère amie,* répondit la princesse Maria, *je vous ai priée de ne jamais me prévenir de l'humeur dans laquelle se trouve mon père. Je ne me permets pas de le juger, et je ne voudrais pas que les autres le fassent. »*

La princesse jeta un coup d'œil à la pendule et constatant qu'elle était déjà en retard de cinq minutes sur l'horaire qu'elle devait consacrer à jouer du clavecin, elle alla d'un air effrayé au salon. De midi à deux heures, conformément à l'emploi du temps établi, le prince se reposait et la princesse jouait du clavecin.

XXIII

Le valet de chambre chenu sommeillait tout en tendant l'oreille au ronflement du prince dans son immense cabinet de travail. De l'autre bout de la maison parvenaient, à travers les portes fermées, les passages difficiles d'une sonate de Dussek répétés jusqu'à vingt fois.

A ce moment, une berline et une britchka s'arrêtèrent devant le perron, et le prince André descendit de la berline, aida sa petite femme à mettre pied à terre et la laissa passer. Le vieux Tikhon en perruque passa la tête par la porte de l'antichambre et, annonçant dans un murmure que le prince se reposait, la referma en hâte. Tikhon savait que ni l'arrivée de son fils ni aucun événement extraordinaire ne devait rompre l'ordonnance de la journée. Le prince André le savait apparemment tout aussi bien que lui ; il consulta sa montre comme pour vérifier si les habitudes de son père n'avaient pas changé depuis qu'il ne l'avait vu, et s'étant assuré qu'elles étaient restées les mêmes, il se tourna vers sa femme.

« Il se lèvera dans vingt minutes. Allons chez la princesse Maria », dit-il.

La petite princesse avait grossi, mais ses yeux et sa courte lèvre ombrée de duvet se levaient tout aussi gaiement et gracieusement quand elle parlait.

« *Mais c'est un palais!* dit-elle à son mari en jetant un regard circulaire, de l'air dont on complimente le maître de maison sur son bal. *Allons, vite, vite!...* En regardant autour d'elle, elle souriait à Tikhon, à son mari, au valet qui les guidait.

— *C'est Marie qui s'exerce? Allons doucement, il faut la surprendre.* »

Le prince André la suivait d'un air poli et triste.

« Tu as vieilli, Tikhon », dit-il en passant au vieillard qui lui baisait la main.

Avant qu'ils eussent atteint la pièce d'où parvenaient les accents du clavecin, la jolie Française blonde jaillit d'une porte latérale. Mlle Bourienne paraissait folle de joie.

« *Ah! quel bonheur pour la princesse,* dit-elle. *Enfin! Il faut que je la prévienne.*

— *Non, non, de grâce.. Vous êtes mademoiselle Bourienne, je vous connais déjà par l'amitié que vous porte ma belle-sœur,* dit la princesse en l'embrassant. *Elle ne nous attend pas!* »

Ils s'approchèrent de la porte du salon d'où parvenait toujours le même passage répété encore et encore. Le prince André s'arrêta et fronça les sourcils comme s'il s'attendait à quelque chose de désagréable.

La princesse entra. Le passage s'arrêta en plein milieu; on entendit un cri, le pas lourd de la princesse Maria et un bruit de baisers. Lorsque le prince André entra à son tour, les deux princesses qui ne s'étaient vues qu'une fois, brièvement, lors de son mariage, étaient dans les bras l'une de l'autre et s'embrassaient au hasard. Mlle Bourienne se tenait à côté, les mains pressées contre son cœur et souriant avec piété, apparemment aussi prête à pleurer qu'à rire. Le prince André haussa les épaules et fronça le sourcil, comme le font les amateurs de musique quand ils entendent une fausse note. Les deux femmes desserrèrent leur étreinte; puis, de nouveau, comme craignant de ne plus en avoir le temps, chacune saisit les mains de l'autre, s'efforçant de les baiser et chacune s'y opposant, puis elles s'embrassèrent encore, et sans que le prince André s'y attendît le moins du monde, toutes deux fondirent en larmes et se remirent à s'embrasser. Mlle Bourienne se mit également à pleurer. Le prince André était manifestement gêné; mais les deux femmes trouvaient parfaitement naturel de pleurer; on eût dit qu'elles ne se doutaient même pas que leur rencontre eût pu se passer autrement.

« Ah! chère!... Ah! Marie!... dirent-elles soudain et elles éclatèrent de rire. *J'ai rêvé cette nuit... Vous ne nous attendiez donc pas?... Ah! Marie, vous avez maigri... Et vous avez repris...*

– *J'ai tout de suite reconnu madame la princesse...* glissa Mlle Bourienne.

– *Et moi qui ne me doutais pas!...* s'exclamait la princesse Maria. *Ah! André, je ne vous voyais pas. »*

Le prince André embrassa sa sœur, la main dans la main, et lui dit qu'elle était tout aussi *pleurnicheuse* que toujours. La princesse Maria se tourna vers son frère et, à travers ses larmes, le regard affectueux, chaud et doux de ses grands yeux lumineux, magnifiques en cet instant, se posa sur son visage.

La petite princesse parlait sans arrêt. Sa courte lèvre supérieure ombrée de duvet allait sans cesse de haut en bas, effleurait la lèvre inférieure vermeille, et le sourire éclatant des dents et des yeux s'épanouissait de nouveau. La princesse racontait l'aventure qui leur était arrivée au mont de Spask et qui lui avait fait courir un danger dans son état, puis, aussitôt après, elle annonça qu'elle avait laissé toutes ses robes à Pétersbourg, qu'elle porterait Dieu sait quoi ici, et qu'André était complètement changé, et que Kitty Odintzov avait épousé un vieux et qu'on avait trouvé pour la princesse Maria un fiancé *pour tout de bon* mais qu'on en reparlerait plus tard. La princesse Maria continuait de regarder en silence son frère et ses beaux yeux pleins d'amour et de tristesse. On voyait que ses pensées avaient pris un tout autre cours, indépendant de ce que disait sa belle-sœur. Comme celle-ci décrivait la dernière fête de Pétersbourg, elle se tourna vers son frère :

« Tu vas décidément à la guerre, André? » dit-elle en soupirant.

Lise soupira aussi.

« Dès demain, répondit son frère.

— *Il m'abandonne ici, et Dieu sait pourquoi, quand il aurait pu avoir de l'avancement...* »

La princesse Maria ne la laissa pas achever et, suivant le fil de ses pensées, dit à sa belle-sœur en désignant son ventre d'un regard affectueux :

« C'est sûr? »

La princesse changea de visage. Elle soupira.

« Oui, c'est sûr, dit-elle. Ah! C'est bien effrayant... »

La jolie lèvre de Lise s'abaissa. Elle approcha son visage de celui de sa belle-sœur et se remit inopinément à pleurer.

« Elle a besoin de se reposer, dit le prince André en fronçant le sourcil. N'est-ce pas, Lise? Emmène-la chez toi, moi je vais voir père. Comment va-t-il, toujours le même?

— Oui, toujours le même; je ne sais pas comment tu le trouveras, répondit gaiement la princesse Maria.

— Et toujours les mêmes heures, et les promenades dans les allées? Le tour? » demanda le prince André avec un sourire à peine perceptible qui montrait qu'en dépit de son affection et de son respect pour son père, il se rendait compte de ses faiblesses.

« Toujours les mêmes heures, et le tour, puis les mathématiques et mes leçons de géométrie, répondit joyeusement la princesse Maria, comme si ses leçons de géométrie étaient un des plus grands agréments de son existence. »

Lorsque se furent écoulées les vingt minutes qui restaient jusqu'au réveil du vieux prince, Tikhon vint chercher le jeune homme de la part de son père. Le vieillard avait dérogé à sa règle en l'honneur de l'arrivée de son fils : il le fit introduire dans ses appartements pendant qu'il s'habillait pour le dîner. Il s'habillait à l'ancienne : caftan et poudre. Et quand le prince André entra dans son cabinet de toilette (non plus avec la mine maussade et les manières qu'il affectait dans les salons mais de l'air animé qu'il avait en causant avec Pierre), le vieillard était assis en peignoir dans un large fauteuil recouvert de maroquin, sa tête livrée aux mains de Tikhon.

« Ah! Le guerrier! Tu veux vaincre Bonaparte? dit le vieillard, et il secoua sa tête poudrée autant que le lui permettait la natte que tressait Tikhon. Occupe-toi bien de lui, sinon nous aussi il va bientôt nous enrôler au nombre de ses sujets. Salut! » Et il lui tendit sa joue.

Le vieillard était de bonne humeur après son sommeil d'avant dîner. (Il disait qu'après dîner le sommeil était d'argent et, avant dîner, d'or.) Il coula un regard joyeux vers son fils par-dessous ses épais sourcils saillants. Le prince André s'approcha et embrassa son père à l'endroit indiqué. Il ne releva pas le sujet favori de son père, le persiflage aux dépens des militaires de la nouvelle école et surtout de Bonaparte.

« Oui, me voici, père, avec une femme enceinte, dit le prince André en suivant d'un regard animé et respectueux chaque jeu de physionomie de son père. Comment vous portez-vous?

— Il n'y a que les imbéciles, mon cher, qui soient malades, et les débauchés, mais tu me connais : je suis sobre, occupé du matin au soir, aussi je me porte bien.

— Dieu merci, dit le fils en souriant.

— Dieu n'a rien à y voir. Eh bien, pousuivit-il revenant à sa marotte, raconte comment les Allemands vous ont appris à vous battre contre Bonaparte, d'après votre nouvelle science qu'on appelle la stratégie. »

Le prince André sourit.

« Laissez-moi souffler, père, dit-il avec un sourire qui montrait que les faiblesses du vieillard ne l'empêchaient pas de le respecter et de l'aimer. Je ne me suis même pas encore installé.

— Sottises, sottises, cria le vieillard en secouant sa natte pour en éprouver la solidité et en saisissant son fils par le bras. L'appartement de ta femme est prêt. La princesse Maria la conduira et le lui montrera, et elle lui en contera à n'en plus finir. C'est leur affaire de bonnes femmes. Je suis content de l'avoir. Assieds-toi, raconte. L'armée de Michelson, je comprends, celle de Tolstoï aussi... débarquement simultané... Et l'armée du sud que va-t-elle faire? La Prusse, la neutralité... je sais ça. Et l'Autriche? disait-il se levant de son fauteuil et se promenant dans la pièce, avec Tikhon à ses trousses, qui lui tendait ses vêtements. Et la Suède? Comment traversera-t-on la Poméranie? »

Devant l'insistance de son père, le prince André se mit en devoir d'exposer le plan de la campagne projetée, d'abord à contrecœur, puis s'animant de plus en plus et, au cours du récit, passant involontairement du russe au français. Il raconta qu'une armée de quatre-vingt-dix mille hommes devait menacer la Prusse pour la faire sortir de sa neutralité et l'entraîner dans la guerre, qu'une partie de cette armée devait faire sa jonction, à Stralsund, avec l'armée suédoise, que deux cent vingt mille Autrichiens, en jonction avec cent mille Russes, opéreraient en Italie et sur le Rhin, que cinquante mille Russes et cinquante mille Anglais débarqueraient à Naples et qu'au total une armée de cinq cent mille hommes devait attaquer les Français de différents côtés. Le vieux prince ne manifesta pas le moindre intérêt pendant cet exposé, paraissant même ne pas l'écouter, et tandis qu'il continuait à s'habiller tout en marchant, l'interrompit trois fois à l'improviste. Une fois ce fut pour crier :

« Le blanc! Le blanc! »

Cela signifiait que Tikhon ne lui donnait pas le gilet voulu. Une autre fois, il s'arrêta pour demander :

« Et c'est pour bientôt les couches? » et hochant la tête d'un air de reproche, il ajouta : « C'est du vilain! Continue, continue. »

La troisième fois, comme le prince André achevait son exposé, il se mit à chanter d'une voix fausse de vieillard : *« Malbrough s'en va-t-en-guerre, Dieu sait quand reviendra. »*

Le fils se contenta de sourire.

« Je ne dis pas que ce soit un plan que j'approuve, dit-il, je vous ai seulement raconté ce qu'il en est. Napoléon a certainement aussi son plan qui n'est pas plus mauvais que celui-là.

– Ma foi, tu ne m'as rien dit de bien nouveau. » Et d'un air pensif le vieillard prononça rapidement à part lui : *« Dieu sait quand reviendra. »* Va à la salle à manger.

XXIV

A L'HEURE dite, le prince, poudré et rasé, entra dans la salle à manger où l'attendaient sa belle-fille, la princesse Maria, Mlle Bourienne et son architecte qui, par un étrange caprice, était admis à sa table, bien que par sa situation cet homme de peu de conséquence ne pût en aucun cas prétendre à pareil honneur. Le prince, qui s'en tenait fermement dans la vie aux différences de condition et n'admettait que rarement à sa table même les fonctionnaires les plus importants de la province, démontrait d'une manière inattendue, en la personne de l'architecte Michel Ivanovitch qui se mouchait à la dérobée dans un mouchoir à carreaux, que tous les hommes sont égaux, et il avait plus d'une fois expliqué à sa fille que Michel Ivanovitch ne leur était inférieur en rien. A table, c'était à cet homme taciturne que le prince adressait le plus souvent la parole.

Dans la salle à manger au plafond d'une hauteur immense comme dans toutes les pièces de la maison, les familiers et les valets postés derrière chaque chaise attendaient l'arrivée du prince; le maître d'hôtel, la serviette sur le bras, inspectait la table, faisant des signes aux laquais et promenant sans cesse son regard inquiet de la pendule à la porte par laquelle devait apparaître le prince. Le prince André regardait un énorme cadre doré, nouveau pour lui, qui renfermait l'arbre généalogique des princes Bolkonski et en face duquel était accroché un autre cadre tout aussi énorme avec un mauvais portrait (visiblement de la main d'un peintre du cru) d'un prince régnant, sa couronne sur la tête, qui était censé descendre de Rurik et être fondateur de la maison Bolkonski. Le prince André regardait cet arbre généalogique en hochant la tête et en souriant de l'air dont on regarde un portrait étrangement ressemblant.

« Comme je le retrouve bien là tout entier! » dit-il à la princesse Maria qui s'était approchée de lui.

La princesse Maria regarda son frère avec surprise. Elle ne comprenait pas pourquoi il souriait. Tout ce que faisait son père lui inspirait un respect religieux qui excluait toute critique.

« Chacun a son talon d'Achille, poursuivit le prince André. Avec SON immense intelligence, *donner dans ce ridicule!* »

La princesse Maria ne pouvait comprendre l'audace des jugements de son frère et préparait une réponse lorsque, venant du cabinet de travail, se firent entendre les pas qu'on attendait : le prince entrait rapidement, gaiement ainsi qu'il marchait toujours, comme pour offrir à dessein par ses façons vives un contraste avec l'ordre sévère de la maison. Au même instant, la grande pendule sonna deux heures et, d'une petite voix frêle, une autre lui fit écho dans le salon. Le prince s'arrêta; par-dessous ses sourcils touffus, ses yeux animés, brillants et sévères, parcoururent tout le monde et s'arrêtèrent sur sa belle-fille. Celle-ci éprouvait en ce moment le même sentiment que les courtisans en présence du tsar, ce sentiment de crainte et de respect que ce vieillard inspirait à tout son entourage. Il caressa les cheveux de la princesse, puis d'un geste gauche lui tapota la nuque.

« Je suis enchanté, enchanté, dit-il, et après l'avoir regardée encore une fois fixement dans les yeux, il la quitta brusquement et se mit à table. Asseyez-vous, asseyez-vous. Michel Ivanovitch, asseyez-vous. »

Il fit signe à sa belle-fille de prendre place à côté de lui. Un valet lui avança une chaise.

« Ho, ho! dit le vieillard en regardant sa taille arrondie. Vous vous êtes dépêchée, ce n'est pas bien! »

Il rit, sèchement, froidement, désagréablement, comme il riait toujours, de la bouche seulement, non des yeux.

« Il faut marcher, marcher le plus possible, le plus possible », dit-il.

La petite princesse n'entendit pas ou ne voulut pas entendre. Elle se taisait et paraissait gênée. Le prince lui demanda des nouvelles de son père, et la princesse sourit et se mit à parler. Il la questionna sur des amis communs : la princesse s'anima encore davantage et commença à raconter, lui transmettant des salutations et répétant les commérages de la ville.

« *La comtesse Apraksine, la pauvre, a perdu son mari et elle a pleuré les larmes de ses yeux* », disait-elle, de plus en plus en train.

A mesure qu'elle s'animait, le prince la regardait avec une sévérité croissante et soudain, comme s'il l'avait assez étudiée et se fût fait d'elle une idée suffisamment nette, il se détourna et s'adressa à Michel Ivanovitch.

« Eh bien, Michel Ivanovitch, ça va mal pour notre Buonaparte. D'après ce que m'a raconté le prince André (il parlait toujours ainsi de son fils, à la troisième personne), quelles forces se rassemblent contre lui! Et nous qui le croyions un homme futile. »

Michel Ivanovitch, qui ignorait absolument quand le prince et lui avaient parlé ainsi de Bonaparte, mais qui comprenait qu'on avait besoin de lui pour amorcer la conversation, regarda le jeune prince avec surprise, sans savoir ce qui en résulterait.

« C'est un grand tacticien que j'ai là! » dit le prince à son fils en désignant l'architecte.

Et la conversation roula de nouveau sur la guerre, sur Bonaparte, sur les généraux et les hommes d'État d'aujourd'hui. Le vieux prince semblait être convaincu non seulement que tous les hommes en place étaient des gamins ignorant jusqu'à l'a b c de l'art militaire et des affaires d'État, et que Bonaparte était un médiocre petit Français dont le succès n'était dû qu'à l'absence d'un Potemkine ou d'un Souvorov à lui opposer, mais il était convaincu qu'il n'existait aucune difficulté politique en Europe, pas plus qu'il n'y avait de guerre mais simplement une sorte de comédie de marionnettes à laquelle jouaient les hommes d'aujourd'hui qui feignaient de faire quelque chose de sérieux. Le prince André accueillait en riant les railleries de son père au sujet des hommes nouveaux et avec une joie visible l'incitait à parler et l'écoutait.

« Tout ce qui est d'autrefois paraît toujours bon, dit-il, mais est-ce que le même Souvorov n'est pas tombé dans le piège que lui tendait Moreau et d'où il n'a pas su se dégager?

– Qui te l'a dit? Qui? cria le prince. Souvorov! Et il rejeta son assiette que Tikhon saisit vivement. Souvorov!... Réfléchis, prince André. Ils ne sont que deux : Frédéric et Souvorov... Moreau! Moreau aurait été fait prisonnier si Souvorov avait eu les mains libres; mais il avait sur les bras le Hofkriegswurstschnapsrat. Cela gênerait le diable lui-même. Quand vous y serez, vous les verrez ces Hofkriegswursträte! Souvorov n'a pas pu s'entendre avec eux, alors comment Michel Koutouzov le pourrait-il! Non, mon ami, avec vos généraux vous ne pourrez rien contre Bonaparte; il vous faudrait des Français pour qu'on ne reconnaisse pas les siens et qu'on tombe sur les siens. On a envoyé l'Allemand Pahlen à la Nouvelle-York, en Amérique, chercher le Français Moreau, poursuivit-il, faisant allusion à la proposition faite cette année-là à Moreau d'entrer au service de la Russie. Prodigieux! !... Est-ce que les Potemkine, les Souvorov, les Orlov étaient des Allemands? Non, mon cher, ou bien vous êtes tous devenus fous, ou bien c'est moi qui suis tombé en enfance. Dieu vous aide, nous verrons bien. Pour eux, Bonaparte est un grand capitaine! Hum!...

– Je ne dis pas du tout que toutes les dispositions prises soient bonnes, observa le prince André, je n'arrive seulement pas à comprendre comment vous pouvez avoir cette opinion de Bonaparte. Riez si vous voulez, mais Bonaparte est tout de même un grand capitaine!

– Michel Ivanovitch! cria le vieux prince à l'architecte qui, occupé par le rôti, espérait avoir été oublié. Vous ai-je bien dit que Bonaparte était un grand tacticien? Le voilà qui le dit aussi.

– Bien sûr, Excellence », répondit l'architecte.

Le prince rit de nouveau de son rire froid.

« Bonaparte est né coiffé. Il a d'excellents soldats. Et il s'en est pris tout d'abord aux Allemands. Or, il n'y a que les paresseux qui n'aient pas battu les Allemands. Depuis que le monde est monde, les Allemands ont toujours été battus. Et eux ils n'ont jamais battu personne. Ils ne se sont battus qu'entre eux. C'est sur eux qu'il a fondé sa gloire. »

Et le prince passa en revue toutes les erreurs que, selon lui, Bonaparte commettait dans toutes ses campagnes et même dans les affaires de l'État. Son fils ne protestait pas, mais on voyait que, quelque argument qu'on lui opposât, il était aussi peu capable de changer d'avis que l'était le vieux prince. Le prince André écoutait en s'abstenant de soulever des objections et en se demandant malgré lui comment ce vieillard qui, depuis tant d'années, n'avait pas quitté la campagne pouvait connaître et discuter dans de tels détails et avec de telles finesses la situation militaire et politique de l'Europe des dernières années.

« Tu crois qu'un vieux comme moi ne comprend pas la véritable situation? conclut-il. Je l'ai là! Je n'en dors pas la nuit. Voyons, où est-il donc ton grand capitaine, par quoi s'est-il signalé?

– Ce serait long, répondit le fils.

– Va donc le rejoindre, ton Buonaparte. *Mademoiselle Bourienne, voilà encore un admirateur de votre goujat d'empereur!* cria-t-il en excellent français.

– *Vous savez que je ne suis pas bonapartiste, mon prince.*

– *« Dieu sait quand reviendra »*... chantonna d'une voix fausse le prince, puis il rit encore plus faux et se leva de table.

La petite princesse avait gardé le silence pendant toute la discussion et la fin du dîner en jetant des regards effrayés tantôt à la princesse Maria, tantôt à son beau-père. Lorsqu'on se leva de table, elle prit le bras de sa belle-sœur et l'entraîna dans la pièce voisine.

« *Comme c'est un homme d'esprit, votre père,* dit-elle, *c'est à cause de cela peut-être qu'il me fait peur.*

– Ah! il est si bon! » répondit la princesse Maria.

XXV

Le prince André partait le lendemain soir. Le vieux prince, sans déroger à ses habitudes, se retira après le dîner. La petite princesse était chez sa belle-sœur. Le prince André, vêtu d'une redingote de voyage sans épaulettes, faisait ses bagages, aidé de son valet de chambre, dans l'appartement qui lui avait été réservé. Après avoir inspecté lui-même sa voiture et l'installation de ses malles, il fit atteler. Il ne restait plus dans la pièce que les objets qu'il emportait toujours avec lui : une cassette, une grande cantine en argent, deux pistolets turcs et un sabre, cadeau de son père qui l'avait rapporté d'Otchakov. Le prince André prenait grand soin de tous ces objets : tout était neuf, propre, revêtu de housses en drap soigneusement attachées par des rubans.

Au moment d'un départ et d'un changement de vie, les pensées de ceux qui sont capables d'analyser leurs actes prennent d'ordinaire un cours sérieux. C'est le moment où l'on fait un retour sur son passé et où l'on échafaude des projets d'avenir. Le visage du prince André était tout songeur et tendre. Les mains au dos, il arpentait d'un pas rapide la pièce, le regard fixé devant lui et hochant pensivement la tête. Redoutait-il de partir pour la guerre, avait-il du chagrin de quitter sa femme, peut-être y avait-il l'un et l'autre; en tout cas, peu soucieux sans doute d'être vu dans cet état, il laissa vivement retomber ses bras en entendant des pas dans l'antichambre, s'arrêta près de la table en faisant semblant d'attacher la housse de la cassette et reprit son expression calme et impénétrable de toujours. C'étaient les pas lourds de la princesse Maria.

« On m'a dit que tu as fait atteler, dit-elle haletante (on voyait qu'elle avait couru), et moi qui avais tant envie de parler encore avec toi en tête-à-tête! Dieu sait pour combien de temps nous nous séparons encore. Tu ne m'en veux pas d'être venue? Tu as beaucoup change, Andrioucha », ajouta-t-elle comme pour expliquer sa question.

Elle sourit en l'appelant « Andrioucha ». Il lui paraissait sans doute étrange que ce bel homme sévère fût ce même Andrioucha, ce gamin maigre et espiègle, son camarade d'enfance.

« Où est Lise? demanda-t-il, ne répondant à sa question que par un sourire.

– Elle est si fatiguée qu'elle s'est endormie sur le divan dans ma chambre. Ah! André! *Quel trésor de femme vous avez,* dit-elle en s'asseyant sur le canapé en face de son frère. C'est une vraie enfant, une si gentille enfant, si gaie. Je l'aime tant. »

Le prince André se taisait, mais la princesse remarqua l'expression ironique et dédaigneuse qui apparut sur ses traits.

« Il faut être indulgent pour les petits travers des autres; qui n'en a pas, André! N'oublie pas qu'elle a été élevée et a grandi dans le monde. Et puis sa position n'est pas rose en ce moment. Il faut se mettre à la place de chacun. *Tout comprendre c'est tout pardonner.* Songe à ce que c'est pour la pauvrette, après la vie qu'elle a menée, d'être séparée de son mari et de rester seule à la campagne, surtout dans son état. C'est très pénible. »

Le prince André souriait en regardant sa sœur comme nous sourions en écoutant ceux que nous croyons connaître par cœur.

« Tu vis bien à la campagne, toi, et tu ne trouves pas cette vie terrible, dit-il.

– Ce n'est pas la même chose. Pourquoi parler de moi! Je ne désire pas d'autre vie et je ne peux même pas la désirer car je n'en connais pas d'autre. Mais réfléchis, André, pour une femme mondaine et jeune s'enterrer à la campagne aux plus belles années de sa vie, seule, car papa est toujours occupé et moi... tu me connais... tu sais comme je suis pauvre *en ressources* pour une femme habituée à la meilleure société. Seule Mlle Bourienne...

– Elle ne me plaît pas du tout, votre Bourienne, dit le prince André.

– Pourquoi? C'est une jeune fille très gentille et bonne et qui, surtout, est à plaindre. Elle n'a personne, personne. A vrai dire, non seulement je n'ai pas besoin d'elle mais elle me gêne même. J'ai toujours été une sauvage, tu le sais, et maintenant je le suis plus que jamais. J'aime être seule... *Mon père* l'aime beaucoup. Elle et Michel Ivanovitch sont les deux personnes avec qui il est toujours aimable et bon car tous deux sont ses obligés; comme dit Sterne : « Nous aimons les gens « moins pour le bien qu'ils nous ont fait que pour celui que « nous leur avons fait. » *Mon père* l'a recueillie orpheline *sur le pavé* et elle a très bon cœur. Et *mon père* aime sa manière de lire. Elle lui fait la lecture le soir. Elle lit très bien.

– Franchement, Marie, je pense que tu dois parfois souffrir du caractère de père? » demanda soudain le prince André.

Cette question étonna d'abord, puis effraya la princesse Maria.

« Moi?... Moi?... En souffrir, moi? demanda-t-elle.

– Il n'a jamais été commode et maintenant il doit devenir difficile à supporter, j'imagine, dit le prince André, visiblement à dessein, pour embarrasser ou éprouver sa sœur en parlant si légèrement de leur père.

– Tu as toutes les qualités, André, mais il y a en toi une sorte d'orgueil de la pensée, dit la princesse, qui suivait davantage le cours de ses pensées que celui de la conversation, et c'est un grand péché. Peut-on juger son père? Et quand ce serait possible, quel autre sentiment que la *vénération* peut inspirer un homme tel que *mon père?* Et je suis si contente, si heureuse avec lui! Je voudrais seulement que vous soyez tous aussi heureux que je le suis. »

Son frère hocha la tête d'un air incrédule.

« La seule chose qui me fasse de la peine – je vais te dire la vérité, André – ce sont les idées de mon père en matière de religion. Je ne comprends pas qu'un homme d'une si immense intelligence puisse ne pas voir ce qui est clair comme le jour et se tromper de la sorte. Voilà ce qui me rend malheureuse. Mais là aussi je constate ces derniers temps l'ombre d'un progrès. Depuis quelque temps, ses railleries sont moins mordantes et il a reçu un moine et s'est longuement entretenu avec lui.

– Allons, mon amie, je crains bien que le moine et toi vous ne brûliez votre poudre aux moineaux, dit ironiquement mais affectueusement le prince André.

– *Ah! mon ami*. Je ne fais que prier Dieu et j'espère qu'Il m'entendra. André, dit-elle timidement après un instant de silence, j'ai une grande prière à t'adresser.

— Qu'y a-t-il, mon amie?

— Promets-moi de ne pas refuser. Cela ne te coûtera aucun effort et il n'y aura là rien d'indigne de toi. Tu me consoleras seulement. Promets. Andrioucha », dit-elle en glissant sa main dans son réticule et y tenant quelque chose, mais sans le montrer encore, comme si ce qu'elle tenait était précisément l'objet de sa prière et qu'avant d'avoir obtenu sa promesse elle ne pût le retirer.

Elle regardait son frère avec des yeux timides, implorants.

« Même si cela devait m'en coûter beaucoup... répondit le prince André qui semblait avoir deviné de quoi il s'agissait.

— Penses-en ce que tu voudras! Je sais que tu es comme *mon père*. Pense ce que tu voudras mais fais-le pour moi. Fais-le, je t'en prie! Le père de mon père, notre grand-père, la portait déjà dans toutes ses campagnes... Elle ne retirait toujours pas sa main du réticule. Alors tu me le promets?

— Bien sûr, de quoi s'agit-il?

— André, je vais te bénir avec cette médaille et promets-moi de ne jamais l'enlever .. Tu le promets?

— Si elle ne pèse pas trop lourd et ne me tire pas le cou... Pour te faire plaisir... » dit le prince André, mais il regretta au même instant en voyant à cette plaisanterie une expression peinée se refléter sur le visage de sa sœur. « J'en suis très heureux, vraiment très heureux, mon amie, ajouta-t-il.

— Malgré toi. Il te sauvera, t'accordera Sa grâce et te ramènera à Lui car c'est en Lui seul qu'est la vérité et la paix », dit-elle d'une voix tremblante d'émotion, tenant des deux mains devant son frère, d'un geste solennel, une antique médaille ovale du Sauveur à la face noircie et à garniture d'argent attachée à une chaînette en argent finement ciselée.

« Je t'en prie, André, fais-le pour moi... »

Ses grands yeux irradiaient des rayons d'une lumière timide et pleine de bonté. Ces yeux illuminaient tout son visage maladif et maigre et le rendaient beau. Son frère voulut prendre la médaille mais elle l'arrêta. André comprit, se signa et baisa l'icône. Son visage était à la fois tendre (il était ému) et railleur.

« *Merci, mon ami.* »

Elle le baisa au front et se rassit sur le divan. Ils se taisaient.

« Je te disais donc, André, sois bon et généreux comme tu l'as toujours été. Ne juge pas sévèrement Lise, commença-t-elle. Elle est si gentille, si bonne, et son état actuel est très pénible.

– Je ne crois pas t'avoir dit, Macha, que je reprochais quelque chose à ma femme ou que j'étais mécontent d'elle. Pourquoi me dis-tu tout cela? »

La princesse Maria rougit par taches et se tut comme si elle se sentait coupable.

« Je ne t'ai rien dit, mais ON t'a déjà parlé. Et cela me fait de la peine. »

Les taches rouges s'accentuèrent encore sur le front, le cou et les joues de la princesse Maria. Elle voulut parler et ne put rien articuler. Son frère avait deviné juste : la petite princesse avait pleuré après le dîner, disant qu'elle pressentait des couches malheureuses, qu'elle en avait peur, et se plaignant de son sort, de son beau-père et de son mari. Après avoir pleuré, elle s'était endormie. Le prince André eut pitié de sa sœur.

« Sache une chose, Macha, je n'ai rien à reprocher, je n'ai jamais rien eu à reprocher et je ne reprocherai jamais rien à ma femme, et je n'ai aucun reproche à me faire non plus à son égard; et il en sera toujours ainsi, en quelque circonstance que je me trouve. Mais si tu veux savoir la vérité... tu veux savoir si je suis heureux? Non. Si elle est heureuse? Non. Pourquoi cela? Je ne sais pas... »

En disant cela, il se leva, s'approcha de sa sœur et, se penchant, déposa un baiser sur son front. Ses beaux yeux brillaient d'un éclat inaccoutumé, intelligent et bon, pourtant il ne regardait pas sa sœur mais l'obscurité de la porte ouverte, pardessus sa tête.

« Allons la retrouver, il faut que je lui dise adieu. Ou bien vas-y seule, réveille-la, je te suis. Petrouchka! cria-t-il à son valet de chambre, viens ici, enlève tout ça. Ceci sur le siège, cela à droite. »

La princesse Maria se leva et se dirigea vers la porte. Elle s'arrêta.

« *André, si vous aviez la foi, vous vous seriez adressé à Dieu pour qu'Il vous donne l'amour que vous ne sentez pas et votre prière aurait été exaucée...*

– Oui, peut-être bien! dit le prince André. Va, Macha, je viens tout de suite. »

En allant chez sa sœur le prince André rencontra, dans la

galerie qui reliait les deux corps de bâtiment, Mlle Bourienne qui souriait gracieusement et qui, avec un sourire enthousiaste et naïf aux lèvres, se trouvait sur son chemin pour la troisième fois ce jour-là dans des endroits solitaires.

« *Ah! je vous croyais chez vous* », dit-elle en rougissant sans qu'on sût pourquoi et en baissant les yeux.

Le prince André la regarda sévèrement. Son visage refléta soudain de l'irritation. Il ne lui dit rien mais, sans la regarder dans les yeux, regarda si dédaigneusement son front et ses cheveux que la Française rougit et s'éloigna sans dire un mot. Quand il s'approcha de la chambre de sa sœur, sa femme était déjà réveillée et sa petite voix gaie qui égrenait les mots avec volubilité lui parvint par la porte ouverte. Elle parlait comme si, après une longue continence, elle eût voulu rattraper le temps perdu.

« *Non, mais figurez-vous, la vieille comtesse Zouboff avec de fausses boucles et la bouche pleine de fausses dents comme si elle voulait défier les années*... Ha, ha, ha *Marie!* »

C'était bien la cinquième fois que le prince André entendait de sa femme, devant des tiers, exactement la même phrase sur la comtesse Zoubov, accompagnée du même rire. Il entra sans bruit. Assise dans un fauteuil, la princesse, replète et rose, son ouvrage à la main, parlait sans arrêt, égrenant ses souvenirs de Pétersbourg et même répétant des phrases entendues. Le prince André s'approcha, lui caressa la tête et lui demanda si elle était remise du voyage. Elle répondit et reprit la même conversation.

Une calèche attelée de six chevaux attendait devant le perron. Il faisait une sombre nuit d'automne. Le cocher ne voyait pas le timon de la voiture. Sur le perron, des gens s'affairaient avec des lanternes. Toutes les grandes fenêtres de la maison étaient brillamment éclairées. Les domestiques se pressaient dans le vestibule, désireux de dire adieu au jeune prince; tous les familiers étaient réunis dans la grande salle : Michel Ivanovitch, Mlle Bourienne, la princesse Maria et la petite princesse. Le prince André avait été convoqué dans le cabinet de son père qui voulait lui dire adieu en tête-à-tête. Tous les attendaient.

Lorsque le prince André était entré dans le cabinet, le vieux prince, le nez chaussé de ses besicles et vêtu de la robe de chambre blanche dans laquelle il ne recevait personne d'autre que son fils, était assis à son bureau et écrivait. Il tourna la tête.

« Tu pars? Et il se remit à écrire.

– Je viens vous dire adieu.

– Embrasse-moi là – il lui montra sa joue – merci, merci!

– Pourquoi me remerciez-vous?

– Parce que tu ne cherches pas à gagner du temps, que tu ne te raccroches pas à un jupon de bonne femme. Le service avant tout. Merci, merci! » Et il continuait d'écrire si vite que sa plume qui grinçait éclaboussait le papier. « Si tu as quelque chose à me dire, parle. Je peux faire ces deux choses-là à la fois, ajouta-t-il.

– C'est au sujet de ma femme... Mais je ne suis que trop confus de vous la laisser sur les bras.

– Que chantes-tu là? Dis ce que tu veux.

– Lorsque le moment de l'accouchement sera venu, faites venir un accoucheur de Moscou... Pour qu'il soit là. »

Le vieux prince s'arrêta et, comme s'il ne comprenait pas, fixa des yeux sévères sur son fils.

« Je sais que personne n'y peut rien si la nature ne s'aide pas elle-même, dit le prince André visiblement gêné. Je reconnais que sur un million de cas il y a un accident, mais telle est son idée et la mienne. On lui a monté la tête, elle a fait des rêves et elle a peur.

– Hum... hum... prononça à part lui le vieux prince en finissant d'écrire. Ce sera fait. »

Il signa d'un large paraphe, se tourna brusquement vers son fils et se mit à rire.

« Ça va mal, hein?

– Qu'est-ce qui va mal, père?

– Ta femme! dit le vieux prince brièvement et d'un ton entendu.

– Je ne comprends pas, commença le prince André.

– Rien à faire, mon ami, dit le prince, elles sont toutes comme ça, on ne peut se démarier. Ne crains rien; je ne le dirai à personne; mais tu le sais toi-même. »

Il prit sa main dans sa petite main osseuse, la secoua, regarda son fils bien en face de ses yeux vifs qui, eût-on dit, vous perçaient à jour, et de nouveau rit de son rire froid.

Le fils soupira, avouant par ce soupir que son père l'avait deviné. Le vieillard continuait de plier et de cacheter sa lettre, saisissant et rejetant avec sa vivacité habituelle la cire à cacheter, le cachet, le papier.

« Que faire? Elle est belle! Je ferai le nécessaire. Sois tranquille », disait-il d'un ton saccadé tout en cachetant la lettre.

André se taisait : il lui était à la fois agréable et désagréable que son père l'eût compris. Le vieillard se leva et tendit la lettre à son fils.

« Écoute, dit-il, ne te fais pas de souci au sujet de ta femme : ce qui peut être fait sera fait. Maintenant écoute : remets cette lettre à Michel Ilarionovitch. Je lui écris de t'employer à de bons postes et de ne pas te garder longtemps comme aide de camp : vilaine fonction! Dis-lui que je me souviens de lui et que je l'aime bien. Et écris-moi comment il t'aura reçu. S'il te rend justice, reste avec lui. Le fils de Nicolas Andreitch Bolkonski ne servira par charité sous les ordres de personne. Et maintenant viens ici. »

Il parlait si vite qu'il n'achevait pas la moitié des mots, mais son fils était habitué à le suivre. Il le conduisit vers son bureau, releva le cylindre, ouvrit un tiroir et y prit un cahier couvert de sa grande écriture serrée.

« Je suis sans doute appelé à mourir avant toi. Sache que ce sont là mes notes, il faut les faire parvenir à l'empereur après ma mort. Et maintenant, voici un titre du Crédit foncier et une lettre : c'est un prix pour celui qui écrira l'histoire des campagnes de Souvorov. A transmettre à l'Académie. Ici, ce sont mes remarques : lis-les quand je ne serai plus, tu y trouveras profit. »

André ne dit pas à son père qu'il vivrait sans doute de longues années encore. Il comprenait qu'il ne fallait pas le dire.

« Je ferai tout ce que vous demandez, père, dit-il.

— Et maintenant, adieu! Il laissa son fils lui baiser la main et le serra dans ses bras. Souviens-toi d'une chose, prince André : si tu es tué, j'en aurai de la peine, vieillard que je suis... » Il se tut inopinément et soudain poursuivit d'une voix criarde : « et si j'apprends que tu ne t'es pas conduit en fils de Nicolas Bolkonski, j'aurai... honte! glapit-il.

— Vous auriez pu ne pas me dire cela, père », dit son fils en souriant.

Le vieillard se tut.

« Je voulais vous demander encore une chose, continua le prince André, si je suis tué et que j'aie un fils, gardez-le chez vous comme je vous le disais hier, pour qu'il grandisse auprès de vous... je vous en prie.

– Ne pas le laisser à ta femme? » dit le vieillard et il se mit à rire.

Ils se tenaient en silence l'un en face de l'autre. Les yeux vifs du vieillard étaient plongés dans ceux de son fils. Il y eut un frémissement dans la partie inférieure du visage du vieux prince.

« Nous nous sommes dit adieu... va! dit-il soudain. Va!... cria-t-il d'une voix irritée et forte en ouvrant la porte de son cabinet.

– Qu'y a-t-il, qu'y a-t-il? » demandèrent les deux princesses en apercevant le prince André et, apparue un instant, la silhouette du vieillard en robe de chambre blanche, sans perruque et avec des besicles, qui criait d'une voix irritée.

Le prince André soupira et ne répondit rien.

« Eh bien, dit-il à sa femme, et il y eut dans cet « eh bien » un accent de froide ironie, comme s'il voulait dire : « Livrez-vous maintenant à vos simagrées. »

– *André, déjà!* » dit la petite princesse en pâlissant et en regardant son mari avec effroi.

Il la prit dans ses bras. Elle poussa un cri et s'abattit évanouie sur son épaule.

Il se dégagea avec précaution, scruta son visage et la déposa doucement dans un fauteuil.

« *Adieu, Marie* », dit-il à voix basse à sa sœur; ils s'embrassèrent, la main dans la main, et il sortit d'un pas rapide de la pièce.

La princesse était étendue dans le fauteuil. Mlle Bourienne lui frotta les tempes. La princesse Maria, tout en soutenant sa belle-sœur, regardait toujours de ses beaux yeux pleins de larmes la porte par laquelle avait disparu le prince André et faisait sur lui des signes de croix. Du cabinet de travail parvenaient, tels des coups de feu, des bruits souvent répétés qui attestaient que le vieux prince se mouchait avec colère. A peine le prince André fut-il sorti que la porte du cabinet s'ouvrit rapidement, et la sévère silhouette du vieillard en blouse blanche y apparut.

« Il est parti? Eh bien, c'est parfait », dit-il en regardant avec irritation la petite princesse sans connaissance; il hocha la tête d'un air de blâme et claqua la porte.

DEUXIÈME PARTIE

I

En octobre 1805, les troupes russes occupaient les bourgs et les villes de l'archiduché d'Autriche, de nouveaux régiments arrivaient toujours de Russie et, pesant lourdement sur les populations, s'installaient près de la forteresse de Braunau. Braunau était le quartier général du commandant en chef Koutouzov.

Le 11 octobre 1805, l'un des régiments d'infanterie nouvellement arrivés à Braunau stationnait à un demi-mille de la ville, dans l'attente de l'arrivée du commandant en chef qui devait le passer en revue. Quoique le paysage et les conditions de vie n'eussent rien de russe (vergers, clôtures de pierre, toits de tuiles, montagnes se profilant au loin, une population étrangère qui regardait les soldats avec curiosité), le régiment présentait exactement le même aspect que tout autre régiment russe se préparant à une revue quelque part au centre de la Russie.

Le soir, à la dernière étape, on avait reçu l'avis que le commandant en chef inspecterait le régiment en campagne. Bien que les termes de l'ordre du jour eussent paru imprécis au commandant du régiment et qu'on pût se demander comment il fallait les interpréter, c'est-à-dire s'il convenait ou non de se mettre en tenue de campagne, il fut décidé, à la réunion des chefs de bataillon, de présenter le régiment en grande tenue puisqu'il vaut toujours mieux en faire trop que ne pas en faire assez. Aussi les soldats, après une étape de trente verstes, n'avaient-ils pas fermé l'œil de la nuit, raccommodant, astiquant; les officiers d'ordonnance et les commandants de compagnie comptaient les hommes, les groupaient; et, au matin, le régiment, au lieu de la foule étirée, débandée qu'il était la veille à la dernière étape, formait une masse bien ordonnée de deux mille hommes, dont chacun connaissait sa place, ses attributions, où chaque bouton, chaque courroie était au bon endroit et reluisait de propreté. La tenue extérieure n'avait pas été seule soignée : si le commandant en chef s'avisait de regarder sous les uniformes, il verrait sur chacun la même chemise propre et trouverait dans chaque sac le nombre réglementaire d'objets, « l'alêne et le savon », comme disent les soldats. Il n'y avait qu'une chose qui ne laissait à personne l'esprit en paix. C'étaient les chaussures. Plus de la moitié des hommes avaient les chaussures en loques. Mais la faute n'en était pas au chef du régiment car, en dépit de ses réclamations réitérées, l'intendance autrichienne ne lui avait rien fourni, alors que le régiment avait fait mille verstes.

Le régiment était commandé par un général d'un certain âge, aux sourcils et aux favoris grisonnants, corpulent, sanguin et large plutôt de la poitrine au dos que d'une épaule à l'autre. Il portait un uniforme flambant neuf aux plis fortement marqués, et ses grosses épaulettes dorées semblaient relever plutôt qu'abaisser ses fortes épaules. Il donnait l'impression d'un homme qui accomplit avec succès un des actes les plus solennels de son existence. Il se promenait sur le front des troupes et en marchant tressautait à chaque pas, ondulant légèrement du dos. On voyait qu'il admirait son régiment, qu'il en était heureux et qu'il s'était donné à lui de toute son âme, mais sa démarche tressautante semblait néanmoins indiquer qu'en dehors des intérêts militaires, la vie de société et le beau sexe occupaient une place non négligeable dans son esprit.

« Eh bien, mon cher Michel Mitritch, dit-il à un commandant de bataillon (celui-ci fit en souriant un pas en avant; on voyait que tous deux étaient heureux), nous en avons pris pour notre grade cette nuit. Pourtant, il m'a l'air pas mal, le régiment... Hein? »

Le commandant de bataillon comprit cette joyeuse ironie et rit :

« Même du champ de Mars on ne nous chasserait pas.

– Comment? » dit le général.

A ce moment, deux cavaliers apparurent sur la route de la ville où l'on avait poste des guetteurs. C'était un aide de camp suivi d'un cosaque.

L'aide de camp était envoyé par le quartier général pour confirmer au commandant du régiment ce qui était confus dans l'ordre de la veille, c'est-à-dire que le commandant en chef désirait trouver le régiment exactement tel qu'il était pendant les marches : en capotes, avec les housses et sans aucun préparatif.

Koutouzov avait reçu la veille un membre du Hofkriegsrat venu de Vienne pour lui proposer et demander d'opérer au plus tôt sa jonction avec l'armée de l'archiduc Ferdinand et de Mack, et Koutouzov, qui ne jugeait pas cette jonction souhaitable, avait l'intention, parmi d'autres arguments à l'appui de son opinion, de montrer au général autrichien le triste état des troupes qui arrivaient de Russie. C'est dans cette intention qu'il voulait aller au-devant du régiment, si bien que plus l'état de celui-ci laisserait à désirer, plus cela lui serait agréable. Quoique l'aide de camp ignorât ces détails, il transmit au général le désir formel du commandant en chef de voir les hommes en capotes et avec les housses, précisant que, dans le cas contraire, il serait mécontent.

A ces paroles, le général baissa la tête, leva en silence les épaules et écarta les bras d'un geste vif.

« Nous en avons fait de belles! dit-il. Je vous disais bien, Michel Mitritch, que, puisque nous sommes en campagne, il faut que ce soit en capotes, dit-il avec reproche au chef de bataillon. Ah! mon Dieu! ajouta-t-il et il s'avança d'un air résolu. Messieurs les commandants de compagnie! cria-t-il d'une voix habituée au commandement. Sergents-majors!... Sera-t-il bientôt là? demanda-t-il à l'aide de camp avec une expression de courtoisie déférente qui s'adressait visiblement au personnage dont il parlait.

– Dans une heure, je pense.

– Aurons-nous le temps de changer de tenue?

– Je ne sais pas, général... »

Le commandant du régiment s'approcha lui-même des rangs et donna l'ordre de remettre les capotes. Les commandants de compagnie coururent chacun vers sa compagnie, les sergents-majors s'affairèrent (les capotes n'étaient pas en parfait état) et au même instant les carrés jusque-là réguliers et silencieux s'agitèrent, s'étirèrent et se couvrirent d'un bourdonnement de voix. De tous côtés, ce fut un va-et-vient parmi les soldats; on enlevait d'un coup d'épaule les sacs, on en retirait les capotes et, levant haut les bras, on les enfilait dans les manches.

Au bout d'une demi-heure, tout rentra dans l'ordre primitif, à ceci près que de noirs les carrés étaient devenus gris. Le général s'avança devant le régiment d'une démarche de nouveau tressautante et de loin l'inspecta du regard.

« Qu'est-ce que c'est encore? qu'est-ce que cela veut dire! cria-t-il en s'arrêtant. Qu'on fasse venir le commandant de la troisième compagnie!...

— Le commandant de la troisième compagnie chez le général! Le commandant chez le général, de la troisième chez le commandant!... » firent des voix dans les rangs, et un officier d'ordonnance courut chercher l'officier qui tardait.

Lorsque les voix zélées qui, dénaturant les ordres, criaient déjà : « le général à la troisième compagnie », parvinrent à destination, l'officier demandé se détacha de sa compagnie et, quoiqu'il fût âgé et n'eût pas l'habitude de courir, il partit au pas de course dans la direction du général en s'accrochant gauchement de la pointe de ses chaussures. Le visage du capitaine exprimait l'inquiétude d'un écolier interrogé sur une leçon qu'il n'a pas apprise. Des taches marbraient son visage rouge (sans doute par intempérance) et sa bouche ne parvenait pas à retrouver son calme. Le commandant du régiment examina le capitaine de la tête aux pieds pendant qu'il approchait à bout de souffle en ralentissant peu à peu l'allure.

« Vous allez bientôt accoutrer les hommes de caftans! Qu'est-ce que cela signifie? cria-t-il en avançant la mâchoire inférieure et en indiquant, dans les rangs de la troisième compagnie, un soldat dont la capote couleur de drap de fantaisie tranchait sur toutes les autres. Où étiez-vous? Hein?... Je vous apprendrai à habiller les hommes en casaquins pour une revue!... Hein?... »

Sans quitter des yeux son supérieur, le capitaine appuyait

de plus en plus fort ses doigts contre sa visière, comme s'il n'attendait plus son salut que de ce geste.

« Eh bien, pourquoi vous taisez-vous? Qui est-ce qui est déguisé chez vous en Hongrois? plaisanta sévèrement le commandant du régiment.

– Excellence...

– Eh bien quoi, « Excellence »? Excellence! Excellence! Mais que veut dire Excellence, personne ne le sait.

– Excellence, c'est Dolokhov, l'officier qui a été dégradé... dit le capitaine à voix basse.

– A-t-il été promu feldmaréchal ou remis soldat? Un soldat doit être habillé comme tous les autres, à l'ordonnance.

– Excellence, vous le lui avez permis vous-même en campagne.

– Permis? Permis? C'est comme ça que vous êtes toujours, jeunes gens, dit le commandant du régiment en se calmant un peu. Permis? On vous dit quelque chose et vous... » Il se tut un instant. « On vous dit quelque chose et vous... Comment? ajouta-t-il, de nouveau irrité. Veuillez habiller vos hommes décemment... »

Et, après un coup d'œil à l'aide de camp, il se dirigea de sa démarche tressautante vers le régiment. On voyait que son irritation lui avait plu et qu'en parcourant le régiment il voulait trouver un nouveau prétexte à sa colère. Après avoir apostrophé un officier pour un insigne mal nettoyé, un autre pour un mauvais alignement du rang, il arriva à la troisième compagnie.

« Comment te tiens-tu? Où est ton pied? Où? » cria-t-il avec un accent de souffrance dans la voix, alors que cinq hommes le séparaient encore de Dolokhov, vêtu d'une capote bleuâtre.

Dolokhov rectifia lentement la position de sa jambe pliée, et de son regard clair et insolent considéra le général, bien en face.

« Que signifie cette capote bleue? A enlever!... Sergent-major! Qu'on lui fasse changer de tenue... le vau... Il n'eut pas le temps d'achever.

– Général, je suis tenu d'exécuter les ordres, mais je ne suis pas obligé de supporter... dit précipitamment Dolokhov.

— Il est interdit de parler dans les rangs!... On ne parle pas, on ne parle pas!...

— Je ne suis pas obligé de supporter les injures », acheva Dolokhov d'une voix forte et sonore.

Les yeux du général et ceux du soldat se rencontrèrent. Le général se tut, tirant avec irritation sur son écharpe trop serrée.

« Veuillez changer de tenue, je vous prie », dit-il en s'éloignant.

II

« Les voilà! » cria à ce moment un guetteur.

Le commandant du régiment, soudain tout rouge, courut à son cheval, saisit d'une main tremblante l'étrier, se mit en selle, s'installa, dégaîna son épée et, l'air heureux et résolu, la bouche ouverte de côté, se prépara à crier les ordres. Le régiment s'anima comme un oiseau qui secoue ses plumes et s'immobilisa.

« Fi-i-ixe! » cria le général d'une voix à réveiller les morts, où il y avait de la joie intime, de la sévérité à l'égard du régiment et de la prévenance à l'égard du chef qui approchait.

Sur la grande route non empierrée bordée d'arbres apparut une haute calèche viennoise bleu clair attelée à la Daumont qui avançait d'un trot rapide dans un léger grincement de ressorts. Derrière la calèche galopaient les officiers de la suite et une escorte de Croates. A côté de Koutouzov était assis un général autrichien en uniforme blanc qui semblait insolite au milieu des Russes vêtus de noir. La voiture s'arrêta près du régiment. Koutouzov et le général autrichien s'entretenaient à voix basse et Koutouzov eut un léger sourire en descendant lourdement du marchepied, comme si ces deux mille hommes qui les regardaient en retenant leur souffle, lui et le commandant du régiment, n'existaient même pas.

Un ordre retentit, de nouveau le régiment s'anima dans un cliquetis des armes qu'on présentait. Au milieu d'un silence de mort, on entendit la voix faible du commandant en chef.

Le régiment rugit : « Vive... lence! » Et de nouveau tout s'immobilisa. Koutouzov resta d'abord immobile pendant que le régiment défilait ; puis, aux côtés du général blanc, il parcourut à pied les rangs, accompagné de sa suite.

A la façon dont le commandant du régiment avait salué le généralissime de l'épée, les yeux rivés à lui, se redressant et se raidissant, à la façon dont, penché en avant, il marchait le long des rangs derrière les généraux en réprimant avec peine sa démarche tressautante, à la façon dont il sursautait à chaque mot et à chaque geste du commandant en chef, on voyait qu'il remplissait ses devoirs de subordonné avec une délectation plus grande encore que ses devoirs de chef. Le régiment, grâce à la sévérité et au zèle de son commandant, était en excellent état, en comparaison des autres qui arrivaient en même temps à Braunau. Il ne comptait que deux cent dix-sept traînards et malades. Et tout était en ordre, sauf les chaussures.

Koutouzov parcourut les rangs, s'arrêtant de temps à autre pour adresser quelques mots affables aux officiers qu'il connaissait depuis la campagne de Turquie et parfois à des soldats. Plusieurs fois, à la vue des chaussures, il hocha tristement la tête et les désigna au général autrichien comme pour dire qu'il n'en faisait grief à personne mais ne pouvait pas ne pas constater combien c'était fâcheux. Alors le commandant du régiment se portait chaque fois en avant, de crainte de perdre un mot de ce que le généralissime dirait sur son régiment. Derrière Koutouzov, assez près pour pouvoir entendre chaque mot prononcé à mi-voix, marchait sa suite, composée d'une vingtaine de personnes. Ces messieurs de la suite parlaient entre eux et parfois riaient. Celui qui suivait le plus près le commandant en chef était un bel aide de camp. C'était le prince Bolkonski. A côté de lui marchait son camarade Nesvitzki, un officier de haute taille, très corpulent, au beau visage souriant empreint de bonté et aux yeux humides. Nesvitzki réprimait avec peine l'envie de rire que lui donnait un officier de hussards noiraud qui marchait à ses côtés. Celui-ci, imperturbable, sans que l'expression de ses yeux fixes changeât, regardait gravement le dos du commandant du régiment et imitait chacun de ses mouvements. Chaque fois que ce dernier tressaillait et se penchait en avant, l'officier de hussards tressaillait et se penchait en avant exactement de même. Nesvitzki riait et poussait les autres du coude pour attirer leur attention sur le plaisantin.

Koutouzov passait lentement et d'un pas indolent devant les milliers d'yeux qui sortaient de leurs orbites pour suivre le chef. Parvenu à la troisième compagnie, il s'arrêta brusquement. La suite, qui n'avait pas prévu cet arrêt, avança malgré elle sur lui.

« Ah! Timokhine! » dit le commandant en chef en reconnaissant le capitaine au nez rouge à qui la capote bleue venait de valoir une algarade.

Il semblait qu'on ne pût se raidir davantage que ne l'avait fait Timokhine lorsque le chef du régiment lui avait fait des observations. Mais quand le commandant en chef lui adressa la parole, il se raidit au point qu'on eût dit que si celui-ci devait rester quelque temps à le regarder ainsi, le capitaine ne pourrait plus y tenir; aussi Koutouzov, comprenant sans doute la situation et ne voulant que du bien au capitaine, s'empressa de se détourner. Un sourire à peine perceptible s'esquissa sur son visage plein, défiguré par une blessure.

« Un camarade du temps d'Ismaïl, dit-il. Un brave officier! Es-tu content de lui? » demanda-t-il au commandant du régiment.

Et le commandant du régiment, reflété sans le savoir comme dans un miroir par l'officier de hussards, tressaillit, s'avança et répondit :

« Très content, Excellence.

— Nous avons tous nos travers. Il avait un faible pour Bacchus », dit Koutouzov avec un sourire en le quittant.

Le commandant du régiment se demanda avec effroi s'il n'y avait pas de sa faute et ne répondit rien. L'officier remarqua à ce moment le visage du capitaine au nez rouge et son ventre rentré, et il le copia avec tant de ressemblance que Nesvitzki ne put se retenir de rire. Koutouzov se retourna. On voyait que l'officier était parfaitement maître de son visage : au moment où Koutouzov tournait la tête, il avait eu le temps de faire une grimace, puis de prendre l'air le plus grave, le plus déférent et le plus innocent du monde.

La troisième compagnie était la dernière, et Koutouzov

devint songeur, cherchant apparemment à se rappeler quelque chose. Le prince André se détacha de la suite et à voix basse lui dit en français

« Vous m'avez demandé de vous rappeler le cas de Dolokhov, remis soldat dans ce régiment.

– Lequel est Dolokhov? » demanda Koutouzov.

Dolokhov, vêtu maintenant d'une capote grise réglementaire, n'attendit pas d'être appelé. Une silhouette élancée de soldat blond aux yeux bleus se détacha des rangs. Il s'approcha du commandant en chef et se mit au garde-à-vous.

« Une réclamation? demanda Koutouzov en fronçant légèrement le sourcil.

– C'est Dolokhov, dit le prince André.

– Ah! dit Koutouzov. J'espère que cette leçon t'amendera, fais bien ton devoir. L'empereur est clément. Moi non plus je ne t'oublierai pas si tu le mérites. »

Les limpides yeux bleus regardaient le généralissime avec la même impertinence que tout à l'heure le commandant du régiment, comme si, par leur expression, ils entendaient déchirer le voile des conventions qui mettaient une telle distance entre le commandant en chef et un soldat.

« Je ne demande qu'une chose, Excellence, dit-il posément de sa voix sonore et ferme. Je demande qu'on me laisse l'occasion de réparer ma faute et de donner des preuves de mon dévouement à l'empereur et à la Russie. »

Koutouzov se détourna. Le même sourire que lorsqu'il s'était détourné du capitaine Timokhine s'esquissa dans ses yeux. Il se détourna et fit une grimace, comme pour marquer ainsi que tout ce que Dolokhov lui avait dit et tout ce qu'il pouvait dire encore lui était connu depuis longtemps, longtemps, que tout cela l'ennuyait et n'était pas du tout ce qu'il fallait dire. Il tourna les talons et regagna sa voiture.

Le régiment rompit les rangs par compagnies et se mit en marche vers les cantonnements désignés, non loin de Braunau, où l'on espérait pouvoir se rééquiper en chaussures et en vêtements et se reposer après les dures étapes.

« Vous ne m'en voulez pas, Prokhor Ignatitch? » dit le commandant du regiment, longeant la troisième compagnie qui allait au repos et dirigeant son cheval vers le capitaine Timokhine qui marchait à sa tête. Une joie irrésistible éclatait sur le visage du général après l'heureuse issue de la revue. « Le service du tsar... on ne peut pas... il arrivé qu'on fasse des remontrances sur le front des troupes... Je suis le premier à m'excuser, vous me connaissez... Le commandant en chef a beaucoup remercié! » Et il lui tendit la main.

« De grâce, général, est-ce que j'oserais! répondit le capitaine dont le nez rougit encore et qui sourit en découvrant ainsi l'absence de deux dents de devant défoncées d'un coup de crosse sous Ismaïl.

— Dites à M. Dolokhov que je ne l'oublierai pas, qu'il soit tranquille. Et dites-moi s'il vous plaît, je voulais toujours vous le demander, comment est-il, comment se conduit-il? Et tout...

— Dans le service il est exemplaire, Excellence... mais de caractère... dit Timokhine.

— Qu'y a-t-il, qu'y a-t-il donc qui ne va pas avec son caractère? demanda le général.

— Cela le prend certains jours, Excellence, dit le capitaine, tantôt il se montre intelligent et avisé et bon. Et tantôt c'est une bête sauvage. En Pologne il a failli tuer un juif, voyez-vous...

— Eh oui, eh oui, dit le commandant du régiment, mais il faut malgré tout plaindre un jeune homme dans le malheur. C'est qu'il a de puissantes relations... Aussi devez-vous...

— A vos ordres, Excellence, dit Timokhine, laissant entendre par son sourire qu'il comprenait le désir de son chef.

— Eh bien oui, eh bien oui. »

Le commandant du régiment trouva Dolokhov dans les rangs et retint son cheval.

« A la première affaire, on vous restituera vos galons », lui dit-il.

Dolokhov le regarda sans rien dire et sans que changeât l'expression de sa bouche qui souriait ironiquement.

« Eh bien, c'est parfait, poursuivit le commandant du régiment. Un quart de vodka aux hommes de ma part, ajouta-t-il de façon à être entendu des soldats. Merci à tous! Dieu soit loué! Et dépassant la compagnie, il s'approcha d'une autre.

— C'est quand même un brave homme, on peut servir sous ses ordres, dit Timokhine à un officier subalterne qui marchait à ses côtés.

– Le roi de cœur, il n'y a pas d'autre mot! » (c'était le surnom du commandant du régiment), dit en riant l'officier subalterne.

L'heureuse disposition d'esprit des chefs, après la revue, s'était communiquée aux hommes. La compagnie marchait gaiement. De tous côtés des voix de soldats échangeaient des propos.

« Pourquoi qu'on disait que Koutouzov était borgne, qu'il n'avait qu'un œil?

– Tu parles! Il l'est bel et bien.

– Non, mon vieux, il y voit mieux que toi. Les chaussures et les chaussettes, il a tout examiné...

– Quand il m'a regardé les pieds, mon petit vieux... eh ben! me suis-je dit...

– Et l'autre, l'Autrichien qui était avec lui, on le dirait barbouillé de craie. Blanc comme de la farine. M'est avis qu'on l'astique comme le fourniment.

– Eh bien, Fedechou!... est-ce qu'il a dit pour quand c'est, les batailles, tu étais plus près? On a toujours dit que Bounaparte lui-même était à Brounov.

– Bounaparte! en voilà des bêtises, idiot! Il ne sait même pas ça! Maintenant c'est le Prussien qui se rebelle. L'Autrichien le mate donc. Quand il sera mis à la raison, alors la guerre s'ouvrira avec Bounaparte. Et lui qui dit que Bounaparte est à Brounov! On voit bien que c'est un imbécile. Si on l'écoutait...

– Ces sacrés fourriers! La cinquième doit déjà tourner vers le village, ils auront fait la soupe que nous ne serons pas seulement arrivés.

– Donne-moi un biscuit, animal.

– Et du tabac tu m'en as donné hier? Tu vois bien, mon vieux. Allons, tiens, Dieu te pardonne.

– Si au moins on faisait une halte, autrement on va encore cavaler cinq verstes comme ça sans rien dans le ventre.

– C'est ça qui était chic quand les Allemands nous avançaient des voitures. On n'a plus qu'à se laisser conduire : fameux!

– Ici, mon gars, les gens sont tout à fait toqués. Là-bas c'est tout du Polonais, rien que des sujets de la couronne russe; et maintenant, vieux, y a plus que de l'Allemand. »

Un ordre retentit :

« Les chanteurs en avant! » cria le capitaine.

Et une vingtaine d'hommes sortant des rangs coururent se placer à la tête de la compagnie. Le tambour-major se tourna vers les chanteurs et, faisant un geste de la main, entonna la lente chanson de marche qui commence ainsi : « N'est-ce pas l'aurore, le soleil qui se lève... » et qui se termine par ces mots : « Quelle gloire, amis, sera la nôtre avec le père Kamenski... » Cette chanson avait été composée en Turquie et se chantait maintenant en Autriche, avec la seule différence que le « père Kamenski » était remplacé par « notre père Koutouzov ».

Après avoir lancé le dernier couplet comme on le fait dans l'armée tout en esquissant des deux mains le geste de jeter quelque chose à terre, le tambour-major, beau soldat sec d'une quarantaine d'années, enveloppa les chanteurs d'un regard sévère et ferma les yeux. Puis, une fois bien assuré que tous les yeux étaient fixés sur lui, il sembla élever avec précaution, à deux mains, un objet invisible au-dessus de sa tête, le tint ainsi quelques secondes et soudain le lança violemment :

« Ah! ma maison, ma maison! »

« Ma maison neuve... » reprirent vingt voix, et le joueur de triangle, malgré le poids de son fourniment, s'élança vivement en tête et marcha à reculons devant la compagnie, roulant les épaules et semblant menacer quelqu'un de son instrument. Les soldats balançaient les bras au rythme de la chanson et marchaient d'une allure dégagée en marquant involontairement le pas. Derrière la compagnie, on entendit un bruit de roues, un grincement de ressorts, un martèlement de sabots. Koutouzov et sa suite regagnaient la ville. Le commandant en chef fit signe aux hommes de continuer à marcher librement et son visage ainsi que ceux des officiers de sa suite reflétèrent le plaisir qu'ils avaient à entendre la chanson, à voir le soldat qui dansait et la compagnie qui marchait gaiement et d'un pas alerte. Au deuxième rang, sur le flanc droit par où la voiture dépassait la compagnie, le regard était involontairement attiré par un soldat aux yeux bleus, Dolokhov, qui marchait au rythme de la chanson d'un pas particulièrement gaillard et plein de grâce en regardant ceux qui passaient de l'air de plaindre tous ceux qui ne marchaient pas avec la compagnie. Le cornette de hussards de la suite de Koutouzov qui avait singé le commandant du régiment laissa passer la calèche et s'approcha de Dolokhov.

Le cornette de hussards Jerkov avait appartenu à un moment donné, à Pétersbourg, à la bande turbulente dont Dolokhov était le chef. A l'étranger, Jerkov l'avait revu simple soldat mais n'avait pas jugé utile de le reconnaître. Maintenant, après la conversation que Koutouzov avait eue avec l'ancien officier, il l'aborda avec la joie d'un vieil ami :

« Cher ami, comment vas-tu? dit-il aux sons de la chanson en réglant le pas de son cheval sur celui de la compagnie.

– Comment je vais? répondit froidement Dolokhov, comme tu vois. »

La chanson alerte donnait une signification particulière au ton de gaieté désinvolte de Jerkov et à la froideur voulue des réponses de Dolokhov.

« Comment t'entends-tu avec tes supérieurs? demanda Jerkov.

– Pas mal, ce sont de braves gens. Comment t'es-tu faufilé dans l'état-major?

– J'y ai été affecté; je fais la liaison. »

Ils se turent un instant.

« Elle lâchait le faucon de sa manche droite », disait la chanson, éveillant involontairement une sensation de gaieté et d'entrain. La conversation eût sans doute été autre s'ils n'avaient pas parlé aux sons de la chanson.

« Est-ce vrai que les Autrichiens sont battus? demanda Dolokhov.

– Le diable le sait, on le dit.

– Je suis ravi, répondit Dolokhov brièvement et nettement, comme l'exigeait la chanson.

– Eh bien, viens donc nous voir un soir, on fera une partie de pharaon, dit Jerkov.

– Avez-vous donc beaucoup d'argent?

– Viens.

– Impossible. J'ai fait un vœu. Je ne bois ni ne joue plus tant que je n'aurai pas regagné mes galons.

– Eh bien, à la première affaire...

– On verra alors... »

Ils se turent de nouveau.

« Viens si tu as besoin de quelque chose, tout le monde t'aidera toujours à l'état-major... », dit Jerkov.

Dolokhov sourit.

« Inutile de t'inquiéter. Si j'ai besoin de quelque chose, je ne le demanderai pas, je le prendrai moi-même.

— Enfin, ce que j'en dis...

— Et moi de même.

— Adieu.

— Porte-toi bien... »

... Et bien haut, et bien loin,
Vers le pays natal...

Jerkov éperonna son cheval qui, échauffé, changea trois fois de pied ne sachant duquel partir, trouva son aplomb et prit le galop, dépassant la compagnie pour rejoindre la calèche, toujours au rythme de la chanson.

III

A SON retour de la revue, Koutouzov, en compagnie du général autrichien, passa dans son cabinet de travail et appelant son aide de camp, se fit apporter des papiers relatifs à l'état des armées qui arrivaient, ainsi que les lettres reçues de l'archiduc Ferdinand qui commandait l'avant-garde. Le prince André Bolkonski entra avec les papiers demandés dans le cabinet du commandant en chef. Koutouzov et le membre du Hofkriegsrat autrichien étaient assis devant un plan déployé sur la table.

« Ah!... » dit Koutouzov en tournant la tête vers Bolkonski comme si par ce mot il invitait son aide de camp à attendre, et il poursuivit en français la conversation commencée.

« Je ne puis dire qu'une chose, général », déclara Koutouzov avec une agréable élégance des tournures et des intonations qui rendait son interlocuteur particulièrement attentif à chacune de ses paroles prononcées sans hâte. On voyait que Koutouzov s'écoutait lui-même avec plaisir. « Je ne puis dire qu'une chose, général, c'est que si cela ne dépendait que de moi, il en serait fait depuis longtemps selon le désir de Sa Majesté l'empereur François. J'aurais depuis longtemps opéré ma jonction avec l'archiduc. Et croyez-en ma parole d'honneur, ce serait pour moi personnellement un vrai soulagement de remettre le haut commandement de l'armée à un général plus compétent et plus habile que moi dont l'Autriche est si riche, et de me décharger ainsi d'une lourde responsabilité. Mais les circonstances nous dépassent parfois, général. »

Et Koutouzov sourit comme pour dire : « Vous êtes entièrement en droit de ne pas me croire et il m'est même parfaitement indifférent que vous me croyiez ou non, mais vous n'avez aucun prétexte pour me le dire. Et c'est là ce qui importe. »

Le général autrichien paraissait mécontent mais il ne put pas ne pas répondre à Koutouzov sur le même ton.

« Au contraire, dit-il d'un air bougon et irrité qui démentait le sens flatteur de ses paroles; au contraire, Sa Majesté apprécie hautement la participation de Votre Excellence à la cause commune, mais nous estimons que cet atermoiement prive les glorieuses armées russes et leurs chefs des lauriers qu'ils ont l'habitude de cueillir sur les champs de bataille », conclut-il, cette phrase finale ayant manifestement été préparée d'avance.

Koutouzov s'inclina sans que son sourire changeât.

« Pour ma part, je suis convaincu – et me fondant sur la dernière lettre dont m'a honoré Son Altesse l'archiduc Ferdinand, je crois le savoir – que les armées autrichiennes, sous le commandement d'un homme aussi averti que le général Mack, ont remporté une victoire décisive et n'ont plus besoin de notre aide », dit Koutouzov.

Le général fronça le sourcil. Bien qu'aucune nouvelle formelle n'eût encore confirmé la défaite des Autrichiens, trop d'indices corroboraient les bruits défavorables qui couraient partout; aussi la supposition de Koutouzov quant à une victoire des Autrichiens ressemblait-elle fort à une raillerie. Mais Koutouzov souriait paisiblement, toujours avec la même expression qui semblait laisser entendre qu'il était en droit de le supposer. En effet, la dernière lettre qu'il avait reçue de l'armée de Mack lui annonçait une victoire et présentait la situation stratégique de l'armée comme des plus favorables.

« Passe-moi donc cette lettre, dit Koutouzov en s'adressant au prince André. Veuillez voir », et avec un sourire ironique aux coins des lèvres, il lut en allemand au général autrichien le passage suivant de la lettre de l'archiduc Ferdinand : « *Wir haben volkommen zusammengehaltene Kräfte, nahe an 70 000 Mann, um den Feind, wenn er den Lech passierte, angreifen und schlagen zu können. Wir können, da wir Meister von Ulm sind, den Vorteil, auch von beiden Ufern der Donau Meister zu bleiben, nicht verlieren; mithin auch jeden Augenblick, wenn der Feind den Lech nicht passierte, die Donau übersetzen, uns auf seine Communications-Linie werfen, die Donau unterhalb repassieren und dem Feinde, wenn er sich gegen unsere treue Allierte mit ganzer Macht wenden wollte, seine Ansicht alsbald vereiteln. Wir werden auf solche Weise dem Zeitpunkt, wo die Kaiserlich-Russische Armee ausgerüstet sein wird, mutig entgegenharren, und sodann leicht gemeinschaftlich die Möglichkeit finden, dem Feinde das Schicksal zuzubereiten, so er verdient*[1]. »

Koutouzov poussa un profond soupir en achevant cette tirade et regarda aimablement et avec attention le membre du Hofkriegsrat.

« Pourtant vous connaissez, Excellence, le sage précepte qui recommande de prévoir le pire », dit le général autrichien, visiblement désireux de mettre fin aux plaisanteries et d'en venir au fait.

Il jeta un regard mécontent du côté de l'aide de camp.

« Excusez-moi, général, l'interrompit Koutouzov, et il se tourna également vers le prince André. Tiens, mon cher, demande à Kozlovski tous les rapports de nos éclaireurs. Voici deux lettres du comte Nostitz, voici la lettre de Son Altesse l'archiduc Ferdinand, en voici d'autres encore, dit-il en lui

1. Nous disposons de forces parfaitement concentrées de près de 70 000 hommes qui nous mettent en mesure, si l'ennemi traverse la Lech, de l'attaquer et de le battre. Étant maîtres d'Ulm, nous conservons l'avantage que nous assure la maîtrise des deux rives du Danube; ainsi, si l'ennemi ne passe pas la Lech, nous pouvons à tout moment traverser le Danube, attaquer ses lignes de communication, repasser le Danube en aval et faire avorter toute tentative ennemie de tourner toutes ses forces contre notre fidèle alliée. Nous attendrons donc avec confiance que l'armée impériale russe soit équipée et alors nous trouverons facilement ensemble l'occasion de réserver à l'ennemi le sort qu'il mérite. (En allemand dans le texte.)

tendant des papiers. Et avec tout cela rédige bien nettement, en français, un *memorandum,* une note, qui mette en lumière tous les renseignements que nous avons sur les opérations de l'armée autrichienne. Tu me comprends, et présente-le à Son Excellence. »

Le prince André inclina la tête pour donner à entendre qu'il avait compris, dès les premiers mots, non seulement ce qui avait été dit mais aussi ce que Koutouzov aurait voulu dire. Il ramassa les papiers et, après un salut général, gagna le salon de réception en marchant sans bruit sur le tapis.

Quoiqu'il n'y eût pas longtemps que le prince André avait quitté la Russie, il avait beaucoup changé. Dans l'expression de son visage, dans ses gestes, dans sa démarche, il ne restait presque plus trace d'affectation, de lassitude, d'indolence; il produisait l'effet d'un homme qui n'a pas le temps de penser à l'impression qu'il laisse aux autres et qu'occupe une tâche agréable et intéressante. Il paraissait plus content de lui-même et de ceux qui l'entouraient; son sourire et son regard étaient plus gais et plus attrayants.

Koutouzov, qu'il avait rejoint en Pologne, l'avait reçu avec une grande affabilité et lui avait promis de ne pas l'oublier; il le distinguait parmi ses autres aides de camp, l'emmenait avec lui à Vienne et le chargeait des missions les plus importantes. De Vienne, Koutouzov avait écrit à son vieux camarade, le père du prince André :

« Votre fils promet de devenir un officier hors pair par sa capacité de travail, sa fermeté et son application. Je m'estime heureux d'avoir sous la main un tel subordonné. »

A l'état-major de Koutouzov, parmi ses collègues et dans l'armée en général, le prince André jouissait, de même que dans la société de Pétersbourg, de deux réputations diamétralement opposées. Les uns, une minorité, le considéraient comme un homme à part, différent d'eux-mêmes et de tous les autres, attendaient de lui de grands succès, l'écoutaient, l'admiraient et l'imitaient et avec ceux-là il était simple et agréable. Les autres, la majorité, ne l'aimaient pas, le jugeaient guindé, froid et déplaisant. Mais à ces gens-là il avait su s'imposer de telle sorte qu'on le respectait et même le craignait.

En quittant le cabinet de Koutouzov, le prince André, les

papiers à la main, entra dans la salle d'attente et s'approcha de son camarade Kozlovski, l'aide de camp de service, qui était assis avec un livre près de la fenêtre.

« Eh bien, prince? demanda Kozlovski.

– Je suis chargé de rédiger une note sur les raisons pour lesquelles nous n'avançons pas.

– Et quelles sont ces raisons? »

Le prince André haussa les épaules.

« Pas de nouvelles de Mack? demanda Kozlovski.

– Non.

– S'il était vrai qu'il est battu, la nouvelle nous en serait parvenue.

– Probablement », dit le prince André, et il se dirigea vers la porte de sortie; mais au même instant un général autrichien de haute taille, en redingote, la tête bandée d'un foulard noir et l'ordre de Marie-Thérèse au cou, qui venait visiblement d'arriver, entra en claquant la porte. Le prince André s'arrêta.

« Le général en chef Koutouzov? prononça rapidement le général avec un fort accent allemand en jetant un regard circulaire et en se dirigeant sans s'arrêter vers la porte du cabinet.

– Le général en chef est occupé, dit Kozlovski s'approchant vivement du général inconnu et lui barrant le passage. Qui dois-je annoncer? »

Le général toisa d'un regard méprisant Kozlovski qui était petit, comme surpris qu'on pût ne pas le connaître.

« Le général en chef est occupé », répéta Koslovski avec calme.

Le général fronça le sourcil, ses lèvres se contractèrent et se mirent à trembler. Il tira un carnet de sa poche, traça vivement quelques mots au crayon, arracha le feuillet, le lui remit, puis gagna à pas rapides la fenêtre, se jeta sur une chaise et examina les assistants comme pour leur demander pourquoi ils le regardaient. Puis il leva la tête, tendit le cou comme s'il allait parler mais aussitôt après, comme s'il se mettait à fredonner négligemment à part lui, il émit un son étrange qui mourut aussitôt. La porte du cabinet s'ouvrit et Koutouzov parut sur le seuil. Se baissant comme pour fuir un danger, le général à la tête bandée alla à grands pas rapides à lui sur ses maigres jambes.

« *Vous voyez le malheureux Mack* », dit-il d'une voix qui se brisait.

Le visage de Koutouzov, debout à la porte de son cabinet, demeura quelques instants parfaitement immobile. Puis, une ride le parcourut comme une vague, le front se détendit; il s'inclina avec déférence, ferma les yeux, s'effaça en silence devant Mack et referma lui-même la porte derrière lui.

Le bruit déjà répandu de la défaite des Autrichiens et de la capitulation de toute l'armée sous Ulm se révélait exact. Une demi-heure plus tard, les aides de camp partaient dans différentes directions avec des ordres qui attestaient que les troupes russes, restées jusque-là dans l'inaction, devaient elles aussi se rencontrer bientôt avec l'ennemi.

Le prince André était un des rares officiers à l'état-major qui s'intéressât avant tout au déroulement général des opérations militaires. Après avoir vu Mack et appris les détails de son désastre, il comprit que la campagne était à moitié perdue, comprit toute la difficulté de la situation des armées russes et se représenta vivement le sort qui attendait l'armée et le rôle qu'il aurait à y jouer. Malgré lui, il éprouvait un sentiment d'émotion joyeuse à l'idée de l'humiliation infligée à la présomptueuse Autriche et en pensant que, dans huit jours, il serait peut-être appelé à assister comme témoin et à prendre part au premier engagement, depuis Souvorov, entre les Russes et les Français. Mais il redoutait le génie de Bonaparte qui pouvait l'emporter sur la vaillance des troupes russes, tout en se refusant à admettre que son héros pût encourir un déshonneur.

ÉmRu et surexcité par ces pensées, le prince André alla dans sa chambre pour écrire comme chaque jour à son père. Dans le couloir, il croisa Nesvitzki, son compagnon de chambre, et le plaisantin Jerkov; comme toujours, ils étaient en train de rire.

« Pourquoi es-tu si sombre? demanda Nesvitzki en remarquant le visage pâle et les yeux brillants du prince André.

— Il n'y a pas de quoi se réjouir », répondit Bolkonski.

Au moment où le prince André croisait Nesvitzki et Jerkov, Strauch, un général autrichien détaché à l'état-major de Koutouzov pour veiller au ravitaillement de l'armée russe, et le membre du Hofkriegsrat, arrivés de la veille, apparurent à l'autre bout du couloir. La largeur du couloir permettait parfaitement aux généraux de croiser les trois officiers de front; mais Jerkov, repoussant Nesvitzki de la main, dit d'une voix haletante :

« Les voilà!... Les voilà!... écartez-vous, laissez passer! Je vous en prie, laissez passer! »

Les généraux approchaient avec le désir manifeste d'échapper à des honneurs gênants. Un sourire de joie niaise qu'il semblait incapable de retenir parut sur le visage du plaisantin Jerkov.

« Votre Excellence, dit-il en allemand s'avançant et s'adressant au général autrichien. J'ai l'honneur de vous féliciter. »

Il inclina la tête et gauchement, comme les enfants qui apprennent à danser, les salua en claquant les talons tantôt d'un côté, tantôt de l'autre.

Le général membre du Hofkriegsrat lui lança un regard sévère, mais voyant la sincérité de ce sourire niais, il ne put lui refuser un instant d'attention. Il plissa les yeux pour marquer qu'il l'écoutait.

« J'ai l'honneur de vous féliciter, le général Mack est arrivé, il est en parfaite santé, si ce n'est qu'il s'est fait mal là », ajouta Jerkov avec un sourire radieux en montrant sa tête.

Le général fronça les sourcils, se détourna et poursuivit son chemin.

« *Gott, wie naiv*[1]! » dit-il avec irritation après s'être éloigné de quelques pas.

Nesvitzki étreignit le prince André en riant aux éclats mais Bolkonski, pâlissant encore davantage, la colère peinte sur son visage, le repoussa et se tourna vers Jerkov. L'état de nervosité dans lequel l'avaient mis la vue de Mack, la nouvelle de sa défaite et la pensée du sort qui attendait l'armée russe, trouva un exutoire dans son emportement contre la plaisanterie déplacée de Jerkov.

« Si vous tenez, monsieur, à être un PITRE, dit-il d'une voix perçante avec un léger tremblement de la mâchoire inférieure, je ne puis vous en empêcher; mais je vous déclare que si vous osez encore une fois faire le bouffon en ma présence, je vous apprendrai à vous conduire. »

1. Dieu, quelle naïveté!

Nesvitzki et Jerkov étaient si surpris de cette sortie qu'ils regardaient Bolkonski en silence, les yeux grands ouverts.

« Eh bien, quoi! je n'ai fait que les féliciter, dit Jerkov.

– Je ne plaisante pas, veuillez vous taire! » cria Bolkonski, et passant son bras sous celui de Nesvitzki, il laissa là Jerkov qui ne trouvait rien à répondre.

« Allons, qu'as-tu, mon cher? dit Nesvitzki pour le calmer.

– Comment! ce que j'ai? dit le prince André en s'arrêtant dans son émotion. Mais comprends donc que nous sommes soit des officiers au service de leur tsar et de leur patrie, qui nous réjouissons des succès et nous affligeons des échecs communs, soit des laquais qui n'ont cure des affaires de leurs maîtres. *Quarante mille hommes massacrés et l'armée de nos alliés détruite, et vous trouvez là le mot pour rire,* dit-il comme pour renforcer son opinion par cette phrase en français. *C'est bien pour un garçon de rien comme cet individu dont vous avez fait un ami, mais pas pour vous, pas pour vous.* Il n'y a que des GAMINS pour s'amuser ainsi », ajouta-t-il en russe, prononçant ce mot avec l'accent français parce qu'il s'était aperçu que Jerkov pouvait encore l'entendre.

Il attendit pour voir si le cornette répondrait. Mais celui-ci fit demi-tour et sortit.

IV

LE régiment des hussards de Pavlograd était cantonné à deux milles de Braunau. L'escadron dans lequel Nicolas Rostov servait comme aspirant occupait le village allemand de Salzeneck. Le plus beau logement du village avait été attribué au commandant de l'escadron, le capitaine Denissov, connu dans toute la division de cavalerie sous le nom de Vaska Denissov. L'aspirant Rostov logeait avec le commandant depuis qu'il avait rejoint le régiment en Pologne.

Le 11 octobre, le jour même où, au quartier général, tout avait été mis en émoi par la nouvelle de la défaite de Mack, la vie de campagne à l'état-major de l'escadron se poursuivait aussi tranquille qu'auparavant. Denissov, qui avait joué toute la nuit aux cartes, n'était pas encore rentré lorsque, le matin de bonne heure, Rostov revint à cheval de la corvée de fourrage. En uniforme d'aspirant, il arriva au perron en éperonnant son cheval, passa la jambe d'un mouvement souple et juvénile, s'attarda un instant sur l'étrier comme s'il ne quittait son cheval qu'à regret, enfin sauta à terre et appela son ordonnance.

« Ah! Bondarenko, mon bon ami, dit-il au hussard qui accourait à toutes jambes vers son cheval. Promène-le, mon ami, ajouta-t-il avec cette tendresse fraternelle et gaie que les bons jeunes gens prodiguent à tout le monde quand ils sont heureux.

– A vos ordres, Votre Excellence, répondit le Petit-Russien en secouant gaiement la tête.

– Attention, promène-le bien! »

Un autre hussard s'était également précipité vers le cheval; mais Bondarenko avait déjà passé les rênes de filet. On voyait que l'aspirant donnait de bons pourboires et qu'on avait profit à le servir. Rostov flatta l'encolure du cheval, puis sa croupe et s'arrêta sur le perron.

« Parfait! Ça va faire un bon cheval! » se dit-il en souriant et, maintenant son sabre, il gravit le perron quatre à quatre en faisant sonner ses éperons. L'Allemand qui le logeait, en gilet de tricot et en bonnet, apparut à la porte de l'étable, armé de la fourche avec laquelle il était en train d'enlever le fumier. Son visage s'éclaira dès qu'il aperçut Rostov. Il sourit gaiement et cligna de l'œil : « *Schön gut' Morgen! Schön gut' Morgen*[1]*!* » répéta-t-il, prenant un plaisir visible à saluer le jeune homme.

« *Schon fleissig*[2]*!* dit Rostov avec le même sourire joyeux et fraternel qui ne quittait pas son visage animé. *Hoch Oesterreicher! Hoch Russen! Kaiser Alexander hoch*[3]*!* » dit-il à l'Allemand, répétant les paroles mêmes que celui-ci avait souvent prononcées.

L'Allemand se mit à rire, sortit de l'étable, retira son bonnet et cria en l'agitant au-dessus de sa tête :

« *Und die ganze Welt hoch*[4]*!* »

1. Bien le bonjour, bien le bonjour!
2. Déjà au travail!
3. Vivent les Autrichiens! Vivent les Russes! Vive l'empereur Alexandre!
4. Et vive le monde entier!

Rostov agita à son tour sa casquette au-dessus de sa tête et cria en riant : « *Und vivat die ganze Welt!* » Bien que ni l'Allemand qui nettoyait son étable, ni Rostov qui était allé avec son peloton chercher du foin n'eussent aucune raison d'être particulièrement heureux, tous deux se regardèrent avec un joyeux enthousiasme et une affection fraternelle, secouèrent la tête en signe d'amitié et s'en allèrent en souriant, l'Allemand dans l'étable, Rostov dans la maison qu'il occupait avec Denissov.

« Où est ton maître? demanda-t-il à Lavrouchka, le valet fripon de Denissov connu de tout le régiment.

– Il n'est pas rentré depuis hier soir. Il a dû perdre, répondit Lavrouchka. Je le connais, quand il gagne, il rentre de bonne heure, histoire de s'en vanter, mais s'il n'est pas là jusqu'au matin, c'est qu'il a perdu, il va rentrer furieux. Faut-il vous servir le café?

– Donne, donne toujours. »

Dix minutes plus tard, Lavrouchka apportait le café.

« Le voilà, dit-il, ça va mal aller. »

Rostov regarda par la fenêtre et vit Denissov qui rentrait. Denissov était un petit homme au visage rouge, les yeux noirs et brillants, la moustache et les cheveux noirs hirsutes. Sa pelisse était ouverte, sa large culotte tombait en plis et son bonnet chiffonné était rejeté sur sa nuque.

« Lavrouchka, cria-t-il en grasseyant d'une voix forte et irritée. Allons, enlève-moi ça, imbécile!

– Mais je suis en train de le faire, répondit la voix de Lavrouchka.

– Ah! déjà debout, dit Denissov en entrant.

– Depuis longtemps, répondit Rostov, je suis déjà allé chercher du foin et j'ai vu Fräulein Mathilde.

– Vraiment! Et moi, mon vieux, j'ai pris une de ces culottes hier, comme un fils de chienne! cria Denissov. Une poisse pareille! une poisse pareille!... Dès que tu es parti ça a commencé. Hé, du thé! »

Denissov, grimaçant comme s'il souriait et découvrant ses courtes dents solides, ébouriffait de ses deux mains aux doigts courts ses cheveux noirs touffus comme une forêt.

« Le diable m'a poussé à aller chez ce rat (c'était le surnom de l'officier), dit-il en se massant des deux mains le front et le visage. Imagine-toi, pas une carte; pas une, il ne m'en a pas donné une seule. »

Denissov prit la pipe allumée qu'on lui présentait, la serra dans son poing et en frappa le plancher en répandant le feu tandis qu'il continuait à crier :

« Quand le simple gagnait, le paroli était perdu; quand le simple gagnait, le paroli était perdu! »

Il répandit tout le feu, cassa la pipe et la jeta. Puis il resta un instant silencieux et soudain regarda gaiement Rostov de ses yeux noirs et brillants.

« Si au moins il y avait ici des femmes. Mais il n'y a rien à faire sinon boire. Que du moins on aille bientôt se battre...

« Hé, qui va là? cria-t-il en entendant un bruit de grosses bottes et un tintement d'éperons qui s'arrêtaient à la porte, accompagnés d'un toussotement respectueux.

— Le maréchal des logis! » dit Lavrouchka.

Denissov se rembrunit encore davantage.

« Mauvais, dit-il en jetant sur la table sa bourse qui contenait quelques pièces d'or. Rostov, compte, mon cher, combien il en reste et mets la bourse sous l'oreiller », et il sortit pour voir le maréchal des logis.

Rostov prit l'argent et, le triant machinalement et disposant en tas les pièces d'or vieilles et neuves, se mit à les compter.

« Ah! Telianine! Salut! J'en ai pris une culotte hier! dit la voix de Denissov dans la pièce voisine.

— Chez qui? Chez Bikov, chez le rat?... Je m'en doutais », dit une voix fluette, et le lieutenant Telianine, un officier de petite taille du même escadron, entra dans la pièce.

Rostov jeta la bourse sous l'oreiller et serra la petite main moite qu'on lui tendait. Telianine avait été, avant la campagne, renvoyé de la garde pour on ne savait trop quelle raison. Sa conduite au régiment était excellente; mais on ne l'aimait pas, et Rostov surtout ne pouvait ni surmonter ni dissimuler l'aversion irraisonnée que lui inspirait cet officier.

« Eh bien, jeune cavalier, êtes-vous content de mon Gratchik? » demanda-t-il. (Gratchik était un jeune cheval de selle que Telianine avait vendu à Rostov.)

Le lieutenant ne regardait jamais son interlocuteur en face; ses yeux allaient sans cesse d'un objet à l'autre.

« Je vous ai vu passer tout à l'heure...

— Oui, le cheval est bon, répondit Rostov, bien que ce cheval, qu'il avait acheté sept cents roubles, n'en valût même pas la moitié. Mais il boite maintenant de l'antérieur gauche, ajouta-t-il.

— C'est le sabot qui est fendu! Ce n'est rien. Je vous montrerai comment poser un rivet.

— Oui, montrez-le-moi, je vous en prie, dit Rostov.

— C'est entendu, ce n'est pas un secret. Vous me remercierez pour le cheval.

— Alors je le fais amener », dit Rostov, désireux de se débarrasser de Telianine, et il sortit pour faire le nécessaire.

Dans le vestibule, Denissov, accroupi sur le seuil, sa pipe à la main, écoutait le maréchal des logis. A la vue de Rostov, il fit une grimace et pointant son pouce par-dessus son épaule dans la direction de la pièce où se trouvait Télianine, il se secoua avec dégoût.

« Oh! ce qu'il me déplaît, ce gaillard », dit-il sans se gêner devant le maréchal des logis.

Rostov haussa les épaules comme pour dire : « A moi aussi, mais que faire! » et après avoir donné les ordres nécessaires, il revint auprès de Telianine.

Telianine était assis dans la même pose indolente dans laquelle Rostov l'avait laissé, frottant ses petites mains blanches.

« Faut-il qu'il y ait des têtes si rebutantes », pensa Rostov en entrant.

« Alors, vous avez fait amener le cheval? demanda Telianine en se levant et en regardant autour de lui d'un air dégagé.

— Oui.

— Allons-y nous-mêmes. Je ne suis venu que pour demander à Denissov les ordres d'hier. Vous les avez reçus. Denissov?

— Pas encore. Où allez-vous?

— Je veux apprendre à ce jeune homme à ferrer un cheval », dit Telianine.

Ils sortirent sur le perron et allèrent à l'écurie. Le lieutenant montra comment on pose un rivet et partit.

Lorsque Rostov revint, il y avait sur la table une bouteille de vodka et du saucisson. Denissov était assis devant la table et écrivait en faisant grincer sa plume sur le papier. Il regarda Rostov d'un air sombre.

« C'est à elle que j'écris », dit-il.

Il s'accouda à la table, la plume à la main, et visiblement heureux de cette occasion de dire plus vite de vive voix ce qu'il voulait écrire, il redit sa lettre à Rostov.

« Vois-tu, ami, dit-il. Nous sommes endormis tant que nous n'aimons pas. Nous sommes les enfants de la poussière... Mais dès qu'on aime on est Dieu, on est pur comme au premier jour de la création... Qui est-ce encore? Envoie-le au diable. Pas le temps! cria-t-il à Lavrouchka qui, nullement intimidé, s'approcha de lui.

– Qui voulez-vous que ce soit? C'est vous-même qui lui avez dit de venir. C'est le maréchal des logis qui vient chercher l'argent. »

Denissov grimaça, voulut crier et se tut.

« Ça va mal, dit-il à part lui. Combien reste-t-il d'argent dans la bourse? demanda-t-il à Rostov.

– Sept pièces neuves et trois vieilles.

– Ah! ça va mal! Eh bien, qu'as-tu à rester là, empaillé, envoie-moi le maréchal des logis! cria Denissov à Lavrouchka.

– Je t'en prie, Denissov, prends mon argent, j'en ai, dit Rostov en rougissant.

– Je n'aime pas emprunter à des amis, je n'aime pas ça, répondit Denissov.

– Si tu ne m'en prends pas en camarade, tu me vexeras. Vraiment, j'en ai, répéta Rostov.

– Mais non. »

Et Denissov alla vers le lit pour prendre la bourse sous l'oreiller.

« Où l'as-tu mise, Rostov?

– Sous l'oreiller de dessous.

– Mais elle n'y est pas. »

Denissov jeta les oreillers à terre. La bourse n'y était pas.

« C'est prodigieux!

– Attends, ne l'as-tu pas fait tomber? » dit Rostov en ramassant un à un les oreillers et en les secouant.

Il retira la couverture et la secoua aussi. La bourse n'y était pas.

« Aurais-je oublié par hasard? Mais non, je me suis même dit que tu la mettais sous la tête comme un trésor, dit-il. J'ai mis là une bourse. Où est-elle? demanda-t-il à Lavrouchka.

– Je ne suis pas entré. Elle doit être là où vous l'avez mise.
– Mais non.
– C'est comme ça que vous êtes toujours, vous jetez vos affaires n'importe où et vous l'oubliez. Regardez donc dans vos poches.
– Oui, si je n'avais pas pensé au trésor, dit Rostov, mais je me souviens de l'avoir mise là. »
Lavrouchka fouilla tout le lit, regarda sous le lit, sous la table, fouilla toute la pièce et s'arrêta au milieu. Denissov suivait ses mouvements en silence et lorsque Lavrouchka eut écarté les bras d'un air surpris, déclarant que la bourse n'était nulle part, il jeta un regard à Rostov.
« Rostov, tu n'as pas fait une far... »
Rostov, sentant sur lui le regard de Denissov, leva les yeux et les baissa au même instant. Tout son sang arrêté au niveau de la gorge lui reflua au visage et aux yeux. Il n'arrivait pas à reprendre son souffle.
« Personne n'est venu dans la pièce, sauf le lieutenant et vous-même. Elle doit être quelque part par là, dit Lavrouchka.
– Eh bien, espèce d'animal, grouille-toi, cherche, cria soudain Denissov, devenant cramoisi et se jetant avec un geste menaçant sur son ordonnance. Que la bourse soit là, sinon je te fouetterai à mort. Je fouetterai tout le monde à mort ! »
Rostov, évitant Denissov du regard, boutonna son dolman, accrocha son sabre et mit sa casquette.
« Je te dis de me la retrouver, criait Denissov en secouant son ordonnance par les épaules et en le cognant contre le mur.
– Denissov, laisse-le, je sais qui l'a prise », dit Rostov en allant vers la porte sans lever les yeux.
Denissov s'arrêta, réfléchit et, comprenant sans doute à quoi Rostov faisait allusion, le saisit par le bras.
« Sottises ! cria-t-il au point que les veines se tendirent comme des cordes à son cou et à son front. Je te dis, tu es fou, je ne le permettrai pas. La bourse est ici ; j'écorcherai cet animal et elle sera là.
– Je sais qui l'a prise, répéta Rostov d'une voix tremblante, et il se dirigea vers la porte.
– Et moi je te défends de faire ça », cria Denissov en se précipitant vers l'aspirant pour le retenir.

Mais Rostov dégagea violemment son bras et, avec autant de colère que si Denissov était son pire ennemi, fixa fermement les yeux droit sur lui.

« Comprends-tu ce que tu dis? demanda-t-il d'une voix tremblante. A part moi il n'y avait personne dans la pièce. Donc, si ce n'est pas cela, alors... »

Il ne put achever et s'enfuit.

« Ah! que le diable t'emporte, toi et tous les autres! » telles furent les dernières paroles qu'entendit Rostov.

Rostov se rendit chez Telianine.

« Le lieutenant n'est pas là, il est allé à l'état-major, lui dit l'ordonnance. Il s'est passé quelque chose? ajouta-t-il, surpris du visage défait de l'aspirant.

– Non, rien.

– Vous l'avez manqué de peu », dit l'ordonnance.

L'état-major se trouvait à trois verstes de Salzeneck. Sans repasser chez lui, Rostov monta à cheval et s'y rendit. Dans le village qu'occupait l'état-major, il y avait une auberge que fréquentaient les officiers, Rostov y alla; devant le perron il aperçut le cheval de Telianine.

Dans la deuxième salle, le lieutenant était attablé devant un plat de saucisses et une bouteille de vin.

« Ah! vous êtes là vous aussi, jeune homme? dit-il en souriant et en levant haut les sourcils.

– Oui », dit Rostov comme si ce mot lui coûtait un grand effort, et il s'assit à une table voisine.

Tous deux se taisaient; dans la salle il y avait deux Allemands et un officier russe. Tous se taisaient et l'on n'entendait que le bruit des couteaux contre les assiettes et celui des mâchoires du lieutenant. Lorsque Telianine eut fini de déjeuner, il tira de sa poche une bourse double, écarta les anneaux de ses petits doigts blancs relevés du bout, y prit une pièce d'or et, levant les sourcils, la remit au garçon.

« Et vivement », dit-il.

La pièce d'or était neuve. Rostov se leva et s'approcha de Telianine.

« Permettez-moi de voir votre bourse », dit-il d'une voix basse, à peine perceptible.

Le regard fuyant mais les sourcils toujours levés, Telianine lui tendit la bourse.

« Oui, c'est une jolie bourse... Oui... oui... dit-il, et il pâlit soudain. Regardez-la, jeune homme », ajouta-t-il.

Rostov prit la bourse et la regarda, elle et l'argent qu'elle contenait, puis regarda Telianine. Le lieutenant, à son habitude, promenait les yeux autour de lui et semblait être subitement devenu très gai.

« Si nous allons à Vienne, j'y laisserai tout, mais pour l'instant il n'y a rien à faire dans ces sales petits trous, dit-il. Allons, rendez-la-moi, jeune homme, je m'en vais. »

Rostov se taisait.

« Et vous? Vous venez aussi déjeuner? On ne mange pas mal, poursuivit Telianine. Donnez donc. »

Il tendit la main et saisit la bourse. Rostov la lâcha. Telianine la prit et la glissa dans la poche de sa culotte; ses sourcils se levèrent d'un air dégagé et sa bouche s'ouvrit comme pour dire : « Oui, je mets ma bourse dans ma poche, et c'est bien simple, et cela ne regarde personne. »

« Eh bien, jeune homme? » dit-il en soupirant et en regardant Rostov dans les yeux par-dessous ses sourcils relevés. Un courant passa avec la rapidité d'une étincelle électrique des yeux de Telianine à ceux de Rostov, puis de Rostov à Telianine, puis inversement, le tout en l'espace d'un instant.

« Venez ici, dit Rostov en saisissant Telianine par le bras. Il le traîna presque vers la fenêtre. C'est l'argent de Denissov, vous l'avez pris... murmura-t-il au-dessus de son oreille.

– Comment?... Comment?... Comment osez-vous? Comment... », prononça Telianine.

Mais ces mots sonnèrent comme un pitoyable cri de désespoir et une imploration. Dès que Rostov eut entendu cet accent de voix, son esprit fut délivré du poids du doute. Il éprouva de la joie et, au même instant, il eut pitié du malheureux qui se tenait devant lui; mais il fallait mener l'affaire jusqu'au bout.

« Dieu sait ce que les gens pourraient penser ici, bredouillant Telianine en saisissant sa casquette et en se dirigeant vers une petite pièce vide, il faut nous expliquer...

– Je sais ce que je dis et je le prouverai, dit Rostov.

– Je... »

Le visage pâle, effrayé de Telianine se mit à trembler de tous ses muscles; son regard furtif courait toujours d'un objet à l'autre mais quelque part très bas, sans se lever jusqu'au visage de Rostov, et l'on entendit un sanglot étouffé.

« Comte!... ne perdez pas un jeune homme... le voici, ce malheureux argent, prenez-le... » Il le jeta sur la table. « J'ai un vieux père, une mère!... »

Rostov prit l'argent, évitant le regard de Telianine, et, sans dire un mot, alla à la porte. Mais sur le seuil il s'arrêta et revint sur ses pas.

« Mon Dieu, dit-il avec des larmes aux yeux, comment avez-vous pu faire cela?

– Comte, dit Telianine en s'approchant de l'aspirant.

– Ne me touchez pas, prononça Rostov en s'écartant. Si vous en avez besoin, prenez cet argent. » Il lui lança la bourse et sortit en courant de l'auberge.

V

LE soir du même jour, une discussion animée se déroulait chez Denissov entre les officiers de l'escadron.

« Et moi je vous dis, Rostov, que vous devez présenter vos excuses au commandant du régiment », disait à Rostov, ému et rouge comme une pivoine, un grand capitaine aux cheveux grisonnants dont le visage ridé aux traits accusés s'ornait d'une énorme moustache.

Le capitaine Kirsten avait été deux fois remis soldat pour des affaires d'honneur et avait deux fois regagné ses galons.

« Je ne permets à personne de prétendre que je mens! s'écria Rostov. Il m'a dit que je mentais, et moi je lui ai répondu que c'était lui qui mentait. Cela en restera là. Il peut me désigner de service tous les jours s'il le veut et me mettre aux arrêts, mais personne ne me fera présenter des excuses car si, en tant que colonel, il juge indigne de lui de me donner satisfaction, alors...

– Mais attendez donc, mon cher, écoutez-moi, interrompit le capitaine de sa voix de basse en lissant tranquillement sa longue moustache. Vous dites au commandant du régiment, devant d'autres officiers, qu'un officier a commis un vol...

— Ce n'est pas ma faute si la conversation est venue là-dessus devant d'autres officiers. Peut-être ne fallait-il pas en parler en leur présence, mais je ne suis pas diplomate. Si j'ai choisi d'entrer aux hussards, c'est parce que je croyais qu'on n'avait pas besoin de finasser ici, et il me dit que je mens... qu'il me donne donc satisfaction...

— Tout cela est fort bien, personne ne vous prend pour un poltron, et puis la question n'est pas là. Demandez à Denissov si ça ressemble à quelque chose qu'un aspirant demande satisfaction à son colonel? »

Denissov écoutait la discussion d'un air sombre en mordant sa moustache, visiblement peu désireux d'intervenir. A la question du capitaine, il secoua la tête en signe de dénégation.

« Vous parlez de cette infamie au colonel devant des officiers, poursuivit le capitaine. Bogdanitch (on appelait ainsi le commandant du régiment) vous a rappelé à l'ordre.

— Il ne m'a pas rappelé à l'ordre, il a dit que je mentais.

— Mais oui, et vous lui avez débité des sottises, et il faut vous excuser.

— Pour rien au monde! cria Rostov.

— Je ne m'attendais pas à cela de votre part, dit gravement et sévèrement le capitaine. Vous ne voulez pas vous excuser, et pourtant, mon cher, ce n'est pas seulement envers lui que vous êtes entièrement dans votre tort mais envers tout le régiment, envers nous tous. Si encore vous aviez réfléchi et demandé conseil dans cette affaire, mais vous avez lâché cela carrément, et devant d'autres officiers. Que restait-il à faire au colonel? Fallait-il faire passer un officier en conseil de guerre et salir tout le régiment? Déshonorer tout le régiment à cause d'un vaurien? C'est cela, selon vous? Et selon nous il en va autrement. Et bravo pour Bogdanitch, il a eu raison de vous dire que vous mentez. C'est désagréable, mais que faire, mon cher, vous l'avez cherché vous-même. Et maintenant qu'on veut étouffer l'affaire, vous refusez par faux orgueil de vous excuser et vous voulez tout raconter. Vous êtes vexé d'avoir à être de service, mais que vous en coûterait-il de présenter vos excuses à un vieil et honnête officier? Quels que soient les défauts de Bogdanitch, c'est tout de même un vieux colonel honnête et brave, alors cela vous vexe; mais salir le régiment, cela ne vous fait rien! La voix du capitaine commençait à trembler. Vous êtes, mon cher, dans le régiment depuis hier à peine, aujourd'hui vous êtes ici, demain vous serez passé quelque part comme aide de camp; vous vous en moquez qu'on puisse dire : « Il y a des voleurs parmi les officiers de Pavlograd! » Mais nous, cela ne nous est pas égal. N'est-ce pas, Denissov? Cela ne nous est pas égal? »

Denissov se taisait toujours et ne bougeait pas, regardant de temps en temps Rostov de ses yeux noirs et brillants.

« Vous, vous tenez à votre faux orgueil, vous n'avez pas envie de vous excuser, continua le capitaine, mais nous autres vieux, si Dieu le veut, nous mourrons au régiment comme nous y avons grandi, aussi tenons-nous à l'honneur du régiment, et Bogdanitch le sait. Oh! comme nous y tenons, mon cher! Ce n'est pas bien, pas bien du tout. Que vous vous vexiez ou non, je suis toujours prêt à dire la vérité toute nue. Ce n'est pas bien! »

Et le capitaine se leva et se détourna de Rostov.

« C'est vrai, que diable! cria Denissov en sautant sur ses pieds. Allons, Rostov, allons! »

Pâlissant et rougissant, Rostov regardait tantôt l'un, tantôt l'autre officier.

« Non, messieurs, non... ne croyez pas... je comprends fort bien, vous avez tort de penser cela de moi... je... pour moi... je tiens à l'honneur du régiment... Mais quoi? je le prouverai par des actes, et pour moi l'honneur du drapeau... eh bien, soit, c'est vrai, j'ai tort!... (Il avait les larmes aux yeux.) J'ai tort, j'ai absolument tort!... Que voulez-vous de plus?...

– Ça c'est bien, comte, cria le capitaine en se retournant et en lui tapant de sa grande main sur l'épaule.

– Je te l'avais bien dit, cria Denissov, c'est un bon gars.

– Ça vaut mieux ainsi, comte, répéta le capitaine en le gratifiant de son titre comme en récompense de son aveu. Allez présenter vos excuses, Excellence, oui.

– Messieurs, je ferai tout ce que vous voudrez, je ne dirai rien à personne, dit Rostov d'une voix suppliante, mais je ne peux pas faire des excuses, je vous le jure, je ne peux pas, faites ce que vous voudrez! Comment irais-je m'excuser comme un gamin, demander pardon? »

Denissov se mit à rire.

« Tant pis pour vous. Bogdanitch est rancunier, vous paierez votre entêtement, dit Kirsten.

– Je vous le jure, ce n'est pas de l'entêtement! Je ne peux pas vous décrire ce que j'éprouve, je ne peux pas...

– Eh bien, libre à vous, dit le capitaine. Où est-il passé, ce salaud? demanda-t-il à Denissov.

– Il s'est fait porter malade, on doit le mettre en congé demain au rapport.

– C'est bien une maladie, on ne peut l'expliquer autrement, dit le capitaine.

– Maladie ou non, qu'il ne me tombe pas sous la main, je le tuerai! » cria Denissov, féroce.

Jerkov entra dans la pièce.

« Comment se fait-il que tu sois là? demandèrent les officiers au nouveau venu.

– Ordre de marche, messieurs. Mack s'est rendu avec son armée, pour tout de bon.

– Pas possible?

– Je l'ai vu moi-même.

– Comment? Tu as vu Mack en chair et en os! avec des bras, des jambes?

– En campagne! En campagne! Qu'on lui offre une bouteille pour la nouvelle. Mais toi, comment, es-tu ici?

– On m'a renvoyé de nouveau au régiment, à cause de ce sacré Mack. Un général autrichien s'est plaint. Je l'avais félicité de l'arrivée de Mack... Qu'as-tu, Rostov? on dirait que tu sors du bain.

– Nous en avons un gâchis ici, mon vieux, depuis deux jours! »

L'officier d'ordonnance entra et confirma la nouvelle apportée par Jerkov. L'ordre de marche était donné pour le lendemain.

« En campagne, messieurs!

– Dieu merci, nous nous encroûtions ici. »

VI

Koutouzov s'était replié sur Vienne, détruisant sur son passage les ponts sur l'Inn (à Braunau) et la Traun (à Linz). Le 23 octobre, les armées russes passaient l'Ens. Les convois, l'artillerie et les colonnes de troupes traversaient, au milieu de l'après-midi, la ville d'Ens, s'étirant des deux côtés du pont.

Il faisait un temps d'automne tiède et pluvieux. La vaste perspective qui s'ouvrait de la hauteur occupée par les batteries russes protégeant le pont, tantôt se voilait soudain d'un rideau de pluie oblique fine comme la mousseline, tantôt s'élargissait et, à la lumière du soleil, les objets apparaissaient nettement au loin comme laqués. En contrebas, on voyait la petite ville avec ses maisons blanches et ses toits rouges, sa cathédrale et son pont, des deux côtés duquel s'écoulaient en se bousculant les flots des troupes russes. Au coude que faisait le Danube, on apercevait des bateaux, une île et un château avec son parc entouré des eaux du confluent de l'Ens et du Danube, la rive gauche escarpée et couverte d'une forêt de pins, avec un mystérieux lointain de cimes vertes et de défilés bleus. Les tours d'un monastère émergeaient d'une forêt de pins qui paraissait vierge, sauvage, tandis qu'au loin, en face, sur une colline au-delà de l'Ens, on apercevait les patrouilles ennemies.

Sur la hauteur, en avant de la batterie, le général commandant l'arrière-garde et un officier de la suite de l'empereur examinaient le terrain à l'aide d'une lunette d'approche. Un peu en arrière, Nesvitzki, envoyé par le commandant en chef à l'arrière-garde, était assis sur un affût de canon. Le cosaque qui l'accompagnait lui tendait un sac et une flasque; de Nesvitski offrait aux officiers de petits pâtés et du vrai Doppelkümmel. Les officiers l'entouraient joyeusement, qui à genoux, qui assis à la turque sur l'herbe mouillée.

« Oui, ce n'était pas un imbécile, ce prince autrichien qui a fait bâtir son château ici. Un bien bel endroit. Pourquoi ne mangez-vous pas, messieurs? disait Nesvitzki.

— Merci bien, prince, répondit un des officiers, ravi de parler à un membre si important de l'état-major. Un site admirable. En passant devant le parc, nous avons vu deux cerfs, et quelle maison magnifique!

— Regardez, prince, dit un autre qui avait bien envie de prendre encore un pâté mais en était gêné et feignait pour cela d'examiner le paysage, regardez donc, nos fantassins y sont déjà. En voilà trois dans la prairie, derrière le village, qui traînent quelque chose. Ils vont mettre ce palais à sac, ajouta-t-il avec une approbation visible.

— C'est vrai, c'est vrai, dit Nesvitzki. Mais ce que j'aurais voulu, ajouta-t-il en mâchant un pâté de sa belle bouche humide, c'est grimper là-haut. »

Il montrait le monastère avec ses tours qui se profilait sur la colline. Il sourit, ses yeux se rétrécirent et brillèrent.

« Ce serait vraiment amusant, messieurs! »

Les officiers se mirent à rire.

« Si on pouvait du moins faire un peu peur à ces nonnes. Il paraît que ce sont des Italiennes, il y en a de toutes jeunes. Vraiment j'en donnerais bien cinq ans de ma vie!

— D'autant plus qu'elles doivent s'ennuyer », dit en riant un officier plus hardi que les autres.

Cependant, devant eux, l'officier de la suite montrait quelque chose au général; le général regarda dans sa lunette.

« C'est ça, c'est bien ça, dit-il avec irritation en abaissant la lunette, et il haussa les épaules, c'est bien ça, ils vont prendre le passage sous le feu. Qu'ont-ils donc à lambiner, les nôtres?

De l'autre côté, on voyait à l'œil nu l'ennemi et une de ses batteries, au-dessus de laquelle monta une fumée d'un blanc laiteux. Puis une détonation retentit au loin et l'on vit nos troupes hâter le passage.

Nesvitzki se leva en soufflant et s'approcha en souriant du général.

« Ne voudriez-vous pas prendre quelque chose, Excellence? dit-il.

— Ça va mal, dit le général sans lui répondre, les nôtres sont en retard.

— Faut-il y aller, Excellence? demanda Nesvitzki.

— Oui, allez-y, je vous en prie, dit le général, qui lui répéta les ordres déjà donnés en détail, dites aux hussards de traverser les derniers et de mettre le feu au pont comme je l'ai ordonné, et qu'on vérifie encore les matières inflammables sur le pont.

— Très bien », répondit Nesvitzki.

Il appela son cosaque qui tenait son cheval, fit ranger le sac et la flasque et d'un mouvement léger mit en selle son corps pesant.

« Vraiment, je vais faire un tour chez les nonnes », dit-il aux officiers qui le regardaient en souriant, et il s'engagea dans le sentier qui descendait en serpentant.

« Eh bien, capitaine, allez-y au petit bonheur, dit le général en s'adressant au commandant de la batterie. Amusez-vous pour tromper l'ennemi.

— Servants, à vos pièces! » commanda l'officier, et un instant après les artilleurs accoururent gaiement de leurs feux de camp et chargèrent le canon. Le commandement retentit :

« Première pièce, feu! »

Le premier coup partit allégrement. La pièce gronda d'un son métallique assourdissant et, par-dessus la tête de tous les nôtres au pied de la colline, la grenade passa en sifflant, marqua par une petite fumée son point de chute bien en deçà des positions ennemies et éclata.

Les visages des soldats et des officiers se firent plus gais à ce bruit; tous se levèrent et, absorbés, suivirent des yeux, en bas, les mouvements de nos troupes visibles comme dans le creux de la main, et, en avant, celles de l'ennemi qui approchait. Le soleil, au même instant, sortit complètement des nuages, et ce beau coup de canon isolé et l'éclat du soleil se fondirent en une seule impression stimulante d'allégresse.

VII

DEUX boulets ennemis étaient déjà passés par-dessus le pont et la bousculade y était grande. Au milieu, ayant mis pied à terre, le prince Nesvitzki était serré de tout son gros corps contre le parapet. Il se retournait en riant vers son cosaque qui, tenant les deux chevaux par la bride, était arrêté à quelques pas en arrière. A peine le prince Nesvitzki voulait-il se remettre en marche que les soldats et les voitures le refoulaient et le pressaient de nouveau contre le parapet, si bien qu'il ne lui restait rien d'autre à faire que de sourire.

« Comme tu es, mon vieux! disait le cosaque à un soldat du train conducteur d'un chariot qui repoussait les fantassins massés jusque sous les roues et les sabots des chevaux, comme tu es! Pas moyen d'attendre : tu vois, il faut laisser passer mon général. »

Mais le soldat du train, sans faire attention au grade de général, apostrophait les hommes qui lui barraient le passage :

« Hé! pays! serrez à gauche, attendez! »

Mais les pays, serrés épaule contre épaule, s'accrochant de leurs baïonnettes, avançaient sans interruption sur le pont en une seule masse compacte. Jetant un regard au-delà du parapet, Nesvitzki voyait les flots rapides, bruyants de l'Ens qui, se mêlant, se ridant, contournaient les piliers du pont, se poursuivaient l'un l'autre. Regardant le pont, il voyait des flots vivants et tout aussi monotones de soldats, des shakos avec leurs cordons et leurs housses, des sacs, des baïonnettes, de longs fusils et, sous les shakos, des visages aux larges pommettes, aux joues creuses et à l'expression insouciante et fatiguée, et le piétinement des pieds dans la boue gluante étalée sur les planches du pont. Parfois, tel un jaillissement d'écume au-dessus des eaux de l'Ens, un officier vêtu de son manteau se frayait un passage parmi les flots toujours pareils de soldats, son visage tranchant sur celui des hommes; parfois, tel un copeau entraîné par la rivière, un hussard à pied, une ordonnance ou un civil était porté par le torrent de l'infanterie; ou encore, comme un tronc d'arbre flottant au fil de l'eau, un chariot de compagnie ou d'officier chargé jusqu'en haut et bâché défilait sur le pont, cerné de toutes parts.

« Voyez-moi ça, on dirait une digue rompue, dit le cosaque en s'arrêtant découragé. Est-ce qu'il y en a encore beaucoup comme ça?

— Un million moins un! » répondit en clignant de l'œil un joyeux soldat qui passait tout près dans sa capote déchirée, et il disparut; un autre le suivait, vieux celui-là.

« Quand IL (« il » était l'ennemi) va se mettre à arroser le pont, disait-il d'un air sombre à son camarade, on en oubliera de se gratter. »

Et le soldat passait. Derrière lui venait un autre, en voiture.

« Où diable as-tu fourré les chaussettes? » disait une ordonnance qui suivait le chariot au pas de course en fouillant dans l'arrière-train.

Et celui-là passait aussi avec le chariot.

A sa suite venaient des soldats joyeux qui avaient visiblement bu.

« Quand subitement il lui flanque, mon gars, un coup de crosse en pleines dents... disait joyeusement avec un grand geste de la main un des soldats à la capote haut troussée.

— C'est bien ça, il est fameux le jambon », répondit un autre en riant aux éclats.

Et ils passèrent, si bien que Nesvitzki ne sut pas qui avait reçu un coup en pleines dents ni à quoi se rapportait le jambon.

« Ce qu'ils se dépêchent! Parce qu'il a envoyé un boulet à froid, ils s'imaginent qu'on va massacrer tout le monde, dit un sous-officier d'un ton irrité et réprobateur.

— Quand il est passé devant moi, mon vieux, le boulet, disait en se retenant à grand-peine de rire un jeune soldat à la bouche énorme, j'en suis resté cloué sur place... Vraiment, je le jure, j'en ai eu une de ces peurs, quelle misère! » conclut-il comme s'il se vantait d'avoir eu peur.

Et celui-ci passait à son tour. Un chariot le suivait qui ne ressemblait à aucun des précédents. C'était une charrette allemande attelée de deux chevaux, dans laquelle semblait avoir été entassée toute une maisonnée; derrière la charrette que conduisait un Allemand était attachée une belle vache tachetée au pis énorme. Une femme avec un nourrisson dans les bras était assise sur un édredon ainsi qu'une vieille et une jeune Allemande vigoureuse au teint rubicond. Manifestement, on avait laissé passer ces réfugiés par autorisation spéciale. Tous les yeux se tournèrent vers les femmes et pendant que, s'avançant pas à pas, la voiture passait, toutes les remarques des soldats ne visèrent qu'elles seules. Un sourire presque identique qui trahissait des idées égrillardes éclairait tous les visages.

« Voyez un peu cette saucisse, il se tire aussi!

— Vends-moi la bonne femme, dit un autre soldat en s'adressant à l'Allemand qui, les yeux baissés, marchait à grands pas, l'air rageur et effrayé.

— Ce qu'elle est attifée! Le diable les emporte!

— Voilà chez qui tu devrais être cantonné, Fedotov!

— On en a vu d'autres, mon gars.

— Où allez-vous? » demanda un officier d'infanterie qui croquait une pomme et regardait lui aussi la belle fille avec un demi-sourire.

L'Allemand, fermant les yeux, indiquait par des signes qu'il ne comprenait pas.

« Tu la veux, tiens », dit l'officier en tendant la pomme à la jeune fille.

La jeune fille sourit et la prit. Nesvitzki, comme tous ceux qui se trouvaient sur le pont, ne quitta pas les femmes des yeux pendant qu'elles passaient. Quand elles eurent disparu de vue, d'autres soldats, toujours les mêmes, passèrent en tenant les mêmes propos, et enfin tous s'arrêtèrent. Ainsi qu'il arrive souvent, au débouché du pont les chevaux d'un chariot de compagnie avaient hésité et toute la foule dut attendre.

« Pourquoi s'arrêtent-ils? Il n'y a aucun ordre! Où fonces-tu? Diable! Ça ne sait pas attendre. Ça sera pire quand il mettra le feu au pont. Tiens, on a coincé un officier », disait-on dans la foule arrêtée en se regardant, et tous se pressaient vers la sortie du pont.

Comme Nesvitzki jetait un regard sur le pont, sur les eaux de l'Ens, il entendit soudain un bruit nouveau pour lui qui approchait rapidement... le bruit de quelque chose de volumineux et qui fit plouf dans l'eau.

« Tiens, où il vise! dit sévèrement un soldat qui se tenait près de lui en se retournant au bruit.

— C'est pour nous encourager à passer plus vite », dit anxieusement un autre.

La foule s'ébranla de nouveau. Nesvitzki comprit que c'était un boulet.

« Eh, cosaque, amène mon cheval! cria-t-il. Allons, vous autres, écartez-vous, rangez-vous, laissez passer! »

Il parvint à grand-peine jusqu'à son cheval. Sans cesser de crier il le fit avancer. Les soldats se serrèrent pour le laisser passer, mais derechef le bousculèrent si fort qu'ils lui meurtrirent la jambe, ceux qui étaient le plus près n'y étant pour rien, on les serrait encore plus fort eux-mêmes.

« Nesvitzki! Nesvitzki! Eh, tête de lard! » cria à ce moment derrière lui une voix rauque.

Nesvitzki se retourna et, à quinze pas de lui, séparé par la masse vivante de l'infanterie en marche, vit Vaska Denissov, rouge, hirsute, sa casquette sur la nuque et sa pelisse jetée crânement sur l'épaule.

« Dis-leur, à ces diables, à ces démons, de laisser passer », criait Denissov qui, visiblement en proie à un accès de fureur, lançait des éclairs de ses yeux noirs comme du charbon, au blanc enflammé, qu'il promenait autour de lui tout en brandissant son sabre non dégainé dans sa petite main dégantée aussi rouge que son visage.

« Eh! Vassia! répondit joyeusement Nesvitzki. Mais que t'arrive-t-il?

– L'escadron ne peut pas passer », cria Vaska Denissov en découvrant avec colère ses dents blanches, tandis qu'il éperonnait son beau Bédouin, un pur-sang noir qui, couchant les oreilles quand il se heurtait aux baïonnettes, s'ébrouant, faisant jaillir l'écume de son mors, frappait du sabot les planches du pont et semblait prêt à enjamber le parapet pour peu que son cavalier le lui permît.

« Qu'est-ce que ça veut dire? Des moutons! de vrais moutons! Arrière!... laissez passer! Arrête, là-bas! toi, le chariot, diable! Je te taillerai en pièces avec mon sabre! » criait-il en dégainant et en brandissant en effet son sabre.

Les soldats, l'air effrayé, se serrèrent l'un contre l'autre et Denissov rejoignit Nesvitzki.

« Comment se fait-il que tu ne sois pas ivre aujourd'hui? dit Nesvitzki lorsque Denissov se fut approché de lui.

– On ne vous laisse seulement pas le temps de vous soûler! répondit Vaska Denissov. Toute la journée on traîne le régiment tantôt par-ci, tantôt par-là. S'il faut se battre, qu'on se batte. Sinon, du diable si ça ressemble à quelque chose!

– Comme tu es élégant aujourd'hui! » dit Nesvitzki en examinant sa pelisse neuve et la housse de son cheval.

Denissov sourit; tira de sa sabretache un mouchoir qui répandit des effluves de parfum et le fourra sous le nez de Nesvitzki.

« Impossible de faire autrement, je vais me battre! Je me suis rasé, parfumé et je me suis lavé les dents. »

La stature imposante de Nesvitzki accompagné de son cosaque et l'air résolu de Denissov, qui brandissait son sabre et criait à tue-tête, produisirent un tel effet qu'ils purent s'ouvrir un chemin vers l'autre bout du pont et arrêter l'infanterie. Nesvitzki y trouva le colonel à qui il devait transmettre les ordres et, sa mission accomplie, repartit.

Ayant ouvert un chemin à ses hommes, Denissov s'arrêta à l'entrée du pont. Retenant nonchalamment son étalon qui piaffait, impatient de rejoindre les siens, il regardait son escadron qui venait à sa rencontre. Un bruit creux de sabots résonna sur les planches comme au galop de plusieurs chevaux, et l'escadron, par rangs de quatre, les officiers en tête, s'étira sur le pont et commença à déboucher sur l'autre rive.

Les fantassins immobilisés, piétinant dans la boue avec ce sentiment particulier d'éloignement hostile et railleur que les différentes armes éprouvent généralement en se rencontrant, regardaient les hussards propres, élégants, qui défilaient en bon ordre devant eux.

« En voilà des gars fringants! Ils ne sont bons qu'à parader sur le champ de Podnovinskoie!

– A quoi ça sert! On ne les promène que pour la frime! dit un autre.

– Piétaille, ne fais pas de poussière! plaisanta un hussard dont le cheval en se mettant à danser avait éclaboussé un fantassin.

– Qu'on te fasse faire deux étapes sac au dos, tes tresses s'useraient bien vite, c'est pas un homme, c'est un oiseau perché sur un cheval!

– C'est toi, Zizine, qui devrais monter à cheval, tu serais bien beau, plaisanta un caporal à l'adresse d'un soldat maigre qui pliait sous le poids de son sac.

– Prends donc un bâton entre les jambes, et te v'là un cheval », intervint le hussard.

VIII

Le reste de l'infanterie passait en hâte le pont, formant entonnoir à l'entrée. Enfin tous les chariots furent passés, la bousculade diminua et le dernier bataillon s'engagea sur le pont. Seuls les hussards de Denissov restaient sur l'autre rive, face à l'ennemi. Du pont, on ne voyait pas encore l'ennemi qu'on apercevait au loin, de la hauteur en face, car, dans le creux où coulait la rivière, l'horizon était barré à moins d'une demi-verste. En avant, il y avait un espace vide où évoluaient çà et là des patrouilles de nos cosaques. Soudain des troupes en capotes bleues et des pièces d'artillerie apparurent en face, là où la route montait. C'étaient les Français. Une patrouille de cosaques se retira au trot au bas de la côte. Les officiers et les hommes de l'escadron de Denissov, tout en s'efforçant de parler d'autre chose et de regarder ailleurs, ne pensaient qu'à ce qui se passait là-bas, sur la hauteur, et scrutaient du regard les taches qui surgissaient à l'horizon et qu'ils savaient être les troupes ennemies. Le temps s'était levé dans l'après-midi, un soleil éclatant descendait sur le Danube et les montagnes sombres qui l'entouraient. Tout était calme; de la hauteur voisine parvenaient de temps à autre des sons de clairon et des cris de l'ennemi. Entre l'escadron et l'ennemi, il n'y avait plus personne hormis de petites patrouilles. Un espace vide de quelque six cents mètres les séparait. L'ennemi ne tirait plus et l'on n'en sentait que plus nettement cette rigoureuse ligne de partage redoutable, inaccessible et insaisissable qui sépare deux armées ennemies.

« Un pas au-delà de cette ligne qui rappelle celle qui sépare les vivants des morts, et c'est l'inconnu de la souffrance et la mort. Et qu'y a-t-il là-bas? qui est là-bas? là, au-delà de ce champ, et de cet arbre, et de ce toit éclairé par le soleil? Nul ne le sait et chacun voudrait le savoir; on redoute de franchir cette ligne, et on voudrait la franchir; et l'on sait que, tôt ou tard, il faudra la franchir et apprendre ce qu'il y a là-bas, au-delà de cette ligne, tout comme il est inévitable d'apprendre ce qu'il y a au-delà de la mort. Pourtant, on est plein de force, de santé, de gaieté, d'allant et entouré d'hommes tout aussi pleins de santé, d'allant et d'animation. » Voilà ce qu'éprouve, sinon ce que pense, tout homme en présence de l'ennemi, et cette sensation donne un relief particulier à tout ce qui se passe alors et une acuité joyeuse de perception.

La fumée d'un coup de canon apparut sur la hauteur occupée par l'ennemi et le boulet passa en sifflant par-dessus les têtes de l'escadron de hussards. Les officiers qui se tenaient en groupe regagnèrent leurs postes. Les hussards alignèrent soigneusement leurs chevaux. Tout se tut dans l'escadron. Tous regardaient en avant l'ennemi et le commandant de l'escadron, attendant un ordre. Un autre boulet passa, puis un troisième. Apparemment on visait les hussards, mais avec un sifflement monotone et rapide, les boulets passaient par-dessus leurs têtes et allaient tomber quelque part en arrière. Les hussards ne tournaient pas la tête, mais, au bruit de chaque boulet, tout l'escadron aux visages si divers dans leur uniformité se dressait comme au commandement sur les étriers en retenant son souffle pendant le passage du projectile, puis retombait sur la selle. Sans bouger la tête, les soldats s'observaient du coin de l'œil, guettant avec curiosité les réactions du camarade. Sur chaque visage, depuis celui de Denissov jusqu'à celui du trompette, il y avait maintenant une expression commune de combativité, d'énervement et d'émotion autour des lèvres et au menton. Le maréchal des logis fronçait le sourcil en examinant les hommes comme s'il les menaçait d'une punition. L'aspirant Mironov se baissait à chaque passage de boulet. Rostov, qui montait au flanc gauche son Gratchik souffrant des jambes mais imposant, avait l'air heureux d'un élève appelé à subir devant un nombreux public un examen au cours duquel il est sûr de se distinguer. Il promenait autour de lui un regard clair et lumineux, comme pour prendre tout le monde à témoin du calme dont il faisait preuve sous les boulets. Mais sur son visage aussi, ce pli nouveau et sévère apparaissait malgré lui autour de la bouche.

« Qui est-ce qui salue là-bas? Aspirant Mironov! Ce n'est pas bien, c'est moi qu'il faut regarder! » cria Denissov qui ne tenait pas en place et tournait sur son cheval à la tête de l'escadron.

Le visage de Vaska Denissov, au nez retroussé, encadré de

cheveux noirs et toute sa petite silhouette ramassée, sa main musclée aux doigts courts et velus qui tenait la poignée de son sabre dégainé, étaient exactement ce qu'ils étaient d'habitude, surtout vers le soir, quand il avait vidé deux bouteilles; il était seulement plus rouge. Dressant sa tête hirsute comme les oiseaux qui boivent, ses pieds menus enfonçant impitoyablement ses éperons dans les flancs du bon Bédouin, il partit au galop, comme s'il tombait en arrière, vers l'autre flanc de l'escadron et cria d'une voix rauque l'ordre de tenir prêts les pistolets. Il s'approcha de Kirsten. Le capitaine en second, qui montait une jument large et placide, vint au pas au-devant de Denissov. Avec sa longue moustache, il était grave comme toujours, seuls ses yeux brillaient plus que d'ordinaire.

« Alors quoi? dit-il à Denissov, cela n'ira pas jusqu'à la bagarre. Tu vas voir, nous allons rebrousser chemin.

– Le diable sait ce qu'ils font! grommela Denissov. Ah! Rostov! cria-t-il à l'aspirant en remarquant son visage gai. Eh bien, tu as enfin obtenu ce que tu voulais. »

Et il sourit avec approbation, visiblement content de l'aspirant. Rostov se sentit parfaitement heureux. A ce moment le chef parut sur le pont. Denissov se porta vers lui.

« Excellence! Permettez-moi d'attaquer! Je vais les culbuter.

– Il s'agit bien d'attaquer, dit le chef d'une voix ennuyée en grimaçant comme pour chasser une mouche importune. Que faites-vous ici? Vous voyez, les flancs-gardes se replient. Ramenez l'escadron. »

L'escadron passa le pont et sortit de la zone de feu sans avoir perdu un seul homme. Un autre escadron qui avait été en ligne le suivit, et les derniers cosaques évacuèrent l'autre rive.

Les deux escadrons du régiment de Pavlograd, ayant passé le pont, se retiraient l'un après l'autre sur les hauteurs. Le colonel, Karl Bogdanovitch Schubert, s'était joint à l'escadron de Denissov et allait au pas non loin de Rostov sans lui prêter la moindre attention, bien que ce fût leur première rencontre depuis leur conflit au sujet de Telianine. Rostov, qui sous les armes se sentait au pouvoir de l'homme envers qui il s'estimait maintenant coupable, ne quittait pas des yeux le dos athlétique, la nuque blonde et le cou rouge du colonel. Tantôt il lui semblait que Bogdanitch feignait seulement l'indifférence et que son seul but était en ce moment d'éprouver le courage de l'aspirant, et il se redressait et jetait autour de lui un regard gai; tantôt il se figurait que Bogdanitch restait à dessein si près de lui pour lui montrer son propre courage. Tantôt il se disait que son ennemi allait exprès lancer l'escadron dans une furieuse attaque pour le punir, lui, Rostov. Ou encore qu'après l'attaque le colonel viendrait à lui et en signe de réconciliation lui tendrait généreusement la main, à lui qui serait blessé.

Jerkov, dont la silhouette aux épaules relevées haut était familière aux hussards de Pavlograd (il y avait peu de temps qu'il avait quitté le régiment), s'approcha du colonel. Jerkov, après son bannissement du quartier général, n'était pas resté au régiment, disant qu'il n'était pas un imbécile pour traîner son boulet dans le rang quand dans un état-major, sans rien faire, il aurait un avancement plus rapide, et il avait su se faire nommer officier d'ordonnance auprès du prince Bagration. Il venait apporter à son ancien chef un ordre du commandant de l'arrière-garde.

Colonel, dit-il à l'ennemi de Rostov de son air sombre et grave en jetant un regard à ses camarades, l'ordre est de s'arrêter et de mettre le feu au pont.

– L'ordre de qui? demanda le colonel, maussade.

– Je ne sais vraiment pas de qui, colonel, répondit sérieusement le cornette, seulement le prince m'a dit : « Va dire « au colonel que les hussards reviennent vite sur leurs pas et « mettent le feu au pont. »

Après Jerkov, un officier de la suite apporta au colonel des hussards le même ordre. Il fut suivi du gros Nesvitzki sur un cheval de cosaque qui avait peine à le porter au galop...

« Comment, colonel, cria-t-il avant même de s'arrêter, je vous ai dit de mettre le feu au pont, et voilà que quelqu'un a tout embrouillé; tout le monde devient fou là-bas, c'est à n'y rien comprendre. »

Le colonel arrêta sans hâte le régiment et s'adressa à Nesvitzki :

« Vous m'avez parlé de matières inflammables, dit-il, mais quant à mettre le feu, vous ne m'en avez rien dit.

– Mais, comment donc, mon cher, dit Nesvitzki qui s'était arrêté en retirant sa casquette et en lissant de sa main potelée ses cheveux trempés de sueur, comment ne vous ai-je pas dit de mettre le feu au pont puisqu'on y a placé les matières inflammables?

– Je ne suis pas « mon cher » pour vous, monsieur l'officier supérieur, et vous ne m'avez pas parlé de mettre le feu au pont! Je connais mon service et j'ai l'habitude d'exécuter scrupuleusement les ordres. Vous avez dit qu'on mettrait le feu, mais qui le ferait, je ne pouvais pas le savoir par l'opération du Saint-Esprit...

– Allons, c'est toujours la même chose, dit Nesvitzki avec un geste résigné de la main. Qu'est-ce qui t'amène ici? demanda-t-il à Jerkov.

– La même chose que toi. Mais tu es tout humide, laisse-moi te tordre.

– Vous avez dit, monsieur l'officier supérieur... Poursuivit le colonel d'un ton froissé.

– Colonel, interrompit l'officier de la suite, il faut se hâter, autrement l'ennemi avancera ses pièces à portée de mitraille. »

Le colonel regarda en silence l'officier de la suite, le gros officier supérieur, Jerkov, et fronça le sourcil.

« Je vais incendier le pont », dit-il d'un ton solennel comme pour signifier ainsi que, malgré tous les ennuis qu'on lui causait, il remplirait son devoir.

Éperonnant de ses longues jambes musclées son cheval comme s'il était la cause de tout, le colonel se porta en avant et commanda au deuxième escadron, celui-là même où Rostov servait sous les ordres de Denissov, de retourner au pont.

« Ma foi, c'est bien ça, se dit Rostov, il veut m'éprouver! » Son cœur se serra et le sang lui afflua au visage. « Il verra bien si je suis un poltron. »

De nouveau, la même expression grave qu'ils avaient eue sous les boulets apparut sur les visages joyeux des hommes de l'escadron. Rostov ne quittait pas des yeux son ennemi le colonel, cherchant sur son visage une confirmation de ses soupçons; mais le colonel ne le regarda pas une seule fois, il avait un air sévère et solennel comme toujours sous les armes. Un commandement retentit.

« Vite! Vite! » firent quelques voix près de Rostov.

Dans un cliquetis d'éperons, les sabres s'accrochant aux brides, les hussards mettaient en hâte pied à terre, ne sachant ce qu'ils auraient à faire. Ils se signaient. Rostov ne regardait plus le colonel, il n'en avait pas le loisir. Il avait peur, peur à en défaillir, de rester en arrière des hussards. Sa main tremblait en remettant son cheval au cavalier d'échelon et il sentait le sang lui affluer à grands coups au cœur. Denissov, le corps rejeté en arrière, passa devant lui en criant quelque chose. Rostov ne voyait rien, sauf les hussards qui couraient autour de lui, s'embarrassant dans leurs éperons et faisant sonner leurs sabres.

« Une civière! » cria une voix derrière lui.

Rostov ne se demanda pas ce que signifiait cette demande de civière; il courait, soucieux seulement d'être en tête, devant tous les autres; mais arrivé au pont, comme il ne regardait pas où il allait, il s'enfonça dans la boue gluante et piétinée et, butant, tomba sur les mains. Les autres le dépassèrent.

« Des deux côtés, capitaine »; dit la voix du colonel qui, après les avoir précédés, s'était posté avec son cheval non loin du pont, l'air triomphant et joyeux.

Rostov, essuyant ses mains sales à sa culotte, tourna la tête vers son ennemi et voulut reprendre sa course, se disant que plus il irait loin, mieux cela vaudrait. Mais Bogdanitch, sans le regarder ni le reconnaître, l'apostropha :

« Qui court au milieu du pont? A droite! Aspirant, arrière! cria-t-il avec irritation, et il se tourna vers Denissov qui, faisant parade de sa bravoure, s'avançait à cheval sur les planches du pont.

– A quoi bon courir un risque, capitaine! Vous feriez mieux de mettre pied à terre, dit-il.

– Eh! le boulet trouvera bien qui frapper », répondit Vaska Denissov en se retournant sur sa selle.

Cependant Nesvitzki, Jerkov et l'officier de la suite se tenaient ensemble hors de portée du tir et observaient tantôt cette poignée d'hommes en shakos jaunes, en dolmans vert foncé à brandebourgs et à culottes bleues qui s'agitaient près du pont, tantôt, de l'autre côté, les capotes bleues et des groupes mêlés à des chevaux qui approchaient au loin et que l'on pouvait facilement reconnaître pour des batteries.

« Mettra-t-on ou ne mettra-t-on pas le feu au pont? Qui

arrivera le premier? L'atteindront-ils et mettront-ils le feu ou les Français s'approcheront-ils à portée de mitraille et les massacreront-ils? » Ces questions, chacun, l'angoisse au cœur, se les posait malgré lui parmi les troupes nombreuses qui, arrêtées au-dessus du pont, regardaient à la vive clarté du soleil couchant le pont et les hussards et, de l'autre côté, les capotes bleues qui avançaient, avec leurs baïonnettes et leurs canons.

« Oh! les hussards vont en prendre un coup! disait Nesvitzki. Ils ne sont pas loin maintenant de la portée de mitraille.

– Il a eu tort d'emmener tant d'hommes, dit l'officier de la suite.

– En effet, dit Nesvitzki. Il aurait suffi d'envoyer deux gars, cela aurait été pareil.

– Ah! Excellence, intervint Jerkov sans quitter les hussards des yeux mais toujours de son air naïf qui ne laissait pas deviner s'il parlait sérieusement ou non. Ah! Excellence! Que dites-vous là! Envoyer deux hommes, mais qui nous donnerait alors la croix de Vladimir? Tandis que comme ça, malgré les dégâts, on peut proposer l'escadron pour une distinction et obtenir soi-même le petit ruban. Notre Bogdanitch sait comment se passent les choses.

« Allons, dit l'officier de la suite, voilà la mitraille! »

Il montrait les pièces françaises qu'on retirait des avant-trains et qui s'éloignaient en hâte.

Du côté français, dans les groupes où il y avait des canons, une fumée parut, une autre, une troisième, presque simultanément, puis au moment où parvint le bruit de la première détonation, une quatrième. Il y eut deux détonations l'une après l'autre, puis une troisième.

« Oh! oh! gémit Nesvitzki comme sous l'effet d'une douleur cuisante, en saisissant le bras de l'officier de la suite. Regardez, en voilà un qui tombe, il est tombé, tombé!

– Deux, je crois?

– Si j'étais le tsar, jamais je ne ferais la guerre », dit Nesvitzki en se détournant.

On rechargeait hâtivement les pièces françaises. L'infanterie en capotes bleues s'élança vers le pont. De nouveau, mais à des intervalles irréguliers, des fumées apparurent, et la mitraille crépita et fouetta le pont. Mais cette fois Nesvitzki ne put voir ce qui s'y passait. Une épaisse fumée en montait. Les hussards avaient eu le temps d'y mettre le feu, et les batteries françaises tiraient sur eux non plus pour les en empêcher, mais simplement parce que les pièces étaient pointées et qu'il y avait une cible.

Les Français avaient pu faire trois décharges à mitraille avant que les hussards fussent revenus auprès de leurs chevaux. Deux d'entre elles avaient manqué leur but et toute la mitraille était passée par-dessus, mais en revanche la dernière tomba au milieu d'un groupe de hussards et en abattit trois.

Rostov, préoccupé par ses rapports avec Bogdanitch, s'arrêta près du pont, ne sachant que faire. Il n'y avait personne à pourfendre (c'est ainsi qu'il se représentait toujours une bataille), il ne pouvait pas non plus aider à mettre le feu car il n'avait pas emporté comme les autres soldats, un bouchon de paille. Il regardait autour de lui, quand tout à coup quelque chose crépita sur le pont comme si l'on y répandait des noix, et le hussard qui était le plus près de lui s'abattit en gémissant contre le parapet. Rostov courut à lui avec les autres. De nouveau quelqu'un cria : « Une civière! » Quatre hommes saisirent le hussard et le soulevèrent.

« Ooooh! Laissez-moi pour l'amour du Christ », cria le blessé; mais on le souleva néanmoins et on l'étendit.

Nicolas Rostov se détourna et, comme s'il cherchait quelque chose, laissa errer son regard au loin, sur l'eau du Danube, le ciel, le soleil. Comme le ciel lui parut beau, comme il était bleu, calme et profond! Combien éclatant et solennel le soleil déclinant! Avec quelle douceur scintillait l'eau du lointain Danube! Et plus belles encore étaient les lointaines montagnes bleues au-delà du Danube, le monastère, les mystérieux défilés, les forêts de pins noyées jusqu'aux cimes dans le brouillard... là-bas était le calme, là-bas était le bonheur... « Je ne désirerais rien, je ne demanderais rien si seulement j'étais là-bas, se disait Rostov. Rien qu'en moi et dans ce soleil, il y a tant de bonheur, et ici... ces gémissements, la souffrance, la peur et cette confusion, cette agitation... Voilà qu'on crie de nouveau quelque chose, et de nouveau tous courent on ne sait où en arrière, et je vais courir avec eux, et la voici, la voici la mort, au-dessus de moi, autour de moi... Un instant encore, et jamais plus je ne verrai ce soleil, ces eaux, ce ravin... »

A ce moment, le soleil commença à se cacher derrière les nuages; d'autres civières passèrent devant Rostov. Et la peur de la mort et de ces civières, et l'amour du soleil et de la vie, tout se fondit en une impression douloureuse et angoissée.

« Mon Dieu! Celui qui est là-haut, dans le ciel, sauve-moi, pardonne-moi et protège-moi! » murmura Rostov à part lui.

Les hussards rejoignirent les cavaliers d'échelon, les voix se firent plus fortes et plus calmes, les civières avaient disparu de vue.

« Eh bien, vieux, tu as eu ton baptême du feu?... » cria au-dessus de son oreille la voix de Vaska Denissov.

« Tout est fini; mais je suis un poltron, oui, je suis un poltron », se dit Rostov, et avec un profond soupir il prit son Gratchik des mains du cavalier et l'enfourcha.

« Qu'était-ce, de la mitraille? demanda-t-il à Denissov.

– Et comment! cria Denissov. On a bien travaillé! Et c'était du sale boulot! L'attaque est une belle chose, on n'a qu'à tailler dans le tas, mais ça, le diable sait ce que c'est, on te tire comme à la cible. »

Et Denissov s'éloigna vers un groupe arrêté non loin de Rostov : il y avait là le colonel, Nesvitzki, Jerkov et l'officier de la suite.

« Il semble bien pourtant que personne ne s'en est aperçu », se disait Rostov. Et en effet personne ne s'était aperçu de rien, car chacun connaissait le sentiment qu'avait éprouvé pour la première fois l'aspirant inexpérimenté.

« Voilà de quoi faire un rapport, dit Jerkov, on ne sait jamais, moi aussi je pourrais être promu sous-lieutenant.

– Faites savoir au prince que j'ai incendié le pont, dit le colonel d'un ton solennel et gai.

– Et s'il me questionne sur les pertes?

– Une bagatelle, dit le colonel d'une voix de basse, deux hussards blessés et un tué sur le coup », ajouta-t-il avec une joie visible, incapable de retenir un sourire heureux en scandant d'une voix sonore le beau mot « sur le coup ».

IX

L'ARMÉE russe de trente-cinq mille hommes sous le commandement de Koutouzov, poursuivie par l'armée française de cent mille hommes, commandée par Bonaparte, accueillie avec hostilité par les populations, ayant perdu confiance en ses alliés, éprouvée par le manque de ravitaillement et contrainte d'opérer en dehors de toutes les conditions prévisibles de la guerre, se repliait en hâte en aval du Danube, s'arrêtant là où l'ennemi la rejoignait et se dégageant par des actions d'arrière-garde dans la mesure seulement où cela était nécessaire pour pouvoir battre en retraite sans perdre de chargements. Il y eut des engagements près de Lambach, d'Amstetten et de Melk; mais en dépit de la bravoure et de l'endurance, reconnues par l'ennemi lui-même, avec lesquelles se battaient les Russes, ces engagements n'eurent pour résultat que de précipiter la retraite. Les troupes autrichiennes échappées à la capture sous Ulm et qui s'étaient jointes à Koutouzov près de Braunau, s'étaient maintenant séparées de l'armée russe, et Koutouzov était livré à ses seules forces affaiblies et épuisées. Il ne pouvait plus être question de défendre Vienne. Au lieu d'une guerre offensive préparée à fond, selon les lois de cette nouvelle science, la stratégie, et dont le plan lui avait été remis lors de son séjour à Vienne par le Hofkriegsrat autrichien, le seul objectif, presque inaccessible, qui s'offrait maintenant à Koutouzov consistait à opérer sa jonction avec les armées russes venant de Russie sans causer la perte de son armée à l'instar de Mack à Ulm.

Le 28 octobre, Koutouzov passa avec son armée sur la rive gauche du Danube et s'arrêta pour la première fois, ayant mis le Danube entre lui et les principales forces des Français. Le 30, il attaqua la division Mortier qui se trouvait sur la rive gauche et la battit. Dans cette affaire, des trophées furent pris pour la première fois : un drapeau, des canons et deux généraux ennemis. Pour la première fois depuis quinze jours de retraite, les troupes russes firent halte et, après la bataille, non seulement restèrent maîtresses du terrain, mais poursuivirent même les Français. Quoique les troupes fussent déguenillées, harassées, affaiblies d'un tiers par les traînards, les blessés, les morts et les malades; quoiqu'on eût laissé de l'autre côté du Danube des malades et des blessés avec une lettre de Koutouzov les recommandant à l'humanité de l'ennemi; quoique les grands hôpitaux et les maisons de Krems transformées en lazarets ne pussent plus contenir tous les malades et les blessés; en dépit de tout cela, la halte près de Krems et la victoire sur Mortier avaient considérablement relevé le moral des troupes. Dans toute l'armée et au quartier général, les bruits les plus réconfortants quoique injustifiés circulaient sur l'approche des colonnes venant de Russie, sur une victoire remportée par les Autrichiens et sur la retraite de Bonaparte effrayé.

Le prince André se trouvait pendant la bataille auprès du général autrichien Schmidt tué dans cette affaire. Son cheval avait été blessé sous lui et il avait été lui-même légèrement égratigné au bras par une balle. Par faveur spéciale du commandant en chef, il fut envoyé porter la nouvelle de cette victoire à la cour d'Autriche qui ne se trouvait plus à Vienne, menacée par les armées françaises, mais à Brünn. La nuit de la bataille, le prince André, ému mais non fatigué (en dépit de sa constitution en apparence peu robuste, il pouvait résister à la fatigue physique bien mieux que les plus vigoureux), était arrivé à cheval à Krems avec un rapport de Dokhtourov pour Koutouzov, et fut envoyé la nuit même comme courrier à Brünn. Cette mission, outre les distinctions qu'elle comportait, signifiait un important avancement.

La nuit était sombre et étoilée; la route se détachait en noir au milieu de la blancheur de la neige tombée la veille, le jour de la bataille. Tantôt passant en revue ses impressions de la bataille, tantôt imaginant avec joie l'effet qu'allait produire la nouvelle de la victoire, évoquant les adieux du général en chef et de ses camarades, le prince André roulait dans une voiture de poste et éprouvait le sentiment de qui, après une longue attente, va enfin parvenir au bonheur souhaité. Dès qu'il fermait les yeux, le bruit de la fusillade et des coups de canon résonnait à ses oreilles, se confondant avec celui des roues et le sentiment de la victoire. Ou encore il s'imaginait que les Russes étaient en déroute, qu'il était tué lui-même; mais il se réveillait en sursaut, heureux comme s'il apprenait qu'il n'en était rien et qu'au contraire c'étaient les Français qui fuyaient. Il se rappelait de nouveau tous les détails de la victoire, son propre courage tranquille pendant la bataille et, rassuré, s'assoupissait... Après la sombre nuit étoilée, le jour se leva clair et gai. La neige fondait au soleil, les chevaux trottaient vivement, et à droite comme à gauche défilaient des champs, des forêts, des villages nouveaux.

A un des relais, il rejoignit un convoi de blessés russes. L'officier qui le conduisait, affalé dans la charrette de tête, injuriait grossièrement un soldat. Dans chacun des longs chariots allemands, six blessés et plus, blêmes, sales, couverts de pansements, étaient cahotés sur la route pierreuse. Certains parlaient (il entendait des mots russes); d'autres mangeaient du pain, les plus grièvement atteints regardaient en silence, avec un intérêt patient et douloureux d'enfant, le courrier qui les dépassait.

Le prince André fit arrêter la voiture et demanda à un soldat dans quelle affaire ils avaient été blessés.

« Avant-hier sur le Danube », répondit le soldat. Le prince André prit sa bourse et lui donna trois pièces d'or.

« A partager entre tout le monde », ajouta-t-il en s'adressant à l'officier qui s'était approché. « Rétablissez-vous, les gars, dit-il aux soldats, il y a encore beaucoup à faire.

— Quelles sont les nouvelles, monsieur l'aide de camp? demanda l'officier, visiblement désireux d'engager la conversation.

— Bonnes! En avant! » cria-t-il au postillon, et il poursuivit son chemin.

Il faisait déjà complètement nuit lorsque le prince André entra dans Brünn et qu'il se vit entouré de hautes maisons, des lumières des boutiques, des fenêtres et des réverbères, de belles voitures roulant sur le pavé et de toute cette atmosphère de grande ville animée qui présente toujours tant d'attrait pour un militaire au sortir du camp. En dépit de sa course rapide et d'une nuit sans sommeil, il se sentait en approchant du palais encore plus en train que la veille. Seuls ses yeux brillaient d'un éclat fiévreux et ses pensées se succédaient avec une rapidité et une lucidité extrêmes. Il revit tous les détails de la bataille, non plus confusément mais sous forme d'un exposé concis que dans son imagination il faisait à l'empereur François. Il imagina les questions qui pouvaient lui être posées et les réponses qu'il y ferait. Il croyait être présenté aussitôt à l'empereur. Mais à l'entrée principale du palais, un fonctionnaire accourut à sa rencontre et, reconnaissant en lui un courrier, le conduisit vers une autre entrée.

« Prenez dans le couloir à droite vous y trouverez *Euer Hochgeboren*, l'aide de camp de service, lui dit le fonctionnaire. Il vous introduira auprès du ministre de la Guerre. »

L'aide de camp de service qui accueillit le prince André le pria d'attendre et se rendit auprès du ministre de la Guerre. Au bout de cinq minutes, il revint et, s'inclinant avec une courtoisie extrême et laissant le prince André passer devant lui, le conduisit par un couloir au cabinet où travaillait le ministre. On eût dit que par sa politesse raffinée l'aide de camp voulait se prémunir contre toute velléité de familiarité de la part de l'aide de camp russe. Le sentiment joyeux du prince André faiblit considérablement pendant qu'il approchait de la porte du cabinet du ministre de la Guerre. Il se sentit offensé, et le sentiment de l'affront se transforma au même instant, à son propre insu, en un sentiment de mépris que rien ne justifiait. Mais son esprit ingénieux lui suggéra aussitôt un point de vue qui l'autorisait à mépriser et l'aide de camp et le ministre de la Guerre. « Ils trouveront sans doute qu'il est très facile de remporter des victoires, eux qui n'essuient pas le feu! » se dit-il. Ses yeux se plissèrent dédaigneusement; il entra avec une lenteur marquée. Ce sentiment grandit encore lorsqu'il vit le ministre, assis à un grand bureau, rester deux bonnes minutes sans prêter nulle attention au nouveau venu. Il penchait sa tête chauve aux tempes grises entre deux flambeaux de cire et lisait des papiers en les annotant au crayon. Il finissait de lire sans lever la tête quand la porte s'ouvrit et que le bruit de pas se fit entendre.

« Prenez ceci et transmettez-le », dit-il à son aide de camp en lui tendant des papiers et sans encore prêter attention au courrier.

Le prince André sentit que de toutes les affaires qui occupaient le ministre de la Guerre, les opérations de l'armée Koutouzov étaient ce qui pouvait l'intéresser le moins, ou bien qu'il fallait le faire sentir au courrier russe. « Mais cela m'est parfaitement égal », pensa-t-il. Le ministre rassembla les autres papiers, les rangea bord à bord et leva la tête. Il avait une tête intelligente et pleine de caractère. Mais à l'instant même où il se tourna vers le prince André, son expression intelligente et ferme changea, par une habitude certainement consciente; sur son visage se figea le sourire niais, hypocrite, de qui reçoit l'un après l'autre de nombreux solliciteurs.

« De la part du feldmaréchal Koutouzov? demanda-t-il. J'espère que les nouvelles sont bonnes? Il y a eu un engagement avec Mortier? Une victoire? Il était temps! »

Il prit la dépêche qui portait son nom et se mit à lire d'un air triste.

« Ah! mon Dieu! Mon Dieu! Schmidt! dit-il en allemand. Quel malheur, quel malheur! »

Ayant parcouru la dépêche, il la posa sur la table et regarda le prince André d'un air songeur.

« Ah! quel malheur! Vous dites que l'affaire est décisive? Pourtant Mortier n'est pas pris. (Il réfléchit un instant.) Je suis très heureux que vous apportiez de bonnes nouvelles, quoique la mort de Schmidt soit une rançon élevée de la victoire. Sa Majesté désirera sans doute vous voir, mais pas aujourd'hui. Je vous remercie, reposez-vous. Soyez présent demain à la réception après la parade. D'ailleurs, je vous ferai prévenir. »

Le sourire niais qui avait disparu pendant la conversation reparut sur le visage du ministre de la Guerre.

« Au revoir, je vous remercie mille fois. Sa Majesté l'empereur désirera sans doute vous voir », répéta-t-il en inclinant la tête.

Lorsque le prince André quitta le palais, il sentit qu'il avait abandonné et remis entre les mains indifférentes du ministre de la Guerre et du courtois aide de camp tout l'intérêt qu'il avait pris à la victoire et le bonheur qu'elle lui avait procuré. Toute sa façon de voir en fut instantanément changée; la bataille ne fut plus pour lui qu'un vieux, qu'un bien lointain souvenir.

X

Le prince André descendit à Brünn chez un diplomate russe de ses amis, Bilibine.

« Ah! cher prince, personne ne pouvait m'être plus agréable, dit Bilibine en venant à sa rencontre. Franz, porte les affaires du prince dans ma chambre! ajouta-t-il en s'adressant au domestique qui avait introduit Bolkonski. Vous venez en messager de la victoire? Parfait. Quant à moi, je suis malade, comme vous voyez. »

Le prince André, ayant fait sa toilette et s'étant habillé, entra dans le luxueux cabinet de travail du diplomate et s'assit devant le dîner qui l'attendait. Bilibine s'installa confortablement près de la cheminée.

Privé au cours de son voyage et pendant la campagne de tous les agréments du confort et des raffinements de l'existence, le prince André éprouvait un agréable sentiment de détente dans cette atmosphère de luxe à laquelle il était habitué depuis son enfance. En outre, il lui était agréable, après l'accueil des Autrichiens, de parler, sinon russe (ils s'entretenaient en français), du moins avec un compatriote qui, il le supposait, partageait l'aversion générale des Russes (à ce moment particulièrement vive) à l'égard des Autrichiens.

Agé de trente-cinq ans environ, Bilibine était célibataire et appartenait au même monde que le prince André. Ils se connaissaient depuis Pétersbourg mais s'étaient liés davantage lors du dernier séjour que le prince André avait fait à Vienne à Koutouzov. Si le prince André était un jeune homme qui promettait d'aller loin dans la carrière militaire, Bilibine promettait tout autant et encore plus dans la carrière diplomatique. C'était un homme encore jeune mais un diplomate chevronné, car il était entré dans la carrière à seize ans, était allé à Paris, à Copenhague, et occupait maintenant à Vienne un poste assez important. Tant le chancelier que notre ambassadeur le connaissaient et l'appréciaient. Il n'était pas de ces nombreux diplomates dont, pour faire une brillante carrière, on n'exige que des qualités négatives : s'abstenir de certaines choses et parler un bon français; il était de ceux qui savent et aiment travailler et, malgré sa paresse, il lui arrivait de passer des nuits entières devant son bureau. Quelle que fût sa tâche, il s'en acquittait toujours bien. Ce qui l'intéressait n'était pas le « pourquoi » ni le « comment ». En quoi consistait le fond même de la diplomatie, cela lui était indifférent; mais rédiger habituellement, avec justesse et élégance une circulaire, un mémorandum ou un rapport lui procurait un grand plaisir. Bilibine était encore apprécié pour le savoir-faire dont il faisait preuve dans ses relations avec les hautes sphères.

Bilibine n'aimait la conversation, de même que le travail, que lorsqu'elle pouvait être élégante et spirituelle. Dans le monde, il guettait toujours l'occasion de faire une remarque qui retînt l'attention et n'intervenait que dans ces conditions. Sa conversation était constamment émaillée de phrases originales, bien ciselées et d'un intérêt général. Ces phrases s'élaboraient dans son laboratoire intérieur du genre portatif, pour que les pauvres gens du monde pussent facilement les retenir et les porter de salon en salon. Et en effet *les mots de Bilibine se colportaient dans les salons de Vienne,* comme on disait, et exerçaient souvent une influence sur les affaires dites importantes.

Son maigre visage émacié et jaunâtre était tout sillonné de grosses rides qui paraissaient toujours aussi proprement et soigneusement lavées que le sont les bouts des doigts après le bain. Les mouvements de ces rides constituaient son principal jeu de physionomie. Tantôt son front se couvrait de larges plis tandis que ses sourcils se levaient, tantôt les sourcils s'abaissaient et de grosses rides se formaient sur ses joues. Ses petits yeux profondément enfoncés avaient toujours un regard direct et gai.

« Eh bien, racontez-nous maintenant vos exploits », dit-il. Avec la plus grande modestie, sans faire la moindre allusion à lui-même, Bolkonski raconta l'affaire et l'accueil du ministre de la Guerre.

« *Ils m'ont reçu avec ma nouvelle comme un chien dans un jeu de quilles* », conclut-il.

Bilibine sourit et relâcha les plis de sa peau.

« *Cependant, mon cher,* dit-il en examinant de loin son ongle et en ramassant la peau sous son œil gauche, *malgré la haute estime que je professe pour* « l'armée orthodoxe russe » *j'avoue que votre victoire n'est pas des plus victorieuses.* »

Il continua ainsi en français, ne disant en russe que les mots auxquels il voulait donner un accent particulièrement dédaigneux.

« Comment donc! De toute la masse de vos troupes vous tombez sur le malheureux Mortier qui ne disposait que d'une seule division et ce Mortier vous glisse entre les mains? Où est donc la victoire?

– Pourtant, pour parler sérieusement, répondit le prince André, nous pouvons dire sans nous vanter que c'est un peu mieux qu'Ulm.

– Pourquoi n'avez-vous pas pris un seul maréchal, ne serait-ce qu'un seul?

– Parce que tout ne se fait pas toujours selon les prévisions ni avec la même régularité qu'à la parade. Nous comptions, comme je vous l'ai dit, arriver au contact de l'arrière-garde ennemie à sept heures du matin et nous n'y étions pas même à cinq heures du soir.

– Et pourquoi n'êtes-vous pas arrivés à sept heures du matin? Vous auriez dû y être à sept heures du matin, dit Bilibine en souriant, il fallait y être.

– Et pourquoi n'avez-vous pas persuadé Bonaparte par la voie diplomatique qu'il aurait mieux fait d'abandonner Gênes? dit le prince André sur le même ton.

– Je sais, interrompit Bilibine, vous pensez qu'il est très facile de capturer des maréchaux assis sur un divan au coin du feu. C'est vrai, mais tout de même pourquoi ne l'avez-vous pas pris? Et ne vous étonnez pas que non seulement le ministre de la Guerre mais même l'auguste empereur et roi François ne soient pas autrement heureux de votre victoire; moi non plus, modeste secrétaire de l'ambassade de Russie, je n'éprouve aucune joie particulière... »

Il regarda le prince André dans les yeux et déplissa soudain son front.

« A mon tour maintenant de vous demander pourquoi, mon cher, dit Bolkonski. Je vous avoue que je ne comprends pas, il y a peut-être là des finesses diplomatiques qui dépassent mon faible entendement; mais il y a une chose que je ne comprends pas : Mack perd toute une armée, l'archiduc Ferdinand et l'archiduc Karl ne donnent aucun signe de vie et commettent faute sur faute, enfin seul Koutouzov remporte une véritable victoire, rompt le *charme* des Français, et le ministre de la Guerre ne cherche même pas à en connaître les détails!

– C'est précisément pour cela, mon ami. *Voyez-vous, mon cher,* hourra pour le tsar, pour la Russie, pour la foi! *Tout cela est bel et bon,* mais que nous importent – je parle de la cour d'Autriche – vos victoires? Apportez-nous l'heureuse nouvelle d'une victoire remportée par l'archiduc Charles ou

Ferdinand – *un archiduc vaut l'autre,* comme vous savez – fût-ce sur une autre compagnie de Bonaparte, ça c'est autre chose, nous l'annoncerons à coups de canon. Mais votre succès, comme un fait exprès, ne peut que nous narguer. L'archiduc Charles ne fait rien, l'archiduc Ferdinand se couvre de honte. Vous abandonnez Vienne, vous ne la défendez plus, *comme si vous nous disiez :* Dieu est avec nous et tant pis pour vous avec votre capitale. Il y avait un général que nous aimions tous, Schmidt : vous l'exposez aux balles et vous vous félicitez d'une victoire!... Convenez qu'on ne peut imaginer nouvelle plus irritante que celle que vous apportez. *C'est comme un fait exprès, comme un fait exprès.* Par surcroît, à supporter que vous ayez vraiment remporté une brillante victoire, même que l'archiduc Charles remporte une victoire, en quoi cela changerait-il la marche générale des événements? Il est trop tard, maintenant que Vienne est occupée par l'armée française.

– Comment, occupée? Vienne est occupée?

– Non seulement occupée, mais Bonaparte est à Schœnbrunn et le comte, notre cher comte Wrbna, va prendre ses ordres. »

La fatigue et les impressions du voyage, l'accueil reçu et surtout le dîner empêchaient Bolkonski, il le sentait, de saisir toute la portée de ce qu'il entendait.

« Le comte Lichtenfels était ici ce matin, poursuivit Bilibine, et il m'a montré une lettre qui décrivait en détail le défilé des troupes françaises à Vienne. *Le prince Murat et tout le tremblement...* Vous voyez que votre victoire n'est pas une nouvelle très heureuse et que vous ne pouvez être reçu en sauveur...

– Vraiment cela m'est égal, parfaitement égal! dit le prince André qui commençait à comprendre que sa nouvelle bataille de Krems avait en effet peu d'importance à côté d'événements tels que la prise de la capitale de l'Autriche. Comment se fait-il que Vienne soit prise? Et le pont, et la fameuse *tête de pont,* et le prince Auersperg? On disait chez nous que le prince Auersperg défendait Vienne, dit-il.

– Le prince Auersperg est de ce côté-ci, du nôtre, et nous protège; je crois qu'il nous protège bien mal, mais il nous protège quand même. Or, Vienne est de l'autre côté. Non, le pont n'est pas encore pris et j'espère qu'il ne le sera pas, parce qu'il est miné et que l'ordre est donné de le faire sauter. Dans le cas contraire, nous serions depuis longtemps dans les monts de

Bohême, et vous avec votre armée vous passeriez un mauvais quart d'heure entre deux feux.

– Mais cela ne signifie tout de même pas que la campagne soit finie, dit le prince André.

– Moi, je la crois finie. Et c'est aussi ce que pensent ici les gros bonnets mais ils n'osent pas le dire. Il arrivera ce que je disais au début de la campagne, que ce n'est pas *votre échauffourée de Dürenstein,* que d'une façon générale ce n'est pas la poudre qui en décidera mais ceux qui l'ont inventée, dit Bilibine, répétant un de ses *mots,* tandis qu'il déplissait son front et marquait un temps d'arrêt. Il s'agit seulement de savoir quel sera le résultat de l'entrevue de Berlin entre l'empereur Alexandre et le roi de Prusse. Si la Prusse entre dans l'alliance, *on forcera la main à l'Autriche,* et ce sera la guerre. Si elle ne le fait pas, il n'y aura plus qu'à s'entendre sur le choix de l'endroit où seront rédigées les clauses préliminaires d'un nouveau *Campo Formio.*

– Mais quel extraordinaire génie! s'écria soudain le prince André en crispant sa petite main et en frappant la table. Et quelle chance a cet homme!

– *Buonaparte?* dit Bilibine d'un ton interrogateur en plissant le front et en annonçant ainsi *un mot.* Buonaparte? répéta-t-il en appuyant particulièrement sur l'u. Je pense vraiment que maintenant que de Schœnbrunn il dicte la loi à l'Autriche, *il faut lui faire grâce de l'u.* Je fais décidément une innovation et je l'appelle *Bonaparte tout court.*

– Trêve de plaisanteries, dit le prince André, pensez-vous vraiment que la campagne soit finie?

– Voici ce que je pense. L'Autriche est le dindon de la farce et elle n'en a pas l'habitude. Et elle le fera payer. Or, si elle est le dindon de la farce, c'est tout d'abord parce que les provinces sont ravagées (*on dit que* l'armée orthodoxe *est terrible pour le pillage*), l'armée est battue, la capitale prise, et tout cela *pour les beaux yeux* de Sa Majesté de Sardaigne. C'est pourquoi – *entre nous, mon cher* – je sens qu'on nous trompe, je flaire des intelligences avec la France et des projets de paix, de paix secrète, conclue séparément.

– Ce n'est pas possible! dit le prince André, ce serait trop odieux.

– *Qui vivra verra* », dit Bilibine en déplissant de nouveau son front pour signifier que la conversation était terminée.

Lorsque le prince André se fut retiré dans la chambre qu'on lui avait préparée et que, vêtu de linge propre, il s'étendit sur un lit de plume et des oreillers parfumés et chauffés, il sentit que la bataille dont il avait apporté la nouvelle était loin, bien loin de lui. L'alliance avec la Prusse, la trahison de l'Autriche, le nouveau triomphe de Bonaparte, la parade et son audience du lendemain chez l'empereur François occupaient son esprit.

Il ferma les yeux, mais au même instant le grondement du canon, le crépitement de la fusillade, le bruit des roues de sa voiture retentirent à ses oreilles, et voilà que de nouveau les fusiliers déployés descendent des hauteurs, et les Français tirent, il sent son cœur battre, et il se porte en avant aux côtés de Schmidt, les balles sifflent allégrement autour de lui, et il éprouve ce sentiment de joie de vivre décuplée qu'il n'avait pas connu depuis son enfance.

Il se réveilla...

« Oui, tout cela est arrivé... », se dit-il en se souriant à lui-même d'un sourire heureux d'enfant; et il s'endormit d'un sommeil profond et jeune.

XI

Le lendemain il se réveilla tard. En passant en revue ses impressions, il se souvint avant tout qu'il devait être présenté aujourd'hui à l'empereur François, pensa au ministre de la Guerre, au courtois aide de camp autrichien, à Bilibine et à leur conversation de la veille au soir. Revêtant pour aller au palais la grande tenue qu'il n'avait pas mise depuis longtemps, frais, plein d'entrain et beau, le bras en écharpe, il entra dans le cabinet de Bilibine. Quatre membres du corps diplomatique s'y trouvaient. Bolkonski connaissait le prince Hippolyte Kouraguine qui était secrétaire de l'ambassade; Bilibine lui présenta les autres.

Ceux qui fréquentaient Bilibine, jeunes gens du monde, riches et gais, formaient tant à Vienne qu'ici un cercle à part que Bilibine qui en était le chef appelait *les nôtres*. Ce cercle qui se composait presque exclusivement de diplomates avait visiblement des intérêts à lui, qui n'avaient rien à voir avec la guerre et la politique, des intérêts de la haute société, des relations avec quelques femmes et le côté bureaucratique de la carrière. Ces messieurs accueillirent volontiers le prince André dans leur cercle comme un des leurs (honneur qu'ils ne faisaient qu'à de rares personnes). Par politesse et en guise d'entrée en matière, on lui posa quelques questions sur l'armée et la bataille, et la conversation s'éparpilla de nouveau en plaisanteries et commérages gais et décousus.

« Mais le plus beau, disait l'un, racontant la déconvenue d'un de ses camarades, le plus beau, c'est que le chancelier lui a affirmé que sa nomination à Londres représentait un avancement et qu'il devait le considérer comme telle. Vous voyez sa tête à ce moment?...

– Mais ce qui est le pis, messieurs, je vous livre Kouraguine : la personne en question est dans le malheur, et c'est de cela que profite ce don Juan, cet homme terrible! »

Le prince Hippolyte était affalé dans un fauteuil Voltaire, les jambes passées par-dessus l'accoudoir. Il se mit à rire.

« *Parlez-moi de ça,* dit-il.

– Oh! don Juan! Oh! serpent! firent des voix.

– Vous ne savez pas, Bolkonski, dit Bilibine en s'adressant au prince André, que toutes les horreurs commises par l'armée française (j'ai failli dire par l'armée russe) ne sont rien à côté des ravages que cet homme exerce parmi les femmes.

– *La femme est la compagne de l'homme* », proféra le prince Hippolyte, et il se mit à examiner à travers son lorgnon ses jambes relevées.

Bilibine et « les nôtres » éclatèrent de rire en regardant Hippolyte dans les yeux. Le prince André voyait que cet Hippolyte dont (il fallait bien l'avouer) il avait été presque jaloux à cause de sa femme, était le bouffon de cette société.

« Il faut vraiment que je vous régale de Kouraguine, dit Bilibine à voix basse à Bolkonski. Il est charmant quand il parle de politique; il faut voir cette importance. »

Il s'assit près d'Hippolyte et, ramassant les plis sur son front, engagea avec lui une conversation sur la politique. Le prince André et les autres les entourèrent.

« *Le cabinet de Berlin ne peut pas exprimer un sentiment d'alliance,* commença Hippolyte en regardant tout le monde d'un air entendu, *sans exprimer... comme dans sa dernière note... vous com-*

prenez... et puis si Sa Majesté l'empereur ne déroge pas au principe de notre alliance...

« *Attendez, je n'ai pas fini...* dit-il au prince André en le saisissant par le bras. *Je suppose que l'intervention sera plus forte que la non-intervention. Et...* » Il se tut un instant. « *On ne pourra plus imputer à la fin de non-recevoir notre dépêche du vingt-huit novembre... Voilà comment tout cela finira.* »

Et il lâcha le bras de Bolkonski pour indiquer que cette fois il avait bien fini.

« *Démosthène, je te reconnais au caillou que tu as caché dans ta bouche d'or!* » dit Bilibine dont toute la masse de cheveux bougea de plaisir sur sa tête.

Tout le monde rit, Hippolyte plus fort que tous. Il souffrait visiblement, étouffait, mais ne parvenait pas à réprimer le fou rire qui détendait son visage d'ordinaire immobile.

« Eh bien, messieurs, dit Bilibine, Bolkonski est mon hôte chez moi et ici, à Brünn, et je veux lui faire goûter, autant que possible, toutes les joies de la vie d'ici. Si nous étions à Vienne, ce serait facile; mais ici, *dans ce vilain trou morave,* c'est plus difficile et je vous demande votre concours à tous. *Il faut lui faire les honneurs de Brünn.* Chargez-vous du théâtre, moi de la société, vous Hippolyte, bien entendu, des femmes.

– Il faut lui montrer Amélie, elle est exquise! dit un des « nôtres » en baisant le bout de ses doigts.

– En un mot, il faut ramener ce soldat sanguinaire à des sentiments plus humains, dit Bilibine.

– Je doute de pouvoir profiter de votre hospitalité, messieurs, et d'ailleurs je dois déjà m'en aller, dit Bolkonski en consultant sa montre.

– Où allez-vous?

– Chez l'empereur.

– Oh! oh! oh!

– Eh bien, au revoir, Bolkonski! – Au revoir, prince; venez dîner de bonne heure, firent les voix. Nous nous chargeons de vous.

– Tâchez en parlant à l'empereur de faire le plus possible l'éloge de l'intendance et du service des étapes, dit Bilibine en accompagnant Bolkonski jusqu'au vestibule.

– Je le voudrais bien, mais je ne le peux pas, autant que je sache, répondit Bolkonski en souriant.

– Eh bien, parlez en tout cas le plus possible. Les audiences, c'est sa passion, mais il n'aime pas et ne sait pas parler lui-même, vous verrez. »

XII

Après la parade, l'empereur François se contenta de regarder attentivement le prince André qui se sentait à la place désignée, parmi les officiers autrichiens, et de lui faire un signe de sa longue tête. Mais aussitôt après, l'aide de camp de la veille fit courtoisement part à Bolkonski du désir de l'empereur de lui donner audience. L'empereur François le reçut debout au milieu de la pièce. Avant que la conversation s'engageât, le prince André fut frappé de son air embarrassé; il ne savait que dire et il rougit.

« Dites-moi quand la bataille a commencé », demanda-t-il précipitamment.

Le prince André répondit. Cette question fut suivie d'autres, tout aussi banales : « Koutouzov se porte-t-il bien? Quand a-t-il quitté Krems? » etc. L'empereur parlait comme si son seul but était de poser un certain nombre de questions. Mais les réponses à ces questions, ce n'était que trop évident, ne pouvaient l'intéresser.

« A quelle heure la bataille a-t-elle commencé? demanda-t-il.

– Je ne puis dire à Votre Majesté à quelle heure la bataille a été engagée sur le front des troupes, mais à Dürenstein, où j'étais, l'attaque a été déclenchée à six heures du soir », dit Bolkonski en s'animant et croyant qu'à cette occasion il réussirait à faire la description sincère déjà prête dans son esprit, de tout ce qu'il savait et avait vu.

Mais l'empereur sourit et l'interrrompit :

« Combien de milles?

– D'où et jusqu'où, Sire?

– De Dürenstein à Krems.

– Trois milles et demi, Sire.

– Les Français ont évacué la rive gauche?

– D'après les rapports de nos éclaireurs, les derniers ont traversé le fleuve dans la nuit sur des radeaux.

— Y a-t-il assez de fourrage à Krems?

— Le fourrage n'a pas été fourni en quantité... »

L'empereur l'interrompit.

« A quelle heure le général Schmidt a-t-il été tué?

— A sept heures, je crois.

— A sept heures? Très triste! Très triste! »

L'empereur le remercia et s'inclina. Le prince André sortit et fut aussitôt entouré par les courtisans. De tous côtés des yeux aimables le regardaient et on lui adressait des paroles aimables. L'aide de camp de la veille lui reprochait de ne pas être descendu au palais et lui offrait son hospitalité. Le ministre de la Guerre s'approcha pour le féliciter de l'ordre de Marie-Thérèse de troisième classe que lui conférait l'empereur. Le chambellan l'invitait de la part de Sa Majesté l'impératrice. L'archiduchesse désirait également le voir. Il ne savait à qui répondre et fut quelques secondes à rassembler ses esprits. L'ambassadeur de Russie le prit par l'épaule, l'emmena vers une fenêtre et se mit à lui parler.

Contrairement aux prévisions de Bilibine, la nouvelle qu'il apportait avait été accueillie avec joie. On ordonna un *Te Deum.* Koutouzov fut fait grand-croix de Marie-Thérèse et toute l'armée obtint des distinctions. Bolkonski reçut des invitations de tous côtés et toute la matinée dut faire des visites aux principaux dignitaires autrichiens. Ayant terminé ses visites vers cinq heures du soir, il rentrait chez Bilibine en composant mentalement la lettre qu'il allait écrire à son père au sujet de la bataille et de son voyage à Brünn. Devant le perron de la maison qu'occupait Bilibine était arrêtée une voiture à moitié chargée de bagages et Franz, le domestique de Bilibine, parut à la porte en traînant avec effort une valise. (Avant de rentrer chez Bilibine, le prince André était passé chez le libraire afin de se munir de livres pour la campagne et s'y était attardé.)

« Que se passe-t-il? dit Bolkonski.

— *Ah! Erlaucht!* dit Franz en hissant avec peine la valise dans la voiture. *Wir ziehen noch weiter. Der Bösewicht ist schon wieder hinter uns her*[1] *!*

1. « Ah! Excellence! Nous déménageons encore. Le scélérat nous talonne de nouveau. »

– Qu'y a-t-il? Que se passe-t-il? » demandait le prince André.

Bilibine vint à sa rencontre. Son visage toujours calme reflétait de l'émotion.

« *Non, non, avouez que c'est charmant,* dit-il, *cette histoire du pont de Thabor* (un des ponts de Vienne). *Ils l'ont passé sans coup férir.* »

Le prince André n'y comprenait rien.

« Mais d'où sortez-vous donc que vous ignorez ce que savent déjà tous les cochers de la ville?

– De chez l'archiduchesse. Je n'y ai entendu parler de rien.

– Et vous n'avez pas vu qu'on fait partout ses bagages?

– Non... Mais qu'y a-t-il? demanda impatiemment le prince André.

– Ce qu'il y a? Il y a que les Français ont passé le pont que défendait Auersperg, et le pont n'a pas sauté, si bien que Murat court maintenant sur la route de Brunn et sera ici aujourd'hui ou demain.

– Comment ici? Mais comment n'a-t-on pas fait sauter le pont puisqu'il était miné?

– C'est ce que je vous demande. Cela personne ne le sait, pas même Bonaparte. »

Bolkonski haussa les épaules.

« Mais si le pont est passé, l'armée est perdue : elle va être coupée, dit-il.

– C'est là toute la question, répondit Bilibine. Écoutez. Les Français entrent à Vienne, comme je vous le disais hier. Tout va très bien. Le lendemain, c'est-à-dire hier, messieurs les maréchaux Murat, Lannes et Belliard montent à cheval et se dirigent vers le pont. (Notez bien qu'il sont tous trois Gascons.) Messieurs, dit l'un, vous savez que le pont de Thabor est miné et contreminé et qu'il est précédé d'une redoutable *tête de pont* et de quinze mille hommes qui ont reçu l'ordre de le faire sauter et de ne pas nous laisser passer. Mais il sera agréable à notre empereur Napoléon que nous le prenions. – Allons-y, disent les autres; et ils y vont et prennent le pont, le passent et maintenant, de ce côté-ci du Danube, avancent avec toute l'armée sur nous, sur vous et sur vos communications.

– Trêve de plaisanteries », dit tristement et gravement le prince André.

Cette nouvelle était, pour lui, affligeante et à la fois agréable. Dès qu'il sut l'armée russe dans une situation si désespérée, il lui vint à l'esprit que c'était lui précisément qui était destiné à la tirer de cette situation, que c'était là ce Toulon qui devait le faire sortir du rang des officiers obscurs et lui ouvrir le chemin de la gloire! En écoutant Bilibine il se voyait déjà, de retour à l'armée, exposant au quartier général son plan qui seul sauverait l'armée et qu'il serait chargé d'exécuter.

« Trêve de plaisanteries, répéta-t-il.

– Je ne plaisante pas, reprit Bilibine, rien n'est plus vrai ni plus triste. Ces messieurs arrivent seuls au pont et agitent des mouchoirs blancs; ils assurent qu'un armistice a été conclu et qu'eux, les maréchaux, ils viennent pour parlementer avec le prince Auersperg. L'officier de service les laisse pénétrer dans la *tête de pont*. Ils lui racontent mille gasconnades : ils disent que la guerre est finie, que l'empereur François a fixé une entrevue à Bonaparte, qu'ils désirent voir le prince Auersperg, etc. L'officier envoie chercher Auersperg; ces messieurs embrassent les officiers, plaisantent, s'assoient sur les canons, et pendant ce temps un bataillon français s'engage inaperçu sur le pont, jette les sacs de matières inflammables à l'eau et s'avance vers la *tête de pont*. Enfin paraît le lieutenant-général en personne, notre cher prince Auersperg von Mautern. « Cher ennemi! Fleur de l'armée autrichienne, héros des guerres « turques! Les hostilites sont finies, nous pouvons nous tendre « la main... l'empereur Napoléon brûle de connaître le prince « Auersperg. » En un mot, ces messieurs – ce n'est pas pour rien qu'ils sont Gascons – submergent si bien Auersperg de belles paroles, il est si flatté de son intimité si vite établie avec des maréchaux français, si ébloui par la vue du manteau et des plumes d'autruche de Murat *qu'il n'y voit que du feu et oublie celui qu'il devait faire faire sur l'ennemi*. (Malgré la volubilité avec laquelle il parlait, Bilibine n'omit pas de faire une pause après ce *mot* pour laisser le temps de l'apprécier.) Le bataillon français pénètre en courant dans la *tête de pont*, on encloue les canons, et le pont est pris. Mais le plus beau, poursuivit-il, le pittoresque de son propre récit calmant son émotion, c'est que le sergent dont le canon devait donner le signal pour mettre le feu aux mines et faire sauter le pont, ce sergent, voyant les troupes françaises s'élancer sur le pont, voulait déjà faire feu, mais

Lannes arrêta son bras. Le sergent, qui, manifestement était plus intelligent que son général, s'approche d'Auersperg et dit : « Prince, on vous trompe, voici les Français! » Murat voit que l'affaire est manquée si on laisse le sergent parler. Il s'adresse à Auersperg en feignant la surprise (un vrai Gascon) : « Je ne reconnais pas la discipline autrichienne si vantée dans le monde, dit-il : vous laissez un subalterne vous parler ainsi! » *C'est génial Le prince Auersperg se pique d'honneur et fait mettre le sergent aux arrêts. Non, mais avouez que c'est charmant, toute cette histoire du pont de Thabor. Ce n'est ni bêtise ni lâcheté...*

– C'est trahison peut-être, dit le prince André en se représentant les capotes grises, les blessures, la fumée de la poudre, le crépitement de la fusillade et la gloire qui l'attendait.

– *Non plus. Cela met la cour dans de trop mauvais draps,* reprit Bilibine. *Ce n'est ni trahison, ni lâcheté, ni bêtise; c'est comme à Ulm...* » Il parut réfléchir, cherchant une expression. « *C'est... c'est du Mack. Nous sommes mackés* », conclut-il, sentant qu'il avait fait un *mot,* un *mot* tout neuf, un mot qui serait répété.

Les plis jusque-là ramassés sur son front s'effacèrent vivement en signe de satisfaction et avec un léger sourire il examina ses ongles.

« Où allez-vous? dit-il soudain au prince André qui s'était levé pour se retirer dans sa chambre.

– Je m'en vais.

– Où cela?

– Rejoindre l'armée.

– Mais vous vouliez rester encore deux jours?

– Et maintenant je pars tout de suite. »

Et le prince André, après avoir donné des ordres pour son départ, s'en alla dans sa chambre.

« Vous savez, mon cher, dit Bilibine en entrant chez lui. J'ai réfléchi à votre situation. Pourquoi partiriez-vous? »

Et pour prouver que cet argument était irréfutable tous les plis s'effacèrent de son visage.

Le prince André le regarda d'un air interrogateur et ne répondit rien.

« Pourquoi iriez-vous là-bas? Je sais, vous pensez que votre devoir est de foncer à l'armée maintenant qu'elle est en danger. Je le comprends, *mon cher, c'est de l'héroïsme.*

– Nullement, dit le prince André.

– Mais vous êtes *un philosophe,* soyez-le donc jusqu'au bout, regardez les choses d'un autre point de vue et vous verrez que votre devoir consiste au contraire à ne pas vous exposer. Laissez cela à ceux qui ne sont bons à rien d'autre... Vous n'avez pas reçu l'ordre de rejoindre; et l'on ne vous a pas encore rendu votre liberté ici; par conséquent, vous pouvez rester et nous suivre où nous entraînera notre malheureux sort. On dit que nous allons à Olmütz. Or, Olmütz est une très gentille ville. Et nous voyagerons tranquillement ensemble dans ma voiture.

– Trêve de plaisanteries, Bilibine, dit Bolkonski.

– Je vous parle sincèrement et en ami. Réfléchissez. Où iriez-vous maintenant et pourquoi alors que vous pouvez rester ici ? Ce qui vous attend, c'est de deux choses l'une (il ramassa la peau au-dessus de sa tempe gauche) : ou vous n'aurez pas encore rejoint l'armée que la paix sera conclue, ou vous partagerez la défaite et la honte avec toute l'armée Koutouzov. »

Et Bilibine déplissa son front, sentant que son dilemme était irréfutable.

« Ce n'est pas à moi d'en juger », dit froidement le prince André, et il pensa : « Je pars pour sauver l'armée. »

« *Mon cher, vous êtes un héros* », dit Bilibine.

XIII

LA MÊME nuit, après avoir pris congé du ministre de la Guerre, Bolkonski partit à la recherche de l'armée, sans savoir où la trouver et craignant d'être pris par les Français sur la route de Krems.

A Brünn, tout le monde à la cour faisait ses malles et l'on expédiait déjà les gros bagages à Olmütz. Près d'Etzelsdorf, le prince André rejoignit la route que l'armée russe suivait avec une extrême précipitation et dans le plus grand désordre. Elle était si encombrée de chariots qu'il était impossible de passer en voiture. Empruntant à un chef de cosaques un cheval et un de ses hommes, le prince André, affamé et fatigué, partit, dépassant les convois, à la recherche du commandant en chef et de sa voiture. Les bruits les plus sinistres lui parvenaient en chemin sur la situation de l'armée et le spectacle des troupes qui fuyaient en désordre confirmait ces bruits.

Les termes de la proclamation de Napoléon à ses troupes avant l'entrée en campagne lui revenaient à la mémoire : « *Cette armée russe que l'or de l'Angleterre a transportée des extrémités de l'univers, nous allons lui faire éprouver le même sort (le sort de l'armée d'Ulm)* », et ces paroles éveillaient en lui à la fois de l'admiration pour l'homme de génie, un sentiment d'orgueil blessé et un espoir de gloire. « Et s'il ne me reste rien d'autre qu'à mourir? songeait-il. Qu'importe, s'il le faut! Je saurai mourir aussi bien que les autres. »

Le prince André regardait avec mépris ces interminables unités qui s'entremêlaient, ces chariots, ces parcs, l'artillerie et et de nouveau des véhicules, des véhicules et des véhicules de toutes les espèces imaginables, qui se dépassaient les uns les autres et sur trois, sur quatre rangs, encombraient la route boueuse. De tous côtés, en avant et en arrière, aussi loin qu'on pouvait entendre, on percevait un fracas de roues, le grincement des coffres des voitures, des charrettes et des affûts, un bruit de sabots, des claquements de fouets, des cris, des jurons des soldats, des ordonnances et des officiers. Aux bords de la route, on voyait sans cesse des chevaux tombés, écorchés ou non, des chariots brisés auprès desquels étaient assis des soldats isolés qui attendaient Dieu sait quoi, d'autres ayant perdu leur unité qui se dirigeaient en foule vers les villages voisins ou traînaient des poules, des moutons, du foin, des sacs pleins. Aux descentes et aux montées, la presse devenait plus dense et un brouhaha ininterrompu de voix emplissait l'air. Les soldats, dans la boue jusqu'aux genoux, soulevaient les canons et les fourgons; les fouets claquaient, les sabots glissaient, les traits se rompaient et les cris déchiraient les poitrines. Les officiers qui dirigeaient le mouvement allaient et venaient parmi les convois. Leurs voix se perdaient dans le tumulte général, et l'on voyait à leur expression qu'ils désespéraient de pouvoir arrêter ce désordre.

« *Voilà la chère* armée orthodoxe », se dit Bolkonski en se rappelant les paroles de Bilibine.

Avec l'intention de demander à l'un de ces hommes où se

trouvait le commandant en chef, il s'approcha des convois. Juste devant lui passait un étrange véhicule à un cheval, sans doute construit avec des moyens de fortune, quelque chose entre une charrette, un cabriolet et une calèche. Un soldat le conduisait et, sous la capote de cuir, une femme tout enveloppée de châles était assise à l'abri du tablier. Le prince André s'approcha et il allait poser sa question au soldat quand son attention fut attirée par les cris stridents de la femme. L'officier chargé des convois cravachait le soldat qui conduisait cette petite voiture parce qu'il voulait dépasser les autres, et les coups s'abattaient sur le tablier de cuir. La femme poussait des cris perçants. A la vue du prince André, elle surgit de dessous le tablier et agitant des bras maigres hors du châle cria :

« Aide de camp! Monsieur l'aide de camp!... Pour l'amour de Dieu... protegez-moi... Que va-t-il se passer?... Je suis la femme du médecin-major du 7ᵉ chasseurs... on ne me laisse pas passer : nous sommes restés en arrière, nous avons perdu les nôtres...

– Je t'aplatirai comme une galette, tourne! criait au soldat l'officier furieux, rebrousse chemin avec ta traînée.

– Monsieur l'aide de camp, protégez-moi. Qu'est-ce que cela veut dire? criait la femme du major.

– Veuillez laisser passer cette voiture. Ne voyez-vous pas qu'il y a là une femme? » dit le prince André en s'approchant de l'officier.

L'officier lui lança un regard et, sans répondre, se tourna de nouveau vers le soldat :« Je te dépasserai... Arrière! »

« Laissez passer, je vous dis, répéta le prince André, les lèvres serrées.

– Et toi, qui es-tu? lui demanda soudain l'officier, ivre de fureur. Qui es-tu? c'est toi le chef? (il appuyait particulièrement sur le tu). Ici c'est moi qui commande, pas toi. Et toi, arrière, répéta-t-il, je t'aplatirai comme une galette. »

Cette expression lui avait visiblement plu.

« Il a rudement bien mouché le petit aide de camp », fit une voix derrière eux.

Le prince André voyait que l'officier était en proie à cet accès enivrant de fureur insensée où l'on ne sait plus ce que l'on dit. Il se rendait compte que son intervention en faveur de la femme du médecin frisait ce qu'il craignait le plus au monde et qu'on appelle le *ridicule,* mais son instinct l'emporta. L'officier n'avait pas eu le temps d'achever ses dernières paroles, que le prince André, défiguré par la rage, s'avançait vers lui et levait sa cravache.

« Veuil-lez lais-ser pas-ser! »

L'officier eut un geste de dépit et s'éloigna en hâte.

« C'est de ceux-là, des gens d'état-major, que vient tout le désordre, grommela-t-il. Faites donc ce que vous voulez. »

Le prince André, sans lever les yeux, quitta en hâte la femme du médecin qui l'appelait son sauveur et, passant en revue avec dégoût les moindres détails de cette scène humiliante, poursuivit son chemin, en direction du village où, d'après ce qu'on lui avait dit, se trouvait le commandant en chef.

Arrivé au village, il descendit de cheval et se dirigea vers la première maison avec l'intention de se reposer ne fût-ce qu'un instant, de manger quelque chose et de mettre de l'ordre dans toutes ces pénibles pensées qui le tourmentaient. « C'est une foule de gredins et non pas une armée », se disait-il en approchant de la première maison, lorsqu'une voix familière l'appela par son nom.

Il se retourna et aperçut le beau visage de Nesvitzki qui se penchait à une petite fenêtre. Nesvitzki, qui mâchait quelque chose de sa bouche charnue, l'appelait en faisant de grands gestes.

« Bolkonski, Bolkonski! N'entends-tu donc pas? Viens vite », criait-il.

Entrant dans la maison, le prince André trouva Nesvitzki et un autre aide de camp qui étaient en train de manger. Ils lui demandèrent aussitôt s'il ne savait rien de nouveau. Sur leurs visages qu'il connaissait si bien, le prince André lut une expression d'anxiété. Cette expression était particulièrement marquée sur le visage toujours rieur de Nesvitzki.

« Où est le commandant en chef? demanda Bolkonski.

— Ici, dans l'autre maison là-bas, répondit l'aide de camp.

— Alors, est-ce vraiment la paix et la capitulation? demanda Nesvitzki.

— C'est à vous que je le demande. Je ne sais rien, sinon que j'ai eu beaucoup de peine à vous rejoindre.

— Et chez nous, mon vieux, si tu savais ce qui se passe! C'est affreux! J'avoue, mon cher, nous nous moquions de Mack, mais cela va encore plus mal pour nous, dit Nesvitzki. Mais assieds-toi donc, mange quelque chose.

– Maintenant, prince, vous ne trouverez ni un chariot ni rien, et quant à votre Pierre, Dieu sait où il est, dit l'autre aide de camp.

– Où donc est le quartier général?

– Nous couchons à Znaim.

– Et moi j'ai fait charger tout ce dont j'ai besoin sur deux chevaux, dit Nesvitzki, on m'a fait d'excellents bâts. Assez bons pour pouvoir fuir à travers les monts de Bohême. Ça va mal, mon vieux. Mais qu'as-tu, tu dois être souffrant, à tressaillir ainsi? demanda Nesvitzki, en voyant le prince André sursauter violemment comme au contact d'une bouteille de Leyde.

– Ce n'est rien », répondit le prince André.

Il venait de se rappeler sa récente rencontre avec la femme du médecin et l'officier du train.

« Que fait ici le commandant en chef? demanda-t-il.

– Je n'y comprends rien, dit Nesvitzki.

– Et moi je ne comprends qu'une chose, que tout est ignoble, ignoble et ignoble », dit le prince André, et il se dirigea vers la maison où logeait le commandant en chef.

Passant devant la voiture de Koutouzov, les chevaux de selle fourbus de l'escorte et les cosaques qui parlaient entre eux à haute voix, le prince André entra dans le vestibule. Koutouzov, lui dit-on, était là avec le prince Bagration et Weirother. Weirother était le général autrichien qui avait remplacé Schmidt après sa mort. Dans le vestibule, le petit Kozlovski était accroupi devant un secrétaire. Le secrétaire écrivait hâtivement sur un tonneau renversé, les manches de son uniforme retroussées. Kozlovski paraissait recru de fatigue : visiblement, il n'avait pas non plus dormi de la nuit. Il regarda le prince André et ne lui fit même pas un signe de tête.

« En deuxième ligne... Ça y est? continua-t-il en dictant. Le régiment des grenadiers de Kiev, le régiment de Podolsk...

– Je ne peux pas vous suivre, Votre Honneur », répondit le secrétaire irrespectueusement et avec irritation en jetant un regard à Kozlovski.

A travers la porte, on entendait la voix mécontente et animée de Koutouzov qu'interrompait une autre voix, inconnue celle-là. A l'accent de ces voix, à l'air distrait dont l'avait regardé Kozlovski, au ton irrespectueux du secrétaire harassé, au fait que lui et Kozlovski étaient, si près du commandant en chef, installés par terre près d'un tonneau et que les cosaques qui gardaient les chevaux riaient si fort sous sa fenêtre, à tout cela le prince André sentit que quelque chose d'important et de fâcheux devait être arrivé.

Il interrogea Kozlovki avec insistance.

« Tout de suite, prince, dit celui-ci. C'est un dispositif pour Bagration.

— Et la capitulation?

— Il n'en est pas question, les ordres sont donnés pour la bataille. »

Le prince André se dirigea vers la porte d'où venaient les voix. Mais au moment où il voulut l'ouvrir, elles se turent, la porte s'ouvrit et Koutouzov, avec son nez aquilin dans sa face pleine, parut sur le seuil. Le prince André se trouvait juste en face de lui; mais à l'expression de l'unique œil intact du commandant en chef, on voyait que ses pensées et ses soucis l'occupaient au point de lui obscurcir en quelque sorte la vue. Il regarda son aide de camp en face sans le reconnaître.

« Eh bien, tu as fini? demanda-t-il à Kozlovski.

— Un instant, Excellence. »

Bagration, un petit homme sec encore jeune, au visage ferme et immobile de type oriental, parut derrière le commandant en chef.

« J'ai l'honneur de me présenter, répéta le prince André d'une voix assez forte en tendant une enveloppe.

— Ah! c'est de Vienne? Bien. tout à l'heure, tout à l'heure! »

Koutouzov sortit avec Bagration sur le perron.

« Allons, prince, adieu, lui dit-il. Dieu te garde. Je te bénis pour une grande action d'éclat. »

Le visage de Koutouzov s'adoucit soudain et des larmes perlèrent à ses yeux. Il attira à lui Bagration de sa main gauche, tandis que de la droite ornée d'une bague il fit sur lui le signe de la croix d'un geste qui lui était visiblement habituel et lui tendit sa joue pleine, mais au lieu de la baiser Bagration l'embrassa dans le cou.

« Dieu te garde! répéta Koutouzov, et il se dirigea vers sa voiture. Monte avec moi, dit-il à Bolkonski.

– Excellence, j'aurais voulu me rendre utile ici. Permettez-moi de rester dans le détachement du prince Bagration.

– Monte, dit Koutouzov, et voyant Bolkonski hésiter, il ajouta : j'ai moi-même besoin de bons officiers. »

Ils montèrent en voiture et roulèrent quelques instants en silence.

« Il se passera encore beaucoup de choses, beaucoup, dit-il comme si, avec sa perspicacité de vieillard, il eût deviné ce qui se passait dans l'âme de Bolkonski. Si un dixième de son détachement revient demain, j'en rendrai grâce à Dieu », ajouta-t-il comme pour lui-même.

Le prince André leva les yeux sur Koutouzov et, malgré lui, son œil mort et les sillons bien lavés de la cicatrice à sa tempe, à l'endroit où une balle lui avait traversé la tête à Ismaïl, attirèrent son regard. « Oui, il a le droit de parler si tranquillement de la mort de ces hommes! » pensa-t-il. « C'est pour cela que je demande à être affecté à ce détachement », dit-il.

Koutouzov ne répondit pas. Plongé dans ses pensées, il semblait avoir déjà oublié ce qu'il avait dit. Au bout de cinq minutes, mollement balancé par les ressorts souples de la voiture, il se tourna vers le prince André. Il n'y avait pas trace d'émotion sur son visage. Il le questionna avec une fine ironie sur les détails de son entrevue avec l'empereur, sur les commentaires entendus à la cour au sujet de l'affaire de Krems et sur quelques dames qu'ils connaissaient tous deux.

XIV

Koutouzov avait appris, le 1er novembre, par un de ses éclaireurs une nouvelle qui mettait l'armée qu'il commandait dans une situation presque sans issue. L'éclaireur rapportait que les Français avec des forces considérables, ayant passé le pont à Vienne, menaçaient sa voie de communication avec les troupes qui arrivaient de Russie. Si Koutouzov décidait de rester à Krems, l'armée de Napoléon, forte de cent cinquante mille hommes, le couperait de toutes ses communications, encerclerait son armée harassée de quarante mille hommes et il se trouverait dans la situation de Mack à Ulm. S'il décidait d'abandonner la voie de jonction avec les troupes de Russie, il devait s'engager sans routes dans la région inconnue des monts de Bohême en luttant contre un ennemi supérieur en nombre et abandonner tout espoir de faire sa jonction avec Buxhoevden. S'il décidait de battre en retraite par la route de Krems à Olmütz pour se réunir aux troupes venant de Russie, il risquait d'être devancé sur cette route par les Français qui avaient passé le pont à Vienne et d'être ainsi contraint d'accepter la bataille en marche, avec tous les chargements et les convois, et ayant affaire à un ennemi trois fois supérieur en nombre qui l'entourerait de deux côtés.

Koutouzov choisit cette dernière solution.

Les Français, au dire de l'éclaireur, après avoir passé le pont à Vienne, avançaient à marches forcées sur Znaim, situé sur la voie de retraite de Koutouzov, à plus de cent verstes devant lui. Atteindre Znaim avant les Français était s'assurer une grande chance de sauver l'armée; laisser les Français l'y devancer, c'était exposer toute l'armée à un déshonneur analogue à celui d'Ulm ou à l'anéantissement total. Mais gagner les Français de vitesse avec l'armée entière était impossible. La route des Français de Vienne à Znaim était plus courte et meilleure que celle des Russes de Krems à Znaim.

La nuit où il reçut cette nouvelle, Koutouzov envoya l'avant-garde de Bagration, forte de quatre mille hommes, à droite, à travers la montagne, de la route de Krems-Znaim vers celle de Vienne-Znaim. Bagration devait faire cette étape sans halte, s'arrêter face à Vienne et dos à Znaim, et s'il réussissait à arriver avant les Français, les retenir aussi longtemps qu'il le pourrait. Koutouzov lui-même avec tous les chargements se mit en marche en direction de Znaim.

Après avoir fait avec des soldats affamés, déchaussés, par une nuit de tempête, quarante-cinq verstes à travers la montagne sans routes, ayant perdu un tiers en traînards, Bagration atteignit la route Vienne-Znaim quelques heures avant les Français qui approchaient de Hollabrünn venant de Vienne. Koutouzov avec ses convois avait encore devant lui une marche de vingt-quatre heures avant d'atteindre Znaim; aussi, pour sauver l'armée, Bagration avec ses quatre mille soldats affamés, harassés, devait-il retenir pendant vingt-quatre heures toute l'armée ennemie qu'il rencontrait à Hollabrünn, chose apparemment impossible. Mais un caprice du sort rendit possible l'impossible. Le succès du subterfuge qui avait livré sans combat le pont de Vienne aux Français incita Murat à essayer la même manœuvre avec Koutouzov. Rencontrant sur la route de Znaim le faible détachement de Bagration, il crut que c'était là toute l'armée Koutouzov. Pour écraser sûrement cette armée, il attendait les troupes qui arrivaient de Vienne et, dans ce dessein, il proposa un armistice de trois jours, à condition que de part et d'autre les troupes resteraient sur leurs positions. Murat assurait que des pourparlers de paix étaient déjà engagés et que c'était pour éviter une effusion de sang inutile qu'il proposait cet armistice. Le général autrichien comte Nostitz qui tenait les avant-postes se laissa prendre aux assurances du parlementaire de Murat et se replia, découvrant le détachement de Bagration. Un autre parlementaire partit vers les positions russes annoncer la même nouvelle des pourparlers de paix et offrir un armistice de trois jours. Bagration répondit ne pouvoir accepter ni refuser un armistice, et envoya son aide de camp chez Koutouzov avec un rapport sur la proposition reçue.

Un armistice était pour Koutouzov le seul moyen de gagner du temps, de permettre au détachement exténué de Bagration de prendre du repos et de laisser avancer les convois et les chargements (dont les mouvements avaient été dissimulés aux Français) ne fût-ce que d'une étape de plus vers Znaim. La proposition d'armistice offrait une chance unique et inattendue de sauver l'armée. Ayant reçu cette nouvelle, Koutouzov envoya aussitôt au camp ennemi son aide de camp général Wintzingerode. Wintzingerode devait non seulement accepter l'armistice mais encore proposer des conditions de capitulation, et Koutouzov pendant ce temps chargeait ses aides de camp de faire accélérer autant que possible le passage de toute l'armée sur la route de Krems. Fourbu, affamé, le détachement de Bagration devait seul, en masquant ce mouvement des convois et du gros de l'armée, demeurer immobile devant un ennemi huit fois supérieur en nombre.

Les prévisions de Koutouzov se vérifièrent; son offre de

capitulation qui n'engageait à rien laissa à une partie des convois le temps de passer et d'autre part la faute de Murat ne tarda pas à être découverte. Dès que Bonaparte, qui se trouvait à Schœnbrunn, à vingt-cinq verstes de Hollabrünn, reçut le rapport de Murat ainsi que le projet d'armistice et de capitulation, il éventa la supercherie et lui écrivit la lettre suivante :

Au prince Murat.

Schœnbrunn, 25 brumaire, an 1805,
à huit heures du matin.

Il m'est impossible de trouver des termes pour vous exprimer mon mécontentement. Vous ne commandez que mon avant-garde et vous n'avez pas le droit de faire d'armistice sans mon ordre. Vous me faites perdre le fruit d'une campagne. Rompez l'armistice sur-le-champ et marchez à l'ennemi. Vous lui ferez déclarer que le général qui signe cette capitulation n'a point le droit de le faire, qu'il n'y a que l'empereur de Russie qui ait ce droit.

Toutes les fois cependant que l'empereur de Russie ratifierait ladite convention, je la ratifierai. Mais ce n'est qu'une ruse. Marchez, détruisez l'armée russe... vous êtes en position de prendre son bagage et son artillerie.

L'aide de camp de l'empereur de Russie est un... Les officiers ne sont rien quand ils n'ont pas de pouvoirs; celui-ci n'en avait point... Les Autrichiens se sont laissé jouer pour le passage du pont de Vienne, vous vous laissez jouer par un aide de camp de l'empereur.

NAPOLÉON.

Un aide de camp de Bonaparte partit à bride abattue porter cette lettre redoutable à Murat. Bonaparte lui-même, ne se fiant pas à ses généraux, se dirigeait avec toute la garde vers le champ de bataille, craignant de laisser échapper la victime offerte, tandis que les quatre mille hommes du détachement de Bagration, allumant gaiement des feux de camp, se séchaient, se chauffaient, préparaient la soupe, pour la première fois depuis trois jours, sans qu'aucun d'entre eux sût ce qui les attendait et même y songeât.

XV

VERS quatre heures de l'après-midi, le prince André, ayant obtenu gain de cause auprès de Koutouzov, arriva à Grunt et se présenta à Bagration. L'aide de camp de Bonaparte n'avait pas encore joint Murat et la bataille n'était pas engagée. Dans le détachement de Bagration, on ne savait rien de la marche générale des opérations, on parlait de paix, mais sans la croire possible. On parlait aussi de la bataille mais sans non plus la croire proche.

Bagration, connaissant Bolkonski pour l'aide de camp préféré de Koutouzov qui avait sa confiance, le reçut avec des égards et une bienveillance particulière de chef, lui expliqua que la bataille aurait sans doute lieu le jour même ou le lendemain et le laissa entièrement libre de rester pendant la bataille auprès de lui ou à l'arrière-garde pour assurer l'ordre de la retraite, « ce qui était également fort important ».

« D'ailleurs, il n'y aura sans doute pas d'engagement aujourd'hui » dit-il comme pour rassurer le prince André.

« Si c'est un de ces freluquets d'état-major qu'on envoie pour obtenir une croix, il l'obtiendra aussi bien à l'arrière-garde, et s'il veut être avec moi, soit... il pourra se rendre utile si c'est un officier courageux », se dit Bagration. Le prince André, sans rien répondre, demanda l'autorisation de visiter les positions et de se rendre compte de la disposition des troupes afin de savoir ou aller au cas où il serait chargé d'une mission L'officier de service, un bel homme vêtu avec recherche, une bague ornée d'un diamant à l'index, et qui parlait mal mais volontiers le français, s'offrit à le guider.

De toutes parts, on voyait des officiers trempés, le visage triste, qui semblaient chercher quelque chose, et des soldats qui traînaient, du village, des portes, des bancs et des palissades.

« Voilà des gens, prince, dont nous n'arrivons pas à

venir à bout, dit l'officier d'état-major en les montrant. Les chefs ne les tiennent pas en main. Et c'est ici – il montra la tente dressée d'un cantinier – qu'ils se rassemblent et passent leur temps. Ce matin je les ai tous chassés : voyez, c'est de nouveau plein. Il faut y aller, prince, pour leur faire peur. C'est l'affaire d'un instant.

– Allons-y, et je prendrai en même temps du fromage et du pain, dit le prince André qui n'avait pas encore eu le temps de manger.

– Que ne le disiez-vous, prince? Je vous aurais offert l'hospitalité. »

Ils descendirent de cheval et pénétrèrent sous la tente du cantinier. Plusieurs officiers, le visage empourpré et las, y étaient attablés, mangeant et buvant.

« Voyons, que signifie, messieurs! dit l'oficier d'un ton de reproche comme quelqu'un qui avait déjà dû répéter plusieurs fois la même chose. On ne peut vraiment pas s'absenter ainsi. Le prince a donné l'ordre qu'il n'y ait personne ici », dit-il à un petit officier d'artillerie sale, maigre, qui, sans bottes (il les avait données à sécher au cantinier), n'ayant gardé que ses chaussettes, s'était levé devant les nouveaux venus en souriant d'une façon qui manquait de naturel.

« Voyons, comment n'avez-vous pas honte, capitaine Touchine? poursuivit l'officier, vous devriez donner l'exemple en tant qu'artilleur, et vous êtes déchaussé. Qu'on batte le rappel, vous serez joli sans chaussures. » (Il sourit.) « Veuillez regagner vos postes, messieurs, tous, tous », ajouta-t-il d'un ton de commandement.

Le prince André sourit malgré lui en regardant le capitaine Touchine. Sans mot dire et souriant, Touchine sautillait d'un pied déchaussé sur l'autre, interrogeant de ses grands yeux intelligents et bons tantôt le prince André, tantôt l'officier de service.

« Les soldats disent qu'on est plus à l'aise nu-pieds », dit le capitaine Touchine souriant et intimidé, visiblement désireux de se tirer de cette situation embarrassante en la tournant en plaisanterie.

Mais avant même d'avoir achevé il sentit que sa plaisanterie était mal accueillie et avait fait long feu. Il se troubla.

« Veuillez vous retirez », dit l'officier d'ordonnance en s'efforçant de conserver son sérieux.

Le prince André jeta encore un regard sur la petite silhouette de l'artilleur. Il y avait en elle quelque chose de particulier, nullement militaire, d'un peu comique, mais d'extrêmement sympathique.

L'officier d'ordonnance et le prince André montèrent en selle et reprirent leur chemin.

Sortant du village, dépassant et croisant sans cesse des soldats à pied, des officiers de différents corps, ils aperçurent sur leur gauche des ouvrages en construction, rouges de terre glaise fraîchement remuée. Plusieurs équipes de soldats, en manches de chemise malgré le vent froid, y grouillaient comme des fourmis blanches; de derrière le parapet, des pelletées de terre glaise jaillissaient sans interruption, jetées par une main invisible. Ils s'approchèrent des ouvrages, les examinèrent et poursuivirent leur chemin. Immédiatement au-delà, ils se heurterent à plusieurs dizaines de soldats qui, se relayant sans cesse, dévalaient en courant le talus. Ils durent se boucher le nez et mettre les chevaux au trot pour échapper à cette atmosphère empestée.

« *Voilà l'agrément des camps, monsieur le prince* », dit l'officier d'ordonnance.

Ils atteignirent la hauteur qui s'élevaient en face d'eux. De cette hauteur on voyait déjà les Français. Le prince André s'arrêta et se mit à observer.

« C'est ici que se trouve une de nos batteries, dit l'officier d'ordonnance en désignant le point le plus élevé, c'est celle de cet original qui était déchaussé; de là on voit tout; allons-y, prince.

— Je vous remercie, maintenant je m'y retrouverai tout seul, dit le prince André, désireux de se débarrasser de lui, ne vous dérangez pas je vous prie. »

L'officier n'insista pas et le prince André partit seul.

Plus il approchait de l'ennemi, plus l'aspect des troupes devenait ordonné et joyeux. C'était dans le convoi qu'il avait dépassé ce matin, avant Znaim, et qui se trouvait à dix verstes des Français, que le désordre et l'abattement étaient les plus marqués. A Grunt également, on sentait une certaine inquiétude, une sourde appréhension. Mais à mesure qu'il approchait des lignes françaises, on sentait de plus en plus d'assurance parmi les troupes. Des soldats vêtus de leurs capotes étaient alignés devant un sergent-major et un commandant de compagnie qui comptaient les hommes, plantant le doigt dans la poitrine du dernier du rang et lui faisant lever le bras; d'autres soldats éparpillés partout apportaient du bois et des branches et construisaient des huttes, riant et parlant gaiement entre eux; des hommes, habillés ou dévêtus, assis près des feux, faisaient sécher leurs chemises, leurs chaussettes ou ravaudaient leurs chaussures et leurs capotes, d'autres se pressaient autour des marmites des cuistots. Dans une compagnie, la soupe était prête, et les soldats regardaient avidement les marmites fumantes, attendant que le sergent-fourrier l'eût fait goûter dans une écuelle de bois à l'officier, assis sur un tronc d'arbre en face de sa hutte.

Dans une autre compagnie, plus chanceuse, car tout le monde n'avait pas de vodka, les soldats étaient attroupés autour d'un sergent-major grêlé aux larges épaules qui, en inclinant le tonnelet, remplissait à tour de rôle les quarts qu'on lui tendait. Les soldats les portaient religieusement à leurs lèvres, les renversaient et, se rinçant la bouche et s'essuyant à la manche de leur capote, s'éloignaient l'air réjoui. Tous les visages étaient calmes comme si tout se passait non pas face à l'ennemi, à la veille d'une action où la moitié pour le moins du détachement devait rester sur le terrain, mais quelque part au pays natal dans l'attente d'un cantonnement paisible. Après avoir dépassé un régiment de chasseurs, le prince André rencontra, entre les rangs des grenadiers de Kiev, beaux gaillards occupés à des besognes tout aussi pacifiques, non loin d'une haute baraque qui se distinguait des autres, celle du commandant du régiment, un peloton de grenadiers devant lequel était étendu un homme nu. Deux soldats le maintenaient, tandis que deux autres levaient des baguettes flexibles et frappaient en mesure son dos nu. Le coupable poussait des cris qui manquaient de naturel. Un gros major allait et venait devant le front des troupes et, sans s'arrêter ni prêter attention aux cris, disait :

« Il est honteux pour un soldat de voler, un soldat doit

être honnête, noble et brave; et s'il a volé un camarade, il n'a donc plus d'honneur; c'est un misérable. Encore, encore! »

Et l'on entendait toujours le sifflement des baguettes et les cris déchirants mais feints.

« Encore, encore! » répétait le major.

Un jeune officier, un air de perplexité et de souffrance peint sur son visage, s'éloigna du coupable en jetant des regards interrogateurs vers l'aide de camp qui passait.

Le prince André, arrivé aux avant-postes, suivit la ligne de front. Notre ligne et celle de l'ennemi se trouvaient, sur les flancs, loin l'une de l'autre, mais au centre, à l'endroit où les parlementaires étaient passés le matin, elles s'étaient rapprochées au point que l'on pouvait se voir et même se parler. Outre les soldats qui tenaient la première ligne à cet endroit, une foule de curieux se pressaient de part et d'autre et en riant examinaient les ennemis bizarres qu'ils n'avaient jamais encore vus.

Depuis le matin de bonne heure, malgré l'interdiction d'approcher des avant-postes, les officiers ne parvenaient pas à refouler le flot des curieux. Les soldats des avant-postes, comme des gens qui montrent quelque chose de rare, ne regardaient plus les Français mais faisaient des observations sur les badauds et attendaient en s'ennuyant la relève. Le prince André s'arrêta pour voir les Français.

« Regarde-moi ça, regarde », disait un soldat à un camarade en montrant un fusilier russe qui, en compagnie d'un officier, s'était approché des avant-postes et discutait, plein de volubilité et d'ardeur, avec un grenadier français. Voyez donc comme il s'entend pour dégoiser! Même que le Français n'arrive pas à le suivre. A ton tour, Sidorov!

– Attends, écoute. Voyez-moi ça, c'est rudement bien! » répondit Sidorov qui passait pour exceller en français.

Le soldat que montraient les rieurs était Dolokhov. Le prince André le reconnut et prêta l'oreille à la conversation. Dolokhov et le commandant de sa compagnie étaient venus dans les lignes du flanc gauche, où se trouvait leur régiment.

« Allons, encore, encore! disait le capitaine se penchant en avant et s'efforçant de ne pas perdre un mot de la conversation incompréhensible pour lui. Je vous en prie, plus vite. Que dit-il? »

Dolokhov ne répondit pas au capitaine; il était engagé dans une discussion passionnée avec le grenadier français. Ils parlaient comme il se devait de la campagne. Le Français prétendait, confondant les Autrichiens avec les Russes, que les Russes s'étaient rendus et fuyaient depuis Ulm; Dolokhov affirmait que les Russes ne s'étaient pas rendus mais battaient les Français.

« Nous avons l'ordre de vous chasser d'ici et nous vous chasserons, disait-il.

– Tâchez seulement qu'on ne vous prenne pas tous avec tous vos cosaques », dit le grenadier français.

Les auditeurs français et les spectateurs éclatèrent de rire.

« *On vous fera danser* comme vous dansiez du temps de Souvorov, dit Dolokhov.

– *Qu'est-ce qu'il chante?* demanda un Français.

– *De l'histoire ancienne,* dit un autre, devinant qu'il s'agissait d'une guerre précédente. *L'Empereur va lui faire voir à votre Souvara, comme aux autres...*

– Bonaparte... », commença Dolokhov, mais le Français l'interrompit.

« Il n'y a pas de Bonaparte. Il y a l'Empereur! *Sacré nom...* cria-t-il avec colère.

– Le diable l'emporte, votre Empereur! »

Et Dolokhov lança, en russe, un grossier juron de soldat et, rajustant son fusil, s'éloigna.

« Venez, Ivan Loukitch, dit-il au capitaine.

– Ça c'est du français, dirent les soldats des avant-postes. Vas-y, toi, Sidorov! »

Sidorov cligna de l'œil et, s'adressant aux Français, se mit à bredouiller à toute vitesse des mots incompréhensibles :

« Kari, mala, tafa, safi, mouter, kaska, baragouinait-il en s'efforçant de rendre sa voix expressive.

– Ho, ho, ho! Ha, ha, ha, ha! Ouh! Ouh! » Les soldats éclatèrent d'un rire si sain et joyeux qui, à travers les lignes, se communiqua malgré eux aux Français, qu'après cela il ne restait plus, semblait-il, qu'à décharger les fusils, à faire sauter les munitions et à rentrer au plus vite chacun chez soi.

Mais les fusils demeurèrent chargés, les meurtrières des maisons et des retranchements étaient toujours aussi menaçantes et les canons enlevés des avant-trains restaient dirigés les uns contre les autres.

XVI

Après avoir parcouru nos lignes du flanc droit au flanc gauche, le prince André monta à la batterie d'où, selon l'officier d'ordonnance, la vue s'ouvrait sur tout le terrain. Là il mit pied à terre et s'arrêta auprès de la dernière des quatre pièces retirées de leurs avant-trains. Un artilleur montait la garde devant les pièces; il salua l'officier mais, sur un signe, reprit sa promenade monotone et fastidieuse. Derrière les canons se trouvaient les avant-trains, encore plus loin les piquets et le bivouac des artilleurs. A gauche, non loin de la dernière pièce, se dressait une hutte toute neuve, d'où venaient des voix animées d'officiers.

En effet, de la batterie la vue s'ouvrait sur presque toutes les positions russes et sur la grande partie de celles de l'ennemi. Juste en face, au sommet d'une colline, se profilait le village de Schœngraben; à gauche et à droite on pouvait distinguer, à trois endroits, au milieu de la fumée de leurs bivouacs, les masses des troupes françaises dont la majeure partie se trouvait apparemment au village même et sur l'autre versant. A gauche du village, on apercevait à travers la fumée quelque chose qui devait être une batterie, mais qu'on ne pouvait bien distinguer à l'œil nu. Notre flanc droit était disposé sur une hauteur assez abrupte qui dominait la position française. Notre infanterie l'occupait et, tout au bout, on voyait les dragons. La pente la plus douce partait du centre, où se trouvait justement la batterie de Touchine de laquelle le prince André examinait le terrain, et menait tout droit au ruisseau qui nous séparait de Schœngraben. A gauche, nos troupes s'appuyaient à une forêt où fumaient les feux de notre infanterie qui coupait du bois. Les lignes françaises débordaient les nôtres, et il était évident que les Français pouvaient facilement nous envelopper. Derrière nos positions, il y avait un ravin abrupt et profond que l'artillerie et la cavalerie pouvaient difficilement emprunter pour se replier. Le prince André, s'accoudant à un canon et prenant son carnet, fit pour son usage personnel un croquis de la disposition des troupes. A deux endroits, il l'annota au crayon dans l'intention d'en parler à Bagration. Il proposait, premièrement, de concentrer toute l'artillerie au centre, deuxièmement, de ramener la cavalerie en arrière, de l'autre côté du ravin. Se trouvant constamment auprès du commandant en chef et chargé de l'historique des batailles, il avait l'habitude de suivre surtout les mouvements de masse et les directives générales, si bien que, tout naturellement, il n'envisageait dans la présente affaire que les grandes lignes des opérations futures. Seules quelques éventualités importantes se présentaient à son esprit : « Si l'ennemi lance l'attaque sur le flanc droit, se disait-il, les grenadiers de Kiev et les chasseurs de Podolsk devront tenir leurs positions jusqu'à l'arrivée des réserves du centre. Dans ce cas, les dragons pourront attaquer le flanc de l'ennemi et le culbuter. Mais en cas d'une attaque au centre, nous plaçons sur cette hauteur la batterie centrale et, sous son couvert, nous replions le flanc gauche, puis nous reculons en échelons jusqu'au ravin. »

Depuis qu'il se trouvait à la batterie près de la pièce, il ne cessait d'entendre, comme il advient souvent, les voix des officiers qui parlaient dans la hutte, mais il ne comprenait pas un mot de ce qu'ils disaient. Soudain l'une des voix eut un accent si prenant qu'il tendit malgré lui l'oreille.

« Non, mon cher, disait cette voix agréable et qu'il lui sembla connaître, je dis que s'il était possible de savoir ce qu'il y aura après la mort, aucun de nous ne la craindrait. C'est ainsi, mon cher. »

Une autre voix, plus jeune, l'interrompit :

« Qu'on la craigne ou pas, de toute façon on ne peut y échapper.

– Mais on a toujours peur! Hé! vous autres, les savants, dit une troisième voix, plus mâle celle-là, en interrompant les deux premières. Vous autres artilleurs, si vous êtes si savants c'est que vous pouvez toujours tout emporter avec vous, et de quoi boire un verre et de quoi manger un morceau. »

Et le possesseur de la voix mâle, apparemment un officier d'infanterie, se mit à rire.

« Et on la craint toujours, reprit la première voix. C'est de l'inconnu qu'on a peur, voilà ce qu'il y a. On a beau dire que l'âme va au ciel... nous savons qu'il n'y a pas de ciel mais seulement l'atmosphère. »

De nouveau la voix mâle interrompit l'artilleur.

« Allons, offrez-nous donc de votre eau-de-vie aux herbes, Touchine », dit-elle.

« Ah! c'est le capitaine qui était déchaussé chez le cantinier », se dit le prince André, reconnaissant avec plaisir l'agréable voix du capitaine qui philosophait.

« De l'eau-de-vie, ça peut se faire, dit Touchine, mais quand même comprendre la vie future... Il n'acheva pas. »

A ce moment, un sifflement emplit l'air; plus proche, toujours plus proche, plus rapide et plus net, plus net et plus rapide, et un boulet, comme s'il n'avait pu achever tout ce qu'il avait à dire, frappa avec une force inhumaine le sol, non loin de la hutte, en faisant jaillir des mottes de tous côtés. La terre parut gémir sous ce coup terrible.

Au même instant, le petit Touchine, la pipe serrée entre ses dents au coin de sa bouche, jaillit le premier de la hutte; son bon visage intelligent était un peu pâle. Derrière lui parut le possesseur de la voix mâle, un officier d'infanterie à l'allure crâne, qui courut rejoindre sa compagnie tout en se reboutonnant en hâte.

XVII

Le prince André, à cheval, s'arrêta près de la batterie, regardant la fumée de la pièce d'où était parti le boulet. Ses yeux ne savaient où se poser sur le vaste espace. Il vit seulement que les masses jusque-là immobiles des Français s'ébranlaient et qu'à gauche il y avait en effet une batterie. La fumée n'était pas encore dissipée au-dessus d'elle. Deux cavaliers français, probablement des aides de camp, passèrent au galop sur la hauteur. Sans doute pour renforcer les premières lignes, une colonne ennemie, nettement visible, dévalait la côte. La fumée de la première détonation n'était pas encore dissipée qu'une autre parut et un nouveau coup partit. La bataille était commencée. Le prince André tourna bride et reprit au galop le chemin de Grunt, à la recherche du prince Bagration. Derrière lui, il entendait la canonnade se faire de plus en plus violente. Apparemment les nôtres commençaient à riposter. En bas, à l'endroit où étaient passés les parlementaires, une fusillade crépita.

Lemarrois venait d'arriver chez Murat, porteur de la terrible lettre de Napoléon, et Murat, honteux et désireux de réparer sa faute, donna aussitôt l'ordre d'attaquer notre centre et d'envelopper nos deux flancs, espérant écraser, dès avant le soir et l'arrivée de l'empereur, le misérable détachement qu'il avait devant lui.

« C'est commencé! La voilà la bataille! » pensait le prince André, sentant le sang lui affluer plus vite au cœur. « Mais où donc, comment va se présenter mon Toulon? » se demandait-il.

En passant devant les compagnies qui, un quart d'heure plus tôt, mangeaient la soupe et buvaient de la vodka, il vit partout les mêmes mouvements rapides des soldats qui formaient les rangs et prenaient leurs fusils, et sur tous les visages il reconnaissait la même excitation qu'il sentait en lui. « C'est commencé! La voilà la bataille! C'est terrible et amusant! » semblait dire le visage de chaque soldat et de chaque officier.

Avant d'atteindre les ouvrages en construction, il aperçut dans le crépuscule de la maussade soirée d'automne un groupe de cavaliers qui venaient à sa rencontre. Celui de tête, en bourka[1] et casquette garnie d'astrakan, montait un cheval blanc. C'était le prince Bagration. Le prince André s'arrêta pour l'attendre. Le prince Bagration retint son cheval et, le reconnaissant, lui fit un signe de tête. Il continua de regarder devant lui pendant que le prince André lui rendait compte de ce qu'il avait vu.

La pensée : « C'est commencé! La voilà la bataille! » se lisait

1. Grande cape de feutre originaire du Caucase.

jusque sur le rude visage bronzé du prince Bagration dont les yeux troubles étaient mi-clos et comme ensommeillés. Le prince André examinait avec une curiosité inquiète ce visage immobile et se demandait si cet homme pensait et sentait en cet instant, et ce qu'il pouvait sentir au juste. « Y a-t-il quelque chose derrière ce visage immobile? » se demandait-il en le regardant. Le prince Bagration inclina la tête en signe d'acquiescement aux paroles du prince André et dit : « Bien », comme si tout ce qui se passait et tout ce qu'on lui communiquait était exactement ce qu'il avait prévu. Le prince André, essoufflé par sa course rapide, parlait vite. Le prince Bagration, lui, laissait tomber lentement chaque mot avec son accent oriental, comme pour signifier qu il n'y avait pas de raison de se hâter. Il mit cependant son cheval au trot dans la direction de la batterie de Touchine. Le prince André se joignit à sa suite. Elle comprenait un officier de la suite de l'empereur, l'aide de camp personnel du prince Bagration. Jerkov, son officier d'ordonnance, l'officier de service sur une belle jument demi-sang et un fonctionnaire civil, un auditeur, qui par curiosité avait demandé la permission de suivre la bataille. L'auditeur, un homme corpulent au visage plein, qui regardait autour de lui avec un sourire de joie naïve en tressautant sur son cheval, présentait un étrange aspect, avec son manteau de camelot et une selle du train, au milieu des hussards, des cosaques et des aides de camp.

« Monsieur veut voir la bataille, dit Jerkov à Bolkonski en indiquant l'auditeur, mais il a déjà mal au creux de l'estomac.

— Allons, assez, fit l'auditeur avec un sourire radieux, naïf et en même temps rusé, comme s'il était flatté d'être l'objet des plaisanteries de Jerkov et s'efforçait exprès de paraître plus bête qu'il n'était.

— *Très drôle, mon monsieur prince* », dit l'officier de service. (Il se souvenait qu'en français le titre de prince se disait d'une façon spéciale mais ne parvenait pas à trouver la bonne formule.)

A ce moment ils approchaient tous de la batterie de Touchine et un boulet tomba devant eux.

« Qu'est-ce donc qui est tombé? demanda l'auditeur en souriant naïvement.

— Des galettes françaises, dit Jerkov.

– C'est donc avec cela qu'ils tirent? demanda l'auditeur. Quelle horreur! »

Et il parut s'épanouir de plaisir. A peine avait-il parlé que de nouveau un terrible sifflement se fit entendre qui s'acheva soudain en une chute dans quelque chose de mou, et le cosaque qui se trouvait sur la droite de l'auditeur, légèrement en arrière, s'abattit avec son cheval. Jerkov et l'officier de service s'aplatirent sur leurs selles et firent faire demi-tour à leurs chevaux. L'auditeur arrêta le sien devant le cosaque, l'examinant avec une curiosité attentive. Le cosaque était mort, le cheval se débattait encore.

Le prince Bagration se retourna en plissant les yeux, et voyant la cause de la confusion, se détourna avec indifférence, d'un air qui semblait dire : « Est-ce la peine de s'occuper de ces vétilles! » Il arrêta son cheval d'un geste de bon cavalier et se pencha un peu pour dégager son épée qui s'était prise dans sa bourka. C'était une épée ancienne, différente de celles qu'on portait alors. Le prince André se souvint qu'on racontait que Souvorov, en Italie, avait fait cadeau de son épée à Bagration, et ce souvenir lui fut particulièrement agréable en ce moment. Ils approchèrent de la batterie auprès de laquelle il s'était arrêté pour contempler le champ de bataille.

« Qui commande la batterie? » demanda le prince Bagration à l'artificier de garde aux caissons.

Il demandait : « Qui commande la batterie? » mais en réalité il entendait : « N'auriez-vous pas peur par hasard ici? » Et l'artificier le comprit ainsi.

« Le capitaine Touchine. Votre Excellence, cria d'une voix forte l'artificier, un gaillard roux au visage parsemé de taches de son, en se mettant au garde-à-vous.

– Bon, bon », fit Bagration d'un air absorbé, et passant devant les avant-trains, il se dirigea vers la dernière pièce.

Comme il approchait, un coup en partit, l'assourdissant, lui et sa suite, et dans la fumée qui enveloppa soudain le canon, on vit les artilleurs le saisir et, le roulant en hâte avec effort, le ramener à son point de départ. Un gigantesque soldat aux larges épaules, le servant n° 1, qui, les jambes largement écartées, tenait à la main l'écouvillon, fit un bond du côté de la roue. Le n° 2 introduisit d'une main tremblante la charge dans la gueule du canon. Un petit homme légèrement voûté, l'officier Touchine, butant contre l'affût, courut en avant sans remarquer le général et se mit à observer, sa petite main mise en écran devant ses yeux.

« Ajoute encore deux lignes, ça sera juste, cria-t-il d'une voix fluette qu'il s'efforçait de rendre gaillarde, ce qui n'allait pas du tout à sa personne. Seconde pièce, feu! glapit-il. Démolis-les, Medvedey! »

Bagration appela l'officier, et Touchine portant trois doigts à sa visière, d'un geste timide et gauche, pas du tout du geste dont saluent les militaires, mais de celui dont bénissent les prêtres, s'approcha du général. Bien que sa batterie fût destinée à tenir sous le feu le ravin, il tirait à boulets rouges sur le village de Schœngraben qu'on apercevait en face et devant lequel évoluaient de grandes masses de Français.

Personne n'avait donné d'ordres à Touchine ni au sujet de l'objectif ni quant au choix des projectiles, et après avoir consulté son maréchal des logis chef Zakhartchenko qu'il tenait en haute estime, il avait décidé qu'il serait bon d'incendier le village. « Bien! » dit Bagration en réponse au rapport de l'officier et il se mit à examiner le champ de bataille qui s'ouvrait tout entier devant lui, comme s'il combinait quelque plan. C'était sur la droite que les Français avaient approché le plus près. Au bas de la hauteur qu'occupait le régiment de Kiev, dans le ravin où coulait la rivière, on entendait un feu roulant qui étreignait le cœur, et beaucoup plus à droite, derrière les dragons, l'officier de la suite indiqua au prince une colonne française qui enveloppait notre aile. A gauche, l'horizon était barré par une forêt toute proche. Le prince Bagration donna l'ordre à deux bataillons du centre de se porter en renfort à droite. L'officier de la suite se permit de lui faire remarquer qu'après le retrait de ces bataillons, sa batterie resterait sans couverture. Le prince Bagration se tourna vers lui et le regarda en silence de ses yeux troubles. Il sembla au prince André que l'observation de l'officier était fondée et qu'il n'y avait en effet rien à dire. Mais à ce moment un aide de camp envoyé par le commandant du régiment qui se trouvait dans le ravin vint annoncer que d'énormes masses de Français avançaient par le bas, que le régiment était désorganisé et se repliait vers les grenadiers de Kiev. Le prince Bagration inclina la tête en signe d'acquiescement et d'approbation. Il se porta au pas vers la droite et envoya l'aide de camp chez les dragons avec l'ordre d'attaquer les Français. Mais l'aide de camp revint dire au bout d'une demi-heure que le commandant des dragons, accueilli par un feu violent et perdant inutilement des hommes, s'était déjà replié au-delà du ravin, puis faisant mettre pied à terre, avait fait déployer des tirailleurs dans la forêt.

« Bien! » dit Bagration.

Au moment où il quittait la batterie, une fusillade avait également éclaté sur la gauche, dans la forêt, et comme le flanc gauche était trop loin pour qu'il pût l'atteindre à temps, il envoya Jerkov dire au général qui le commandait, celui-là même qui avait présenté son régiment à Koutouzov à Braunau, de se retirer en toute hâte dans le ravin, car le flanc droit ne serait sans doute pas en mesure de contenir longtemps l'ennemi. Quant au bataillon qui couvrait la batterie de Touchine, il fut oublié. Le prince André prêtait une oreille attentive aux conversations du prince Bagration avec les chefs et aux ordres qu'il donnait, et à sa surprise, il remarquait qu'en réalité aucun ordre n'était donné mais que le prince Bagration s'efforçait seulement de faire croire que tout ce qui se faisait par nécessité, par hasard ou sur l'initiative des chefs de corps se faisait sinon sur son ordre, du moins conformément à ses intentions. Grâce au tact dont faisait preuve Bagration, le prince André constatait que bien que les événements fussent livrés au hasard et ne dépendissent pas de la volonté du chef, il obtenait des résultats par sa seule présence. Les chefs qui s'approchaient le visage défait redevenaient calmes, les soldats et les officiers saluaient joyeusement, s'animaient en sa présence et faisaient visiblement parade devant lui de leur bravoure.

XVIII

Parvenus au point le plus élevé de notre flanc droit, le prince Bagration et son escorte se mirent à descendre la pente au bas de laquelle on entendait le feu roulant et où la fumée de la poudre empêchait de rien voir. Plus ils s'engageaient dans le ravin, moins ils y voyaient, mais plus la proximité du véritable champ de bataille devenait sensible. Ils rencontrèrent bientôt des blessés. L'un d'eux, sans bonnet, la tête ensanglantée, était tenu sous les bras par deux soldats. Il râlait et crachait. La balle avait dû l'atteindre à la bouche ou à la gorge. Un autre marchait vaillamment tout seul, sans fusil, gémissant tout haut et agitant sous la douleur d'une blessure toute fraîche son bras d'où le sang coulait sur sa capote comme d'un flacon. Son visage exprimait plutôt la peur que la souffrance. Il venait à peine d'être blessé. Traversant la route, ils se mirent à descendre à pic et virent quelques hommes étendus sur le sol; ils croisèrent un groupe de soldats parmi lesquels il y en avait de valides. Les soldats montaient la côte, haletants et, sans tenir compte du général, parlaient fort et gesticulaient. En avant, dans la fumée, on voyait déjà des rangs de capotes grises, et un officier, à la vue de Bagration, courut en criant vers les soldats qui s'en allaient en foule, leur ordonnant de revenir. Bagration approcha des rangs le long desquels claquaient çà et là des coups de feu couvrant les voix et les commandements. L'air était tout imprégné de fumée. Les visages des soldats étaient surexcités et tout noirs de poudre. Les uns bourraient leurs fusils avec les baguettes, d'autres versaient la poudre, prenaient dans leur sac des charges, d'autres encore tiraient. Mais sur qui ils tiraient, on ne pouvait le voir dans la fumée qu'aucun vent ne venait dissiper. Assez souvent on entendait un bourdonnement et un sifflement désagréables à l'oreille. « Qu'est-ce? pensait le prince André en approchant de cette foule de soldats. Ce ne peut être un cordon car ils sont rassemblés. Ce ne peut être un carré non plus : ce n'est pas ainsi qu'ils sont formés. »

Le commandant du régiment, un petit vieillard maigre, d'apparence chétive, au sourire agréable, à qui ses paupières plus qu'à moitié closes donnaient un air doux, dirigea son cheval vers le prince Bagration et l'accueillit tel un maître de maison recevant un hôte de marque. Il lui fit savoir qu'une attaque de la cavalerie française avait été lancée contre son régiment et que, quoiqu'elle eût été repoussée, le régiment avait perdu plus de la moitié des hommes. Il dit que l'attaque avait été repoussée, recourant à ce terme militaire pour qualifier ce qui s'était passé dans son régiment; mais en réalité, il ignorait lui-même ce qui était arrivé durant cette demi-heure aux troupes qui lui avaient été confiées et n'aurait pu dire à coup sûr si l'attaque avait été repoussée ou si son régiment était disloqué. Il savait seulement qu'au début de l'action, des boulets et des grenades pleuvaient de tous côtés en fauchant des hommes, puis que quelqu'un avait crié : « La cavalerie! » et que les nôtres avaient ouvert le feu. Et ils tiraient toujours, non plus sur la cavalerie mais sur les fantassins français apparus dans le ravin et qui ripostaient. Le prince Bagration inclina la tête comme pour dire que c'était exactement ce qu'il désirait et prévoyait. S'adressant à l'aide de camp, il lui donna l'ordre de ramener de la hauteur les deux bataillons du 6ᵉ chasseurs devant lesquels ils venaient de passer. Le prince André fut frappé à ce moment du brusque changement qui s'était fait dans l'expression du prince Bagration. Son visage exprimait maintenant cette détermination concentrée et heureuse qu'éprouve un homme qui, prêt à se jeter à l'eau par une journée chaude, prend son dernier élan. Le regard trouble, ensommeillé, cet air de profondeur affectée avaient disparu; ses yeux ronds, fermes, de vautour regardaient devant eux avec enthousiasme et un léger mépris, sans se poser sur rien, quoique ses mouvements demeurassent lents et mesurés.

Le colonel adjura le prince Bagration de se retirer car l'endroit était trop dangereux. « De grâce, Excellence, au nom du Ciel! » disait-il en quêtant du regard l'approbation de l'officier de la suite qui se détournait. « Tenez, vous voyez! » Il attirait son attention sur les balles qui, sans arrêt, bourdonnaient, chantaient et sifflaient autour d'eux. Il parlait de ce ton de prière et de reproche que prend le charpentier pour dire à son maître qui s'empare de sa hache : « Nous autres, nous avons l'habitude mais vous vous ferez seulement des ampoules. » On eût dit que ces balles ne pouvaient pas le tuer lui-même et ses yeux mi-clos donnaient à ses paroles un accent encore plus persuasif. L'officier de service joignit ses adjurations à celles du colonel; mais le prince Bagration ne leur répondit pas et donna seulement l'ordre de cesser le feu et de faire place aux deux bataillons qui arrivaient. Pendant qu'il parlait, le rideau de fumée qui cachait le ravin, comme tiré de droite à gauche par une main invisible, fut chassé par le vent qui s'était levé, découvrant aux yeux la hauteur opposée couverte de Français en marche. Tous les regards se fixèrent involontairement sur cette colonne française qui approchait en ondulant au gré des accidents de terrain. On voyait déjà les bonnets à poil des soldats; on pouvait même distinguer les officiers des hommes de troupe; on voyait le drapeau flotter le long de la hampe.

« Ils marchent bien », dit quelqu'un dans la suite de Bagration.

La tête de la colonne était déjà dans le ravin. Le choc devait se produire sur ce versant-ci.

Les débris de notre régiment engagé dans l'affaire se regroupaient hâtivement, se retiraient sur la droite; derrière eux, chassant les traînards, approchaient en bon ordre les deux bataillons du 6ᵉ chasseurs. Ils n'étaient pas encore arrivés à la hauteur de Bagration qu'on entendait déjà leur pas lourd, pesant, marqué par toute cette masse d'hommes. A leur flanc gauche marchait, le plus près de Bagration, un commandant de compagnie, homme de belle prestance, au visage rond et à l'expression sotte, heureuse, celui-là même qui s'était élancé hors de la hutte. On voyait qu'il ne pensait en ce moment qu'à défiler crânement devant le chef.

Avec l'air avantageux du militaire de carrière, il avançait d'un pas léger de ses jambes musclées comme s'il nageait, se redressant sans le moindre effort et se distinguant, par cette légèreté de sa démarche, de la lourdeur des soldats qui marchaient au pas avec lui. Il portait au côté une épée nue, mince et étroite (une petite épée recourbée qui ne ressemblait pas à une arme), et jetant des regards tantôt vers le chef, tantôt en arrière, sans rompre la cadence, se tournait avec souplesse de tout son corps vigoureux. On eût dit que toutes les forces de son âme étaient tendues, pour défiler le mieux qu'il pût, et sentant qu'il le faisait bien, il était heureux. « Gauche... gauche... gauche... » semblait-il répéter intérieurement tous les deux pas et, à la même cadence, cette muraille de soldats aux visages diversement graves, alourdis par leurs sacs et leurs fusils, avançait comme si chacun parmi ces centaines d'hommes répétait mentalement tous les deux pas : « Gauche... gauche... gauche... » Un gros major essoufflé et rompant le pas, contournait un buisson sur son chemin; un traînard rattrapait au trot sa compagnie; un boulet, déplaçant l'air, passa au-dessus de la tête du prince Bagration et de sa suite, et à la cadence de :

« Gauche-gauche! » vint s'abattre sur la colonne. « Serrez les rangs! » cria la voix gaillarde du commandant de compagnie. Les soldats contournaient quelque chose en un arc de cercle à l'endroit où était tombé le boulet, et un des flanqueurs, un vieux sous-officier décoré qui s'était attardé auprès des morts rejoignit son rang, sautilla pour se remettre au pas et jeta autour de lui un regard irrité. « Gauche... gauche... gauche... » semblait-on entendre au milieu du silence menaçant et du bruit monotone des pieds frappants tous à la fois le sol.

« Hardi, les gars! » dit le prince Bagration.

« On fera de son mieux Votre ...ence! » ce cri courut le long des rangs. Un soldat renfrogné qui marchait sur la gauche tourna en criant les yeux vers Bagration, comme pour dire : « On le sait bien »; un autre, sans tourner la tête et comme s'il craignait de se laisser distraire, passait en criant, la bouche grande ouverte.

L'ordre fut donné de s'arrêter et d'enlever les sacs.

Bagration parcourut les rangs qui avaient défilé devant lui et mit pied à terre. Il passa les rênes à un cosaque, retira sa bourka qu'il lui remit également, se dégourdit les jambes et arrangea sa casquette. La tête de la colonne française, les officiers en avant, parut au pied de la colline.

« Avec l'aide de Dieu! » dit Bagration d'une voix forte. Il se retourna un instant vers les troupes et d'un pas gauche de cavalier, balançant légèrement les bras, s'engagea comme avec peine sur le terrain accidenté. Le prince André sentait une force irrésistible l'entraîner en avant et éprouvait un grand bonheur[1].

Les Français étaient déjà tout près; déjà le prince André, qui marchait aux côtés de Bagration, distinguait nettement les buffleteries, les épaulettes rouges, même les visages. (Il voyait nettement un vieil officier français qui gravissait avec peine la pente, ses jambes arquées guêtrées de cuir, en se retenant aux buissons.) Le prince Bagration ne donnait pas d'autres ordres et continuait d'avancer en silence devant les rangs. Soudain, un coup de feu claqua parmi les Français, puis un autre, un troi-

1. Ce fut alors cette attaque dont Thiers a dit : *« Les Russes se conduisirent vaillamment et, chose rare à la guerre, on vit deux masses d'infanterie marcher résolument l'une contre l'autre sans qu'aucune cédât avant d'être abordée »*, et Napoléon à Sainte-Hélène : *« Quelques bataillons russes montrèrent de l'intrépidité. »* (Note de l'auteur.)

sième... et la fusillade crépita sur tous les rangs rompus de l'ennemi qui s'enveloppèrent de fumée. Quelques-uns des nôtres tombèrent, et parmi eux l'officier au visage rond qui marchait si gaiement et avec tant d'application. Mais à l'instant même où retentissait le premier coup de feu, Bagration se retourna et cria : « Hourra! »

« Hourra-a-a-a! » ce cri courut le long de nos rangs et, dépassant le prince Bagration, se bousculant les uns les autres, en une foule désordonnée mais gaie et pleine d'entrain, les nôtres dévalèrent la pente à la poursuite des Français débandés.

XIX

L'ATTAQUE du 6e chasseurs assura le repli de l'aile droite. Au centre, l'action de la batterie oubliée de Touchine, qui avait réussi à incendier Schœngraben, arrêtait l'avance des Français. Les Français éteignaient l'incendie que le vent propageait, laissant ainsi aux Russes le temps de se replier. La retraite du centre à travers le ravin s'opérait rapidement et avec bruit; pourtant les troupes en se repliant ne confondaient pas leurs rangs. Mais le flanc gauche, qui se composait des régiments d'infanterie d'Azov et de Podolsk et du régiment de cavalerie de Pavlograd, à la fois attaqué et enveloppé par des forces supérieures de Français sous le commandement de Lannes, était en désarroi. Bagration dépêcha Jerkov auprès du général qui le commandait avec l'ordre de se replier immédiatement.

Gaillardement, la main collée à la visière, Jerkov éperonna son cheval et partit. Mais à peine avait-il quitté Bagration que ses forces le trahirent. Il fut saisi d'une peur insurmontable et ne put aller là où il y avait du danger.

Parti vers les troupes du flanc gauche, il ne se rendit pas en avant où crépitait la fusillade, mais se mit à la recherche du général et des chefs là où ils ne pouvaient être et ne transmit donc pas l'ordre.

Le commandement du flanc gauche revenait, par ancienneté, au commandant de ce même régiment qui avait été présenté à Koutouzov à Braunau et dans lequel Dolokhov servait comme soldat. Mais le commandement de l'extrême gauche incombait au commandant du régiment de Pavlograd où servait Rostov, ce qui donna lieu à un malentendu. Les deux chefs étaient fort montés l'un contre l'autre, et alors qu'au flanc droit l'action était depuis longtemps engagée et que les Français passaient déjà à l'attaque, ils menaient des pourparlers dont le seul but était de s'offenser réciproquement. Personne dans les deux régiments, du soldat au général, ne s'attendait à une bataille et tous se livraient tranquillement à des occupations pacifiques : donner à manger aux chevaux dans la cavalerie, ramasser du bois dans l'infanterie.

« Parce qu'il est mon supérieur en grade, disait le colonel des hussards, un Allemand, en s'adressant, tout rouge, à l'officier d'ordonnance qui l'avait rejoint, faut-il donc le laisser faire ce qu'il veut? Je ne veux pas sacrifier mes hussards. Trompette! Sonne la retraite! »

Mais la chose devenait urgente. La canonnade et la fusillade, se confondant, grondaient à droite et au centre, et les capotes françaises des tirailleurs de Lannes franchissaient déjà la digue du moulin et se formaient de ce côté-ci, à deux portées de fusil. Le colonel d'infanterie alla de sa démarche tressautante vers son cheval, se mit en selle et, devenu très droit et très grand, se rendit auprès du régiment de Pavlograd. Les deux chefs s'abordèrent avec des saluts courtois et un ressentiment refoulé au cœur.

« Encore une fois, colonel, dit le général, je ne peux tout de même pas laisser la moitié de mes hommes dans la forêt. Je vous prie, je vous prie, répéta-t-il, d'occuper la position et de vous préparer à l'attaque.

— Et moi, je vous prie de ne pas vous mêler de ce qui ne vous regarde pas, répondit le colonel en s'échauffant. Si vous étiez un cavalier...

— Je ne suis pas un cavalier, colonel, mais je suis un général russe, et si vous ne le savez pas...

— Je le sais fort bien, Excellence, s'écria tout à coup le colonel piquant son cheval et devenant cramoisi. Si vous voulez bien vous rendre en première ligne, vous verrez que cette position ne vaut rien. Je ne veux pas laisser exterminer mon régiment pour vous faire plaisir.

— Vous vous oubliez, colonel. Je ne cherche pas mon plaisir et je ne permettrai pas qu'on le dise. »

Le général, acceptant l'invitation du colonel à un tournoi de bravoure, bomba la poitrine et, les sourcils froncés, se dirigea en sa compagnie vers les premières lignes, comme si leur désaccord devait être tranché là-bas, sous les balles. Ils arrivèrent aux avant-postes, quelques balles passèrent au-dessus de leur tête et ils s'arrêtèrent en silence. Il n'y avait rien à voir aux avant-postes car, de l'endroit où ils se trouvaient auparavant, il était tout aussi évident que la cavalerie ne pouvait opérer au milieu de ces buissons et de ces ravins et que les Français étaient en train de tourner l'aile gauche. Le général et le colonel se regardaient d'un air sévère et important, comme deux coqs qui se préparent au combat, guettant en vain l'un chez l'autre des signes de lâcheté. Tous deux soutinrent l'épreuve. Comme ils n'avaient rien à se dire et qu'aucun ne voulait fournir à l'autre le prétexte de prétendre qu'il avait été le premier à quitter la zone de feu, ils seraient restés longtemps à cet endroit, éprouvant mutuellement leur courage, si à ce moment le crépitement d'une fusillade et des cris sourds n'avaient retenti dans la forêt, presque derrière eux. Les Français attaquaient les soldats qui ramassaient du bois. Les hussards ne pouvaient plus se replier avec l'infanterie. Ils étaient coupés de leur ligne de retraite sur la gauche par les avant-postes français. Maintenant, quelque inconvénient que présentât le terrain, il était indispensable d'attaquer pour s'ouvrir un chemin.

L'escadron où servait Rostov, qui venait à peine de monter en selle, fut arrêté face à l'ennemi. De nouveau comme au pont de l'Ens, rien ne séparait plus l'escadron et l'ennemi, et, entre eux, s'étendait la même ligne redoutable de l'inconnu et de la peur, semblable à celle qui sépare les vivants des morts. Tout le monde sentait la présence de cette ligne et chacun se demandait avec angoisse s'il la franchirait ou non et comment il le ferait.

Le colonel s'approcha des rangs, répondit avec irritation aux questions des officiers et, comme quelqu'un qui insiste avec véhémence sur son point de vue, donna un ordre. Personne ne disait rien de précis, mais le bruit d'une attaque imminente se répandit dans l'escadron. L'ordre de former les rangs retentit, puis les sabres qu'on dégainait crissèrent. Mais personne ne bougeait encore. Les troupes du flanc gauche, les fantassins comme les hussards, sentaient que les chefs eux-mêmes ne savaient trop que faire et l'indécision des chefs se communiquait aux hommes.

« Vite, pourvu que cela vienne vite », pensait Rostov, sentant que le moment était enfin venu pour lui de connaître cette volupté de l'attaque dont il avait tant entendu parler par ses camarades les hussards.

« Dieu vous aide, les gars, cria la voix de Denissov, au trot, marche ! »

Au premier rang, les croupes des chevaux ondulèrent. Gratchik tira sur les rênes et se mit de lui-même en marche.

Sur sa droite, Rostov voyait les premiers rangs de ses hussards et, par-delà, une ligne sombre qu'il ne pouvait distinguer mais qu'il croyait être l'ennemi. On entendait des coups de feu mais à distance. Un commandement retentit :

« Trot accéléré ! » et Rostov sentit l'arrière-main de son Gratchik réagir comme il passait au galop.

Il devinait tous les mouvements de son cheval et se sentait de plus en plus gai. Il aperçut devant lui un arbre solitaire. Cet arbre se dressait d'abord au milieu de cette ligne qui paraissait si redoutable. Mais voici que cette ligne était dépassée et non seulement il n'y avait là rien de redoutable mais on se sentait de plus en plus gai et plein d'entrain. « Oh ! comment je vais sabrer ! » se disait Rostov en serrant dans sa main la poignée de son sabre.

« Hourra-a-a-a ! » crièrent des voix.

« Que quelqu'un me tombe maintenant sous la main, n'importe qui », songeait Rostov en éperonnant Gratchik, et dépassant les autres, il le lança à fond de train. En avant on voyait déjà l'ennemi. Soudain, comme d'un large coup de balai, quelque chose fouetta l'escadron. Rostov brandit son sabre, prêt à frapper, mais à ce moment le soldat Nikitenko qui le précédait se sépara de lui, et Rostov sentit comme à travers un songe qu'à une vitesse insolite il continuait à être porté en avant et qu'en même temps il restait sur place. Le hussard Bondartchouk qu'il connaissait arriva sur lui par-derrière et lui lança un regard irrité. Le cheval de Bondartchouk se cabra et il passa.

« Qu'est-ce que cela veut dire ? Je n'avance pas ? – J'ai fait une chute, je suis tué... » se demanda et se répondit au même instant Rostov. Il était maintenant seul au milieu du champ.

Au lieu des chevaux galopant et des dos des hussards, il ne voyait autour de lui que le sol immobile et le chaume qui le recouvrait. Sous lui, il y avait du sang tiède. « Non, je suis blessé et le cheval tué. » Gratchik se redressa sur ses pieds de devant mais retomba, meurtrissant la jambe du cavalier. Le sang coulait de la tête du cheval. Il se débattait et ne pouvait se relever, Rostov voulut se mettre debout et retomba aussi : sa sabretache s'était prise dans la selle. Où étaient les nôtres, où étaient les Français, il l'ignorait. Il n'y avait personne alentour.

Dégageant sa jambe, il se leva. « Où, de quel côté se trouve maintenant cette ligne qui séparait si nettement les deux armées? se demandait-il sans pouvoir répondre. Ne me serait-il pas arrivé quelque chose de fâcheux? Cela peut-il arriver et que faut-il faire en pareil cas? » se demanda-t-il en se relevant; et à ce moment il sentit que quelque chose de trop pendait à son bras gauche engourdi. Son poignet semblait ne pas lui appartenir. Il examina son bras, y cherchant en vain du sang. « Allons, voici des gens, se dit-il avec joie en apercevant plusieurs personnes qui accouraient vers lui. Ils m'aideront! » En tête de ces hommes courait un noiraud hâlé, au nez aquilin, en capote bleue et coiffé d'un étrange shako. Deux autres le suivaient, puis de nombreux autres encore. L'un d'eux dit quelque chose de bizarre qui n'était pas du russe. Derrière eux, au milieu des mêmes hommes, avec les mêmes shakos, il y avait un hussard russe. On le tenait par les bras; en arrière on menait son cheval par la bride.

« Cela doit être un des nôtres fait prisonnier... Oui. Est-il possible qu'ils me prennent, moi aussi? Quels sont ces gens? continuait de se demander Rostov qui n'en croyait pas ses yeux. Se peut-il que ce soient des Français? » Il regardait les Français qui approchaient et bien qu'une seconde auparavant il n'eût galopé que pour atteindre ces Français et les sabrer, leur approche lui paraissait maintenant si effrayante qu'il n'en croyait pas ses yeux. « Qui sont-ils? Pourquoi courent-ils? Est-ce vers moi? Se peut-il qu'ils accourent vers moi? Et pourquoi? Pour me tuer? Moi que tout le monde aime tant? » Il pensa à l'affection que lui portaient sa mère, sa famille, ses amis et l'intention de l'ennemi de le tuer lui parut inconcevable. « Mais peut-être accourent-ils vraiment pour me tuer! » Il resta plus de dix secondes immobile et sans se rendre compte de sa situation. Le Français de tête, au nez aquilin, était si près qu'on voyait déjà l'expression de son visage. Et le visage étranger, échauffé de cet homme qui, baïonnette pointée, retenant son souffle, accourait vers lui d'un pas léger fit peur à Rostov. Il saisit son pistolet mais, au lieu de tirer, le jeta à la tête du Français et s'élança à toutes jambes vers les buissons. Il ne courait plus comme au pont de l'Ens, avec un désir de lutte mêlé de doute, mais comme un lièvre poursuivi par les chiens. Le sentiment unique de peur pour sa jeune vie heureuse possédait entièrement son être. Enjambant prestement les fossés, il fonçait à travers champs avec la même fougue que lorsqu'il jouait au jeu de course, tournant de temps en temps la tête, son bon et jeune visage tout pâle, et le frisson glacé de la terreur lui parcourait le dos. « Non, il vaut mieux ne pas regarder », se dit-il, mais, parvenu aux buissons, il se retourna encore une fois. Les Français étaient restés en arrière et, au moment où il se retournait, celui qui était en tête passait même au pas et regardant de l'autre côté, criait quelque chose d'une voix forte à un camarade. Rostov s'arrêta. « J'ai dû me tromper, se dit-il, il est impossible qu'ils aient voulu me tuer. » Cependant son bras gauche était aussi lourd que si un poids de dizaines de livres y était suspendu. Il ne pouvait courir plus longtemps. Le Français s'était également arrêté et le mettait en joue. Rostov ferma les yeux et se baissa. Une balle, puis une autre passèrent en sifflant près de lui. Il rassembla ses dernières forces, prit son bras gauche dans sa main droite et courut jusqu'aux buissons. Dans les buissons il y avait des tirailleurs russes.

XX

Les régiments d'infanterie pris au dépourvu dans la forêt s'enfuyaient et les compagnies mêlées à d'autres compagnies s'en allaient en foules désordonnées. Un soldat affolé avait prononcé ce mot terrible et absurde à la guerre : « Nous sommes coupés ! » et ce mot, en même temps qu'un sentiment de panique, s'était propagé dans toute la masse.

« Nous sommes cernés ! Coupés ! Perdus ! » criaient les fuyards.

Le commandant du régiment comprit en entendant la fusillade et des cris derrière lui que quelque chose de terrible était arrivé à son régiment, et l'idée que lui, un officier exemplaire, comptant de nombreuses années de service et qui n'y était pour rien, pût être rendu responsable d'une négligence ou d'un manque d'initiative, le bouleversa à ce point qu'au même instant, oubliant aussi bien le colonel de cavalerie indocile que son propre prestige de général et, surtout, oubliant complètement le danger et l'instinct de conservation, il partit au galop vers son régiment en se cramponnant à l'arçon de sa selle et en éperonnant son cheval, sous une grêle de balles qui heureusement le manquèrent. Il ne voulait qu'une chose : savoir ce qui s'était passé, sauver coûte que coûte la situation, réparer l'erreur commise si elle lui était imputable, pour ne pas se trouver en faute, lui, un officier exemplaire qui, pendant ses vingt-deux ans de service, n'avait jamais encouru le moindre blâme.

Passant sans encombre au travers des Français, il atteignit le champ derrière la forêt que les nôtres traversaient en courant pour dévaler la côte sans écouter les ordres. Ce fut cet instant d'incertitude morale qui décide du sort d'une bataille : ces foules débandées de soldats obéiront-elles à la voix de leur chef ou lui jetant un regard continueront-elles à courir ? En dépit des cris véhéments du commandant du régiment, naguère si redouté des soldats, en dépit de son visage furieux, cramoisi, méconnaissable, et du sabre qu'il brandissait, les soldats couraient toujours, s'interpellaient, tiraient en l'air et n'écoutaient point les ordres. L'incertitude morale qui décide du sort des batailles penchait apparemment du côté de la peur.

Le général toussa à force de crier au milieu de la fumée de la poudre et s'arrêta désespéré. Tout paraissait perdu, mais à ce moment, sans raison apparente, les Français qui talonnaient les nôtres refluèrent soudain en arrière, abandonnèrent la lisière de la forêt, et des tirailleurs russes en surgirent. C'était la compagnie de Timokhine qui s'y était seule maintenue en ordre et qui, embusquée dans un fossé, venait d'attaquer les Français à l'improviste. Timokhine courut sus à l'ennemi avec une audace si folle et enivrée, armé seulement de sa petite épée, que les Français, sans avoir eu le temps de se ressaisir, jetèrent leurs fusils et s'enfuirent. Dolokhov qui courait aux côtés de Timokhine tua un Français à bout portant et fut le premier à prendre au collet un officier qui se rendit. Les fuyards revinrent sur leurs pas, les bataillons se reformèrent et les Français qui coupaient déjà en deux notre flanc gauche, furent pour un instant repoussés. Les réserves purent se rejoindre et les fuyards s'arrêtèrent. Le commandant du régiment se tenait près du pont en compagnie du major Ekonomov, laissant défiler devant lui les bataillons qui se repliaient, quand un soldat s'approcha de lui, prit son cheval par la bride et s'appuya presque contre lui. Le soldat portait une capote bleuâtre de drap de fantaisie, il n'avait ni sac ni shako, sa tête était bandée et à son épaule était accrochée une giberne française. A la main il tenait une épée d'officier. Il était pâle, ses yeux bleus regardaient son chef avec insolence et ses lèvres souriaient. Si occupé quil fût à donner des ordres au major Ekonomov, le général ne put pas ne pas remarquer ce soldat.

« Excellence, voici deux trophées, dit Dolokhov en montrant l'épée française et la giberne. J'ai fait prisonnier un officier. J'ai arrêté la compagnie. » Sous l'effet de la fatigue, Dolokhov respirait péniblement; il parlait par saccades. « Toute la compagnie peut en témoigner. Je vous prie de vous en souvenir, Excellence!

– Bien, bien », dit le général, et il se tourna vers le major Ekonomov.

Mais Dolokhov ne s'en alla pas; il défit son bandeau, l'arracha et montra le sang coagulé dans ses cheveux.

« Un coup de baïonnette, je suis resté dans les rangs. Souvenez-vous-en, Excellence. »

La batterie de Touchine avait été oubliée, et ce ne fut que tout à fait à la fin de l'affaire qu'entendant toujours une canonnade au centre, le prince Bagration y envoya l'officier de service, puis le prince André, pour lui donner l'ordre de se replier en toute hâte. Les troupes de couverture placées près des canons de Touchine s'étaient retirées en pleine action sur un ordre donné par on ne savait trop qui, mais la batterie continuait de tirer et si elle n'avait pas été prise par les Français, ce n'était que parce que l'ennemi ne pouvait supposer que quatre canons laissés sans aucune protection auraient l'audace de continuer leur tir. Au contraire, d'après l'action énergique de cette batterie, il avait cru que c'était ici, au centre, qu'étaient concentrées les principales forces des Russes; par deux fois il avait tenté d'attaquer ce point et les deux fois avait été rejeté par la mitraille des quatre canons placés solitairement sur cette hauteur.

Peu de temps après le départ du prince Bagration, Touchine avait réussi à incendier Schœngraben.

« En voilà un remue-ménage! Ça flambe! En voilà de la fumée! Bien travaillé! Fameux! Que de fumée, que de fumée! » disaient les servants en s'animant.

Toutes les pièces tiraient, sans qu'aucun ordre eût été donné, en direction de l'incendie. Comme pour le stimuler, les hommes accompagnaient chaque coup qui partait du cri : « Fameux! C'est ça! Vas-y!... Fameux! » Le feu activé par le vent se propageait rapidement. Les colonnes françaises qui débouchaient du village battirent en retraite mais, comme pour se venger de sa déconvenue, l'ennemi plaça dix pièces à droite du village et ouvrit le feu sur Touchine.

Dans la joie enfantine que leur causaient l'incendie et l'enivrement d'un tir réussi contre les Français, nos artilleurs ne remarquèrent cette batterie que lorsque deux boulets, puis quatre autres furent tombés parmi leurs pièces et que l'un d'eux eut abattu deux chevaux tandis qu'un autre arrachait la jambe d'un conducteur de caisson. L'animation une fois née ne faiblit cependant pas mais changea subitement de nuance. Les chevaux furent remplacés par ceux de l'affût de réserve, les blessés emportés et les quatre pièces tournées contre la batterie de dix. Un officier, camarade de Touchine, avait été tué au début de l'action et, en l'espace d'une heure, dix-sept des quarante servants furent mis hors de combat, mais les artilleurs étaient toujours aussi gais et animés. Deux fois ils virent des Français apparaître en bas, non loin d'eux, et ils les arrosèrent de mitraille.

Le petit homme aux gestes incertains et gauches réclamait sans cesse à son ordonnance ENCORE UNE PETITE PIPE, en récompense, comme il disait, et tout en répandant le feu, il courait se poster en avant pour regarder les Français en mettant sa petite main en écran devant ses yeux.

« Démolissez-les, les gars! » disait-il, et il saisissait lui-même les pièces par les roues et desserrait les vis.

Enveloppé de fumée, assourdi par les détonations incessantes qui chaque fois le faisaient tressaillir, Touchine, sans lâcher son brûle-gueule, courait d'une pièce à l'autre, tantôt pointant, tantôt comptant les charges, tantôt faisant remplacer les chevaux tués et blessés, et il criait des ordres de sa petite voix faible, fluette, hésitante. Son visage s'animait de plus en plus. Ce n'est que lorsque des hommes étaient tués ou blessés qu'il fronçait le sourcil et se détournant du mort, s'emportait contre les autres, qui, comme toujours, tardaient à relever le blessé ou le cadavre. Les soldats, pour la plupart de beaux gars (comme il en est toujours dans une batterie, ils dépassaient de deux têtes leur officier et étaient deux fois plus larges que lui), regardaient tous leur chef comme des enfants dans l'embarras, et l'expression de son visage se reflétait invariablement sur le leur.

Au milieu de ce terrible fracas, de la nécessité de veiller à tout et d'agir, Touchine n'éprouvait pas la moindre sensation désagréable de peur, et l'idée qu'il pouvait être tué ou grièvement blessé ne lui venait même pas à l'esprit. Au contraire, il était de plus en plus gai. Il lui semblait que le moment où il avait aperçu l'ennemi et tiré le premier coup de feu était très loin, qu'il remontait peut-être même à la veille, et que le bout de terrain où il se trouvait lui était depuis longtemps connu, familier. Bien qu'il se souvînt de tout, tînt compte de tout, fît tout ce que le meilleur des officiers pouvait faire en l'occurence, il était dans un état proche du délire ou de l'ivresse.

Le bruit assourdissant qui montait de tous côtés de sa batterie, le sifflement et la chute des projectiles ennemis, la vue des servants en nage et empourprés qui s'empressaient autour des pièces, la vue du sang des hommes et des chevaux, la vue des fumées qui s'élevaient des canons ennemis de l'autre côté (suivies chaque fois de l'arrivée d'un boulet qui frappait le sol, un homme, une pièce ou un cheval), ce spectacle avait fait naître dans sa tête un monde fantastique bien à lui qui faisait ses délices en ce moment. Les canons ennemis, dans son imagination, n'étaient pas des canons mais des pipes d'où un fumeur invisible faisait monter de temps à autre des bouffées de fumée.

« Tiens, le voilà qui fume encore, murmurait Touchine à part lui pendant que de la hauteur jaillissait un nuage de fumée que le vent étirait à gauche, maintenant attendons la balle pour la renvoyer.

– Que faut-il renvoyer, Votre Honneur? demanda un artificier qui se tenait non loin de lui et l'avait entendu marmonner quelque chose.

– Rien, une grenade... » répondit-il.

« A toi, notre Matveievna », se disait-il. Matveivna était dans son imagination le grand canon du bout, de coulée ancienne. Les Français auprès de leurs pièces lui apparaissaient comme des fourmis. Le premier servant de la deuxième pièce, un beau gars ivrogne, était dans son univers « l'oncle »; il le regardait plus souvent que les autres et se réjouissait à chacun de ses mouvements. Le bruit de la fusillade qui tantôt s'éteignait, tantôt redoublait au pied de la colline, était pour lui la respiration d'un être vivant. Il prêtait l'oreille à l'apaisement et à la montée de ces bruits.

« Le voilà qui respire de nouveau, qui respire », se disait-il.

Il se représentait lui-même comme un homme puissant de taille gigantesque qui jetait à deux mains des boulets aux Français.

« Eh bien, Matveievna, ma vieille, ne nous lâche pas! dit-il en quittant la pièce, lorsqu'une voix étrangère, inconnue dit au-dessus de sa tête :

– Capitaine Touchine! Capitaine! »

Touchine se retourna, effrayé. C'était l'officier d'ordonnance qui l'avait chassé de Grunt. Il lui criait d'une voix haletante :

« Êtes-vous fou? On vous a donné par deux fois l'ordre de vous replier, et vous... »

« Voyons, pourquoi s'en prennent-ils à moi?... » pensa Touchine en regardant son supérieur avec frayeur.

« Je... rien... prononça-t-il en portant deux doigts à sa visière. Je... »

Mais le colonel n'acheva pas tout ce qu'il avait à dire. Un boulet passant non loin lui fit faire un plongeon, le plaquant contre son cheval. Il se tut et à peine voulut-il reprendre la parole qu'un autre boulet l'arrêta. Il tourna bride et partit au galop.

« Qu'on se replie. Qu'on se replie, tous! » cria-t-il de loin.

Les soldats éclatèrent de rire. Une minute plus tard, un aide de camp arriva avec le même ordre.

C'était le prince André. La première chose qu'il vit en débouchant à l'emplacement des canons de Touchine fut un cheval dételé à la jambe brisée qui hennissait près de chevaux encore attelés. De sa jambe, le sang coulait comme d'une fontaine. Entre les avant-trains, plusieurs morts jonchaient le sol. Des boulets passaient l'un après l'autre au-dessus de lui pendant qu'il approchait, et il sentit un frisson nerveux lui parcourir le dos. Mais la seule pensée qu'il avait peur lui rendit son sang-froid. « Je ne puis avoir peur », se dit-il, et il mit lentement pied à terre entre les pièces. Il transmit les ordres et demeura à la batterie. Il décida d'assister à l'enlèvement des pièces et de les emmener. Avec Touchine, enjambant les cadavres et sous un feu violent des Français, il s'occupa du retrait des pièces.

« Il y a un chef qui est arrivé tout à l'heure, il a vite détalé, dit un artificier au prince André, ce n'est pas comme Votre Honneur. »

Le prince André n'échangea pas un mot avec Touchine. Tous deux étaient si occupés qu'ils semblaient ne pas se voir. Quand, les quatre pièces intactes montées sur les avant-trains, ils commencèrent à descendre (un canon brisé et un obusier furent abandonnés), le prince André poussa son cheval vers Touchine.

« Alors, au revoir, dit-il en lui tendant la main.

– Au revoir, mon cher, mon bon ami! Adieu, mon cher », dit Touchine avec des larmes, qui, on ne sait pourquoi, lui montaient soudain aux yeux.

XXI

Le vent était tombé, des nuages noirs descendaient bas sur le champ de bataille, se confondant à l'horizon avec la fumée de la poudre. La nuit tombait et la lueur des incendies à deux endroits n'en était que plus visible. La canonnade avait faibli, mais le crépitement de la fusillade en arrière et à droite était encore plus dense et plus proche. Dès que Touchine, avec ses pièces contournant des blessés et butant dans d'autres, fut sorti de la zone de feu et descendu dans le ravin, il rencontra ses chefs et les aides de camp, parmi lesquels l'officier de service et Jerkov, qui par deux fois avait été dépêché à sa batterie mais pas une fois ne l'avait atteinte. Tous, s'interrompant l'un l'autre, donnaient et transmettaient des ordres sur la direction à prendre et lui faisaient des reproches et des observations. Touchine ne s'occupait de rien et en silence, craignant de parler parce qu'à la moindre parole, il ne savait pourquoi, il était prêt à fondre en larmes, suivait sur sa rosse d'artillerie. Bien qu'on eût donné l'ordre d'abandonner les blessés, beaucoup d'entre eux se traînaient derrière les troupes et demandaient à monter sur les pièces. Le bel officier d'infanterie qui, avant la bataille, s'était élancé hors de la hutte de Touchine, était allongé, une balle au ventre, sur l'affût de la Matveievna. Au pied de la colline, un aspirant de hussards, pâle, soutenant son bras d'une main, aborda Touchine et lui demanda la permission de monter.

« Capitaine, pour l'amour de Dieu, je suis contusionné au bras, dit-il timidement. Pour l'amour de Dieu, je ne peux pas marcher. Pour l'amour de Dieu! »

On voyait que l'aspirant avait plus d'une fois demandé à monter et avait partout essuyé un refus. Il parlait d'une voix hésitante et pitoyable :

« Laissez-moi monter, au nom du Ciel.

– Faites-le monter, faites-le monter, dit Touchine. Étends une capote, toi, l'oncle, ajouta-t-il en s'adressant à son artilleur préféré. Mais où est l'officier blessé?

– On l'a déposé, il a passé, répondit quelqu'un.

– Faites-le monter. Montez, mon cher, montez. Étends ta capote, Antonov. »

L'aspirant était Rostov. Il tenait son bras d'une main, il était pâle et un tremblement fébrile parcourait sa mâchoire inférieure. On le fit asseoir sur la Matveievna, la pièce dont on avait retiré l'officier mort. Il y avait du sang sur la capote étendue qui tacha la culotte et les mains de Rostov.

« Vous êtes blessé, mon cher? demanda Touchine en s'approchant de la pièce sur laquelle il était assis.

— Non, contusionné.

— Pourquoi y a-t-il alors du sang sur le flasque? demanda Touchine.

— C'est l'officier, Votre Honneur, qui a saigné », répondit l'artilleur en essuyant le sang avec la manche de la capote et comme s'excusant de l'état de malpropreté de l'affût.

A grand-peine, avec l'aide de l'infanterie, on hissa les canons au haut de la colline et, arrivé au village de Guntersdorf, on s'arrêta. Il faisait maintenant si sombre qu'à dix pas on ne pouvait distinguer les uniformes des soldats, et la fusillade s'apaisa peu à peu. Soudain, à proximité sur la droite, on entendit de nouveau des cris et une fusillade. Les lueurs des coups de feu trouaient déjà l'obscurité. C'était une dernière attaque des Français à laquelle ripostaient les soldats retranchés dans les maisons. De nouveau, tout se précipita hors du village, mais les pièces de Touchine ne pouvaient avancer, et les artilleurs, Touchine et l'aspirant se regardaient en silence, attendant que leur sort se décidât. La fusillade commença à se calmer et des soldats qui parlaient entre eux avec animation surgirent en foule d'une rue latérale.

« Sain et sauf, Petrov? demandait l'un.

— On leur en a fait voir de toutes les couleurs. Ils n'y reviendront plus, disait un autre.

— On n'y voit rien. Comme ils se sont canardés entre eux! On n'y voit rien, il fait noir, les gars. N'y a-t-il pas à boire? »

Les Français avaient été repoussés définitivement. Et de nouveau, dans une obscurité totale, les pièces de Touchine, encadrées par l'infanterie bourdonnante de voix, se remirent en marche.

Dans l'obscurité, c'était comme un fleuve invisible, sombre, qui s'écoulait, toujours dans la même direction, bourdonnant de voix, de murmures et du bruit des sabots et des roues. Dans le brouhaha général, les gémissements et les voix des blessés dominaient tous les autres sons au milieu des ténèbres de la nuit. Leurs gémissements emplissaient, eût-on dit, toutes ces ténèbres qui enveloppaient les troupes. Leurs gémissements et les ténèbres de cette nuit, c'était une seule et même chose. Au bout de quelque temps, un remous se fit dans cette foule en marche. Quelqu'un passa sur un cheval blanc suivi de son escorte et dit quelque chose en passant.

« Qu'a-t-il dit? Où va-t-on maintenant? On s'arrête? Il remerciait, ou quoi? » Telles furent les questions avides qui montèrent de tous côtés, et toute cette masse mouvante se bouscula (ceux qui étaient en tête avaient dû s'arrêter) et le bruit courut que l'ordre avait été donné de faire halte. Tous s'arrêtèrent brusquement au beau milieu de la route boueuse.

Des lumières parurent et les voix se firent plus distinctes. Le capitaine Touchine, après avoir pris des dispositions dans sa batterie, envoya un des artilleurs à la recherche du poste de secours ou d'un médecin pour l'aspirant et s'assit auprès d'un feu que les hommes avaient allumé au bord de la route. Rostov se traîna aussi jusqu'au feu. Sous le coup de la douleur, du froid et de l'humidité, un frisson fiévreux le secouait tout entier. Le sommeil le gagnait irrésistiblement, mais une violente douleur dans son bras qui l'élançait et que tout gênait l'empêchait de s'enformir. Tantôt il fermait les yeux, tantôt il regardait le feu qui lui paraissait d'un rouge ardent, ou la chétive silhouette voûtée de Touchine, assis à la turque près de lui. Les grands yeux bons et intelligents de Touchine se posaient sur lui avec sympathie et compassion. Il voyait que celui-ci aurait voulu de tout cœur lui venir en aide mais ne pouvait rien pour lui.

De tous côtés, on entendait les pas et les voix des troupes qui passaient et de l'infanterie qui s'installait alentour. Le bruit de ces voix, de ces pas et du piétinement des chevaux dans la boue, le craquement proche et lointain du bois, se fondaient en un seul brouhaha mouvant.

Le fleuve invisible ne coulait plus dans les ténèbres, c'était maintenant comme une mer maussade qui, encore houleuse, s'apaise après la tempête. Rostov regardait et écoutait sans comprendre ce qui se passait autour de lui. Un fantassin s'approcha du feu, s'accroupit, tendit les mains vers la flamme en détournant le visage.

« Vous permettez, Votre Honneur? dit-il en s'adressant d'un air interrogateur à Touchine. J'ai perdu ma compagnie, Votre Honneur, je ne sais pas seulement où, Misère! »

Après le soldat, un officier d'infanterie, la joue bandée, s'approcha du feu et, s'adressant à Touchine, le pria de faire reculer un petit peu les pièces pour laisser passer un chariot. A la suite du commandant de compagnie, deux soldats accoururent vers le feu. Ils s'injuriaient violemment et se battaient en s'arrachant une botte.

« Comment donc, tu l'as ramassée! Voyez-vous ça, ce qu'il est malin! » criait l'un d'eux d'une voix rauque.

Un soldat maigre et pâle, le cou enveloppé d'une chaussette ensanglantée, vint ensuite et d'une voix courroucée réclama aux artilleurs de l'eau.

« Alors quoi, faut-il donc crever comme un chien? » disait-il.

Touchine lui fit donner de l'eau. Puis accourut un soldat gai pour demander du feu pour l'infanterie.

« Du feu bien chaud pour les fantassins! Au plaisir, pays, merci beaucoup pour le feu, on vous le rendra avec les intérêts », dit-il en emportant quelque part dans l'obscurité des braises rougeoyantes.

Après celui-là, quatre soldats qui portaient quelque chose de lourd dans une capote passèrent devant le feu. L'un d'eux buta.

« Ah çà, ces diables, ils ont mis leur bois sur le chemin, grommela-t-il.

– Il est mort, pourquoi l'emporter? dit un autre.

– Eh, la paix! »

Ils se perdirent avec leur fardeau dans les ténèbres.

« Alors? Ça fait mal? demanda dans un murmure Touchine à Rostov.

– Oui.

– Votre Honneur, le général vous demande. Il est logé ici, dans une maison, dit un artificier en s'approchant de Touchine.

– J'y vais, mon vieux. »

Touchine se leva et, boutonnant son manteau et s'ajustant, s'éloigna du feu...

Non loin du bivouac des artilleurs, dans une maison de paysan préparée à son intention, le prince Bagration était en train de dîner en s'entretenant avec quelques chefs de corps réunis à sa table. Il y avait là le vieillard aux yeux mi-clos qui suçait avidement un os de mouton, et un général de vingt-deux ans, tiré à quatre épingles, le teint coloré par un verre de vodka et le dîner, et l'officier à la bague ornée du chiffre impérial, et Jerkov qui jetait à tout le monde des regards inquiets, et le prince André, pâle, les lèvres serrées et les yeux brillant d'un éclat fiévreux.

Un drapeau français pris à l'ennemi était adossé au mur dans un coin, et l'auditeur au visage naïf en tâtait l'étoffe et hochait avec perplexité la tête, peut-être parce que la vue du drapeau l'intéressait vraiment, et peut-être parce que, affamé, il lui était pénible de voir le dîner auquel son couvert manquait. Dans la pièce voisine se trouvait un colonel français fait prisonnier par les dragons. Nos officiers l'examinaient en se pressant autour de lui. Le prince Bagration remerciait les chefs des divers corps et les interrogeait sur les détails de l'affaire et sur leurs pertes. Le commandant du régiment présenté à Braunau racontait au prince que, dès le début de l'action, il avait évacué la forêt, rassemblé les soldats qui coupaient du bois et, après avoir laissé passer les Français, les avait attaqués à la baïonnette avec deux bataillons et les avait culbutés.

« Quand j'ai vu, Excellence, le premier bataillon en désarroi, je me suis arrêté sur la route et je me suis dit : « Je laisserai » passer ceux-là et je les accueillerai par un feu roulant »; c'est ce que j'ai fait. »

Le commandant du régiment avait eu tant envie de le faire, il regrettait tant de n'y avoir pas réussi, qu'il lui semblait que tout cela était bien arrivé. Et peut-être cela était-il vraiment arrivé? Pouvait-on démêler, dans cette confusion, ce qui était arrivé et ce qui ne l'était pas?

« Je dois faire remarquer à ce propos, Excellence, poursuivit-il en se rappelant la conversation de Koutouzov avec Dolokhov et sa récente entrevue avec celui-ci, que l'ancien officier Dolokhov a fait prisonnier sous mes yeux un officier français et s'est particulièrement distingué.

– C'est alors précisément que j'ai vu, Excellence, l'attaque du régiment de Pavlograd, intervint, en jetant autour de lui des regards inquiets, Jerkov qui n'avait vu ce jour-là aucun hussard mais avait seulement entendu parler d'eux par un officier d'infanterie. Ils ont bousculé deux carrés, Excellence. »

Certains sourirent aux paroles de Jerkov, s'attendant comme toujours à une plaisanterie de sa part; mais voyant que ce qu'il disait ajoutait aussi à la gloire de nos armes et de la journée, ils prirent un air sérieux, encore que beaucoup d'entre eux sussent parfaitement que ce qu'il disait était un mensonge sans aucun fondement. Le prince Bagration s'adressa au vieux colonel.

« Je vous remercie, messieurs, toutes les armes se sont conduites héroïquement : infanterie, cavalerie et artillerie. Comment se fait-il que deux pièces aient été abandonnées au centre? » demanda-t-il en cherchant quelqu'un des yeux. (Le prince Bagration ne s'enquérait pas des pièces du flanc gauche, il savait déjà que, dès le début de l'affaire, tous les canons avaient été abandonnés). « Je vous ai demandé, je crois, de vous en occuper, ajouta-t-il en s'adressant à l'officier de service.

– L'une a été touchée, répondit celui-ci, quant à l'autre, je n'y comprends rien; j'y suis resté moi-même jusqu'au dernier moment et j'ai fait le nécessaire, mais à peine suis-je parti... Ça chauffait, il est vrai », ajouta-t-il modestement.

Quelqu'un dit que le capitaine Touchine bivouaquait ici, tout près du village, et qu'on l'avait déjà envoyé chercher.

« Mais vous y étiez, vous, dit le prince Bagration en s'adressant au prince André.

– Je pense bien, nous nous sommes manqués de peu, dit l'officier de service en souriant agréablement à Bolkonski.

– Je n'ai pas eu le plaisir de vous voir », dit le prince André d'un ton froid et saccadé. Il y eut un silence.

Touchine parut sur le seuil, se glissant timidement derrière le dos des généraux. En les contournant dans la pièce étroite, troublé comme toujours à la vue de ses chefs, il ne remarqua pas la hampe du drapeau et buta contre elle. Quelques rires s'élevèrent.

« Comment se fait-il qu'on ait abandonné une pièce? » demanda Bagration en fronçant les sourcils à l'adresse non pas tant du capitaine que des rieurs, parmi lesquels dominait la voix de Jerkov.

Sa faute et la honte d'avoir perdu deux pièces tout en restant vivant n'apparurent à Touchine dans toute leur horreur que maintenant, à la vue du chef redoutable. Il avait été si troublé jusqu'à cet instant qu'il n'avait pas eu le loisir d'y penser. Le rire des officiers le dérouta encore davantage. Il se tenait devant Bagration, la mâchoire inférieure tremblante, et il put à peine articuler :

« Je ne sais pas... Excellence... les hommes manquaient, Excellence.

– Vous auriez pu en prendre à la couverture! »

Qu'il n'y avait pas de couverture, Touchine ne le dit pas, bien que ce fût absolument vrai. Il craignait de faire du tort à un autre officier, et en silence, les yeux fixés, regardait Bagration en face, comme un élève embarrassé qui regarde dans les yeux son examinateur.

Le silence dura assez longtemps. Le prince Bagration, qui ne voulait visiblement pas se montrer sévère, ne trouvait rien à dire; les autres n'osaient pas intervenir. Le prince André regardait Touchine à la dérobée et ses doigts s'agitaient nerveusement.

« Excellence, dit-il, rompant le silence de sa voix tranchante, vous m'avez envoyé à la batterie du capitaine Touchine. J'y suis allé et j'ai constaté que les deux tiers des hommes et des chevaux étaient tués, que deux pièces étaient démolies et qu'il n'y avait aucune couverture. »

Le prince Bagration et Touchine regardaient maintenant aussi fixement l'un que l'autre Bolkonski qui parlait avec une émotion contenue.

« Et si vous me permettez, Excellence, de donner mon avis, poursuivit celui-ci, c'est surtout à l'action de cette batterie que nous devons le succès de la journée, ainsi qu'à la fermeté héroïque du capitaine Touchine et de ses hommes », et sans attendre la réponse, il se leva aussitôt et quitta la table.

Le prince Bagration regarda Touchine et ne voulant apparemment pas laisser voir son scepticisme à l'égard du jugement péremptoire de Bolkonski sans pourtant pouvoir y ajouter entièrement foi, il inclina la tête et dit à Touchine qu'il pouvait disposer. Le prince André sortit derrière lui.

« Merci, vous m'avez tiré d'affaire, mon cher », lui dit Touchine.

Le prince André enveloppa Touchine du regard et sans rien

dire s'éloigna. Il se sentait triste et avait le cœur lourd. Tout cela était si étrange, ressemblait si peu à ce qu'il avait espéré.

« Qui sont-ils? Que font-ils? Que veulent-ils? Et quand tout cela finira-t-il? » pensait Rostov en regardant les ombres qui passaient devant lui. Son bras le faisait de plus en plus souffrir. Le sommeil le gagnait irrésistiblement, des cercles rouges dansaient devant ses yeux, et ces voix et ces visages, et le sentiment de sa solitude se confondaient avec la douleur. C'étaient eux, ces soldats blessés ou non, c'étaient eux qui l'écrasaient, l'accablaient, lui tordaient les muscles et brûlaient la chair de son bras et de son épaule brisés. Pour leur échapper, il ferma les yeux.

Il s'assoupit un instant, mais pendant ce bref intervalle d'inconscience il vit en rêve un nombre incalculable d'images : il vit sa mère et sa grande main blanche, vit les épaules maigriottes de Sonia, les yeux et le rire de Natacha, et Denissov avec sa voix et sa moustache, et Telianine, et toute son histoire avec Telianine et Bogdanitch. Toute cette histoire ne faisait qu'un avec ce soldat à la voix aiguë, et toute cette histoire et ce soldat tenaient si douloureusement, sans relâche, son bras, pesaient sur lui et le tiraient toujours dans le même sens. Il essaya de leur échapper, mais ils ne lâchaient pas son épaule d'un pouce ni pour une seconde. Elle ne lui ferait plus mal, elle serait guérie s'ils ne la tiraient pas ainsi; mais il était impossible de se débarrasser d'eux.

Il ouvrit les yeux et regarda en l'air. Le voile noir de la nuit descendait à trois pieds au-dessus de la lueur des braises. Dans cette lueur voltigeaient des flocons de neige. Touchine ne revenait pas, le médecin n'arrivait pas. Il était seul, il n'y avait maintenant devant lui qu'un petit soldat nu assis de l'autre côté du feu qui chauffait son maigre corps jaune.

« Personne ne se soucie de moi! pensait Rostov. Il n'y a personne pour m'aider ni pour me plaindre. Pourtant moi aussi j'étais un jour à la maison, vigoureux, gai, aimé. » Il soupira et en soupirant gémit malgré lui.

« Avez-vous mal quelque part? » demanda le soldat en secouant sa chemise au-dessus du feu et, sans attendre la réponse, il ajouta : « On en a estropié du monde aujourd'hui, quelle misère! »

Rostov n'écoutait pas le soldat. Il regardait les flocons de neige qui voletaient au-dessus du feu et évoquait l'hiver russe dans la maison bien chauffée, claire, la pelisse douillette, le traîneau rapide, son corps bien portant, et toute l'affection et la sollicitude de sa famille. « Que suis-je donc venu faire ici ! » pensait-il.

Le lendemain, les Français ne renouvelèrent pas l'attaque et les restes du détachement de Bagration rejoignirent l'armée Koutouzov.

TROISIÈME PARTIE

I

Le prince Vassili n'arrêtait pas ses plans à l'avance. Il pensait encore moins à faire du mal aux gens pour en tirer un avantage. Ce n'était qu'un homme du monde qui avait réussi dans le monde et s'était fait de ce succès une habitude. Selon les circonstances et ses relations, des projets et des combinaisons naissaient sans cesse dans son esprit, sans qu'il s'en rendît bien compte lui-même, quoiqu'ils constituassent le principal intérêt de son existence. Ce n'était pas un projet ou combinaison qu'il avait généralement en train, ni deux, mais des dizaines, dont les uns se précisaient à peine dans son esprit, tandis que d'autres étaient en voie de réalisation, d'autres encore abandonnés. Il ne se disait pas, par exemple : « Cet homme est actuellement puissant, je dois gagner sa confiance et son amitié et par son intermédiaire obtenir une aide financière », ou : « Pierre est maintenant riche, je dois lui faire épouser ma fille et lui emprunter les quarante mille roubles dont j'ai besoin »; mais qu'un personnage puissant se trouvât sur son chemin, et aussitôt son instinct lui suggérait que cet homme pouvait lui être utile; le prince Vassili se liait avec lui et, à la première occasion, sans préméditation, il le flattait, se montrait familier, parlait de ce qu'il fallait.

Il avait Pierre sous la main à Moscou; il le fit nommer gentilhomme de la chambre, ce qui, à cette époque, équivalait au rang de conseiller d'État, et il insista pour que le jeune homme l'accompagnât à Pétersbourg et descendît chez lui. Sans en avoir l'air, mais en même temps avec la conviction absolue qu'il devait en être ainsi, le prince Vassili faisait tout ce qu'il fallait pour faire épouser sa fille à Pierre. S'il avait dressé ses plans à l'avance, il n'aurait pu avoir tant de naturel dans ses manières, tant de simplicité et de familiarité dans ses rapports avec tout le monde, aussi bien avec ceux qui étaient plus haut placés que lui qu'avec ses inférieurs. Quelque chose l'attirait constamment vers les gens plus puissants et plus riches que lui, et il avait le don peu commun de saisir le moment précis où l'on devait et pouvait se servir d'eux.

Pierre, devenu du jour au lendemain le riche comte Bezoukhov, après sa solitude et son insouciance récentes, se sentit si entouré, si occupé, que ce n'était plus qu'au lit qu'il parvenait à rester seul avec lui-même. Il dut signer des papiers, avoir affaire à des administrations du rôle desquelles il n'avait qu'une vague notion, poser des questions à son régisseur principal, se rendre à son domaine des environs de Moscou et recevoir une foule de gens qui jusqu'alors voulaient ignorer son existence mais qui maintenant auraient été blessés et peinés s'il avait refusé de les voir. Tous ces personnages divers – hommes d'affaires, parents, connaissances – étaient unanimement bien disposés à l'égard du jeune héritier; ils étaient tous, manifestement et indiscutablement, convaincus des hautes qualités de Pierre. Il entendait sans cesse dire : « Avec votre rare bonté », ou « Avec votre excellent cœur », ou « Vous êtes si pur, comte... », ou encore : « S'il était aussi intelligent que vous », etc., si bien qu'il commençait à croire sincèrement à sa rare bonté et à sa rare intelligence, d'autant plus qu'il lui avait toujours semblé qu'il était en effet très bon et très intelligent. Même les gens qui, auparavant, s'étaient montrés malveillants et ouvertement hostiles, étaient maintenant avec lui tendres et respectueux. L'aînée des princesses, celle qui avait le buste trop long et des cheveux lissés comme ceux d'une poupée, si acariâtre jusque-là, était venue, après les obsèques, le trouver dans sa chambre. Baissant les yeux et rougissant sans cesse, elle lui dit regretter les malentendus qu'il y avait eus entre eux et ne plus se sentir en droit de rien demander, sinon tout au plus, après le malheur qui venait de la frapper, l'autorisation de demeurer quelques semaines encore dans une maison qu'elle aimait tant et où elle avait consenti tant de sacrifices. Elle ne put se contenir et fondit en larmes à ces mots. Émut de voir que cette princesse aussi insensible qu'une statue avait pu tant changer, Pierre lui prit la main et lui demanda pardon sans savoir de quoi. A partir de ce jour, la princesse commença à lui tricoter une écharpe rayée et changea complètement à son égard.

« Fais cela pour elle, *mon cher,* elle a tout de même eu beaucoup à souffrir à cause du défunt », lui dit le prince Vassili en lui faisant signer un papier en faveur de la princesse.

Le prince Vassili avait décidé que cet os à ronger, un billet de trente mille roubles, il fallait malgré tout le jeter à la pauvre princesse pour qu'elle ne s'avisât pas de parler de la part qu'il avait prise à l'affaire du portefeuille à incrustations. Pierre signa le billet et, dès lors, la princesse lui témoigna encore plus d'affection. Ses jeunes sœurs se montrèrent également gracieuses envers lui, surtout la plus jeune, celle qui était jolie et avait un grain de beauté; elle jetait souvent Pierre dans l'embarras par ses sourires et la confusion qu'elle manifestait à sa vue.

Que tout le monde l'aimât paraissait si naturel à Pierre, il lui eût paru si anormal que quelqu'un ne l'aimât pas, qu'il ne pouvait pas douter de la sincérité de ceux qui l'entouraient. Au surplus, il n'avait pas le temps de s'interroger sur la sincérité ou l'hypocrisie de ces gens. Il n'avait jamais le temps, il vivait constamment dans un état de douce et joyeuse ivresse. Il se sentait le centre d'un mouvement général important; il sentait qu'on attendait sans cesse de lui quelque chose; que s'il ne le faisait pas, il affligerait beaucoup de gens et les priverait de ce qu'ils attendaient, et que s'il le faisait il en résulterait un bien, et il faisait ce qu'on exigeait de lui, mais ce quelque chose de bien n'arrivait jamais.

Plus que tous les autres, ce fut le prince Vassili qui, les premiers temps, accapara tant les affaires de Pierre que Pierre lui-même. Depuis la mort du comte Bezoukhov, il ne le lâchait plus. Le prince Vassili donnait l'impression d'un homme accablé d'affaires, fatigué, harassé, mais qui, par compassion, ne pouvait décemment abandonner à son sort et aux filous ce jeune homme sans défense, le fils *après tout* de son ami, et qui se trouvait à la tête d'une si immense fortune. Durant les quelques jours qu'il passa à Moscou après la mort du comte Bezoukhov, il faisait venir Pierre ou allait le trouver lui-même pour lui prescrire ce qu'il devait faire d'un tel ton de lassitude et d'assurance qu'il semblait chaque fois ajouter : *« Vous savez que je suis accablé d'affaires et que ce n'est que par pure charité que je m'occupe de vous, et puis vous savez bien que ce que je vous propose est la seule chose faisable. »*

« Eh bien, mon ami, nous partons enfin demain », lui dit-il un jour en fermant les yeux et en lui tapotant le coude, comme si la chose avait été depuis longtemps décidée entre eux et ne pouvait l'être autrement.

« Nous partons demain, je te fais place dans ma voiture. J'en suis enchanté. Ici nous avons terminé toutes les choses importantes. Il y a longtemps que j'aurais dû partir. Voici la réponse que j'ai reçue du chancelier. Sur ma demande, tu es attaché au corps diplomatique et nommé gentilhomme de la chambre. Désormais la carrière diplomatique t'est ouverte. »

En dépit de toute la puissance de persuasion du ton de lassitude et d'assurance dont ces paroles furent dites, Pierre, qui avait si longtemps réfléchi à sa carrière, voulut protester. Mais le prince Vassili l'arrêta de ce ton de basse roucoulante qui excluait toute possibilité d'interruption et dont il n'usait que lorsqu'il s'agissait d'emporter la conviction.

« Mais, mon cher, je l'ai fait pour moi, pour apaiser ma conscience, et il n'y a pas de quoi me remercier. Personne ne s'est jamais plaint d'être trop aimé; et puis tu es libre de tout abandonner dès demain. Tu verras bien à Pétersbourg. Et il est grand temps que tu quittes ces terribles souvenirs. » Le prince Vassili soupira. « C'est ainsi, mon cher ami. Mon valet de chambre n'aura qu'à monter dans ta voiture. Ah! oui, j'allais oublier, ajouta-t-il encore, tu sais, *mon cher,* nous étions en compte, le défunt et moi, aussi ai-je touché quelque chose du domaine de Riazan que je vais garder : tu n'en as pas besoin. Nous nous arrangerons. »

Ce que le prince Vassili appelait « quelque chose » était quelques milliers de roubles de redevances qu'il avait gardés pour lui.

A Pétersbourg de même qu'à Moscou, une atmosphère de tendre affection entoura Pierre. Il ne put refuser le poste, ou plutôt la dignité (car il ne faisait rien) que le prince Vassili avait obtenue pour lui, et il y eut tant de relations nouvelles, d'invitations et de devoirs mondains que, plus encore qu'à Moscou, il éprouva cette impression d'être emporté dans un tourbillon, cette sensation de hâte et d'attente d'un bonheur toujours proche mais qui se dérobait toujours.

De ses anciens compagnons de fête, beaucoup étaient absents de Pétersbourg. La garde était en campagne. Dolokhov avait été dégradé, Anatole était à l'armée, en province, le prince André, à l'étranger, et Pierre ne pouvait plus passer ses nuits comme il aimait le faire auparavant, ni s'épancher de temps à autre dans des conversations cordiales avec son ami plus âgé et respecté. Tout son temps passait en dîners, en bals, et le plus souvent chez le prince Vassili, dans la société de la grosse princesse, sa femme, et de la belle Hélène.

Anna Pavlovna Scherer, tout comme les autres, donna à Pierre des preuves du changement d'opinion à son égard.

Naguère, en sa présence, Pierre sentait toujours que ce qu'il disait était déplacé, manquait de tact, n'était pas ce qu'il fallait dire; que toutes ses paroles qui lui semblaient sensées tant qu'il les prononçait dans son imagination devenaient sottes dès qu'il les disait à haute voix, tandis qu'au contraire les propos les plus stupides d'Hippolyte paraissaient intelligents et charmants. Maintenant, quoi qu'il dît, tout était *charmant*. Même si Anna Pavlovna ne le disait pas, il voyait qu'elle avait envie de le dire et ne s'en abstenait que par respect pour sa modestie.

Au début de l'hiver 1805-1806, Pierre reçut d'Anna Pavlovna son habituel billet rose d'invitation auquel il était ajouté : *« Vous trouverez chez moi la belle Hélène qu'on ne se lasse jamais de voir. »*

En lisant ce passage, Pierre sentit pour la première fois qu'une sorte de lien reconnu par les autres s'était formé entre Hélène et lui, et cette pensée à la fois l'effraya comme si on lui imposait une obligation qu'il ne pouvait remplir, et lui plut comme une amusante supposition.

La soirée d'Anna Pavlovna fut identique à la première, à ceci près que la nouveauté qu'elle offrait en régal à ses invités n'était plus Mortemart mais un diplomate arrivé de Berlin et qui en rapportait les tout derniers détails sur le séjour de l'empereur Alexandre à Potsdam et le serment d'alliance indestructible que les deux augustes amis avaient échangé pour la défense de la juste cause contre l'ennemi du genre humain. Anna Pavlovna accueillit Pierre avec une nuance de tristesse visiblement due à la récente perte subie par le jeune homme, la mort du comte Bezoukhov (tout le monde se croyait obligé d'assurer Pierre qu'il était très affligé du décès de son père qu'il n'avait presque pas connu), une tristesse en tout point semblable à cette tristesse élevée qu'elle manifestait lorsqu'on prononçait le nom de l'impératrice mère Marie Fedorovna. Pierre se sentit flatté. Avec son art habituel, Anna Pavlovna organisa des groupes dans son salon. Le principal dont faisaient partie le prince Vassili et les généraux, bénéficiait de la présence du diplomate. Un autre groupe entourait la table à thé. Pierre voulut se joindre au premier, mais Anna Pavlovna, dont l'état de nervosité était comparable à celui d'un grand capitaine assailli sur le champ de bataille par mille brillantes idées nouvelles qu'il a à peine le temps de mettre en exécution, Anna Pavlovna en le voyant lui toucha le coude d'un doigt.

« Attendez, j'ai des vues sur vous pour ce soir. » Elle regarda Hélène et lui sourit.

« Ma bonne Hélène, il faut que vous soyez charitable pour ma pauvre tante qui a une adoration pour vous. Allez lui tenir compagnie pour dix minutes. Et pour que vous ne vous ennuyiez pas, voici le cher comte qui ne refusera pas de vous accompagner. »

La belle Hélène alla trouver la tante. Mais Anna Pavlovna retint encore Pierre, feignant d'avoir une dernière recommandation indispensable à lui faire.

« Elle est ravissante, n'est-ce pas? lui dit-elle en indiquant la majestueuse beauté qui s'éloignait. Et *quelle tenue!* Une fille si jeune et un tel tact, un art si consommé de se tenir! Cela vient du cœur! Heureux celui à qui elle appartiendra! Avec elle, le mari le moins mondain est assuré d'occuper dans le monde la situation la plus brillante. N'est-ce pas? Je voulais seulement connaître votre opinion », et Anna Pavlovna rendit à Pierre sa liberté.

Pierre répondit sincèrement par l'affirmative à la question d'Anna Pavlovna concernant l'art d'Hélène de se tenir. S'il lui arrivait jamais de penser à Hélène, c'était précisément à sa beauté qu'il pensait et à cet extraordinaire don qu'elle avait de prendre dans le monde une attitude de calme et silencieuse dignité.

La tante accueillit les deux jeunes gens dans son coin, mais elle semblait vouloir manifester moins son adoration pour Hélène que la crainte que lui inspirait Anna Pavlovna. Elle jeta un regard à sa nièce pour lui demander ce qu'elle devait faire de ces gens. En les quittant, Anna Pavlovna effleura de nouveau du doigt la manche de Pierre et dit :

« J'espère que vous ne direz plus qu'on s'ennuie chez moi », et elle regarda Hélène.

Hélène sourit comme pour dire qu'elle n'admettait pas qu'on pût la voir sans être ravi. La tante toussa, avala sa salive et dit en français qu'elle était enchantée de voir Hélène; puis, avec la même mine, elle adressa à Pierre les mêmes paroles d'accueil. Au cours de la conversation ennuyée et trébuchante qui s'engagea, Hélène jeta un regard à Pierre et lui sourit du même beau sourire clair qu'elle adressait à tout le monde. Pierre était si habitué à ce sourire, il signifiait si peu de chose pour lui qu'il n'y prêta nulle attention. La tante parlait à ce moment de la collection de tabatières que possédait feu le père de Pierre, le comte Bezoukhov, et elle lui montra la sienne. La princesse Hélène demanda à voir le portrait du mari de la tante qui ornait cette tabatière.

« Ce doit être un travail de Vinesse », dit Pierre en nommant un miniaturiste connu, et il se pencha sur la table pour lui prendre la tabatière des mains tout en prêtant l'oreille à la conversation à la table voisine.

Il se leva pour faire le tour, mais la tante lui tendit la tabatière derrière le dos d'Hélène. Hélène se pencha en avant pour faciliter le geste et tourna en souriant la tête. Elle portait, comme toujours pour les soirées, une robe largement décolletée devant et dans le dos, à la mode d'alors. Son buste, qui paraissait toujours à Pierre taillé dans le marbre, se trouvait si près de ses yeux que de son regard de myope il distinguait malgré lui le charme vivant de ses épaules et de son cou, et si près de ses lèvres qu'il lui eût suffi de se pencher un peu pour les effleurer. Il sentait la tiédeur de son corps, il respirait les effluves de son parfum et entendait le craquement de son corset lorsqu'elle faisait un mouvement. Ce n'était pas sa beauté marmoréenne faisant un tout avec sa robe qu'il voyait, il voyait et sentait tout le charme de son corps que ne dissimulaient que ses vêtements. Et, ayant vu cela, il ne pouvait plus la voir autrement, comme on ne peut retomber dans une erreur une fois qu'on a été détrompé.

« Vous n'aviez donc pas remarqué jusqu'à présent combien je suis belle? semblait dire Hélène. Vous n'aviez pas remarqué que je suis une femme? Oui, je suis une femme qui peut appartenir à chacun, et à vous aussi », dit son regard. Et au même instant Pierre sentit que non seulement Hélène pouvait mais qu'elle devait être sa femme, qu'il ne pouvait en être autrement.

Il en était aussi certain en ce moment que s'il se tenait avec elle devant l'autel. Comment cela se ferait-il? et quand? il l'ignorait; il ne savait même pas si ce serait bien (il sentait même, il ne savait pourquoi, que ce ne serait pas bien), mais il savait que cela serait.

Pierre baissa les yeux, les releva et voulut la revoir comme cette beauté qu'il voyait chaque jour auparavant, aussi lointaine, aussi étrangère; mais il ne le pouvait plus. Il ne le pouvait plus, comme celui qui, prenant dans le brouillard un brin d'herbe pour un arbre, ne peut plus, une fois son erreur reconnue, y voir de nouveau un arbre. Elle lui était terriblement proche. Elle avait déjà du pouvoir sur lui. Et entre eux il n'y avait plus d'autres obstacles que ceux de sa propre volonté à lui.

« Bon, je vous laisse dans votre petit coin. Je vois que vous y êtes très bien », dit la voix d'Anna Pavlovna.

Et Pierre se demandant avec effroi s'il n'avait rien fait de répréhensible, promena les yeux autour de lui en rougissant. Il lui semblait que tout le monde savait aussi bien que lui ce qui lui était advenu.

Quelque temps plus tard, lorsqu'il rejoignit le groupe principal, Anna Pavlovna lui dit :

« On dit que vous embellissez votre maison de Pétersbourg. » (C'était vrai : l'architecte avait déclaré qu'il devait le faire et, sans savoir pourquoi, Pierre faisait arranger son immense hôtel de Pétersbourg.)

« C'est bien, mais ne déménagez pas de chez le prince Basile. Il est bon d'avoir un ami comme le prince, dit-elle en souriant au prince Vassili. *J'en sais quelque chose. N'est-ce pas?* Vous êtes encore si

jeune. Vous avez besoin de conseils. Ne m'en veuillez pas d'user des droits des vieilles femmes. » Elle se tut comme le font toujours les femmes qui attendent des protestations après avoir fait allusion à leur âge. « Si vous vous mariez, ce sera autre chose. » Et elle les réunit en un seul regard, Pierre ne regardait pas Hélène, pas plus qu'elle ne le regardait. Mais elle lui était toujours terriblement proche. Il bafouilla quelque chose et rougit.

Rentré chez lui, Pierre fut longtemps sans pouvoir s'endormir, pensant à ce qui lui était arrivé. Mais que lui était-il arrivé? Rien. Il avait seulement compris que la femme qu'il avait connue enfant, de qui il disait distraitement : « Oui, elle est belle » lorsqu'on lui parlait de la beauté d'Hélène, il avait compris que cette femme pouvait lui appartenir.

« Mais elle est sotte, je disais moi-même qu'elle était sotte, pensait-il. Il y a quelque chose de bas dans le sentiment qu'elle a éveillé en moi, quelque chose de défendu. On me disait que son frère Anatole était amoureux d'elle et qu'elle est amoureuse de lui, qu'il y a eu toute une histoire et que c'est pour cela qu'on a fait partir Anatole. Son autre frère, c'est Hippolyte... Son père c'est le prince Vassili... Tout cela n'est pas bien », pensait-il; et en même temps qu'il raisonnait ainsi (son raisonnement restait encore inachevé), il se surprenait à sourire et se rendait compte que d'autres raisonnements émergeaient de derrière les premiers, que tout en pensant à la médiocrité d'Hélène il rêvait qu'elle serait sa femme, qu'elle pourrait l'aimer, qu'elle était peut-être tout autre et que tout ce qu'il pensait et ce qu'on disait à son sujet était peut-être faux. Et de nouveau il voyait non pas la fille du prince Vassili, il revoyait tout son corps à peine voilé par sa robe grise. « Mais comment se fait-il que cette pensée ne me soit jamais venue jusqu'ici? » Et de nouveau il se disait que c'était impossible, qu'il y aurait dans ce mariage quelque chose de vil, de contre nature, de déshonnête. Il se rappelait les paroles d'Hélène, ses regards, les regards et les paroles de ceux qui les voyaient ensemble. Il se rappela l'expression et les regards d'Anna Pavlovna pendant qu'elle lui parlait de sa maison, se rappela mille allusions analogues du prince Vassili et d'autres, et il fut saisi d'épouvante à l'idée que, d'une façon ou d'une autre, il s'était peut-être engagé à accomplir cet acte qui de toute évidence était condamnable et dont il devait s'abstenir. Mais, en même temps qu'il se formulait cette décision, son image à elle émergeait d'un autre recoin de son âme, dans toute sa beauté de femme.

II

En novembre 1805, le prince Vassili dut entreprendre un voyage d'inspection dans quatre provinces. Il s'était ménagé cette mission pour pouvoir visiter par la même occasion ses domaines ruinés et prendre en passant (dans la ville où son régiment était en garnison) son fils Anatole afin de l'emmener chez le prince Nicolas Andreievitch Bolkonski dans le dessein de lui faire épouser la fille de ce riche vieillard. Mais avant de partir et d'entreprendre ces nouvelles activités, il devait en finir avec Pierre qui, il est vrai, passait ces derniers temps des journées entières à la maison, c'est-à-dire chez le prince Vassili où il habitait, et qui, en présence d'Hélène, se montrait ridicule, ému et stupide (comme il sied à un amoureux), mais ne se décidait toujours pas.

« Tout ça est bel et bon, mais il faut que ça finisse », se dit un matin le prince Vassili avec un soupir de tristesse, se rendant compte que Pierre qui lui devait tant (ma foi, Dieu lui pardonne!) n'agissait pas tout à fait bien dans cette affaire. « C'est la jeunesse... l'insouciance... que Dieu lui pardonne, pensa-t-il, sentant avec plaisir combien il était bon, *mais il faut que ça finisse.* C'est après-demain la fête de Lelia, j'inviterai quelques personnes, et s'il ne comprend pas ce qu'il doit faire, ce sera à moi d'agir. Oui, ce sera à moi. Je suis le père! »

Pierre, six semaines après la soirée d'Anna Pavlovna et la nuit agitée et sans sommeil qui avait suivi, nuit au cours de laquelle il avait décidé que ce mariage serait un malheur et qu'il devait éviter Hélène et partir, Pierre, ayant pris cette décision, continuait d'habiter chez le prince Vassili et sentait avec épouvante que, dans l'opinion du monde, il s'engageait chaque jour davantage envers elle, qu'il ne pouvait plus la voir avec les mêmes yeux qu'auparavant, qu'il ne pouvait pas non plus s'arracher à elle, que ce serait terrible mais qu'il devait lier son sort au sien. Peut-être eût-il pu encore s'abstenir, mais il ne se passait pas de jour que le prince Vassili (qui recevait rarement) ne donnât une soirée à laquelle Pierre devait assister s'il ne voulait pas gâcher le plaisir et décevoir l'attente de tout le monde. Le prince Vassili, aux rares moments qu'il passait chez lui, tirait Pierre par le bras en le croisant, lui tendait distraitement à baiser sa joue ridée rasée de près et disait : « A demain », ou : « Sois là pour dîner, sinon je ne te verrai pas », ou encore : « C'est pour toi que je reste », etc. Mais bien que, lorsqu'il restait pour Pierre (comme il disait), il n'échangeât pas deux mots avec lui, Pierre ne se sentait pas le courage de le décevoir. Chaque jour il se répétait la même chose : « Il faut bien à la fin que je la comprenne et que je me rende compte de ce qu'elle est. Est-ce auparavant que je me trompais ou est-ce maintenant? Non, elle n'est pas sotte; c'est une excellente jeune fille, se disait-il parfois. Jamais elle ne se trompe en rien, jamais elle n'a dit une sottise. Elle parle peu, mais ce qu'elle dit est toujours simple et clair. Aussi n'est-elle pas sotte. Jamais elle ne s'est troublée ni ne se trouble. Donc ce n'est pas une mauvaise femme! » Souvent il lui arrivait d'engager une conversation avec elle, de penser tout haut, et chaque fois elle lui répondait soit par une remarque brève mais pleine d'à-propos qui montrait que cela ne l'intéressait pas, soit par un sourire silencieux et un regard qui lui faisaient sentir de la façon la plus éloquente sa supériorité sur lui. Elle avait raison de juger tous les raisonnements futiles en comparaison de ce sourire.

Elle lui parlait toujours avec un sourire joyeux et confiant, réservé exclusivement à lui, où il y avait quelque chose de plus que dans le sourire stéréotypé qui éclairait toujours son visage. Pierre savait que tout le monde n'attendait de lui qu'une chose, qu'il dît enfin un mot, qu'il franchît une certaine limite, et il savait que tôt ou tard il la franchirait; mais une sorte d'épouvante incompréhensible le saisissait à la seule pensée de faire ce terrible pas. Mille fois, durant ces six semaines où il se sentait entraîné toujours plus loin dans cet abîme qui lui faisait peur, Pierre s'était dit : « Mais que se passe-t-il donc? Il faut de la décision! N'en ai-je donc pas? »

Il voulait se décider mais il sentait avec effroi qu'il manquait, en l'occurrence, de cette résolution qu'il se connaissait et qu'il possédait effectivement. Pierre était du nombre de ces gens qui ne sont forts que lorsqu'ils se sentent absolument purs. Or, depuis le jour où le désir s'était emparé de lui alors qu'il regardait la tabatière, chez Anna Pavlovna, le sentiment inconscient de la culpabilité de ce désir paralysait sa volonté.

Le jour de la fête d'Hélène, un petit nombre d'intimes les plus proches, comme disait la princesse, parents et amis, soupait chez le prince Vassili. On leur avait laissé entendre à tous que le sort de celle qu'on fêtait devait se décider ce jour-là. La princesse Kouraguine, une femme massive et imposante qui avait été belle, présidait à table. Elle était entourée des invités les plus en vue : un vieux général, sa femme, Anna Pavlovna Scherer; au bout de la table étaient installés les invités moins âgés et moins importants et, parmi eux, les familiers de la maison, dont Pierre et Hélène – côte à côte. Le prince Vassili ne soupait pas; il se promenait autour de la table, s'asseyant gaiement tantôt près de l'un, tantôt près de l'autre invité. Il adressait à chacun quelques mots nonchalants et aimables, à l'exception de Pierre et d'Hélène dont il semblait ne pas remarquer la présence. Les bougies brûlaient d'une flamme vive, l'argenterie et les cristaux étincelaient ainsi que les toilettes des dames et l'or et l'argent des épaulettes; les domestiques en livrée rouge s'affairaient autour de la table; le bruit des couteaux, des verres, des assiettes se mêlait au brouhaha des conversations animées. A un bout de la table, on entendait un vieux chambellan assurer une vieille baronne de son amour ardent et son rire à elle; à l'autre bout, on racontait la déconvenue d'une certaine Maria Victorovna. Au milieu, le prince Vassili était le centre de l'attention. Un sourire enjoué aux lèvres, il racontait aux dames la dernière séance – de mercredi – du conseil d'Empire, au cours de laquelle Serge Kouzmitch Viazmitinov, le nouveau gouverneur militaire de Pétersbourg, avait donné lecture du fameux rescrit de l'empereur Alexandre envoyé de l'armée, où, s'adressant à Serge Kouzmitch, l'empereur disait qu'il recevait de toutes parts des témoignages de dévouement et que celui de Pétersbourg lui était particulièrement agréable, qu'il était fier d'être le chef d'une telle nation et qu'il s'efforcerait d'en être digne. Le rescrit commençait par ces mots : « Serge Kouzmitch, de toutes parts me parviennent les bruits », etc.

« C'est bien vrai qu'il n'a pas pu aller plus loin que « Serge Kouzmitch »? demanda une dame.

– Non, non, pas d'une syllabe », répondit en riant le prince Vassili. « Serge Kouzmitch... de toutes parts. De toutes parts, Serge Kouzmitch... » Le pauvre Viazmitinov n'arrivait pas à en sortir. Il a repris plusieurs fois sa lecture, mais à peine avait-il dit « Serge »... sanglots... « Kouz... mitch »... larmes... que « de toutes parts » était étouffé par les sanglots, et il ne pouvait continuer. Et c'était de nouveau le mouchoir, et de nouveau « Serge Kouzmitch, de toutes parts », et des larmes... si bien qu'on a fini par demander à un autre de lire à sa place.

« Kouzmitch... de toutes parts... et des larmes... répéta quelqu'un en riant.

– Ne soyez pas méchants, dit Anna Pavlovna, à l'autre bout de la table, en le menaçant du doigt, *c'est un si brave et excellent homme, notre bon Viasmitinoff...* »

Tout le monde riait beaucoup. Au haut bout de la table, chacun semblait être gai et animé pour les raisons les plus diverses; seuls Pierre et Hélène, à leur bout, restaient assis côte à côte en silence; tous deux réprimaient un sourire radieux qui ne devait rien à Serge Kouzmitch, un sourire de pudeur devant leurs sentiments. Les autres avaient beau parler et rire et plaisanter, ils avaient beau absorber avec appétit et le sauté, et les glaces, et le vin du Rhin, ils avaient beau éviter ce couple du regard, ils avaient beau paraître indifférents et ne lui prêter aucune attention, on sentait aux regards qu'on leur jetait de temps à autre que l'anecdote sur Serge Kouzmitch comme les rires et le repas, tout n'était que feinte et que toute l'attention de cette société n'était concentrée que sur ce couple, Pierre et Hélène. Le prince Vassili imitait les sanglots de Serge Kouzmitch et en même temps enveloppait la fille d'un regard rapide; et pendant qu'il riait son expression disait : « C'est ça, c'est ça, tout va bien; tout se décidera aujourd'hui. » Anna Pavlovna le menaçait du doigt pour *notre bon Viasmitinoff,* et dans ses yeux qui, à ce moment, lançaient à Pierre un regard furtif, le prince Vassili lisait qu'elle le félicitait de son futur gendre et du bonheur de sa fille. La vieille princesse, tout en offrant avec un soupir plein de tristesse du vin à sa voisine et en lançant un coup d'œil dépité à sa fille, semblait vouloir dire par ce soupir : « Oui, il ne nous reste plus maintenant qu'à boire du vin doux, ma chère; maintenant c'est le tour des jeunes d'être si insolemment heureux. » – « Quelles sottises que tout ce que je raconte, comme si cela m'intéressait, pensait un diplomate en regardant le visage heureux des amoureux, voilà le bonheur. »

Au milieu des préoccupations mesquines et artificielles qui unissaient cette société s'était glissé un sentiment naturel d'attirance réciproque de cet homme et de cette femme jeunes, beaux et sains. Et ce sentiment humain dominait tout et planait au-dessus de tout ce babillage artificiel. Les plaisanteries n'étaient pas gaies, les nouvelles étaient dépourvues d'intérêt, l'animation de toute évidence factice. Non seulement les invités mais les laquais qui servaient à table semblaient eux-mêmes le sentir, et ils en oubliaient les nécessités du service en contemplant la belle Hélène avec son visage rayonnant et le gros visage rouge, heureux et inquiet de Pierre. On eût dit que les flammes des bougies elles-mêmes n'étaient concentrées que sur ces deux visages heureux.

Pierre sentait qu'il était le centre de tout cela, et cette situation le remplissait de joie et de gêne. Son état était celui d'un homme plongé dans quelque occupation. Il ne voyait, ne comprenait et n'entendait rien nettement. Par moments seulement, à l'improviste, des bribes de pensées et d'impressions venues de l'extérieur sourdaient dans son esprit.

« C'en est donc fait! pensait-il. Et comment tout cela est-il arrivé? Si vite! Je sais maintenant que ce n'est pas seulement pour elle, pas seulement pour moi, mais aussi pour eux tous que CELA doit inévitablement s'accomplir. Ils attendent CELA tous, ils sont si sûrs que cela sera que je ne peux pas, je ne peux vraiment pas les décevoir. Mais comment cela se fera-t-il? Je l'ignore, mais cela sera, cela sera certainement! » et il jetait des regards sur ces épaules qui resplendissaient tout près de ses yeux.

Puis, soudain, il avait honte. Il était gêné d'accaparer à lui seul l'attention générale, de passer pour un homme heureux, d'être, avec son visage sans beauté, une sorte de Pâris conquérant la belle Hélène. « Mais c'est sans doute ainsi que cela se passe toujours et il faut qu'il en soit ainsi, se disait-il pour se consoler. D'ailleurs, qu'ai-je donc fait pour cela? Quand cela a-t-il commencé? J'ai quitté Moscou avec le prince Vassili.

Alors il n'y avait encore rien. Ensuite, pourquoi donc ne serais-je pas descendu chez lui? Puis j'ai joué aux cartes avec elle et je lui ai ramassé son réticule, je me suis promené en voiture avec elle. Quand donc cela a-t-il commencé, quand tout cela s'est-il fait? » Et le voici maintenant assis à côté d'elle en qualité de fiancé; il l'entend, la voit, il sent sa présence, son haleine, ses mouvements, sa beauté. Brusquement, il lui semble que ce n'est pas elle qui est si extraordinairement belle mais lui, que c'est pour cela que tous le regardent ainsi et, heureux de l'admiration générale, il bombe la poitrine, relève la tête et se réjouit de son bonheur. Soudain une voix, la voix de quelqu'un qu'il connaît, s'élève et lui dit quelque chose pour la deuxième fois. Mais Pierre est si absorbé qu'il ne comprend pas ce qu'on lui dit.

« Je te demande quand tu as reçu la lettre de Bolkonski, répète pour la troisième fois le prince Vassili. Comme tu es distrait, mon cher! »

Le prince Vassili sourit, et Pierre voit que tous, tous leur sourient, à Hélène et à lui. « Qu'importe puisque vous savez tous, se dit-il. D'ailleurs c'est vrai », et il sourit à son tour de son doux sourire d'enfant, et Hélène sourit aussi.

« Quand donc l'as-tu reçue? Elle venait d'Olmütz? » répète le prince Vassili qui semble avoir besoin de le savoir pour mettre fin à une discussion.

« Peut-on parler de pareilles vétilles, y penser? » se dit Pierre.

« Oui, d'Olmütz », répond-il avec un soupir.

Après le souper, Pierre conduisit Hélène au salon, à la suite des autres. Les invités commencèrent à se retirer, certains sans prendre congé d'Hélène. Comme s'ils ne voulaient pas la distraire d'une importante occupation, ils s'approchaient d'elle pour un instant et s'éloignaient rapidement, lui défendant de les reconduire. Le diplomate se taisait tristement en quittant le salon. Toute la vanité de sa carrière diplomatique lui apparaissait en comparaison du bonheur de Pierre. Le vieux général répondit avec humeur à sa femme lorsqu'elle s'enquit de l'état de sa jambe. « La vieille sotte, se dit-il. Hélène Vassilievna, elle, sera belle même à cinquante ans. »

« Je crois que je puis vous féliciter, murmura Anna Pavlovna à la princesse en l'embrassant bien fort. Si je n'avais pas la migraine, je serais restée. »

La princesse ne répondit rien; elle était rongée d'envie à l'idée du bonheur de sa fille.

Pierre, pendant qu'on reconduisait les invités, demeura longtemps seul avec Hélène dans le petit salon où ils s'étaient installés. Au cours de ces six semaines, il lui était souvent arrivé de rester seul avec elle, mais il ne lui avait jamais parlé d'amour. Maintenant, il sentait que cela était indispensable, mais il ne pouvait se résoudre à ce dernier pas. Il avait honte; il lui semblait que là, auprès d'Hélène, il occupait la place d'un autre. « Ce bonheur n'est pas pour toi, lui disait une voix intérieure. Ce bonheur est fait pour ceux qui n'ont pas ce que tu as en toi. » Mais il fallait dire quelque chose, et il rompit le silence. Il lui demanda si elle était contente de la soirée. Elle répondit, comme toujours avec simplicité, que sa fête d'aujourd'hui était une des plus agréables.

Quelques parents les plus proches restaient encore. Ils se tenaient dans le grand salon. Le prince Vassili s'approcha d'un pas indolent de Pierre. Pierre se leva et dit qu'il était tard. Le prince Vassili le regarda d'un air sévèrement interrogateur comme si ce qu'il venait de dire était trop étrange pour être entendu. Mais aussitôt son expression sévère disparut, il tira Pierre par le bras, le fit asseoir et lui sourit affectueusement.

« Eh bien, Lelia? » demanda-t-il aussitôt à sa fille de ce ton nonchalant de tendresse habituelle qu'ont les parents qui, depuis l'enfance, choient leurs enfants, mais que le prince Vassili n'avait adopté qu'en imitant les autres.

Et il se tourna de nouveau vers Pierre.

« Serge Kouzmitch, de toutes parts », dit-il en déboutonnant le haut de son gilet.

Pierre sourit, mais on voyait à son sourire qu'il comprenait que ce n'était pas l'anecdote sur Serge Kouzmitch qui intéressait en ce moment le prince Vassili; et le prince Vassili comprit que Pierre le savait. Il marmonna soudain quelque chose et sortit. Pierre eut l'impression que le prince Vassili était lui-même gêné. La vue de la gêne de ce vieil homme du monde le toucha; il regarda Hélène – et elle aussi semblait gênée et son regard disait : « Aussi bien, c'est votre faute. »

« Il est inévitable que je saute le pas, mais je ne peux pas, je ne peux pas », se disait Pierre, et il parla de nouveau d'autre chose, de Serge Kouzmitch, demandant en quoi consistait au juste cette anecdote qu'il n'avait pas bien comprise. Hélène lui répondit avec un sourire qu'elle ne le savait pas non plus.

Lorsque le prince Vassili revint dans le salon, la princesse s'entretenait à voix basse de Pierre avec une dame âgée.

« *Bien sûr, c'est un parti brillant, mais le bonheur,* ma chère...

– *Les mariages se font dans les cieux* », répondit la dame âgée.

Le prince Vassili, sans paraître écouter les dames, se retira dans un coin éloigné et s'assit sur un divan. Il ferma les yeux et parut sommeiller. Sa tête tomba un instant sur sa poitrine, et il revint à lui.

« *Aline,* dit-il à sa femme, *allez voir ce qu'ils font.* »

La princesse passa d'un air important et indifférent devant la porte du petit salon et y jeta un coup d'œil. Pierre et Hélène causaient toujours comme auparavant.

« C'est toujours la même chose », répondit-elle à son mari.

Le prince Vassili fronça les sourcils, un coin de sa bouche se tordit, ses joues se mirent à s'agiter en lui donnant cette expression désagréable et grossière qui lui était particulière; il se leva en se secouant, rejeta la tête en arrière et d'un pas résolu, passant devant les dames, entra dans le petit salon. Son visage était si extraordinairement solennel que Pierre se leva, effrayé, en le voyant.

« Dieu soit loué! dit le prince Vassili. Ma femme m'a tout dit! » Il enlaça Pierre d'un bras, de l'autre sa fille. « Mon amie Lelia! Je suis très, très heureux. » Sa voix trembla. « J'aimais ton père... et elle sera pour toi une bonne épouse... Que Dieu vous bénisse!... »

Il étreignit sa fille, puis de nouveau Pierre et l'embrassa de sa bouche de vieillard. De vraies larmes lui mouillèrent les joues.

« Princesse, viens donc ici », cria-t-il.

La princesse entra et se mit aussi à pleurer. La dame âgée s'essuyait de son côté les yeux avec son mouchoir. On embrassait Pierre et il baisa plusieurs fois la main de la belle Hélène. Au bout d'un moment, on les laissa de nouveau seuls.

« Tout cela devait se passer ainsi et ne pouvait être autrement, se disait Pierre, il est donc inutile de se demander si c'est bien ou mal. C'est bien parce que c'est net et que l'ancien doute torturant n'est plus. » Il tenait en silence la main de sa fiancée et regardait sa belle gorge qui se soulevait et s'abaissait.

« Hélène! » dit-il à haute voix, et il s'arrêta.

« On dit quelque chose de spécial dans ces cas-là », pensait-il, mais il ne parvenait pas à se rappeler ce qu'on disait au juste. Il la regarda bien en face. Elle se rapprocha de lui. Son visage se colora.

« Ah! enlevez ces... voyons, ces... » Elle montrait ses lunettes.

Pierre les retira, et ses yeux, outre l'étrangeté commune aux yeux de tous ceux qui portent des lunettes, avaient un regard interrogateur, apeuré. Il voulut se pencher sur sa main et la baiser; mais d'un mouvement de tête rapide et brutal elle rencontra ses lèvres et y appuya les siennes. Son visage frappa désagréablement Pierre par le désarroi de son expression complètement changée.

« Maintenant il est trop tard, tout est fini; d'ailleurs je l'aime », songea-t-il.

« Je vous aime! » dit-il, se rappelant ce qu'il fallait dire dans ces cas-là; mais ces mots rendirent un son si pauvre qu'il eut honte de lui-même.

Six semaines plus tard, il était marié et, en heureux possesseur d'une belle femme et de millions, comme on disait, s'installait à Pétersbourg dans le vaste hôtel remis à neuf des comtes Bezoukhov.

III

Le vieux prince Nicolas Andreitch Bolkonski reçut, en décembre 1805, une lettre du prince Vassili qui lui annonçait sa visite en compagnie de son fils. (« Je pars en tournée d'inspection et, bien entendu, cent verstes ne sont pas pour moi un détour quand il s'agit de vous rendre visite, très honoré bienfaiteur, écrivait-il; mon Anatole m'accompagne avant de rejoindre l'armée; j'espère que vous lui permettrez de vous exprimer personnellement le profond respect qu'à l'exemple de son père il nourrit pour vous. »)

« On n'a donc plus besoin de mener Maria dans le monde : les prétendants viennent eux-mêmes chez nous », dit imprudemment la petite princesse en l'apprenant.

Le prince Nicolas Andreievitch fronça le sourcil et ne dit rien.

Quinze jours après la réception de cette lettre, un soir, les gens du prince Vassili arrivèrent les premiers, puis, le lendemain, il arriva lui-même avec son fils.

Le vieux Bolkonski n'avait jamais eu une haute opinion du caractère du prince Vassili, et moins encore ces derniers temps, depuis que celui-ci, sous les nouveaux règnes de Paul et d'Alexandre, était allé loin dans la voie des grades et des honneurs. D'après les allusions de la lettre et celles de la petite princesse, il avait aussitôt compris de quoi il retournait, et la piètre opinion qu'il avait du prince Vassili se mua dans son esprit en un sentiment de mépris hostile. Il ne parlait de lui qu'en émettant ces sons dédaigneux. Le jour où l'on attendait le prince Vassili, le prince Nicolas Andreievitch était particulièrement mécontent et de mauvaise humeur. Était-il de mauvaise humeur parce que le prince Vassili arrivait, ou était-il particulièrement mécontent de l'arrivée du prince Vassili parce qu'il était de mauvaise humeur? En tout cas il était de mauvaise humeur et, dès le matin, Tikhon avait déconseillé à l'architecte de présenter son rapport au prince.

« Écoutez-le marcher, dit Tikhon en attirant l'attention de l'architecte sur le bruit des pas du prince. Il appuie en plein sur les talons, nous connaissons ça... »

Cependant, vers neuf heures, le prince alla faire sa promenade habituelle, vêtu d'une pelisse de velours à col de zibeline et coiffé d'un bonnet assorti. La veille il avait neigé. Le sentier que le prince Nicolas Andreievitch avait l'habitude d'emprunter pour se rendre à la serre avait été déblayé, on voyait sur la neige des traces de balai et une pelle était plantée dans le talus friable qui le bordait. Maussade et silencieux, le prince parcourut les serres, les communs et les dépendances.

« Peut-on passer en traîneau? demanda-t-il au régisseur, un homme fort respectable qui l'accompagnait jusqu'à la maison et dont le visage et les manières ressemblaient à ceux d'un maître.

– La neige est profonde, Excellence. J'ai fait balayer l'avenue. »

Le prince approuva de la tête et s'approcha du perron.

« Dieu soit loué, se dit le régisseur, l'orage n'a pas éclaté. »

« Il aurait été difficile de passer, Excellence », ajouta-t-il. On dit qu'un ministre doit venir rendre visite à Votre Excellence? »

Le prince se tourna vers le régisseur et fixa sur lui un regard renfrogné.

« Comment? Un ministre? Quel ministre? Qui t'a donné des ordres? dit-il de sa voix perçante et rude. Pour la princesse ma fille on n'a pas déblayé, et pour un ministre! Il n'y a pas de ministres chez moi!

– Je pensais, Votre Excellence...

– Tu pensais! cria le prince, parlant d'une façon de plus en plus précipitée et incohérente. Tu pensais... Bandits! coquins... je t'apprendrai à penser », et levant sa canne sur Alpatitch, il l'aurait frappé si le régisseur n'eût malgré lui esquivé le coup. « Tu pensais!... coquins!... » criait-il en hâte. Mais bien qu'Alpatitch, effrayé d'avoir eu l'audace d'esquiver le coup, se fût rapproché du prince en inclinant humblement devant lui sa tête chauve, ou peut-être précisément à cause de cela, le prince, tout en continuant de crier : « Coquins!... qu'on remette la neige sur la route... » ne leva plus sa canne et rentra précipitamment chez lui.

A l'heure du dîner, la princesse Maria et Mlle Bourienne, qui savaient le prince de mauvaise humeur, l'attendaient debout : Mlle Bourienne, le visage radieux qui semblait dire : « Je ne sais rien, je suis telle que je suis toujours », et la princesse Maria pâle, effrayée, les yeux baissés. Le plus pénible pour la princesse Maria était qu'elle savait que, dans ces cas, il fallait adopter l'attitude de Mlle Bourienne, mais elle en était incapable. Elle se disait : « Que je fasse comme si je ne remarquais rien, et il pensera que je ne me soucie pas de lui, mais que je fasse semblant d'être moi-même maussade et de mauvaise humeur, et il dira (comme cela arrivait) que j'ai une figure longue d'une aune », etc.

Le prince regarda le visage effrayé de sa fille et émit un grognement :

« Coquine ou sotte!... » fit-il.

« Et l'autre qui n'est pas là! On lui aura tout rapporté », se dit-il au sujet de la petite princesse qui n'était pas dans la salle à manger.

« Où est la princesse? demanda-t-il. Elle se cache?...

– Elle est un peu souffrante, dit Mlle Bourienne en souriant gaiement, elle ne viendra pas. C'est si compréhensible dans son état.

– Hum! hum! khi! khi! », fit le prince, et il se mit à table.

L'assiette lui parut d'une propreté douteuse; il montra la tache et la jeta. Tikhon la rattrapa et la passa au maître d'hôtel. La petite princesse n'était pas souffrante; mais elle avait une peur si insurmontable du prince qu'en apprenant qu'il était de mauvaise humeur elle avait décidé de ne pas paraître.

« J'ai peur pour l'enfant, avait-elle dit à Mlle Bourienne, Dieu sait ce qui pourrait arriver à la suite d'une frayeur. »

La petite princesse vivait à Lissi Gori dans un état permanent de peur et éprouvait à l'égard du vieux prince une antipathie dont elle ne se rendait pas compte, tant la peur dominait. De la part du prince, il y avait également de l'antipathie, mais dominée par le dédain. La princesse, une fois familiarisée avec Lissi Gori, s'était particulièrement prise d'affection pour Mlle Bourienne, passait avec elle des journées entières, lui demandait de coucher auprès d'elle et lui parlait souvent de son beau-père en le criticuant.

« *Il nous arrive du monde, mon prince,* dit Mlle Bourienne en dépliant de ses doigts roses sa serviette blanche. *Son Excellence le prince Kouraguine avec son fils, à ce que j'ai entendu dire?* ajouta-t-elle.

– Hum... cette *Excellence* est un gamin... c'est moi qui l'ai fait entrer au ministère, dit le prince d'un ton offensé. Et quant à son fils, je n'arrive pas à comprendre pourquoi il vient. La princesse Élisabeth Karlovna et la princesse Maria le savent peut-être; moi j'ignore pourquoi il amène ce fils ici. Je n'ai pas besoin de lui. » Et il regarda sa fille qui avait rougi.

« Serais-tu souffrante, d'aventure? Par crainte du ministre, comme a dit aujourd'hui cet imbécile d'Alpatitch?

– Non, *mon père.* »

Malgré la maladresse avec laquelle Mlle Bourienne avait choisi le sujet de conversation, elle ne s'arrêta pas et bavarda des serres, de la beauté d'une fleur nouvellement éclose, et après le potage le prince s'adoucit.

Le repas fini, il se rendit chez sa belle-fille. La petite princesse était installée devant un guéridon et bavardait avec Macha, sa femme de chambre. Elle pâlit à la vue de son beau-père.

La petite princesse avait beaucoup changé. Elle était maintenant plutôt laide que belle. Ses joues s'étaient affaissées, sa lèvre retroussée, il y avait des poches sous ses yeux.

« Oui, je sens une lourdeur, répondit-elle à la question du prince qui s'informait de sa santé.

– N'avez-vous besoin de rien?

– Non, *merci, mon père*.

– Allons, c'est bon, c'est bon. »

Il sortit et traversa l'antichambre. Alpatitch, la tête basse, s'y trouvait.

« A-t-on remis la neige sur le chemin?

– Oui, Votre Excellence; pardonnez-moi pour l'amour de Dieu; ce n'était que par bêtise. »

Le prince l'interrompit et se mit à rire de son rire forcé.

« Allons, c'est bon, c'est bon. »

Il lui tendit la main qu'Alpatitch baisa, et regagna son cabinet.

Dans la soirée, le prince Vassili arriva. Il fut accueilli sur l'avenue par des cochers et des valets qui guidèrent en criant son traîneau et son chariot, sur le chemin recouvert à dessein de neige, jusqu'à l'aile de la maison où on l'avait installé.

Des appartements avaient été préparés pour le prince Vassili et pour Anatole.

Anatole, en manches de chemise et les mains sur les hanches, était assis devant la table dont en souriant il fixait distraitement un coin de ses grands et beaux yeux. Il voyait sa vie comme une fête ininterrompue que, on ne sait pourquoi, quelqu'un s'était engagé à organiser pour lui. Il regardait de même sa visite chez le méchant vieillard et la riche et laide héritière. Tout cela pouvait, croyait-il, tourner très bien et d'une façon amusante. « Et pourquoi ne l'épouserais-je pas puisqu'elle est très riche? Ce n'est jamais un mal », se disait-il.

Il se rasa, se parfuma avec le soin et la recherche qui étaient devenus chez lui une habitude, et avec l'expression conquérante et bon enfant qui lui était naturelle, portant haut sa belle tête, il entra chez son père. Deux valets de chambre s'empressaient autour du prince Vassili, l'aidant à s'habiller; il jetait autour de lui des regards animés et fit gaiement un signe de tête à son fils qui entrait, comme pour dire : « C'est ça, c'est ça, c'est précisément ainsi que je te voulais! »

« Sérieusement, père, elle est vraiment très laide? Hein?

demanda-t-il en français comme s'il reprenait une conversation qu'ils avaient eue plus d'une fois au cours du voyage.

– Allons, sottises que tout cela! Tâche surtout d'être respectueux et raisonnable avec le vieux prince.

– S'il se met à me sermonner, je m'en irai, dit Anatole. Je ne puis souffrir ces vieillards. Hein?

– Souviens-toi que pour toi tout dépend de cela. »

Cependant, dans la chambre des servantes, non seulement on était au courant de l'arrivée du ministre et de son fils, mais leur aspect physique y avait déjà été dépeint en détail. La princesse Maria était seule dans sa chambre et cherchait en vain à réprimer son agitation intérieure.

« Pourquoi ont-ils écrit, pourquoi Lise m'en a-t-elle parlé? Car ce n'est pas possible! se disait-elle en jetant des regards dans le miroir. Comment vais-je faire pour paraître au salon? Même s'il me plaisait, je ne pourrais plus maintenant être moi-même avec lui! » La seule pensée du regard que lui jetterait son père la remplissait d'épouvante.

La petite princesse et Mlle Bourienne avaient déjà reçu tous les renseignements nécessaires de la femme de chambre Macha qui leur avait dit quel bel homme au teint frais et aux sourcils noirs était le fils du ministre; que son père avait eu de la peine à monter l'escalier, mais que lui s'était élancé comme un aigle à sa suite en enjambant trois marches à la fois. Munies de ces renseignements, la petite princesse et Mlle Bourienne dont, dès le couloir, on entendait les voix animées entrèrent chez la princesse Maria.

« *Ils sont arrivés, Marie,* vous le savez? » dit la petite princesse en balançant son ventre alourdi et en se laissant pesamment tomber dans un fauteuil.

Elle avait déjà remplacé la blouse qu'elle portait le matin par une de ses plus belles robes; ses cheveux étaient soigneusement coiffés et sur son visage il y avait une animation qui ne parvenait pourtant pas à en dissimuler les contours affaissés et flétris. Cette toilette qu'elle portait d'habitude en allant dans le monde à Pétersbourg soulignait encore combien elle avait enlaidi. Dans la toilette de Mlle Bourienne, on voyait également de discrètes recherches qui rendaient encore plus séduisant son joli visage frais.

« *Eh bien, et vous restez comme vous êtes, chère princesse?* dit-elle.

On va venir annoncer que ces messieurs sont au salon : il faudra descendre et vous ne faites pas un petit brin de toilette! »

La petite princesse se leva de son fauteuil, sonna la femme de chambre et avec une hâte joyeuse entreprit de combiner une toilette pour la princesse Maria. La princesse Maria se sentait blessée dans sa dignité par l'émotion que lui causait l'arrivée d'un prétendant et plus encore de voir que ses deux amies n'admettaient même pas qu'il pût en être autrement. Leur dire combien elle avait honte pour elles et pour elle-même eût été trahir son émotion; en outre, renoncer à se parer comme on le lui proposait donnerait lieu à de longues plaisanteries et à des instances. Elle rougit, ses beaux yeux s'éteignirent, son visage se couvrit de taches, et, avec cette expression de victime qui se figeait le plus souvent sur ses traits et l'enlaidissait, elle s'abandonna aux mains de Mlle Bourienne et de Lise. Les deux femmes étaient EN TOUTE SINCÉRITÉ soucieuses de la faire belle. Elle était si laide qu'une idée de rivalité ne pouvait leur venir ni à l'une ni à l'autre; aussi se prirent-elles à l'habiller tout à fait sincèrement, avec cette conviction ferme et naïve des femmes que la toilette peut rendre beau un visage.

« Non, vraiment, *ma bonne amie,* cette robe ne va pas, disait Lise en inspectant la princesse de côté à une certaine distance; fais-en apporter une autre, tu en as une en massaca. Vraiment! C'est peut-être ton sort qui se décide. Et celle-ci est trop claire, ça ne va pas, non, ça ne va pas! »

Ce qui n'allait pas, ce n'était pas la robe, mais le visage et toute la silhouette de la princesse, mais ni Mlle Bourienne ni la petite princesse ne le sentaient; il leur semblait toujours qu'en ajoutant un ruban bleu à ses cheveux relevés et en jetant une écharpe bleue sur sa robe brune, etc., tout serait parfait. Elles oubliaient qu'on ne pouvait changer le visage effrayé et la silhouette, c'est pourquoi, quoi qu'elles fissent pour modifier le cadre et la parure de ce visage, le visage lui-même demeurait pitoyable et laid. Après deux ou trois essais auxquels la princesse Maria se prêta docilement, lorsqu'elle fut coiffée en hauteur (coiffure qui changeait complètement et déparait son visage), qu'elle eut mis l'écharpe bleue et l'élégante robe de massaca, la petite princesse tourna deux fois autour d'elle, ici arrangea de sa petite main un pli de la robe, là tira l'écharpe, et la regarda, la tête penchée tantôt d'un côté, tantôt de l'autre.

« Non, c'est impossible, dit-elle résolument en joignant les mains. *Non, Marie, décidément, ça ne vous va pas. Je vous aime mieux dans votre petite robe grise de tous les jours. Non, de grâce, faites ça pour moi.* Katia, dit-elle à la femme de chambre, apporte à la princesse sa robe grise, et vous verrez, mademoiselle Bourienne, comme je vais arranger cela », dit-elle avec un sourire en savourant d'avance sa joie d'artiste.

Mais lorsque Katia eut apporté la robe demandée, la princesse Maria demeura assise, immobile, devant le miroir, contemplant son visage, et elle vit dans la glace que ses yeux étaient pleins de larmes, que ses lèvres tremblaient, elle était prête à sangloter.

« *Voyons, chère princesse*, dit Mlle Bourienne, *encore un petit effort.* »

La petite princesse, prenant la robe des mains de la femme de chambre, s'approcha de la princesse Maria.

« Non, cette fois nous allons arranger cela simplement, gentiment », disait-elle.

Sa voix, celle de Mlle Bourienne et celle de Katia qui riait de quelque chose se fondaient en un gai gazouillis.

« *Non, laissez-moi* », dit la princesse.

Et sa voix était chargée de tant de gravité et de souffrance que le gazouillis d'oiseaux se tut aussitôt. Elles regardèrent les grands et beaux yeux pleins de larmes et de pensée qui posaient sur elles un regard limpide et implorant, et comprirent qu'il était inutile et même cruel d'insister.

« *Au moins changez de coiffure*, dit la petite princesse. *Je vous disais*, ajouta-t-elle avec reproche en s'adressant à Mlle Bourienne, *Marie a une de ces figures auxquelles ce genre de coiffure ne va pas du tout. Mais du tout, du tout. Changez, de grâce.*

— *Laissez-moi, laissez-moi, tout ça m'est parfaitement égal* », répondit la voix de la princesse Maria qui retenait à peine ses larmes.

Mlle Bourienne et la petite princesse durent s'avouer que la princesse Maria était très laide ainsi, plus laide que d'habitude; mais il était trop tard. Elle les regardait avec une expression qu'elles connaissaient, pensive et triste. Cette expression ne leur inspirait pas la crainte. (La princesse Maria n'inspirait ce sentiment à personne.) Mais elles savaient que lorsque son visage la revêtait, elle était silencieuse et inflexible dans ses décisions.

« Vous changerez, n'est-ce pas? » dit Lise, et comme la princesse Maria ne répondait rien, elle sortit.

La princesse Maria demeura seule. Elle ne fit pas ce que demandait Lise et non seulement ne changea pas de coiffure, mais ne jeta même pas un coup d'œil dans la glace. Elle restait assise en silence, les yeux baissés, les bras inertes, et réfléchissait. Elle se représentait son mari, un homme, un être fort, dominateur et d'une séduction incompréhensible, qui la transportait soudain dans son univers à lui, totalement différent, heureux. Elle imaginait contre son sein un enfant À ELLE, comme celui de la fille de sa nourrice qu'elle avait vu la veille. Le mari les regarde tendrement, l'enfant et elle. « Mais non, c'est impossible, je suis trop laide », se dit-elle.

« Le thé est servi. Le prince vient tout de suite », dit derrière la porte la voix de la femme de chambre.

Elle revint à elle et fut épouvantée de ses pensées. Et avant de descendre, elle se leva, entra dans son oratoire et, les yeux posés sur la face noire d'une grande icône du Sauveur éclairée par la veilleuse, elle demeura quelques instants devant elle, les mains jointes. Un doute la torturait. Les joies de l'amour, de l'amour terrestre pour un homme, étaient-elles possibles pour elle? En pensant au mariage, elle rêvait et au bonheur familial, et aux enfants, mais son rêve principal, le plus fort et le plus secret, était l'amour terrestre. Ce rêve était d'autant plus puissant qu'elle s'efforçait davantage de le dissimuler aux autres et même à soi. « Mon Dieu, disait-elle, comment étouffer dans mon cœur ces pensées pour accomplir en paix Ta volonté? » Et à peine avait-elle posé cette question que Dieu lui répondait déjà dans son cœur : « Ne désire rien pour toi, ne cherche pas, ne te trouble pas, n'envie personne. L'avenir des hommes et ton destin doivent te demeurer inconnus; mais vis de façon à être prête à tout. S'il plaît à Dieu de t'éprouver par les devoirs du mariage, sois prête à te soumettre à Sa volonté. » Sur cette pensée réconfortante (mais malgré tout avec l'espoir que son rêve terrestre, défendu, s'accomplirait), la princesse Maria poussa un soupir, se signa et descendit sans penser ni à sa robe, ni à sa coiffure, ni à la manière dont elle entrerait et à ce qu'elle dirait. Que pouvait peser tout cela au regard des desseins de Dieu sans la volonté de qui pas un cheveu ne tombe de la tête de l'homme?

IV

Lorsque la princesse Maria entra, le prince Vassili et son fils étaient déjà dans le salon et causaient avec la petite princesse et Mlle Bourienne. Quand elle s'approcha de son pas lourd en marchant sur les talons, les hommes et Mlle Bourienne se levèrent; et la petite princesse dit en la montrant aux hommes : *« Voilà Marie! »* La princesse Maria les voyait tous, et les voyait en détail. Elle voyait le visage du prince Vassili qui, en l'apercevant, s'était un instant figé en une expression grave, puis aussitôt devint souriant, et celui de la petite princesse qui cherchait avec curiosité à lire sur les traits des visiteurs l'impression que leur faisait *Marie*. Elle voyait aussi Mlle Bourienne avec son ruban et son beau visage et son regard plus animé que jamais fixé sur lui; mais elle ne pouvait le voir, elle ne voyait que quelque chose de grand, de brillant et de beau qui fit un pas vers elle à son entrée. Le prince Vassili fut le premier à venir la saluer, et elle déposa un baiser sur sa tête chauve penchée sur sa main, et lui répondant à ses compliments qu'elle se souvenait fort bien de lui. Puis ce fut au tour d'Anatole. Elle ne le voyait toujours pas. Elle sentit seulement une main douce prendre fermement la sienne, et elle effleura à peine des lèvres un front blanc que surmontaient de beaux cheveux pommadés. Lorsqu'elle le regarda, elle fut frappée de sa beauté. Anatole, le pouce de la main droite passé dans une boutonnière de son uniforme, la poitrine et le dos cambrés, balançait une jambe écartée et, la tête légèrement inclinée, regardait la princesse gaiement et en silence, visiblement sans penser le moins du monde à elle. Anatole n'avait pas beaucoup d'esprit d'à-propos ni de vivacité, il n'était pas éloquent dans la conversation, mais en revanche il possédait un don précieux dans le monde, le calme et une assurance que rien ne pouvait ébranler. Que, lors d'une première entrevue, un homme manquant d'assurance se taise et laisse voir qu'il se rend compte de l'inconvenance de ce silence et désire trouver quelque chose à dire, cela serait fâcheux; mais Anatole se taisait et balançait sa jambe en examinant gaiement la coiffure de la princesse.

On voyait qu'il pouvait garder le silence fort longtemps avec le même calme. « Si ce silence gêne quelqu'un, parlez donc, moi je n'en ai pas envie », semblait dire son allure. Par surcroît, avec les femmes, Anatole prenait l'attitude qui éveille le mieux en elles la curiosité, la crainte et même l'amour, celle qui dénote une conscience méprisante de sa supériorité. C'était comme si tout son aspect leur disait : « Je vous connais, je vous connais bien, pourquoi me donner du mal avec vous? Vous le voudriez bien pourtant! » Peut-être ne le pensait-il pas en présence des femmes (c'est même probable car il pensait peu en général), mais telles étaient sa mine et ses manières. La princesse le sentit, et comme désireuse de lui montrer qu'elle n'osait même pas songer à l'intéresser, elle s'adressa à son père. La conversation fut générale et animée, grâce à la voix de la petite princesse et à sa lèvre au léger duvet qui se retroussait sur ses dents blanches. Elle avait accueilli le prince Vassili sur ce ton de plaisanterie auquel ont si souvent recours les gens gais et bavards, et qui consiste à supposer entre son interlocuteur et soi-même de plaisants souvenirs imaginaires connus de quelques rares privilégiés seulement. Le prince Vassili se prêta volontiers à ce jeu; la petite princesse entraîna également Anatole, qu'elle ne connaissait presque pas, dans cette évocation d'incidents divertissants qui n'avaient jamais eu lieu. Mlle Bourienne partagea elle aussi ces souvenirs communs, et la princesse Maria elle-même se sentit avec plaisir entraînée dans ces joyeuses réminiscences.

« Du moins, nous allons pouvoir jouir entièrement de votre présence, cher prince, disait la petite princesse, bien entendu en français. Ce n'est pas comme à nos soirées chez Annette, où vous vous sauvez toujours. Vous vous souvenez de *cette chère Annette!*

– Ah! mais n'allez pas me parler politique comme Annette!

– Et notre table à thé?

– Oh! oui.

– Pourquoi ne vous voyait-on jamais chez Annette? demanda la petite princesse à Anatole. Ah! je sais, je sais, ajouta-t-elle en clignant de l'œil, votre frère Hippolyte m'a raconté vos exploits. Oh! » Elle le menaça du doigt. « Je connais même vos frasques parisiennes!

– Mais Hippolyte ne t'a rien dit, lui? demanda le prince

Vassili en s'adressant à son fils et en saisissant la main de la princesse comme si elle voulait s'enfuir et qu'il eût eu juste le temps de la retenir. Il ne t'a pas dit comme il se consumait lui-même pour notre chère princesse et comme elle *le mettait à la porte?*

« Oh! C'est la perle des femmes, princesse! » ajouta-t-il en s'adressant à la princesse Maria.

De son côté, Mlle Bourienne, entendant parler de Paris, ne laissa pas échapper l'occasion de se joindre à la conversation générale.

Elle se permit de demander s'il y avait longtemps qu'Anatole avait quitté Paris et si cette ville lui avait plu. Anatole répondit bien volontiers à la Française et s'entretint avec elle de sa patrie en la regardant avec un sourire. En voyant la jolie Bourienne, il s'était dit que, même ici, à Lissi Gori, il ne s'ennuierait pas. « Elle n'est pas mal du tout! songeait-il en l'examinant, vraiment pas mal, cette *demoiselle de compagnie*. J'espère qu'elle l'emmènera en m'épousant, *la petite est gentille*. »

Le vieux prince s'habillait sans hâte dans son cabinet de travail, fronçant le sourcil et réfléchissant à ce qu'il devait faire. Cette visite l'irritait. « Que m'importent le prince Vassili et son cher fils? Le prince Vassili est un vantard, un être creux, et le fils doit être bien joli aussi », bougonnait-il à part lui. Ce qui l'irritait, c'était que l'arrivée des visiteurs soulevait dans son esprit une question non résolue, constamment refoulée, une question à propos de laquelle il se mentait toujours à lui-même. Cette question consistait à savoir s'il se déciderait jamais à se séparer de la princesse Maria et à la donner à un mari. Le prince n'osait jamais se poser cette question de front, sachant d'avance qu'il y répondrait selon l'équité, et l'équité était en contradiction avec quelque chose de plus que son sentiment, avec la possibilité même pour lui de vivre. Le prince Nicolas Andreitch ne concevait pas la vie sans la princesse Maria, quoiqu'il semblât peu tenir à elle. « Et pourquoi se marierait-elle? songeait-il, elle serait à coup sûr malheureuse. Voilà Lise qui a épousé André (il semble qu'il soit difficile actuellement de trouver un meilleur mari), mais est-elle satisfaite de son sort? Et qui la prendrait par amour? Elle est laide, gauche. On la prendrait pour ses relations, pour sa fortune. Et ne peut-on donc pas vivre en restant fille? On n'en est que plus heureux! » Ainsi raisonnait le prince Nicolas Andreitch en s'habillant, et pourtant la question toujours différée exigeait une résolution immédiate. Le prince Vassili avait évidemment amené son fils avec l'intention de faire sa demande et aujourd'hui ou demain il exigera certainement une réponse nette. Le nom, le rang étaient convenables. « Eh bien, je n'ai rien contre cela, se disait le prince, mais il faut qu'il soit digne d'elle. C'est ce que nous allons voir. »

« C'est ce que nous allons voir, prononça-t-il à haute voix. C'est ce que nous allons voir. »

Et d'un pas alerte comme toujours, il entra dans le salon, enveloppa tout le monde d'un regard rapide, remarqua et le changement de toilette de la petite princesse, et le ruban de Mlle Bourienne, et la coiffure disgracieuse de la princesse Maria, et les sourires qu'échangeaient Mlle Bourienne et Anatole, et l'isolement de sa princesse au milieu de la conversation générale. « Elle s'est parée comme une sotte, se dit-il en jetant à sa fille un regard irrité. Elle n'a pas de pudeur : il ne se soucie même pas d'elle! »

Il alla vers le prince Vassili.

« Bonjour, bonjour; enchanté de te voir!

– Pour voir un ami cher, sept verstes ne sont pas un détour, dit le prince Vassili en parlant comme toujours vite, avec assurance et sur un ton de familiarité. Voici mon cadet, je le recommande à votre bienveillance. »

Le prince Nicolas Andreitch dévisagea Anatole.

« C'est un gaillard, un gaillard! dit-il, eh bien, viens m'embrasser », et il lui tendit la joue.

Anatole embrassa le vieillard et le regarda avec curiosité et un calme absolu, se demandant s'il allait se livrer bientôt aux excentricités que lui avait annoncées son père.

Le prince Nicolas Andreitch s'assit à sa place habituelle, dans un coin du divan, attira à lui un fauteuil pour le prince Vassili, le lui indiqua et entreprit de le questionner sur les événements politiques et les dernières nouvelles. Il semblait l'écouter avec attention mais ne cessait de jeter des regards vers la princesse Maria.

« Alors on écrit déjà de Potsdam? » dit-il en répétant les derniers mots du prince Vassili, et se levant soudain, il alla vers sa fille.

« C'est pour les visiteurs que tu t'es parée ainsi? dit-il. Tu es belle, très belle, il n'y a pas à dire. Quand il y a du monde tu te fais une nouvelle coiffure, et moi je te dis devant eux que je t'interdis à l'avenir de changer de toilette sans ma permission.

– C'est ma faute, *mon père,* intervint en rougissant la petite princesse.

– Vous êtes entièrement libre, dit le prince Nicolas Andreitch en claquant les talons devant sa bru, mais elle n'a pas besoin de s'enlaidir : elle est assez laide sans cela. »

Et il se rassit sans plus prêter attention à sa fille qu'il avait poussée aux larmes.

« Au contraire, cette coiffure va très bien à la princesse, dit le prince Vassili.

– Eh bien, mon garçon, jeune prince, comment s'appelle-t-il? dit le prince Nicolas Andreitch en s'adressant à Anatole, viens ici, causons, faisons connaissance. »

« Voilà la comédie qui commence », se dit Anatole et en souriant il prit place auprès du vieux prince.

« Alors, mon cher, il paraît que vous avez été élevé à l'étranger. Ce n'est pas comme ton père et moi à qui un sacristain a appris à lire. Dites-moi, mon cher, vous servez maintenant dans la garde à cheval? demanda le vieillard en regardant Anatole fixement et de près.

– Non, je suis passé dans l'armée, répondit Anatole en se retenant de rire avec peine.

– Ah! c'est fort bien. Alors, mon cher, vous voulez servir le tsar et la patrie? Nous sommes en guerre. Un gaillard comme vous doit faire son devoir, faire son devoir. Alors vous allez au front?

– Non, prince. Notre régiment fait campagne. Mais quant à moi je suis attaché... A quoi suis-je attaché, papa? demanda Anatole en riant à son père.

– Voilà qui s'appelle un bon soldat. A quoi suis-je attaché! Ha, ha, ha! dit le prince Nicolas Andreitch en éclatant de rire.

« C'est bien, va », dit-il à Anatole.

Anatole alla en souriant rejoindre les dames.

« Tu les as fait élever à l'étranger, prince Vassili? Hein? demanda le vieux prince au prince Vassili.

– J'ai fait ce que j'ai pu et je vous dirai que l'éducation là-bas est bien supérieure à la nôtre.

– Oui, aujourd'hui tout est changé, tout est à la nouvelle mode. C'est un gaillard, il n'y a pas à dire! Un gaillard! Et maintenant allons chez moi. »

Il prit son bras et l'emmena dans son cabinet.

Le prince Vassili, demeuré en tête-à-tête avec le prince, lui fit aussitôt part de son désir et de ses espoirs.

« Crois-tu donc, dit le vieux prince avec humeur, que je la retiens, que je ne peux pas me séparer d'elle? En imagine-t-on des choses! En ce qui me concerne, que ce soit dès demain! Je te dirai seulement que je veux mieux connaître mon gendre. Tu sais mes principes : tout au grand jour! Je lui poserai demain la question devant toi; si elle consent, alors qu'il reste un peu ici. Qu'il reste ici, je verrai. » Le prince renifla. « Qu'elle l'épouse, ça m'est égal, cria-t-il de la voix perçante qu'il avait eue en disant adieu à son fils.

– Je vais vous parler franchement, dit le prince Vassili du ton d'un homme retors que la perspicacité de son interlocuteur a convaincu de l'inutilité de ruser. Vous percez les gens à jour. Anatole n'est pas un génie, mais c'est un garçon bon, honnête, un excellent fils et parent.

– C'est bien, c'est bien, nous verrons. »

Ainsi qu'il en est toujours pour des femmes solitaires depuis longtemps privées de la société des hommes, les trois femmes de la maison du prince Nicolas Andreitch avaient senti, dès l'apparition d'Anatole, que leur vie jusque-là n'avait pas été une vie. Le pouvoir de penser, de sentir, d'observer en fut instantanément décuplé chez toutes les trois, et ce fut comme si leur vie, qui jusque-là s'était déroulée dans les ténèbres, s'éclairait soudain d'une lumière nouvelle, pleine de sens.

La princesse Maria ne pensait plus du tout à son visage et à sa coiffure, elle les avait oubliés. Le beau visage ouvert de l'homme qui sera peut-être son mari absorbait toute son attention. Il lui paraissait bon, courageux, décidé, viril et généreux. Elle en était persuadée. Mille rêves de vie conjugale naissaient sans cesse dans son imagination. Elle les chassait et s'efforçait de les dissimuler.

« Mais ne suis-je pas trop froide avec lui? se demandait-elle. Je m'efforce de me contenir car, au fond du cœur, je me sens déjà trop proche de lui, mais il ne sait pas ce que je pense de lui et il peut s'imaginer qu'il me déplaît. »

Et la princesse Maria s'efforçait d'être aimable envers le nouveau venu et ne savait pas l'être.

« La pauvre fille! Elle est diablement laide », se disait Anatole.

Mlle Bourienne, elle aussi au plus haut point galvanisée par l'arrivée d'Anatole, agitait des pensées d'un autre genre. Certes, cette belle jeune fille sans situation bien définie dans le monde, sans parents et amis et même sans patrie, ne songeait pas à consacrer toute sa vie au service du prince Nicolas Andreievitch, à la lecture qu'elle lui faisait et à son amitié pour la princesse Maria. Mlle Bourienne attendait depuis longtemps le prince russe qui saurait d'emblée reconnaître sa supériorité sur les jeunes princesses russes, laides, mal habillées, gauches, qui tomberait amoureux d'elle et l'emmènerait; et voici que ce prince russe survenait enfin. Mlle Bourienne aimait se raconter une histoire qu'elle tenait de sa tante et qu'elle avait achevée elle-même. C'était l'histoire d'une jeune fille séduite à qui *sa pauvre mère* reprochait de s'être donnée à un homme en dehors du mariage. Mlle Bourienne était souvent émue jusqu'aux larmes en racontant en imagination cette histoire à LUI, au séducteur. Maintenant cet IL, un authentique prince russe, était là. Il l'emmènerait, puis arriverait *ma pauvre mère,* et il l'épouserait. Ainsi s'échafaudait dans la tête de Mlle Bourienne toute son histoire, au moment même où elle parlait avec Anatole de Paris. Elle n'était pas guidée par le calcul (elle n'avait pas réfléchi un instant à ce qu'elle devait faire), mais tout cela était depuis longtemps prêt dans son esprit et n'avait eu maintenant qu'à se grouper autour d'Anatole à qui elle souhaitait et s'efforçait de plaire de son mieux.

La petite princesse, comme un vieux cheval de bataille au son du clairon, se préparait, inconsciemment et en oubliant son état, à prendre le galop habituel de la coquetterie, sans aucune lutte ni arrière-pensée mais avec une gaieté naïve, étourdie.

Quoique, dans la société des femmes, Anatole affectât généralement l'attitude d'un homme excédé par leurs poursuites, il ressentait un plaisir vaniteux à voir l'influence qu'il exerçait sur ces trois femmes-là. En outre, il commençait à éprouver pour la jolie et provocante Bourienne ce désir bestial qui s'emparait de lui avec une rapidité extraordinaire et le poussait aux actes les plus brutaux et les plus aventureux.

Après le thé, la société passa dans le petit salon et on demanda à la princesse Maria de jouer du clavecin. Anatole s'accouda en face d'elle, à côté de Mlle Bourienne, et ses yeux rieurs et joyeux étaient fixés sur la princesse Maria. Celle-ci sentait son regard sur elle avec une émotion faite d'angoisse et de joie. Sa sonate préférée la transportait dans un monde secret et poétique, rendu plus poétique encore par ce regard. Or le regard d'Anatole, quoique dirigé vers elle, était destiné non à elle, mais aux mouvements du petit pied de Mlle Bourienne que son pied frôlait sous le clavecin. Mlle Bourienne regardait elle aussi la princesse, et dans ses beaux yeux il y avait également une expression de joie inquiète et d'espoir que la princesse Maria ne lui avait jamais encore vue.

« Comme elle m'aime! Comme je suis heureuse maintenant et comme je pourrai être heureuse avec une telle amie et un tel mari! Mon mari, est-il possible? » se disait la princesse Maria, n'osant lever les yeux sur son visage et sentant toujours le même regard fixé sur elle.

Le soir, quand, après le souper, on dut se séparer, Anatole baisa la main de la princesse Maria. Surprise de sa propre audace, elle regarda bien en face le beau visage qui s'était approché de ses yeux de myope. Puis il baisa la main de Mlle Bourienne (c'était une incorrection mais tout ce qu'il faisait était fait avec assurance et simplicité); Mlle Bourienne s'empourpra et lança à la princesse un regard effrayé.

« *Quelle délicatesse!* se dit celle-ci. Est-il possible qu'Amélie (c'était le prénom de Mlle Bourienne) me croie capable d'être jalouse d'elle et de ne pas apprécier sa pure tendresse et son dévouement pour moi? » Elle s'approcha de Mlle Bourienne et l'embrassa bien fort. Anatole se dirigea vers la petite princesse.

« Non, non, non! Quand votre père m'écrira que vous vous conduisez bien, je vous donnerai ma main à baiser. Pas avant. »

Et le menaçant du doigt, elle sortit toute souriante.

V

Tous se séparèrent et, à l'exception d'Anatole qui s'endormit aussitôt couché, tout le monde fut longtemps sans trouver le sommeil, cette nuit-là.

« Est-il possible que ce doive être mon mari, précisément cet étranger, cet homme beau, bon, surtout bon », pensait la princesse Maria, et une terreur qu'elle n'éprouvait presque jamais s'empara d'elle. Elle n'osait pas tourner la tête; il lui semblait que quelqu'un se tenait là, derrière le paravent, dans le coin sombre. Et ce quelqu'un était lui – le diable et lui – cet homme au front blanc, aux sourcils noirs et aux lèvres rouges.

Elle sonna sa femme de chambre et lui demanda de coucher auprès d'elle.

Mlle Bourienne, ce soir-là, se promena longtemps dans le jardin d'hiver, attendant en vain quelqu'un et tantôt lui souriant, tantôt s'émouvant jusqu'aux larmes aux paroles que son imagination prêtait à sa *pauvre mère* qui lui reprochait sa chute.

La petite princesse grondait sa femme de chambre, trouvant son lit mal fait. Elle ne pouvait se coucher ni sur le côté, ni sur le ventre. Toute position lui était pénible et incommode. Son ventre la gênait. Il la gênait plus que jamais, précisément aujourd'hui, car la présence d'Anatole l'avait ramenée plus intensément à une autre époque, quand elle n'était pas ainsi et que tout était facile et gai. Elle était assise dans un fauteuil, en camisole et coiffe de nuit. Katia, ensommeillée, sa tresse emmêlée, battait et retournait pour la troisième fois en grommelant le lourd lit de plume.

« Je te disais bien que tout était en creux et en bosses, répétait la petite princesse, je serais bien contente de pouvoir m'endormir, ce n'est donc pas ma faute. » Et sa voix se mit à trembler, comme celle d'un enfant prêt à pleurer.

Le vieux prince ne dormait pas non plus. A travers son sommeil, Tikhon l'entendait marcher rageusement et renifler. Il semblait au vieux prince qu'on l'avait offensé en la personne de sa fille. C'était la plus cruelle des offenses car ce n'était pas lui qu'elle visait mais un autre, sa fille qu'il aimait plus que lui-même. Il s'était dit qu'il allait réfléchir à toute cette affaire et trouver ce qui était équitable, ce qu'il fallait faire, mais au lieu de cela il ne faisait que s'irriter davantage.

« Le premier venu a paru, et le père et tout est oublié, elle se précipite, relève ses cheveux, et elle est là toute frétillante, et on ne la reconnaît plus! Elle est contente d'abandonner son père! Et elle savait que je m'en apercevrais. Frr... frr... frr... Est-ce que je ne vois pas que ce sot n'a d'yeux que pour la Bourienne (il faut la chasser)! Comment peut-on manquer d'orgueil au point de ne pas le comprendre! Si elle n'a pas d'orgueil pour elle-même, elle devrait au moins en avoir pour moi. Il faut lui faire voir que cette imbécile ne songe même pas à elle et ne regarde que la Bourienne. Elle n'a pas d'orgueil, mais je le lui montrerai... »

En disant à sa fille qu'elle se trompait, qu'Anatole avait l'intention de faire la cour à Mlle Bourienne, le vieux prince savait qu'il blesserait son amour-propre et que sa cause (son désir de ne pas se séparer de sa fille) serait gagnée; cela le rassura. Il appela Tikhon et se mit à se déshabiller.

« Fallait-il que le diable les amène! pensait-il pendant que Tikhon passait la chemise de nuit sur son corps sec de vieillard à la poitrine couverte de poils gris. Je ne les avais pas invités. Ils sont venus bouleverser ma vie. Et il ne m'en reste plus beaucoup. »

« Au diable! » fit-il alors que sa tête était encore recouverte de la chemise.

Tikhon connaissait l'habitude du prince d'exprimer parfois ses pensées à haute voix; aussi affronta-t-il d'un air impassible le regard interrogateur et courroucé qui apparut de dessous la chemise.

« Ils sont couchés? » demanda le prince.

Tikhon, comme tout bon valet, savait d'instinct le cours des pensées de son maître. Il devina qu'on le questionnait sur le prince Vassili et sur son fils.

« Ils se sont couchés et ont éteint, Excellence.

— Pas la peine, pas la peine... » fit rapidement le prince et, glissant ses pieds dans ses pantoufles et ses bras dans les manches de sa robe de chambre, il alla vers le divan sur lequel il couchait.

Quoique rien n'eût été dit entre Anatole et Mlle Bourienne, ils s'étaient parfaitement compris quant à la première partie du roman, jusqu'à l'apparition de la *pauvre mère,* ils avaient compris qu'ils avaient beaucoup de choses à se dire en secret, aussi dès le lendemain matin cherchèrent-ils l'occasion de se rencontrer en tête-à-tête. Au moment où, à l'heure habituelle, la princesse se rendait chez son père, Mlle Bourienne rencontra Anatole dans le jardin d'hiver.

La princesse Maria approchait ce jour-là de la porte du cabinet en tremblant plus que de coutume. Il lui semblait non seulement que tout le monde savait que son sort allait se décider aujourd'hui, mais qu'on savait aussi ce qu'elle en pensait. Elle lisait cela sur le visage de Tikhon et sur celui du valet de chambre du prince Vassili qu'elle croisa dans le couloir portant de l'eau chaude et qui lui fit un profond salut.

Le vieux prince fut ce matin extrêmement aimable et prévenant avec sa fille. Cette prévenance, la princesse Maria la connaissait bien. C'était cette expression que prenait son visage lorsque, de dépit, il serrait les poings parce qu'elle ne comprenait pas un problème d'arithmétique, et qu'il se levait, s'éloignait d'elle et d'une voix sourde répétait plusieurs fois les mêmes explications.

Il alla aussitôt au fait et commença la conversation en lui disant vous.

« On m'a fait une proposition à votre sujet, dit-il avec un sourire contraint. Vous avez deviné, je pense, que ce n'est pas pour mes beaux yeux que le prince Vassili est venu ici et a amené son pupille » (Dieu sait pourquoi, le prince Nicolas Andreitch appelait Anatole le pupille.) « On m'a fait hier une proposition à votre sujet. Et comme vous connaissez mes principes, je vous la soumets.

– Comment dois-je vous comprendre, *mon père?* fit la princesse en pâlissant et en rougissant.

– Comment comprendre! cria avec irritation son père. Le prince Vassili te trouve à son goût comme bru et demande ta main pour son pupille. Voilà comment il faut le comprendre, comment comprendre! Et moi je te le demande à toi.

– Je ne sais pas ce que vous en pensez, *mon père,* dit la princesse dans un souffle.

– Moi? moi? qu'ai-je à y voir? Laissez-moi en dehors de

l'affaire. Ce n'est pas moi qui me marie. Qu'en pensez-vous? voilà ce que je désire savoir. »

La princesse se rendait compte que son père voyait cette affaire d'un mauvais œil mais, au même moment, la pensée lui vint que son sort se déciderait maintenant ou jamais. Elle baissa les yeux pour éviter le regard sous l'influence duquel elle se sentait incapable de réfléchir et ne pouvait, par habitude, que se soumettre, et dit :

« Je ne désire qu'une chose : accomplir votre volonté, mais si je devais dire mon sentiment... » Elle n'eut pas le temps d'achever. Le prince l'interrompit.

« Parfait! cria-t-il. Il te prendra avec ta dot et par la même occasion, il emmènera Mlle Bourienne. Elle sera sa femme, et toi... »

Le prince s'arrêta. Il s'était aperçu de l'impression que ces paroles avaient produite sur sa fille. Elle baissait la tête, prête à pleurer.

« Allons, allons, je plaisante, je plaisante, dit-il. Souviens-toi d'une chose, princesse! mon principe est qu'une jeune fille a entièrement le droit de choisir. Je te laisse donc libre. Souviens-toi d'une chose : de ta décision dépend le bonheur de toute ta vie. Inutile de parler de moi.

– Mais je ne sais pas... *mon père.*

– Inutile de parler de moi! Qu'on le lui ordonne, ce n'est pas seulement toi qu'il épousera mais n'importe qui; et toi tu es libre de choisir. Va chez toi, réfléchis et reviens dans une heure dire en sa présence si c'est oui ou non. Je sais, tu vas prier. Eh bien, soit, prie. Seulement tu ferais mieux de réfléchir. Va.

– Oui ou non, oui ou non, oui ou non! » criait-il encore alors que la princesse, chancelante, comme dans un brouillard, était déjà sortie du cabinet.

Son sort s'était décidé et décidé heureusement. Mais ce que son père avait dit de Mlle Bourienne, cette allusion était affreuse. C'était faux, certes, mais ce n'en était pas moins affreux, elle ne pouvait s'empêcher d'y penser. Elle traversait le jardin d'hiver, marchant droit devant elle, sans rien voir ni rien entendre, quand soudain le chuchotement familier de Mlle Bourienne la fit revenir à elle. Elle leva les yeux et, à deux pas d'elle, vit Anatole qui tenait la Française dans ses bras et lui murmurait quelque chose. Anatole, une expression effrayante sur son beau visage, tourna la tête vers la princesse Maria, mais au premier instant ne lâcha pas la taille de Mlle Bourienne qui ne l'avait pas vue.

« Qui est là? Pourquoi? Attendez! » semblait dire le visage d'Anatole. La princesse Maria les regardait en silence. Elle ne pouvait comprendre cela. Enfin, Mlle Bourienne poussa un cri et s'enfuit. Anatole s'inclina avec un gai sourire devant la princesse Maria comme pour l'inviter à rire de cet étrange incident, et en haussant les épaules franchit la porte qui menait à son appartement.

Une heure plus tard, Tikhon vint chercher la princesse Maria. Il lui dit que le prince l'attendait et ajouta que le prince Vassili Sergueitch était avec lui. A l'entrée de Tikhon, la princesse était assise sur le divan et tenait dans ses bras Mlle Bourienne qui pleurait. La princesse Maria lui caressait doucement les cheveux. Ses beaux yeux, aussi calmes, aussi lumineux que toujours, étaient posés avec une tendre et affectueuse compassion sur le joli visage de Mlle Bourienne.

« Non, princesse, je suis perdue pour toujours dans votre cœur, disait celle-ci.

– *Pourquoi? Je vous aime plus que jamais,* dit la princesse Maria, *et je tâcherai de faire tout ce qui est en mon pouvoir pour votre bonheur.*

– *Mais vous me méprisez, vous si pure, vous ne comprendrez jamais cet égarement de la passion. Ah! ce n'est que ma pauvre mère...*

– *Je comprends tout,* répondit la princesse Maria en souriant tristement. Calmez-vous, mon amie. Je vais chez mon père », et elle sortit.

Le prince Vassili, assis les jambes haut croisées, sa tabatière à la main et l'air ému à l'extrême, comme s'il déplorait et raillait à la fois sa propre sensibilité, avait un sourire attendri aux lèvres quand la princesse Maria entra. Il porta précipitamment une prise de tabac à son nez.

« Ah! ma bonne, ma bonne », dit-il en se levant et en lui prenant les deux mains. Il soupira et ajouta : *« Le sort de mon fils est en vos mains. Décidez, ma bonne, ma chère, ma douce Marie, que j'ai toujours aimée comme ma fille. »*

Il s'écarta. Une vraie larme parut dans ses yeux.

« Frr... frr... reniflait le prince Nicolas Andreitch.

– Le prince, au nom de son pupille... de son fils, te demande en mariage. Veux-tu, oui ou non, être la femme du prince Anatole Kouraguine? Réponds par oui ou par non! cria-t-il, ensuite je me réserve de dire aussi mon opinion. Oui, mon opinion, et mon opinion seulement, ajouta-t-il, s'adressant au prince Vassili et répondant à son expression implorante. Oui ou non?

– Mon désir, *mon père,* est de ne jamais vous quitter, de ne jamais séparer ma vie de la vôtre. Je ne veux pas me marier, dit-elle résolument en posant ses beaux yeux sur le prince Vassili et sur son père.

– Balivernes, sottises! Balivernes, balivernes, balivernes! » cria le prince Nicolas Andreitch en fronçant les sourcils; il prit la main de sa fille, l'attira à lui mais, au lieu de l'embrasser, approchant son front du sien, il l'effleura seulement et serra si fort sa main qu'elle grimaça et poussa un cri.

Le prince Vassili se leva.

« Ma chère, je vous dirai que c'est un moment que je n'oublierai jamais, jamais; mais, ma bonne, est-ce que vous ne nous donnerez pas un peu d'espérance de toucher ce cœur si bon, si généreux. Dites que peut-être... L'avenir est grand. Dites : peut-être.

– Prince, j'ai dit tout ce que je sentais. Je vous remercie de l'honneur que vous me faites, mais je ne serai jamais la femme de votre fils.

– Eh bien, c'est fini, mon cher. Je suis ravi de t'avoir vu, ravi de t'avoir vu. Va chez toi, princesse, va. Je suis ravi, tout à fait ravi de t'avoir vu », répétait le vieux prince en embrassant le prince Vassili.

« Ma vocation est autre, pensait la princesse Marie, ma vocation est d'être heureuse d'un autre bonheur, du bonheur de l'amour et du sacrifice. Et quoi qu'il dût m'en coûter, je ferai le bonheur de la pauvre Amélie. Elle l'aime si passionnément. Elle se repent si passionnément. Je ferai tout pour arranger son mariage avec lui. S'il n'est pas riche, je la ferai doter, je le demanderai à mon père, je le demanderai à André. Je serai si heureuse lorsqu'elle sera sa femme. Elle est si malheureuse, c'est une étrangère, toute seule, sans appui! Et, mon Dieu, avec quelle passion doit-elle l'aimer pour avoir pu s'oublier ainsi. Peut-être aurais-je fait comme elle!... »

VI

Les Rostov furent longtemps sans nouvelles de Nicolas; ce n'est qu'au milieu de l'hiver qu'on remit au comte une lettre dans l'adresse de laquelle il reconnut la main de son fils. Ayant reçu cette lettre, le comte, effrayé et pressé, s'efforçant de passer inaperçu, courut sur la pointe des pieds jusqu'à son cabinet, s'y enferma et se mit à lire. Anna Mikhaïlovna, apprenant la nouvelle (comme elle savait tout ce qui se passait dans la maison) entra à pas feutrés chez le comte et le trouva la lettre à la main, sanglotant et riant à la fois.

En dépit de l'amélioration de sa situation, Anna Mikhaïlovna vivait toujours chez les Rostov.

« *Mon bon ami?* fit-elle sur un ton de triste interrogation et prête à compatir à tout.

– Notre petit Nicolas... une lettre... blessé... il l'a été... *ma chère*... blessé... mon cher garçon... la comtesse... il a été promu officier... Dieu soit loué... Comment le dire à la petite comtesse? »

Anna Mikhaïlovna s'assit près de lui, essuya avec son mouchoir les larmes de ses yeux, de la lettre qui en était arrosée et les siennes propres, lut la lettre, réconforta le comte et décida qu'elle préparerait la comtesse avant le dîner et le thé puis, après le thé, lui annoncerait la nouvelle, avec l'aide de Dieu.

Pendant tout le dîner, Anna Mikhaïlovna parla des bruits qui couraient sur les opérations militaires, de Nicolas; par deux fois elle demanda quand on avait reçu sa dernière lettre, quoiqu'elle le sût parfaitement, et fit remarquer qu'il se pouvait fort bien qu'il en arrivât une le jour même. Chaque fois qu'à ces allusions la comtesse s'inquiétait et regardait anxieusement tantôt le comte, tantôt Anna Mikhaïlovna, celle-ci, sans avoir l'air d'y toucher, faisait dévier la conversation sur des sujets insignifiants. Natacha, la plus sensible de toute la famille aux nuances des intonations, des regards et de l'expression des visages, avait dressé l'oreille dès le début du repas et savait qu'il y avait quelque chose entre son père et Anna Mikhaïlovna quelque chose qui concernait son frère, et qu'Anna Mikhaïlovna préparait le terrain. Malgré toute sa hardiesse (Natacha savait combien tout ce qui concernait les nouvelles de son Nicolas bouleversait sa mère), elle n'osa pas poser de questions pendant le dîner et, dans son inquiétude, ne mangea rien et ne fit que se tortiller sur sa chaise sans écouter les observations de sa gouvernante. Après le dîner, elle courut à toutes jambes à la suite d'Anna Mikhaïlovna et, dans le fumoir, lui sauta de tout son élan au cou.

« Petite tante, ma chérie, dites, qu'est-ce qu'il y a?

– Rien, ma chère.

– Si, ma chérie, mon chou, mon ange, je ne vous lâcherai pas, je sais que vous savez. »

Anna Mikhaïlovna hocha la tête.

« Vous êtes une fine mouche, mon enfant, dit-elle.

– C'est une lettre de Nicolas? Sûrement! s'écria Natacha, lisant sur le visage d'Anna Mikhaïlovna une réponse affirmative.

– Mais pour l'amour de Dieu sois prudente : tu sais combien cela peut bouleverser ta *maman.*

– Je le serai, je le serai, mais racontez. Vous ne voulez pas raconter? Eh bien, je vais de ce pas tout lui dire. »

Anna Mikhaïlovna mit Natacha brièvement au courant du contenu de la lettre, à condition qu'elle n'en dirait rien à personne.

« Parole d'honneur, dit Natacha en se signant, je n'en parlerai à personne, et aussitôt elle courut chez Sonia.

– Nicolas... il est blessé... il y a une lettre... annonça-t-elle d'un ton solennel et joyeux.

– Nicolas! » se contenta de dire Sonia en pâlissant.

Natacha, voyant l'effet produit sur Sonia par la nouvelle de la blessure de son frère, sentit pour la première fois tout ce que cette nouvelle avait d'attristant.

Elle se jeta vers Sonia, la prit dans ses bras et se mit à pleurer.

« Il est un peu blessé mais promu officier; il va bien maintenant, c'est lui-même qui écrit, disait-elle à travers ses larmes.

– On voit bien que, vous autres femmes, vous êtes toutes des pleurnicheuses, dit Petia qui se promenait dans la chambre à grands pas résolus. Pour ma part, je suis très content, vraiment très content que mon frère se soit disitngué ainsi.

Vous êtes toujours à pleurnicher! Vous ne comprenez rien. »

Natacha sourit à travers ses larmes.

« Tu n'as pas lu la lettre? demanda Sonia.

– Non, mais elle a dit que tout cela est fini et qu'il est maintenant officier.

– Dieu soit loué, dit Sonia en se signant. Mais peut-être ne t'a-t-elle pas dit la vérité. Allons chez *maman*. »

Petia marchait en silence de long en large.

« Si j'étais à la place de Nicolas, je tuerais encore bien plus de ces Français, dit-il, tant ils sont abominables! J'en massacrerais tellement qu'on en ferait un tas.

– Tais-toi, Petia, quel imbécile!

– Ce n'est pas moi qui suis un imbécile, ce sont celles qui pleurent pour des bêtises qui sont des sottes, dit Petia.

– Tu te souviens de lui? » demanda tout à coup Natacha après un instant de silence. Sonia sourit.

« Si je me souviens de Nicolas?

– Non, Sonia, te souviens-tu assez bien de lui pour te souvenir de tout? dit Natacha avec un geste, s'appliquant consciencieusement à mettre dans ses paroles toute la gravité possible. Moi aussi je me souviens de Nicolas, je me souviens bien, dit-elle. Mais je ne me souviens pas de Boris. Pas du tout...

– Comment? Tu ne te souviens pas de Boris? demanda Sonia avec surprise.

– Ce n'est pas que je ne me souvienne pas, je sais comment il est, mais je ne me souviens pas de lui comme de Nicolas. Lui, je ferme les yeux et je le vois, mais Boris, non (elle ferma les yeux), comme ça, non, rien.

– Ah! Natacha! dit Sonia en regardant son amie d'un air grave et exalté, comme si, la jugeant indigne d'entendre ce qu'elle voulait dire, elle s'adressait à quelqu'un d'autre avec qui l'on ne pouvait pas plaisanter. J'aime ton frère et quoi qu'il puisse nous arriver, à lui, à moi, je ne cesserai jamais de l'aimer de toute ma vie. »

Natacha regardait Sonia avec des yeux étonnés, pleins de curiosité, et se taisait. Elle sentait que ce qu'elle disait était vrai, que cet amour dont elle parlait existait; mais elle n'avait encore rien éprouvé de semblable. Elle admettait que cela pouvait exister mais ne le comprenait pas.

« Tu vas lui écrire? » demanda-t-elle.

Sonia devint songeuse. Comment écrire à Nicolas et s'il fallait le faire, c'était là une question qui la tourmentait. Maintenant qu'il était un officier, un héros blessé, serait-il bien de sa part de se rappeler à son souvenir et de lui rappeler en quelque sorte l'engagement qu'il avait pris envers elle?

« Je ne sais pas; je pense que, puisqu'il écrit, je lui écrirai aussi, dit-elle en rougissant.

– Et tu n'auras pas honte de lui écrire? »

Sonia sourit.

« Non.

– Moi, j'aurais honte d'écrire à Boris, je n'écrirai pas.

– Mais pourquoi donc avoir honte?

– Comme ça, je ne sais pas. C'est gênant, j'ai honte.

– Moi je sais pourquoi elle aurait honte, dit Petia, mortifié de la récente réflexion de Natacha, parce qu'elle a été amoureuse de ce gros à lunettes (Petia appelait ainsi son homonyme, le nouveau comte Bezoukhov); et maintenant elle est amoureuse de ce chanteur (il voulait parler de l'Italien qui était professeur de chant de Natacha) : alors elle a honte.

– Petia, tu es bête, dit Natacha.

– Pas plus bête que toi, ma chère », dit Petia avec ses neuf ans, du ton d'un vieux briscard.

La comtesse avait été préparée par les allusions d'Anna Mikhaïlovna pendant le dîner. Retirée chez elle, elle ne détachait pas le regard, assise dans son fauteuil, de la miniature de son fils qui ornait sa tabatière et les larmes lui venaient aux yeux. Anna Mikhaïlovna, la lettre à la main, s'approcha sur la pointe des pieds de la chambre de la comtesse et s'arrêta.

« N'entrez pas, dit-elle au vieux comte qui la suivait, tout à l'heure », et elle ferma la porte derrière elle.

Le comte appliqua son oreille à la serrure et écouta.

Tout d'abord il n'entendit que le bruit d'une conversation indifférente, puis la seule voix d'Anna Mikhaïlovna qui prononçait un long discours, puis un cri, puis un silence, et de nouveau les deux voix parlèrent à la fois avec des intonations joyeuses, enfin il y eut des pas, et Anna Mikhaïlovna lui ouvrit la porte. Son visage reflétait l'orgueil du chirurgien qui, après une difficile amputation, introduit le public pour lui permettre d'admirer son art.

« C'est fait! » dit-elle au comte en montrant d'un geste solen-

nel la comtesse qui tenait d'une main la tabatière au portrait, de l'autre la lettre et appuyait ses lèvres tantôt sur l'un, tantôt sur l'autre.

En apercevant le comte, elle lui tendit les deux mains, entoura de ses bras sa tête chauve, puis, par-dessus la tête chauve, regarda encore la lettre et le portrait, et pour pouvoir les porter de nouveau à ses lèvres, la repoussa légèrement. Vera, Natacha, Sonia et Petia entrèrent et la lecture commença. La lettre décrivait brièvement la campagne et les deux batailles auxquelles Nicolas avait pris part, annonçait sa promotion, puis il y était dit qu'il baisait les mains de *maman* et de *papa* en leur demandant leur bénédiction et embrassait Vera, Natacha, Petia. En outre il adressait ses compliments à M. Schelling, à Mme Schoss, à la nounou, puis demandait qu'on embrassât pour lui sa chère Sonia qu'il aimait comme auparavant et à qui il pensait comme toujours. Entendant cela, Sonia rougit au point que les larmes lui vinrent aux yeux. Et incapable de soutenir les regards qui s'étaient tournés vers elle, elle courut dans la salle de danse, prit son élan, se mit à tournoyer et, sa robe gonflée comme un ballon, s'assit par terre, souriante et toute rouge. La comtesse pleurait.

« Pourquoi donc pleurez-vous, *maman?* dit Vera. A mon avis, il faut se réjouir de ce qu'il écrit et non pas pleurer. »

C'était parfaitement juste, mais le comte, la comtesse, Natacha, tous la regardèrent avec reproche. « De qui peut-elle seulement tenir? » pensa la comtesse.

La lettre de Nicolas fut lue des centaines de fois, et ceux qu'on jugeait dignes de l'entendre devaient se rendre auprès de la comtesse qui ne la lâchait pas des mains. Les précepteurs, les nourrices, Mitenka, certaines personnes de connaissance vinrent ainsi, et chaque fois la comtesse relisait la lettre avec une délectation nouvelle, et chaque fois elle découvrait en son Nicolas des qualités nouvelles. Comme il lui semblait étrange, extraordinaire, réconfortant que son fils, ce fils qui, de ses membres minuscules, remuait presque imperceptiblement en elle vingt ans plus tôt, ce fils au sujet de qui elle s'était si souvent disputée avec le comte qui le gâtait trop, ce fils qui avait appris à dire : « poire » avant de dire : « baba », que ce fils fût maintenant là-bas, en pays étranger, dans un milieu étranger, un homme et un soldat qui, seul, sans aide ni conseil, faisait sa tâche d'homme. Toute la séculaire expérience universelle qui prouve qu'imperceptiblement, depuis le berceau, les enfants deviennent des hommes n'existait pas pour la comtesse. L'acheminement de son fils vers l'âge d'homme était pour elle aussi extraordinaire que si n'avaient jamais existé des millions et des millions d'individus qui avaient subi la même transformation. Comme vingt ans plus tôt, quand elle ne parvenait pas à croire que ce petit être qui vivait quelque part là, sous son cœur, pût un jour crier, et prendre son sein, et parler, elle ne pouvait croire que ce même être fût devenu cet homme fort, courageux, ce modèle de fils et d'homme qu'il était maintenant, à en juger par cette lettre.

« Quel style, comme il décrit bien! disait-elle en lisant la partie descriptive de la lettre. Et quelle âme! Il ne dit rien de lui-même... rien! Il ne parle que d'un certain Denissov, mais il doit être lui-même le plus brave de tous. Il ne dit rien de ce qu'il a souffert. Quel cœur! Comme je le reconnais là! Et comme il s'est bien souvenu de tous! Il n'a oublié personne. Je l'ai toujours dit, toujours, même quand il était grand comme ça, je l'ai toujours dit... »

On se prépara pendant plus d'une semaine, toute la famille écrivit des brouillons et recopia au net des lettres pour Nicolas; sous la surveillance de la comtesse et par les soins du comte, on rassembla les objets et l'argent nécessaires à l'équipement et à l'installation de l'officier nouvellement promu. Anna Mikhaïlovna, en femme pratique, avait su s'assurer un appui dans l'armée pour elle et pour son fils, même pour la correspondance. Elle avait la possibilité d'envoyer ses lettres aux bons soins du grand-duc Constantin Pavlovitch qui commandait la garde. Les Rostov supposaient que « Garde russe à l'étranger » était une adresse parfaitement suffisante et que si la lettre parvenait jusqu'au grand-duc commandant la garde, il n'y avait pas de raison pour qu'elle ne parvînt pas au régiment de Pavlograd qui devait se trouver quelque part par là, à proximité; aussi fut-il décidé d'expédier, par le courrier du grand-duc, lettres et argent à Boris, qui les transmettrait à Nicolas. Aux lettres du vieux comte, de la comtesse, de Petia, de Vera, de Natacha, de Sonia, on joignit une somme de six mille roubles pour l'équipement et divers objets que le comte envoyait à son fils.

VII

Le 12 novembre, l'armée combattante de Koutouzov, qui campait près d'Olmütz, se préparait pour la revue que devaient passer, le lendemain, les deux empereurs, celui de Russie et celui d'Autriche. La garde, qui venait d'arriver de Russie, passait la nuit à quinze verstes d'Olmütz, et le lendemain, tout juste pour la revue, à dix heures du matin, entrait sur le champ de manœuvres d'Olmütz.

Nicolas Rostov avait reçu ce jour-là de Boris un billet l'informant que le régiment d'Ismaïl campait à quinze verstes en avant d'Olmütz et qu'il l'attendait pour lui remettre une lettre et de l'argent. Rostov avait particulièrement besoin d'argent maintenant que, de retour de la campagne, les troupes bivouaquaient sous Olmütz et que les cantiniers bien approvisionnés et des juifs autrichiens assiégeaient le camp, offrant toute sorte de tentations. Chez les officiers de Pavlograd qui célébraient les distinctions reçues pendant la campagne, les festins succédaient aux festins ainsi que les visites à Olmütz chez Caroline la Hongroise qui, récemment arrivée, y avait ouvert une auberge avec un personnel féminin. Rostov avait dernièrement fêté sa promotion au grade de cornette, avait acheté Bédouin, le cheval de Denissov, et s'était endetté jusqu'au cou auprès de ses camarades et des cantiniers. Ayant reçu le billet de Boris, il partit avec un camarade pour Olmütz, y dîna, but une bouteille de vin et alla seul au camp de la garde à la recherche de son camarade d'enfance. Il n'avait pas encore eu le temps de s'équiper. Il portait un vieux dolman d'aspirant qui s'ornait d'une croix de soldat, une culotte de cheval garnie de cuir usé et un sabre d'officier à dragonne; le cheval qu'il montait était un cheval du Don acheté à un cosaque pendant la campagne; son bonnet aplati était crânement mis en arrière et sur le côté. En approchant du camp du régiment d'Ismaïl, il pensait à l'effet que son allure crâne et guerrière de hussard allait produire sur Boris et tous ses camarades de la garde.

La garde avait fait toute la campagne comme à la promenade, fière de sa tenue bien nette et de sa discipline. Les étapes avaient été courtes, les sacs transportés par les fourgons, les autorités autrichiennes offraient à toutes les haltes d'excellents repas aux officiers. Les régiments entraient dans les villes et en sortaient musique en tête, et pendant toutes les marches (ce dont la garde était fière), sur l'ordre du grand-duc, les hommes allaient au pas et les officiers à pied à leur place dans les rangs. Boris avait fait tout le trajet et avait logé à chaque étape avec Berg qui était déjà commandant de compagnie. Ayant reçu une compagnie au cours de la campagne, Berg avait réussi, grâce à son respect des consignes et à sa minutie, à gagner la confiance de ses supérieurs et avait fort avantageusement arrangé ses affaires matérielles; Boris de son côté avait fait connaissance avec de nombreuses personnes qui pouvaient lui être utiles et, grâce à la lettre d'introduction que lui avait donnée Pierre, il avait pu connaître le prince André Bolkonski, avec l'aide de qui il espérait être affecté à l'état-major du commandant en chef. Berg et Boris, tirés à quatre épingles, reposés de la dernière étape du jour, jouaient aux échecs autour d'une table ronde dans le logement qui leur avait été attribué. Berg tenait entre ses genoux une pipe allumée. Boris, méthodique comme toujours, empilait de ses fines mains blanches les pions en pyramide, attendant que Berg jouât, et regardait son partenaire, ne pensant visiblement qu'au jeu, comme il ne pensait jamais qu'à ce à quoi il était occupé.

« Eh bien, comment allez-vous vous en tirer? dit-il.

– Nous ferons notre possible », répondit Berg, touchant un pion et laissant retomber son bras.

A ce moment la porte s'ouvrit.

« Le voilà enfin! cria Rostov. Et Berg aussi! Ah! toi, *petits enfants allez coucher dormir!* cria-t-il, répétant les paroles de sa nounou qui les faisaient rire autrefois, Boris et lui.

– Mon Dieu! Comme tu as changé! » Boris se leva pour accueillir Rostov mais en se levant il n'oublia pas de retenir et de remettre en place les pions qui tombaient, et il voulut embrasser son ami, mais Nicolas s'écarta. Par ce penchant des jeunes gens qui craignent les sentiers battus et veulent sans imiter les autres exprimer leurs sentiments d'une façon nouvelle, bien à eux, qui ne soit pas celle, souvent hypocrite, de leurs aînés, Nicolas aurait voulu, en rencontrant son ami, le pincer, le bousculer, faire n'importe quoi, mais en aucun cas l'embrasser comme tout le monde. Mais Boris, au contraire, l'enlaça tranquillement et amicalement et l'embrassa trois fois.

Il y avait près de six mois qu'ils ne s'étaient vus; et à cet âge où les jeunes gens font leurs premiers pas sur le chemin de la vie, ils trouvèrent l'un chez l'autre de grandes transformations, un reflet absolument nouveau du milieu dans lequel ils avaient fait ces premiers pas. Tous deux avaient beaucoup changé depuis leur dernière rencontre et tous deux avaient hâte de se le montrer l'un à l'autre.

« Ah! vous autres sacrés frotteurs de parquet! Vous êtes proprets, frais, comme après une promenade, ce n'est pas comme nous autres, la troupe », dit Rostov avec, dans la voix, des inflexions de baryton nouvelles pour Boris et des allures rudes de l'armée, en montrant sa culotte crottée.

La logeuse allemande passa la tête par l'entrebâillement de la porte en entendant les éclats de voix de Rostov.

« Elle est jolie! dit-il en clignant de l'œil.

– Qu'as-tu besoin de crier ainsi! Tu vas les effrayer, dit Boris. Je ne t'attendais pas aujourd'hui, ajouta-t-il. Ce n'est qu'hier que je t'ai fait remettre mon billet par un aide de camp de Koutouzov que je connais, Bolkonski. Je ne pensais pas qu'il te le ferait parvenir si vite... Eh bien, comment ça va? Tu as déjà essuyé le feu? »

Rostov tapota sans répondre sa croix de Saint-Georges attachée aux brandebourgs de son dolman, et montrant son bras en écharpe, regarda en souriant Berg.

« Comme tu vois, dit-il.

– Oui, oui, en effet! dit Boris en soupirant, nous aussi nous avons fait une belle campagne. Tu sais que le tsarevitch a constamment accompagné notre régiment, si bien que nous jouissions de tout le confort et de tous les avantages possibles. Quelles réceptions il y a eu en Pologne, quels dîners, quels bals, impossible de tout décrire. Et le tsarevitch a été très bienveillant pour tous nos officiers. »

Et les deux amis de se raconter, l'un ses équipées de hussard et sa vie de combattant, l'autre les agréments et les avantages du service sous les ordres de hauts personnages.

« Oh! la garde! dit Rostov. Mais envoie donc chercher du vin. »

Boris fit une grimace.

« Si tu y tiens absolument », dit-il.

Et allant à son lit, il prit sa bourse sous les oreillers immaculés et envoya chercher du vin.

« Au fait, je vais aussi te remettre ton argent et tes lettres », ajouta-t-il.

Rostov prit les lettres et, jetant l'argent sur le divan, appuya les deux coudes sur la table et se mit à lire. Il lut quelques lignes et lança à Berg un coup d'œil irrité. Rencontrant le regard de celui-ci, il se cacha le visage avec la lettre.

« Quand même, on vous a envoyé pas mal d'argent, dit Berg en regardant la bourse qui creusait le divan. Quant à nous, comte, nous nous contentons de notre solde. Je vous dirai qu'en ce qui me concerne...

— Écoutez, Berg, mon cher, dit Rostov. Lorsque vous aurez reçu une lettre de chez vous et que vous retrouverez un de vos amis intimes à qui vous voudrez poser une foule de questions, je m'en irai aussitôt pour ne pas vous gêner. Écoutez, allez-vous-en, je vous en prie, quelque part, quelque part... au diable! » cria-t-il et aussitôt, le saisissant à l'épaule et le regardant gentiment dans les yeux, visiblement pour atténuer la brutalité de ses paroles, il ajouta : « Vous savez, ne vous fâchez pas; mon cher, mon bon ami, je vous le dis en toute franchise comme à quelqu'un que nous connaissons depuis longtemps.

— Ah! voyons, comte, je comprends fort bien, dit Berg en se levant et en parlant d'une voix de gorge.

— Allez donc chez nos logeurs; ils vous ont invité », ajouta Boris.

Berg enfila une redingote irréprochable, sans une tache ni un grain de poussière, releva devant la glace ses cheveux sur les tempes, comme les portait l'empereur Alexandre, et s'étant assuré par le regard de Rostov que sa redingote avait été remarquée, il sortit de la pièce avec un sourire agréable.

« Ah! quelle brute je suis tout de même! dit Rostov en lisant la lettre.

— Qu'y a-t-il?

— Ah! quel animal je suis tout de même de n'avoir pas écrit un seule fois et de leur avoir fait cette peur. Ah! quel animal! répéta-t-il en rougissant soudain. Allons, envoie donc Gavrilo chercher du vin! Ma foi, nous allons boire un verre!... »

Aux lettres de sa famille était jointe une lettre d'introduction pour le prince Bagration que, sur le conseil d'Anna Mikhaïlovna, la vieille comtesse s'était procurée par relations et qu'elle envoyait à son fils en lui demandant de la porter à destination et d'en tirer parti.

« Quelle bêtise! J'en ai bien besoin, dit Rostov en jetant la lettre sous la table.

— Pourquoi la jettes-tu? demanda Boris.

— C'est une lettre d'introduction, du diable si j'ai besoin d'une lettre!

— Comment du diable? dit Boris en la ramassant et en lisant la suscription. Cette lettre peut t'être très utile.

— Je n'ai besoin de rien, je ne serai jamais l'aide de camp de personne.

— Pourquoi donc? demanda Boris.

— Ce sont des fonctions de larbin!

— Tu es toujours le même rêveur, je vois, dit Boris en hochant la tête.

— Et toi, toujours le même diplomate. Mais il ne s'agit pas de cela... Alors, que deviens-tu? demanda Rostov.

— Comme tu vois. Jusqu'ici tout va bien; mais j'avoue que j'aimerais beaucoup obtenir un poste d'aide de camp et ne pas rester dans le rang.

— Pourquoi?

— Parce que, dès l'instant qu'on a choisi la carrière militaire, il faut s'efforcer de la faire aussi brillante que possible.

— Oui, en effet! » dit Rostov qui pensait manifestement à autre chose.

Il regardait son ami fixement et interrogativement dans les yeux, semblant chercher en vain la réponse à une question.

Le vieux Gavrilo apporta le vin.

« Si nous faisions revenir maintenant Alphonse Karlitch? dit Boris. Vous boirez ensemble, je ne peux pas, moi.

— Entendu, entendu! Dis-moi, comment trouves-tu ce petit Allemand? dit Rostov avec un sourire dédaigneux.

— C'est un très, très brave garçon, honnête et agréable », dit Boris.

Rostov le regarda encore une fois fixement dans les yeux et soupira. Berg revint et, autour de la bouteille de vin, la conversation entre les trois officiers s'anima. Les officiers de la garde racontèrent à Rostov leur campagne, comment on les fêtait en Russie, en Pologne et à l'étranger. Ils parlèrent des faits et gestes de leur chef le grand-duc, citèrent des anecdotes sur sa bonté et son caractère vif. Berg garda à son habitude le silence tant qu'il ne fut pas question de lui personnellement mais, à propos des anecdotes sur les emportements du grand-duc, il raconta avec délectation qu'il avait eu l'occasion, en Galicie, de s'entretenir avec lui alors qu'il inspectait les régiments et fulminait contre l'irrégularité des mouvements. Avec un agréable sourire aux lèvres, il expliqua que le grand-duc, très en colère, avait poussé son cheval vers lui, en criant : « Arnaoutes! » (c'était le juron favori du tsarevitch quand il était en colère) et avait réclamé le commandant de la compagnie.

« Croiriez-vous, comte, je n'ai pas eu peur du tout car je savais que je n'avais rien à me reprocher. Vous savez, comte, je peux dire sans me vanter que je sais par cœur les ordres du jour, et je connais aussi le règlement comme le *Pater*. C'est pourquoi, comte, je n'ai jamais aucune négligence dans ma compagnie. Aussi ai-je toujours la conscience tranquille. Je me suis présenté. » (Berg se leva et montra comment il s'était présenté, la main à la visière. Et en effet il était difficile de prendre une attitude plus déférente et plus contente de soi.) « M'a-t-il assez tancé, comme on dit, et injurié sans pitié, comme on dit : il m'en a débité de toutes les couleurs et « Arnaoutes » et « diables » et « ils méritent la Sibérie », tout y a passé, disait Berg en souriant d'un air entendu. Je savais que j'avais raison, aussi je me taisais, n'est-ce pas, comte? « Alors quoi, serais-tu muet? » cria-t-il. Je me taisais toujours. Et que pensez-vous, comte? Le lendemain il n'y avait rien au rapport : voilà ce que c'est que de ne pas perdre la tête. Et voilà, comte, conclut-il en allumant sa pipe et en lançant des ronds de fumée.

– Oui, c'est parfait », dit Rostov en souriant.

Mais Boris, voyant qu'il allait se moquer de Berg, détourna adroitement la conversation. Il lui demanda de raconter où et comment il avait été blessé. Ce n'était pas pour déplaire à Rostov et il commença son récit, s'animant de plus en plus à mesure qu'il parlait. Il leur raconta l'affaire de Schœngraben exactement comme le font d'ordinaire ceux qui ont pris part à une bataille, c'est-à-dire comme ils auraient voulu qu'elle se fût déroulée, comme ils l'ont entendu raconter par d'autres comme il le faut pour enjoliver leur récit, mais nullement comme les choses s'étaient passées en réalité. Rostov était un jeune homme sincère, il n'aurait pour rien au monde menti sciemment. Il commença avec l'intention de faire un récit absolument véridique de tout ce qui s'était passé, mais malgré lui, imperceptiblement et inévitablement, il se laissa entraîner par son imagination. S'il eût raconté la vérité à ces auditeurs qui, comme lui, avaient mille fois entendu décrire une attaque, qui s'étaient formé une idée bien nette de ce qu'était une attaque et qui attendaient de lui exactement le même récit, ils ne l'auraient pas cru ou (ce qui eût été pire encore) ils auraient pensé que c'était sa faute s'il ne lui était pas advenu ce qui arrive d'habitude à ceux qui décrivent une charge de cavalerie. Il ne pouvait leur dire tout simplement qu'ils étaient tous partis au trot, qu'il était tombé de cheval, s'était démis le bras et s'était enfui à toutes jambes dans la forêt pour échapper aux Français. En outre, pour tout raconter comme cela s'était passé, il fallait faire un effort sur soi-même pour ne raconter uniquement que ce qui s'était passé. Raconter la vérité est très difficile; et les jeunes gens en sont rarement capables. Boris et Berg attendaient qu'il leur racontât que, tout bouillant d'ardeur, ne se connaissant plus, il avait foncé comme un ouragan sur un carré; qu'il s'y était frayé un passage en pourfendant à droite et à gauche; que son sabre avait fait connaissance avec la chair humaine, qu'il était tombé d'épuisement, et ainsi de suite. Et il leur raconta tout cela.

Au milieu de son récit, alors qu'il disait : « Tu ne peux t'imaginer quelle étrange sensation de fureur on éprouve pendant une attaque », le prince André Bolkonski, que Boris attendait, entra dans la pièce. Le prince André, qui aimait protéger les jeunes gens, flatté qu'on lui demandât son appui, et était bien disposé à l'égard de Boris qui avait su lui plaire la veille, voulait tenir la promesse qu'il avait faite au jeune homme. Chargé par Koutouzov de porter des papiers au tsarevitch, il venait le voir, espérant le trouver seul. En apercevant à son entrée un hussard de l'armée en train de raconter ses aventures de guerre (sorte de gens qu'il ne pouvait souffrir), il sourit aimablement à Boris, fit une grimace, regarda Rostov en plissant les yeux et, après un léger salut, s'assit sur le divan d'un air las et ennuyé. Il lui était désagréable de s'être trouvé en fâcheuse compagnie. Rostov rougit, le comprenant. Mais cela lui était égal : c'était pour lui un étranger. Pourtant il s'aperçut en jetant un coup d'œil vers Boris que celui-ci semblait lui aussi avoir honte de ce hussard. Malgré l'attitude désagréable et railleuse du prince André, malgré le mépris que, de son point de vue de combattant de l'armée, Rostov professait sans distinction pour tous ces aides de camp d'état-major auxquels de toute évidence appartenait le nouveau venu, il se sentit gêné, rougit et se tut. Boris demanda quelles étaient les nouvelles au quartier général et ce que, sans indiscrétion, on disait de nos projets.

« On va sans doute aller de l'avant », répondit Bolkonski qui ne voulait manifestement pas s'étendre davantage devant des tiers.

Berg profita de l'occasion pour demander avec une politesse particulière s'il était vrai qu'on allait distribuer aux commandants de compagnie une double ration de fourrage. A cela le prince André répondit avec un sourire qu'il ne pouvait se prononcer sur d'aussi importantes affaires d'État, et Berg rit joyeusement.

« Nous parlerons de votre affaire plus tard, dit le prince André en se tournant de nouveau vers Boris et en jetant un regard du côté de Rostov. Venez me voir après la revue, nous ferons tout ce qui sera possible. »

Et parcourant la pièce du regard, il se tourna vers Rostov dont il ne daignait pas remarquer l'état d'insurmontable confusion enfantine qui dégénérait en colère, et lui dit :

« Je crois que vous racontiez l'affaire de Schœngraben? Vous y étiez?

– Oui, j'y étais », dit Rostov avec irritation comme s'il voulait offenser l'aide de camp.

Bolkonski remarqua l'humeur du hussard et trouva cela amusant. Il eut un léger sourire de dédain.

« Oui! On raconte beaucoup de choses sur cette affaire.

– En effet, on en raconte! dit Rostov d'une voix forte en jetant tantôt sur Boris, tantôt sur Bolkonski des regards devenus soudain furieux, oui, on raconte beaucoup de choses, mais nos récits à nous sont les récits de ceux qui ont été sous le feu même de l'ennemi, nos récits comptent, ce n'est pas comme ceux de ces gaillards d'état-major qui récoltent des distinctions sans rien faire.

— Et dont vous supposez que je fais partie? » dit le prince André en souriant avec calme et d'un air particulièrement aimable.

Au sentiment d'irritation qu'éprouvait Rostov se mêla étrangement à ce moment du respect pour le calme de cet homme.

« Je ne parle pas de vous, dit-il, je ne vous connais pas et, je l'avoue, je ne désire pas vous connaître. Je parles des états-majors en général.

— Et moi, voici ce que je vais vous dire, l'interrompit le prince André avec une tranquille autorité dans la voix. Vous voulez m'offenser et je suis prêt à convenir que cela vous est très facile si vous n'avez pas assez le respect de vous-même; mais avouez que le moment et le lieu sont fort mal choisis. Dans quelques jours, nous aurons tous à prendre part à un grand duel autrement sérieux, et d'ailleurs Droubetzkoï qui se dit votre vieil ami n'y est pour rien si ma tête a eu le malheur de vous déplaire. D'ailleurs, ajouta-t-il en se levant, vous connaissez mon nom et vous savez où me trouver; mais n'oubliez pas que je ne me tiens nullement pour offensé; pas plus que vous ne l'êtes vous-même, et je vous conseille, en ma qualité d'aîné, de laisser cette affaire sans suite. Alors c'est entendu, vendredi, après la revue, je vous attends. Droubetzkoï; au revoir », conclut le prince André, et il sortit après les avoir salués tous deux.

Rostov ne trouva ce qu'il aurait dû répondre qu'une fois qu'il était sorti. Et il fut encore plus irrité de n'y avoir pas pensé à temps. Il fit aussitôt amener son cheval et, prenant sèchement congé de Boris, rentra chez lui. Devait-il se rendre le lendemain au quartier général pour provoquer cet aide de camp poseur ou en rester vraiment là de cette affaire? Telle était la question qui le tourmenta pendant tout le trajet. Tantôt il songeait avec colère au plaisir qu'il aurait à voir la peur de ce petit homme malingre et orgueilleux au bout de son pistolet, tantôt il sentait avec surprise que, parmi tous ceux qu'il connaissait, il n'y avait personne qu'il aurait autant voulu avoir pour ami que ce petit aide de camp exécré.

VIII

Le lendemain de l'entrevue de Boris et de Rostov, il y eut une revue des armées autrichienne et russe, tant des troupes fraîches arrivées de Russie que de celles qui revenaient de campagne avec Koutouzov. Les deux empereurs, celui de Russie accompagné du tsarevitch et celui d'Autriche, accompagné de l'archiduc, passaient en revue une armée alliée de quatre-vingt mille hommes.

Dès l'aube, les troupes soigneusement astiquées et tirées à quatre épingles se mirent en marche pour s'aligner sur le terrain devant la forteresse. Tantôt des milliers de pieds et de baïonnettes s'avançaient, drapeaux déployés, et au commandement des officiers s'arrêtaient, obliquaient, s'alignaient dans les intervalles, entre d'autres masses pareilles d'infanterie en uniformes différents; tantôt le bruit cadencé des sabots et un cliquetis annonçaient l'élégante cavalerie en dolmans bleus, rouges, verts, musiciens chamarrés en tête, sur des chevaux noirs, alezans, gris; tantôt, s'étirant avec son bruit cuivré de canons astiqués et brillants qui tressautaient sur leurs affûts et avec son odeur de boutefeux, l'artillerie s'insinuait entre l'infanterie et la cavalerie et se rangeait aux emplacements assignés. Non seulement les généraux en grande tenue de parade avec toutes leurs décorations, la taille épaisse ou fine sanglée à l'extrême et le cou congestionné par le haut col montant entouré d'écharpes; non seulement les officiers pommadés, tirés à quatre épingles, mais chaque soldat, le visage frais, lavé et rasé, le fourniment éblouissant, chaque cheval si bien étrillé que sa robe luisait comme du satin, la crinière lissée poil contre poil, tous sentaient que quelque chose de grave, d'important et de solennel s'accomplissait. Du général à l'homme de troupe, chacun sentait son insignifiance, conscient de n'être qu'un grain de sable dans cette mer humaine, et en même temps connaissant sa puissance en tant que partie de cet immense ensemble.

Dès l'aube, ce fut un branle-bas fiévreux et, à dix heures, tout était en ordre. Sur l'immense champ, les rangs étaient alignés. L'armée entière s'allongeait sur trois lignes. En avant la cavalerie, au milieu l'artillerie, en arrière l'infanterie.

Entre chaque rang de troupes, il y avait une sorte d'allée. Nettement séparés l'un de l'autre, les trois éléments de cette armée : l'armée combattante de Koutouzov (dont le flanc droit était occupé, au premier plan, par le régiment de Pavlograd), les régiments de l'armée et de la garde venus de Russie, et l'armée autrichienne. Mais tous étaient disposés sur une même ligne, en une formation identique et sous le même commandement.

Comme le vent dans le feuillage, un murmure ému courut : « Les voilà! les voilà! » Des voix affolées se firent entendre et, telle une vague, l'agitation des derniers préparatifs déferla à travers toute l'armée.

Un groupe qui approchait apparut devant Olmütz. Et au même instant, malgré le temps calme, un léger souffle parcourut l'armée et fit doucement onduler les flammes des lances et les drapeaux déployés qui frémirent le long de leurs hampes. On eût dit que c'était l'armée elle-même qui, par ce frémissement, exprimait sa joie à l'approche des deux souverains. On entendit une voix crier : « Fixe! » Puis, tels des coqs à l'aube, des voix lui firent écho de divers côtés. Et tout se tut.

Dans le silence de mort, on n'entendait que le pas des chevaux. C'était la suite des empereurs. Les souverains s'approchèrent du flanc des troupes et les trompettes du premier régiment de cavalerie retentirent, sonnant la générale. On eût dit que ce n'étaient pas les trompettes qui sonnaient mais que l'armée elle-même, heureuse de l'approche de l'empereur, émettait spontanément ces sons. A travers ces bruits, on entendit distinctement une voix jeune, bienveillante, celle de l'empereur Alexandre. Il adressa le salut aux troupes et le premier régiment rugit : « Hourra! » d'une façon si assourdissante, si joyeuse, si prolongée, que les hommes eux-mêmes s'effrayèrent du nombre et de la puissance de la masse qu'ils formaient.

Rostov, aux premiers rangs de l'armée Koutouzov vers laquelle l'empereur se porta tout d'abord, éprouvait le même sentiment que chaque homme de cette armée, un sentiment d'oubli de soi-même, de fière conscience de sa force et d'élan passionné vers celui qui était la cause de cette solennité.

Il sentait que sur un seul mot de cet homme, toute cette

masse vivante (et lui-même qui, lié à elle, était un infime grain de sable) se jetterait dans le feu et à l'eau, irait à la mort, au crime ou au plus grand héroïsme, et c'est pour cela qu'il ne pouvait pas ne pas frémir et défaillir à la vue de celui qui approchait.

« Hourra! Hourra! Hourra! » tonnait-on de tous côtés, et un régiment après l'autre accueillait l'empereur par les accents de la générale, puis par des « Hourra!... » auxquels succédaient de nouveau la générale et encore et encore des « Hourra! » qui, s'amplifiant toujours, se fondaient en un seul grondement assourdissant.

Avant l'approche de l'empereur, chaque régiment, dans son silence et son immobilité, semblait être un corps sans vie; à peine l'empereur arrivait-il à sa hauteur qu'il s'animait et éclatait, joignant ses acclamations au rugissement de toute la ligne qu'il avait déjà parcourue. Parmi le vacarme assourdissant de ces voix, au milieu de la masse des troupes immobiles, comme pétrifiées dans leurs carrés, les centaines de cavaliers de la suite avançaient négligemment mais avec symétrie, surtout avec aisance, et, devant eux, venaient deux hommes, les empereurs. Sur eux se concentrait sans réserve l'attention pleine de passion contenue dans toute cette masse d'hommes.

Le bel et jeune empereur Alexandre, en uniforme de la garde à cheval, le tricorne légèrement sur l'oreille, captivait toute l'attention par son visage agréable et sa voix sonore mais réservée.

Rostov, posté à proximité des trompettes, avait de loin reconnu l'empereur de ses yeux perçants et suivait sa progression. Lorsque l'empereur ne fut plus qu'à une vingtaine de pas et que Nicolas vit nettement, jusqu'au moindre détail, le beau visage jeune et heureux, il éprouva un sentiment de tendresse et d'enthousiasme comme il n'en avait jamais éprouvé encore. Tout chez l'empereur, chaque trait, chaque geste, le ravissait.

S'arrêtant devant le régiment de Pavlograd, l'empereur dit en français quelques mots à l'empereur d'Autriche et sourit.

A la vue de ce sourire, Rostov se prit malgré lui à sourire lui-même et sentit un afflux encore plus grand d'amour pour son souverain. Il aurait voulu lui témoigner son amour par quelque moyen. Il savait que c'était impossible et il avait envie de pleurer. L'empereur fit venir le commandant du régiment et lui dit quelques mots.

« Mon Dieu! que serait-ce s'il s'adressait à moi! se disait Rostov, j'en mourrais de bonheur. »

L'empereur s'adressa également aux officiers :

« Je vous remercie tous, messieurs, de tout cœur. » (Rostov entendait chacun de ces mots comme une musique céleste.)

Comme Rostov eût été heureux de pouvoir mourir en cet instant pour son tsar!

« Vous avez mérité les étendards de Saint-Georges et vous vous en montrerez dignes. »

« Mourir pour lui, si je pouvais seulement mourir pour lui! » pensait Rostov.

L'empereur dit encore quelque chose que Rostov n'entendit pas, et les soldats crièrent à se rompre la poitrine : « Hourra! »

Rostov, penché sur sa selle, cria aussi de toutes ses forces, souhaitant de se faire mal par ce cri, pour pouvoir exprimer ainsi l'enthousiasme que lui inspirait l'empereur.

L'empereur se tint quelques secondes devant les hussards, comme indécis.

« Comment l'empereur peut-il être indécis? » se demanda Rostov, puis cette indécision elle-même lui parut majestueuse et séduisante, comme tout ce que faisait l'empereur.

Elle ne dura qu'un instant. Le pied de l'empereur, chaussé d'une botte à bout pointu comme on les portait alors, toucha le flanc de la jument baie demi-sang qu'il montait; sa main gantée de blanc rassembla les rênes et il se remit en marche, suivit du flot des aides de camp qui s'ébranlaient en désordre. Il s'éloignait de plus en plus, s'arrêtant devant d'autres régiments, et enfin Rostov ne vit plus que son plumet blanc émergeant au-dessus de l'escorte qui entourait les empereurs.

Parmi les personnages de la suite, Rostov remarqua Bolkonski qui se tenait indolemment et avec laisser-aller en selle. Il se souvint de leur dispute de la veille et se demanda s'il convenait ou non de le provoquer. « Non, bien entendu, décida-t-il maintenant... Et est-ce la peine de songer à cela, d'en parler en un instant comme celui-ci? En un pareil instant d'amour, d'enthousiasme et d'oubli de soi-même, que pèsent toutes nos querelles et nos offenses! J'aime tout le monde, je pardonne à tous maintenant. »

Lorsque l'empereur eut parcouru presque tous les régiments, les troupes défilèrent devant lui au pas de parade, et Rostov, sur Bédouin qu'il avait récemment acheté à Denissov, passa en queue de son escadron, c'est-à-dire seul et bien en vue de l'empereur.

Avant d'arriver à sa hauteur, Rostov, excellent cavalier, éperonna par deux fois son Bédouin et réussit à lui faire prendre cette allure furieuse qu'il avait quand il était échauffé. Sa bouche écumante penchée sur son poitrail, la queue dressée, et comme volant dans l'air sans toucher terre, levant haut et avec grâce les pieds alternativement, Bédouin qui sentait aussi sur lui le regard de l'empereur défila magistralement.

Rostov lui-même, les jambes ramenées en arrière et le ventre creusé, sentant qu'il faisait corps avec son cheval, les sourcils froncés mais l'air béat, passa devant l'empereur « comme un diable », selon l'expression de Denissov.

« Bravo, les hussards de Pavlograd! » dit l'empereur.

« Mon Dieu! Comme je serais heureux s'il m'ordonnait maintenant de me jeter dans le feu », pensa Rostov.

Quand la revue eut pris fin, les officiers, les nouveaux venus et ceux de Koutouzov, se réunirent par groupes et les conversations s'engagèrent sur les distinctions escomptées, sur les Autrichiens et leurs uniformes, sur Bonaparte, pour qui cela irait mal maintenant, surtout quand le corps d'Essen serait arrivé et que la Prusse se rangerait à nos côtés.

Mais dans tous les groupes on parlait surtout de l'empereur Alexandre, on commentait chacune de ses paroles, chacun de ses gestes, et on s'enthousiasmait.

Tous ne désiraient qu'une chose : marcher au plus vite à l'ennemi avec l'empereur à leur tête. Sous ses ordres personnels, il était impossible de ne pas vaincre n'importe qui, voilà ce que Rostov et la plupart des officiers pensaient après la revue.

Tous, après la revue, étaient plus sûrs de la victoire qu'ils n'auraient pu l'être après deux batailles gagnées.

IX

Le lendemain de la revue, Boris, vêtu de son plus bel uniforme et accompagné des vœux de son camarade Berg, se rendit à Olmütz pour voir Bolkonski, voulant profiter de sa bienveillance pour s'assurer le meilleur poste possible, en particulier celui d'aide de camp auprès d'un personnage important, ce qu'il considérait comme le poste le plus enviable dans l'armée. « C'est bon pour Rostov, à qui son père envoie des dix mille roubles d'un coup, de prétendre qu'il ne veut s'incliner devant personne et n'être le larbin de personne, mais moi qui ne possède rien d'autre que mon cerveau, je dois faire une carrière et ne pas laisser passer les occasions sans en profiter. »

A Olmütz, il ne trouva pas le prince André ce jour-là. Mais l'aspect d'Olmütz, où étaient installés le quartier général, le corps diplomatique et les deux empereurs avec leur suite – courtisans, familiers – ne fit que renforcer son désir d'appartenir à ce monde supérieur.

Il ne connaissait personne et, en dépit de son élégant uniforme de la garde, tous ces hauts personnages, courtisans et militaires, avec leurs plumets, leurs plaques et leurs cordons, qui parcouraient les rues dans de magnifiques voitures, paraissaient être tellement au-dessus de lui, petit officier de la garde, que non seulement ils ne voulaient pas, mais qu'ils ne pouvaient même pas remarquer son existence. Au quartier général de Koutouzov où il demanda Bolkonski, tous ces aides de camp et jusqu'aux ordonnances le regardèrent comme pour lui faire comprendre que les officiers comme lui traînaient fort nombreux par là et que tout le monde en avait assez. En dépit ou plutôt à cause de cela, le lendemain 15, il retourna après le dîner à Olmütz et, entrant dans la maison qu'occupait Koutouzov, demanda Bolkonski. Le prince André était là, et on introduisit Boris dans une grande salle où l'on devait danser naguère et où il y avait maintenant cinq lits ainsi qu'un mobilier disparate : une table, des chaises et un clavecin. Près de la porte, un aide de camp en robe de chambre persane, était en train d'écrire à la table. Un autre, rouge et gros, Nesvitzki, était couché sur un lit, les mains sous sa tête, et riait avec un officier assis près de lui. Un troisième jouait sur le clavecin une valse viennoise, tandis qu'un quatrième, affalé sur le clavecin, l'accompagnait en fredonnant. Bolkonski n'était pas là. Aucun de ces messieurs ne changea de position à la vue de Boris. Celui qui écrivait et à qui Boris s'adressa se tourna d'un air agacé et lui dit que Bolkonski était de service et que, s'il avait besoin de le voir, il le trouverait dans la salle des réceptions, la porte à gauche. Boris remercia et s'y rendit. Une dizaine d'officiers et de généraux attendaient dans la salle de réception.

Au moment où Boris entra, le prince André, clignant dédaigneusement des yeux (de cet air de lassitude polie qui indique clairement aux gens que n'étaient vos fonctions on ne s'attarderait pas une minute à leur parler), écoutait un vieux général russe couvert de décorations qui, presque sur la pointe des pieds et au garde-à-vous, une expression d'obséquiosité de soldat sur son visage cramoisi, lui faisait un rapport.

« Très bien, veuillez attendre », dit-il au général en russe avec cet accent français qu'il prenait quand il voulait marquer son dédain et, apercevant Boris, sans plus faire attention au général (qui courait d'un air suppliant derrière lui, le priant de l'écouter encore), il se tourna vers Boris, le saluant avec un gai sourire d'un signe de tête.

Boris comprit clairement à ce moment ce qu'il avait déjà pressenti auparavant, c'est-à-dire que, dans l'armée, outre la subordination et la discipline inscrites dans le règlement, qu'on connaissait dans les régiments et qu'il connaissait lui-même, il existait une autre subordination plus essentielle, celle qui obligeait ce général au visage cramoisi et sanglé dans son uniforme à attendre respectueusement pendant que le capitaine prince André trouvait plus d'agrément à s'entretenir avec l'enseigne Droubetzkoï. Plus que jamais, Boris décida d'obéir désormais dans le service à cette subordination non écrite et pas à celle qui était inscrite dans le règlement. Il sentait que le seul fait d'avoir été recommandé au prince André l'avait placé d'emblée au-dessus du général qui, dans d'autres circonstances, dans le rang, pouvait l'anéantir, lui, enseigne de la garde. Le prince André alla à lui et lui serra la main.

« Je regrette beaucoup que vous ne m'ayez pas trouvé hier.

J'ai dû me charger toute la journée des Allemands. Nous sommes allés avec Weirother vérifier la disposition. Quand les Allemands se mêlent d'être méticuleux, cela n'en finit plus! »

Boris sourit comme s'il avait compris ce à quoi le prince André faisait allusion comme à une chose connue de tous. Mais il entendait prononcer pour la première fois le nom de Weirother et même le mot « disposition ».

« Eh bien, mon cher, vous voulez toujours être aide de camp? J'ai pensé à vous depuis l'autre jour.

– Oui, je pensais, dit Boris en rougissant malgré lui, faire une demande au commandant en chef; il a reçu à mon sujet une lettre du prince Kouraguine; je ne voulais le faire, ajouta-t-il comme pour s'excuser, que parce que je crains que la garde ne prenne pas part à l'action.

– Bien! bien! nous parlerons de tout cela, dit le prince André, laissez-moi seulement annoncer ce monsieur, et je suis à vous. »

Pendant que le prince André allait annoncer le général cramoisi, celui-ci, qui ne partageait manifestement pas les idées de Boris sur les avantages de la subordination non écrite, fixa si obstinément les yeux sur l'enseigne impertinent qui l'avait empêché de finir sa conversation avec l'aide de camp que Boris se sentit gêné. Il se détourna et attendit avec impatience le retour du prince André.

« Eh bien, mon cher, voici l'idée que j'ai eue à votre sujet, dit celui-ci en l'emmenant dans la grande salle au clavecin. Il est inutile que vous alliez voir le commandant en chef, il vous dira une foule de choses aimables, vous invitera à dîner (ce qui ne serait pas si mal, selon l'autre subordination, pensa Boris), mais cela n'ira pas plus loin; nous serons bientôt tout un bataillon d'aides de camp et d'officiers d'ordonnance. Mais voici ce que nous allons faire : un de mes bons amis, le prince Dolgoroukov, un excellent garçon, est aide de camp général, et quoique vous l'ignoriez peut-être, la vérité est que Koutouzov avec son état-major et nous tous, nous ne comptons plus pour rien tout est maintenant concentré entre les mains de l'empereur; allons donc chez Dolgoroukov, j'ai besoin justement de le voir et je lui ai déjà parlé de vous; nous verrons s'il ne trouve pas un moyen de vous caser auprès de lui ou quelque part par là, près du soleil. »

Le prince André s'animait toujours particulièrement lorsqu'il devait guider un jeune homme et l'aider à réussir dans le monde. Sous prétexte d'apporter à un autre cette aide que, par orgueil, il n'aurait jamais acceptée pour lui-même, il approchait le milieu qui assurait le succès et qui l'attirait. Il se chargea bien volontiers de Boris et l'emmena chez le prince Dolgoroukov.

La soirée était déjà avancée lorsqu'ils pénétrèrent dans le palais d'Olmütz où résidaient les empereurs et leurs familiers.

Le même jour, il y avait eu un conseil de guerre auquel avaient pris part tous les membres du Hofkriegsrat et les deux empereurs. A l'encontre de l'avis des vieillards – Koutouzov et le prince Schwarzenberg – il y avait été décidé de passer immédiatement à l'offensive et de livrer à Bonaparte une bataille générale. Le conseil venait de prendre fin lorsque le prince André, accompagné de Boris, arriva au palais à la recherche du prince Dolgoroukov. Tous les officiers du grand quartier étaient encore sous le charme de la séance qui avait été un triomphe pour le parti des jeunes. Les voix des temporisateurs, qui conseillaient d'attendre Dieu sait quoi encore avant de passer à l'offensive, avaient été étouffées avec une telle unanimité et leurs objections rejetées à l'aide d'arguments si irréfutables quant aux avantages de l'offensive, que l'objet des débats, la bataille proche et, sans aucun doute, la victoire ne semblaient plus être des événements à venir mais des faits déjà acquis. Tous les avantages étaient de notre côté. Des forces immenses, sans conteste supérieures à celles de Napoléon, étaient concentrées sur un point; les troupes étaient galvanisées par la présence des souverains et brûlaient de se battre; la position stratégique où l'on devait opérer était connue jusqu'en ses moindres détails du général autrichien Weirother qui dirigeait la disposition des armées (par un heureux hasard, les troupes autrichiennes avaient été en manœuvres l'année précédente, précisément sur le terrain où on allait affronter les Français); la région était connue dans tous ses détails et minutieusement relevée sur les cartes, et Bonaparte, manifestement affaibli, n'entreprenait rien.

Dolgoroukov, l'un des plus chauds partisans de l'offensive, venait de rentrer du conseil, à bout de forces, harassé, mais plein d'entrain et fier de la victoire remportée. Le prince

André lui présenta son protégé, mais le prince Dolgoroukov, lui serrant poliment et énergiquement la main, ne dit rien à celui-ci et, apparemment incapable de se retenir d'exprimer les pensées qui le préoccupaient le plus en ce moment, il s'adressa en français au prince André.

« Eh bien, mon cher, quelle bataille nous venons de livrer! Dieu veuille seulement que celle qui en sera la conséquence soit tout aussi victorieuse. Vous savez, mon cher, poursuivit-il sur un ton vif et saccadé, je dois reconnaître mes torts envers les Autrichiens et surtout envers Weirother. Quelle précision, quelle minutie, quelle connaissance du terrain, quelle prévision de toutes les possibilités, de toutes les circonstances, des moindres détails! Décidément, mon cher, on ne pourrait rien imaginer de plus favorable que les conditions dans lesquelles nous nous trouvons. L'alliance de la précision autrichienne et de la bravoure russe, que voulez-vous de plus?

– Alors l'offensive est définitivement décidée? demanda Bolkonski.

– Et vous savez, mon cher, il me semble que Buonaparte y a décidément perdu son latin. Vous savez que l'empereur a reçu aujourd'hui une lettre de lui. Dolgoroukov sourit d'un air entendu.

– Vraiment! Et qu'est-ce qu'il écrit? demanda Bolkonski.

– Que peut-il écrire? Tra deri dera, et ainsi de suite, le tout avec le seul propos de gagner du temps. Je vous dis que nous le tenons; c'est certain! Mais ce qu'il y a de plus amusant, dit-il en riant soudain avec bonhomie, c'est que personne ne savait comment lui adresser la réponse. Puisqu'il ne pouvait être question de mettre « consul » ni encore moins « empereur », j'étais d'avis qu'il fallait l'adresser au général Buonaparte.

– Mais entre le fait de ne pas le reconnaître pour empereur et celui de l'appeler général Buonaparte, il y a une différence, dit Bolkonski.

– Précisément, l'interrompit aussitôt Dolgoroukov en riant. Vous connaissez Bilibine, c'est un garçon fort intelligent, il proposait : « A l'usurpateur et ennemi du genre humain. » Dolgoroukov rit aux éclats.

« Pas moins? fit Bolkonski.

– Mais Bilibine a quand même trouvé une formule on ne peut plus sérieuse. C'est un garçon spirituel et intelligent...

– Laquelle?

– *Au chef du gouvernement français,* dit Dolgoroukov sérieusement et avec satisfaction. C'est bien, n'est-ce pas?

– Oui, mais cela lui déplaira fort, remarqua Bolkonski.

– Oh! et comment! Mon frère le connaît : il a plus d'une fois dîné chez lui, à Paris, chez l'empereur actuel, et il m'a dit n'avoir jamais vu de diplomate plus raffiné et plus rusé : vous savez, un mélange de l'habileté française et du cabotinage italien! Vous connaissez les histoires qu'il a eues avec le comte Markov? Le comte Markov était le seul à savoir s'y prendre avec lui. Vous connaissez celle du mouchoir? C'est charmant! »

Et, prolixe, Dolgoroukov, s'adressant tantôt à Boris, tantôt au prince André, raconta que Bonaparte, voulant éprouver notre ambassadeur Markov, avait exprès laissé tomber devant lui son mouchoir et s'était arrêté en le regardant, dans l'attente sans doute que Markov lui rendît service, et que celui-ci avait aussitôt laissé tomber son mouchoir à côté de l'autre et l'avait ramassé sans toucher à celui de Bonaparte.

« *Charmant!* dit Bolkonski, mais j'ai à vous parler, prince, je suis venu vous voir en solliciteur au sujet de ce jeune homme. Voyez-vous... »

Mais avant que le prince André eût le temps d'achever, un aide de camp vint chercher Dolgoroukov de la part de l'empereur.

« Ah! quel contretemps! dit Dolgoroukov en se levant en hâte et en serrant la main au prince André et à Boris. Vous savez, je serai très heureux de faire tout ce qui dépendra de moi et pour vous et pour ce gentil jeune homme. » Il serra encore une fois la main de Boris avec une expression de bonhomie, sincère et pleine d'entrain mais superficielle. « Mais vous voyez... à une autre fois! »

Boris était ému de se sentir en ce moment si proche du pouvoir suprême. Il se sentait ici en contact avec les ressorts qui commandaient tous ces gigantesques mouvements de masse dont, dans son régiment, il avait conscience de n'être qu'un infime rouage, docile et insignifiant. Ils suivirent le prince Dolgoroukov dans le couloir et croisèrent, sortant du cabinet de l'empereur (par la porte que franchissait Dolgoroukov) un homme en civil de taille peu élevée, au visage intelligent et à la mâchoire saillante d'une ligne aiguë qui sans l'enlaidir lui donnait un air de rouerie et beaucoup de mobilité d'expression. Ce petit homme salua Dolgoroukov d'un signe de tête comme un intime et examina le prince André d'un regard fixe et froid, avançant droit sur lui et comptant sans doute que celui-ci le saluerait et s'effacerait sur son passage. Le prince André ne fit ni l'un ni l'autre; le visage du jeune homme refléta du dépit, et se détournant il s'éloigna dans le couloir.

« Qui est-ce? demanda Boris.

— Un des hommes les plus remarquables mais les plus déplaisants à mes yeux. C'est le ministre des Affaires étrangères, le prince Adam Czartoryski.

— Ce sont ces gens-là, dit Bolkonski avec un soupir qu'il ne put réprimer alors qu'ils sortaient du palais, ce sont ces gens-là qui décident du sort des peuples. »

Le lendemain, les troupes se mirent en marche, et comme Boris ne put, avant la bataille d'Austerlitz, revoir ni Bolkonski ni le prince Dolgoroukov, il resta en attendant au régiment d'Ismaïl.

X

A L'AUBE du 16, l'escadron de Denissov dans lequel servait Nicolas Rostov et qui faisait partie du détachement du prince Bagration, quitta ses bivouacs pour entrer en action, prétendait-on, mais ayant fait une verste environ derrière les autres colonnes, il fut arrêté sur la grande route. Rostov vit défiler les cosaques, le premier et le deuxième escadron de hussards, des bataillons d'infanterie avec l'artillerie, puis passer les généraux Bagration et Dolgoroukov avec leurs aides de camp. Toute la peur que cette fois encore, il ressentait avant l'action; toute la lutte intérieure au moyen de laquelle il surmontait cette peur; tous ces rêves de se distinguer en vrai hussard dans cette affaire, furent vains. Son escadron était laissé en réserve, et Nicolas Rostov passa la journée dans l'ennui et la tristesse. A neuf heures du matin, il entendit devant lui une fusillade, des « hourras », il vit des blessés qu'on ramenait à l'arrière (ils étaient peu nombreux), et enfin tout un détachement de cavaliers français passa au milieu d'un escadron de cosaques.

Apparemment l'affaire était finie, une affaire sans doute peu importante mais heureuse. Les soldats et les officiers qui en revenaient parlaient d'une brillante victoire, de l'occupation de la ville de Wischau et de la capture de tout un escadron français. Le temps était clair, ensoleillé, après la forte gelée de la nuit, et le joyeux éclat de cette journée d'automne s'accordait avec la nouvelle de la victoire que confirmaient non seulement les récits de ceux qui y avaient pris part mais aussi l'air réjoui des soldats, des officiers, des généraux et des aides de camp qui défilaient dans les deux sens devant Rostov. Le cœur de Nicolas, qui avait inutilement souffert toute l'angoisse qui précède la bataille et avait passé toute cette belle journée dans l'inaction, n'en était que plus douloureusement serré.

« Rostov, viens ici, buvons pour noyer notre chagrin! » cria Denissov, installé sur le bord de la route devant une flasque et des victuailles.

Les officiers faisaient cercle autour de la cantine de Denissov en mangeant et en bavardant.

« En voilà encore un qu'on amène! » dit l'un d'eux en désignant un dragon français prisonnier qui venait à pied, escorté par deux cosaques.

L'un d'eux menait à la bride un grand et beau cheval français enlevé au prisonnier.

« Vends-moi le cheval! cria Denissov au cosaque.

— Si vous voulez, Votre Honneur... »

Les officiers se levèrent et entourèrent les cosaques et le prisonnier. Le dragon français était un jeune Alsacien qui parlait français avec un accent allemand. Il haletait d'émotion, il était tout rouge et, entendant parler français, il expliqua avec volubilité aux officiers, s'adressant tantôt à l'un, tantôt à l'autre, qu'on ne l'aurait pas fait prisonnier; que ce n'était pas sa faute, s'il l'avait été mais celle du *caporal* qui l'avait envoyé chercher des housses, qu'il avait dit au caporal que les Russes étaient déjà là-bas. Et il ajoutait après chaque mot : « *Mais qu'on ne fasse pas de mal à mon petit cheval* », tout en caressant son cheval. Tantôt il s'excusait de s'être laissé prendre, tantôt, croyant avoir devant lui ses chefs, il assurait qu'il était un bon soldat zélé dans le service. Il apportait dans toute sa fraîcheur à notre arrière-garde l'atmosphère de l'armée française qui nous était si étrangère.

Les cosaques cédèrent le cheval pour deux ducats, et ce fut Rostov, le plus riche parmi les officiers depuis qu'il avait reçu de l'argent, qui l'acheta.

« *Mais qu'on ne fasse pas de mal à mon petit cheval* », dit avec bonhomie l'Alsacien à Rostov lorsque le cheval fut remis à celui-ci.

Rostov rassura le dragon en souriant et lui donna de l'argent.

« Allez, allez! dit le cosaque en touchant le bras du prisonnier pour lui faire poursuivre son chemin.

– L'empereur! L'empereur! » cria-t-on tout à coup parmi les hussards.

Tout courut, s'agita et Rostov vit sur la route derrière lui quelques cavaliers qui approchaient, des panaches blancs aux chapeaux. En un instant, chacun fut à sa place et attentif. Rostov, sans bien savoir ce qu'il faisait, avait regagné en courant sa place et était monté en selle. Son regret de n'avoir pas pris part à l'action, l'ennui qu'il éprouvait au milieu de ces visages trop connus, s'étaient évanouis en un clin d'œil, toute pensée personnelle l'avait quitté : il était entièrement envahi par le bonheur que faisait naître en lui l'approche de l'empereur. Cette seule présence le dédommageait de la journée perdue. Il était heureux comme un amant qui obtient enfin le rendez-vous attendu. N'osant pas tourner la tête dans les rangs et ne la tournant pas, il sentait son approche instinctivement et avec exaltation. Et s'il la sentait ce n'était pas seulement à cause du bruit de la cavalcade toujours plus distinct, mais parce que tout autour de lui devenait plus clair, plus joyeux, plus chargé de sens et prenait un air de fête. Ce soleil que l'empereur était pour Rostov se rapprochait de plus en plus, répandant autour de lui les rayons d'une douce et majestueuse lumière, et voici qu'il se sent enveloppé par ces rayons, il entend sa voix, cette voix affable, calme, altière et en même temps si simple. Comme l'avait prévu Rostov, un silence de mort se fit et, au milieu de ce silence, on entendit la voix de l'empereur.

« *Les huzards de Pavlograd?* dit-il d'un ton interrogateur.

– *La réserve, Sire!* » répondit une voix, si humaine après la voix surhumaine qui venait de dire : « *Les huzards de Pavlograd?* »

L'empereur arriva à la hauteur de Rostov et s'arrêta. Le visage d'Alexandre était encore plus beau qu'à la revue, trois jours plus tôt. Il rayonnait de tant de gaieté et de jeunesse, d'une si innocente jeunesse, qu'il faisait penser à la pétulance d'un enfant de quatorze ans, et pourtant c'était bien le visage d'un empereur majestueux. Comme il promenait le regard au hasard sur l'escadron, ses yeux rencontrèrent ceux de Rostov et s'y arrêtèrent l'espace de deux secondes, pas plus. L'empereur comprit-il ce qui se passait dans l'âme de Rostov (il semblait à Rostov qu'il l'avait compris)? Il le regarda deux secondes de ses yeux bleus. (Ils répandaient une calme et douce lumière.) Puis soudain il leva les sourcils, éperonna d'un geste brusque son cheval de la jambe gauche et partit au galop.

Le jeune empereur n'avait pu résister au désir d'assister à la bataille et, en dépit des représentations des courtisans, s'était séparé de la troisième colonne qu'il suivait et à midi s'était porté vers l'avant-garde. Il n'avait pas encore atteint les hussards que des aides de camp lui avaient annoncé l'heureuse issue de l'affaire.

La bataille, qui n'avait consisté que dans la capture d'un escadron français, fut présentée comme une éclatante victoire; aussi l'empereur et toute l'armée, surtout tant que la fumée de la poudre ne s'était pas encore dissipée au-dessus du champ de bataille, crurent-ils que les Français étaient vaincus et reculaient contre leur gré. Quelques instants après le passage de l'empereur, la division à laquelle appartenait le régiment de Pavlograd reçut l'ordre d'avancer. A Wischau, petite ville allemande, Rostov revit l'empereur encore une fois. Sur la place de la ville où, avant l'arrivée de celui-ci, s'était déroulée une assez vive fusillade, étaient étendus quelques morts et blessés qu'on n'avait pas encore eu le temps de relever. L'empereur, entouré de sa suite de militaires et de civils, montait cette fois une autre jument qu'à la revue, une alezane demi-sang, et penché sur le côté, tenant d'un geste plein de grâce un lorgnon en or, regardait un soldat qui, ensanglanté, sans shako, gisait face contre terre. Ce soldat blessé était si sale, si grossier et si laid que sa présence près de l'empereur choqua Rostov. Il vit les épaules légèrement voûtées de l'empereur frémir comme parcourues d'un souffle glacé, son pied gauche donner convulsivement de l'éperon à son cheval et le cheval bien dressé regarder autour de lui avec indifférence sans bouger d'un pas. Un aide de camp qui avait mis pied à terre prit le soldat sous les bras et se mit en devoir de l'étendre sur une civière qu'on venait d'apporter. Le soldat gémit.

« Doucement, doucement, ne peut-on pas s'y prendre plus doucement? » dit l'empereur qui souffrait visiblement plus que le soldat mourant, et il alla plus loin.

Rostov vit des larmes remplir ses yeux et l'entendit en parlant dire en français à Czartoryski :

« *Quelle terrible chose que la guerre, quelle terrible chose!* »

Les troupes de l'avant-garde s'étaient établies en avant de Wischau, en vue de l'ennemi qui, pendant toute la journée, nous avait cédé du terrain à la moindre fusillade. L'empereur témoigna sa reconnaissance à l'avant-garde, des récompenses furent promises et l'on distribua aux hommes une double ration de vodka. Plus joyeux encore que la nuit précédente, les feux des bivouacs crépitaient, les chansons des soldats se faisaient entendre. Denissov fêta, cette nuit, sa promotion de major et, vers la fin, Rostov, qui avait déjà pas mal bu, porta un toast à la santé de l'empereur, mais « non pas à celle de Sa Majesté l'empereur comme aux banquets officiels, précisa-t-il, à celle d'un souverain bon, charmant et grand; buvons à sa santé et à la victoire certaine sur les Français! »

« Si nous nous sommes battus jusqu'à présent, ajouta-t-il, si nous ne nous laissions pas faire par les Français comme à Schœngraben, que sera-ce maintenant qu'il est à notre tête? Nous mourrons tous, nous mourrons tous avec joie pour lui. N'est-ce pas, messieurs? Je m'exprime peut-être mal, j'ai beaucoup bu; mais c'est ce que je sens, et vous aussi. A la santé d'Alexandre Ier! Hourra!

— Hourra! » répétèrent les voix enthousiastes des officiers.

Et le vieux capitaine Kirsten cria avec autant d'enthousiasme et non moins de sincérité que Rostov avec ses vingt ans.

Quand les officiers eurent vidé et brisé leurs verres, Kirsten en remplit d'autres et, en manches de chemise et culotte de cheval, s'approcha, le verre à la main, des feux de camp des soldats; prenant une pose majestueuse, avec sa poitrine blanche qu'on voyait à travers l'échancrure de sa chemise ouverte, sa longue moustache grise, il s'arrêta à la lueur du feu.

« Allons, les gars, à la santé de Sa Majesté l'empereur, à la victoire sur l'ennemi, hourra! » cria-t-il de sa voix de baryton et valeureux vieux hussard

Les hussards l'entourèrent et avec ensemble répondirent par de bruyantes acclamations.

Tard dans la nuit, lorsque tous se furent retirés, Denissov tapota de sa petite main courte l'épaule de son favori Rostov.

« Il n'y a personne de qui s'éprendre en campagne, alors on est tombé amoureux du tsar, dit-il.

– Denissov, ne plaisante pas avec cela, cria Rostov, c'est un sentiment si élevé, si beau, si...

– Je te crois, je te crois, mon petit, je le partage et l'approuve...

– Non, tu ne comprends pas! »

Et Rostov se leva et alla errer entre les feux de camp, rêvant au bonheur de mourir, non pas en sauvant la vie de l'empereur (à cela il n'osait même pas rêver) mais simplement sous ses yeux. Il était en effet amoureux du tsar, et de la gloire des armées russes, et de l'espoir d'un triomphe prochain. Et il n'était pas le seul à éprouver ces sentiments en ces journées mémorables qui précédèrent la bataille d'Austerlitz : les neuf dixièmes de l'armée russe étaient alors, quoique avec moins d'exaltation, amoureux et de leur tsar et de la gloire des armes russes.

XI

Le lendemain, l'empereur séjourna à Wischau. Le médecin de la cour, Viliers, fut appelé plusieurs fois chez lui. Au quartier général et parmi les troupes les plus proches, la nouvelle se répandit que l'empereur était souffrant. Il n'avait rien mangé et avait mal dormi cette nuit, disaient ses familiers. La cause de cette indisposition était l'impression produite sur l'âme sensible de l'empereur par la vue des blessés et des morts.

A l'aube du 17, un officier français, protégé par le drapeau blanc des parlementaires, se présenta aux avant-postes, demandant une audience à l'empereur de Russie et fut conduit à Wischau. Cet officier était Savary. L'empereur venait de s'endormir et Savary dut attendre. A midi, il fut introduit auprès de l'empereur et, une heure plus tard, repartit pour les avant-postes de l'armée française accompagné du prince Dolgoroukov.

Le bruit courut que l'objet de la mission de Savary était de proposer une rencontre entre l'empereur Alexandre et Napoléon. Une rencontre personnelle avait été refusée, à la joie et à la fierté de toute l'armée et, à la place de l'empereur, Dolgoroukov, le vainqueur de Wischau, avait été envoyé en compagnie de Savary pour conférer avec Napoléon si, contrairement à l'attente, celui-ci désirait réellement la paix.

Dolgoroukov rentra dans la soirée, se rendit directement chez l'empereur et demeura longtemps seul à seul avec lui.

Les 18 et 19 novembre, les troupes avancèrent encore de deux étapes, les avant-postes ennemis se retirant après de brefs échanges de coups de feu. A partir du 19 à midi, une grande effervescence se fit dans les hautes sphères de l'armée, effervescence qui dura jusqu'au lendemain matin 20 novembre, jour où fut livrée la mémorable bataille d'Austerlitz.

Jusqu'au 19 à midi, l'agitation, les conversations animées, les allées et venues, les envois en mission des aides de camp se limitèrent au seul grand quartier des empereurs; à partir de midi, le même jour, le mouvement gagna également le quartier général de Koutouzov et les états-majors des chefs de corps. Le soir, par l'intermédiaire des officiers d'ordonnance, ce mouvement s'étendit d'un bout à l'autre de l'armée et, dans la nuit du 19 au 20, toute la masse de quatre-vingt mille hommes de l'armée alliée, quittant les bivouacs, s'emplit d'un brouhaha de voix et s'ébranla en un gigantesque front de neuf verstes.

Le mouvement concentré qui était parti, le matin, du grand quartier des empereurs et avait donné l'impulsion générale ressemblait au premier mouvement de la roue motrice d'une gigantesque horloge. Lentement, l'une des roues s'ébranle, puis une autre, puis une troisième, et toujours plus vite les engrenages, les poulies, les pignons se mettent à tourner, la sonnerie joue, les figurines défilent, et les aiguilles avancent régulièrement, marquant le résultat du mouvement.

De même que le mécanisme d'une horloge, la machine militaire, le mouvement une fois donné, va irrésistiblement jusqu'au bout et chacune des parties du mécanisme dont le tour n'est pas encore venu reste également immobile jusqu'à la transmission du mouvement. Les roues grincent sur leurs axes en engrenant leurs dents, la rotation fait gémir les poulies, mais la roue voisine reste aussi inerte et aussi immobile que si elle était prête à demeurer dans cette immobilité des centaines d'années; mais vient le moment, une palette l'a accrochée et, obéissant au mouvement général, elle grince en tournant et se fond dans une action unique dont le résultat et le but lui sont incompréhensibles.

Comme dans l'horloge, où le mouvement complexe des innombrables rouages n'a pour résultat que le déplacement lent et régulier de l'aiguille qui marque l'heure, de même tous les complexes mouvements humains de ces cent soixante mille hommes, Russes et Français – de toutes les passions, de tous les désirs, des regrets, des humiliations, des souffrances, des plans d'orgueil, de la peur, de l'enthousiasme de ces hommes – n'eurent pour résultat que la perte de la bataille d'Austerlitz, dite bataille des trois empereurs, c'est-à-dire le lent déplacement de l'aiguille de l'histoire universelle sur le cadran de l'histoire de l'humanité.

Le prince André fut ce jour-là de service et ne quitta pas le commandant en chef.

Vers six heures du soir, Koutouzov arriva au grand quartier et, après une brève entrevue avec l'empereur, se rendit chez le grand maréchal de la cour, le comte Tolstoï.

Bolkonski en profita pour aller se renseigner auprès de Dolgoroukov sur les détails de la situation. Le prince André sentait que Koutouzov était démonté et mécontent, qu'on était également mécontent de lui au grand quartier et que tout le monde y prenait avec lui le ton de gens qui savent quelque chose que les autres ignorent; aussi voulait-il causer avec Dolgoroukov.

« Ah! bonjour, *mon cher,* dit Dolgoroukov qui prenait le thé avec Bilibine. La fête est pour demain. Et votre vieux, qu'en pense-t-il? Il est de mauvaise humeur?

– Je ne dirai pas qu'il soit de mauvaise humeur, mais je crois qu'il aurait voulu qu'on l'entendît.

– Mais on l'a entendu au conseil de guerre et on l'écoutera encore quand il parlera raison; mais temporiser et attendre Dieu sait quoi maintenant que Bonaparte ne redoute rien tant qu'une bataille générale, c'est impossible.

— Au fait, vous l'avez vu? dit le prince André. Que pensez-vous de Bonaparte? Quelle impression vous a-t-il faite?

— Oui, je l'ai vu et j'ai acquis la conviction qu'il craint plus que tout au monde une bataille générale, répéta Dolgoroukov qui tenait visiblement à cette conclusion qu'il avait tirée de son entrevue avec Napoléon. S'il ne craignait pas la bataille, pourquoi aurait-il demandé cette entrevue, engagé des pourparlers et, surtout, pourquoi se serait-il replié, alors qu'un recul est si contraire à toutes ses méthodes de guerre? Croyez-moi, il la craint, il craint une bataille générale, son heure a sonné. C'est moi qui vous le dis.

— Mais racontez-moi donc comment il est? demanda de nouveau le prince André.

— C'est un homme en redingote grise qui tenait beaucoup à m'entendre l'appeler « Sire » mais à qui, à son grand chagrin, je n'ai donné aucun titre. Voilà l'homme qu'il est, et rien de plus, répondit Dolgoroukov en jetant avec un sourire un coup d'œil vers Bilibine.

« Malgré mon profond respect pour le vieux Koutouzov, poursuivit-il, nous serions beaux à attendre encore et à lui donner ainsi l'occasion de s'en aller ou de nous duper, alors qu'il est sûrement entre nos mains. Il ne faut pas oublier Souvorov et son principe : ne jamais se mettre dans la position de l'attaqué mais attaquer soi-même. Croyez-moi, à la guerre l'énergie des jeunes montre souvent plus sûrement la voie que toute l'expérience des vieux Cunctators.

— Mais dans quelle position attaquons-nous? Je suis allé aujourd'hui aux avant-postes et il est impossible de savoir où se trouvent exactement ses forces principales », dit le prince André.

Il aurait voulu parler à Dolgoroukov du plan d'attaque qu'il avait conçu.

« Ah! c'est parfaitement indifférent, dit vivement Dolgoroukov en se levant et en étalant une carte sur la table. Tous les cas sont prévus : s'il est à Brünn... »

Et il exposa rapidement et confusément le mouvement de flanc prévu par Weirother.

Le prince André souleva des objections et développa son plan, qui pouvait être aussi bon que celui de Weirother mais qui présentait cet inconvénient de venir après l'autre qui était déjà approuvé. Dès qu'il eut entrepris de démontrer les inconvénients de l'autre plan et les avantages du sien, le prince Dolgoroukov cessa de l'écouter et, au lieu de regarder la carte, fixa distraitement les yeux sur lui.

« D'ailleurs, il y aura aujourd'hui un conseil de guerre chez Koutouzov; vous pourrez y exposer tout cela, dit-il.

– C'est ce que je vais faire, dit le prince André en s'éloignant de la carte.

– Mais de quoi vous préoccupez-vous, messieurs? dit Bilibine qui jusqu'alors avait écouté la conversation avec un gai sourire et apparemment avait maintenant l'intention de plaisanter. Que nous ayons demain une victoire ou une défaite, la gloire des armes russes est assurée. En dehors de votre Koutouzov, pas un chef de corps n'est russe. Les chefs sont : *Herr General Wimpfen, le comte de Langeron, le prince de Lichtenstein, le prince de Hohenlohe et enfin Prsch... prsch... et ainsi de suite, comme tous les noms polonais.*

– *Taisez-vous, mauvaise langue,* dit Dolgoroukov. Ce n'est pas vrai, il y en a deux maintenant qui sont russes : Miloradovitch et Dokhtourov, et il y en aurait un troisième, le comte Araktcheiev, mais il a les nerfs faibles.

– Michel Ilarionavitch doit avoir fini, dit le prince André. Je vous souhaite bonne chance, messieurs », ajouta-t-il, et il sortit après avoir serré la main à Dolgoroukov et à Bilibine.

En rentrant, le prince André ne put s'empêcher de demander à Koutouzov, assis en silence à côté de lui, ce qu'il pensait de la bataille du lendemain.

Koutouzov regarda sévèrement son aide de camp et, après un silence, répondit :

« Je crois que la bataille sera perdue et c'est ce que j'ai dit au comte Tolstoï en lui demandant d'en informer l'empereur. Et sais-tu ce qu'il m'a répondu? *« Eh, mon cher général, je me mêle « du riz et des côtelettes, mêlez-vous des affaires de la guerre. »* Oui... Voilà ce qu'on m'a répondu! »

XII

A DIX heures du soir, Weirother arriva avec ses plans au quartier de Koutouzov, où avait été convoqué le conseil de guerre. Tous les chefs de corps avaient été conviés auprès du commandant en chef et, à l'exception du prince Bagration qui avait refusé de venir, tous étaient là, à l'heure dite.

Weirother, qui était le véritable inspirateur de la bataille projetée, présentait par son animation et son agitation un contraste tranché avec Koutouzov, mécontent et ensommeillé, qui assurait à contrecœur le rôle de président de la séance. Weirother se sentait visiblement à la tête d'un mouvement devenu irrésistible. Il était comme un cheval attelé à un chariot qui dévale une côte. Était-ce lui qui conduisait, ou le poussait-on, il l'ignorait; il fonçait à toute allure, sans avoir le loisir d'envisager les conséquences possibles de ce mouvement. Il était allé par deux fois ce soir-là reconnaître personnellement les avant-postes ennemis et par deux fois faire son rapport aux empereurs, celui de Russie et celui d'Autriche, et leur fournir des explications, ainsi qu'à son bureau où il avait dicté le dispositif en allemand. C'est recru de fatigue qu'il arriva chez Koutouzov.

Il était visiblement si préoccupé qu'il en oubliait jusqu'au respect qu'il devait au commandant en chef : il l'interrompait, parlait rapidement, indistinctement, sans regarder son interlocuteur, sans répondre aux questions qu'on lui posait; il était couvert de boue et avait un air pitoyable, harassé, éperdu, en même temps que présomptueux et plein d'orgueil.

Koutouzov occupait un petit château aux environs d'Ostralitz. Dans le grand salon qui était maintenant son cabinet, étaient réunis Koutouzov lui-même, Weirother et les membres du conseil de guerre. Ils prenaient le thé. On n'attendait plus pour ouvrir la séance que le prince Bagration. Vers huit heures, un de ses officiers d'ordonnance vint annoncer que le prince ne pouvait venir Le prince André alla en informer le commandant en chef et, profitant de l'autorisation que

Koutouzov lui avait donnée auparavant, il demeura dans la pièce.

« Puisque le prince Bagration ne vient pas, nous pouvons commencer », dit Weirother se levant précipitamment et allant vers la table sur laquelle était étalée une immense carte des environs de Brünn.

Koutouzov, son cou gras émergeant, comme libéré, de son uniforme déboutonné, était assis dans un fauteuil Voltaire, ses mains potelées de vieillard symétriquement posées sur les accoudoirs, et il somnolait. Au son de la voix de Weirother, il ouvrit avec effort son œil unique.

« Oui, oui, je vous en prie, il est tard », dit-il et, faisant un signe, il baissa de nouveau la tête et referma les yeux.

Si, au début, les membres du conseil purent croire que Koutouzov feignait de dormir, les bruits qu'il émit par le nez pendant la lecture qui suivit prouvèrent qu'il s'agissait en ce moment pour le commandant en chef de quelque chose de bien plus important que le désir de marquer son mépris pour le dispositif ou pour quoi que ce fût; il s'agissait pour lui de satisfaire un besoin impérieux de l'homme, le sommeil. Il dormait vraiment. Weirother lui jeta un regard avec le geste d'un homme trop occupé pour perdre un instant, et s'étant assuré qu'il dormait, il prit un papier et d'une voix forte et monotone se mit à lire le dispositif de la bataille qui portait le titre suivant qu'il lut également :

« Dispositif d'attaque de la position ennemie en arrière de Kobelnitz et de Sokolnitz, le 20 novembre 1805. »

Le dispositif était fort compliqué et difficile. Le texte original était le suivant :

Da der Feind mit seinem linken Flügel an die mit Wald bedeckten Berge lehnt und sich mit seinem rechten Flügel längs Kobelnitz und Sokolnitz hinter die dort befindlichen Teiche zieht, wir im Gegenteil mit unserem linken Flügel seinen rechten sehr debordieren, so ist es vorteilhaft, letzteren Flügel des Feindes zu attakieren, besonders wenn wir die Dörfer Sokolnitz und Kobelnitz im Besitze haben, wodurch wir dem Feind zugleich in die Flanke fallen und ihn aud fer Fläche zwischen Schlapanitz und dem Thürassa-Walde verfolgen können, indem wir den Defileen von Schlapanitz und Bellowitz ausweichen, welche die feindliche Front decken. Zu diesem Endzwecke ist es nötig... Die erste

Kolonne marschiert... die zweite Kolonne marschiert... die dritte Kolonne marschiert[1] *... etc.*, lisait Weirother.

Les généraux semblaient écouter le difficile dispositif à contrecœur. Buxhoevden, un grand général blond, debout contre le mur, les yeux fixés sur une bougie allumée, paraissait ne pas écouter ni même vouloir qu'on crût qu'il écoutait. Juste en face de Weirother, ses yeux brillants et grands ouverts fixés sur lui, était assis dans une pose martiale, les mains aux genoux et les coudes écartés, Miloradovitch au teint fleuri, à la moustache et aux épaules relevés. Il se taisait obstinément et dévisageait Weirother, ne le quittant des yeux que lorsque le chef d'état-major autrichien s'arrêtait. Alors Miloradovitch jetait un regard plein d'importance vers les autres généraux. Mais d'après le sens de ce regard plein d'importance il était malaisé de juger s'il était ou non d'accord, s'il était content ou mécontent du dispositif. Le voisin le plus proche de Weirother, le comte Langeron, un fin sourire ne quittant pas, pendant toute la lecture, son visage de Français du Midi, contemplait ses doigts effilés entre lesquels il faisait rapidement tourner une tabatière d'or ornée d'un portrait. Au milieu d'une des plus longues périodes, il arrêta la rotation de la tabatière, leva la tête et avec une déplaisante politesse tout au coin de ses lèvres minces, interrompit Weirother et voulut dire quelque chose; mais le général autrichien, sans interrompre sa lecture, fronça les sourcils avec colère et fit un geste des coudes comme pour dire : tout à l'heure, tout à l'heure, vous me direz votre opinion, pour le moment veuillez suivre sur la carte et écouter. Langeron leva les yeux avec une expression perplexe, les reporta sur Miloradovitch comme pour lui demander des explications mais, rencontrant le regard important qui ne

1. Étant donné que l'ennemi s'appuie de son aile gauche sur des collines boisées et s'étend de son aile droite le long de Kobelnitz et de Sokolnitz derrière les étangs qui s'y trouvent, alors qu'au contraire nous débordons largement son aile droite par notre aile gauche, il est avantageux d'attaquer cette dernière aile de l'ennemi, en particulier si nous occupons les villages de Sokolnitz et de Kobelnitz, ce qui nous permettra de tomber sur le flanc ennemi et de le poursuivre dans la plaine entre Schlapanitz et la forêt de Thurassa, tout en évitant les défilés de Schlapanitz et de Bellowitz qui couvrent le front ennemi. Pour atteindre ce but, il est nécessaire... La première colonne marche... la deuxième colonne marche... la troisième colonne marche...

signifiait rien, il les baissa tristement et se remit à tourner sa tabatière.

« Une leçon de géographie », dit-il comme pour lui-même mais assez haut pour qu'on l'entendît.

Przebyszevski, avec une politesse respectueuse mais digne, mit la main en cornet devant son oreille dans la direction de Weirother, de l'air d'un homme absorbé par ce qu'il entend. Juste en face de Weirother, le petit Dokhtourov, l'air appliqué et modeste, étudiait consciencieusement, penché sur la carte étalée, le dispositif et le terrain qu'il ne connaissait pas. Il demanda plusieurs fois à Weirother de répéter des passages qu'il avait mal entendus et des noms difficiles de villages. Weirother s'exécutait et Dokhtourov prenait des notes.

Lorsque la lecture qui avait duré plus d'une heure fut terminée, Langeron, arrêtant de nouveau sa tabatière et sans regarder Weirother ni personne en particulier, parla de la difficulté qu'il y aurait à exécuter un tel dispositif qui supposait connue la situation de l'ennemi, alors que cette situation pouvait nous être inconnue, car l'ennemi se trouvait en mouvement. L'objection de Langeron était fondée, mais il était évident qu'elle avait pour but principal de faire sentir au général Weirother, qui avait lu son dispositif avec tant de confiance en soi, comme à des écoliers, qu'il n'avait pas seulement affaire à des imbéciles mais aussi à des gens capables de lui en remontrer en art militaire. Lorsque la voix monotone de Weirother se fut tue, Koutouzov ouvrit les yeux, tel un meurtrier réveillé par l'arrêt du bruit assoupissant des roues de son moulin; il prêta l'oreille à ce que disait Langeron et comme s'il voulait dire : « Vous parlez toujours de ces sottises! » il se hâta de refermer les yeux et baissa encore plus bas la tête.

S'efforçant de blesser Weirother le plus cruellement possible dans son amour-propre d'auteur militaire, Langeron démontrait que Bonaparte pouvait facilement attaquer au lieu de se laisser attaquer, ce qui rendrait tout ce dispositif parfaitement inutile. Weirother opposait à toutes les critiques un sourire assuré et dédaigneux, manifestement préparé d'avance pour répondre à toute objection, quelle qu'elle fût.

« S'il pouvait nous attaquer, il l'aurait fait aujourd'hui, dit-il.

– Vous le croyez donc impuissant? dit Langeron.

– C'est beaucoup s'il a quarante mille hommes, répondit

Weirother avec le sourire d'un médecin à qui une guérisseuse prétend indiquer un remède.

— Dans ce cas, il court à sa perte en attendant notre attaque », dit Langeron avec un sourire de fine ironie en quêtant de nouveau du regard l'approbation de Miloradovitch, son voisin le plus immédiat.

Mais Miloradovitch pensait apparemment moins que jamais à l'objet de la discussion des généraux.

« *Ma foi,* dit-il, nous verrons tout cela demain sur le champ de bataille. »

Weirother eut de nouveau ce sourire qui signifiait qu'il lui paraissait ridicule et étrange de rencontrer, LUI, des objections auprès de généraux russes, et d'avoir à démontrer des choses dont non seulement il n'était lui-même que trop sûr mais dont il avait également convaincu les empereurs.

« L'ennemi a éteint ses feux et l'on entend un bruit ininterrompu dans son camp, dit-il. Qu'est-ce que cela signifie? Ou bien qu'il se retire, seule chose que nous ayons à craindre, ou bien qu'il change sa position (il sourit). Mais même s'il occupe la position de Thurass, il ne fera que nous épargner de grands ennuis et toutes les dispositions prises, jusque dans leurs moindres détails, restent inchangées.

— Comment cela?... » demanda le prince André, qui guettait depuis longtemps l'occasion d'exprimer ses doutes.

Koutouzov se réveilla, s'éclaircit la voix et parcourut les généraux du regard.

« Messieurs, le dispositif de demain, ou plutôt d'aujourd'hui (puisqu'il est minuit passé) ne peut être modifié, dit-il. Vous en avez entendu lecture, et nous ferons tous notre devoir. Mais avant une bataille il n'y a rien de plus important... (il marqua un temps d'arrêt) que de bien dormir. »

Il fit le geste de se lever. Les généraux saluèrent et se retirèrent. Il était près d'une heure. Le prince André sortit.

Le conseil auquel le prince André n'avait pu exposer son opinion, comme il l'avait espéré, lui laissa une impression confuse et angoissante. Qui avait raison : de Dolgoroukov et Weirother, ou de Koutouzov, Langeron et autres qui n'approuvaient pas le plan d'attaque? il ne le savait pas. « Mais Koutouzov n'aurait-il donc pas pu faire connaître franchement à l'empereur sa façon de penser? Les choses ne peuvent-elles pas se passer autrement? Est-il possible que pour des considérations personnelles de courtisans on doive risquer des dizaines de milliers de vie, et la mienne, la MIENNE aussi? » se disait-il.

« Oui, il se peut fort bien que je sois tué demain. » Et soudain, à cette pensée de la mort, tout un flot de souvenirs, les plus lointains et les plus intimes, envahit son imagination; il se rappela son dernier adieu à son père et à sa femme; il se rappela les premiers temps de son amour pour elle; il se rappela sa grossesse et il fut pris de pitié pour elle et pour lui. Nerveux et ému, il sortit de la maison où il logeait avec Nesvitzki et se mit à faire les cents pas devant la porte.

La nuit était brumeuse et un rayon de lune filtrait mystérieusement à travers le brouillard. « Oui, demain, demain! songeait-il. Demain tout sera peut-être fini pour moi, tous ces souvenirs ne seront plus, tous ces souvenirs n'auront plus pour moi aucun sens. Demain peut-être, même certainement demain, je le pressens, j'aurai pour la première fois à montrer tout ce dont je suis capable. » Et il se représenta la bataille, la défaite, la concentration du combat sur un seul point et le désarroi de tous les chefs. Et voici que s'offre enfin à lui cet instant de chance, ce Toulon qu'il attend depuis si longtemps. Il expose fermement et nettement ses vues à Koutouzov, à Weirother, aux empereurs. Tout le monde est frappé de leur justesse, mais personne ne veut prendre sur soi de les appliquer, et le voici qui se met à la tête d'un régiment, d'une division, obtient que personne n'intervienne plus dans ses dispositions, conduit sa division au point critique et remporte tout seul la victoire. Et la mort et les souffrances? dit une autre voix. Mais le prince André ne répond pas à cette voix et poursuit ses succès. Il établit seul le dispositif de la bataille suivante. Il ne porte pas d'autre titre que celui d'attaché à Koutouzov, mais c'est lui qui fait tout. La bataille suivante est gagnée par lui seul. Koutouzov est relevé de son commandement, c'est lui qu'on nomme... Et ensuite? dit de nouveau l'autre voix, ensuite, si tu n'as pas été déjà dix fois blessé, tué ou trahi; et ensuite? — « Eh bien, ensuite... se répond le prince André, je ne sais pas ce qui se passera ensuite, je ne veux ni ne peux le savoir; mais si je veux cela, si je veux la gloire, si je veux être connu, aimé des hommes, ce n'est pas ma faute de le vouloir, de ne vouloir que cela, de ne vivre que pour cela. Oui, rien que pour cela! Je ne le dirai jamais à personne mais, mon Dieu! qu'y puis-je si je n'aime rien d'autre que la gloire, l'admiration des hommes. La mort, les blessures, la perte de ma famille, rien ne m'effraie. Et si chers que me soient bien des êtres – mon père, ma sœur, ma femme, ceux à qui je tiens le plus – si terrible et contre nature que cela paraisse, je les sacrifierais tous en ce moment pour un instant de gloire, de triomphe sur ces gens, pour l amour de ces gens que je ne connais pas et que je ne connaîtrai jamais, pour l'amour de ces gens-ci », conclut il en prêtant l'oreille à un bruit de voix dans la cour de Koutouzov. On y entendait les voix des ordonnances qui faisaient les bagages; l'une, sans doute celle d'un cocher qui taquinait le vieux cuisinier de Koutouzov que le prince André connaissait et qui s'appelait Tite, disait : « Tite, hé, Tite?

– Qu'est-ce qu'il y a? répondait le vieillard.

– Tite, va te faire fiche, disait le plaisantin.

– Zut, le diable t'emporte », répondait l'autre voix, couverte par les rires des ordonnances et des domestiques.

« Et pourtant je n'aime que le triomphe sur eux tous, je ne tiens qu'à cela, je tiens à cette force mystérieuse et à cette gloire qui plane là, au-dessus de moi, dans ce brouillard! »

XIII

Rostov patrouillait, cette nuit-là, avec son peloton, en avant du détachement de Bagration. Ses hussards étaient répartis deux par deux, formant cordon; il parcourait ce cordon à cheval, luttant contre le sommeil qui le gagnait irrésistiblement. Derrière lui, il y avait, sur une immense étendue, les feux de camp de notre armée qu'on disitnguait confusément dans le brouillard; devant lui, ce n'étaient que ténèbres brumeuses. Quelque effort que fît Rostov pour percer ce lointain brumeux, il ne voyait rien : on croyait distinguer des formes tantôt grises, tantôt noires; par moments, des feux semblaient clignoter là où devait être l'ennemi; à d'autres moments, il avait l'impression que ce clignotement était dans ses yeux. Ses yeux se fermaient, et il voyait en imagination tantôt l'empereur, tantôt Denissov, tantôt des souvenirs de Moscou, et il rouvrait les yeux en hâte et voyait tout près, devant lui, la tête et les oreilles de son cheval, parfois des silhouettes noires de hussards, quand il s'approchait d'eux à six pas, et, au loin, toujours les mêmes ténèbres brumeuses. « Qui sait, il est fort possible, pensait-il, qu'en me rencontrant l'empereur me charge d'une mission comme n'importe quel officier; il dira : « Va voir ce qui se passe là-bas. » On a souvent raconté comment, tout à fait par hasard, il a reconnu tel ou tel officier et l'a attaché à sa personne. Et si cela m'arrivait à moi! Oh! comme je veillerais sur lui, comme je lui dirais toute la vérité, comme je démasquerais ceux qui le trompent! » Et Rostov, pour se représenter d'une façon plus vivante son amour et son dévouement pour l'empereur, imaginait un ennemi ou un Allemand félon que non seulement il tuait avec volupté mais qu'il souffletait en présence du souverain. Tout à coup, un cri lointain le réveilla. Il sursauta et ouvrit les yeux.

« Où suis-je? Ah! oui, aux avant-postes; le mot de passe est : timon, Olmütz. Quel dommage que notre escadron soit demain en réserve!... se dit-il. Je vais demander à prendre part à l'action. C'est peut-être mon unique chance de voir l'empereur. L'heure de la relève n'est plus loin. Je vais faire encore une ronde et en rentrant j'irai présenter ma demande au général. » Il se redressa sur sa selle et piqua son cheval pour faire une dernière fois le tour de ses hussards. Il eut l'impression qu'il faisait moins sombre. Sur la gauche, on voyait une pente douce éclairée et, de l'autre côté, un mamelon noir qui paraissait abrupt comme une muraille. Sur le mamelon, il y avait une tache blanche dont Rostov n'arrivait pas à comprendre si c'était une clairière dans la forêt éclairée par la lune ou des restes de neige, ou encore des maisons blanches. Il crut même voir quelque chose bouger sur cette tache blanche. « Ce doit être de la neige, cette tache, *une tache,* songeait-il. En voilà une tache... »

« Natacha, ma sœur, ses yeux noirs. Na... tachka. (Sera-t-elle surprise quand je lui dirai que j'ai vu l'empereur!) Natacha... prends la sabretache... » — « Prenez à droite, Votre Honneur, il y a des buissons », dit la voix d'un hussard devant qui Rostov passait en s'endormant. Il leva sa tête qui touchait déjà la crinière de son cheval et s'arrêta près du hussard. Un sommeil d'enfant le gagnait irrésistiblement. « Au fait, à quoi pensais-je? Que je ne l'oublie pas. A ce que je dirai à l'empereur? Non, ce n'est pas cela, ça c'est pour demain. Oui, oui! La sabretache, marche sur la sabretache, faites marcher, marche, qui? les hussards. Et les hussards et les moustaches... Le hussard à la moustache qui passait boulevard de Tver, j'avais même pensé à lui, juste en face de la maison Gouriev... Le vieux Gouriev... Eh, quel brave gars que Denissov! Mais bêtises que tout cela. L'essentiel, maintenant, c'est que l'empereur est ici. Comme il m'a regardé, et il voulait dire quelque chose, mais il n'a pas osé... Non, c'est moi qui n'ai pas osé. Mais ce sont encore des bêtises, ce qu'il faut, c'est ne pas oublier que je pensais à quelque chose d'important, oui. Natacha, on mar-marche, oui, oui; oui. C'est bien. » Et de nouveau il laissa sa tête retomber sur le garrot de son cheval. Soudain il lui sembla qu'on tirait sur lui. « Comment? Comment? Qu'y a-t-il?... Sabrez! Comment?... » dit-il en revenant à lui. Au moment où il ouvrait les yeux, il entendit en face de lui, du côté de l'ennemi, des cris prolongés poussés par des milliers de voix. Son cheval et celui du hussard voisin dressèrent les oreilles. A l'endroit d'où venaient ces cris, une petite lumière s'alluma un instant, puis une autre, et des feux brillèrent tout le long de la ligne des troupes françaises, sur la hauteur, tandis que les cris allaient s'amplifiant. Rostov reconnut qu'on parlait français, sans pouvoir toutefois rien distinguer. Il y avait trop de voix qui bourdonnaient. On entendait maintenant : aaaa! et rrrr!

« Qu'est-ce que cela veut dire? Qu'en penses-tu? demanda-t-il au hussard qui se trouvait près de lui, cela vient de chez l'ennemi, n'est-ce pas? »

Le hussard ne répondit rien.

« Alors quoi, tu n'entends donc pas? demanda de nouveau Rostov après une assez longue attente.

– Comment savoir, Votre Honneur, répondit le hussard à contrecœur.

– D'après la direction, ce doit être l'ennemi? répéta encore Rostov.

– Peut-être bien que c'est lui, peut-être bien que non, dit le hussard, il fait nuit. Allons, la paix! » cria-t-il à son cheval qui dansait sous lui.

Le cheval de Rostov s'impatientait aussi, battait du sabot le sol gelé, dressant l'oreille aux bruits et louchant du côté des lumières. Les cris étaient de plus en plus forts et se fondaient en une clameur générale que ne pouvait produire qu'une armée de plusieurs milliers d'hommes. Les feux se multipliaient, sans doute le long de la ligne du camp français. Rostov n'avait plus sommeil. Les cris joyeux et triomphants dans l'armée ennemie l'électrisaient. *Vive l'empereur, l'empereur!* entendait-il maintenant distinctement.

« Ça ne doit pas être loin, de l'autre côté du ruisseau sans doute? » dit-il au hussard.

Le hussard se contenta de soupirer sans rien répondre et toussa avec humeur. Le trot d'un cavalier résonna le long des avant-postes, et tel un énorme éléphant, la silhouette d'un sous-officier de hussards surgit du brouillard nocturne.

« Votre Honneur, voilà les généraux! » dit-il en dirigeant son cheval vers Rostov.

Tout en continuant à se retourner vers les lumières et les cris, Rostov se porta avec le sous-officier au-devant d'un groupe de cavaliers qui s'avançaient le long des avant-postes. L'un d'eux montait un cheval blanc. Le prince Bagration, accompagné du prince Dolgoroukov et de ses aides de camp, venait observer l'étrange phénomène des lumières et des clameurs dans l'armée ennemie. S'approchant de Bagration, Rostov lui fit son rapport et se joignit aux aides de camp prêtant l'oreille à ce que disaient les généraux.

« Croyez-moi, disait le prince Dolgoroukov à Bagration, ce n'est qu'une simple ruse : il s'est replié et a donné l'ordre à l'arrière-garde d'allumer des feux et de faire du bruit pour nous tromper.

– C'est peu probable, dit Bagration, je les ai vus ce soir sur ce mamelon; s'ils étaient partis, ils l'auraient évacué également. Monsieur l'officier, dit-il à Rostov, leurs flanqueurs y sont-ils toujours?

– Ils y étaient encore dans la soirée, mais maintenant je ne pourrais l'affirmer, Excellence. Si vous m'en donnez l'ordre, j'irai voir avec mes hussards », dit Rostov.

Bagration s'était arrêté et, sans répondre, s'efforçait de distinguer dans le brouillard le visage de Rostov.

« Pourquoi pas? Allez voir, dit-il après un léger silence.

— A vos ordres. »

Rostov piqua son cheval, appela le sous-officier Fedtchenko et deux hussards, leur donna l'ordre de le suivre et dévala au trot la colline dans la direction des clameurs qui ne cessaient pas. Il se sentait à la fois angoissé et joyeux de s'en aller seul avec trois hussards vers ce mystérieux et dangereux lointain brumeux où personne n'était encore allé avant lui. Bagration lui cria d'en haut de ne pas dépasser le ruisseau, mais Rostov fit la sourde oreille et sans s'arrêter poursuivit sa course toujours plus loin, se trompant sans cesse, prenant des buissons pour des arbres et des trous pour des hommes, et s'expliquant chaque fois ses méprises. Ayant dévalé la pente au trot, il ne vit plus ni nos feux ni ceux de l'ennemi, mais il entendait maintenant plus forts, plus distincts les cris des Français. Dans le fond du vallon, il aperçut devant lui quelque chose qui semblait être une rivière, mais l'ayant atteinte il reconnut que c'était une route. Y débouchant, il retint son cheval, se demandant s'il devait suivre cette route ou la traverser et remonter en face par les champs noirs. Suivre la route qui se détachait en clair dans le brouillard était moins dangereux car on pouvait plus vite y distinguer des gens. « Suivez-moi », dit-il et coupant la route, il attaqua au galop la montée vers l'endroit où il y avait, la veille au soir, un piquet français.

« Votre Honneur, le voilà! » fit derrière lui un des hussards.

Et Rostov eut à peine le temps de voir quelque chose de noir surgir soudain dans le brouillard, qu'une flamme brilla, un coup de feu claqua, et, comme une plainte, une balle siffla haut dans le brouillard et s'évanouit. Un second coup ne partit pas, mais une flamme jaillit. Rostov tourna bride et revint au galop sur ses pas. Quatre coups de feu claquèrent encore à divers intervalles et, sur des tons différents, les balles chantèrent quelque part dans le brouillard. Rostov retint son cheval, égayé comme lui par la fusillade, et alla au pas. « Allons, allons, encore! » disait en lui une voix joyeuse. Mais il n'y eut pas d'autres coups de feu.

Ce ne fut qu'en approchant de Bagration que Rostov remit son cheval au galop et, la main à la visière, il s'arrêta devant lui.

Dolgoroukov soutenait toujours que les Français s'étaient repliés et n'avaient allumé des feux que pour nous tromper.

« Qu'est-ce que cela prouve? disait-il au moment où Rostov les rejoignit. Ils ont pu se replier et laisser des piquets.

– Il faut croire qu'ils ne sont pas tous partis, prince, dit Bagration. A demain matin, nous saurons tout demain.

– Il y a un piquet sur le mamelon, Excellence, au même endroit qu'hier soir, annonça Rostov en se penchant en avant, la main à la visière, et incapable de retenir un sourire où éclatait la joie suscitée en lui par sa course et surtout par le sifflement des balles.

– Bien, bien, dit Bagration, je vous remercie, monsieur l'officier.

– Excellence, dit Rostov, permettez-moi de vous présenter une requête.

– De quoi s'agit-il?

– Notre escadron est demain en réserve; permettez-moi de vous prier de me détacher au premier escadron.

– Quel est votre nom?

– Comte Rostov.

– Ah! bon! Reste auprès de moi comme officier d'ordonnance.

– Vous êtes le fils d'Ilia Andreitch? » dit Dolgoroukov.

Mais Rostov ne répondit pas.

« Alors, je puis espérer, Excellence?

– Je donnerai des ordres. »

« Il se peut fort bien que demain on m'envoie porter un message à l'empereur, pensa Rostov. Dieu soit loué! »

Les cris et les feux dans l'armée ennemie étaient dus à la présence de Napoléon qui, pendant qu'on lisait aux troupes son ordre du jour, parcourait à cheval les bivouacs. A sa vue, les soldats allumaient des torches de paille et en criant : *« Vive l'Empereur! »* couraient derrière lui. L'ordre du jour de Napoléon était ainsi conçu :

« Soldats! L'armée russe se présente devant vous pour venger l'armée autrichienne d'Ulm. Ce sont ces mêmes bataillons que vous avez battus à Hollabrünn et que, depuis, vous avez constamment poursuivis jusqu'ici. Les positions que nous occupons sont formidables, et pendant

qu'ils marcheront pour tourner ma droite, ils me présenteront le flanc. Soldats! Je dirigerai moi-même vos bataillons. Je me tiendrai loin du feu si, avec votre bravoure accoutumée, vous portez le désordre et la confusion dans les rangs ennemis; mais si la victoire était un moment incertaine, vous verriez votre Empereur s'exposer aux premiers coups de l'ennemi, car la victoire ne saurait hésiter, dans ce jour surtout où il y va de l'honneur de l'infanterie française qui importe tant à l'honneur de la nation.

« *Que sous prétexte d'emmener les blessés on ne dégarnisse pas les rangs et que chacun soit bien pénétré de cette pensée qu'il faut vaincre ces stipendiés de l'Angleterre qui sont animés d'une si grande haine contre notre nation. Cette victoire finira notre campagne, et nous pourrons reprendre nos quartiers d'hiver où nous serons joints par les nouvelles armées qui se forment en France; et alors la paix que je ferai sera digne de mon peuple, de vous et de moi.*

« NAPOLÉON. »

XIV

A CINQ heures du matin, il faisait encore tout à fait nuit. Le centre, les réserves et le flanc droit de Bagration étaient encore immobiles; mais au flanc gauche, les colonnes d'infanterie, de cavalerie et d'artillerie qui devaient les premières descendre des hauteurs pour attaquer le flanc droit des Français et les rejeter, conformément au dispositif, sur les monts de Bohême, s'agitaient déjà et quittaient leurs bivouacs. La fumée des feux de camp où l'on jetait tout ce qu'on avait de trop piquait les yeux. Il faisait froid et sombre. Les officiers prenaient le thé et mangeaient en hâte, les soldats mâchaient des biscuits, battaient la semelle pour se rechauffer et se rassemblaient devant les feux, y jetant les restes des huttes, les chaises, les tables, les roues, les cuveaux, tout ce qu'on ne pouvait pas emporter. Les guides de colonne autrichiens allaient et venaient parmi les troupes russes et leur présence annonçait le départ. dès qu'un de ces officiers se montrait au poste de commandement d'un colonel, c'était le branle-bas dans le régiment : les soldats quittaient en courant les feux, cachaient leurs pipes dans la tige de leurs bottes, mettaient leurs sacs sur les chariots, prenaient leurs fusils et formaient les rangs. Les officiers boutonnaient leurs uniformes, accrochaient leurs épées et leurs sacoches et parcouraient les rangs en criant des ordres; les convoyeurs et les ordonnances attelaient, chargeaient les bagages et sanglaient les chariots. Les officiers d'ordonnance, les commandants de bataillon et de régiment se mettaient en selle, se signaient, donnaient leurs derniers ordres, des recommandations et des commissions aux convoyeurs qui restaient, et l'on entendait le martèlement monotone de milliers de pieds. Les colonnes se mettaient en marche sans savoir où elles allaient et sans voir, à cause de ceux qui les entouraient, de la fumée et du brouillard qui s'épaississait, ni le terrain qu'elles quittaient, ni celui où elles s'engageaient.

Le soldat en marche est tout aussi encadré, enserré et entraîné par son régiment que l'est le marin par son navire. Si loin qu'il aille, sous quelque étrange latitude dangereuse et inconnue qu'il pénètre, il a toujours et partout autour de lui – comme le marin a toujours et partout autour de lui les mêmes ponts, les mêmes mâts, les mêmes cordages – les mêmes camarades, les mêmes rangs, le même sergent-major Ivan Mitritch, le même chien de compagnie Joutchka, les mêmes chefs. Le soldat tient rarement à savoir sous quelle latitude navigue son bateau; mais le jour de la bataille, une note grave, la même pour tous, venue Dieu sait comment et d'où, retentit dans la conscience d'une armée, sonnant l'approche de quelque chose de décisif et de solennel et éveillant en chacun une curiosité inusitée. Les soldats, un jour de bataille, s'efforcent, tout excités, de faire éclater le cadre des intérêts de leur régiment, écoutent, observent et interrogent avidement sur ce qui se passe autour d'eux.

Le brouillard était devenu si épais que, malgré le jour qui se levait, on ne voyait pas à dix pas devant soi. On prenait les buissons pour des arbres énormes, les endroits plats pour des précipices ou des pentes. Partout, on pouvait se heurter à l'ennemi, invisible à dix pas. Mais les colonnes marchèrent longtemps à travers toujours le même brouillard, descendant et remontant des pentes, longeant des jardins et des clôtures, dans ce pays nouveau, inconnu, sans rencontrer l'ennemi nulle part. Au contraire, tantôt en avant, tantôt en arrière, de tous côtés, elles ne voyaient que nos colonnes russes marchant toutes dans la même direction. Chaque soldat avait plaisir à constater que là où il allait, c'est-à-dire on ne savait où, beaucoup des nôtres se dirigeaient également.

« Tiens, ceux de Koursk sont passés aussi, disait-on dans les rangs.

– C'est formidable, mon petit gars, ce qu'il y a de troupe rassemblée! J'ai regardé hier soir quand on a allumé les feux, ça n'en finissait plus. On aurait dit Moscou, vrai! »

Bien qu'aucun des chefs de colonne ne s'approchât des rangs et ne parlât aux soldats (les chefs de colonne, ainsi que nous l'avons vu, au conseil de guerre, étaient de mauvaise humeur et mécontents de l'action qu'on engageait, aussi se bornaient-ils à exécuter les ordres sans se préoccuper du moral des hommes), les soldats marchaient gaiement, comme à l'habitude quand ils vont au feu et surtout à l'attaque. Mais après une heure de marche toujours dans le même brouillard épais, la plupart des troupes durent s'arrêter, et une pénible impression de désordre et de désarroi gagna les rangs. Comment cette impression se communique, il est bien difficile de le dire; mais ce qui est hors de doute, c'est qu'elle se communique avec une sûreté extraordinaire et se répand rapidement, insensiblement et irrésistiblement, comme l'eau dans un bas-fond. Si l'armée russe avait été seule, sans alliés, peut-être se serait-il passé beaucoup de temps avant que cette impression de désordre fût devenue une certitude générale; mais les choses étant ce qu'elles étaient, en attribuant tout naturellement et avec un évident plaisir la responsabilité du désordre à ces Allemands absurdes, tous étaient convaincus qu'il se passait une confusion fâcheuse dont les « mangeurs de saucisses » étaient les auteurs.

« Pourquoi s'est-on arrêté? C'est-y que la route est barrée? ou qu'on est déjà tombé sur les Français?

– Non, on ne les entend pas. Sans ça ils tireraient.

– Qu'est-ce qu'on nous pressait de partir, et maintenant qu'on est parti, on s'arrête sans raison en plein champ, tout ça c'est la faute à ces maudits Allemands qui embrouillent tout. Quels sacrés idiots!

– Moi je les laisserais passer devant. Penses-tu, ils se serrent à l'arrière. Et nous on n'a plus qu'à rester plantés là sans rien à se mettre sous la dent.

— Alors quoi, est-ce pour bientôt là-bas? On dit que c'est la cavalerie qui barre la route, dit un officier.

— Eh, ces maudits Allemands, ils ne connaissent même pas leur pays, disait un autre.

— De quelle division êtes-vous? cria en s'approchant un aide de camp.

— De la dix-huitième.

— Alors que faites-vous ici? il y a longtemps que vous auriez dû être en tête, maintenant vous ne passerez plus avant ce soir.

— En voilà des ordres stupides; ils ne savent pas eux-mêmes ce qu'ils font », dit l'officier, et il s'éloigna.

Puis un général passa et cria rageusement quelque chose dans une langue qui n'était pas du russe.

« Tafa-lafa, pas moyen de comprendre ce qu'il baragouine, dit un soldat en singeant le général qui s'éloignait. Je les ferais fusiller, ces gredins-là?

— D'après les ordres, on devait avoir pris position à neuf heures, et on n'a même pas fait la moitié du chemin. En voilà des ordres! » répétait-on de divers côtés.

Et l'énergie avec laquelle les troupes étaient parties au feu cédait peu à peu la place au dépit et à la colère contre les ordres absurdes et contre les Allemands.

La cause de la confusion était que, pendant l'avance de la cavalerie autrichienne qui marchait sur le flanc gauche, le haut commandement avait estimé que notre centre était trop éloigné du flanc droit, et la cavalerie avait reçu l'ordre de passer toute à droite. Plusieurs milliers de cavaliers passaient devant l'infanterie, et celle-ci devait attendre.

En tête, un conflit surgit entre un guide autrichien et un général russe. Le général criait, exigeant qu'on arrêtât la cavalerie; l'Autrichien assurait que la faute n'en était pas à lui mais au haut commandement. Les troupes restaient pendant ce temps sur place, s'ennuyant et perdant courage. Après un arrêt d'une heure, elles se remirent enfin en route et s'engagèrent dans la descente. Le brouillard qui se dissipait sur les hauteurs ne s'en étendait que plus épais dans les bas-fonds où les troupes étaient descendues. En avant, dans le brouillard, un coup de feu claqua, puis un autre, d'abord irréguliers : tratta...tat, puis de plus en plus réguliers et nourris, et une action s'engagea sur les bords du Goldbach.

Ne s'attendant pas à rencontrer l'ennemi en bas, sur les bords de la rivière, les soldats se heurtaient à lui à l'improviste dans le brouillard, sans entendre de leurs chefs un mot d'encouragement, tous persuadés qu'il était trop tard et, surtout, sans rien voir devant eux ni autour dans l'épais brouillard; ils échangeaient mollement et lentement des coups de feu avec l'ennemi, avançaient, s'arrêtaient, ne recevant aucun ordre des chefs et des officiers d'ordonnance qui erraient dans le brouillard à travers un terrain inconnu à la recherche de leurs unités. Ainsi s'engagea la bataille pour la première, la deuxième et la troisième colonnes descendues des hauteurs. La quatrième colonne auprès de laquelle se trouvait Koutouzov lui-même, occupait les hauteurs de Pratzen.

Dans les fonds, où l'action s'était engagée, le brouillard était toujours épais; sur les hauteurs il faisait plus clair, mais on ne voyait toujours rien de ce qui se passait devant soi. Toutes les forces de l'ennemi étaient-elles, comme nous le supposions, à dix verstes de là, où était-il ici, dans cette ligne de brouillard, personne ne le sut jusqu'à neuf heures.

Il était neuf heures du matin. Une mer de brouillard s'étendait en bas, mais vers le village de Schlapanitz, sur la hauteur où se tenait Napoléon entouré de ses maréchaux, il faisait tout à fait clair. Au-dessus de lui s'étendait un ciel pur et bleu, et le disque du soleil flottait comme une énorme bouée écarlate à la surface de cette mer laiteuse. Non seulement toute l'armée française mais Napoléon lui-même avec son état-major se trouvaient non pas de l'autre côté des ruisseaux et des marais des villages de Sokolnitz et de Schlapanitz, au-delà desquels nous avions l'intention de prendre position et d'engager la bataille, mais de ce côté, si près de nos troupes que Napoléon pouvait distinguer à l'œil nu un cavalier d'un fantassin. Il se tenait à quelques pas en avant de ses maréchaux, monté sur un petit cheval arabe gris, vêtu de la capote bleue avec laquelle il avait fait la campagne d'Italie. Il contemplait en silence les hauteurs qui semblaient émerger de la mer de brouillard et sur lesquelles, au loin, évoluaient les troupes russes, et il prêtait l'oreille au bruit de la fusillade dans le ravin. Pas un muscle ne bougeait sur son visage alors encore maigre, ses yeux brillants étaient fixés, immobiles, sur un point. Ses prévisions se justifiaient. Une partie des troupes russes était déjà descendue dans le ravin en direction des étangs et des lacs, tandis que l'autre dégarnissait les hauteurs de Pratzen, qu'il avait l'intention d'attaquer et qu'il considérait comme la clef de la position. Il voyait au milieu du brouillard, dans le défilé que formaient les deux hauteurs voisines du village de Pratz, les colonnes russes, baïonnette au canon, marcher toujours dans la même direction et disparaître l'une après l'autre dans la mer de brouillard. D'après les renseignements reçus la veille au soir, d'après les bruits de roues et de pas entendus pendant la nuit aux avant-postes, d'après le mouvement désordonné des colonnes russes, il voyait clairement que les alliés le croyaient loin en avant d'eux, que les colonnes en marche près de Pratzen constituaient le centre de l'armée russe et que ce centre était déjà assez faible pour qu'il pût l'attaquer avec succès. Mais il n'engageait toujours pas le combat.

Ce jour était pour lui un jour solennel, l'anniversaire de son couronnement. Il s'était assoupi quelques heures vers le matin et, gai, reposé, dans cette heureuse disposition d'esprit où tout paraît possible et où tout réussit, il était monté à cheval et s'était rendu sur le terrain. Immobile, il contemplait les hauteurs qui apparaissaient à travers le brouillard, et sur son visage froid il y avait ce reflet particulier d'un bonheur mérité et plein d'assurance qu'on voit à des jeunes gens épris et heureux. Les maréchaux se tenaient derrière lui sans oser distraire son attention. Il regardait tantôt les hauteurs de Pratzen, tantôt le soleil qui émergeait du brouillard.

Lorsque le soleil fut complètement dégagé du brouillard et eut éclaboussé d'une aveuglante clarté la campagne et le brouillard (comme s'il n'attendait que cela pour déclencher l'action), il déganta sa belle main blanche, fit de son gant un signe aux maréchaux et donna l'ordre d'engager la bataille. Les maréchaux, accompagnés des aides de camp, galopèrent dans différentes directions et, quelques minutes plus tard, les forces principales de l'armée française se portèrent rapidement vers les hauteurs de Pratzen, que les troupes russes dégarnissaient de plus en plus pour descendre vers la gauche, dans le ravin.

XV

A HUIT heures, Koutouzov se dirigea à cheval vers Pratz en avant de la quatrième colonne, celle de Miloradovitch, qui devait prendre la place des colonnes de Przebyszevski et de Langeron, déjà descendues. Il salua les hommes du régiment de tête et donna l'ordre de marche, indiquant ainsi son intention de mener lui-même cette colonne à l'ennemi. Arrivé au village de Pratz, il s'arrêta. Le prince André, parmi les très nombreuses personnes qui composaient la suite du commandant en chef, se tenait derrière lui. Il se sentait ému, nerveux et en même temps réservé et calme, comme on l'est à l'approche d'un instant longtemps désiré. Il était fermement convaincu que ce jour était le jour de son Toulon ou de son pont d'Arcole. Comment cela se passerait, il ne le savait pas, mais il ne doutait pas que cela serait. Il connaissait le terrain et la disposition de nos troupes autant que personne dans notre armée. Son propre plan stratégique que, manifestement, il ne fallait plus songer à exécuter, était oublié. Adoptant celui de Weirother, il envisageait maintenant les hasards qui pouvaient se présenter et échafaudait de nouvelles hypothèses, celles où l'on pourrait avoir besoin de son coup d'œil rapide et de son esprit de décision

En bas, à gauche, dans le brouillard, on entendait une fusillade entre des troupes invisibles. C'était là, supposait le prince André, que se concentrerait la bataille, c'était là qu'on rencontrerait un obstacle, et « c'est là que je serai envoyé, se disait-il, avec une brigade ou une division, et c'est là que, drapeau en main, j'avancerai en tête et que je briserai tout devant moi ».

Il ne pouvait voir avec indifférence les drapeaux des bataillons qui passaient. En les regardant il pensait sans cesse : « Peut-être est-ce avec ce drapeau-là que j'aurai à marcher à la tête des troupes. »

Le brouillard nocturne n'avait laissé au matin sur les hauteurs que du givre qui se changeait en rosée, tandis que dans les fonds il s'étendait toujours en une mer laiteuse. On ne voyait rien dans le ravin à gauche où nos troupes étaient descendues et d'où parvenait le bruit de la fusillade. Au-dessus des hauteurs, le ciel était d'un bleu sombre, pur, et à droite on voyait l'énorme disque du soleil. En face, au loin, sur l'autre rive de la mer de brouillard, se profilaient des collines boisées où devait se trouver l'armée ennemie et où l'on distinguait quelque chose. A droite, la garde entrait dans la zone de brouillard, au milieu d'un bruit de sabots et de roues et des éclairs furtifs des baïonnettes; à gauche, au-delà du village, des masses pareilles de cavalerie approchaient et s'évanouissaient dans la mer de brouillard. En avant et en arrière marchait l'infanterie. Le commandant en chef était posté à la sortie du village, laissant les troupes défiler devant lui. Koutouzov paraissait, ce matin, exténué et irritable. L'infanterie qui défilait s'arrêta sans en avoir reçu l'ordre, probablement parce qu'en tête quelque chose l'empêchait d'avancer.

« Dites donc à la fin qu'on se forme en colonnes de bataillon et qu'on contourne le village, dit Koutouzov avec dépit au général qui se portait vers lui. Comment ne comprenez-vous pas, Excellence, monsieur, qu'on ne peut s'étirer le long d'une rue de village quand on marche à l'ennemi.

– Je comptais me former derrière le village, Excellence », répondit le général.

Koutouzov éclata d'un rire bilieux.

« Vous seriez beau déployant le front en vue de l'ennemi, très beau!

– L'ennemi est encore loin, Excellence. D'après le dispositif...

– Le dispositif, s'écria Koutouzov bilieux, qui vous l'a dit?... Veuillez faire ce qu'on vous ordonne.

– A vos ordres.

– *Mon cher,* murmura Nesvitzki au prince André, *le vieux est d'une humeur de chien.* »

Un officier autrichien en uniforme blanc poussa son cheval vers Koutouzov et lui demanda, de la part de l'empereur, si la quatrième colonne était engagée.

Koutouzov se détourna sans lui répondre, et son regard tomba par hasard sur le prince André qui se tenait près de lui. A la vue de Bolkonski, l'expression méchante et caustique de ses yeux s'adoucit, comme s'il comprenait que son aide de camp n'était pour rien dans ce qui se passait. Et sans répondre à l'aide de camp autrichien, il dit à Bolkonski :

— *Allez voir, mon cher, si la troisième colonne a dépassé le village. Dites-lui de s'arrêter et d'attendre mes ordres.* »

Le prince André à peine parti, il l'arrêta.

« Et demandez-lui si les tirailleurs sont postés, ajouta-t-il. *Ce qu'ils font, ce qu'ils font!* » dit-il à part lui, toujours sans répondre à l'Autrichien.

Le prince André partit au galop remplir sa mission.

Dépassant tous les bataillons qui marchaient en tête, il arrêta la troisième division et constata que, devant nos colonnes, il n'y avait en effet aucune ligne de tirailleurs. Le commandant de régiment se montra fort surpris de l'ordre de déployer des tirailleurs qu'on lui transmit de la part du commandant en chef. Il s'était posté là dans la certitude absolue qu'il y avait d'autres troupes devant lui et que l'ennemi ne pouvait être à moins de dix verstes. En effet, on ne voyait devant soi qu'une étendue déserte qui allait en descendant et plongeait dans l'épais brouillard. Ayant donné, de la part du commandant en chef, l'ordre de réparer l'omission, le prince André rebroussa chemin. Koutouzov était toujours au même endroit et, son corps massif sénilement affaissé sur sa selle, bâillait pesamment, les yeux fermés. Les troupes n'avançaient plus et attendaient, l'arme au pied.

« Bien, bien », dit-il au prince André, et il se tourna vers le général qui, montre en main, disait qu'il était temps de se remettre en marche car toutes les colonnes du flanc gauche étaient déjà descendues.

« Nous avons encore le temps, Excellence, prononça Koutouzov à travers ses bâillements. Nous avons le temps! » répéta-t-il.

A ce moment, on entendit au loin, derrière Koutouzov, des acclamations de régiments qui saluaient, et les voix se rapprochèrent rapidement sur toute la longueur de la ligne étirée des colonnes russes en marche. On sentait que celui qu'on saluait passait très vite. Lorsque les soldats du régiment auprès duquel se trouvait Koutouzov se joignirent à leur tour aux acclamations, il s'écarta un peu et en grimaçant jeta un regard derrière lui. Sur la route de Pratzen galopait ce qu'on eût dit être un escadron de cavaliers bigarrés. Deux d'entre eux, côte à côte, venaient en tête au grand galop. L'un, en uniforme noir avec un panache blanc, montait un alezan demi-sang, l'autre, en uniforme blanc, un cheval noir. C'étaient les deux empereurs et leur suite. Koutouzov, affectant les allures d'un vieux soldat sous les armes, commanda : « Fixe! » aux troupes et saluant du sabre se porta vers l'empereur. Toute son attitude, ses manières avaient subitement changé. C'était maintenant un sous-ordre qui n'a pas à raisonner. Ce fut avec une déférence affectée qui, manifestement, choqua l'empereur Alexandre, qu'il s'approcha de lui et le salua.

La fâcheuse impression, comme un reste de brouillard dans un ciel pur, ne fit que passer sur le jeune visage heureux de l'empereur. Il était, ce jour-là, après son indisposition, un peu plus maigre que sur le champ de manœuvres d'Olmütz, où Bolkonski l'avait vu pour la première fois depuis qu'il était à l'étranger; mais il y avait le même mélange ensorcelant de majesté et de douceur dans ses beaux yeux gris et, sur ses lèvres minces, la même mobilité d'expression que dominait le même air de jeunesse bienveillante et innocente.

A la revue d'Olmütz, il était plus majestueux, ici plus gai et plus énergique. Ces trois verstes de galop lui avaient un peu animé le teint, et arrêtant son cheval, il reprit haleine en se retournant pour scruter les visages des officiers de sa suite, aussi jeunes, aussi animés que le sien. Czartoryski et Novossiltzev, le prince Volkonski et Stroganov, d'autres encore, tous des jeunes gens richement vêtus, gais, montant de magnifiques chevaux frais, bien soignés, tout au plus légèrement en nage, s'étaient arrêtés derrière lui en causant entre eux et en souriant. L'empereur François, jeune homme au long visage coloré, se tenait extrêmement droit sur son bel étalon noir et, sans hâte, promenait les yeux autour de lui d'un air soucieux. Il appela un de ses aides de camp vêtus de blanc et lui posa une question. « Il veut sans doute savoir à quelle heure ils sont partis », se dit le prince André en observant sa vieille connaissance avec un sourire qu'il ne put réprimer au souvenir de son audience. La suite des empereurs était composée d'officiers sélectionnés dans les régiments de la garde et de l'armée, des Russes et des Autrichiens. Des écuyers conduisaient par la bride de beaux chevaux de rechange provenant des écuries impériales et couverts de tapis de selle brodés.

Comme un souffle d'air pur pénétrant soudain par la fenêtre ouverte dans une pièce étouffante, cette brillante jeunesse fit passer sur l'état-major de Koutouzov d'où la gaieté était absente un souffle d'énergie et de confiance juvénile dans le succès.

– Pourquoi donc ne commencez-vous pas, Michel Larionovitch? demanda vivement l'empereur Alexandre à Koutouzov, tout en jetant poliment un regard à l'empereur François.

– J'attends, Sire », répondit Koutouzov en s'inclinant respectueusement.

En fronçant légèrement les sourcils l'empereur mit la main en cornet pour montrer qu'il n'avait pas bien entendu.

« J'attends, Sire », répéta Koutouzov. (Le prince André remarqua que sa lèvre supérieure eut un tremblement anormal pendant qu'il prononçait ces mots.) « Toutes les colonnes ne sont pas encore rassemblées, Sire. »

L'empereur comprit mais cette réponse lui déplut apparemment; il haussa ses épaules voûtées, regarda Novossiltzev qui se tenait à ses côtés, comme pour se plaindre, par ce regard, de Koutouzov.

« Nous ne sommes pas sur le Champ de Mars, Michel Larionovitch, où l'on attend pour commencer la parade que tous les régiments soient arrivés », dit l'empereur, regardant de nouveau l'empereur François dans les yeux, comme pour l'inviter sinon à prendre part à la conversation, du moins à écouter ce qu'il disait; mais l'empereur François, qui continuait à promener les yeux autour de lui, n'écoutait pas.

« C'est bien pour cela que je ne commence pas, Sire », dit Koutouzov d'une voix forte, comme pour prévenir le risque de ne pas être entendu, et de nouveau il y eut un frémissement dans son visage. « Je ne commence pas, Sire, parce que nous ne sommes pas à la parade ni sur le Champ de Mars », articula-t-il nettement et distinctement.

Dans la suite de l'empereur, tous les officiers échangèrent aussitôt des regards exprimant le mécontentement et le blâme. « Tout vieux qu'il est, il ne devrait pas, il ne devrait en aucun cas parler ainsi », telle était l'expression de tous les visages.

L'empereur regarda attentivement Koutouzov dans les yeux, attendant qu'il ajoutât quelque chose. Mais Koutouzov, la tête respectueusement inclinée, semblait lui aussi attendre. Le silence dura près d'une minute.

« D'ailleurs, si Votre Majesté l'ordonne », dit Koutouzov en relevant la tête et en reprenant le ton d'un général borné qui obéit sans discuter.

Il piqua son cheval et, appelant le chef de colonne Miloradovitch, lui transmit l'ordre d'attaque.

Les troupes s'ébranlèrent de nouveau et deux bataillons du régiment de Novgorod ainsi qu'un bataillon du régiment d'Apcheron défilèrent devant l'empereur.

Pendant que ce dernier bataillon passait, le rose Miloradovitch, sans manteau, son uniforme constellé de décorations et le drapeau à énorme panache mis crânement sur l'oreille, s'avança à fond de train et, saluant gaillardement, arrêta sa monture devant l'empereur.

« Dieu vous aide, général, lui dit l'empereur.

– *Ma foi, Sire, nous ferons ce qui sera dans notre possibilité, Sire »*, répondit-il gaiement, provoquant néanmoins par son mauvais français un sourire chez les officiers de la suite de l'empereur.

Miloradovitch tourna brusquement bride et se porta un peu en arrière de l'empereur. Les soldats du régiment d'Apcheron, stimulés par la présence de leur souverain, défilèrent devant les empereurs et leur suite d'un pas martial, alerte, bien cadencé.

« Mes enfants! cria Miloradovitch d'une voix forte, confiante et gaie, apparemment si excité par le bruit de la fusillade, l'attente de la bataille et la vue des braves d'Apcheron, ses camarades du temps de Souvorov, qui défilaient martialement devant les empereurs, qu'il en oubliait la présence du souverain. Mes enfants, ce n'est pas le premier village que vous allez enlever! cria-t-il.

– On fera de son mieux! » crièrent les soldats.

Le cheval de l'empereur fit un écart à ces cris inattendus. Ce cheval, que l'empereur montait déjà aux revues qu'il passait en Russie, continuait de porter son cavalier ici, sur le champ de bataille d'Austerlitz, endurait les coups distraits de son pied gauche, dressait les oreilles au bruit de la fusillade, exactement comme il le faisait sur le champ de Mars, sans comprendre ce que signifiaient ces coups de feu et le voisinage de l'étalon noir de l'empereur François, ni rien de ce que put dire, penser, sentir ce jour-là celui qui le montait.

L'empereur se tourna avec un sourire vers un de ses familiers en désignant les braves d'Apcheron et lui dit quelque chose.

XVI

KOUTOUZOV, accompagné de ses aides de camp, suivait au pas les carabiniers.

Après avoir parcouru une demi-verste environ en queue de la colonne, il s'arrêta près d'une maison isolée et abandonnée (sans doute une ancienne auberge), à la croisée de deux chemins. Les deux chemins descendaient et les troupes les suivaient l'un comme l'autre.

Le brouillard commençait à se dissiper et, à deux verstes de distance, on apercevait déjà vaguement les troupes ennemies sur les hauteurs opposées. A gauche, en bas, la fusillade devenait plus distincte, Koutouzov s'arrêta en causant avec un général autrichien. Un peu en arrière, le prince André les observait; il se tourna vers un aide de camp pour lui demander sa lunette d'approche.

« Regardez, regardez, disait celui-ci, les yeux fixés non pas au loin sur les troupes, mais au pied même de la côte, devant lui. Ce sont les Français! »

Deux généraux et des aides de camp s'arrachèrent la lunette. Tous changèrent soudain de visage, et l'effroi se refléta sur leurs traits. On croyait les Français à deux verstes de nous et soudain, inopinément, ils surgissaient devant nous.

« C'est l'ennemi?... Non!... Si, regardez, c'est bien lui... sûrement... Qu'est-ce que cela signifie? » firent des voix.

Le prince André aperçut à l'œil nu, en bas, à droite, une colonne compacte de Français qui montaient à la rencontre du bataillon d'Apcheron, à cinq cents pas tout au plus de l'endroit où se tenait Koutouzov.

« Le voilà, le moment décisif! Mon tour est venu », se dit le prince André et, éperonnant son cheval, il se porta vers Koutouzov.

« Il faut arrêter le bataillon d'Apcheron, Excellence! » cria-t-il.

Mais au même instant tout se couvrit de fumée, une fusillade toute proche éclata, et une voix pleine de terreur naïve cria à deux pas du prince André : « Allons, les gars, nous sommes fichus! » Et cette voix fut comme un ordre. En l'entendant tout se mit à courir.

Des foules mélangées toujours grossissantes refluaient en courant vers l'endroit où, cinq minutes plus tôt, les troupes avaient défilé devant les empereurs. Il était non seulement difficile d'arrêter cette foule mais même impossible de ne pas se laisser emporter par elle, Bolkonski s'efforçait seulement de ne pas rester en arrière et jetait autour de lui des regards perplexes sans parvenir à comprendre ce qui se passait. Nesvitzki, l'air furieux, rouge et méconnaissable, criait à Koutouzov que s'il ne s'en allait pas aussitôt, il serait sûrement fait prisonnier. Koutouzov restait toujours au même endroit et, sans répondre, tira son mouchoir de sa poche. Du sang coulait sur sa joue. Le prince André se fraya un passage jusqu'à lui:

« Vous êtes blessé? demanda-t-il, maîtrisant avec peine le tremblement de sa mâchoire inférieure.

– La blessure n'est pas ici mais là! dit Koutouzov en pressant son mouchoir contre sa joue blessée et en montrant les fuyards.

– Arrêtez-les! » criait-il et, en même temps, se convainquant sans doute de l'impossibilité de les arrêter, il éperonna son cheval et partit à droite.

Un nouveau flot de fuyards le happa et l'entraîna en arrière.

Les soldats fuyaient en une masse si compacte qu'une fois pris au milieu de cette foule, on avait peine à s'en dégager. L'un criait : « Allez! qu'avez-vous à traîner? » Un autre se retournant tirait en l'air, un autre encore frappait le cheval de Koutouzov. S'étant dégagés de ce torrent au prix des plus grands efforts, Koutouzov et sa suite, réduite de plus de la moitié, prirent la direction de la canonnade toute proche, à leur gauche. Échappant à la foule des fuyards, le prince André qui s'efforçait de ne pas rester en arrière de Koutouzov, vit à mi-côte une batterie russe qui tirait encore et vers laquelle accouraient les Français. Plus haut, les fantassins russes restaient immobiles sans se porter en avant au secours de la batterie, ni reculer et se joindre aux fuyards. Le général qui les commandait dirigea son cheval vers Koutouzov. De la suite de Koutouzov il ne restait plus que quatre personnes. Tous étaient pâles et se regardaient en silence.

« Arrêtez ces misérables! » dit Koutouzov, haletant, au commandant du régiment en montrant les fuyards; mais au même instant, comme pour le punir de ces paroles, des balles vinrent s'abattre en sifflant sur le régiment et sur la suite de Koutouzov, tel un vol de petits oiseaux.

Les Français attaquaient la batterie et, ayant aperçu Koutouzov, tiraient sur lui. A cette salve, le commandant du régiment porta la main à sa jambe; quelques soldats tombèrent et le porte-enseigne lâcha le drapeau; le drapeau vacilla et tomba, s'accrochant aux fusils des soldats voisins. Les soldats, sans qu'aucun ordre eût été donné, ouvrirent le feu.

« O-ooh! » gémit Koutouzov avec l'accent du désespoir, et il jeta un regard autour de lui. « Bolkonski, murmura-t-il d'une voix que la conscience de son impuissance sénile faisait trembler. Bolkonski », et il montrait le bataillon dispersé et l'ennemi, « qu'est-ce que cela veut dire? »

Mais il n'avait pas encore achevé que le prince André, sentant des larmes de honte et de colère lui serrer la gorge, mettait vivement pied à terre et courait vers le drapeau.

« En avant, les gars! » criait-il d'une voix perçante d'enfant.

« Voilà l'instant venu! » pensa-t-il en saisissant la hampe du drapeau et entendant avec délice siffler les balles, dirigées de toute évidence précisément contre lui. Quelques soldats tombèrent.

« Hourra! » cria le prince André, tenant avec peine le lourd drapeau dans ses mains, et il s'élança en avant avec la ferme conviction que tout le bataillon le suivait.

Et en effet, il ne fit seul que quelques pas. Un soldat s'élança, puis un autre, et au cri de « Hourra! » tout le bataillon courut en avant et le dépassa. Un sous-officier prit le drapeau que son poids faisait vaciller dans les mains du prince André, mais il fut aussitôt tué. Le prince André saisit de nouveau le drapeau et, le traînant par la hampe, continua à courir avec le bataillon. Devant lui, il voyait nos artilleurs dont les uns se battaient, les autres abandonnaient leurs pièces et couraient à sa rencontre; il voyait aussi les fantassins français s'emparer des chevaux de l'artillerie et retourner les canons. Il n'était plus avec son bataillon qu'à vingt pas de la batterie. Il entendait au-dessus de lui le sifflement ininterrompu des balles et sans cesse des soldats gémissaient et tombaient à sa droite et à sa gauche.

Mais il ne les regardait pas; il scrutait des yeux ce qui se passait devant lui, à la batterie. Il distinguait à présent un artilleur roux, son shako rejeté de côté, qui tirait à lui un écouvillon qu'un soldat français tirait par l'autre bout. Il voyait maintenant distinctement l'expression égarée en même temps que furieuse de ces deux hommes qui apparemment ne se rendaient pas compte de ce qu'ils faisaient.

« Que font-ils? se dit le prince André en les regardant, pourquoi l'artilleur roux ne s'enfuit-il pas puisqu'il n'a pas d'arme? Pourquoi le Français ne l'abat-il pas? Il n'aura pas le temps de s'enfuir que le Français pensera à son fusil et le tuera. »

En effet, un autre Français, baïonnette pointée, accourut vers les deux hommes aux prises, et le sort de l'artilleur roux, qui ne se rendait toujours pas compte de ce qui l'attendait et brandissait triomphalement l'écouvillon, allait se décider. Mais le prince André ne vit pas comment cela finit. Il eut l'impression qu'à toute volée un des soldats à ses côtés lui assenait un coup de bâton sur la tête. Ce fut un peu douloureux et surtout ce fut désagréable, car cette douleur le distrayait et l'empêchait de voir la scène qu'il observait.

« Qu'est-ce? je tombe? mes jambes flageolent », pensa-t-il, et il s'abattit sur le dos. Il ouvrit les yeux espérant voir l'issue de la lutte des Français contre les artilleurs et voulant savoir si l'artilleur roux était ou non tué, si les canons étaient pris ou sauvés. Mais il ne vit rien. Au-dessus de lui, il n'y avait plus que le ciel – un ciel haut, voilé, mais immensément haut, où erraient lentement des nuages gris. « Quel silence, quelle paix et quelle majesté! ce n'est plus du tout comme lorsque je courais, pensa le prince André, lorsque nous courions, criions et nous battions; plus du tout comme lorsque le Français et l'artilleur, furieux et épouvantés, se disputaient l'écouvillon, ce n'est pas du tout ainsi que les nuages passent dans ce haut ciel infini. Comment n'ai-je pas vu ce haut ciel plus tôt? Et comme je suis heureux de le connaître enfin. Oui! tout est vanité, tout est mensonge, hormis ce ciel infini. Rien, il n'y a rien d'autre que lui. Mais il n'y a même pas cela, il n'y a rien, hormis le silence, l'apaisement. Et Dieu en soit loué... »

XVII

Au flanc droit de Bagration, l'action n'était pas encore engagée à neuf heures. Se refusant à épouser les vues de Dolgoroukov qui voulait la commencer et désireux de dégager sa responsabilité, le prince Bagration proposa à ce dernier de faire prendre les ordres du commandant en chef, Bagration savait qu'étant donné la distance de près de dix verstes qui séparait un flanc de l'autre, si l'envoyé n'était pas tué (ce qui était fort probable) et même s'il trouvait le commandant en chef, ce qui était fort difficile, il ne pouvait être de retour avant le soir.

Bagration promena sur sa suite ses grands yeux ensommeillés et sans expression, et le visage enfantin de Rostov, défaillant malgré lui d'émotion et d'espoir, attira le premier son regard. Ce fut lui qu'il envoya.

« Et si je rencontre Sa Majesté avant le commandant en chef, Excellence? dit Rostov, la main à la visière.

– Vous pouvez prendre les ordres de Sa Majesté », dit précipitamment Dolgoroukov sans laisser à Bagration le temps de répondre.

Après avoir été relevé de sa faction, Rostov avait pu prendre quelques heures de sommeil au petit jour et il se sentait gai, hardi, résolu, avec cette élasticité des mouvements, cette confiance en sa chance, cet état d'esprit qui font tout paraître facile, joyeux et possible.

Tous ses désirs s'accomplissaient ce matin; une bataille générale se livrait, il y prenait part; bien plus, il était officier d'ordonnance du plus brave des généraux; mieux encore, il était chargé d'une mission auprès de Koutouzov et peut-être auprès de l'empereur lui-même. Il faisait beau, le cheval qu'il montait était bon. Il avait l'âme joyeuse et se sentait heureux. L'ordre reçu, il lança son cheval au galop et suivit les lignes. D'abord il longea le front du corps de Bagration non encore engagé et qui restait immobile; puis il aborda le terrain occupé par la cavalerie d'Ouvarov et là il remarqua déjà du mouvement et des signes de préparatifs de combat;

la cavalerie d'Ouvarov une fois dépassée, il entendit distinctement devant lui un bruit de canonnade qui allait en s'intensifiant.

Dans l'air frais du matin, ce n'était plus comme avant, à intervalles irréguliers, deux, trois détonations à la fois, puis un ou deux coups de canon, mais, le long des pentes devant Pratzen, on entendait un roulement de fusillade ponctuée de si fréquents coups de canon qu'ils ne se distinguaient plus les uns des autres mais se fondaient en un grondement continu.

Les fumées des coups de feu semblaient se poursuivre en dévalant les pentes, tandis que les grosses fumées des pièces ondoyaient, s'étendaient et se fondaient l'une dans l'autre. On devinait, à l'éclat des baïonnettes au milieu de la fumée, les masses d'infanterie en mouvement et les étroites bandes de l'artillerie avec ses caissons verts.

Rostov arrêta un instant son cheval sur un monticule pour se rendre compte de ce qui se passait; mais quelque effort d'attention qu'il fît, il ne put rien comprendre ni rien discerner : des gens marchaient là-bas, dans la fumée, des rideaux de troupes évoluaient également en avant et en arrière; mais pourquoi? qui était-ce? où allaient-ils? on ne pouvait s'en rendre compte. Ce spectacle et ces bruits non seulement n'éveillaient en lui aucun sentiment de découragement ou de crainte, mais au contraire lui donnaient un surcroît d'énergie et de résolution.

« Allons, encore, encore! » disait-il mentalement à ces bruits; et il repartit au galop le long des lignes, pénétrant de plus en plus loin dans la zone des troupes déjà engagées dans l'action.

« J'ignore comment tout cela se passera, mais je suis sûr que tout ira bien! » se dit-il.

Après avoir dépassé il ne savait quelles troupes autrichiennes, Rostov s'aperçut que la partie du front qu'il suivait (c'était la garde) avait déjà engagé le combat.

« Tant mieux! je verrai cela de près », se dit-il.

Il côtoyait presque la première ligne. Quelques cavaliers apparurent venant à sa rencontre. C'étaient nos uhlans de la garde qui, leurs rangs rompus, revenaient de l'attaque. En les dépassant Rostov, malgré lui, remarqua que l'un d'eux était couvert de sang, et il poursuivit son chemin.

« Cela ne me concerne pas! » se dit-il. A peine avait-il fait quelques centaines de pas encore que, sur sa gauche, coupant son chemin, apparut sur toute l'étendue du champ, une masse énorme de cavaliers en uniformes blancs brillants, montés sur des chevaux noirs, qui venaient au trot droit sur lui. Il lança son cheval à fond de train pour leur laisser le passage et il eût évité une rencontre s'ils avaient maintenu la même allure, mais ils la forçaient toujours, si bien que certains chevaux galopaient déjà. Rostov entendait de plus en plus distinctement le bruit des sabots et le cliquetis des armes, il voyait de plus en plus nettement leurs chevaux, leurs silhouettes et même leurs visages. C'étaient nos chevaliers-gardes se portant à l'attaque de la cavalerie française qui marchait à leur rencontre.

Les chevaliers-gardes fonçaient devant eux mais retenaient encore leurs chevaux. Rostov voyait maintenent leurs visages, et il entendit un officier commander : « Au galop! » en lançant son pur-sang à fond de train. Craignant d'être écrasé ou entraîné dans la charge contre les Français, Rostov galopait sur leur front à bride abattue, mais il ne put malgré tout les éviter.

Le dernier des chevaliers-gardes, un géant grêlé, fronça les sourcils avec colère en voyant devant lui Rostov avec qui il devait inévitablement se rencontrer. Il l'aurait certainement désarçonné de son Bédouin (Rostov lui-même se sentait si petit et si faible en face de ces hommes et de ces chevaux immenses) si Rostov n'avait eu la présence d'esprit de cravacher dans les yeux la monture du chevalier-garde. Le lourd cheval noir fit un écart, les oreilles couchées; mais le chevalier-garde grêlé lui enfonça à toute volée ses énormes éperons dans les flancs et le cheval, la queue au vent et l'encolure tendue, fonça encore plus vite. A peine les chevaliers-gardes eurent-ils dépassé Rostov qu'il entendit leur cri : « Hourra! » et en se retournant vit leurs premiers rangs se mêler à d'autres cavaliers à épaulettes rouges, sans doute des Français. Il ne put plus rien voir d'autre, car aussitôt après cela le canon se mit à tirer quelque part et tout s'enveloppa de fumée.

Au moment où les chevaliers-gardes le dépassant disparaissaient dans la fumée, Rostov hésita, se demandant s'il devait se joindre à eux ou se rendre à destination. C'était cette brillante charge des chevaliers-gardes qui fit l'admiration des Français eux-mêmes. Rostov devait apprendre plus tard avec horreur que de toute cette masse de magnifiques gaillards, de tous ces jeunes gens riches et brillants montant des chevaux de milliers de roubles, de tous ces officiers et aspirants qui étaient passés devant lui, dix-huit seulement étaient revenus de cette attaque.

« Pourquoi les envier? Mon tour viendra et je vais peut-être voir maintenant l'empereur! » se dit Rostov, et il poursuivit son chemin.

En approchant de l'infanterie de la garde, il s'aperçut que des boulets y pleuvaient, moins en les entendant siffler qu'en voyant sur le visage des soldats de l'inquiétude et sur celui des officiers une expression solennelle, martiale et affectée.

En passant derrière une des colonnes, il entendit une voix qui l'appelait par son nom.

« Rostov!

– Qu'y a-t-il? répondit-il sans reconnaître Boris.

– Hein, nous sommes en première ligne! Notre régiment est allé à l'attaque! » dit Boris avec ce sourire heureux qu'ont les jeunes gens qui viennent de recevoir le baptême du feu.

Rostov s'arrêta.

« Vraiment! dit-il. Et alors?

– Nous les avons repoussés! dit avec animation Boris devenu bavard. Imagine-toi! »

Et Boris de lui raconter que la garde, arrivée en position et voyant des troupes devant elle, les avait prises pour des Autrichiens et soudain, aux boulets partis de ces troupes, s'était aperçue qu'elle était en première ligne et avait dû entrer en action à l'improviste. Rostov, sans écouter Boris jusqu'au bout, remit son cheval en marche.

« Où vas-tu? demanda Boris.

– Auprès de Sa Majesté, en mission.

– Le voici! » dit Boris qui avait compris que Rostov cherchait « Son Altesse » et non « Sa Majesté ».

Et il lui montra le grand-duc qui, à cent pas de là, en casque et veste des chevaliers-gardes, les épaules levées et les sourcils froncés, criait quelque chose à un officier autrichien, pâle dans son uniforme blanc.

« Mais c'est le grand-duc et il me faut le commandant en chef ou l'empereur, dit Rostov, et il piqua son cheval.

– Comte, comte! cria Berg qui, tout aussi animé que Boris,

accourait d'un autre côté, comte, je suis blessé à la main droite (il montrait son poignet ensanglanté entouré d'un mouchoir), et je suis resté dans le rang. Comte, je tiens mon épée de la main gauche : dans notre famille, les von Berg, comte, ils étaient tous des preux. »

Berg parlait encore mais Rostov sans en écouter davantage était déjà reparti.

Ayant dépassé la garde et franchi un espace vide, Rostov, pour ne pas se retrouver en première ligne comme lors de l'attaque des chevaliers-gardes, suivit le front des réserves, faisant un grand détour pour éviter l'endroit ou la fusillade et la canonnade étaient les plus violentes. Tout à coup, devant lui et en arrière des troupes, en un lieu où il n'avait jamais pu supposer la présence de l'ennemi, il entendit une fusillade proche.

« Qu'est-ce que cela peut-être? L'ennemi aurait-il pris nos troupes à revers? Ce n'est pas possible, se dit Rostov, et la terreur pour lui-même et pour l'issue de la bataille le saisit brusquement. Quoi que cela puisse être, pensa-t-il, il est inutile maintenant de faire un détour. Je dois chercher le commandant en chef ici, et si tout est perdu, mon devoir est de mourir avec tous les autres. »

Les mauvais pressentiments qui l'avaient soudain assailli se confirmaient de plus en plus, à mesure qu'il pénétrait plus avant dans la zone occupée par des foules de troupes appartenant à diverses armes, derrière le village de Pratz.

« Qu'y a-t-il? Sur qui tire-t-on? Qui tire? demandait Rostov aux soldats russes et autrichiens qui couraient en foules mêlées en lui barrant le chemin.

– Le diable le sait! Tout le monde a été massacré! Tout est fichu! lui répondaient en russe, en allemand et en tchèque, les fuyards qui ne comprenaient pas plus que lui ce qui se passait.

– Mort aux Allemands! criait l'un.

– Le diable les emporte, les traîtres!

– *Zum Henker diese Russen*[1] *!...* » grommelait un Allemand.

Quelques blessés marchaient sur la route. Des jurons, des cris, des gémissements se fondaient en un tumulte général. La

1. « Au diable ces Russes! »

fusillade s'était calmée et, comme Rostov devait l'apprendre plus tard, c'étaient des soldats russes et autrichiens qui avaient tiré les uns sur les autres.

« Mon Dieu! Qu'est-ce donc? pensait Rostov. Et cela ici où, à tout instant, l'empereur peut les voir... Mais non, il ne s'agit sans doute que de quelques misérables. Cela va passer, ce n'est pas cela, ce n'est pas possible. Vite, dépassons-les vite! »

La pensée d'une défaite, d'une déroute ne pouvait venir à l'esprit de Rostov. Quoiqu'il vît les batteries et les troupes françaises précisément sur ces hauteurs de Pratzen où il avait reçu l'ordre de chercher le commandant en chef, il ne pouvait et ne voulait y croire.

XVIII

ROSTOV avait reçu l'ordre de chercher Koutouzov et l'empereur près du village de Pratz. Mais ils n'y étaient pas, et il n'y avait même pas un seul chef, il n'y avait que des foules disparates de troupes désorganisées. Il poussait son cheval, maintenant fourbu, pour dépasser ces foules au plus vite, mais plus il avançait plus la débandade s'accentuait. La grande route sur laquelle il déboucha était encombrée de calèches, de véhicules de toute sorte, de soldats russes et autrichiens de toutes armes, blessés et indemnes. Tout cela bourdonnait et fourmillait en désordre au bruit sinistre des boulets des batteries françaises installées sur les hauteurs de Pratzen.

« Où est l'empereur? Où est Koutouzov? » demandait Rostov à tous ceux qu'il pouvait arrêter, et il ne parvenait à obtenir de réponse de personne.

Enfin, saisissant un soldat au collet, il le força à lui répondre.

« Eh! mon ami! Il y a beau temps qu'ils sont tous là-bas, ils ont détalé! » dit le soldat en riant et en s'efforçant de se dégager.

Lâchant cet homme qui était manifestement ivre, Rostov arrêta le cheval de l'ordonnance ou de l'écuyer de quelque personnage important et questionna le cavalier. Celui-ci déclara qu'une heure environ plus tôt l'empereur avait été emmené à toute allure en calèche sur cette même route et qu'il était grièvement blessé.

« Ce n'est pas possible, dit Rostov, ce devait être quelqu'un d'autre.

– Je l'ai vu moi-même, dit l'ordonnance avec un sourire suffisant. Comme si je pouvais ne pas connaître l'empereur : il me semble que je l'ai vu bien assez souvent à Pétersbourg. Il était pâle, mais d'un pâle dans sa calèche! On les a lancés, les quatre chevaux noirs, mes amis, et il est passé dans un fracas. Il est temps, je crois bien, que je connaisse et les chevaux du tsar et Ilia Ivanitch; tu penses, il ne conduit jamais personne d'autre que le tsar, le cocher Ilia. »

Rostov lâcha la bride du cheval et voulut poursuivre son chemin. Un officier blessé qui passait à pied l'aborda.

« Qui cherchez-vous? demanda-t-il. Le commandant en chef? Il a été tué par un boulet, en pleine poitrine, à la tête de notre régiment.

– Pas tué, blessé, rectifia un autre officier.

– Mais qui? Koutouzov? demanda Rostov.

– Pas Koutouzov, mais comment donc?... enfin, ça revient au même, il n'en reste pas beaucoup en vie. Allez par là, vers ce village, tous les chefs y sont réunis », dit cet officier en indiquant le village de Gostieradek; et il s'éloigna.

Rostov allait au pas sans savoir qui il irait chercher maintenant et pourquoi. L'empereur était blessé, la bataille perdue. Impossible de ne pas y croire maintenant. Il allait dans la direction qu'on lui avait indiquée et où se dessinaient au loin une tour et une église. Pourquoi se hâter? Qu'avait-il maintenant à dire à l'empereur ou à Koutouzov, quand même ils seraient sains et saufs?

« Prenez ce chemin, Votre Honneur, ici vous allez être tué pour sûr, lui cria un soldat. Ici vous allez être tué!

– Oh! que dis-tu? intervint un autre. Où irait-il? C'est plus près par ici. »

Rostov réfléchit et prit délibérément la direction où on lui disait qu'il serait tué.

« Peu importe maintenant, si l'empereur est blessé à quoi bon me ménager? » songeait-il. Il pénétra dans la zone où il y avait eu le plus de victimes parmi les fuyards de Pratzen. Les Français ne l'occupaient pas encore et les Russes, les survivants et les blessés, l'avaient évacuée depuis longtemps. Comme de gerbes dans un champ fertile, le terrain était jonché de dix ou quinze morts ou blessés par arpent. Les blessés se traînaient par groupes de deux ou trois et l'on entendait leurs cris et leurs gémissements poignants dont certains parurent à Rostov simulés. Il mit son cheval au trot pour ne plus voir tous ces hommes qui souffraient et il eut peur. Il ne craignait pas pour sa vie, mais pour le courage qui lui était nécessaire et qui, il le savait, ne résisterait pas à la vue de ces malheureux.

Les Français, qui avaient cessé de pilonner ce champ jonché de morts et de blessés car il n'y restait plus personne de valide, pointèrent sur lui une pièce et lancèrent quelques boulets. L'impression de ce sifflement sinistre et de la vue des morts qui l'entouraient se fondit pour Rostov en une seule sensation d'épouvante et de pitié pour lui-même. La dernière lettre de sa mère lui revint en mémoire. « Que ressentirait-elle, se demanda-t-il, si elle me voyait ici, sur ce champ et avec les pièces pointées sur moi? »

Dans le village de Gostieradeck, il trouva des troupes russes en meilleur ordre, quoique mélangées, qui refluaient du champ de bataille. Les boulets français n'arrivaient pas jusqu'ici et le bruit des détonations paraissait lointain. Ici, tout le monde voyait clairement et disait que la bataille était perdue. De tous ceux à qui Rostov s'adressa, personne ne put lui dire ni où était l'empereur ni où était Koutouzov. Les uns prétendaient que le bruit de la blessure de l'empereur était exact, d'autres que non, et ils expliquaient le faux bruit par le fait que le comte Tolstoï, grand maréchal de la cour, qui, parmi d'autres personnes de la suite, avait accompagné l'empereur sur le champ de bataille, était en effet passé, pâle et effrayé, dans la calèche de celui-ci. Un officier dit à Rostov avoir vu un des grands chefs derrière le village, à gauche, et Rostov qui n'espérait plus trouver personne s'y dirigea uniquement par acquit de conscience. Quand il eut fait quelque trois verstes et dépassé les dernières troupes russes, il aperçut deux cavaliers arrêtés près d'un potager que bordait un fossé. L'un d'eux, avec un panache blanc au chapeau, Rostov eut l'impression, il ne savait pourquoi, de le connaître; l'autre, un inconnu montant un magnifique alezan (Rostov cru l'avoir déjà vu), s'approcha du fossé, éperonna sa monture et rendant les rênes franchit le fossé avec aisance. Les sabots de derrière du cheval firent seulement jaillir un peu de terre du talus. Faisant une brusque volte-face, le cavalier sauta de nouveau le fossé et s'adressa respectueusement au cavalier à panache blanc, sans doute pour l'inviter à en faire autant. Celui que Rostov croyait connaître et qui captivait malgré lui son attention fit de la main un signe de refus et, à ce geste, Rostov reconnut immédiatement son empereur adoré qu'il pleurait.

« Mais cela ne peut être lui, seul au milieu de ce champ désert », se dit-il. A ce moment, Alexandre tourna la tête et Rostov vit les traits qui lui étaient chers et qui s'étaient si profondément gravés dans sa mémoire. L'empereur était pâle, ses joues s'étaient creusées et ses yeux étaient enfoncés; mais cela donnait à son visage d'autant plus de charme, de douceur. Rostov était heureux de constater que le bruit de la blessure de l'empereur était faux. Il était heureux de le voir. Il savait qu'il pouvait, qu'il devait même l'aborder et lui transmettre le message de Dolgoroukov.

Mais comme un jeune amoureux qui tremble et défaille, n'osant dire ce à quoi il rêve la nuit, et qui jette autour de lui des regards effrayés à la recherche d'une aide, d'un moyen de retarder l'aveu ou de fuir, quand le moment désiré est venu et qu'il se trouve seul avec elle, de même Rostov, maintenant que s'accomplissait ce qu'il désirait le plus au monde, ne savait comment aborder l'empereur et mille raisons se présentaient à lui pour lui démontrer que ce serait gênant, incorrect et impossible.

« Quoi! J'aurais l'air d'être content de profiter de ce qu'il se trouve seul et abattu. Voir un visage inconnu dans cet instant d'affliction peut lui être désagréable et pénible; et que pourrais-je lui dire quand au seul regard sur lui mon cœur défaille et ma bouche se dessèche? » Aucun des innombrables discours qu'il avait composés en s'adressant à l'empereur dans son imagination ne lui revenait maintenant à la mémoire. Ces discours s'appliquaient pour la plupart à de tout autres circonstances, à des moments de victoire et de triomphe, et de préférence à celui où, blessé, il recevait sur son lit de mort les remerciements de l'empereur pour sa conduite héroïque et où en mourant il lui exprimait tout son amour confirmé par les actes.

« Et puis, à quoi bon demander à l'empereur des ordres au sujet du flanc droit, quand il est déjà quatre heures de l'après-midi et que la bataille est perdue? Non, décidément, je ne dois pas m'approcher, je ne dois pas troubler ses méditations. Mieux vaut mille fois mourir que m'attirer de sa part un mauvais regard, lui donner de moi une mauvaise opinion », décida Rostov et, la tristesse et le désespoir au cœur, il s'éloigna en se retournant sans cesse vers l'empereur, indécis et toujours immobile dans la même attitude.

Pendant que Rostov raisonnait de la sorte et s'éloignait tristement, le capitaine von Toll passa par hasard par là et, apercevant l'empereur, dirigea son cheval vers lui, lui offrit ses services et l'aida à franchir le fossé à pied. L'empereur désirant se reposer et se sentant souffrant, s'assit sous un pommier, et Toll resta auprès de lui. De loin, Rostov vit avec envie et regret Toll parler longuement et avec feu à l'empereur, et celui-ci qui devait sans doute pleurer, se couvrir les yeux d'une main et de l'autre serrer la main de Toll.

« Et dire que j'aurais pu être à sa place! » songea Rostov, et retenant avec peine des larmes d'attendrissement sur le sort de l'empereur, il poursuivit son chemin, absolument désespéré, ne sachant où il allait maintenant ni pourquoi.

Son désespoir était d'autant plus fort qu'il sentait que son chagrin avait pour cause sa propre faiblesse.

Il aurait pu... non seulement il aurait pu, mais il aurait dû s'approcher de l'empereur. C'était l'occasion unique de lui témoigner son dévouement. Et il n'en avait pas profité... « Qu'ai-je fait? » se dit-il. Et il tourna bride et revint à l'endroit où il l'avait vu; mais il n'y avait plus personne de l'autre côté du fossé. Il n'y avait que des chariots et des voitures qui passaient. Par un des convoyeurs il apprit que l'état-major de Koutouzov se trouvait non loin de là, au village vers lequel se dirigeaient les convois. Rostov se joignit à eux.

Devant lui cheminait l'écuyer de Koutouzov qui menait des chevaux caparaçonnés. Puis venait un chariot et derrière le chariot marchait un vieux domestique aux jambes arquées, en casquette et en pelisse courte.

« Tite, hein, Tite! dit l'écuyer.

– Qu'est-ce qu'il y a? répondit distraitement le vieillard.
– Tite! Va te faire fiche.
– Eh! imbécile! » dit le vieillard en crachant de dépit. Un certain temps se passa en un mouvement silencieux, puis la même plaisanterie se renouvela.

Vers cinq heures du soir, la bataille était perdue sur tous les points. Plus de cent pièces de canon étaient déjà tombées aux mains des Français.

Przebyszewski et son corps d'armée avaient déposé les armes. Les autres colonnes, qui avaient perdu près de la moitié de leurs hommes se repliaient en foules désordonnées et mélangées.

Les débris des corps de Langeron et de Dokhtourov entremêlés se pressaient sur les digues et les bords des étangs près du village d'Augest.

Vers six heures, une violente canonnade ne grondait plus que près de la digue d'Augest; les Français avaient établi de nombreuses batteries sur les pentes de Pratzen et pilonnaient nos troupes en retraite.

A l'arrière-garde, Dokhtourov et d'autres, ayant rassemblé quelques bataillons, tiraient sur la cavalerie française qui poursuivait les nôtres. La nuit tombait. Sur l'étroite digue d'Augest, où pendant tant d'années le vieux meunier en bonnet de coton avait paisiblement pêché à la ligne, tandis que son petit-fils, les manches de chemise retroussées, triait dans un arrosoir les poissons argentés et frétillants; sur cette digue où, pendant tant d'années, des Moraves en bonnets pelucheux et en vestes bleues étaient paisiblement passés avec leurs chariots attelés de deux chevaux et chargés de blé, pour les ramener ensuite tout blancs et revenir eux-mêmes enfarinés; sur cette étroite digue, parmi les fourgons et les canons, sous les sabots des chevaux et entre les roues, se pressaient maintenant des hommes défigurés par la peur de la mort qui s'écrasaient les uns les autres, mouraient, enjambaient les mourants et s'entre-tuaient, avec pour seul résultat de trouver exactement la même mort, quelques pas plus loin.

Toutes les dix secondes fendant l'air, un boulet s'abattait ou une grenade éclatait au milieu de cette foule compacte, tuant ou éclaboussant de sang ceux qui se trouvaient à proximité. Dolokhov, blessé au bras, à pied, avec une dizaine d'hommes de sa compagnie (il était de nouveau officier), et son général, à cheval, étaient tout ce qui restait du régiment. Entraînés par la foule, ils se pressaient à l'entrée de la digue et, serrés de tous côtés, durent s'arrêter car, devant eux, un cheval était tombé sous un canon et l'on était en train de le dégager. Un boulet tua un homme derrière eux, un autre tomba devant en éclaboussant Dolokhov de sang. La foule se rua en avant, se tassa, fit quelques pas et s'arrêta de nouveau.

« Cent pas encore et c'est le salut certain, pensait chacun; mais que je reste là deux minutes encore et c'est la fin certaine. »

Dolokhov, pris au milieu de la foule, réussit par un mouvement violent à atteindre le bord de la digue, renversant deux soldats, et s'élança sur la glace glissante qui couvrait l'étang.

« Tournez par ici! cria-t-il en sautant sur la glace qui craquait sous lui, tournez! criait-il aux conducteurs d'une pièce. Elle tient!... »

La glace le portait mais pliait et craquait, et il était évident qu'elle allait rompre sous son poids, à plus forte raison sous celui d'un canon ou de la foule. On le regardait et on se serrait vers la rive, n'osant pas encore descendre sur la glace. Le général qui se tenait à cheval à l'entrée de la digue leva la main et ouvrit la bouche pour lui dire quelque chose. Soudain, un des boulets siffla si bas au-dessus de la foule que tous se baissèrent. Il y eut un clapotement mou et le général s'abattit avec son cheval dans une mare de sang. Personne ne le regarda, ne songea à le relever.

« Allez sur la glace! Sur la glace! Allez! Tournez! N'entendez-vous pas! Allez! » crièrent soudain, après le passage du boulet qui avait frappé le général, d'innombrables voix qui ne savaient pas elles-mêmes pourquoi elles criaient.

Une des pièces de queue qui s'engageait sur la digue obliqua vers la glace. Les soldats se précipitèrent en foule de la digue sur l'étang gelé. La glace craqua sous l'un des premiers et une de ses jambes s'enfonça dans l'eau; il voulut se dégager et s'enfonça jusqu'à la ceinture. Les soldats les plus proches hésitèrent, le conducteur de la pièce arrêta son cheval, mais derrière lui on criait toujours : « Allez sur la glace, pourquoi s'arrête-t-on, allez, allez! » Et des cris de terreur montèrent de la foule. Les soldats qui entouraient la pièce agitaient les bras vers les chevaux et les frappaient pour les faire tourner et avancer. Les chevaux quittèrent la rive. La glace qui avait porté jusque-là les piétons se rompit en un énorme morceau, et une quarantaine d'hommes qui s'y trouvaient se précipitèrent qui en avant, qui en arrière, se noyant en voulant se raccrocher les uns aux autres.

Les boulets continuaient tout aussi régulièrement de siffler et de tomber sur la glace, dans l'eau et, le plus souvent, au milieu de la foule qui couvrait la digue, l'étang et les rives.

XIX

Sur la hauteur de Pratzen, à l'endroit même où il était tombé, la hampe du drapeau à la main, le prince André Bolkonski gisait, se vidant de son sang, et, sans le savoir, poussait une plainte sourde, pitoyable et enfantine.

Vers le soir, il cessa de gémir et se tut complètement. Il ne savait pas combien de temps avait duré son évanouissement. Brusquement, il se sentit de nouveau vivant et la proie d'une douleur cuisante qui lui taraudait la tête.

« Où est-il, ce haut ciel que je ne connaissais pas jusqu'à présent et que j'ai découvert aujourd'hui ? » Telle fut sa première pensée. « Cette souffrance, je ne la connaissais pas non plus. C'est vrai, j'ignorais tout, tout jusqu'à présent. Mais où suis-je ? »

Il prêta l'oreille et entendit un bruit de chevaux qui approchaient et des voix parlant français. Il ouvrit les yeux. Au-dessus de lui s'étendait toujours le même ciel haut aux nuages flottants qui étaient montés encore plus haut et à travers lesquels on voyait un azur infini. Il ne tourna pas la tête et ne vit pas ceux qui, à en juger par le bruit des sabots et le son des voix, s'étaient approchés de lui et s'étaient arrêtés.

Ces cavaliers étaient Napoléon et deux de ses aides de camp. Bonaparte, en parcourant le champ de bataille, donnait ses derniers ordres pour le renforcement des batteries qui tenaient sous leur feu la digue d'Augest et examinait les morts et les blessés sur le terrain.

« De beaux hommes ! » dit-il à la vue d'un grenadier russe

mort qui, le visage enfoui dans la terre et la nuque noircie, gisait sur le ventre, un bras déjà raide largement étendu.

« Les munitions des pièces de position sont épuisées, Sire! dit à ce moment un aide de camp venu des batteries qui tiraient sur Augest.

– *Faites avancer celles de la réserve »,* dit Napoléon, et, après avoir fait quelques pas, il s'arrêta au-dessus du prince André, étendu sur le dos, la hampe du drapeau abandonnée à côté de lui (le drapeau avait déjà été emporté par les Français comme trophée).

« Voilà une belle mort », dit Napoléon en regardant Bolkonski.

Le prince André comprit qu'il s'agissait de lui et que c'était Napoléon qui parlait. Il avait entendu appeler *Sire* celui qui venait de prononcer ces mots. Mais il entendit ces mots comme un bourdonnement de mouche. Non seulement ils ne l'intéressaient pas, mais il n'y prêta même aucune attention, les oubliant aussitôt. La tête lui brûlait; il sentait qu'il se vidait de son sang et il voyait au-dessus de lui le ciel lointain, haut et éternel. Il savait que c'était Napoléon, son héros, mais en cet instant Napoléon lui paraissait si petit, si piètre, au regard de ce qui se passait entre son âme et ce haut ciel infini parcouru de légers nuages. Il lui était en ce moment absolument indifférent de savoir qui se tenait au-dessus de lui, ce qu'on disait; il était seulement content que des gens se fussent arrêtés auprès de lui et son seul désir était qu'ils le secourussent et le rendissent à la vie qui lui paraissait si belle, car il la comprenait tout autrement maintenant. Il rassembla toutes ses forces pour faire un mouvement et émettre un son. Il remua faiblement une jambe et exhala une plainte faible et douloureuse qui l'apitoya lui-même.

« Ah! il est vivant, dit Napoléon. Qu'on relève *ce jeune homme* et qu'on l'emporte au poste de secours. »

Ayant dit, Napoléon partit au-devant du maréchal Lannes qui, souriant et chapeau bas, s'avançait vers l'Empereur pour le féliciter de la victoire.

Le prince André ne sut plus rien ensuite : la terrible douleur que lui causèrent l'installation sur la civière, les secousses pendant le transport et le sondage de la plaie au poste de secours lui firent perdre connaissance. Il ne revint à lui qu'à la fin de la journée, lorsque, avec d'autres officiers russes blessés et prisonniers, on le transporta à l'hôpital. Pendant le trajet, il se sentit un peu mieux et put regarder autour de lui et même parler.

Les premiers mots qu'il entendit en revenant à lui furent ceux d'un officier français qui escortait le convoi et qui disait en hâte :

« Il faut s'arrêter ici : l'Empereur va passer, cela lui fera plaisir de voir ces messieurs prisonniers.

– Il y a tant de prisonniers aujourd'hui, pour ainsi dire toute l'armée russe, qu'il doit en avoir assez, dit un autre officier.

– Mais tout de même! Celui-ci commandait, paraît-il, toute la garde de l'empereur Alexandre », répondit le premier en montrant un officier russe blessé en uniforme blanc de chevalier-garde.

Bolkonski reconnut le prince Repnine qu'il avait rencontré dans le monde à Pétersbourg. A côté de lui se tenait un autre chevalier-garde, également blessé, un jeune garçon de dix-neuf ans.

Bonaparte, arrivant au galop, arrêta son cheval.

« Quel est le plus élevé en grade? » demanda-t-il en voyant les prisonniers.

On nomma le colonel Repnine.

« Vous êtes le commandant du régiment des chevaliers-gardes de l'empereur Alexandre? demanda Napoléon.

– Je commandais un escadron, répondit Repnine.

– Votre régiment a loyalement fait son devoir, dit Napoléon.

– L'éloge d'un grand capitaine est la plus belle récompense du soldat, dit Repnine.

– Je vous l'accorde avec plaisir, dit Napoléon. Qui est ce jeune homme à côté de vous? »

Le prince Repnine nomma le lieutenant Suchtelen.

Napoléon le regarda et dit en souriant :

« Il est venu bien jeune se frotter à nous.

– La jeunesse n'empêche pas d'être brave, dit Suchtelen d'une voix entrecoupée.

– Belle réponse, dit Napoléon; jeune homme, vous irez loin! »

Le prince André que, pour compléter le trophée des prisonniers, on avait également placé au premier rang, sous les yeux de l'Empereur, ne pouvait manquer d'attirer son attention. Napoléon se souvint sans doute de l'avoir vu sur le champ de bataille et en s'adressant à lui lui donna ce nom de *jeune homme* sous lequel Bolkonski s'était gravé dans sa mémoire.

« Et vous, jeune homme? lui dit-il, comment vous sentez-vous, *mon brave? »*

Quoique cinq minutes plus tôt, le prince André eût dit quelques mots aux soldats qui le transportaient, il se taisait maintenant, les yeux fixés droit sur Napoléon... Les intérêts qui occupaient Napoléon, au regard de ce ciel juste et bon qu'il avait vu et compris, lui paraissaient en ce moment si insignifiants, son héros lui-même si petit, avec cette vanité mesquine et cette joie de la victoire, qu'il ne put lui répondre.

Tout, aussi bien, paraissait si inutile et si vain au regard de la démarche austère et pleine de grandeur de sa pensée, déterminée par l'épuisement de ses forces à la suite de la perte de sang, de la souffrance et de l'attente d'une mort proche. Regardant Napoléon dans les yeux, le prince André songeait à la vanité de la grandeur, à la vanité de la vie dont personne ne pouvait comprendre le sens, et à la vanité encore plus grande de la mort dont nul vivant n'était capable de pénétrer et expliquer la signification.

Ne recevant pas de réponse, l'Empereur se détourna et en partant dit à un des chefs :

« Qu'on prenne soin de ces messieurs et qu'on les transporte à mon bivouac : mon docteur Larrey examinera leurs blessures. Au revoir, prince Repnine », et éperonnant son cheval il poursuivit son chemin au galop.

Son visage rayonnait de satisfaction de soi et de bonheur.

Les soldats qui avaient transporté le prince André et lui avaient enlevé la médaille en or que la princesse Maria avait mise au cou de son frère, voyant la bienveillance de l'Empereur envers les prisonniers, s'empressèrent de la lui rendre.

Le prince André ne vit pas qui la lui remit au cou ni comment, mais la médaille avec sa mince chaînette d'or se trouva soudain sur sa poitrine, par-dessus l'uniforme.

« Ce serait bien, se dit-il en jetant un regard sur cette médaille que sa sœur lui avait passée au cou avec tant d'émotion et de ferveur, ce serait bien si tout était aussi clair et aussi simple qu'il paraît à la princesse Maria. Comme il serait bon de savoir où chercher une aide dans cette vie et ce qui, après elle, nous attend là-bas, au-delà de la tombe! Comme je serais heureux et calme si je pouvais me dire en ce moment : Seigneur, aie pitié de moi!... Mais à qui le dirais-je? Ou c'est une force indéfinie, incompréhensible, à laquelle non seulement je ne puis m'adresser mais que je ne saurais même exprimer par des mots, le grand tout ou rien; ou c'est ce Dieu qui a été cousu ici, dans ce scapulaire, par la princesse Maria. Il n'y a rien de sûr, rien, sinon la vanité de tout ce qui m'est compréhensible et la grandeur de ce quelque chose d'incompréhensible mais de plus important que tout! »

La civière se mit en mouvement. A chaque secousse, il éprouvait de nouveau une douleur intolérable; son état fiévreux s'aggrava et il délira. Sa rêverie au sujet de son père, de sa femme, de sa sœur et de son fils à naître, et la tendresse qu'il avait éprouvée la nuit avant la bataille, la personne du petit et insignifiant Napoléon et, au-dessus de tout cela, le ciel haut, composaient la trame de ses représentations fiévreuses.

Il se représentait une vie paisible et un calme bonheur familial à Lissi Gori. Il jouissait déjà de ce bonheur quand soudain apparaissait le petit Napoléon avec son regard indifférent borné et heureux du malheur d'autrui, que recommençaient les doutes, les tourments, et que seul le ciel promettait l'apaisement. Vers le matin, tous ces songes se brouillèrent et se fondirent en un chaos, les ténèbres de l'inconscience et de l'oubli qui, de l'avis de Larrey lui-même, le médecin de Napoléon, devaient bien plus sûrement se terminer par la mort que par la guérison.

« C'est un sujet nerveux et bilieux, dit Larrey. *Il n'en réchappera pas. »*

Le prince André, parmi d'autres blessés dont l'état était désespéré, fut confié aux soins des habitants.

TOME DEUXIÈME

PREMIÈRE PARTIE

I

Au début de 1806, Nicolas Rostov revint en congé. Denissov rentrait aussi chez lui, à Voroneje, et Rostov insista pour qu'il l'accompagnât jusqu'à Moscou et descendît à la maison. A l'avant-dernier relais, rencontrant un camarade, Denissov vida avec lui trois bouteilles de vin et, malgré les fondrières du chemin, ne se réveilla pas à l'approche de Moscou, étendu au fond du traîneau de poste, près de Rostov qui, à mesure qu'on approchait, devenait de plus en plus impatient.

« Est-ce pour bientôt? Est-ce pour bientôt? Oh! ces rues, ces boutiques, ces enseignes de boulangers, ces réverbères, ces fiacres insupportables! » songeait Rostov lorsque, après avoir fait viser leurs permissions à la barrière, ils furent entrés dans Moscou.

« Denissov, nous sommes arrivés! Il dort! » dit-il, se portant en avant de tout son corps, comme s'il espérait accélérer ainsi l'allure du traîneau. Denissov ne répondit pas.

« Voici le carrefour où se tient le cocher Zakhar; et voici Zakhar en personne, et toujours avec le même cheval. Et voici la boutique où nous achetions du pain d'épice. Est-ce pour bientôt? Voyons!

– Quelle maison que c'est? demanda le postillon.

– Celle du bout, la grande, comment ne vois-tu pas! C'est notre maison, dit Rostov, c'est la nôtre!

– Denissov! Denissov! Nous arrivons. »

Denissov leva la tête, toussa et ne répondit rien.

« Dmitri, dit Rostov à son valet assis à côté du cocher. C'est bien chez nous, ces lumières?

— Parfaitement, et c'est éclairé dans le cabinet de votre papa.

— Ils ne sont pas encore couchés? Hein? qu'en penses-tu?

— Attention, n'oublie pas de déballer tout de suite mon nouveau dolman, ajouta Rostov en tâtant sa moustache toute neuve.

— Plus vite, cria-t-il au postillon. Mais réveille-toi donc, Vassia, dit-il à Denissov, qui avait laissé retomber sa tête sur sa poitrine.

— Voyons, dépêche-toi donc, trois roubles de pourboire, plus vite! » cria Rostov alors qu'on n'était plus qu'à trois maisons de la sienne. Il lui semblait que les chevaux n'avançaient pas. Enfin le traîneau prit à droite, vers l'entrée de la maison; au-dessus de sa tête Rostov vit la corniche bien connue au plâtre effrité, reconnut le perron, la borne du trottoir. Il sauta du traîneau en marche et courut dans le vestibule. La maison resta tout aussi immobile et inhospitalière, comme si elle n'avait cure de celui qui arrivait. Il n'y avait personne dans le vestibule. « Mon Dieu! est-ce que tout va bien? » pensa Rostov s'arrêtant un instant, le cœur serré, et s'élançant aussitôt dans le vestibule et l'escalier aux marches affaissées qui lui étaient si familières. La même poignée de porte au ressort fatigué dont l'état négligé irritait la comtesse tournait toujours aussi facilement. Une chandelle brûlait dans l'antichambre.

Le vieux Mikhaïlo dormait sur le coffre. Procope, le valet de pied qui était si fort qu'il soulevait une voiture par son arrière-train, tressait des chaussons de lisière. Il leva les yeux vers la porte qui s'ouvrait et son expression indifférente et endormie se fit soudain enthousiaste et effrayée.

« Grands dieux! Le jeune comte! s'écria-t-il en reconnaissant son jeune maître. Est-ce possible? Mon cher enfant! » Et Procope, tout tremblant d'émotion, se précipita vers la porte du salon, sans doute pour l'annoncer, mais se ravisa, revint sur ses pas et embrassa longuement son jeune maître à l'épaule.

« Tout le monde va bien? demanda Rostov en dégageant son bras.

– Dieu merci! Tout va bien! on sort de table! Laisse-moi te regarder, Votre Excellence!

– Tout va vraiment tout à fait bien?

– Dieu merci, Dieu merci! »

Rostov, oubliant complètement Denissov et ne voulant se laisser devancer par personne, se débarrassa de sa pelisse et sur la pointe des pieds courut dans la grande salle sombre. Tout y était comme autrefois, les mêmes tables de jeu, le même lustre dans sa housse; mais on avait déjà aperçu le jeune maître et, avant qu'il eût atteint le salon, quelque chose jaillit comme un ouragan d'une porte latérale, lui sauta au cou et le couvrit de baisers. Une autre personne, puis une troisième surgirent d'autres portes; ce furent encore des étreintes, encore des baisers, encore des cris, des larmes de joie. Il ne pouvait distinguer qui était papa, qui Natacha, qui Petia. Tous criaient, parlaient et l'embrassaient à la fois. Seule sa mère n'était pas du nombre. Il s'en rendait compte.

« Et moi qui ne m'en doutais pas... Nicolas... mon ami!

– Le voici... notre chéri... Mon ami Nicolas... Il a changé! Des bougies! Du thé!

– Mais embrasse-moi donc!

– Mon cœur... et moi donc! »

Sonia, Natacha, Petia, Anna Mikhaïlovna, Vera, le vieux comte le serraient dans leurs bras; et les domestiques et les femmes de chambre qui emplissaient la pièce soupiraient et s'exclamaient.

Petia était suspendu à ses jambes.

« Et moi! » criait-il.

Natacha, après avoir attiré à elle et couvert de baisers tout son visage s'était écartée d'un bond et s'accrochant aux basques de son dolman cabriolait sur place comme une chèvre et poussait des cris perçants.

De tous côtes, ce n'étaient que des yeux pleins de tendresse, brillants de larmes de joie, de tous côtés des lèvres cherchaient son baiser.

Sonia, rouge comme une pivoine, s'accrochait aussi à son bras et, toute rayonnante, appelait ses yeux d'un regard béat. Sonia avait maintenant seize ans et elle était très belle, surtout en ce moment d'animation heureuse, extasiée. Elle ne le quittait pas des yeux, souriant et retenant son souffle. Il lui jeta un regard reconnaissant; mais il attendait et cherchait toujours quelqu'un. La vieille comtesse n'avait pas encore paru. Et voici qu'on entendit des pas à la porte. Ces pas étaient si rapides que ce ne pouvaient être ceux de sa mère.

Mais c'était bien elle, dans une robe nouvelle faite pendant son absence et qu'il ne connaissait pas encore. Tous s'écartèrent et il courut à elle. Lorsqu'ils se furent rejoints, elle s'abattit en sanglotant sur sa poitrine. Elle ne pouvait relever la tête et ne faisait que se serrer contre les brandebourgs froids de son dolman. Denissov, dont personne n'avait remarqué l'entrée, se tenait à côté et se frottait les yeux en les regardant.

« Vassili Denissov, un ami de votre fils, dit-il en se présentant au comte qui le regardait d'un air interrogateur.

– Soyez le bienvenu. Je vous connais, je vous connais, dit le comte en l'embrassant. Nicolas nous parlait de vous dans ses lettres... Natacha, Vera, le voici, c'est Denissov. »

Les mêmes visages heureux et enthousiastes se tournèrent vers la personne hirsute de Denissov et on l'entoura.

« Cher Denissov! » glapit Natacha qui, ne se connaissant plus d'enthousiasme, bondit vers lui, se jeta à son cou et l'embrassa. Tout le monde fut gêné du geste de Natacha. Denissov rougit aussi mais sourit et, prenant sa main, la baisa.

On conduisit Denissov dans la chambre préparée pour lui, et tous les Rostov se réunirent dans le fumoir autour de Nicolas.

La vieille comtesse, sans lâcher sa main qu'elle baisait à chaque instant, était assise à côté de lui; les autres, attroupés autour d'eux, guettaient chacun de ses mouvements, chacune de ses paroles, chacun de ses regards, et ne détachaient pas de lui des yeux amoureux et extasiés. Le frère et les sœurs se disputaient la place la plus proche de lui et se battaient à qui lui apporterait du thé, un mouchoir, sa pipe.

Rostov était très heureux de l'amour qu'on lui témoignait, mais le premier instant de la réunion avait été plein de tant de félicité que son bonheur présent lui paraissait insuffisant et qu'il attendait quelque chose encore et encore.

Le lendemain matin, les nouveaux venus dormirent jusqu'à dix heures après les fatigues du voyage.

Dans la chambre qui précédait la leur traînaient des sabres, des sacs, des sabretaches, des valises ouvertes, des bottes sales. Deux paires de bottes cirées à éperons venaient d'être alignées contre le mur. Les domestiques apportaient cuvettes, eau chaude pour la barbe et vêtements brossés. Cela sentait le tabac et les hommes.

« Hé, Grichka, ma pipe! cria la voix rauque de Vaska Denissov. Rostov, lève-toi! »

Rostov, frottant ses yeux qui se refermaient, leva sa tête ébouriffée de son oreiller douillet.

« Il est donc si tard?

– Oui, dix heures bientôt », répondit la voix de Natacha, et de la pièce voisine parvint un bruissement de robes empesées, des chuchotements et des rires de jeunes filles, et quelque chose de bleu, des rubans, des cheveux noirs et des visages gais apparurent par la porte entrebâillée. C'étaient Natacha, Sonia et Petia qui venaient voir s'il était levé.

« Nicolas, lève-toi! fit de nouveau la voix de Natacha derrière la porte.

– Tout de suite! »

Pendant ce temps, Petia, dans la première pièce, ayant avisé les sabres, en avait saisi un en éprouvant cet enthousiasme qui s'empare des jeunes garçons à la vue d'un frère aîné guerrier, et oubliant qu'il était inconvenant pour ses sœurs de voir des hommes dévêtus, il ouvrit la porte.

« C'est ton sabre? » cria-t-il. Les jeunes filles firent un bond en arrière. Denissov, effrayé, cacha ses jambes velues sous la couverture en jetant vers son camarade des regards de détresse. La porte laissa passer Petia et se referma. Derrière la porte des rires fusèrent.

« Nicolas, viens en robe de chambre, dit la voix de Natacha.

– C'est ton sabre? répéta Petia, ou bien est-ce le vôtre? » demanda-t-il avec un respect plein d'humilité à Denissov, moustachu et noir.

Rostov se chaussa en hâte, enfila sa robe de chambre et passa dans la pièce voisine. Natacha avait mis une des bottes à éperons et enfilait l'autre. Sonia tournait sur elle-même et était sur le point de s'accroupir, sa robe déployée, quand il entra. Elles portaient toutes deux des robes bleu clair, neuves et toutes pareilles – elles étaient fraîches, roses, gaies.

Sonia s'enfuit, tandis que Natacha, prenant le bras de son frère, le conduisit au fumoir où une conversation s'engagea entre eux. Ils se renvoyaient à l'envi questions et réponses. Natacha riait à chaque mot qu'ils disaient l'un et l'autre, non pas parce qu'elle trouvait drôle ce qu'ils disaient, mais parce qu'elle était gaie et incapable de contenir sa joie qui s'exprimait par le rire.

« Ah! comme c'est bien, comme c'est parfait! » répétait-elle à tout propos. Sous l'effet de ces chauds rayons de tendresse, Rostov sentait, pour la première fois depuis un an et demi, s'épanouir dans son cœur et sur son visage ce sourire d'enfant qu'il n'avait pas eu une seule fois depuis son départ de la maison.

« Ecoute, dit-elle, tu es maintenant un vrai homme? Ce que je suis contente que tu sois mon frère! » Elle lui toucha la moustache. « Je voudrais savoir comment vous êtes, vous autres hommes? Etes-vous comme nous? Non?

– Pourquoi Sonia s'est-elle sauvée? demanda Rostov.

– Oui. C'est encore toute une histoire! Comment vas-tu lui parler? Lui diras-tu vous ou tu?

– Comme cela se trouvera, dit Rostov.

– Dis-lui vous, je t'en prie, je te dirai plus tard pourquoi.

– Mais qu'y a-t-il donc?

– Bon, je vais te le dire maintenant. Tu sais que Sonia est mon amie, une telle amie que je me brûlerais la main pour elle. Regarde. » Elle retroussa sa manche de mousseline et, sur son long bras mince et tendre, montra une marque rouge, près de l'épaule, beaucoup plus haut que le coude (à un endroit que cachent même les robes de bal).

« Je me suis brûlée pour lui prouver combien je l'aime. J'ai simplement fait rougir une règle au feu et je l'ai appliquée. »

Assis dans son ancienne salle de classe, sur le divan aux accoudoirs garnis de petits coussins, et le regard plongé dans les yeux débordant de vie de Natacha, Rostov pénétrait de nouveau dans le monde familial de son enfance qui n'avait aucun sens pour personne d'autre que lui mais qui lui procurait une des meilleures jouissances de sa vie; et se brûler le bras avec une règle en signe d'affection ne lui parut pas vain : il le comprenait et n'en était pas étonné.

– Et alors? c'est tout? demanda-t-il.

– Ah! nous sommes de telles amies, de telles amies! La règle ce n'est rien, des sottises; mais nous sommes amies à tout jamais. Quand elle aime quelqu'un, c'est pour toujours; moi, je ne comprends pas cela, j'oublie tout de suite.

– Et alors, que se passe-t-il?

– Eh bien, c'est comme ça qu'elle nous aime, toi et moi, » Natacha rougit tout à coup. « Tu te souviens, avant ton départ... Eh bien, elle dit que tu dois oublier tout cela... Elle a dit : « Je l'aimerai toujours, mais, lui, qu'il soit libre. » N'est-ce pas que c'est merveilleux, que c'est noble? N'est-ce pas, n'est-ce pas? très noble? n'est-ce pas? » demandait Natacha avec tant de sérieux et d'émotion qu'on voyait que ce qu'elle disait, elle l'avait déjà dit avec des larmes. Rostov réfléchit un instant.

« Je ne reprends ma parole en rien, dit-il. Et puis Sonia est si adorable qu'il faudrait être un imbécile pour refuser son bonheur.

– Non, non, cria Natacha. Nous en avons déjà parlé, elle et moi. Nous savions bien que tu dirais cela. Mais il ne faut pas, parce que, tu comprends, si tu parles ainsi, si tu te considères comme lié par la parole donnée, ce sera comme si elle l'avait dit exprès. Alors tu l'épouserais quand même sous contrainte et ce ne serait pas du tout ça. »

Rostov voyait qu'elles avaient bien combiné tout cela. La veille, la beauté de Sonia l'avait frappé. Aujourd'hui, il ne l'avait qu'aperçue et elle lui avait paru encore plus belle. C'était une ravissante fillette de seize ans qui l'aimait visiblement avec passion (de cela il ne doutait pas un instant). Pourquoi ne l'aimerait-il pas et même ne l'épouserait-il pas, pensait Rostov, mais... il y avait maintenant tant d'autres joies et d'autres occupations qui l'attendaient! « Oui, elles ont parfaitement raison, se dit-il, il faut rester libre. »

« Eh bien, c'est parfait, dit-il, nous en reparlerons. Ah! comme je suis content de te revoir! ajouta-t-il.

– Voyons, et toi, tu n'as pas fait des infidélités à Boris? demanda le frère.

– En voilà des sottises! cria Natacha en riant. Je ne pense ni à lui ni à personne d'autre et je ne veux rien en savoir.

– Tiens? Qu'as-tu en tête alors?

– Moi? demanda Natacha, et un sourire heureux éclaira son visage. Tu as vu Duport?

– Non.

– Tu n'as pas vu le célèbre Duport, le danseur? Alors tu ne comprendras pas. Voici ce que je suis. » Elle saisit sa jupe en arrondissant les bras à la manière des danseuses, s'éloigna en courant, se retourna, esquissa un entrechat, des battements de pieds et se dressant sur les pointes, fit quelques pas.

« N'est-ce pas que je tiens? tu vois bien? » disait-elle; mais elle ne put se maintenir sur les pointes. « Voilà ce que je veux être! Je n'épouserai jamais personne, je serai danseuse. Seulement n'en parle à personne. »

Rostov partit d'un éclat de rire si bruyant et si gai que Denissov dans sa chambre l'envia et que Natacha, incapable de se retenir, rit avec lui.

« C'est bien, n'est-ce pas, répétait-elle toujours.

– Oui, c'est bien. Tu ne veux donc plus épouser Boris? »

Natacha s'empourpra.

« Je ne veux épouser personne. Je lui dirai la même chose quand je le verrai.

– Vraiment! dit Rostov.

– Eh bien, oui, tout cela ce sont des bêtises, continuait de bavarder Natacha.

« Et Denissov, il est gentil? demanda-t-elle.

– Oui.

– Bon, adieu, habille-toi. Il est terrible, Denissov?

– Pourquoi terrible? demanda Nicolas. Non, Vaska est gentil.

– Tu l'appelles Vaska?... c'est bizarre. Alors il est très gentil?

– Oui.

– Eh bien, dépêche-toi de venir prendre le thé. Tous ensemble. »

Et Natacha se dressa sur la pointe des pieds et sortit à la façon des danseuses, mais souriant comme ne sourient que les fillettes heureuses de quinze ans. Mis en présence de Sonia dans le salon, Rostov rougit. Il ne savait quelle attitude adopter à son égard. La veille, ils s'étaient embrassés au premier instant de la joie de se revoir, mais aujourd'hui ils se rendaient compte qu'ils ne pouvaient plus le faire; il sentait que tout le monde, sa mère, ses sœurs, le regardait d'un air interrogateur et attendait de voir comment il allait se conduire envers elle. Il lui baisa la main et lui dit « vous » et « Sonia ». Mais leurs yeux en se rencontrant se dirent « tu » et s'embrassèrent tendrement. Elle lui demandait pardon par son regard d'avoir osé, par le truchement de Natacha, lui rappeler sa promesse et le remerciait de son amour. Il la remerciait par le sien de son offre de lui rendre la liberté et disait que, quoi qu'il en fût, il ne cesserait jamais de l'aimer parce qu'on ne pouvait pas ne pas l'aimer.

« Comme c'est étrange quand même, dit Véra, profitant d'un instant de silence général, que Sonia et Nicolas se retrouvent comme des étrangers et en se disant vous! »

La remarque de Vera était juste comme toutes celles qu'elle faisait; mais comme pour la plupart d'entre elles, tout le monde se sentit gêné, et non seulement Sonia, Nicolas et Natacha rougirent, la vieille comtesse elle-même, qui redoutait cet amour de son fils pour Sonia, amour qui pouvait lui faire manquer un brillant parti, rougit comme une petite fille. Denissov, à la surprise de Rostov, apparut au salon en uniforme neuf, pommadé, parfumé, tout aussi élégant qu'à la bataille, et se montra avec les dames et les messieurs d'une amabilité qu'il ne se serait jamais attendu à lui voir.

II

A SON retour de l'armée à Moscou, Nicolas Rostov avait été accueilli par les siens comme le meilleur des fils, un héros et leur petit Nicolas chéri; par les autres parents comme un charmant jeune homme agréable et respectueux; par les amis comme un beau lieutenant de hussards, excellent danseur et l'un des meilleurs partis de Moscou.

Les Rostov connaissaient tout Moscou; cette année-là le vieux comte disposait d'assez d'argent, l'hypothèque de tous ses domaines ayant été renouvelée; aussi Nicolas, en possession d'un trotteur à lui, d'une culotte de cheval spéciale à la dernière mode, comme personne n'en avait encore à Moscou, de bottes également à la dernière mode, avec des bouts aussi pointus que possible et de petits éperons d'argent, menait-il une existence fort joyeuse. Revenu à la maison, il se sentit bien chez lui, après une certaine période de réadaptation aux anciennes conditions de vie. Il lui semblait avoir beaucoup mûri et grandi. Son désespoir d'avoir échoué à l'examen d'instruction religieuse, les emprunts d'argent à Gavrilo pour pouvoir payer le fiacre, les baisers échangés en secret avec Sonia, il se souvenait de tout cela comme d'autant d'enfantillages dont il était maintenant infiniment loin. Maintenant il était lieutenant de hussards à la pelisse brodée d'argent et ornée d'une croix de Saint-Georges de soldat, il entraînait son trotteur pour les courses en compagnie d'amateurs connus, âgés et respectables. Il connaissait une dame sur le boulevard qu'il allait voir le soir. Il conduisait la mazurka au bal des Arkharov, parlait guerre avec le maréchal Kamenski, fréquentait le Club anglais et tutoyait un colonel quadragénaire que lui avait fait connaître Denissov.

Sa passion pour l'empereur s'était un peu atténuée à Moscou, car il ne le voyait plus. Néanmoins il parlait souvent de lui, de l'amour qu'il lui portait, laissant entendre qu'il ne disait pas tout, qu'il y avait autre chose encore dans ses sentiments qui ne pouvait être compris de n'importe qui, et de tout cœur il partageait l'adoration générale que Moscou éprouvait alors pour l'empereur Alexandre Pavlovitch, à qui on avait donné le nom d' « ange en chair et en os ».

Pendant son bref séjour à Moscou, avant son retour à l'armée, Rostov s'éloigna de Sonia bien plus qu'il ne s'en rapprocha. Elle était très jolie, gentille et à coup sûr passionnément amoureuse de lui; mais il était à cette époque de la jeunesse où on a l'impression d'avoir tant à faire qu'on n'a pas le temps de s'occuper de cela, et où un jeune homme redoute de se lier, jaloux de sa liberté dont il a besoin pour bien d'autres choses. Lorsqu'il pensait à Sonia, pendant ce nouveau séjour à Moscou, il se disait : « Eh! il y en aura encore beaucoup, beaucoup d'autres comme elle et il y en a quelque part que je ne connais pas encore. J'aurai bien le temps, quand j'en aurai envie, de m'occuper aussi d'amour, mais pour le moment j'ai autre chose à faire. » En outre, il lui semblait que dans la société des femmes, il y avait quelque chose d'humiliant pour sa dignité d'homme. Il allait aux bals et n'évitait pas les femmes, mais feignait de le faire contre son gré. Les courses, le Club anglais, les équipées avec Denissov, ses visites « là-bas », c'était autre chose : cela convenait parfaitement à un valeureux hussard.

Au début de mars, le vieux comte Ilia Andreitch Rostov fut entièrement accaparé par l'organisation d'un dîner que le Club anglais donnait en l'honneur du prince Bagration.

Le comte, en robe de chambre, allait et venait dans la salle de danse, donnant à l'économe du club et au fameux Théoctiste, le cuisinier chef, des instructions au sujet des asperges, des concombres frais, des fraises, du veau et du poisson pour le banquet du prince Bagration. Le comte était membre du club et du comité de direction depuis sa fondation. Il avait été chargé d'organiser la réception de Bagration parce que rares étaient ceux qui savaient mettre sur pied un festin avec autant de largesse et de sens de l'hospitalité, et plus rares encore ceux qui savaient et voulaient y contribuer de leur poche en cas de besoin. Le chef et l'économe écoutaient, ravis, les instructions du comte car ils savaient qu'avec lui plus que personne on pouvait faire un joli bénéfice sur un dîner qui coûterait plusieurs milliers de roubles.

« Fais donc bien attention, il faut des crêtes, mets des crêtes dans le potage à la tortue, tu sais!

– On fera donc trois entrées froides, n'est-ce pas?... » demanda le chef. Le comte réfléchit.

« Impossible de faire moins, oui, trois... une mayonnaise, et d'un, dit-il en comptant sur les doigts.

– Alors pour les sterlets on va prendre les grands? demanda l'économe.

– Que faire, prends-les puisqu'on ne les laisse pas à meilleur compte. Au fait, mon cher, j'allais oublier. Il nous faut encore une autre entrée. Ah! grands dieux! » Il se prit la tête dans les mains. « Et les fleurs, qui donc va me les apporter? Mitenka! Hé, Mitenka! Va au galop, Mitenka, à ma propriété, dit-il à l'intendant qui entrait à son appel, vas-y au galop et dis au jardinier Maximka de commander immédiatement une corvée. Qu'il apporte ici tout ce qu'il y a dans les serres et qu'il emballe le tout dans du feutre. Et que j'aie deux cents pots ici pour vendredi. »

Après avoir donné maintes autres instructions, il voulait

déjà aller se reposer chez la comtesse quand il se souvint d'un nouveau détail, revint sur ses pas, fit revenir le chef et l'économe et se remit à donner des ordres. Un pas léger d'homme et un tintement d'éperons se firent entendre à la porte et le jeune comte entra, beau et frais, avec sa petite moustache noire, visiblement bien reposé et choyé par l'existence paisible de Moscou.

« Ah! mon ami! Je ne sais plus où donner de la tête, dit le vieillard en souriant à son fils d'un air confus. Si toi au moins tu m'aidais! C'est qu'il nous faut encore des chanteurs. J'ai bien un orchestre, mais si on faisait aussi venir des tziganes? Vous autres militaires, vous aimez cela.

– Vraiment, papa, je crois bien qu'en se préparant à la bataille de Schœngraben le prince Bagration se donnait moins de mal que vous ne le faites en ce moment », dit le fils en souriant.

Le vieux comte feignit de se fâcher.

« Oui, tu en parles à ton aise, mais essaie donc un peu. »

Et il se tourna vers le chef au visage intelligent et digne qui observait avec bienveillance le père et le fils.

« Ces jeunes, hein, Théoctiste? dit-il. Ils se moquent de nous autres vieux.

– Eh oui, Votre Excellence, pourvu qu'ils mangent bien, ils se soucient peu du reste.

– C'est ça, c'est ça! cria le comte en prenant gaiement son fils par les deux mains. Allons, je te tiens! Prends tout de suite le traîneau à deux chevaux et va chez Bezoukhov, tu lui diras que le comte Ilia Andreievitch lui fait demander des fraises et des ananas frais. Impossible de s'en procurer ailleurs. S'il n'est pas là, va en parler aux princesses, et de là, tiens, va à Razgoulaï – le cocher Ipatka sait où c'est –, trouves-y le tzigane Iliouchka, celui qui a dansé l'autre jour en casaque blanche chez le comte Orlov, et amène-le-moi ici.

– Faut-il l'amener avec les chanteuses? demanda Nicolas en riant.

– Allons, allons!... »

A ce moment, Anna Mikhaïlovna, l'air affairé, préoccupé et en même temps empreint de cette mansuétude chrétienne qui ne la quittait jamais, entra dans la pièce d'un pas silencieux. Bien qu'il ne se passât pas de jour qu'elle ne trouvât le comte en robe de chambre, il en était chaque fois confus et s'excusait de sa tenue.

« Cela ne fait rien, comte, mon cher ami, dit-elle en fermant les yeux avec douceur. Et quant à Bezoukhov, c'est moi qui irai chez lui. Le jeune Bezoukhov vient d'arriver et maintenant, comte, nous aurons tout ce qu'il faut de ses serres. J'avais de toute façon besoin de le voir. Il m'a envoyé une lettre de Boris. Dieu merci, Boris est maintenant attaché à l'état-major. »

Le comte fut enchanté qu'Anna Mikhaïlovna se chargeât d'une partie de ses commissions et fit atteler pour elle la petite voiture.

« Dites à Bezoukhov de venir. Je le ferai inscrire. Sa femme est avec lui ? » demanda-t-il.

Anna Mikhaïlovna leva les yeux au ciel et un profond chagrin se peignit sur ses traits...

« Ah! mon ami, il est bien malheureux, dit-elle. Si ce qu'on dit est vrai, c'est affreux. L'aurions-nous cru quand nous étions si heureux de son bonheur! Et c'est une si belle âme, une âme céleste, ce jeune Bezoukhov! Oui! je le plains de tout cœur et je m'efforcerai de lui apporter toutes les consolations possibles.

– Mais que se passe-t-il ? » demandèrent les deux Rostov, l'aîné et le jeune.

Anna Mikhaïlovna poussa un profond soupir.

« On dit que Dolokhov, le fils de Maria Ivanovna, l'a complètement compromise, murmura-t-elle d'un ton mystérieux. Pierre l'a tiré d'affaire, l'a invité chez lui à Pétersbourg, et voilà la récompense... Elle est arrivée ici, et cette tête brûlée l'a aussitôt suivie », expliquait Anna Mikhaïlovna, désirant montrer combien elle plaignait Pierre, mais malgré elle ses intonations et son demi-sourire laissaient percer sa sympathie pour la « tête brûlée », comme elle appelait Dolokhov. « On dit que Pierre est absolument anéanti de chagrin.

– Dites-lui quand même de venir au club, ça le distraira au moins. Ce sera une fête à tout casser. »

Le lendemain 3 mars, vers deux heures de l'après-midi, deux cent cinquante membres du Club anglais et cinquante invités recevaient à dîner leur hôte d'honneur, le héros de la campagne d'Autriche, le prince Bagration. Au premier abord, l'annonce de la défaite d'Austerlitz avait plongé Moscou dans la stupeur. Les Russes étaient alors si habitués aux victoires qu'en apprenant la défaite les uns se refusèrent tout bonnement à y croire, les autres cherchèrent l'explication d'un si étrange événement dans des causes extraordinaires. Au Club anglais où se réunissaient tout ceux qui comptaient et qui étaient le mieux informés, on semblait s'être donné le mot, en décembre, à l'arrivée des premières nouvelles, pour ne point parler de la guerre et de la dernière bataille. Ceux qui donnaient le ton aux conversations, tels que le comte Rostoptchine, le prince Youri Vladimirovitch Dolgorouki, Valouiev, le comte Markov, le prince Viazemski, ne se montraient plus au club mais se réunissaient chez eux. entre intimes, et ceux des Moscovites qui ne faisaient que répéter les propos des autres (comme Ilia Andreitch Rostov) furent pendant quelque temps privés de leurs guides et de toute opinion précise sur la situation militaire. Ils sentaient que quelque chose ne tournait pas rond, qu'il était difficile de discuter ces mauvaises nouvelles et qu'il valait donc mieux se taire. Mais au bout d'un certain temps, tels des jurés sortant de la salle de délibérations, les gros bonnets qui faisaient l'opinion au club réapparurent, et chacun parla de nouveau nettement et clairement. On trouva des causes à cet événement inouï, incroyable et impossible, une défaite russe, tout devint clair, et dans tous les coins de Moscou on dit la même chose. Ces causes étaient la trahison des Autrichiens, le mauvais approvisionnement des troupes, la trahison du Polonais Przebyszewski et du Français Langeron, l'incapacité de Koutouzov et (ajoutait-on tout bas) la jeunesse et l'inexpérience de l'empereur qui avait placé sa confiance dans des hommes néfastes et nuls. Mais les troupes elles-mêmes, les troupes russes, au dire de tous, s'étaient montrées admirables et avaient fait des prodiges de bravoure. Soldats, officiers, généraux étaient tous des héros. Mais le héros des héros était le prince Bagration, rendu illustre par l'affaire de Schœngraben et la retraite d'Austerlitz, où il avait été seul à ramener sa colonne en bon ordre et à tenir tête toute la journée à un ennemi deux fois supérieur en nombre. Ce qui contribua également à sacrer Bagration héros à Moscou, c'était qu'il n'y avait pas de relations et y était étranger. Dans sa personne, on rendait hommage au combattant russe, simple, sans relations et éloigné des intrigues, dont le nom était lié en outre à celui de Souvorov par les souvenirs de la campagne d'Italie. De plus, en lui rendant ces honneurs, on manifestait de la façon la plus éclatante la défaveur et le blâme à l'endroit de Koutouzov.

« Si Bagration n'existait pas, *il faudrait l'inventer* », avait dit le plaisantin Chinchine en parodiant le mot de Voltaire. De Koutouzov personne ne parlait, mais, tout bas, d'aucuns le blâmaient en le traitant de girouette de cour et de vieux satyre.

Dans tout Moscou, on citait le mot du prince Dolgoroukov : « C'est en forgeant qu'on devient forgeron »; on se consolait de notre défaite par le souvenir des anciennes victoires, et l'on répétait que Rostoptchine avait dit qu'il faut mener les Français à la bataille par des paroles ronflantes, qu'avec les Allemands il faut user de raisonnements logiques en les persuadant qu'il est plus dangereux de fuir que de marcher de l'avant, mais que le soldat russe n'a besoin au contraire que d'être retenu et exhorté au calme. De tous côtés, on entendait citer encore et encore de nouveaux exemples de vaillance donnés par nos soldats et nos officiers à Austerlitz. L'un avait sauvé un drapeau, l'autre tué cinq Français, un troisième avait à lui tout seul servi cinq canons. Ceux qui ne connaissaient pas Berg disaient aussi que, blessé à la main droite, il avait pris son épée de la main gauche et avait marché à l'ennemi. De Bolkonski on ne disait rien, et seuls ses intimes regrettaient qu'il fût mort si prématurément en laissant une femme enceinte et un original de père.

III

Le 3 mars, un bourdonnement de voix emplissait toutes les salles du Club anglais et, tel un essaim d'abeilles au printemps, les membres et les invités, qui en uniforme, qui en habit, quelques-uns même poudrés et en caftan, allaient et venaient, se tenaient debout ou assis, se groupaient et se séparaient.

Postés à chaque porte, des laquais en livrée, perruques poudrées, bas et escarpins, guettaient tout tendus le moindre geste des invités et des membres pour leur offrir leurs services. La plupart des personnes présentes étaient d'honorables hommes d'âge aux larges visages pleins d'assurance, aux gros doigts, aux gestes et à la voix fermes. Ils occupaient leurs places consacrées par l'usage et formaient leurs groupes habituels. La minorité se composait d'hôtes de passage, presque tous des jeunes gens, et parmi eux Denissov, Rostov et Dolokhov, redevenu officier au régiment Semenovski. Les visages de ces jeunes, surtout ceux des militaires, laissaient percer cette déférence méprisante qui semble dire à la vieille génération : « Nous sommes prêts à vous respecter et à vous honorer, mais n'oubliez pas que l'avenir est à nous. »

Nesvitzki était également là, en sa qualité de vieux membre du club. Pierre qui, selon la volonté de sa femme, avait laissé pousser ses cheveux, enlevé ses lunettes et qui s'habillait à la mode mais avait l'air triste et morne, allait et venait dans les salons. Comme partout ailleurs, il était entouré d'une atmosphère spéciale créée par les gens qui se prosternaient devant sa fortune et, habitué à régner sur eux, il les traitait avec un mépris distrait.

Par son âge, il aurait dû être rangé parmi les jeunes, par sa fortune et ses relations il faisait partie du cercle des gens âgés et respectables, aussi passait-il des uns aux autres. Les vieillards les plus éminents formaient le centre des groupes dont même ceux qui ne les connaissaient pas s'approchaient respectueusement pour entendre les propos de personnages aussi connus. Les groupes les plus nombreux entouraient le comte Rostoptchine, Valouiev et Narichkine. Rostoptchine racontait que les Russes, piétinés par les Autrichiens en débandade, avaient dû s'ouvrir un chemin à la baïonnette à travers les fuyards.

Valouiev annonçait confidentiellement qu'Ouvarov avait été envoyé de Pétersbourg pour connaître l'opinion des Moscovites sur Austerlitz.

Dans un troisième groupe, Narichkine parlait de la séance du conseil de guerre à laquelle Souvorov avait répondu par un cocorico aux inepties des généraux autrichiens. Chinchine, qui se trouvait là, voulut plaisanter, disant que même cet art facile – celui de crier comme un coq – Koutouzov n'avait manifestement pas su l'apprendre de Souvorov, mais les vieillards regardèrent sévèrement le plaisantin, lui faisant sentir qu'ici et en ce jour il n'était pas convenable de parler ainsi de Koutouzov.

L'air préoccupé et pressé, le comte Ilia Andreitch Rostov allait dans ses chaussures souples de la salle à manger au salon, adressant le même salut hâtif aux personnages importants comme aux autres et qu'il connaissait tous, et cherchant de temps en temps des yeux son beau gaillard de fils, il arrêtait sur lui un regard joyeux et lui clignait de l'œil. Le jeune Rostov s'entretenait près d'une fenêtre avec Dolokhov dont il avait fait récemment la connaissance et qu'il tenait beaucoup à fréquenter. Le vieux comte s'approcha d'eux et serra la main de Dolokhov.

« Fais-moi le plaisir de venir nous voir, tu connais mon gaillard... vous étiez tous les deux là-bas, tous les deux des héros... Ah! Vassili Ignatitch... salut, vieux », dit-il à un vieillard qui passait, mais il n'avait pas encore achevé qu'un mouvement général se fit et qu'un laquais accourut l'air affolé, en annonçant : « Il arrive! »

Des coups de sonnette retentirent; les membres du comité s'élancèrent; les invités dispersés dans les diverses pièces se rassemblèrent comme des grains de blé secoués à la pelle et se massèrent dans le salon, à la porte de la grande salle.

Bagration parut sur le seuil du vestibule, sans son chapeau et son épée que, selon l'usage du club, il avait laissés chez le Suisse. Il ne portait pas la casquette garnie d'astrakan et le fouet en bandoulière que Rostov lui avait vus à la veille d'Austerlitz, mais un uniforme ajusté tout neuf, constellé de décorations russes et étrangères, la plaque de Saint-Georges sur le côté gauche de la poitrine. On voyait qu'il venait, juste avant le banquet, de se faire tailler les cheveux et les favoris, ce qui le changeait à son désavantage. Son aspect avait quelque chose de naïvement solennel, et, par contraste avec ses traits fermes et virils, cela lui donnait même une expression quelque peu comique. Beklechov et Fédor Petrovitch Ouvarov arrivés avec lui s'arrêtèrent à la porte pour céder le pas à l'invité d'honneur. Bagration, gêné, ne voulut pas accepter cette politesse; il y eut un arrêt à la porte, et enfin Bagration s'exécuta. Il avançait timidement et gauchement sur le parquet de la salle de réception, ne sachant que faire de ses mains : il était plus habitué à marcher sous les balles à travers un champ labouré, comme il l'avait fait à Schœngraben en prenant la tête du régiment de Koursk. Les membres du comité l'accueillirent à la première porte, lui exprimant en quelques mots leur joie de recevoir un hôte si cher puis, sans attendre sa réponse, l'entourèrent comme s'ils prenaient possession de lui et le conduisirent au salon. Il fut impossible d'y pénétrer, tant les membres et et les invités s'écrasaient à la porte, s'efforçant d'apercevoir Bagration par-dessus les épaules comme une bête curieuse. Le comte Ilia Andreitch, qui y mit le plus d'énergie, riant et répétant : « Laisse passer, *mon cher,* laisse passer, laisse passer », parvint à fendre la foule et introduisit les invités dans le salon où il les installa sur le canapé du milieu. Les gros bonnets, membres les plus éminents du club, entourèrent les nouveaux venus. Le comte Ilia Andreitch sortit du salon en se frayant de nouveau un chemin à travers la foule et, en compagnie d'un autre membre du comité, reparut au bout d'un instant, portant un grand plateau d'argent qu'il présenta au prince Bagration. Sur le plateau reposait une ode composée et imprimée en l'honneur du héros. A la vue du plateau, Bagration jeta autour de lui un regard effrayé comme pour appeler à son secours, mais tous les yeux l'engageaient à se résigner. Se sentant à leur merci, il prit résolument le plateau à deux mains et lança un coup d'œil irrité et plein de reproche au comte qui le lui présentait. Quelqu'un lui prit obligeamment le plateau des mains (sinon, il semblait avoir l'intention de le tenir jusqu'au soir et de se mettre ainsi à table) et attira son attention sur les vers. « Eh bien, je vais les lire », sembla dire Bagration, et fixant ses yeux fatigués sur le papier d'un air concentré et sérieux, il voulut en prendre connaissance. Mais l'auteur des vers les lui enleva et en donna lecture à haute voix. Le prince Bagration pencha la tête et écouta.

Illustre toujours le siècle d'Alexandre
Et garde-nous Titus sur le trône,
Sois chef redouté et homme de bien,
Riphée dans ta patrie, César dans la bataille,
Afin que l'heureux Napoléon
Ayant appris ce qu'est Bagration
Contre les Alcides russes ne lance plus ses armées.

Mais il n'avait pas encore achevé que la voix de tonnerre du maître d'hôtel annonçait : « Le dîner est servi! » La porte s'ouvrit, la polonaise : « Roule, tonnerre de la victoire, valeureux Russes, réjouissez-vous » éclata dans la salle à manger, et le comte Ilia Andreitch, jetant un regard de dépit à l'auteur qui continuait de lire ses vers, s'inclina devant Bagration. Tout le monde se leva, sentant que le repas était plus important que les vers, et de nouveau Bagration précéda les autres pour passer dans la salle à manger. On le fit asseoir à la place d'honneur, entre deux Alexandre — Beklechov et Narichkine — subtile allusion au nom de l'empereur; les trois cents convives prirent place selon leur rang et leur importance, les plus notables plus près du héros de la fête, aussi naturellement que l'eau qui se répand plus profonde aux endroits où le niveau est le plus bas.

Juste avant le début du dîner, le comte Ilia Andreitch présenta au prince son fils. Bagration le reconnut et lui adressa quelques paroles décousues et embarrassées, comme toutes celles qu'il prononça ce jour-là. Le comte Ilia Andreitch promenait sur l'assistance un regard fier et joyeux pendant cet entretien de Bagration avec son fils.

Nicolas Rostov, son nouvel ami Dolokhov et Denissov s'installèrent ensemble presque au milieu de la table. Ils avaient pour vis-à-vis Pierre, assis à côté du prince Nesvitzki. Le comte Ilia Andreitch avait pris place, avec les autres membres du comité, en face de Bagration, et, image vivante de l'hospitalité moscovite, il faisait les honneurs au prince.

Il n'avait pas perdu ses peines. Ses deux menus, le gras comme le maigre, étaient merveilleux, mais il ne put néanmoins pas être tout à fait tranquille jusqu'à la fin du repas. Il faisait des signes au sommelier, chuchotait des ordres aux laquais et attendait avec émotion chacun des services qu'il connaissait bien. Tout fut parfait. Dès le deuxième service, pour accompagner un gigantesque sterlet (à la vue duquel Ilia Andreitch rougit de joie et de confusion), les laquais firent sauter les bouchons et versèrent le champagne. Après le poisson qui produisit un certain effet, le comte Ilia Andreitch échangea un regard avec les autres membres du comité. « Il y aura beaucoup de toasts, il est temps de commencer! » chuchota-t-il, et, sa coupe en main, il se leva. Tout le monde se tut et attendit ce qu'il allait dire.

« A la santé de Sa Majesté l'empereur! » cria-t-il, et ses bons yeux se mouillèrent de larmes de joie et d'enthousiasme. Au même instant, l'orchestre attaqua : « Roule, tonnerre de la victoire », tout le monde se leva en criant : « Hourra! » Et Bagration cria hourra! de la même voix qu'il avait eue sur le champ de bataille de Schœngraben. On distinguait, parmi les trois cents voix, celle, exaltée, du jeune Rostov. Il pleurait presque. « A la santé de Sa Majesté, criait-il, hourra! » Vidant sa coupe d'un trait, il la jeta à terre. Beaucoup suivirent son exemple. Et les acclamations se prolongèrent encore longtemps. Lorsque les voix se turent, les laquais ramassèrent les cristaux brisés, tout le monde se rassit et, en souriant d'avoir tant crié, on reprit les conversations interrompues. Le comte Ilia Andreitch se leva de nouveau, jeta un regard sur une note posée à côté de son assiette et porta un toast à la santé du héros de notre dernière campagne, le prince Pierre Ivanovitch Bagration, et de nouveau ses yeux bleus se mouillèrent de larmes. Hourra! crièrent de nouveau les voix des trois cents convives et, à la place de l'orchestre, des chanteurs entonnèrent une cantate, œuvre de Paul Ivanovitch Koutouzov :

Pour les Russes point d'obstacles,
Des victoires la valeur est le gage,
Nous avons des Bagration,
Les ennemis seront à nos pieds.

Les chanteurs avaient à peine fini que d'autres toasts étaient portés encore et encore, à la suite desquels le comte Ilia Andreitch fut de plus en plus ému, et l'on cassa encore plus de verres, et l'on cria encore davantage. On but à la santé de Beklechov, de Narichkine, d'Ouvarov, de Dolgoroukov, d'Apraskine, de Valouiev, à la santé des membres du comité, de tous les membres du club, de tous leurs invités, et enfin, tout spécialement à la santé de l'organisateur du banquet, le comte Ilia Andreitch. A ce toast, le comte tira son mouchoir et s'y cachant le visage, fondit pour de bon en larmes.

IV

PIERRE était assis en face de Dolokhov et de Nicolas Rostov. Il mangeait et buvait beaucoup et avidement, comme toujours. Mais ceux qui le connaissaient intimement voyaient qu'un grand changement s'était opéré en lui ce jour-là. Il garda le silence pendant tout le repas et, clignant des yeux, les sourcils froncés, il promenait le regard autour de lui ou, l'air absent, se frottait du doigt la racine du nez. Son expression était morne et sombre. Il semblait ne rien voir ni ne rien entendre de ce qui se passait autour de lui et n'être absorbé que par un seul problème, pénible et non résolu.

Ce problème qui le tourmentait avait pour origine les allusions qu'à son arrivée à Moscou la princesse avait faites à l'intimité de Dolokhov et de sa femme, ainsi qu'une lettre anonyme reçue le matin même et qui disait, sur ce ton d'ignoble plaisanterie propre à toutes les lettres anonymes, qu'il n'y voyait pas clair à travers ses lunettes et que la liaison de sa femme avec Dolokhov n'était un secret que pour lui. Pierre n'avait ajouté aucune foi aux allusions de la princesse ni à la lettre, mais maintenant il avait peur de regarder Dolokhov assis en face de lui. Chaque fois que son regard rencontrait par hasard les beaux yeux insolents de Dolokhov, il sentait monter en lui quelque chose d'horrible, de hideux et se hâtait de se détourner. Évoquant malgré lui tout le passé de sa femme et ses relations avec Dolokhov, il voyait clairement que ce que disait la lettre pouvait être vrai, aurait du moins pu paraître vrai s'il ne s'était pas agi de SA FEMME. Il se souvenait malgré lui comment Dolokhov, rétabli dans tous ses droits après la campagne, et revenu à Pétersbourg, s'était présenté chez lui. Profitant de leurs liens d'amitié nés de leurs communes débauches, il était venu tout droit chez lui, et Pierre l'avait hébergé et lui avait prêté de l'argent. Il se rappelait qu'Hélène lui exprimait en souriant son mécontentement de la présence de Dolokhov chez eux que Dolokhov lui vantait cyniquement la beauté de sa femme et que, depuis lors et jusqu'à leur arrivée à Moscou, il ne les avait pas quittés un instant.

« Oui, il est très beau, pensait Pierre; et je le connais. Il y aurait pour lui une volupté toute particulière à déshonorer mon nom et à se moquer de moi, précisément parce que j'ai fait des démarches en sa faveur et que je l'ai hébergé, aidé. Je sais, je comprends quel piquant cela devrait ajouter pour lui à la trahison, si c'était vrai. Oui, si c'était vrai; mais je n'y crois pas, et je n'ai pas le droit d'y croire et je ne le peux pas. » Il se rappelait l'expression que prenait le visage de Dolokhov dans ces accès de cruauté, comme lorsqu'il avait attaché le commissaire à l'ours et l'avait jeté à l'eau, ou lorsque, sans aucune raison, il provoquait quelqu'un en duel, ou que d'un coup de pistolet il tuait le cheval d'un postillon. Le visage de Dolokhov avait souvent cette expression en le regardant. « Oui, c'est un bretteur, songeait Pierre, il ne lui en coûte rien de tuer un homme, il doit lui sembler que tout le monde a peur de lui, cela doit lui être agréable. Il croit sans doute que moi aussi j'ai peur de lui. Et c'est vrai que j'ai peur de lui », et de nouveau à ces pensées il sentait quelque chose d'horrible et de hideux remuer dans son âme. En face de Pierre, Dolokhov, Denissov et Rostov paraissaient de joyeuse humeur. Rostov devisait gaiement avec ses deux amis, dont l'un était un intrépide hussard, l'autre un bretteur connu et un mauvais sujet, et de temps en temps il jetait un regard ironique à Pierre qui, par sa carrure, son air concentré, distrait, faisait tache à ce repas. Rostov le voyait sans sympathie, d'abord parce que, à ses yeux de hussard, Pierre n'était qu'un riche et un civil, mari d'une belle femme, bref une femmelette; puis parce que, absorbé et distrait comme il était, Pierre ne l'avait pas reconnu et n'avait pas répondu à son salut. Lorsqu'on porta le toast à la santé de l'empereur, Pierre, plongé dans ses pensées, ne se leva pas et ne prit pas sa coupe en main.

« Qu'avez-vous donc? lui cria Rostov en le regardant avec des yeux où l'enthousiasme était mêlé à l'exaspération. N'entendez-vous donc pas : on porte la santé de Sa Majesté! » Pierre se leva docilement en soupirant, vida sa coupe et en attendant que tout le monde se fût rassis, se tourna avec son bon sourire vers Rostov.

« Et moi qui ne vous avais pas reconnu », dit-il. Mais Rostov avait l'esprit ailleurs, il criait hourra.

« Pourquoi ne refais-tu pas connaissance? lui dit Dolokhov.

– Pas la peine, c'est un imbécile, répondit Rostov.

– Il faut soigner les maris des jolies femmes », dit Dolokhov.

Pierre n'entendait pas ce qu'ils disaient mais savait qu'on parlait de lui. Il rougit et se détourna.

« Et maintenant à la santé des jolies femmes, dit Dolokhov, et l'air sérieux mais un sourire au coin des lèvres, il se tourna vers Pierre, sa coupe en main.

– A la santé des jolies femmes, Petroucha, et de leurs amants », dit-il.

Pierre, les yeux baissés, buvait sans regarder Dolokhov ni lui répondre. Le laquais qui distribuait des exemplaires de la cantate de Koutouzov en posa un devant Pierre, en sa qualité d'invité de marque. Celui-ci voulut le prendre, mais Dolokhov se pencha en avant, lui arracha la feuille des mains et se mit à lire. Pierre le regarda, ses pupilles se rétrécirent : ce quelque chose d'horrible et de hideux qui l'avait tourmenté pendant tout le repas monta en lui et l'envahit. Il se pencha de tout son corps massif par-dessus la table.

« Je vous défends de prendre cela! » cria-t-il.

Entendant ce cri et voyant à qui il s'adressait, Nesvitzki et le voisin de droite se tournèrent vers lui en hâte et d'un air effrayé.

« Allons, allons, qu'avez-vous? » chuchotaient leurs voix affolées. Dolokhov regarda Pierre de ses yeux clairs, gais et cruels, avec un sourire qui semblait dire : « Ah! voilà ce que j'aime. »

« Je ne le rendrai pas », prononça-t-il distinctement.

Pâle, la lèvre tremblante, Pierre lui arracha la feuille.

« Vous... vous êtes... un misérable... je vous provoque », dit-il, et repoussant sa chaise, il se leva de table. A la seconde même où il prononçait ces mots, il sentait que la question de la culpabilité de sa femme, cette question qui le tourmentait depuis vingt-quatre heures, était définitivement et indubitablement tranchée par l'affirmative. Il la haït et se sentit à jamais séparé d'elle. En dépit des objurgations de Denissov qui voulait empêcher Rostov de se mêler de cette affaire, celui-ci accepta de servir de témoin à Dolokhov et, après le repas, régla avec Nesvitzki, témoin de Bezoukhov, les conditions du duel. Pierre rentra chez lui, tandis que Rostov, Dolokhov et Denissov restaient tard le soir au club, écoutant les tziganes et le chœur.

« Alors à demain à Sokolniki, dit Dolokhov en prenant congé de Rostov sur le perron du club.

– Et tu es calme? » demanda Rostov.

Dolokhov s'arrêta.

« Vois-tu, je vais te révéler en deux mots tout le secret du duel. Si, la veille d'une rencontre, tu écris ton testament et des lettres tendres à tes parents, si tu penses à la possibilité d'être tué, tu es un imbécile et tu es perdu à coup sûr; mais que tu y ailles avec la ferme intention de tuer ton adversaire le plus vite et le plus sûrement possible, alors tout ira bien. Notre chasseur d'ours de Kostroma me disait : « Comment ne pas avoir « peur d'un ours? Mais lorsqu'on le voit, la peur disparaît, « on ne pense plus qu'à ne pas le laisser s'échapper! » Eh bien, moi c'est pareil. *A demain, mon cher!* »

Le lendemain, à huit heures du matin, Pierre arriva en compagnie de Nesvitzki au bois de Sokolniki où l'attendaient déjà Dolokhov, Denissov et Rostov. Il paraissait être absorbé par des réflexions sans aucun rapport avec l'affaire présente. Son visage aux traits tirés était jaune. Il n'avait visiblement pas dormi de la nuit. Il jetait autour de lui des regards distraits et clignait des yeux, comme sous l'éclat d'un soleil trop vif. Deux choses l'occupaient exclusivement : la culpabilité de sa femme dont, après sa nuit sans sommeil, il ne lui restait plus le moindre doute, et l'innocence de Dolokhov, qui n'avait aucune raison de ménager l'honneur d'un homme qui ne lui était rien. « Peut-être en aurais-je fait autant à sa place; à quoi bon alors ce duel, ce meurtre? Je le tuerai ou il m'atteindra à la tête, au coude, au genou. M'en aller, fuir, me terrer quelque part », songeait-il. Mais au moment même où de telles pensées lui venaient, il demandait d'un air particulièrement calme et distrait qui inspirait le respect à ceux qui le regardaient : « Est-ce pour bientôt? » ou « Sommes-nous prêts? »

Quand tout fut prêt, que les sabres eurent été plantés dans la neige pour marquer la limite à ne pas franchir et que les pistolets furent chargés, Nesvitzki aborda Pierre.

« Je manquerais à mon devoir, comte, dit-il d'une voix timide, et je ne justifierais pas votre confiance et l'honneur que vous m'avez fait en me choisissant pour témoin si, en ce moment grave, très grave, je ne vous disais pas toute la vérité. J'estime que cette affaire n'est pas assez motivée et qu'elle ne mérite pas qu'on verse le sang. Vous avez eu tort, vous vous êtes emporté...

– Ah! oui, c'est affreusement stupide... dit Pierre.

– Alors permettez-moi de transmettre vos regrets, et je suis sûr que nos adversaires accepteront vos excuses, dit Nesvitzki (qui, comme les autres témoins et comme en général tous ceux qui se trouvent mêlés à des affaires semblables, ne croyait toujours pas que les choses iraient jusqu'à un véritable duel). Vous savez, comte, il est beaucoup plus noble de reconnaître ses torts que d'en arriver à l'irréparable. Il n'y a eu d'offense ni de part ni d'autre. Permettez-moi d'en discuter...

– Non, qu'y a-t-il à discuter! dit Pierre, peu importe... Alors c'est prêt? Dites-moi seulement jusqu'où je dois avancer et dans quelle direction tirer », ajouta-t-il en souriant avec contrainte. Il prit le pistolet, demanda comment on pressait la détente, car il n'avait jamais encore tenu de pistolet en main, ce qu'il ne voulait pas avouer. « Ah! oui, comme ça, je sais, j'avais seulement oublié.

– Je n'accepte aucune excuse, absolument aucune », disait Dolokhov à Denissov qui, de son côté, faisait une tentative de réconciliation, et il gagna lui aussi la place désignée.

L'endroit choisi pour le duel était à quatre-vingts pas environ de la route sur laquelle on avait laissé les traîneaux, dans une petite clairière de la forêt de pins couverte de neige que le dégel des derniers jours faisait fondre. Les adversaires se tenaient à quarante pas l'un de l'autre, aux deux extrémités de la clairière. Les témoins, en mesurant la distance, avaient laissé sur la neige profonde et molle des traces de pas, allant de l'endroit où ils se tenaient aux sabres de Nesvitzki et de Denissov qui limitaient le terrain, plantés à dix pas l'un de l'autre. Le dégel et le brouillard persistaient; on n'y voyait rien à quarante pas. Il y avait trois minutes déjà que tout était prêt, et pourtant on tardait à commencer. Tous se taisaient.

V

« Eh bien, allons-y! dit Dolokhov.

— Allons-y », dit Pierre toujours avec le même sourire.

Cela devenait dramatique. Il était évident que cette affaire engagée bien à la légère ne pouvait plus être arrêtée, qu'elle suivait son cours d'elle-même, indépendamment de la volonté humaine, et devait aller jusqu'au bout. Denissov s'avança le premier jusqu'à la limite et déclara :

« Comme les adversaires ont refusé de se réconcilier, veuillez bien commencer : prendre les pistolets et au commandement de trois avancer.

— Un! Deux! Trois! » cria-t-il d'une voix irritée; et il s'écarta. Les adversaires marchèrent l'un à l'autre le long du sentier frayé par les pas des témoins, se reconnaissant dans le brouillard. Ils avaient le droit en s'avançant vers la limite de tirer à volonté. Dolokhov marchait lentement, sans lever son pistolet, scrutant le visage de son adversaire de ses yeux bleus, clairs et brillants. Un semblant de sourire flottait comme toujours sur ses lèvres.

Au commandement de « trois », Pierre se porta en avant à pas rapides, s'écartant du sentier et marchant en pleine neige. Il tenait haut son pistolet, le bras tendu devant lui, craignant sans doute de se tuer lui-même. Il s'appliquait à tenir son bras gauche en arrière car il avait envie de soutenir son bras droit, et il savait que ce n'était pas permis. Ayant fait cinq ou six pas et s'étant égaré dans la neige, il regarda à ses pieds, jeta un nouveau coup d'œil à Dolokhov, et pressant la détente comme on le lui avait appris, tira. Comme il ne s'attendait pas du tout à un bruit aussi fort, il tressaillit à la détonation, puis sourit de son impression et s'arrêta. La fumée, que le brouillard rendait particulièrement épaisse, l'empêcha au premier abord de voir; mais le second coup de feu auquel il s'attendait ne vint pas. On n'entendait que les pas précipités de Dolokhov, et sa silhouette apparut à travers la fumée. D'une main, il se tenait le flanc gauche, de l'autre serrait son pistolet abaissé. Son visage était pâle. Rostov courut à lui et lui dit quelque chose.

« N... o... n, fit Dolokhov entre ses dents, non, ce n'est pas fini », et ayant fait encore quelques pas chancelants, il tomba sur la neige à côté du sabre. Sa main gauche était ensanglantée; il l'essuya à sa redingote et s'appuya sur elle. Son visage pâle aux sourcils froncés tremblait.

« Veuillez avan... », commença-t-il, mais il ne put d'un seul coup aller jusqu'au bout. « Veuillez avancer », acheva-t-il avec effort. Pierre, contenant avec peine des sanglots, courut à lui, et il voulait déjà dépasser les limites prescrites quand Dolokhov cria : « A la limite! » et Pierre, comprenant de quoi il s'agissait, s'arrêta près de son sabre. Dix pas seulement les séparaient. Dolokhov inclina la tête vers la neige, y mordit avidement, releva la tête, se redressa, ramena les jambes sous lui et s'assit, cherchant un point d'appui solide. Il avalait la neige froide et la suçait, ses lèvres tremblaient, mais il souriait toujours; ses yeux brillaient sous l'effort et la colère. Il leva le pistolet et visa.

« Tenez-vous de profil, couvrez-vous avec votre pistolet », dit Nesvitzki.

Denissov lui-même ne put s'empêcher de crier à son adversaire :

« Couvrez-vous! »

Pierre, un doux sourire de regret et de repentir aux lèvres, les jambes et les bras écartés, offrait à Dolokhov toute sa large poitrine et le regardait tristement. Denissov, Rostov et Nesvitzki fermèrent les yeux. Ils entendirent à la fois le coup de feu et le cri rageur de Dolokhov.

« Manqué! » cria-t-il, et il se laissa tomber sans force, le visage dans la neige. Pierre se prit la tête dans les mains et, faisant demi-tour, se dirigea vers le bois, marchant en pleine neige et répétant à haute voix des paroles sans suite.

« C'est stupide... stupide! La mort... le mensonge... » répétait-il en grimaçant. Nesvitzki l'arrêta et le ramena chez lui.

Rostov et Denissov emmenèrent le blessé.

Dolokhov, les yeux fermés, était étendu en silence dans le traîneau et ne répondait pas aux questions qu'on lui posait, mais en entrant dans Moscou il revint soudain à lui et, soulevant la tête avec effort, prit la main de Rostov, assis à ses côtés. L'expression de son visage, absolument changé et empreint d'une tendresse exaltée tout à fait inattendue, frappa Rostov.

« Eh bien? comment te sens-tu? demanda-t-il.

– Mal! mais ce n'est pas de cela qu'il s'agit. Mon ami, dit Dolokhov d'une voix entrecoupée, où sommes-nous? Nous sommes à Moscou, je le sais. Moi, ce n'est rien, mais elle, je l'ai tuée, tuée... Elle ne survivra pas à cela. Elle n'y survivra pas...

– Qui donc? demanda Rostov.

– Ma mère. Ma mère, mon ange, mon ange adoré, ma mère », et Dolokhov se mit à pleurer en serrant la main de Rostov. Lorsqu'il se fut un peu calmé, il lui expliqua qu'il vivait avec sa mère et que si elle le voyait mourant, elle n'y survivrait pas. Il supplia Rostov d'aller la trouver et de la préparer.

Rostov partit s'acquitter de sa mission et, à sa profonde surprise, apprit que Dolokhov, cette mauvaise tête, ce bretteur de Dolokhov, vivait à Moscou avec sa vieille mère et sa sœur bossue, et qu'il était le plus tendre des fils et des frères.

VI

Pierre, ces derniers temps, avait rarement vu sa femme en tête-à-tête. A Pétersbourg aussi bien qu'à Moscou, leur maison était toujours pleine de monde. La nuit qui suivit le duel, il ne se rendit pas à la chambre à coucher mais, comme il lui arrivait souvent, resta dans l'immense cabinet de son père, celui-là même où le comte Bezoukhov était mort.

Il s'étendit sur le divan et voulut dormir pour oublier tout ce qui lui était arrivé, mais il n'y parvint pas. Une telle tempête de sentiments, de pensées, de souvenirs se leva soudain dans son âme qu'il ne put non seulement dormir mais même rester en place; il dut sauter à bas du divan et se promener à pas rapides dans la pièce. Il la revoyait dans les premiers temps de leur mariage, les épaules nues et le regard las, passionné, et aussitôt surgissait à côté d'elle le beau visage insolent et railleur de Dolokhov, tel qu'il était au banquet, puis le même visage, pâle, tremblant et souffrant, tel qu'il l'avait vu lorsqu'il s'était tourné et était tombé dans la neige.

« Que s'est-il donc passé? se demandait-il. J'ai tué L'AMANT, oui, j'ai tué l'amant de ma femme. Oui, cela est arrivé. Pourquoi? Comment en suis-je venu là? Parce que tu l'as épousée », lui répondait une voix intérieure.

« Mais où est ma faute? demandait-il. De l'avoir épousée sans l'aimer, de vous avoir trompés, elle et toi-même », et il se représenta intensément l'instant où, après le souper chez le prince Vassili, il lui avait dit ces mots qui ne voulaient pas sortir : *« Je vous aime. »* Tout est venu de là! Je le sentais dès ce moment-là, pensait-il, je sentais bien alors que ce n'était pas ce que je devais dire, que je n'en avais pas le droit. Et c'est bien ce qui est arrivé. » Il se rappela leur lune de miel et rougit à ce souvenir. Particulièrement vivace, blessant et honteux était pour lui un souvenir qui datait des premiers temps de son mariage. Un jour vers midi, il était passé de la chambre à coucher dans son cabinet de travail, où il avait trouvé son régisseur général qui s'inclina respectueusement, le regarda, lui, sa robe de chambre de soie, et eut un léger sourire, comme pour exprimer ainsi la part qu'il prenait respectueusement au bonheur de son maître.

« Et que de fois n'ai-je pas été fier d'elle, fier de sa beauté altière, de son tact mondain, songeait-il, j'étais fier de ma maison dans laquelle elle recevait tout Pétersbourg, fier de la voir inaccessible et belle. C'est donc de cela que j'étais fier! Je croyais alors que je ne la comprenais pas. Que de fois, analysant son caractère, me suis-je dit que c'était ma faute si je ne la comprenais pas, si je ne comprenais pas ce calme constant, cette satisfaction immuable et cette absence de tout engouement, de tout désir, tandis que toute la clef de l'énigme était dans ce mot terrible : c'est une femme dévergondée; je me suis dit ce mot terrible et tout est devenu clair!

« Anatole venait lui emprunter de l'argent et baisait ses épaules nues. Elle ne lui donnait pas d'argent, mais se laissait embrasser. Son père excitait en plaisantant sa jalousie; elle disait avec un sourire tranquille qu'elle n'était pas assez bête pour être jalouse : qu'il fasse ce qu'il voudra, disait-elle de moi. Je lui demandai un jour si elle ne ressentait pas des symptômes de grossesse. Elle eut un rire méprisant et me dit qu'elle n'était pas une sotte pour désirer avoir des enfants et que DE MOI elle n'en aurait pas. »

Puis il se rappela la bassesse, la crudité de ses pensées et la vulgarité de ses expressions, bien qu'elle eût été élevée dans le milieu le plus aristocratique. « Je ne suis pas une imbécile... vas-y voir un peu toi-même... *allez vous promener* », disait-elle. Souvent, en voyant ses succès auprès des hommes et des femmes, jeunes et vieux, Pierre ne parvenait pas à comprendre pourquoi il ne l'aimait pas. « Je ne l'ai jamais aimée, je savais que c'était une dévergondée », se répétait-il sans oser se l'avouer.

« Et maintenant voilà Dolokhov assis dans la neige qui se force à rire, et il meurt peut-être en répondant à mon repentir par une feinte bravade! »

Pierre était de ces gens qui, malgré l'apparente faiblesse de leur caractère, ne cherchent pas de confident à leur chagrin. Il le surmontait seul en lui-même.

« C'est elle, elle seule qui est coupable de tout, se disait-il, mais qu'importe? Pourquoi me suis-je lié à elle, pourquoi lui ai-je dit ce *« Je vous aime »* qui était un mensonge et pis encore qu'un mensonge, se disait-il. C'est moi le coupable et je dois porter... Quoi donc? Le déshonneur qui souille mon nom, l'infortune de ma vie? Eh, sornettes que tout cela, et le déshonneur sur le nom, et l'honneur, tout est convention, tout cela est en dehors de moi.

« Louis XVI a été exécuté parce qu'ILS disaient qu'il était un criminel sans honneur, et ils avaient raison à leur point de vue, de même qu'avaient raison ceux qui acceptaient de subir pour lui une mort de martyr et le rangeaient au nombre des saints. Ensuite on a exécuté Robespierre pour avoir été un despote. Qui a raison, qui a tort? Personne. Vis tant que tu es en vie, tu mourras demain, comme j'aurais pu mourir il y a une heure. Et vaut-il la peine de se tourmenter quand ce qui vous reste à vivre n'est qu'une seconde, à côté de l'éternité? » Mais à l'instant même où il se croyait calmé par ce genre de raisonnements, il se la représentait soudain, ELLE, et précisément à ces moments où il lui avait donné les marques les plus éclatantes de son faux amour, et il sentait le sang lui affluer au cœur, de nouveau il devait se lever, marcher, briser et mettre en pièces les objets qui lui tombaient sous la main. « Pourquoi lui ai-je dit : *Je vous aime?* » se demandait-il sans cesse. Comme il répétait cette question pour la dixième fois, le mot de Molière : *Mais que diable allait-il faire dans cette galère?* lui revint en mémoire et il rit de lui-même.

Durant la nuit, il fit venir son valet de chambre et lui dit de faire les bagages afin de partir pour Pétersbourg. Il ne pouvait rester sous le même toit qu'elle. Il ne pouvait imaginer comment il lui parlerait maintenant. Il avait décidé de partir le lendemain et de lui laisser une lettre par laquelle il lui annoncerait sa décision de se séparer d'elle pour toujours.

Le lendemain matin, lorsque le valet de chambre entra dans le cabinet, apportant le café, Pierre était étendu sur l'ottomane et dormait, un livre ouvert à la main.

Il revint à lui et laissa longtemps errer tout autour un regard effrayé sans parvenir à comprendre où il se trouvait.

« Madame la comtesse fait demander si Votre Excellence est visible », dit le valet de chambre.

Mais avant que Pierre eût pu décider de la réponse à faire, la comtesse, en déshabillé de satin blanc brodé d'argent et coiffée avec simplicité (deux énormes nattes posées en diadème faisaient deux fois le tour de sa ravissante tête), entra elle-même d'un air tranquille et majestueux; seul son front marmoréen légèrement bombé portait une petite ride de colère. Avec son calme imperturbable, elle n'engagea pas la conversation en présence du valet de chambre. Elle était au courant du duel et venait pour en parler. Elle attendit que le valet de chambre eût disposé le café et fût sorti. Pierre la regarda timidement à travers ses lunettes et, tel un lièvre cerné par les chiens qui, les oreilles couchées, reste là devant ses ennemis, il essaya de continuer sa lecture; mais il sentait que c'était absurde et inutile, et de nouveau il lui jeta un regard timide. Elle ne s'était pas assise et le regardait avec un sourire méprisant, attendant le départ du valet de chambre.

« Qu'est-ce encore? Qu'avez-vous fait, je vous le demande, dit-elle sévèrement.

– Moi? Qu'ai-je fait? dit Pierre.

– En voilà un héros! Allons, répondez, qu'est-ce que c'est que ce duel? Qu'avez-vous voulu prouver par là? Quoi? Je vous le demande. » Pierre se retourna lourdement sur le divan, ouvrit la bouche, mais ne put répondre.

« Puisque vous ne répondez pas, c'est moi qui vais parler...

poursuivit Hélène. Vous croyez tout ce qu'on vous dit. On vous a dit... (elle rit) que Dolokhov était mon amant », dit-elle en français avec sa brutale précision de langage en prononçant le mot « amant » comme n'importe quel autre mot, « et vous l'avez cru! Mais qu'avez-vous prouvé par là? Qu'avez-vous prouvé par ce duel? *Que vous êtes un sot,* mais cela tout le monde le savait! Où cela va-t-il nous mener? À faire de moi la risée de tout Moscou; à faire dire à chacun qu'en état d'ivresse, ne vous connaissant plus, vous avez provoqué en duel un homme dont vous êtes jaloux sans raison (Hélène s'animait et élevait de plus en plus la voix), un homme qui vaut mieux que vous à tous les égards...

– Hum... hum... grognait Pierre en grimaçant sans la regarder ni remuer un membre.

– Et qu'est-ce qui a pu vous faire croire qu'il est mon amant?... Qu'est-ce donc? Est-ce parce que je me plais en sa société? Si vous étiez plus intelligent et plus agréable, c'est la vôtre que je préférerais.

– Ne me parlez pas... je vous en supplie, murmura Pierre d'une voix rauque.

– Et pourquoi ne parlerais-je pas! Je peux parler et je vous dirai sans hésiter qu'il y a peu de femmes qui, avec un mari comme vous, n'auraient pas pris des *amants,* mais je ne l'ai pas fait », dit-elle. Pierre voulut parler, la regarda avec des yeux étranges dont elle ne comprit pas l'expression et se laissa retomber sur le divan. Il souffrait physiquement en cet instant; sa poitrine était oppressée et il ne pouvait respirer. Il savait qu'il devait faire quelque chose pour mettre fin à cette souffrance, mais ce qu'il voulait faire était trop terrible.

« Il vaut mieux que nous nous séparions, prononça-t-il d'une voix entrecoupée.

– Nous séparer, soit, mais à condition que vous me constituiez une fortune, dit Hélène... Nous séparer, vous avez bien trouvé de quoi me faire peur! »

Pierre bondit du divan et en chancelant se précipita vers elle.

« Je vais te tuer! » cria-t-il, et, saisissant avec une force qu'il ne se connaissait pas la plaque de marbre d'un guéridon, il fit un pas vers elle et la brandit dans sa direction.

Le visage d'Hélène devint effrayant : elle poussa un cri perçant et recula d'un bond. Le sang de son père avait parlé en Pierre. Il éprouvait l'ivresse et la volupté de la fureur. Il jeta la plaque, qui se brisa, et, marchant sur Hélène, les bras en avant, cria : « Hors d'ici! » d'une voix si terrible que ce cri fut entendu avec épouvante dans toute la maison. Dieu sait ce qu'il eût fait à ce moment si Hélène ne s'était pas enfuie.

Huit jours plus tard, Pierre remettait à sa femme un pouvoir pour l'administration de tous ses domaines de Grande Russie, ce qui constituait plus de la moitié de sa fortune, et partait seul pour Pétersbourg.

VII

Deux mois s'étaient écoulés depuis que la nouvelle de la bataille d'Austerlitz et de la disparition du prince André était parvenue à Lissi Gori; malgré toutes les lettres envoyées par l'intermédiaire de l'ambassade, malgré toutes les recherches, son corps n'avait pas été retrouvé et il n'était pas parmi les prisonniers. Le plus angoissant pour sa famille était que l'espoir n'en subsistait pas moins qu'il eût été relevé sur le champ de bataille par des habitants et qu'il se trouvât peut-être quelque part, en convalescence ou mourant, seul, au milieu d'étrangers, incapable de donner de ses nouvelles. Les journaux qui, les premiers, avaient appris au vieux prince la défaite d'Austerlitz, annonçaient comme toujours brièvement et vaguement qu'après de brillants combats les Russes avaient dû se retirer et que la retraite s'était opérée dans un ordre parfait. Le vieux prince comprit, d'après ce communiqué officiel, que nous avions été battus. Huit jours après le journal qui avait apporté la nouvelle, vint une lettre de Koutouzov qui informait le prince du sort de son fils.

« Votre fils, écrivait-il, est tombé sous mes yeux, le drapeau en main, à la tête d'un régiment, en héros digne de son père et de sa patrie. A mon profond regret et à celui de toute l'armée, on ignore jusqu'à présent s'il est ou non en vie. Nous pouvons nous flatter de l'espoir que votre fils est vivant car, dans le cas contraire, il figurerait parmi les officiers trouvés sur le champ de bataille dont une liste m'a été remise par des parlementaires. »

Ayant reçu cette nouvelle tard dans la soirée, alors qu'il était seul dans son cabinet, le vieux prince fit le lendemain, comme d'habitude, sa promenade matinale; mais il fut silencieux avec le régisseur, le jardinier et l'architecte, et quoiqu'il parût courroucé, il ne dit rien à personne.

Lorsque, à l'heure habituelle, la princesse Maria entra chez lui, il travaillait à son établi et, à son habitude, il ne tourna pas la tête.

« Ah! Princesse Maria! » dit-il soudain d'un ton contraint, et il jeta le ciseau. (La roue tournait toujours par la vitesse acquise. La princesse Maria se souvint longtemps de ce grincement de la roue qui allait en mourant et qui devait rester intimement mêlé pour elle à ce qui suivit.)

La princesse Maria se rapprocha de lui, vit son visage et quelque chose soudain tomba en elle. Sa vue se brouilla. A l'expression de son père, non pas triste, non pas éplorée, mais méchante et s'efforçant de se dominer, elle vit qu'un terrible malheur était suspendu sur elle qui allait l'écraser, le plus grand malheur de sa vie, un malheur comme elle n'en avait pas connu encore, un malheur irréparable, inconcevable, la mort de quelqu'un qu'on aime.

« Mon père! André! » dit la gauche et disgracieuse princesse avec un charme si indicible dans la douleur et tant d'oubli de soi-même que son père ne put soutenir son regard et se détourna avec un sanglot.

« J'ai eu des nouvelles. Il n'est pas parmi les prisonniers, il n'est pas parmi les morts. Koutouzov écrit, cria-t-il d'une voix perçante, comme si par ce cri il voulait chasser la princesse, il a été tué! »

La princesse ne tomba pas, ne s'évanouit pas. Elle était déjà pâle, mais lorsqu'elle entendit ces mots, son visage changea et un éclat rayonna dans ses beaux yeux lumineux. C'était comme si une joie, la joie suprême, indépendante des chagrins et des joies de ce monde, se répandait en elle, dominant sa profonde douleur. Elle oublia toute la peur que lui inspirait son père, alla à lui, lui prit la main, l'attira à elle et entoura de ses bras son cou sec et noueux.

« *Mon père,* dit-elle. Ne vous détournez pas de moi, pleurons ensemble.

– Les gredins, les misérables! cria le vieillard en écartant d'elle son visage. Sacrifier l'armée, sacrifier des hommes! Pourquoi? Va, va, avertis Lise. »

La princesse se laissa tomber sans force dans un fauteuil à côté de son père et se mit à pleurer. Elle revoyait maintenant son frère au moment où il leur disait adieu, à elle et à Lise, de son air à la fois tendre et hautain. Elle le revoyait au moment où, avec une tendre ironie, il passait la petite icône à son cou. « Avait-il la foi? S'est-il repenti de son incroyance? Est-il maintenant là-haut? Est-il là-haut, dans le séjour de la paix et de la félicité éternelles? » songeait-elle.

« *Mon père,* dites-moi comment cela est arrivé? demanda-t-elle.

– Va, va, il a été tué dans un bataillon où l'on a conduit à la mort les meilleurs hommes russes et où a péri la gloire russe. Allez, princesse Maria. Va prévenir Lise. J'irai vous rejoindre. »

Lorsque la princesse Maria revint de chez son père, la petite princesse, assise devant son ouvrage, posa sur elle ce regard tourné vers l'intérieur et empreint d'un calme bonheur que n'ont que les femmes enceintes. Il était évident que ses yeux ne la voyaient pas mais regardaient en dedans – en elle-même – quelque chose d'heureux et de mystérieux qui s'accomplissait en elle.

« *Marie,* dit-elle en s'écartant de son métier et en se renversant en arrière, donne-moi ta main. » Elle prit la main de la princesse et la posa sur son ventre.

Ses yeux souriaient dans l'attente, sa lèvre ombrée de duvet se releva et resta ainsi, lui donnant une expression de bonheur enfantin.

La princesse Maria se mit à genoux devant elle et cacha son visage dans les plis de la robe de sa belle-sœur.

« Là, là, tu sens? Cela me paraît si étrange. Et, tu sais, Marie, je l'aimerai beaucoup », dit Lise en regardant sa belle-sœur avec des yeux brillants et heureux. La princesse Maria ne put relever la tête, elle pleurait.

« Qu'as-tu, Macha?

– Rien... je me suis simplement sentie triste... triste au sujet d'André », dit-elle en essuyant ses larmes à la robe de sa belle-sœur. Plusieurs fois au cours de la matinée elle commença à la préparer, et chaque fois elle en fut empêchée par les larmes. Ces larmes dont la petite princesse ne comprenait pas la cause l'alarmèrent, si peu observatrice qu'elle fût. Elle ne disait rien mais jetait autour d'elle des regards inquiets comme si elle cherchait quelque chose. Avant le dîner, le vieux prince qu'elle craignait toujours mais qui, maintenant, avait un air particulièrement anxieux et méchant, entra chez elle et, sans dire un mot, ressortit. Elle regarda la princesse Maria, puis devint songeuse avec, dans les yeux, cette expression d'attention dirigée au-dedans d'elles-mêmes qu'ont les femmes enceintes, et soudain elle fondit en larmes.

« Vous avez reçu des nouvelles d'André? dit-elle.

– Non, tu sais que nous ne pouvons pas encore en avoir, mais *mon père* est inquiet et je me tourmente.

– Alors il n'y a vraiment rien?

– Non, rien », dit la princesse Maria en regardant fermement sa belle-sœur de ses yeux lumineux. Elle décida de ne rien lui dire et obtint de son père de lui cacher la terrible nouvelle jusqu'à sa délivrance qui devait avoir lieu dans quelques jours. La princesse Maria et le vieux prince, chacun à sa façon, portaient et dissimulaient leur douleur. Le vieux prince ne voulait pas espérer : il avait décidé que le prince André avait été tué, et quoiqu'il eût envoyé en Autriche un homme de confiance à la recherche des traces de son fils, il avait commandé à Moscou un monument qu'il avait l'intention d'ériger dans son jardin, et annonçait à tout le monde sa mort. Il essayait de ne rien changer à son genre de vie, mais ses forces le trahissaient : il marchait moins, mangeait moins, dormait moins et s'affaiblissait de jour en jour. La princesse Maria, elle, espérait. Elle priait pour son frère comme pour un vivant et, à chaque instant, attendait la nouvelle de son retour.

VIII

« MA BONNE AMIE », dit la petite princesse le matin du 19 mars, après le déjeuner, et sa lèvre ombrée de duvet se releva par habitude; mais comme depuis l'arrivée de la terrible nouvelle, tout dans la maison, non seulement les sourires, mais le son des voix et jusqu'aux démarches, portait l'empreinte du chagrin, le sourire de la petite princesse, qui cédait à l'état d'esprit général tout en en ignorant la cause, ne fit que rappeler davantage la peine de chacun.

« Ma bonne amie, je crains que le fruschtique (comme dit notre cuisinier Foka) *de ce matin ne m'ait pas fait du mal.*

– Qu'as-tu donc, ma chérie? Tu es pâle. Ah! comme tu es pâle, dit la princesse Maria d'un air effrayé en accourant de son pas lourd et mou.

– Votre Excellence, si on envoyait chercher Maria Bogdanovna? » dit une des femmes de chambre qui était présente. (Maria Bogdanovna était la sage-femme du chef-lieu voisin qui se trouvait à Lissi Gori depuis plus de huit jours.)

« En effet, répondit la princesse Maria, il le faut peut-être. J'y vais. *Courage, mon ange! »* Elle embrassa Lise et voulut sortir.

« Ah! non, non! » Et s'ajoutant à sa pâleur, une peur enfantine de la souffrance physique inévitable se peignit sur les traits de la petite princesse.

« Non, c'est l'estomac... dites que c'est l'estomac, dites, Marie, dites... » Et la princesse se mit à pleurer d'un air de souffrance enfantine, capricieuse et même un peu affectée en se tordant ses petites mains. La princesse Maria courut chercher Maria Bogdanovna.

« Oh! Mon Dieu! Mon Dieu! » entendait-elle derrière elle.

Se frottant ses petites mains blanches, la sage-femme venait déjà à sa rencontre d'un air tranquille et important.

« Maria Bogdanovna! Je crois que c'est commencé, dit la princesse Maria en regardant la sage-femme avec de grands yeux effrayés.

— Dieu merci, princesse, dit Maria Bogdanovna sans presser le pas. Vous autres jeunes filles, vous n'avez pas à savoir ces choses-là.

— Mais comment se fait-il que le médecin ne soit pas encore arrivé de Moscou? » dit la princesse. (Selon le désir de Lise et du prince André, on avait mandé pour le terme un accoucheur de Moscou, et on l'attendait d'un instant à l'autre.)

« Ça ne fait rien, princesse, ne vous inquiétez pas, dit Maria Bogdanovna, même sans le docteur tout ira bien. »

Cinq minutes plus tard, la princesse Maria entendit de sa chambre transporter quelque chose de lourd. Elle regarda : des valets, elle ne savait pourquoi, apportaient dans la chambre à coucher le divan de cuir qui se trouvait dans le cabinet du prince André. Les porteurs avaient une expression solennelle et recueillie.

La princesse Maria était seule dans sa chambre, prêtant l'oreille aux bruits de la maison, ouvrant de temps à autre la porte lorsqu'on passait et guettant les allées et venues dans le couloir. Plusieurs femmes passaient et repassaient à pas feutrés, lui jetaient un regard et se détournaient. Elle n'osait les questionner, refermait la porte, revenait chez elle et tantôt s'asseyait dans son fauteuil, tantôt prenait son livre de prières, tantôt s'agenouillait devant les icônes. Elle sentait avec un étonnement douloureux que la prière n'apaisait pas son agitation. Soudain la porte de sa chambre s'ouvrit doucement, et sur le seuil apparut, un fichu sur la tête, sa vieille nounou Prascovie Savichna qui, en raison de l'interdiction du prince, n'entrait presque jamais chez elle.

« Je viens te tenir compagnie, Machenka, dit-elle, et j'apporte, mon ange, les cierges de mariage du prince pour les allumer devant le saint, dit-elle en soupirant.

— Ah! comme je suis contente, nounou.

— Dieu est miséricordieux, ma chérie. » La nounou alluma devant la vitrine aux icônes les cierges ornés d'or et s'assit près de la porte avec son tricot. La princesse Maria prit un livre et se mit à lire. La princesse et la nounou n'échangeaient un regard que lorsqu'on entendait un bruit de pas ou de voix, l'une d'un air effrayé, interrogateur, l'autre d'un air rassurant. Le sentiment que la princesse Maria éprouvait dans sa chambre avait gagné toute la maison et s'était emparé de tous. Selon la croyance populaire qui veut que, moins nombreux soient ceux qui savent les souffrances de l'accouchée, moins elle souffre, chacun s'efforçait de feindre l'ignorance; personne n'en parlait, mais chez tous les gens du prince transparaissait sous la bonne tenue et la déférence habituelles, une sollicitude commune, un attendrissement du cœur et la conscience que quelque chose de grand, de mystérieux était en train de s'accomplir.

Dans la vaste chambre des servantes, on n'entendait aucun rire. A l'office, tout le monde se taisait, sur le qui vive. Dans les communs, on brûlait des tisons et des chandelles, et l'on ne dormait pas. Le vieux prince arpentait son cabinet en marchant sur les talons, et il envoya Tikhon aux nouvelles auprès de Maria Bogdanovna.

« Tu diras seulement : le prince fait demander comment ça va, et reviens me dire ce qu'elle t'aura répondu.

— Dis au prince que l'accouchement a commencé », dit Maria Bogdanovna en regardant l'envoyé d'un air significatif. Tikhon alla faire la commission.

« Bien », dit le prince en refermant la porte, et Tikhon n'entendit plus le moindre bruit dans le cabinet. Un peu plus tard, il y rentra sous prétexte de moucher les bougies. Voyant le prince étendu sur le divan, il regarda son visage défait, hocha la tête, s'approcha en silence, le baisa à l'épaule, puis ressortit sans avoir mouché les bougies et sans dire pourquoi il était venu. Le mystère le plus solennel qui soit au monde continuait de s'accomplir. La soirée se passa, vint la nuit. Et le sentiment d'attente et d'attendrissement devant l'inconcevable, loin de faiblir, allait croissant. Personne ne dormait.

C'était une de ces nuits de mars où l'hiver semble vouloir réaffirmer ses droits et lâche avec une colère frénétique ses dernières tempêtes, ses dernières rafales de neige. Des hommes à cheval munis de lanternes avaient été postés à l'entrée du chemin vicinal pour guider à travers les fondrières le médecin allemand qu'on attendait d'une minute à l'autre et à qui l'on avait envoyé des chevaux sur la grande route.

La princesse Maria avait depuis longtemps abandonné son livre; elle restait assise en silence, ses yeux lumineux posés sur le visage ridé de la nounou dont elle connaissait le moindre détail; sur la mèche de cheveux gris échappée de son fichu, sur les fanons de son cou.

La nounou Savichna, son bas à la main, racontait à voix basse, sans entendre ni comprendre elle-même ce qu'elle disait, l'histoire cent fois répétée de la naissance de la princesse Maria que la défunte princesse avait mise au monde à Kichinev, avec l'aide d'une paysanne moldave qui lui avait servi de sage-femme.

« Dieu aura pitié d'elle, on n'a pas besoin de docteur », disait-elle. Soudain un coup de vent pesa contre une des fenêtres dont on avait déjà enlevé le châssis extérieur (selon les ordres du prince, on enlevait toujours, dès l'arrivée des alouettes, un châssis dans chaque pièce), fit sauter la targette mal poussée, battre les rideaux de soie, et, laissant pénétrer dans la pièce le froid, la neige, souffla la bougie. La princesse Maria tressaillit, la nounou posa son bas, alla à la fenêtre et, se penchant au-dehors, essaya de rattraper le châssis ouvert. Le vent froid agitait les bouts de son fichu et les mèches de cheveux gris qui s'en échappaient.

« Princesse, ma chère enfant, quelqu'un arrive par l'avenue! dit-elle en maintenant le châssis sans le fermer. Avec des lanternes, sûr que c'est le docteur...

– Ah! mon Dieu! Dieu soit loué! dit la princesse Maria. Il faut aller le recevoir : il ne sait pas le russe. »

La princesse Maria jeta un châle sur ses épaules et courut à la rencontre des arrivants. En traversant l'antichambre, elle aperçut par la fenêtre une voiture arrêtée devant le perron et des lanternes. Elle s'engagea dans l'escalier. Sur le balustre de la rampe était posée une chandelle que le vent faisait couler. Philippe, un des valets, l'air affolé et une autre bougie à la main, se tenait plus bas, sur le premier palier. Encore plus bas, sur la première volée de l'escalier, on entendait un bruit de bottes feutrées qui approchait. Et une voix qui parut familière à la princesse Maria disait quelque chose.

« Dieu merci! dit la voix. Et mon père?

– Le prince est couché », répondit la voix du maître d'hôtel Damien accouru en bas.

Puis la voix dit encore quelque chose. Damien répondit, et les pas feutrés se rapprochèrent plus vite montant la volée invisible de l'escalier. « C'est André! pensa la princesse Maria.

Non, ce n'est pas possible, ce serait trop extraordinaire! » et au moment même où elle le pensait, le visage, puis la silhouette du prince André, le col de sa pelisse poudré de neige, apparurent sur le palier où se tenait le valet avec la bougie. Oui, c'était lui, mais pâle et maigre, et avec sur son visage une expression changée, étrangement adoucie quoique inquiète. Il monta l'escalier et prit sa sœur dans ses bras.

« Vous n'avez pas reçu ma lettre? » demanda-t-il et sans attendre la réponse qu'il n'aurait pas obtenue, car la princesse était incapable de parler, il revint sur ses pas, puis, en compagnie de l'accoucheur qui le suivait (il l'avait rencontré au dernier relais), remonta l'escalier à pas rapides, et de nouveau prit sa sœur dans ses bras.

« Quel destin! prononça-t-il. Ma chère Macha! » Et après avoir enlevé sa pelisse et ses bottes, il pénétra dans l'appartement de sa femme.

IX

La petite princesse reposait sur ses oreillers, coiffée d'un bonnet blanc. (Les douleurs venaient de la quitter.) Des mèches noires encadraient ses joues enfiévrées couvertes de sueur; la ravissante bouche rose à la lèvre ombrée d'un léger duvet était entrouverte et elle souriait joyeusement. Le prince André entra et s'arrêta devant elle, au pied du divan sur lequel elle était étendue. Ses yeux brillants au regard ému et effrayé d'enfant s'arrêtèrent sur lui sans changer d'expression. « Je vous aime tous, je n'ai fait de mal à personne, pourquoi est-ce que je souffre? Aidez-moi », disait cette expression. Elle voyait son mari, mais ne comprenait pas ce que signifiait son apparition devant elle en ce moment. Le prince André fit le tour du divan et déposa un baiser sur son front.

« Ma chérie, dit-il, employant un mot qu'il ne lui disait jamais. Dieu est miséricordieux... » Elle le regarda d'un air interrogateur, chargé d'un reproche enfantin.

« J'attendais de toi un secours et il n'y a rien, rien, et tu es comme les autres! » dirent ses yeux. Elle n'était pas étonnée de son arrivée; elle ne comprenait pas qu'il était arrivé. Sa présence ne pouvait avoir aucun rapport avec ses souffrances et leur soulagement. Les douleurs reprirent, et Maria Bogdanovna conseilla au prince André de quitter la pièce.

L'accoucheur entra. Le prince André sortit et, rencontrant la princesse Maria, s'approcha de nouveau d'elle. Ils se mirent à parler à voix basse, mais la conversation tombait à tout instant. Ils attendaient et prêtaient l'oreille.

« Allez, mon ami », dit la princesse Maria. Le prince André retourna chez sa femme et s'assit pour attendre dans la pièce voisine. Une femme sortit de la chambre, la mine effrayée, et se troubla à la vue du prince André. Il se couvrit le visage des mains et resta ainsi quelques instants. Des plaintes pitoyables, des plaintes de bête sans défense, parvinrent de derrière la porte. Le prince André se leva, alla à la porte et voulut l'ouvrir. Quelqu'un la retenait.

« Impossible, impossible! » dit de l'intérieur une voix effrayée. Il se mit à arpenter la pièce. Les cris se turent, quelques secondes s'écoulèrent encore. Tout à coup, un cri terrible – pas son cri à elle, elle ne pouvait crier ainsi – s'éleva dans la pièce voisine. Il courut à la porte, le cri se tut, on entendit un vagissement.

« Pourquoi a-t-on apporté ici un enfant? se demanda au premier instant le prince André. Un enfant? Quel enfant?... Pourquoi y a-t-il un enfant là-bas? Ou bien un enfant serait-il né? »

Quand il comprit soudain le sens joyeux de ce cri, les larmes l'étouffèrent et, posant les deux coudes sur l'appui de la fenêtre, il se mit à pleurer en reniflant comme le font les enfants. La porte s'ouvrit. Le médecin, sans redingote, les manches de sa chemise retroussées, pâle et la mâchoire inférieure tremblante, sortit de la chambre. Le prince André voulut lui parler, mais il lui jeta un regard égaré et passa sans dire un mot. Une femme accourut et, à la vue du prince André, hésita sur le seuil. Il entra dans la chambre de sa femme. Elle reposait morte dans la même position où il l'avait vue cinq minutes plus tôt, et la même expression demeurait, malgré les yeux maintenant fixes et la pâleur des joues, sur ce ravissant visage enfantin à la lèvre ombrée d'un léger duvet noir.

« Je vous aime tous et je n'ai fait de mal à personne, qu'avez-vous fait de moi? » disait son ravissant, son pitoyable visage, mort. Dans un coin de la pièce, quelque chose de petit, de rouge, grogna et piailla entre les mains blanches de Maria Bogdanovna qui tremblaient.

Deux heures plus tard, le prince André entrait sans bruit dans le cabinet de son père. Le vieillard savait déjà tout. Il se tenait près de la porte et, dès qu'elle s'ouvrit, il enserra comme dans un étau le cou de son fils dans ses bras rudes de vieillard et éclata en sanglots comme un enfant.

Trois jours plus tard, on enterrait la petite princesse et, pour lui dire adieu, le prince André gravit les marches du catafalque. Dans le cercueil aussi, le visage était le même, quoique les yeux fussent fermés. « Ah! qu'avez-vous fait de moi? » disait-il toujours, et le prince André sentit quelque chose se déchirer en lui, il se sentit coupable d'une faute qu'il ne pourrait ni réparer ni oublier. Il ne pouvait pleurer. Le vieillard vint à son tour et baisa la petite main de cire posée tranquillement sur l'autre, et à lui aussi le visage dit : « Ah! qu'avez-vous fait de moi? » Et, à la vue de ce visage, le vieillard se détourna d'un air courroucé.

Encore cinq jours, et l'on baptisa le jeune prince Nicolas Andreitch. La nourrice retenait les langes du menton pendant que le prêtre oignait avec une plume d'oie les paumes et la plante des pieds rouge et ridée du petit garçon.

Le grand-père, son parrain, porta le bébé autour des fonts baptismaux en fer-blanc bosselé, tremblant de le laisser tomber, et le passa à la marraine, la princesse Maria. Le prince André, le cœur angoissé de crainte qu'on ne noyât l'enfant, attendait dans la pièce voisine la fin de la cérémonie. Il regarda joyeusement l'enfant lorsque la nounou le lui apporta et hocha avec approbation la tête quand elle lui annonça que, jeté dans les fonts, le morceau de cire portant ses cheveux n'avait pas coulé mais avait surnagé.

X

La participation de Rostov au duel de Dolokhov et de Bezoukhov fut étouffée grâce aux soins du vieux comte, et au lieu d'être dégradé comme il s'y attendait, il fut nommé aide de camp du gouverneur général de Moscou. De ce fait, il ne put suivre sa famille à la campagne mais passa tout l'été à Moscou, à son nouveau poste. Dolokhov s'était rétabli, et Rostov se lia particulièrement avec lui pendant sa convalescence. Durant sa maladie, Dolokhov avait été soigné par sa mère qui l'aimait passionnément et avec tendresse. La vieille Maria Ivanovna avait pris Rostov en affection pour l'amitié qu'il portait à son Fedia et lui parlait souvent de son fils.

« Oui, comte, il a l'âme trop noble et trop pure pour notre siècle corrompu, disait-elle. Personne n'aime la vertu, elle pique les yeux à tout le monde. Voyons, dites-moi, comte, est-ce juste, est-ce honnête ce qu'a fait Bezoukhov? Fedia avec sa noblesse de sentiments l'aimait bien et maintenant encore il ne dit jamais de mal de lui. A Pétersbourg, ces histoires avec le commissaire de police, je ne sais quoi au juste, ils y étaient bien mêlés ensemble? Mais Bezoukhov n'a rien eu, et c'est Fedia qui a dû subir toutes les conséquences! Que n'a-t-il pas enduré! Il est vrai qu'on lui a rendu son grade mais comment, aussi, ne pas le lui rendre? Des braves, des fils de la patrie comme lui, il ne devait pas y en avoir beaucoup, j'imagine. Et puis, maintenant, ce duel? Est-ce qu'ils ont seulement le sentiment de l'honneur ces gens! Le sachant fils unique, le provoquer en duel et lui tirer carrément dessus! Heureusement que Dieu a eu pitié de nous. Et pourquoi tout cela? Qui donc de nos jours n'a pas d'intrigue? Que faire s'il est jaloux? Je comprends bien, il aurait pu le lui laisser entendre plus tôt, mais il y avait un an que cela durait. Et, au lieu de ça, il l'a provoqué en duel, croyant que Fedia ne se battrait pas parce qu'il lui doit de l'argent. Quelle bassesse! Quelle abomination! Je sais, vous avez compris Fedia, mon cher comte, c'est pourquoi je vous aime de tout mon cœur, croyez-moi. Ils sont rares, ceux qui le comprennent. C'est une âme si haute, si céleste. »

Dolokhov lui-même disait souvent à Rostov, pendant sa convalescence, de ces choses auxquelles on ne se serait jamais attendu de sa part.

« On me tient pour un méchant homme, je le sais, disait-il. Libre à eux. Je ne veux connaître que ceux que j'aime; mais quand j'aime quelqu'un, c'est au point de donner ma vie pour lui; quant aux autres, je les écraserai tous s'ils se mettent en travers de mon chemin. J'ai une mère adorée, inappréciable, deux ou trois amis, dont tu fais partie, et quant aux autres, je ne me soucie d'eux que dans la mesure où ils sont utiles ou nuisibles. Et presque tous sont nuisibles, surtout les femmes. Oui, mon cher, continuait-il, j'ai rencontré des hommes de cœur, aux sentiments nobles, élevés; mais des femmes autres que des créatures vénales, qu'elles soient comtesses ou cuisinières, je n'en ai pas encore rencontré. Je n'ai pas encore rencontré cette pureté céleste, ce dévouement que je cherche chez la femme. Si je trouvais une telle femme, je donnerais ma vie pour elle. Mais celles-là!... » Il eut un geste de mépris. « Et me croirais-tu, si je tiens encore à la vie, ce n'est que parce que je ne désespère pas de rencontrer cet être céleste qui me régénère, me purifie et me relève. Mais tu ne comprends pas cela.

– Si, je comprends très bien », répondit Rostov qui subissait l'influence de son nouvel ami.

A l'automne, la famille Rostov regagna Moscou. Au début de l'hiver, Denissov y revint à son tour et descendit chez eux. Ce début de l'hiver 1806 que Nicolas Rostov passait à Moscou fut l'une des époques les plus heureuses et les plus gaies pour lui et pour toute la famille. Nicolas avait attiré dans la maison de ses parents de nombreux jeunes gens. Vera était une belle jeune fille de vingt ans, Sonia avec ses seize ans était dans toute la grâce d'une fleur à peine éclose, Natacha, mi-jeune fille, mi-fillette, tantôt amusante comme une enfant, tantôt pleine de séduction virginale.

La maison des Rostov était imprégnée à cette époque, de cette atmosphère amoureuse particulière aux maisons où il y a de très jeunes et très gentilles filles. En voyant ces jeunes visages souriants, ouverts à tout (sans doute à leur bonheur), ces allées et venues pleines d'animation, en entendant ce babillage de jeunes filles décousu mais bienveillant envers tous et plein d'espoir, ces bruits sans suite, tantôt chants, tantôt musique, chacun des jeunes gens qui venaient chez eux partageait ce sentiment d'attente de l'amour et du bonheur qu'éprouvait la jeunesse de la maison des Rostov.

Parmi les jeunes gens introduits par Nicolas, un des premiers avait été Dolokhov qui avait plu à tout le monde, à l'exception de Natacha. Elle avait failli se brouiller à cause de lui avec son frère. Elle affirmait que c'était un méchant homme, que dans son duel avec Bezoukhov c'était Pierre qui avait raison et Dolokhov qui avait tort, qu'il était désagréable et affecté.

« Je n'ai rien à comprendre! criait-elle péremptoire, il est méchant et sans cœur. Tiens, ton Denissov, je l'aime bien, c'est un noceur et tout, mais je l'aime quand même, donc je comprends cela. Je ne sais pas te le dire; chez l'autre tout est calculé et c'est une chose qui me déplaît. Denissov, lui...

– Ma foi, Denissov c'est autre chose, répondit Nicolas, laissant entendre qu'en comparaison de Dolokhov, Denissov lui-même ne comptait pour rien, il faut comprendre quelle âme a ce Dolokhov, quel cœur, il faut le voir avec sa mère!

– Cela, je n'en sais rien, mais je me sens mal à l'aise avec lui. Et sais-tu qu'il est tombé amoureux de Sonia?

– Quelle bêtise!...

– J'en suis sûre, tu verras. »

Natacha avait vu juste. Dolokhov, qui n'aimait pas la société des femmes, devint un hôte assidu de la maison, et l'on décida bientôt (quoique personne n'en parlât) qu'il venait pour Sonia. Et Sonia, encore qu'elle n'eût jamais osé le dire, le savait aussi et devenait rouge comme une pivoine chaque fois que Dolokhov apparaissait.

Dolokhov dînait souvent chez les Rostov, ne manquait jamais un spectacle auquel ils assistaient et fréquentait les bals d'*adolescentes* chez Jogel auxquels ils allaient toujours. Il se montrait particulièrement assidu auprès de Sonia et la regardait avec de tels yeux que non seulement elle ne pouvait soutenir ce regard sans rougir, mais que la vieille comtesse et Natacha elles-mêmes rougissaient en le remarquant.

On voyait que cet homme fort et étrange était sous le charme invincible qu'exerçait sur lui cette gracieuse fillette brune qui en aimait un autre.

Rostov remarquait qu'il y avait quelque chose de nouveau entre Dolokhov et Sonia; mais il ne cherchait pas à définir ce qu'étaient ces relations nouvelles. « Elles sont toujours amoureuses de quelqu'un », se disait-il en songeant à Sonia et à Natacha. Mais il ne se sentait plus si à l'aise en compagnie de Sonia et de Dolokhov, et il resta plus rarement à la maison.

A partir de l'automne 1806, on reparla de la guerre contre Napoléon avec plus d'ardeur encore que l'année précédente. On décréta non seulement un recrutement de dix sur mille pour l'armée, mais encore de neuf sur mille pour la milice. Partout on jetait l'anathème sur Bonaparte et, à Moscou, il n'était question que de la guerre imminente. Pour la famille Rostov, tout l'intérêt de ces préparatifs de guerre se réduisait au seul fait que Nicolas se refusait absolument à demeurer à Moscou et n'attendait que la fin du congé de Denissov pour rejoindre avec lui son régiment après les fêtes. Ce départ prochain, loin de l'empêcher de s'amuser, l'y encourageait encore. Il passait le plus clair de son temps hors de la maison, en dîners, soirées et bals.

XI

Le troisième jour des fêtes de Noël, Nicolas dînait à la maison, ce qui lui arrivait rarement ces derniers temps. C'était un dîner officiel d'adieu, car Denissov et lui regagnaient leur régiment après l'Épiphanie. On était une vingtaine à table; Dolokhov et Denissov étaient du nombre.

Jamais encore l'atmosphère amoureuse chez les Rostov ne s'était fait sentir avec autant de force que pendant ces jours de fête. « Saisis au vol les instants de bonheur, fais-toi aimer, éprends-toi toi-même! C'est la seule chose qui compte au monde : le reste n'est rien. Et c'est cela seul qui nous occupe tous », disait cette atmosphère.

Nicolas, ayant comme toujours fourbu deux paires de chevaux sans avoir pu faire toutes les visites nécessaires ni se rendre partout où il était invité, arriva à la maison juste avant le dîner. A peine entré, il sentit la tension de l'atmosphère amoureuse, mais par surcroît il s'aperçut d'une gêne étrange qui régnait entre certains convives. Particulièrement émus étaient Sonia, Dolokhov, la vieille comtesse et un peu Natacha. Nicolas comprit que quelque chose avait dû se passer, avant le dîner, entre Sonia et Dolokhov, et avec la délicatesse de cœur qui lui était propre, il fut pendant le repas très tendre et très réservé envers tous deux. Ce même soir du troisième jour des fêtes, il devait y avoir chez Jogel (le maître de danse) un de ces bals qu'à l'occasion des fêtes il donnait à tous ses élèves.

« Nicolas, tu viens chez Jogel? Je t'en prie, viens, lui dit Natacha, il te l'a particulièrement demandé, et Vassili Dmitritch (c'était Denissov) y va aussi.

– Où n'irais-je pas sur l'ordre de la comtesse! dit Denissov qui se posait par plaisanterie en chevalier servant de Natacha, je suis même prêt à danser le *pas de châle*.

– J'irai si j'ai le temps! J'ai promis d'aller chez les Arkharov, ils ont une soirée, dit Nicolas.

– Et toi? » demanda-t-il à Dolokhov. Et à peine l'eut-il demandé qu'il s'aperçut qu'il n'aurait pas dû poser cette question.

« Oui, peut-être », répondit Dolokhov froidement et avec humeur en jetant un coup d'œil vers Sonia, et, fronçant les sourcils, il posa sur Nicolas exactement le même regard qu'il avait eu en dévisageant Pierre au dîner du club.

« Il y a quelque chose », pensa Nicolas, et cette supposition se trouva encore confirmée quand Dolokhov partit aussitôt après le dîner. Il appela Natacha et lui demanda ce qui se passait.

« Je te cherchais justement, dit Natacha en accourant. Je te le disais bien, tu ne voulais jamais me croire, déclara-t-elle triomphalement, il a demandé Sonia en mariage. »

Si peu que Nicolas s'occupât de Sonia, il éprouva une sorte de déchirement en entendant cela. Dolokhov était un parti convenable et à certains égards brillant pour l'orpheline sans dot qu'était Sonia. Aux yeux de la vieille comtesse et du monde, il était impossible de l'éconduire. Aussi le premier mouvement de Nicolas fut-il de dépit envers Sonia. Il s'apprêtait à dire : « C'est parfait, elle doit, bien entendu, oublier les promesses enfantines et accepter »; mais il n'en eut pas le temps.

« Figure-toi! elle a refusé, refusé carrément! reprit Natacha. Elle a dit qu'elle en aimait un autre », ajouta-t-elle après un léger silence.

« Ma Sonia ne pouvait agir autrement! » pensa Nicolas.

« Maman a eu beau la supplier, elle a refusé et je sais qu'elle ne reviendra jamais sur ce qu'elle a dit...

— Maman l'a suppliée! dit Nicolas avec reproche.

— Oui, dit Natacha. Tu sais, Nicolas, ne te fâche pas, mais je sais que tu ne l'épouseras pas. Je le sais, Dieu sait pourquoi, mais je suis sûre que tu ne l'épouseras pas.

— Cela tu ne peux pas le savoir, dit Nicolas, mais il faut que je lui parle. Quelle fille exquise que cette Sonia! ajouta-t-il en souriant.

— Si elle est exquise! Je vais te l'envoyer. » Et Natacha s'enfuit après avoir embrassé son frère.

Un instant plus tard, Sonia entra, en désarroi, effrayée et confuse. Nicolas s'approcha d'elle et lui baisa la main. C'était la première fois depuis son retour qu'ils parlaient en tête-à-tête, et de leur amour.

« Sophie, dit-il d'abord timidement, puis s'enhardissant de plus en plus, non seulement vous voulez refuser un brillant, un avantageux parti, mais c'est aussi un noble, un excellent garçon... c'est mon ami... »

Sonia l'interrompit.

« J'ai déjà refusé, dit-elle précipitamment.

— Si vous refusez à cause de moi, je crains que... »

Sonia l'interrompit de nouveau. Elle lui lança un regard suppliant, effrayé.

« Nicolas, ne me dites pas cela, dit-elle.

— Si, je le dois. Peut-être est-ce de la *suffisance* de ma part, mais il vaut mieux parler. Si vous refusez à cause de moi, je vous dois toute la vérité. Je vous aime, je crois, plus que n'importe qui au monde...

— Cela me suffit, dit Sonia en s'empourprant.

— Oui, mais j'ai été mille fois amoureux et je le serai encore, bien que je n'aie pour personne tant d'amitié, de confiance, d'affection que pour vous. Et puis je suis jeune. *Maman* ne le veut pas. En un mot, je ne promets rien. Et je vous prie de réfléchir à la demande de Dolokhov, conclut-il en prononçant avec effort le nom de son ami.

– Ne me dites pas cela. Je ne désire rien. Je vous aime comme un frère et je vous aimerai toujours, et je n'ai besoin de rien de plus.

– Vous êtes un ange, je ne suis pas digne de vous, tout ce que je crains, c'est de vous décevoir. » Et il lui baisa encore une fois la main.

XII

Les bals de Jogel étaient les plus amusants de Moscou. C'est ce que disaient les mères en regardant leurs *adolescentes* esquisser les pas qu'elles venaient d'apprendre; c'est ce que disaient les *adolescentes* elles-mêmes et les *adolescents* qui dansaient à en tomber d'épuisement; c'est ce que disaient les grandes jeunes filles et les jeunes gens qui venaient à ces bals par condescendance et s'y amusaient comme nulle part ailleurs. Cette année même deux mariages s'y étaient faits. Les deux jolies princesses Gortchakov avaient trouvé là des maris, ce qui avait encore accru la renommée de ces bals. Ces bals avaient ceci de particulier qu'il n'y avait ni maître ni maîtresse de maison : il y avait le bon Jogel qui, volant comme un duvet et faisant des révérences selon toutes les règles de l'art, acceptait un cachet de tous ses invités; ils avaient cette particularité encore que n'y venaient que ceux qui voulaient danser et s'amuser comme le désirent les fillettes de treize et quatorze ans qui mettent pour la première fois une robe longue. Toutes, à de rares exceptions près, étaient ou paraissaient jolies, tant il y avait d'enthousiasme dans leur sourire, d'éclat dans leurs yeux. Parfois les meilleurs élèves dansaient même le *pas de châle,* et parmi elles la meilleure était Natacha, qui se distinguait par sa grâce; mais cette fois on ne devait danser que l'écossaise, l'anglaise et la mazurka qui entrait en vogue. Jogel avait emprunté une salle dans l'hôtel Bezoukhov et le bal était très réussi, de l'avis de tous. Il y avait beaucoup de jolies filles, et les jeunes Rostov étaient parmi les plus belles. Elles étaient toutes deux particulièrement heureuses et gaies. Sonia, fière d'avoir été demandée en mariage par Dolokhov, de l'avoir éconduit et de s'être expliquée avec Nicolas, tournoyait déjà à la maison, empêchant la femme de chambre de finir de la coiffer, et maintenant elle irradiait une joie débordante.

Natacha, non moins fière de porter pour la première fois une robe longue à un vrai bal, était encore plus heureuse. Elles avaient toutes deux des robes de mousseline blanche avec des rubans roses.

Natacha devint amoureuse à l'instant même où elle entra dans la salle. Elle n'était amoureuse de personne en particulier mais de tous à la fois. Elle était amoureuse de celui qu'elle regardait, pendant qu'elle le regardait.

« Ah! comme c'est bien! » disait-elle sans cesse en accourant vers Sonia.

Nicolas et Denissov se promenaient dans la salle, regardant les danseurs d'un air affable et protecteur.

« Comme elle est ravissante, ce sera une beauté, dit Denissov.

– Qui?

– La comtesse Natacha, répondit Denissov.

– Et comme elle danse, quelle grâce! reprit-il après un silence.

– Mais de qui parles-tu?

– De ta sœur », cria Denissov avec humeur.

Rostov sourit.

« Mon cher comte, vous êtes l'un de mes meilleurs écoliers, il faut que vous dansiez, dit le petit Jogel en s'approchant de Nicolas. *Voyez combien de jolies demoiselles. »* Il adressa la même prière à Denissov qui lui aussi était son ancien élève.

« Non, mon cher, je ferai tapisserie, dit Denissov. Avez-vous oublié comme j'ai mal profité de vos leçons?

– Oh! non, dit Jogel s'empressant de le consoler. Vous étiez seulement inattentif, mais vous aviez des dispositions, oui, vous aviez des dispositions. »

On attaqua la mazurka qui entrait alors en vogue. Nicolas ne put refuser à Jogel et invita Sonia. Denissov s'assit près des vieilles dames et, accoudé sur son sabre, battant la mesure du pied, il leur racontait gaiement quelque chose et les faisait rire tout en regardant danser les jeunes. Jogel formait le premier couple avec Natacha, son orgueil et sa meilleure élève. Glissant délicatement sur ses escarpins, il s'élança le premier à travers la salle avec Natacha, intimidée mais faisant les pas avec application. Denissov ne la quittait pas des yeux et battait la mesure avec son sabre d'un air qui signifiait clairement que s'il ne dansait pas lui-même, ce n'était que parce qu'il ne le voulait pas et non parce qu'il ne le pouvait pas. Au milieu d'une figure, il appela Rostov qui passait.

« Ce n'est pas ça du tout, dit-il. Est-ce là la mazurka polonaise? Mais elle danse parfaitement. »

Sachant que, même en Pologne, Denissov passait pour un vituose de la mazurka, Nicolas courut à Natacha :

« Va inviter Denissov. En voilà un qui sait danser! Une merveille! » dit-il.

Lorsque le tour de Natacha fut revenu, elle se leva et glissant vivement sur ses petits souliers à rubans, intimidée, traversa la salle vers le coin où était assis Denissov. Elle savait que tout le monde attendait et la regardait. Nicolas vit Denissov et Natacha discuter en souriant et Denissov refuser mais sans cesser de sourire joyeusement. Il accourut vers eux.

« Je vous en prie, Vassili Dmitritch, disait Natacha, venez, je vous en prie.

– Ma foi, dispensez-m'en, comtesse, disait Denissov.

– Allons, Vassia, dit Nicolas.

– On dirait qu'ils veulent séduire le chat Vaska[1], dit Denissov en plaisantant.

– Je chanterai pour vous toute une soirée, dit Natacha.

– La magicienne fait de moi tout ce qu'elle veut! » dit Denissov, et il dégrafa son sabre. Il sortit de derrière les chaises, prit fermement la main de sa cavalière, redressa la tête et tendit la jambe, guettant la mesure. Ce n'est que lorsqu'il était à cheval ou qu'il dansait la mazurka qu'on ne remarquait pas la petite taille de Denissov et qu'il devenait le beau gaillard qu'il se sentait être. A l'appel du rythme, il jeta de côté un regard victorieux et enjoué à sa danseuse, frappa soudain le parquet du pied, rebondit comme une balle élas-

1. Vaska est le nom familier qu'on donne aux chats et c'est aussi le diminutif de Vassili, prénom de Denissov.

tique et s'élança en cercle en entraînant sa cavalière. Il parcourut sans bruit la moitié de la salle sur un seul pied, semblant ne pas voir les chaises devant lui et fonçant droit sur elles; mais soudain, faisant sonner ses éperons, jambes écartées, il s'arrêtait sur les talons, restait ainsi une seconde, faisait des appels du pied dans un fracas d'éperons, virevoltait et, le pied gauche battant le droit, s'élançait de nouveau en cercle. Natacha devinait toutes ses intentions et sans savoir comment le suivait en s'abandonnant à lui. Tantôt il la faisait tourner par la main droite ou la main gauche, tantôt, tombant à genoux, il lui faisait décrire un cercle autour de lui, puis bondissait de nouveau sur ses pieds et fonçait en avant avec une telle fougue qu'on eût dit qu'il avait l'intention de parcourir toutes les pièces sans reprendre haleine; tantôt il s'immobilisait soudain et exécutait une nouvelle figure imprévue. Quand, la faisant tourner magistralement, il arrêta sa danseuse devant sa place en s'inclinant devant elle dans un tintement d'éperons. Natacha ne lui fit même pas la révérence. Elle fixa sur lui en souriant des yeux perplexes comme si elle ne le reconnaissait pas.

« Qu'est-ce donc que tout cela? » prononça-t-elle.

Bien que Jogel prétendit que ce n'était pas là la vraie mazurka, la virtuosité de Denissov enthousiasma tout le monde; on l'invitait sans cesse, tandis que les vieillards causaient en souriant de la Pologne et du bon vieux temps. Denissov, le teint animé par la danse et s'épongeant le front avec son mouchoir, s'assit auprès de Natacha et ne la quitta pas de toute la soirée.

XIII

PENDANT deux jours ensuite, Rostov ne vit plus Dolokhov chez les siens et ne le trouva pas chez lui; le troisième jour il reçut de lui un billet

« Comme je n'ai plus l'intention d'aller chez vous pour les raisons que tu connais, et que je rejoins l'armée, je donne ce soir à mes amis une petite soirée d'adieu; viens à l'hôtel d'Angleterre. » Vers dix heures du soir, en sortant du théâtre où il avait accompagné les siens et Denissov, Rostov se rendit à l'hôtel d'Angleterre. On l'introduisit aussitôt dans la plus belle salle que Dolokhov avait réservée pour cette nuit.

Une vingtaine de personnes se pressaient autour d'une table, devant laquelle Dolokhov était assis entre deux bougies. Sur la table, il y avait de l'or et des billets, et Dolokhov tenait la banque. Depuis sa demande en mariage et le refus de Sonia, Nicolas ne l'avait pas revu et il éprouvait de la gêne à l'idée de le rencontrer.

Le clair regard froid de Dolokhov l'accueillit dès le seuil comme s'il l'attendait depuis longtemps.

« Il y a longtemps que nous ne nous sommes vus, dit-il, merci d'être venu. Que je finisse seulement cette banque, Iliouchka va arriver avec son chœur.

– Je suis passé chez toi », dit Rostov en rougissant.

Dolokhov ne lui répondit pas.

« Tu peux miser », dit-il.

Rostov se souvint à ce moment d'une curieuse conversation qu'il avait eue un jour avec Dolokhov. « Seuls les imbéciles peuvent jouer au petit bonheur », avait dit celui-ci.

« Aurais-tu peur de jouer avec moi? » reprit Dolokhov comme s'il avait deviné la pensée de Rostov, et il sourit. A travers ce sourire, Rostov décela chez lui le même état d'esprit que lors du banquet du club, cet état dans lequel il était chaque fois que, comme las de la vie de tous les jours, il éprouvait le besoin d'en sortir par quelque acte étrange, le plus souvent cruel.

Rostov se sentit mal à l'aise; il cherchait dans son esprit, sans la trouver, une plaisanterie qui pût répondre à Dolokhov. Mais avant qu'il y fût parvenu, celui-ci le regardant dans les yeux lui dit lentement et en détachant les mots de façon que tout le monde pût l'entendre :

« Tu te rappelles, nous avons parlé un jour du jeu... nous disions que celui qui veut jouer au petit bonheur est un imbécile; il faut jouer à coup sûr, et je veux essayer. »

« Tenter ma chance ou jouer à coup sûr? » pensa Rostov.

« D'ailleurs tu ferais mieux de ne pas jouer », reprit Dolokhov, et frappant d'un jeu de cartes décacheté sur la table, il ajouta : « Une banque, messieurs! »

Poussant l'argent devant lui, Dolokhov s'apprêta à donner. Rostov s'assit près de lui et d'abord ne joua pas. Dolokhov lui lançait des regards.

« Pourquoi donc ne joues-tu pas? » dit-il. Et, chose étrange, Nicolas se sentit forcé de prendre une carte, d'y déposer une somme insignifiante et d'entrer dans le jeu.

« Je n'ai pas d'argent sur moi, dit-il.

– Je te ferai confiance! »

Rostov misa cinq roubles sur une carte et perdit, misa encore et perdit de nouveau. Dolokhov gagna dix cartes de suite.

« Messieurs, dit-il après avoir tenu quelque temps la banque, je vous prie de mettre votre argent sur les cartes, autrement je peux me tromper dans les comptes. »

L'un des joueurs dit qu'on pouvait bien lui faire confiance.

« Bien sûr, mais je crains de me tromper; je vous prie de mettre l'argent sur les cartes, répondit Dolokhov. Toi, ne te gêne pas, nous nous arrangerons », ajouta-t-il à l'adresse de Rostov.

Le jeu continua; un laquais versait sans cesse du champagne.

Toutes les cartes de Rostov étaient perdantes et son compte s'éleva à huit cents roubles. Il inscrivit cette somme sur une carte mais, pendant qu'on lui versait le champagne, il se ravisa et n'inscrivit de nouveau que la mise normale, vingt roubles.

« Laisse, dit Dolokhov, bien qu'il parût ne pas le regarder, tu te rattraperas plus vite. Je donne aux autres de bonnes cartes et à toi des cartes perdantes. Aurais-tu peur de moi par hasard? » répéta-t-il.

Rostov s'exécuta, maintint les huit cents roubles inscrits et avança un sept de cœur écorné qu'il avait ramassé par terre. Il devait s'en souvenir longtemps. Il joua ce sept en y inscrivant avec un bout de craie huit cents roubles en chiffres ronds et droits, vida le verre de champagne devenu tiède qu'on lui avait servi, sourit aux paroles de Dolokhov et, le cœur battant, attendit un sept en regardant les mains de Dolokhov, qui tenait le jeu. Le gain ou la perte de ce sept de cœur avait beaucoup d'importance pour lui. Le dimanche précédent, le comte Ilia Andreitch avait donné à son fils deux mille roubles et, lui qui n'aimait pas parler des difficultés d'argent, il l'avait prévenu que cette somme était la dernière qu'il pourrait lui donner avant le mois de mai, en le priant donc d'être cette fois plus économe. Nicolas avait répondu que c'était plus qu'il ne lui fallait et qu'il donnait sa parole d'honneur de ne plus rien demander avant le printemps. Or, de cet argent il ne restait plus que douze cents roubles. Par conséquent, le sept de cœur pouvait signifier non seulement une perte de seize cents roubles, mais encore la nécessité de trahir la parole donnée. Il regardait, le cœur battant, les mains de Dolokhov et songeait :

« Allons, vite, donne-moi cette carte, et je prends ma casquette, je rentre souper avec Denissov, Natacha et Sonia, et jamais sans doute je ne toucherai plus une carte. » En ce moment, sa vie de famille – les farces avec Petia, les conversations avec Sonia, les duos avec Natacha, le piquet avec son père et même son lit confortable dans la maison de la rue Povarskaïa – tout cela se présentait à son esprit avec la force, la netteté et le charme d'un bonheur depuis longtemps révolu, perdu et qu'il n'avait pas su apprécier. Il ne pouvait admettre qu'un hasard stupide pût, en faisant sortit un sept à droite plutôt qu'à gauche, le priver de ce bonheur dont il venait de prendre une conscience nouvelle et le précipiter dans l'abîme d'un malheur jamais éprouvé et encore vague. Ce n'était pas possible, mais il n'en suivait pas moins avec angoisse les mouvements des mains de Dolokhov. Ces mains larges, un peu rouges et dont les manchettes découvraient les poils, posèrent le jeu de cartes, prirent la pipe et le verre qu'on lui tendait.

« Alors tu n'as peur de jouer avec moi? » répéta Dolokhov, et comme s'il voulait raconter une histoire gaie, il se renversa sur le dossier de sa chaise et articula lentement, le sourire aux lèvres :

« Oui, messieurs, on m'a dit que le bruit court à Moscou que je suis un tricheur, je vous conseille donc d'être sur vos gardes avec moi.

– Allons, donne! dit Rostov.

– Oh! ces commères de Moscou! » dit Dolokhov, et il reprit en souriant les cartes.

« A-a-ah! » laissa échapper Rostov presque dans un cri en portant ses deux mains à ses cheveux. Le sept dont il avait besoin était sur le dessus, la première carte du jeu. Il avait perdu plus qu'il ne pouvait payer.

« Attention, ne t'enferre pas », dit Dolokhov en lui jetant un regard rapide, et il continua de donner.

XIV

Au bout d'une heure et demie, la plupart des joueurs ne jouaient plus guère que pour la forme.

Tout le jeu se concentrait sur le seul Rostov. Au lieu de seize cents roubles, à son débit était inscrite une longue colonne de chiffres qu'il avait comptés jusqu'à dix mille mais dont le total, supposait-il vaguement, devait s'élever maintenant à quinze mille. En réalité, le total dépassait déjà vingt mille roubles. Dolokhov n'écoutait plus ce qu'on disait et ne racontait plus d'histoires; il suivait chaque mouvement des mains de Rostov et jetait de brefs regards sur son compte. Il avait décidé de pousser le jeu jusqu'à ce que le total atteignît quarante-trois mille roubles. Il avait choisi ce chiffre parce que quarante-trois représentait la somme de son âge et de celui de Sonia. Rostov, la tête dans les mains, était accoudé à la table couverte d'inscriptions, inondée de vin, jonchée de cartes. Une impression douloureuse ne le quittait pas : ces mains rougeâtres aux larges os, dont les manchettes laissaient voir les poils, ces mains qu'il aimait et haïssait, le tenaient en leur pouvoir.

« Six cents roubles, as, paroli, neuf... Impossible de se rattraper!... Et comme on s'amuserait bien à la maison... Un valet sur une « paix »... ce n'est pas possible... Et pourquoi me fait-il cela?... » pensait Rostov. Parfois il jouait une forte somme; mais Dolokhov refusait le jeu et fixait lui-même la mise. Nicolas se soumettait, et tantôt priait Dieu comme il avait prié sur le champ de bataille, au pont d'Amstetten; tantôt il se disait que la carte qui lui tomberait la première sous la main, dans le tas de cartes défraîchies sous la table, serait celle qui le sauverait; tantôt il comptait les brandebourgs de son dolman et tentait de regagner toute sa perte en jouant la carte équivalente à leur somme; tantôt il appelait du regard les autres joueurs à son secours, tantôt il scrutait le visage maintenant froid de Dolokhov et s'efforçait de pénétrer ce qui se passait en lui.

« Il sait bien ce que cette perte représente pour moi. Il ne peut tout de même pas souhaiter ma ruine? Il était mon ami. Je l'aimais bien... Mais ce n'est pas sa faute; que pouvait-il faire puisqu'il a de la chance? Et ce n'est pas ma faute non plus, se disait-il. Ai-je tué, offensé quelqu'un, ai-je souhaité du mal à quelqu'un? Pourquoi donc une si affreuse malchance? Et quand cela a-t-il commencé? Il y a si peu de temps encore, je m'approchais de cette table avec l'idée de gagner cent roubles, d'acheter à maman ce coffret pour sa fête et de rentrer. J'étais si heureux, si libre, si gai! Et je ne comprenais pas alors combien j'étais heureux! Quand donc cela a-t-il commencé, et quand a commencé cette nouvelle situation terrible? Par quoi ce changement a-t-il été marqué? J'étais assis à la même place, devant cette table, et je choisissais et avançais les cartes de la même façon, et je regardais ces mains adroites aux larges os. Quand donc cela est-il arrivé et qu'est-ce qui est arrivé? Je suis bien portant, vigoureux, et toujours le même, et toujours à la même place. Non, ce n'est pas possible! Sans doute tout cela se dissipera-t-il. »

Il était rouge, tout en nage, bien qu'il ne fît pas trop chaud dans la pièce. Et son visage faisait peur et pitié, surtout par les vains efforts qu'il faisait pour paraître calme.

Le compte atteignit le chiffre fatidique de quarante-trois mille roubles. Rostov préparait la carte qui devait faire paroli sur les trois mille roubles qu'il venait de gagner, quand Dolokhov déposa bruyamment le jeu et, prenant la craie, se mit à additionner le compte de Rostov de son écriture nette, ferme, en cassant la craie.

« Le souper, il est temps de souper! et voici les tziganes! » En effet, des hommes et des femmes noirauds entraient en parlant entre eux avec leur accent tzigane. Nicolas comprenait que tout était fini; mais il dit d'une voix indifférente :

« Alors, tu ne donnes plus? J'avais préparé une jolie petite carte. » Comme si c'était le plaisir du jeu qui l'intéressait le plus.

« Tout est fini, je suis perdu! pendait-il. Maintenant il ne me reste plus qu'à me loger une balle dans la tête », et en même temps il dit d'une voix gaie :

« Allons, encore une petite carte.

– Bien, répondit Dolokhov son addition finie, bien! Va pour vingt et un roubles », dit-il en indiquant le chiffre 21 qui, sur le total, dépassait le compte rond de quarante-trois mille, et, prenant les cartes, il s'apprêta à donner. Rostov décorna docilement sa carte et remplaça soigneusement les six mille inscrits par vingt et un.

– Cela m'est égal, dit-il, ce qui m'intéresse seulement, c'est de savoir si ce dix sera pour toi ou pour moi. »

Dolokhov se mit à donner avec sérieux. Oh! comme Rostov haïssait en ce moment ces mains rougeâtres aux doigts courts et dont les poils se voyaient sous les manchettes, ces mains qui le tenaient en leur pouvoir. Le dix gagna.

« Vous me devez quarante-trois mille roubles, comte », dit Dolokhov, et il se leva de table en s'étirant. « Ça fatigue tout de même de rester assis si longtemps, remarqua-t-il.

– Oui, moi aussi je suis fatigué », dit Rostov.

Dolokhov l'interrompit comme pour lui rappeler qu'il ne lui convenait pas de plaisanter.

« Quand pourrai-je toucher l'argent, comte? »

Rostov, s'empourprant, l'emmena dans la pièce voisine.

« Je ne peux pas tout payer d'un coup, tu devras accepter un billet à ordre, dit-il.

– Écoute, Rostov, dit Dolokhov avec un clair sourire en regardant Nicolas dans les yeux, tu connais le proverbe : « Heureux en amour, malheureux au jeu. » Ta cousine est amoureuse de toi. Je le sais. »

« Oh! il est terrible de se sentir ainsi au pouvoir de cet homme » pensait Rostov. Il comprenait quel coup il allait porter à son père, à sa mère en leur annonçant sa perte; il savait quel bonheur ce serait d'être délivré de tout cela, et il comprenait que Dolokhov savait qu'il pouvait lui épargner cette honte et ce chagrin, mais qu'il voulait jouer encore avec lui comme le chat avec la souris.

« Ta cousine... », commença Dolokhov, mais Nicolas l'interrompit.

« Ma cousine n'a rien à voir dans tout cela et il est inutile de parler d'elle! cria-t-il avec fureur.

– Alors, quand serai-je payé? demanda Dolokhov.

– Demain », dit Rostov, et il sortit.

XV

Dire « demain » et conserver un ton correct n'était pas difficile, mais rentrer seul à la maison, revoir ses sœurs, son frère, sa mère, son père, avouer et demander de l'argent auquel on n'a pas droit après la parole donnée, cela était terrible.

On ne dormait pas encore à la maison. La jeunesse, au retour du théâtre et après avoir soupé, s'était installée près du clavecin. Dès que Nicolas entra dans le grand salon, il fut enveloppé par cette atmosphère amoureuse et poétique qui régnait cet hiver dans la maison et qui maintenant, après la demande de Dolokhov et le bal de Jogel, semblait être devenue encore plus dense, comme l'air avant l'orage, autour de Sonia et de Natacha. Celles-ci, dans les robes bleues qu'elles portaient au théâtre, jolies et conscientes de l'être, heureuses, souriantes, se tenaient debout près du clavecin. Vera et Chinchine jouaient aux échecs au salon. La vieille comtesse, dans l'attente de son fils et de son mari, faisait une réussite avec une vieille dame noble qui habitait chez eux. Denissov, installé au clavecin, les yeux brillants et les cheveux ébouriffés, une jambe ramenée en arrière, plaquait des accords de ses doigts courts et en roulant les yeux chantait de sa petite voix rauque mais juste le poème *Magicienne* qu'il avait composé et pour lequel il cherchait un accompagnement.

Ô magicienne, dis quelle puissance
Soudain m'entraîne vers cet instrument.
Quel feu m'embrase, quelle joie intense
Vient envahir mes doigts en ce moment!

chantait-il d'une voix passionnée, ses yeux d'agate lançant des éclairs vers Natacha, effrayée et heureuse.

« Merveilleux! Magnifique! criait-elle. Encore un couplet », ajouta-t-elle sans remarquer Nicolas.

« Rien n'est changé pour eux », pensa Nicolas en jetant un coup d'œil dans le salon où il aperçut Vera et sa mère avec la vieille dame.

« Ah! voilà Nicolas! » Natacha courut à lui.

« Papa est-il là? demanda-t-il.

– Comme je suis contente que tu sois venu! dit Natacha sans lui répondre, nous nous amusons tant. Vassili Dmitritch reste un jour de plus à cause de moi, tu sais?

– Non, papa n'est pas encore rentré, dit Sonia.

– Coco, te voilà, viens ici, mon ami », dit dans le salon la voix de la comtesse. Nicolas alla vers sa mère, lui baisa la main et, s'installant sans rien dire près de la table, suivit des yeux ses mains qui disposaient les cartes. De la salle parvenaient toujours des rires et des voix gaies qui suppliaient Natacha.

« Allons, rien à faire, rien à faire, cria Denissov, inutile de refuser maintenant, vous me devez la *barcarolla,* je vous en supplie. »

La comtesse jeta un regard vers son fils silencieux.

« Qu'as-tu? lui demanda-t-elle.

– Ah! rien, dit-il comme si cette question, toujours la même, l'excédait. Papa va-t-il rentrer bientôt?

– Je pense. »

« Rien n'est changé chez eux. Ils ne savent rien! Où me réfugier? » pensa Nicolas, et il retourna dans le grand salon.

Sonia était assise au clavecin et jouait le prélude de la barcarolle qu'aimait particulièrement Denissov. Natacha se préparait à chanter. Denissov la regardait avec des yeux extasiés.

Nicolas se mit à se promener de long en large.

« Quelle idée de la faire chanter! Que peut-elle chanter? Et ça n'a rien d'amusant », pensait-il.

Sonia plaque le premier accord du prélude.

« Mon Dieu, je suis un homme perdu, déshonoré. La seule chose qui me reste à faire est de me loger une balle dans la tête, il s'agit bien de chanter, se dit-il. M'en aller? mais où? qu'importe, qu'ils chantent donc! »

Nicolas qui continuait de se promener d'un air sombre jetait des coups d'œil vers Denissov et les jeunes filles tout en évitant leurs regards.

« Nicolas, qu'avez-vous? » demandèrent les yeux de Sonia fixés sur lui. Elle avait aussitôt vu que quelque chose lui était arrivé.

Nicolas se détourna d'elle. Natacha, avec son intuition, avait également remarqué aussitôt l'état de son frère. Elle l'avait remarqué, mais elle était si gaie en ce moment, si loin de tout chagrin, de la tristesse, des reproches, que (comme il en est souvent chez les jeunes gens) elle se mentit délibérément. « Je suis trop gaie en ce moment pour gâcher ma gaieté en prenant part au chagrin d'autrui », tel fut son sentiment, et elle se dit : « Non, je dois me tromper, il est sans doute aussi gai que moi. »

« Eh bien, Sonia », dit-elle, et elle s'avança au centre de la salle où, à son avis, l'acoustique était la meilleure. Redressant la tête, laissant retomber ses bras inertes, comme font les danseuses, Natacha gagna d'un pas énergique le milieu de la pièce et s'arrêta.

« Voilà comme je suis! » semblait-elle dire en réponse au regard extasié de Denissov qui la suivait.

« De quoi peut-elle se réjouir! pensa Nicolas en regardant sa sœur. Et comment peut-elle ne pas en être excédée et ne pas avoir honte! » Natacha lança la première note, sa gorge se dilata, sa poitrine se gonfla, ses yeux prirent une expression sérieuse. Elle ne pensait en ce moment à rien ni à personne, et les sons s'exhalaient de ses lèvres arquées en un sourire, ces sons que chacun peut émettre à la même cadence, qui mille fois laissent froid, mais la mille et unième font vibrer et pleurer.

Natacha avait commencé pour la première fois cet hiver à chanter sérieusement, encouragée surtout par l'enthousiasme que Denissov témoignait pour son chant. Elle ne chantait plus comme une enfant, il n'y avait plus dans son chant cette comique application enfantine de naguère; mais elle ne chantait pas encore bien, de l'avis de tous les connaisseurs qui l'avaient entendue. « Une belle voix mais pas travaillée, il faut la travailler », disait tout le monde. Mais on le disait généralement longtemps après qu'elle s'était tue. Pendant que s'élevait cette voix peu travaillée aux respirations imparfaites et aux reprises laborieuses, les connaisseurs eux-mêmes ne disaient rien, se contentaient d'en jouir et ne désiraient que l'entendre encore. Il y avait dans sa voix une pureté originelle, cette ignorance de ses propres forces et ce velouté non encore travaillé qui s'alliaient si bien aux défauts de technique qu'il semblait qu'on n'eût rien pu y changer sans la gâter.

« Mais qu'est-ce donc que cela? pensa Nicolas entendant sa voix et ouvrant de grands yeux. Que lui est-il arrivé? Comment chante-t-elle aujourd'hui? » Et brusquement le monde entier se concentra pour lui dans l'attente de la note suivante, de la phrase suivante, et tout au monde se trouva scandé en trois temps : « *O mio crudele affetto*... Un, deux, trois... un, deux... trois... un... *O mio crudele affetto*... Un, deux, trois... un. Eh, que notre vie est donc stupide! pensait Nicolas. Tout cela, et la malchance, et l'argent, et Dolokhov, et la rancune, et l'honneur, tout cela n'est que sornettes... voilà le vrai... Eh bien, Natacha, eh bien, ma chère! eh bien, mon amie!... comment va-t-elle prendre ce *si?* Elle l'a pris! Dieu merci! » et sans s'apercevoir qu'il chantait, pour renforcer ce *si,* il prit la tierce de la haute note. « Mon Dieu! Comme c'est bien! Est-ce réellement moi qui ai pris cela? Comme c'est heureux! » pensa-t-il.

Oh! comme cette tierce vibra et comme en fut remué ce qu'il y avait de meilleur dans l'âme de Rostov. Et cela était indépendant de tout au monde et plus haut que tout au monde. Qu'importent les pertes de jeu, et les Dolokhov, et la parole donnée!... Bêtises que tout cela! On peut tuer, voler, et pourtant être heureux...

XVI

Il y avait longtemps que Rostov n'avait éprouvé tant de plaisir à entendre de la musique. Mais dès que Natacha eut fini sa barcarolle, le sentiment de la réalité lui revint. Sans rien dire, il sortit et descendit dans sa chambre. Un quart d'heure plus tard, le vieux comte, gai et content, rentra du club. Nicolas, en l'entendant rentrer, alla le trouver.

« Eh bien, tu t'es amusé? » dit Ilia Andreitch en souriant joyeusement et avec fierté à son fils. Nicolas voulut dire « oui » mais ne le put : il faillit éclater en sanglots. Le comte allumait sa pipe et ne remarqua pas l'état de son fils.

« Eh, c'est inévitable! » pensa Nicolas pour la première et dernière fois. Et soudain, du ton le plus dégagé qui lui fit honte à lui-même, il dit à son père comme s'il lui demandait une voiture pour aller en ville :

« Papa, je suis venu pour vous parler. J'allais oublier. J'ai besoin d'argent.

– Vraiment, dit son père qui était d'une humeur particulièrement gaie. Je t'avais bien dit que tu n'en aurais pas assez. Te faut-il beaucoup?

– Oui, beaucoup, dit Nicolas en rougissant et avec un stupide sourire désinvolte qu'il ne put se pardonner de longtemps par la suite. J'ai un peu perdu au jeu, c'est-à-dire beaucoup même, une très forte somme, quarante-trois mille roubles.

– Comment? Contre qui?... Tu plaisantes! cria le comte dont le cou et la nuque se couvrirent soudain de la rougeur apoplectique des vieillards.

– J'ai promis de payer demain, dit Nicolas.

– Eh bien,... dit le vieux comte en écartant les bras dans un geste d'impuissance, et il se laissa tomber sans force sur le divan.

– Que faire? Quel est celui à qui cela n'est pas arrivé? » dit le fils d'un ton dégagé et hardi, alors que dans son for intérieur il se tenait pour un gredin, un misérable, qui n'aurait pas assez de toute sa vie pour racheter son crime. Il aurait voulu baiser les mains de son père, lui demander pardon à genoux, mais il disait d'un ton dégagé et même insolent que cela arrivait à tout le monde.

Le comte Ilia Andreitch baissa les yeux en entendant cette réponse de son fils et s'agita comme s'il cherchait quelque chose.

« Oui, oui, dit-il, ce sera difficile, je le crains, ce sera difficile de trouver cet argent... quel est celui à qui cela n'est pas arrivé! oui, en effet... » Et le comte jeta un bref coup d'œil à son fils et se dirigea vers la porte... Nicolas s'attendait à de la résistance mais nullement à cela.

« Papa! pa... pa! cria-t-il en sanglotant, pardonnez-moi! » Et saisissant la main de son père, il y appuya ses lèvres et se mit à pleurer.

Pendant que le père et le fils s'expliquaient ainsi, un entretien non moins important se déroulait entre la mère et la fille. Natacha était accourue, tout émue, auprès de sa mère.

« Maman!... Maman!... Il m'a fait...

– Quoi donc?

– Il m'a fait, il m'a fait sa déclaration. Maman! Maman! » criait-elle.

La comtesse n'en croyait pas ses oreilles. Denissov avait fait une déclaration. Et à qui? A cette toute petite fille Natacha qui, récemment encore, jouait à la poupée et qui prenait encore des leçons.

« Natacha, voyons, quelles sottises! dit-elle, espérant encore que c'était une plaisanterie.

– Des sottises! Je vous parle sérieusement, dit Natacha avec dépit. Je suis venue vous demander ce qu'il faut faire, et vous me dites que ce sont des sottises... »

La comtesse haussa les épaules.

« S'il est vrai que M. Denissov t'a demandé en mariage, dis-lui qu'il est un imbécile, voilà tout.

– Non, ce n'est pas un imbécile, dit Natacha d'un air vexé et sérieux.

– Alors que veux-tu? Vous êtes toutes amoureuses à l'heure actuelle. Eh bien, si tu es amoureuse de lui, tu n'as qu'à l'épouser, dit la comtesse en riant avec humeur, que Dieu vous bénisse!

– Non, maman, je ne suis pas amoureuse de lui, je ne le crois pas.

– Eh bien, dis-le-lui alors.

– Maman, vous êtes fâchée? Ne soyez pas fâchée, maman chérie, en quoi est-ce ma faute?

– Non, mais que veux-tu, mon amie? Si tu veux, j'irai le lui dire, dit la comtesse en souriant.

– Non, j'irai moi-même, dites-moi seulement comment m'y prendre. Vous en parlez à votre aise, ajouta-t-elle en réponse à son sourire. Mais si vous aviez vu comme il m'a dit cela! Je sais qu'il ne voulait pas le dire et que ça s'est fait malgré lui.

– Eh bien, de toute façon il faut refuser.

– Non, il ne faut pas. Il me fait tant de peine! Il est si gentil.

– Alors accepte. Aussi bien, il est temps de te marier, dit sa mère avec irritation et ironie.

– Maman, il me fait tant de peine. Je ne sais comment le lui dire.

– Mais tu n'as pas à lui parler, je lui parlerai moi-même,

répondit la comtesse, indignée qu'on eût osé traiter cette petite Natacha comme une grande.

– Non, pour rien au monde, mais écoutez à la porte », et, traversant le salon Natacha courut dans la salle de danse où Denissov était toujours assis sur la même chaise, près du clavecin, la tête dans ses mains. Il sauta sur ses pieds en entendant son pas léger.

« Nathalie, dit-il en allant vivement à elle, décidez de mon sort. Il est entre vos mains !

– Vassili Dmitritch, vous me faites tant de peine !... Vous êtes si gentil... Seulement il ne faut pas... mais comme ça je vous aimerai toujours. »

Denissov se pencha sur sa main et elle entendit des sons étranges qu'elle ne comprit pas. Elle posa un baiser sur ses cheveux noirs bouclés et emmêlés. A ce moment, on entendit le bruissement précipité de la robe de la comtesse. Elle s'approcha d'eux.

« Vassili Dmitritch, je vous remercie de l'honneur, dit-elle d'une voix gênée mais qui parut sévère à Denissov, mais ma fille est si jeune, et je pensais qu'en tant qu'ami de mon fils vous vous seriez d'abord adressé à moi. Dans ce cas vous ne m'auriez pas mise dans l'obligation de refuser.

– Comtesse... » dit Denissov, les yeux baissés et l'air coupable ; il voulut ajouter quelque chose mais resta court.

Natacha ne put demeurer insensible à son air malheureux. Elle se mit à pleurer tout haut.

« Comtesse, je suis coupable envers vous, reprit Denissov d'une voix entrecoupée, mais sachez que j'ai un tel culte pour votre fille et pour toute votre famille que je donnerais deux vies... » Il leva les yeux vers la comtesse et vit son visage sévère... « Eh bien, adieu, comtesse », dit-il en lui baisant la main et, jetant un regard à Natacha, il quitta la pièce d'un pas rapide et résolu.

Le lendemain, Rostov fit ses adieux à Denissov qui ne voulut pas rester à Moscou un jour de plus. Tous ses amis de Moscou fêtèrent son départ chez les tziganes et il ne sut pas comment on l'avait déposé dans le traîneau et ne garda aucun souvenir des trois premiers relais.

Après le départ de Denissov, Rostov, en attendant l'argent que le vieux comte ne pouvait réunir d'un seul coup, passa encore quinze jours à Moscou sans sortir de chez lui et réfugié le plus souvent dans la chambre des jeunes filles.

Sonia était envers lui plus tendre et plus dévouée que jamais. Elle semblait vouloir lui montrer que sa perte au jeu était un exploit qui le lui rendait encore plus cher. Nicolas ne se jugeait plus digne d'elle.

Il couvrit les albums des jeunes filles de vers et de musique, et lorsqu'il eut enfin envoyé la totalité des quarante-trois mille roubles et en eut obtenu reçu de Dolokhov, il partit à la fin de novembre sans prendre congé d'aucun de ses amis, pour rejoindre son regiment qui était déjà en Pologne.

DEUXIÈME PARTIE

I

Après son explication avec sa femme, Pierre pàrtit pour Pétersbourg. Au relais de Torjok, il n'y avait pas de chevaux, ou bien le maître de poste ne voulut pas lui en donner. Il dut attendre. Il s'étendit tout habillé sur un divan de cuir, devant une table ronde sur laquelle il posa ses grandes jambes chaussées de bottes feutrées, et s'absorba dans ses pensées.

« Faut-il apporter les valises? Dois-je faire un lit, apporter du thé? » demanda son valet de chambre.

Pierre ne répondit pas, car il n'entendait ni ne voyait rien. Il s'était pris à réfléchir au relais précédent et il continuait de penser toujours à la même chose, une chose si grave qu'il ne prêtait aucune attention à ce qui se passait autour de lui. Peu lui importait non seulement d'arriver plus tôt ou plus tard à Pétersbourg, d'avoir ou de ne pas avoir une place pour se reposer à ce relais, mais même, au regard des pensées qui l'occupaient en ce moment, d'y passer quelques heures ou toute sa vie.

Le maître de poste, sa femme, le valet de chambre, une marchande de maroquinerie de Torjok étaient entrés tour à tour dans la pièce pour lui offrir leurs services. Pierre, sans changer la position de ses jambes, les regardait à travers ses lunettes et ne comprenait pas ce qu'ils pouvaient bien vouloir et comment ils pouvaient tous vivre sans avoir résolu les problèmes qui l'occupaient. Or, c'étaient toujours les mêmes problèmes qui l'occupaient depuis le jour où, après le duel, il était rentré de Sokolniki et avait passé sa première et angoissante nuit d'insomnie; seulement, maintenant, dans la solitude du voyage, ils l'assaillaient avec une force particulière. Quel que fût le cours que prenaient ses pensées, il en revenait toujours aux mêmes questions qu'il ne pouvait ni résoudre ni cesser de se poser. C'était comme si la vis principale à laquelle tenait sa vie s'était faussée dans sa tête. La vis ne pénétrait pas plus avant, elle ne sortait pas, mais tournait à vide sans rien accrocher et il était impossible de la faire cesser de tourner.

Le maître de poste entra et pria humblement Son Excellence d'attendre deux petites heures encore, après quoi il lui donnerait des chevaux de courrier. Il mentait manifestement et ne cherchait qu'à tirer du voyageur le plus d'argent possible. « Est-ce bien ou mal de sa part? se demandait Pierre. En ce qui me concerne c'est bien, pour un autre voyageur ce serait mal et quant à lui-même c'est inévitable car il n'a pas de quoi manger; il prétend qu'un officier l'a frappé à cause de cela. Or si l'officier l'a frappé c'est parce qu'il avait besoin d'aller vite. Et moi, j'ai tiré sur Dolokhov parce que je m'estimais offensé. Et Louis XVI a été exécuté parce qu'on le considérait comme un criminel, et, un an après, on a tué ceux qui l'avaient exécuté, également parce qu'on devait avoir des raisons pour cela. Qu'est-ce qui est mal? Qu'est-ce qui est bien? Que faut-il aimer, que faut-il haïr? Pour quoi vivre et que suis-je? Qu'est-ce la vie, qu'est-ce la mort? Quelle est la force qui régit tout? » se demandait-il. Et il n'y avait de réponse à aucune de ces questions, sauf une réponse illogique, qui ne répondait pas du tout à ces questions. Cette réponse était : « Tu mourras et tout sera fini. Tu mourras et tu sauras tout, ou tu cesseras de poser des questions. » Mais mourir était aussi une chose terrible.

La marchande de Torjok offrait d'une voix criarde sa marchandise et surtout des souliers de chevreau. « J'ai des centaines de roubles dont je ne sais que faire, et cette femme en pelisse déchirée est là à me regarder humblement, pensait Pierre. D'ailleurs, à quoi peut servir l'argent? Comme si cet argent pouvait lui ajouter une once de bonheur, de paix de l'âme? Y a-t-il quelque chose au monde qui puisse nous rendre, elle et moi, moins soumis au mal et à la mort? La mort qui mettra fin à tout et qui doit venir aujourd'hui ou demain — peu importe, ce ne sera toujours qu'un instant, par rapport à l'éternité! » Et de nouveau il cherchait à serrer la vis qui tournait à vide, et la vis continuait à tourner sur place.

Son domestique lui présenta un roman par lettres de Mme de Souza, à moitie coupé. Il se mit à lire le récit des souffrances et de la lutte vertueuse d'une certaine *Amélie de Mansfeld*. « Et pourquoi donc luttait-elle contre son séducteur puisqu'elle l'aimait? se demandait-il. Dieu n'a pu mettre dans son âme des aspirations contraires à sa volonté. Mon ex-femme n'a pas lutté et peut-être a-t-elle eu raison. Rien n'a été découvert, se disait-il encore, rien n'a été inventé. Tout ce que nous pouvons savoir c'est que nous ne savons rien. Et c'est le plus haut degré de la sagesse humaine. »

Tout, en lui et autour de lui, lui paraissait confus, absurde et répugnant. Mais dans ce dégoût même pour tout ce qui l'entourait, il trouvait une sorte de jouissance excitante.

« Puis-je me permettre de prier Votre Excellence de faire une petite place à ce monsieur? » dit le maître de poste en entrant et en introduisant un autre voyageur que le manque de chevaux obligeait également à s'arrêter. Ce voyageur était un petit vieillard fortement charpenté, au visage jaune et ridé, aux sourcils blancs qui saillaient au-dessus de ses yeux brillants d'une couleur grisâtre mal définie.

Pierre retira ses jambes de la table, se leva et alla s'étendre sur le lit qu'on lui avait préparé, tout en jetant de temps à autre les yeux vers le nouveau venu qui, sans le regarder, l'air maussade et fatigué, se débarrassait avec peine de sa pelisse, aidé de son domestique. Resté en touloupe râpée recouverte de nankin, ses maigres jambes osseuses chaussées de bottes de feutre, le voyageur s'assit sur le divan, appuya contre le dossier sa très grande tête large des tempes, aux cheveux coupés court, et regarda Bezoukhov. L'expression sévère, intelligente et pénétrante de ce regard frappa Pierre. Il eut envie de parler à ce voyageur et il allait le questionner sur son voyage, mais le vieillard avait déjà fermé les yeux et, ayant croisé ses vieilles mains ridées dont l'une s'ornait d'une grande bague en fonte représentant une tête de mort, il restait immobile, paraissant se reposer ou se livrer à une profonde et calme méditation, comme il sembla à Pierre. Son domestique était également un petit vieillard jaune et tout ridé, sans barbe ni moustaches, qui semblaient ne pas avoir été rasées; on eût dit qu'elles n'avaient jamais existé. Le vieux domestique alerte déballa la cantine, prépara le thé et apporta un samovar bouillant. Lorsque tout fut prêt, le voyageur ouvrit les yeux, se rapprocha de la table, et, se versant un verre de thé, en versa un autre pour le petit vieux sans barbe et le lui tendit. Pierre commençait à éprouver une sorte d'inquiétude, et il sentit qu'il était nécessaire, inévitable même, d'engager la conversation avec ce voyageur.

Le domestique rapporta son verre vide et renversé sur la soucoupe, avec le morceau de sucre entamé, et demanda si son maître avait besoin de quelque chose.

« Non, de rien. Donne-moi mon livre », dit celui-ci. Le domestique apporta le livre qui parut à Pierre être un ouvrage de piété, et le voyageur s'absorba dans sa lecture. Pierre le regardait. Soudain le voyageur mit de côté le livre, marqua la page, puis, refermant les yeux et s'appuyant de nouveau au dossier, reprit sa position de tout à l'heure. Pierre le regardait toujours et il n'eut pas le temps de se détourner lorsque le vieillard rouvrit les yeux et fixa droit sur lui son regard ferme et sévère.

Pierre se sentit mal à l'aise et voulut échapper à ce regard, mais ces yeux brillants l'attiraient irrésistiblement.

II

« C'EST au comte Bezoukhov que j'ai le plaisir de parler si je ne m'abuse », dit le voyageur sans hâte et d'une voix forte. Pierre, sans mot dire, regardait son interlocuteur d'un air interrogateur à travers ses lunettes.

« J'ai entendu parler de vous, monsieur, poursuivit le voyageur, et du malheur qui vous frappe. » Il souligna le mot « malheur » comme s'il voulait dire : « Oui, du malheur, quelque nom que vous lui donniez, je sais que ce qui vous est arrivé à Moscou est un malheur. » « J'y compatis vivement, monsieur. »

Pierre rougit et, reposant précipitamment les pieds par terre, se pencha vers le vieillard avec un sourire timide et contraint.

« Ce n'est pas par curiosité que je vous ai parlé de cela, monsieur, mais pour des raisons plus importantes. » Il se tut sans que son regard lâchât Pierre, et se déplaça sur le divan, l'invitant par ce geste à s'asseoir à côté de lui. Il déplaisait à Pierre d'entrer en conversation avec ce vieillard, mais, obéissant malgré lui, il s'approcha et s'assit à ses côtés.

« Vous êtes malheureux, monsieur, reprit le vieillard. Vous êtes jeune, je suis vieux. Je voudrais vous aider dans la mesure de mes forces.

– Ah! oui, dit Pierre avec un sourire contraint. Je vous suis bien reconnaissant... D'où venez-vous? » Le visage du voyageur n'était pas aimable, il était même froid et sévère, mais, malgré cela, et ses propos et son visage exerçaient sur Pierre une attraction irrésistible.

« Mais si, pour une raison ou pour une autre, ma conversation vous est désagréable, vous n'avez qu'à le dire, monsieur. » Et il sourit soudain, sans qu'on eût pu s'y attendre, d'un sourire tendrement paternel.

« Ah! non, pas du tout, au contraire, je suis enchanté de vous connaître », dit Pierre, et jetant un nouveau regard sur les mains de sa nouvelle connaissance, il examina sa bague de plus près. Elle portait une tête de mort, insigne de la franc-maçonnerie.

« Permettez-moi de vous poser une question, dit-il, vous êtes franc-maçon?

– Oui, j'appartiens à la confrérie des francs-maçons, dit le voyageur dont le regard plongea encore plus profondément dans les yeux de Pierre. Et en mon nom ainsi qu'au leur, je vous tends une main fraternelle.

– Je crains, dit Pierre en souriant, partagé entre la confiance que lui inspirait le franc-maçon et l'habitude de railler les croyances maçonniques, je crains d'être loin de comprendre... comment vous dire, je crains que ma conception de l'univers ne soit trop opposée à la vôtre pour que nous puissions nous comprendre.

– Je connais vos idées, dit le franc-maçon, et ces idées dont vous parlez et qui vous semblent être le produit de votre cerveau sont celles de la majorité des gens, c'est le fruit invariable de l'orgueil, de la paresse et de l'ignorance. Excusez-moi, monsieur, si je ne l'avais pas su je ne vous aurais pas adressé la parole. Vos idées sont une déplorable erreur.

– Je pourrais dite tout aussi bien que c'est vous qui êtes dans l'erreur, dit Pierre avec un faible sourire.

– Je n'oserai jamais prétendre que je possède la vérité, dit le franc-maçon dont la netteté et la fermeté des propos frappaient de plus en plus Pierre. Personne ne peut atteindre la vérité par lui-même; ce n'est que pierre par pierre, avec le concours de tous, en des millions de générations, depuis notre aïeul Adam jusqu'à nos jours, que s'érige le temple qui devra être la digne demeure du Grand Dieu, ajouta-t-il en fermant les yeux.

– Je dois vous dire que je ne crois pas, que je ne... crois pas en Dieu », dit Pierre avec effort et à regret, sentant qu'il devait dire toute la vérité.

Le franc-maçon le regarda attentivement et sourit comme un riche aux mains pleines de millions sourirait à un pauvre qui lui dirait manquer des cinq roubles qui pourraient faire son bonheur.

« En effet, vous ne Le connaissez pas, monsieur, dit-il. Vous ne pouvez Le connaître. C'est parce que vous ne Le connaissez pas que vous êtes malheureux.

– Oui, oui, je suis malheureux, confirma Pierre, mais qu'y puis-je?

– Vous ne Le connaissez pas, monsieur, et c'est pourquoi vous êtes très malheureux. Vous ne Le connaissez pas, et Il est ici, Il est en moi, Il est en mes paroles, Il est en toi et jusque dans les propos sacrilèges que tu viens de tenir », dit le franc-maçon d'une voix sévère qui tremblait.

Il se tut et poussa un soupir, cherchant visiblement à retrouver son calme.

« S'Il n'existait pas, reprit-il doucement, vous ne parleriez pas de Lui, monsieur. De quoi, de qui parlions-nous? Qui niais-tu? dit-il soudain gravement avec de l'exaltation et de l'autorité dans la voix. Qui L'a inventé s'Il n'existe pas? D'où t'est venue l'idée de l'existence de cet être incompréhensible? D'où vient que le monde entier et toi-même vous ayez supposé l'existence d'un tel être inconcevable, d'un être tout-puissant, éternel et infini dans tous ses attributs?... » Il s'arrêta et resta longtemps silencieux.

Pierre ne pouvait ni ne voulait rompre ce silence.

« Il existe, mais il est difficile de Le comprendre, reprit le franc-maçon, les yeux fixés non plus sur le visage de Pierre mais devant lui, ses vieilles mains que son agitation intérieure empêchait de rester tranquilles feuilletant son livre. S'il s'agissait d'un homme de l'existence de qui tu douterais, je t'amènerais cet homme, je le prendrais par la main et je te le montrerais. Mais comment, pauvre mortel que je suis, montrerais-je Sa toute-puissance, Son éternité, Sa miséricorde à celui qui est aveugle ou à celui qui ferme les yeux pour ne pas Le voir, ne pas Le comprendre, et pour ne pas voir, ne pas comprendre sa propre abjection et sa propre dépravation? » Il se tut un instant. « Qui es-tu? Qu'es-tu? Tu te crois un sage parce que tu as pu prononcer ces paroles sacrilèges, reprit-il avec un sourire sombre et méprisant, mais tu es plus stupide et plus insensé que le petit enfant qui, jouant avec le mécanisme d'une montre ingénieusement construite, oserait prétendre que parce qu'il ne comprend pas la destination de cette montre il ne croit pas à l'artisan qui l'a faite. Il est difficile de Le connaître. Depuis des siècles, depuis notre aïeul Adam jusqu'à nos jours, nous travaillons à cette connaissance et nous sommes infiniment loin d'avoir atteint notre but; mais notre incompréhension ne prouve que notre faiblesse et Sa grandeur... »

Pierre, le cœur défaillant, regardait le franc-maçon avec des yeux brillants, l'écoutait sans l'interrompre, sans lui poser de questions, mais croyait de toute son âme à ce que lui disait cet inconnu. Se laissait-il convaincre par la logique des arguments du franc-maçon ou, comme les enfants, par ses intonations, son accent persuasif et cordial, le tremblement de sa voix qui, par moments, lui coupait presque la parole, ou par ces yeux brillants d'homme vieilli dans cette conviction, ou par ce calme, cette fermeté et cette conscience de sa mission qui émanaient de tout l'être du franc-maçon et qui prenaient une force particulière par comparaison avec son propre laisser-aller moral et sa désolation? quoi qu'il en fût, il désirait croire de toute son âme, et il croyait, il éprouvait une sensation joyeuse d'apaisement, de rénovation et de retour à la vie.

« On ne Le comprend pas par l'intelligence, on Le comprend à travers la vie, dit le franc-maçon.

– Je ne comprends pas », dit Pierre qui sentit avec effroi le doute monter en lui. Il craignait le vague et la faiblesse des arguments de son interlocuteur, il craignait de ne pas le croire. « Je ne comprends pas, répéta-t-il, que l'intelligence humaine ne puisse atteindre à la connaissance dont vous parlez. »

Le franc-maçon sourit de son bon sourire paternel.

« La sagesse et la vérité suprêmes sont comme l'eau la plus pure que nous désirons absorber, dit-il. Puis-je recueillir cette eau dans un vase impur et juger de sa pureté? Ce n'est que par la purification intérieure de moi-même que je puis amener l'eau recueillie jusqu'à un certain degré de pureté.

– Oui, oui, c'est vrai! dit joyeusement Pierre.

– La sagesse suprême n'est pas fondée sur la raison seule, sur les sciences profanes telles que la physique, l'histoire, la chimie, etc., dont est faite la connaissance rationnelle. La sagesse suprême est une. La sagesse suprême est une science, la science du tout, la science qui explique toute la création et la place que l'homme y occupe. Pour contenir en soi cette science, il est indispensable de purifier et de régénérer son être intérieur, et c'est pourquoi, avant de connaître, il faut croire et se perfectionner. Et c'est pour atteindre ces buts qu'a été donnée à notre âme la lumière divine qui s'appelle la conscience.

– Oui, oui, approuvait Pierre.

– Contemple ton être intérieur avec les yeux de l'âme et demande-toi si tu es content de toi. A quoi es-tu arrivé en te laissant guider par ta seule raison? Qu'es-tu? Vous êtes jeune, vous êtes riche, vous êtes intelligent, instruit, monsieur. Qu'avez-vous fait de tous ces biens qui vous ont été dévolus? Êtes-vous satisfait de vous-même et de votre vie?

– Non, je hais ma vie, fit Pierre en se rembrunissant.

– Tu la hais, alors change-la, purifie-toi, et à mesure que tu te purifieras, tu connaîtras la sagesse. Considérez votre vie, monsieur. Comment l'avez-vous passée? En de folles orgies et dans la débauche, recevant tout de la société et ne lui rendant rien. La fortune vous a été accordée. Comment l'avez-vous employée? Qu'avez-vous fait pour votre prochain? Avez-vous pensé aux dizaines de milliers de vos esclaves, les avez-vous aidés physiquement ou moralement? Non. Vous avez profité de leur travail pour mener une vie dissolue. Voilà ce que vous avez fait. Avez-vous choisi une activité où vous puissiez être utile à votre prochain? Non. Vous avez passé votre vie dans l'oisiveté. Puis vous vous êtes marié, monsieur, vous avez assumé la responsabilité de la direction d'une jeune femme, et qu'avez-vous fait? Vous ne l'avez pas aidée, monsieur, à trouver la voie de la vérité, mais vous l'avez plongée dans un abîme de mensonge et de malheur. Un homme vous a outragé, et vous l'avez tué, et vous dites que vous ne connaissez pas Dieu et que vous haïssez votre vie. Cela n'a rien d'étonnant, monsieur. »

Après ces mots, le franc-maçon, comme fatigué de cette longue conversation, s'appuya de nouveau au dossier du divan et ferma les yeux. Pierre regardait ce visage sévère, immobile, presque mort, de vieillard et remuait silencieusement les lèvres. Il voulait dire : oui, c'était une vie abominable et abjecte d'oisiveté et de débauche, mais il n'osait rompre le silence.

Le franc-maçon eut une toux rauque de vieillard et appela son domestique.

« Alors, et les chevaux? demanda-t-il sans regarder Pierre.

— On en a amené, répondit le domestique. Vous n'allez pas vous reposer?

— Non, fais atteler. »

« Est-ce possible qu'il parte en me laissant seul sans avoir dit tout ce qu'il avait à dire et sans m'avoir promis son aide? » pensait Pierre qui s'était levé et, la tête baissée, arpentait la pièce tout en jetant des regards furtifs au franc-maçon. « Oui, je n'y avais jamais pensé, mais j'ai mené une vie méprisable, débauchée; pourtant je ne l'aimais pas et je n'en voulais pas, songeait-il, cet homme connaît la vérité et, s'il le voulait, il pourrait me la révéler. » Pierre aurait voulu le lui dire mais il n'osait pas. Le voyageur, après avoir emballé ses affaires de ses vieilles mains expertes, boutonnait sa pelisse. Ayant terminé, il se tourna vers Bezoukhov et lui dit d'un ton d'indifférence polie :

« Où vous rendez-vous maintenant, monsieur?

— Moi? A Pétersbourg, répondit Pierre d'une voix indécise d'enfant. Je vous remercie. Je suis entièrement d'accord avec vous. Mais ne me croyez pas si mauvais. Je voudrais de toute mon âme être celui que vous voudriez que je fusse; mais je n'ai jamais trouvé d'aide en personne... D'ailleurs, tout est avant tout ma propre faute. Aidez-moi, instruisez-moi et peut-être serai-je alors... » Pierre ne put continuer, il respira bruyamment et se détourna.

Le franc-maçon garda longtemps le silence et parut réfléchir.

« L'aide ne vient que de Dieu, dit-il, mais notre ordre vous prêtera toute l'assistance qu'il est en son pouvoir de vous prêter, monsieur. Puisque vous allez à Pétersbourg, remettez ceci au comte Willarski (il prit son portefeuille et écrivit quelques mots sur une grande feuille de papier pliée en quatre). Permettez-moi seulement de vous donner un conseil. En arrivant dans la capitale, consacrez les premiers jours à la solitude, à faire votre examen de conscience, et ne reprenez pas les anciens chemins de la vie. Et maintenant je vous souhaite bon voyage, monsieur, conclut-il en voyant entrer son domestique, et bonne chance... »

Le voyageur était Ossip Alexeievitch Bazdeiev, comme Pierre l'apprit par le registre du maître de poste. Bazdeiev était un des francs-maçons et des martinistes les plus connus déjà du temps de Novikov. Longtemps après son départ, Pierre, sans songer à se coucher et sans demander des chevaux, arpenta encore la salle du relais en pensant à son passé dépravé et en se représentant avec l'enthousiasme de la rénovation son avenir de bonheur, irréprochable et vertueux, dont la réalisation lui paraissait si facile. Il n'était perverti, lui semblait-il, que parce que sans le vouloir il avait oublié comme il était bon d'être vertueux. Il croyait fermement à la possibilité de la fraternité des hommes, unis pour s'entraider sur le chemin de la vertu, et c'est ainsi qu'il se représentait la franc-maçonnerie.

III

Une fois à Pétersbourg, Pierre n'annonça son arrivée à personne, n'alla nulle part et passa ses journées à lire Thomas a Kempis, livre que lui avait fait parvenir un inconnu. Il ne comprenait qu'une chose et une seule en lisant ce livre : il connaissait maintenant la jouissance, jamais encore éprouvée, de croire à la possibilité d'atteindre la perfection et de réaliser entre les hommes cet amour fraternel et agissant que lui avait révélé Ossip Alexeievitch. Huit jours après son arrivée, le jeune comte polonais Willarski, qu'il connaissait vaguement pour l'avoir rencontré dans la société de Pétersbourg, entra un soir dans son cabinet avec cet air officiel et solennel qu'avait eu en se présentant chez lui le témoin de Dolokhov; après avoir fermé la porte et s'être assuré qu'il était seul avec Pierre, il lui dit sans s'asseoir :

« Je viens vous trouver, comte, pour m'acquitter d'une mission et vous faire une proposition. Une personne très haut placée dans notre confrérie a demandé que vous soyez admis parmi nous avant les délais prévus et m'a proposé d'être votre répondant. Je tiens pour un devoir sacré d'accomplir la volonté de cette personne. Voulez-vous entrer, sous ma caution, dans la confrérie des francs-maçons? »

Le ton froid et sévère de l'homme qu'il avait presque toujours vu dans les bals souriant et aimable, parmi les femmes les plus brillantes, frappa Pierre.

« Oui, je le désire », dit-il.

Willarski inclina la tête.

« Encore une question, comte, dit-il, à laquelle je vous prie de répondre en toute sincérité, non pas comme futur franmaçon mais en tant que *galant homme* : avez-vous renoncé à vos anciennes convictions, croyez-vous en Dieu? »

Pierre réfléchit.

« Oui... oui, je crois en Dieu, dit-il.

– Dans ce cas... » commença Willarski, mais Pierre l'interrompit. « Oui, je crois en Dieu, répéta-t-il.

– Dans ce cas nous pouvons partir, dit Willarski. Ma voiture est à votre disposition. »

Pendant tout le trajet Willarski garda le silence. Aux questions de Pierre sur ce qu'il avait à faire et à répondre, il se borna à déclarer que des frères plus dignes que lui le mettraient à l'épreuve et qu'il n'avait qu'à dire la vérité.

Après avoir franchi la porte cochère de la maison qu'occupait la loge et gravi un escalier obscur, ils entrèrent dans une petite antichambre éclairée, où sans l'aide de domestiques ils enlevèrent leurs pelisses. De là ils gagnèrent une autre pièce. Un homme portant des vêtements étranges parut à la porte. Willarski alla à sa rencontre, lui dit en français quelques mots à voix basse et s'approcha d'une petite armoire où Pierre aperçut des vêtements comme il n'en avait jamais vu. Prenant dans l'armoire un mouchoir, Willarski le lui mit sur les yeux et le noua par-derrière en y prenant ses cheveux. Puis il l'attira à lui, l'embrassa et le prenant par la main l'emmena. Les cheveux tirés par le nœud faisaient mal à Pierre, il grimaçait de douleur et souriait, comme honteux. Son énorme personne aux bras ballants, au visage crispé et souriant, suivait Willarski à pas incertains et timides.

Après avoir fait une dizaine de pas. Willarski s'arrêta.

« Quoi qu'il puisse vous arriver, dit-il, vous devez tout supporter avec vaillance si vous êtes fermement décidé à entrer dans notre confrérie. (Pierre fit oui de la tête.) Lorsque vous entendrez frapper à la porte, enlevez le bandeau, ajouta Willarski, je vous souhaite bon courage et bonne chance. » Et après lui avoir serré la main, il sortit.

Demeuré seul, Pierre continua de sourire. Une ou deux fois, il haussa les épaules, porta la main au mouchoir comme pour l'enlever et la laissa retomber. Les cinq minutes qu'il avait passées les yeux bandés lui parurent une heure. Ses mains étaient engourdies, ses jambes se dérobaient sous lui; il avait l'impression d'être fatigué. Les sentiments les plus complexes et les plus divers l'agitaient. Il redoutait ce qui allait lui arriver et il craignait plus encore de laisser voir sa peur. Il était curieux de savoir ce qu'on allait lui faire, ce qui lui serait révélé; mais par-dessus tout il se réjouissait de voir venir le moment où il s'engagerait enfin sur la voie de la rénovation et de la vertu agissante dont il rêvait depuis sa rencontre avec Ossip Alexeievitch. Des coups violents rententirent à la porte. Pierre ôta le bandeau et jeta un regard autour de lui. Une profonde obscurité régnait dans la pièce; seule une veilleuse brûlait à un endroit dans quelque chose de blanc. Pierre s'approcha et vit qu'elle était posée sur une table noire à côté d'un livre ouvert. Ce livre était l'Évangile; l'objet blanc dans quoi brûlait la veilleuse était une tête de mort, avec ses orbites vides et ses dents. Ayant lu les mots de l'Évangile : « Au commencement était le Verbe et le Verbe était en Dieu », Pierre fit le tour de la table et vit une grande boîte ouverte et remplie de quelque chose. C'était un cercueil plein d'ossements. Ce qu'il voyait ne le surprenait nullement. Espérant commencer une vie entièrement nouvelle, entièrement différente de l'ancienne, il s'attendait à des choses extraordinaires, plus extraordinaires encore que ce qu'il voyait. La tête de mort, le cercueil, l'Évangile, il lui semblait s'être attendu à tout cela, s'être attendu à plus encore. S'efforçant de faire naître en lui de la ferveur, il regardait autour de lui. « Dieu, la mort, l'amour, la fraternité des hommes », se disait-il, associant à ces mots des images confuses mais réconfortantes. La porte s'ouvrit et quelqu'un entra.

A la faible lumière à laquelle Pierre avait eu le temps de s'habituer, un homme de petite taille apparut. En passant de la lumière à l'obscurité, il s'arrêta; puis à pas prudents il s'approcha de la table et y posa ses petites mains gantées de cuir.

Ce petit homme portait un tablier de cuir blanc qui lui couvrait la poitrine et une partie des jambes, au cou il avait une sorte de collier d'où émergeait un haut jabot blanc qui encadrait son visage allongé éclairé par en bas.

« Pourquoi êtes-vous venu ici? demanda le nouveau venu en se tournant du côté du léger bruit que fit Pierre. Pourquoi vous, qui ne croyez pas aux vérités de la lumière et qui ne voyez pas cette lumière, pourquoi êtes-vous venu ici, que voulez-vous de nous? Est-ce la sagesse, la vertu, la connaissance? »

Au moment où la porte s'était ouverte et où l'inconnu était entré, Pierre avait été envahi par un sentiment de crainte et de respect semblable à celui que, dans son enfance, il éprouvait à confesse; il se trouvait en tête-à-tête avec un homme qui lui était parfaitement étranger dans la vie de tous les jours et proche par la fraternité des hommes. Le cœur battant à lui couper le souffle, il s'approcha de l'orateur (c'est ainsi qu'on appelle dans la franc-maçonnerie le frère qui prépare le POSTULANT à entrer dans la confrérie). S'étant approché, il reconnut dans l'orateur une personne de connaissance, un certain Smolianinov, mais il lui répugnait de penser qu'il connaissait le nouveau venu : ce n'était qu'un frère et un vertueux instructeur. Il fut longtemps sans pouvoir articuler un mot, si bien que l'orateur dut répéter sa question.

« Oui, je... je... cherche la rénovation, prononça-t-il avec effort.

— Bien », dit Smolianinov, et aussitôt il poursuivit tranquillement et rapidement : « Avez-vous une idée des moyens par lesquels notre saint ordre vous aidera à atteindre votre but?

– Je... j'espère... être guidé... aidé... dans ma régénération, dit Pierre avec un tremblement dans la voix et la parole un peu embarrassée, étant donné son émotion et son manque d'habitude d'exprimer en russe des idées abstraites.

– Quelle idée vous faites-vous de la franc-maçonnerie?

– Je vois dans la franc-maçonnerie la *fraternité* et l'égalité des hommes à des fins vertueuses, dit Pierre, honteux, à mesure qu'il parlait, d'employer des mots si peu en rapport avec la solennité du moment. Je vois en elle...

– Bien, dit en hâte l'orateur que cette réponse parut pleinement satisfaire. Avez-vous cherché dans la religion les moyens d'atteindre votre but?

– Non, je la tenais pour une erreur et je ne la suivais pas », dit Pierre à voix si basse que l'orateur ne l'entendit pas et lui demanda ce qu'il disait. « J'étais athée, répondit Pierre.

—Vous cherchez la vérité pour vous conformer dans la vie à ses lois; par conséquent, vous cherchez la sagesse et la vertu, n'est-ce pas? reprit l'orateur après un instant de silence.

– Oui, oui », confirma Pierre.

L'orateur toussota, croisa ses mains gantées sur sa poitrine et commença :

« Je dois maintenant vous révéler le but principal de notre ordre, dit-il, et si ce but concorde avec le vôtre, vous aurez avantage à entrer dans notre confrérie. L'objet premier et partant le fondement sur lequel il repose et qu'aucune force humaine ne peut détruire est la conservation et la transmission à la postérité d'un certain secret important... parvenu jusqu'à nous depuis les siècles les plus reculés et même depuis le premier homme, et dont dépend peut-être le sort du genre humain. Mais comme ce secret est de telle nature que nul ne peut le connaître et en tirer parti s'il ne s'y est préparé par une longue et persévérante purification de soi-même, tout le monde ne peut espérer y être rapidement initié. C'est pourquoi nous avons un second objet qui consiste à préparer nos membres, dans la mesure du possible, à régénérer leur cœur, à purifier et à éclairer leur raison, par les moyens que nous ont transmis les hommes qui ont travaillé à la recherche de ce secret, et à les rendre ainsi aptes à y être initiés. En purifiant et en amendant nos membres, nous nous efforçons, en troisième lieu, d'amender également tout le genre humain en lui offrant comme un modèle de piété et de vertu; et c'est ainsi que nous déployons tous nos efforts pour combattre le mal qui règne dans le monde. Réfléchissez-y, je reviendrai, dit-il », et il sortit.

« Combattre le mal qui règne dans le monde... » répéta Pierre, et il se représenta son action future dans ce domaine. Il se voyait en présence de gens tels qu'il était lui-même quinze jours plus tôt et leur adressait mentalement un discours édifiant. Il se représentait des hommes pervertis et malheureux qu'il aidait par la parole et par les actes; il se représentait des oppresseurs dont il sauvait les victimes. Des trois buts énumérés par l'orateur, ce dernier, l'amendement du genre humain, lui tenait particulièrement à cœur. Le grave secret dont avait parlé l'orateur, tout en excitant sa curiosité, ne lui paraissait pas essentiel, et le second but, la purification et l'amendement de soi-même, le préoccupait peu, car déjà il se sentait avec joie entièrement corrigé de ses vices d'autrefois et prêt uniquement au bien.

Au bout d'une demi-heure, l'orateur revint pour communiquer au postulant les sept vertus correspondant aux sept degrés du temple de Salomon que chaque franc-maçon devait cultiver en lui. Ces vertus étaient : 1° la discrétion, le respect du secret de l'ordre; 2° l'obéissance aux hauts dignitaires de l'ordre; 3° la pureté des mœurs; 4° l'amour de l'humanité; 5° le courage; 6° la générosité, et 7° l'amour de la mort.

« Septièmement, efforcez-vous, dit l'orateur, en méditant souvent sur la mort, d'arriver à ne plus voir en elle une implacable ennemie mais une amie... qui délivre de cette vie de misères l'âme accablée par les labeurs de la vertu, pour l'introduire dans le séjour de la récompense et de la paix. »

« Oui, cela doit être ainsi », pensa Pierre lorsque, sur ces mots, l'orateur se fut de nouveau retiré en le laissant à ses méditations solitaires. « Cela doit être ainsi, mais je suis encore si faible que j'aime ma vie dont c'est maintenant seulement que le sens commence à m'être révélé peu à peu. » Mais les cinq autres vertus qu'il énuméra en les comptant sur les doigts, il les sentait en lui; et le COURAGE, et la GÉNÉROSITÉ, et la PURETÉ DES MOEURS, et L'AMOUR DE L'HUMANITÉ, et surtout l'OBÉISSANCE, qui ne lui apparaissait même pas comme une vertu mais comme un bonheur. (Il était joyeux d'être délivré de son libre arbitre et de soumettre sa volonté à celui et à ceux qui possédaient la vérité incontestable.) La septième vertu, Pierre l'avait oubliée et n'arrivait pas à se la rappeler.

La troisième fois, l'orateur revint plus vite et demanda à Pierre s'il était toujours ferme dans sa résolution et décidé à se soumettre à tout ce qu'on exigerait de lui.

« Je suis prêt à tout, dit Pierre.

– Je dois encore vous prévenir, dit l'orateur, que notre ordre n'enseigne pas sa doctrine par des paroles seulement, mais aussi par d'autres moyens qui agissent sur celui qui cherche la sagesse et la vertu plus fortement peut-être que les seules explications verbales. Ce temple, par son décor que vous voyez, a dû déjà, mieux que les paroles, éclairer votre cœur s'il est sincère; vous verrez peut-être, dans la suite de votre initiation, un mode d'enseignement analogue. Notre ordre imite les sociétés antiques qui révélaient leur doctrine au moyen d'hiéroglyphes. L'hiéroglyphe, ajouta-t-il, est la figuration d'une chose non soumise aux sens et qui possède des qualités analogues à celle qu'il représente. »

Pierre savait parfaitement ce qu'était un hiéroglyphe, mais il n'osa le dire. Il écoutait l'orateur en silence, sentant que les épreuves allaient commencer.

« Si vous êtes décidé, je dois procéder à votre introduction, dit l'orateur en se rapprochant de Pierre. En signe de générosité, je vous prie de me remettre tous les objets de valeur que vous avez.

– Mais je n'ai rien emporté avec moi, dit Pierre qui croyait qu'on lui demandait de remettre tout ce qu'il possédait.

– Ce que vous avez sur vous : montre, argent, bagues... »

Pierre tira précipitamment sa bourse, sa montre et fut longtemps sans pouvoir enlever son alliance de son gros doigt. Lorsque ce fut fait, l'orateur dit :

« En signe d'obéissance, je vous prie de vous déshabiller. »

Pierre retira son habit, son gilet et sa chaussure gauche, selon les indications de l'orateur. Le franc-maçon ouvrit sa chemise sur le côté gauche de la poitrine et se penchant releva au-dessus du genou la jambe gauche de son pantalon. Pierre voulut se précipiter pour retirer également sa chaussure droite et retrousser son pantalon afin d'en épargner la peine à cet étranger, mais le maçon lui dit que ce n'était pas nécessaire et lui tendit une pantoufle pour son pied gauche. Avec un sourire enfantin de confusion, de doute et de raillerie de lui-même qui malgré lui flottait sur ses lèvres, Pierre restait debout en face du frère orateur, les bras ballants et les jambes écartées, attendant de nouveaux ordres.

« Et enfin, en signe de sincérité, je vous prie de me révéler votre principale faiblesse, dit-il.

– Ma faiblesse! J'en AVAIS tant, dit Pierre.

– Celle qui, plus que toutes les autres, vous faisait trébucher sur le chemin de la vertu », dit le franc-maçon.

Pierre se tut, indécis.

« Le vin? La gourmandise? L'oisiveté? La paresse? La colère? La rancune? Les femmes? » se demandait-il en passant en revue ses défauts, les pesant mentalement et ne sachant auquel donner la préférence.

« Les femmes », dit-il d'une voix basse, à peine perceptible. Après cette réponse, le franc-maçon fut longtemps sans bouger et sans parler. Enfin il s'approcha de Pierre, prit le mouchoir posé sur la table et lui banda les yeux.

« Pour la dernière fois je vous le dis : concentrez toute votre attention sur vous-même; enchaînez vos sens et cherchez le bonheur non dans les passions mais dans votre cœur. La source de la félicité n'est pas hors de nous mais en nous... »

Pierre sentait déjà sourdre en lui cette source rafraîchissante de félicité qui inondait maintenant son âme de joie et de ferveur.

IV

PEU de temps après, on vint chercher Pierre dans le temple obscur; cette fois ce n'était plus l'orateur mais son parrain Willarski qu'il reconnut à sa voix. Aux nouvelles questions qu'il lui posa sur la fermeté de sa résolution, Pierre répondit : « Oui, oui, j'accepte », et avec un sourire radieux d'enfant, sa poitrine grasse découverte et marchant timidement et gauchement avec un pied déchaussé, il suivit Willarski qui appuyait une épée contre sa poitrine nue. On le conduisit par des couloirs en faisant des détours et enfin on l'amena devant la porte de la loge. Willarski toussa, on lui répondit par des coups de maillet et la porte s'ouvrit. Une voix de basse demanda à Pierre (ses yeux étaient toujours bandés) qui il était, où et quand il était né, etc. Puis on le conduisit de nouveau ailleurs sans lui enlever le bandeau des yeux, et tout en marchant on lui parlait par allégories des difficultés de son périple, de la sainteté de l'amitié, de l'éternel Architecte de l'Univers, du courage avec lequel il devait affronter les peines et les dangers. Pendant ce trajet, Pierre s'aperçut qu'on l'appelait tantôt CELUI QUI CHERCHE, tantôt CELUI QUI SOUFFRE, tantôt CELUI QUI DEMANDE, et que ce faisant on frappait différemment avec des maillets et des épées. Comme on l'amenait vers un objet, il constata une hésitation parmi les guides. Il entendit ceux qui l'entouraient discuter à voix basse et l'un d'eux insister pour qu'on le fît passer sur un tapis. On lui prit ensuite la main droite qu'on posa sur quelque chose et on lui dit d'appuyer, de la gauche, un compas sur son sein gauche, puis on lui fit répéter, à mesure qu'on le lisait, le serment de fidélité aux règles de l'ordre. Ensuite on éteignit les bougies, on alluma de l'esprit-de-vin que Pierre reconnut à l'odeur, et on lui dit qu'il allait voir la petite lumière. On lui enleva son bandeau, et Pierre vit comme en rêve, à la faible flamme de l'esprit-de-vin, plusieurs personnes portant le même tablier que l'orateur et qui, debout en face de lui, tenaient des épées dirigées contre sa poitrine. Parmi elles, il y avait un homme revêtu d'une chemise blanche ensanglantée. A cette vue, Pierre avança la poitrine vers les épées, souhaitant d'en être transpercé. Mais les épées s'écartèrent et on lui remit aussitôt le bandeau.

« Maintenant tu as vu la petite lumière », lui dit une voix. Puis on ralluma les bougies, on lui dit qu'il devait voir la grande lumière, on lui enleva de nouveau le bandeau et soudain une douzaine de voix dirent : *Sic transit gloria mundi*.

Pierre reprit peu à peu ses esprits et examina la pièce où il se trouvait ainsi que les personnes présentes. Autour d'une longue table recouverte de noir, une douzaine d'hommes étaient assis, tous vêtus comme ceux qu'il avait vus précédemment. Il en connaissait certains pour les avoir rencontrés dans la société de Pétersbourg. La place du président était occupée par un jeune homme qui lui était inconnu et qui portait au cou une décoration particulière. A sa droite se trouvait l'abbé italien que Pierre avait rencontré deux ans plus tôt chez Anna Pavlovna. Il y avait encore un très haut dignitaire et un précepteur suisse qui avait été autrefois au service des Kouraguine. Tous gardaient un silence solennel en écoutant parler le président qui tenait à la main un maillet. Une étoile flamboyante était encastrée dans le mur; d'un côté de la table, il y avait un petit tapis orné de figures symboliques, de l'autre une sorte d'autel avec un Évangile et une tête de mort. Autour de la table étaient placés sept grands chandeliers comme on en voit dans les églises. Deux des frères conduisirent Pierre vers l'autel, lui mirent les jambes en équerre et lui donnèrent l'ordre de s'étendre à terre, lui disant qu'il se prosternait aux portes du temple.

« Il doit d'abord recevoir la truelle, dit l'un d'eux à voix basse.

— Mais non, je vous en prie », dit l'autre.

Pierre, sans obéir, promena autour de lui des yeux déconcertés de myope, et soudain des doutes le prirent : « Où suis-je? Que fais-je? Ne se moque-t-on pas de moi? N'aurai-je pas honte à me le rappeler? » Mais ces doutes ne durèrent qu'un instant. Il regarda les visages sérieux qui l'entouraient, se souvint de tout ce par quoi il était déjà passé et comprit qu'il était impossible de s'arrêter à mi-chemin. Il fut horrifié d'avoir douté et, s'efforçant de retrouver sa ferveur première, il se prosterna aux portes du temple. Et en effet une ferveur plus profonde encore s'empara de lui. Après être resté quelque temps étendu ainsi, il fut invité à se relever et on lui passa le même tablier de cuir blanc que portaient les autres, on lui mit en main une truelle et trois paires de gants, et le grand maître lui adressa alors la parole. Il lui dit qu'il devait s'efforcer de ne ternir en rien la blancheur de ce tablier qui symbolisait la fermeté et la pureté, puis, au sujet de la truelle, il lui dit qu'elle devait lui servir à purger son cœur des vices et à aplanir avec indulgence le cœur du prochain. Au sujet de la première paire de gants d'homme, il dit qu'il ne pouvait en connaître la signification mais qu'il devait la conserver; au sujet de la deuxième paire, qu'il devait la mettre aux réunions; et enfin, au sujet de la troisième qui était une paire de gants de femme, il dit :

« Cher frère, ces gants de femme vous sont également destinés. Donnez-les à la femme que vous respecterez plus que toutes les autres. Par ce présent, vous prouverez la pureté de votre cœur à celle que vous aurez choisie comme digne maçonne. » Après un silence, il ajouta : « Mais veillez, cher frère, à ce que ces gants n'ornent pas des mains impures. » Pendant que le grand maître prononçait ces derniers mots, Pierre eut l'impression qu'il se troublait. Il en fut encore plus troublé lui-même et rougit au point que les larmes lui montèrent aux yeux, comme rougissent les enfants, en jetant autour de lui des regards inquiets, et un silence embarrassé se fit.

Ce silence fut rompu par l'un des frères qui, conduisant Pierre vers le tapis, lui lut dans un cahier l'explication de toutes les figures qui y étaient représentées : le soleil, la lune, le maillet, le fil à plomb, la truelle, la pierre brute et cubique, la colonne, les trois fenêtres, etc. Puis on lui indiqua sa place, on lui montra les signes de la loge, on lui dit le mot de passe et enfin on lui permit de s'asseoir. Le grand maître donna lecture du règlement. Celui-ci était très long et, dans sa joie, son émotion et sa gêne, Pierre fut incapable de comprendre ce qu'on lisait. Il ne prêta attention qu'aux derniers mots qu'il retint :

« Dans nos temples, nous ne connaissons pas d'autres degrés, lisait le grand maître, que ceux qui séparent la vertu du vice. Garde-toi de faire des différences qui puissent rompre l'égalité. Vole au secours de ton frère, quel qu'il soit, éclaire celui qui s'égare, relève celui qui tombe et ne nourris jamais de rancune ni de haine envers ton frère. Sois aimable et accueillant. Attise dans tous les cœurs la flamme de la vertu. Partage ton bonheur avec ton prochain et que l'envie ne trouble jamais cette pure jouissance.

« Pardonne à ton ennemi, ne te venge pas de lui, sinon en lui faisant du bien. En accomplissant ainsi la loi suprême, tu retrouveras les traces de ton ancienne grandeur perdue. » Ainsi termina-t-il et, se levant, il étreignit Pierre et l'embrassa.

Pierre regardait autour de lui avec des larmes de joie, ne sachant que répondre aux félicitations qu'on lui prodiguait et à ceux qui voulaient renouer connaissance. Il ne voulait reconnaître personne; dans tous ces gens il ne voyait que des frères avec qui il brûlait de se mettre à l'œuvre.

Le grand maître donna un coup de maillet, tous se rassirent

et l'un des frères lut une instruction sur la nécessité de l'humilité.

Le grand maître proposa d'accomplir le dernier devoir, et le haut dignitaire qui exerçait les fonctions de frère quêteur parcourut l'assistance. Pierre aurait voulu inscrire sur la feuille d'aumônes tout l'argent qu'il avait sur lui, mais il craignit de faire ainsi preuve d'orgueil et inscrivit la même somme que les autres.

La séance était terminée, et, en rentrant chez lui, Pierre avait l'impression d'être revenu de quelque lointain voyage qui avait duré des dizaines d'années, au cours duquel il s'était complètement transformé et avait rompu avec son ancien genre de vie et ses anciennes habitudes.

V

Le lendemain de sa réception à la loge, Pierre lisait chez lui un livre et s'efforçait de pénétrer la signification du carré dont l'un des côtés symbolisait Dieu, le deuxième le domaine moral, le troisième le domaine physique et le quatrième le mélange des deux. De temps en temps, il abandonnait le livre et le carré et échafaudait en imagination son nouveau plan d'existence. La veille, on lui avait dit à la loge que les échos de son duel étaient parvenus jusqu'à l'empereur et qu'il serait prudent pour lui de s'éloigner de Pétersbourg. Il comptait partir pour ses domaines du midi et s'y occuper de ses paysans. Il songeait avec joie à cette vie nouvelle quand le prince Vassili entra à l'improviste.

« Qu'as-tu donc fait à Moscou, mon ami? Pourquoi t'es-tu disputé avec Lelia, *mon cher?* Tu es dans l'erreur, dit le prince Vassili en entrant. Je sais tout, je peux t'assurer qu'Hélène est aussi innocente envers toi que le Christ l'était envers les juifs. »

Pierre voulut répondre, mais il ne lui en laissa pas le temps.

« Et pourquoi ne t'es-tu pas adressé directement et franchement à moi comme à un ami? Je sais tout, je comprends tout, tu t'es conduit comme il convient à un homme qui tient à son honneur; avec trop de précipitation peut-être, mais n'en parlons plus. Songe seulement à une chose : dans quelle situation tu nous mets, elle et moi, aux yeux du monde et même de la cour, ajouta-t-il en baissant la voix. Elle habite Moscou, toi tu es ici.

Comprends bien, mon cher, et il lui prit la main qu'il tira vers le bas, ce n'est qu'un malentendu; tu le sens bien toi-même, je pense. Écrivons-lui tout de suite une lettre, elle viendra ici et tout s'expliquera, sinon, je peux te le dire, cela pourrait très facilement avoir pour toi des conséquences fâcheuses, mon cher. »

Le prince Vassili lui jeta un regard significatif.

« Je sais de bonne source que l'impératrice douairière prend un vif intérêt à toute cette affaire. Tu sais qu'elle est très bien disposée à l'égard d'Hélène. »

Pierre fut plusieurs fois sur le point de parler, mais d'une part le prince Vassili ne lui en laissait pas le temps, d'autre part il craignait de le faire sur le ton de refus catégorique sur lequel il était fermement résolu à répondre à son beau-père. En outre, il se souvenait du précepte maçonnique : « Sois aimable et accueillant. » Il fronçait le sourcil, rougissait, se levait, puis se rasseyait, luttant avec lui-même dans la circonstance pour lui la plus pénible de toutes, dire à quelqu'un en face des choses désagréables, dire à cet homme, quel qu'il fût, autre chose que ce qu'il attendait. Il était si habitué à se soumettre à ce ton d'assurance nonchalante du prince Vassili que, même maintenant, il se sentait incapable d'y résister; mais il se rendait compte que de ce qu'il allait dire dépendrait tout son avenir : continuerait-il à suivre l'ancienne voie ou s'engagerait-il dans cette voie nouvelle dont les francs-maçons lui avaient montré les attraits et où il avait la conviction de renaître à une autre vie?

« Eh bien, mon cher, dit le prince Vassili d'un ton enjoué, dis-moi oui, je lui écrirai moi-même, et nous tuerons le veau gras. » Mais le prince Vassili n'avait pas achevé sa plaisanterie que Pierre, le visage décomposé par la fureur rappelant celui de son père, dit à voix basse sans regarder son interlocuteur :

« Prince, je ne vous ai pas demandé de venir, allez-vous-en, je vous en prie, allez-vous-en! » Il sauta sur ses pieds et lui ouvrit la porte. « Allez-vous-en, répéta-t-il, n'en croyant pas ses paroles et heureux de l'expression de confusion et de crainte apparue sur les traits du prince Vassili.

– Qu'as-tu? Tu es malade?

– Allez-vous-en! » répéta encore une fois sa voix tremblante. Et le prince Vassili dut partir sans avoir obtenu aucune explication.

Huit jours plus tard, Pierre, après avoir pris congé de ses nouveaux amis les francs-maçons et leur avoir laissé une forte somme pour les œuvres charitables, partit pour ses domaines. Ses nouveaux frères lui donnèrent des lettres pour les francs-maçons de Kiev et d'Odessa et lui promirent de lui écrire et de le guider dans sa nouvelle activité.

VI

L'AFFAIRE de Pierre et de Dolokhov fut étouffée et, malgré la sévérité dont l'empereur faisait alors preuve à l'égard des duels, elle n'eut aucune suite ni pour les deux adversaires, ni pour leurs témoins. Mais la nouvelle de ce duel, confirmée par la rupture de Pierre avec sa femme, se répandit dans la société. Pierre, qu'on traitait avec une indulgence protectrice quand il était enfant naturel, qu'on cajolait et chérissait quand il était le meilleur parti de l'Empire de Russie, avait beaucoup baissé dans l'opinion du monde après son mariage, quand les filles à marier et les mères n'eurent plus rien à attendre de lui, d'autant plus qu'il ne savait ni ne voulait se concilier les bonnes grâces des gens du monde. Maintenant on le rendait seul responsable de ce qui était arrivé, on disait que c'était un absurde jaloux, sujet aux mêmes accès de fureur sanguinaire que l'était son père. Et lorsque, après son départ, Hélène revint à Pétersbourg, elle fut accueillie par toutes ses connaissances non seulement avec sympathie, mais même avec une nuance de respect qui s'adressait à son malheur. Quand on en venait à parler de son mari, Hélène prenait un air digne que – sans en comprendre la signification – elle avait adopté grâce à son tact inné. Cet air voulait dire qu'elle était décidée à supporter son malheur sans se plaindre et que son mari était une croix envoyée par Dieu. Le prince Vassili exprimait plus franchement son opinion. Il haussait les épaules quand il était question de Pierre et portant le doigt à son front, disait :

« *Un cerveau fêlé – je le disais toujours.*

– Je l'ai toujours dit, assurait Anna Pavlovna, j'ai dit aussitôt, dès le début et avant tout le monde (elle insistait sur sa priorité), que c'est un jeune homme à l'esprit dérangé et perverti par les idées corrompues du siècle. Je le disais déjà quand tout le monde s'extasiait sur lui alors qu'il revenait de l'étranger et que, vous vous en souvenez, il avait joué un soir chez moi à une sorte de Marat. Et comment tout cela a-t-il fini? J'étais dès le début contre ce mariage et j'avais prédit tout ce qui arriverait. »

Anna Pavlovna donnait toujours, en ses jours libres, les mêmes soirées que naguère et qu'elle avait seule l'art d'organiser, des soirées qui réunissaient avant tout *la crème de la véritable bonne société, la fine fleur de l'essence intellectuelle de la société de Pétersbourg,* comme elle le disait elle-même. Outre ce choix raffiné des invités, ces soirées se signalaient encore par ceci que, chaque fois, elle offrait en régal à ses hôtes un nouveau personnage intéressant, et que nulle part ailleurs on ne pouvait constater plus sûrement et plus nettement le degré que marquait le thermomètre politique dans les milieux légitimistes de la cour de Pétersbourg.

A la fin de 1806, alors qu'on savait déjà tous les tristes détails de l'anéantissement de l'armée prussienne par Napoléon à Austerlitz et de la capitulation de la plus grande partie des forteresses de Prusse, alors que nos troupes avaient déjà pénétré en Prusse et que notre seconde campagne contre Napoléon était commencée, Anna Pavlovna donna une soirée. *La crème de la véritable bonne société* se composait de la ravissante et malheureuse Hélène abandonnée par son mari, de Mortemart, du charmant prince Hippolyte qui revenait de Vienne, de deux diplomates, de sa tante, d'un jeune homme que, dans son salon, on appelait tout court *un homme de beaucoup de mérite,* d'une demoiselle d'honneur récemment nommée, accompagnée de sa mère, et de quelques autres personnages moins marquants.

La personnalité qu'Anna Pavlovna offrait ce soir comme primeur à ses invités était Boris Droubetzkoï, qui arrivait de l'armée de Prusse en qualité de courrier et qui était aide de camp d'un très haut personnage.

La température qu'indiquait à cette soirée le thermomètre politique était la suivante : quelles que soient les concessions que tous les souverains et généraux d'Europe fassent à Bonaparte afin de ME CAUSER, ou de NOUS causer, des ennuis et des désagréments, notre opinion sur lui ne peut changer. Nous ne cesserons pas d'exprimer franchement notre façon de voir à ce sujet et nous ne pouvons que dire au roi de Prusse et aux autres : « Tant pis pour vous. *Tu l'as voulu, George Dandin.* » Voilà ce qu'indiquait le thermomètre politique à la soirée d'Anna Pavlovna. Lorsque Boris dont on devait régaler les invités entra dans le salon, la société était déjà presque au complet et la conversation que dirigeait Anna Pavlovna roulait sur nos relations diplomatiques avec l'Autriche et sur l'espoir d'une alliance avec elle.

Boris, en élégant uniforme d'aide de camp, frais et rose, plus viril que naguère, entra avec aisance dans le salon et fut conduit, comme il se devait, présenter ses hommages à la tante, puis rendu à la société.

Anna Pavlovna lui donna à baiser sa main sèche, le présenta à quelques personnes qu'il ne connaissait pas encore et lui désigna chacune d'elles à voix basse.

« Le prince Hippolyte Kouraguine, un charmant jeune homme. M. Kroug, chargé d'affaires de Copenhague, un esprit profond, et tout court : *M. Shitoff, un homme de beaucoup de mérite.* »

Boris avait réussi, grâce aux soins d'Anna Mikhaïlovna, à ses goûts propres et à la réserve de son caractère, à se créer une situation des plus avantageuses. Aide de camp d'un très haut personnage, il avait été chargé d'une fort importante mission en Prusse d'où il venait de rentrer en qualité de courrier. Il s'était pleinement assimilé cette subordination non écrite qui l'avait séduit à Olmütz, subordination qui permet à un enseigne d'occuper un rang incomparablement plus élevé qu'un général et selon laquelle ce qui comptait le plus pour réussir dans le service n'étaient pas les efforts, le travail, non la bravoure, la persévérance, mais seulement l'art de se concilier les bonnes grâces de ceux qui dispensent l'avancement; et il était souvent le premier à s'étonner de ses succès rapides en se demandant comment les autres pouvaient ne pas comprendre cela. Sa découverte avait complètement transformé toute sa façon de vivre, tous ses projets d'avenir. Il n'était pas riche, mais il employait ses dernières ressources à être habillé mieux que les autres; il se serait privé de bien des plaisirs plutôt que de se permettre de rouler dans une méchante voiture ou de se montrer dans un vieil uniforme dans les rues de Pétersbourg. Il ne recherchait que ceux qui étaient plus haut placés que lui et qui par conséquent pouvaient lui être utiles. Il aimait Pétersbourg et méprisait Moscou. Le souvenir des Rostov et de son amour d'enfant pour Natacha lui était désagréable et, depuis son départ pour l'armée, il n'avait pas remis les pieds chez eux. Invité à la soirée d'Anna Pavlovna, ce qu'il considérait comme un important avancement dans sa carrière, il avait aussitôt saisi le rôle qu'il devait y jouer et laissant Anna Pavlovna profiter de l'intérêt qu'il suscitait, il observait attentivement toutes les personnes présentes et pesait les avantages et les possibilités de relations à nouer avec chacune d'elles. Il s'assit à la place qu'on lui avait indiquée auprès de la belle Hélène et prêta l'oreille à la conversation générale.

« — Vienne trouve les bases du traité proposé tellement hors « d'atteinte qu'on ne saurait y parvenir même par une continuité de « succès les plus brillants, et elle met en doute les moyens qui pourraient « nous les procurer. » C'est la phrase authentique du cabinet de Vienne, disait le *chargé d'affaires* du Danemark.

— *C'est le doute qui est flatteur!* dit avec un fin sourire *l'homme à l'esprit profond.*

— *Il faut distinguer entre le cabinet de Vienne et l'empereur d'Autriche,* fit observer Mortemart. *L'empereur d'Autriche n'a jamais pu penser une chose pareille, ce n'est que le cabinet qui le dit.*

— *Eh, mon cher vicomte,* intervint Anna Pavlovna, *l'Urope* (elle prononçait, on ne sait pourquoi, *l'Urope* comme s'il s'agissait d'une finesse particulière de la langue française à laquelle elle pouvait se permettre de recourir en parlant à un Français), *l'Urope ne sera jamais notre alliée sincère.* »

Après quoi elle mit la conversation sur le courage et la fermeté du roi de Prusse afin de ménager l'entrée en scène de Boris.

Boris écoutait attentivement celui qui parlait, attendant son tour, mais sans négliger de jeter des regards vers sa voisine, la belle Hélène, dont les yeux rencontrèrent plusieurs fois en souriant ceux du bel et jeune aide de camp.

Tout naturellement, en parlant de la situation de la Prusse, Anna Pavlovna pria Boris de raconter son voyage à Glogau et de décrire l'état dans lequel il avait trouvé l'armée prussienne. Boris, sans se hâter, donna dans un français pur et correct un grand nombre de détails intéressants sur les troupes, la cour, mais pendant tout son récit évita soigneusement de formuler son opinion sur les faits qu'il exposait. Pendant quelque temps, il accapara l'attention générale, et Anna Pavlovna sentit que la primeur offerte était accueillie avec plaisir par tous ses invités. Celle qui manifesta le plus d'intérêt pour le récit de Boris fut Hélène. Elle le questionna plusieurs fois sur des détails de son voyage et parut fort intéressée par la situation de l'armée prussienne. Dès qu'il eut fini, elle s'adressa à lui avec son sourire habituel :

« Il faut absolument que vous veniez me voir, lui dit-elle comme si, pour certaines raisons qu'il ne pouvait connaître, c'était absolument indispensable. *Vous me ferez grand plaisir.* »

Boris promit de venir et voulut engager la conversation avec elle, quand Anna Pavlovna l'appela sous prétexte que sa tante voulait aussi l'entendre.

« Vous connaissez son mari, n'est-ce pas? dit Anna Pavlovna en fermant les yeux et en montrant Hélène d'un geste plein de tristesse. Ah! c'est une femme si malheureuse et si charmante! Ne parlez pas de lui devant elle, je vous en prie, n'en parlez pas. Cela lui est trop pénible! »

VII

Lorsque Boris et Anna Pavlovna rejoignirent le groupe principal, le prince Hippolyte s'emparait de la conversation. Penché en avant dans son fauteuil, il dit :

« *Le roi de Prusse...* » et ayant dit il se mit à rire. Tout le monde se tourna vers lui. *« Le roi de Prusse? »* répéta-t-il sur un ton interrogateur, et il se renfonça tranquillement et avec sérieux dans son fauteuil. Anna Pavlovna attendit un peu, mais comme Hippolyte semblait décidément ne rien vouloir ajouter d'autre, elle raconta comment l'impie Bonaparte avait volé à Potsdam l'épée de Frédéric le Grand.

« C'est l'épée de Frédéric le Grand que je... » commença-t-elle, mais Hippolyte l'interrompit en disant :

« Le roi de Prusse... » et de nouveau, dès qu'on se fut tourné vers lui, il s'excusa et se tut. Anna Pavlovna fronça les sourcils. Mortemart, ami d'Hippolyte, lui dit d'un ton résolu :

« Voyons, à qui en avez-vous avec votre roi de Prusse? »

Hippolyte se mit à rire comme s'il était gêné.

« Non, ce n'est rien, je voulais dire seulement... » (Il avait l'intention de répéter une plaisanterie entendue à Vienne et que pendant toute la soirée il avait cherché à placer.) *« Je voulais dire seulement que nous avons tort de faire la guerre pour le roi de Prusse. »*

Boris sourit avec prudence de façon que son sourire pût être interprété comme une raillerie ou comme une approbation de la plaisanterie, selon la façon dont elle serait accueillie. Tout le monde rit.

« Il est très mauvais, votre jeu de mots, très spirituel mais injuste, dit Anna Pavlovna en le menaçant de son doigt ridé. *Nous ne faisons pas la guerre pour le roi de Prusse mais pour les bons principes. Ah! le méchant, ce prince Hippolyte! »*

La conversation ne tarit pas de toute la soirée, roulant principalement sur les nouvelles politiques. A la fin, elle s'anima particulièrement lorsqu'il fut question des récompenses décernées par l'empereur.

« X. a bien reçu l'an dernier une tabatière à portrait, disait *l'homme à l'esprit profond,* pourquoi Y. ne pourrait-il pas obtenir la même récompense?

– *Je vous demande pardon, une tabatière avec le portrait de l'Empereur est une récompense mais point une distinction,* dit le diplomate, *un cadeau plutôt.*

– *Il y a eu plutôt des antécédents, je vous citerai Schwarzenberg.*

– *C'est impossible,* objecta un autre.

– Voulez-vous parier? *Le grand cordon, c'est différent...* »

Lorsque tous se furent levés pour partir, Hélène, qui avait très peu parlé pendant toute la soirée, renouvela à Boris son invitation aimable et pressante de venir la voir mardi.

« J'ai absolument besoin de vous voir », dit-elle avec un sourire en jetant un regard à Anna Pavlovna, et Anna Pavlovna appuya la demande d'Hélène avec ce triste sourire qui accompagnait toujours ses paroles lorsqu'il était question de sa haute protectrice. On eût dit que certaines choses que Boris avait racontées ce soir sur l'armée prussienne avaient soudain fait découvrir à Hélène la nécessité de le voir. Elle paraissait lui promettre de lui en expliquer la raison quand il viendrait chez elle.

Lorsque, mardi soir, Boris se présenta dans le magnifique salon d'Hélène, il n'obtint aucune explication précise de la nécessité de sa visite. Il y avait du monde, la comtesse lui parla peu, et ce ne fut qu'en lui disant adieu, alors qu'il lui baisait la main, qu'elle lui dit inopinément à voix basse avec une étrange absence de sourire :

« Venez demain dîner... le soir. Il faut que vous veniez... Venez. »

Pendant ce séjour qu'il fit à Pétersbourg, Boris devint un intime dans la maison de la comtesse Bezoukhov.

VIII

La guerre s'étendait et le théâtre des opérations se rapprochait des frontières russes. Partout on n'entendait qu'imprécations contre Bonaparte, l'ennemi du genre humain; dans les villages, on levait miliciens et recrues, et du théâtre des opérations parvenaient des nouvelles contradictoires, comme toujours fausses et par conséquent diversement interprétées.

La vie du vieux prince Bolkonski, du prince André et de la princesse Maria avait subi de grands changements depuis 1805.

En 1806, le vieux prince avait été désigné comme un des huit chefs de la milice nommés alors dans toute la Russie. Malgré les atteintes de l'âge qui s'étaient particulièrement accentuées à l'époque où il avait cru son fils mort, le vieux prince ne s'était pas jugé en droit de refuser ce poste auquel il était appelé par l'empereur en personne, et cette activité qui s'offrait de nouveau à lui le stimula et lui redonna des forces. Il entreprenait sans cesse des tournées d'inspection dans les trois provinces qui lui étaient confiées; il était consciencieux jusqu'à la pédanterie dans l'accomplissement de ses obligations, sévère jusqu'à la cruauté envers ses subordonnés et entrait lui-même dans les moindres détails. La princesse Maria ne prenait plus auprès de son père de leçons de mathématiques et, quand il était là, elle n'entrait dans son cabinet que le matin, accompagnée de la nourrice et du petit prince Nicolas (comme l'appelait son grand-père). Le petit prince Nicolas occupait avec sa nourrice et la vieille bonne Savichna l'appartement de la défunte princesse, et la princesse Maria passait la plus grande partie de la journée dans la chambre de l'enfant, remplaçant de son mieux la mère de son petit neveu. Mlle Bourienne semblait elle aussi adorer le petit garçon, et la princesse Maria, se privant souvent pour elle, laissait à son amie le plaisir de dorloter le petit « ange » (comme elle disait) et de jouer avec lui.

Près de l'autel de l'église de Lissi Gori, on avait élevé une chapelle sur la tombe de la petite princesse et l'on y avait placé un monument en marbre, commandé en Italie, qui représentait un ange aux ailes déployées prêt à monter au ciel. L'ange avait la lèvre supérieure légèrement retroussée comme s'il allait sourire, et un jour, en sortant de la chapelle, le prince André et la princesse Maria s'étaient avoué que, chose étrange, le visage de cet ange leur rappelait celui de la défunte. Mais ce qui était plus étrange encore et que le prince André ne dit pas à sa sœur, c'est que dans l'expression que l'artiste avait donnée par hasard à l'ange, il lisait les mêmes paroles de doux reproche qu'il avait lues naguère sur le visage de sa femme morte : « Ah! pourquoi m'avez-vous fait cela?... »

Peu de temps après le retour du prince André, le vieux prince avait attribué à son fils sa part d'héritage et lui avait donné Bogoutcharovo, un grand domaine situé à quarante verstes de Lissi Gori. En partie à cause des pénibles souvenirs qui s'attachaient à Lissi Gori, en partie parce qu'il ne se sentait pas toujours le courage de supporter le caractère de son père, en partie par besoin de solitude, le prince André s'occupa de Bogoutcharovo, y fit construire et y passa le plus clair de son temps.

Après la campagne d'Austerlitz, le prince André avait fermement décidé de ne plus jamais reprendre du service; et lorsque la guerre recommença et que chacun dut faire son devoir, il accepta un poste sous les ordres de son père, dans la levée des milices, afin d'être dispensé du service actif. Les rôles du vieux prince et de son fils semblaient intervertis depuis la campagne de 1805. Le vieux prince, stimulé par son activité, fondait les plus grands espoirs sur la campagne présente; le prince André, qui ne prenait pas part à la guerre et le regrettait au fond du cœur, n'en attendait au contraire que du mal.

Le 26 février 1807, le vieux prince partit pour une tournée d'inspection. Le prince André, comme il le faisait le plus souvent pendant les absences de son père, resta à Lissi Gori. Le petit Nicolas était souffrant depuis trois jours. Les cochers qui avaient conduit le vieux prince revinrent de la ville et rapportèrent au prince André des papiers et des lettres.

Le valet de chambre muni des lettres, ne trouvant pas le jeune prince dans son cabinet, alla chez la princesse Maria; mais il n'y était pas non plus. On lui dit que le prince était dans la chambre de l'enfant.

« Veuillez venir, Votre Excellence, Petrouchka est là avec des papiers, dit une des servantes au prince André qui, assis sur une petite chaise d'enfant, les mains tremblantes et les sourcils froncés, versait d'une fiole un médicament dans un verre à moitié rempli d'eau.

– Qu'y a-t-il? » demanda-t-il avec irritation, et un mouvement maladroit de la main lui fit verser dans le verre quelques gouttes de trop. Il jeta le médicament par terre et redemanda de l'eau. La servante lui en apporta.

La pièce était meublée d'un petit lit d'enfant, de deux coffres, de deux fauteuils, d'une table, d'une autre petite table et d'une petite chaise d'enfant, celle sur laquelle était assis le prince André. Les rideaux étaient tirés et une bougie brûlait sur la table, masquée par un cahier de musique de façon à protéger le petit lit de la lumière

« Mon ami, dit à son frère la princesse Maria qui se tenait au chevet de l'enfant, il vaut mieux attendre... tout à l'heure...

– Ah! je t'en prie, tu dis toujours des bêtises, tu n'as déjà que trop attendu, et voilà le résultat, répondit le prince André dans un murmure irrité, visiblement désireux de piquer sa sœur.

– Mon ami, il vaut vraiment mieux ne pas le réveiller, il s'est endormi », dit la princesse d'une voix suppliante.

Le prince André se leva et le verre à la main s'approcha du petit lit sur la pointe des pieds.

« Peut-être vaut-il vraiment mieux ne pas le réveiller? dit-il indécis.

– Comme tu voudras, vraiment... je crois... mais comme tu voudras... » dit la princesse Maria, visiblement intimidée et confuse de voir son avis l'emporter. Elle montra à son frère la servante qui l'appelait à voix basse.

C'était la deuxième nuit qu'ils passaient tous deux sans sommeil au chevet du petit garçon qui brûlait de fièvre. Ne se fiant pas à leur médecin de famille et dans l'attente de celui qu'on était allé chercher en ville, ils avaient essayé tantôt un moyen, tantôt un autre. Harassés tous deux par l'insomnie et inquiets, ils se rejetaient l'un sur l'autre leur chagrin, se faisaient mutuellement des reproches et se disputaient.

« Petroucha est là avec des papiers de la part de votre papa, murmura la servante. Le prince André sortit.

« Ça tombe bien ! » dit-il avec humeur, et après avoir pris connaissance des instructions verbales de son père et reçu son courrier, il regagna la chambre de l'enfant.

« Eh bien? demanda-t-il.

– Toujours la même chose, attends, je t'en supplie. Karl Ivanitch dit toujours que le sommeil passe avant tout », murmura en soupirant la princesse Maria. Le prince André s'approcha de l'enfant et le toucha. Il était brûlant.

« Allez vous promener avec votre Karl Ivanitch ! » Il prit le verre avec la potion et revint auprès de l'enfant.

« André, il ne faut pas ! » dit la princesse Maria.

Mais il fronça les sourcils à la fois avec colère et d'un air de souffrance, et se pencha vers l'enfant avec le verre.

« J'insiste, dit-il. Tiens, je t'en prie, donne-le-lui. »

La princesse Maria haussa les épaules mais prit docilement le verre et, appelant la nourrice, essaya de faire prendre la potion à l'enfant. L'enfant se mit à crier et à râler. Le prince André se rembrunit et, se prenant la tête dans les mains, alla s'asseoir sur un divan dans la pièce voisine.

Il tenait les lettres à la main. Il les ouvrit machinalement et se mit à lire. Sur du papier bleu, le vieux prince écrivait ce qui suit de sa grande écriture allongée, avec çà et là des majuscules ornées :

« Je viens de recevoir par un courrier une très heureuse nouvelle, à moins que ce ne soit un mensonge. Bennigsen aurait remporté à Eylau une victoire complète sur Buonaparte. A Pétersbourg, tout le monde jubile et des récompenses sans nombre ont été envoyées à l'armée. Tout Allemand qu'il est, je le félicite. Je n'arrive pas à comprendre ce que peut bien faire le chef de Kortchevo, un certain Khandrikov : ni les renforts ni les vivres n'ont encore été envoyés. Cours-y immédiatement et dis-lui que je lui arracherai la tête si tout n'est pas là dans huit jours. Sur la bataille de Preussisch-Eylau j'ai aussi reçu une lettre de Petenka, il y a pris part : tout est vrai. Quand ceux que cela ne concerne pas ne s'en mêlent pas, même un

Allemand peut battre Buonaparte. On dit qu'il fuit en complet désarroi. Donc ne manque pas de filer immédiatement à Kortchevo et de faire ce que je te dis! »

Le prince André soupira et décacheta l'autre enveloppe. C'était une lettre de Bilibine, deux feuilles d'une écriture serrée. Il la replia sans la lire et relut celle de son père qui se terminait par ces mots : « File à Kortchevo et fais ce que je te dis! »

« Non, excusez-moi, je n'irai pas tant que l'enfant ne sera pas rétabli », se dit-il, en allant à la porte; il jeta un coup d'œil dans l'autre chambre. La princesse Maria était toujours auprès du lit et berçait doucement l'enfant.

« Voyons, que m'écrit-il encore de désagréable? se demanda le prince André en se rappelant le contenu de la lettre de son père. Oui. Les nôtres ont remporté une victoire sur Bonaparte alors précisément que je ne suis pas à l'armée. Oui, oui, le sort se moque de moi... allons, à son aise... » et il se mit à lire la lettre de Bilibine écrite en français. Il lisait sans en comprendre la moitié, il lisait uniquement pour cesser un instant de penser à ce qui depuis si longtemps le préoccupait exclusivement et douloureusement.

IX

Bilibine était maintenant attaché au quartier général en qualité de représentant diplomatique et, quoiqu'il écrivît en français avec des plaisanteries et des tournures françaises, il décrivait toute la campagne avec ce courage proprement russe qui ne recule pas devant la critique et la raillerie de soi-même. Il disait que sa *discrétion* de diplomate lui pesait et qu'il était heureux d'avoir dans la personne du prince André un correspondant sûr devant qui il pouvait épancher toute la bile qui s'était accumulée en lui à la vue de ce qui se passait à l'armée. Cette lettre déjà ancienne était antérieure à la bataille de Preussisch-Eylau.

« Depuis nos grands succès d'Austerlitz, vous savez, mon cher prince, écrivait Bilibine, *que je ne quitte plus les quartiers généraux. Décidément j'ai pris le goût de la guerre, et bien m'en a pris. Ce que j'ai vu ces trois mois est incroyable.*

« Je commence ab ovo. L'ENNEMI DU GENRE HUMAIN, *comme vous savez, s'attaque aux Prussiens. Les Prussiens sont nos fidèles alliés qui ne nous ont trompés que trois fois depuis trois ans. Nous prenons fait et cause pour eux. Mais il se trouve que l'ennemi du genre humain ne fait nulle attention à nos beaux discours, et avec sa manière impolie et sauvage se jette sur les Prussiens sans leur donner le temps de finir la parade commencée, en deux tours de main les rosse à plate couture et va s'installer au palais de Potsdam.*

« – J'ai le plus vif désir, écrit le roi de Prusse à Bonaparte, que « V. M. soit accueillie et traitée dans mon palais d'une manière qui « lui soit agréable et s'est avec empressement que j'ai pris à cet effet « toutes les mesures que les circonstances me permettaient. Puissé-je « avoir réussi ! » Les généraux prussiens se piquent de politesse envers les Français et mettent bas les armes aux premières sommations.

« Le chef de la garnison de Glogau avec dix mille hommes demande au roi de Prusse ce qu'il doit faire s'il est sommé de se rendre... Tout cela est positif.

« Bref, espérant en imposer seulement par notre attitude militaire, il se trouve que nous voilà en guerre pour tout de bon, et ce qui plus est, en guerre sur nos frontières AVEC ET POUR LE ROI DE PRUSSE. *Tout est au grand complet, il ne nous manque qu'une petite chose, c'est le général en chef. Comme il s'est trouvé que les succès d'Austerlitz auraient pu être décisifs si le général en chef eût été moins jeune, on fait la revue des octogénaires et entre Prosorofsky et Kamensky, on donne la préférence au dernier. Le général nous arrive en kibik à la manière Souvoroff, et est accueilli avec des acclamations de joie et de triomphe.*

« Le 4 arrive le premier courrier de Pétersbourg. On apporte les malles dans le cabinet du maréchal, qui aime à faire tout par lui-même. On m'appelle pour aider à faire le triage des lettres et prendre celles qui nous sont destinées. Le maréchal nous regarde faire et attend les paquets qui lui sont adressés. Nous cherchons – il n'y en a point. Le maréchal devient impatient, se met lui-même à la besogne et trouve des lettres de l'Empereur pour le comte T., pour le prince V. et autres. Alors le voilà qui se met dans une de ses colères bleues. Il jette feu et flamme contre tout le monde, s'empare des lettres, les décachette et lit celles de l'Empereur adressées à d'autres. Ah ! c'est ainsi qu'on me traite. On n'a pas confiance en moi ! Ah ! on me fait espionner, très bien ; allez au diable ! *Et il écrit le fameux ordre du jour au général Bennigsen :*

« – Je suis blessé, je ne puis monter à cheval ni par conséquent commander l'armée. Vous avez ramené à Poultousk votre corps d'armée défait : il y est à découvert, sans bois et sans fourrage, aussi faut-il y porter remède, et comme vous en avez fait part vous-même hier au comte Buxhoevden, il faut songer à battre en retraite vers notre frontière, ce que vous devrez exécuter aujourd'hui même.

« Tous mes déplacements, *écrit-il à l'Empereur,* m'ont causé au frottement de la selle une écorchure qui, en plus de fatigues de mes anciennes courses, m'empêche absolument de monter à cheval et de commander une si vaste armée; c'est pourquoi j'en ai remis le commandement au général le plus ancien après moi, le comte Buxhoevden, en lui transmettant tous mes services et tout ce qui s'y rattache, et en lui conseillant, si le pain vient à manquer, de pénétrer plus avant à l'intérieur de la Prusse, car il ne reste plus de pain que pour un jour et plus du tout dans certains régiments, comme l'ont déclaré les commandants de division Ostermann et Siedmoriedzki, et tout a été mangé chez les paysans; quant à moi, je reste jusqu'à ma guérison à l'hôpital d'Ostrolenko. Je joins un état correspondant et j'ai l'honneur d'informer Votre Majesté que si l'armée reste encore quinze jours dans son présent bivouac, il n'y aura plus au printemps un seul homme valide.

« Permettez de se retirer à la campagne à un vieillard déjà déshonoré de n'avoir pu accomplir le grand et glorieux destin pour lequel il avait été choisi. J'attendrai ici, à l'hôpital, la très gracieuse autorisation de Votre Majesté, pour ne pas jouer à l'armée le rôle d'un SCRIBE au lieu de celui d'un CHEF. Mon départ de l'armée ne fera pas plus de bruit que si un aveugle la quittait. Des gens comme moi, il y en a des milliers en Russie. »

« Le maréchal se fâche contre l'Empereur et nous punit tous; n'est-ce pas que c'est logique!

« Voilà le premier acte. Aux suivants l'intérêt et le ridicule montent comme de raison. Après le départ du maréchal, il se trouve que nous sommes en vue de l'ennemi et qu'il faut livrer bataille. Boukshevden est général en chef par droit d'ancienneté, mais le général Bennigsen n'est pas de cet avis; d'autant plus qu'il est lui avec son corps en vue de l'ennemi, et qu'il veut profiter de l'occasion d'une bataille « aus eigener Hand » comme disent les Allemands. Il la donne. C'est la bataille de Poultousk qui est censée être une grande victoire, mais qui

à mon avis ne l'est pas du tout. Nous autres pékins avons, comme vous savez, une très vilaine habitude de décider du gain ou de la perte d'une bataille. Celui qui s'est retiré après la bataille l'a perdue, voilà ce que nous disons, et à ce titre nous avons perdu la bataille de Poultousk. Bref, nous nous retirons après la bataille, mais nous envoyons un courrier à Pétersbourg, qui porte les nouvelles d'une victoire, et le général ne cède pas le commandement en chef à Boukshevden, espérant recevoir de Pétersbourg en reconnaissance de sa victoire le titre de général en chef. Pendant cet interrègne, nous commençons un plan de manœuvres excessivement intéressant et original. Notre but ne consiste pas, comme il devrait l'être, à éviter ou à attaquer l'ennemi; mais uniquement à éviter le général Boukshevden qui par droit d'ancienneté serait notre chef. Nous poursuivons ce but avec tant d'énergie que même en passant une rivière qui n'est pas guéable, nous brûlons les ponts pour nous séparer de notre ennemi, qui pour le moment n'est pas Bonaparte mais Boukshevden. Le général Boukshevden a manqué d'être attaqué et pris par des forces ennemies supérieures à cause d'une de nos belles manœuvres qui nous sauvait de lui. A la fin notre ennemi Boukshevden nous attrape et s'attaque à nous. Les deux généraux se fâchent. Il y a même une provocation en duel de la part de Boukshevden et une attaque d'épilepsie de la part de Bennigsen. Mais au moment critique le courrier qui porte la nouvelle de notre victoire de Poultousk, nous apporte de Pétersbourg notre nomination de général en chef, et le premier ennemi Boukshevden est enfoncé : nous pouvons penser au second, à Bonaparte. Mais ne voilà-t-il pas qu'à ce moment se lève devant nous un troisième ennemi, c'est l'armée orthodoxe, *qui demande à grands cris du pain, de la viande, des souchary*[1], *du foin — que sais-je! Les magasins sont vides, les chemins impraticables.* L'armée orthodoxe *se met à la maraude, et d'une manière dont la dernière campagne ne peut vous donner la moindre idée. La moitié des régiments forme des troupes libres qui parcourent la contrée en mettant tout à feu et à sang. Les habitants sont ruinés de fond en comble, les hôpitaux regorgent de malades, et la disette est partout. Deux fois le quartier général a été attaqué par des troupes de maraudeurs et le général en chef a été obligé lui-même de demander un bataillon pour les chasser. Dans une de ces attaques, on m'a emporté ma malle vide et ma robe de chambre. L'empereur veut donner le droit à tous les chefs de divisions de fusiller les maraudeurs, mais je crains fort que cela n'oblige une moitié de l'armée de fusiller l'autre.* »

Le prince André ne lisait au début que des yeux, mais malgré lui (bien qu'il sût quel crédit on devait accorder à Bilibine) ce qu'il lisait l'intéressa de plus en plus. Arrivé à cet endroit, il froissa la lettre et la jeta. Ce qui l'irritait, ce n'était pas ce qu'il y avait lu, mais de constater que ce qui se passait là-bas et qui lui était si étranger pouvait l'émouvoir. Il ferma les yeux, se frotta le front de la main comme pour chasser tout intérêt pour ce qu'il venait de lire et prêta l'oreille à ce qui se passait dans la chambre de l'enfant. Subitement il crut entendre derrière la porte un son étrange. La peur le saisit; il craignit qu'il ne fût arrivé quelque chose à l'enfant pendant qu'il lisait la lettre. Il alla sur la pointe des pieds à la porte et l'ouvrit.

Au moment où il entrait, il vit que la vieille bonne lui cachait quelque chose d'un air affolé et que la princesse Maria n'était plus auprès du petit lit.

« Mon ami », entendit-il murmurer derrière lui par la princesse Maria dont le ton lui parut désespéré. Comme il en est souvent après une longue période d'insomnie et d'angoisse, une terreur irraisonnée s'empara de lui : l'idée lui vint que l'enfant était mort. Tout ce qu'il voyait et entendait lui paraissait le confirmer.

« Tout est fini », se dit-il, et une sueur froide perla à son front. Éperdu, il s'approcha du petit lit, certain qu'il allait le trouver vide, que la nounou cachait tout à l'heure l'enfant mort. Il écarta les rideaux et longtemps ses yeux effrayés qui passaient d'un objet à l'autre ne purent trouver l'enfant. Enfin il le vit : le petit garçon, tout rose, les bras écartés, était couché en travers du petit lit, la tête plus basse que l'oreiller, et tétait dans son rêve en respirant régulièrement.

Le bonheur du prince André fut d'autant plus grand à la vue du petit garçon qu'il croyait déjà l'avoir perdu. Il se pencha et, comme le lui avait appris sa sœur, posa ses lèvres sur son front pour voir s'il avait de la fièvre. Le tendre front était moite, il lui tâta la tête de la main : même ses cheveux étaient mouillés, tant la transpiration était abondante. Non seulement il n'était pas mort, mais il était maintenant évident qu'une crise s'était produite et qu'il était guéri. Le prince André aurait voulu saisir ce petit être sans défense, le serrer, le presser contre son cœur; mais il n'osa pas. Il restait là à contempler sa tête, ses menottes, ses petites jambes qui se dessinaient sous la couverture. Il y eut un frôlement à côté de lui et une ombre apparut sous le rideau du petit lit. Cette ombre noire était la princesse Maria qui s'était approchée à pas silencieux, avait soulevé le rideau et l'avait laissé retomber sur elle. Il la reconnut sans tourner la tête et lui tendit la main. Elle la serra.

« Il a transpiré, dit le prince André.

– J'allais chez toi pour te le dire. »

L'enfant remua à peine dans son sommeil, sourit et frotta son front contre l'oreiller.

Le prince André regarda sa sœur. Emplis de larmes de bonheur, les yeux lumineux de la princesse Maria brillaient plus encore que d'habitude dans la pénombre mate du rideau. Elle fit un mouvement vers son frère et l'embrassa, accrochant légèrement le rideau du petit lit. Ils se rappelèrent d'un signe au silence, restèrent encore un peu dans cette pénombre, comme s'ils regrettaient de quitter cet univers à part où, à eux trois, ils étaient isolés du monde entier. Le prince André s'éloigna le premier en se prenant les cheveux dans la mousseline du rideau. « Oui, c'est tout ce qui me reste désormais », dit-il en soupirant.

X

PEU de temps après sa réception dans la confrérie des francs-maçons, Pierre, muni d'instructions complètes sur ce qu'il devait faire dans ses domaines, partit pour la province de Kiev où se trouvait la majeure partie de ses paysans.

Arrivé à Kiev, il convoqua au bureau principal tous ses régisseurs et leur expliqua ses intentions et ses désirs. Il leur dit que des mesures immédiates seraient prises pour l'affranchissement de ses paysans, que d'ici là ils ne devaient pas être surchargés de travail, que les femmes et les enfants ne devaient plus être envoyés aux corvées, qu'il fallait venir en aide aux paysans, que les punitions à infliger devaient consister en des remontrances et non pas en punitions corporelles, que dans chaque domaine on organiserait des hôpitaux, des asiles et des écoles. Certains régisseurs (il y avait parmi eux des économes presque illettrés) écoutaient avec frayeur, supposant que ce discours signifiait que le jeune comte était mécontent de leur gestion et des détournements commis; d'autres, après un premier moment de crainte, trouvaient amusants le blésement de leur maître et ces mots nouveaux qu'ils n'avaient jamais entendus; d'autres encore avaient simplement plaisir à l'écouter parler; enfin, les plus intelligents, dont le régisseur général, puisèrent dans ce discours une indication sur la façon dont il convenait de s'y prendre avec le maître pour arriver à leurs fins.

Le régisseur général exprima une grande sympathie pour les intentions de Pierre; mais il fit remarquer qu'outre ces réformes il était indispensable de s'occuper des affaires en général dont l'état laissait à désirer.

Malgré l'immense fortune du comte Bezoukhov, depuis que Pierre était entré en sa possession et qu'il avait, prétendait-on, cinq cent mille roubles de revenus, il se sentait beaucoup moins riche qu'à l'époque où il recevait du défunt comte sa pension de dix mille roubles. Dans ses grandes lignes, il se représentait son budget de la façon suivante. Il payait au Conseil de tutelle près de quatre-vingt mille roubles pour l'ensemble de ses domaines; l'entretien de la propriété des environs de Moscou, de l'hôtel de Moscou et la pension des princesses revenaient à trente mille roubles environ; les pensions diverses absorbaient environ quinze mille roubles et les œuvres de bienfaisance autant; cent cinquante mille roubles étaient envoyés à la comtesse pour son entretien; les intérêts des dettes se montaient à soixante-dix mille roubles environ; la construction commencée d'une église avait coûté, ces deux dernières années, près de dix mille roubles; les cent mille roubles environ qui restaient étaient dépensés il ne savait comment, et presque chaque année il était obligé d'emprunter. En outre, chaque année, le régisseur général lui annonçait tantôt des incendies, tantôt de mauvaises récoltes, tantôt la nécessité de réparer fabriques et ateliers. Aussi, la première chose dont avait à s'occuper Pierre était celle pour laquelle il avait le moins de dispositions et de goût, ses intérêts.

Pierre travaillait tous les jours avec le régisseur général. Mais il se rendait compte qu'il n'avançait pas d'un pouce. Il sentait que son effort portait à faux, qu'il n'accrochait rien et ne faisait pas marcher ses affaires. D'une part, le régisseur lui présentait les choses sous leur plus mauvais jour, lui montrant la nécessité de payer les dettes et d'entreprendre de nouveaux travaux à l'aide de ses serfs, ce à quoi Pierre ne consentait pas; d'autre part, Pierre exigeait qu'on procédât à l'affranchissement, à quoi le régisseur opposait la nécessité d'acquitter d'abord la dette au Conseil de tutelle et par conséquent l'impossibilité d'une exécution rapide de ce projet.

Le régisseur ne disait pas que c'était absolument impossible; il proposait de vendre à cette fin les forêts de Kostroma, les terres de la Basse-Volga et le domaine de Crimée. Mais toutes ces opérations se compliquaient, selon ses dires, de tant de procès, d'ordonnances de main-levées, d'autorisations, etc., que Pierre s'y perdait et se contentait de lui répondre : « Oui, oui, faites-le. »

Pierre ne possédait pas cette ténacité pratique qui lui eût permis de prendre les affaires personnellement en main, aussi n'aimait-il pas ce travail et s'efforçait-il seulement devant le régisseur de feindre de s'y intéresser. Le régisseur, de son côté, s'efforçait de feindre devant le comte qu'il considérait ses occupations comme fort utiles pour son maître et gênantes pour lui-même.

Dans la grande ville, Pierre retrouva des personnes de connaissance; ceux qui ne le connaissaient pas encore s'empressèrent de combler cette lacune et accueillirent cordialement le nouveau venu, le plus riche et le plus important propriétaire de la province. Les tentations quant à sa principale faiblesse, celle que Pierre avait avouée lors de sa réception à la loge, furent également si fortes qu'il ne put y résister. De nouveau comme à Pétersbourg, il passait des jours, des semaines, des mois entiers de sa vie aussi pris et partagé entre les soirées, les dîners, les déjeuners, les bals qui ne lui laissaient pas le temps de se ressaisir. Au lieu de mener la vie nouvelle qu'il avait espéré commencer, il continuait son ancienne existence, mais dans un autre cadre seulement.

Des trois obligations imposées par la franc-maçonnerie, Pierre se rendait compte qu'il ne remplissait pas celle qui prescrivait à chaque frère d'être un modèle de moralité et que, des sept vertus, deux lui faisaient totalement défaut : les bonnes mœurs et l'amour de la mort. Il se consolait en se disant qu'en revanche il remplissait une autre mission, l'amendement du genre humain, et qu'il possédait d'autres vertus, l'amour du prochain et surtout la générosité.

Au printemps de 1807, Pierre décida de rentrer à Pétersbourg. En cours de route, il avait l'intention de visiter tous ses domaines et de s'assurer personnellement dans quelle mesure ses instructions avaient été suivies, ainsi que de la situation actuelle de ce peuple que Dieu lui avait confié et dont il aspirait à faire le bonheur.

Le régisseur général, aux yeux de qui tous les projets du jeune comte étaient presque des folies désavantageuses tant pour lui que pour son maître et pour les paysans, fit des concessions. Tout en continuant de présenter l'affranchissement des paysans comme une chose impossible, il ordonna la construction dans tous les domaines de grands bâtiments à usage d'écoles, d'hôpitaux et d'asiles; il organisa partout des réceptions, non pas des réceptions solennelles et en grande pompe, ce qui, il le savait, déplairait à Pierre, mais de pieuse reconnaissance, avec des icônes et des offrandes de pain et de sel, celles précisément qui ainsi qu'il comprenait son maître, devaient toucher le jeune comte et lui donner le change.

Le printemps du midi, un voyage confortable et rapide dans une calèche viennoise, la solitude eurent sur Pierre un heureux effet. Les domaines qu'il ne connaissait pas encore étaient plus pittoresques les uns que les autres; les habitants paraissaient partout prospères et d'une touchante reconnaissance pour les bienfaits reçus. Partout on lui faisait un accueil qui, tout en le remplissant de confusion, lui procurait dans son for intérieur une grande joie. A un endroit, les paysans lui offrirent le pain et le sel ainsi qu'une icône des saints Pierre et Paul, et lui demandèrent l'autorisation d'élever à leurs frais dans l'église une nouvelle chapelle consacrée à ses saints patrons, en signe de gratitude pour les bienfaits reçus. A un autre endroit il fut accueilli par les femmes avec leurs nourrissons qui le remercièrent de les avoir exemptées de travaux pénibles. Dans un troisième domaine, ce fut le prêtre qui vint à sa rencontre, la croix en main et entouré des enfants à qui, grâce au comte, il apprenait à lire et à écrire et donnait une instruction religieuse. Dans tous ses domaines. Pierre voyait de ses yeux des bâtiments de pierre en cours de construction ou déjà élevés d'après un plan unique, à usage d'hôpitaux, d'écoles, d'hospices, et qui devaient être inaugurés prochainement. Partout il voyait, d'après les rapports des régisseurs, que la corvée avait été allégée et entendait les touchants remerciements que lui exprimaient des délégations de paysans en caftans bleus.

Pierre ignorait seulement que le bourg où on lui avait offert le pain et le sel et où l'on construisait une chapelle aux saints Pierre et Paul était un bourg commerçant avec une foire à la Saint-Pierre, que la chapelle était depuis longtemps en construction aux frais des riches paysans, ceux-là mêmes qui s'étaient présentés à lui, et que les neuf dixièmes des autres étaient complètement ruinés. Il ignorait que du fait que, sur son ordre, on avait exempté des corvées les mères d'enfants en bas âge, ces mêmes femmes étaient surchargées à la maison d'un travail d'autant plus pénible. Il ignorait que le prêtre qui l'avait accueilli la croix en main accablait les paysans de dîmes et qu'on lui avait confié en pleurant ses élèves que leurs parents ne pouvaient reprendre qu'en lui versant de fortes sommes. Il ignorait que les bâtiments de pierre conformes à ses plans étaient construits par ses propres paysans et que cela avait aggravé la corvée réduite seulement sur le papier. Il ignorait que là où un régisseur lui montrait dans ses livres que, selon ses ordres, la redevance avait été abaissée d'un tiers, la corvée avait été doublée. Aussi Pierre fut-il enchanté de son voyage à travers ses domaines et, entièrement repris par les dispositions philanthropiques dans lesquelles il avait quitté Pétersbourg, il écrivait des lettres enthousiastes à son frère instructeur, ainsi qu'il appelait le grand maître.

« Comme il est facile, comme il faut peu d'efforts pour faire tant de bien, se disait-il, et combien peu nous nous en soucions! »

Il était heureux de la reconnaissance qu'on lui témoignait, mais gêné de l'accepter. Elle lui rappelait qu'il était en mesure de faire beaucoup plus encore pour ces gens simples et bons.

Le régisseur général qui, fort borné et rusé, avait parfaitement percé à jour le comte intelligent et naïf, et le maniait comme un jouet, voyant l'effet produit sur lui par les réceptions organisées, lui déclara résolument que l'affranchissement des paysans qui, même sans cela, étaient parfaitement heureux, était impossible et surtout inutile.

Pierre était au fond du cœur d'accord avec son régisseur

pour reconnaître qu'il etait difficile d'imaginer des gens plus heureux : Dieu sait après tout ce qui les attendait une fois libres; mais, quoique sans enthousiasme, il insista néanmoins sur ce qu'il considérait comme une chose juste. Le régisseur promit de faire tout son possible pour lui donner satisfaction, comprenant parfaitement non seulement que le comte ne pourrait jamais vérifier si toutes les dispositions avaient été prises pour la vente des forêts et des propriétés, pour le remboursement des dettes au Conseil de tutelle, mais même que sans doute il ne demanderait et n'apprendrait jamais que les bâtiments construits restaient vides et que les paysans continuaient à donner en travail et en argent tout ce qu'ils donnaient chez les autres, c'est-à-dire tout ce qu'ils pouvaient donner.

XI

En revenant du midi dans les plus heureuses dispositions d'esprit, Pierre mit à exécution un projet déjà ancien, celui d'aller voir son ami Bolkonski qu'il n'avait pas vu depuis deux ans.

Bogoutcharovo était situé dans une contrée plate et sans attrait, couverte de champs et de forêts de sapins et de bouleaux en coupes et en futaies. La résidence des maîtres se trouvait au bout d'un village qui s'étendait en ligne droite le long de la grande route, derrière un étang nouvellement creusé rempli jusqu'aux bords, aux rives non encore garnies d'herbe, et au milieu d'un jeune bois où se dressaient quelques grands pins.

La résidence se composait d'une aire, de dépendances, d'écuries, de bains, d'un pavillon et d'une grande maison en pierre avec un fronton demi-circulaire encore inachevé. Un jardin récemment planté entourait la maison. Les clôtures et le portail étaient solides et neufs; sous un auvent, il y avait deux pompes à incendie et un tonneau peint en vert; les chemins étaient rectilignes, les ponts solides munis de parapets. Tout portait l'empreinte de l'ordre et d'une bonne administration. Les domestiques que Pierre rencontra et à qui il demanda où habitait le prince lui indiquèrent le petit pavillon neuf situé au bord même de l'étang. Antoine, le vieux valet du prince André, aida Pierre à descendre de voiture, lui dit que le prince était chez lui et le conduisit dans une petite antichambre bien propre.

La modestie de la maison, petite quoique proprette, surprit Pierre après le cadre luxueux dans lequel il avait vu son ami la dernière fois à Pétersbourg. Il entra hâtivement dans un petit salon non encore plâtré et qui sentait encore le sapin, et voulut aller plus loin, mais Antoine prit les devants sur la pointe des pieds et frappa à la porte.

« Qu'est-ce que c'est? fit une voix tranchante et désagréable.

— Une visite, répondit Antoine.

— Fais attendre », et on entendit le bruit d'une chaise qu'on repousse.

Pierre s'approcha de la porte à pas rapides et se heurta sur le seuil au prince André qui, maussade et vieilli, venait à sa rencontre. Pierre le prit dans ses bras et, relevant ses lunettes, l'embrassa sur les deux joues et l'examina de près.

« Par exemple, si je m'y attendais, je suis ravi », dit le prince André.

Pierre ne disait rien; il regardait son ami avec surprise sans le quitter des yeux. Il était frappé du changement qui s'était fait en lui. Ses paroles étaient cordiales, ses lèvres et son visage souriaient, mais son regard était éteint, mort, et, malgré son désir visible, il ne parvenait pas à lui donner un éclat joyeux et gai. Non que son ami eût maigri, pâli, mûri; mais ce regard et cette petite ride au front qui dénotaient une longue concentration d'esprit sur un seul sujet surprenaient et éloignaient Pierre tant qu'il n'y était pas habitué.

Comme il arrive toujours après une longue séparation, la conversation ne s'établit que lentement; les questions et les réponses ne portèrent d'abord que brièvement sur des sujets sur lesquels ils savaient qu'il fallait s'attarder. Enfin, peu à peu, elle se maintint sur ces sujets qu'ils n'avaient d'abord qu'effleurés à bâtons rompus : leur vie passée, leurs projets d'avenir, le voyage de Pierre, ses occupations, la guerre, etc. La concentration et l'abattement que Pierre avait remarqués dans le regard du prince André se reflétaient maintenant encore davantage dans le sourire avec lequel il l'écoutait, surtout quand il parla avec un joyeux enthousiasme du passé et de l'avenir.

On eût dit que le prince André aurait bien voulu s'intéresser à ce qu'il entendait, mais en vain. Pierre commençait à sentir qu'en sa présence son enthousiasme, ses rêves, ses espoirs de bonheur et de vertu étaient déplacés. Il fut gêné d'exposer toutes ses nouvelles idées maçonniques, surtout renouvelées et stimulées qu'elles étaient en lui par son dernier voyage. Il se retenait, avait peur de paraître naïf; en même temps, il bouillait d'impatience de montrer à son ami qu'il était maintenant un tout autre Pierre, meilleur que celui qu'il avait été à Pétersbourg.

« Je ne saurais vous dire tout ce qui s'est passé dans ma vie depuis que nous ne nous sommes vus. Je ne me reconnais pas moi-même.

– Oui, nous avons beaucoup changé depuis, beaucoup, dit le prince André.

– Et vous? demanda Pierre, quels sont vos projets?

– Mes projets? répondit ironiquement le prince André. Mes projets? répéta-t-il comme si le sens de ce mot l'étonnait. Tu vois bien, je suis en train de bâtir, je veux m'installer définitivement ici l'an prochain... »

Pierre scrutait en silence le visage vieilli du prince André.

« Non, je voulais vous demander... » dit-il, mais le prince André l'interrompit :

« A quoi bon parler de moi... raconte plutôt, parle-moi de ton voyage, de tout ce que tu as fait dans tes domaines. »

Pierre parla de ce qu'il avait fait, tout en s'efforçant de dissimuler de son mieux la part qu'il avait prise dans les améliorations. Le prince André acheva plusieurs fois à sa place ce qu'il racontait, comme si tout ce que Pierre avait fait était une vieille histoire, et qu'il l'écoutât non seulement sans y prendre aucun intérêt, mais même comme honteux de ce qu'il racontait.

Pierre se sentit mal à l'aise et le cœur lourd dans la société de son ami. Il se tut.

« Tu sais, mon cher, dit le prince André qui apparemment éprouvait lui aussi une sorte de malaise et d'embarras en présence de son hôte, je bivouaque ici, je n'y suis venu que pour jeter un coup d'œil. Je retourne aujourd'hui chez ma sœur. Je vais te présenter à eux. D'ailleurs tu la connais, je crois, ajouta-t-il, visiblement pour occuper son visiteur avec qui il ne se sentait plus rien de commun. Nous partirons après le dîner. Et maintenant veux-tu visiter la propriété? » Ils sortirent et se promenèrent jusqu'au dîner, causant comme des gens peu intimes de nouvelles politiques et de leurs amis communs. Le prince André ne s'anima et ne manifesta un certain intérêt qu'en parlant de sa nouvelle propriété qu'il était en train d'aménager et des travaux entrepris, mais là encore, au milieu d'une description, sur les échafaudages, de la future disposition de sa maison, il s'arrêta brusquement. « D'ailleurs, cela n'a guère d'intérêt, allons dîner et partons. » Pendant le dîner, la conversation en vint au mariage de Pierre.

« J'ai été très surpris en l'apprenant », dit le prince André.

Pierre rougit comme cela lui arrivait chaque fois qu'on en parlait et dit précipitamment :

« Je vous raconterai un jour comment tout cela s'est passé. Mais vous savez que tout est fini, et pour toujours.

– Pour toujours? dit le prince André. Rien ne se fait jamais pour toujours.

– Mais vous savez comment tout cela a fini? Vous avez entendu parler du duel?

– Oui, tu es passé par là aussi.

– Une chose dont je remercie Dieu, c'est de ne pas avoir tué cet homme, dit Pierre.

– Pourquoi donc? dit le prince André. Tuer un chien méchant, c'est même très bien.

– Non, il n'est pas bien de tuer un homme, c'est injuste...

– Pourquoi injuste? répéta le prince André, il n'est pas donné aux hommes de juger de ce qui est juste ou injuste. Les hommes se sont toujours trompés et se tromperont toujours là-dessus, et ils ne se trompent jamais autant que lorsqu'il s'agit de ce qu'ils croient juste ou injuste.

– L'injuste c'est ce qui est un mal pour un autre, dit Pierre, sentant avec plaisir que, pour la première fois de sa visite, le prince André s'animait, commençait à parler et semblait vouloir lui confier ce qui l'avait rendu tel qu'il était maintenant.

– Et qui t'a dit ce qui est un mal pour un autre? demanda-t-il.

– Le mal? Le mal? dit Pierre, nous savons tous ce qui est un mal pour nous-mêmes.

– Oui, nous le savons, mais ce que je sais être un mal pour moi, je ne peux le faire à un autre », dit le prince André en s'animant de plus en plus et visiblement désireux d'exposer à Pierre sa nouvelle façon de voir. Il parlait français. *« Je ne connais dans la vie que deux maux bien réels : c'est le remords et la maladie. Il n'est de bien que l'absence de ces maux.* Ne vivre que pour soi en évitant ces deux maux, voilà maintenant toute ma sagesse.

– Et l'amour du prochain, et le sacrifice de soi-même? dit Pierre. Non, je ne peux partager votre point de vue! Ne vivre qu'en ne faisant pas de mal afin de ne pas avoir de remords, c'est peu. J'ai vécu ainsi, j'ai vécu pour moi, et j'ai gâché ma vie. Et ce n'est que maintenant que je vis, du moins que je m'efforce (rectifia Pierre par modestie) de vivre pour les autres, ce n'est que maintenant que j'ai compris tout le bonheur que peut donner la vie. Non, je ne suis pas d'accord avec vous, et vous-même vous ne pensez pas ce que vous dites. » Le prince André le regardait en silence et souriait ironiquement.

« Tu vas voir ma sœur, la princesse Maria. Vous vous entendrez bien, dit-il. Peut-être as-tu raison en ce qui te concerne, poursuivit-il après un silence, mais chacun vit à sa façon; tu as vécu pour toi et tu dis que de cette façon tu as failli gâcher ta vie et que tu n'as connu le bonheur que lorsque tu as commencé à vivre pour les autres. Et moi j'ai fait l'expérience contraire. J'ai vécu pour la gloire. (Car qu'est-ce donc que la gloire? c'est aussi l'amour des autres, le désir de faire quelque chose pour eux, le désir d'être loué par eux.) J'ai donc vécu pour les autres et je n'ai pas failli gâcher mais j'ai bel et bien gâché ma vie. Et c'est depuis que je vis pour moi que je suis devenu plus calme.

– Mais comment vivre pour soi seulement? demanda Pierre qui s'échauffait. Et votre fils, et votre sœur, et votre père?

– Mais ils sont toujours moi, ce ne sont pas les autres, dit le prince André, les autres, *le prochain,* comme vous dites, la princesse Maria et toi, c'est la source principale de l'erreur et du mal. *Le prochain,* ce sont ces paysans de Kiev à qui tu veux faire du bien.

– Vous plaisantez, dit Pierre de plus en plus animé. Quelle erreur et quel mal peut-il y avoir dans le désir que j'ai eu de faire le bien (mais que j'ai si peu et si mal fait) et de l'avoir fait ne serait-ce qu'un peu? Quel mal peut-il donc y avoir à ce que ces malheureuses gens, nos paysans, des hommes comme nous, qui grandissent et meurent sans autre notion de Dieu et de la vérité que des rites et des prières machinales, soient initiés aux croyances réconfortantes en une vie future, en une compensation, en une récompense, en une consolation? Quel mal et quelle erreur y a-t-il donc à empêcher des gens de mourir de maladie sans secours quand il est si facile de les aider matériellement et que je leur donne un médecin, un hôpital, un asile pour les vieillards? Et n'est-ce pas un bien tangible, incontestable que de donner du repos et des loisirs au paysan, à sa femme avec son enfant, qui n'ont de répit ni jour ni nuit? disait Pierre, se hâtant et bredouillant. C'est ce que j'ai fait, mal peut-être, d'une façon incomplète, mais tout de même j'ai fait quelque chose dans ce sens, et non seulement vous n'arriverez pas à me convaincre que ce que j'ai fait n'est pas un bien, mais vous ne me ferez pas non plus croire que vous n'y avez pas pensé vous-même. Et ce qui importe le plus, poursuivit-il, ce que je sais et ce dont je suis certain, c'est que faire le bien est le seul vrai bonheur dans la vie.

– Oui, si l'on pose la question ainsi, c'est autre chose, dit le prince André. Je bâtis une maison, je plante un jardin, toi tu fondes des hôpitaux. L'un comme l'autre peuvent servir de passe-temps. Et quant à ce qui est juste, à ce qui est bien, laisse le soin d'en juger à ceux qui savent, ce n'est pas à nous de le faire. Mais tu as envie de discuter, ajouta-t-il, eh bien, soit. » Ils se levèrent de table et s'installèrent sur le perron qui tenait lieu de balcon.

« Eh bien, discutons, dit le prince André. Tu dis : les écoles, continua-t-il en comptant sur les doigts, l'édification, et ainsi de suite, c'est-à-dire que tu veux tirer celui-là – il indiqua un paysan qui, chapeau bas, passait devant eux – de son état animal et lui donner des besoins moraux; or, il me semble que son seul bonheur possible, c'est ce bonheur animal, et c'est de cela précisément que tu veux le priver. Je l'envie, et toi tu veux le rendre comme moi sans lui donner mes moyens. Ensuite tu dis : alléger son travail. Or, à mon avis, le travail physique est pour lui tout autant une nécessité, tout autant une condition de son existence qu'est pour toi et pour moi le travail intellectuel. Tu ne peux pas ne pas penser. Je me couche vers trois heures du matin, des pensées me viennent et je ne peux m'endormir, je me tourne et me retourne, je reste éveillé jusqu'au matin parce que je pense et que je ne peux pas ne pas penser, pas plus qu'il ne peut pas ne pas labourer. De même que je ne supporterais pas son terrible travail physique et mourrais au bout de huit jours, il ne pourrait supporter mon oisiveté physique, il engraisserait et mourrait. En troisieme lieu, que disais-tu donc encore? »

Le prince André continuait à compter sur les doigts.

« Ah! oui, les hôpitaux, les médicaments. Il a une attaque, il meurt, et toi tu lui fais une saignée, tu le guéris. Il végétera dix ans infirme, à charge à tous. Il est bien plus facile et plus simple pour lui de mourir. D'autres naîtront et il y en aura bien assez. Passe encore si tu regrettais de perdre un ouvrier – c'est ainsi que je le vois – mais c'est par amour pour lui que tu veux le soigner. Or, il n'en a pas besoin. Et puis quelle idée que la médecine ait jamais guéri quelqu'un! Pour tuer, ça oui! » dit-il fronçant les sourcils avec colère et se détournant de Pierre.

Le prince André développait ses idées avec tant de netteté et de précision qu'on voyait qu'il avait plus d'une fois réfléchi à tout cela, et il parlait volontiers et rapidement comme quelqu'un qui depuis longtemps n'a pas eu l'occasion de s'expliquer. Plus ses jugements étaient désenchantés, plus son regard s'animait.

« Ah! c'est affreux, c'est affreux! dit Pierre. Je ne comprends pas qu'on puisse vivre avec des idées pareilles. Moi aussi j'ai eu des moments semblables, il n'y a pas longtemps, à Moscou, et pendant mon voyage, mais alors je me laisse aller au point que je ne vis plus, que tout me dégoûte... et surtout moi-même. Alors je ne mange plus, je ne me lave plus... voyons, comment pouvez-vous?...

– Pourquoi ne pas se laver? ce n'est pas propre, dit le prince André. Au contraire, il faut s'efforcer de rendre sa vie la plus agréable possible. Je vis et ce n'est pas ma faute, donc il faut vivre le mieux possible, sans gêner personne, en attendant la mort...

– Mais qu'est-ce donc qui vous attache à la vie avec de telles idées? Dans ces conditions, on resterait sans bouger, sans rien entendre...

– La vie de toute façon ne vous laisse jamais en paix. Je n'aurais pas demandé mieux que de ne rien faire, mais d'une part la noblesse d'ici m'avait fait l'honneur de me choisir pour son maréchal : j'ai eu beaucoup de peine à m'y dérober. Ces gens ne voulaient pas comprendre que je n'avais pas les qualités requises, cette rondeur, cette sorte de médiocrité remuante. Puis, il y a eu cette maison qu'il a fallu bâtir pour avoir un coin à moi où je me sente tranquille. Maintenant, c'est la milice.

— Pourquoi n'avez-vous pas repris du service?

— Après Austerlitz! dit le prince André d'un air sombre. Non; merci bien, je me suis promis de ne pas servir dans l'armée active russe. Et je ne le ferai pas; quand même Napoléon serait ici, près de Smolensk, menaçant Lissi Gori, je ne servirais pas dans l'armée russe. Je te disais donc, poursuivit-il en se calmant, on lève maintenant la milice, mon père commande en chef la troisième région et le seul moyen pour moi d'échapper au service actif est de lui être attaché.

— Alors vous servez donc?

— Oui. » Il garda un instant le silence.

« Et pourquoi servez-vous?

— Voici pourquoi. Mon père est un des hommes les plus remarquables de son époque. Mais il se fait vieux et, non qu'il soit cruel, mais il a un tempérament trop actif. Il est redoutable par son habitude du pouvoir illimité et maintenant par celui que l'empereur a conféré aux chefs de la milice. Si, il y a quinze jours, j'étais arrivé deux heures trop tard, il aurait fait pendre un scribe à Youkhnov, dit le prince André avec un sourire; aussi je sers parce que personne d'autre que moi n'a d'influence sur mon père et que de temps en temps je pourrai l'empêcher de commettre des actes dont il souffrirait plus tard.

— Ah! vous voyez bien!

— Oui, *mais ce n'est pas comme vous l'entendez,* poursuivit le prince André. Je ne voulais pas et je ne veux pas le moindre bien à cette fripouille de scribe qui avait volé des chaussures à des miliciens; j'aurais même été ravi de le voir pendre, mais je plains mon père, c'est-à-dire encore une fois moi-même. »

Le prince André s'animait de plus en plus. Ses yeux brillaient d'un éclat fiévreux pendant qu'il cherchait à prouver à Pierre qu'il n'y avait eu dans son acte aucun désir de faire du bien au prochain.

« Tu veux affranchir tes paysans, continua-t-il. C'est fort bien; mais pas pour toi (je suppose que tu n'as jamais fait fouetter personne ni envoyer en Sibérie), et encore moins pour les paysans. Si on les bat, si on les fouette, si on les envoie en Sibérie, je pense qu'ils ne s'en trouvent pas plus mal pour cela. En Sibérie, ils mènent la même existence animale, les traces des coups se cicatrisent et ils sont tout aussi heureux qu'auparavant. Mais l'affranchissement est nécessaire pour ceux-là qui perdent progressivement tout sens moral, accumulent les remords, étouffent ces remords et s'endurcissent par la faute du pouvoir qu'ils sont de châtier justement et injustement. Voilà qui je plains et pour qui je souhaiterais l'affranchissement des paysans. Tu n'en connais peut-être pas, mais moi j'ai vu des gens de bien, élevés dans ces traditions du pouvoir illimité, quand, avec les années, ils se font irritables, devenir cruels, brutaux, le savoir, ne pouvoir se retenir et être de plus en plus malheureux. »

Le prince André parlait avec tant de passion que Pierre songea malgré lui que ces idées avaient dû lui être inspirées par l'exemple de son père. Il ne répondit rien.

« Alors voilà ce qui me préoccupe : la dignité de l'homme, la paix de la conscience, la pureté, et non pas leurs dos et leurs têtes qu'on aura beau fouetter, raser, ils n'en resteront pas moins les mêmes dos et les mêmes têtes.

– Non, non, mille fois non! je ne serai jamais de votre avis », dit Pierre.

XII

Le soir, le prince André et Pierre montèrent en voiture et partirent pour Lissi Gori. Le prince André, qui jetait des regards à Pierre, rompait de temps à autre le silence par des propos qui prouvaient qu'il était de bonne humeur.

Il lui parlait, en montrant les champs, des perfectionnements qu'il avait apportés à son exploitation.

Pierre gardait un sombre silence, ne répondait que par monosyllabes et paraissait plongé dans ses pensées.

Il songeait que le prince André était malheureux, qu'il se trompait, qu'il ne connaissait pas la vraie lumière et qu'il devait, lui, Pierre, lui venir en aide, l'éclairer, le relever. Mais dès qu'il réfléchissait à ce qu'il lui dirait et à la façon de s'y prendre, il sentait que, d'un mot, d'un argument, le prince André démolirait tout son raisonnement, et il craignait de commencer, craignait d'exposer ce qu'il avait de plus sacré à des sarcasmes possibles.

« Voyons, d'où vous viennent ces idées, commença-t-il tout à coup en baissant la tête comme un taureau qui attaque. Vous ne devez pas penser ainsi.

– Quelles idées? demanda le prince André avec surprise.

– Sur la vie, la destination de l'homme. Ce n'est pas possible. Je pensais comme vous et savez-vous ce qui m'a sauvé? La franc-maçonnerie. Non, ne souriez pas. La franc-maçonnerie n'est pas une secte religieuse faite de rites comme je le pensais, c'est la plus belle, l'unique expression de ce qu'il y a de meilleur et d'éternel dans l'homme. » Et il entreprit d'exposer au prince André ce qu'était la franc-maçonnerie telle qu'il la comprenait.

Il disait que la franc-maçonnerie est une doctrine chrétienne affranchie des entraves des gouvernements et de la religion, la doctrine de l'égalité, de la fraternité et de l'amour.

« Notre sainte confrérie est la seule à posséder le vrai sens de la vie; tout le reste n'est que rêverie, disait-il. Comprenez bien, mon ami, que hors d'elle tout est mensonge et fausseté, et je suis d'accord avec vous qu'il ne reste rien d'autre à un homme intelligent et bon qu'à terminer ses jours comme vous le faites, en s'efforçant seulement de ne pas gêner les autres. Mais faites vôtres nos principes fondamentaux, entrez dans notre confrérie, abandonnez-vous à nous, laissez-vous guider, et vous sentirez aussitôt, comme je l'ai senti moi-même, que vous êtes un maillon de cette immense chaîne invisible dont le commencement se perd dans les cieux. »

Le prince André l'écoutait en silence, les yeux fixés devant lui. Plusieurs fois il lui fit répéter certaines choses que le bruit de la voiture l'avait empêché de bien entendre. A l'éclat particulier qui brillait dans ses yeux et à son silence, Pierre voyait qu'il ne parlait pas en vain, que le prince André ne l'interromprait pas et ne se moquerait pas de ce qu'il disait.

Ils arrivèrent à une rivière débordée qu'ils durent traverser sur un bac. Pendant qu'on y installait la voiture et les chevaux, ils prirent place sur le bac.

Le prince André, accoudé au parapet, contemplait en silence la nappe d'eau qui brillait au soleil couchant.

« Eh bien, que pensez-vous de cela? demanda Pierre. Pourquoi vous taisez-vous?

– Ce que j'en pense? Je t'écoutais. Tout cela est bien, dit le prince André. Mais tu dis : entre dans notre confrérie et nous t'indiquerons le but de la vie, la destination de l'homme et les lois qui gouvernent le monde. Mais que sommes-nous donc? Des hommes. Comment se fait-il alors que vous sachiez tout? Pourquoi suis-je seul à ne pas voir ce que vous voyez? Vous voyez sur la terre le règne du bien et de la vérité, mais moi je ne le vois pas. »

Pierre l'interrompit.

« Croyez-vous à la vie future? demanda-t-il.

– A la vie future? » répéta le prince André, mais Pierre ne lui laissa pas le temps de répondre et prit cette question pour une négation, d'autant plus qu'il connaissait l'athéisme du prince André.

« Vous dites que vous ne pouvez voir le règne du bien et de la vérité sur la terre. Moi non plus je ne le voyais pas et on ne peut le voir si l'on considère notre vie comme la fin de tout. Sur la TERRE, précisément sur cette terre (Pierre montra la campagne alentour), il n'y a pas de vérité, tout est mal et mensonge; mais dans l'univers, dans l'ensemble de l'univers, la vérité règne, et nous sommes pour un instant les fils de la terre mais pour l'éternité les fils de l'univers entier. Est-ce que je ne sens pas au fond de mon âme que je fais partie de ce tout immense et harmonieux? Est-ce que je ne sens pas que dans ce nombre énorme et incalculable d'êtres dans lesquels se manifeste la Divinité – ou la force suprême, comme vous voudrez – je suis un chaînon, un degré de l'échelle qui va des êtres inférieurs aux êtres supérieurs? Si je vois, et que je voie clairement, cette échelle qui va de la plante à l'homme, pourquoi supposerais-je qu'elle s'arrête à moi au lieu d'aller toujours plus loin? Je sens que non seulement je ne peux disparaître, pas plus que rien ne disparaît dans l'univers, mais que je serai toujours et que j'ai toujours été. Je sens qu'à part moi et au-dessus de moi vivent des esprits et que la vérité existe dans cet univers.

– Oui, c'est la doctrine de Herder, dit le prince André, mais ce n'est pas cela, mon cher, qui me convaincra; la vie et la mort, voilà ce qui me convainc. Ce qui convainc, c'est de voir un être cher que des liens unissent à vous, envers qui on a été coupable et devant qui on espérait se justifier... (la voix du prince André trembla et il se détourna) et brusquement cet être souffre, subit le martyre et cesse d'exister... Pourquoi? Il n'est pas possible qu'il n'y ait pas de réponse! Et j'ai foi qu'elle existe... Voilà ce qui est convaincant, voilà ce qui m'a convaincu.

– Oui, oui, fit Pierre, c'est bien ce que je dis!

– Non. J'entends seulement que ce ne sont pas les arguments qui convainquent de la nécessité de la vie future, c'est le fait d'aller dans la vie la main dans la main avec un autre être et de voir soudain cet être disparaître LÀ-BAS, DANS LE NÉANT; alors on s'arrête devant cet abîme et on y plonge le regard. Et j'y ai plongé le regard...

– Et alors! Vous savez qu'il y a un LÀ-BAS et qu'il y a QUELQU'UN? Ce là-bas, c'est la vie future. Ce quelqu'un c'est Dieu. »

Le prince André ne répondit pas. La voiture et les chevaux étaient depuis longtemps sur l'autre rive, on avait attelé, le soleil avait déjà à demi disparu, le gelée du soir couvrait d'étoiles les flaques d'eau à l'arrivée, mais Pierre et André, à la surprise des domestiques, des cochers et des passeurs, parlaient toujours sans quitter le bac.

« Si Dieu existe et s'il y a une vie future, la vérité existe, la vertu existe aussi; et le bonheur suprême pour l'homme consiste à s'efforcer de les atteindre. Il faut vivre, il faut aimer, il faut croire, disait Pierre, que nous ne vivons pas seulement aujourd'hui sur ce lambeau de terre, mais que nous avons vécu et que nous vivrons éternellement là-bas, dans le tout. » (Il montra le ciel). Le prince André était accoudé au parapet du bac et écoutait Pierre sans détacher les yeux du reflet rouge du soleil sur la nappe d'eau bleue. Pierre se tut. Le silence était absolu. Le bac avait depuis longtemps accosté et l'on n'entendait que le clapotis des vagues contre son fond. Il semblait au prince André que ce murmure des flots disait en écho aux paroles de Pierre : « C'est vrai, crois-le. »

Le prince André poussa un soupir et posa un regard lumineux et tendre d'enfant sur le visage de Pierre, empourpré et exalté mais toujours intimidé devant la supériorité de son ami.

« Oui, puisse-t-il en être ainsi! dit-il. Mais remontons en voiture », ajouta-t-il. Quittant le bac, il leva les yeux vers le ciel que lui avait montré Pierre et, pour la première fois depuis Austerlitz, il vit ce ciel haut et éternel qu'il avait contemplé étendu sur le champ de bataille, et quelque chose qui était depuis longtemps assoupi, quelque chose qui était ce qu'il y avait de meilleur en lui, s'éveilla soudain, joyeux et jeune, dans son âme. Cela disparut dès qu'il se retrouva dans les conditions habituelles de son existence, mais il savait que ce sentiment qu'il ne savait pas développer vivait en lui. Sa conversation avec Pierre fut pour le prince André le point de départ d'une vie intérieure nouvelle, bien qu'en apparence inchangée.

XIII

La nuit tombait lorsque la voiture du prince André et de Pierre s'arrêta devant l'entrée principale de la maison de Lissi Gori. Le prince André attira en souriant l'attention de Pierre sur l'affolement que leur arrivée provoquait à l'entrée de service. Une vieille femme voûtée avec une besace sur l'épaule et un petit homme aux cheveux longs vêtu de noir s'étaient enfuis vers le portail à la vue de la voiture. Deux femmes les suivirent et tous quatre, jetant des regards effrayés vers la voiture, montèrent en courant l'escalier de service.

« Ce sont les hommes de Dieu de Maria, dit le prince André. Ils nous ont pris pour mon père. C'est la seule chose en quoi elle lui désobéit : il les fait chasser tandis qu'elle les reçoit.

– Mais qu'est-ce que c'est que ces hommes de Dieu? » demanda Pierre.

Le prince André n'eut pas le temps de lui répondre. Des domestiques vinrent au-devant d'eux et il leur demanda où était le vieux prince et si on l'attendait bientôt.

Le vieux prince était encore à la ville et on l'attendait d'un instant à l'autre.

Le prince André conduisit Pierre dans son appartement, toujours prêt à le recevoir dans la maison de son père, et passa lui-même dans la chambre de l'enfant.

« Allons chez ma sœur, dit-il en revenant chercher Pierre,

je ne l'ai pas encore vue, elle se cache avec ses hommes de Dieu. Tant pis pour elle, elle sera confuse, mais tu verras les hommes de Dieu. *C'est curieux, ma parole.*

– *Qu'est-ce que c'est que* les hommes de Dieu? demanda Pierre.

– Tu vas voir. »

La princesse Maria se troubla en effet et rougit par taches en le voyant entrer. Dans sa chambre confortable où des veilleuses brûlaient devant la vitrine aux icônes, un jeune garçon au nez long et aux cheveux longs, vêtu d'un froc de moine, était assis à côté d'elle sur le divan devant le samovar.

Une vieille femme maigre au doux visage d'enfant était installée à côté d'eux dans un fauteuil.

« André, pourquoi ne pas m'avoir prévenue? » dit la princesse Maria avec un tendre reproche en se plaçant devant les pèlerins comme une mère poule devant ses poussins.

« Charmée de vous voir. Je suis très contente de vous voir », dit-elle à Pierre qui lui baisait la main. Elle l'avait connu enfant et maintenant l'amitié qui le liait à André, ses malheurs conjugaux et surtout son visage bon et simple la disposaient en sa faveur. Elle le regardait de ses beaux yeux lumineux et semblait dire : « Je vous aime beaucoup; mais, je vous en prie, ne vous moquez pas des miens. » Les premières politesses échangées, ils s'assirent.

« Ah! Ivanouchka est aussi là, dit le prince André en indiquant avec un sourire le jeune pèlerin.

– André! dit la princesse Maria sur un ton suppliant.

– *Il faut que vous sachiez que c'est une femme,* dit le prince André à Pierre.

– *André, au nom de Dieu! »* répéta la princesse Maria.

On voyait que les railleries du prince André au sujet des pèlerins et les vaines interventions en leur faveur de la princesse Maria étaient devenues entre eux une habitude.

« Mais, ma bonne amie, dit le prince André, *vous devriez au contraire m'être reconnaissante de ce que j'explique votre intimité avec ce jeune homme.*

– *Vraiment? »* dit Pierre en examinant à travers ses lunettes avec une curiosité grave (ce dont la princesse Maria lui fut particulièrement reconnaissante) le visage d'Ivanouchka qui, comprenant qu'il était question de lui, les regardait avec des yeux rusés.

La princesse Maria avait eu absolument tort d'être gênée pour les SIENS. Ils n'étaient nullement intimidés. La vieille, les yeux baissés mais coulant du regard vers les nouveaux venus, restait assise tranquillement et sans mouvement dans son fauteuil, sa tasse renversée sur sa soucoupe et le morceau de sucre entamé posé à côté, et attendait qu'on lui offrît encore du thé. Ivanouchka, tout en buvant le thé à petites gorgées dans sa soucoupe, regardait les jeunes gens en dessous de ses yeux rusés de femme.

« Où es-tu allée, à Kiev? demanda le prince André à la vieille.

– Oui, mon fils, répondit avec complaisance la vieille, juste à Noël j'ai eu le bonheur de communier auprès des bienheureux aux saints mystères du ciel. Et maintenant, mon fils, c'est de Koliazine que j'arrive, une grande grâce s'y est manifestée...

– Et Ivanouchka, il est avec toi?

– Non, moi je vais de mon côté, dit Ivanouchka en s'efforçant de prendre une voix de basse. Nous ne nous sommes rencontrés, Pelagueiouchka et moi, qu'à Ioukhnov. »

Pelagueiouchka interrompit son camarade; on voyait qu'elle avait envie de raconter ce qu'elle avait vu.

« A Koliazine une grande grâce s'est manifestée, mon fils.

– Quoi donc, de nouvelles reliques? demanda le prince André.

– Allons, André, je t'en prie, dit la princesse Maria. Ne raconte pas, Pelagueiouchka.

– Voyons... quelle idée, ma fille, pourquoi ne pas raconter? Je l'aime bien. Il est bon. Éclairé par le Seigneur, il m'a donné dix roubles, mon bienfaiteur, je m'en souviens! Donc, comme j'étais à Kiev, Kirioucha l'innocent me dit – c'est un vrai homme de Dieu, il va pieds nus été comme hiver – que fais-tu là, qu'il me dit, ce n'est pas ta place, va à Koliazine, il y a là-bas une icône miraculeuse, la très sainte Mère de Dieu s'est manifestée. Là-dessus j'ai dit adieu aux bienheureux et je suis partie... »

Tout le monde se taisait, la dévote était seule à parler d'une voix mesurée en faisant de profondes aspirations.

« J'arrive et les gens me disent : une grande grâce s'est manifestée, le saint baume coule de la joue de la très sainte Mère de Dieu...

— Allons, c'est bien, c'est bien, tu raconteras cela une autre fois, dit en rougissant la princesse Maria.

— Permettez-moi de lui poser une question, dit Pierre. Tu as vu cela toi-même? demanda-t-il.

— Je pense bien, mon fils, j'ai eu cet honneur. Il y avait sur sa face un rayonnement comme une lumière céleste, et de sa joue ça coulait, ça coulait...

— Mais c'est une supercherie, dit naïvement Pierre qui avait écouté la dévote avec attention.

— Ah! mon fils, que dis-tu là! s'écria Pelagueiouchka avec épouvante en quêtant du regard la protection de la princesse Maria.

— C'est ainsi qu'on trompe le peuple, répéta Pierre.

— Seigneur Jésus, dit la dévote en se signant. Oh! ne parle pas ainsi, mon fils. C'est comme ça qu'il y avait un général qui n'y croyait pas, il a dit : « C'est une tromperie des moines », et dès qu'il a parlé, il est devenu aveugle. Et il a rêvé que la sainte Vierge des Cryptes vient à lui et lui dit : « Crois en moi « et je te guérirai. » Alors il s'est mis à supplier : « Menez-moi « à elle, menez-moi à elle. » C'est la vérité vraie ce que je te dis, je l'ai vu moi-même. On l'a conduit, aveugle, droit à elle, il s'est approché, est tombé à genoux et a dit : « Guéris-moi! « Je te donnerai tout ce que le tsar m'a octroyé. » Je l'ai vu de mes yeux, mon fils, son étoile[1] y est restée accrochée. Eh bien, il a retrouvé la vue. C'est un péché de parler comme ça. Dieu te punira, dit-elle à Pierre d'un ton sentencieux.

— Mais comment l'étoile s'est-elle trouvée sur l'icône? demanda Pierre.

— La sainte Mère aurait-elle été promue au grade de général? » dit en souriant le prince André.

Pelagueiouchka pâlit soudain et leva les bras au ciel.

« Mon fils, mon fils, c'est un péché, tu as un enfant! » dit-elle, et de pâle elle devint soudain toute rouge.

« Mon fils, qu'as-tu dit? Dieu te pardonne. » Elle se signa « Seigneur, pardonne-lui. Ma fille, qu'est-ce que ça veut dire?... » continua-t-elle en s'adressant à la princesse Maria... Elle se leva et presque en pleurant ramassa sa besace. On voyait qu'elle était terrifiée et honteuse d'avoir accepté l'hospi-

1. Il s'agit d'une décoration de ce général.

talité d'une maison où l'on tenait de pareils propos, tout en regrettant d'avoir à y renoncer.

« Voyons, quel plaisir avez-vous?... dit la princesse Maria. Pourquoi êtes-vous venus chez moi?

– Je ne faisais que plaisanter, Pelagueiouchka, dit Pierre. *Princesse, ma parole, je n'ai pas voulu l'offenser,* je l'ai dit sans penser à mal. Ne va pas croire, je plaisantais seulement, ajouta-t-il en souriant timidement, désireux de réparer sa faute. C'est moi qui ai commencé, lui aussi il n'a fait que plaisanter. »

Pelagueiouchka s'arrêta, incrédule, mais le visage de Pierre exprimait un repentir si sincère et le prince André regardait avec tant de douceur tantôt elle, tantôt Pierre, que peu à peu elle se calma.

XIV

La dévote se calma et, remise sur le sujet, parla longuement du père Amphiloque qui menait une vie si sainte que ses chères mains exhalaient une odeur d'encens, puis raconta que, lors de son dernier pèlerinage à Kiev, des moines de sa connaissance lui avaient donné les clefs des cryptes où, emportant des biscuits, elle avait passé quarante-huit heures avec les bienheureux. « Je priais devant l'un, puis je lisais un peu, j'allais à un autre. Je faisais un somme, puis je retournais baiser les reliques; et il y faisait un calme, ma fille, je sentais en moi une telle grâce que je n'avais même plus envie de revoir la lumière du Bon Dieu. »

Pierre l'écoutait attentivement et avec sérieux. Le prince André sortit. Et à la suite, laissant les hommes de Dieu finir leur thé, la princesse Maria emmena Pierre au salon.

« Vous êtes très bon, lui dit-elle.

– Ah! je ne pensais vraiment pas l'offenser, je comprends si bien ces sentiments et je les respecte hautement. »

La princesse Maria le regarda sans rien dire et sourit tendrement.

« Il y a longtemps que je vous connais et que je vous aime comme un frère, dit-elle. Comment avez-vous trouvé André? ajouta-t-elle précipitamment sans lui laisser le temps de répondre à ses aimables paroles. Il m'inquiète beaucoup. Sa santé est meilleure en hiver, mais au printemps dernier sa blessure s'est rouverte et le médecin a dit qu'il devait aller faire une cure. Moralement aussi il m'inquiète beaucoup. Ce n'est pas, comme nous autres femmes, un caractère à user et à épancher son chagrin par les larmes. Il le porte en lui-même. Aujourd'hui il est gai et animé ; mais c'est votre visite qui a eu cet effet sur lui ; il est rarement ainsi. Si vous pouviez le décider à aller à l'étranger ! Il a besoin d'activité, et cette vie calme et monotone le tue. Les autres ne s'en aperçoivent pas, mais je le vois bien, moi. »

Vers dix heures, les domestiques se précipitèrent sur le perron au bruit des grelots de l'équipage du vieux prince. Le prince André et Pierre les suivirent.

« Qui est-ce ? demanda le vieux prince en descendant de voiture et en apercevant Pierre.

– Ah ! enchanté ! embrasse-moi », dit-il en apprenant qui était ce jeune homme inconnu.

Le vieux prince était de bonne humeur et fit le meilleur accueil à Pierre.

Quand, avant le souper, le prince André passa dans le cabinet de son père, il trouva le vieux prince engagé dans une chaude discussion avec Pierre. Pierre soutenait qu'un temps viendrait où il n'y aurait plus de guerre. Le vieux prince affirmait le contraire en le plaisantant, mais sans acrimonie.

« Vide les veines de leur sang, mets-y de l'eau, alors il n'y aura plus de guerre. Chimères de bonnes femmes, chimères de bonnes femmes », dit-il, mais il tapota pourtant amicalement l'épaule de Pierre, puis il s'approcha de la table à laquelle le prince André, visiblement peu désireux de prendre part à la conversation, feuilletait les papiers que son père avait apportés de la ville. Le vieux prince le rejoignit et lui parla affaires.

« Le comte Rostov, notre maréchal de la noblesse, n'a pas fourni la moitié des hommes demandés. Il est venu en ville et s'est avisé de m'inviter à dîner : je lui en ai fait voir, en fait de dîner... Mais regarde ça... Tu sais, mon cher, dit le prince Nicolas Andreitch à son fils en donnant une tape sur l'épaule de Pierre, c'est un gaillard que ton ami, je l'ai pris en affection ! Il me stimule. Tel autre dit des choses sensées mais on n'a pas envie de l'écouter, et lui dit des bêtises mais il me stimule, tout vieux que je suis. Eh bien, allez, allez, ajouta-t-il, j'irai peut-être vous rejoindre, je vous tiendrai compagnie pendant votre souper. Nous discuterons encore. Aime bien ma sotte, la princesse Maria », cria-t-il à Pierre comme il sortait.

Ce ne fut qu'alors, pendant ce séjour à Lissi Gori, que Pierre put pleinement apprécier toute la force et tout le charme de l'amitié qui le liait au prince André. Ce charme était moins dans leurs relations personnelles que dans les rapports qu'il eut avec toute la famille et tous les habitants de la maison. Il se sentit d'emblée sur le pied d'une vieille amitié avec le sévère vieux prince et avec la douce et timide princesse Maria, bien qu'il les connût à peine. Tout le monde l'aimait déjà. Non seulement la princesse Maria, conquise par la gentillesse qu'il avait montrée envers les pèlerins, posait sur lui son regard le plus lumineux; mais même le petit prince Nicolas, comme l'appelait son grand-père, et qui n'avait qu'un an, lui sourit et se laissa prendre dans ses bras. Michel Ivanitch, Mlle Bourienne le regardaient avec des sourires joyeux quand il s'entretenait avec le vieux prince.

Ce dernier assista au souper : c'était de toute évidence pour faire honneur à Pierre. Pendant les deux jours que celui-ci passa à Lissi Gori, il se montra on ne peut plus cordial avec lui et l'invita à revenir le voir.

Quand Pierre fut parti et que tous les membres de la famille se trouvèrent réunis, chacun donna son avis sur lui, comme il arrive toujours après le départ d'une nouvelle connaissance, et comme il n'arrive que rarement, chacun ne dit de lui que du bien.

XV

A SON retour de congé, Rostov sentit pour la première fois combien était fort le lien qui l'unissait à Denissov et à tout le régiment.

En approchant du cantonnement, il éprouva un sentiment analogue à celui qu'il avait éprouvé à l'approche de la maison de la rue Povarskaïa. Quand il aperçut le premier hussard de son régiment en dolman déboutonné, quand il reconnut son Dementiev le rouquin, qu'il aperçut les piquets de chevaux alezans, quand il entendit Lavrouchka crier joyeusement à son maître : « Le comte arrive! » et vit Denissov qui dormait accourir, échevelé, de son baraquement et l'étreindre, tandis que les officiers entouraient l'arrivant, il ressentit la même émotion que lorsque sa mère, son père et ses sœurs l'embrassaient, et les larmes de joie qui lui montaient à la gorge l'empêchèrent de parler. Le régiment était pour lui une seconde maison, et une maison tout aussi chère que la maison paternelle.

Quand il se fut présenté au commandant du régiment qui l'affecta au même escadron, qu'il eut repris son tour de garde et de service, il éprouva, une fois replongé dans tous les petits soucis du régiment et se sentant privé de liberté, enfermé dans un cadre étroit et immuable, le même apaisement, la même impression d'être soutenu et la même conscience d'être ici chez lui, à sa place, que sous le toit paternel. Il n'y avait plus ici ce désordre de la vie libre dans lequel il ne trouvait pas sa place et se trompait dans son choix; plus de Sonia avec qui on ne savait pas s'il fallait ou non avoir une explication. Plus de liberté d'aller à tel endroit ou de ne pas aller à tel autre; plus de ces journées de vingt-quatre heures qu'on peut employer de tant de façons diverses; plus de cette foule de gens dont aucun ne vous est plus proche qu'un autre, aucun tout à fait étranger; plus de ces rapports d'argent embrouillés et mal définis avec son père, plus de rappel de sa terrible perte au jeu! Ici, au régiment, tout était simple et clair. Tout l'univers se divisait en deux parties inégales : l'une, c'était notre régiment de Pavlograd, et l'autre tout le reste. Et ce reste vous importait peu. Au régiment tout était connu : on savait qui était lieutenant, qui capitaine, qui était un brave garçon, qui ne l'était pas et surtout qui était un vrai camarade. Le cantinier vous faisait crédit, la solde était versée par trimestre; aucun besoin de raisonner ni de choisir, il suffisait de s'abstenir de ce qui était considéré comme mal au régiment de Pavlograd; et si l'on vous chargeait d'une mission, il n'y avait qu'à exécuter des consignes nettes et précises, et tout allait bien.

Reprenant cette routine de la vie de régiment, Rostov éprouva une joie et un apaisement semblables à ceux qu'on éprouve quand, fatigué, on se couche pour se reposer. Cette vie de régiment fut pour lui d'autant plus agréable pendant la nouvelle campagne que, depuis sa perte au jeu (chose qu'en dépit de toutes les consolations de ses parents il ne pouvait se pardonner), il avait décidé de s'acquitter de son service non plus comme auparavant, mais de façon à réparer sa faute, et d'être un camarade et un officier modèle, c'est-à-dire un parfait honnête homme, ce qui lui paraissait si difficile DANS LE MONDE et si facile au régiment.

Depuis sa perte au jeu, il avait décidé de rembourser en cinq ans la dette qu'il avait contractée envers ses parents. On lui servait une pension de dix mille roubles par an, mais maintenant il était résolu à se contenter de deux mille et à consacrer le reste à éteindre sa dette.

Après de nombreux replis et marches en avant, après les batailles de Poultousk, de Preussisch-Eylau, notre armée se concentrait à Bartenstein On attendait l'arrivée de l'empereur et le début des opérations.

Le régiment de Pavlovgrad appartenait à la partie de l'armée qui avait pris part à la campagne de 1805. Obligé de compléter ses effectifs en Russie, il était arrivé trop tard pour assister aux premières opérations et n'avait été ni à Poultousk, ni à Preussisch-Eylau. Maintenant il faisait partie du détachement Platov.

Le détachement Platov opérait indépendamment de l'armée. A plusieurs reprises, les hussards de Pavlograd avaient pris part à des escarmouches avec l'ennemi, fait des prisonniers et une fois même enlevé les convois du maréchal Oudinot. Au mois d'avril, ils bivouaquaient depuis plusieurs semaines près d'un village allemand abandonné et détruit de fond en comble.

Le dégel commençait, il y avait partout de la boue, il faisait froid, les rivières débâclaient, les chemins devenaient impraticables; les hommes et les chevaux restèrent plusieurs jours sans distribution de vivres et de fourrage. Les convois étant devenus impossibles, les soldats se répandaient dans les villages déserts et abandonnés à la recherche des pommes de terre qui elles aussi se faisaient rares.

Tout avait été mangé et tous les habitants s'étaient enfuis; ceux qui demeuraient étaient plus misérables que des mendiants et il n'y avait plus rien à leur prendre, si bien qu'au lieu de les rançonner, les soldats, normalement peu enclins à la pitié, partageaient avec eux leur dernier morceau.

Le régiment de Pavlograd n'avait eu au feu que deux blessés, mais la faim et la maladie avaient réduit ses effectifs de moitié. On mourait si sûrement dans les hôpitaux que les soldats, chez qui la mauvaise alimentation provoquaient de la fièvre et des œdèmes, préféraient assurer leur service en se traînant péniblement dans les rangs plutôt que d'y entrer. A l'arrivée du printemps, ils découvrirent une plante semblable à l'asperge qui sortait de terre et que, Dieu sait pourquoi, ils baptisèrent « racine douce de machka »; ils se répandaient dans les prés et les champs à la recherche de cette racine douce (qui était fort amère), la déterraient avec leurs sabres et la mangeaient, malgré l'interdiction de toucher à cette plante nocive. Avec le printemps, une nouvelle maladie se déclara, consistant en un œdème des mains, des pieds et du visage, dont les médecins attribuèrent la cause à cette racine. Mais en dépit de l'interdiction, les hussards de l'escadron de Denissov mangeaient surtout la douce racine de machka, car il y avait déjà près de quinze jours qu'on faisait durer les derniers biscuits, n'en distribuant qu'à raison d'une demi-livre par personne, et les pommes de terre du dernier arrivage étaient gelées et germées.

Les chevaux, également depuis bientôt quinze jours, n'avaient pour tout fourrage que le chaume des toits, ils étaient d'une maigreur squelettique et avaient encore leur poil d'hiver emmêlé en bourre.

Malgré ces misères, les soldats et les officiers menaient toujours la même existence; pâles et le visage bouffi, vêtus d'uniformes déchirés, les hussards continuaient de se rendre au rapport, à la toilette, soignaient les chevaux, astiquaient le fourniment, arrachaient en guise de fourrage le chaume des toits et allaient à la soupe, d'où ils revenaient affamés en plaisantant leur mauvaise pitance et leur faim. Comme toujours quand ils étaient libres de service, ils allumaient des feux, se chauffaient nus, fumaient, triaient et faisaient cuire des pommes de terre germées et pourries, et racontaient ou écoutaient raconter les campagnes de Potemkine et de Souvorov, les aventures d'Aliocha le malin et de Mikolka, le journalier du pope.

Pour leur part, les officiers habitaient toujours par deux ou par trois des maisons ouvertes à tous les vents et à demi ruinées. Les officiers supérieurs s'occupaient des approvisionnements en paille et en pommes de terre et, en général, de la nourriture des hommes; les subalternes jouaient comme toujours, qui aux cartes (l'argent abondait si les vivres manquaient), qui à des jeux innocents, tels que la « svaïka » ou les quilles. On parlait peu de la marche générale des opérations, en partie parce qu'on ne savait rien de positif, en partie parce qu'on sentait confusément que les choses se présentaient mal.

Rostov logeait toujours avec Denissov et, depuis leur congé, leur amitié était devenue encore plus étroite. Denissov ne lui parlait jamais de sa famille, mais à la tendre affection que le commandant témoignait à son officier, Rostov sentait que l'amour malheureux du vieux hussard pour Natacha avait sa part dans ce resserrement de leur amitié. Denissov veillait sur lui, s'efforçait visiblement de l'exposer le plus rarement possible à des dangers et, après chaque engagement, manifestait une grande joie de le voir revenir sain et sauf. Au cours d'une de ses missions, Rostov avait trouvé, dans un village désert et ruiné où il était allé chercher des vivres, un vieux Polonais et sa fille avec un enfant au sein. Ils étaient en loques, affamés, incapables de marcher et sans ressources pour louer une voiture. Rostov les emmena dans son cantonnement, les installa chez lui et pendant plusieurs semaines assura leur entretien, jusqu'à ce que le vieillard fût rétabli. Un de ses camarades en parlant de femmes s'était un jour moqué de lui, disant qu'il était le plus malin de tous et qu'il pourrait bien faire connaître aux autres la jolie Polonaise qu'il avait sauvée. Rostov prit mal la plaisanterie et s'emportant débita à l'officier des choses si désagréables que Denissov eut beaucoup de peine à empêcher un duel. Lorsque l'officier fut parti et que Denissov, qui ignorait lui-même la nature des relations de Rostov avec la Polonaise, lui reprocha son emportement, Rostov lui dit :

« Que veux-tu... Elle est pour moi comme une sœur et je ne puis te dire à quel point j'ai été offensé... parce que... enfin, parce que... »

Denissov lui donna une tape sur l'épaule et se mit à arpenter la pièce à pas rapides sans le regarder, ce qui lui arrivait quand il était ému.

« Quelle famille de toqués vous êtes, vous autres Rostov! » dit-il, et Rostov remarqua qu'il y avait des larmes dans ses yeux.

XVI

Au mois d'avril, les troupes reprirent de l'entrain à la nouvelle de l'arrivée de l'empereur à l'armée. Rostov n'eut pas l'occasion d'assister à la revue que l'empereur passa à Bartenstein : les hussards de Pavlograd étaient aux avant-postes, loin en avant.

Ils bivouaquaient. Denissov et Rostov logeaient dans une hutte de terre creusée par les soldats et recouverte de branchages et de gazon. Elle était construite de la façon suivante qui était à la mode alors : on creusait une tranchée large d'un mètre, profonde d'un mètre cinquante et longue de deux mètres cinquante. A l'une des extrémités, on pratiquait des marches, et c'était l'entrée, le perron; la tranchée elle-même était la chambre où, chez les mieux partagés, comme le commandant de l'escadron, une planche posée sur des pieux, au fond, du côté opposé aux marches, servait de table. Des deux côtés de la tranchée, la terre était enlevée sur une profondeur de soixante centimètres, et c'étaient là les lits et les divans. Le toit était fait de façon à permettre de se tenir debout au milieu et même de s'asseoir sur les lits en se rapprochant de la table. Denissov, dont l'installation était luxueuse car il était aimé des soldats de son escadron, avait encore une planche au fronton du toit, et cette planche était garnie d'une vitre cassée mais recollée. Quand il faisait très froid, on apportait sur les marches (le salon, comme Denissov appelait cette partie de la hutte) une plaque de tôle pleine de charbons ardents pris aux feux des bivouacs, et il faisait alors si chaud que les officiers, toujours nombreux à se réunir chez Denissov et Rostov, se mettaient en manches de chemise.

En avril, Rostov avait été de garde. Vers huit heures du matin, rentrant chez lui après une nuit blanche, il fit apporter des braises, changea de linge car il était trempé, prit le thé, se chauffa, rangea ses affaires dans son coin et sur la table, et, le visage brûlé par le vent, s'étendit sur son lit en manches de chemise, les mains sous sa tête. Il songeait avec plaisir qu'il allait prochainement monter en grade à la suite de la dernière reconnaissance qu'il avait faite et attendait Denissov qui était sorti et avec qui il avait envie de bavarder.

Des éclats de voix se firent entendre derrière la hutte; c'était Denissov qui paraissait s'emporter. Rostov se rapprocha de la fenêtre pour voir à qui il s'en prenait et aperçut le maréchal des logis Toptcheienko.

« Je t'avais donné l'ordre de ne pas les laisser bouffer cette racine de machka! criait Denissov. Et je viens de voir Lazartchouk en rapporter des champs.

– J'ai passé la consigne, Votre Honneur, mais ils n'écoutent pas », répondit le maréchal des logis.

Rostov se recoucha et se dit avec plaisir : « Qu'il peine à son tour, j'ai fini mon service, moi, et je suis couché, c'est parfait! » Il entendait maintenant une autre voix qui se mêlait à celle du maréchal des logis, la voix du malin Lavrouchka, l'ordonnance délurée de Denissov. Il parlait de convois de biscuits et de bœufs qu il avait vus en allant aux vivres.

La voix de Denissov qui criait en s'éloignant : « Sellez! Deuxième peloton! » retentit de nouveau derrière la hutte.

« Où vont-ils? » se demanda Rostov.

Cinq minutes plus tard, Denissov entra dans la hutte, grimpa sur son lit avec ses bottes sales, fuma d'un air furieux une pipe, bouleversa toutes ses affaires, prit sa cravache et son sabre et s'apprêta à sortir. A la question de Rostov qui lui demandait où il allait, il répondit vaguement et d'un ton bourru qu'il avait à faire.

« Que Dieu et le grand empereur me jugent! » dit-il en sortant; et Rostov entendit, derrière la hutte, les sabots de plusieurs chevaux pataugeant dans la boue. Il ne se soucia pas de savoir où allait Denissov. Bien au chaud dans son coin, il s'endormit et ne sortit que dans la soirée. Denissov n'était pas encore rentré. Le temps s'était levé; près de la hutte voisine, deux officiers et un aspirant jouaient à la « svaïka », plantant en riant des raves dans la terre molle et boueuse. Rostov se joignit à eux. Au cours du jeu, ils virent des chariots qui approchaient une quinzaine de hussards les suivaient sur des chevaux efflanqués. Les convois et leur escorte s'approchèrent des piquets et une foule de hussards les entoura.

« Eh bien, dit Rostov, et Denissov qui s'affligeait, voilà les vivres qui arrivent.

– En effet! dirent les officiers. Ce sont les soldats qui vont être contents! » Peu de temps après les hussards, arriva Denissov, accompagné de deux officiers d'infanterie avec qui il s'entretenait. Rostov alla à sa rencontre.

« Je vous préviens, capitaine, disait un des officiers, un petit maigre qui était visiblement en colère.

– Je vous ai déjà dit que je ne rendrai rien, répondit Denissov.

– Vous en répondrez, capitaine, enlever leurs convois à des camarades c'est de la rébellion! Nos hommes n'ont rien mangé depuis deux jours.

– Et les miens depuis deux semaines, répondit Denissov.

– C'est du brigandage, vous en répondrez, monsieur! répéta l'officier d'infanterie en élevant la voix.

– Avez-vous fini de m'embêter? Hein? cria Denissov qui s'emporta soudain, c'est moi qui en répondrai, pas vous, ne braillez pas si vous tenez à votre peau. Rompez! cria-t-il.

– Très bien! s'écria sans s'émouvoir le petit officier. C'est du brigandage, je vous...

– Allez au diable, et plus vite que ça, tant que vous avez encore la tête sur vos épaules. » Et Denissov poussa son cheval contre l'officier.

« Bien, bien, dit l'officier d'un ton menaçant et, tournant bride, il partit au trot, ballotté sur sa selle.

– Un chien juché sur une palissade, un vrai chien sur une palissade », lança Denissov dans son dos, ce qui était la pire raillerie du cavalier à l'adresse du fantassin à cheval, et s'approchant de Rostov, il éclata de rire.

« Je l'ai enlevé à l'infanterie, je leur ai enlevé leur convoi de force! dit-il. On ne voudrait tout de même pas que nos hommes crèvent de faim? »

Le convoi qui arrivait aux hussards était destiné à un régiment d'infanterie, mais ayant appris par Lavrouchka qu'il n'était pas escorté, Denissov et ses hommes s'en étaient emparés de force. On distribua aux soldats des biscuits à discrétion, on partagea même avec les autres escadrons.

Le lendemain, le colonel convoqua Denissov et lui dit en se

fermant les yeux avec ses doigts écartés : « Voilà comment je vois la chose, je ne sais rien et je n'interviendrai pas; mais je vous conseille d'aller à l'état-major pour arranger cette affaire avec l'intendance et si possible signer un reçu reconnaissant que vous avez touché telle et telle quantité de vivres; dans le cas contraire, la commande serait portée au compte du régiment d'infanterie : on soulèverait une affaire et cela pourrait finir mal. »

En sortant de chez le colonel, Denissov se rendit directement à l'état-major avec le sincère désir de suivre son conseil. Le soir, il rentra à sa hutte dans un état dans lequel Rostov n'avait jamais encore vu son ami. Il était incapable de parler et étouffait. Lorsque Rostov lui demanda ce qu'il avait, il ne fit que proférer des injures et des menaces d'une voix rauque et faible.

Effrayé de son état, Rostov l'engagea à se déshabiller, à boire de l'eau et envoya chercher le médecin.

« Me juger pour brigandage – oh! Donne-moi encore de l'eau. Eh bien, qu'on me juge, je n'en rosserai pas moins ces canailles et je dirai tout à l'empereur. Donnez-moi de la glace », disait-il.

Le médecin-major déclara qu'il fallait le saigner. On tira du bras velu de Denissov une pleine assiettée de sang noir et ce n'est qu'alors qu'il fut en état de raconter ce qui s'était passé.

« J'arrive. « Voyons, où est votre chef? » On me l'indique. « Veuillez bien attendre. – J'ai mon service, j'ai fait trente « verstes pour venir ici, je n'ai pas le temps d'attendre, annonce- « moi. » Bon, ce voleur en chef entre; il se mêle aussi de me faire la leçon : « C'est du brigandage! – Le brigand, dis-je, « ce n'est pas celui qui prend les vivres pour nourrir ses « hommes, c'est celui qui s'en sert pour se remplir les poches! – « Bon. Allez, dit-il, signer un reçu chez le commissaire aux « vivres et votre affaire suivra son cours. » J'arrive chez le commissaire. J'entre – à la table... Qui est-ce que je vois! Non, devine un peu!... Qui est-ce qui nous fait crever de faim? cria Denissov en tapant si fort sur la table de sa main malade que la table faillit basculer et que les verres s'entrechoquèrent. Telianine! ! « Comment, c'est toi qui nous fait crever de faim? ! » Et pan, pan sur la gueule, ça s'est trouvé bien à propos... « Ah! espèce de... » et je me mets à l'arranger! Je m'en suis donné à cœur joie, je peux le dire, criait Denissov en découvrant joyeusement et férocement ses dents blanches sous sa moustache noire. Je l'aurais tué si on ne me l'avait pas arraché des mains.

– Mais ne crie donc pas comme ça, calme-toi, dit Rostov, voilà le sang qui se remet à couler. Tiens-toi donc tranquille, il faut refaire le pansement. »

On refit le pansement et on coucha Denissov. Le lendemain, il se réveilla gai et calme.

Mais, à midi, l'officier d'ordonnance se présenta d'un air sérieux à la hutte commune à Denissov et à Rostov, et remit à regret au major Denissov, de la part du colonel, un papier officiel où on lui demandait des précisions sur l'incident de la veille. Il expliqua que l'affaire risquait de prendre une fort mauvaise tournure, qu'une commission d'enquête avait été nommée et qu'étant donné la rigueur des règlements actuels sur le maraudage et l'insubordination dans l'armée, elle pouvait, au mieux, se terminer par la dégradation.

D'après la version des plaignants, le major Denissov, après avoir enlevé le convoi, s'était présenté sans aucune convocation chez le commissaire général aux vivres, l'avait traité de voleur, avait menacé de le frapper, et, quand on l'eut fait sortir, s'était précipité dans un bureau où il avait rossé deux fonctionnaires et démis le bras à l'un d'eux.

Aux nouvelles questions que lui posa Rostov, Denissov répondit en riant qu'il lui semblait en effet qu'un autre individu lui était également tombé sous la main, mais que tout cela n'avait aucune importance, qu'il n'allait pas avoir peur des tribunaux et que si ces misérables osaient s'en prendre à lui, il leur répondrait de telle façon qu'ils s'en souviendraient.

Denissov parlait dédaigneusement de toute cette affaire; mais Rostov le connaissait trop bien pour ne pas remarquer qu'au fond (et tout en s'en cachant) il redoutait d'avoir à affronter la justice et était tourmenté par cette affaire qui, de toute évidence, devait avoir des suites fâcheuses. Tous les jours arrivaient des demandes de renseignements, des convocations, et, le 1er mai, il lui fut prescrit de remettre l'escadron au plus ancien en grade et de comparaître devant l'état-major de la division pour s'expliquer sur l'affaire des voies de fait commises à la commission des vivres. La veille de ce jour, Platov avait opéré une reconnaissance avec deux régiments de cosaques et deux escadrons de hussards. Denissov, comme toujours intrépide, s'était porté en avant des lignes. Une balle partie des rangs des tirailleurs français l'atteignit au gras de la cuisse. En d'autres temps, Denissov n'aurait peut-être pas quitté le régiment pour une si légère blessure, mais il profita de l'occasion, refusa de comparaître à la division et se fit évacuer à l'hôpital.

XVII

Au mois de juin eut lieu la bataille de Friedland, à laquelle les hussards de Pavlograd ne prirent pas part et qui fut suivie d'un armistice. Rostov qui, sans nouvelles de son ami depuis son départ et inquiet de l'issue de son affaire ainsi que de sa blessure, ressentait vivement son absence, en profita pour demander l'autorisation d'aller voir Denissov à l'hôpital.

L'hôpital se trouvait dans une petite localité prussienne deux fois ravagée par les troupes russes et françaises. Cette bourgade, avec ses toits effondrés et ses palissades démolies, ses rues couvertes d'immondices où erraient les habitants déguenillés et des soldats ivres et malades, offrait un spectacle d'autant plus affligeant qu'on était en été quand il faisait si bon à la campagne.

Une maison de pierre, aux fenêtres et aux vitres en partie brisées et avec une cour entourée de débris de palissade, abritait l'hôpital. Quelques soldats pâles et bouffis avec des pansements se promenaient ou se chauffaient au soleil.

Dès que Rostov eut franchi le seuil, une odeur de chair pourrie et d'hôpital le prit à la gorge. Dans l'escalier, il croisa un médecin-major russe, le cigare aux lèvres. Un infirmier le suivait.

« Je ne peux tout de même pas me mettre en quatre, disait le médecin; viens ce soir chez Makar Alexeievitch, j'y serai. » L'infirmier lui posa encore une question.

« Eh! fais comme tu l'entendras! Qu'est-ce que ça peut faire. » Il aperçut Rostov qui montait l'escalier.

« Que désirez-vous, Votre Honneur? demanda-t-il. Que venez-vous faire ici? Les balles vous ont épargné, alors vous voulez attraper le typhus? Ici, mon cher, c'est une véritable léproserie.

– Comment cela? demanda Rostov.

– Il y a le typhus, mon cher. Pour tous ceux qui entrent ici, c'est la mort. Nous ne sommes plus que nous deux, Makeiev et moi (il montra l'infirmier). Cinq de mes confrères y sont déjà restés. Lorsqu'un nouveau arrive, il en a pour huit jours, dit le médecin avec une satisfaction visible. On a demandé des médecins prussiens, mais ils n'aiment pas ça, nos bons alliés. »

Rostov lui expliqua qu'il désirait voir le major de hussards Denissov hospitalisé ici.

« Je ne sais pas, je ne connais pas, mon cher. Pensez donc, j'ai à moi seul trois hôpitaux, plus de quatre cents malades! C'est encore heureux que des dames prussiennes charitables nous envoient du café et de la charpie, deux livres par mois. Sans ça nous serions perdus. » Il rit. « Quatre cents, mon cher; et on m'en envoie toujours de nouveaux. Nous en avons bien quatre cents, n'est-ce pas? » demanda-t-il à son aide.

Celui-ci paraissait fourbu. On voyait qu'il attendait avec agacement le départ du médecin devenu bavard.

« Le major Denissov, répéta Rostov, il a été blessé à Moliten.

– Je crois bien qu'il est mort. Hein, Makeiev? » demanda le médecin avec indifférence.

L'infirmier ne confirma cependant point ses dires.

« Comment est-il, un grand roux? » demanda le major. Rostov décrivit Denissov.

« Il y en avait un comme ça, dit le major comme joyeux, il me semble bien qu'il est mort; d'ailleurs je vais m'en assurer, j'avais des listes. Tu les as, Makeiev?

– Elles sont chez Makar Alexeitch, répondit l'infirmier. Mais allez toujours voir dans la salle des officiers, vous vous en assurerez vous-même, ajouta-t-il à l'adresse de Rostov.

– Hé! vous feriez mieux de ne pas y aller! dit le major, vous pourriez bien y rester. » Mais Rostov prit congé de lui et demanda à l'infirmier de le conduire.

« N'allez pas me faire des reproches », cria le médecin au pied de l'escalier.

Rostov et l'infirmier s'engagèrent dans un couloir. L'odeur

d'hôpital était si forte dans ce couloir obscur que Rostov se boucha le nez et dut s'arrêter pour se remettre avant de continuer. A droite, une porte s'ouvrit et sur le seuil parut un homme maigre et jaune qui, nu-pieds et en linge de corps seulement, s'appuyait sur des béquilles. S'accotant au chambranle, il regarda les nouveaux venus avec des yeux brillants et pleins d'envie. Jetant un coup d'œil dans la salle, Rostov vit que les malades et les blessés y étaient couchés par terre, sur de la paille et des capotes.

« Puis-je entrer pour voir? demanda-t-il.

– Qu'y a-t-il à voir! » dit l'infirmier. Mais précisément parce qu'il était évident qu'il ne voulait pas le laisser entrer, Rostov franchit le seuil de la salle réservée aux soldats. L'odeur à laquelle il avait fini par s'habituer dans le couloir était ici encore plus forte. Elle était quelque peu différente, plus marquée, et l'on sentait que c'était précisément d'ici qu'elle provenait.

Dans cette longue piece brillamment éclairée par le soleil qui pénétrait par les grandes fenêtres, les malades et les blessés étaient étendus sur deux rangs, la tête du côté du mur, laissant un passage au milieu. La plupart étaient inconscients et ne prêtèrent nulle attention aux nouveaux venus. Ceux qui avaient leur connaissance se soulevèrent ou levèrent leurs visages maigres et jaunes, et avec la même expression d'espoir en un secours, de reproche et d'envie pour la santé d'autrui, tous regardaient Rostov sans le quitter des yeux. Rostov s'avança jusqu'au milieu de la salle, jeta un coup d'œil par la porte ouverte dans les salles voisines et, des deux côtés, vit le même spectacle. Il s'arrêta et en silence promena les yeux autour de lui. Il ne s'attendait point à voir cela. Juste devant lui, un malade, sans doute un cosaque à en juger par la coupe de ses cheveux, était étendu à même le sol nu, presque en travers du passage. Il était couché sur le dos, ses bras et jambes énormes largement étendus. Son visage était écarlate, on ne voyait que le blanc de ses yeux complètement révulsés et sur ses jambes et ses bras nus, également rouges, les veines étaient gonflées comme des cordes. Il frappa le plancher de la nuque et dit quelque chose d'une voix rauque, puis se mit à le répéter. Rostov prêta l'oreille et distingua le mot qu'il répétait. Ce mot était : à boire, à boire! Rostov chercha des yeux quelqu'un qui pût remettre le malade à sa place et lui donner à boire.

« Qui soigne ici les malades? » demanda-t-il à l'infirmier. A ce moment, le garçon de salle, un soldat du train, sortit de la pièce voisine en marquant le pas et se mit au garde-à-vous devant Rostov.

« Bonjour, Votre Honneur! cria-t-il en écarquillant les yeux sur Rostov qu'il prenait manifestement pour un des chefs de l'hôpital.

– Remets-le donc à sa place, donne-lui de l'eau, dit Rostov en montrant le cosaque.

– A vos ordres, Votre Honneur », répondit avec plaisir le soldat en écarquillant les yeux et en se redressant avec encore plus de zèle, mais sans bouger de sa place.

« Décidément, il n'y a rien à faire ici », se dit Rostov en baissant les yeux, et il voulait déjà sortir quand, sur sa droite, il sentit un regard fixé sur lui, et il se tourna de ce côté. Presque dans le coin, un vieux soldat au visage cadavérique et sévère, à la barbe grise, était assis sur sa capote et le regardait fixement. Un de ses voisins lui parlait dans un murmure en montrant Rostov. Celui-ci comprit que le vieillard voulait lui demander quelque chose. Il s'approcha et vit qu'il n'avait qu'une jambe repliée sous lui, alors que l'autre manquait jusqu'au dessus du genou. Son autre voisin qui, assez loin de lui, était étendu immobile, la tête renversée en arrière, les yeux révulsés, était un jeune soldat dont le visage au nez retroussé et encore couvert de taches de rousseur était d'une pâleur cireuse. Rostov l'examina et un frisson glacial lui courut dans le dos.

« Mais je crois bien que celui-ci... dit-il à l'infirmier.

– Nous avons eu beau supplier, Votre Honneur, dit le vieux soldat dont la mâchoire inférieure tremblait. Il a passé ce matin. On est tout de même des hommes, pas des chiens...

– Je vais envoyer quelqu'un tout de suite, on va l'enlever, on va l'enlever, dit précipitamment l'infirmier. Venez, Votre Honneur.

– Allons-y, allons-y », dit Rostov en hâte, et les yeux baissés et se faisant petit, il sortit en s'efforçant de passer inaperçu sous le feu croisé des regards chargés de reproche et d'envie.

XVIII

Au bout du couloir, l'infirmier introduisit Rostov dans la salle des officiers qui se composait de trois pièces dont les portes étaient ouvertes. Il y avait des lits; les officiers blessés et malades y étaient couchés ou assis. Quelques-uns, en capotes d'hôpital, se promenaient de long en large. La première personne que rencontra Rostov fut un petit homme maigre et manchot, en bonnet de coton et capote d'hôpital, qui, mordillant un brûle-gueule, arpentait la première pièce. En scrutant son visage, Rostov essaya de se rappeler où il l'avait vu.

« Comme on se retrouve, dit le petit homme. Touchine, Touchine, vous vous souvenez, c'est moi qui vous ai ramené à Schœngraben? Et moi, on m'a coupé un petit morceau... vous voyez... ajouta-t-il avec un sourire en montrant la manche vide de sa capote. Vous cherchez Vassili Dmitrievitch Denissov? Nous sommes compagnons de chambre! dit-il en apprenant qui Rostov voulait voir. Il est ici, il est ici », et Touchine l'emmena dans la pièce voisine d'où parvenaient des rires.

« Comment peuvent-ils non seulement rire mais tout simplement vivre ici? » se disait Rostov que poursuivait toujours cette odeur de chair morte dont ses narines étaient imprégnées depuis la salle des soldats, cette double rangée de regards envieux qui l'accompagnaient et le visage du jeune soldat aux yeux révulsés.

Denissov dormait dans son lit, la tête enfouie dans la couverture, bien qu'il fût onze heures passées.

« Ah! Rostov? Salut, salut! » cria-t-il de la même voix qu'il avait au régiment; mais Rostov s'aperçut avec tristesse que, sous cet entrain et cette désinvolture habituelle, un sentiment nouveau d'aigreur cachée perçait dans l'expression du visage, les intonations et les paroles de Denissov.

Sa blessure, quoique sans gravité, n'était pas encore cicatrisée, et pourtant il y avait déjà six semaines qu'il était blessé. Son visage était pâle et bouffi comme celui de tous les autres hospitalisés. Mais ce ne fut pas cela qui frappa Rostov; ce qui le frappa, c'était que Denissov ne paraissait pas content de le voir et qu'il lui souriait avec contrainte. Il ne l'interrogeait ni sur le régiment, ni sur la marche générale des opérations. Lorsque Rostov en parlait, Denissov ne l'écoutait pas.

Rostov remarqua même que toute allusion au régiment et en général à la vie libre qu'on menait hors des murs de l'hôpital était désagréable à Denissov. On eût dit qu'il s'efforçait d'oublier cette ancienne vie et ne s'intéressait qu'à son affaire avec les gens de l'intendance. Comme Rostov lui demandait où en était cette affaire, il tira aussitôt de dessous son oreiller un papier qu'il avait reçu de la commission et le brouillon de sa réponse. Il s'anima en lui lisant sa réponse et attira particulièrement son attention sur les pointes qu'il y lançait à ses ennemis. Ses camarades d'hôpital qui avaient d'abord entouré Rostov, cet arrivant du dehors, se dispersèrent peu à peu dès que Denissov aborda la lecture de son papier. A leurs visages, Rostov comprit qu'ils avaient tous entendu plus d'une fois cette histoire qui les excédait. Seuls restèrent à écouter le voisin de lit de Denissov, un gros uhlan qui, assis sur son lit, fumait sa pipe en fronçant les sourcils d'un air sombre, et le petit manchot Touchine qui hochait la tête avec désapprobation. Le uhlan interrompit Denissov :

« A mon avis, dit-il en s'adressant à Rostov, il faut tout simplement faire appel à l'empereur. On dit qu'il va y avoir beaucoup de récompenses et on le graciera sûrement...

— Moi, faire appel à l'empereur! dit Denissov d'un ton dans lequel il voulait mettre son énergie et sa vivacité d'autrefois mais où ne vibrait qu'une vaine irritation. Et pourquoi? Si j'étais un bandit, je demanderais ma grâce, mais c'est qu'on me juge justement pour avoir démasqué des bandits. Qu'on me juge, je ne crains personne; j'ai loyalement servi le tsar et la patrie, je ne suis pas un voleur! Et c'est moi qu'on veut dégrader, et... Écoute, je le leur dis carrément, voici ce que j'écris : « Si j'étais un voleur des deniers publics... »

— C'est bien tourné, il n'y a pas à dire, intervint Touchine. Mais la question n'est pas là, Vassili Dmitritch — il s'adressait en même temps à Rostov —, il faut se soumettre, et Vassili Dmitritch ne le veut pas. L'auditeur vous a pourtant bien dit que votre affaire était mauvaise.

— Eh bien, je m'en moque, dit Denissov.

— L'auditeur vous a rédigé une supplique, poursuivit Touchine, et vous devez la signer et la faire parvenir par monsieur (il montra Rostov). Il a certainement des appuis à l'état-major. Vous ne trouverez pas de meilleure occasion.

– J'ai déjà dit que je ne m'abaisserai pas », interrompit Denissov, et il reprit la lecture de son papier.

Rostov n'osait pas essayer de convaincre Denissov, quoiqu'il sentît que la voie indiquée par Touchine et les autres officiers était la seule sûre, et qu'il eût été heureux de pouvoir l'aider : il connaissait la volonté inflexible de Denissov et sa juste colère.

Lorsque fut terminée la lecture des papiers venimeux de Denissov qui avait duré plus d'une heure, Rostov ne dit rien et, dans les dispositions les plus tristes, passa le reste de la journée en compagnie des camarades d'hôpital de Denissov qui s'étaient de nouveau rassemblés autour de lui, racontant ce qu'il savait et écoutant leurs récits. Denissov garda un sombre silence pendant toute la soirée.

Tard le soir, Rostov se disposant à partir demanda à Denissov s'il n'avait pas de commissions.

« Si, attends », répondit ce dernier en jetant un regard aux officiers, et prenant ses papiers sous son oreiller, il alla à la fenêtre où il avait laissé son encrier et s'installa pour écrire.

« Il faut croire que c'est le pot de terre contre le pot de fer », dit-il en revenant de la fenêtre et en remettant à Rostov une grande enveloppe. C'était la supplique à l'empereur qu'avait rédigée l'auditeur et dans laquelle, sans faire aucune allusion aux torts de l'intendance, Denissov demandait purement et simplement sa grâce.

« Transmets cela, il faut croire que... » Il n'acheva pas et eut un sourire doulcureux et forcé.

XIX

De retour au régiment et après avoir rendu compte à son colonel de l'état de l'affaire de Denissov, Rostov alla à Tilsitt avec la lettre pour l'empereur.

Le 13 juin, les empereurs de France et de Russie s'étaient

rencontrés à Tilsitt. Boris Droubetzkoï avait demandé à l'important personnage auquel il était attaché de faire partie, à cette occasion, de la suite de Sa Majesté.

« *Je voudrais voir le grand homme,* avait-il dit en parlant de Napoléon que jusqu'alors, comme tout le monde, il appelait toujours Buonaparte.

— *Vous parlez de Buonaparte?* » lui demanda en souriant le général.

Boris regarda son général d'un air interrogateur et comprit aussitôt que c'était une plaisanterie destinée à le mettre à l'épreuve.

« *Mon prince, je parle de l'empereur Napoléon* », répondit-il. Le général lui tapota en souriant l'épaule.

« Tu iras loin », dit-il, et il l'emmena.

Boris fut un des rares privilégiés à se trouver sur le Niemen le jour de la rencontre des empereurs; il vit les radeaux décorés de leur chiffre, il vit Napoléon passer sur la rive opposée devant la garde française, il vit le visage pensif de l'empereur Alexandre pendant qu'il attendait en silence l'arrivée de Napoléon dans une auberge sur le bord du Niemen; il vit les deux empereurs s'embarquer dans leurs canots et Napoléon, abordant le premier au radeau, s'avancer à pas rapides vers Alexandre et lui tendre la main, puis tous deux disparaître dans le pavillon. Depuis qu'il évoluait dans les hautes sphères, Boris avait pris l'habitude d'observer attentivement ce qui se passait autour de lui et de le noter. Pendant l'entrevue de Tilsitt, il s'informa des noms de ceux qui accompagnaient Napoléon, des uniformes qu'ils portaient et écouta attentivement ce que disaient les personnages importants. Au moment même où les empereurs pénétraient dans le pavillon, il consulta sa montre et n'oublia pas de la consulter de nouveau lorsque Alexandre en sortit. L'entrevue avait duré une heure cinquante-trois minutes : il le nota le soir même, parmi d'autres faits qui, croyait-il, avaient une portée historique. Comme la suite de l'empereur était peu nombreuse, le fait de s'être trouvé à Tilsitt présentait une grande importance pour quelqu'un qui tenait à faire carrière. Boris ayant réussi à en faire partie sentait que, depuis lors, sa situation était définitivement établie. Non seulement on le connaissait mais, à force de le voir, on s'était habitué à lui. Par deux fois, il fut chargé d'une mission auprès de l'empereur, si bien que celui-ci le connaissait maintenant de vue, et tous les courtisans non seulement ne l'évitaient plus, comme c'était le cas auparavant, quand ils le considéraient comme un nouveau venu, mais auraient été surpris de ne plus le voir.

Boris habitait avec un autre aide de camp, le comte Jilinski. C'était un riche Polonais élevé à Paris qui raffolait des Français, et presque chaque jour, pendant leur séjour à Tilsitt, des officiers français de la Garde et du quartier général venaient dîner ou déjeuner chez Jilinski et Boris.

Le 24 juin au soir, le comte Jilinski donna un souper à ses amis français. Il y avait un invité d'honneur, un aide de camp de Napoléon, quelques officiers de la Garde française et un jeune rejeton d'une vieille famille aristocratique, qui était page de Napoléon. Ce même jour, Rostov, profitant de l'obscurité pour ne pas être reconnu, était arrivé à Tilsitt en vêtements civils et s'était rendu chez Jilinski et Boris.

Le revirement à l'égard de Napoléon et des Français qui, d'ennemis, étaient devenus amis, revirement qui s'était opéré au grand quartier et dans l'esprit de Boris, était encore loin de s'être produit dans l'esprit de Rostov et dans l'armée d'où il venait. On y éprouvait toujours pour Bonaparte et les Français le même sentiment fait de colère, de mépris et de crainte. Récemment encore, discutant avec un officier des cosaques de Platov, Rostov avait soutenu que si Napoléon était fait prisonnier, il serait traité en criminel et non en empereur. Récemment encore, rencontrant un colonel français blessé, il s'était évertué à lui démontrer qu'il ne pouvait être question de paix entre un empereur légitime et ce criminel de Bonaparte. Aussi fut-il désagréablement surpris de voir, chez Boris, des officiers français dans ces mêmes uniformes qu'il était habitué à affronter dans de tout autres circonstances aux avant-postes. Dès qu'il en aperçut un qui s'était montré à la porte, il fut subitement envahi par ce sentiment d'hostilité guerrière qu'il éprouvait toujours à la vue de l'ennemi. Il s'arrêta sur le seuil et demanda en russe si c'était bien là qu'habitait Droubetzkoï. Boris, entendant dans le vestibule une voix étrangère, vint à sa rencontre. Quand il reconnut Rostov, son visage exprima au premier abord de la contrariété.

« Ah! c'est toi, enchanté, je suis enchanté de te voir », dit-il cependant en souriant et en s'avançant vers lui. Mais Rostov avait remarqué son premier mouvement.

« Je crois que je tombe mal, je ne serais pas venu, mais j'ai affaire ici, dit-il froidement.

– Mais non, je m'étonnais seulement que tu aies pu quitter le régiment. *Dans un moment je suis à vous,* dit Boris en réponse à une voix qui l'appelait.

– Je vois bien que je tombe mal », répéta Rostov.

L'expression contrariée avait déjà disparu du visage de Boris; ayant sans doute réfléchi à ce qu'il devait faire et pris une décision, il lui saisit avec un grand calme les deux mains et l'emmena dans une pièce voisine. Ses yeux qui regardaient tranquillement et fermement Rostov semblaient voilés, comme s'il avait placé devant eux un écran – les lunettes bleues de la civilité. Telle fut l'impression de Rostov.

« Ah! de grâce, est-ce que tu peux mal tomber? » dit Boris. Il le fit entrer dans la pièce où la table était mise pour le souper, le présenta et expliqua qu'il n'était pas un civil mais un officier de hussards, son vieil ami. Le comte Jilinski, *le comte N. N., le capitaine S. S.,* disait-il en nommant les invités. Rostov regardait les Français d'un air sombre, saluait à contrecœur et se taisait.

Jilinski accueillit sans joie ce Russe nouveau venu dans son cercle et ne lui dit rien. Boris semblait ne pas remarquer la gêne produite et s'efforçait d'animer la conversation avec le même calme aisé et le même regard voilé qu'en recevant Rostov. Avec l'habituelle courtoisie de ses compatriotes, l'un des Français adressa la parole à Rostov qui se taisait obstinément et lui dit qu'il était sans doute venu à Tilsitt pour voir l'empereur.

« Non, pour affaire », répondit brièvement Rostov.

Rostov avait perdu sa bonne humeur dès qu'il avait remarqué l'air mécontent de Boris et, ainsi qu'il en est toujours dans ces cas-là, il lui semblait que tout le monde lui était hostile et qu'il gênait tout le monde. Et en effet il les gênait tous et demeurait seul en dehors de la conversation générale. « Pourquoi reste-t-il ici? » disaient les regards qu'on lui lançait. Il se leva et s'approcha de Boris.

« Je vois bien que je te dérange, lui dit-il à voix basse, viens, parlons de mon affaire et je m'en irai.

– Mais non, nullement, dit Boris. Mais si tu es fatigué, allons dans ma chambre, tu te reposeras.

– En effet... »

Ils entrèrent dans la petite chambre où couchait Boris. Rostov, sans s'asseoir, se mit aussitôt en devoir de lui exposer avec irritation – comme si Boris avait en quoi que ce fût des torts envers lui – l'affaire de Denissov, lui demandant si, par l'intermédiaire de son général, il voulait ou pouvait intervenir auprès de l'empereur et faire remettre la lettre par cette voie. Depuis qu'ils étaient seuls, Rostov se rendait pour la première fois compte qu'il était gêné de regarder Boris en face. Celui-ci, les jambes croisées et frottant de sa main gauche les doigts fins de sa main droite, l'écoutait comme un général écoute le rapport d'un subordonné, les yeux tantôt dirigés de côté, tantôt fixés droit sur lui avec le même regard voilé. Rostov se sentait alors gêné et baissait les yeux.

« J'ai entendu parler d'affaires de ce genre et je sais que l'empereur se montre très sévère dans ces cas-là. Je crois qu'il vaut mieux ne pas en référer à Sa Majesté. A mon avis, il est préférable de s'adresser directement au commandant du corps... Mais je crois d'une manière générale...

– Si tu ne veux rien faire, tu n'as qu'à le dire ! » cria presque Rostov sans regarder Boris dans les yeux.

Boris sourit.

« Au contraire, je ferai tout ce que je pourrai, seulement je pense... »

A ce moment, on entendit à la porte la voix de Jilinski qui appelait Boris.

« Allons, vas-y, vas-y, vas-y... » dit Rostov qui refusa de prendre part au souper et, resté seul dans la petite pièce, se promena longtemps de long en large en écoutant les joyeux éclats des voix qui parlaient français dans la pièce voisine.

XX

Rostov était arrivé à Tilsitt à un moment bien mal choisi pour intervenir en faveur de Denissov. Il ne pouvait pas aller trouver lui-même le général de service puisqu'il était en habit et s'était absenté sans la permission de ses chefs, tandis que Boris, même s'il l'avait voulu, n'aurait pu s'en charger le lendemain. Ce jour-là, le 27 juin, furent signés les préliminaires de la paix. Les empereurs échangèrent des décorations : Alexandre reçut la Légion d'honneur, Napoléon le grand cordon de Saint-André, et le même jour devait avoir lieu un banquet qu'un bataillon de la Garde française offrait à un bataillon du régiment Préobrajenski. Les empereurs devaient y assister.

Rostov se sentait si gêné et tellement mal à l'aise en présence de Boris que lorsque, après le souper, celui-ci vint le rejoindre, il fit semblant de dormir et, le lendemain matin, partit de bonne heure sans le voir. En habit et chapeau rond, Nicolas erra dans les rues de la ville, examinant les Français et leurs uniformes, les rues et les maisons où habitaient l'empereur de Russie et celui de France. Sur la place, il vit les tables qu'on dressait et les préparatifs du banquet, dans les rues des draperies aux couleurs russes et françaises et d'énormes chiffres A et N. Aux fenêtres, il y avait également des drapeaux et des chiffres.

« Boris ne veut pas m'aider et d'ailleurs je ne tiens pas à m'adresser à lui. La chose est entendue, se disait Nicolas. Tout est fini entre nous, mais je ne m'en irai pas d'ici sans avoir fait tout ce que je peux pour Denissov et, surtout, sans avoir remis la lettre à l'empereur. A l'empereur! Il est ici! » et malgré lui il revenait vers la maison qu'occupait Alexandre.

Des chevaux de selle attendaient à la porte, les officiers de la suite arrivaient; l'empereur allait certainement sortir.

« Je peux le voir d'un instant à l'autre, se disait Rostov. Si seulement je pouvais lui remettre la lettre et tout lui expliquer... on m'arrêterait peut-être à cause de mon habit? Ce n'est pas possible! Il comprendra de quel côté est la justice! Il comprendra tout, il sait tout. Qui pourrait être plus juste et plus généreux que lui? D'ailleurs, même si on m'arrêtait parce que je suis ici, qu'importe? pensait-il en voyant un officier entrer dans la résidence de l'empereur. Il y en a bien qui entrent. Eh! bêtises que tout cela. Je vais aller remettre moi-même la lettre à l'empereur : tant pis pour Droubetzkoï qui m'y oblige. » Et tout à coup, avec une décision dont il ne se serait pas cru capable, Rostov, palpant la lettre dans sa poche, se dirigea tout droit vers la maison.

« Cette fois je ne vais pas laisser échapper l'occasion comme après Austerlitz », se disait-il, s'attendant à chaque instant à se trouver en présence de l'empereur et sentant à cette pensée le sang lui affluer au cœur. « Je me jetterai à ses pieds et je le supplierai. Il me relèvera, m'écoutera et me remerciera même. » « Je suis heureux quand je peux faire le bien, mais réparer une injustice est mon plus grand bonheur », telles étaient les paroles que, dans son imagination, il prêtait à l'empereur. Et il monta le perron sous les regards curieux des personnes présentes.

Du perron, un large escalier menait directement au premier étage; à droite il y avait une porte fermée. Au bas de l'escalier, une autre porte donnait sur le rez-de-chaussée.

« Vous désirez? demanda quelqu'un.

– Remettre une lettre, une supplique à Sa Majesté, répondit Nicolas avec un tremblement dans la voix.

– Une supplique, il faut la remettre à l'officier de service, par ici je vous prie (on lui indiqua la porte du bas). Seulement il ne vous recevra pas. »

En entendant cette voix indifférente, Rostov fut épouvanté de ce qu'il faisait; la pensée de rencontrer l'empereur d'un instant à l'autre était si tentante et, par là même, l'effrayait à ce point qu'il était prêt à s'enfuir, mais le fourrier de la chambre qui l'avait reçu lui ouvrit la porte de l'officier de service et il entra.

Un petit homme corpulent âgé d'une trentaine d'années, en culotte blanche et bottes à l'écuyère, qui venait visiblement de passer une chemise de batiste, se tenait debout au milieu de la pièce; son valet de chambre lui boutonnait par-derrière de magnifiques bretelles neuves brodées de soie que Rostov remarqua, il ne savait pourquoi. Ce personnage s'entretenait avec quelqu'un qui se trouvait dans la pièce voisine.

« Bien faite et la beauté du diable, disait-il, mais apercevant Rostov, il s'interrompit et fronça le sourcil.

– Que désirez-vous? C'est pour une supplique?...

– *Qu'est-ce que c'est?* demanda quelqu'un de l'autre pièce.

– *Encore un pétitionnaire,* répondit l'homme aux bretelles.

– Dites-lui de revenir tout à l'heure. Il va sortir, nous devons nous en aller.

– Plus tard, plus tard, demain. Il est trop tard... »

Rostov tourna les talons et voulut se retirer, mais l'homme aux bretelles l'arrêta.

« De la part de qui? Qui êtes-vous?

– De la part du major Denissov, répondit Rostov.

– Et vous, qui êtes-vous? Un officier?

– Lieutenant, le comte Rostov.

– Quelle audace! Transmettez par la voie hiérarchique. Et quant à vous, partez, partez... » Et il enfila son uniforme que lui tendait le valet de chambre.

Rostov regagna le vestibule et remarqua que de nombreux officiers et généraux en grande tenue devant qui il devait passer étaient maintenant réunis sur le perron.

Maudissant son audace, défaillant à la pensée qu'à tout instant il pouvait rencontrer l'empereur et être couvert de honte et mis aux arrêts devant lui, se rendant pleinement compte de toute l'inconvenance de sa conduite et la regrettant, Rostov, les yeux baissés, se glissait hors de cette maison qu'entourait la foule brillante de la suite, lorsqu'une voix connue l'interpella et qu'une main l'arrêta.

« Que faites-vous ici en habit, mon cher? » lui demanda une voix de basse.

C'était un général de cavalerie, l'ancien chef de sa division, dont les mérites, au cours de cette campagne, lui avaient valu la faveur particulière de l'empereur.

Effrayé, Rostov voulut se justifier, mais rassuré par l'air de bonhomie enjouée du général, il le prit à part et d'un ton ému lui exposa toute l'affaire en le priant d'intercéder en faveur de Denissov qu'il connaissait. Après l'avoir écouté, le général hocha gravement la tête.

« Navrant, navrant pour ce vaillant garçon; donne-moi la lettre. »

Rostov la lui avait à peine remise que des pas rapides accompagnés d'un cliquetis d'éperons retentirent dans l'escalier et que le général le quitta pour se rapprocher du perron. Les personnages de la suite de l'empereur descendirent en courant l'escalier et se dirigèrent vers leurs chevaux. L'écuyer Eneu, celui-là même qui était à Austerlitz, amena le cheval de l'empereur, et dans l'escalier on entendit un léger craquement de bottes que Rostov reconnut aussitôt. Oubliant le danger d'être découvert, il s'avança avec d'autres curieux jusqu'au perron et, après deux ans d'intervalle, revit ces mêmes traits adorés, ce même visage, ce même regard, cette même démarche, ce même mélange de majesté et de douceur... Et l'enthousiasme et l'amour pour l'empereur se rallumèrent dans son cœur avec la même force qu'autrefois. L'empereur, en uniforme du régiment Préobrajenski, culotte de chamois blanc et hautes bottes à l'écuyère, avec une décoration que Rostov ne connaissait pas (c'était la *Légion d'honneur*), apparut sur le perron, son chapeau sous le bras et enfilant son gant. Il s'arrêta jetant un regard circulaire et éclairant tout autour de lui par ce regard. Il adressa la parole à quelques-uns des généraux. Il reconnut aussi l'ancien chef de la division de Rostov, lui sourit et lui fit signe d'approcher.

Toute la suite s'écarta, et Rostov vit ce général parler assez longuement à l'empereur.

L'empereur lui répondit quelques mots et fit un pas vers son cheval. De nouveau, la suite et la foule des curieux dont faisait partie Rostov se rapprochèrent. S'arrêtant près de son cheval et la main sur la selle, l'empereur se retourna vers le général de cavalerie et lui dit à haute voix, manifestement pour être entendu de tous :

« Je ne peux pas, général, et si je ne le peux pas c'est que la loi est au-dessus de moi », dit-il, et il posa le pied sur l'étrier. Le général s'inclina respectueusement, l'empereur se mit en selle et partit. Rostov, délirant d'enthousiasme, courut avec la foule à sa suite.

XXI

Sur la place où se rendait l'empereur, un bataillon du régiment Préobrajenski à droite, et, à gauche, un bataillon de la Garde française en bonnets à poil étaient alignés de front.

Tandis que l'empereur arrivait sur l'un des flancs des bataillons qui présentaient les armes, un autre groupe de cavaliers approchait de l'autre flanc et, en tête, Rostov reconnut Napoléon. Ce ne pouvait être nul autre. Le petit chapeau sur la tête, la poitrine barrée du cordon de Saint-André, son uniforme bleu vert sur le gilet blanc, il allait au galop d'un admirable pur-sang arabe gris recouvert d'une housse amarante brodée d'or. Arrivé à la hauteur d'Alexandre, il souleva son chapeau et, à ce geste, l'œil de cavalier de Rostov fut bien obligé de constater que Napoléon se tenait mal et sans assurance en selle. Les bataillons crièrent : Hourra! et *Vive l'empereur;* Napoléon dit quelque chose à Alexandre. Les deux empereurs mirent pied à terre et se serrèrent la main. Un sourire contraint et déplaisant flottait sur les traits de Napoléon. Alexandre lui adressa affablement la parole.

En dépit du piétinement des chevaux des gendarmes français qui contenaient la foule, Rostov suivait chaque mouvement de l'empereur Alexandre et de Bonaparte sans les quitter des yeux. De voir Alexandre traiter Bonaparte en égal et celui-ci traiter d'égal à égal avec le tsar de Russie comme si cette familiarité lui eût été naturelle et coutumière, le frappa comme une chose inattendue.

Alexandre et Napoléon, escortés de la longue file de leur suite, s'approchèrent du flanc droit du régiment Préobrajenski, marchant droit sur la foule qui y était massée. Celle-ci se trouva soudain si près des empereurs que Rostov qui était aux premiers rangs eut peur d'être reconnu.

« Sire, je vous demande la permission de donner la Légion d'honneur au plus brave de vos soldats », dit une voix tranchante et nette qui détachait chaque son.

C'était le petit Bonaparte qui parlait en regardant Alexandre de bas en haut droit dans les yeux. Alexandre écouta attentivement ce qu'on lui disait et, acquiesçant d'un signe de tête, sourit aimablement.

« A celui qui s'est le plus vaillamment conduit dans cette dernière guerre », ajouta Napoléon en martelant chaque syllabe, tandis qu'avec un calme et une assurance qui révoltèrent Rostov, il parcourait du regard les rangs des soldats russes qui, figés, continuaient de présenter les armes, les yeux fixés sur le visage de leur empereur.

« Votre Majesté me permettra-t-elle de demander l'avis du colonel? » dit Alexandre, et il fit quelques pas rapides vers le prince Kozlovski qui commandait le bataillon. Bonaparte dégantait pendant ce temps sa petite main blanche, et ayant déchiré le gant, il le jeta. Un aide de camp se précipita pour le ramasser.

« A qui la donner? demanda l'empereur Alexandre à voix basse, en russe, à Kozlovski.

– Comme il vous plaira, Sire. »

L'empereur fronça le sourcil d'un air mécontent et, jetant un regard autour de lui, dit :

« Il faut pourtant lui donner une réponse. »

Kozlovski parcourut les rangs d'un regard décidé et engloba Rostov dans ce regard.

« Serait-ce moi par hasard? » pensa Rostov.

« Lazarev! » cria le colonel en fronçant les sourcils; et le premier soldat de la rangée s'avança d'un air gaillard.

« Où vas-tu? Reste ici! » chuchotèrent des voix à Lazarev qui ne savait où aller. Il s'arrêta, louchant craintivement vers le colonel, et son visage tressaillit, comme cela arrive aux soldats appelés devant le front des troupes.

Napoléon tourna à peine la tête et tendit derrière lui sa petite main potelée comme pour prendre quelque chose. Les personnes de sa suite comprenant aussitôt de quoi il s'agissait s'agitèrent, chuchotèrent en se passant quelque chose de l'un à l'autre, et un page, celui-là même que Rostov avait vu la veille chez Boris, accourut et s'inclinant respectueusement sur la main tendue sans la laisser attendre un instant, y plaça une décoration au ruban rouge. Napoléon, sans regarder, serra deux doigts qui saisirent la décoration. Il s'approcha de Lazarev qui, les yeux écarquillés, continuait obstinément à ne regarder que son empereur, et jeta un regard à l'empereur Alexandre, indiquant par là que ce qu'il était en train de faire, il le faisait pour son allié. La petite main blanche qui tenait la croix effleura la boutonnière du soldat Lazarev. Napoléon semblait être sûr que pour rendre ce soldat à jamais heureux, pour le combler et le distinguer entre tous, il suffisait que sa main à lui, Napoléon, daignât toucher sa poitrine. Napoléon se contenta d'appuyer la croix sur la poitrine de Lazarev et, retirant sa main, se tourna vers l'empereur Alexandre, comme s'il était sûr que la croix dût y adhérer. Et en effet elle y adhéra.

Des mains obligeantes, russes et françaises, la saisirent instantanément, la fixèrent à l'uniforme. Lazarev jeta un regard sombre au petit homme aux mains blanches qui avait fait ce geste sur lui et, présentant toujours les armes, sans bouger, reporta le regard sur Alexandre qu'il fixa droit dans les yeux comme pour lui demander s'il devait rester ainsi ou défiler, ou peut-être faire autre chose encore. Mais on ne lui donnait aucun ordre, et il demeura assez longtemps figé dans cette attitude.

Les empereurs montèrent en selle et s'éloignèrent. Les soldats du régiment Préobrajenski, rompant les rangs, se mêlèrent à ceux de la Garde française et s'installèrent autour des tables préparées à leur intention.

Lazarev occupait la place d'honneur; des officiers russes et français l'embrassaient, le félicitaient et lui serraient la main. Militaires et civils s'approchaient en foule dans la seule intention de le voir. Un bruit de rires et de conversations en russe et en français s'élevait sur la place. Deux officiers gais et heureux, la face empourprée, passèrent devant Rostov.

« Quel festin, mon vieux, hein? On a sorti le grand service, dit l'un d'eux. Tu as vu Lazarev?

– Oui.

– Il paraît que demain le Préobrajenski les invite à son tour.

– Mon mais, quelle chance il a, ce Lazarev! Douze cents francs de pension à vie.

– En voilà un bonnet, les gars! criait un soldat du Préobrajenski en mettant le bonnet à poil d'un Français.

– Que c'est beau, une merveille!

– Tu connais le mot d'ordre? dit un officier de la Garde à un autre. Avant-hier c'était : *Napoléon, France, bravoure;* hier : *Alexandre, Russie, grandeur;* un jour c'est notre empereur qui le donne, le lendemain c'est Napoléon. Demain l'empereur va donner la croix de Saint-Georges au plus brave des soldats de la Garde française. C'est bien obligé? Il faut bien lui rendre la politesse. »

Boris avec son camarade Jilinski était venu lui aussi voir le banquet. En partant il aperçut Rostov arrêté à l'angle d'une maison.

« Rostov! bonjour, nous ne nous sommes pas seulement vus, lui dit-il, et il ne put s'empêcher de lui demander ce qui lui était arrivé, tant sa mine était sombre et défaite.

– Rien, rien, répondit Rostov.

– Tu passeras me voir?

– Oui, je passerai. »

Rostov resta longtemps dans son coin, regardant de loin le

festin. Un travail douloureux qu'il ne parvenait pas à mener à bonne fin s'accomplissait dans son esprit. Des doutes terribles l'assaillaient. Tantôt il se souvenait de Denissov, de son expression changée, de sa soumission, il revoyait l'hôpital avec ces bras et ces jambes arrachés, avec cette saleté et ces maladies. Cette odeur d'hôpital, de chair morte le poursuivait au point qu'il se retournait pour se rendre compte d'où elle pouvait bien venir. Tantôt il revoyait ce Bonaparte à la petite main blanche, satisfait de lui-même, qui maintenant était empereur, à qui l'empereur Alexandre témoignait de l'affection et du respect. Mais alors pourquoi ces bras, ces jambes arrachés, ces morts? Ou encore il pensait à Lazarev récompensé et à Denissov puni et non gracié. Il se surprenait à remuer de si étranges pensées qu'il en avait peur.

Le fumet du banquet et la faim le tirèrent de cet état : il fallait manger quelque chose avant de repartir. Il se dirigea vers un hôtel qu'il avait aperçu dans la matinée. Il y trouva tant de monde, d'officiers en civil comme lui, qu'il eut beaucoup de peine à se faire servir. Deux officiers de sa division se joignirent à lui. La conversation roula tout naturellement sur la paix. Ces officiers, camarades de Rostov, étaient, comme presque tout le monde à l'armée, mécontents de la paix conclue après Friedland. Ils disaient qu'on aurait dû tenir encore. Napoléon aurait été perdu, ses troupes n'avaient plus ni biscuits ni munitions. Nicolas mangeait en silence et surtout buvait. Il vida à lui seul deux bouteilles de vin. Le travail intérieur qui sans aboutir s'accomplissait en lui ne cessait de le tourmenter. Il avait peur de se livrer à ses pensées, sans pourtant pouvoir s'en détacher. Soudain, comme un des officiers disait qu'il était vexant de voir les Français, Rostov se mit à crier avec un emportement que rien ne justifiait et qui surprit fort les officiers.

« Comment pouvez-vous savoir ce qui aurait été mieux! cria-t-il, le sang lui montant subitement au visage. Comment pouvons-nous juger la conduite de l'empereur, quel droit avons-nous d'en discuter! Nous ne pouvons comprendre ni ses desseins ni ses actes!

– Mais je n'ai pas dit un mot de l'empereur », objecta, pour se justifier, l'officier qui ne pouvait s'expliquer l'emportement de Rostov autrement que par l'ivresse.

Mais Rostov ne l'écoutait pas.

« Nous ne sommes pas des diplomates mais des soldats et rien d'autre, continua-t-il. Qu'on nous ordonne de mourir, nous n'avons qu'à mourir. Et si on nous punit, c'est donc que nous sommes coupables; ce n'est pas à nous de juger. S'il plaît à Sa Majesté de reconnaître Bonaparte pour empereur et de conclure une alliance avec lui, c'est qu'il le faut. Autrement, si nous nous mêlions de juger et de raisonner, il ne resterait plus rien de sacré. Nous en arriverions à dire que Dieu n'existe pas, que rien n'existe », et Nicolas frappait du poing sur la table en criant, fort mal à propos de l'avis de ses interlocuteurs, mais d'une façon tout à fait conséquente avec le cours de ses pensées.

« Notre rôle est de faire notre devoir, de sabrer et de ne pas réfléchir, voilà tout, conclut-il.

– Et de boire, dit l'un des officiers qui voulait éviter une dispute.

– Oui, et de boire, approuva Nicolas. Hé là! Encore une bouteille! » cria-t-il.

TROISIÈME PARTIE

I

En 1808, l'empereur Alexandre se rendit à Erfurt pour une nouvelle entrevue avec l'empereur Napoléon, et dans la haute société de Pétersbourg on parla beaucoup de la grandeur de cette entrevue solennelle.

En 1809, l'entente entre les deux maîtres du monde, comme on appelait Napoléon et Alexandre, était devenue si étroite que lorsque, cette année-là, Napoléon déclara la guerre à l'Autriche, un corps russe franchit la frontière pour prêter son concours à notre ancien ennemi, Bonaparte, contre notre ancien allié, l'empereur d'Autriche; si étroite qu'il fut même question, dans les hautes sphères, d'un mariage entre Napoléon et l'une des sœurs de l'empereur Alexandre. Mais, outre ces événements de politique étrangère, l'attention de la société russe était particulièrement absorbée par les réformes intérieures alors en cours dans toutes les parties de l'administration de l'État.

La vie, pendant ce temps, la vraie vie des hommes, avec ses intérêts essentiels, santé, maladie, travail, repos, avec ses intérêts d'un autre ordre, pensée, science, poésie, musique, amour, amitié, haine, passions, continuait comme par le passé, indépendamment et en dehors de toutes les réformes et de la bonne ou mauvaise entente avec Napoléon Bonaparte.

Le prince André passa deux ans sans interruption à la campagne. Toutes les initiatives que Pierre avait mises en train dans ses domaines sans aboutir à aucun résultat, passant sans cesse d'une chose à l'autre, le prince André les avait menées à bien, sans en faire étalage devant personne et sans effort apparent.

Il possédait au plus haut point cette ténacité pratique qui faisait défaut à Pierre et qui, sans à-coups et sans effort de sa part, donnait l'impulsion à ses entreprises.

Les trois cents serfs d'un de ses domaines furent convertis en laboureurs libres (il fut un des premiers à en donner l'exemple en Russie), dans les autres domaines la corvée fut remplacée par la redevance. Il installa à ses frais à Bogoutcharovo une sage-femme pour assister les accouchées, et le prêtre fut rétribué pour apprendre à lire et à écrire aux enfants des paysans et des domestiques.

Le prince André passait une moitié de son temps à Lissi Gori avec son père et son fils, encore aux mains des bonnes, l'autre moitié à son ermitage de Bougoutcharovo, comme disait son père. Malgré l'indifférence qu'il avait affectée devant Pierre pour tous les événements extérieurs de ce monde, il les suivait assidûment, se faisait envoyer beaucoup de livres et s'apercevait avec surprise, lorsque son père ou lui-même recevaient des visites de Pétersbourg, du tourbillon même de la vie, que ces gens étaient beaucoup moins au courant de la vie politique intérieure et étrangère que lui qui ne quittait jamais la campagne.

Outre l'administration de ses terres, outre ses lectures variées, le prince André s'occupait alors de l'examen critique de nos deux dernières campagnes malheureuses et rédigeait un projet de réforme de nos règlements militaires.

Au printemps de 1809, il se rendit dans les domaines de Riazan appartenant à son fils dont il était le tuteur.

Aux chauds rayons du soleil printanier, il regardait de sa calèche la première herbe, les premières feuilles des bouleaux et les premiers nuages blancs du printemps disséminés dans l'azur vif du ciel. Il ne pensait à rien mais laissait son regard errer joyeusement autour de lui.

On dépassa le bac où, un an plus tôt, il avait causé avec Pierre. On dépassa un village sale, des aires, des blés d'hiver, on descendit une côte où il y avait encore de la neige près d'un pont, on remonta une pente argileuse, on longea des pièces de chaumes avec, çà et là, des arbustes verdoyants, et l'on pénétra dans un bois de bouleaux qui bordait des deux côtés la route.

Sous bois il faisait presque chaud, il n'y avait pas de vent. Les bouleaux, tout parsemés de feuilles vertes et gluantes, étaient immobiles et, à travers le tapis des feuilles de l'année précédente, pointaient en le soulevant la première herbe verte et des fleurs mauves. De petits sapins épars dans la boulaie rappelaient désagréablement l'hiver par leur rude verdure persistante. Les chevaux s'ébrouèrent en pénétrant sous bois et leur sueur devint plus apparente.

Pierre, le valet de chambre, dit quelque chose au cocher, le cocher lui répondit affirmativement. Mais l'approbation du cocher ne lui suffit sans doute pas : il se tourna sur son siège vers son maître.

« Comme on est bien, Votre Excellence! dit-il avec un sourire déférent.

– Comment?

– On est bien, Votre Excellence. »

« Que dit-il? se demanda le prince André. C'est du printemps qu'il parle sans doute, pensa-t-il en regardant autour de lui. C'est vrai, tout est déjà vert... si vite! Et les bouleaux, et les merisiers, et voilà les aulnes qui commencent aussi... Mais des chênes, on n'en voit pas. Tiens, en voici un! »

Au bord de la route se dressait un chêne. Dix fois plus vieux sans doute que les bouleaux, il était dix fois plus gros et deux fois plus haut. C'était un chêne énorme, de deux brassées de tour, aux branches depuis longtemps cassées et à l'écorce éraflée couverte de vieilles cicatrices. Ses bras et ses doigts, énormes, tordus et maladroits, étendus sans symétrie, il se dressait parmi les bouleaux souriants comme un vieux monstre courroucé et méprisant. Seul il refusait de s'abandonner à l'enchantement du printemps et ne voulait voir ni le printemps ni le soleil.

« Le printemps, et l'amour, et le bonheur! semblait-il dire. Comment pouvez-vous ne pas être excédés de cette stupide et absurde duperie? C'est toujours la même chose, et tout est duperie! Il n'y a ni printemps, ni soleil, ni bonheur. Tenez, regardez ces sapins étouffés et morts, toujours semblables, et me voici moi aussi qui étend mes doigts cassés et écorchés où ils ont poussé, dans mon dos, dans mes flancs; tels qu'ils ont poussé, je reste là et je ne crois pas à vos espoirs et à vos mensonges. »

Pendant qu'il traversait la forêt, le prince André se retourna plusieurs fois pour regarder ce chêne comme s'il en attendait quelque chose. A son pied aussi, il y avait des fleurs et de l'herbe, mais il ne s'en dressait pas moins obstinément sombre, immobile, disgracieux parmi elles.

« Oui, il a raison, mille fois raison, ce chêne, se disait le prince André; que d'autres, les jeunes, se laissent prendre à leur tour à cette duperie, nous connaissons la vie, nous – notre vie est finie! » Tout un cortège de pensées désespérées mais d'un charme mélancolique surgit dans son esprit à propos de ce chêne. Au cours de ce voyage, il passa en revue toute sa vie et aboutit une fois de plus à son ancienne conclusion apaisante mais désenchantée qu'il ne devait rien entreprendre, mais achever son existence sans faire le mal, sans se tourmenter et sans rien désirer.

II

Pour des questions de tutelle concernant les domaines de Riazan, le prince André eut besoin de voir le maréchal de la noblesse du district. C'était le comte Ilia Andreievitch Rostov, et il se rendit chez lui à la mi-mai.

On en était déjà à la période chaude du printemps. Les forêts étaient maintenant toutes vêtues, il y avait de la poussière et il faisait si chaud qu'en passant près de l'eau on avait envie de se baigner.

Le prince André, sombre et préoccupé de tout ce qu'il avait à demander au maréchal de la noblesse, suivait l'allée du parc des Rostov qui menait à leur maison d'Otradnoïe. Sur sa droite, parmi les arbres, il entendit de joyeuses voix féminines et vit surgir une bande de jeunes filles qui accouraient en barrant le chemin à sa voiture. En tête, devançant les autres, venait une jeune fille brune aux yeux noirs, mince, étrangement mince, en robe d'indienne jaune, la tête nouée d'un mouchoir de poche blanc d'où s'échappaient des mèches de cheveux ébouriffés. La jeune fille criait quelque chose, mais apercevant un étranger, elle s'enfuit en riant sans le regarder.

Le prince André se sentit soudain, il ne savait pourquoi, le cœur lourd. Le temps était si beau, le soleil si éclatant, tout respirait la joie alentour, et cette mince et jolie fille ne connaissait pas son existence et ne s'en souciait pas; elle était satisfaite de son existence à elle, probablement sotte mais gaie et heureuse. « Qu'est-ce qui la rend si joyeuse? A quoi pense-t-elle? Certainement ni au règlement militaire ni à la mise en redevance des paysans de Riazan. A quoi pense-t-elle? Et qu'est-ce qui la rend heureuse? » se demandait-il malgré lui avec curiosité.

Le comte Ilia Andreievitch menait, en 1809, à Otradnoïe, la même vie que par le passé, c'est-à-dire qu'il recevait presque toute la province, offrant des chasses, des spectacles, des dîners, des concerts. Il fut enchanté de voir le prince André, comme il l'était de toute nouvelle visite, et presque de force le retint à coucher.

Pendant l'ennuyeuse journée que le prince André passa en compagnie de ses hôtes et des plus notables parmi les invités dont la maison du vieux comte était pleine à l'occasion d'une fête qui approchait, Bolkonski jeta à plusieurs reprises un regard à Natacha qui riait et s'amusait parmi la jeunesse, et chaque fois il se demanda : « A quoi pense-t-elle? Qu'est-ce qui la rend si joyeuse? »

Le soir, demeuré seul dans une chambre inconnue, il fut longtemps sans pouvoir s'endormir. Il lut, puis souffla la bougie, la ralluma. Il faisait chaud dans la chambre aux volets fermés de l'intérieur. Il en voulait à ce stupide vieillard (comme il appelait Rostov) qui l'avait retenu en lui assurant qu'on n'avait pas encore apporté de la ville les papiers nécessaires, il s'en voulait à lui-même d'être resté.

Il se leva et alla à la fenêtre pour l'ouvrir. Dès qu'il eut entrouvert les volets, la lune fit irruption dans la pièce comme si depuis longtemps elle n'attendait que cela, aux aguets à la fenêtre. La nuit était fraîche, lumineuse et calme. Juste devant la fenêtre s'étendait une rangée d'arbres taillés, noirs d'un côté et éclairés d'une lumière argentée de l'autre. Sous les arbres, il y avait une végétation pleine de sève, humide et touffue, avec çà et là des feuilles et des tiges argentées. Plus loin, au-delà des arbres noirs, on voyait un toit étincelant de rosée, plus à droite un grand arbre touffu au tronc et aux branches d'une blancheur éblouissante et, au-dessus de tout, la lune presque pleine dans un ciel clair de printemps à peine étoilée. Le prince André s'accouda à la fenêtre et ses yeux se fixèrent sur ce ciel.

Sa chambre était au premier étage; les pièces au-dessus de lui étaient également habitées et l'on n'y dormait pas. Des voix de femmes lui parvinrent d'en haut.

« Une seule fois encore, dit une voix que le prince André reconnut aussitôt.

– Mais quand donc vas-tu dormir? répondit une autre.

– Je ne dormirai pas, je ne peux pas dormir, ce n'est pas ma faute! Allons, une dernière fois. »

Les deux voix féminines entonnèrent une phrase musicale qui était une fin de morceau.

« Ah! quelle merveille! Eh bien, au lit maintenant, c'est fini.

– Dors, toi, moi je ne peux pas », répondit la première voix plus près de la fenêtre. La personne qui parlait s'était, on le sentait, complètement penchée au-dehors, car on entendait le frôlement de sa robe et même son souffle. Tout se tut et se figea, comme la lune, et sa lumière, et les ombres. Le prince André lui aussi craignait de faire un mouvement pour ne pas trahir sa présence involontaire.

« Sonia! Sonia! reprit la première voix. Voyons, comment peut-on dormir! Mais regarde donc comme c'est merveilleux! Ah! quelle merveille! Mais réveille-toi donc, Sonia, dit-elle presque avec des larmes dans la voix. Je t'assure qu'il n'y a jamais eu de nuit si merveilleuse, jamais! »

Sonia répondit quelque chose à contrecœur.

« Mais regarde donc cette lune!... Ah! quelle merveille! Viens ici, ma chérie, mon cœur, viens ici! Eh bien, tu vois? Ça donne envie de s'accroupir comme ça, de se prendre sous les genoux – en serrant fort, bien fort – il faut bien serrer, et je m'envolerais. Comme ça...

– Voyons, tu vas tomber. »

On entendit un bruit de lutte et la voix mécontente de Sonia.

« Il est une heure passée.

– Ah! tu me gâtes tout. Allons, va, va-t'en. »

Tout se tut de nouveau, mais le prince André savait qu'elle était toujours là, il entendait tantôt un léger frôlement, tantôt des soupirs.

« Ah! mon Dieu! Mon Dieu! Qu'est-ce donc! s'écria-t-elle

soudain. Puisqu'il faut dormir, dormons! » et elle ferma la fenêtre.

« Elle n'a cure de mon existence! » avait pensé le prince André pendant qu'il l'écoutait parler, attendant qu'elle parlât de lui et le redoutant, il ne savait pourquoi. « Encore elle! Comme exprès! » se disait-il. Un tel tourbillon de pensées et d'espoirs juvéniles, en contradiction avec toute sa vie, se leva soudain au fond de son âme que, se sentant incapable de s'expliquer son état, il s'endormit aussitôt.

III

Le lendemain, après avoir pris congé du vieux comte seulement et sans attendre de pouvoir saluer les dames, le prince André s'en retourna chez lui.

On était déjà au début de juin lorsque, sur le chemin du retour, il pénétra de nouveau dans ce bois de bouleaux où le vieux chêne tortu lui avait fait une impression si étrange et mémorable. Les grelots de la calèche rendaient un son encore plus sourd que six semaines plus tôt; tout était épanoui, ombreux et touffu; et les jeunes sapins épars dans la forêt ne déparaient plus la beauté et l'ensemble, mais cédant à l'harmonie générale arboraient la tendre verdure de leurs jeunes pousses duveteuses.

Il avait fait chaud toute la journée, un orage se préparait quelque part, mais seul un petit nuage s'était déversé sur la poussière du chemin et les feuilles pleines de sève. Le côté gauche de la forêt était sombre, plongé dans l'ombre; le côté droit, mouillé et luisant, brillait au soleil, à peine agité par le vent. Tout était en fleur; les rossignols laissaient éclater leurs roulades et leurs trilles, tantôt au loin, tantôt tout près.

« Oui, c'est ici, dans ce bois, que se trouvait ce chêne avec lequel j'étais d'accord. Mais où est-il? » se dit le prince André en regardant à gauche du chemin et, sans le savoir, sans le reconnaître, il admirait le chêne qu'il cherchait. Le vieux chêne tout transfiguré s'étendait comme un dôme de verdure sombre et luxuriante, se pâmant, presque immobile, sous les rayons du soleil couchant. Ni doigts tortus, ni blessures, ni ancienne méfiance et chagrin, on ne voyait plus rien de tout cela. De la rude écorce centenaire jaillissaient directement, sans branches, de jeunes feuilles si gonflées de sève qu'on avait peine à croire que ce vieux chêne leur eût donné la vie. « Mais c'est bien le même chêne », se dit le prince André, et il se sentit soudain envahi d'un sentiment irraisonné de joie et de renouveau printanier. Tous les meilleurs instants de sa vie lui revinrent d'un seul coup à la mémoire. Et Austerlitz avec son haut ciel, et le visage mort chargé de reproche de sa femme, et Pierre sur le bac, et la filette émue par la splendeur de la nuit, et cette nuit même, et la lune, tout cela se présenta soudain à son esprit. « Non, la vie n'est pas finie à trente et un ans, décida-t-il tout à coup définitivement et sans appel. Il ne suffit pas que je sache tout ce qu'il y a en moi, il faut que tous le sachent; et Pierre, et cette fillette qui voulait s'envoler au ciel; il faut que tous me connaissent, que ma vie ne s'écoule pas pour moi seul, qu'ils ne vivent pas une vie si indépendante de la mienne, que ma vie se reflète dans la leur et qu'ils vivent tous avec moi! »

A son retour de voyage, le prince André décida de partir à l'automne pour Pétersbourg et il imagina diverses raisons de cette décision. Toute une série d'arguments raisonnables et logiques à l'appui de la nécessité pour lui d'aller à Pétersbourg et même d'entrer au service de l'État étaient à tout moment à sa disposition. Il ne comprenait même plus comment il avait jamais pu douter de la nécessité de prendre une part active à la vie, de même qu'un mois auparavant il ne comprenait pas que l'idée pût lui venir de quitter la campagne. Il lui semblait évident que toute l'expérience de la vie qu'il avait acquise devait se perdre et rester lettre morte s'il ne lui donnait pas une application pratique et ne participait pas de nouveau activement à la vie. Il ne comprenait même plus comment, sur la foi de si pauvres arguments, il avait pu lui apparaître évident naguère qu'il s'abaisserait en croyant de nouveau, après les leçons de la vie, à la possibilité d'être utile, à la possibilité de rencontrer le bonheur et l'amour. Maintenant la logique lui suggérait tout autre chose. Après ce voyage, il ne tarda pas à s'ennuyer à la campagne, ses précédentes occupations ne l'intéressaient plus et souvent, seul dans son cabinet, il se levait, s'approchait de la glace et se regardait longuement. Puis il reportait les yeux sur le portrait de Lise qui, les boucles relevées *à la grecque,* le regardait tendrement et gaiement du cadre doré. Elle ne disait plus à son mari les terribles paroles d'autrefois, elle le regardait simplement et gaiement, avec curiosité. Et le prince André, les mains au dos, arpentait longuement la pièce, tantôt fronçant les sourcils, tantôt souriant, agitant dans son esprit ces pensées déraisonnables, inexprimables en paroles, secrètes comme le crime, qui se rattachaient à Pierre, à la gloire, à la jeune fille à la fenêtre, au chêne, à la beauté féminine et à l'amour, et qui avaient transformé son existence. Et à ces moments-là, si quelqu'un entrait chez lui, il était particulièrement sec, sévère, péremptoire et, surtout, d'une déplaisante logique.

« *Mon cher,* lui disait parfois la princesse Maria en entrant, le petit Nicolas ne peut pas se promener aujourd'hui : il fait très froid.

– S'il faisait chaud, répondait-il alors à sa sœur d'un ton particulièrement sec, il sortirait en chemise, mais puisqu'il fait froid, il faut lui mettre des vêtements chauds qui ont été inventés pour cela. Voilà ce qui s'ensuit du fait qu'il fait froid et non pas qu'il faut garder l'enfant à la maison quand il a besoin d'air », disait-il avec une logique particulièrement rigide comme pour punir quelqu'un de ce travail intérieur, secret, illogique qui se faisait en lui. La princesse Maria se disait à ces moments-là que le travail cérébral dessèche les hommes.

IV

Le prince André arriva à Pétersbourg au mois d'août 1809. C'était l'époque où le jeune Speranski était à l'apogée de sa gloire et où dans ses réformes il faisait preuve de la plus grande énergie. Ce mois-là, l'empereur, ayant versé et s'étant blessé au pied, passa trois semaines à Péterhof, voyant Speranski tous les jours et à l'exclusion de tout autre. On préparait alors non seulement les deux célèbres ordonnances, qui inquiétèrent tant l'opinion, sur la suppression des grades de cour et sur les examens aux grades d'assesseur de collège et de conseiller d'État, mais encore toute une constitution destinée à bouleverser le régime judiciaire, administratif et financier existant, depuis le Conseil d'Empire jusqu'aux autorités cantonales. C'est maintenant que se réalisaient et prenaient corps les vagues rêveries libérales avec lesquelles l'empereur Alexandre avait accédé au trône et qu'il avait essayé de réaliser à l'aide de ses collaborateurs d'alors, Czartoryski, Novossiltzev, Kotchoubey et Stroganov, qu'il appelait en plaisantant son *Comité de salut public*.

Maintenant Speranski les avait remplacés tous pour les affaires civiles et Araktcheiev pour les affaires militaires. Peu de temps après son arrivée, le prince André, en sa qualité de chambellan, parut à la cour et aux audiences publiques de l'empereur. L'empereur l'ayant rencontré deux fois ne l'honora pas d'une seule parole. Le prince André avait toujours eu l'impression qu'il était antipathique à celui-ci, que son visage et toute sa personne lui étaient désagréables. Le regard sec et distant que l'empereur avait posé sur lui l'avait encore confirmé dans cette supposition. Les courtisans lui expliquèrent cette froideur par le fait que Sa Majesté était mécontente de voir que, depuis 1805, il se tenait à l'écart de toute activité.

« Je sais bien que nous ne sommes pas maîtres de nos sympathies et de nos antipathies, se disait le prince André, je ne dois donc pas songer à présenter personnellement à l'empereur ma note sur le règlement militaire mais mon idée fera son chemin toute seule. » Il mit un vieux maréchal, ami de son père, au courant de sa note. Le maréchal, lui ayant fixé rendez-vous, le reçut aimablement et promit d'en référer à l'empereur. Quelques jours plus tard, on avertit le prince André d'avoir à se présenter au ministre de la guerre, le comte Araktcheiev.

A neuf heures du matin, le jour fixé, le prince André entra dans le salon de réception du comte Araktcheiev.

Il ne le connaissait pas personnellement et ne l'avait jamais vu, mais tout ce qu'il savait de lui ne lui inspirait que peu d'estime pour cet homme.

« Il est ministre de la guerre, il a la confiance de Sa Majesté; personne n'a par conséquent à se préoccuper de ses qualités personnelles; il a été chargé d'examiner ma note, il est donc le seul à pouvoir lui donner suite », pensait-il en attendant, en compagnie de nombreux personnages plus ou moins importants, dans le salon de réception du comte Araktcheiev.

Au cours de son activité, principalement d'aide de camp,

le prince André avait vu beaucoup d'antichambres de personnages importants et il connaissait bien les traits qui les distinguaient. Celle du comte Araktcheiev avait un caractère très particulier. Les gens peu importants qui attendaient leur tour d'audience avaient un air confus et soumis; ceux qui étaient d'un rang supérieur dissimulaient tous le même embarras sous des dehors dégagés et un air de raillerie qui s'adressait à eux-mêmes, à leur situation et au personnage auprès de qui ils allaient être admis. Les uns se promenaient d'un air pensif de long en large, d'autres riaient en chuchotant entre eux, et le prince André entendait le *sobriquet* de « Sila Andreitch[1] » et les mots : « Le vieux va nous en faire voir de toutes les couleurs » qui visaient le comte Araktcheiev. Un général (personnage important), visiblement froissé d'avoir été à attendre si longtemps, croisait et décroisait les jambes en souriant dédaigneusement.

Mais dès que la porte s'ouvrait, tous les visages n'exprimaient plus qu'une chose, la crainte. Le prince André demanda à l'officier de service de l'annoncer une deuxième fois, mais on le regarda d'un air railleur en lui disant que son tour viendrait. Après que l'aide de camp eut introduit dans le cabinet du ministre plusieurs personnes et les eut reconduites, on fit franchir la porte redoutable à un officier dont l'air humble et effrayé frappa le prince André. L'audience de l'officier dura longtemps. Soudain on entendit à travers la porte les éclats d'une voix désagréable et l'officier sortit, pâle, les lèvres tremblantes, et, se prenant la tête dans ses mains, traversa le salon d'attente.

Ce fut ensuite le tour du prince André, et l'officier de service lui murmura : « A droite, près de la fenêtre. »

Le prince André pénétra dans un cabinet simple et net et aperçut, assis à son bureau, un homme d'une quarantaine d'années, au long buste, à la longue tête, avec des cheveux coupés court, de grosses rides, des sourcils froncés au-dessus d'yeux inexpressifs brun-vert et au nez rouge pendant. Araktcheiev tourna la tête de son côté sans le regarder.

« Que demandez-vous? interrogea-t-il.

— Je ne... demande rien, Excellence », répondit posément le prince André.

1. Le prénom Si a signifie force.

Les yeux d'Araktcheiev se tournèrent vers lui.

« Asseyez-vous, prince Bolkonski, lui dit-il.

— Je ne demande rien, mais l'empereur a daigné transmettre à Votre Excellence la note que j'ai présentée...

— Voyez-vous, mon très cher, j'ai lu votre note, interrompit Araktcheiev qui ne dit sur un ton aimable que les premiers mots, mais qui de nouveau ne le regardait pas et revenait de plus en plus à un ton grondeur et dédaigneux. Vous proposez de nouvelles lois militaires? Les lois sont nombreuses, mais il n'y a personne pour appliquer les anciennes. De nos jours tout le monde rédige des lois, il est plus facile d'écrire que d'agir.

— Je suis venu sur l'ordre de l'empereur demander à Votre Excellence quelle suite vous comptez donner à ma note, dit poliment le prince André.

— J'ai indiqué mon avis sur votre note et je l'ai transmise au comité. Je ne l'approuve pas, dit Araktcheiev en se levant et en prenant un papier sur son bureau. Voici », et il le tendit au prince André.

Le papier portait en travers, au crayon, sans majuscules, sans orthographe, sans ponctuation, les mots suivants : « Sans fondement attendu que c'est copié sur le règlement militaire français et s'écarte inutilement du règlement en vigueur. »

« A quel comité cette note a-t-elle été transmise? demanda le prince André.

— Au comité du règlement militaire, et j'ai présenté Votre Honneur pour en faire partie. Seulement sans traitement. »

Le prince André sourit.

« Je n'en désire pas.

— Sans traitement, répéta Araktcheiev. J'ai bien l'honneur. Hé! au suivant! Qui y a-t-il encore? » cria-t-il en saluant le prince André.

V

En attendant d'être avisé de sa nomination de membre du comité, le prince André renoua d'anciennes relations, en particulier avec les personnes qu'il savait être puissantes et dont il pouvait avoir besoin. Il éprouvait maintenant, à Pétersbourg, un sentiment analogue à celui qu'il avait éprouvé à la veille des batailles lorsque, rongé d'une curiosité inquiète, il se sentait irrésistiblement attiré vers les hautes sphères, là où se préparait l'avenir dont dépendait le sort de millions d'hommes. Il sentait, d'après l'irritation des vieillards, la curiosité des non initiés, la réserve des initiés, d'après la hâte, la préoccupation de tous, d'après le foisonnement de comités, de commissions dont il apprenait chaque jour l'existence, qu'en cette année 1809 quelque immense bataille civile se préparait ici, à Pétersbourg, bataille dont le commandant en chef était un personnage inconnu de lui, mystérieux et qui lui paraissait génial, Speranski. L'affaire même des réformes qu'il ne connaissait que vaguement et Speranski, son principal artisan, l'intéressèrent si passionnément que la question du règlement militaire se trouva très vite reléguée au second plan de ses préoccupations.

Le prince André était dans une situation éminemment favorable pour être bien reçu dans les cercles les plus divers et les plus élevés de la haute société pétersbourgeoise d'alors. Le parti des réformes l'accueillait cordialement et lui faisait des avances, d'abord parce qu'il avait la réputation d'un homme intelligent et de grande culture, puis parce qu'en affranchissant ses paysans il s'était déjà acquis une réputation de libéral. Le parti des vieillards mécontents cherchait auprès de lui, en tant que fils de son père, un allié qui partageât leur désapprobation des réformes. Les femmes, *le monde,* lui ouvraient toutes grandes leurs portes parce qu'il était un parti riche et titré et une figure presque nouvelle qu'auréolait l'aventure romanesque de sa mort présumée et de la fin tragique de sa femme. Par surcroît, tous ceux qui l'avaient connu autrefois étaient unanimes à reconnaître qu'en ces cinq années il avait beaucoup changé à son avantage, qu'il s'était radouci et avait mûri, que son affectation, son orgueil et son ironie avaient disparu pour céder la place à ce calme qui s'acquiert avec l'âge. On parlait de lui, on s'intéressait à lui et tout le monde voulait le voir.

Le lendemain de sa visite au comte Araktcheiev, le prince André alla passer la soirée chez le comte Kotchoubey. Il raconta au comte son entrevue avec Sila Andreitch (Kotchoubey appelait ainsi Araktcheiev avec la même vague ironie que le prince

André avait remarquée dans le salon d'attente du ministre de la guerre).

« *Mon cher,* même dans cette affaire vous ne pourrez vous passer de Michel Mikhaïlovitch. *C'est le grand faiseur.* Je lui en parlerai. Il a promis de venir ce soir...

– En quoi donc les règlements militaires regardent-ils Speranski ? » demanda le prince André.

Kotchoubey hocha en souriant la tête comme étonné de la naïveté de Bolkonski.

« Nous avons parlé de vous ces jours-ci, poursuivit-il, de vos laboureurs libres...

– En effet, c'est vous, prince, qui avez affranchi vos paysans ? dit un vieillard de l'époque de Catherine en se tournant d'un air dédaigneux vers Bolkonski.

– C'était un petit domaine qui ne rapportait rien, répondit Bolkonski pour ne pas irriter inutilement le vieillard et atténuer à ses yeux la portée de son acte.

– *Vous craignez d'être en retard,* dit le vieillard en regardant Kotchoubey.

– Il y a une chose que je ne comprends pas, poursuivit-il, qui donc labourera la terre si on leur donne la liberté ? Il est facile de faire des lois mais difficile de gouverner. C'est comme par exemple, je vous le demande, comte, où prendra-t-on les chefs de bureau si tout le monde doit passer des examens ?

– Parmi ceux qui seront reçus aux examens, j'imagine, répondit Kotchoubey en croisant les jambes et en jetant un regard circulaire.

– Tenez, j'ai dans mes services un certain Prianitchnikov, un brave homme, un vrai trésor, mais il a soixante ans, devra-t-il donc lui aussi passer des examens ?

– Oui, c'est embarrassant, l'instruction est fort peu répandue, mais... » Le comte Kotchoubey n'acheva pas, il se leva et, prenant le prince André par le bras, alla au-devant d'un nouveau venu, un grand homme blond, chauve d'une quarantaine d'années, au grand front découvert et au visage allongé d'une étrange, d'une extraordinaire blancheur. Le nouveau venu portait un habit bien, une décoration au cou et une plaque sur le côté gauche de la poitrine. C'était Speranski. Le prince André le reconnut aussitôt, et il ressentit un frémissement intérieur, comme cela arrive aux moments graves de l'existence.

Toute la personne de Speranski avait un caractère d'originalité qui le faisait reconnaître aussitôt. Dans le monde où il vivait, le prince André n'avait vu à personne ce calme et cette assurance des gestes gauches et inachevés, il n'avait vu à personne un regard si ferme en même temps que doux des yeux mi-clos et un peu humides, il n'avait jamais vu à personne tant de fermeté dans un sourire qui ne signifiait rien, une voix si frêle, si égale, si calme, ni surtout une si tendre blancheur du visage et particulièrement des mains, un peu larges mais extraordinairement délicates, potelées et blanches. Il n'avait vu cette blancheur et cette délicatesse du visage qu'à des soldats après un long séjour à l'hôpital. Tel était Speranski, le secrétaire d'État, le référendaire de l'empereur et son compagnon à Erfurt, où il s'était plus d'une fois entretenu avec Napoléon.

Les yeux de Speranski ne passaient pas d'une personne à l'autre, ainsi qu'on le fait involontairement lorsqu'on pénètre dans une nombreuse société, et il ne se hâtait pas de prendre la parole. Il parlait à voix basse, avec l'assurance d'être écouté, et ne regardait que celui à qui il s'adressait.

Le prince André notait avec une attention particulière chaque mot et chaque geste de Speranski. Comme cela arrive, en particulier à ceux qui d'habitude jugent sévèrement leur prochain, mis en présence d'une personne nouvelle, surtout de quelqu'un comme Speranski qu'il connaissait de réputation, il s'attendait toujours à trouver en elle un modèle de toutes les perfections humaines.

Speranski dit à Kotchoubey qu'il regrettait de n'avoir pu venir plus tôt, ayant été retenu au palais. Il ne dit pas que c'était l'empereur qui l'avait retenu. Le prince André nota aussi cette affectation de modestie. Lorsque Kotchoubey lui présenta le prince André, Speranski reporta lentement les yeux sur lui avec le même sourire et le regarda en silence.

« Je suis enchanté de faire votre connaissance, j'ai entendu parler de vous comme tout le monde », dit-il.

Kotchoubey toucha quelques mots de l'accueil qu'Araktcheiev avait fait à Bolkonski. Le sourire de Speranski s'accentua.

« Le directeur de la commission des règlements militaires est un de mes bons amis, M Magnitzki, dit-il en articulant nettement chaque syllabe et chaque mot, et si vous le désirez, je peux vous mettre en rapport avec lui. » (Il fit une pause pour marquer le point.) « J'espère que vous trouverez auprès de lui de la sympathie et le désir d'aider à faire aboutir tout ce qui est raisonnable. »

Un cercle s'était formé autour de Speranski, et le vieillard qui avait parlé de son subordonné Prianitchnikov lui posa aussi une question.

Le prince André observait, sans prendre part à la conversation, tous les gestes de Speranski, cet homme qui, récemment encore obscur séminariste, tenait maintenant entre ses mains, semblait-il à Bolkonski, – ces mains blanches et potelées – le destin de la Russie. Il fut frappé du calme extraordinaire et dédaigneux avec lequel Speranski répondit au vieillard. Il semblait laisser tomber sa parole condescendante d'une incommensurable hauteur. Lorsque le vieillard éleva trop la voix, Speranski sourit et dit qu'il n'était pas juge des avantages et des inconvénients de ce qu'il plaisait à l'empereur de décider. Après avoir pris part pendant un certain temps à la conversation générale, Speranski se leva et, s'approchant du prince André, l'entraîna à l'autre bout de la pièce. Il jugeait visiblement nécessaire de s'occuper de Bolkonski.

« Je n'ai pas eu la possibilité de vous parler, prince, au milieu de la conversation animée dans laquelle m'a entraîné ce vénérable vieillard », dit-il en souriant avec une indulgence dédaigneuse et semblant reconnaître par ce sourire que le prince André et lui comprenaient la médiocrité de ceux avec qui il venait de s'entretenir. Cette attitude flatta le prince André. « Je vous connais depuis longtemps : d'abord par votre conduite à l'égard de vos paysans, c'est un premier exemple chez nous qu'il serait si souhaitable de voir suivi par beaucoup d'autres; et ensuite parce que vous êtes un des rares chambellans qui ne se soient pas crus offensés par la nouvelle ordonnance sur les dignités de cour qui soulève tant de discussions et de commentaires.

– Oui, dit le prince André, mon père n'a pas voulu me laisser profiter de ce droit : j'ai suivi la filière.

– Monsieur votre père, un homme de l'ancien temps, est à coup sûr au-dessus de nos contemporains qui critiquent tant cette mesure, laquelle ne fait que rétablir la justice naturelle.

– Je crois cependant que ces critiques ne sont pas dénuées de fondement », dit le prince André qui s'efforçait de combattre l'influence de Speranski qu'il commençait à sentir. Il lui déplaisait d'être d'accord avec lui en tout : il voulait le contredire. Lui qui, d'ordinaire, parlait bien et facilement, éprouvait maintenant quelque difficulté à s'exprimer. Il était trop occupé par les observations qu'il faisait sur la personne de cet homme illustre.

« D'un fondement pour l'ambition personnelle peut-être, répondit doucement Speranski.

– En partie aussi pour l'État, dit le prince André.

– Comment l'entendez-vous?... demanda doucement Speranski en baissant les yeux.

– Je suis un admirateur de Montesquieu, répondit le prince André. Et son idée que *le principe des monarchies est l'honneur me paraît incontestable. Certains droits et privilèges de la noblesse me paraissent être des moyens de soutenir ce sentiment.* »

Le sourire disparut du visage blanc de Speranski et sa physionomie y gagna beaucoup. L'idée du prince André avait dû lui paraître intéressante.

« *Si vous envisagez la question sous ce point de vue* », commença-t-il, s'exprimant en français avec une gêne visible et encore plus lentement qu'en russe mais avec un calme absolu. « Il dit que *l'honneur* ne peut être soutenu par des privilèges nuisibles à la bonne marche des affaires, que *l'honneur* est, soit la notion négative de l'abstention d'actes répréhensibles, soit une certaine source d'émulation qui incite à obtenir l'approbation et les récompenses par quoi elle se traduit. »

Ses arguments étaient concis, simples et clairs.

« L'institution qui soutiendrait cet honneur, source d'émulation, serait une institution analogue à la *Légion d'honneur* du grand empereur Napoléon qui, loin de lui nuire, contribue au bien du service sans être un privilège de caste ou de cour.

– Je ne le conteste pas, mais on ne peut nier que les privilèges de cour atteignent le même but, dit le prince André : tout courtisan s'estime obligé de soutenir dignement son rang.

– Mais vous n'avez pas voulu vous en prévaloir, prince, dit Speranski en indiquant par un sourire son désir de mettre fin sur ses paroles aimables à un débat embarrassant pour son interlocuteur. Si vous me faites l'honneur de venir me voir mercredi, ajouta-t-il, je pourrai, après avoir parlé à Magnitzki, vous dire des choses qui vous intéresseront, et par surcroît j'aurai le plaisir de causer plus longuement avec vous. » Il le salua en fermant les yeux et s'éclipsa *à la française,* sans prendre congé et en s'efforçant de passer inaperçu.

VI

Les premiers temps de son séjour à Pétersbourg, le prince André sentit que l'ensemble des idées qui s'étaient élaborées en lui pendant sa vie solitaire était complètement relégué dans l'ombre par les menus soucis qui l'accaparèrent dès son arrivée.

Le soir, en rentrant chez lui, il notait sur son carnet quatre ou cinq visites indispensables ou *rendez-vous* fixés pour une heure déterminée. Le mécanisme de son existence, son emploi du temps établi de façon à pouvoir être partout à l'heure voulue, lui prenait la majeure partie de son énergie vitale. Il ne faisait rien, ne pensait même à rien, n'en avait pas le loisir, mais ne faisait que parler, et parler avec succès, de ce qu'il avait pu méditer auparavant, à la campagne.

Il constatait parfois avec déplaisir qu'il lui arrivait, dans une même journée, de répéter la même chose dans des milieux différents. Mais ses journées étaient si remplies qu'il n'avait pas le loisir de se dire qu'il ne pensait à rien.

Comme lors de leur première entrevue chez Kotchoubey, quand, le mercredi suivant, Speranski reçut le prince André chez lui et eut avec lui une longue et confiante conversation en tête-à-tête, il fit sur celui-ci une forte impression.

Le prince André jugeait tant de gens méprisables et nuls, il avait tant envie de rencontrer dans un autre l'idéal vivant de cette perfection à laquelle il aspirait, qu'il crut sans peine avoir trouvé en Speranski cet idéal d'homme parfaitement raisonnable et vertueux. Si Speranski avait été du même monde que lui, de même éducation et formation morale, Bolkonski eût tôt fait de découvrir ses côtés faibles, humains, non héroïques, mais cet esprit logique, étrange à ses yeux, lui inspirait d'autant plus de respect qu'il ne le comprenait pas entièrement. En outre, soit qu'il appréciât les capacités du prince André, soit qu'il jugeât nécessaire de se le concilier, Speranski faisait étalage en sa présence de sa raison calme et exempte de parti pris, et le flattait par cette subtile flatterie mêlée de présomption qui consiste à reconnaître tacitement que son interlocuteur est, avec soi-même, le seul homme capable de comprendre la sottise de TOUS les autres, la sagesse et la profondeur de leurs idées à eux deux.

Au cours de la longue conversation qu'ils eurent mercredi soir, Speranski dit plus d'une fois : « Chez NOUS on considère tout ce qui dépasse le niveau de l'habitude enracinée... » ou, avec un sourire : « Mais NOUS voulons que les loups soient rassasiés et les brebis saines et sauves... » ou encore : « ILS ne peuvent comprendre cela... », le tout d'un air qui voulait dire : « Nous, c'est-à-dire vous et moi, nous comprenons ce qu'ILS sont et qui nous sommes, NOUS. »

Cette première longue conversation n'avait fait que renforcer chez le prince André l'impression que Speranski lui avait laissée la première fois. Il voyait en lui un homme d'une immense intelligence logique, d'une grande rigueur de la pensée, parvenu au pouvoir à force d'énergie et de persévérance et qui n'en usait que pour le bien de la Russie. Il était à ses yeux précisément l'homme qu'il aurait tant voulu être, celui qui soumet à l'examen de la raison toutes les manifestations de la vie, pour qui seul compte ce qui est rationnel et qui sait appliquer à tout le critère de la raison. Tout lui paraissait si simple, si clair dans les exposés de Speranski que, malgré lui, il tombait d'accord avec lui sur tout. S'il élevait des objections, s'il discutait, ce n'était uniquement que pour faire preuve d'indépendance et ne pas s'incliner devant toutes ses opinions. Tout était bien, tout était parfait, une chose seulement troublait le prince André : c'était le regard de Speranski, froid comme un miroir, qui ne laissait pas pénétrer dans son âme, et sa main blanche et douce qu'il regardait malgré lui comme on regarde d'habitude les mains de ceux qui sont au pouvoir. Ce regard froid comme un miroir et cette main douce l'irritaient sans qu'il sût pourquoi. Ce qui le choquait aussi, c'était le trop grand mépris des hommes qu'il remarquait chez Speranski et la grande variété des arguments qu'il avançait à l'appui de ses opinions. Il usait de toutes les ressources du raisonnement, à l'exception de la comparaison, et, selon le prince André, passait trop hardiment de l'une à l'autre. Tantôt il se plaçait sur le terrain pratique et blâmait les rêveurs, tantôt il recourait à la satire et raillait ses adversaires, tantôt il devenait rigoureusement logique, tantôt encore il s'élevait soudain au domaine de la métaphysique. (Il affectionnait particulièrement cette dernière forme de raisonnement.) Il transportait la question sur les hauteurs métaphysiques, passait aux définitions de l'espace, du temps, de la pensée, et, en tirant des réfutations, redescendait sur le terrain de la discussion.

Bref, le trait principal de l'intelligence de Speranski et qui frappait le plus le prince André était une foi absolue, inébranlable en la puissance et les droits de la raison. On voyait que jamais l'idée, familière au prince André, qu'il n'est pas possible d'exprimer tout ce que l'on pense, ne pouvait effleurer l'esprit de Speranski, et que jamais il ne s'était demandé si tout ce qu'il pensait et tout ce en quoi il croyait n'était pas absurde. Et cette tournure particulière de son esprit était ce qui séduisait le plus le prince André.

Au début de leurs relations, le prince André conçut pour lui une admiration passionnée, semblable à celle qu'il avait éprouvée autrefois pour Bonaparte. Le fait que Speranski était fils d'un prêtre que les sots pouvaient – comme c'était le cas pour beaucoup – traiter avec un plat mépris de rat d'église et de graine de pope, incitait le prince André à garder intacts ses sentiments pour lui et inconsciemment les exaltait encore.

Au cours de cette première soirée qu'il passa chez lui, comme ils en vinrent à parler de la commission de législation, Speranski lui raconta avec ironie que cette commission existait depuis cinquante ans, qu'elle avait coûté des millions et n'avait jamais rien fait, que Rosenkampf s'était contenté de coller des étiquettes sur tous les articles de législation comparée.

« Et voilà tout le résultat pour lequel l'État a payé des millions! dit-il. Nous voulons donner au Sénat un pouvoir judiciaire nouveau et nous n'avons pas de lois. C'est pourquoi, pour des hommes comme vous, prince, c'est un crime actuellement de rester à l'écart. »

Le prince André dit que pour cela il fallait une formation juridique qu'il ne possédait pas.

« Mais personne ne l'a, que voulez-vous? C'est un cercle vicieux dont il faut sortir au prix d'un effort. »

Huit jours plus tard, le prince André fut nommé membre de la commission du règlement militaire et, ce à quoi il ne s'attendait nullement, président de section à la commission de législation. A la demande de Speranski, il se chargea de l'élaboration de la première partie du code civil et, à l'aide des *codes Napoléon* et *Justinien,* travailla au chapitre du droit des gens.

VII

DEUX ans plus tôt, en 1808, au retour de son voyage dans ses domaines, Pierre s'était trouvé malgré lui à la tête de la franc-maçonnerie pétersbourgeoise. Il organisait des loges chapitrales et des loges funéraires, recrutait de nouveaux membres, s'occupait de l'unification de différentes loges et de chartes authentiques à leur procurer. Il contribuait financièrement à l'édification des temples et complétait dans la mesure de ses moyens le produit des quêtes pour lesquelles la plupart des membres se montraient avares et peu ponctuels. Il entretenait presque à lui seul la maison des pauvres que l'ordre avait fondée à Pétersbourg.

Sa vie, pendant ce temps, était toujours la même, avec les mêmes entraînements et le même relâchement. Il aimait bien manger et bien boire, et tout en les tenant pour immoraux et dégradants, ne pouvait s'abstenir de participer aux plaisirs des milieux de célibataires qu'il fréquentait.

Dans le tourbillon de ses occupations et de ses plaisirs, Pierre commença cependant, au bout d'un an, à sentir que le terrain de la franc-maçonnerie sur lequel il s'était placé se dérobait d'autant plus sous ses pas qu'il s'efforçait de s'y maintenir plus fermement. En même temps, il sentait que plus ce terrain se dérobait, plus il lui était impossible de s'en détacher. Lorsqu'il était entré dans la franc-maçonnerie, il avait éprouvé l'impression d'un homme posant avec confiance le pied sur la surface unie d'un marécage. Le pied une fois posé, il s'était enfoncé. Afin d'éprouver à coup sûr la solidité du sol, il y avait posé l'autre pied et avait enfoncé encore davantage, s'était enlisé et pataugeait maintenant jusqu'aux genoux dans le marécage.

Joseph Alexeievitch n'était pas à Pétersbourg. (Il se tenait depuis quelque temps à l'écart des loges de Pétersbourg et vivait constamment à Moscou.) Tous les frères, membres des loges, étaient des gens que Pierre connaissait dans le monde et en qui il lui était difficile de ne voir que des frères en franc-maçonnerie et non pas le prince B. ou Ivan Vassilievitch D. qu'il savait, pour la plupart, être faibles et nuls. Sous les tabliers et les insignes maçonniques, il voyait les uniformes et les décorations qu'ils briguaient dans la vie. Souvent, procédant aux quêtes et ayant compté, pour dix membres dont la moitié étaient aussi riches que lui, vingt ou trente roubles inscrits comme avoir, la plupart du temps à crédit, il se souvenait du serment maçonnique par lequel chaque frère s'engage à donner toute sa fortune au prochain; et des doutes se levaient en lui auxquels il s'efforçait de ne pas s'arrêter.

Il classait tous les frères qu'il connaissait en quatre catégories. Dans la première, il rangeait ceux qui ne prenaient une part active ni aux affaires des loges, ni aux affaires humaines, mais s'occupaient exclusivement à approfondir les secrets de l'ordre, les questions de la triple dénomination de Dieu, les trois principes de toutes choses, le soufre, le mercure et le sel, la signification du carré et des figures du temple de Salomon. Pierre respectait cette catégorie de frères à laquelle appartenaient principalement les plus anciens et, croyait-il, Joseph Alexeievitch lui-même, mais il ne partageait pas leurs préoccupations. Le côté mystique de la franc-maçonnerie n'avait pas d'attrait pour lui.

Dans la deuxième catégorie, il rangeait lui-même et ceux qui étaient comme lui, c'est-à-dire ceux qui cherchaient, qui hésitaient, qui n'avaient pas encore trouvé leur voie dans la franc-maçonnerie mais qui espéraient la trouver.

Dans la troisième catégorie, il classait les frères (ils étaient les plus nombreux) qui ne voyaient dans la franc-maçonnerie que sa forme extérieure, rituelle, et qui s'attachaient à la stricte observance de cette forme extérieure, sans se préoccuper de son contenu et de son vrai sens. Tels étaient Willarski et même le grand maître de la loge principale.

A la quatrième catégorie enfin appartenait également un

grand nombre de frères, surtout les nouveaux venus à la confrérie. C'étaient, d'après les observations de Pierre, des gens qui ne croyaient en rien, ne désiraient rien et qui n'entraient dans la franc-maçonnerie que pour rencontrer des frères jeunes, riches et puissants par leurs relations et leur naissance, qui étaient fort nombreux dans la loge.

Pierre commençait à sentir que son activité ne le satisfaisait pas. La franc-maçonnerie, du moins celle qu'il connaissait ici, lui semblait parfois être purement formelle. L'idée ne lui venait même pas de mettre en doute la valeur de l'ordre lui-même, mais il soupçonnait que la franc-maçonnerie russe faisait fausse route et avait dévié de sa source. C'est pourquoi, à la fin de l'année, il partit pour l'étranger afin de s'initier aux plus hauts mystères de l'ordre.

Dès l'été 1809, Pierre rentra à Pétersbourg. Par la correspondance que nos francs-maçons entretenaient avec ceux de l'étranger, ils savaient qu'il avait gagné la confiance de bien des hauts dignitaires, qu'il avait été initié à bien des mystères, promu au grade le plus élevé et qu'il rapportait beaucoup de projets pour le bien de l'œuvre maçonnique en Russie. Les francs-maçons de Pétersbourg vinrent tous le voir, recherchèrent ses grâces et eurent tous l'impression qu'il cachait et préparait quelque chose.

On décida la tenue solennelle d'une loge du second degré, où Pierre promit de communiquer aux frères de Pétersbourg le message dont il avait été chargé par les dirigeants suprêmes de l'ordre. Personne ne manqua à l'appel. A l'issue des rites habituels, Pierre se leva et commença son discours.

« Chers frères, dit-il en rougissant et en bégayant, son discours écrit à la main. Il ne suffit pas d'accomplir nos mystères dans le secret de la loge, il faut agir... agir. Nous sommeillons, alors que nous devons agir. » Pierre prit son cahier et se mit à lire.

« Pour répandre la vérité pure et afin d'assurer le triomphe de la vertu, lisait-il, nous devons affranchir les hommes des préjugés, propager des règles conformes à l'esprit de l'époque, nous charger de l'éducation de la jeunesse, nous unir par des liens indestructibles aux plus grands esprits, vaincre hardiment mais avec prudence les superstitions, l'incroyance et la sottise, former parmi ceux qui nous sont dévoués des hommes liés entre eux par l'unité de but et possédant la puissance et la force.

« Afin d'atteindre ce but, il convient de donner à la vertu la prééminence sur le vice, il faut s'efforcer d'obtenir que l'honnête homme reçoive dès ce monde-ci la récompense éternelle de ses vertus. Mais ce qui fait un sérieux obstacle à ces grands desseins, ce sont les institutions politiques actuelles. Que faire dans cet état de choses? Faut-il favoriser les révolutions, tout jeter bas, recourir à la force contre la force?... Non, nous en sommes fort loin. Toute réforme imposée par la violence mérite le blâme car elle ne réparera pas le mal tant que les hommes resteront tels qu'ils sont, et parce que la sagesse n'a que faire de la violence.

« Toute l'action de l'ordre doit tendre à former des hommes fermes, vertueux et liés par l'unité de conviction, conviction qui consiste à vouloir pourchasser partout et de toutes nos forces le vice et la sottise, protéger le talent et la vertu, tirer de la poussière ceux qui en sont dignes en les ralliant à notre confrérie. Ce n'est qu'alors que notre ordre aura le pouvoir de lier insensiblement les mains aux fauteurs de désordre et de les diriger sans qu'ils s'en doutent. En un mot, il y aurait lieu d'instaurer un pouvoir universel qui s'étende sur le monde entier et qui, sans rompre les liens civils, laisse tous les autres gouvernements continuer à exercer leurs fonctions propres et tout faire, à la seule exception de ce qui contrecarre la fin suprême de notre ordre, c'est-à-dire assurer le triomphe de la vertu sur le vice. Ce dessein fut celui du christianisme lui-même. Il enseigna aux hommes à être sages et bons et à suivre, dans leur propre intérêt, l'exemple et les enseignements des meilleurs et des plus sages.

« Alors que tout était plongé dans les ténèbres, la prédication suffisait : la nouveauté de la vérité lui donnait une force particulière; mais aujourd'hui nous avons besoin de moyens bien plus puissants. Aujourd'hui, il faut que l'homme commandé par ses sens trouve dans la vertu un attrait sensuel. On ne peut extirper les passions; il convient seulement de les orienter vers un noble but, et pour cela chacun doit pouvoir les satisfaire dans les limites de la vertu, et notre ordre doit en fournir les moyens.

« Dès que nous compterons dans chaque État un certain nombre d'hommes dignes de cette tâche, chacun d'eux en formera à son tour deux autres, et ils s'uniront tous étroitement entre eux; alors tout deviendra possible à notre ordre qui, en secret, a déjà su beaucoup faire pour le bien de l'humanité. »

Ce discours fit non seulement une forte impression dans la loge mais causa même de l'émotion. La plupart des frères, qui y virent de dangereux projets illuministes, l'accueillirent avec une froideur qui surprit Pierre. Le grand maître lui fit des objections. Pierre développa ses idées avec une ardeur de plus en plus grande. Il y avait longtemps qu'on n'avait vu séance si orageuse. Des partis se formèrent : les uns attaquaient Pierre en l'accusant d'illuminisme; d'autres le soutenaient. Pour la première fois, Pierre fut frappé, à cette séance, de l'infinie variété des esprits humains qui fait qu'aucune vérité ne se présente sous le même angle à deux hommes. Ceux-là mêmes, parmi les membres, qui semblaient l'approuver, le comprenaient à leur façon, apportant des restrictions, des modifications auxquelles il ne pouvait consentir, car ce qui lui importait le plus, c'était précisément de transmettre son idée à autrui exactement telle qu'il la concevait lui-même.

A l'issue de la séance, le grand maître fit observer à Bezoukhov avec malveillance et ironie qu'il s'était passablement échauffé et que ce n'était pas le seul amour de la vertu mais aussi l'entraînement de la lutte qui l'avait guidé dans la discussion. Pierre ne lui répondit pas et demanda brièvement si sa proposition était adoptée. On lui répondit par la négative et, sans attendre les formalités habituelles, il sortit et rentra chez lui.

VIII

PIERRE fut de nouveau envahi par cette hypocondrie qu'il craignait tant. Il passa les trois jours qui suivirent son discours à la loge étendu sur son divan sans recevoir personne ni sortir.

C'est alors qu'il reçut une lettre de sa femme qui le suppliait de lui accorder un rendez-vous, parlait de la tristesse qu'elle éprouvait en pensant à lui et de son désir de lui consacrer toute sa vie.

A la fin de la lettre, elle lui annonçait qu'elle rentrerait dans quelques jours à Pétersbourg après un séjour à l'étranger.

A la suite de cette lettre, un des frères francs-maçons qu'il estimait le moins força sa porte et, amenant la conversation sur sa vie conjugale, lui représenta, sous forme de conseil fraternel, que sa rigueur envers sa femme était injuste et qu'en refusant le pardon à la repentie il contrevenait aux règles essentielles d'un franc-maçon.

En même temps, sa belle-mère, la femme du prince Vassili, lui fit dire qu'elle le suppliait de venir la voir, ne fût-ce que quelques instants, pour parler d'une affaire fort importante. Pierre vit qu'il y avait un complot contre lui, qu'on voulait le réconcilier avec sa femme et cela ne lui fut même pas désagréable, dans l'état où il se trouvait. Cela lui était indifférent. Il considérait que rien dans la vie n'avait grande importance et, sous l'influence de l'hypocondrie qui s'était emparée de lui, il ne tenait ni à sa liberté ni à son obstination à vouloir punir sa femme.

« Personne n'a raison, personne n'a tort, donc elle n'a pas tort non plus », pensait-il. S'il ne consentit pas aussitôt à reprendre la vie commune, ce ne fut que parce que, dans son état d'hypocondrie, il était incapable de rien entreprendre. Si sa femme était venue le trouver, il ne l'aurait pas chassée maintenant. N'était-il pas indifférent, en comparaison de ce qui l'occupait, de vivre ou de ne pas vivre avec elle?

Sans répondre ni à sa femme ni à sa belle-mère, Pierre se mit un soir en route et partit pour Moscou afin de voir Joseph Alexeievitch. Voici ce qu'il nota dans son journal :

« Moscou, 17 novembre.

« Je sors de chez le bienfaiteur et je me hâte de consigner tout ce que j'ai éprouvé à cette occasion. Joseph Alexeievitch vit pauvrement et souffre, depuis plus de deux ans, d'une douloureuse maladie de vessie. Personne ne l'a jamais entendu se plaindre ou murmurer. Depuis le matin jusque tard dans la nuit, à l'exception des heures où il prend les plus frugaux des repas, il se livre à l'étude. Il m'a reçu avec bienveillance et m'a fait asseoir sur le lit sur lequel il était étendu; je lui ai fait le signe des chevaliers de l'Orient et de Jérusalem, il m'a répondu de même et avec un doux sourire m'a questionné sur ce que j'ai appris et recueilli dans les loges de Prusse et d'Écosse. Je lui ai exposé les idées que j'avais développées à notre loge de Pétersbourg et lui ai parlé du mauvais accueil que j'y avais trouvé ainsi que de ma rupture avec les frères. Après avoir réfléchi un bon moment en silence, Joseph Alexeievitch m'a exposé son point de vue qui, instantanément, a éclairé pour moi tout le passé et toute la voie qui s'ouvre à moi. Il m'étonna en me demandant si je me souvenais du triple but de l'ordre : 1° la conservation et l'approfondissement du mystère; 2° la purification et l'amendement de soi-même afin de devenir apte à s'y initier; et 3° le perfectionnement du genre humain par la recherche de cette purification. Quel est, de ces trois buts, le plus important et le premier? Certes, l'amendement et la purification de soi-même. C'est le seul que nous puissions toujours nous efforcer d'atteindre, indépendamment de toutes les circonstances. Mais, en même temps, c'est celui qui exige de nous le plus d'efforts, et c'est pourquoi, égarés par l'orgueil, nous négligeons ce but et nous attachons soit à la connaissance du mystère que, dans notre impureté, nous sommes indignes de pénétrer soit au perfectionnement du genre humain, quand nous offrons nous-mêmes un exemple d'abjection et de perversion. L'illuminisme n'est pas une doctrine pure, précisément parce qu'il s'est laissé entraîner dans l'activité sociale et est entaché d'orgueil. A ce point de vue, Joseph Alexeievitch blâma mon discours et toute mon activité. Je fus d'accord avec lui au fond de mon âme. A propos de mes affaires conjugales, il me dit : « Le principal devoir du vrai franc-maçon consiste, comme « je vous l'ai dit, dans le perfectionnement de soi-même. « Mais nous croyons souvent qu'en écartant de nous toutes « les difficultés de la vie, nous pourrons atteindre ce but plus « rapidement; au contraire, cher monsieur, ce n'est qu'au « milieu de l'agitation du monde que nous pouvons atteindre « les trois buts principaux : 1° la connaissance de soi-même « car l'homme ne peut se connaître que par comparaison; « 2° le perfectionnement qui ne s'obtient que par la lutte; et « 3° la vertu suprême, l'amour de la mort. Seules les vicissi- « tudes de la vie peuvent nous en démontrer la vanité et déve- « lopper en nous l'amour inné de la mort, c'est-à-dire de la

« résurrection à une vie nouvelle. » Ces paroles sont d'autant plus remarquables qu'en dépit de ses cruelles souffrances physiques, la vie n'est jamais à charge à Joseph Alexeievitch et qu'il aime la mort à laquelle, malgré toute la pureté et l'élévation de son être intérieur, il ne se sent pas encore suffisamment préparé. Puis le bienfaiteur m'expliqua la signification profonde du grand carré de la création et m'indiqua que les chiffres trois à sept sont le fondement de tout. Il me conseilla de ne pas rompre complètement avec les frères de Pétersbourg et, tout en ne remplissant dans la loge que des fonctions du second degré, m'efforcer, en les détournant des entraînements de l'orgueil, de les ramener dans la vraie voie de la connaissance et du perfectionnement de soi-même. En outre, pour moi personnellement, il m'a donné un cahier, celui-là même où j'écris et où je noterai désormais toutes mes actions. »

« Pétersbourg, 23 novembre.

« J'ai repris la vie commune avec ma femme. Ma belle-mère est arrivée chez moi en larmes et m'a dit qu'Hélène était ici et qu'elle me conjurait de l'entendre, qu'elle était innocente, que mon abandon la rendait malheureuse, et bien d'autres choses encore. Je savais que si je me laissais aller à la revoir je n'aurais plus la force de refuser. Dans le doute, je ne savais à qui demander aide et conseil. Si le bienfaiteur avait été ici, il m'aurait guidé. Je me suis retiré chez moi, j'ai relu les lettres de Joseph Alexeievitch, je me suis souvenu de mes entretiens avec lui, et de tout cela j'ai conclu que je ne devais pas refuser à celui qui demande mais tendre à chacun une main secourable, à plus forte raison à une personne qui est unie à moi par des liens si puissants, et qu'il me fallait porter ma croix. Mais si c'est pour l'amour de la vertu que je lui ai pardonné, que mon union avec elle n'ait plus qu'un but spirituel. C'est ce que j'ai décidé et écrit à Joseph Alexeievitch. J'ai dit à ma femme que je la priais d'oublier tout le passé, de me pardonner les torts que je pouvais avoir envers elle et que, pour ma part, je n'avais rien à lui pardonner. J'ai été heureux de le lui dire. Qu'elle ignore combien il m'a été pénible de la revoir. Je me suis installé à l'étage supérieur de la grande maison et j'éprouve avec bonheur un sentiment de rénovation. »

IX

Alors, comme toujours, la haute société qui se rencontrait à la cour et aux grands bals se partageait en plusieurs cercles dont chacun avait sa nuance particulière. Parmi eux le plus nombreux était le cercle français du comte Roumiantzev et de Caulaincourt, partisans de l'alliance avec Napoléon. Hélène y occupa une des places les plus en vue dès qu'elle se fut installée avec son mari à Pétersbourg. Ces messieurs de l'ambassade de France et un grand nombre de gens du même bord, connus pour leur esprit et leur amabilité, fréquentaient son salon.

Hélène se trouvait à Erfurt pendant la célèbre entrevue des empereurs et y avait noué des relations avec toutes les notabilités parmi les partisans européens de Napoléon. Elle avait eu de brillants succès à Erfurt. Napoléon lui-même l'ayant remarquée au théâtre avait demandé qui elle était et avait dit : « *C'est un superbe animal.* » Son succès de femme belle et élégante n'étonnait pas Pierre car, avec les années, elle avait encore embelli. Mais ce qui l'étonnait, c'est qu'en ces deux années sa femme eût su acquérir la réputation *d'une femme charmante, aussi spirituelle que belle.* Le fameux prince de Ligne lui écrivait des lettres de huit pages. Bilibine réservait ses mots pour en offrir la primeur à la comtesse Bezoukhov. Être reçu dans son salon passait pour un brevet d'esprit; les jeunes gens lisaient des livres avant d'aller à ses soirées pour avoir un sujet de conversation; les secrétaires d'ambassade et même les ambassadeurs lui confiaient des secrets diplomatiques, si bien que, dans un sens, Hélène était une puissance. Pierre, qui la savait très sotte, assistait parfois avec un bizarre mélange de perplexité et de crainte à ses soirées et ses dîners où on parlait politique, poésie et philosophie. Il y éprouvait un sentiment semblable à celui d'un prestidigitateur qui s'attend à tout instant à voir sa supercherie découverte. Mais soit que, pour diriger un tel salon, la sottise fût précisément nécessaire, soit que les dupes elles-mêmes prissent plaisir à être dupées, la supercherie ne se découvrait pas et la réputation *d'une femme charmante et spirituelle* était si solidement acquise à Hélène Vassilievna Bezoukhov qu'elle pouvait dire les pires platitudes et les plus grandes sottises, tout le monde ne s'en extasiait pas moins sur chacune de ses paroles et y cherchait un sens profond qu'elle ne soupçonnait pas elle-même.

Pierre était le mari même qu'il fallait à cette brillante femme du monde. Il était cet original distrait, ce mari *grand seigneur* qui ne gêne personne et non seulement ne crée pas de dissonance dans le ton élevé du salon mais, par le contraste qu'il forme avec l'élégance et le tact de sa femme, contribue même à la mettre encore en valeur. La concentration constante de son esprit, pendant ces deux années, sur des questions abstraites et son sincère mépris pour tout le reste lui avaient fait adopter, dans la société qui entourait sa femme et qui ne l'intéressait pas, ce ton d'indifférence, de détachement et de bienveillance à l'égard de tous qui ne s'acquiert pas artificiellement et qui, pour cela même, impose involontairement le respect. Il entrait dans le salon de sa femme comme dans un théâtre, il y connaissait tout le monde, était également accueillant et également indifférent avec chacun. Parfois il prenait part à une conversation qui l'intéressait et alors sans se soucier de savoir si *les messieurs de l'ambassade* étaient ou non là, il exposait en bredouillant ses idées qui, parfois, n'étaient nullement dans le ton du moment. Mais l'opinion qu'on avait du mari si original *de la femme la plus distinguée de Pétersbourg* était si bien établie que personne ne prenait ses sorties *au sérieux.*

Parmi les nombreux jeunes gens qui fréquentaient tous les jours le salon d'Hélène, un des plus intimes, depuis le retour de celle-ci d'Erfurt, était Boris Droubetzkoï, qui avait déjà fait une très belle carrière. Hélène l'appelait *mon page* et le traitait en enfant. Le sourire qu'elle lui adressait était le même qu'elle destinait à tous les autres, mais de voir ce sourire était parfois désagréable à Pierre. Boris témoignait à Pierre une déférence spéciale, digne et triste. Cette nuance déférente inquiétait également Pierre. Il avait si cruellement souffert, trois ans plus tôt, de l'outrage qui lui avait été infligé qu'il se mettait maintenant à l'abri d'un autre outrage semblable, d'abord en n'étant pas le mari de sa femme, puis en s'interdisant de la soupçonner.

« Maintenant qu'elle est devenue un *bas bleu,* elle a renoncé pour toujours aux entraînements d'autrefois. Il n'y a pas d'exemple qu'un *bas bleu* ait eu des entraînements de cœur », se répétait-il, puisant on ne sait où cette affirmation à laquelle il croyait absolument. Mais, chose étrange, la présence de Boris dans le salon de sa femme (et il y était presque constamment) avait sur lui un effet physique : elle lui liait tous les membres, supprimait la spontanéité et la liberté de ses mouvements.

« Quelle étrange antipathie! pensait-il. Autrefois il me plaisait pourtant beaucoup. »

Aux yeux du monde, Pierre était un grand seigneur, le mari quelque peu aveugle et ridicule d'une femme célèbre, un original intelligent, mais aussi un bon et brave garçon, parfaitement oisif mais qui ne faisait pas non plus de tort à personne. Or, dans l'âme de Pierre s'accomplissait, pendant tout ce temps, un travail complexe et difficile de développement intérieur qui lui ouvrait bien des horizons et lui valait bien des doutes et bien des joies morales.

X

Il continuait de tenir son journal et voici ce qu'il y écrivait à cette époque :

« 24 novembre.

« Levé à huit heures, lu la Sainte Écriture, puis suis allé au comité. (Sur le conseil du bienfaiteur, Pierre faisait partie d'un des comités.) Rentré pour dîner, ai dîné seul (la comtesse avait beaucoup d'invités qui me sont désagréables), ai mangé et bu modérément, et après le repas ai copié des documents pour les frères. Le soir, je suis descendu chez la comtesse et j'y ai raconté une histoire drôle sur B. et ce n'est qu'en entendant tout le monde rire aux éclats que je me suis souvenu que je n'aurais pas dû la raconter.

« Je me couche l'esprit heureux et calme. Seigneur Tout-Puissant, aide-moi à marcher dans tes voies : 1° à vaincre ma propension à la colère par la douceur, la patience; 2° la luxure par la continence et le dégoût; 3° à m'éloigner des vanités de ce monde, mais sans me soustraire : *a*) au service de l'État; *b*) aux intérêts de famille; *c*) aux relations d'amitié, et *d*) aux occupations économiques. »

« 27 novembre.

« Levé tard, et, une fois réveillé, resté longtemps dans mon lit, m'abandonnant à la paresse. Mon Dieu! aide-moi et fortifie-moi pour me permettre de marcher dans tes voies. Lu la Sainte Écriture mais sans le recueillement nécessaire. Le frère Ouroussov est venu, nous avons causé des vanités de ce monde. Il a parlé des nouveaux projets de l'empereur. J'allais les critiquer, mais je me suis rappelé les règles et les paroles de notre bienfaiteur, qui disait qu'un vrai franc-maçon doit être un serviteur zélé de l'État quand on lui demande son concours et un témoin passif quand on ne le lui demande pas. Ma langue est mon ennemi. Les frères G. V. et O. sont venus me voir, nous avons eu un entretien préalable sur la réception d'un nouveau frère. Ils m'ont confié les fonctions d'orateur. Je me sens insuffisant et indigne. Puis nous en sommes venus à parler de l'interprétation à donner aux sept colonnes et degrés du temple, aux sept sciences, aux sept vertus, aux sept vices, aux sept dons du Saint-Esprit. Le frère O. a été très éloquent. Le soir a eu lieu la réception. Le nouvel aménagement de la loge a beaucoup contribué à la magnificence du spectacle. C'est Boris Droubetzkoï qui fut reçu. J'ai été son parrain, j'ai aussi été l'orateur. Un étrange sentiment m'agitait pendant tout le temps que je suis resté avec lui dans le temple obscur. J'ai surpris en moi une haine à son égard que je m'efforce en vain de surmonter. Et c'est pourquoi j'aurais sincèrement voulu le sauver du mal et le conduire sur le chemin de la vérité, mais les mauvaises pensées à son sujet ne me quittaient pas. Je pensais que le seul but qu'il poursuivait en entrant dans la confrérie était d'approcher certaines personnes qui font partie de notre loge, de gagner leurs faveurs. Outre qu'il a demandé à plusieurs reprises si N. ou S. appartenaient bien à notre loge (ce à quoi je n'ai pu lui répondre), outre que, d'après mes observations, il est incapable d'éprouver du respect pour notre saint Ordre et qu'il est trop occupé et trop content de son être extérieur pour désirer son perfectionnement moral, je n'avais pas de raisons de douter de lui; mais il me semblait peu sincère et, durant tout mon tête-à-tête avec lui dans le temple obscur, j'ai eu l'impression qu'il souriait dédaigneusement à mes paroles et j'avais envie de percer pour de bon sa poitrine nue avec l'épée que je tenais devant elle. Je n'ai pu être éloquent et je ne pouvais faire franchement part de mes doutes aux frères et au grand maître. Grand Architecte de l'Univers, aide-moi à trouver les vraies voies qui mènent hors du labyrinthe du mensonge. »

Après cela, il y avait trois pages blanches, puis était noté ce qui suit :

« J'ai eu une longue et instructive conversation en tête-à-tête avec le frère V, qui m'a conseillé de me lier avec le frère A. Beaucoup de choses m'ont été révélées, à moi qui en suis indigne. Adonaï est le nom de celui qui a créé le monde. Eloïm le nom de celui qui gouverne toutes choses. Le troisième nom qu'on ne prononce pas signifie le TOUT. Mes entretiens avec le frère V. me fortifient, me rafraîchissent et me raffermissent dans la voie de la vertu. En sa présence, il n'y a pas place pour le doute. Je vois clairement la différence entre le pauvre enseignement des sciences de ce monde et notre sainte doctrine qui embrasse tout. Les sciences humaines fragmentent tout pour comprendre, tuent pour examiner. Dans la sainte science de l'ordre, tout est un, tout se connaît dans sa totalité et dans sa vie. La Triade – les trois principes des choses – sont le soufre, le mercure et le sel. Le soufre a les propriétés de l'huile et du feu : en union avec le sel, le feu qui est en lui suscite la soif au moyen de laquelle il attire le mercure, le saisit, le retient et produit conjointement avec lui des corps distincts. Le mercure est l'essence spirituelle à l'état liquide et volatil – le Christ, l'Esprit-Saint, Lui. »

« 3 décembre.

« Réveillé tard, ai lu la Sainte Écriture, mais j'étais insensible. Puis je suis sorti de ma chambre et me suis promené dans le salon. Je voulais méditer, au lieu de quoi mon imagination m'a représenté un incident survenu il y a quatre ans. M. Dolokhov, me rencontrant à Moscou après le duel, m'avait dit qu'il espérait que je jouissais maintenant d'une paix parfaite de l'esprit, malgré l'absence de mon épouse. Je ne lui répondis rien alors. Ce matin, je me suis souvenu de tous les détails de cette rencontre et mentalement je lui ai tenu les propos les plus acerbes et fait les réponses les plus caustiques. Je ne me suis ressaisi et je n'ai chassé cette pensée qu'après m'être vu enflammé de colère; mais je ne m'en suis pas assez repenti. Puis Boris Droubetzkoï est venu et aussitôt s'est mis à raconter diverses aventures, j'ai été mécontent de sa visite et lui ai parlé d'une façon malveillante. Il a répliqué. Je me suis emporté et lui ai dit une foule de choses désagréables et même grossières. Il s'est tu et je ne me suis ressaisi qu'alors qu'il était déjà trop tard. Mon Dieu, je ne sais pas du tout m'y prendre avec lui. La faute en est à mon amour-propre. Je me mets au-dessus de lui, c'est pourquoi je deviens bien pire que lui car il est indulgent envers mes grossièretés, alors qu'au contraire je n'éprouve pour lui que du mépris. Mon Dieu, accorde-moi de mieux voir mon abjection en sa présence. Après le dîner, je me suis endormi et en m'endormant j'ai nettement entendu une voix qui me disait à l'oreille gauche : « Ton jour est venu! »

« J'ai rêvé que je marchais dans l'obscurité et que soudain je me trouvais entouré de chiens, mais que je continuais à marcher sans crainte; tout à coup un petit chien me saisit le mollet avec ses dents et ne me lâche plus. Je me mets à l'étrangler de mes mains. Et à peine l'ai-je arraché de moi qu'un autre, plus grand, se met à me mordre. Je le soulève, et plus je le soulève, plus il devient grand et lourd. Soudain le frère A. arrive, et, passant son bras sous le mien, il m'entraîne vers un bâtiment où l'on ne pouvait entrer qu'en passant sur une planche étroite. J'y mis le pied et la planche bascula et tomba; je grimpai sur la palissade que mes mains pouvaient à peine atteindre. Après de grands efforts, je m'y hissai de façon que mes jambes pendaient d'un côté et le buste de l'autre. Je me retournai et je vis que le frère A., debout sur la clôture, me montrait une grande allée, un parc et, dans le parc, un vaste et magnifique édifice. Je me réveillai. Seigneur, Grand Architecte de l'univers, aide-moi à me débarrasser des chiens – mes passions – et du dernier qui réunit en lui la puissance de tous les autres; aide-moi à pénétrer dans ce temple de la vertu qu'il m'a été donné de contempler en rêve. »

« 7 décembre.

« J'ai rêvé que Joseph Alexeievitch était chez moi et que j'en étais heureux et voulais le bien traiter. Je bavarde sans arrêt avec d'autres quand soudain je me rends compte que cela ne peut lui être agréable, et je désire m'approcher de lui et le serrer dans mes bras. Mais à peine me suis-je approché que je vois son visage se transfigurer, rajeunir, et il me dit tout bas quelques mots sur la doctrine de l'Ordre, si bas que je ne puis entendre. Puis nous sommes tous sortis de la pièce, et alors il s'est passé quelque chose de bizarre. Nous étions assis ou couchés par terre. Il me parlait. Et moi je voulus lui montrer ma sensibilité et, sans l'écouter, je m'imaginais l'état de mon être intérieur et la grâce divine qui me visite. Des larmes me montèrent aux yeux et j'étais content qu'il les eût remarquées. Mais il me lança un regard maussade et se leva vivement en coupant court à la conversation. Intimidé, je lui demandai si c'est de moi qu'il avait parlé; mais il ne répondit rien, se montra cordial avec moi, puis nous nous trouvâmes soudain dans ma chambre à coucher où il y a un lit à deux places. Il se coucha sur le bord du lit et je brûlais du désir de lui témoigner mon affection et de m'étendre à ses côtés. Et il me demanda : « Dites-moi en toute franchise quelle est votre principale passion? La connaissez-vous? Je pense que maintenant vous devez la connaître. » Troublé par cette question, je répondis que la paresse était mon principal défaut. Il hocha la tête d'un air incrédule. Et je lui dis, encore plus troublé, que tout en vivant avec ma femme, selon son conseil, ce n'était pas comme son mari. A cela il répliqua qu'il ne fallait pas priver ma femme de caresses, me donnant à entendre que tel était mon devoir. Mais je répondis que cela me faisait honte, et soudain tout disparut. Je me réveillai et je trouvai dans mon esprit ce texte des Saintes Écritures : « Et la vie était la lumière des hommes. Et la lumière luit dans les ténèbres et les ténèbres ne l'ont point reçue. » Le visage de Joseph Alexeievitch était jeune et lumineux. Le même jour, j'ai reçu une lettre du bienfaiteur où il me parle des devoirs conjugaux.

« 9 décembre.

« J'ai fait un rêve qui m'a laissé au réveil le cœur palpitant. J'ai rêvé que j'étais à Moscou, chez moi, dans le grand cabinet, et que Joseph Alexeievitch sortait du salon. Je compris aussitôt que la régénération s'était déjà accomplie en lui et je me précipitai à sa rencontre. Je l'embrassai et lui baisai les mains, et il me dit : « As-tu remarqué que je n'ai plus le même « visage? » Je le regardai tout en continuant à le serrer dans mes bras, et je vis que son visage était jeune, mais qu'il n'avait pas de cheveux et que ses traits étaient tout autres. Je lui dis : « Je vous aurais reconnu si je vous avais rencontré par hasard », et je me demandai pendant ce temps : « Ai-je dit la vérité? » Et tout à coup je le vis étendu là comme un cadavre; puis, peu à peu, il revint à lui et entra avec moi dans mon grand cabinet de travail en tenant dans ses mains un grand livre manuscrit, un in-folio. Et je dis : « C'est moi qui l'ai écrit. » Il me répondit par un signe de tête. J'ouvris le livre, il y avait de belles gravures à toutes les pages. Et je savais que ces images représentaient les aventures amoureuses de l'âme avec son bien-aimé. Je vis sur une page une belle image d'une vierge aux vêtements et au corps transparents qui s'envolait vers les nuages. Et je savais que cette vierge n'était rien d'autre qu'une figuration du Cantique des Cantiques. En regardant ces dessins, je sentais que j'agissais mal, mais je ne pouvais m'en arracher. Seigneur, viens à mon aide! Mon Dieu, si l'abandon où tu me laisses est ton œuvre, que ta volonté soit faite; mais si c'est moi-même qui en suis cause, enseigne-moi ce que je dois faire. Ma dépravation me perdra si tu m'abandonnes complètement. »

XI

La situation de fortune des Rostov ne s'était pas améliorée durant les deux années qu'ils avaient passées à la campagne.

Quoique Nicolas Rostov, ferme dans sa décision, continuât une carrière sans éclat dans un régiment obscur en dépensant relativement peu d'argent, le genre de vie qu'on menait à Otradnoïe et en particulier la gestion de Mitenka étaient tels que les dettes s'accroissaient irrésistiblement d'année en année. Le seul remède qui s'offrait de toute évidence au vieux comte était d'entrer au service de l'État, et il alla à Pétersbourg chercher un poste; chercher un poste et en même temps, comme il disait, distraire une dernière fois les fillettes.

Peu de temps après l'arrivée des Rostov à Pétersbourg. Berg demanda la main de Vera et fut agréé.

A Moscou, les Rostov appartenaient à la haute société, sans le savoir et sans se demander à quelle société au juste ils appartenaient, mais à Pétersbourg ils fréquentèrent un milieu fort mélangé et mal défini. A Pétersbourg ils étaient des provinciaux que ne condescendaient pas à fréquenter ceux-là mêmes que, sans leur demander d'où ils sortaient, les Rostov traitaient à table ouverte à Moscou.

Les Rostov menaient à Pétersbourg une vie aussi hospitalière qu'à Moscou, leurs soupers réunissaient les personnages les plus divers, voisins d'Otradnoïe, vieux hobereaux avec leurs filles et la demoiselle d'honneur Peronski, Pierre Bezoukhov et le fils du maître de poste de leur district, employé à Pétersbourg. Parmi les hommes, les plus intimes furent bien vite Boris, Pierre, que le vieux comte, le rencontrant dans la rue, avait entraîné chez lui, et Berg qui passait chez eux des journées entières et prodiguait à l'aînée des filles, la comtesse Vera, toutes les marques d'intérêt d'un jeune homme qui compte faire sa demande.

Ce n'est pas en vain que Berg avait montré à tout venant sa main droite blessée à Austerlitz et qu'il avait tenu de la main gauche une épée absolument inutile. Il racontait à chacun cet événement si obstinément et avec tant d'importance que tous avaient fini par croire à l'utilité et au mérite de son exploit, et deux décorations étaient venues récompenser sa conduite à Austerlitz.

Dans la guerre de Finlande, il avait également eu l'occasion de se distinguer. Il avait ramassé un éclat de grenade qui avait tué un aide de camp aux côtés du généralissime, et l'avait remis à son chef. De même qu'après Austerlitz, il avait si longtemps et si obstinément raconté cet événement à tout le monde que de nouveau chacun crut qu'il avait été nécessaire d'agir ainsi, et pour la guerre de Finlande il reçut encore deux distinctions. En 1808, il était capitaine de la garde décoré et occupait à Pétersbourg un poste spécial et avantageux.

Certains sceptiques avaient beau sourire lorsqu'on leur parlait des mérites de Berg, force leur était de reconnaître que c'était un officier ponctuel et courageux, très bien noté par ses chefs, un jeune homme de bonne vie promis à un brillant avenir et même possédant déjà une situation solide dans le monde.

Quatre ans plus tôt, rencontrant au parterre d'un théâtre de Moscou un de ses camarades allemands, Berg lui avait montré Vera Rostov en lui disant en allemand : « *Das soll mein Weib sein*[1] », et dès lors il décida de l'épouser. Maintenant, à Pétersbourg, s'étant rendu compte de la situation des Rostov et l'ayant comparée à la sienne, il conclut que le moment était venu et fit sa demande.

Sa demande fut d'abord accueillie avec une surprise peu flatteuse pour lui. On trouvait étrange que le fils d'un obscur gentilhomme livonien demandât la main d'une comtesse Rostov; mais le trait principal du caractère de Berg consistait en un égoïsme si naïf et si bon enfant que, malgré eux, les Rostov finirent par se dire que c'était pour le mieux puisqu'il était si fermement convaincu que c'était bien et même très bien. De surcroît, leur situation était bien ébranlée, ce que le fiancé ne pouvait ignorer, et surtout Vera avait vingt-quatre ans, elle allait beaucoup dans le monde, mais bien qu'incontestablement belle et raisonnable, elle n'avait jamais encore été demandée. Le consentement fut donné.

1. C'est celle-là qui sera ma femme.

« Voyez-vous, disait Berg à son camarade qu'il n'appelait son ami que parce qu'il savait que tout le monde en a toujours un. Voyez-vous, j'ai tout pesé, tout bien considéré, et je ne me marierais pas si cela présentait un inconvénient quelconque. Au contraire, mon père et ma mère sont maintenant à l'abri du besoin, je leur ai fait avoir ces fermages dans les pays baltes, et quant à moi, je peux grâce à mon esprit d'économie vivre à Pétersbourg avec ma solde et sa fortune. Nous pourrons bien vivre. Ce n'est pas pour l'argent que je me marie, je trouve que cela manque de noblesse, mais il faut que la femme apporte sa part et le mari la sienne. J'ai ma situation, elle a des relations et une petite fortune. Cela n'est tout de même pas à négliger de nos jours, n'est-ce pas? Mais surtout c'est une jeune fille charmante et honnête, et elle m'aime. »

Berg sourit en rougissant.

« Et moi aussi je l'aime parce qu'elle a un caractère sérieux et excellent. Tenez, son autre sœur, c'est la même famille mais c'est bien différent, elle a un caractère désagréable, elle n'a pas la même intelligence, et puis... vous savez... elle a je ne sais quoi de déplaisant. Alors que ma fiancée... Vous viendrez souvent », poursuivit Berg, qui allait dire « dîner » mais se ravisa et dit « prendre le thé », et d'un vif coup de langue il lança un petit rond de fumée qui symbolisait parfaitement ses rêves de bonheur.

Le premier moment de perplexité causé par la demande de Berg fit place dans la famille à l'atmosphère de fête et de joie qui est de rigueur dans ces cas-là, mais la joie manquait de sincérité, était extérieure. De la gêne et de la honte perçaient dans l'attitude des parents envers ce mariage. On aurait dit qu'ils étaient maintenant honteux d'avoir peu aimé Vera et de se débarrasser si volontiers d'elle. Le vieux comte était le plus gêné de tous. Il n'aurait sans doute pas su en définir la cause, mais la question d'argent le tracassait. Il ignorait absolument ce qu'il possédait, combien il avait de dettes et quelle dot il serait en mesure de donner à Vera. A la naissance de ses filles, il avait attribué à chacune d'elles une dot de trois cents âmes; mais l'un des villages était déjà vendu, l'autre hypothéqué et les arrérages tellement en retard qu'il devait être vendu, aussi était-il impossible de lui donner une propriété foncière. D'argent liquide il n'y avait pas non plus.

Berg était déjà fiancé depuis plus d'un mois et il ne restait plus que huit jours jusqu'au mariage, mais le comte n'avait pas encore résolu à part lui la question de la dot et n'en avait pas parlé à sa femme. Il voulait tantôt donner à Vera le domaine de Riazan, tantôt vendre une forêt, tantôt emprunter de l'argent contre billet. Quelques jours avant la cérémonie, Berg entra un matin de bonne heure dans le cabinet du comte et avec un agréable sourire pria respectueusement son futur beau-père de lui donner des précisions sur la dot de la comtesse Vera. Cette question qu'il prévoyait depuis longtemps troubla si fort le comte qu'il dit au hasard la première chose qui lui vint à l'esprit.

« Je suis content que tu t'en préoccupes, bien content, tu n'auras pas à te plaindre... »

Et en tapotant Berg sur l'épaule, il se leva, désireux de mettre fin à l'entretien. Mais Berg expliqua en souriant agréablement que s'il ne savait pas exactement quelle serait la dot de Vera et n'en touchait pas d'avance au moins une partie, il serait contraint de reprendre sa parole.

« Parce que, comprenez-moi bien, comte, si je me permettais de me marier sans être assuré de pouvoir subvenir aux besoins de ma femme, je n'agirais pas honnêtement. »

Le résultat en fut que le comte, pour se montrer généreux et couper court à de nouvelles demandes, promit un billet à ordre de quatre-vingt mille roubles. Berg sourit avec douceur, embrassa la comte à l'épaule et dit qu'il lui était très reconnaissant, mais ne pouvait en aucun cas organiser sa nouvelle vie sans disposer de trente mille roubles comptant.

« Ou bien de vingt mille tout au moins, comte, ajouta-t-il, et le billet ne serait alors que de soixante mille.

– Oui, oui, parfaitement, dit vivement le comte, seulement, excuse-moi, mon ami, je te donnerai tes vingt mille roubles, mais le billet n'en sera pas moins de quatre-vingt mille. Voilà. Allons, embrasse-moi. »

XII

NATACHA avait seize ans et l'on était en 1809, l'année qu'en comptant sur les doigts elle avait fixée, quatre ans plus tôt, à Boris quand ils s'étaient embrassés. Depuis elle ne l'avait pas revu une seule fois. Devant Sonia et sa mère, lorsqu'il était question de Boris, elle disait tout à fait librement, comme une chose entendue, que tout ce qui s'était passé jusque-là était de l'enfantillage depuis longtemps oublié dont il ne valait même pas la peine de parler. Mais, tout au fond de son cœur, la question de savoir si son engagement envers Boris était une plaisanterie ou une promesse sérieuse qui la liait, cette question la tourmentait.

Depuis que, en 1805, Boris avait quitté Moscou pour l'armée, il n'avait pas revu les Rostov. Il était plusieurs fois revenu à Moscou, était passé non loin d'Otradnoïe, mais n'avait jamais remis les pieds chez eux.

Natacha se disait parfois qu'il ne voulait pas la voir et le ton triste que les aînés de la famille prenaient en parlant de lui confirmait ses suppositions.

« De nos jours, on oublie les vieux amis », disait la comtesse quand on faisait allusion à Boris.

Anna Mikhaïlovna qui, ces derniers temps, venait plus rarement, avait adopté elle aussi une attitude particulièrement digne et chaque fois parlait avec enthousiasme et reconnaissance des mérites de son fils et de la brillante carrière qu'il était en train de faire. Lorsque les Rostov arrivèrent à Pétersbourg, Boris alla leur rendre visite.

Il allait chez eux non sans émotion. Le souvenir de Natacha était le souvenir le plus poétique de Boris. Mais en même temps il avait la ferme intention de laisser nettement entendre à elle et à ses parents que leurs relations d'enfants ne pouvaient constituer aucun engagement ni pour elle ni pour lui. Il avait une brillante situation dans le monde grâce à son intimité avec la comtesse Bezoukhov, il faisait aussi une brillante carrière grâce à la protection de l'important personnage dont il avait la confiance absolue, et il nourrissait des projets naissants de mariage avec une des plus riches héritières de Pétersbourg, projets qui pouvaient fort bien aboutir. Quand Boris entra dans le salon des Rostov, Natacha était dans sa chambre. Apprenant son arrivée, elle accourut toute rouge, rayonnante d'un sourire plus qu'aimable.

Boris se rappelait Natacha en robe courte, aux yeux noirs brillants sous ses boucles et au fou rire d'enfant, telle qu'il l'avait connue quatre ans plus tôt; c'est pourquoi en voyant entrer une tout autre Natacha il se troubla et son visage refléta une surprise admirative. Cette expression fit plaisir à Natacha.

« Eh bien, reconnais-tu ta petite amie espiègle? » dit la comtesse. Boris baisa la main de Natacha et dit sa surprise du changement survenu en elle.

« Comme vous avez embelli! »

« Je pense bien! » répondirent les yeux rieurs de Natacha.

« Et papa a-t-il vieilli? » demanda-t-elle. Natacha s'assit et en silence, sans prendre part à la conversation de Boris et de la comtesse, examina le fiancé de son enfance jusqu'au moindre détail. Il sentait peser sur lui ce regard affectueux et obstiné, et de temps en temps la regardait aussi.

L'uniforme, les éperons, la cravate, la coiffure de Boris, tout cela était à la dernière mode et *comme il faut*. Natacha s'en aperçut aussitôt. Assis un peu de biais dans un fauteuil auprès de la comtesse, il arrangeait de la main droite le gant immaculé qui moulait sa main gauche, parlait des plaisirs de la haute société de Pétersbourg en pinçant les lèvres d'une façon particulièrement distinguée et évoquait avec une douce ironie le vieux temps et les connaissances de Moscou. Ce n'était pas par hasard, Natacha le sentait, qu'à propos de la haute société il glissa un mot sur le bal de l'ambassade auquel il avait assisté, sur les invitations qu'il avait reçues de NN. et de SS.

Natacha restait silencieuse, le regardant à la dérobée. Ce regard inquiétait et troublait Boris de plus en plus. Il jetait plus souvent un coup d'œil vers elle et s'interrompait dans ses récits. Il ne resta pas plus de dix minutes et se leva pour prendre congé. Les mêmes yeux curieux, provocants et un peu moqueurs le regardaient toujours. Après sa première visite, Boris se dit que Natacha l'attirait tout autant que par le passé, mais qu'il ne devait pas céder à ce sentiment, car un mariage avec elle – une jeune fille presque sans fortune – briserait sa carrière, et que renouer les anciennes relations sans l'intention de l'épouser serait agir malhonnêtement. Il décida à part lui d'éviter de la rencontrer mais, malgré cette décision, il retourna chez les Rostov au bout de quelques jours, prit l'habitude de revenir souvent et y passa des journées entières. Il se disait qu'il devait absolument s'expliquer avec Natacha, lui dire qu'il fallait oublier le passé, que malgré tout... elle ne pouvait être sa femme, qu'il n'avait pas de fortune et qu'on ne la lui donnerait jamais en mariage. Mais il n'y parvenait pas et ne savait comment aborder ces explications. Il s'enlisait chaque jour davantage. Natacha, ainsi que le remarquaient sa mère et Sonia, paraissait être redevenue amoureuse de Boris. Elle lui chantait les chansons qu'il préférait, lui montrait son album, lui demandait d'y écrire, l'empêchait de revenir sur le passé en laissant entendre combien le présent était beau; et chaque jour il partait comme étourdi sans avoir dit ce qu'il avait l'intention de lui dire, sans savoir lui-même ce qu'il faisait et pourquoi il venait, ni comment cela finirait. Il ne se montrait plus chez Hélène, recevait chaque jour d'elle des billets pleins de reproches et n'en passait pas moins des journées entières chez les Rostov.

XIII

Un soir, comme la vieille comtesse, en coiffe de nuit et en camisole, sans fausses boucles et une seule maigre touffe de cheveux sortant de son bonnet de calicot blanc, faisait sur son tapis en soupirant et en gémissant les génuflexions de sa prière du soir, sa porte grinça et Natacha, elle aussi en camisole et en papillotes, accourut dans sa chambre, les pieds nus dans des pantoufles. La comtesse se retourna et fronça les sourcils. Elle finissait sa dernière prière : « Cette couche sera-t-elle vraiment mon cercueil? » Son recueillement s'évanouit. Natacha, rouge et animée, voyant sa mère en prières, s'arrêta court, s'accroupit et malgré elle tira la langue comme pour se menacer elle-même. Sa mère continuant sa prière, elle courut sur la pointe des pieds vers le lit, quitta ses pantoufles en frottant vivement un petit pied contre l'autre et sauta sur cette couche que la comtesse craignait de voir devenir son cercueil. C'était un haut lit de plume avec une pyramide de cinq oreillers qui allaient en diminuant. Natacha y sauta, s'enfouit dans l'édredon, se roula jusqu'au mur et en s'installant s'agita sous la couverture, ramenant les genoux sous le menton, donnant des coups de pied et riant d'un rire étouffé, tantôt se cachant la tête, tantôt jetant un regard à sa mère. La comtesse acheva sa prière et, le visage sévère, s'approcha du lit : mais voyant que Natacha se cachait la tête dans la couverture, elle eut son bon et faible sourire.

« Allons, allons, allons, dit la mère.

– Maman, nous pouvons causer, n'est-ce pas? dit Natacha. Allons, un baiser dans le cou, et puis encore un, et ça suffit. » Et elle entoura de ses bras le cou de sa mère et l'embrassa sous le menton. Natacha avait avec sa mère des façons brusques, mais elle était si sensible et si adroite qu'en l'enlaçant elle savait toujours s'y prendre sans que cela lui fît mal, lui fût désagréable ou la gênât.

« Eh bien, de quoi s'agit-il aujourd'hui? » demanda la mère une fois appuyée aux oreillers et ayant attendu que Natacha, après s'être roulée deux fois sur elle-même, se fût étendue à côté d'elle sous la même couverture, les mains dégagées des draps et l'air sérieux.

Ces visites nocturnes de Natacha qui avaient lieu avant que le comte fût revenu de son club, étaient un des plus grands plaisirs de la mère et de la fille.

« Qu'y a-t-il donc aujourd'hui? Moi aussi j'ai à te parler... »

Natacha lui mit la main sur la bouche.

« De Boris... Je sais, dit-elle sérieusement, c'est pour cela que je suis venue. Ne dites rien, je sais. Si, dites-le! » Elle retira sa main. « Dites, maman, il est gentil?

– Natacha, tu as seize ans, à ton âge j'étais déjà mariée. Tu dis que Boris est gentil. Oui, il est très gentil et je l'aime comme un fils, mais où veux-tu en venir?... Quelles sont tes intentions? Tu lui as complètement tourné la tête, je le vois bien... »

En disant cela la comtesse jeta un regard à sa fille. Natacha, immobile, avait les yeux fixés droit devant elle sur un des sphinx en acajou sculptés aux coins du lit, si bien que la comtesse ne pouvait voir le visage de sa fille que de profil. Ce visage la frappa par son expression sérieuse et concentrée.

Natacha écoutait et réfléchissait.

« Et alors? dit-elle.

– Tu lui as complètement tourné la tête, à quoi bon? Que veux-tu de lui? Tu sais bien que tu ne peux pas l'épouser.

– Pourquoi? demanda Natacha sans changer de position.

– Parce qu'il est trop jeune, parce qu'il est pauvre, parce qu'il est ton parent... parce que tu ne l'aimes pas.

– Qu'en savez-vous?

– Je le sais. Ce n'est pas bien, mon amie.

– Et si je veux..., dit Natacha.

– Ne dis pas de bêtises, fit la comtesse.

– Et si je veux...

– Natacha, je parle sérieusement... »

Natacha ne la laissa pas achever, attira à elle la grande main de la comtesse et la baisa par-dessus, puis sur la paume, puis la retourna encore et déposa un baiser sur la jointure d'un doigt, puis sur l'intervalle entre ce doigt et son voisin, puis de nouveau sur la jointure, en disant : « Janvier, février, mars, avril, mai. »

« Parlez, maman, pourquoi vous taisez-vous? Parlez, dit-elle en jetant un coup d'œil a sa mère qui contemplait sa fille d'un regard plein de tendresse et à qui cette contemplation semblait avoir fait oublier tout ce qu'elle voulait dire.

– Ça ne va pas, mon petit. Il y a des gens qui ne comprendraient pas votre amitié enfantine et de le voir si intime avec toi pourrait te nuire aux yeux des autres jeunes gens qui fréquentent chez nous et, surtout, cela le fait inutilement souffrir. Il a peut-être trouvé un parti qui lui convient, une fille riche; et maintenant il perd la tête.

– Il perd la tête? répéta Natacha.

– Je t'en parle par expérience. J'avais un *cousin*...

– Je sais, Cyrille Matveitch, mais c'est un vieux?

– Il ne l'a pas toujours été. Écoute-moi, Natacha, je parlerai à Boris. Il ne faut pas qu'il vienne si souvent...

– Pourquoi donc, s'il en a envie?

– Parce que je sais que cela ne mènera à rien.

– Qu'en savez-vous? Non, maman, ne le lui dites pas. Quelles bêtises! dit Natacha du ton de quelqu'un à qui l'on veut enlever son bien. Bon, je ne l'épouserai pas, mais qu'il continue à venir puisque ça l'amuse et que ça m'amuse aussi. (Natacha regarda sa mère en souriant.)

« Je ne l'épouserai pas mais ce sera « comme ça ».

– Comment cela, mon amie?

– Mais « comme ça ». Qu'est-ce que ça me fait de ne pas l'épouser, mais... que ce soit « comme ça ».

– Comme ça, comme ça, répéta la comtesse, et tout son corps fut secoué d'un bon rire inattendu de vieille femme.

– Voyons, cessez de rire, cria Natacha, vous secouez tout le lit. C'est terrible comme vous me ressemblez, vous êtes aussi rieuse que moi... Attendez... » Elle saisit les deux mains de la comtesse, baisa à l'une la jointure du petit doigt – juin – et continua de baiser juillet, août à l'autre main. « Maman, est-ce qu'il est très amoureux? Votre impression? A-t-on été amoureux de vous autant? Et il est très gentil, très, très gentil! Seulement pas tout à fait à mon goût, il est étroit, comme la pendule de la salle à manger... Vous me comprenez?... Étroit, vous savez, gris, clair...

– Que chantes-tu là! » dit la comtesse.

Natacha poursuivit.

« Vous ne comprenez vraiment pas? Nicolas comprendrait... Bezoukhov, lui, est bleu, bleu foncé avec du rouge, et il est carré.

– Avec lui aussi tu fais la coquette, dit en riant la comtesse.

– Non, il est franc-maçon, on me l'a dit. Il est gentil, bleu foncé avec du rouge, comment vous expliquer...

– Petite comtesse, fit la voix du comte derrière la porte. Tu ne dors pas? » Natacha sauta à bas du lit, saisit ses pantoufles et pieds nus s'enfuit dans sa chambre.

Elle fut longue à s'endormir. Elle songeait que personne ne pouvait comprendre tout ce qu'elle comprenait et tout ce qu'il y avait en elle.

« Sonia? se dit-elle en regardant la petite chatte endormie roulée en boule, avec son énorme natte. Non, comment comprendrait-elle! Elle est trop vertueuse. Elle s'est éprise de Nicolas et ne veut rien savoir d'autre. Même maman qui ne me comprend pas. C'est étonnant comme je suis intelligente et comme... elle est charmante, continua-t-elle parlant d'elle-même à la troisième personne et s'imaginant que c'était un homme très intelligent qui le disait, l'homme le plus intelligent et le meilleur... Elle a tout pour elle, tout, poursuivit cet homme, elle est extraordinairement intelligente, gentille, et puis belle, extraordinairement belle, adroite, elle nage, elle monte parfaitement à cheval, et une voix! Oui, on peut le dire, une voix étonnante! » Elle fredonna sa phrase musicale préférée tirée d'un opéra de Cherubini, se jeta sur son lit, rit à la joyeuse pensée qu'elle allait s'endormir, appela Douniacha pour éteindre la bougie, et Douniacha n'était pas encore sortie qu'elle s'était déjà transportée dans un autre monde, encore plus heureux, le monde des rêves où tout était aussi facile et aussi beau que dans la réalité, mais encore mieux parce que différent.

Le lendemain la comtesse fit venir Boris, eut un entretien avec lui et, à partir de ce jour, il ne se montra plus chez les Rostov.

XIV

Le 31 décembre, veille de la nouvelle année 1810, il y avait bal pour le *réveillon* chez un grand seigneur de l'époque de Catherine. Le corps diplomatique et l'empereur devaient y assister.

Sur le quai Anglais, le fameux hôtel de ce grand seigneur brillait de mille feux. Devant le perron illuminé garni d'un tapis rouge, la police faisait la haie et non seulement les gendarmes, mais le chef de police en personne et des dizaines d'officiers. Des équipages avec des laquais en livrée rouge ou des laquais à chapeau à plumes partaient et arrivaient sans cesse. Ils déversaient des hommes en uniformes chamarrés de plaques et de cordons; des dames vêtues de satin et d'hermine qui descendaient avec précaution des marchepieds rabattus bruyamment et, silencieuses, passaient en hâte sur le tapis du perron.

Presque à chaque arrivée d'une nouvelle voiture, un murmure parcourait la foule et des chapeaux se levaient.

« C'est l'empereur?... Non, un ministre... un prince... un ambassadeur... Ne vois-tu donc pas les plumes?... » disait-on.

Un des curieux mieux habillé que les autres, semblait connaître tout le monde et désignait par leur nom les plus illustres dignitaires de l'époque.

Un tiers des invités étaient déjà arrivés que chez les Rostov, qui devaient également assister au bal, on procédait encore en hâte aux derniers préparatifs de toilette.

Ce bal avait donné lieu dans la famille Rostov à bien des commentaires, à bien des préparatifs, à bien des craintes : recevrait-on l'invitation, les toilettes seraient-elles prêtes et tout s'arrangerait-il comme il fallait?

Maria Ignatievna Peronski, amie et parente de la comtesse, personne maigre et jaune, demoiselle d'honneur de l'ancienne cour, accompagnait les Rostov au bal pour guider ces provinciaux dans la haute société de Pétersbourg.

A dix heures du soir, les Rostov devaient aller chercher la demoiselle d'honneur près du jardin de Tauride; or il était déjà dix heures moins cinq et les jeunes filles n'étaient pas encore prêtes.

Pour Natacha c'était le premier grand bal de sa vie. Elle s'était levée dès huit heures et avait passé toute la journée dans un état d'agitation fébrile. Tous ses efforts tendaient depuis le matin, à ce que toutes les trois, maman, Sonia et elle, fussent habillées le mieux possible. Sonia et la comtesse s'en étaient absolument remises à elle. La comtesse devait porter une robe de velours massaca, les deux jeunes filles de vaporeuses robes blanches sur fourreau de soie rose, avec des roses au corsage. Elles devaient être coiffées *à la grecque*.

Tout l'essentiel était déjà fait : les pieds, les bras, le cou, les oreilles avaient été lavés, parfumés et poudrés avec un soin particulier, comme il convient pour un bal; les bas de soie à jours, les souliers de satin blanc à rubans étaient enfilés; les coiffures, presque terminées. Sonia finissait de s'habiller, la comtesse également; mais Natacha, à force de s'occuper de tout le monde, était en retard. Elle était encore assise devant le miroir, un peignoir jeté sur ses épaules maigrichonnes. Sonia, déjà habillée, se tenait au milieu de la pièce et y appuyant à s'en faire mal avec le petit doigt attachait un dernier ruban qui crissait sous l'épingle.

« Pas comme ça, pas comme ça, Sonia! dit Natacha, tournant la tête et saisissant à deux mains ses cheveux que la femme de chambre qui les tenait n'avait pas eu le temps de lâcher. Pas comme ça le nœud, viens ici. » Sonia se baissa. Natacha fixa le ruban autrement.

« Permettez, mademoiselle, il n'y a pas moyen, dit la femme de chambre qui tenait les cheveux de Natacha.

– Ah! mon Dieu, un instant! Maintenant ça va, Sonia.

– Êtes-vous bientôt prêtes? fit la voix de la comtesse, il va être dix heures.

– Tout de suite, tout de suite.. Et vous, vous êtes prête, maman?

– Je n'ai plus que ma toque à mettre.

– Ne la mettez pas, pas sans moi, cria Natacha, vous ne sauriez pas!

– Mais il est déjà dix heures. »

On avait décidé d'arriver au bal à dix heures et demie, et Natacha avait encore à s'habiller, puis il fallait passer par le jardin de Tauride.

Sa coiffure finie, Natacha, en camisole de sa mère et en jupon court qui laissait voir ses petits souliers de bal, courut à Sonia, l'examina, puis s'élança vers sa mère. Lui faisant tourner la tête, elle lui épingla sa toque et déposant au vol un baiser sur ses cheveux gris, revint en courant vers les femmes de chambre qui refaisaient l'ourlet de sa jupe.

Il n'y avait plus qu'un ennui, la jupe de Natacha qui était trop longue; deux servantes étaient en train de la raccourcir, cassant hâtivement le fil entre les dents. Une troisième, des épingles aux lèvres et entre les dents, courait de la comtesse à Natacha; une quatrième tenait à bout de bras la robe vaporeuse.

« Mavrouchka, plus vite, ma chère.

– Passez-moi le dé, mademoiselle.

– Est-ce pour bientôt à la fin? dit le comte en se montrant sur le seuil. Voici du parfum pour vous. Mlle Peronski doit déjà s'impatienter.

– Ça y est, mademoiselle », dit la femme de chambre qui leva avec deux doigts la vaporeuse robe raccourcie en soufflant dessus et en la secouant comme pour montrer par ce geste qu'elle avait conscience de la légèreté et de la blancheur de ce qu'elle tenait.

Natacha se mit en devoir d'enfiler la robe.

« Un instant, un instant, n'entre pas, papa », cria-t-elle à son père qui avait ouvert la porte; le nuage de la robe lui couvrait encore entièrement le visage. Sonia referma la porte. Au bout d'un instant on laissa le comte entrer. Parfumé et pommadé, il était en habit bleu avec bas et escarpins.

« Ah! papa, comme tu es beau, une vraie merveille! dit Natacha qui, debout au milieu de la pièce, arrangeait les plis de sa robe.

– Permettez, mademoiselle, permettez, disait une des servantes qui, à genoux, tirait sur la robe, tout en faisant passer des épingles avec sa langue d'un côté de la bouche à l'autre.

– Tu feras ce que tu voudras! s'écria Sonia avec le désespoir dans la voix en examinant la robe de Natacha, tu feras ce que tu voudras, mais c'est encore trop long! »

Natacha recula pour se regarder dans le trumeau. La robe était trop longue.

« Je vous le jure, mademoiselle, ce n'est pas long du tout, dit Mavrouchka qui, à quatre pattes par terre, suivait sa maîtresse.

– Ma fois, si c'est trop long, nous allons la raccourcir, c'est l'affaire d'un instant », dit résolument Douniacha en tirant une aiguille de son fichu et se remettant à l'ouvrage par terre.

A ce moment, la comtesse, en robe de velours et coiffée de sa toque, entra d'un pas timide et silencieux.

« Oh! Ma beauté! cria le comte, la plus belle de toutes!... » Il voulut la prendre dans ses bras, mais elle s'écarta en rougissant de crainte qu'il ne froissât sa robe.

« Maman, inclinez davantage la toque sur le côté, dit Natacha. Je vais vous la mettre autrement, et elle se jeta en avant, mais les servantes qui raccourcissaient sa jupe n'eurent pas le temps de suivre son mouvement et un morceau du nuage leur resta dans les mains.

– Mon Dieu! Qu'est-ce qui nous arrive? Ma parole, je n'y suis pour rien...

– Ça ne fait rien, je vais la raccommoder, ça ne se verra pas, dit Douniacha.

– Qu'elle est belle, ma petite reine! dit sur le seuil de la porte la nounou qui entrait. Et Soniouchka donc, de vraies beautés!... »

A dix heures un quart, on monta enfin en voiture et on partit. Mais il fallait passer encore par le jardin de Tauride.

Mlle Peronski était prête. Malgré son âge et son manque de grâce, les mêmes préparatifs s'étaient déroulés chez elle, quoique avec moins de précipitation (pour elle c'était chose habituelle); son vieux corps disgracieux n'en avait pas moins été parfumé, poudré de même, son visage avait été aussi soigneusement lavé jusque derrière les oreilles et même, tout comme chez les Rostov, sa vieille femme de chambre s'était récriée d'enthousiasme devant la toilette de sa maîtresse en la voyant entrer dans le salon en robe jaune ornée du chiffre impérial. Mlle Peronski complimenta les Rostov sur leurs toilettes.

Les Rostov de leur côté firent l'éloge de son goût et de sa toilette, et prenant grand soin des coiffures et des robes, on s'installa, à onze heures, dans les voitures et l'on partit.

XV

NATACHA n'avait pas eu de toute la journée un instant de liberté pour penser à ce qui l'attendait.

A l'air humide et froid, dans l'étroitesse et la pénombre de la voiture qui se balançait, elle se représenta pour la première fois nettement ce qui l'attendait là-bas, dans les salles illuminées, la musique, les fleurs, les danses, l'empereur, toute la brillante jeunesse de Pétersbourg. Ce qui l'attendait était si merveilleux qu'elle ne pouvait y croire : tout cela s'accordait si mal avec l'impression de froid, d'exiguïté et d'obscurité de la voiture. Elle ne le comprit pleinement que lorsque, après être passée sur le tapis rouge du perron, elle entra dans le vestibule, enleva sa pelisse et, aux côtés de Sonia, précédant la comtesse, s'engagea entre les fleurs dans l'escalier illuminé... Ce ne fut qu'alors qu'elle se souvint comment elle devait se tenir au bal et elle s'efforça de se donner ce maintien majestueux qu'elle jugeait indispensable à une jeune fille dans ces occasions. Mais heureusement pour elle, elle sentit ses yeux se porter de tous côtés : elle ne voyait rien nettement, son pouls battait violemment et le sang lui affluait au cœur. Elle ne put prendre cette attitude qui l'eût rendue ridicule, et elle avança défaillante d'émotion et ne cherchant de toutes ses forces qu'à le dissimuler. Et c'était précisément l'attitude qui lui convenait le mieux. Autour des Rostov les invités montaient, comme eux en toilettes de bal et comme eux s'entretenaient à voix basse. Les glaces de l'escalier reflétaient des dames en robes blanches, bleues, roses, avec des diamants et des perles sur leurs bras et leurs cous nus.

Natacha regardait dans les glaces, et dans leur reflet ne parvenait pas à se distinguer des autres. Tout se mêlait en une brillante procession. A son entrée dans la première salle, le brouhaha égal des voix, des pas, des salutations échangées l'étourdit; les lumières et l'éclat l'aveuglèrent encore davantage. Le maître et la maîtresse de la maison qui, depuis une demi-heure, se tenaient à la porte en répétant la même chose à tous ceux qui arrivaient : *« Charmé de vous voir »,* accueillirent de la même façon les Rostov et Mlle Peronski.

Les deux fillettes en robes blanches, des roses pareilles dans leurs cheveux noirs, firent toutes deux la même révérence mais, malgré elle, le regard de la maîtresse de la maison s'arrêta plus longuement sur la mince Natacha. Elle la regarda et lui adressa à elle seule un sourire spécial, indépendamment de celui qu'elle destinait à tous. En la regardant, elle se souvint peut-être de ses jours dorés de jeune fille à jamais enfuis et de son premier bal. Le maître de la maison suivit également Natacha des yeux et demanda au comte laquelle était sa fille.

« Charmante! » dit-il en envoyant un baiser du bout de ses doigts.

Les invités dans la salle de bal se pressaient à la porte d'entrée dans l'attente de l'empereur. La comtesse se plaça aux premiers rangs de cette foule. Natacha entendit et sentit que plusieurs voix s'enquéraient d'elle et qu'on la regardait. Elle comprit qu'elle avait plu à ceux qui l'avaient remarquée et cette constatation la rassura un peu.

« Il y en a qui sont comme nous, il y en a aussi qui sont plus mal », se dit-elle.

Mlle Peronski nommait à la comtesse les personnes les plus en vue parmi l'assistance.

« Voici le ministre des Pays-Bas, tenez, celui qui a des cheveux blancs, disait-elle en montrant un petit vieillard à l'abondante chevelure bouclée et argentée, entouré de dames qu'il faisait rire.

– Et la voilà, la reine de Pétersbourg, la comtesse Bezoukhov, dit-elle en montrant Hélène qui entrait.

– Comme elle est belle! Elle ne le cède en rien à Maria Antonovna; regardez comme jeunes et vieux s'empressent autour d'elle. Elle est belle et elle a de l'esprit... On dit que le prince*** est fou d'elle. Et ces deux-ci, quoique pas belles, sont encore plus entourées. »

Elle indiqua une dame qui traversait la salle en compagnie de sa fille franchement laide.

« C'est un parti à millions, dit Mlle Peronski. Et voici les prétendants.

– C'est le frère de Mme Bezoukhov, Anatole Kouraguine, ajouta-t-elle en montrant un superbe chevalier-garde qui passait devant elles la tête haute en regardant au loin. Comme il est beau! n'est-ce pas? On dit qu'on le marie à cette riche héritière. Et votre cousin Droubetzkoï s'empresse aussi beaucoup auprès d'elle. Il paraît qu'elle a des millions. Mais oui, c'est l'ambassadeur de France en personne, répondit-elle à la question de la comtesse au sujet de Caulaincourt. Regardez-le, on dirait un roi. Malgré tout, ils sont charmants, bien charmants, ces Français. Personne n'est plus aimable qu'eux en société. Et la voilà enfin! décidément elle est la plus belle de toutes, notre Maria Antonovna! Et quelle simplicité de mise. Adorable!

– Et celui-là, le gros à lunettes, le franc-maçon universel, dit-elle en montrant Bezoukhov. A côté de sa femme c'est un vrai guignol! »

Pierre avançait, balançant son gros corps, fendant la foule, adressant des signes de tête à droite et à gauche, avec la même nonchalance et la même bonhomie que s'il passait dans une foule au marché. Il se frayait un chemin, paraissant chercher quelqu'un.

Natacha regardait avec joie la figure bien connue de Pierre, ce guignol comme l'appelait Mlle Peronski, et elle savait que c'étaient eux, et elle surtout, qu'il cherchait dans la foule. Il lui avait promis de venir au bal et de lui présenter des danseurs. Mais, avant d'arriver jusqu'à elles, Bezoukhov s'arrêta auprès d'un très bel homme brun, de taille moyenne, en uniforme blanc qui, dans l'embrasure d'une fenêtre, causait avec un personnage de haute taille à la poitrine constellée de plaques et barrée d'un cordon. Natacha reconnut aussitôt le jeune homme en uniforme blanc; c'était Bolkonski qui lui parut avoir beaucoup rajeuni, embelli et être beaucoup plus gai.

« Voici encore quelqu'un que nous connaissons, maman, Bolkonski, vous voyez, dit-elle en montrant le prince André. Vous vous souvenez, il a passé la nuit chez nous à Otradnoïe.

– Ah! vous le connaissez? dit Mlle Peronski. Je ne puis le souffrir. *Il fait à présent la pluie et le beau temps*. Et un orgueil sans bornes! Il tient de son père. Il s'est lié avec Speranski, ils rédigent ensemble on ne sait quels projets. regardez comme il traite les dames! Il y en a une qui lui parle et il s'est détourné, ajouta-t-elle en le leur montrant. Je lui dirais son fait s'il se conduisait avec moi comme avec ces dames. »

XVI

Soudain un mouvement général se fit, la foule chuchota, s'écarta de nouveau, et l'empereur entra au milieu d'une haie d'invités, aux sons de l'orchestre qui s'était mis à jouer. Les maîtres de la maison le suivaient. Il marchait vite en saluant à droite et à gauche, comme pressé d'en finir avec la cérémonie de la réception. L'orchestre jouait une polonaise alors en vogue et qui lui était dédiée : « Alexandre, Élisabeth, vous nous ravissez! » L'empereur passa dans le salon, la foule se massa à la porte, quelques personnes y entrèrent avec des mines de circonstance et en ressortirent rapidement. La foule dégagea de nouveau la porte du salon et l'empereur y apparut, en conversation avec son hôtesse. Un jeune homme, l'air affolé, marcha sur les dames en les priant de faire place. Certaines d'entre elles, dont le visage exprimait un oubli total des convenances mondaines, se pressèrent en avant aux dépens de leurs toilettes. Les hommes s'approchèrent des dames et des couples se formèrent pour la polonaise.

Tout s'écarta et l'empereur souriant et conduisant à contre-mesure la maîtresse de la maison par la main sortit du salon A sa suite venaient le maître de la maison avec M. A. Narichkine, puis les ambassadeurs, les ministres, des généraux, que Mlle Peronski nommait sans cesse. Plus de la moitié des dames avaient un danseur et prenaient place pour la polonaise. Natacha sentait qu'avec sa mère et Sonia elle restait parmi le petit nombre qui se trouvait refoulé vers le mur et réduit à faire tapisserie. Ses bras minces pendants, sa gorge à peine formée toute palpitante et retenant son souffle, elle regardait devant elle avec des yeux brillants, inquiets, paraissant prête aussi bien pour la plus grande joie que pour le plus grand chagrin. Ni l'empereur ni tous ces importants personnages que désignait Mlle Peronski ne l'intéressaient, elle n'avait qu'une pensée : « Est-il possible que personne ne vienne m'inviter, est-il possible que je ne danse pas parmi les premiers couples, est-il possible que je ne sois remarquée d'aucun de tous ces hommes qui ne semblent même pas me voir maintenant et qui s'ils me regardent le font de l'air de dire : Ah! ce n'est pas elle, inutile de regarder. Non, ce n'est pas possible! se disait-elle. Il faut qu'ils sachent combien j'ai envie de danser, que je danse à ravir et quel plaisir ils auraient à danser avec moi. »

Les accents de la polonaise qui dura assez longtemps retentissaient maintenant tristement aux oreilles de Natacha – comme un rappel. Elle avait envie de pleurer. Mlle Peronski les avait quittées. Le comte se trouvait à l'autre bout de la salle. La comtesse, Sonia et elle étaient seules dans cette foule étrangère comme au milieu d'une forêt, sans intéresser personne, sans que personne se souciât d'elles. Le prince André passa devant elles avec une dame à son bras, visiblement sans les reconnaître. Le bel Anatole parlait en souriant à sa cavalière, et il jeta sur Natacha le regard qu'on jette à un mur. Boris passa deux fois et chaque fois se détourna. Berg et sa femme qui ne dansaient pas vinrent les rejoindre.

Cette réunion de famille, au bal, parut vexante à Natacha, comme s'il y avait pas d'autre endroit pour ce genre de conversations. Elle n'écouta ni ne regarda Vera qui lui parlait de sa robe verte.

Enfin l'empereur s'arrêta devant sa dernière danseuse (il avait dansé avec trois dames), la musique se tut; un aide de camp tout préoccupé accourut auprès des Rostov, leur demandant de se ranger encore, bien qu'elles fussent contre le mur, et de la galerie parvinrent les mesures lentes, bien rythmées et entraînantes de la valse. L'empereur en souriant parcourut la salle du regard. L'aide de camp ordonnateur s'approcha de la comtesse Bezoukhov et l'invita. Elle leva en souriant la main et la lui posa sur l'épaule sans le regarder. L'aide de camp, danseur consommé, enlaça fermement sa cavalière et avec assurance, sans hâte et en mesure l'entraîna d'abord dans une glissade jusqu'à l'extrémité du cercle, puis au tournant saisit sa main gauche, la fit pivoter, et le rythme de la musique s'accélérant toujours, on n'entendit plus que le tintement cadencé des éperons à ses pieds agiles, tandis que, tous les trois temps, la robe de velours de sa danseuse semblait en se gonflant lancer des flammes. Natacha les regardait et était prête à pleurer à la pensée que ce n'était pas elle qui dansait ce premier tour de valse.

Le prince André, dans son uniforme blanc de colonel (de cavalerie), en bas et escarpins, gai et animé, se tenait dans les premiers rangs, non loin des Rostov. Le baron Viernof lui parlait de la première séance du conseil d'Empire prévue pour le lendemain. En tant que familier de Speranski et membre de la commission de législation, le prince André était en mesure de fournir des renseignements sûrs sur cette séance qui était diversement commentée. Mais il n'écoutait pas ce que lui disait Vierhof et regardait tantôt l'empereur, tantôt les danseurs qui avaient envie de danser mais n'osaient pas se lancer.

Le prince André observait ces cavaliers intimidés par la présence de l'empereur et ces cavalières qui mouraient d'envie d'être invitées.

Pierre s'approcha de lui et le prit par le bras.

« Vous qui dansez toujours, il y a ici ma *protégée,* la jeune Rostov, invitez-la, dit-il.

— Où est-elle? demanda Bolkonski. Je vous demande pardon, dit-il au baron, nous terminerons cette conversation ailleurs, au bal il faut danser. » Il s'avança dans la direction que lui indiquait Pierre. Le visage de Natacha, plein d'une attente désespérée, lui sauta aux yeux. Il la reconnut, devina ses sentiments, comprit qu'elle était une débutante, se souvint de la conversation à la fenêtre et d'un air gai s'approcha de la comtesse Rostov.

« Permettez-moi de vous présenter à ma fille, dit la comtesse en rougissant.

– J'ai le plaisir de la connaître déjà, si la comtesse se souvient de moi », dit-il avec un profond salut dont la politesse était en contradiction absolue avec les remarques de Mlle Peronski sur sa rudesse, tandis qu'en s'approchant de Natacha il avançait le bras pour lui enlacer la taille avant même d'avoir fini de l'inviter. Le visage anxieux de Natacha, prêt à refléter le désespoir autant que l'enthousiasme, s'illumina soudain d'un sourire heureux et reconnaissant d'enfant.

« Je t'attendais depuis longtemps », semblait dire le sourire, apparu à travers des larmes toutes prêtes, de cette fillette effrayée et heureuse alors qu'elle posait la main sur l'épaule du prince André. Ils étaient le deuxième couple à entrer dans le cercle. Le prince André était un des meilleurs danseurs de son temps. Natacha dansait à la perfection. Ses petits pieds en souliers de satin blanc faisaient ce qu'on attendait d'eux prestement, facilement et indépendamment d'elle, tandis que son visage rayonnait de bonheur. Son cou et ses bras nus étaient maigres et sans beauté. A côté de ceux d'Hélène, ses épaules étaient maigres, sa gorge non formée, ses bras minces, mais Hélène était déjà comme patinée par les mille regards qui avaient glissé sur son corps, alors que Natacha donnait l'impression d'une petite fille qu'on a décolletée pour la première fois et qui en aurait eu grand-honte si on ne lui avait pas assuré que c'était indispensable.

Le prince André aimait à danser et, désirant échapper au plus vite aux conversations politiques et sérieuses que tout le monde voulait lui imposer ainsi que briser ce cercle irritant de contrainte créé par la présence de l'empereur, il s'était décidé à danser et avait choisi Natacha parce que Pierre la lui avait indiquée et parce qu'elle était la première jolie personne qui eût attiré son regard. Mais dès qu'il eut enlacé cette taille mince et flexible, dès qu'elle se fut mise en mouvement si près de lui et qu'elle lui sourit de si près, son charme grisant lui monta à la tête : il se sentit vivifié et rajeuni lorsque, reprenant son souffle après l'avoir reconduite, il s'arrêta pour regarder les danseurs.

XVII

Après le prince André, Boris vint inviter Natacha, puis l'aide de camp qui avait ouvert le bal et d'autres jeunes gens, si bien que, heureuse et le teint animé, elle passait à Sonia ses cavaliers trop nombreux et qu'elle ne cessa de danser de toute la soirée. Elle ne remarqua et ne vit rien de ce qui retenait l'attention générale à ce bal. Non seulement elle ne s'aperçut pas que l'empereur s'entretenait longuement avec l'ambassadeur de France, qu'il parlait avec une amabilité particulière à telle dame, que tel ou tel prince avait fait et dit telle chose, qu'Hélène avait eu beaucoup de succès et avait été honorée de l'attention spéciale d'un tel; elle ne vit même pas l'empereur et ne s'aperçut de son départ que parce que le bal en devint encore plus animé. Le prince André dansa de nouveau avec elle un des joyeux cotillons, avant de souper. Il lui rappela leur première rencontre dans l'allée d'Otradnoïe, cette nuit de lune où elle ne pouvait s'endormir, et la conversation qu'il avait entendue malgré lui. Natacha rougit à ce souvenir et voulut se justifier comme s'il y eût quelque chose de honteux dans le sentiment qu'il avait involontairement surpris en elle.

Comme tous ceux qui ont grandi dans le monde, le prince André aimait à y rencontrer ce qui ne portait pas la banale empreinte mondaine. Et telle était Natacha, avec ses étonnements, sa joie, sa timidité, et jusqu'à ses fautes de français. Il la traitait et lui parlait avec une délicatesse et une tendresse toutes particulières. Assis à côté d'elle et causant des choses les plus banales et les plus insignifiantes, il admirait l'éclat joyeux de ses yeux et de son sourire qui s'adressait non pas à ce qu'ils disaient mais à son bonheur intérieur. Lorsqu'on invitait Natacha et que se levant avec un sourire elle dansait, il admirait surtout sa grâce timide. Au milieu du cotillon, ayant terminé une figure et encore essoufflée, elle regagnait sa place. Un nouveau danseur vint l'inviter. Fatiguée et hors d'haleine, elle allait visiblement refuser, mais aussitôt elle posa gaiement la main sur l'épaule de son cavalier et sourit au prince André.

« Je serais bien contente de me reposer et de rester avec

vous, je suis fatiguée; mais vous voyez comme je suis recherchée, et j'en suis contente et j'en suis heureuse, j'aime tout le monde, et nous comprenons tout cela, vous et moi », dit ce sourire, cela et bien d'autres choses encore. Lorsque son danseur l'eut reconduite, Natacha traversa en courant la salle pour inviter deux dames pour la figure suivante.

« Si elle va d'abord vers sa cousine, puis vers une autre dame, elle sera ma femme », se dit le prince André d'une façon absolument inattendue pour lui-même en la regardant. Elle se dirigea d'abord vers sa cousine.

« Quelles bêtises vous passent parfois par la tête! se dit le prince André, mais ce qui est sûr, c'est que cette jeune fille est si charmante, tellement à part, qu'elle n'aura pas dansé un mois qu'elle sera mariée... Elle est exceptionnelle ici », pensait il pendant que Natacha se rasseyait auprès de lui en arrangeant la rose de son corsage.

A la fin du cotillon, le vieux comte, dans son habit bleu, s'approcha des danseurs. Il invita le prince André chez lui et demanda à sa fille si elle s'amusait. Natacha ne répondit pas et sourit seulement d'un sourire qui semblait dire avec reproche : « Comment peut-on le demander? »

« Je m'amuse comme jamais encore de ma vie! » dit-elle enfin, et le prince André vit ses maigres bras se lever spontanément pour enlacer son père puis retomber aussitôt. Natacha était à cet apogée du bonheur où l'on devient absolument bon et parfait et où l'on ne croit plus au mal, au malheur et au chagrin.

Pour la première à ce bal, Pierre se sentit mortifié par la situation que sa femme occupait dans la haute société. Il était sombre et distrait. Un large pli barrait son front et, debout près d'une fenêtre, il regardait à travers ses lunettes sans voir personne.

Natacha passa devant lui en allant souper.

Son air sombre, malheureux la frappa. Elle s'arrêta devant lui. Elle aurait voulu l'aider, lui communiquer le trop-plein de son bonheur.

« Comme on s'amuse, comte, dit-elle, n'est-ce pas? »

Pierre sourit d'un air distrait, visiblement sans avoir compris ce qu'on lui disait.

« Oui, je suis très content », dit-il.

« Comment peut-on être mécontent? pensait Natacha. Surtout quelqu'un d'aussi gentil que ce Bezoukhov? » Aux yeux de Natacha, tous ceux qui assistaient au bal étaient uniformément bons, gentils, parfaits, tous s'aimaient : personne n'était capable d'offenser un autre, c'est pourquoi tout le monde devait être heureux.

XVIII

Le lendemain, le prince André se souvint du bal de la veille, Mais ses pensées ne s'y attardèrent pas. « Oui, c'était un bal très brillant. Et puis... Oui, la petite Rostov est charmante. Il y a en elle quelque chose de frais, de particulier, qui n'est pas de Pétersbourg et qui la distingue. » Voilà tout ce qu'il pensa du bal et, après avoir pris le thé, il se mit à son travail.

Mais était-ce la fatigue ou le manque de sommeil, la journée n'était pas favorable au travail, et le prince André ne parvenait pas à s'y astreindre, ne cessait de critiquer lui-même ce qu'il faisait, comme celui lui arrivait souvent, et il fut content quand on lui annonça une visite.

Le visiteur était Bitzki, membre de diverses commissions fréquentant toutes les coteries de Pétersbourg, admirateur fervent des idées nouvelles et de Speranski et propagateur zélé des nouvelles de la capitale, l'un de ceux qui choisissent leurs opinions comme leurs vêtements, selon la mode, mais qui pour cela même passent pour leurs plus chauds partisans. Prenant à peine le temps d'enlever son chapeau, il accourut d'un air soucieux auprès du prince André et aussitôt se mit à parler. Il venait d'apprendre les détails de la séance du conseil d'Empire ouvert le matin même par l'empereur et il en parla avec enthousiasme. Le discours de l'empereur avait été prodigieux. C'était un de ces discours que seuls prononcent les monarques constitutionnels. « L'empereur a dit carrément que le Conseil et le Sénat étaient des ORDRES de l'État, que le gouvernement devait se fonder non sur l'arbitraire mais sur des PRINCIPES SOLIDES. Il a dit que les finances devaient être réorganisées et les comptes publiés », racontait Bitzki en appuyant sur certains mots et en ouvrant les yeux d'un air significatif.

« Oui, c'est un événement qui ouvre une ère, l'ère la plus glorieuse de notre histoire », conclut-il.

Le prince André écoutait ce récit de l'inauguration du conseil d'Empire qu'il avait attendue avec tant d'impatience et à laquelle il attachait tant d'importance, et il s'étonnait que, maintenant que cet événement était accompli, non seulement il ne l'émût pas mais lui parût plus qu'insignifiant. Il accueillit avec une discrète ironie le récit enthousiaste de Bitzki. Une idée des plus simples lui venait à l'esprit : « Qu'importe à Bitzki et à moi, que nous importe à tous ce qu'il a plu à l'empereur de dire au conseil? Tout cela peut-il me rendre meilleur et plus heureux? »

Et cette simple réflexion enleva d'un coup pour lui tout intérêt aux réformes en cours. Le même jour il devait dîner chez Speranski, *« en petit comité »*, comme lui avait dit son hôte en l'invitant. La perspective de ce dîner dans le cercle de famille et d'amis d'un homme qu'il admirait tant l'avait beaucoup séduit jusque-là, d'autant plus qu'il n'avait jamais encore vu Speranski dans l'intimité, mais maintenant il n'avait plus envie d'y aller.

A l'heure fixée pour le dîner il entrait pourtant dans le petit hôtel particulier de Speranski près du jardin de Tauride. Dans la salle à manger parquetée de la modeste maison qui se distinguait par une propreté rigoureuse, monacale, le prince André qui était un peu en retard trouva déjà réuni, à cinq heures, tout le groupe de ce *petit comité,* amis intimes de Speranski. Il n'y avait pas de dames, à l'exception de la fillette de Speranski (au long visage de son père) et de sa gouvernante. Les invités étaient Gervais, Magnitzki et Stolypine. Dès l'antichambre, le prince André entendit des éclats de voix et un rire sonore et net, un rire semblable à celui qu'on entend sur la scène. Quelqu'un scandait nettement des ha... ha... ha... d'une voix qui ressemblait à celle de Speranski. Le prince André ne l'avait jamais entendu rire et ce rire sonore et aigu de l'homme d'État lui fit une étrange impression.

Il entra dans la salle à manger. Toute la société était réunie entre deux fenêtres devant une petite table chargée de zakouski. Speranski, avec une plaque sur son habit gris et portant apparemmment encore le même gilet blanc et la même haute cravate blanche qu'à la fameuse séance du conseil d'Empire, se tenait gaîement près de la table. Les invités l'entouraient. Magnitzki racontait une anecdote en s'adressant à Michel Mikhaïlovitch. Speranski l'écoutait en riant d'avance de ce qu'il allait dire. Quand le prince André entra, les paroles de Magnitzki furent de nouveau couvertes par des rires. Stolypine riait aux éclats d'une voix de basse en mâchant un morceau de pain et de fromage; Gervais avait un petit rire chuintant, et Speranski son rire aigu et martelé.

Sans s'interrompre, il tendit au prince André sa main blanche et douce.

« Enchanté de vous voir, prince, dit-il. Un instant... ajouta-t-il à l'adresse de Magnitzki en interrompant son récit. C'est convenu, le dîner d'aujourd'hui est un dîner d'agrément, pas un mot des affaires. » Et se tournant de nouveau vers le narrateur, il se remit à rire.

Le prince André écoutait Speranski et le regardait rire avec la surprise et la tristesse de la déception. Ce n'était pas là Speranski mais un autre homme, lui semblait-il. Tout ce qui jusque-là lui avait paru en lui mystérieux et séduisant lui devint soudain clair et perdit son attrait.

A table la conversation ne tarit pas un instant et ne fut qu'une succession d'anecdotes divertissantes. Magnitzki avait à peine terminé la sienne qu'un autre se déclara prêt à raconter quelque chose d'encore plus amusant. Les anecdotes avaient trait pour la plupart, sinon à l'administration elle-même, du moins au personnel administratif. On eût dit que, dans ce cercle, la nullité de ces personnages était si bien établie qu'on ne pouvait prendre à leur égard d'autre parti que celui d'une indulgence amusée. Speranski raconta qu'au conseil de ce matin, comme on demandait son avis à un dignitaire sourd, celui-ci avait répondu qu'il était du même avis. Gervais narra par le menu une affaire d'inspection remarquable par la stupidité de tous les protagonistes. Stolypine se mêla en bégayant à la conversation et fustigea les abus du régime précédent, menaçant ainsi de donner à la conversation un caractère sérieux. Magnitzki railla son ardeur. Gervais plaça une plaisanterie et la conversation reprit son tour enjoué.

Apparemment, Speranski aimait à se délasser de ses travaux dans un cercle d'amis, et tous les invités comprenant son désir s'efforçaient de l'amuser tout en s'amusant eux-mêmes. Mais cette gaieté paraissait au prince André laborieuse et sans entrain. Le timbre aigu de la voix de Speranski l'affectait désagréablement et, sans qu'il sût pourquoi, son rire perpétuel blessait sa sensibilité par le son faux qu'il rendait. Il ne riait pas et craignait d'être importun dans cette société. Mais personne ne s'apercevait qu'il n'était pas au diapason. Tout le monde paraissait s'amuser beaucoup.

Il voulut à plusieurs reprises prendre part à la conversation, mais chaque fois ce qu'il disait en était rejeté comme un bouchon hors de l'eau; et il ne pouvait pas plaisanter avec eux.

Il n'y avait rien de blâmable ou de déplacé dans ce qu'ils disaient, tout était spirituel et aurait pu être drôle; mais non seulement il y manquait cet on ne sait quoi qui fait précisément le sel de la gaieté, mais ils n'en soupçonnaient même pas l'existence.

Après le repas, la fille de Speranski et sa gouvernante se levèrent. Speranski fit de sa main blanche une caresse à sa fille et l'embrassa. Et ce geste aussi sembla au prince André manquer de naturel.

Les hommes, à la mode anglaise, restèrent à table pour prendre le porto. Au cours de la conversation qui s'engagea sur les affaires de Napoléon en Espagne, que tous étaient unanimes à approuver, le prince André émit une opinion contraire. Speranski sourit et, visiblement désireux de changer le tour que prenait la conversation, raconta une anecdote sans rapport avec la question. Pendant quelques instants toue le monde se tut.

Au bout d'un moment, Speranski reboucha la bouteille en disant : « Aujourd'hui le bon vin ne court pas les rues » et, la remettant à un domestique, il se leva. Tout le monde l'imita et passa au salon en devisant tout aussi bruyamment. On remit à Speranski deux plis apportés par un courrier. Il les prit et se retira dans son cabinet. Dès qu'il fut sortit, la gaieté générale tomba et les invités s'entretinrent entre eux raisonnablement et à voix basse.

« Allons, la déclamation maintenant! dit Speranski en sortant de son cabinet. Il a un talent étonnant! » ajouta-t-il à l'adresse du prince André. Magnitzki prit aussitôt la pose et, plusieurs fois interrompu par des applaudissements, dit des vers humoristiques en français qu'il avait composés sur certains personnages connus de Pétersbourg. La déclamation terminée, le prince André s'approcha de Speranski pour prendre congé.

« J'ai promis d'aller à une soirée... »

Ils se turent. Le prince André regarda de près ces yeux froids comme un miroir qui ne se laissaient pas pénétrer et il s'étonna d'avoir pu attendre quelque chose de Speranski et de sa propre activité dont celui-ci avait été l'instigateur, d'avoir pu attacher de l'importance à ce qu'il faisait. Ce rire appliqué, dépourvu de gaieté, continua longtemps de résonner à ses oreilles après qu'il fut parti.

Rentré chez lui, le prince André passa en revue la vie qu'il avait menée à Pétersbourg pendant quatre mois, comme si c'était chose nouvelle. Il se rappela ses efforts, ses démarches, l'histoire de son projet de règlement militaire dont on avait pris bonne note et qu'on s'efforçait d'enterrer uniquement parce qu'un autre projet, très mauvais, avait déjà été établi et présenté à l'empereur; il se rappela les séances du comité dont Berg était membre; il se rappela comment, à ces séances, on discutait longuement et soigneusement tout ce qui avait trait à la forme et à la tenue de ces séances, et comme on passait brièvement et soigneusement sur tout ce qui en faisait le fond. Il se souvint de ses travaux législatifs, du soin avec lequel il avait traduit en russe les articles du droit romain et du code français, et il eut honte de lui-même. Puis il se représenta d'une façon vivante Bogoutcharovo, ses occupations à la campagne, son voyage à Riazan, il se souvint de ses paysans, du staroste Dron, et leur appliquant les principes du droit des gens qu'il avait répartis en paragraphes, il fut surpris d'avoir pu se consacrer si longtemps à un travail si vain.

XIX

Le lendemain, le prince André alla faire des visites à certaines personnes chez qui il n'était pas encore allé et entre autre aux Rostov avec qui il avait renoué connaissance au dernier bal. Outre que les lois de la politesse lui en faisaient une obligation, il avait envie de voir chez elle cette jeune fille tellement à part, si pleine de vie, qui lui avait laissé une si agréable impression.

Natacha fut une des premières à le recevoir. Elle portait une robe d'intérieur bleue dans laquelle elle lui parut encore plus charmante qu'en toilette de bal. Elle et toute la famille Rostov accueillirent le prince André comme un vieil ami, simplement et cordialement. Cette famille qu'il avait si sévèrement jugée naguère lui parut maintenant composée d'excellentes gens, simples et bons. L'hospitalité et la bonhomie du vieux comte, particulièrement charmantes et manifestes à Pétersbourg, étaient telles qu'il ne put refuser de rester à dîner. « Oui, se disait-il, ce sont de braves, d'excellentes gens qui bien entendu ne se doutent pas le moins du monde du trésor qu'ils possèdent en Natacha; mais ce sont des gens de cœur qui constituent le meilleur fond pour mettre en valeur cette délicieuse jeune fille, si poétique, si débordante de vie! »

Le prince André sentait en Natacha la présence d'un monde à part, complètement inconnu de lui, rempli de joies qu'il ignorait, ce monde inconnu qui, alors déjà, dans l'allée d'Otradnoïe et à la fenêtre, par cette nuit de lune, l'avait tant attiré. Maintenant ce monde ne l'intriguait plus, ne lui était plus étranger, mais en y pénétrant il y trouvait des jouissances nouvelles.

Après le dîner, Natacha, à sa demande, se mit au clavecin et chanta. Le prince André, dans l'embrasure d'une fenêtre, l'écoutait tout en causant avec les dames. Au milieu d'une phrase, il se tut et sentit brusquement lui monter à la gorge des larmes dont il ne se savait pas capable. Il regarda Natacha qui chantait et un sentiment inconnu de bonheur s'empara de lui. Il était heureux et en même temps triste. Il n'avait absolument aucune raison de pleurer, mais il était prêt à pleurer. Sur quoi? Sur son amour passé? Sur la petite princesse? Sur ses déceptions?... Sur ses espoirs d'avenir?... Oui et non. Ce qui surtout lui donnait envie de pleurer, c'était la révélation soudaine de la terrible contradiction qui existait entre ce quelque chose d'infiniment grand et d'indéfinissable qu'il y avait en lui et ce quelque chose d'étroit et de corporel qu'il était et que, même elle, elle était aussi. Cette contradiction était pour lui une souffrance et une joie pendant qu'elle chantait.

Dès que Natacha eut fini de chanter, elle vint à lui et lui

demanda si sa voix lui plaisait. Elle le demanda et ne se troubla qu'après coup, comprenant qu'elle n'aurait pas dû le faire. Il sourit en la regardant et dit que son chant lui plaisait comme tout ce qu'elle faisait.

Le prince André quitta les Rostov dans la soirée. Il se coucha par habitude, mais s'aperçut bientôt qu'il ne pouvait dormir. Tantôt, allumant la bougie, il s'asseyait dans son lit, tantôt il se levait puis se recouchait, sans que son insomnie lui pesât le moins du monde : tant les sentiments qu'il éprouvait étaient nouveaux et joyeux, comme si d'une chambre étouffante il s'était échappé au grand air. L'idée qu'il pût être amoureux de Mlle Rostov ne l'effleurait même pas; il ne pensait pas à elle; il évoquait seulement son image et pour cette raison toute sa vie lui apparaissait sous un jour nouveau. « Pourquoi me donner tant de peine, pourquoi faire tant d'efforts dans ce cadre étroit et fermé, quand la vie, toute la vie avec toutes ses joies est ouverte devant moi? » se disait-il. Et, pour la première fois depuis longtemps, il fit d'heureux projets d'avenir. Il décida en lui-même qu'il devait s'occuper de l'éducation de son fils en lui trouvant un précepteur à qui il le confierait; puis qu'il devait donner sa démission et partir pour l'étranger afin de visiter l'Angleterre, la Suisse, l'Italie. « Je dois profiter de ma liberté pendant que je sens en moi tant de force et de jeunesse, se disait-il. Pierre avait raison de dire que pour être heureux il faut croire à la possibilité du bonheur, et maintenant j'y crois. Laissons les morts ensevelir les morts, tant qu'on est vivant il faut vivre et être heureux. »

XX

Un matin, le colonel Adolphe Berg, que Pierre connaissait comme il connaissait tout le monde à Moscou et à Pétersbourg, vint le voir tiré à quatre épingles, les cheveux pommadés et ramenés sur les tempes comme les portait l'empereur Alexandre Pavlovitch.

« Je sors de chez la comtesse votre épouse et je suis désolé que ma demande n'ait pas été accueillie favorablement; j'espère être plus heureux auprès de vous, comte, dit-il en souriant.

– Que désirez-vous, colonel? Je suis à vos ordres.

– Je suis maintenant complètement installé, dit Berg, sachant visiblement que cette nouvelle ne pouvait être accueillie qu'avec plaisir, aussi désirerais-je donner une petite soirée à mes connaissances et à celles de mon épouse. (Il eut un sourire encore plus agréable.) Je voulais prier la comtesse et vous de me faire l'honneur de venir prendre chez nous une tasse de thé et... souper. »

Seule la comtesse Hélène Vassilievna, jugeant indigne d'elle la société de ces Berg, pouvait avoir la cruauté de décliner une pareille invitation. Berg expliquait si clairement pourquoi il désirait réunir chez lui une société peu nombreuse mais choisie, pourquoi cela lui ferait plaisir et que, s'il ne voulait pas gaspiller de l'argent pour les cartes et des choses blâmables, il était prêt à faire ces frais pour recevoir une bonne société, que Pierre ne put refuser et promit de venir.

« Seulement pas trop tard, comte, si j'ose vous le demander, vers huit heures moins dix, si vous voulez bien. Nous ferons une partie, notre général sera là. Il est très bon pour moi. Nous souperons, comte. Alors, c'est entendu. »

Contrairement à son habitude d'être en retard, Pierre arriva ce jour-là chez les Berg à huit heures moins le quart au lieu de huit heures moins dix.

Les Berg, leurs préparatifs terminés, étaient prêts à recevoir leurs invités.

Ils attendaient dans le nouveau cabinet, pimpant, clair, garni de petits bustes, de petits tableaux et d'un mobilier neuf. Berg, dans un uniforme neuf strictement boutonné, était assis à côté de sa femme et lui expliquait qu'on peut et qu'on doit toujours avoir des relations parmi les gens plus haut placés que soi car ce n'est qu'alors que cela présente de l'agrément.

« Il y a toujours quelque chose à en tirer, on peut toujours demander quelque chose. Songe un peu à la façon dont j'ai vécu depuis mes premiers galons. (Berg comptait sa vie non par années mais par promotions.) Mes camarades ne sont encore rien, tandis que moi j'attends une vacance pour commander un régiment et j'ai le bonheur d'être votre mari. (Il se leva et baisa la main de Vera, mais en passant rabattit un coin du tapis qui était relevé.) Et à quoi dois-je tout cela? Avant tout à l'art de choisir mes relations. Il va de soi qu'il faut en outre être vertueux et ponctuel. »

Berg sourit avec la conscience de sa supériorité sur une faible femme et se tut en pensant que sa chère épouse était tout de même, comme toutes les autres, incapable de comprendre tout ce qui fait la dignité d'être un homme, *ein Mann zu sein*. Vera pour sa part sourit en même temps avec la conscience de sa supériorité sur son excellent et vertueux mari qui, comme tous les hommes, selon elle, se faisait une fausse idée de la vie. Berg, jugeant toutes les femmes d'après la sienne, les considérait comme faibles et sottes. Vera, jugeant les hommes d'après son seul mari et généralisant ses observations, estimait que tous les hommes s'arrogent le monopole de la raison alors qu'ils ne comprennent rien, sont des orgueilleux et des égoïstes.

Berg se leva et, prenant sa femme dans ses bras avec précaution pour ne pas froisser la pèlerine de dentelles qu'il avait payée cher, la baisa sur les lèvres.

« Il n'y a qu'une chose, c'est que nous n'ayons pas d'enfants trop vite, dit-il par une association d'idées inconsciente.

– Oui, répondit Vera, je n'y tiens pas du tout. Il faut vivre pour le monde.

– La princesse Youssoupov en avait une exactement pareille », dit Berg avec un bon sourire heureux en montrant la pèlerine.

A ce moment on annonça le comte Bezoukhov. Les deux époux échangèrent un sourire satisfait, chacun s'attribuant l'honneur de cette visite.

« Voilà ce que c'est que de savoir se faire des relations, pensa Berg, voilà ce que c'est que de savoir se tenir! »

« Une chose seulement, je t'en prie, dit Vera, ne m'interromps pas quand je m'occupe des invités parce que je sais ce qui intéresse chacun et de quoi il faut parler aux uns et aux autres. »

Berg sourit.

« Mais tout de même, avec les hommes il faut parfois une conversation d'hommes », dit-il.

Pierre fut reçu dans le salon tout neuf où l'on ne pouvait s'asseoir nulle part sans en rompre la symétrie et l'ordre; aussi était-il tout à fait compréhensible et nullement étrange que Berg offrît généreusement de rompre pour ce cher hôte l'ordonnance des fauteuils ou du divan, mais étant visiblement à cet égard dans une cruelle indécision, il laissa la solution de cette question au choix de son invité. Pierre rompit la symétrie en prenant une chaise, et aussitôt Berg et Vera inaugurèrent leur soirée, s'interrompant mutuellement pour distraire leur invité.

Vera ayant décidé à part elle qu'il fallait parler à Pierre de l'ambassade de France, elle aborda aussitôt ce sujet. Berg qui avait décidé qu'une conversation d'hommes était également nécessaire, interrompit sa femme pour introduire la question de la guerre avec l'Autriche et, malgré lui, passa de considérations générales à des considérations personnelles sur les propositions qui lui avaient été faites de prendre part à cette campagne et sur les raisons qui avaient motivé son refus. Quoique la conversation fût fort décousue et que Vera en voulût à son mari de l'intervention de l'élément masculin, les deux époux sentaient avec satisfaction que, malgré la présence d'un seul invité, leur SOIRÉE était très bien partie et qu'elle ressemblait comme deux gouttes d'eau à n'importe quelle autre soirée où l'on cause, où il y a du thé et des bougies allumées.

Boris, vieux camarade de Berg, arriva bientôt. Il traitait Berg et Vera avec une certaine nuance de supériorité et de protection. A la suite de Boris arrivèrent une dame accompagnée d'un colonel, puis le général en personne, puis les Rostov, et dès lors la soirée ressembla absolument et sans conteste à toutes les autres soirées. Berg et Vera ne pouvaient retenir un sourire heureux en voyant l'animation qui régnait dans le salon, en entendant ces conversations à bâtons rompus, le frou-frou des robes et les salutations échangées. Tout se passait comme partout ailleurs, le général surtout était ressemblant, qui fit des compliments de l'appartement, tapota l'épaule de Berg et organisa avec une autorité toute paternelle la table à boston. Il s'installa à côté du comte Ilia Andreitch qu'il tenait pour l'invité le plus important après lui. Les vieux avec les vieux, les jeunes avec les jeunes, la maîtresse de maison près de la table à thé, où il y avait dans une corbeille en argent exactement la même pâtisserie qu'à la soirée des Panine, tout était absolument comme chez les autres.

XXI

PIERRE, en sa qualité d'invité de marque, dut jouer au boston avec Ilia Andreitch, le général et le colonel. Il se trouva placé à la table de jeu en face de Natacha, et il fut frappé de l'étrange changement survenu en elle depuis le bal. Natacha était silencieuse et non seulement elle n'était pas si belle qu'alors mais elle eût été laide, n'était son air de douceur et d'indifférence à tout.

« Qu'a-t-elle? » pensa Pierre en l'observant. Elle était assise à la table près de sa sœur et à contrecœur, sans le regarder, répondait à Boris qui avait pris place à ses côtés. Ayant joué une couleur complète et fait cinq levées à la satisfaction de son partenaire, Pierre, entendant un échange de salutations et les pas de quelqu'un qui entrait pendant qu'il ramassait ses levées, regarda de nouveau Natacha.

« Que lui est-il arrivé? » se demanda-t-il, encore plus surpris.

Le prince André se tenait devant elle avec une expression attentive et tendre et lui disait quelque chose. La tête levée, rougissante et s'efforçant visiblement de calmer sa respiration saccadée, elle le regardait. Et le feu intérieur, jusque-là éteint, brûlait de nouveau en elle d'une flamme vive. Elle était toute transfigurée. De laide elle était redevenue telle qu'elle était au bal.

Le prince André s'approcha de Pierre et, sur le visage de son ami, Pierre remarqua aussi une expression nouvelle et jeune.

Pierre changea plusieurs fois de place au cours de la partie, tantôt tournant le dos à Natacha, tantôt lui faisant face, et pendant toute la durée des six robres, il l'observa ainsi que son ami.

« Quelque chose de très important se passe entre eux », pensait-il, et un sentiment joyeux en même temps qu'amer l'agitait et lui faisait oublier le jeu.

Après les six robres, le général se leva en déclarant qu'il était impossible de jouer dans ces conditions et l'on rendit à Pierre sa liberté. Natacha causait avec Sonia et Boris. Vera, un fin sourire aux lèvres, s'entretenait avec le prince André. Pierre s'approcha de son ami et, en demandant si ce qu'ils disaient n'était pas un secret, s'assit près d'eux. Vera, qui avait remarqué les attentions du prince André pour Natacha, avait jugé qu'à une soirée, une vraie soirée, de fines allusions d'ordre sentimental s'imposaient, et profitant d'un moment où le prince André était seul, elle l'avait entrepris sur les sentiments, en général et sur sa sœur en particulier. Avec un invité intelligent (tel qu'était à ses yeux le prince André), il lui fallait mettre en œuvre toute sa diplomatie.

Quand Pierre les rejoignit, il remarqua que Vera, contente d'elle-même, était toute à la conversation qui la passionnait et que le prince André paraissait troublé (ce qui lui arrivait rarement).

« Qu'en pensez-vous ? disait Vera avec un fin sourire. Vous êtes si perspicace, prince, et d'emblée vous comprenez si bien le caractère des gens. Que pensez-vous de Nathalie, peut-elle être constante dans ses affections, peut-elle comme d'autres femmes (Vera entendait elle-même) aimer un homme une fois pour toutes et lui rester à jamais fidèle ? C'est cela à mon avis le véritable amour. Qu'en pensez-vous, prince ?

– Je connais trop peu votre sœur pour répondre à une question si délicate, répondit le prince André avec un sourire ironique sous lequel il voulait dissimuler son trouble, et puis j'ai remarqué que moins une femme plaît, plus elle est constante, ajouta-t-il (et il regarda Pierre qui les avait rejoints à ce moment).

– Oui, c'est vrai, prince ; à notre époque, continua Vera (parlant de son époque comme aiment le faire les esprits bornés qui croient avoir découvert et jugé à leur juste valeur les particularités de leur temps et qui s'imaginent que les gens changent selon les époques), à notre époque les jeunes filles jouissent d'une si grande liberté que le *plaisir d'être courtisée* étouffe souvent en elle le sentiment vrai. *Et Nathalie, il faut l'avouer, y est très sensible.* » Le retour à Nathalie fit de nouveau froncer le sourcil au prince André ; il voulut se lever, mais Vera poursuivit avec un sourire encore plus subtil :

« Je crois que personne n'a été *courtisée* autant qu'elle, mais jamais jusqu'à présent personne ne lui a sérieusement plu. Vous savez bien, comte, ajouta-t-elle en s'adressant à Pierre, même notre charmant *cousin* Boris qui, *entre nous,* était engagé bien, bien loin *dans le pays du tendre...* »

Le prince André se taisait, les sourcils froncés.

« Vous êtes un ami de Boris, n'est-ce pas? lui dit Vera.

– Oui, je le connais.

– Il a dû vous parler de son amour d'enfance pour Natacha?

– Il y a donc eu un amour d'enfance? demanda le prince André en rougissant tout à coup.

– Oui. *Vous savez, entre cousin et cousine cette intimité mène quelquefois à l'amour : le cousinage est un dangereux voisinage. N'est-ce pas?*

– Oh! assurément, dit le prince André, et soudain, avec un entrain peu naturel, il conseilla en plaisantant à Pierre de se tenir sur ses gardes avec ses cousines quinquagénaires de Moscou, et passant son bras sous le sien, il l'entraîna à l'écart.

– Eh bien? Qu'y a-t-il? demanda Pierre qui voyait avec surprise l'étrange animation de son ami et avait remarqué le regard qu'il avait jeté en se levant sur Natacha.

– Il faut, il faut que je te parle, dit le prince André. Tu sais, nos gants de femme (il faisait allusion aux gants qu'on donnait à un franc-maçon nouvellement initié pour les remettre à la femme aimée). Je... Mais non, je te parlerai plus tard... » Et avec une flamme étrange dans les yeux et des gestes nerveux, le prince André s'approcha de Natacha et s'assit auprès d'elle. Pierre vit qu'il lui demanda quelque chose et qu'elle lui répondit en s'empourprant.

Mais à ce moment Berg vint prier instamment Pierre de prendre part au débat qui opposait le général et le colonel sur les affaires d'Espagne.

Berg était content et heureux. Le sourire joyeux ne quittait pas son visage. La soirée était très réussie et en tous points pareille aux autre soirées auxquelles il avait assisté. Tout était identique. Et les délicats propos des dames, et les cartes et, jouant aux cartes, le général qui élevait la voix, et le samovar et les gâteaux; mais une chose manquait encore, qu'il avait toujours observée à toutes les soirées qu'il voulait imiter. Manquait une conversation animée entre hommes et une discussion sur quelque sujet important et sérieux. Le général avait amorcé une conversation de ce genre et Berg entraîna Pierre avec lui.

XXII

Le lendemain le prince André alla dîner chez les Rostov, invité par le comte Ilia Andreitch, et passa chez eux toute la journée.

Chacun dans la famille devinait pour qui il venait, et, sans s'en cacher, il chercha toute la journée à rester auprès de Natacha. Non seulement chez Natacha, effrayée en même temps qu'heureuse et émerveillée, mais dans toute la famille on sentait l'angoisse de quelque chose de grave qui allait s'accomplir. La comtesse regardait le prince André avec des yeux tristes et sérieux quand il parlait à Natacha et, pour donner le change, parlait timidement de choses et d'autres dès qu'il tournait la tête de son côté. Sonia craignait de quitter Natacha et craignait d'être importune en restant. Natacha pâlissait dans l'angoisse de l'attente quand elle se trouvait pour un instant en tête-à-tête avec lui. La timidité du prince André la surprenait. Elle sentait qu'il avait quelque chose à lui dire mais qu'il ne pouvait s'y décider.

Lorsque, dans la soirée, le prince André fut parti, la comtesse vint à Natacha et lui dit dans un murmure :

« Eh bien?

– Maman, pour l'amour de Dieu, ne me demandez rien pour le moment. On ne peut pas parler de cela », dit Natacha.

Pourtant, le même soir, Natacha, tour à tour agitée et effrayée, resta longtemps couchée, les yeux fixes, dans le lit de sa mère. Elle lui racontait tantôt qu'il lui avait fait des compliments, tantôt qu'il avait dit qu'il allait partir pour l'étranger, tantôt qu'il lui avait demandé où ils passeraient l'été, ou encore qu'il l'avait questionnée sur Boris.

« Mais cela, cela... il ne m'est jamais rien arrivé de pareil, disait-elle. Seulement, j'ai peur en sa présence, toujours peur, qu'est-ce que cela veut dire? Cela veut dire que c'est sérieux, n'est-ce pas? Maman, vous dormez?

– Non, mon chéri, j'ai peur moi-même, répondit sa mère. Va te coucher.

– De toute façon, je ne dormirai pas. Quelle bêtise que de dormir! Maman, maman, je n'ai jamais rien éprouvé de semblable! disait-elle avec surprise et effroi devant le sentiment qu'elle découvrait en elle. Pouvions-nous seulement penser!... »

Il semblait à Natacha être tombée amoureuse du prince André dès la première fois qu'elle l'avait vu à Otradnoïe. On eût dit que ce bonheur étrange, inattendu, de rencontrer de nouveau maintenant celui qu'elle avait choisi dès ce moment-là (elle en était fermement convaincue) et qu'il ne parût pas indifférent à son égard, que ce bonheur l'effrayait. « Et il a fallu qu'il vienne exprès à Pétersbourg maintenant que nous sommes ici. Et il a fallu que nous nous rencontrions à ce bal. Tout cela c'est le destin. Il est évident que c'est le destin, que tout devait aboutir à cela. Dès le début, dès que je l'ai vu, j'ai ressenti quelque chose de particulier. »

« Que t'a-t-il encore dit? Quels sont ces vers? Lis-les-moi, dit pensivement sa mère qui parlait des vers que le prince André avait écrits dans l'album de Natacha.

– Maman, ce n'est pas mal qu'il soit veuf?

– Allons, Natacha. Prie le Bon Dieu. *Les mariages se font dans les cieux.*

– Maman chérie, comme je vous aime, comme je suis heureuse! » cria Natacha en versant des larmes de bonheur et d'émotion et en enlaçant sa mère.

Dans le même moment, le prince André était chez Pierre et lui parlait de son amour pour Natacha et de sa ferme intention de l'épouser.

Ce jour-là il y avait raout chez la comtesse Hélène Vassilievna. L'ambassadeur de France, le prince devenu depuis peu de temps assidu dans la maison de la comtesse, beaucoup de femmes et d'hommes brillants y assistaient. Pierre fit un tour dans les salons et chacun fut frappé de son air concentré, distrait et sombre.

Depuis le bal, Pierre sentait l'approche d'un de ses accès d'hypocondrie et il le combattait désespérément. Depuis l'intimité du prince avec sa femme, il avait été brusquement nommé chambellan et, dès lors, il éprouva en société une sensation de gêne et de honte, tandis que ses anciennes et sombres pensées sur la vanité de toutes choses humaines venaient l'assaillir plus souvent. D'autre part, les sentiments qu'il avait remarqués entre Natacha, sa protégée, et le prince André aggravaient encore cette humeur morose par le contraste que la situation de son ami formait avec la sienne. Il s'efforçait de chasser toute pensée relative aussi bien à sa femme qu'à Natacha et au prince André. De nouveau tout lui paraissait vain au regard de l'éternité, de nouveau la question se posait : « A quoi bon? » Et il s'astreignait jour et nuit à s'absorber dans des travaux maçonniques, espérant chasser ainsi le mauvais esprit. Vers minuit, ayant quitté les appartements de la comtesse, il était en haut chez lui, dans une pièce basse et enfumée, occupé à sa table de travail, vêtu d'une robe de chambre élimée, à transcrire des actes écossais authentiques, quand quelqu'un entra. C'était le prince André.

« Ah! c'est vous, dit Pierre d'un air distrait et mécontent. Comme vous voyez, je travaille », ajouta-t-il en montrant son cahier avec la mine des gens malheureux qui demandent à leur travail l'oubli des misères de l'existence.

Le prince André s'arrêta devant lui, le visage rayonnant, transfiguré, rendu à la vie, et sans prendre garde à son air triste, lui sourit avec l'égoïsme du bonheur.

« Eh bien, mon cher, dit-il, je voulais te dire quelque chose hier et c'est pour cela que je viens aujourd'hui. Je n'ai jamais rien éprouvé de semblable. Je suis amoureux, mon ami. »

Pierre poussa soudain un profond soupir et de tout le poids de son corps lourd se laissa tomber sur le divan, à côté du prince André.

« De Natacha Rostov, n'est-ce pas? dit-il.

– Oui, oui, de qui donc sinon d'elle? Je ne l'aurais jamais cru, mais ce sentiment est plus fort que moi. Hier je me tourmentais, je souffrais, mais cette souffrance elle-même, je n'y renoncerais pour rien au monde. Je ne vivais pas auparavant. Ce n'est que maintenant que je vis, mais je ne puis vivre sans elle. Seulement peut-elle m'aimer?... Je suis trop vieux pour elle. Pourquoi ne dis-tu rien?...

– Moi? Moi? Je vous le disais bien, dit soudain Pierre en se levant et en se mettant à arpenter la pièce. Je l'ai toujours pensé... Cette jeune fille est un tel trésor, un tel trésor... C'est une jeune fille comme il y en a peu... Cher ami, je vous en prie, ne compliquez pas les choses, n'hésitez pas, épousez-la, épousez-la et épousez-la... Et je suis sûr que vous serez le plus heureux des hommes.

– Mais elle?

— Elle vous aime.

— Ne dis pas de bêtises... dit le prince André en souriant et en le regardant dans les yeux.

— Elle vous aime, je le sais, cria Pierre avec impatience.

— Non, écoute, dit le prince André en l'arrêtant par le bras. Sais-tu dans quel état je suis? J'ai besoin de me confier à quelqu'un.

— Eh bien, eh bien, parlez, j'en suis très heureux », dit Pierre, et en effet son visage se transforma, la barre de son front s'effaça et il écouta le prince André avec joie. Le prince André paraissait être et il était un tout autre homme. Où étaient son amertume, son mépris de la vie, son désenchantement? Pierre était le seul devant qui il osât s'épancher; mais en revanche il lui dit tout ce qu'il avait dans le cœur. Tantôt il faisait facilement et hardiment des projets pour un long avenir, disait qu'il ne pouvait sacrifier son bonheur à un caprice de son père, qu'il l'amènerait à consentir à ce mariage et à aimer Natacha, sinon il se passerait de son consentement; tantôt il s'étonnait comme d'une chose étrange, une chose en dehors de lui et ne dépendant pas de sa volonté, du sentiment qui s'était emparé de lui.

« Je ne l'aurais pas cru si quelqu'un m'avait dit que j'étais capable d'aimer ainsi, disait-il. Ce n'est pas du tout le même sentiment que j'ai éprouvé jadis. Le monde entier se partage pour moi en deux moitiés : l'une, c'est elle, et là tout est bonheur, espoir, lumière; l'autre moitié, c'est tout ce dont elle est absente, et là tout est désolation et ténèbres...

— Ténèbres et nuit, répéta Pierre, oui... oui, je comprends cela.

— Je ne peux pas ne pas aimer la lumière, ce n'est pas ma faute. Et je suis très heureux. Tu me comprends? Je sais que tu te réjouis pour moi.

— Oui, oui », confirma Pierre en regardant son ami avec des yeux attendris et tristes. Plus la destinée du prince André lui apparaissait lumineuse, plus la sienne propre lui semblait sombre.

XXIII

Pour se marier le prince André avait besoin du consentement de son père et il se rendit donc le lendemain chez lui.

Le père reçut la communication de son fils avec un calme extérieur mais une colère secrète. Il ne pouvait comprendre que quelqu'un voulût changer sa vie, y introduire un élément nouveau, alors que la sienne était finie. « Qu'on me laisse au moins finir mes jours comme je l'entends, ensuite ils feront ce qu'ils voudront », se disait le vieillard. Avec son fils il usa cependant de la diplomatie qui lui servait dans les grandes occasions. Prenant un ton tranquille, il discuta tous les aspects de l'affaire.

En premier lieu, le parti n'était pas brillant quant à la parenté, à la fortune et à la naissance. Deuxièmement, le prince André n'était pas de première jeunesse et il était faible de santé (le vieillard insista particulièrement là-dessus), tandis qu'elle était très jeune. Troisièmement, il avait un fils qu'il serait dommage de confier à une gamine. Quatrièmement enfin, dit le père en regardant ironiquement son fils, « je te demande ceci : ajourne la chose à un an, va à l'étranger, soigne-toi, trouve comme tu en as l'intention un Allemand pour le prince Nicolas, et si à ce moment-là ton amour, ta passion, ton entêtement, comme tu voudras, sont si grands, alors marie-toi... » conclut-il d'un ton qui montrait que rien ne le ferait revenir sur sa décision.

Le prince André voyait parfaitement que le vieillard espérait que ses sentiments ou ceux de sa future fiancée ne résisteraient pas à l'épreuve d'un an, ou qu'il mourrait d'ici là lui-même, et il résolut de se soumettre à la volonté de son père, de demander la main de Natacha et d'ajourner le mariage à un an.

Trois semaines après sa dernière soirée chez les Rostov, le prince André était de retour à Pétersbourg.

Le lendemain de ses confidences à sa mère, Natacha attendit Bolkonski toute la journée, mais il ne vint pas. Les jours suivants il en fut de même. Pierre ne venait pas non plus et Natacha, qui ignorait que le prince André était allé chez son père, ne pouvait s'expliquer son absence.

Trois semaines passèrent ainsi. Natacha refusait de sortir et comme une ombre, désœuvrée et morne, errait d'une pièce à l'autre, pleurait le soir en cachette de tous et n'allait plus trouver sa mère. Elle rougissait et s'énervait à tout propos. Il lui semblait que tout le monde savait sa déception, se moquait d'elle et la plaignait. Malgré toute la profondeur de son chagrin, cette blessure d'amour-propre la rendait encore plus malheureuse.

Un jour, elle alla trouver la comtesse, voulut lui dire quelque chose et soudain fondit en larmes. Ses larmes étaient celles d'un enfant offensé qui ignore pourquoi il a été puni.

La comtesse voulut la consoler. Natacha, qui tout d'abord écouta ce que disait sa mère, l'interrompit soudain :

« Laissez, maman, je n'y pense même pas et je ne veux pas y penser. C'est comme ça; il est venu pendant quelque temps, puis il a cessé, puis il a cessé... »

Sa voix trembla, elle fut sur le point de pleurer, mais se reprit et poursuivit avec calme :

« D'ailleurs je ne veux pas du tout l'épouser. J'ai peur de lui, et maintenant je me suis tout à fait calmée, tout à fait calmée... »

Le lendemain de cette conversation. Natacha mit une vieille robe qu'elle savait avoir le don de la rendre particulièrement gaie et, dès le matin, reprit le genre de vie qu'elle avait abandonné depuis le bal. Après avoir pris le thé, elle alla dans la salle de danse qu'elle aimait particulièrement pour son excellente acoustique, et se remit à son solfège. La première leçon terminée, elle s'avança jusqu'au milieu de la pièce et répéta une phrase musicale qui lui avait particulièrement plu. Elle subissait avec joie le charme (comme inattendu pour elle) de ces notes qui remplissaient en s'égrenant le vide de la pièce, puis mouraient lentement, et soudain elle se sentit gaie. « A quoi bon y penser tant, tout est bien même comme ça », se dit-elle, et elle se mit à se promener de long en large dans la salle, marchant sur le parquet sonore non d'un pas normal mais en appuyant d'abord sur le talon (elle portait des chaussures neuves qu'elle aimait) puis sur la pointe et écoutant ce claquement rythmé du talon et le crissement de la pointe avec autant de joie que tout à l'heure le son de sa voix. En passant devant un miroir, elle y jeta un regard. « Me voilà! semblait dire son visage en se voyant. Et c'est parfait. Je n'ai besoin de personne. »

Un laquais voulut entrer pour mettre de l'ordre dans le salon, mais elle le renvoya, referma la porte derrière lui et reprit sa promenade. Elle en était revenue ce matin à son état d'esprit préféré d'amour et d'admiration pour elle-même. « Quelle merveille que cette Natacha! se dit-elle en faisant de nouveau parler un tiers, un personnage masculin collectif. Elle est belle, jeune, elle a une de ces voix, et elle ne gêne personne, laissez-la donc tranquille. » Mais l'eût-on même laissée tranquille, elle ne pouvait plus l'être, et elle le sentit aussitôt.

La porte d'entrée s'ouvrit dans le vestibule, quelqu'un demanda si la comtesse était chez elle et des pas se firent entendre. Natacha se regardait dans la glace mais elle ne se voyait pas. Elle écoutait les bruits dans le vestibule. Quand elle se vit, son visage était pâle. C'était LUI. Elle en avait la certitude, quoiqu'elle entendît à peine sa voix derrière la porte fermée.

Pâle et affolée, elle courut au salon.

« Maman, Bolkonski est là! dit-elle. Maman, c'est affreux, c'est insupportable! Je ne veux pas... souffrir! Que dois-je faire?... »

La comtesse n'avait pas encore eu le temps de répondre que le prince André entrait, l'air inquiet et grave. Dès qu'il vit Natacha, son visage s'illumina. Il baisa la main de la comtesse et celle de Natacha et s'assit près du divan.

« Il y a longtemps que nous n'avons eu le plaisir... commença la comtesse, mais le prince André l'interrompit, répondant d'avance à sa question et visiblement pressé de dire pourquoi il était venu.

– Je ne suis pas venu vous voir pendant tout ce temps parce que j'étais chez mon pere; j'avais à régler avec lui une affaire très importante. Je ne suis rentré que cette nuit, dit-il en jetant un regard à Natacha. J'ai à vous parler, comtesse », ajouta-t-il après un instant de silence.

La comtesse baissa les yeux en poussant un profond soupir.

« Je vous écoute », dit-elle.

Natacha savait qu'elle devait s'en aller mais elle ne le pouvait pas : elle avait la gorge serrée et, sans se soucier de politesse, elle regardait le prince André de ses yeux grands ouverts.

« Maintenant? A l'instant même!... Non, ce n'est pas possible », pensait-elle.

Il la regarda de nouveau, et ce regard la convainquit qu'elle ne se trompait pas. – Oui, maintenant, à l'instant même, son sort se décidait.

« Va, Natacha, je t'appellerai », dit la comtesse dans un murmure.

Natacha jeta au prince André et à sa mère un regard effrayé, suppliant, et sortit.

« Je suis venu, comtesse, demander la main de votre fille », dit le prince André.

Le visage de la comtesse s'empourpra mais elle ne dit rien.

« Votre demande... » commença-t-elle gravement. Il se taisait, la regardant dans les yeux. « Votre demande... (elle se troubla) nous est agréable et... je l'accepte, j'en suis heureuse. Mon mari aussi... j'espère... mais cela dépendra d'elle...

– Je lui parlerai quand j'aurai votre consentement... me le donnez-vous? dit le prince André.

– Oui », dit la comtesse en lui tendant la main, et avec un sentiment d'éloignement et de tendresse mélangés elle appuya ses lèvres sur son front quand il se pencha sur sa main. Elle voulait l'aimer comme un fils; mais elle sentait qu'il était un étranger redoutable pour elle.

« Je suis sûre du consentement de mon mari, dit-elle, mais votre père...

– Mon père à qui j'ai fait part de mes intentions a posé comme condition absolue à son consentement que le mariage n'ait lieu que dans un an. C'est justement ce que je voulais vous dire, dit le prince André.

– Il est vrai que Natacha est jeune, mais un si long délai.

– Il n'a pu en être autrement, dit le prince André avec un soupir.

– Je vais vous l'envoyer », dit la comtesse, et elle sortit.

« Seigneur, aie pitié de nous », répétait-elle en cherchant sa fille, Sonia lui dit qu'elle était dans sa chambre. Natacha était assise sur son lit, pâle, les yeux secs fixés sur les icônes, et chuchotait en se signant rapidement. A la vue de sa mère, elle bondit sur ses pieds et se jeta vers elle.

« Eh bien, maman?... Eh bien?

– Va, va le rejoindre. Il demande ta main, dit la comtesse froidement, sembla-t-il à Natacha. Va... va... », répéta-t-elle avec tristesse et reproche comme sa fille s'élançait, et elle poussa un profond soupir.

Natacha ne savait pas comment elle était entrée dans le salon. Sur le seuil, en le voyant, elle s'arrêta. « Est-il possible que cet étranger soit devenu TOUT pour moi? se demanda-t-elle, et elle se répondit au même instant : oui, tout; il m'est désormais plus cher que tout au monde. » Le prince André alla à elle, les yeux baissés.

« Je vous ai aimée dès l'instant où je vous ai vue. Puis-je espérer? »

Il la regarda et fut frappée de l'expression grave et passionnée de son visage. Son visage semblait dire : « Pourquoi le demander? Pourquoi douter de ce qu'il est impossible de ne pas savoir? Pourquoi parler quand on ne peut exprimer par des mots ce qu'on ressent? »

Elle se rapprocha de lui et s'arrêta. Il lui prit la main et la baisa.

« M'aimez-vous?

– Oui, oui, répondit Natacha comme avec humeur; elle fit une profonde aspiration, puis une autre, encore et encore, et éclata en sanglots.

– Pourquoi? Qu'avez-vous?

– Ah! je suis si heureuse », répondit-elle, et elle sourit à travers ses larmes, se pencha vers lui, hésita un instant comme si elle se demandait si elle pouvait le faire, et l'embrassa.

Le prince André tenait ses mains dans les siennes, la regardait dans les yeux et ne retrouvait plus dans son cœur le même amour pour elle. Une sorte de revirement s'était produit en lui : l'ancien attrait poétique et mystérieux du désir avait disparu, il ne restait plus que de la pitié pour sa faiblesse de femme et d'enfant, de l'effroi devant son abandon et sa confiance, une conscience poignante et à la fois pleine de joie du devoir qui le liait à jamais à elle. Ce sentiment nouveau, sans être poétique et lumineux, n'en était que plus sérieux et plus fort.

« Votre *maman* vous a-t-elle dit que cela ne peut être avant un an? » dit le prince André en la regardant toujours dans les yeux.

« Est-ce bien moi, cette enfant (tout le monde m'appelait ainsi), pensait Natacha, est-il possible qu'à partir de cet instant je sois la FEMME, l'égale de cet étranger, de cet homme charmant et intelligent que même mon père respecte? Cela peut-il être vrai? Est-il vrai que je ne peux plus prendre la vie à la légère, que je suis désormais une grande personne, que je suis maintenant responsable de chacun de mes actes et de chacune de mes paroles? Mais que m'a-t-il donc demandé? »

« Non, répondit-elle, mais elle ne comprenait pas ce qu'il lui demandait.

— Pardonnez-moi, dit le prince André, mais vous êtes si jeune et j'ai déja tant vécu! J'ai peur pour vous. Vous ne vous connaissez pas vous-même. »

Natacha écoutait avec une attention concentrée, s'efforçant de saisir le sens de ses paroles et n'y parvenant pas.

« Si pénible que doivent m'être cette année qui retarde mon bonheur, poursuivit le prince André, ce délai vous permettra de voir clair en vous. Je vous demande de faire mon bonheur dans un an; mais vous êtes libre : nos fiançailles resteront secrètes et si vous vous aperceviez que vous ne m'aimez pas ou si vous en aimiez... (et il eut un sourire contraint).

— Pourquoi dites-vous cela? l'interrompit Natacha. Vous savez que je vous ai aimé dès la première fois que vous êtes venu à Otradnoïe, dit-elle, fermement convaincue de dire la vérité.

— En un an vous pourrez vous connaître...

— Toute une année? dit soudain Natacha qui venait seulement de comprendre que le mariage était ajourné à un an. Mais pourquoi un an? Pourquoi un an?... » Le prince André se mit en devoir de lui expliquer les causes de ce délai. Natacha ne l'écoutait pas.

« Et il ne peut en être autrement? » demanda-t-elle. Le prince André ne répondit rien mais son visage montra que la décision était irrévocable.

« C'est affreux! Mais c'est affreux, affreux! dit subitement Natacha (et elle éclata de nouveau en sanglots). Je mourrai à attendre un an : ce n'est pas possible, c'est affreux. » Elle regarda son fiancé et lui vit une expression de compassion et de perplexité.

« Non, non, j'accepte tout, dit-elle en séchant brusquement ses larmes, je suis si heureuse! »

Le père et la mère entrèrent alors et donnèrent leur bénédiction aux fiancés.

A partir de ce jour, ce fut en qualité de fiancé que le prince André fréquenta la maison des Rostov.

XXIV

On ne célébra pas les fiançailles de Bolkonski et de Natacha qui ne furent annoncées à personne; le prince André y avait insisté. Il disait que puisqu'il était cause du délai, c'était à lui à en subir toutes les conséquences. Sa parole donnée le liait à jamais, mais il ne voulait pas lier Natacha et lui laissait son entière liberté. Si, dans six mois, elle s'apercevait qu'elle ne l'aimait pas, elle serait parfaitement en droit de reprendre sa parole. Il va de soi que ni les parents ni Natacha ne voulaient en entendre parler; mais le prince André était inébranlable. Il allait tous les jours chez les Rostov, mais ne traitait pas Natacha comme une fiancée : il lui disait vous et lui baisait seulement la main. Depuis la demande en mariage, les relations du prince André et de Natacha prirent un caractère nouveau, intime et simple. C'était comme si jusque-là ils ne se connaissaient pas. Ils aimaient tous deux évoquer ce qu'ils pensaient l'un de l'autre quand ils n'étaient encore RIEN l'un pour l'autre; maintenant ils se sentaient devenus des êtres tout différents : alors ils étaient affectés, maintenant ils étaient simples et sincères. Au début, la famille éprouva une certaine gêne en présence du prince André; il lui semblait venir d'un monde étranger, et Natacha mit longtemps à familiariser les siens avec lui; elle leur affirmait avec fierté qu'il donnait seulement l'impression d'être à part, mais qu'en réalité il était exactement comme tout le monde, qu'il ne l'intimidait pas et que personne ne devait être intimidé par lui. Au bout de quelques jours, on s'habitua à lui et, sans se gêner, on reprit le genre de vie d'autrefois auquel il participait. Il savait parler exploitation avec le comte, toilettes avec la comtesse et Natacha, albums et canevas avec Sonia. Parfois les Rostov s'étonnaient, entre eux et en présence du prince André, que tout cela eût pu arriver et de l'intervention évidente du destin dans cette affaire : et le voyage du prince André à Otradnoïe, et leur séjour à Pétersbourg, et la ressemblance entre Natacha et lui que la nounou avait remarquée dès sa première visite, et l'altercation qui, en 1805, avait mis aux prises André et Nicolas, et bien d'autres présages encore qu'on avait constatés dans la famille.

La maison était imprégnée de cet ennui poétique et de ce silence qui entourent toujours les fiancés. Souvent, réunis dans la même pièce, tous se taisaient. Parfois on se levait et on s'en allait, et les fiancés demeurés seuls continuaient à se taire. Ils parlaient rarement de leur avenir. Le prince André craignait d'aborder ce sujet et s'en faisait scrupule. Natacha partageait ce sentiment, comme elle partageait tous ses sentiments qu'elle devinait toujours. Une fois, elle le questionna sur son fils. Le prince André rougit, ce qui maintenant lui arrivait souvent et ce que Natacha aimait particulièrement, et dit que son fils n'habiterait pas avec eux.

« Pourquoi? dit Natacha effrayée.

– Je ne puis l'enlever à son grand-père, et puis...

– Comme je l'aimerais! dit Natacha, devinant aussitôt sa pensée; mais je sais, vous ne voulez pas qu'on puisse nous blâmer, vous et moi. »

Le vieux comte s'approchait parfois du prince André, l'embrassait, lui demandait conseil au sujet de l'éducation de Petia ou de la carrière de Nicolas. La vieille comtesse soupirait en regardant les fiancés. Sonia craignait à chaque instant d'être de trop et inventait des prétexes pour les laisser seuls même quand ils n'en avaient nullement besoin. Lorsque le prince André parlait (il racontait très bien), Natacha l'écoutait avec fierté; lorsqu'elle parlait, elle remarquait avec joie et avec crainte qu'il l'observait d'un œil attentif et scrutateur. Elle se demandait, perplexe : « Que cherche-t-il en moi? Que signifie ce regard? Que sera-ce s'il n'y a pas en moi ce qu'il cherche ainsi? » Parfois elle était reprise par la folle gaieté qui lui était particulière, et alors elle aimait plus que jamais écouter le prince André et le voir rire. Il riait rarement, mais en revanche, quand cela lui arrivait, il s'y abandonnait tout entier, et chaque fois après ce rire elle se sentait plus proche de lui. Natacha aurait été pleinement heureuse si la pensée de la séparation qui approchait ne lui eût fait peur, tandis que le prince André pâlissait, glacé d'effroi, rien que d'y songer.

La veille de son départ de Pétersbourg, le prince André leur amena Pierre qui, depuis le bal, n'était pas revenu chez les Rostov. Pierre paraissait décontenancé et troublé. Il engagea la conversation avec la mère. Natacha et Sonia s'installèrent devant le jeu d'échecs, invitant par là le prince André à se joindre à elles. Il s'approcha.

« Il y a longtemps, n'est-ce pas, que vous connaissez Bezoukhov? demanda-t-il. Vous l'aimez bien?

— Oui, il est gentil mais très drôle. »

Et comme toujours quand elle parlait de Pierre, elle raconta des anecdotes sur sa distraction, anecdotes que quelquefois même on ne se faisait pas faute d'inventer sur son compte.

« Vous savez, je lui ai confié notre secret, dit le prince André. Je le connais depuis l'enfance. C'est un cœur d'or. Je vous en prie, Nathalie, ajouta-t-il soudain d'un ton sérieux, je vais partir, Dieu sait ce qui peut arriver. Vous pouvez cesser de m'ai... Oui, je sais que je ne dois pas parler de cela. Une chose seulement : quoi qu'il puisse vous arriver pendant mon absence...

— Mais que peut-il arriver?...

— Quelque chagrin que vous ayez, poursuivit le prince André, je vous en prie, *mademoiselle Sophie,* quoi qu'il arrive, demandez à lui seul aide et conseil. C'est le plus distrait et le plus drôle des hommes, mais c'est le meilleur cœur qu'il y ait. »

Ni le père, ni la mère, ni Sonia, ni le prince André lui-même n'avaient pu prévoir l'effet que la séparation avec son fiancé allait avoir sur Natacha. Rouge et agitée, les yeux secs, elle allait et venait ce jour-là dans la maison, s'occupant des choses les plus insignifiantes, comme si elle ne comprenait pas ce qui l'attendait. Elle ne pleura pas non plus alors qu'en lui disant adieu il lui baisa pour la dernière fois la main.

« Ne partez pas! » lui dit-elle seulement d'une voix telle qu'il fut obligé de se demander si en effet il ne devait pas rester et dont il garda longtemps le souvenir. Quand il fut parti, elle ne pleura pas davantage; mais elle resta plusieurs jours cloîtrée dans sa chambre, sans pleurer, sans s'intéresser à rien, et répétant seulement de temps à autre : « Ah! pourquoi est-il parti! »

Mais quinze jours après son départ, d'une façon tout aussi inattendue pour son entourage, elle se réveilla de son engourdissement moral, redevint telle qu'elle était, mais avec une physionomie morale changée, comme les enfants qui, relevant d'une longue maladie, ont un autre visage.

XXV

La santé et le caractère du prince Nicolas Andreievitch Bolkonski empirèrent beaucoup pendant l'année qui suivit le départ de son fils. Il devint encore plus irritable, et la plupart de ses accès de colère injustifiée retombaient sur la princesse Maria. Il semblait choisir avec soin ses points les plus sensibles pour lui infliger les plus cruelles souffrances morales. La princesse Maria avait deux passions et, partant, deux joies : son petit neveu Nicolas et la religion, et ce furent là les objets favoris des attaques et des railleries du prince. Quel que fût le sujet de la conversation, il l'amenait sur les superstitions des vieilles filles ou l'excès d'indulgence avec les enfants. « Tu voudrais faire de lui (le petit Nicolas) une vieille fille comme toi; tu as tort : le prince André a besoin d'un fils et non d'une fille », disait-il. Ou bien, s'adressant à Mlle Bourienne, il lui demandait, en présence de la princesse Maria, ce qu'elle pensait de nos popes et de nos icônes, et il plaisantait...

Il blessait tout le temps et cruellement la princesse Maria, mais sa fille n'avait même pas d'effort à faire pour lui pardonner. Pouvait-il avoir des torts envers elle, ce père qui l'aimait, elle le savait, pouvait-il être injuste? Et puis qu'est-ce que la justice? La princesse Maria ne pensait jamais à ce mot orgueilleux : « justice. » Toutes les complexes lois humaines se résumaient pour elle en une seule loi simple et claire, la loi d'amour et d'abnégation que nous a enseignée Celui qui avec amour a souffert pour les hommes, alors qu'Il était Dieu lui-même. Que lui importait la justice ou l'injustice des autres? Elle devait souffrir et aimer, et c'est ce qu'elle faisait.

En hiver, le prince André était venu à Lissi Gori, il avait été gai, doux et tendre, comme la princesse Maria ne l'avait pas vu depuis longtemps. Elle devinait que quelque chose lui était arrivé, mais il ne lui dit rien de son amour. Avant son départ, il eut un long entretien avec son père, et la princesse Maria remarqua qu'ils en étaient sortis mécontents l'un de l'autre.

Peu de temps après le départ du prince André, la princesse Maria écrivit, de Lissi Gori à Pétersbourg, à son amie Julie Karaguine qu'elle rêvait, comme rêvent toujours les jeunes filles, de marier avec son frère et qui était alors en deuil du sien, tombé en Turquie.

« Le chagrin, il faut croire, est notre lot commun à tous, ma chère et tendre amie Julie.

« Votre perte est si cruelle que je ne puis me l'expliquer que comme une grâce particulière de Dieu qui veut vous éprouver — en vous aimant — vous et votre excellente mère. Ah! mon amie, la religion et la religion seule peut, je ne dis pas nous consoler mais nous délivrer du désespoir; la religion seule peut nous expliquer ce que sans son aide l'homme ne peut comprendre : pourquoi, dans quel dessein Dieu rappelle à lui des êtres bons, nobles, qui savent trouver le bonheur dans la vie, qui non seulement ne font de mal à personne mais qui sont même indispensables au bonheur des autres, alors que des êtres méchants, inutiles, nuisibles ou qui sont à charge à eux-mêmes et aux autres continuent à vivre. La première mort que j'ai vue et que je n'oublierai jamais, celle de ma chère belle-sœur, m'avait laissé cette impression. Tout comme vous qui demandez au destin pourquoi votre excellent frère devait mourir, je me demandais pourquoi devait mourir Lise, cet ange, qui non seulement n'avait fait de mal à personne mais dont l'âme n'avait jamais renfermé que de bonnes pensées. Eh bien, mon amie, voici que cinq ans se sont écoulés depuis et, dans ma faible intelligence, je commence à comprendre clairement

pourquoi elle devait mourir, et que cette mort n'a été qu'une expression de l'infinie miséricorde du Créateur, dont toutes les actions, quoique le plus souvent nous ne les comprenions pas, ne sont que des manifestations de son amour infini pour Sa créature. Peut-être, me dis-je souvent, était-elle d'une innocence trop angélique pour avoir la force de remplir tous les devoirs d'une mère. Elle était irréprochable comme jeune épouse : peut-être n'aurait-elle pu l'être en tant que mère. Maintenant, non seulement elle nous a laissé à tous, et surtout au prince André, le regret et le souvenir les plus purs, mais elle aura sans doute obtenu là-haut une place que je n'ose espérer pour moi-même. Mais sans même parler d'elle, cette mort prématurée et terrible a eu, malgré tout notre chagrin, le plus bienfaisant effet sur mon frère et sur moi. A cette époque, au moment de notre perte, ces pensées ne pouvaient me venir; je les aurais chassées avec horreur, mais à présent cela est pour moi si clair et si incontestable. Je ne vous écris tout cela, mon amie, que pour vous convaincre de la vérité évangélique qui est devenue ma règle de vie : pas un cheveu ne tombe de notre tête sans Sa volonté. Or, Sa volonté n'est guidée que par Son amour infini pour nous, c'est pourquoi tout ce qui nous arrive ne nous arrive que pour notre bien. Vous demandez si nous passerons l'hiver prochain à Moscou? Malgré tout mon désir de vous revoir, je ne le crois pas et ne le souhaite pas. Et vous serez étonnée d'apprendre que la cause en est Buonaparte. Voici pourquoi : la santé de mon père décline visiblement : il ne peut supporter la contradiction et devient irritable. Cette irascibilité porte surtout, comme vous le savez, sur la politique. Il ne peut supporter l'idée que Buonaparte traite d'égal à égal avec tous les souverains d'Europe et en particulier avec le nôtre, le petit-fils de la Grande Catherine! Comme vous le savez, je suis tout à fait indifférente à la politique, mais par les propos de mon père et ses entretiens avec Michel Ivanovitch, je suis au courant de tout ce qui se passe dans le monde et notamment de tous les honneurs qu'on rend à Buonaparte, qui, à Lissi Gori seulement de tout l'univers, n'est reconnu ni pour un grand homme, ni encore moins pour l'empereur de France. Et mon père ne peut supporter cela. Il me semble que c'est précisément à cause de ses idées politiques et prévoyant les conflits que pourrait faire naître pour lui son habitude de dire son opinion sans se soucier de personne, que mon père parle à contrecœur d'un voyage à Moscou. Tout ce que sa santé gagnerait au traitement qu'il suivrait serait perdu par les discussions sur Buonaparte qui sont inévitables. En tout cas, cela doit se décider très prochainement. Notre vie de famille continue comme par le passé, sauf que mon frère André est absent. Comme je vous l'ai déjà écrit, il a beaucoup changé ces derniers temps. Depuis son épreuve, ce n'est que maintenant, cette année-ci, que moralement il est tout à fait revenu à la vie. Il est redevenu tel que je l'ai connu dans son enfance : bon, tendre, un cœur d'or comme je n'en connais pas de pareil. Il a compris, il me semble, que la vie n'est pas finie pour lui. Mais à côté de ce changement moral, il a beaucoup baissé physiquement. Il est plus maigre, plus nerveux. Je suis inquiète pour lui et je suis contente qu'il ait entrepris ce voyage à l'étranger que les médecins lui prescrivent depuis longtemps. J'espère que cela le rétablira. Vous me dites qu'à Pétersbourg on parle de lui comme d'un des jeunes gens les plus actifs, les plus instruits et les plus intelligents. Pardonnez-moi mon orgueil de sœur : je n'en ai jamais douté. On ne compte pas tout le bien qu'il a fait ici à tout le monde, à commencer par ses paysans et à finir par la noblesse. En allant à Pétersbourg, il n'a été récompensé que selon ses mérites. Je m'étonne que des bruits puissent parvenir de Pétersbourg à Moscou, surtout quand il s'agit de bruits aussi faux que ceux dont vous me parlez au sujet d'un prétendu mariage de mon frère avec la petite Rostov. Je ne crois pas qu'André épouse jamais qui que ce soit et à plus forte raison elle. Voici pourquoi : tout d'abord, je sais que, bien qu'il parle rarement de feu sa femme, le chagrin de cette perte est trop profondément enraciné dans son cœur pour qu'il puisse jamais se résoudre à lui donner une remplaçante et une belle-mère à notre petit ange. Ensuite, parce que, pour autant que je sache, cette jeune fille n'est pas du genre de femmes qui peuvent lui plaire. Je ne crois pas que le prince André la choisisse pour femme et je dirai franchement que je ne le souhaite pas. Mais je bavarde trop, je termine ma seconde feuille. Adieu, ma chère amie, que Dieu vous ait en sa sainte et puissante garde. Ma chère compagne Mlle Bourienne vous embrasse.

« MARIE. »

XXVI

AU milieu de l'été, la princesse Maria reçut, de Suisse, une lettre du prince André qui lui faisait part d'une nouvelle étrange et imprévue. Il lui annonçait ses fiançailles avec Mlle

Rostov. Sa lettre respirait tout un amour exalté pour sa fiancée et une tendre et confiante amitié pour sa sœur. Il écrivait qu'il n'avait jamais aimé comme il aimait maintenant et que c'est maintenant seulement qu'il comprenait et connaissait la vie; il demandait à sa sœur de lui pardonner de ne lui avoir rien dit de ses intentions lors de son dernier séjour à Lissi Gori, bien qu'il en eût parlé à son père. Il ne lui en avait pas parlé car elle aurait prié son père de donner son consentement et sans attendre son but aurait provoqué sa colère dont tout le poids serait retombé sur elle. D'ailleurs, écrivait-il, la chose n'était pas alors si définitivement décidée que maintenant. « Père m'avait imposé un délai d'un an, et voici déjà six mois écoulés, la moitié du délai est passée, et je suis plus ferme que jamais dans ma décision. Si les médecins ne me retenaient pas ici aux eaux, je serais déjà en Russie, mais je dois retarder encore mon retour de trois mois. Tu me connais et tu connais mes rapports avec mon père. Je ne prétends à rien, je suis et je serai toujours indépendant, mais agir à l'encontre de sa volonté, encourir sa colère quand il lui reste peut-être si peu de temps à passer parmi nous, la moitié de mon bonheur en serait détruite. Je lui écris en même temps sur le même sujet et je te demande de choisir le moment propice pour lui remettre ma lettre, puis de me faire savoir comment il aura pris tout cela et s'il y a de l'espoir qu'il consente à abréger de trois mois le délai fixé. »

Après de longues hésitations, des doutes et des prières, la princesse Maria remit la lettre à son père. Le lendemain, le vieux prince lui dit avec calme :

« Écris à ton frère d'attendre que je sois mort... Ce ne sera pas long, je le débarrasserai bientôt... »

La princesse voulut répliquer, mais son père ne le lui permit pas et éleva de plus en plus la voix.

« Marie-toi, marie-toi, mon cher... Une belle parenté!... Des gens intelligents, n'est-ce pas? Riches, n'est-ce pas? Oui, le petit Nicolas aura une jolie belle-mère. Écris-lui de se marier dès demain si ça lui plaît. Elle sera la belle-mère de Nicolas et moi j'épouserai Bourienne!... Ha, ha, ha! comme ça lui aussi il aura une belle-mère! Seulement, je ne veux plus d'autres femmes dans ma maison, qu'il se marie, mais qu'il vive à part. Peut-être iras-tu aussi vivre chez lui? demanda-t-il à la princesse Maria : eh bien alors, que Dieu te bénisse, bon voyage... bon voyage!... »

Après cette explosion, le prince ne dit plus mot de cette affaire. Mais le dépit contenu que lui causait la faiblesse de son fils se fit sentir dans ses rapports avec sa fille. Un nouveau prétexte aux railleries était venu s'ajouter aux anciens, celui de la belle-mère et ses assiduités auprès de Mlle Bourienne.

« Pourquoi ne l'épouserais-je pas? disait-il à sa fille. Elle ferait une magnifique princesse! »

Et depuis quelque temps, à sa grande stupeur, la princesse Maria remarquait que son père introduisait de plus en plus la Française dans son intimité. Elle écrivit à son frère comment leur père avait accueilli sa lettre; mais elle le consolait en lui donnant l'espoir qu'elle parviendrait à le fléchir.

Le petit Nicolas et son éducation, André et la religion, telles étaient les consolations et les joies de la princesse Maria; mais comme chacun a besoin d'avoir des espoirs personnels, elle celait en outre au plus profond de son cœur un rêve et un espoir qui étaient le principal réconfort de sa vie. Ce rêve et cet espoir consolants, elle les devait aux « hommes de Dieu », les innocents et les pèlerins qui venaient la voir en cachette du prince. Plus la princesse Maria allait, plus elle observait et faisait l'expérience de la vie, plus elle s'étonnait de l'aveuglement des hommes qui cherchent sur terre les jouissances et le bonheur; qui peinent, souffrent, luttent et se font mutuellement du mal pour atteindre ce bonheur impossible, chimérique et impur. Le prince André a aimé sa femme, elle est morte, cela ne lui suffit pas, il veut faire dépendre son bonheur d'une autre femme. Son père s'y oppose car il désire pour André une alliance plus illustre et plus riche. Et chacun lutte, souffre, fait souffrir et corrompt son âme, son âme immortelle, pour atteindre un bonheur dont la durée n'est qu'un instant. Or non seulement nous le savons bien par nous-mêmes, mais le Christ, le fils de Dieu, est descendu sur la terre pour nous dire que cette vie est une vie fugitive, une épreuve, et pourtant nous nous cramponnons à elle et nous pensons y trouver le bonheur. « Comment se fait-il que personne n'ait compris cela? pensait la princesse Maria. Personne, à l'exception de ces hommes de Dieu méprisés qui, la besace sur l'épaule, viennent chez moi par l'escalier de service, de crainte de tomber sous les yeux du prince, cela non pour éviter sa colère mais pour ne pas l'induire en péché. Quitter sa famille, sa patrie, tous les soucis des biens de ce monde pour, sans s'attacher à rien, errer de lieu en lieu en haillons de chanvre, sous un nom d'emprunt, sans faire de mal aux hommes et en priant pour eux, en priant aussi bien pour ceux qui vous chassent que pour ceux qui vous protègent : il n'est pas de vie et pas de vérité supérieures à cette vie et à cette vérité-là ! »

L'une des dévotes, Fedossiouchka, était une petite femme timide, grêlée, de cinquante ans qui, depuis plus de trente ans, allait pieds nus et chargée de chaînes. La princesse Maria l'avait en affection particulière. Un jour que, dans sa chambre obscure, à la lueur d'une seule veilleuse, Fedossiouchka lui racontait sa vie, la pensée que seule celle-ci avait trouvé la vraie voie s'était soudain imposée à elle avec une telle force qu'elle résolut de se mettre en route elle-même. Lorsque Fedossiouchka était allée se coucher, la princesse Maria avait longtemps réfléchi et avait enfin décidé que, si étrange que ce fût, elle devait mener une vie errante. Elle ne confia son projet qu'à son confesseur, le père Akinfi, qui l'approuva. Sous prétexte de faire un cadeau aux dévotes, elle se procura un costume complet : une chemise, des chaussures, un cafetan et un fichu noir. Souvent en s'approchant de la commode qui recelait son secret, elle s'arrêtait indécise, se demandant si le moment n'était pas venu de mettre son projet à exécution.

Souvent en écoutant les récits des dévotes, elle s'enflammait à ces projets simples que celles-ci répétaient mécaniquement mais qui, pour elle, étaient pleins d'un sens profond, si bien que plusieurs fois elle fut prête à tout abandonner et à s'enfuir de la maison. En imagination, elle se voyait déjà en grossiers haillons, avec le bâton et la besace, cheminant avec Fedossiouchka sur les routes poussiéreuses, dirigeant ses pas sans regret, sans amour humain, sans désir, d'un sanctuaire à un autre, et à la fin des fins arrivant là où il n'est ni chagrin ni soupirs mais où règnent la joie et la béatitude éternelles.

« J'arriverai à un endroit, j'y prierai; avant de m'y

habituer, de m'y attacher, j'irai plus loin. Et je marcherai jusqu'à ce que mes jambes se dérobent sous moi, alors je me coucherai et je mourrai quelque part, et j'aborderai enfin ce havre éternel et paisible où il n'y a ni chagrin ni soupirs! » pensait la princesse Maria.

Mais, à la vue de son père et surtout du petit Coco, sa résolution faiblissait, elle pleurait en cachette et se sentait une pécheresse : elle aimait son père et son neveu plus que Dieu.

QUATRIÈME PARTIE

I

La tradition biblique prétend que l'absence de travail, l'oisiveté, était une condition de la félicité du premier homme avant sa chute. Le goût de l'oisiveté est resté le même chez l'homme déchu, mais la malédiction pèse toujours sur lui, non seulement parce que nous devons gagner notre pain à la sueur de notre front, mais aussi parce que notre nature morale nous interdit de trouver la paix dans l'oisiveté. Une voix secrète nous dit que nous serions coupables en restant oisifs. Si l'homme pouvait trouver un état où, tout en étant oisif, il sentît qu'il est utile et qu'il accomplit son devoir, il retrouverait ainsi une des conditions de la félicité primitive. Or, cet état d'oisiveté obligatoire et non blâmable est celui dont jouit toute une classe sociale, la classe des militaires. C'est précisément dans cette oisiveté que consiste et consistera toujours le principal attrait de la carrière des armes.

Nicolas Rostov jouissait pleinement de ce bonheur, depuis 1807, en continuant à servir au régiment de Pavlograd, où il commandait l'ancien escadron de Denissov.

C'était maintenant un brave garçon rude que ses relations de Moscou auraient jugé un peu *mauvais genre,* mais qui était aimé et estimé de ses camarades, de ses subordonnés, de ses supérieurs, et qui était satisfait de son sort. Ces derniers temps, en 1809, les lettres qu'il recevait de chez lui contenaient de plus en plus souvent des doléances de sa mère qui se plaignait de la situation financière toujours plus précaire de la famille et disait qu'il serait temps pour lui de rentrer pour réjouir et consoler ses vieux parents.

En lisant ces lettres, Nicolas craignait qu'on ne voulût lui faire quitter ce milieu dans lequel, à l'abri de toutes les complications de la vie, il menait une existence si douce et si tranquille. Il sentait que, tôt ou tard, il devrait de nouveau se jeter dans le tourbillon de la vie, avec les situations compromises à redresser, les comptes des régisseurs, les disputes, les intrigues, les relations mondaines, avec l'amour de Sonia et la promesse qu'il lui avait faite. Tout cela était terriblement compliqué, embrouillé, et il répondait à sa mère par de froides lettres classiques qui commençaient par : *Ma chère maman,* et se terminaient par : *Votre obéissant fils,* tout en passant sous silence ses intentions quant à son retour. En 1810, une lettre des siens lui apprit les fiançailles de Natacha avec Bolkonski et l'ajournement du mariage à un an, par suite de l'opposition du vieux prince. Cette lettre fit de la peine à Nicolas et l'offensa. Tout d'abord, il s'attristait de voir Natacha, sa préférée, quitter la maison; puis, à son point de vue de hussard, il regrettait de n'avoir pas été là, car il aurait fait comprendre à ce Bolkonski qu'une alliance avec lui n'était pas un si grand honneur et que s'il aimait Natacha, il pouvait aussi bien se passer de l'autorisation de son despote de père. Un instant il se demanda s'il n'allait pas solliciter un congé pour voir Natacha fiancée, mais des manœuvres survinrent juste à ce moment, il pensa à Sonia, aux difficultés qu'il aurait à affronter, et il remit encore son projet. Mais, au printemps de la même année, sa mère lui écrivit en cachette du comte, et cela le décida à partir. Elle lui disait que, s'il ne revenait pas pour prendre les affaires en main, tous leurs biens seraient vendus à l'encan et qu'ils seraient tous réduits à la mendicité. Le comte était si faible, si bon, il s'en remettait si totalement à Mitenka et tout le monde le trompait si honteusement que tout allait de mal en pis. « Au nom du Ciel, je te supplie de revenir immédiatement si tu ne veux pas faire mon malheur et celui de toute ta famille », écrivait la comtesse.

Cette lettre eut sur Nicolas l'effet voulu. Il avait ce bon sens des médiocres qui leur trace leur devoir.

Maintenant il ne lui restait qu'à partir, sinon en démissionnant, du moins en demandant sa mise en congé. Pourquoi il devait partir, il ne le savait pas; pourtant après sa sieste, il fit seller Mars, un étalon gris extrêmement méchant qui n'était pas sorti depuis longtemps; et en rentrant chez lui sur son cheval couvert d'écume, il annonça à Lavrouchka (l'ordonnance de Denissov était passé au service de Rostov) ainsi qu'à ses camarades venus le voir dans la soirée qu'il demandait un congé pour aller dans sa famille. Si pénible et si étrange qu'il trouvât de partir sans avoir appris de l'état-major (chose qui l'intéressait particulièrement) si les dernières manœuvres lui vaudraient d'être promu capitaine ou décoré de la croix de Sainte-Anne; si étrange qu'il trouvât de partir sans avoir en fin de compte vendu au comte Goluchowski la troïka de rouans que ce comte polonais lui marchandait et qu'il avait parié de vendre deux mille roubles; si incroyable qu'il trouvât de ne pas assister au bal que les hussards devaient donner à panna Przazdecka pour faire enrager les uhlans qui en donnaient un à leur panna Borzozowska, il savait qu'il devait quitter cet univers agréable et facile pour s'en aller là où tout était confusion et gâchis. Huit jours plus tard, son congé lui était accordé. Les hussards, ses camarades non seulement du régiment mais de toute la brigade, donnèrent en son honneur un dîner de quinze roubles par tête; il y eut deux orchestres, deux chœurs de chanteurs; Rostov dansa le trepak avec le major Bassov; les officiers ivres le portèrent en triomphe, l'embrassèrent et le laissèrent tomber; les soldats du troisième escadron le portèrent encore une fois en triomphe en criant hourra! Puis on le déposa dans son traîneau et on lui fit la conduite jusqu'au premier relais.

Pendant la première partie du trajet, de Krementchouk à Kiev, Rostov, comme il arrive toujours, était encore en pensée avec ce qu'il venait de quitter, avec son escadron, mais la moitié du chemin une fois parcourue, il commença à oublier la troïka de rouans, son maréchal des logis Dojoïveïko, et se prit à se demander anxieusement ce qu'il allait trouver à Otradnoïe. Plus il approchait, plus fortement, beaucoup plus fortement s'imposait à lui la pensée de la maison paternelle (comme si les sentiments étaient soumis à la loi de l'attraction en raison inverse du carré des distances); au dernier relais avant Otradnoïe il donna au postillon trois roubles de pourboire et, tout essoufflé, gravit le perron quatre à quatre comme un gamin.

Après les premiers transports de l'arrivée, Nicolas éprouva cet étrange sentiment de déception qu'on éprouve toujours en comparaison de ce que l'on attendait – tout est resté le même, qu'avais-je besoin de me dépêcher ainsi! – puis il se réhabitua peu à peu à la vie de famille. Son père et sa mère étaient toujours les mêmes, ils avaient seulement un peu vieilli. Ce qui était nouveau en eux, c'était une sorte d'inquiétude et parfois un désaccord qui n'existait pas autrefois et qui, comme Nicolas l'apprit bientôt, avait pour cause le mauvais état de leurs affaires. Sonia allait avoir vingt ans. Elle ne pouvait plus embellir, ne promettait rien de plus que ce qu'elle avait déjà tenu, mais cela suffisait amplement. Depuis l'arrivée de Nicolas, tout respirait en elle le bonheur et l'amour, et l'attachement si fidèle et indéfectible de cette jeune fille le remplissait de joie. Ce furent Petia et Natacha qui le surprirent le plus. Petia était maintenant un grand et beau garçon de treize ans, intelligent, gai et espiègle, dont la voix muait déjà. Quant à Natacha, elle l'étonna longtemps et il riait en la regardant.

« Tu n'es plus du tout la même, disait-il.

– Ai-je donc enlaidi?

– Au contraire, mais quelle dignité! Une princesse! lui murmura-t-il.

– Oui, oui, oui », répondit joyeusement Natacha.

Natacha lui raconta son roman avec le prince André, la visite de celui-ci à Otradnoïe et lui montra sa dernière lettre.

« Alors, es-tu content? demanda-t-elle. Je suis si calme, si heureuse maintenant.

– Très content, dit Nicolas. C'est un garçon très bien. Tu es très amoureuse de lui?

– Comment te dire? répondit Natacha. J'ai été amoureuse de Boris, de mon professeur, de Denissov, mais cette fois ce n'est plus du tout la même chose. Je suis calme, je suis sur un terrain solide. Je sais qu'il n'y a personne de meilleur que lui et je me sens maintenant si tranquille, si heureuse. Ce n'est pas du tout comme avant. »

Nicolas fit part à Natacha du déplaisir que lui causait l'ajournement du mariage; mais Natacha s'en prit à lui avec acharnement, lui démontrant qu'il ne pouvait en être autrement, que ce serait mal d'entrer dans une famille contre la volonté du père, qu'elle l'avait voulu elle-même.

« Tu n'y comprends rien, absolument rien », disait-elle. Nicolas se tut et lui donna raison.

Il s'étonnait souvent en la regardant. Elle ne ressemblait pas du tout à une fiancée amoureuse séparée de son fiancé. Elle était d'humeur égale, calme, gaie, absolument comme auparavant. Cela étonnait Nicolas et lui inspirait même quelque méfiance quant aux intentions de Bolkonski. Il ne croyait pas que le sort de Natacha fût définitivement décidé, d'autant plus qu'il ne l'avait jamais vue avec le prince André. Il lui semblait toujours que quelque chose clochait dans ce projet de mariage.

« Pourquoi ce délai? Pourquoi n'y a-t-il pas eu de fiançailles officielles? » se demandait-il. Un jour, comme il parlait de sa sœur avec sa mère, il constata avec surprise et, dans un sens, avec satisfaction qu'au fond de son cœur elle était par moments tout aussi sceptique que lui au sujet de ce mariage.

« Il écrit, dit-elle en montrant à son fils une lettre du prince André avec ce sentiment d'hostilité secrète que toutes les mères éprouvent pour le futur bonheur conjugal de leurs filles, il écrit qu'il ne rentrerait pas avant décembre. Quelle affaire peut bien le retenir? Ce doit être la maladie. Il a une très mauvaise santé. N'en parle pas à Natacha. Ne te fie pas à sa gaieté, elle vit ses derniers jours de jeune fille, mais je sais ce qu'elle éprouve chaque fois qu'elle reçoit une lettre de lui. Enfin, si Dieu le veut tout ira bien peut-être, concluait-elle chaque fois, c'est un excellent garçon. »

II

PENDANT les premiers temps de son séjour, Nicolas fut grave et même morose. La nécessité d'intervenir dans ces stupides histoires d'intérêt pour lesquelles l'avait fait venir sa mère le tourmentait. Afin de se débarrasser au plus vite de cette corvée, le surlendemain de son arrivée il se dirigea avec humeur et sans vouloir dire où il allait, vers le pavillon de Mitenka et lui réclama les « comptes de tout ». Ce qu'étaient ces « comptes de tout », Nicolas le savait encore moins que

Mitenka, affolé et plongé dans la perplexité par cette demande. Les explications et les comptes de Mitenka ne furent pas longs. Les starostes qui attendaient dans l'antichambre entendirent avec crainte et plaisir la voix du jeune comte d'abord gronder et tonner, semblant monter de plus en plus, puis déverser une grêle d'invectives et d'injures.

« Bandit! Animal ingrat!... je te taillerai en pièces comme un chien... ce n'est pas à mon père que tu as affaire... voleur, etc. »

Puis ces mêmes gens virent, avec non moins de plaisir et de crainte, le jeune comte, tout rouge, les yeux injectés de sang, traîner Mitenka par le collet et lui donner très adroitement entre ses paroles un coup de pied et de genou au bas du dos en criant : « Dehors! Que tu ne remettes jamais les pieds ici, fripouille! »

Mitenka dégringola les six marches à toute allure et s'enfuit dans un massif. (Ce massif était le lieu de refuge notoire des coupables d'Otradnoïe. Mitenka lui-même s'y cachait quand il rentrait ivre de la ville, et beaucoup d'habitants d'Otradnoïe qui, à leur tour, devaient se cacher de Mitenka en connaissaient la vertu salvatrice.)

La femme et la belle-sœur de Mitenka passèrent leurs têtes effrayées par la porte de la chambre où brillait un samovar bien astiqué et se dressait le haut lit du régisseur sous une couverture piquée faite de pièces rapportées.

Sans leur prêter attention, le jeune comte, haletant, passa devant elles d'un pas résolu et rentra chez lui.

La comtesse, aussitôt instruite par les servantes de ce qui venait de se passer dans le pavillon, en fut d'une part rassurée en se disant que leurs affaires devaient maintenant s'améliorer, d'autre part tourmentée de l'état dans lequel cela avait mis son fils. A plusieurs reprises, elle alla sur la pointe des pieds écouter à sa porte et l'entendit fumer pipe sur pipe.

Le lendemain, le vieux comte prit son fils à part et lui dit avec un sourire timide :

« Tu sais, mon cher garçon, tu t'es emporté pour rien! Mitenka m'a tout raconté.

« Je savais bien, pensa Nicolas, que je ne comprendrais jamais rien ici, dans ce monde insensé. »

– Tu t'es fâché parce qu'il n'avait pas fait figurer ces sept cents roubles. Or, ils figurent en report, mais tu n'as pas regardé à la page suivante.

– Papa, c'est une fripouille et un voleur, j'en suis sûr. Et ce qui est fait est fait. Mais si vous ne voulez pas, je ne lui dirai plus rien.

– Non, mon bon ami. » (Le comte était lui aussi gêné. Il se doutait bien qu'il gérait mal la fortune de sa femme et se sentait coupable envers ses enfants, mais ne savait comment y remédier.) « Non, je te demande de t'occuper des affaires, je suis vieux, je...

– Non, papa, pardonnez-moi si je vous ai contrarié; je m'y entends moins que vous. »

« Le diable les emporte avec ces paysans et cet argent, ces reports à la page suivante. Un paroli de six mises, passe encore, il fut un temps où je comprenais cela, mais les reports à la page suivante, je n'y comprends rien », se dit-il, et depuis lors il ne se mêla plus de rien. Une fois seulement, la comtesse fit appeler son fils, lui dit qu'elle avait en sa possession un billet d'Anna Mikhaïlovna de deux mille roubles et lui demanda ce qu'il comptait en faire.

« Et bien, voici, répondit Nicolas. Vous me dites que cela dépend de moi, je n'aime pas Anna Mikhaïlovna et je n'aime pas Boris, mais ils étaient liés avec nous et ils sont pauvres. Alors voici ce qu'il faut faire! » Et il déchira le billet, ce qui fit sangloter de joie la vieille comtesse. Après cela le jeune Rostov, sans plus se mêler de rien, s'adonna avec passion à la chasse à courre, distraction nouvelle pour lui et qui se pratiquait chez le comte sur un grand pied.

III

Les premières gelées blanches emprisonnaient la terre détrempée par les pluies d'automne, les blés d'hiver se nouaient et tranchaient par leur vert éclatant sur les chaumes : bandes brunes des blés d'automne piétinés par le bétail et bandes jaune clair des petits blés, coupées des lignes rouges du sarrasin. Les cimes des arbres et les forêts qui, à la fin d'août, formaient encore des îlots de verdure parmi les emblavures noires et les chaumes étaient maintenant des îlots or et pourpre parmi les blés d'hiver vert vif. Le lièvre gris avait presque fini de muer, les portées de renards commençaient à s'égailler et les louveteaux avaient dépassé la taille des chiens. C'était la meilleure époque pour la chasse. La meute du jeune et fougueux chasseur qu'était Rostov était déjà non seulement entraînée pour la chasse, mais même si fatiguée qu'il fut décidé au conseil général des chasseurs de donner aux chiens trois jours de repos et de découpler le 16 septembre en commençant par la Chênaie où était signalée une portée intacte de loups.

Telle était la situation au 14 septembre.

Toute cette journée, l'équipage resta sans sortir; il gelait et le froid était piquant mais, vers le soir, la température se radoucit. Le 15 septembre au matin, lorsque le jeune Rostov, en robe de chambre, regarda par la fenêtre, il vit qu'il faisait un temps comme on ne pouvait en rêver de meilleur pour la chasse : le ciel semblait fondre et, sans aucun vent, descendre sur la terre. Le seul mouvement qu'il y eût dans l'air était la lente chute des parcelles microscopiques de brouillard. Des gouttes transparentes perlaient aux branches dénudées du parc et roulaient sur les feuilles récemment tombées. La terre du potager était du noir luisant des graines de pavot et, un peu plus loin, disparaissait sous le voile terne et moite de la brume. Nicolas sortit sur le perron mouillé, couvert de traces de pas boueux : cela sentait les feuilles mortes et le chien. Milka, une chienne noire tachetée, au large arrière-train et aux grands yeux noirs saillants, se leva à la vue de son maître, s'étira et se coucha à la façon d'un lièvre, puis bondit à l'improviste et lui lécha le nez et la moustache. Un autre lévrier, apercevant son maître d'entre les massifs de fleurs, arqua le dos, s'élança comme une flèche vers le perron et, le fouet dressé, vint se frotter contre les jambes de Nicolas.

A ce moment retentit cet inimitable cri des chasseurs qui allie la basse la plus profonde au ténor le plus aigu :

« Aoooo!...Aooo! »

Et le premier piqueur Danilo surgit à l'angle de la maison; les cheveux coupés court à l'ukrainienne, le visage ridé, un long fouet roulé à la main, il avait cet air d'indépendance et de dédain pour tout au monde qu'on ne voit qu'aux chasseurs. Il enleva devant son maître son bonnet circassien et lui lança un regard dédaigneux. Ce dédain n'avait rien d'offensant : Nicolas savait que ce Danilo qui méprisait tout et se mettait au-dessus de tout le monde, n'en était pas moins un de ses gens et son piqueur.

« Danilo! dit Nicolas qui, à la vue de ce temps idéal pour la chasse, de ses chiens et du premier piqueur, se sentait saisi de cette passion irrésistible du chasseur qui lui fait oublier tous ses projets antérieurs, comme un amoureux en présence de l'aimée.

– Quels sont vos ordres, Votre Excellence? » demanda une voix de basse digne d'un archidiacre, devenue rauque à force d'exciter les chiens, et deux yeux noirs brillants jetèrent un regard en dessous au maître qui s'était tu. « On dirait que tu ne peux pas y tenir? » semblaient dire ces deux yeux.

« Belle journée, n'est-ce pas? Et pour la chasse et pour la course? » dit Nicolas en grattant Milka derrière les oreilles.

Danilo ne répondit pas et cligna des yeux.

« J'ai envoyé Ouvarka faire le bois à l'aube, reprit sa voix de basse après un instant de silence, il dit qu'ELLE les a emmenés à la réserve d'Otradnoïe, c'est là-bas qu'il les a entendus hurler. » (Cela voulait dire que la louve dont ils connaissaient tous deux la présence était passée avec ses petits dans la forêt d'Otradnoïe, située à deux verstes de la maison et qui était une petite réserve.)

« Il faut bien y aller? dit Nicolas. Viens donc me trouver avec Ouvarka.

– A vos ordres!

– Et attends pour leur donner la pâtée.

– Entendu. »

Cinq minutes plus tard, Danilo et Ouvarka étaient dans le grand cabinet de travail de Nicolas. Quoique Danilo ne fût pas grand, le voir dans une pièce produisait a peu près la même impression qu'on aurait eue en voyant un cheval ou un ours sur un parquet, au milieu de meubles, et placé dans les conditions de la vie des hommes. Il le sentait lui-même et, à son habitude, se tenait à la porte en s'efforçant de parler aussi bas que possible, de ne pas bouger, de crainte de casser quelque chose chez les maîtres, se dépêchant de dire tout ce qu'il avait à dire pour s'échapper au grand air.

Lorsqu'il eut posé les questions nécessaires et arraché à Danilo l'aveu que les chiens n'étaient pas trop mal (il avait lui-même envie de partir), Nicolas fit seller les chevaux. Mais comme Danilo allait se retirer, Natacha, ni coiffée ni habillée encore, entra à pas rapides, enveloppée dans le grand châle de la nounou. Petia la suivait.

« Tu vas à la chasse? demanda-t-elle, j'en étais sûre! Sonia disait que vous n'iriez pas. Je savais bien que par ce temps il est impossible de ne pas y aller.

– Oui, répondit à contrecœur Nicolas qui, ayant l'intention de chasser sérieusement aujourd'hui, ne tenait pas à emmener Natacha et Petia. Oui, nous partons, mais seulement pour courre le loup, tu t'ennuierais.

– Tu sais bien que c'est mon plus grand plaisir, dit Natacha. Ce n'est pas bien. Il va lui-même à la chasse, il a fait seller, et il ne nous dit rien.

– « Pour les Russes point d'obstacles », partons! cria Petia.

– Mais tu ne peux pas venir avec nous : maman ne le veut pas, dit Nicolas à Natacha.

– Si, j'irai, j'irai sans faute, dit Natacha résolument. Danilo, fais-nous seller des chevaux et que Mikhaïlo amène mes lévriers », dit-elle au piqueur.

Si Danilo considérait déjà comme inconvenant et pénible de se trouver dans une pièce, avoir en quoi que ce fut affaire à la demoiselle lui semblait intenable. Il baissa les yeux et s'empressa de se retirer, comme si ces paroles ne le concernaient pas, tout en prenant bien soin de ne pas heurter sa jeune maîtresse au passage.

IV

Le vieux comte, qui avait toujours entretenu un très important équipage et qui à présent en avait confié la maîtrise à son fils, se sentant ce jour-là, le 15 septembre, d'humeur joyeuse, décida de se joindre lui aussi aux chasseurs.

Une heure plus tard, toute la chasse était réunie devant le

perron. Nicolas, dont l'air sévère et sérieux montrait que l'heure n'était plus aux sornettes, passa devant Natacha et Petia qui lui racontaient quelque chose. Il vérifia tous les détails de la chasse, envoya en avant une meute et des rabatteurs, monta sur son alezan du Don et, sifflant les chiens de sa propre meute, gagna à travers l'aire les champs qui conduisaient à la réserve d'Otradnoïe. L'écuyer du vieux comte menait son cheval, un petit hongre alezan du nom de Viflianka; le comte lui-même devait se rendre en voiture directement au poste qui lui était réservé.

Il y avait en tout cinquante-quatre chiens courants que menaient six piqueurs ou valets de chiens. Les valets de lévriers étaient huit qui découplaient plus de quarante chiens, en sorte qu'avec les meutes des maîtres, cent trente chiens environ et une vingtaine de veneurs prirent le départ.

Chaque chien connaissait son maître et son nom. Chaque chasseur connaissait son rôle et son poste. Dès qu'on eut franchi la clôture, tous, sans bruit, sans un mot, s'étirèrent tranquillement à intervalles réguliers sur le chemin et les champs qui conduisaient à la forêt d'Otradnoïe.

Les chevaux avançaient à travers champs comme sur un tapis moelleux, pataugeant dans les flaques à la traversée des chemins. Le ciel brumeux continuait insensiblement à descendre sur la terre; l'air était calme, tiède, silencieux. De temps à autre, on entendait le sifflet d'un chasseur, l'ébrouement d'un cheval, le claquement d'un fouet ou le jappement d'un chien rappelé à l'ordre.

Quand on eut parcouru près d'une verste, cinq nouveaux cavaliers accompagnés de leurs chiens surgirent du brouillard, venant à la rencontre de l'équipage des Rostov. En tête marchait un beau vieillard encore vert, avec de grandes moustaches blanches.

« Bonjour, mon oncle, dit Nicolas lorsque le vieillard l'eut rejoint.

— La chose est claire, en avant marche!... J'en étais sûr, dit l'oncle (c'était un parent éloigné des Rostov, pas bien riche, et qui était aussi leur voisin), je savais bien que tu n'y tiendrais pas et tu as bien fait. La chose est claire, en avant marche! (C'était l'expression favorite de l'oncle.) Attaque tout de suite la réserve, mon Guirtchik signale que les Ilaguine sont postés avec leur équipage à Korniki; ils vont te souffler la portée, la chose est claire, en avant marche!

– C'est bien là que je vais. Alors, on réunit les meutes? demanda Nicolas, on les réunit... »

On groupa les chiens en une seule meute et Nicolas et l'oncle partirent côte à côte. Natacha, emmitouflée dans des châles d'où émergeait son visage animé aux yeux brillants, les rejoignit au trot, escortée de Petia et du piqueur Mikhaïlo que la nounou avait commis à sa garde et qui ne la quittait pas d'une semelle. Petia riait en éperonnant et en tiraillant son cheval. Natacha se tenait adroitement et avec assurance sur son noir Arabtchik que d'une main sûre elle arrêta sans effort.

L'oncle lança un regard désapprobateur vers Petia et Natacha. Il n'aimait pas mêler la plaisanterie à l'affaire sérieuse qu'était la chasse.

« Bonjour, mon oncle, nous en sommes aussi, cria Petia.

– Bonjour, bonjour, mais n'allez pas écraser les chiens, dit sévèrement l'oncle.

– Nicolas, quelle charmante bête que ce Trounila! Il m'a reconnue », dit Natacha, parlant du chien courant favori de Nicolas.

« D'abord Trounila n'est pas une bête mais un chien », se dit Nicolas, et il regarda sévèrement sa sœur pour lui faire sentir toute la distance qui devait les séparer en ce moment. Natacha le comprit.

« N'allez pas croire, mon oncle, que nous serons une gêne pour vous, dit-elle. Nous nous posterons à notre place et n'en bougerons plus.

– Tant mieux, petite comtesse, dit l'oncle. Seulement ne tombez pas de cheval, ajouta-t-il, parce que – la chose est claire, en avant marche! – pas moyen de se tenir. »

L'îlot de la réserve d'Otradnoïe se voyait à quelque deux cents mètres et les chefs de meute l'atteignaient. Rostov ayant avec l'aide de l'oncle choisi définitivement le meilleur emplacement pour le laisser-courre, indiqua à Natacha la place où elle devait se tenir et où aucune bête ne pouvait passer, et prit par le haut du ravin.

« Eh bien, mon neveu, tu auras affaire à un gros, dit l'oncle, prends garde de ne pas le laisser filer.

– On verra bien, répondit Rostov. Karaï, ici! » cria-t-il,

repondant par cet appel aux paroles de l'oncle. Karaï était un chien brun, vieux et laid mais réputé pour charger seul un loup adulte. Chacun gagna son poste.

Le vieux comte qui connaissait l'ardeur de son fils pour la chasse prit soin de ne pas être en retard, et les chasseurs n'étaient pas encore en place qu'Ilia Andreitch, gai, le teint coloré, les joues tressautantes, arrivait à travers les blés en herbe, au trot de ses chevaux noirs, au poste qu'on lui avait réservé. Après avoir bien ajusté sa pelisse et mis son attirail de chasse, il enfourcha sa Viflianka, une bonne jument paisible, bien nourrie et luisante qui grisonnait comme lui. On renvoya la voiture. Sans être chasseur dans l'âme, le comte Ilia Andreitch connaissait à fond les lois de la chasse; il alla se poster à la lisière du bois, rassembla les rênes, se mit bien d'aplomb sur sa selle et, se sentant prêt, regarda en souriant autour de lui.

Il avait pour voisin son valet de chambre Semion Tchekmar, un vieux cavalier mais qui s'alourdissait. Tchekmar tenait en laisse trois mâtins intrépides mais qui, comme le cheval et comme leur maître, avaient pris de la graisse. Deux autres vieux chiens intelligents qui n'étaient pas tenus en laisse se couchèrent. Une centaine de pas plus loin, à l'orée du bois, était posté un autre écuyer du comte, Mitka, hardi cavalier et chasseur passionné. Selon un vieil usage, le comte avait bu avant le départ de la vodka aux épices dans un gobelet d'argent et fait une collation en l'arrosant d'une demi-bouteille de son bordeaux favori.

Cette collation et la course avaient un peu animé le teint d'Ilia Andreitch; ses yeux humides étaient particulièrement brillants et, campé sur sa selle, emmitouflé dans sa pelisse, il avait l'air d'un enfant qu'on va mener à la promenade.

Maigre, les joues creuses, Tchekmar, sa besogne faite, jetait des regards à son maître avec qui il vivait depuis trente ans dans une entente parfaite, et le sentant de bonne humeur, il s'attendait à une agréable conversation. Un troisième personnage s'approcha avec précaution (on voyait qu'il avait été bien dressé) venant de la forêt, et se posta derrière le comte. C'était un vieillard à barbe blanche, en manteau flottant de femme et coiffé d'un haut bonnet. C'était le bouffon à qui l'on avait donné le sobriquet féminin de Nastassia Ivanovna.

« Eh bien, Nastassia Ivanovna, lui murmura le comte en clignant de l'œil, essaie un peu d'effrayer la bête, tu auras affaire à Danilo.

– Moi aussi je sais me défendre, dit Nastassia Ivanovna.

– Ch-ch-chut! fit le comte, et il se tourna vers Semion.

– Tu as vu Nathalie Ilinichna? lui demanda-t-il. Où est-elle?

– Mademoiselle est postée avec Pierre Ilitch près des fourrés de Jarov, répondit Semion en souriant. Elle a beau être une dame, elle aussi aime beaucoup ça.

– Cela t'étonne, Semion, et comme elle monte à cheval... hein? dit le comte, elle en remontrerait à un homme!

– Comment ne pas s'étonner? Elle a du cran.

– Et Nicolas où est-il? Au-dessus du ravin de Liadov sans doute? questionnait le comte, toujours tout bas.

– Tout juste. Il sait bien où il faut se poster. Et il est si fin cavalier que nous en sommes parfois ébahis, Danilo et moi, disait Semion qui savait s'y prendre pour faire plaisir à son maître.

– Il monte bien, n'est-ce pas? Et comme il est beau en selle.

– A peindre! L'autre jour, comme il débuchait un renard des halliers de Zavardino, il faisait de ces bonds! Son cheval vaut mille roubles, mais le cavalier n'a pas de prix. Oui, on en chercherait, un autre cavalier comme ça!

– On en chercherait... répéta le comte qui regrettait visiblement que Semion n'en dît pas plus. On en chercherait, dit-il encore en écartant les pans de sa pelisse pour prendre sa tabatière.

– L'autre jour, quand il sortait de la messe sur son trente et un, Michel Sidoritch... » Semion n'acheva pas car il venait d'entendre la course et les aboiements de deux ou trois chiens, pas plus, bien distincts dans l'air calme. Penchant la tête, il prêta l'oreille et sans rien dire fit signe à son maître de ne pas faire de bruit. « Ils sont tombés sur la portée, murmura-t-il, ils les rabattent tout droit sur Liadov... »

Le comte, oubliant d'effacer le sourire de ses traits, regardait au loin devant lui et sans priser tenait sa tabatière à la main. Après les aboiements, on entendit la sonnerie au loup lancée par la trompe de Danilo; la meute se joignit aux trois premiers chiens et l'on perçut le long hurlement des limiers qui semblaient sangloter, signe qu'on poursuit le loup. Les valets de chiens n'avaient plus à exciter leurs bêtes mais criaient « harlou », et la voix de Danilo, tantôt grave, tantôt perçante, dominait toutes les autres. Elle semblait remplir la forêt entière, la déborder et se répandre loin dans les champs.

Après avoir prêté quelques instants l'oreille sans mot dire, le comte et son écuyer se rendirent compte que les chiens s'étaient séparés en deux groupes : l'un, le plus nombreux, qui hurlait avec une ardeur particulière, s'éloignait peu à peu, l'autre passa à toute allure devant le comte, le long de la forêt, et c'est là que retentissaient les « harlou » de Danilo. Les bruits des deux chasses se mêlaient, se superposaient, mais les deux s'éloignaient. Semion soupira et se pencha pour arranger la laisse dans laquelle s'était empêtré un jeune chien; le comte soupira aussi et, s'apercevant qu'il tenait sa tabatière à la main, l'ouvrit et y puisa une prise.

« Arrière! » cria Semion à un chien qui s'avançait sur la lisière. Le comte sursauta et laissa tomber la tabatière. Nastassia Ivanovna mit pied à terre et la ramassa.

Le comte et Semion le regardaient faire. Tout à coup, ainsi qu'il arrive souvent, le bruit de la chasse se rapprocha instantanément, comme s'ils avaient devant eux les gueules aboyantes des chiens et les cris de Danilo.

Le comte tourna la tête et, à sa droite, vit Mitka qui le regardait, les yeux hors des orbites, et qui, soulevant son bonnet, lui montrait quelque chose en avant, de l'autre côté.

« Gare! » cria-t-il d'une voix qui révélait qu'il y avait longtemps que ce cri cherchait douloureusement à s'échapper. Et de galoper, en lâchant ses chiens, dans la direction du comte.

Le comte et Semion quittèrent la lisière et, sur leur gauche, aperçurent le loup qui, se balançant mollement, se dirigeait à petits bonds vers cette même lisière où ils étaient postés un instant auparavant. Les chiens furieux donnèrent de la voix et s'arrachant de leurs laisses foncèrent vers le loup sous les pieds des chevaux.

Le loup s'arrêta dans sa course, tourna gauchement vers les chiens, comme un malade atteint d'une angine, sa tête au large front, puis, toujours en se balançant mollement, fit un saut, un autre, et agitant la queue disparut à la lisière. Au même instant, de la lisière opposée surgirent en hurlant comme s'ils pleuraient un, puis deux, puis trois chiens, et toute la meute se précipita à travers champs sur les traces du loup. Puis les fourrés de noisetiers s'écartèrent, livrant passage à l'alezan de Danilo, noir de sueur. Tête nue, ses cheveux gris ébouriffés sur son visage rouge et en nage, Danilo, penché en avant, était ramassé en boule sur son dos allongé.

« Harlou, harlou, harlou!... » criait-il. A la vue du comte, ses yeux lancèrent des éclairs.

« M..., cria-t-il en le menaçant de son fouet levé.

– Ils ont raté le loup... des chasseurs!... » Et comme s'il ne daignait pas parler plus longtemps au comte, confus et effrayé, il frappa avec toute sa colère accumulée contre son maître les flancs creusés et trempés de sueur de son alezan et fonça à la suite des chiens. Le comte, comme si on l'avait puni, regarda autour de lui en essayant d'éveiller par un sourire la compassion de Semion. Mais Semion n'était plus là; contournant les taillis, il tentait de couper la route au loup, et les lévriers pourchassaient également la bête des deux côtés. Mais le loup s'enfonça dans les fourrés et aucun des chasseurs ne put lui barrer le chemin.

V

Nicolas Rostov, cependant, demeurait à son poste, dans l'attente de la bête. D'après le rapprochement ou l'éloignement de la chasse, d'après la diversité des aboiements des chiens dont il connaissait la voix, d'après la distance et l'intensité des cris des rabatteurs, il se rendait compte de ce qui se passait dans la réserve. Il savait qu'il y avait des louveteaux et des loups adultes; il savait que les chiens s'étaient séparés en deux groupes, qu'on avait mis quelque part une bête sur pied et qu'un incident fâcheux était survenu. Il s'attendait à tout moment à voir surgir une bête de son côté. Il faisait mille suppositions sur l'endroit d'où elle surgirait et sur la façon dont il la forcerait. L'espoir alternait avec le désespoir. Plusieurs fois il demanda à Dieu que le loup arrivât sur lui; il priait avec une ferveur passionnée et un peu honteuse, comme on prie à des moments où des causes insignifiantes produisent une intense émotion. « Que T'en coûte-t-il, disait-il à Dieu, de faire cela pour moi! Je sais que Tu es grand et que c'est un péché que de Te le demander; mais je T'en supplie, fais qu'un gros loup fonce sur moi et que Karaï, sous les yeux de l'oncle qui regarde là-bas, lui saute à la gorge. » Mille fois, au cours de cette demi-heure, Rostov parcourut d'un regard obstiné, tendu et inquiet la lisière du bois, avec les deux maigres chênes émergeant d'un bouquet de jeunes trembles, le ravin aux bords érodés et le bonnet de l'oncle, à peine visible derrière un buisson, sur la droite.

« Non, je n'aurai pas cette chance! se disait-il, pourtant qu'en coûterait-il! Je ne l'aurai pas! J'ai toujours la guigne en tout, et au jeu, et à la guerre. » Austerlitz et Dolokhov, images nettes mais brèves, passaient dans son imagination. « Que je puisse une fois seulement dans ma vie forcer un gros loup, je n'en demande pas plus! » se disait-il, tendant l'oreille et ouvrant l'œil, jetant des regards à gauche, puis à droite, et épiant les moindres nuances des bruits de la chasse. Comme il regardait de nouveau à droite, il vit quelque chose qui courait vers lui, à travers le champ désert. « Non, ce n'est pas possible! » pensa-t-il en poussant le profond soupir de qui voit s'accomplir ce qu'il attend depuis longtemps. Son plus grand bonheur se réalisait et cela si simplement, sans bruit, sans éclat, sans signes avant-coureurs. Rostov n'en croyait pas ses yeux et ce doute dura plus d'une seconde. Le loup fonçait droit devant lui, et il enjamba pesamment une fondrière qui se trouvait sur son chemin. C'était un vieil animal à l'échine grisonnante et au gros ventre. Il courait sans hâte, visiblement convaincu que personne ne le voyait. Rostov, retenant son souffle, lança un regard aux chiens. Les uns couchés, les autres debout, ils n'avaient pas vu le loup et ne se doutaient de rien. Le vieux Karaï, la tête renversée, cherchait rageusement une puce en découvrant ses dents jaunes et en les faisant claquer sur son arrière-train.

« Harlou, harlou! » murmura Rostov en avançant les lèvres. Les chiens secouant leurs laisses bondirent, les oreilles dressées. Karaï cessa de se gratter et se leva, dressa les oreilles et agita faiblement sa queue d'où pendaient des houppes de poils.

« Faut-il les lâcher? Ne faut-il pas? » se demandait Nicolas pendant que le loup s'avançait vers lui en s'écartant de la forêt. Soudain, en apercevant, fixés sur lui, des yeux humains qu'il n'avait sans doute jamais encore vus, et tournant légèrement la tête vers le chasseur, il s'arrêta comme pour se demander s'il devait avancer ou reculer. « Eh, tant pis, avançons!... » sembla-t-il se dire, et il fonça en avant, sans plus se retourner, par bonds souples, espacés, aisés mais résolus.

« Harlou!... » cria Rostov d'une voix tonitruante, et de lui-même son bon cheval dévala à bride abattue la pente, sautant par-dessus les fondrières, pour couper le chemin au loup; plus rapides encore, les chiens s'élancèrent à leur tour et le distancèrent. Nicolas ne s'entendait pas crier, ne se sentait pas galoper, ne voyait ni les chiens ni le terrain qu'il parcourait; il ne voyait que le loup qui, pressant l'allure, filait sans changer de direction le long du ravin. La première, Milka, sa chienne tachetée au large arrière-train, apparut non loin de la bête. « Plus près, encore plus près... la voilà qui l'atteint. » Mais le loup coula un regard vers elle et, au lieu de donner de l'avant comme elle faisait toujours, Milka, brusquement, la queue levée, s'arc-bouta sur ses pattes de devant.

« Harlou, harlou! » criait Nicolas.

Le vieux Lioubim surgit de derrière Milka, se rua sur le loup et le saisit par l'arrière-train, mais au même instant, pris de peur, bondit de côté. Le loup se tassa, claqua des dents, puis se releva et s'élança en avant, suivi à un demi-mètre de distance par tous les chiens qui ne se rapprochaient pas davantage.

« Il va se sauver! Non, c'est impossible! » se disait Nicolas tout en continuant à crier d'une voix enrouée.

« Karaï! Harlou!... » criait-il en cherchant des yeux le vieux chien, son unique espoir. De toutes ses vieilles forces, le corps tendu à l'extrême, les yeux fixés sur le loup, Karaï courait lourdement pour lui barrer la route. Mais l'agilité du loup et la lenteur du chien laissaient prévoir que les calculs de Karaï seraient déjoués. Nicolas voyait déjà non loin devant lui la forêt où, s'il l'atteignait, le loup s'échapperait à coup sûr. Des chiens et un chasseur qui galopait presque à sa rencontre apparurent en face de lui. Il y avait encore de l'espoir. Un jeune chien brun d'une autre meute, aux formes allongées et que Nicolas ne connaissait pas, fondit à corps perdu sur le loup et faillit le culbuter. Le loup se releva plus vite qu'on n'aurait pu le croire et se précipita sur le jeune chien, referma les dents – et le chien ensanglanté, le flanc déchiré, piqua la tête sur le sol en poussant des cris perçants.

« Mon petit Karaï!... Mon vieux!... » gémissait Nicolas.

Grâce à cet incident, le vieux chien qui coupait le chemin au loup, ses houppes de poils ballottant sur ses cuisses, n'était plus qu'à cinq pas de lui. Comme s'il eût senti le danger, le loup coula un regard vers Karaï, serra encore davantage la queue entre les pattes et força l'allure. Mais alors – Nicolas vit seulement que quelque chose arrivait à Karaï – Karaï fut en un clin d'œil sur le loup et roula avec lui sens dessus dessous dans une ravine qui se trouvait devant eux.

L'instant où Nicolas vit, dans la ravine, les chiens grouiller autour du loup dont on apercevait la fourrure grisonnante, une patte de derrière tendue et la tête épouvantée et haletante aux oreilles couchées (Karaï le tenait à la gorge), l'instant où Nicolas vit tout cela fut le plus heureux de sa vie. Il se prenait déjà au pommeau de sa selle pour mettre pied à terre et achever le loup, quand soudain la tête de l'animal émergea de la masse des chiens, puis ses pattes de devant s'accrochèrent au bord de la ravine. Le loup grinça des dents (Karaïne ne le tenait plus à la gorge), fit passer ses pattes de derrière hors de la ravine et, la queue serrée, gagna le large, laissant de nouveau les chiens derrière lui. Le poil hérissé, Karaï, sans doute contusionné ou blessé, sortit péniblement de la ravine.

« Mon Dieu! Qu'ai-je fait pour que cela m'arrive?... » cria Nicolas avec désespoir.

Le piqueur de l'oncle arrivait au galop d'un autre côté pour barrer la route au loup, et les chiens arrêtèrent de nouveau la bête. De nouveau on la cerna.

Nicolas et son écuyer, l'oncle et son piqueur tournaient autour de l'animal, hurlant « harlou », prêts à descendre de cheval dès que le loup se postait sur son arrière-train, et fonçant en avant chaque fois qu'il se secouait et avançait vers la réserve qui lui assurerait le salut.

Dès le début de la poursuite, Danilo, entendant les cris, était sorti sur la lisière. Il avait vu Karaï saisir le loup et avait arrêté son cheval, croyant que tout était fini. Mais s'apercevant que les chasseurs ne mettaient pas pied à terre et que le loup se secouait et fuyait, il lança son alezan non pas en direction de l'animal mais en ligne droite, vers la réserve, lui coupant le chemin comme l'avait fait Karaï. Grâce à cette manœuvre, il atteignait le loup au moment où les chiens de l'oncle l'arrêtaient pour la seconde fois.

Danilo galopait en silence, un poignard nu dans sa main gauche, et comme avec un fléau martelait de son fouet les flancs creusés de son alezan.

Nicolas n'avait ni vu ni entendu Danilo venir jusqu'au moment où l'alezan passa devant lui, le souffle court, et où il entendit la chute d'un corps; il vit Danilo couché, au milieu des chiens, sur l'arrière-train du loup qu'il s'efforçait de saisir par les oreilles. Il fut dès lors évident, et pour les chiens, et pour les chasseurs, et pour le loup, que tout était fini. La bête, serrant les oreilles dans sa terreur, cherchait à se relever, mais les chiens se collaient à elle. Danilo se redressa, fit un pas plongeant et de tout son poids, comme s'il tombait sur son lit, s'abattit sur le loup en le saisissant par les oreilles. Nicolas voulut l'égorger, mais Danilo murmura : « Pas la peine, on va l'attacher », et changeant de position, il lui posa le pied sur la gorge. On lui ficha un bâton dans la gueule, on le lia avec une laisse comme si on lui passait un licou, on lui attacha les pattes, et Danilo le retourna deux ou trois fois d'un côté sur l'autre.

Avec des mines heureuses mais recrus de fatigue, on chargea le loup vivant sur un cheval qui se cabrait et s'ébrouait et, suivis des chiens qui aboyaient à la bête, on l'emmena vers le lieu de rassemblement. Les limiers avaient pris deux louveteaux et les lévriers trois autres. Les chasseurs se rassemblaient avec leur gibier et le récit de leurs aventures, et tous s'approchaient pour voir le loup qui, laissant pendre sa tête au large front, rongeant le bâton planté dans sa gueule, contemplait avec de grands yeux vitreux cette foule de chiens et de gens qui l'entouraient. Lorsqu'on le touchait, un frisson parcourait ses pattes attachées et il fixait sur tout le monde un regard farouche en même temps qu'ingénu. Le comte Ilia Andreitch s'approcha à son tour et toucha la bête.

« Oh! un vieux bien fameux, dit-il. C'est un vieux, n'est-ce pas? demanda-t-il à Danilo qui se tenait à côté de lui.

– Oui, Votre Excellence », répondit celui-ci en enlevant hâtivement son bonnet.

Le comte se souvint du loup qu'il avait laissé échapper et de l'algarade essuyée de la part de Danilo.

« Eh bien, mon cher, tu n'es pas commode », dit-il. Danilo ne dit rien et se contenta de sourire timidement d'un sourire doux et agréable d'enfant.

VI

Le vieux comte prit le chemin du retour. Natacha et Petia promirent de rentrer tout de suite. La chasse se poursuivit car il était encore tôt. Au milieu de l'après-midi, on lança les chiens au fond d'un ravin couvert d'un épais taillis. Nicolas, posté dans les chaumes, pouvait voir tous les chasseurs.

En face de lui, il y avait une pièce de jeunes blés où son piqueur était posté seul dans un fossé, derrière un noisetier. Dès que les chiens furent découplés, Nicolas entendit les aboiements espacés de l'un d'eux qu'il connaissait et qui s'appelait Voltorn; les autres se joignirent à lui, tantôt se taisant, tantôt donnant de nouveau de la voix. Un instant après, une voix, de la réserve, signala un renard et toute la meute aussitôt réunie s'élança dans la direction des blés en herbe, s'éloignant de Nicolas.

Il vit les piqueurs en bonnet rouge qui galopaient sur les bords du ravin, il vit même les chiens, et il s'attendait d'un instant à autre à voir surgir le renard de l'autre côté, dans les blés.

Le piqueur posté dans le fossé se mit en marche et découpla ses chiens, et Nicolas aperçut un renard étrange, couleur feu, bas sur pattes, qui, la queue en panache, filait en hâte dans les jeunes blés. Les chiens le rattrapaient peu à peu. Les voici qui approchent, voici le renard qui se met à décrire autour d'eux des cercles de plus en plus étroits en agitant sa queue touffue, et voici que fondent sur lui un chien blanc inconnu, puis un noir; tout se mêla et les chiens, les arrière-trains écartés en étoile, se groupèrent autour de lui, frémissant à peine. Deux piqueurs arrivèrent vers eux au galop, l'un en bonnet rouge, l'autre, un inconnu, en cafetan vert.

« Qu'est-ce qui se passe? se demanda Nicolas. D'où sort ce piqueur? Ce n'est pas celui de l'oncle. »

Les piqueurs arrachèrent le renard aux chiens et restèrent là longtemps sans se remettre en selle et sans attacher la bête. Près d'eux il y avait des chevaux avec des selles aux pommeaux saillants et des chiens étaient couchés. Les piqueurs gesticulaient et s'agitaient auprès du renard. Une sonnerie de trompe retentit, signal convenu d'une querelle.

« C'est le piqueur des Ilaguine qui se dispute avec notre Ivan », dit l'écuyer de Nicolas.

Nicolas envoya chercher sa sœur et Petia et se dirigea au pas vers l'endroit où les valets rassemblaient les chiens. Quelques piqueurs avaient gagné le lieu de la dispute.

Nicolas mit pied à terre et, en compagnie de Natacha et de Petia qui l'avaient rejoint, s'arrêta près des chiens pour attendre l'issue de l'affaire. L'un des deux piqueurs qui avaient pris part à l'altercation apparut à la lisière du bois avec le renard attaché à sa selle et se dirigea vers son jeune maître. Il retira de loin son bonnet et s'efforça de parler respectueusement; mais il était pâle, s'étranglait et paraissait furieux. Il avait un œil poché mais ne semblait pas s'en apercevoir.

« Que s'est-il passé entre vous? demanda Nicolas.

– Comment donc! Est-ce qu'il va maintenant souffler les bêtes à nos chiens! Et puis c'est ma chienne gris souris qui l'a pris... Allez donc lui faire entendre raison! Il voulait mettre la main sur le renard! Alors moi j'ai attrapé le renard et je le lui ai flanqué à travers la figure. Le voilà pendu à ma selle. Et ça, tu en veux? » disait le piqueur en montrant son poignard et en s'imaginant sans doute parler toujours à son adversaire.

Nicolas, sans lui répondre, demanda à sa sœur et à Petia de l'attendre, et se rendit à l'endroit où se trouvait la chasse adverse d'Ilaguine.

Le piqueur victorieux se mêla à la foule des autres piqueurs et là, au milieu d'une courtoisie pleine de sympathie, racontait son exploit.

Voici ce qui s'était passé. Ilaguine, avec qui les Rostov étaient en procès, chassait sur des terres qui, selon l'usage, étaient considérées comme appartenant à ceux-ci; maintenant, comme à dessein, il s'était approché de la réserve où ils étaient en train de chasser et avait permis à son piqueur de traquer la bête levée par leurs chiens.

Nicolas n'avait jamais vu Ilaguine mais, extrême comme toujours dans ses jugements et ses sentiments, il le haïssait de tout cœur et le tenait pour son pire ennemi, le jugeant d'après les bruits qui couraient sur sa violence et son arbitraire. Il se dirigeait maintenant vers lui, ému et en colère, serrant fortement son fouet, parfaitement décidé à se livrer contre son ennemi aux actes les plus décisifs et les plus graves.

Il avait à peine atteint le saillant de la forêt qu'il vit venir à lui un gros monsieur en casquette de castor qui montait un magnifique cheval noir et qu'accompagnaient deux écuyers. Au lieu d'un ennemi, Nicolas trouva en Ilaguine un gentilhomme de belle prestance et courtois, particulièrement désireux de faire connaissance avec le jeune comte. En s'approchant, il souleva sa casquette de castor et dit qu'il ferait punir le piqueur qui s'était permis de suivre la piste d'une autre meute, qu'il serait heureux de connaître le jeune comte, et lui offrit de chasser sur ses terres.

Natacha, qui craignait que son frère ne se livrât à quelque excès, l'avait suivi d'assez près, tout émue. Voyant que les ennemis échangeaient amicalement des politesses, elle les rejoignit. Ilaguine souleva sa casquette de castor encore plus poliment devant elle et dit en souriant aimablement que la comtesse était l'image même de Diane, et par sa passion de la chasse, et par sa beauté dont il avait beaucoup entendu parler.

Pour réparer la faute de son piqueur, Ilaguine pria instamment Rostov de l'accompagner à l'emplacement, à une verste de là, qu'il se réservait personnellement et où, selon lui, les lièvres pullulaient. Nicolas accepta et l'équipage, encore une fois doublé, se mit en marche.

Pour gagner cet emplacement, il fallait passer à travers champs. Les piqueurs s'étaient égaillés. Les maîtres faisaient route ensemble. L'oncle, Rostov, Ilaguine jetaient à la dérobée des regards sur les chiens de leurs compagnons et cherchaient anxieusement parmi eux des rivaux des leurs.

Dans la meute d'Ilaguine, Rostov fut particulièrement frappé par la beauté d'une chienne tachetée de rouge, de race pure, au museau fin, aux yeux noirs saillants, assez petite et frêle mais pourvue de muscles d'acier. Il connaissait de réputation l'agilité des chiens d'Ilaguine et dans cette bête magnifique il voyait une rivale de sa Milka

Au cours d'une grave conversation sur les récoltes de l'année qu'avait engagée Ilaguine, Nicolas lui montra la chienne tachetée de rouge.

« C'est une belle chienne que vous avez là! dit-il négligemment. Est-elle agile?

– Celle-là? Oui, c'est une bonne bête, elle ne chasse pas mal, répondit d'un ton indifférent Ilaguine qui, un an plus tôt, avait donné à un voisin trois familles de domestiques serfs en échange de son Erza rouge. Alors chez vous non plus, comte, on ne se félicite pas du rendement des grains? » reprit-il. Et soucieux de ne pas être en reste de politesse avec le jeune comte, il enveloppa ses chiens du regard et choisit Milka qui avait attiré son attention par la largeur de son arrière-train.

« Elle est aussi bien belle, votre chienne noire tachetée, bien belle! dit-il.

– Oui, pas mal, elle trotte », répondit Nicolas. « Si seulement un gros lièvre traversait ce champ, je te montrerais quelle chienne c'est! » pensa-t-il, et se tournant vers son écuyer, il promit un rouble à celui qui lèverait un lièvre au gîte.

« Je ne comprends pas, reprit Ilaguine, comment un chasseur peut être jaloux du gibier ou des chiens des autres. Quant à moi, je vous l'avoue, comte, ce qui me fait le plus plaisir, vous savez, c'est la promenade; et quand on rencontre une pareille compagnie... que peut-on désirer de mieux (il enleva de nouveau sa casquette de castor devant Natacha); mais compter les peaux qu'on rapporte, ça me laisse froid.

– Bien sûr.

– Ou encore me vexer parce que c'est un chien qui n'est pas à moi qui attrape le gibier, vraiment, pourvu que je puisse admirer la chasse, n'est-ce pas, comte? Et puis j'estime... »

A ce moment, on entendit un long cri lancé par un des valets de chiens qui s'était arrêté :

« Vélaut! »

Debout sur une butte au milieu des champs, son fouet levé, il lança encore une fois un cri prolongé : Vé-é-laut! (Ce cri et le fouet levé indiquaient qu'il voyait devant lui un lièvre au gîte.)

« Ah! il en a repéré un, je crois, dit négligemment Ilaguine. Alors nous le levons, comte?

– Oui, il faut y aller... mais on y va ensemble? » répondit Nicolas en regardant Erza et Rougaï, le chien roux de l'oncle, deux concurrents avec lesquels il n'avait jamais encore eu l'occasion de mesurer ses chiens. « Et si jamais ils allaient battre ma Milka! » se disait-il en avançant vers le lièvre aux côtés de l'oncle et d'Ilaguine.

« Un gros? demanda Ilaguine en s'approchant du chasseur qui avait repéré le lièvre et en se retournant non sans émotion pour siffler Erza.

– Et vous, Michel Nicanorovitch? » demanda-t-il à l'oncle. L'oncle se renfrognait.

« A quoi bon m'en mêler! C'est que vos chiens – la chose est claire, en avant marche! – ont été payés un village chacun, ils valent des mille roubles. Qu'ils se mesurent entre eux, moi, je regarderai...

« Rougaï! Allez, allez! cria-t-il. Mon petit Rougaï! » ajouta-t-il, mettant malgré lui dans ce mot toute sa tendresse et tout l'espoir qu'il fondait sur ce chien roux. Natacha devinait l'émotion secrète de ces deux vieillards et de son frère et était elle-même émue.

Le chasseur était toujours sur la butte, son fouet levé, les maîtres approchaient au pas, les chiens qui marchaient loin d'eux prenaient une direction opposée au lièvre; les piqueurs s'éloignaient également. Tous avançaient lentement et posément.

« Où est sa tête? » demanda Nicolas en s'approchant à une centaine de pas de celui qui avait découvert le lièvre. Mais avant qu'il eût le temps de répondre, le lièvre, flairant la gelée pour le lendemain matin, n'y tint plus et bondit hors de son gîte. La meute des chiens couplés dévala en hurlant la pente à sa suite; de tous côtés, les lévriers qu'on ne tenait pas en laisse se précipitèrent sur leurs talons et à la poursuite du lièvre. Tous ces chasseurs qui avançaient avec lenteur, les piqueurs criant : halte! en contenant les chiens, les valets lançant les lévriers au cri de taïaut! foncèrent à travers champs. Le calme Ilaguine, Nicolas, Natacha et l'oncle galopaient au hasard, ne voyant que les chiens et le lièvre, et craignant seulement de perdre un instant la chasse de vue. Le lièvre se trouva être un gros animal bien vif. En sortant de son gîte, il ne prit pas tout de suite sa course, mais remua les oreilles, écoutant les cris et le piétinement des chevaux qui soudain se faisaient entendre de tous côtés. Il fit une dizaine de bonds sans trop de hâte, laissant les chiens s'approcher, et enfin, ayant choisi sa direction et compris le danger, il coucha les oreilles et détala à toutes jambes. Il avait gîté dans les chaumes mais, devant lui, il y avait de jeunes blés où le terrain était fangeux. Les deux chiens du chasseur qui avait repéré la bête et qui étaient le plus près l'éventèrent les premiers et suivirent sa piste, mais ils en étaient encore assez loin quand Erza, la chienne rouge d'Ilaguine, surgit de derrière eux, s'approcha à une longueur de chien, fit un bond prodigieux en visant la queue du lièvre et, croyant l'avoir saisi, roula cul par-dessus tête avec lui. Le lièvre cambra le dos et accéléra l'allure. De derrière Erza bondit la noire Milka au large arrière-train qui eut tôt fait de le serrer de près.

« Milka, ma mignonne! » cria la voix triomphante de Nicolas. Milka, semblait-il, allait tout de suite atteindre le lièvre et le saisir, mais elle le rattrapa et fut emportée plus loin. Le lièvre se déroba. De nouveau, la belle Erza le talonna et se colla à la queue même de la bête comme pour mesurer la distance de façon à ne plus se tromper et l'attraper par la patte de derrière.

« Erza! Ma jolie! » lança la voix étrange, pleine de larmes d'Ilaguine. Mais Erza resta sourde à ses supplications. Au moment même où l'on pouvait s'attendre à lui voir saisir le lièvre, celui-ci se jeta de côté et atteignit la dérayure entre les jeunes blés et les chaumes. De nouveau Erza et Milka, comme deux chevaux attelés au même timon, s'alignèrent et traquèrent le lièvre; à la dérayure, il était plus à son aise, les chiens ne pouvaient pas l'atteindre si vite.

« Rougaï! Mon petit Rougaï! La chose est claire, en avant marche! » intervint à ce moment une voix nouvelle, et Rougaï, le chien roux et bossu de l'oncle, s'étirant et arquant le dos, rejoignit les deux premiers chiens, les distança, accéléra avec une abnégation totale en serrant le lièvre de près, le dérouta de la dérayure vers les blés, accéléra encore plus furieusement dans les blés fangeux, s'enfonçant jusqu'au ventre, et on ne le vit plus que rouler avec le lièvre en se salissant le dos dans la boue. Les chiens s'attroupèrent en étoile autour de lui. En un instant, tout le monde eut rejoint les chiens massés. Seul de tous, l'oncle, heureux, mit pied à terre et acheva le lièvre. En le secouant pour faire couler le sang, il jetait des regards anxieux autour de lui, ses yeux errant de l'un à l'autre, ne savait que faire de ses bras et de ses jambes et parlait sans savoir à qui il s'adressait et ce qu'il disait : « Ça c'est une affaire... marche... ça c'est un chien... il leur a fait la pige à tous, à ceux de mille roubles comme à ceux d'un rouble, la chose est claire, en avant marche! » disait-il suffoquant et jetant à la ronde des regards courroucés, comme s'il injuriait quelqu'un, comme s'il n'avait autour de lui que des ennemis qui l'avaient tous offensé et sur qui il avait enfin l'occasion de prendre sa revanche. « Les voilà vos chiens de mille roubles, la chose est claire, en avant marche! »

« Rougaï, à la curée! dit-il en lançant une des pattes du lièvre plaquée de boue, il l'a méritée, la chose est claire, en avant marche!

– Elle n'en pouvait plus, elle avait fait seule trois poursuites, disait Nicolas qui lui non plus n'écoutait personne et ne se souciait pas de savoir si on l'écoutait ou non.

– En voilà une affaire, il l'a pris à revers! disait l'écuyer d'Ilaguine.

– Une fois qu'elle a raté son coup, n'importe quel bâtard pouvait en faire autant », disait en même temps Ilaguine qui, tout rouge, reprenait péniblement son souffle coupé par l'émotion et par la course. Cependant Natacha, sans reprendre haleine, poussait des cris perçants de joie et d'enthousiasme à crever le tympan. Par ces cris elle donnait libre cours à ce que les autres exprimaient en parlant tous à la fois. Et ces cris étaient si étranges qu'à un autre moment elle aurait dû en avoir honte et que tout le monde en eût été surpris. L'oncle suspendit lui-même le lièvre à sa selle, le jeta d'un geste vif et adroit en travers de la croupe de son cheval comme pour en faire reproche à tout le monde, puis, avec l'air de ne vouloir parler à personne, enfourcha son alezan clair et s'éloigna. Les autres, tristes et mortifiés, se dispersèrent et ne purent reprendre que longtemps après leur air d'indifférence affectée. Longtemps encore ils suivirent des yeux le roux Rougaï qui, son dos bossu couvert de boue, l'air calme d'un vainqueur, trottait en faisant tinter sa laisse derrière les pieds du cheval de l'oncle.

« Eh bien oui, je suis comme tous les autres tant qu'il ne s'agit pas de chasser. Mais alors, gare! » C'était, pensait Nicolas, ce que semblait dire l'allure de ce chien.

Lorsque, longtemps plus tard, l'oncle s'approcha de Nicolas et lui adressa la parole. Nicolas fut flatté qu'après tout ce qui s'était passé l'oncle daignât encore lui parler.

VII

QUAND, vers le soir, Ilaguine prit congé de Nicolas, celui-ci se trouvait si loin de chez lui qu'il accepta l'offre de l'oncle de laisser rentrer la chasse et de passer la nuit dans son village de Mikhaïlovka.

« Et si vous veniez tous chez moi, la chose est claire, en avant marche! » dit l'oncle, ce serait encore mieux; vous voyez, il fait humide, vous vous reposeriez, et on ramènerait la petite comtesse en voiture.

La proposition fut acceptée, on envoya un piqueur chercher une voiture à Otradnoïe, tandis que Nicolas, Natacha et Petia suivaient l'oncle chez lui.

Cinq ou six domestiques masculins, grands et petits, accoururent à la grande porte pour recevoir leur maître. Des dizaines de femmes, des vieilles, des jeunes, des gamines, se pressèrent à l'entrée de service pour voir les chasseurs qui arrivaient. La présence de Natacha, une femme, une grande dame, à cheval, fit monter la curiosité des domestiques de l'oncle à un tel point que beaucoup d'entre eux, sans se gêner, s'approchaient d'elle, la dévisageaient et devant elle échangeaient des réflexions comme s'il se fût agi d'un phénomène de foire qui n'est pas un être humain et ne peut ni entendre ni comprendre ce qu'on dit de lui.

« Arinka, regarde donc, elle est perchée sur le côté. Et la jupe qui traîne... Et une corne avec ça!

– Ah! Seigneur Dieu, et le couteau donc...

– Une vraie Tartare!

– Et comment n'as-tu pas fait la culbute? » dit la plus hardie en s'adressant cette fois directement à Natacha.

L'oncle mit pied à terre devant le perron de sa petite maison en bois enfouie dans la verdure et, parcourant ses domestiques du regard, cria impérieusement à ceux qui étaient de trop de s'en aller et qu'on fît le nécessaire pour recevoir ses invités et leur chasse.

Tous s'égaillèrent. L'oncle enleva Natacha du cheval et lui prit la main pour lui faire monter les marches de bois branlantes du perron. La maison aux murs de rondins non crépis n'était pas très bien tenue; on ne pouvait pas dire que le but principal de ses habitants fût d'en faire disparaître les taches, mais on n'y remarquait pas trop de laisser-aller non plus. Le vestibule sentait bon les pommes fraîches, et des peaux de loups et de renards y étaient suspendues.

De l'antichambre, l'oncle conduisit ses invités dans une petite salle meublée d'une table pliante et de chaises en acajou, puis dans le salon où il y avait une table ronde en bois de bouleau et un divan, puis dans son cabinet de travail avec un canapé déchiré, un tapis râpé et le portrait de Souvorov, celui des parents du maître de céans et le sien propre en uniforme. La pièce était fortement imprégnée d'une odeur de tabac et de chien.

L'oncle pria ses invités de prendre place et de faire comme chez eux, puis sortit. Rougaï, le dos toujours sale, fit son entrée, s'installa sur le divan et se mit en devoir de se nettoyer à coups de langue et de dents. Le cabinet donnait sur un couloir où l'on apercevait un paravent déchiré. Derrière le paravent, on entendait des rires et des chuchotements de femmes. Natacha, Nicolas et Petia se mirent à leur aise et s'installèrent sur le divan. Petia s'accouda, posa la tête sur sa main et s'endormit aussitôt; Natacha et Nicolas se taisaient. Ils avaient le visage en feu, ils étaient affamés et très gais. Ils se regardèrent (la chasse finie, à l'intérieur, Nicolas ne jugeait plus utile de faire montre devant sa sœur de sa supériorité d'homme); Natacha lui cligna de l'œil, ils n'y tinrent pas longtemps et éclatèrent d'un rire sonore sans se soucier de trouver un prétexte à leur gaieté.

Bientôt après, l'oncle reparut en casaquin, culotte bleue et bottes courtes. Et Natacha sentit que ce costume qui, à Otradnoïe, avait provoqué son étonnement railleur, était un costume comme un autre qui ne le cédait en rien à la redingote et à l'habit. L'oncle était lui aussi gai, non seulement le rire du frère et de la sœur ne l'offusqua pas (l'idée qu'on pût rire de son genre de vie ne pouvait lui venir à l'esprit), mais même il s'y joignit.

« Voyez donc la jeune comtesse, la chose est claire, en avant marche! je n'ai jamais vu sa pareille! dit-il en tendant à Rostov une longue pipe tandis que d'un geste familier il en prenait une courte entre trois doigts.

— Elle a passé toute la journée à cheval, ce ne serait pas mal même pour un homme, et il n'y paraît seulement pas! »

Peu de temps après le retour de l'oncle, une servante, sans doute nu-pieds à en juger par le bruit de ses pas, ouvrit la porte, livrant passage à une belle femme forte d'une quarantaine d'années, au teint frais, avec un double menton et des lèvres pleines et rouges, qui portait un grand plateau chargé. Avec une dignité affable et pleine de grâce dans les yeux et dans chaque geste, elle enveloppa les invités du regard et avec un sourire accueillant les salua respectivement. Malgré sa corpulence qui la contraignait à porter en avant la poitrine et le ventre et à rejeter la tête en arrière, cette femme (la gouvernante de l'oncle) avait une démarche remarquablement légère. Elle s'approcha de la table, posa le plateau et, de ses mains blanches et potelées, disposa prestement les bouteilles, les plats et les friandises dont il était chargé. Sa besogne achevée, elle s'écarta et, le sourire aux lèvres, se posta près de la porte. « Voilà comme je suis! Comprends-tu maintenant ton oncle? » dit à Rostov son apparition. Comment ne pas comprendre : non seulement Rostov mais Natacha elle-même comprit l'oncle et ce que signifiaient ces sourcils froncés et le sourire heureux et satisfait qui plissa imperceptiblement ses lèvres à l'entrée d'Anissia Fédorovna. Elle avait apporté de la vodka aux herbes, des liqueurs, des champignons marinés, des galettes de blé noir au petit-lait, du miel en rayons, deux sortes d'hydromel, des pommes, des noisettes fraîches, grillées et confites au miel. Puis Anissia Fédorovna apporta encore et des confitures au miel et au sucre, et du jambon, et un poulet qui sortait du four.

Tout cela avait été rassemblé et préparé par Anissia Fédorovna. Tout cela avait le parfum et la saveur d'Anissia Fédorovna. Tout cela avec sa succulence, sa propreté, sa blancheur et son agréable sourire.

« Mangez donc, mademoiselle la petite comtesse », disait-elle en servant à Natacha tantôt une chose, tantôt une autre. Natacha mangeait de tout et il lui semblait n'avoir jamais vu ni mangé nulle part de pareilles galettes au petit-lait, des confitures si parfumées, de si bonnes noisettes au miel et un tel poulet. Anissia Fédorovna sortit. Rostov et l'oncle, arrosant leur collation d'une liqueur de cerises, parlaient de la chasse de tout à l'heure et de celles à venir, de Rougaï et des chiens d'Ilaguine. Natacha, assise bien droite sur le divan, les écoutait les yeux brillants. Plusieurs fois elle essaya de réveiller Petia pour lui faire manger quelque chose, mais il marmonnait des mots indistincts, manifestement sans se réveiller. Natacha se sentait si heureuse, tellement à l'aise dans cette atmosphère nouvelle pour elle que tout ce qu'elle craignait était de voir arriver trop tôt la voiture qui devait venir la chercher. Après un de ces silences involontaires qui se font toujours chez ceux qui reçoivent pour la première fois des amis, l'oncle dit en réponse à la pensée de ses invités :

« Voilà donc comment je termine mon existence... Quand on est mort, la chose est claire, en avant marche! il ne reste plus rien. Alors à quoi bon chercher plus loin! »

L'oncle avait le visage expressif et même beau en disant cela. Rostov se souvint malgré lui de tout le bien que son père et les voisins disaient de lui. L'oncle avait dans toute la province la réputation du plus noble et du plus désintéressé des originaux. On faisait appel à lui pour arbitrer les affaires de famille, on le choisissait comme exécuteur testamentaire, on lui confiait des secrets, on l'avait élu juge et appelé à d'autres fonctions encore, mais il refusait toujours obstinément tout emploi public, passant l'automne et le printemps dans les champs sur son alezan hongre, l'hiver à la maison et l'été étendu dans son jardin touffu.

« Pourquoi donc ne prenez-vous pas du service, mon oncle?

— J'ai bien essayé, mais j'ai laissé tomber. Je ne suis pas bon à cela, la chose est claire, en avant marche! je n'y entends rien. Mais quant à la chasse, c'est une autre affaire, la chose est claire, en avant marche! Ouvrez donc la porte, cria-t-il. Pourquoi l'a-t-on fermée? » La porte du bout du corridor (que l'oncle appelait « collidor ») menait à la salle des piqueurs. Des pieds nus claquèrent sur le plancher et une main invisible ouvrit la porte. Du couloir parvinrent distinctement les sons d'une balalaïka dont jouait assurément un maître. Natacha qui, depuis longtemps, prêtait l'oreille à ces sons sortit dans le couloir pour mieux entendre.

« C'est mon cocher Mitka... Je lui ai acheté une bonne balalaïka, j'aime ça », dit l'oncle. Il était d'usage chez l'oncle, à son retour de chasse, que Mitka jouât de la balalaïka dans la salle des piqueurs. L'oncle aimait cette musique.

« Comme c'est bien. C'est vraiment excellent, dit Nicolas avec une certaine condescendance involontaire, comme s'il avait honte d'avouer que cette musique lui faisait plaisir.

– Comment excellent? dit Natacha avec reproche, sentant cette nuance dédaigneuse dans le ton de son frère. Ce n'est pas excellent, c'est merveilleux! » De même que les champignons marinés, le miel et les liqueurs de l'oncle qui lui avaient semblé les meilleurs du monde, cette chanson lui semblait maintenant être le sommet de l'art musical.

« Encore, je vous en prie, encore », dit-elle dans la direction de la porte dès que la balalaïka se fut tue. Mitka accorda son instrument et reprit la « Barinia » avec arpèges et modulations. L'oncle, la tête penchée de côté, écoutait avec un imperceptible sourire. La balalaïka fut accordée plusieurs fois, le même air repris encore et encore, et l'auditoire ne se lassait pas de l'entendre. Anissia Fédorovna entra et appuya son corps massif au linteau de la porte.

« Vous écoutez? dit-elle à Natacha avec un sourire qui ressemblait singulièrement à celui de l'oncle. Il joue bien.

– Tenez, voilà un passage qu'il réussit mal, dit soudain l'oncle en faisant un geste énergique. Là il faut égrener, la chose est claire, en avant marche! égrener.

– Mais est-ce que vous savez jouer? demanda Natacha. L'oncle sourit sans répondre.

– Va donc voir, Anissia, si ma guitare a encore ses cordes. Il y a longtemps que je n'y ai pás touché – la chose est claire, en avant marche! – je la négligeais. »

De son pas léger, Anissia Fédorovna alla avec empressement exécuter l'ordre de son maître et apporta la guitare.

Sans regarder personne, l'oncle souffla sur la guitare pour enlever la poussière, frappa de ses doigts osseux sur la caisse, accorda l'instrument et se carra dans son fauteuil. Il prit la guitare par le haut du manche (d'un geste un peu théâtral, en écartant le coude gauche), cligna de l'œil à Anissia Fédorovna et, au lieu d'entamer la « Barinia », fit vibrer un accord pur et sonore et posément, tranquillement mais fermement attaqua sur un rythme très lent la fameuse chanson : « Le long de la rue pavée. » En écho, avec une gaieté réservée (la même que respirait toute la personne d'Anissia Fédorovna), le motif de la chanson chanta dans l'âme de Nicolas et de Natacha. Anissia Fédorovna rougit et, se cachant le visage dans son fichu, sortit en riant. L'oncle continuait d'égrener la chanson nettement, avec application et une ferme énergie, un regard changé, inspiré, fixé sur l'endroit que venait de quitter Anissia Fédorovna. Quelque chose riait à peine dans son visage, d'un côté, sous la moustache grise, surtout à mesure que la chanson se déchaînait, que le rythme s'accélérait et que les arpèges finissaient sur une note brève et vibrante.

« C'est merveilleux, merveilleux, mon oncle! encore, encore! » cria Natacha dès qu'il eut fini. Sautant sur ses pieds, elle l'enlaça et l'embrassa. « Nicolas, Nicolas! » disait-elle en se tournant vers son frère comme pour lui demander : « Qu'est-ce donc que cela? »

Nicolas lui aussi aimait beaucoup le jeu de l'oncle. L'oncle reprit la chanson. Le visage souriant d'Anissia Fédorovna reparut à la porte et d'autres figures encore se montrèrent derrière elle. « Comme l'eau à la fontaine bien claire elle allait puiser. Attends, attends, ma belle, il lui a crié », jouait l'oncle, puis il fit de nouveau une habile modulation, coupa net et roula les épaules.

« Allons, allons, mon oncle, mon cher », gémit Natacha d'une voix si implorante qu'on eût dit que toute sa vie en dépendait. L'oncle se leva et, comme s'il y avait deux hommes en lui, l'un sourit gravement au gai luron, tandis que le gai luron esquissait une figure naïve et appliquée avant la danse.

« Eh bien, ma nièce! » cria l'oncle en agitant vers Natacha la main qui venait de faire vibrer la dernière note.

Natacha rejeta son châle, s'élança en face de l'oncle et, les poings sur les hanches, roula les épaules et prit la pose.

Où, quand, comment cette petite comtesse élevée par une Française émigrée avait-elle pu, par la seule vertu de l'air qu'elle respirait, s'imprégner de cet esprit, où avait-elle pris cette attitude, ces gestes que le *pas de châle* aurait dû supplanter depuis longtemps? Mais l'esprit et les gestes furent ceux-là mêmes, inimitables, innés, bien russes, que l'oncle attendait d'elle. Dès qu'elle eut pris la pose, qu'elle eut souri d'un sourire solennel, fier et malicieusement enjoué, l'appréhension qui, au premier abord, s'était emparée de Nicolas et de tous les assistants, l'appréhension qu'elle ne saurait pas s'y prendre disparut, et déjà ils l'admiraient.

Elle fit exactement ce qu'il fallait, et le fit si parfaitement, si totalement, qu'Anissia Fédorovna, qui lui avait aussitôt tendu le mouchoir indispensable à sa danse, versa une larme à travers son rire en regardant cette mince et gracieuse comtesse, élevée dans la soie et le velours, qui était si loin d'elle et qui savait si bien comprendre tout ce qu'il y avait en elle, Anissia, et dans le père d'Anissia, et en sa tante, et en sa mère, et en tout Russe.

« Eh bien, petite comtesse, la chose est claire, en avant marche! dit l'oncle en riant joyeusement quand il eut fini de danser. Bravo, ma nièce! Il ne reste plus maintenant qu'à te choisir un gaillard pour mari, la chose est claire, en avant marche!

– Il est déjà choisi, dit Nicolas en souriant.

– Oh? » dit l'oncle, étonné, en interrogeant Natacha du regard. Avec un sourire heureux, Natacha fit oui de la tête.

« Et quel mari! » dit-elle. Mais à peine l'avait-elle dit qu'une nouvelle vague de pensées et de sentiments monta en elle. Que signifiait le sourire de Nicolas quand il a dit : « Il est déjà choisi? » En est-il content ou non? Il semble croire que mon Bolkonski n'approuverait pas, ne comprendrait pas notre gaieté. Mais si, il comprendrait tout. » « Où est-il en ce moment? » pensa Natacha, et son visage se fit grave. Mais cela ne dura qu'une seconde. « N'y pensons pas, il ne faut pas y penser! » se dit-elle, et en souriant elle alla se rasseoir près de l'oncle et lui demanda de jouer encore quelque chose.

L'oncle exécuta encore une chanson et une valse; puis, après un silence, il s'éclaircit la voix et entonna sa chanson de chasse préférée :

Quand vers le soir
La neige se mit à tomber...

L'oncle chantait comme chante le peuple, avec cette conviction entière et naïve que, dans une chanson, seules comptent les paroles, que la mélodie vient s'y ajouter d'elle-même et qu'il n'existe pas de mélodie à part, qu'elle n'est là que pour la cadence. Aussi son chant, inconscient comme celui d'un oiseau, était-il d'une beauté extrême. Natacha en était transportée. Elle décida d'abandonner la harpe et de ne plus jouer que de la guitare. Elle demanda à l'oncle la sienne et aussitôt trouva des accords pour accompagner la chanson.

Vers dix heures arrivèrent deux voitures et trois cavaliers envoyés à la recherche de Natacha et de Petia. Le comte et la comtesse ne savaient pas où ils étaient et s'inquiétaient beaucoup, dit un des hommes.

On transporta Petia et le déposa comme un mort dans une des voitures; Natacha et Nicolas montèrent dans l'autre. L'oncle emmitoufla Natacha et prit congé d'elle avec une tendresse toute nouvelle. Il les accompagna à pied jusqu'au pont qu'il fallait contourner pour passer à gué et donna l'ordre à ses piqueurs de les précéder avec des lanternes.

« Adieu, ma chère nièce! » cria dans l'obscurité sa voix, non pas celle que Natacha connaissait mais celle dont il avait chanté « Quand vers le soir... »

Des lumières rouges brillaient dans le village qu'ils traversèrent et on y sentait une odeur joyeuse de fumée.

« Quelle merveille que cet oncle! dit Natacha lorsqu'on eut débouché sur la grande route.

– Oui, dit Nicolas. Tu n'as pas froid?

– Non, je suis très, très bien. Je suis si bien », dit Natacha, presque surprise elle-même. Ils gardèrent longtemps le silence.

La nuit était sombre et humide. On ne voyait pas les chevaux, on les entendait seulement patauger dans la boue invisible.

Que se passait-il dans cette âme enfantine, ouverte à tout, qui saisissait et assimilait si avidement les impressions les plus diverses? Comment tout cela se conciliait-il en elle? Quoi qu'il en fût, elle était très heureuse. Alors qu'on arrivait à la maison, elle entonna soudain la chanson « Comme vers le soir la neige... » dont elle avait cherché l'air tout le long du chemin et qu'elle venait enfin de saisir.

« Tu as trouvé? dit Nicolas.

— A quoi pensais-tu à l'instant, Nicolas? demanda Natacha. Ils aimaient se poser cette question.

— Moi? dit Nicolas en cherchant à se rappeler. Vois-tu d'abord j'ai pensé que Rougaï, ce chien roux, ressemble à l'oncle et que si c'était lui l'homme, il le garderait quand même chez lui, sinon pour la chasse, du moins pour leur bonne entente. Comme il est facile à vivre, l'oncle! N'est-ce pas? Bon, et toi?

— Moi? Attends, attends. Oui, j'ai d'abord pensé que nous croyons rentrer à la maison mais qu'en réalité nous allons Dieu sait où dans cette obscurité et que tout à coup nous arriverons quelque part et verrons que nous ne sommes pas à Otradnoïe mais dans un royaume enchanté. Ensuite j'ai encore pensé... Non, rien d'autre.

— Je sais, tu as certainement pensé à LUI, dit Nicolas en souriant, comme Natacha le devina au son de sa voix.

— Non, répondit Natacha, bien qu'elle eût en effet pensé aussi au prince André en se demandant si l'oncle lui plairait. Je me disais tout le temps, pendant tout le trajet, comme Anissia se tient bien, si bien... » dit-elle. Et Nicolas entendit dans l'obscurité son rire clair, heureux, spontané.

« Tu sais, reprit-elle soudain, je sais que jamais je ne serai si heureuse, si tranquille, que maintenant.

— En voilà des bêtises, des sornettes, des fariboles », dit Nicolas, et il pensa : « Quelle merveille que ma Natacha! Je n'ai pas et je n'aurai jamais d'ami comme elle. Qu'a-t-elle besoin de se marier? Nous ferions toujours ensemble des parties comme celle d'aujourd'hui! »

« Quelle merveille que ce Nicolas! » pensait Natacha.

« Ah! Il y a encore de la lumière au salon », dit-elle en montrant les fenêtres de la maison qui brillaient gaiement dans l'obscurité humide, veloutée de la nuit.

VIII

LE comte Ilia Andreitch avait résigné ses fonctions de maréchal de la noblesse qui entraînaient de trop grandes dépenses. Mais sa situation de fortune ne s'améliorait toujours pas. Souvent

Natacha et Nicolas surprenaient des entretiens secrets et anxieux entre leurs parents et on parlait même de vendre la luxueuse maison ancestrale de Moscou et le domaine des environs. N'étant plus maréchal de la noblesse, le comte n'avait plus besoin de donner de grandes réceptions et la vie à Otradnoïe était plus calme que les années précédentes; mais l'immense maison et les pavillons étaient tout aussi pleins de monde, il y avait toujours plus de vingt personnes à table. C'étaient tous de longue date des familiers de la maison, presque des membres de la famille, ou d'autres qui semblaient ne devoir vivre nécessairement que chez le comte. Tels étaient le musicien Dimmler avec sa femme, le maître de danse Vogel avec sa famille, la vieille demoiselle Belov et beaucoup d'autres : les précepteurs de Petia, une ancienne gouvernante des jeunes filles, et simplement des gens qui trouvaient plus agréable ou plus avantageux de vivre chez le comte plutôt que chez eux. L'affluence des visiteurs était moins grande, mais le train de vie restait le même, le comte et la comtesse ne pouvant en concevoir un autre. C'étaient toujours le même équipage de chasse encore augmenté par Nicolas, les mêmes cinquante chevaux et quinze cochers à l'écurie, les mêmes cadeaux coûteux pour les fêtes et, à cette occasion, les mêmes grands dîners auxquels était convié tout le district; les mêmes parties de whist et de boston du comte où, ses cartes étalées à la vue de tous, il laissait chaque fois ses voisins lui gagner des centaines de roubles, si bien qu'on considérait comme la plus avantageuse des rentes le droit de faire la partie du comte Ilia Andreitch.

Pris dans ses affaires comme dans un immense filet, le comte pataugeait en s'efforçant de croire qu'il ne s'y empêtrait pas et à chaque pas s'y empêtrant de plus en plus, ne se sentant la force ni de rompre ce filet qui l'emprisonnait, ni d'entreprendre prudemment, patiemment, de le démêler. Dans son cœur aimant, la comtesse sentait que ses enfants étaient menacés de ruine, que le comte n'était pas coupable, qu'il souffrait (bien qu'il s'en cachât) de la conscience de sa ruine et de celle de ses enfants, et elle cherchait les moyens d'y porter remède. A son point de vue de femme, un seul moyen s'offrait : un riche mariage pour Nicolas. Elle sentait que c'était là la dernière chance et que si Nicolas refusait le parti qu'elle avait en vue pour lui, il faudrait dire à jamais adieu à l'espoir de rétablir la situation. Ce parti était Julie Karaguine, fille d'excellents, de vertueux parents, que les Rostov connaissaient depuis son enfance et dont la mort du dernier de ses frères avait fait une riche héritière.

La comtesse écrivit directement à Mme Karaguine à Moscou, lui proposant cette union entre sa fille et son fils, et reçut d'elle une réponse favorable. Mme Karaguine disait que, pour sa part, elle était d'accord, que tout dépendrait de l'inclination de sa fille. Elle invitait Nicolas à venir à Moscou.

Plusieurs fois, la comtesse, les larmes aux yeux, avait dit à son fils que, maintenant que ses deux filles étaient casées, son unique désir était de le voir marié. Elle disait qu'alors elle mourrait tranquille. Puis elle annonça qu'elle avait en vue une charmante jeune fille et le sonda quant à ses idées sur le mariage.

A d'autres moments, elle faisait l'éloge de Julie et conseillait à Nicolas d'aller se distraire à Moscou à l'occasion des fêtes. Nicolas devinait où voulait en venir sa mère et, au cours d'une de ces conversations, il l'amena à s'expliquer en toute franchise. Elle lui dit que le seul espoir de rétablir leur situation était son mariage avec Mlle Karaguine.

« Eh quoi? Si j'aimais une jeune fille sans fortune, exigeriez-vous donc, *maman,* que je sacrifie à l'argent mon sentiment et mon honneur? demanda-t-il à sa mère sans se rendre compte de la cruauté de sa question et soucieux seulement de montrer sa noblesse d'âme.

– Non, tu ne m'as pas comprise, dit la mère qui ne savait comment se justifier. Tu ne m'as pas comprise, Nicolas. Je veux ton bonheur », ajouta-t-elle, et elle sentit qu'elle ne disait pas la vérité, qu'elle s'était empêtrée. Elle fondit en larmes.

« Maman, ne pleurez pas, dites-moi seulement que vous le désirez et vous savez que je donnerais toute ma vie, que je donnerais tout pour que vous soyez tranquille, dit Nicolas. Je sacrifierais tout pour vous, même mon sentiment. »

Mais la comtesse ne l'entendait pas ainsi : elle ne voulait pas que son fils se sacrifiât, elle aurait voulu se sacrifier pour lui elle-même.

« Non, tu ne m'as pas comprise, n'en parlons plus », dit-elle en essuyant ses larmes.

« Oui, il se peut que j'aime une jeune fille pauvre, se disait Nicolas, et alors faut-il donc que je sacrifie mon sentiment et mon honneur à la fortune? Je m'étonne que maman ait pu me dire cela. Parce que Sonia est pauvre je n'ai donc pas le droit de l'aimer, je n'ai pas le droit de répondre à son amour fidèle, dévoué. Pourtant je serais sûrement plus heureux avec elle qu'avec une poupée comme Julie. Je peux toujours sacrifier à mes parents mes sentiments, mais je ne puis commander à mes sentiments. Si j'aime Sonia, ce sentiment est pour moi plus fort et plus important que tout. »

Nicolas n'alla pas à Moscou, la comtesse ne lui parla plus de mariage, mais elle notait avec tristesse et parfois avec colère les signes d'un rapprochement grandissant entre son fils et Sonia, cette jeune fille sans dot. Elle se reprochait de ne pouvoir se défendre de maugréer, de chercher chicane à Sonia, de la rabrouer souvent en lui disant « vous » et « ma chère ». Ce qui montait le plus la bonne comtesse contre Sonia, c'était que cette nièce pauvre aux yeux noirs était si douce, si bonne, si dévouée, si reconnaissante envers ses bienfaiteurs, qu'elle était amoureuse de Nicolas avec tant de constance et d'abnégation qu'on ne pouvait rien lui reprocher.

Nicolas achevait son congé chez ses parents. On avait reçu du prince André une quatrième lettre, de Rome, où il disait qu'il serait depuis longtemps sur le chemin du retour si, sous le climat chaud, sa blessure ne s'était inopinément rouverte, ce qui l'obligeait à retarder son départ jusqu'au début de l'année suivante. Natacha était toujours aussi amoureuse de son fiancé, aussi apaisée par cet amour et aussi ouverte à toutes les joies de l'existence; mais, à la fin du quatrième mois de séparation, elle connut des moments de tristesse contre lesquels elle ne pouvait lutter. Elle avait pitié d'elle-même, elle regrettait que passât en pure perte, sans profit pour personne, tout ce temps pendant lequel elle se sentait si capable d'aimer et d'être aimée.

La gaieté ne régnait pas chez les Rostov.

IX

Vinrent les fêtes de Noël et, à part la messe solennelle, à part les vœux guindés et fastidieux offerts par les voisins et les domestiques, à part les vêtements neufs endossés par tout le monde, rien de particulier ne les signala, tandis que le froid de vingt degrés sans vent, le soleil éblouissant dans la journée et la clarté hivernale des étoiles la nuit donnaient envie de marquer d'une façon ou d'une autre cette époque de l'année.

Le troisième jour des fêtes de Noël, après le dîner, tout le monde se dispersa. C'était le moment où l'ennui était le plus pesant. Nicolas, qui, le matin avait fait des visites aux voisins, s'était endormi dans le fumoir. Le vieux comte se reposait dans son cabinet. Au salon, Sonia copiait un dessin à la table ronde. La comtesse faisait une réussite. Près d'une fenêtre, le bouffon Nastassia Ivanovna, l'air triste, tenait compagnie à deux vieilles. Natacha entra, s'approcha de Sonia, regarda ce qu'elle faisait, puis alla vers sa mère et s'arrêta en silence.

« Pourquoi erres-tu comme une âme en peine? lui dit sa mère. Que veux-tu?

– C'est LUI qu'il me faut... tout de suite, à l'instant même, il me LE faut », dit Natacha, les yeux brillants et sans sourire. La comtesse leva la tête et regarda attentivement sa fille.

« Ne me regardez pas, maman, ne me regardez pas, je vais me mettre à pleurer.

– Assieds-toi, reste un peu avec moi, dit la comtesse.

– Maman, c'est LUI qu'il me faut. Pourquoi dois-je gaspiller ma vie ainsi, maman? » Sa voix se brisa, des larmes jaillirent de ses yeux et, pour les dissimuler, elle se détourna vivement et sortit. Elle alla dans le fumoir, hésita un instant, réfléchit et se rendit à la chambre des servantes. Là une vieille femme de chambre grondait une jeune qui essoufflée, accourait des communs.

« Assez s'amuser, disait la vieille. Il y a un temps pour tout.

– Laisse-la, Kondratievna, dit Natacha. Va, Mavroucha, va. »

Et ayant délivré Mavroucha, Natacha traversa la salle de

bal et alla dans l'antichambre. Un vieux laquais et deux jeunes y jouaient aux cartes. Ils interrompirent la partie et se levèrent à l'entrée de leur jeune maîtresse. « Que pourrais-je bien faire d'eux? » se demanda Natacha.

« Nikita, va s'il te plaît... (Où pourrais-je bien l'envoyer?) Oui, va aux communs et apporte-moi je t'en prie un coq; oui, et toi, Micha, apporte de l'avoine.

– Pas beaucoup d'avoine? dit Micha d'un ton joyeux et serviable.

– Va, va vite, confirma le vieux.

– Et toi, Fédor, trouve-moi de la craie. »

En passant devant l'office, elle fit préparer le samovar, bien que ce ne fût pas du tout l'heure.

Le maître d'hôtel Foka était l'homme le plus bourru de toute la maison. Natacha aimait éprouver sur lui son autorité. Il ne la crut pas et alla demander confirmation.

« Ah! cette demoiselle! » dit-il en affectant de se renfrogner.

Personne dans la maison ne chargeait les gens de tant de commissions et ne leur donnait tant de travail que Natacha. Elle ne pouvait les voir avec indifférence sans les envoyer quelque part. On eût dit qu'elle voulait voir si l'un d'eux ne regimberait pas, mais les domestiques prenaient plus de plaisir à exécuter ses ordres que ceux de n'importe qui d'autre. « Que pourrais-je bien faire? Où pourrais-je bien aller? » se demandait Natacha en suivant lentement le couloir.

« Nastassia Ivanovna, qu'est-ce que je mettrai au monde? demanda-t-elle au bouffon qui, vêtu de son caraco, venait à sa rencontre.

– Toi, des puces, des libellules, des grillons », répondit-il.

« Mon Dieu, mon Dieu, tout est toujours pareil. Ah! où aller? Que pourrais-je bien faire de moi? » Et elle gravit bruyamment quatre à quatre l'escalier menant chez Vogel qui habitait avec sa femme à l'étage au-dessus. Les deux gouvernantes se trouvaient chez lui, la table était chargée d'assiettes de raisins secs, de noix et d'amandes. Les gouvernantes comparaient le prix de la vie à Moscou et à Odessa. Natacha s'assit, écouta leur conversation avec un air sérieux, pensif, et se leva.

« L'île de Madagascar, prononça-t-elle. Ma-da-gas-car »,

répéta-t-elle en détachant chaque syllabe, et sans répondre aux questions de Mme Schoss qui lui demandait ce qu'elle disait, elle s'en alla.

Petia, son frère, était aussi en haut : il préparait avec l'aide de son gouverneur le feu d'artifice qu'il comptait faire partir à la nuit.

« Petia! Petia! lui cria-t-elle, porte-moi jusqu'en bas. » Petia accourut et lui présenta son dos. Elle sauta dessus, lui entoura le cou de ses bras, et il l'emporta en courant et en sautillant. « Non, pas la peine – l'île de Madagascar », dit-elle, et sautant à terre, elle redescendit l'escalier.

Comme si elle eût fait le tour de son royaume, éprouvé son pouvoir et se fût assurée que tout le monde était soumis mais qu'on ne s'en ennuyait pas moins, Natacha alla dans le grand salon, prit la guitare, s'assit dans un coin sombre derrière une petite armoire et, pinçant les cordes dans la basse, essaya de retrouver une phrase d'un opéra qu'elle avait entendu à Pétersbourg avec le prince André. Pour un tiers, ce qu'elle jouait sur sa guitare n'aurait eu aucun sens mais, dans son imagination, ces sons ressuscitaient tout un monde de souvenirs. Assise derrière la petite armoire, les yeux fixés sur un rais de lumière qui tombait de la porte de l'office, elle s'écoutait jouer et se souvenait. Elle revivait le passé.

Sonia traversa le salon avec un verre à la main pour se rendre à l'office. Natacha leva les yeux vers elle, sur l'entrebâillement de la porte, et il lui sembla que c'était dans son souvenir que la lumière tombait par la fente de la porte entrebâillée de l'office et que Sonia passait avec un verre. « Oui, cela aussi s'est passé ainsi, trait pour trait », songea-t-elle.

« Sonia, qu'est-ce que c'est? cria Natacha en faisant vibrer la corde grave.

– Ah! tu es là! » dit Sonia en tressaillant; elle s'approcha et écouta. « Je ne sais pas. La tempête? » demanda-t-elle timidement de crainte de se tromper.

« Oui, c'est exactement ainsi qu'elle avait tressailli, exactement ainsi qu'elle s'était approchée et avait timidement souri quand cela s'est passé la première fois, se dit Natacha, et c'est exactement ainsi que je m'étais dit qu'il lui manquait quelque chose. »

« Non, c'est le chœur du « Porteur d'eau », tu entends? » Et pour le mieux faire sentir à Sonia, elle chanta l'air jusqu'au bout.

« Où allais-tu? demanda-t-elle.

– Changer l'eau du verre. Je vais avoir fini mon dessin.

– Tu es toujours occupée, moi je ne sais pas, dit Natacha. Et Nicolas où est-il?

– Il dort, je crois.

– Sonia, va donc le réveiller, dit Natacha. Dis-lui de venir chanter avec moi. » Elle resta là, se demanda ce que signifiait que tout cela se fût déjà produit, et sans avoir résolu la question et ne le regrettant aucunement, elle se transporta de nouveau par l'imagination au temps où ils étaient tous deux ensemble et où il la regardait avec des yeux amoureux.

« Ah! qu'il revienne vite. J'ai si peur que cela ne se fasse pas! Et surtout je vieillis. Il n'y aura plus en moi ce qu'il y a maintenant. Mais peut-être va-t-il arriver aujourd'hui, tout de suite. Peut-être est-il arrivé et se trouve-t-il dans le salon. Il est peut-être arrivé hier et je l'ai oublié. » Elle se leva, posa la guitare et alla au salon. Tout le monde, précepteurs, gouvernantes, famille et visiteurs, était déjà installé à la table à thé. Les domestiques étaient à leurs postes – mais le prince André n'était pas là et la vie était toujours la même.

« Ah! la voilà, dit Ilia Andreitch en voyant entrer Natacha. Allons, assieds-toi à côté de moi. » Mais Natacha s'arrêta près de sa mère en regardant autour d'elle comme si elle cherchait quelque chose.

« Maman! dit-elle. Donnez-le-moi, donnez-le-moi, maman, vite, vite », et de nouveau elle eut peine à retenir ses sanglots.

Elle s'assit à la table et prêta l'oreille aux conversations des aînés et de Nicolas qui était également là. « Mon Dieu, mon Dieu, toujours les mêmes figures, les mêmes conversations, papa qui tient sa tasse toujours de la même façon et souffle dessus exactement de même! » pensait Natacha, sentant avec horreur monter en elle du dégoût pour tous les familiers de la maison parce qu'ils étaient toujours les mêmes.

Après le thé, Natacha, Sonia et Nicolas se réfugièrent au fumoir, dans leur coin favori où se déroulaient toujours leurs conversations les plus intimes.

X

« CELA t'arrive-t-il, dit Natacha à son frère lorsqu'ils se furent installés dans le fumoir, cela t'arrive-t-il d'avoir l'impression qu'il n'y aura plus rien – rien; que tout ce qu'il pouvait y avoir d'heureux est déjà passé? Et alors ce n'est pas qu'on s'ennuie, on est triste.

– Et comment! répondit-il. Parfois, quand tout va bien, que tout le monde est gai, il me vient à l'esprit que tout cela j'en ai assez et que tout le monde doit mourir. Une fois, au régiment, je ne suis pas allé à la promenade, et pourtant la musique y jouait... et subitement j'ai été pris d'un tel ennui...

– Ah! je connais cela. Je sais, je sais, reprit Natacha. J'étais encore petite quand cela m'est arrivé. Tu te souviens, on m'avait punie un jour pour des fruits. Vous dansiez tous, moi j'étais dans la salle de classe et je sanglotais, je ne l'oublierai jamais : j'étais triste et je plaignais tout le monde, et moi-même et tous, tous. Et, surtout, je n'étais pas coupable. Tu te rappelles?

– Oui, dit Nicolas. Je me rappelle qu'après je suis allé te trouver et que je voulais te consoler et, tu sais, j'avais honte. Nous étions si drôles. J'avais alors un jouet, un pantin, et je voulais te le donner. Tu te souviens?

– Et te souviens-tu, dit Natacha avec un sourire rêveur, qu'une fois, il y a longtemps, longtemps, nous étions encore tout petits, notre oncle nous a appelés dans son cabinet. C'était encore dans l'ancienne maison, et il faisait noir, nous sommes arrivés et tout à coup il y avait...

– Un Nègre, acheva Nicolas avec un sourire joyeux, comment ne pas s'en souvenir? Maintenant encore, je ne sais pas s'il y avait vraiment un Nègre ou si nous ne l'avons pas vu en rêve ou encore si on ne nous l'a pas raconté.

– Il était gris, tu te rappelles, avec des dents blanches; il était debout et nous regardait...

– Vous vous souvenez, Sonia? demanda Nicolas.

– Oui, oui, je me souviens aussi de quelque chose, répondit timidement Sonia.

— J'ai parlé de ce Nègre à papa et à maman, dit Natacha. Il disent qu'il n'y a jamais eu de Nègre. Pourtant tu t'en souviens bien!

— Comment donc, je me souviens de ses dents comme si c'était d'hier.

— Que c'est étrange, on dirait un rêve. J'aime ça.

— Et tu te rappelles, un jour que nous faisions rouler des œufs dans la salle de bal, tout à coup voilà que deux vieilles surviennent et se mettent à tourner en rond sur le tapis. Est-ce arrivé, cela, ou non? Tu te souviens comme c'était bien?

— Oui. Et te souviens-tu quand papa en pelisse bleue a tiré un coup de fusil du perron? » Ils égrenaient des souvenirs, non pas les tristes souvenirs de la vieillesse mais les poétiques souvenirs de la jeunesse, les impressions du passé le plus lointain où le rêve se confond avec la réalité, et ils riaient doucement, se sentant joyeux sans savoir pourquoi.

Sonia restait comme toujours à l'écart, bien que leurs souvenirs fussent communs.

Elle avait oublié beaucoup de choses parmi celles qu'ils évoquaient et ce dont elle se souvenait n'éveillait pas en elle ce sentiment poétique qu'ils éprouvaient. Elle savourait seulement leur joie, s'efforçait de se mettre dans le ton.

Elle ne prit part à la conversation que lorsqu'ils évoquèrent son arrivée dans la maison. Elle raconta qu'elle avait eu peur de Nicolas parce que sa petite veste s'ornait de brandebourgs et que la nounou lui avait dit qu'elle aussi on la coudrait dans des brandebourgs.

« Et moi je me souviens qu'on m'avait dit que tu étais née sous un chou, dit Natacha, et je me souviens aussi que je n'osais pas ne pas le croire mais que je savais que ce n'était pas vrai et que j'étais si gênée. »

Pendant qu'ils parlaient ainsi, une femme de chambre passa la tête par l'entrebâillement de la porte du fond.

« Mademoiselle, on a apporté le coq, chuchota-t-elle.

— Ce n'est plus la peine, Polia, qu'on le remporte », répondit Natacha.

Cependant Dimmler entra et alla vers la harpe qui se trouvait dans un coin. Il en enleva la housse, et la harpe émit un son faux.

« Édouard Karlitch, jouez donc s'il vous plaît mon *Nocturne* préféré de M. Field », dit dans le salon la voix de la comtesse.

Dimmler fit vibrer un accord et, se tournant vers Natacha, Nicolas et Sonia, dit :

« Comme la jeunesse est tranquille!

– Oui, nous philosophons », dit Natacha qui tourna un instant la tête et reprit la conversation. On parlait maintenant des rêves.

Dimmler se mit à jouer. Silencieusement, sur la pointe des pieds, Natacha s'approcha de la table, prit la bougie, l'emporta et revint doucement à sa place. Il faisait sombre dans la pièce, surtout dans le coin où ils étaient assis sur le divan, mais par les grandes fenêtres un rayon argenté de la pleine lune tombait sur le parquet.

« Tu sais, je pense, dit Natacha dans un murmure en se rapprochant de Nicolas et de Sonia, tandis que Dimmler, le morceau fini, se demandait s'il devait s'arrêter ou en commencer un autre, tout en laissant ses doigts errer sur les cordes de la harpe, je pense qu'à force de remuer longtemps, longtemps les souvenirs, on en arrive à se rappeler ce qui s'est passé avant qu'on ne soit venu au monde.

– C'est de la métempsycose, dit Sonia qui avait toujours été une bonne élève et avait une mémoire fidèle. Les Égyptiens croyaient que nos âmes ont d'abord appartenu à des animaux et qu'elles y retournent.

– Non, tu sais, je ne crois pas que nous ayons été dans les animaux, dit Natacha toujours tout bas, bien que la musique se fût tue, je suis sûre que nous avons été des anges là-bas, quelque part, et ici aussi, et c'est pour cela que nous nous souvenons de tout...

– Puis-je me joindre à vous? demanda Dimmler qui s'était approché sans bruit et qui s'assit près d'eux.

– Si nous avons été des anges, pourquoi donc sommes-nous tombés plus bas? dit Nicolas. Non, ce n'est pas possible!

– Pas plus bas, qui t'a dit que nous sommes plus bas? Comment puis-je savoir ce que j'étais précédemment? répliqua Natacha avec conviction. Puisque l'âme est immortelle... donc, si je dois vivre toujours, c'est que j'ai aussi vécu auparavant, que j'ai vécu toute l'éternité.

– Oui, mais il nous est difficile de nous représenter l'éternité, dit Dimmler qui s'était joint aux jeunes gens avec un sourire légèrement condescendant, mais qui maintenant parlait tout aussi doucement et sérieusement qu'eux.

– Pourquoi donc? dit Natacha. Elle est aujourd'hui, elle sera demain, elle sera toujours, et elle a été hier et avant-hier...

– Natacha! c'est ton tour maintenant. Chante-moi quelque chose, dit la voix de la comtesse, que faites-vous là-bas comme des conspirateurs.

– Maman! j'en ai si peu envie », dit Natacha, mais elle se leva.

Personne, pas même Dimmler qui n'était plus jeune, n'avait envie d'interrompre la conversation et de quitter le coin du fumoir; mais Natacha se leva et Nicolas se mit au clavecin. Elle alla se placer comme toujours au milieu de la salle de bal où l'accoustique était la meilleure et chanta le morceau préféré de sa mère.

Elle avait dit qu'elle n'avait pas envie de chanter, mais depuis longtemps elle n'avait chanté et de longtemps elle ne devait chanter comme ce soir-là. De son cabinet où il parlait avec Mitenka, le comte Ilia Andreitch l'entendait et, comme un élève pressé d'aller jouer dès la fin d'un cours, il s'embrouilla en donnant des ordre à son régisseur et finit par se taire, tandis que Mitenka qui écoutait aussi se tenait en silence devant le comte, un sourire aux lèvres. Nicolas ne quittait pas sa sœur des yeux et reprenait son souffle en même temps qu'elle. Sonia pensait, en écoutant, à l'énorme différence qui existait entre elle et son amie et se disait qu'il lui était impossible d'être ne fût-ce que de loin aussi séduisante que sa cousine. La vieille comtesse souriait d'un air heureux et triste, avec des larmes aux yeux et hochant de temps en temps la tête. Elle pensait à Natacha et à sa propre jeunesse, et elle se disait qu'il y avait quelque chose de peu naturel et de redoutable dans le mariage de sa fille avec le prince André.

Dimmler, qui avait pris place auprès de la comtesse, écoutait les yeux fermés.

« Décidément, comtesse, dit-il enfin, c'est un talent européen, elle n'a pas besoin d'apprendre, cette douceur, ce moelleux, cette force...

– Ah! comme j'ai peur pour elle, comme j'ai peur », dit la comtesse sans se soucier de savoir à qui elle parlait. Son instinct maternel lui disait qu'il y avait en Natacha quelque chose d'excessif et que cela l'empêcherait d'être heureuse. Natacha n'avait pas encore fini de chanter que Petia faisait irruption dans la pièce et, avec l'enthousiasme de ses quatorze ans, annonçait l'arrivée des masques.

Natacha s'arrêta brusquement.

« Imbécile! » cria-t-elle à son frère; elle courut vers une chaise sur laquelle elle se laissa tomber et éclata en sanglots si violents qu'elle fut longtemps sans pouvoir les maîtriser.

« Ce n'est rien, maman, je vous assure, ce n'est rien; c'est Petia qui m'a fait peur », disait-elle en s'efforçant de sourire, mais ses larmes coulaient toujours et les sanglots l'étouffaient.

Les domestiques déguisés en ours, en Turcs, en cabaretiers, en mondaines, effrayants ou cocasses, apportant le froid et la gaieté, se pressèrent d'abord timidement dans le vestibule; puis, se cachant les uns derrière les autres, ils s'engouffrèrent dans la salle, et avec des hésitations d'abord, puis de plus en plus gaiement et unanimement se lancèrent dans les chants, les danses, les rondes et les jeux de Noël. La comtesse, après avoir reconnu les masques et ri de leurs déguisements, se retira dans le salon. Le comte Ilia Andreitch, un sourire radieux aux lèvres, resta dans la salle à les encourager. La jeunesse s'était éclipsée.

Une demi-heure plus tard, une vieille dame en paniers – c'était Nicolas – se mêla aux masques. Puis un Turc (Petia), une paillasse (c'était Dimmler), un hussard (Natacha), et un Tcherkesse (Sonia), toutes deux avec des moustaches et des sourcils tracés au bouchon.

Lorsque ceux qui n'étaient pas déguisés les eurent accueillis avec une indulgente surprise et des compliments, affectant de ne pas les reconnaître, les jeunes gens trouvèrent que leurs costumes étaient si réussis qu'il fallait les faire voir à d'autres encore.

Nicolas, qui avait envie d'emmener tout le monde dans sa troïka sur les chemins en excellent état, proposa d'aller chez l'oncle en se faisant accompagner d'une dizaine de domestiques déguisés.

« Non, pourquoi déranger le vieillard! dit la comtesse, et puis on n'a pas la place de se retourner chez lui. Si vous voulez aller quelque part, allez donc chez les Melioukov. »

Mme Melioukov était une veuve qui, avec ses enfants d'âges divers ainsi que ces gouvernantes et des précepteurs, habitait à quatre verstes des Rostov.

« Voilà une bonne idée, *ma chère,* intervint le vieux comte tout animé. Je vais me déguiser et venir avec vous. Je saurai bien secouer Pachette. »

Mais la comtesse ne consentit pas à laisser partir le comte : il avait eu tous ces jours-ci mal à la jambe. On décida qu'Ilia Andreitch ne pouvait venir, mais que si Louise Ivanovna (Mme Schoss) les accompagnait, les jeunes filles pourraient aller chez les Melioukov. Sonia, toujours si réservée et si timide, fut celle qui mit le plus d'ardeur à supplier Louise Ivanovna de ne pas refuser.

Le costume de Sonia était le plus réussi de tous. Sa moustache et ses sourcils lui allaient à ravir. Tout le monde lui disait qu'elle était jolie, et contrairement à son habitude, elle était pleine d'animation et d'énergie. Une voix intérieure lui disait que son sort se déciderait aujourd'hui ou jamais et, dans ses vêtements masculins, elle paraissait un tout autre être. Louise Ivanovna accepta et, une demi-heure plus tard, quatre troïkas avec des clochettes et des grelots vinrent se ranger devant le perron, leurs patins crissant sur la neige gelée.

Natacha donna la première le ton de gaieté de Noël qui convenait, et cette gaieté se communiquant de l'un à l'autre grandit de plus en plus et atteignit son plan culminant lorsque tous sortirent à l'air glacé et parlant entre eux, s'interpellant, riant et criant, s'installèrent dans les traîneaux.

Deux des troïkas étaient des traîneaux de course, la troisième, avec un trotteur d'Orlov pour limonier, était celle du comte; la quatrième, celle de Nicolas, avait au brancard un petit cheval noir poilu. Nicolas, dans son costume de vieille femme sur lequel il avait passé son manteau de hussard avec sa ceinture, se tenait debout au milieu de son traîneau, rassemblant les guides.

Il faisait si clair qu'il voyait briller sous la lune les plaques des harnais et les yeux des chevaux dont les regards apeurés se tournaient vers les voyageurs qui faisaient du bruit sous l'auvent sombre du perron.

Natacha, Sonia, Mme Schoss et deux servantes montèrent dans le traîneau de Nicolas; Dimmler, sa femme et Petia dans celui du comte; les domestiques déguisés se répartirent dans les autres.

« Pars devant, Zakhar! » cria Nicolas au cocher de son père pour avoir l'occasion de le dépasser sur la route.

La troïka du vieux comte dans laquelle avaient pris place Dimmler et d'autres masques s'ébranla dans un crissement de ses patins que le gel collait à la neige, et le tintement grave de sa clochette. Les bricoliers se serraient contre les brancards et s'enfonçaient dans la neige qu'ils brassaient comme du sucre ferme et brillant.

Nicolas suivit la première troïka; derrière lui, les autres s'ébranlèrent bruyamment. On suivit d'abord le chemin étroit au petit trot. Tant qu'on longea le parc, les ombres des arbres dénudés se projetèrent en travers du chemin, interceptant la vive clarté de la lune, mais dès qu'on eut franchi la clôture, une plaine neigeuse, étincelante comme un diamant, avec des reflets bleuâtres, toute baignée de clair de lune et immobile, se découvrit à l'infini. Une fois, puis une autre, le traîneau de tête rebondit sur une ornière; les suivants rebondirent exactement de même, puis les autres, et rompant insolemment le silence pétrifié, les traîneaux s'étirèrent à la queue leu leu.

« Une trace de lièvres, beaucoup de traces, lança dans l'air figé par le froid la voix de Natacha.

– Comme on voit bien, Nicolas! » dit la voix de Sonia.

Nicolas se retourna vers Sonia et se pencha pour voir de plus près son visage. A la lumière de la lune, un charmant visage tout nouveau, aux sourcils et à la moustache noirs, émergeait, proche et lointain; du col de zibeline.

« C'était autrefois Sonia », pensa Nicolas. Il l'examina plus attentivement et sourit.

« Qu'y a-t-il, Nicolas?
— Rien », dit-il en se tournant de nouveau vers les chevaux.

Débouchant sur la grande route aplanie par les patins des traîneaux et toute sillonnée de traces de crampons visibles à la clarté de la lune, les chevaux tirèrent d'eux-mêmes sur les guides et accélérèrent l'allure. Le bricolier de gauche, la tête penchée vers l'extérieur, tirait sur les traits par saccades. Le limonier se balançait en bougeant les oreilles comme s'il demandait : « Faut-il y aller? ou est-ce encore trop tôt? » En avant, loin en tête déjà, au bruit sourd de sa clochette qui s'éloignait, la troïka noire de Zakhar se profilait sur la neige blanche. Des exclamations en partaient, les rires et les cris des masques.

« Allons, mes amis! » cria Nicolas, tirant d'une main sur les guides et avançant l'autre pour donner un coup de fouet. Et ce ne fut qu'au vent qui frappa plus vivement au visage comme s'il s'élançait au-devant d'eux et au mouvement saccadé des bricoliers qui, de plus en plus tendus, forçaient toujours l'allure, qu'on put sentir à quelle vitesse la troïka fila. Nicolas jeta un regard derrière lui. Parmi des cris et des clameurs, des claquements de fouets et au galop des limoniers, les autres troïkas les rejoignaient. Son limonier tenait bon sous l'arc du brancard, sans songer à ralentir et promettant d'aller encore plus vite si on le lui demandait.

Nicolas rattrapa la première troïka. On dévala une pente et l'on s'engagea dans un large chemin frayé à travers prés, le long d'une rivière.

« Où sommes-nous? pensa Nicolas. Ce doit être le pré Kossoï. Mais non, c'est quelque chose de nouveau que je n'ai jamais vu. Ce n'est pas le pré Kossoï ni la côte de Damien, Dieu sait ce que c'est! C'est un lieu nouveau et enchanté. Mais n'importe! » Et animant ses chevaux, il se mit en devoir de dépasser la première troïka.

Zakhar retint son attelage et tourna vers lui son visage blanchi jusqu'aux sourcils par le givre.

Nicolas lança ses chevaux; Zakhar, les bras tendus en avant, fit claquer sa langue et lança à son tour les siens.

« Tiens-toi bien, maître », cria-t-il à Nicolas. Les deux

troïkas volèrent côte à côte et le martèlement des pieds des chevaux s'accéléra encore. Nicolas gagna de l'avant. Sans changer la position de ses bras tendus, Zakhar leva la main qui tenait les guides.

« Tu ne m'auras pas, maître », lui cria-t-il. Nicolas lança ses chevaux au grand galop et dépassa Zakhar. Les chevaux poudraient le visage des voyageurs d'une neige fine et sèche, le martèlement rapide des sabots résonnait à leurs oreilles et les pieds s'entrecroisaient à une cadence précipitée, se mêlant aux ombres de la troïka qu'on dépassait. C'étaient de tous côtés un crissement de patins sur la neige et des cris aigus de femmes.

Retenant de nouveau ses chevaux, Nicolas regarda autour de lui. Alentour c'était toujours la même plaine enchantée, toute baignée de clarté lunaire, pailletée çà et là d'étoiles.

« Zakhar me crie de prendre à gauche; mais pourquoi à gauche? se disait-il. Est-ce chez les Melioukov que nous allons, est-ce donc là Melioukovka? Dieu sait où nous sommes. Dieu sait ce qui nous arrive – et ce qui nous arrive est très étrange et très beau. » Il se retourna vers l'intérieur du traîneau.

« Regarde, sa moustache et ses cils sont tout blancs », dit l'un de ces personnages étranges, jolis et inconnus, aux sourcils et à la moustache finement tracés.

« Celui-là je crois que c'était autrefois Natacha, se dit Nicolas, et cela c'est Mme Schoss; ou bien non, peut-être n'est-ce pas elle; et ce Tcherkesse à la moustache, je ne sais pas qui c'est mais je l'aime. »

« N'avez-vous pas froid? » demanda-t-il. Elles ne répondirent pas et se mirent à rire. Dimmler criait, du traîneau derrière eux, sans doute quelque chose de drôle, mais on ne put l'entendre.

« Oui, oui », répondirent des voix en riant.

Cependant, voici une forêt enchantée aux ombres noires et aux scintillements de diamant, une enfilade de degrés de marbre et les toits d'argent d'une demeure enchantée, et des cris aigus d'animaux. « Si c'est vraiment là Melioukovka, il est encore plus étrange qu'après notre course Dieu sait où nous soyons arrivés ici », se dit Nicolas.

C'était en effet Melioukovka, et servantes et laquais accouraient au perron avec des bougies et le visage joyeux.

« Qui est-ce? demanda-t-on du haut du perron.

– Les masques du comte, je reconnais les chevaux », répondirent d'autres voix.

XI

PÉLAGIE DANILOVNA MELIOUKOV, une large femme énergique portant lunettes et vêtue d'une robe d'intérieur flottante, se tenait au salon entourée de ses filles qu'elle s'efforçait de distraire. Elles faisaient doucement fondre de la cire et contemplaient l'ombre des figures qui se formaient lorsque les pas et les voix des arrivants se firent entendre dans le vestibule.

Les hussards, les dames, les sorcières, les paillasses, les ours, toussant et essuyant leurs visages couverts de givre, entrèrent dans la grande salle où on allumait en hâte des bougies. La paillasse Dimmler et la vieille dame Nicolas ouvrirent le bal. Entourés des enfants qui criaient, les masques, se cachant le visage et changeant leur voix, allaient saluer la maîtresse de maison et se répandaient dans la pièce.

« Ah! impossible de les reconnaître! Et Natacha! Regardez l'air qu'elle a! Vraiment elle me rappelle quelqu'un. Et Édouard Karlitch, comme il est bien! Je ne l'aurais pas reconnu. Et comme il danse! Ah! mon Dieu, un Tcherkesse; ma parole, comme cela va bien à Sonia. Et ça qui est-ce encore? Que vous me faites plaisir! Enlevez donc les tables, Nikita, Vania. Et nous qui étions si sages!

– Ha, ha, ha! Le hussard, voyez un peu le hussard! Un vrai garçon, et ses pieds!... Je ne peux pas voir... » disaient des voix.

Natacha la préférée des jeunes Melioukov, disparut avec elles à l'intérieur de la maison où l'on fit apporter un bouchon, des robes de chambre et des vêtements masculins que des bras nus de jeunes filles prenaient par la porte entrouverte d'entre les mains d'un laquais. Dix minutes plus tard, toute la jeunesse de la famille Melioukov s'était jointe aux masques.

Pélagie Danilovna ayant fait faire place aux visiteurs et préparer une collation pour les maîtres et les domestiques, allait et venait parmi les masques sans enlever ses lunettes et, réprimant un sourire, les examinait de près sans reconnaître personne. Elle ne reconnaissait ni les Rostov et Dimmler ni même ses propres filles, ni les robes de chambre et les uniformes de son mari qu'elles portaient.

« Et celle-ci qui est-ce donc? demandait-elle à la gouvernante en désignant une de ses filles déguisée en Tartare de Kazan. Ce doit être quelqu'un des Rostov. Eh bien, et vous, monsieur le hussard, de quel régiment êtes-vous? demandait-elle à Natacha. Et le Turc, offre donc des pâtes de fruits au Turc », disait-elle au maître d'hôtel qui passait avec un plateau, « sa religion ne le lui interdit pas. »

Parfois, à la vue des pas bizarres mais cocasses des danseurs qui avaient décidé une fois pour toutes que, sous leurs déguisements, personne ne les reconnaissait et qui, dès lors, ne se gênaient plus, Pélagie Danilovna se cachait le visage dans son mouchoir et tout son corps massif était secoué d'un bon rire irrépressible de vieille femme.

« Et ma Sachinette, voyez ma Sachinette! » disait-elle.

Après les danses et les rondes russes, Pélagie Danilovna fit former un grand cercle par tous les domestiques et les maîtres, on apporta une bague, une ficelle et une pièce d'un rouble et l'on organisa des jeux de société.

Au bout d'une heure, tous les costumes étaient fripés et défaits, les moustaches et les sourcils au bouchon s'étaient étalés sur les visages en sueur, animés et gais. Pélagie Danilovna reconnaissait maintenant les masques, s'extasiait sur la réussite des costumes, particulièrement ceux des jeunes filles, et remerciait tout le monde de lui avoir procuré tant de plaisir. On pria les maîtres à souper dans le salon et on servit les domestiques dans la grande salle.

« Non, interroger l'avenir dans les bains, ça c'est vraiment effrayant, dit pendant le souper une vieille demoiselle qui vivait chez les Melioukov.

– Pourquoi donc? demanda l'aînée des jeunes Melioukov.
– Vous n'irez pas, il faut du courage...
– Moi j'irai, dit Sonia.
– Racontez donc ce qui est arrivé à une jeune fille, demanda la cadette des Melioukov.
– Eh bien, une fois une jeune fille y est allée, dit la vieille demoiselle, elle avait emporté un coq, deux couverts, comme il se doit. Elle s'est assise pour attendre, tout à coup le voilà qui arrive... avec des clochettes, des grelots, un traîneau s'est approché, elle l'entend venir. Il entre sous l'aspect humain, un vrai officier, il va à elle et s'assoit en face d'elle, devant le second couvert.
– Ah! Ah!... cria Natacha en roulant des yeux terrifiés.
– Mais comment a-t-il fait, il a vraiment parlé?
– Oui, comme un homme, absolument comme il se doit, et il s'est mis à la courtiser; elle aurait dû entretenir la conversation jusqu'au chant du coq mais elle a pris peur; et à peine a-t-elle eu peur qu'elle s'est caché la figure dans les mains. Alors il l'a saisie... Heureusement, les servantes sont accourues à ce moment...
– Voyons, pourquoi leur faire peur! dit Pélagie Ivanovna.
– Maman, mais vous avez vous-même interrogé l'avenir, dit l'une de ses filles.
– Et comment le fait-on dans la grange? demanda Sonia.
– Il suffit d'y aller, maintenant par exemple, et d'écouter. C'est selon ce qu'on entend : si ce sont des coups de marteau, si on frappe, c'est mauvais signe, et si on fait couler du blé, c'est signe de bonheur; il arrive aussi...
– Maman, racontez ce qui vous est arrivé dans la grange? »
Pélagie Danilovna sourit.
« Ma foi, j'ai oublié, depuis le temps... dit-elle. Personne de vous n'ira, n'est-ce pas?
– Si, j'irai, Pélagie Danilovna, laissez-moi y aller, j'irai bien.
– Eh bien, vas-y si tu n'as pas peur.
– Louise Ivanovna, je peux? » demanda Sonia.
Qu'on jouât à la bague, à la ficelle et au rouble, qu'on causât comme en ce moment, Nicolas ne quittait pas Sonia et la regardait avec des yeux tout nouveaux. Il lui semblait ne la connaître vraiment que d'aujourd'hui, grâce à cette

moustache faite au bouchon. Sonia en effet était ce soir gaie, animée et jolie comme jamais encore il ne l'avait vue.

« Voilà donc comme elle est, quel imbécile j'ai été! » se disait-il en regardant ses yeux brillants et le sourire heureux, enthousiaste qui, sous sa moustache, creusait dans ses joues des fossettes qu'il ne lui avait jamais vues jusque-là.

« Je n'ai peur de rien, dit Sonia. Puis-je y aller tout de suite? » Elle se leva. On lui expliqua où se trouvait la grange, on lui dit qu'elle devait rester silencieuse et écouter, et on lui apporta sa pelisse. Elle la jeta sur sa tête et lança un regard à Nicolas.

« Quelle merveille que cette fille! pensa-t-il. A quoi ai-je donc pensé jusqu'à présent! »

Sonia sortit dans le couloir pour se rendre à la grange. Nicolas alla précipitamment à la grande porte en disant qu'il avait chaud. La foule rendait en effet l'atmosphère étouffante dans la maison.

Dehors c'était le même froid pétrifié, la même lune, il faisait seulement encore plus clair. La clarté était si vive et il y avait tant d'étoiles sur la neige qu'on n'avait pas envie de regarder le ciel et qu'on ne remarquait pas les vraies étoiles. Le ciel était noir et maussade, la terre était gaie.

« Imbécile, je suis un imbécile! Pourquoi ai-je attendu jusqu'à maintenant? » se dit Nicolas, et dévalant les marches du perron, il fit le tour de la maison par le sentier qui menait à l'entrée de service. Il savait que Sonia passerait par là. A mi-chemin, des piles de bois couvertes de neige faisaient une ombre; les ombres entrelacées de vieux tilleuls dénudés la coupaient en se projetant sur la neige et le sentier. Le sentier menait à la grange. Un mur de la grange et son toit couvert de neige qu'on eût dit taillés dans quelque pierre précieuse scintillaient au clair de lune. Dans le parc un arbre craqua, et tout retomba dans le silence. On avait l'impression de respirer non pas l'air mais quelque force éternellement jeune et la joie.

Des pas résonnèrent sur les marches du perron, un craquement sonore se fit entendre sur la dernière marche couverte de neige et la voix de la vieille demoiselle dit :

« Tout droit, tout droit par ce sentier, mademoiselle. Mais surtout ne vous retournez pas.

– Je n'ai pas peur », répondit la voix de Sonia, et sous les pas de ses petits pieds chaussés de fins souliers, la neige crissa sur le sentier qui menait vers Nicolas.

Sonia avançait, emmitouflée dans sa pelisse. Elle n'était plus qu'à deux pas quand elle le vit; elle aussi le vit différent de celui qu'elle connaissait et qu'elle avait toujours un peu craint. Dans ses vêtements de femme, les cheveux emmêlés, il avait aux lèvres un sourire heureux, nouveau pour elle. Sonia courut vivement à lui.

« Elle est tout autre et toujours la même », se dit Nicolas en regardant son visage que baignait le clair de lune. Il passa les mains sous la pelisse qui lui couvrait la tête, l'enlaça, la pressa contre lui et baisa ses lèvres surmontées de la moustache et qui sentaient le bouchon brûlé. Sonia l'embrassa juste au milieu des lèvres et, dégageant ses petites mains, lui encadra le visage.

« Sonia!... Nicolas!... » Ce fut tout ce qu'ils dirent. Ils coururent vers la grange et rentrèrent dans la maison chacun par où il était venu.

XII

LORSQU'ON repartit de chez Pélagie Danilovna, Natacha, qui voyait et remarquait toujours tout, s'arrangea de façon que Louise Ivanovna et elle-même prissent place dans le traîneau de Dimmler et que Sonia montât avec les servantes dans celui de Nicolas.

Nicolas, sans plus essayer de dépasser les autres, conduisit au retour à une allure égale, et jetant sans cesse des regards à Sonia dans cette étrange clarté lunaire, il cherchait, dans cette lumière qui transformait tout, à découvrir sous les sourcils et les moustaches sa Sonia d'autrefois dont il était décidé à ne plus jamais se séparer. Il scrutait son visage et lorsqu'il la reconnaissait, différente et toujours la même, qu'il se souvenait de ce goût de bouchon mêlé à celui du baiser, il respirait à pleins poumons l'air glacé et, regardant le paysage qui fuyait et le ciel étincelant, il se sentait de nouveau dans un royaume enchanté.

« Sonia, TU es bien? demandait-il de temps à autre.

– Oui, répondait Sonia. Et TOI? »

A mi-chemin, Nicolas passa les guides au cocher, courut vers le traîneau de Natacha et se mit sur le bout des patins.

« Natacha, lui chuchota-t-il en français, tu sais, je me suis décidé au sujet de Sonia.

– Tu le lui as dit? demanda Natacha, soudain toute rayonnante de joie.

– Ah! comme tu es bizarre avec cette moustache et ces sourcils, Natacha! Tu es contente?

– Je suis si contente, si contente! Je t'en voulais déjà. Je ne te le disais pas, mais tu agissais mal envers elle. Elle a un tel cœur... Nicolas, comme je suis contente! Je suis quelquefois mauvaise, mais j'avais honte d'être heureuse seule, sans Sonia, poursuivit Natacha. Maintenant je suis si contente, allons, cours la rejoindre.

– Non, un instant, ah! comme tu es drôle! dit Nicolas scrutant toujours son visage et découvrant chez sa sœur aussi quelque chose de nouveau, d'insolite, de tendre et d'ensorcelant qu'il ne lui avait jamais connu. Natacha, c'est une féerie. N'est-ce pas?

– Oui, répondit-elle, tu as très bien fait. »

« Si je l'avais vue plus tôt telle qu'elle est en ce moment, se disait Nicolas, il y a longtemps que je lui aurais demandé ce que je devais faire, j'aurais fait tout ce qu'elle m'aurait dit et tout aurait été bien. »

« Alors tu es contente et j'ai bien fait?

– Ah! si bien! Je me suis dernièrement disputée avec maman à cause de cela. Maman a dit qu'elle court après toi. Comment peut-on le dire! J'ai failli me brouiller avec maman. Et je ne permettrai jamais à personne de dire du mal d'elle ni de le penser parce que tout en elle est parfait.

– Alors j'ai donc bien fait? » dit Nicolas en scrutant une fois de plus l'expression du visage de sa sœur pour voir si c'était vrai, et dans un craquement de bottes, il sauta à bas des patins et courut à son traîneau. Le même

Tcherkesse heureux et souriant, avec sa petite moustache et des yeux brillants, le regardait par-dessous son capuchon de zibeline, et ce Tcherkesse était Sonia, et cette Sonia serait sûrement sa femme, heureuse et aimante.

Une fois de retour et après avoir raconté à leur mère comment elles avaient passé le temps chez les Melioukov, les jeunes filles se retirèrent. Lorsqu'elles eurent enlevé leur costume mais non pas leurs moustaches, elles restèrent longtemps à parler de leur bonheur. Elles parlaient de leur future vie conjugale, de l'amitié qui lierait leurs maris et disaient combien elles seraient heureuses. Sur la table de Natacha, il y avait des miroirs que Douniacha avait préparés dans la soirée.

« Seulement, quand tout cela arrivera-t-il? Je crains que cela ne se fasse jamais... Ce serait trop beau! dit Natacha en se levant et en s'approchant des miroirs.

– Assieds-toi, Natacha, tu le verras peut-être, dit Sonia. Natacha alluma les bougies et s'assit.

– Je vois quelqu'un avec une moustache, dit Natacha qui voyait son propre visage.

– Il ne faut pas rire, mademoiselle », dit Douniacha.

Natacha trouva, avec l'aide de Sonia et de la femme de chambre, la bonne position du miroir. Son visage prit une expression sérieuse et elle se tut. Elle demeura longtemps ainsi à regarder la rangée des bougies qui s'éloignaient dans les miroirs, s'attendant à voir (d'après les récits qu'on lui avait faits) tantôt un cercueil, tantôt LUI, le prince André, dans ce dernier carré où tout se brouillait confusément. Mais si prête qu'elle fût à prendre la moindre tache pour une forme humaine ou un cercueil, elle ne vit rien. Ses paupières se mirent à battre rapidement et elle quitta le miroir...

« Comment se fait-il que les autres voient et que je ne voie rien? dit-elle. Allons, assieds-toi, Sonia; aujourd'hui il faut absolument que tu le fasses, seulement regarde pour moi. J'ai tellement peur aujourd'hui. »

Sonia s'assit devant le miroir, lui donna la position voulue et se mit à regarder.

« Sophie Alexandrovna verra sûrement, chuchota Douniacha, vous riez toujours, vous. »

Sonia entendit ces paroles et elle entendit Natacha répondre tout bas :

« Moi aussi je sais bien qu'elle verra; l'an dernier déjà elle a vu quelque chose. »

Pendant quelques minutes, elles gardèrent toutes trois le silence. « Sûrement! » murmura Natacha, mais elle n'acheva pas... Soudain Sonia repoussa le miroir qu'elle tenait et se couvrit les yeux de la main.

« Ah! Natacha! fit-elle.

– Tu as vu? Tu as vu? Qu'as-tu vu? » s'écria Natacha en retenant le miroir.

Sonia n'avait rien vu, elle avait été sur le point de cligner des yeux et de se lever quand elle avait entendu la voix de Natacha dire « sûrement ». Elle ne voulait tromper ni Douniacha ni Natacha et elle était fatiguée de rester assise. Elle ne savait pas elle-même pourquoi et comment ce cri lui avait échappé lorsque, de la main, elle s'était caché les yeux.

« C'est LUI que tu as vu? demanda Natacha en lui saisissant le bras.

– Oui. Attends... c'est LUI... que j'ai vu », dit malgré elle Sonia sans savoir encore au juste qui Natacha entendait en disant « lui » : Nicolas ou « lui », le prince André.

« Mais pourquoi après tout ne pas dire que j'ai vu? Les autres voient bien. Et qui donc peut prouver si j'ai vu ou si je n'ai pas vu? » pensa-t-elle.

« Oui, je l'ai vu, dit-elle.

– Comment? Comment ça? Debout ou couché?

– Non, j'ai vu... D'abord il n'y avait rien, puis tout à coup je l'ai vu couché.

– André, couché? Il est malade? demanda Natacha en regardant son amie avec des yeux fixes d'effroi.

– Non, au contraire, au contraire, il avait l'air gai, et il s'est tourné de mon côté, et en parlant il lui semblait avoir vraiment vu ce qu'elle disait.

– Et après, Sonia?

– Là je n'ai pas bien vu, il y avait quelque chose de bleu et de rouge.

– Sonia! Quand reviendra-t-il? Quand le reverrai-je? Mon Dieu, comme j'ai peur pour lui et pour moi, et tout me fait peur... », dit Natacha, et sans répondre aux paroles de réconfort de Sonia, elle se mit au lit et, longtemps après qu'on eut éteint la bougie, elle demeura immobile, les yeux grands ouverts, regardant la lumière glacée de la lune à travers les fenêtres couvertes de givre.

XIII

Peu de temps après les fêtes de Noël, Nicolas avoua à sa mère son amour pour Sonia et sa ferme intention de l'épouser. La comtesse, qui avait remarqué depuis longtemps ce qui se passait entre Sonia et Nicolas et qui s'attendait à cet aveu, l'écouta en silence et lui dit qu'il pouvait épouser qui bon lui semblait, mais que ni elle ni son père ne donneraient leur bénédiction pour un pareil mariage. Pour la première fois, Nicolas sentit que sa mère était mécontente de lui, qu'en dépit de tout l'amour qu'elle lui portait, elle ne céderait pas. Froidement et sans regarder son fils, elle envoya chercher son mari; et lorsqu'il vint, la comtesse voulut le mettre au courant brièvement et froidement, en présence de Nicolas, mais elle ne put se contenir, fondit en larmes de dépit et sortit. Le vieux comte entreprit sans grande conviction de sermonner Nicolas et de le prier de renoncer à son projet. Nicolas répondit qu'il ne pouvait trahir la parole donnée, et le père, poussant un soupir et visiblement gêné, se hâta d'interrompre son discours et d'aller rejoindre la comtesse. A chacun des différends qui l'opposait à son fils, la conscience qu'il était coupable envers lui en raison de l'état déplorable de sa fortune ne quittait pas le comte, aussi ne pouvait-il lui en vouloir d'avoir refusé de faire un riche mariage et de préférer Sonia qui n'avait pas de dot; à cette occasion, il voyait seulement plus clairement que si sa situation n'avait pas été si compromise, on n'aurait pu souhaiter pour Nicolas meilleure femme que Sonia et qu'il était lui-même le seul responsable de cet état de choses, lui avec son Mitenka et ses habitudes indéracinables.

Le père et la mère ne reparlèrent plus à leur fils de cette affaire, mais quelques jours plus tard la comtesse fit venir Sonia et, avec une cruauté à laquelle ni l'une ni l'autre n'auraient pu s'attendre, elle reprocha à sa nièce d'avoir cherché à circonvenir son fils et d'être une ingrate. Sonia, les yeux baissés, écoutait en silence les dures paroles de la comtesse et ne comprenait pas ce qu'on exigeait d'elle. Elle était prête à tout sacrifier pour ses bienfaiteurs. L'idée du sacrifice était une de ses idées préférées; mais en l'occurence elle ne voyait pas ce qu'elle devait sacrifier et à qui. Elle ne pouvait pas ne pas aimer la comtesse et toute la famille Rostov, mais elle ne pouvait pas non plus ne pas aimer Nicolas et ne pas savoir que son bonheur à lui dépendait de cet amour. Elle fut triste et silencieuse et ne répondit pas. Nicolas jugea qu'il ne pouvait supporter cette situation plus longtemps et alla s'expliquer avec sa mère. Tour à tour, il la supplia de les pardonner, Sonia et lui, et de consentir à leur mariage, la menaça si l'on persécutait Sonia de l'épouser aussitôt en secret.

Avec une froideur que son fils ne lui avait jamais connue, la comtesse lui répondit qu'il était majeur, que le prince André se mariait bien sans le consentement de son père et qu'il pouvait en faire autant, mais que jamais elle ne reconnaîtrait cette « intrigante » pour sa fille.

Révolté par le mot « intrigante », Nicolas, élevant la voix, dit à sa mère qu'il n'aurait jamais cru qu'elle le pousserait à monnayer ses sentiments et que, s'il en était ainsi, il l'avertissait pour la dernière fois... Mais il n'eut pas le temps de prononcer le mot décisif qu'à en juger par l'expression de son visage, sa mère attendait avec terreur et qui peut-être aurait laissé pour toujours un cruel souvenir entre eux. Il n'eut pas le temps d'achever parce que Natacha, le visage pâle et grave, apparut à la porte à laquelle elle avait écouté.

« Nicolas, tu dis des sottises, tais-toi, tais-toi! Je te dis, tais-toi!... » cria-t-elle presque, pour couvrir sa voix.

« Maman, ma petite maman, ce n'est pas du tout pour ça... ma chérie, ma pauvre maman, disait-elle à sa mère qui, se sentant au bord d'une rupture définitive avec son fils, le regardait avec terreur mais, par obstination et dans l'entraînement de la lutte, ne pouvait et ne voulait capituler.

– Nicolas, je t'expliquerai, va-t'en, et vous, écoutez-moi, maman chérie. »

Ses paroles n'avaient pas de sens : mais elles atteignirent leur but.

En sanglotant douloureusement, la comtesse se cacha le visage dans le sein de sa fille, tandis que Nicolas se levait, se prenait la tête à deux mains et sortait.

Natacha mena à bien son œuvre de réconciliation; Nicolas obtint de sa mère la promesse que Sonia ne serait pas persécutée et promit de son côté de ne rien entreprendre en cachette de ses parents.

Avec la ferme intention, après avoir tout réglé au régiment, de donner sa démission, de revenir et d'épouser Sonia, Nicolas, triste et grave en désaccord avec ses parents mais, croyait-il, passionnément amoureux, rejoignit son régiment au début de janvier.

Son départ laissa la maison des Rostov plus triste que jamais. La comtesse, à la suite de ses émotions, tomba malade.

Sonia souffrait et d'être séparée de Nicolas et plus encore du ton hostile que la comtesse ne pouvait s'empêcher de prendre à son égard. Le comte était plus que jamais préoccupé du mauvais état de ses affaires qui exigeaient des mesures énergiques. Il était indispensable de vendre l'hôtel de Moscou et le domaine des environs, et pour cela il fallait être sur place. Mais la santé de la comtesse l'obligeait à remettre son départ de jour en jour.

Natacha qui, les premiers temps, avait supporté aisément et même gaiement sa séparation avec son fiancé devenait maintenant sans cesse plus nerveuse et plus impatiente. La pensée que ses plus beaux jours qu'elle aurait pu employer à l'aimer passaient en pure perte, sans profit pour personne, cette pensée la tourmentait sans répit. Les lettres qu'elle recevait de lui l'irritaient pour la plupart. Elle se sentait blessée en songeant qu'alors qu'elle ne vivait que de sa pensée, il vivait une vraie vie, voyait des pays nouveaux, des gens nouveaux qui l'intéressaient. Plus ses lettres étaient attachantes, plus elle en éprouvait de dépit. Quant aux lettres qu'elle lui écrivait, non seulement elle n'y trouvait aucun réconfort mais elles lui semblaient n'être qu'une corvée fastidieuse et hypocrite. Elle ne savait pas écrire car elle ne pouvait concevoir que par écrit on pût exprimer avec vérité fût-ce une infime partie de ce qu'elle était habituée à exprimer par sa voix, son sourire et son regard. Elle lui écrivait des lettres classiques, monotones et sèches auxquelles elle n'attachait elle-même aucune importance et dont sa mère corrigeait sur le brouillon les fautes d'orthographe.

La santé de la comtesse ne se rétablissait toujours pas; mais il n'était plus possible de retarder le voyage à Moscou. Il fallait commander le trousseau, il fallait vendre l'hôtel et, par surcroît, le prince André devait aller d'abord à Moscou où le prince Nicolas Andreitch passait l'hiver, et Natacha était persuadée qu'il était déjà arrivé.

La comtesse resta à la campagne, et le comte, emmenant Sonia et Natacha, partit à la fin de janvier pour Moscou.

CINQUIÈME PARTIE

I

Après les fiançailles du prince André et de Natacha, Pierre sentit brusquement, sans aucune raison apparente, qu'il lui était impossible de continuer à vivre comme auparavant. Si fermement qu'il fût convaincu des vérités que lui avait révélées son bienfaiteur, si profonde qu'eût été la joie que lui avait causée, les premiers temps, le travail de perfectionnement intérieur auquel il s'était adonné avec tant de passion, après les fiançailles du prince André avec Natacha et après la mort de Joseph Alexeievitch qu'il apprit presque en même temps, la vie qu'il menait perdit brusquement pour lui son attait. Seule restait l'ossature de cette vie : son hôtel, sa brillante femme qui avait alors les faveurs d'un important personnage, ses relations dans tout Pétersbourg et sa situation officielle avec ses fastidieuses formalités. Et cette vie lui inspira soudain du dégoût. Il cessa de tenir son journal, évita la société des frères, alla de nouveau au club, se remit à boire beaucoup, à fréquenter des célibataires et se conduisit de telle façon que la comtesse Hélène Vassilievna jugea nécessaire de lui adresser une sévère admonestation. Pierre, sentant qu'elle avait raison et pour ne pas compromettre sa femme, partit pour Moscou.

A Moscou, dès qu'il pénétra dans son immense hôtel habité par les princesses momifiées ou en passe de l'être, rempli de son innombrable domesticité, dès qu'il revit – en traversant la ville – cette chapelle de la Vierge d'Ibérie avec les innombrables feux de ses cierges allumés devant les icônes aux revêtements dorés, cette place du Kremlin avec sa neige vierge, ses fiacres et les masures de Sivtzev Vrajek, qu'il revit les vieillards de Moscou qui ne désiraient rien et sans hâte terminaient leur existence, qu'il revit les vieilles dames de Moscou, les bals de Moscou et le Club anglais de Moscou, il se sentit chez lui, revenu au port. A Moscou il était comme dans une vieille robe de chambre, confortable, douillette, un peu sale et à laquelle on est habitué.

La société de Moscou, depuis les vieilles dames jusqu'aux enfants, accueillit Pierre comme un hôte depuis longtemps attendu dont la place a toujours été prête et inoccupée. Pour elle, Pierre était le meilleur, le plus charmant, le plus intelligent, le plus gai, le plus généreux des originaux, un gentilhomme à la mode d'autrefois, distrait et bon. Sa bourse était toujours vide car elle était toujours ouverte à tous.

Qu'il s'agît de représentations à bénéfice, de mauvais tableaux ou statues, d'œuvres de bienfaisance, de tziganes, d'écoles, de dîners par souscription, de libations en joyeuse compagnie, des francs-maçons, d'églises, de livres, il ne refusait jamais rien à personne, et sans deux de ses amis qui lui avaient emprunté beaucoup d'argent et l'avaient pris sous leur tutelle, il aurait tout distribué. Pas un dîner ni une soirée au club ne se donnait sans lui. Dès qu'il s'affalait sur le divan après avoir vidé deux bouteilles de Château-Margaux, on l'entourait et les échanges de vues, les discussions, les plaisanteries allaient bon train. Qu'une dispute survînt, et par son seul bon sourire et une plaisanterie bien placée il rétablissait la paix. Les tenues des loges maçonniques étaient mornes et fastidieuses quand il n'y assistait pas.

Lorsque, après un souper de garçons, cédant avec son bon et doux sourire aux instances de la bande joyeuse, il se levait pour l'accompagner, des cris de joie et de triomphe éclataient parmi les jeunes. Aux bals, il dansait si un cavalier venait à manquer. Les jeunes femmes et les jeunes filles l'aimaient parce que, sans faire la cour à personne, il était uniformément aimable avec toutes, surtout après le souper. *« Il est charmant, il n'a pas de sexe »,* disait-on de lui.

Pierre était un de ces chambellans en non-activité terminant paisiblement leurs jours à Moscou comme il y en avait des centaines.

Comme il aurait été horrifié si, sept ans plus tôt, quand il rentrait tout juste de l'étranger, quelqu'un lui eût dit qu'il n'avait rien à chercher ni à imaginer, que sa voie était depuis longtemps tracée et que, malgré qu'il en eût, il serait ce qu'on était dans sa situation. Il n'aurait pu le croire! N'était-ce pas lui qui avait désiré de tout cœur tantôt établir la république en Russie, tantôt être lui-même un Napoléon, un philosophe, le tacticien qui vaincrait Napoléon? N'était-ce pas lui qui avait cru possible et passionnément souhaité de régénérer le genre humain perverti, d'atteindre lui-même la perfection absolue? N'était-ce pas lui qui avait fondé des écoles et des hôpitaux et affranchi ses paysans?

Au lieu de tout cela, le voici le riche mari d'une femme infidèle, un chambellan en non-activité, aimant bien manger, bien boire et en se mettant à son aise critiquer légèrement le gouvernement, un membre du Club anglais et un membre unanimement aimé de la société moscovite. Longtemps il ne put se faire à l'idée que c'était lui, ce type de chambellan de Moscou qu'il méprisait si profondément sept ans plus tôt.

Parfois il se consolait en se disant qu'il ne menait cette vie que provisoirement; mais ensuite il pensait avec terreur au nombre de gens qui, comme lui, s'étaient engagés provisoirement dans cette existence et, comme lui, étaient entrés dans ce club avec toutes leurs dents et tous leurs cheveux, pour en sortir sans une dent et sans un cheveu.

Aux heures d'orgueil, lorsqu'il réfléchissait à cette situation, il lui semblait qu'il était tout différent de ces chambellans qu'il méprisait jadis, que ceux-là étaient vulgaires et sots, sereins et satisfaits de leur sort, « tandis que moi, maintenant encore, je continue à ne pas être satisfait, je voudrais toujours faire quelque chose pour l'humanité », se disait-il à ces moments-là. « Mais peut-être comme moi tous mes camarades se sont-ils débattus, ont-ils cherché dans la vie une voie nouvelle, bien à eux, et tout comme moi en sont-ils arrivés au point où j'en suis, par la force des circonstances, du milieu, de la naissance, cette force élémentaire contre quoi l'homme ne peut rien? » se disait-il aux heures de modestie, et après quelque temps de séjour à Moscou, il ne méprisait plus ses compagnons d'infortune, mais au contraire commençait à les aimer, à les estimer et à les plaindre.

Pierre ne connaissait plus, comme autrefois, ces moments de désespoir, d'hypocondrie et de dégoût de la vie; mais son malaise qui se manifestait alors par des accès violents était refoulé à l'intérieur et ne le lâchait pas un instant. « Pourquoi? A quoi bon? Que se passe-t-il en ce monde? » se demandait-il, perplexe, plusieurs fois par jour, se prenant malgré lui à scruter le sens des phénomènes de la vie; mais sachant par expérience qu'à ces questions il n'y avait pas de réponse, il s'efforçait aussitôt d'en détourner sa pensée, tantôt prenait un livre, tantôt s'empressait de se rendre au club ou chez Apollon Nicolaievitch pour échanger des potins.

« Hélène Vassilievna qui n'a jamais rien aimé d'autre que son corps et qui est une des femmes les plus sottes qui soient, pensait-il, passe aux yeux des gens pour un parangon d'esprit et de raffinement et on se prosterne devant elle. Napoléon Bonaparte a été méprisé de tout le monde tant qu'il a été grand et, depuis qu'il est devenu un pitoyable comédien, l'empereur François brûle de lui donner sa fille pour concubine. Les Espagnols, par l'intermédiaire du clergé catholique, remercient Dieu de leur avoir donné de vaincre les Français le 14 juin, tandis que les Français, par l'intermédiaire du même clergé catholique, le remercient pour avoir, le 14 juin, vaincu les Espagnols. Mes frères les francs-maçons jurent sur leur sang qu'ils sont prêts à tout sacrifier pour leur prochain, et ils ne donnent pas seulement un rouble aux quêtes pour les pauvres; ils excitent Astrée contre les Chercheurs de Manne et ne ménagent pas leurs efforts pour obtenir le véritable tapis écossais et une charte dont son auteur lui-même ignore le sens et dont nul n'a besoin. Nous professons tous la loi chrétienne du pardon des injures et de l'amour du prochain, loi en vertu de laquelle nous avons érigé à Moscou quarante quarantaines d'églises, et nous avons hier fouetté à mort un déserteur, et le ministre de cette loi du pardon et de l'amour, le prêtre, a fait baiser la croix à ce soldat avant le supplice. » Ainsi raisonnait Pierre, et ce mensonge général, accepté de tous, malgré toute l'habitude qu'il en avait, le stupéfiait chaque fois comme une chose nouvelle. « Je comprends ce mensonge et cette confusion, se disait-il, mais comment expliquer aux autres tout ce que je comprends? J'ai essayé et j'ai toujours trouvé qu'au fond de l'âme ils comprenaient cela aussi bien que moi mais se refusaient seulement à le voir. C'est donc qu'il faut qu'il en soit ainsi! Mais moi, où me réfugier? » Il avait le triste privilège, commun à beaucoup de gens, surtout aux Russes, de croire en la possibilité du bien et de la vérité et de voir trop clairement le mal et le mensonge de l'existence pour prendre sérieusement part à la vie. Toute activité était associée pour lui au mal et au mensonge. Quoi qu'il tentât, quoi qu'il entreprît, le mal et le mensonge le rebutaient et lui barraient le chemin de toute activité. Et cependant il fallait vivre, il fallait s'occuper. Il était trop affreux de rester accablé par ces problèmes insolubles de la vie, et il s'abandonnait à ses anciens entraînements pour pouvoir seulement les oublier. Il fréquentait les milieux les plus divers, buvait sec, achetait des tableaux, faisait bâtir et surtout lisait.

Il lisait, et il lisait tout ce qui lui tombait sous la main, au point que, rentré chez lui, alors que les valets n'avaient pas encore fini de le déshabiller, il prenait un livre et lisait déjà – et de la lecture il passait au sommeil, du sommeil au bavardage des salons et du club, du bavardage à la noce et aux femmes, de la noce de nouveau au bavardage, à la lecture et au vin. Boire devenait de plus en plus pour lui un besoin physique en même temps que moral. Les médecins avaient beau lui dire qu'avec sa corpulence le vin lui était néfaste; il buvait beaucoup. Il n'éprouvait une sensation de bien-être que lorsque, ayant sans savoir comment versé dans sa grande bouche plusieurs verres de vin, il ressentait une agréable chaleur dans tout le corps, de la tendresse pour son prochain et une disposition à réagir superficiellement à toute idée sans en approfondir le sens. Ce n'est qu'après avoir vidé une bouteille de vin, et même deux, qu'il avait vaguement conscience que ce terrible nœud embrouillé de la vie qui d'ordinaire l'horrifiait n'était pas si terrible qu'il lui semblait. La tête bourdonnante, pendant qu'il bavardait, qu'il écoutait les conversations ou qu'il lisait après le dîner ou le souper, il voyait sans cesse ce nœud, par quelque côté. Mais ce n'est que sous l'influence du vin qu'il se disait : « Ce n'est rien. Je le débrouillerai, voilà que j'ai déjà une explication toute prête. Pour le moment je n'en ai pas le temps, je réfléchirai à tout cela plus tard. » Mais ce « plus tard » ne venait jamais.

Le lendemain matin, une fois dégrisé, toutes ces questions

revenaient aussi insolubles et redoutables, et il saisissait alors précipitamment un livre et était content quand quelqu'un venait le voir.

Parfois il se souvenait d'avoir entendu raconter qu'à la guerre les soldats dans les retranchements, réduits à l'inaction sous le feu de l'ennemi, s'ingénient à se donner une occupation pour pouvoir plus facilement supporter le danger. Et tous les hommes lui semblaient être comme ces soldats, cherchant à échapper à la vie, qui par l'ambition, qui par le jeu, qui par l'élaboration des lois, qui par les femmes, qui par les distractions, les uns par les chevaux, d'autres par la politique, ou par la chasse, ou par le vin, ou par les affaires de l'État. « Rien n'est insignifiant, rien n'est important, tout se vaut : pourvu seulement qu'on puisse y échapper de son mieux! se disait-il. Pourvu que je ne LA voie pas, cette terrible vie! »

II

Au début de l'hiver, le prince Nicolas Andreitch Bolkonski vint à Moscou avec sa fille. Par son passé, par son intelligence et son originalité, grâce surtout à l'atténuation de l'enthousiasme qu'avait suscité le règne de l'empereur Alexandre et aux sentiments antifrançais et patriotiques qui régnaient alors, il devint aussitôt pour les Moscovites l'objet d'un respect tout particulier et le centre de l'opposition au gouvernement.

Le prince avait beaucoup vieilli au cours de cette année. Des signes irrécusables de sénilité se manifestaient : de brusques assoupissements, l'oubli des événements les plus proches dans le temps et la mémoire des plus lointains, la vanité puérile avec laquelle il acceptait le rôle de chef de l'opposition moscovite. Malgré cela, lorsque, surtout le soir, le vieillard se montrait à l'heure du thé dans sa veste fourrée et sa perruque poudrée et que, provoqué par quelqu'un, il se lançait dans des récits décousus concernant le passé ou formulait des jugements encore plus décousus et plus tranchants sur le présent, il inspirait à tous ses invités le même sentiment de déférence. Ce vieil hôtel avec ses énormes trumeaux, ses meubles d'avant la Révolution, ses laquais poudrés et ce vieillard de l'autre siècle, rude et intelligent, avec sa douce fille et la jolie Française qui le révéraient, offrait aux visiteurs un spectacle agréable dans sa majesté. Mais les visiteurs ne pensaient pas qu'outre ces deux ou trois heures pendant lesquelles ils voyaient leurs hôtes, il y avait encore vingt-deux heures d'une vie intime et secrète.

Ces derniers temps, à Moscou, cette vie intime était devenue très pénible pour la princesse Maria. Elle était privée ici des meilleures de ses joies – ses entretiens avec les hommes de Dieu et la solitude – qui la soutenaient à Lissi Gori, et elle ne jouissait pas non plus des avantages et des plaisirs de la vie de la capitale. Elle n'allait pas dans le monde; chacun savait que son père ne la laissait pas y aller sans lui et qu'il ne pouvait y aller lui-même en raison de son état de santé, si bien qu'on ne l'invitait plus aux dîners et aux soirées. La princesse Maria avait complètement abandonné l'espoir de se marier. Elle voyait la froideur et la mauvaise humeur avec lesquelles le prince Nicolas Andreitch accueillait et éconduisait les jeunes gens qui pouvaient prétendre à sa main et qui venaient parfois à la maison. Elle n'avait pas non plus d'amies; lors de ce séjour à Moscou, elle avait perdu ses illusions sur les deux personnes qui lui étaient les plus proches; Mlle Bourienne, avec qui elle n'avait jamais pu se sentir complètement en confiance, lui était maintenant devenue antipathique et, pour certaines raisons, elle commençait à s'éloigner d'elle; Julie, qui était à Moscou et avec qui la princesse Maria avait été en correspondance cinq ans durant, lui était devenue absolument étrangère quand elle l'avait revue. Julie, dont la mort de ses frères avait fait un des plus riches partis de Moscou, vivait alors en plein tourbillon des plaisirs mondains. Elle était entourée de jeunes gens qui, croyait-elle, avaient subitement découvert ses mérites. Elle était à cet âge où les jeunes filles du monde vieillissantes sentent qu'elles doivent jouer leur dernière chance de se marier et que leur sort se déciderait maintenant ou jamais. Tous les jeudis, la princesse Maria se rappelait avec un triste sourire qu'elle n'avait plus personne à qui écrire puisque Julie, cette Julie dont la présence ne lui causait aucune joie, était ici et qu'elles se voyaient chaque semaine. Comme ce vieil émigré qui avait refusé d'épouser la dame chez qui, pendant plusieurs années, il avait passé ses soirées, elle regrettait que

Julie fût ici et qu'elle n'eût plus de correspondante. La princesse Maria n'avait à Moscou personne à qui parler, à qui confier son chagrin; or, beaucoup de nouvelles causes de chagrin étaient venues pendant ce temps s'ajouter aux anciennes. L'époque du retour du prince André et de son mariage approchait, et la mission de préparer son père non seulement n'était pas remplie, mais elle semblait même tout à fait compromise et toute allusion à la comtesse Rostov mettait hors de lui le vieux prince qui, déjà, était le plus souvent de mauvaise humeur. Un des nouveaux chagrins qui était venu ces temps derniers tourmenter la princesse Maria était les leçons qu'elle donnait à son neveu de six ans. Dans ses rapports avec le petit Nicolas, elle reconnaissait avec terreur en elle-même l'irascibilité de son père. Elle avait beau se répéter qu'elle ne devait pas se permettre de s'emporter, presque chaque fois qu'en donnant ces leçons elle prenait la baguette et l'alphabet français, elle avait tant envie d'inculquer au plus vite, le plus facilement possible, tout ce qu'elle savait à l'enfant qui craignait déjà de voir d'un instant à l'autre sa tante se mettre en colère, qu'à la moindre inattention du petit garçon elle tressaillait, s'impatientait, s'énervait, élevait la voix, parfois le tirait par le bras et le mettait au coin. Après quoi elle fondait elle-même en larmes en se reprochant sa vilaine et méchante nature, et le petit Nicolas, joignant ses sanglots aux siens, quittait le coin sans permission, s'approchait d'elle, lui écartait du visage ses mains mouillées de larmes et la consolait. Mais ce qui causait le plus de chagrin à la princesse Maria, et de loin, c'était l'irascibilité de son père, toujours dirigée contre sa fille et qui, ces derniers temps, frisait la cruauté. S'il l'eût forcée à se prosterner toute la nuit devant les icônes, s'il l'eût battue, lui eût fait porter le bois et l'eau, elle n'aurait pas songé à juger son sort pénible; mais ce bourreau aimant, cruel entre tous précisément parce qu'il l'aimait et qu'en la tourmentant il se faisait souffrir lui-même, savait de propos délibéré non seulement l'offenser, l'humilier, mais encore lui prouver que tout était toujours sa faute. Les derniers temps, un fait nouveau s'était manifesté qui faisait souffrir le plus la princesse Maria; c'était l'intimité croissante de son père avec Mlle Bourienne. L'idée qui, par dérision, lui était venue à l'annonce des intentions de son fils, celle d'épouser de son côté Bourienne si André se mariait, cette idée semblait lui avoir plu, et ces derniers temps, uniquement (croyait la princesse Maria) pour la blesser, il s'obstinait à redoubler d'attentions envers Mlle Bourienne et à manifester ainsi son mécontentement à sa fille.

Un jour, à Moscou, en présence de la princesse Maria (elle eut bien l'impression que son père l'avait fait exprès), le vieux prince baisa la main de Mlle Bourienne et l'attirant à lui l'enlaça. La princesse Maria s'empourpra et s'enfuit. Quelques instants plus tard, Mlle Bourienne entra toute souriante chez elle en racontant quelque chose de sa voix agréable. La princesse Maria essuya en hâte ses larmes, marcha sur elle d'un pas résolu et, visiblement sans se rendre compte de ce qu'elle faisait, cria à la Française avec une brusque colère et des éclats de voix :

« C'est odieux, c'est vil, il est inhumain de profiter de la faiblesse... » Elle n'acheva pas. « Sortez de ma chambre », et elle éclata en sanglots.

Le lendemain, le prince ne dit pas un mot à sa fille; mais elle s'aperçut qu'au dîner il fit servir Mlle Bourienne la première. A la fin du repas, lorsque, par habitude, le maître d'hôtel servit le café en commençant par la princesse, le prince se mit soudain en fureur, jeta sa canne à la tête de Philippe et donna sur-le-champ l'ordre de le faire soldat.

« On n'entend pas... je l'ai dit deux fois!... on n'entend pas! Mademoiselle passe avant tout le monde dans la maison; elle est ma meilleure amie. Et toi, cria-t-il avec emportement en adressant la première fois la parole à la princesse Maria, si tu te permets encore une fois, comme tu as osé le faire hier... de t'oublier devant elle, je te ferai voir qui est le maître ici. Hors d'ici! que je ne te voie plus; demande-lui pardon! »

La princesse Maria demanda pardon à Mlle Bourienne et à son père, aussi bien pour elle-même que pour le maître d'hôtel Philippe qui l'avait priée d'intercéder pour lui.

En de tels instants, le sentiment qui grandissait dans l'âme de la princesse Maria était une sorte d'orgueil du sacrifice. Et soudain, précisément en ces instants, ce père qu'elle blâmait cherchait à tâtons ses lunettes, ou bien oubliait ce qui venait de se passer un instant auparavant, ou faisait un faux pas sur ses jambes affaiblies et regardait autour de lui pour voir si quelqu'un n'avait pas remarqué sa faiblesse, ou, ce qui était pis que tout, à table, quand il n'y avait pas d'invités pour le stimuler, s'assoupissait brusquement en lâchant sa serviette et penchait une tête branlante sur son assiette. « Il est faible et vieux, et je me permets de le juger! » se disait-elle alors en se faisant horreur à elle-même.

III

En 1811, il y avait à Moscou un médecin français, le docteur Métivier, qui était rapidement entré en vogue. C'était un fort bel homme de très grande taille, aimable comme le sont les Français et, de l'avis unanime, un praticien d'une rare habileté. Il était reçu dans la haute société non pas comme médecin mais en égal.

Le prince Nicolas Andreitch qui d'habitude se moquait de la médecine avait ces derniers temps, sur les conseils de Mlle Bourienne, consenti à le consulter et s'était habitué à lui. Métivier venait le voir deux ou trois fois par semaine.

Le jour de la Saint-Nicolas, fête du prince, tout Moscou se présenta à sa porte, mais il avait donné l'ordre de ne recevoir personne, à l'exception de quelques rares intimes dont il avait remis la liste à la princesse Maria pour qu'on les invitât à dîner.

Métivier, venu dans la matinée lui souhaiter sa fête, jugea convenable, en sa qualité de médecin, de *forcer la consigne,* comme il le dit à la princesse Maria, et il entra chez le prince. Justement, ce matin de sa fête, le vieux prince était dans un de ses plus mauvais jours. Il allait et venait dans la maison, s'en prenait à tout le monde et feignait de ne pas comprendre ce qu'on lui disait et de ne pas être compris. La princesse Maria ne connaissait que trop bien cette humeur querelleuse, contenue et inquiète, qui se terminait d'habitude par une explosion de fureur, et elle se sentait toute la matinée comme sous la menace d'un fusil chargé au chien levé, attendant le coup inévitable. La matinée se passa sans incident jusqu'à l'arrivée du médecin. Après l'avoir introduit, elle alla avec un livre s'asseoir au salon, près de la porte, d'où elle pouvait entendre tout ce qui se passait dans le cabinet.

D'abord elle n'entendit que la voix de Métivier, puis celle de son père, puis toutes les deux à la fois, la porte s'ouvrit toute grande et sur le seuil apparut la belle silhouette de Métivier avec son toupet noir, la mine effrayée, et celle du prince en bonnet de coton et robe de chambre, le visage décomposé par la fureur et les yeux révulsés.

« Tu ne comprends pas? criait le prince, mais moi je comprends! Espion français, valet de Bonaparte, espion, hors d'ici! hors d'ici, je te le dis! » Et il claqua la porte.

Métivier, haussant les épaules, s'approcha de Mlle Bourienne, accourue à ces cris de la pièce voisine.

« Le prince n'est pas très bien portant : *la bile et le transport au cerveau. Tranquillisez-vous, je repasserai demain »,* dit-il, et, portant un doigt à ses lèvres, il sortit en hâte.

Derrière la porte, on entendait marcher en pantoufles et crier : « Espions, traîtres, partout des traîtres! Pas moyen d'être un instant tranquille chez soi! »

Après le départ de Métivier, le vieux prince fit venir sa fille et toute sa colère retomba sur elle. C'était sa faute, elle avait laissé entrer chez lui un espion. Il l'avait bien prévenue pourtant, il lui avait dit de faire une liste et de ne pas laisser entrer ceux qui n'y figuraient pas. Pourquoi donc avait-on introduit ce misérable! Elle était cause de tout. « Avec elle il ne pouvait avoir un instant de paix, il ne pouvait mourir tranquille », disait-il.

« Décidément, ma chère, il faut nous séparer, nous séparer, sachez-le, sachez-le! Je n'en peux plus », dit-il, et il sortit. Et comme s'il craignait qu'elle ne trouvât moyen de se consoler, il revint vers elle et, s'efforçant de prendre un air calme, ajouta : « Et n'allez pas croire que je vous dis cela dans un moment d'emportement, je suis calme et j'ai bien réfléchi; et cela se fera, séparons-nous, cherchez-vous un refuge!... » Mais il ne put y tenir et, avec un emportement dont n'est peut-être capable que celui qui aime, il brandit ses poings, souffrant visiblement lui-même, et lui cria :

« Si seulement quelque imbécile pouvait l'épouser! » Il claqua la porte, appela Mlle Bourienne et on ne l'entendit plus dans son cabinet.

A deux heures arrivèrent les six personnages qu'il avait invités à dîner. C'étaient le fameux comte Rostoptchine, le prince

Lopoukhine avec son neveu, le général Tchatrov, un vieux compagnon d'armes du prince, et, parmi les jeunes gens, Pierre et Boris Droubetzkoï, qui l'attendaient tous au salon.

Boris, depuis quelques jours en congé à Moscou, avait tenu à être présenté au prince Nicolas Andreievitch et avait si bien su se concilier ses bonnes grâces que celui-ci avait fait en sa faveur une exception entre tous les jeunes célibataires, car il n'en recevait aucun.

La maison du prince n'était pas précisément ce qu'on appelle « le monde », c'était un petit cercle dont on ne parlait guère en ville, mais rien n'était plus flatteur que d'y être admis. Boris l'avait bien compris lorsque, huit jours auparavant, Rostoptchine avait dit en sa présence au gouverneur militaire qui l'invitait à dîner pour la Saint-Nicolas :

« Ce jour-là je vais toujours vénérer les reliques du prince Nicolas Andreitch.

– Ah! oui, oui, en effet, répondit le gouverneur, que devient-il? »

Le petit groupe réuni avant le dîner dans le haut salon à l'ancienne mode, aux meubles d'époque, ressemblait à la séance solennelle d'un aréopage. Tout le monde se taisait et si quelqu'un rompait le silence, c'était à voix basse. Le prince Nicolas Andreitch apparut, sérieux et taciturne. La princesse Maria semblait encore plus timide et plus effacée que d'ordinaire. Les invités ne lui adressaient guère la parole, car ils voyaient qu'elle avait l'esprit ailleurs. Le comte Rotoptchine tenait seul le dé de la conversation; racontant tantôt les commérages de la ville, tantôt les dernières nouvelles politiques.

Lopoukhine et le vieux prince lui donnaient de temps à autre la réplique. Le prince Nicolas Andreitch écoutait comme le juge suprême écoute un rapport, ne manifestant que de loin en loin, par son silence ou par un mot bref, qu'il prend acte de ce qu'on lui communique. Le ton de la conversation montrait que personne n'approuvait ce qui se passait dans le monde de la politique. On citait des faits qui confirmaient à l'évidence que tout allait de mal en pis; mais ce qui frappait dans chaque récit et chaque jugement, c'était que chaque fois le narrateur s'arrêtait ou était arrêté à la limite où la personne de l'empereur pouvait être mise en cause.

Pendant le repas, il fut question de la dernière nouvelle politique, la mainmise de Napoléon sur les possessions du grand-duc d'Oldenbourg et de la note russe, hostile à Napoléon, envoyée à toutes les cours d'Europe.

« Bonaparte traite l'Europe comme un pirate traite un vaisseau capturé, dit le comte Rostoptchine, répétant une phrase qu'il avait déjà dite plus d'une fois. On ne peut que s'étonner de la longanimité ou de l'aveuglement des souverains. Maintenant c'est le tour du pape qui vient, Bonaparte veut, sans plus se gêner, renverser le chef de l'Église catholique et tout le monde se tait. Seul notre empereur a protesté contre la mainmise sur le grand-duché d'Oldenbourg. Et encore... » Le comte Rostoptchine se tut, sentant qu'il avait atteint la limite où le blâme n'est plus permis.

« On lui a proposé d'autres possessions à la place du grand-duché d'Oldenbourg, dit le prince Nicolas Andreitch. Il agit avec les ducs comme je ferais avec mes paysans si je les transportais de Lissi Gori à Bogoutcharovo et dans mes domaines de Riazan.

– *Le duc d'Oldenbourg supporte son malheur avec une force de caractère et une résignation admirables »,* dit Boris, intervenant respectueusement dans la conversation. Il le dit parce que, de passage à Pétersbourg, il avait eu l'honneur d'être présenté au duc. Le prince Nicolas Andreitch regarda le jeune homme comme s'il voulait lui répondre mais avait changé d'avis, le jugeant trop jeune.

« J'ai lu notre protestation au sujet de l'affaire d'Oldenbourg et la mauvaise rédaction de cette note m'a étonné », dit le comte Rostoptchine du ton dégagé d'un homme qui connaît parfaitement la question dont il parle.

Pierre le regarda avec une surprise naïve, ne comprenant pas pourquoi la mauvaise rédaction de la note pouvait l'inquiéter.

« Qu'importe comment la note est rédigée, comte, dit-il, si son contenu est énergique ?

– *Mon cher, avec nos cinq cent mille hommes de troupes il serait facile d'avoir un beau style »,* dit le comte Rostoptchine. Pierre comprit pourquoi la rédaction de la note le préoccupait.

« Il me semble pourtant que ce ne sont pas les scribes qui manquent, dit le vieux prince : à Pétersbourg on ne fait qu'écrire, non seulement des notes mais on ne cesse d'écrire des lois nouvelles. Mon ANDRIOUCHA y a rédigé pour la Russie tout un volume de lois. Aujourd'hui on ne fait qu'écrire! » Et il rit d'un rire forcé.

La conversation s'arrêta un instant; le vieux général attira l'attention sur lui par un toussotement.

« Avez-vous entendu parler du dernier incident qui s'est produit à la revue de Pétersbourg? Comme les nouveaux ambassadeurs de France se sont montrés sous leur vrai jour!

– De quoi s'agit-il au juste? Oui, on m'a parlé de quelque chose, il aurait été maladroit en parlant à Sa Majesté.

– Sa Majesté attirait son attention sur la division des grenadiers qui défilait au pas de parade, poursuivit le général, et il paraît que l'ambassadeur n'y a absolument pas pris garde et s'est permis de dire que chez lui, en France, on ne se souciait pas de pareilles bagatelles. L'empereur ne lui a rien dit. Mais on assure qu'à la revue suivante il n'a pas daigné lui adresser une seule fois la parole. »

Tout le monde se tut : on ne pouvait émettre aucun jugement sur ce fait qui concernait personnellement l'empereur.

« Ce sont des insolents! dit le prince. Vous connaissez Métivier? Je l'ai chassé de chez moi ce matin. Il est venu ici, on l'avait laissé entrer, j'avais eu beau insister pour qu'on n'introduisît personne », ajouta-t-il en lançant à sa fille un regard irrité. Et il raconta sa conversation avec Métivier et expliqua les raisons pour lesquelles il était convaincu que c'était un espion. Si insuffisantes et si peu claires que fussent ces raisons, personne n'éleva d'objection.

Avec le rôti on servit le champagne. Les invités se levèrent pour présenter leurs vœux au vieux prince. La princesse Maria s'approcha aussi. Il lui jeta un regard froid et méchant et lui tendit sa joue ridée et rasée de près. L'expression de son visage lui disait que la conversation de la matinée n'était pas oubliée, que sa décision demeurait et que ce n'était que par égard pour ses invités qu'il ne lui en parlait pas en ce moment.

Lorsqu'on passa au salon pour prendr le café, les vieillards s'installèrent ensemble.

Le prince Nicolas Andreitch s'anima et exposa ses vues sur la guerre qui venait.

Il dit que nos campagnes contre Bonaparte seraient vouées

à l'insuccès tant que nous chercherions des alliances avec les Allemands et nous mêlerions des affaires de l'Europe dans lesquelles nous avait entraînés la paix de Tilsitt. Nous ne devions faire la guerre ni pour ni contre l'Autriche. Tous nos intérêts sont en Orient, et quant à Bonaparte, nous n'avons qu'à lui opposer l'armement de nos frontières et la fermeté en politique, et jamais il n'oserait alors fouler le sol russe comme il l'a fait en 1807.

« Est-ce à nous, prince, de faire la guerre aux Français? dit le comte Rostoptchine. Pouvons-nous nous lever contre nos maîtres et nos dieux? Voyez notre jeunesse, voyez nos dames. Nos dieux ce sont les Français, notre paradis c'est Paris. »

Il éleva la voix, sans doute pour être entendu de tous.

« Modes françaises, idées françaises, sentiments français! Vous avez mis Métivier à la porte parce que c'est un Français et une fripouille, et nos dames quant à elles se traînent à genoux devant lui. Je suis allé hier à une soirée, eh bien, des cinq dames qui y étaient, trois sont catholiques et, par autorisation spéciale du pape, brodent au canevas le dimanche. Or, elles étaient pour ainsi dire nues, comme des enseignes d'établissements de bains, sauf votre respect. Ah! quand on voit notre jeunesse, cela vous donne envie de prendre au musée le vieux gourdin de Pierre le Grand et de leur en caresser les côtes à la russe, cela leur ferait sortir de l'esprit toutes les sottises! »

Tous se turent. Le vieux prince regardait Rostoptchine en souriant et hochait la tête avec approbation.

« Adieu, prince, portez-vous bien, dit Rostoptchine en se levant et en tendant la main au prince avec la vivacité de manières qui lui était propre.

– Adieu, mon cher, il a une bouche d'or, je ne me lasse pas de l'entendre! » dit le vieux prince en retenant sa main dans les siennes et en lui tendant sa joue à baiser. A l'exemple de Rostoptchine les autres se levèrent aussi.

IV

La princesse Maria qui avait écouté dans le salon ces propos et ces jugements de vieillards n'avait rien compris de ce qu'elle entendait; sa seule préoccupation était que les invités ne remarquassent pas l'animosité que lui témoignait son père. Elle ne s'était même pas aperçue des amabilités et des attentions que, pendant tout le repas, lui avait prodiguées Droubetzkoï dont c'était la troisième visite.

La princesse Maria leva un regard distrait et interrogateur sur Pierre qui, le dernier, s'approcha d'elle, le chapeau à la main et un sourire aux lèvres, après que le prince se fut retiré et qu'ils furent demeurés seuls au salon.

« Puis-je rester encore un peu? dit-il en s'affalant de tout son poids dans un fauteuil près d'elle.

– Mais oui », dit-elle. « Vous n'avez rien remarqué? » interrogea son regard.

Pierre était de bonne humeur, comme toujours après le dîner. Il regardait devant lui et souriait doucement.

« Y a-t-il longtemps que vous connaissez ce jeune homme, princesse? demanda-t-il.

– Qui donc?

– Droubetzkoï.

– Non, il n'y a guère...

– Et vous plaît-il?

– Oui, c'est un jeune homme agréable... Pourquoi me le demandez-vous? dit la princesse Maria qui continuait de penser à la conversation qu'elle avait eue le matin avec son père.

– Parce que j'ai fait une observation : d'ordinaire un jeune homme ne vient en congé de Pétersbourg à Moscou que dans l'intention de faire un riche mariage.

– Vous avez fait cette observation? dit la princesse Maria.

– Oui, poursuivit Pierre avec un sourire, et ce jeune homme ne va plus que là où il y a des jeunes filles riches à marier. Je lis en lui comme dans un livre. Il se demande en ce moment contre qui diriger l'attaque : contre vous ou contre Mlle Julie Karaguine. *Il est très assidu auprès d'elle.*

– Il les fréquente?

– Oui, il y va très souvent. Et connaissez-vous la nouvelle manière de faire la cour? » dit Pierre avec un gai sourire; il était visiblement de cette humeur de raillerie bonhomme qu'il se reprochait si souvent dans son journal.

« Non, dit la princesse Maria.

– Aujourd'hui pour plaire aux jeunes filles de Moscou *il faut être mélancolique. Et il est très mélancolique auprès de Mlle Karaguine,* dit Pierre.

– Vraiment? » dit la princesse Maria en regardant le bon visage de Pierre sans cesser de penser à son chagrin. « Cela me soulagerait, songeait-elle, si je pouvais me décider à confier à quelqu'un tout ce que je ressens. Et c'est précisément à Pierre que j'aimerais tout dire. Il est si bon et c'est un noble cœur. Cela me ferait du bien. Il me conseillerait! »

« L'épouseriez-vous? demanda Pierre.

– Ah! mon Dieu, comte! Il y a des moments où j'épouserais n'importe qui, dit soudain la princesse Maria, presque malgré elle, avec des larmes dans la voix. Ah! comme il est parfois pénible d'aimer quelqu'un qui vous est proche et de sentir que... qu'on ne peut rien pour lui (continua-t-elle d'une voix tremblante) sinon lui causer du chagrin, quand on sait qu'on est impuissant d'y rien changer. Il ne reste alors qu'une chose... s'en aller, mais où irais-je?

– Qu'avez-vous, que dites-vous là, princesse? »

Mais la princesse, sans achever, fondit en larmes.

« Je ne sais pas ce que j'ai aujourd'hui. Ne m'écoutez pas, oubliez tout ce que je vous ai dit. »

Toute la gaieté de Pierre s'évanouit. Il questionna la princesse avec sollicitude, lui demanda de tout lui dire, de lui confier son chagrin, mais elle se borna à lui répéter qu'elle le priait d'oublier tout ce qu'elle avait dit, qu'elle ne s'en souvenait plus elle-même et qu'elle n'avait pas d'autre chagrin que celui qu'il connaissait déjà, de voir que le mariage du prince André menaçait de brouiller le père et le fils.

« Avez-vous des nouvelles des Rostov? demanda-t-elle pour changer de conversation. On m'a dit qu'ils allaient arriver bientôt. J'attends aussi André d'un jour à l'autre. Je voudrais qu'ils se revoient ici.

– Comment voit-il la chose maintenant? » demanda Pierre,

entendant par cet « il » le vieux prince. La princesse Maria hocha la tête.

« Que peut-on faire? Il ne reste plus que quelques mois jusqu'à la fin du délai d'un an. Et cela ne se peut pas. J'aurais seulement voulu épargner à mon frère les premiers instants. Je voudrais qu'ils arrivent vite. J'espère m'entendre avec elle... Vous les connaissez depuis longtemps, dites-moi, la main sur le cœur, toute la vérité : quelle jeune fille est-ce et comment la trouvez-vous? Mais dites-moi bien toute la vérité; parce que, vous comprenez, André risque tant en l'épousant contre la volonté de son père que je voudrais savoir... »

Un instinct obscur avertit Pierre que ces circonlocutions et ces demandes réitérées de dire « toute la vérité » cachaient chez la princesse Maria un manque de bienveillance envers sa future belle-sœur, qu'elle souhaitait qu'il désapprouvât le choix du prince André, mais il dit plutôt ce qu'il sentait que ce qu'il pensait.

« Je ne sais que répondre à votre question, dit-il en rougissant sans savoir pourquoi. J'ignore absolument quelle jeune fille c'est; je ne peux pas parvenir à l'analyser. Elle est adorable. Mais pourquoi, je l'ignore : voilà tout ce qu'on peut dire d'elle. » La princesse Maria soupira et l'expression de son visage dit : « Oui, c'est bien ce que j'attendais et ce que je craignais. »

« Est-elle intelligente? » demanda-t-elle. Pierre réfléchit.

« Je pense que non, dit-il, et pourtant, si. Elle ne daigne pas être intelligente... Elle est adorable et c'est tout. » La princesse Maria, hocha de nouveau la tête d'un air désapprobateur.

« Ah! je voudrais tant l'aimer! Dites-le-lui si vous la voyez avant moi.

– J'ai entendu dire qu'ils arrivent ces jours-ci », dit Pierre.

La princesse Maria lui fit part de son intention de se lier avec sa future belle-sœur dès l'arrivée des Rostov et de s'efforcer d'habituer le vieux prince à elle.

V

Boris n'avait pas réussi à faire un riche mariage à Pétersbourg et était venu tenter sa chance à Moscou. Il hésitait entre les deux plus riches partis de Moscou : Julie et la princesse Maria. Bien que, malgré son manque de beauté, la princesse Maria l'attirât davantage, il éprouvait de la gêne à lui faire la cour. La dernière fois qu'il l'avait vue, le jour de la fête du vieux prince, elle avait répondu à contretemps et, visiblement sans l'écouter, à toutes ses tentatives pour donner à la conversation une tournure sentimentale.

Julie, au contraire, acceptait volontiers ses hommages, quoique d'une façon particulière, qui n'était qu'à elle.

Julie avait vingt-sept ans. Depuis la mort de ses deux frères, elle était très riche. Elle n'avait plus maintenant aucune beauté; mais elle croyait être non seulement aussi belle mais plus séduisante encore qu'auparavant. Sa fortune présente l'entretenait dans cette erreur ainsi que le fait que plus elle avançait en âge, moins elle était dangereuse pour les hommes, et plus ils se sentaient à l'aise avec elle et en droit de profiter sans aucun engagement de ses soupers, de ses soirées et de l'agréable société qui se réunissait chez elle. Tel qui, dix ans plus tôt, aurait craint de fréquenter chaque jour une maison où il y avait une jeune fille de dix-sept ans afin de ne pas la compromettre et de ne pas s'engager, n'hésitait pas maintenant à lui rendre des visites quotidiennes et la traitait non pas comme une demoiselle à marier mais comme une amie sans sexe.

La maison des Karaguine était, cet hiver-là, la plus agréable et la plus accueillante de Moscou. Outre les soirées et les dîners priés, une nombreuse société, principalement masculine, s'y réunissait tous les jours, soupant à minuit et s'attardant jusqu'à trois heures du matin. Julie ne manquait pas un bal, pas une promenade, pas un spectacle. Elle était toujours habillée à la dernière mode. Mais elle paraissait néanmoins désenchantée; elle disait à chacun qu'elle ne croyait ni à l'amitié, ni à l'amour, ni à aucune des joies de l'existence, et qu'elle n'attendait de paix que LA-BAS. Elle avait adopté le ton d'une jeune fille qui a perdu l'être qu'elle aimait ou qui a été cruellement trompée par lui. Bien qu'il n'en fût rien, on la regardait comme telle et elle croyait elle-même avoir été très éprouvée par la vie. Cette mélancolie qui ne l'empêchait pas de s'amuser n'empêchait pas non plus les jeunes gens qui fréquentaient chez elle de passer agréablement le temps. Chacun des invités en arrivant payait un tribut à l'humeur mélancolique de son hôtesse, puis se livrait aux conversations mondaines, à la danse, aux jeux d'esprit, aux tournois de bouts rimés qui étaient en vogue chez les Karaguine. Quelques jeunes gens seulement, dont Boris, se prêtaient davantage à cette humeur de Julie, et avec eux elle avait des entretiens plus prolongés en aparté sur la vanité des choses de ce monde et leur ouvrait ses albums couverts de dessins, d'aphorismes et de poèmes empreints de tristesse.

Julie était particulièrement gracieuse avec Boris : elle compatissait à son désenchantement précoce, lui offrait le réconfort de l'amitié qu'elle était capable de lui apporter ayant tant souffert elle-même, et lui ouvrait son album. Boris y dessina deux arbres et écrivit : *Arbres rustiques, vos sombres rameaux secouent sur moi les ténèbres et la mélancolie.*

A un autre endroit, il dessina un mausolée et écrivit :

La mort est secourable et la mort est tranquille,
Ah! contre les douleurs il n'est pas d'autre asile.

Julie dit que c'était exquis.

« *Il y a quelque chose de si ravissant dans le sourire de la mélancolie,* lui dit-elle citant mot pour mot cette phrase qu'elle avait copiée dans un livre; *c'est un rayon de lumière dans l'ombre, une nuance entre la douleur et le désespoir qui montre la consolation possible.* »

A cela Boris répondit en lui écrivant ces vers :

Aliment de poison d'une âme trop sensible,
Toi, sans qui le bonheur me serait impossible,
Tendre mélancolie, ah! viens me consoler,
Viens calmer les tourments de ma sombre retraite
Et mêle une douceur secrète
A ces pleurs que je sens couler.

Julie jouait à Boris sur la harpe les nocturnes les plus poignants. Boris lui lisait à haute voix *La Pauvre Lise* et interrompait plus d'une fois la lecture, le souffle coupé par l'émotion. En se rencontrant en nombreuse compagnie, Julie et Boris se regardaient comme les seuls êtres au monde qui se comprissent parmi les indifférents.

Anna Mikhaïlovna, qui venait souvent voir les Karaguine et faisait la partie de la mère, recueillait pendant ce temps des précisions sur la dot de Julie (qui consistait en deux domaines dans la province de Penza et en forêts dans celle de Nijni-Novgorod). Pleine d'attendrissement et de soumission à la volonté de la Providence, Anna Mikhaïlovna contemplait la tristesse distinguée qui servait de lien entre son fils et la riche Julie.

« *Toujours charmante et mélancolique, cette chère Julie,* disait-elle à la jeune fille. Boris assure que c'est chez vous qu'il trouve la paix de l'âme. Il a eu tant de déceptions et il est si sensible, disait-elle à la mère.

– Ah! mon ami, comme je me suis attachée à Julie ces derniers temps, disait-elle à son fils, je ne saurais te l'exprimer! Qui pourrait d'ailleurs ne pas l'aimer? C'est une créature qui n'est pas de ce monde! Ah! Boris, Boris! » Elle marquait un léger temps d'arrêt. « Et comme je plains sa *maman,* poursuivait-elle, elle m'a montré aujourd'hui les lettres et les comptes qu'elle reçoit de Penza (elles y ont un immense domaine) et, la pauvre, elle doit s'occuper de tout toute seule : on la trompe tant! »

Boris souriait imperceptiblement en écoutant sa mère. Il raillait doucement sa ruse naïve, mais il l'écoutait et parfois l'interrogeait attentivement sur les domaines de Penza et de Nijni-Novgorod.

Julie attendait depuis longtemps que son mélancolique adorateur se déclarât et était prête à accepter; mais une sorte de répulsion secrète pour elle, pour son désir passionné de se marier, son manque de naturel, et la terreur d'avoir à renoncer à tout espoir d'amour vrai retenaient encore Boris. La fin de son congé approchait. Il passait tout son temps chez les Karaguine et chaque jour en se raisonnant se disait qu'il se déclarerait le lendemain. Mais en présence de Julie, à la vue de son visage rouge et de son menton presque toujours couvert d'une couche de poudre, de ses yeux humides et de son expression toujours prête à passer de la mélancolie à un enthousiasme sans naturel à l'idée du bonheur conjugal, Boris ne pouvait prononcer les paroles décisives, bien qu'en imagination il se considérât depuis longtemps comme le possesseur des domaines de Penza et de Nijni-Novgorod et qu'il en employât les revenus. Julie voyait l'hésitation de Boris et parfois l'idée lui venait qu'elle lui répugnait; mais aussitôt son pouvoir féminin d'illusion venait à son secours et elle se disait qu'il n'était timide que par amour. Sa mélancolie commençait cependant à tourner à l'aigre et, peu de temps avant le départ de Boris, elle prit un parti énergique. Juste au moment où le congé de Boris touchait à sa fin, Anatole Kouraguine apparut à Moscou ainsi que, bien entendu, dans le salon des Karaguine, et Julie, abandonnant brusquement sa mélancolie, devint très gaie et se montra fort attentive à son égard.

« *Mon cher,* dit Anna Mikhaïlovna à son fils, *je sais de bonne source que le prince Basile envoie son fils à Moscou pour lui faire épouser Julie.* J'aime tant Julie que cela me ferait de la peine pour elle. Qu'en penses-tu, mon ami? »

La perspective d'en être pour ses frais et d'avoir perdu tout ce mois à jouer péniblement au mélancolique chevalier servant de Julie, de voir passer entre les mains d'un autre, surtout entre celles du stupide Anatole, tous les revenus des domaines de Penza qu'il avait déjà si bien répartis et employés dans son imagination, cette perspective ulcéra Boris. Il se rendit chez les Karaguine avec la ferme intention de faire sa demande. Julie l'accueillit d'un air gai et insouciant, lui raconta négligemment combien elle s'était amusée au bal de la veille et lui demanda quand il partait. Bien qu'il fût venu avec l'intention de lui parler de son amour et par conséquent d'être tendre, il s'étendit avec irritation sur l'inconstance des femmes, sur la facilité avec laquelle elles sont capables de passer de la tristesse à la joie et sur leur humeur qui ne dépend que de celui qui leur fait la cour. Julie, piquée, dit que c'était vrai, que les femmes avaient besoin de changement, que la monotonie rebuterait n'importe qui.

« Dans ce cas, je vous conseillerais... » commença Boris qui voulait lui lancer une pointe; mais au même instant l'humiliante pensée lui vint qu'il pouvait quitter Moscou sans avoir atteint son but et ayant perdu ses peines (ce qui ne lui arrivait jamais). Il s'arrêta au milieu de sa phrase, baissa les yeux pour ne pas voir le visage irrité et indécis de Julie qui l'affectait désagréablement, et dit : « Ce n'est pas du tout pour me disputer avec vous que je suis venu. Au contraire... » Il la regarda pour voir s'il devait continuer. Toute l'irritation de Julie s'était soudain évanouie et des yeux inquiets, quémandeurs, étaient fixés sur lui dans une attente avide. « Je pourrai toujours m'arranger pour la voir rarement, se dit Boris. L'affaire est commencée et il faut qu'elle se fasse! » Il s'empourpra, leva les yeux sur elle et lui dit : « Vous connaissez les sentiments que j'ai pour vous! » Il n'était plus besoin d'en dire davantage : le visage de Julie rayonnait de triomphe et de satisfaction, mais elle obligea Boris à lui dire tout ce qui se dit en pareilles circonstances, lui dire qu'il l'aimait et qu'il n'avait jamais aimé aucune femme autant qu'elle. Elle savait que les domaines de Penza et les forêts de Nijni-Novgorod lui donnaient le droit d'exiger cela et elle obtint ce qu'elle exigeait.

Les deux fiancés, sans plus s'occuper des arbres qui secouaient sur eux les ténèbres et la mélancolie, discutèrent des projets d'installation d'une brillante maison à Pétersbourg, firent des visites et se livrèrent aux préparatifs d'un mariage en grande pompe.

VI

A la fin de janvier, le comte Ilia Andreitch arriva à Moscou avec Natacha et Sonia. La comtesse, toujours souffrante, n'avait pu les accompagner et l'on n'avait pu attendre son rétablissement : le prince André allait rentrer d'un jour à l'autre; de plus, il fallait acheter le trousseau, vendre le domaine des environs de Moscou et profiter de la présence du vieux prince pour lui présenter sa future belle-fille. L'hôtel des Rostov à Moscou n'avait pas été chauffé, leur séjour devant être de courte durée, la comtesse ne les accompagnait pas, aussi Ilia Andreitch décida-t-il de descendre chez Maria Dmitrievna Akhrossimov qui lui offrait depuis longtemps l'hospitalité.

Tard dans la soirée, les quatre voitures des Rostov entrèrent dans la cour de l'hôtel que Maria Dmitrievna occupait rue des Vieilles-Écuries. Maria Dmitrievna vivait seule. Elle avait marié sa fille; ses fils avaient pris du service.

Elle se tenait tout aussi droite, disait son opinion à chacun d'une façon tout aussi directe et résolue et semblait être une vivante protestation contre les faiblesses, les passions et les entraînements des autres qu'elle se refusait quant à elle à admettre. Depuis le matin de bonne heure, vêtue d'un caraco, elle s'occupait de son intérieur, puis, les jours de fête, allait à la messe et, après la messe, visitait les prisons où elle avait des affaires dont elle ne parlait à personne; les jours de semaine, sa toilette faite, elle recevait les solliciteurs de conditions diverses qui affluaient chaque jour chez elle, puis elle dînait; au dîner, copieux et succulent, elle avait toujours trois ou quatre convives; après le repas, on faisait une partie de boston; avant de se coucher, tout en tricotant elle se faisait lire les journaux et les livres nouveaux. Elle dérogeait rarement à ses habitudes pour sortir et, quand elle sortait, elle n'allait que chez les personnages les plus considérables de la ville.

Elle n'était pas encore couchée quand la porte d'entrée grinça sur ses gonds, livrant passage aux Rostov et à leurs gens. Ses lunettes abaissées sur le nez, la tête rejetée en arrière, Maria Dmitrievna se tenait sur le seuil du grand salon et regardait les nouveaux venus d'un air sévère et courroucé. On aurait pu croire qu'elle était mécontente de les voir arriver et qu'elle allait les chasser si en même temps elle ne s'était pas mise à donner des ordres pleins de sollicitude pour l'installation de ses hôtes et de leurs bagages.

« C'est au comte? Par ici, disait-elle en montrant les malles sans saluer personne. C'est aux demoiselles, ici, à gauche. Allons, que faites-vous là à vous agiter? cria-t-elle aux servantes. Qu'on rallume le samovar! Comme tu as engraissé, embelli, dit-elle en attirant par son capuchon Natacha, toute rose de froid. Brr, quel glaçon! Mais mets-toi donc vite à ton aise! cria-t-elle au comte qui voulait lui baiser la main. Tu dois être gelé. Qu'on serve du rhum avec le thé! Soniouchka, *bonjour* », dit-elle à Sonia, marquant par cet accueil français l'affection légèrement condescendante qu'elle avait pour elle.

Lorsque, débarrassés de leurs pelisses et un peu remis du

voyage, les nouveaux venus se réunirent pour prendre le thé. Maria Dmitrievna les embrassa tous à tour de rôle.

« Je me réjouis du fond du cœur que vous soyez arrivés et descendus chez moi, disait-elle. Il était bien temps, ajouta-t-elle en jetant un regard significatif à Natacha. Le vieux est ici et on attend le fils d'un jour à l'autre. Il faut faire sa connaissance, il le faut absolument. Mais nous en reparlerons, et elle enveloppa Sonia d'un regard qui montrait qu'elle ne voulait pas aborder cette question en sa présence. Maintenant écoute, poursuivit-elle en s'adressant au comte, que veux-tu faire demain? Qui enverras-tu chercher? Chinchine? » Elle compta sur les doigts. « Cette pleurnicheuse d'Anna Mikhaïlovna : ça fait deux. Elle est ici avec son fils. Il se marie, le fils! Puis qui encore, Bezoukhov? Il est ici avec sa femme. Il l'avait fuie, mais elle s'est dépêchée de venir le relancer. Il a dîné chez moi mercredi. Et quant à celles-ci – elle montra les jeunes filles – je les conduirai demain à la Vierge d'Ibérie, puis nous passerons chez Mme Aubert-Chalmé. Vous voulez du tout nouveau, n'est-ce pas? Ne prenez pas modèle sur moi, on porte aujourd'hui des manches comme ça! L'autre jour, la jeune princesse Irène Vassilievna est venue me voir : on aurait dit qu'elle s'était mis un tonneau à chaque bras à vous faire peur. C'est qu'aujourd'hui il ne se passe pas de jour qu'il n'y ait une mode nouvelle. Et toi personnellement, pour quelles affaires viens-tu? demanda-t-elle sévèrement au comte.

– Tout est arrivé à la fois, répondit le comte. Il faut acheter des chiffons, et puis j'ai un acquéreur pour mon domaine et pour la maison. Si vous voulez bien, je profiterai d'un instant pour aller passer une journée à Marinskoïe et je vous confierai mes fillettes.

– Bien, bien, elles seront en sécurité chez moi. Chez moi c'est aussi sûr qu'au Conseil de tutelle. Je les conduirai où il faut, je les gronderai et je les choierai aussi », dit Maria Dmitrievna en effleurant de sa grande main la joue de Natacha, sa filleule et sa préférée.

Le lendemain matin, Maria Dmitrievna conduisit les jeunes filles à la Vierge d'Ibérie et chez Mme Aubert-Chalmé qui avait tellement peur d'elle qu'elle lui cédait toujours ses toilettes à perte afin de se débarrasser d'elle au plus vite. Maria Dmitrievna commanda presque tout le trousseau. Rentrée à la maison, elle renvoya tout le monde, sauf Natacha, et appela sa filleule auprès de son fauteuil.

« Eh bien, maintenant, causons un peu. Je te félicite de ton fiancé. Tu as mis la main sur un gaillard! J'en suis ravie pour toi; je le connais depuis qu'il était haut comme ça » (elle étendit la main à cinquante centimètres du sol). Natacha rougissait de plaisir. Je l'aime beaucoup, ainsi que toute sa famille. Maintenant écoute. Tu sais que le vieux prince Nicolas était fort opposé au mariage de son fils. C'est un vieillard autoritaire. Bien entendu, le prince André n'est pas un enfant, il se passera de son consentement, mais il n'est pas bien d'entrer dans une famille contre la volonté du père. Il faut que tout se passe gentiment, à l'amiable. Tu es intelligente, tu sauras t'y prendre. Mets-y de la bonne volonté et du doigté. Et tout ira bien. »

Natacha se taisait, non par timidité comme le croyait Maria Dmitrievna, mais parce qu'il lui était désagréable qu'on s'immiscât dans son amour pour le prince André, amour qui lui apparaissait comme une chose tellement à part de toutes les préoccupations des autres que personne, selon elle, ne pouvait le comprendre. Elle n'aimait et ne connaissait que le prince André, il devait rentrer ces jours-ci et l'emmener. Elle n'en demandait pas plus.

« Vois-tu, je le connais depuis longtemps et j'aime beaucoup Machenka, ta future belle-sœur. Les belles-sœurs sont un poison, dit-on, mais celle-là ne ferait pas de mal à une mouche. Elle m'a demandé de lui faire faire ta connaissance. Tu iras demain chez elle avec ton père, sois bien gentille avec elle, tu es la plus jeune. Quand ton fiancé arrivera, tu connaîtras déjà sa sœur et son père et ils t'auront prise en affection. N'est-ce pas? Ne sera-ce pas bien mieux ainsi?

— Si », répondit Natacha à contrecœur.

VII

Le lendemain, selon le conseil de Maria Dmitrievna, le comte Ilia Andreitch se rendit avec Natacha chez le prince Nicolas Andreitch. Le comte ne faisait pas cette visite de gaieté de cœur : dans son for intérieur il l'appréhendait. Il n'avait pas oublié leur dernière rencontre, lors de la formation de la milice, quand, en réponse à son invitation à dîner, il avait subi de la part du prince une belle semonce pour ne pas avoir fourni le nombre d'hommes voulu. Natacha, vêtue de sa plus belle robe, était en revanche très gaie. « Il n'est pas possible qu'ils ne m'aiment pas, se disait-elle, tout le monde m'a toujours aimée. Et je suis prête à faire pour eux tout ce qu'ils voudront, je suis si prête à les aimer, lui parce qu'il est son père et elle parce qu'elle est sa sœur, qu'il n'y a aucune raison pour qu'ils ne m'aiment pas! »

La voiture s'arrêta devant la grande maison maussade dans la Vozdvijenka et ils pénétrèrent dans le vestibule.

« Eh bien, que Dieu nous protège », dit le comte, mi-plaisant mi-sérieux, mais Natacha s'aperçut que son père s'était agité en entrant et avait demandé d'une voix timide et basse si le prince et la princesse étaient chez eux. A l'annonce de leur visite, un certain désarroi se fit parmi les domestiques du prince. Le laquais qui s'était précipité pour les annoncer fut arrêté par un autre dans le grand salon et ils chuchotaient entre eux. Une femme de chambre accourut et elle aussi leur dit en hâte quelque chose où il était question de la princesse. Enfin un vieux laquais à la mine bourrue survint et déclara aux Rostov que le prince ne pouvait les recevoir, mais que la princesse les priait de passer chez elle. Mlle Bourienne vint la première au-devant des visiteurs. Elle accueillit le père et la fille avec une politesse marquée et les conduisit auprès de la princesse. La princesse, le visage ému, effrayé et couvert de taches rouges, se hâta de son pas lourd à leur rencontre tout en s'efforçant en vain de prendre un air dégagé et accueillant. Natacha lui déplut dès l'abord. Elle la jugea trop élégante, vaniteuse et d'une gaieté frivole. La princesse Maria ne se rendait pas compte qu'avant d'avoir vu sa future belle-sœur elle était déjà mal disposée à son égard par une jalousie inconsciente de sa beauté, de sa jeunesse, de son bonheur et de l'amour que lui portait son frère. A ce sentiment d'insurmontable antipathie venait s'ajouter l'anxiété qu'elle éprouvait parce qu'à l'annonce de la visite des Rostov le prince avait crié qu'il n'avait pas besoin d'eux, que la princesse Maria n'avait qu'à les recevoir si elle le voulait, mais qu'on ne les amenât pas chez lui. La princesse Maria s'était décidée à les recevoir, mais elle craignait à tout instant que son père ne se livrât à quelque esclandre, car leur arrivée semblait l'avoir ému.

« Eh bien, ma chère princesse, je vous amène ma petite chanteuse, dit le comte en claquant les talons et en jetant autour de lui des regards inquiets comme s'il craignait de voir survenir le vieux prince. Comme je suis content que vous fassiez connaissance... Dommage, dommage que le prince soit toujours souffrant, et après quelques phrases banales il se leva. Si vous me permettez, princesse, de vous laisser ma Natacha pour un quart d'heure, j'irai faire une course, c'est à deux pas d'ici, à la place aux Chiens, chez Anna Semionovna, et je reviendrai la chercher. »

Ilia Andreitch avait inventé cette ruse diplomatique pour permettre aux futures belles-sœurs de s'expliquer tout à leur aise (il l'avoua plus tard à sa fille) et aussi pour prévenir tout risque de rencontre avec le prince qu'il craignait. Il ne le dit pas à sa fille, mais Natacha devina la crainte et l'inquiétude de son père et se sentit offensée. Elle rougit pour lui, fut encore plus irritée d'avoir rougi et posa sur la princesse Maria un regard hardi et provocant qui voulait dire qu'elle n'avait peur de personne. La princesse répondit au comte qu'elle était ravie et lui demandait même de rester chez Anna Semionovna le plus longtemps possible. Ilia Andreitch partit.

Malgré les regards anxieux que lui lançait la princesse Maria, désireuse de s'entretenir en tête-à-tête avec Natacha, Mlle Bourienne ne se retirait pas et maintenait fermement la conversation sur les plaisirs et les théâtres de Moscou. Le désarroi qui s'était produit dans le vestibule, l'inquiétude de son père et le ton contraint de la princesse qui – lui semblait-il – lui faisait une grâce en la recevant, avaient blessé Natacha. Aussi tout la contrariait. La princesse Maria ne lui plaisait pas. Elle la trouvait très laide, affectée et sèche. Natacha se contracta intérieurement et adopta malgré elle un ton dégagé qui prévenait encore davantage la princesse Maria contre elle. Après cinq minutes d'une conversation pénible et contrainte, on entendit les pas rapides d'un homme en pantoufles qui approchaient. L'effroi se peignit sur les traits de la princesse Maria, la porte s'ouvrit et le prince entra, en bonnet blanc et robe de chambre.

« Ah! mademoiselle, dit-il, mademoiselle, la comtesse... la comtesse Rostov si je ne m'abuse... je vous prie de m'excuser, de m'excuser... je ne savais pas, mademoiselle. Dieu m'est témoin que j'ignorais que vous eussiez fait l'honneur d'une visite, je pensais ne trouver que ma fille en venant dans ce costume. Excusez-moi. Dieu m'est témoin, j'ignorais », répéta-t-il en appuyant sur le mot Dieu d'un ton si peu naturel et si désagréable que la princesse Maria demeurait immobile, les yeux baissés, n'osant regarder ni son père ni Natacha. Natacha qui s'était levée et avait fait une révérence ne savait pas non plus quelle contenance prendre. Mlle Bourienne souriait aimablement.

« Veuillez m'excuser, veuillez m'excuser! Dieu m'est témoin, j'ignorais », grommela le vieillard et, après avoir toisé Natacha de la tête aux pieds, il sortit. Mlle Bourienne fut la première à se remettre de cette apparition, elle parla de la mauvaise santé du prince. Natacha et la princesse Maria se regardaient en silence, et plus ce silence se prolongeait sans qu'aucune d'elles dît ce qui s'imposait, plus allait croissant leur malveillance réciproque.

Lorsque le comte revint, Natacha manifesta sa joie sans chercher à la dissimuler et se hâta de prendre congé : maintenant elle haïssait presque cette vieille et sèche princesse qui avait pu la mettre dans une situation si fausse et passer avec elle une demi-heure sans lui avoir dit un mot du prince André. « Je ne pouvais tout de même pas parler de lui la première devant cette Française », se disait-elle. La même pensée tourmentait cependant la princesse Maria. Elle savait ce qu'elle aurait dû dire à Natacha, mais elle n'avait pu le faire, d'abord parce que la présence de Mlle Bourienne la gênait, ensuite parce que, sans qu'elle sût pourquoi, il lui était pénible d'aborder le sujet de ce mariage. Comme le comte sortait, la princesse Maria alla à pas rapides à Natacha, lui prit les mains et avec un profond soupir lui dit : « Un instant, il faut que je... » Natacha la regarda d'un air involontairement railleur.

« Chère Nathalie, dit la princesse Maria, sachez que je suis heureuse que mon frère ait trouvé le bonheur... » Elle s'arrêta, sentant qu'elle ne disait pas la vérité. Natacha remarqua cette hésitation et en devina la cause.

« Je crois, princesse, que le moment est mal choisi pour parler de cela », dit-elle avec une dignité et une froideur apparentes, tout en sentant des larmes lui monter à la gorge. « Qu'ai-je dit, qu'ai-je fait! » pensa-t-elle à peine sortie.

On attendit longtemps Natacha, ce jour-là, pour dîner. Elle était dans sa chambre et sanglotait comme un enfant, en se mouchant et en reniflant. Sonia était penchée sur elle et lui baisait les cheveux.

« Natacha, pourquoi pleures-tu? disait-elle. Que t'importent-ils? Tout s'arrangera, Natacha.

– Si tu savais comme c'est blessant... comme si je...

– N'en parle pas, Natacha, ce n'est pas ta faute, alors que t'importe? Embrasse-moi », dit Sonia.

Natacha releva la tête et, baisant son amie sur les lèvres, pressa contre elle son visage baigné de larmes.

« Je ne peux pas dire, je ne sais pas. Ce n'est la faute de personne, dit Natacha, c'est la mienne. Mais tout cela fait affreusement mal. Ah! que n'arrive-t-il pas! »

Elle revint à table les yeux rouges. Maria Dmitrievna, qui savait comment le prince avait reçu les Rostov, fit semblant de ne pas remarquer son visage défait et, pendant le repas, plaisanta avec assurance et à haute voix avec le comte et les autres convives.

VIII

Ce soir-là, les Rostov allèrent à l'opéra où Maria Dmitrievna leur avait procuré une loge.

Natacha n'avait pas envie d'y aller, mais elle ne pouvait refuser puisque c'était une gentillesse que Maria Dmitrievna lui destinait exclusivement à elle. Lorsque, une fois habillée, elle entra dans le salon pour attendre son père, et qu'après un coup d'œil dans le trumeau, elle vit qu'elle était jolie, très jolie, elle se sentit encore plus triste; mais d'une tristesse amoureuse et alanguie.

« Mon Dieu, s'il était ici, ce n'est plus comme auparavant, avec une sotte timidité devant je ne sais quoi, que je le prendrais dans mes bras, mais d'une façon nouvelle, toute simple, je me serrerais contre lui, je l'obligerais à me regarder avec ces yeux inquisiteurs, curieux, qu'il posait si souvent sur moi, et puis je le ferais rire comme il riait alors, et ses yeux — comme je vois ces yeux! se disait-elle. Et que m'importent son père et sa sœur : c'est lui que j'aime, lui seul, lui avec ce visage et ces yeux, avec son sourire, viril et à la fois enfantin... Non, mieux vaut ne pas penser à lui, ne pas penser, oublier, oublier complètement pour le moment. Je ne pourrai supporter cette attente, je vais éclater en sanglots », et elle s'éloigna de la glace en faisant un effort pour ne pas pleurer. « Comment Sonia peut-elle aimer Nicolas si sereinement, si tranquillement, et attendre si longtemps, avec tant de patience! » se dit-elle en regardant Sonia qui entrait, elle aussi habillée, un éventail à la main. « Elle est tout autre que moi. Moi, je ne peux pas! »

Natacha se sentait en ce moment si alanguie et attendrie qu'il ne lui suffisait pas d'aimer et de se savoir aimée : elle avait besoin maintenant, tout de suite, de prendre dans ses bras l'être aimé, de lui dire et d'entendre de lui les mots d'amour dont son cœur était plein. Durant le trajet en voiture, assise à côté de son père et tout en regardant pensivement défiler sur la vitre gelée les lumières des réverbères, elle se sentait encore plus amoureuse et triste et oubliait où elle allait et avec qui. Prenant la suite des autres voitures, la voiture des Rostov, dont les roues crissaient lentement sur la neige, arriva devant le théâtre. Natacha et Sonia sautèrent prestement à terre en relevant leurs robes; le comte descendit à son tour, soutenu par les valets, et se mêlant au public qui entrait et aux vendeurs de programmes, tous trois s'engagèrent dans le couloir des baignoires. A travers les portes à demi fermées, on entendait déjà l'orchestre.

« Nathalie, vos cheveux », murmura Sonia. L'ouvreur se glissa avec un empressement poli devant les dames et ouvrit la porte de la loge. La musique se fit plus distincte, les rangées des loges éclairées, garnies d'épaules et de bras nus des dames, apparurent rutilantes, ainsi que le parterre bruissant et chamarré d'uniformes. Une dame qui entrait dans la baignoire voisine enveloppa Natacha d'un regard plein de jalousie féminine. Le rideau n'était pas encore levé, on jouait l'ouverture. Natacha, arrangeant sa robe, passa devant avec Sonia et en s'asseyant parcourut du regard les rangées éclairées des loges d'en face. Une sensation qu'elle n'avait plus éprouvée depuis

longtemps, celle de sentir des centaines de regards fixés sur son cou et ses bras nus, la saisit soudain, à la fois agréable et désagréable, éveillant tout un essaim de souvenirs, de désirs et d'émotions.

Les deux jeunes filles remarquablement jolies, Natacha et Sonia, ainsi que le comte Ilia Andreitch qu'on n'avait pas vu depuis longtemps à Moscou attirèrent l'attention générale. Par surcroît, tout le monde était vaguement au courant des fiançailles de Natacha avec le prince André, on savait que, depuis, les Rostov vivaient à la campagne et l'on examinait avec curiosité la fiancée de celui qui était un des plus beaux partis de la Russie.

Natacha avait embelli à la campagne, tout le monde le lui disait, et ce soir son émotion la rendait encore plus belle. Ce qui frappait en elle, c'était cette plénitude de vie et de beauté jointe à son indifférence pour tout ce qui l'entourait. Ses yeux noirs regardaient la foule sans chercher personne, son bras mince, nu jusqu'au-dessus du coude, était appuyé sur le rebord de velours et, sans doute inconsciemment, elle serrait et desserrait sa main fine au rythme de l'ouverture, froissant le programme.

« Regarde, voici Mlle Alenine, disait Sonia, avec sa mère, je crois.

– Mon Dieu! Michel Kirilitch a encore engraissé, disait le vieux comte.

– Regarde! La toque qu'a notre Anna Mikhaïlovna.

– Les Karaguine, Julie, et Boris avec elles. On voit tout de suite qu'ils sont fiancés.

– Droubetzkoï a fait sa demande! Mais oui, je l'ai appris tout à l'heure », dit Chinchine qui entrait dans la loge des Rostov.

Natacha suivit la direction du regard de son père et vit Julie, un collier de perles à son gros cou rouge (couvert de poudre. Natacha le savait), assise, l'air heureux, à côté de sa mère.

Derrière elles on voyait la belle tête de Boris aux cheveux soigneusement lissés qui se penchait en souriant vers Julie pour l'écouter. Il regardait les Rostov à la dérobée et parlait en souriant à sa fiancée.

« Ils parlent de nous, de lui et de moi! » pensa Natacha. « Et il apaise sans doute la jalousie de sa fiancée à mon sujet :

ils n'ont pas besoin de s'inquiéter! S'ils savaient à quel point je me soucie peu d'eux! »

Derrière eux, Anna Mikhaïlovna en toque verte avait sa mine soumise à la volonté de Dieu, mais arborait l'air heureux des grands jours. Leur loge était imprégnée de cette atmosphère de fiançailles que Natacha connaissait si bien et qu'elle aimait tant. Elle se détourna et soudain tout ce que sa visite de l'après-midi avait eu d'humiliant lui revint à la mémoire.

« De quel droit ne veut-il pas de moi dans sa famille? Ah! mieux vaut ne pas y penser, ne pas y penser jusqu'à son retour! » se dit-elle, et elle promena les yeux sur les visages connus et inconnus du parterre. Au beau milieu du premier rang, adossé à la rampe, se tenait Dolokhov, en costume persan, sa toison de cheveux bouclés relevée haut. Il se tenait bien en vue, conscient d'attirer l'attention de toute la salle, avec autant d'aisance que s'il avait été chez lui. La plus brillante jeunesse de Moscou l'entourait et l'on voyait qu'il en était le chef.

Le comte Ilia Andreitch poussa du coude Sonia qui rougissait et lui montra en riant son ancien soupirant.

« Tu l'as reconnu? demanda-t-il. Mais d'où sort-il donc, ajouta le comte en s'adressant à Chinchine, il avait complètement disparu, n'est-ce pas?

– Oui, répondit Chinchine. Il était au Caucase d'où il s'est sauvé, et on dit qu'il a été en Perse ministre de quelque prince régnant, qu'il a tue le frère du shah et, ma foi, toutes les dames de Moscou sont folles de lui! *Dolochoff le Persan*, et tout est dit. Il n'y en a plus que pour lui, on ne jure que par lui, on invite pour le voir comme on inviterait à déguster un sterlet. Dolokhov et Anatole Kouraguine ont tourné la tête à toutes nos dames. »

Une grande et belle femme avec une énorme natte, des épaules et une gorge blanches et épanouies très décolletées, un double rang de grosses perles au cou, entra dans la baignoire voisine et s'installa longuement dans un bruissement de sa robe de soie lourde.

Natacha contemplait malgré elle cette gorge, ces épaules, ces perles, cette coiffure, et admirait la beauté des épaules et des perles. Comme elle la regardait une seconde fois, la dame se retourna et ses yeux rencontrant ceux du comte Ilia Andreitch, elle lui fit un signe de tête et sourit. C'était la comtesse Bezoukhov, la femme de Pierre. Ilia Andreitch, qui connaissait tout le monde, se pencha vers elle et lui parla.

« Y a-t-il longtemps que vous êtes arrivée, comtesse? dit-il. J'irai, oui, j'irai vous baiser la main. Je suis ici pour affaires et j'ai amené avec moi mes fillettes. La Semionova est, paraît-il, incomparable. Le comte Pierre Kirilovitch venait nous voir. Est-il ici?

– Oui, il comptait venir », dit Hélène, et elle regarda attentivement Natacha.

Le comte Ilia Andreitch se rassit.

« Elle est belle, n'est-ce pas? chuchota-t-il à Natacha.

– Merveilleuse! dit Natacha, en voilà une de qui on peut tomber amoureux! » A ce moment on entendit les derniers accents de l'ouverture et le chef d'orchestre frappa son pupitre de sa baguette. Les retardataires gagnèrent leurs places au parterre et le rideau se leva.

Aussitôt tout se tut dans les loges et au parterre et l'attention de tous les hommes, jeunes et vieux, en uniforme ou en habit, de toutes les femmes, leur nudité couverte de pierres précieuses, se concentra avec une curiosité avide sur la scène. Natacha y fixa aussi les yeux.

IX

DES planches garnissaient le milieu de la scène, sur les côtés étaient plantés des décors représentant des arbres, au fond une toile tendue sur des panneaux formait l'arrière-plan. Des jeunes filles en corsages rouges et jupes blanches étaient assises au centre. L'une d'elles, très forte, en robe de soie blanche, était installée à l'écart sur un petit tabouret derrière lequel était collé un carton vert. Elles chantaient en chœur; lorsqu'elles eurent fini, la jeune fille en blanc s'avança vers le trou du souffleur; un homme en culotte de soie collante qui moulait ses grosses cuisses, une plume au chapeau et un poignard à la ceinture, s'approcha d'elle et se mit à chanter en gesticulant.

L'homme à la culotte collante chanta d'abord seul, puis la jeune fille chanta à son tour. Ensuite tous deux se turent, l'orchestre reprit et l'homme laissa errer ses doigts sur la main de la jeune fille en blanc, attendant apparemment la mesure pour entonner le duo. Ils chantèrent ensemble et toute la salle applaudit et les acclama, tandis que l'homme et la femme sur la scène, qui représentaient des amoureux, s'inclinaient en souriant et en écartant les bras.

Arrivant de la campagne et dans l'état d'esprit sérieux où elle était, Natacha trouvait tout cela bizarre et surprenant. Elle était incapable de suivre l'action, incapable même d'entendre la musique : elle ne voyait que des toiles peintes et des hommes et des femmes bizarrement accoutrés qui s'agitaient, parlaient et chantaient bizarrement sous un éclairage intense; elle savait ce que cela devait représenter, mais tout cela était si artificiel, si entortillé et si faux qu'elle avait tantôt honte pour les acteurs, tantôt envie de rire d'eux. Elle regardait autour d'elle les visages des spectateurs, cherchant à y découvrir les mêmes sentiments de raillerie et de perplexité, mais tous étaient attentifs à ce qui se passait sur la scène et exprimaient un ravissement qui lui semblait feint. « Il faut sans doute qu'il en soit ainsi! » se disait-elle. Elle regardait tour à tour ces rangées de têtes pommadées du parterre, les femmes décolletées des loges, surtout sa voisine Hélène qui, absolument nue, contemplait la scène avec un sourire calme et réservé sans en détacher les yeux, jouissant de la vive lumière répandue partout et de la tiédeur de la salle réchauffée par la foule. Natacha était peu à peu gagnée par un enivrement qu'elle n'avait plus éprouvé depuis longtemps. Elle ne savait plus où elle était ni ce qui se passait devant elle. Elle regardait et les pensées les plus étranges lui traversaient inopinément l'esprit, sans lien entre elles. Tantôt l'idée lui venait de bondir sur la rampe et de chanter l'air que chantait l'actrice, tantôt elle avait envie de toucher avec son éventail un petit vieux assis non loin d'elle, ou de se pencher vers Hélène et de la chatouiller.

A un des moments où tout s'était tu sur la scène, avant le début d'un nouveau morceau de chant, la porte du parterre grinça du côté de la loge des Rostov et les pas d'un retardataire se firent entendre. « Voici Kouraguine! » chuchota Chinchine. La comtesse Bezoukhov se tourna en souriant vers le nouveau venu. Natacha suivit son regard et aperçut un aide de camp d'une rare beauté qui s'approchait de leur loge d'un air à la fois plein d'assurance et courtois. C'était Anatole Kouraguine qu'elle avait vu et remarqué autrefois, au bal de Pétersbourg. Il portait cette fois l'uniforme d'aide de camp à épaulette unique et aiguillettes. Il avançait d'une démarche avantageuse et contenue qui eût été ridicule s'il n'avait été si beau et si son admirable visage n'avait exprimé tant de gaieté et de satisfaction désarmantes. Bien que l'acte fût commencé, il marchait sans hâte sur le tapis du couloir, faisant légèrement tinter ses éperons et son sabre, portant haut et majestueusement sa belle tête parfumée. A la vue de Natacha, il s'approcha de sa sœur, posa sa main moulée dans un gant sur le rebord de la loge, lui fit un signe de tête et, se penchant, lui demanda quelque chose en montrant Natacha.

« *Mais charmante!* » dit-il en parlant manifestement de Natacha, ce que celle-ci entendit moins qu'elle ne le devina au mouvement de ses lèvres. Puis il gagna le premier rang des fauteuils et s'assit à côté de Dolokhov, poussant familièrement et négligemment du coude ce Dolokhov dont tout le monde recherchait les bonnes grâces. Il lui sourit en clignant gaiement de l'œil et appuya la jambe à la rampe.

« Comme le frère et la sœur se ressemblent! dit le comte. Et comme ils sont beaux tous les deux. »

Chinchine lui raconta à mi-voix une intrigue de Kouraguine à Moscou, à quoi Natacha prêta l'oreille précisément parce qu'il l'avait trouvée *charmante*.

Le premier acte prit fin, tout le monde au parterre se leva et ce ne furent partout qu'allées et venues.

Boris vint saluer les Rostov dans leur loge; il reçut avec beaucoup de simplicité leurs félicitations et, relevant les sourcils, pria avec un sourire distrait Natacha et Sonia, de la part de sa fiancée, d'assister au mariage, puis il sortit. Natacha lui avait parlé avec un sourire gai et plein de coquetterie et avait félicité de son mariage ce même Boris dont elle avait été amoureuse autrefois. Dans l'état d'enivrement où elle se trouvait, tout lui paraissait simple et naturel.

Hélène, toute nue, était assise près d'elle et souriait de la même façon à tous; et c'est exactement de même que Natacha avait souri à Boris.

La loge d'Hélène fut remplie et entourée, du côté du parterre, par les hommes les plus distingués et les plus intelligents qui paraissaient plus désireux les uns que les autres de montrer à tous qu'ils la connaissaient.

Kouraguine passa tout cet entracte avec Dolokhov, appuyé à la rampe, les yeux fixés sur la loge des Rostov. Natacha savait qu'il parlait d'elle et cela lui faisait plaisir. Elle se tourna même de façon qu'il pût la voir de profil, position qui, selon elle, l'avantageait le plus. Avant le début du second acte la silhouette de Pierre, que les Rostov n'avaient pas encore vu depuis leur arrivée, apparut au parterre. Il paraissait triste et avait grossi depuis la dernière fois que Natacha l'avait rencontré. Sans remarquer personne, il passa aux premiers rangs. Anatole le rejoignit et lui parla en montrant la loge des Rostov. A la vue de Natacha, Pierre s'anima et se dirigea en hâte, entre les rangées de fauteuils, vers sa loge. S'étant approché, il s'accouda et parla longuement à Natacha en souriant. Pendant leur conversation, elle entendit une voix d'homme dans la loge de la comtesse Bezoukhov et sut, sans se rendre compte pourquoi, que c'était Kouraguine. Elle tourna la tête et rencontra son regard. Presque en souriant il la contemplait bien en face avec des yeux si émerveillés, si tendres qu'il lui sembla étrange d'être si près de lui, de le regarder ainsi, d'être si sûre de lui plaire et de ne pas le connaître.

Au second acte, le décor représentait des monuments et il y avait un trou dans la toile qui figurait la lune, on leva les abat-jour de la rampe, les trompettes et les contrebasses jouèrent en sourdine, et de droite et de gauche surgirent beaucoup de gens en capes noires. Ces gens se mirent à gesticuler et à la main ils avaient quelque chose qui ressemblait à des poignards; puis d'autres gens accoururent encore et entraînèrent la jeune fille qui avait été en blanc et qui maintenant portait une robe bleu ciel. Ils ne l'entraînèrent pas tout de suite, mais chantèrent longtemps avec elle, puis l'emmenèrent et dans les coulisses on frappa par trois fois sur quelque chose de métallique, et tous s'agenouillèrent et entonnèrent une prière. A plusieurs reprises, toutes ces scènes furent interrompues par les cris enthousiastes des spectateurs.

Durant cet acte, chaque fois que Natacha jetait un regard sur le parterre, elle voyait Anatole Kouraguine qui, le bras passé par-dessus le dossier de son fauteuil, la regardait. Elle avait plaisir à le voir si conquis par elle et il ne lui venait pas à l'esprit qu'il y eût quelque mal à cela.

Lorsque le deuxième acte eut pris fin, la comtesse Bezoukhov se leva, se tourna vers la loge des Rostov (sa gorge était complètement nue), appela le comte d'un signe de son doigt ganté et, sans prêter attention à ceux qui remplissaient sa loge, engagea la conversation avec lui en souriant aimablement.

« Mais présentez-moi donc vos charmantes filles, dit-elle. Toute la ville parle d'elles et je ne les connais même pas. »

Natacha se leva et fit la révérence à la splendide comtesse. Le compliment de cette éblouissante beauté lui fut si agréable qu'elle rougit de plaisir.

« Moi aussi je veux devenir une Moscovite, disait Hélène. N'avez-vous pas honte d'enfouir de pareilles perles à la campagne! »

La comtesse Bezoukhov avait à juste titre, la réputation d'une ensorceleuse. Elle savait dire ce qu'elle ne pensait pas et, surtout, flatter avec une simplicité et un naturel parfaits.

« Vraiment, cher comte, laissez-moi m'occuper de vos filles. Il est vrai que je ne suis pas ici pour longtemps. Mais vous non plus. Je tâcherai de les distraire: J'ai beaucoup entendu parler de vous déjà à Pétersbourg et je désirais vous connaître, dit-elle à Natacha avec son beau sourire stéréotypé. J'ai aussi entendu parler de vous par mon page, Droubetzkoï – vous savez, il se marie – et par un ami de mon mari, Bolkonski, le prince André Bolkonski », et elle appuya particulièrement sur ce nom pour laisser entendre qu'elle savait ce qu'il était pour Natacha. Pour faire mieux connaissance, elle demanda au comte de permettre à une des jeunes filles de passer le reste du spectacle dans sa loge, et Natacha y alla.

Au troisième acte, la scène représentait un palais où brûlaient de nombreuses bougies et où étaient accrochés des portraits de chevaliers à barbiche. Deux personnes se tenaient au milieu, sans doute le roi et la reine. Le roi fit un geste de la main droite et, visiblement intimidé, chanta mal un air, puis s'assit sur un trône amarante. La jeune fille qui avait d'abord été en blanc, puis en bleu, n'avait plus maintenant qu'une chemise et, les cheveux épars, se tenait près du trône. Elle chantait quelque chose avec affliction en s'adressant à la reine; mais le roi fit un geste sévère de la main, et des deux côtés surgirent des hommes aux jambes nues et des femmes aux jambes nues qui dansèrent tous ensemble. Puis les violons jouèrent sur un mode très aigu et gai, une des filles aux grosses jambes nues et aux bras maigres se détacha des autres, se retira dans les coulisses, rajusta son corsage, puis s'élança au milieu de la scène et se mit à sauter et à battre vivement les pieds l'un contre l'autre. Tout le parterre applaudit et cria bravo. Puis un homme alla se placer dans un coin de la scène. A l'orchestre, les cymbales et les trompettes jouèrent plus fort et cet homme aux jambes nues se mit tout seul à sauter très haut et à battre des pieds. (Cet homme était Duport, à qui l'exercice de cet art rapportait soixante mille roubles par an.) Tout le monde au parterre, dans les loges et au paradis applaudit et cria de toutes ses forces, et l'homme s'arrêta pour sourire et saluer de tous côtés. Puis d'autres dansèrent encore, hommes et femmes aux jambes nues, puis de nouveau l'un des souverains cria quelque chose avec l'accompagnement de la musique, et tous entonnèrent un air en chœur. Mais soudain une tempête se déchaîna, l'orchestre fit entendre des gammes chromatiques et des accords de septième mineure, et tout le monde se mit à courir, de nouveau on entraîna un des acteurs dans les coulisses, et le rideau tomba. De nouveau un vacarme indescriptible s'éleva parmi les spectateurs et chacun cria avec enthousiasme :

« Duport! Duport! Duport! »

Natacha ne trouvait plus cela étrange. Elle regardait avec plaisir autour d'elle en souriant joyeusement.

« *N'est-ce pas qu'il est admirable, Duport?* lui demanda Hélène.

– *Oh! oui* », répondit Natacha.

X

Pendant l'entracte, une bouffée d'air froid pénétra dans la loge d'Hélène, la porte s'ouvrit et Anatole entra en se courbant et en prenant soin de ne heurter personne.

« Permettez-moi de vous présenter mon frère », dit Hélène en portant les yeux d'un air inquiet de Natacha à Anatole. Natacha tourna sa jolie tête vers le beau garçon et lui sourit par-dessus son épaule nue. Anatole qui, de près, était tout aussi beau que de loin s'assit à côté d'elle et lui dit qu'il désirait depuis longtemps la connaître, depuis le bal des Narichkine où il avait eu le plaisir de la voir, plaisir qu'il n'avait pas oublié. Kouraguine se montrait avec les femmes beaucoup plus intelligent et plus simple qu'avec les hommes. Il parlait hardiment et avec naturel, et Natacha fut étrangement et agréablement surprise de ne rien trouver de si redoutable dans cet homme sur qui on racontait tant de choses, mais de lui voir au contraire le sourire le plus naïf, le plus gai et le plus désarmant.

Kouraguine lui demanda ses impressions du spectacle et lui raconta qu'à la précédente représentation Semionova avait fait une chute en jouant.

« Savez-vous, comtesse, dit-il en lui parlant soudain comme s'il la connaissait de longue date, nous organisons un carrousel costumé; vous devriez y prendre part : ce sera très amusant. On se rassemble chez les Arkharov. Je vous en prie, venez, n'est-ce pas? »

En disant cela, il ne détachait pas ses yeux souriants du visage, du cou, des bras nus de Natacha. Elle savait à n'en pas douter qu'il l'admirait. Cela lui faisait plaisir mais, sans qu'elle sût pourquoi, en sa présence elle commençait à se sentir mal à l'aise et à l'étroit dans la loge. Quand elle se détournait, elle sentait son regard sur ses épaules et, malgré elle, elle cherchait ses yeux pour qu'il la regardât plutôt en face. Mais en la regardant dans les yeux elle sentait avec effroi qu'il n'y avait pas entre eux cette barrière de la pudeur qu'elle sentait toujours entre elle et les autres hommes. Sans savoir comment, au bout de cinq minutes, elle s'était sentie terriblement proche de cet homme. Lorsqu'elle se détournait, elle craignait qu'il ne saisît par-derrière son bras nu et ne lui déposât un baiser dans le cou. Ils parlaient des choses les plus banales, et elle sentait qu'ils étaient proches, comme jamais elle ne l'avait été avec un homme. Natacha jeta un regard vers Hélène et vers son père comme pour leur demander ce que cela signifiait; mais Hélène était occupée par sa conversation avec un général et ne répondit pas à son regard, et celui de son père ne lui dit rien d'autre que ce qu'il disait toujours, c'est-à-dire : « Tu t'amuses, eh bien, j'en suis enchanté. »

Pendant un de ces instants de silence embarrassé où Anatole la regardait tranquillement et avec insistance de ses yeux saillants, Natacha, pour rompre ce silence, lui demanda s'il aimait Moscou. Elle le demanda et rougit. Elle avait sans cesse l'impression de commettre en lui parlant une inconvenance. Anatole sourit pour l'encourager.

« Au début je ne l'aimais guère, car qu'est-ce qui rend une ville agréable? *Ce sont les jolies femmes,* n'est-il pas vrai? Mais maintenant je m'y plais beaucoup, répondit-il en la regardant d'un air significatif. Vous viendrez au carrousel, comtesse? Venez », et tendant la main vers le bouquet de Natacha et baissant la voix, il ajouta : *« Vous serez la plus jolie. Venez, chère comtesse, et comme gage donnez-moi cette fleur. »*

Natacha ne comprit pas ce qu'il avait dit, pas plus qu'il ne le comprenait lui-même, mais elle sentit que dans ces mots incompréhensibles il y avait une intention incorrecte. Elle ne sut que dire et se détourna comme si elle n'avait pas entendu. Mais à peine détournée, elle pensa qu'il était là, derrière elle, si près d'elle.

« Que pense-t-il maintenant? Est-il confus? Fâché? Faut-il arranger cela? » se demandait-elle. Elle ne put s'empêcher de tourner la tête. Elle le regarda droit dans les yeux et sa présence toute proche, et son assurance, et la cordialité désarmante de son sourire la conquirent. Elle eut exactement le même sourire que lui en le regardant droit dans les yeux. Et de nouveau elle sentit avec terreur qu'entre lui et elle il n'y avait aucune barrière.

Le rideau se leva encore. Anatole sortit de la loge, calme et gai. Natacha regagna la loge de son père, complètement conquise maintenant par ce monde dans lequel elle se trouvait. Tout ce qui se passait devant elle lui paraissait à présent parfaitement naturel; mais en revanche ses pensées récentes au sujet de son fiancé, de la princesse Maria, de la vie à la campagne ne lui revinrent pas un instant à l'esprit, comme si tout cela appartenait à un passé bien, bien lointain.

Au quatrième acte, il y eut un diable qui chanta, gesticula, jusqu'à ce qu'on eût ouvert sous lui une trappe où il disparut. Ce fut tout ce que Natacha vit de cet acte : quelque chose l'agitait et la tourmentait, et la cause de cet émoi était Kouraguine qu'elle suivait malgré elle des yeux. A la sortie, Anatole s'approcha d'eux, fit avancer leur voiture et les y installa. En aidant Natacha à monter, il lui pressa le bras au-dessus du coude. Natacha, rouge et troublée, tourna la tête vers lui. Les yeux d'Anatole brillaient et il la regardait en souriant tendrement.

Ce ne fut qu'à son retour que Natacha put prendre clairement conscience de tout ce qui lui était arrivé; se souvenant brusquement du prince André, elle fut saisie d'épouvante et devant tout le monde, alors qu'on prenait le thé après le théâtre, elle poussa un cri en s'empourprant et s'enfuit. « Mon Dieu! Je suis perdue! se dit-elle. Comment ai-je pu permettre cela? » Longtemps elle demeura ainsi, son visage rougissant caché dans ses mains, s'efforçant de voir clair dans ce qui lui était arrivé, mais elle ne pouvait comprendre ni ce qui lui était arrivé ni ce qu'elle ressentait. Tout lui paraissait obscur, confus et effrayant. Là-bas, dans cette immense salle illuminée où, sur des planches humides, Duport avec ses jambes nues et sa petite veste à paillettes sautait au son de la musique, où les jeunes filles, et les vieillards, et Hélène nue, avec son sourire calme et fier, criaient des bravos enthousiastes – là-bas, à l'ombre de cette Hélène, tout cela était simple et clair; mais à présent, seule avec elle-même, elle ne comprenait plus. « Qu'est-ce que c'est? Qu'est-ce que cette peur qu'il m'inspirait? Que signifient ces remords que j'éprouve maintenant? » se demandait-elle.

Natacha n'aurait pu se confier qu'à la vieille comtesse, la nuit, dans son lit. Sonia, elle le savait, avec sa façon de voir austère et entière, ou bien n'aurait rien compris, ou bien aurait été horrifiée par son aveu. Natacha s'efforçait, seule avec elle-même, de prendre conscience de ce qui la tourmentait.

« Suis-je perdue ou non à l'amour du prince André? se demandait-elle, et avec un sourire rassurant elle se répondait : Que je suis sotte de me le demander! Que m'est-il donc arrivé? Rien. Je n'ai rien fait, je n'ai nullement provoqué cela. Personne ne le saura et je ne le reverrai jamais plus. Il est donc clair qu'il ne s'est rien passé, que je n'ai à me repentir de rien, que le prince André peut m'aimer TELLE QUE JE SUIS MAINTENANT. Mais que suis-je maintenant? Ah! mon Dieu, mon Dieu, que n'est-il pas ici! » Elle se calmait un instant, mais de nouveau un instinct lui disait que, bien que tout cela fût vrai et qu'il n'y eût rien eu, son amour pour le prince André avait perdu toute son ancienne pureté. Et de nouveau elle repassait en imagination toute sa conversation avec Kouraguine et revoyait le visage, les gestes, le tendre sourire de ce bel et audacieux garçon au moment où il lui serrait le bras.

XI

Anatole Kouraguine habitait Moscou parce que son père l'avait renvoyé de Pétersbourg où il dépensait plus de vingt mille roubles par an et faisait autant de dettes, dont ses créanciers réclamaient le paiement à son père.

Ce dernier avait déclaré à son fils qu'il payait pour la dernière fois la moitié de ses dettes; mais à condition qu'il partît pour Moscou comme aide de camp du gouverneur militaire, poste qu'il avait obtenu pour lui, et qu'il mît tout en œuvre pour faire au plus vite un riche mariage. Il lui avait indiqué la princesse Maria et Julie Karaguine.

Anatole accepta et partit pour Moscou où il descendit chez Pierre. Pierre le reçut d'abord à contrecœur, mais ensuite s'habitua à lui, prit parfois part à ses équipées et, sous forme d'emprunts, lui donnait de l'argent.

Depuis son arrivée à Moscou, Anatole, comme l'avait dit à juste titre Chinchine, tournait la tête à toutes les dames d'autant plus sûrement qu'il les négligeait et leur préférait ouvertement les tziganes et les actrices françaises dont la plus en vue, Mlle George, passait pour être fort intime avec lui. Il ne manquait pas une fête chez Danilov et autres bons vivants de Moscou, passait des nuits entières à boire en damant le pion à tout le monde et assistait à toutes les soirées et à tous les bals de la haute société. On citait quelques-unes de ses intrigues avec des dames moscovites et, aux bals, il en courtisait certaines. Mais avec les jeunes filles, en particulier avec les riches héritières qui, pour la plupart, étaient laides, il se tenait à distance, d'autant que – chose que ne savaient que ses amis intimes – il était marié depuis deux ans. Deux ans plus tôt, pendant que son régiment tenait garnison en Pologne, un hobereau polonais sans fortune l'avait contraint à épouser sa fille.

Anatole n'avait pas tardé à abandonner sa femme et, en échange d'une pension qu'il s'était engagé à servir à son beau-père, s'était réservé le droit de passer pour célibataire.

Anatole était toujours satisfait de son sort, de lui-même et des autres. De toutes les fibres de son être, il était convaincu d'instinct de ne pouvoir vivre autrement qu'il ne vivait et de n'avoir jamais rien fait de mal. Il était incapable de comprendre les répercussions que ses actes pouvaient avoir sur d'autres, ni ce qui pouvait résulter de tel ou tel de ces actes. Il croyait fermement que, de même que le canard est fait pour vivre dans l'eau, il avait été créé par Dieu pour vivre sur un pied de trente mille roubles de revenus et occuper toujours le rang le plus élevé dans la société. Il en était si convaincu qu'en le voyant les autres partageaient sa conviction et ne lui refusaient ni le rang le plus élevé dans le monde, ni l'argent qu'il empruntait au premier venu, de toute évidence à fonds perdus.

Il n'était pas joueur, du moins ne recherchait-il jamais le gain. Il n'était pas vaniteux. Il était parfaitement indifférent à ce qu'on pouvait penser de lui. Encore moins pouvait-on l'accuser d'ambition. Il avait plus d'une fois provoqué la colère de son père en compromettant sa carrière, et il se moquait de tous les honneurs. Il n'était pas avare et ne refusait jamais quand on lui demandait de l'argent. La seule chose qu'il aimât était les plaisirs et les femmes et comme, dans son esprit, il n'y avait rien de vil dans ces goûts et qu'il était incapable de prévoir les conséquences qui découlaient pour les autres de la satisfaction de ces goûts, il se jugeait en toute bonne foi irréprochable, méprisait les lâches et les méchants et portait haut la tête, la conscience tranquille.

Les fêtards, ces madeleines hommes, sont secrètement persuadés de leur innocence, sentiment qui, comme chez les madeleines femmes, repose sur le même espoir du pardon. « Il lui sera beaucoup pardonné parce qu'elle aura beaucoup aimé, et il lui sera beaucoup pardonné parce qu'il se sera beaucoup amusé. »

Dolokhov qui, cette année-là, avait reparu à Moscou après son exil et ses aventures en Perse, et qui menait une vie somptueuse de joueur et de fêtard, avait renoué avec Kouraguine, son ancien camarade de Pétersbourg, et se servait de lui pour ses fins. Anatole aimait sincèrement Dolokhov pour son intelligence et son intrépidité; Dolokhov qui avait besoin du nom, du rang, des relations d'Anatole Kouraguine pour attirer les jeunes gens riches dans sa bande de joueurs, se servait de lui sans le laisser paraître et s'amusait à ses dépens. En dehors du calcul, le fait même de diriger la volonté d'un autre était pour lui un plaisir, une habitude et un besoin.

Natacha avait produit sur Anatole une forte impression. En soupant après le spectacle, il détailla à Dolokhov en connaissance le charme de ses bras, de ses épaules, de ses pieds et de sa chevelure, et se déclara décidé à lui faire la cour. A quoi cela pouvait mener, Anatole était incapable d'y réfléchir et de le prévoir, comme il ne savait jamais quelles suites pouvaient avoir ses actes.

« Elle est belle, mon cher, mais elle n'est pas pour nous, lui dit Dolokhov.

– Je vais dire à ma sœur de l'inviter à dîner, dit Anatole. Hein?

– Attends plutôt qu'elle soit mariée...

– Tu sais, dit Anatole, *j'adore les petites filles :* elles perdent tout de suite la tête.

– Tu t'es déjà laissé prendre une fois avec une *petite fille,* dit Dolokhov qui était au courant du mariage d'Anatole. Attention!

– Ma foi, on ne se laisse pas prendre deux fois! Hein? » dit Anatole en riant avec bonhomie.

XII

Le lendemain du spectacle, les Rostov ne sortirent pas et personne ne vint les voir. Maria Dmitrievna, en cachette de Natacha, se concertait avec son père. Natacha devinait qu'ils parlaient du vieux prince et échafaudaient un projet, et cela l'inquiétait et le blessait. Elle attendait à tout instant le prince André et, ce jour-là, elle envoya deux fois le portier aux nouvelles à la Vozdvijenka. Il n'arrivait toujours pas. Elle s'y résignait maintenant plus difficilement que les premiers jours de son arrivée. A son impatience et au chagrin que lui causait son absence était venu s'ajouter le pénible souvenir de son entrevue avec la princesse Maria et avec le vieux prince, ainsi qu'une appréhension et une inquiétude dont elle ne savait pas la cause. Il lui semblait sans cesse ou qu'il ne reviendrait jamais, ou qu'avant son retour il lui arriverait quelque chose à elle. Elle ne pouvait plus penser à lui longuement et avec calme, seule à seule avec elle-même. Dès qu'elle se prenait à penser à lui, à son souvenir venait s'associer celui du vieux prince, de la princesse Maria, celui du dernier spectacle et de Kouraguine. De nouveau elle se demandait si elle n'était pas coupable, si elle n'avait pas déjà trahi la foi donnée au prince André, et de nouveau elle se surprenait à évoquer jusqu'au moindre détail chaque mot, chaque geste, chaque jeu de physionomie de cet homme qui avait su éveiller en elle un sentiment si redoutable et si incompréhensible pour elle. Aux yeux des siens, Natacha paraissait plus animée que d'ordinaire, mais elle était loin d'être si calme et si heureuse qu'auparavant.

Le dimanche matin, Maria Dmitrievna invita ses hôtes à entendre la messe à l'église de l'Assomption, sa paroisse.

« Je n'aime pas ces églises à la mode, disait-elle, visiblement fière de son indépendance d'esprit. Dieu est le même partout. Nous avons un excellent prêtre, il officie bien, le diacre aussi, c'est si sérieux. Je ne vois pas ce que les concerts qu'on donne dans le chœur ajoutent de sainteté. Je n'aime pas ça, c'est pure frivolité! »

Maria Dmitrievna aimait les dimanches et s'entendait à les célébrer. Sa maison était lavée et nettoyée dès le samedi, ses gens et elle-même ne travaillaient pas, tous endossaient leurs habits de fête et assistaient à la messe. Au dîner des maîtres on ajoutait des plats et l'on donnait aux domestiques de la vodka et une oie rôtie ou un cochon de lait. Mais rien dans la maison ne reflétait tant la fête que le large et sévère visage de Maria Dmitrievna qui, ce jour-là, prenait invariablement un air de solennité.

Quand, après la messe, on eut pris le café dans le salon dont les housses avaient été enlevées, on vint annoncer à Maria Dmitrievna que la voiture était avancée, et avec un air sévère, revêtue du châle de cérémonie qu'elle mettait pour faire des visites, elle se leva et déclara qu'elle allait chez le prince Nicolas Andreievitch Bolkonski pour s'expliquer avec lui au sujet de Natacha.

Après le départ de Maria Dmitrievna, une couturière vint demander les Rostov de la part de Mme Chalmé, et Natacha, ravie de cette diversion, ferma la porte de la pièce voisine du salon et se mit en devoir d'essayer ses nouvelles toilettes. Tandis qu'en corsage simplement bâti et encore sans manches, elle regardait par-dessus son épaule dans le miroir comment allait le dos, elle entendit dans le salon la voix animée de son père et une voix de femme qui la fit rougir. C'était la voix d'Hélène. Natacha n'avait pas encore eu le temps d'enlever le corsage que la porte s'ouvrait et que la comtesse Bezoukhov entrait, rayonnante de son sourire affable et bon enfant, dans une robe de velours violet à col montant.

« *Ah! ma délicieuse!* dit-elle à Natacha qui rougissait. *Charmante!* Vraiment, cela n'a pas de nom, mon cher comte, ajouta-t-elle en se tournant vers Ilia Andreitch qui la suivait. Comment peut-on être à Moscou et n'aller nulle part? Non, je ne vous lâcherai pas! Ce soir Mlle George dit des vers chez moi, j'aurai quelques amis; et si vous n'amenez pas vos beautés qui sont mieux que Mlle George, je ne veux plus vous connaître. Mon mari n'est pas là, il est parti pour Tver, sinon je l'aurais envoyé vous chercher. Venez sans faute, sans faute, vers neuf heures. » Elle salua d'un signe de tête la couturière qu'elle connaissait et qui lui faisait une respectueuse révérence, et s'assit dans un fauteuil près de la glace en disposant avec art autour d'elle les plis de sa robe de velours. Elle ne cessait de bavarder gaiement et avec bonhomie, s'extasiant sur la beauté de Natacha. Elle examina ses toilettes et en fit compliment, fit également l'éloge d'une des siennes, *de gaze métallique,* qu'elle avait reçue de Paris, en conseillant à Natacha de s'en commander une pareille.

« D'ailleurs tout vous va, ma ravissante », dit-elle.

Un sourire de plaisir ne quittait pas le visage de Natacha. Elle se sentait heureuse et s'épanouissait sous les compliments de cette charmante comtesse Bezoukhov, qui lui avait paru au début une grande dame si inabordable et qui maintenant lui montrait tant de bonté. Natacha devint bientôt gaie et se sentit presque amoureuse de cette femme si belle et si bienveillante. Hélène, de son côté, admirait sincèrement Natacha et désirait la distraire. Anatole lui avait demandé de lui ménager une entrevue avec elle et c'est pour cela qu'elle était venue chez les Rostov. L'idée de rapprocher son frère et Natacha l'amusait.

Quoiqu'elle eût autrefois éprouvé du dépit contre Natacha qui, à Pétersbourg, lui avait enlevé Boris, elle n'y pensait plus maintenant et, de tout cœur, à sa façon, lui voulait du bien. En partant elle prit sa *protégée* à part.

« Mon frère a dîné chez moi hier, nous mourions de rire :

il ne mange rien et soupire après vous, ma charmante. *Il est fou, amoureux fou de vous, ma chère.* »

Natacha à ces mots devint cramoisie.

« Comme elle rougit, comme elle rougit, *ma délicieuse!* dit Hélène. Venez sans faute. *Si vous aimez quelqu'un, ma délicieuse, ce n'est pas une raison pour vous cloîtrer. Si même vous êtes promise, je suis sûre que votre promis aurait désiré que vous alliez dans le monde en son absence plutôt que de dépérir d'ennui.* »

« Ainsi elle sait que je suis fiancée, ils en ont donc parlé, elle et son mari, ce Pierre si équitable, se disait Natacha, et ils en ont ri. Il n'y a donc aucun mal à cela. » Et de nouveau, sous l'influence d'Hélène, ce qui tout à l'heure lui semblait terrible devint simple et naturel. « Elle est si *grande dame,* si gentille et on voit qu'elle m'aime de tout son cœur. Pourquoi ne pas se distraire? » pensait Natacha en regardant Hélène avec de grands yeux étonnés.

Maria Dmitrievna rentra à l'heure du dîner, taciturne, grave, ayant manifestement subi une défaite chez le vieux prince. Elle était encore trop émue de l'escarmouche pour pouvoir raconter avec calme ce qui s'était passé. A une question du comte, elle répondit que tout allait bien et qu'elle raconterait tout le lendemain. Apprenant la visite de la comtesse Bezoukhov et l'invitation à la soirée, elle dit :

« Je n'aime pas fréquenter Mme Bezoukhov et je ne vous le conseille pas; mais enfin puisque tu as promis, vas-y, cela te distraira », ajouta-t-elle en s'adressant à Natacha.

XIII

Le comte Ilia Andreitch emmena ses jeunes filles chez la comtesse Bezoukhov. Il y avait pas mal de monde. Mais presque tous les invités étaient des inconnus pour Natacha. Le comte Ilia Andreitch constata avec déplaisir que la plupart étaient des hommes et des femmes réputés pour leur liberté d'allure. Dans un coin du salon, Mlle George était entourée de jeunes gens. Il y avait quelques Français, parmi lesquels Métivier qui, depuis l'arrivée d'Hélène, était devenu un familier de la maison. Le comte Ilia Andreitch décida de ne pas jouer, de ne pas quitter sa fille et de partir dès la fin de la représentation de Mlle George.

Anatole devait guetter à la porte l'arrivée des Rostov. Aussitôt après avoir salué le comte, il s'approcha de Natacha et la suivit. A peine Natacha l'eut-elle aperçu qu'elle fut envahie du même sentiment fait de vanité satisfaite de lui plaire et de peur que lui inspirait l'absence de toute barrière morale entre elle et lui.

Hélène accueillit Natacha avec joie et s'extasia à haute voix sur sa beauté et sa toilette. Mlle George sortit pour s'habiller. On disposa les chaises dans le salon et les invités prirent place. Anatole avança à Natacha un siège et voulut s'asseoir près d'elle, mais le comte qui ne la quittait pas des yeux s'installa à sa place. Anatole s'assit derrière.

Mlle George, avec ses gros bras nus à fossettes, un châle rouge jeté sur une épaule, gagna l'espace libre qui lui avait été réservé entre les fauteuils et prit une pose dépourvue de naturel. Un murmure admiratif parcourut l'assistance.

Mlle George enveloppa le public d'un regard sévère et sombre et dit en français des vers où il était question de son amour coupable pour son fils. A certains passages, elle haussait la voix, à d'autres elle murmurait en redressant solennellement la tête, à d'autres encore elle s'arrêtait et faisait entendre des râles en roulant les yeux.

« *Adorable, divin, délicieux!* » disait-on de tous côtés. Natacha regardait la grosse George mais n'entendait, ne voyait et ne comprenait rien de ce qui se passait devant elle; elle se sentait seulement replongée, entièrement et sans retour, dans ce monde étrange de folie, si éloigné de celui qu'elle avait connu jusque-là, dans ce monde où l'on ne pouvait distinguer le bien du mal, le raisonnable de l'insensé. Anatole était assis derrière elle et, le sentant si près, elle attendait quelque chose avec angoisse.

Après le premier monologue, toute l'assistance se leva et entoura Mlle George en lui manifestant son admiration.

« Comme elle est belle! dit Natacha à son père qui s'était levé avec les autres et s'avançait avec la foule vers l'actrice.

— Je ne le trouve pas en vous voyant », dit Anatole qui suivait Natacha. Il le dit à un moment où elle était seule à pouvoir l'entendre. « Vous êtes exquise... depuis l'instant où je vous ai vue, je n'ai cessé...

– Viens, Natacha, viens donc, dit le comte en revenant auprès de sa fille. Comme elle est belle! »

Natacha rejoignit son père sans rien dire et posa sur lui un regard interrogateur et étonné.

Après plusieurs morceaux, Mlle George partit et la comtesse Bezoukhov pria la société de passer dans la salle de danse.

Le comte voulut s'en aller, mais Hélène le supplia de ne pas gâter son bal improvisé. Les Rostov restèrent. Anatole invita Natacha pour la valse et pendant la danse, tout en lui pressant la taille et la main, lui dit qu'elle était *ravissante* et qu'il l'aimait. Pendant l'écossaise qu'elle dansa de nouveau avec Kouraguine, lorsqu'ils restèrent seuls, Anatole ne lui dit rien et se contenta de la regarder. Natacha se demanda si elle n'avait pas rêvé ce qu'il lui avait dit pendant la valse. A la fin de la première figure, il lui pressa de nouveau la main. Natacha leva sur lui des yeux effrayés; mais le regard et le sourire d'Anatole étaient empreints de tant de tendresse et d'assurance qu'elle ne put lui dire ce qu'elle aurait dû. Elle baissa les yeux.

« Ne me dites pas ces choses-là, je suis fiancée, j'en aime un autre », dit-elle rapidement. Elle le regarda. Ce qu'elle avait dit n'avait ni troublé ni peiné Anatole.

« Ne me parlez pas de cela, que m'importe? Je vous dis que je suis éperdument amoureux de vous, éperdument. Est-ce ma faute si vous êtes ravissante?... A nous de commencer. »

Animée et inquiète, Natacha regardait autour d'elle avec de grands yeux effrayés et paraissait plus gaie que d'habitude. Elle se rendait à peine compte de ce qui se passait autour d'elle. On dansa l'écossaise et le « Gross-Vater », son père voulut partir, elle demanda à rester. Où qu'elle allât, quel que fût son interlocuteur, elle sentait sur elle le regard d'Anatole. Ensuite elle se souvenait d'avoir demandé à son père la permission d'aller arranger sa robe dans le cabinet de toilette, Hélène l'avait suivie, lui avait parlé en riant de l'amour de son frère pour elle et, dans le petit salon, elle s'était de nouveau trouvée en présence d'Anatole, Hélène avait disparu, ils étaient restés seuls et, lui prenant la main, Anatole lui avait dit d'une voix tendre :

« Je ne peux aller chez vous, mais est-il possible que je ne vous revoie jamais? Je vous aime à la folie. Vraiment jamais?... »

et lui barrant le passage, il approchait son visage du sien. Ses grands yeux brillants d'homme étaient si près des siens qu'elle ne voyait que ses yeux.

« Nathalie? » murmura sa voix, et quelqu'un lui serrait les mains à la faire crier. « Nathalie? ! »

« Je ne comprends rien, je n'ai rien à dire », répondit son regard.

Des lèvres brûlantes se pressèrent contre les siennes et au même instant elle se sentit de nouveau libre, et le bruit des pas d'Hélène et le bruissement de sa robe se firent entendre dans la pièce. Natacha tourna la tête vers Hélène puis, rouge et tremblante, reporta sur lui des yeux effrayés et interrogateurs et se dirigea vers la porte.

« *Un mot, un seul, au nom de Dieu* », disait Anatole.

Elle s'arrêta. Elle avait tant besoin de lui entendre dire ce mot qui expliquerait ce qui était arrivé et auquel elle répondrait.

« *Nathalie, un mot, un seul* », répétait-il toujours, ne sachant visiblement que dire, et il répéta ces paroles jusqu'à ce qu'Hélène les eût rejoints.

Hélène retourna avec Natacha au salon. Les Rostov partirent avant le souper.

Une fois rentrée, Natacha ne dormit pas de la nuit; une question insoluble la tourmentait : qui aimait-elle, Anatole ou le prince André? Elle aimait le prince André, elle savait combien elle l'aimait. Mais elle aimait aussi Anatole, cela ne faisait pas de doute. « Sinon est-ce que tout cela aurait pu arriver? pensait-elle. Si, après cela, j'ai pu en lui disant adieu répondre par un sourire au sien, si j'ai pu en venir là, c'est donc qu'il est bon, noble et merveilleux et qu'il était impossible de ne pas l'aimer. Que dois-je faire puisque je l'aime et que j'en aime un autre? » se disait-elle sans trouver de réponse à ces questions torturantes.

XIV

Le matin vint avec ses occupations et son agitation. Tout le monde se leva, remua, parla, de nouveau les couturières se présentèrent, de nouveau Maria Dmitrievna fit son apparition et l'on servit le thé. Natacha, les yeux grands ouverts comme si elle voulait surprendre tout regard curieux fixé sur elle, regardait tout le monde d'un air inquiet et s'efforçait de paraître telle qu'elle était d'ordinaire.

Après le déjeuner (c'était son meilleur moment), Maria Dmitrievna s'installa dans son fauteuil et appela auprès d'elle Natacha et le vieux comte.

« Eh bien mes amis, j'ai réfléchi à toute l'affaire et voici mon conseil, commença-t-elle. Hier, comme vous savez, je suis allée chez le prince Nicolas; eh bien, je lui ai parlé... Il s'est avisé de crier. Mais ce n'est pas moi qu'on peut faire taire! Je lui ai tout déballé!

– Et qu'a-t-il dit? demanda le comte.

– Lui? C'est un despote... il ne veut rien entendre, mais à quoi bon en parler? nous avons déjà assez tourmenté la pauvre fillette, dit Maria Dmitrievna. Mon conseil est d'en finir vite avec vos affaires et de rentrer chez vous, à Otradnoïe... et d'y attendre...

– Ah! non! s'écria Natacha.

– Si, il faut rentrer, dit Maria Dmitrievna. Et attendre là-bas. Si le fiancé arrive ici maintenant, cela n'ira pas sans brouille, alors que seul à seul avec le vieux il discutera tout, puis ira vous rejoindre. »

Ilia Andreitch approuva cette proposition dont il avait aussitôt saisi la sagesse. Si le vieillard revenait à de meilleurs sentiments, il serait d'autant plus facile d'aller le voir à Moscou ou à Lissi Gori; dans le cas contraire, un mariage sans son consentement ne pourrait être célébré qu'à Otradnoïe.

« C'est parfaitement juste. Je regrette même d'être allé chez lui et de l'y avoir conduite, dit le vieux comte.

– Non, pourquoi le regretter? Puisque vous étiez ici, vous ne pouviez pas ne pas lui faire cette politesse. Et s'il ne veut pas, c'est son affaire, dit Maria Dmitrievna en cherchant quelque chose dans son réticule. Aussi bien le trousseau est-il prêt, qu'avez-vous à attendre encore, et ce qui n'est pas prêt, je vous le ferai envoyer. Bien que je regrette de vous voir partir, cela vaut mieux. » Ayant trouvé dans son réticule ce qu'elle y cherchait, elle le remit à Natacha. C'était une lettre de la princesse Maria. « Elle t'écrit. Comme elle se tourmente, la pauvrette! Elle a peur que tu ne croies qu'elle ne t'aime pas.

– Mais c'est vrai qu'elle ne m'aime pas, dit Natacha.

– Ne dis pas de bêtises, cria Maria Dmitrievna.

– Personne ne me fera croire le contraire, je sais qu'elle ne m'aime pas », dit hardiment Natacha en prenant la lettre, et son visage refléta une résolution si sèche et si méchante que Maria Dmitrievna fronça le sourcil et l'examina plus attentivement.

« Ne me parle pas ainsi, ma petite, dit-elle. Ce que je dis est vrai. Va lui répondre. »

Natacha ne répliqua pas et alla dans sa chambre pour lire la lettre de la princesse Maria.

La princesse Maria lui écrivait qu'elle était au désespoir du malentendu survenu entre elles. Quels que fussent les sentiments de son père, disait-elle, elle priait Natacha de croire qu'elle ne pouvait pas ne pas aimer celle qu'avait choisie son frère, ce frère pour le bonheur de qui elle était prête à tout sacrifier.

« D'ailleurs, écrivait-elle, n'allez pas croire que mon père soit mal disposé à votre égard. C'est un vieil homme malade qu'il faut excuser; mais il est bon, généreux et il aimera celle qui fera le bonheur de son fils. » La princesse Maria lui demandait ensuite de fixer le jour où elle pourrait la revoir.

Après avoir lu la lettre, Natacha s'assit à sa table pour répondre : « *Chère princesse* », écrivit-elle vite, machinalement, et elle s'arrêta. Que pouvait-elle dire d'autre après tout ce qui s'était passé la veille? « Oui, oui, tout cela est arrivé, et maintenant tout est changé, se disait-elle, assise devant la lettre commencée. Faut-il lui rendre sa parole? Le faut-il vraiment? C'est affreux!... » Et pour échapper à ces terribles pensées, elle alla chez Sonia et elles examinèrent ensemble des dessins de broderie.

Après le dîner, Natacha se retira dans sa chambre et reprit la lettre de la princesse Maria. « Est-il possible que tout soit désormais fini? se disait-elle Est-il possible que tout cela ait pu arriver si vite et détruire entièrement le passé? » Elle évoquait dans toute sa force première son amour pour le prince André et en même temps elle sentait qu'elle aimait Kouraguine. Elle se voyait la femme du prince André, se représentait le tableau si souvent contemplé en imagination du bonheur qui l'attendait par lui et avec lui; et en même temps, brûlante d'émotion, elle évoquait tous les détails de sa rencontre de la veille avec Anatole.

« Pourquoi donc cela ne pourrait-il pas exister en même temps? se demandait-elle par moments, l'esprit complètement obnubilé. Ce n'est qu'alors que je serais pleinement heureuse, mais ainsi je dois choisir et je ne puis être heureuse sans l'un des deux. Une chose est sûre : il est aussi impossible de dire au prince André ce qui s'est passé que de le lui cacher. Tandis qu'avec l'autre rien n'est gâché. Mais est-il possible que je doive renoncer à jamais au bonheur d'être aimée du prince André, ce bonheur dont j'ai vécu si longtemps? »

« Mademoiselle, chuchota d'un air mystérieux une femme de chambre en entrant dans la pièce. Un homme m'a dit de vous remettre ceci. » Elle lui tendit une lettre. « Seulement, pour l'amour de Dieu... » disait-elle encore alors que d'un geste machinal, sans y penser, Natacha avait déjà rompu le cachet et lisait la lettre d'amour d'Anatole dont elle ne comprenait pas un mot. Elle comprenait seulement que cette lettre venait de lui, de l'homme qu'elle aimait. « Oui, elle l'aimait, sinon tout cela aurait-il pu arriver? Aurait-elle pu avoir entre les mains une lettre d'amour de lui? »

Les mains tremblantes, Natacha tenait cette lettre d'amour pleine de passion que Dolokhov avait composée pour Anatole et en lisant elle y découvrait un écho à tout ce qu'elle croyait sentir elle-même.

« Depuis hier soir, mon sort est décidé : être aimé de vous ou mourir. Je n'ai pas d'autre issue. » Ainsi commençait la lettre. Puis il disait qu'il savait que ses parents ne consentiraient pas à lui donner sa main, qu'il y avait à cela des raisons secrètes qu'il ne pouvait dévoiler qu'à elle seule, mais que si elle l'aimait il lui suffisait de dire oui et aucune force au monde ne pourrait empêcher leur bonheur. L'amour triompherait de tout. Il l'enlèverait et l'emmènerait au bout du monde.

« Oui, oui, je l'aime! » se disait Natacha en relisant pour la vingtième fois la lettre et en découvrant dans chaque mot un sens particulier et profond.

Ce soir-là, Maria Dmitrievna allait chez les Arkharov et elle proposa aux jeunes filles de l'accompagner. Natacha, prétextant un mal de tête, resta à la maison.

XV

En revenant, tard dans la soirée, Sonia entra dans la chambre de Natacha et, à sa grande surprise, la trouva dormant toute habillée sur le divan. Le lettre décachetée d'Anatole était sur la table, à côté d'elle. Sonia la prit et se mit à lire.

Elle lisait et jetait ces regards à Natacha endormie, cherchant sur son visage une explication de ce qu'elle lisait et ne la trouvant pas. Son visage était serein et heureux. Se comprimant la poitrine à deux mains pour ne pas étouffer, Sonia, pâle et tremblante de peur et d'émotion se laissa tomber dans un fauteuil et fondit en larmes.

« Comment n'ai-je rien vu? Comment les choses ont-elles pu aller si loin? Est-il possible qu'elle n'aime plus le prince André? Et comment a-t-elle pu permettre cela à Kouraguine? C'est un fourbe et un misérable. Que sera-ce pour Nicolas, le gentil, le noble Nicolas, quand il l'apprendra? Voilà donc ce que signifiait ce visage ému, résolu et peu naturel qu'elle avait avant-hier, et hier, et aujourd'hui, se disait Sonia; mais il n'est pas possible qu'elle l'aime! Elle aura sans doute décacheté cette lettre sans savoir de qui elle venait. Elle doit en être offensée. Elle est incapable de faire cela! »

Sonia essuya ses larmes et s'approcha de Natacha dont elle scruta de nouveau le visage.

« Natacha! » dit-elle d'une voix à peine perceptible.

Natacha se réveilla et aperçut Sonia.

« Ah! tu es rentrée? »

Et avec la spontanéité et la tendresse qu'on a parfois au moment du réveil, elle enlaca son amie. Mais à la vue de son visage troublé, le trouble et le soupçon se reflétèrent également sur le sien.

« Sonia, tu as lu la lettre? dit-elle.

– Oui », chuchota Sonia.

Natacha eut un sourire extasié.

« Ah! Sonia, je n'en peux plus! dit-elle. Je ne peux te le cacher plus longtemps. Tu sais, nous nous aimons!... Sonia, ma chérie, il m'écrit... Sonia... »

Sonia, comme si elle n'en croyait pas ses oreilles, regardait Natacha de tous ses yeux.

« Et Bolkonski? dit-elle.

— Ah! Sonia, ah! si tu pouvais savoir comme je suis heureuse! dit Natacha. Tu ne sais pas ce que c'est que l'amour...

— Mais, Natacha, est-il possible qu'avec L'AUTRE tout soit fini? »

Natacha regardait Sonia avec de grands yeux bien ouverts, comme si elle ne comprenait pas sa question.

« Alors tu romps avec le prince André? dit Sonia.

— Ah! tu ne comprends rien, ne dis pas de bêtises, écoute-moi, dit Natacha avec un brusque dépit.

— Non, je ne peux y croire, répéta Sonia. Je ne comprends pas. Pendant une année entière tu as aimé un homme, et tout à coup... Tu ne l'as vu que trois fois. Natacha, je ne te crois pas, tu plaisantes. En trois jours tout oublier et...

— Trois jours, dit Natacha. Il me semble que je l'aime depuis un siècle. Il me semble que je n'ai jamais aimé personne avant lui. Tu ne peux comprendre cela, Sonia, attends, assieds-toi là. » Et Natacha la prit dans ses bras et l'embrassa. « On m'avait dit que cela arrive, toi aussi tu as dû en entendre parler, mais ce n'est que maintenant que je sais ce que c'est que cet amour. Ce n'est pas comme avant. Dès que je l'ai vu, j'ai senti qu'il est mon maître et que je suis son esclave, que je ne peux pas ne pas l'aimer. Oui, son esclave! Ce qu'il m'ordonnera je le ferai. Tu ne comprends pas ça. Qu'y puis-je? Qu'y puis-je, Sonia? Le visage de Natacha était heureux et effrayé.

— Mais pense donc à ce que tu fais, je ne peux pas laisser cela ainsi. Ces lettres en cachette... Comment as-tu pu lui permettre cela? dit Sonia avec épouvante et avec un dégoût qu'elle avait peine à cacher.

— Je t'ai dit, répondit Natacha, que je n'ai plus de volonté, comment ne le comprends-tu pas : je l'aime!

— Alors, c'est moi qui ne laisserai pas faire, je raconterai tout, s'écria Sonia à travers les larmes qui jaillirent de ses yeux.

— Que dis-tu, pour l'amour de Dieu... Si tu le racontes, tu es mon ennemie, dit Natacha. Tu veux mon malheur, tu veux qu'on nous sépare... »

A la vue de la terreur de Natacha, Sonia pleura de honte et de pitié pour son amie.

« Mais qu'y a-t-il eu entre vous? demanda-t-elle. Que t'a-t-il dit? Pourquoi ne vient-il pas ici? »

Natacha ne répondit pas à sa question.

« Au nom du Ciel, Sonia, n'en parle à personne, ne me tourmente pas, supplia-t-elle. Souviens-toi qu'on ne peut pas se mêler de ces choses-là. Je t'ai révélé...

– Mais pourquoi ces mystères? Pourquoi donc ne vient-il pas à la maison? demanda Sonia. Pourquoi ne demande-t-il pas tout simplement ta main? Le prince André t'a laissé toute ta liberté si vraiment il faut en arriver là, mais je n'y crois pas. Natacha, as-tu réfléchi à ce que pouvaient être ces « raisons secrètes »?

Natacha regardait Sonia avec des yeux étonnés. On voyait que cette question se présentait pour la première fois à elle, elle ne savait que répondre.

« Ces raisons, je ne sais pas ce qu'elles sont. Mais il faut croire qu'il y en a. »

Sonia soupira et hocha la tête d'un air incrédule.

« S'il y avait des raisons... » commença-t-elle. Mais devinant ses doutes, Natacha l'interrompit, effrayée.

« Sonia, on ne peut pas douter de lui. On ne doit pas, on ne doit pas, comprends-tu? cria-t-elle.

– T'aime-t-il?

– S'il m'aime? répéta Natacha avec un sourire de pitié pour l'incompréhension de son amie. Tu as lu sa lettre, tu l'as vu, lui?

– Mais s'il n'est pas un honnête homme?

– Lui!... pas un honnête homme? Si tu savais! dit Natacha.

– Si c'est un honnête homme, il doit ou déclarer ses intentions, ou cesser de te voir, et si tu ne veux pas le faire, c'est moi qui le ferai, je lui écrirai, je dirai tout à papa, dit résolument Sonia.

– Mais je ne peux pas vivre sans lui! cria Natacha.

– Natacha, je ne te comprends pas. Que dis-tu! Pense à ton père, à Nicolas.

– Je n'ai besoin de personne, je n'aime personne d'autre que lui. Comment oses-tu dire qu'il n'est pas honnête? Ne sais-tu donc pas que je l'aime? Sonia, va-t'en, je ne veux pas me brouiller avec toi, va-t'en, va-t'en au nom du Ciel, tu vois comme je souffre », criait méchamment Natacha d'une voix pleine de violence contenue. Sonia éclata en sanglots et s'enfuit.

Natacha alla à sa table et sans hésiter un instant écrivit à la princesse Maria la réponse qu'elle n'avait pu faire de toute la matinée. Dans cette lettre, elle lui disait brièvement que tous les malentendus étaient finis, que, profitant de la générosité du prince André qui en partant l'avait laissée libre, elle la priait de tout oublier et de lui pardonner si elle avait des torts envers elle, mais qu'elle ne pouvait être la femme de son frère. Tout cela lui paraissait si facile, si simple et si clair en cet instant.

Le vendredi, les Rostov devaient repartir pour la campagne et, le mercredi, le comte se rendit avec son acheteur à son domaine des environs de Moscou.

Le jour du départ du comte, Sonia et Natacha étaient invitées à un grand dîner chez les Karaguine, et Maria Dmitrievna les y conduisit. Au dîner, Natacha rencontra de nouveau Anatole, et Sonia remarqua qu'elle parla avec lui de façon à n'être pas entendue et que, pendant tout le repas, elle fut encore plus agitée. Lorsqu'elles furent rentrées, Natacha aborda la première les expressions qu'attendait son amie.

« Tu vois, Sonia, tu disais toutes sortes de sottises sur lui, commença-t-elle d'une voix douce, de cette voix que prennent les enfants qui veulent qu'on les loue. Nous nous sommes expliqués tout à l'heure.

– Et alors, et alors? Que t'a-t-il dit? Natacha, comme je suis contente que tu ne sois pas fâchée contre moi. Dis-moi tout, toute la vérité. Que t'a-t-il dit? »

Natacha réfléchit un instant.

« Ah! Sonia, si tu le connaissais comme je le connais! Il a dit... Il m'a demandé dans quelle mesure j'étais engagée envers Bolkonski. Il a été content d'apprendre qu'il dépendait de moi de rompre avec lui. »

Sonia poussa un soupir.

« Mais tu n'as pas rompu avec Bolkonski? dit-elle.

– Peut-être bien que si! Peut-être que tout est fini avec Bolkonski. Pourquoi as-tu une si mauvaise opinion de moi?

– Je n'ai aucune opinion, je ne comprends seulement pas cela.

– Attends, Sonia, tu vas tout comprendre. Tu vas voir ce qu'il est. Ne pense de mal ni de moi ni de lui.

– Je ne pense de mal de personne : j'aime et je plains tout le monde. Mais que puis-je faire? »

Sonia ne se laissait pas prendre à la voix tendre dont lui parlait Natacha. Plus son expression se faisait douce et insinuante, plus le visage de Sonia devenait sérieux et sévère.

« Natacha, dit-elle, tu m'as demandé de ne pas t'en parler, je ne t'ai donc rien dit, c'est toi-même qui as commencé. Natacha, je n'ai pas confiance en lui. Pourquoi ce mystère?

– Encore, encore! interrompit Natacha.

– Natacha, j'ai peur pour toi.

– De quoi as-tu peur?

– J'ai peur que tu ne coures à ta perte », dit Sonia avec une résolution qui l'effraya elle-même.

Le visage de Natacha redevint méchant.

« Et je me perdrai, je me perdrai, je me perdrai le plus vite possible. Cela ne vous regarde pas. Ce n'est pas vous, c'est moi qui en souffrirai. Laisse-moi, laisse-moi. Je te hais.

– Natacha! implora Sonia effrayée.

– Je te hais, je te hais! Et tu es à jamais mon ennemie! »

Natacha s'enfuit.

Elle n'adressa plus la parole à Sonia et l'évita. Avec la même expression de surprise émue et coupable, elle allait et venait dans la maison, s'occupant de choses et d'autres et les abandonnant aussitôt.

Si pénible que ce fût pour Sonia, elle observait son amie sans la quitter des yeux.

La veille du jour où le comte devait rentrer, Sonia remarqua que Natacha restait toute la matinée assise à la fenêtre du salon comme si elle attendait quelque chose, et qu'elle fit un signe à un militaire qui passait et en qui Sonia crut reconnaître Anatole.

Elle redoubla de vigilance et s'aperçut que, pendant tout le dîner et la soirée, Natacha était dans un état étrange et peu naturel (elle répondait à contretemps aux questions qu'on lui posait, commençait une phrase sans la finir, riait à tout propos).

Après le thé, Sonia vit qu'une femme de chambre intimidée guettait son passage à la porte de Natacha. Elle la laissa entrer, écouta à la porte et constata qu'une nouvelle lettre avait été remise.

Et tout à coup l'évidence éclata aux yeux de Sonia : Natacha projetait quelque chose de terrible pour ce soir-là. Elle frappa à sa porte. Natacha ne la laissa pas entrer.

« Elle va fuir avec lui! se dit Sonia. Elle est capable de tout. Il y avait aujourd'hui quelque chose de particulièrement pitoyable et de résolu dans son visage. Elle a pleuré en disant adieu à mon oncle. Oui, c'est sûr, elle va fuir avec lui. Que dois-je faire? se demandait-elle, se rappelant maintenant certains indices qui prouvaient à l'évidence que Natacha avait quelque terrible intention. Le comte n'est pas là. Que dois-je faire? Écrire à Kouraguine pour exiger une explication? Mais qui le forcerait à me répondre? Écrire à Pierre, comme le prince André a demandé de le faire en cas de malheur?... Mais peut-être vraiment a-t-elle déjà rompu avec Bolkonski (elle a envoyé hier une lettre à la princesse Maria). Et mon oncle qui n'est pas là! »

Parler à Maria Dmitrievna qui avait une si grande confiance en Natacha semblait affreux à Sonia.

« Mais quoi qu'il en soit, se disait-elle, debout dans le couloir obscur, c'est le moment ou jamais de prouver que je n'oublie pas les bienfaits de cette famille et que j'aime Nicolas. Dussé-je passer trois nuits sans dormir, je ne bougerai pas de ce couloir et je la retiendrai de force, je ne laisserai pas le déshonneur accabler leur famille. »

XVI

Anatole, ces derniers temps, s'était installé chez Dolokhov. Depuis quelques jours déjà, un plan d'enlèvement de Mlle Rostov avait été combiné et préparé par Dolokhov et il devait être mis à exécution le soir où Sonia, épiant à la porte de Natacha, avait décidé de veiller sur elle. Natacha avait promis de rejoindre Kouraguine à dix heures à l'entrée de service. Il devait la faire monter dans une troïka toute prête et l'emmener, à soixante verstes de Moscou, au bourg de Kamenka où un prêtre interdit était disposé à les marier. Des chevaux de relais y étaient préparés qui les conduiraient sur la route de Varsovie et, de là, ils devaient gagner en poste l'étranger.

Anatole s'était procuré un passeport et un permis pour la poste ainsi que dix mille roubles que lui avait donnés sa sœur et dix mille autres qu'il avait empruntés par l'intermédiaire de Dolokhov.

Les témoins, Khvostikov, un ancien clerc que Dolokhov employait pour ses affaires de jeu, et Makarine, un officier de hussards, garçon faible et bon qui avait pour Kouraguine une adoration sans bornes, prenaient le thé dans la première pièce.

Dans son grand cabinet de travail orné de haut en bas de tapis de Perse, de peaux d'ours et d'armes, Dolokhov, botté et en veste de voyage était assis devant son bureau ouvert sur lequel étaient posés un boulier et des liasses de billets de banque. Anatole, l'uniforme déboutonné, allait en passant par le cabinet de la pièce où attendaient les témoins dans la chambre du fond où son valet de chambre français emballait avec d'autres domestiques les derniers effets. Dolokhov comptait l'argent et notait les chiffres.

« Tu sais, dit-il, il faut donner deux mille roubles à Khvostikov.

– Eh bien, donne-les, dit Anatole.

– Quant à Makarka (c'est ainsi qu'ils appelaient Makarine), il est désintéressé, il se jetterait au feu pour toi. Eh bien, voilà les comptes terminés, dit Dolokhov en lui montrant la liste. Nous sommes d'accord?

– Oui, bien sûr », dit Anatole qui n'écoutait visiblement pas et regardait devant lui sans que le sourire quittât son visage.

Dolokhov referma son bureau et se tourna vers lui avec un sourire moqueur.

« Sais-tu, laisse donc tomber tout cela; il est encore temps! dit-il.

– Imbécile! répliqua Anatole. Ne dis pas de bêtises. Si tu savais...

– Vraiment, laisse tomber, répéta Dolokhov. Je te parle raison. Crois-tu que ce soit une plaisanterie ce que tu entreprends?

– Alors, tu recommences à me tourmenter? Va-t-en au diable! Hein?... » dit Anatole en se renfrognant. Et il quitta la pièce.

Dolokhov souriait dédaigneusement et avec indulgence pendant qu'il sortait.

« Attends donc, cria-t-il, je ne plaisante pas, je parle sérieusement, viens, viens par ici. »

Anatole revint sur ses pas et, s'efforçant de concentrer son attention, regarda Dolokhov en lui obéissant visiblement malgré lui.

« Écoute-moi bien, je t'en parle pour la dernière fois. Pourquoi plaisanterais-je avec toi? T'ai-je mis des bâtons dans les roues? Qui a tout organisé, qui a trouvé le pope, qui a obtenu le passeport, qui a procuré l'argent? C'est moi qui ai tout fait.

— C'est entendu, je t'en remercie. Tu crois que je ne te suis pas reconnaissant? » Anatole poussa un soupir et étreignit Dolokhov.

« Je t'ai aidé, mais je n'en dois pas moins te dire la vérité, l'affaire est risquée et, à y bien réfléchir, stupide. Tu l'enlèves, parfait. Crois-tu que cela se passera comme ça? On apprendra que tu es déjà marié. On te traduira en justice...

— Ah! sottises que tout cela, sottises! dit Anatole en se renfrognant de nouveau. Je te l'ai déjà expliqué. Hein? » Et avec cette fidélité obstinée des gens bornés à une conclusion à laquelle ils sont arrivés par eux-mêmes, il répéta à Dolokhov le raisonnement qu'il lui avait tenu cent fois : « Je te l'ai expliqué, je suis arrivé à cette conclusion : si ce mariage n'est pas valable, dit-il en comptant sur les doigts, ma responsabilité n'est pas engagée, et s'il est valable, ça ne fait rien : à l'étranger personne n'en saura rien, voyons, n'est-il pas vrai? Et plus un mot, plus un mot, plus un mot!

— Vraiment, laisse tomber. Tu vas seulement te lier les mains...

— Va-t'en au diable! dit Anatole, et, se prenant la tête dans les mains, il alla dans la pièce voisine mais revint aussitôt et s'installa dans un fauteuil en face de Dolokhov, les jambes ramenées sous lui. C'est incroyable... Hein? Regarde comme il bat! » Il lui prit la main et l'appliqua sur son cœur. « *Ah! quel pied, mon cher, quel regard! Une déesse!* Hein? »

Dolokhov le regardait avec un sourire et une lueur dans ses beaux yeux insolents, visiblement désireux de s'amuser encore à ses dépens.

« Et quand l'argent sera épuisé, alors?

– Alors? Hein? répéta Anatole, sincèrement perplexe devant cette perspective. Alors? Je n'en sais rien... Et puis assez de bêtises! » Il consulta sa montre. « Il est l'heure! »

Il alla dans la pièce du fond.

« Eh bien, est-ce pour bientôt? Vous lambinez! » cria-t-il aux domestiques.

Dolokhov rangea l'argent et donnant à son valet de chambre l'ordre de servir quelque chose avant le départ, passa dans la pièce où attendaient Khvostikov et Makarine.

Anatole, étendu sur le divan dans le cabinet, la tête appuyée sur sa main, souriait d'un air pensif et murmurait des mots tendres.

« Viens manger quelque chose. Prends au moins un verre! lui cria Dolokhov de l'autre pièce.

– Je ne veux pas! répondit Anatole tout en continuant à sourire.

– Viens, Balaga est là. »

Anatole se leva et alla dans la salle à manger. Balaga était un fameux loueur de troïkas qui connaissait Dolokhov et Anatole depuis près de six ans et aux services de qui ceux-ci avaient souvent recours. Plus d'une fois, quand le régiment d'Anatole était en garnison à Tver, il l'emmenait le soir, était à Moscou à l'aube et le ramenait la nuit suivante. Plus d'une fois, il avait fait échapper Dolokhov à des poursuivants, plus d'une fois il les avait promenés à travers la ville avec des tziganes et de petites dames, comme il disait. Plus d'une fois, il avait à leur service écrasé dans Moscou des piétons ou renversé des fiacres, et toujours ces messieurs, comme il les appelait, l'avaient tiré d'affaire. Il avait crevé plus d'un cheval à leur service. Plus d'une fois, ils l'avaient rossé, plus d'une fois, ils l'avaient abreuvé de champagne et aussi de madère qu'il aimait, et il savait sur chacun d'eux plus d'une aventure qui aurait depuis longtemps mené le commun des mortels en Sibérie. Pendant leurs équipées, ils faisaient souvent entrer Balaga, le faisaient boire et danser avec les tziganes, et plus d'un billet de mille était passé par ses mains. A leur service, il avait vingt fois risqué sa peau et fait crever plus de chevaux que ne pouvait payer l'argent qu'ils lui donnaient. Mais il les aimait, il aimait ces courses folles, à dix-huit verstes à l'heure, il aimait culbuter un fiacre, écraser un piéton et passer en trombe dans les rues de Moscou. Il aimait entendre derrière lui le cri sauvage de leurs voix avinées : vite! plus vite! alors qu'il était impossible d'accélérer encore l'allure; il aimait cingler d'un coup de fouet l'échine d'un manant qui, plus mort que vif, s'écartait sans cela sur son passage. « Ce sont de vrais messieurs! » se disait-il.

Anatole et Dolokhov aimaient bien eux aussi Balaga pour sa maîtrise de conducteur et parce qu'il avait les mêmes goûts qu'eux. Avec d'autres, Balaga convenait du prix, demandait des vingt-cinq roubles pour une course de deux heures et conduisait rarement lui-même, se faisant le plus souvent remplacer par un de ses aides. Mais avec ces messieurs, comme il disait, il menait toujours en personne et ne leur réclamait jamais rien pour sa peine. C'est seulement quand il savait par leurs valets de chambre qu'ils avaient de l'argent, qu'une fois tous les deux ou trois mois, il se présentait le matin, sans avoir bu et en saluant bien bas leur demandait de le tirer d'embarras. Ces messieurs le faisaient toujours asseoir.

« Veuillez bien me donner un coup de main, mon bon monsieur Fédor Ivanovitch, ou Votre Excellence, disait-il. Il ne me reste plus un cheval, prêtez-moi ce que vous pourrez, il faut que j'aille à la foire. »

Et Anatole et Dolokhov, quand ils étaient en fonds, lui donnaient toujours mille ou deux mille roubles.

Balaga était un gaillard blond de quelque vingt-sept ans, trapu, au visage rouge et au gros cou encore plus rouge, au nez retroussé, aux petits yeux brillants et avec une barbiche. Il portait par-dessus sa pelisse un cafetan bleu de drap fin doublé de soie.

Il se signa devant les icônes et s'avança vers Dolokhov en lui tendant sa petite main noire.

« Salut à Fédor Ivanovitch, dit-il en s'inclinant.

— Salut, mon vieux. Le voilà.

— Bonjour, Votre Excellence, dit-il à Anatole qui entrait et à qui il tendit également la main.

— Écoute, Balaga, dit Anatole en lui posant les mains sur les épaules, m'aimes-tu ou ne m'aimes-tu pas? Hein? Il s'agit maintenant de me rendre service... Avec quels chevaux es-tu venu? Hein?

— Avec ceux que votre messager a dit, avec vos bêtes sauvages, dit Balaga.

– Alors, écoute bien Balaga! Crève toute la troïka, mais que nous soyons rendus en trois heures, Hein?

– Si je la crève, avec quoi irons-nous? dit Balaga en clignant de l'œil.

– Attention! Je te casserai la gueule, ne plaisante pas! cria soudain Anatole en écarquillant les yeux.

– Il n'y a pas de mal à plaisanter, dit le voiturier en souriant. Ai-je quelque chose à refuser à mes messieurs? On ira à fond de train.

– Ah! dit Anatole. Allons, assieds-toi.

– Eh bien, assieds-toi donc! dit Dolokhov.

– Je peux bien rester comme ça, Fédor Ivanovitch.

– Pas de blagues, assieds-toi, bois », dit Anatole, et il lui versa un grand verre de madère. Les yeux du voiturier brillèrent à la vue du vin. Après avoir refusé par politesse, il but et s'essuya avec un foulard de soie rouge qu'il avait au fond de son bonnet.

« Alors quand part-on, Votre Excellence?

– Mais... (Anatole regarda sa montre) tout de suite. Fais donc attention, Balaga. Hein? Tu arriveras à temps?

– Ça dépend du départ, si tout se passe bien pourquoi ne pas arriver à temps? dit Balaga. Je vous conduisais bien à Tver, on y était en sept heures. Tu te rappelles sûrement, Votre Excellence.

– Tu sais, une fois, à Noël, je venais de Tver », dit Anatole en souriant à ses souvenirs et en s'adressant à Makarine qui le regardait avec attendrissement de tous ses yeux. « Le croirais-tu, Makarka, on en avait le souffle coupé, tant nous filions vite. En cours de route nous sommes tombés sur un convoi, alors nous avons sauté par-dessus deux chariots. Hein?

– Quels chevaux, aussi! enchaîna Balaga. J'avais deux jeunes bricoliers avec mon alezan », et il se tourna vers Dolokhov, « le croirais-tu, Fédor Ivanovitch, ces bêtes sauvages ont fait soixante verstes d'une traite. Pas moyen de tenir les guides, j'avais les mains engourdies, il gelait. J'ai lâché les guides, tenez-les, ai-je dit, Votre Excellence, et j'ai roulé comme une masse au fond du traîneau. S'agissait plus de les pousser, il y avait seulement pas moyen de les tenir jusqu'au bout. Ils ont fait la route en trois heures, les sacrés diables. Celui de gauche en a seulement crevé. »

XVII

Anatole sortit et, quelques instants plus tard, revint vêtu d'une pelisse serrée à la taille par une ceinture d'argent et coiffé d'un bonnet de zibeline posé crânement sur l'oreille qui allait fort bien à son beau visage. Après s'être regardé dans la glace, il se campa dans la même pose devant Dolokhov et prit un verre.

« Eh bien, Fedia, adieu, merci pour tout, adieu, dit-il. Allons, mes camarades, amis de... (il réfléchit)... de ma jeunesse, adieu », ajouta-t-il en se tournant vers Makarine et les autres.

Bien que tous dussent l'accompagner, Anatole entendait visiblement donner à ses adieux à ses camarades un caractère touchant et solennel. Il parlait lentement et d'une voix forte et, la poitrine bombée, se balançait sur une jambe.

« Prenez tous des verres, et toi aussi, Balaga. Eh bien, mes camarades, amis de ma jeunesse nous nous sommes bien amusés. Hein? Quand nous reverrons-nous, maintenant? je vais à l'étranger. Nous avons bien vécu, adieu, mes enfants! A votre santé! Hourra!... » Il vida son verre et le brisa à terre.

« A ta santé », dit Balaga, qui vida aussi son verre et s'essuya avec son foulard. Makarine, les larmes aux yeux, serrait Anatole dans ses bras.

« Ah! prince, que je suis triste de me séparer de toi, dit-il.

– En route, en route! » cria Anatole.

Balaga allait sortir.

« Non, attends, dit Anatole. Ferme la porte, il faut nous asseoir. Comme ça. » On ferma la porte et tout le monde s'assit[1].

« Et maintenant, en avant marche, mes enfants! » dit Anatole en se levant.

Le valet de chambre Joseph lui tendit sa sabretache et son sabre, et tous passèrent dans le vestibule.

« Et la pelisse, où est-elle? dit Dolokhov. Ignatka! Va demander à Matriocha Semionovna une pelisse, une rotonde en

1. La coutume veut qu'on s'assoie et se recueille quelques instants, avant un départ.

zibeline. Je sais comment se pratiquent les enlèvements, ajouta-t-il en clignant de l'œil. Elle va s'élancer hors de chez elle plus morte que vive, sans rien sur le dos; pour peu qu'il y ait le moindre retard, ce seront tout de suite des larmes, elle appellera papa maman, elle sera gelée et voudra s'en retourner... alors toi tu la reçois dans la pelisse et tu la portes dans le traîneau. »

Le valet apporta une pelisse de femme en renard.

« Imbécile, je t'ai dit en zibeline. Eh! Matriocha, la zibeline! » cria-t-il d'une voix qui retentit jusqu'au fond de l'appartement.

Une belle tzigane maigre et pâle, aux yeux noirs brillants et aux boucles noires avec des reflets bleus, vêtue d'un châle rouge, accourut avec la rotonde de zibeline sur le bras.

« Tiens, ça ne me fait rien, prends-la », dit-elle, visiblement intimidée devant son seigneur et maître et regrettant sa rotonde.

Sans répondre, Dolokhov prit la pelisse, la jeta sur les épaules de Matriona et l'en enveloppa.

« Voilà. Et puis comme ça, dit-il, et il releva le col autour de sa tête, ne laissant une fente que devant pour le visage. Et puis comme ça, tu vois? et il approcha la tête d'Anatole de la fente où l'on voyait briller le sourire de Matriocha.

– Allons, adieu, Matriocha, dit Anatole en l'embrassant. Eh, finie la bonne vie! Mes amitiés à Stiochka. Allons, adieu! Adieu, Matriocha; souhaite-moi bonne chance.

– Que le Bon Dieu vous donne, prince, un grand bonheur », dit Matriocha avec son accent tzigane.

Devant le perron attendaient deux troïkas que maintenaient deux cochers. Balaga monta dans la première et levant haut les coudes rassembla sans hâte les guides. Anatole et Dolokhov montèrent avec lui; Makarine, Khvostikov et le valet de chambre s'installèrent dans la seconde.

« On est prêt? demanda Balaga.

– En route cria-t-il en enroulant les guides autour de son bras, et la troïka dévala à fond de train le boulevard Nikitski.

– Hue!... Hue!... » On n'entendait que ces cris de Balaga et de son aide assis sur le siège. Sur la place de l'Arbate, la troïka accrocha une calèche, il y eut un craquement, puis des cris, et la troïka fila le long de l'Arbate.

Après avoir parcouru le boulevard Podnovinski dans les deux sens, Balaga retint les chevaux et, revenant en arrière, les arrêta au carrefour de la rue des Vieilles-Ecuries.

Le garçon sauta du siège pour tenir les chevaux à la bride, Anatole et Dolokhov s'engagèrent sur le trottoir. En approchant de la porte cochère, Dolokhov siffla. Un autre sifflement lui répondit et une femme de chambre sortit en courant.

« Entrez dans la cour, autrement on vous verrait, elle arrive tout de suite », dit-elle.

Dolokhov resta près de la porte cochère. Anatole suivit la femme de chambre dans la cour, tourna au coin et grimpa les marches du perron.

Gavrilo, le gigantesque valet de pied de Maria Dmitrievna, l'accueillit.

« Madame vous demande, dit-il d'une voix de basse en lui barrant le passage.

– Quelle dame? Qui es-tu? murmura Anatole d'une voix haletante.

– Veuillez me suivre, j'ai ordre de vous amener.

– Kouraguine, arrière! cria Dolokhov. Nous sommes trahis! Arrière! »

A la petite porte où il s'était arrêté, Dolokhov était aux prises avec le portier qui essayait de fermer derrière Anatole. Par un dernier effort, Dolokhov le repoussa, puis prenant par la main Anatole qui accourait, l'entraîna par la petite porte et tous deux s'élancèrent vers leur troïka.

XVIII

Maria Dmitrievna ayant surpris dans le couloir Sonia tout en larmes l'avait contrainte à tout lui avouer. Elle intercepta le billet de Natacha, le lut et le tenant à la main entra chez elle.

« Coquine, impudente, lui dit-elle. Je ne veux rien entendre! » Repoussant Natacha qui la regardait avec des yeux étonnés mais secs, elle l'enferma à clef et après avoir donné l'ordre au portier de laisser entrer mais non ressortir les gens qui se présenteraient ce soir-là, et à son valet de pied celui de les lui amener, elle s'installa au salon dans l'attente des ravisseurs.

Lorsque Gavrilo vint lui annoncer que les gens s'étaient sauvés, elle se leva et en fronçant le sourcil et, les mains au dos, se promena longtemps d'une pièce à l'autre en réfléchissant à ce qu'elle devait faire. A minuit, tâtant la clef dans sa poche, elle se rendit chez Natacha. Sonia sanglotait toujours dans le couloir.

« Maria Dmitrievna, laissez-moi entrer chez elle, je vous en supplie! » dit-elle. Maria Dmitrievna ouvrit la porte sans répondre et entra. « C'est honteux, c'est ignoble – sous mon toit – vilaine fille – si seulement je n'avais pas pitié de son père! se disait-elle en s'efforçant de réprimer sa colère. Si difficile que ce soit, j'imposerai le silence à tout le monde et je cacherai tout au comte. » Elle entra d'un pas résolu. Natacha était étendue sur le divan, la tête dans ses mains, et ne bougeait pas, dans la même position où Maria Dmitrievna l'avait laissée.

« C'est du joli, c'est du propre! dit Maria Dmitrievna. Sous mon toit donner rendez-vous à des amants! Inutile de faire semblant. Ecoute quand je te parle. » Elle lui toucha le bras. « Ecoute quand je te parle. Tu t'es couverte de honte comme la dernière des filles. Je sais bien ce que je ferais, mais j'ai pitié de ton père. Je ne dirai rien. »

Natacha ne changea pas de position, mais tout son corps fut secoué de sanglots silencieux et convulsifs qui l'étouffaient. Maria Dmitrievna jeta un regard vers Sonia et s'assit sur le divan près de Natacha.

« Il a eu de la chance de s'échapper, mais je le retrouverai, dit-elle de sa voix rude. Entends-tu ce que je te dis? » Elle passa sa grande main sous la tête de Natacha et la tourna vers elle. Maria Dmitrievna et Sonia furent surprises en voyant son visage. Ses yeux étaient brillants et secs, ses lèvres serrées, ses joues s'étaient creusées.

« Lais... sez-moi... que m'importe... je vais... mourir », fit-elle; elle s'arracha à Maria Dmitrievna d'un mouvement rageur et reprit la même position.

« Nathalie!... dit Maria Dmitrievna. Je te veux du bien. Reste couchée si tu veux, je ne te toucherai pas, mais écoute... je ne te dirai pas combien tu es coupable. Tu le sais toi-même. Mais ton père revient demain, que lui dirai-je? Hein? »

De nouveau le corps de Natacha fut secoué de sanglots.

« Et s'il l'apprend, ou ton frère, ton fiancé?

— Je n'ai pas de fiancé, j'ai rompu, cria Natacha.

— Peu importe, reprit Maria Dmitrievna. Supposons qu'ils l'apprennent, crois-tu qu'ils laisseront les choses comme ça? Ton père, je le connais, il est capable de le provoquer en duel, ce sera bien? Hein?

— Ah! laissez-moi, pourquoi avez-vous tout empêché. Pourquoi, pourquoi? qui vous l'a demandé? criait Natacha dressée sur le divan et regardant méchamment Maria Dmitrievna.

— Mais que voulais-tu donc? s'écria Maria Dmitrievna en s'emportant de nouveau. Est-ce qu'on t'enfermait à clef? Qui donc l'empêchait de venir à la maison? Pourquoi t'enlever comme une tzigane?... Et s'il t'avait enlevée, crois-tu qu'on ne l'aurait pas retrouvé? Ton père, ton frère ou ton fiancé? Quant à lui, c'est un misérable, une fripouille, voilà ce qu'il est!

— Il vaut mieux que vous tous, s'écria Natacha en se soulevant. Si vous ne m'aviez pas empêchée... Ah! mon Dieu, pourquoi, pourquoi! Sonia, pourquoi as-tu fait cela? Allez-vous-en!... » Et elle éclata en sanglots avec ce désespoir que ne connaissent que ceux qui se sentent eux-mêmes la cause de leur malheur. Maria Dmitrievna voulut poursuivre, mais Natacha cria : « Allez-vous-en, allez-vous-en, vous me haïssez tous, vous me méprisez tous! » Et elle se jeta de nouveau sur le divan.

Maria Dmitrievna continua quelque temps encore à la raisonner et à lui expliquer qu'il fallait cacher tout cela au comte, que personne ne saurait rien pour peu que Natacha prît sur elle de tout oublier et de ne rien laisser paraître devant les autres. Natacha ne répondit pas. Elle ne sanglotait même plus mais était maintenant parcourue de frissons fiévreux. Maria Dmitrievna lui glissa un oreiller sous la tête, l'enveloppa de deux couvertures et lui apporta elle-même une infusion de tilleul, mais Natacha ne réagit pas.

« Eh bien, qu'elle dorme », dit en sortant Maria Dmitrievna qui la croyait endormie. Mais Natacha ne dormait pas et, le visage pâle, regardait droit devant elle, les yeux fixes grands ouverts. Elle ne dormit pas de toute la nuit, ne pleura pas et ne parla pas à Sonia qui se leva plusieurs fois pour s'approcher d'elle.

Le lendemain, à l'heure du déjeuner, le comte Ilia Andreitch revint comme il l'avait promis de son domaine des environs. Il était très gai : l'affaire était en bonne voie et rien ne le retenait plus à Moscou, loin de la comtesse qui lui manquait. Maria Dmitrievna lui annonça dès l'abord que Natacha s'était trouvée très souffrante la veille, qu'on avait fait venir le médecin, mais que maintenant elle allait mieux. Natacha ne quitta pas ce matin-là sa chambre. Serrant ses lèvres gercées, les yeux fixes et secs, elle était assise près de la fenêtre, scrutant d'un air inquiet les passants dans la rue et se retournant précipitamment quand on entrait chez elle. Elle attendait manifestement des nouvelles de lui, attendait qu'il vînt lui-même ou lui écrivît.

Lorsque le comte entra chez elle, elle tourna anxieusement la tête en entendant son pas d'homme, et son visage reprit une expression froide et même mauvaise. Elle ne se leva même pas pour aller au-devant de lui.

« Qu'as-tu, mon ange, tu es malade? » demanda le comte.

Natacha garda le silence.

« Oui », répondit-elle enfin.

Aux questions inquiètes du comte qui voulait savoir pourquoi elle était si abattue et si rien n'était arrivé à son fiancé, elle l'assura que non et le pria de ne pas se tourmenter. Maria Dmitrievna lui confirma les assurances de Natacha. La prétendue maladie de sa fille, son désarroi, les mines embarrassées de Sonia et de Maria Dmitrievna révélaient bien au comte que quelque chose avait dû se passer en son absence; mais il tremblait tant à la seule idée que quelque chose de honteux eût pu arriver à sa fille préférée, il tenait tant à sa joyeuse tranquillité qu'il évita de poser des questions et s'efforça de se persuader qu'il n'y avait rien eu de spécial, regrettant seulement que la maladie de sa fille retardât leur retour à la campagne.

XIX

Depuis l'arrivée de sa femme à Moscou, Pierre projetait de partir n'importe où, pourvu qu'il pût ne pas être avec elle. Peu de temps après l'arrivée des Rostov, l'impression que lui produisait Natacha lui fit hâter son départ. Il se rendit à Tver, chez la veuve de Joseph Alexeievitch, qui avait promis depuis longtemps de lui confier les papiers du défunt.

Quand il rentra à Moscou, on lui remit une lettre de Maria Dmitrievna qui le priait de passer chez elle pour une affaire très importante concernant André Bolkonski et sa fiancée. Pierre évitait Natacha. Il lui semblait avoir pour elle un sentiment plus vif qu'un homme marié ne devait en avoir pour la fiancée de son ami. Or, on eût dit que le destin s'ingéniait à les mettre sans cesse en présence.

« Qu'est-il arrivé? Et que peuvent-ils me vouloir? se demandait-il en s'habillant pour se rendre chez Maria Dmitrievna. Que le prince André revienne donc vite et l'épouse! » pensait-il en cours de route.

Sur le boulevard de Tver, quelqu'un l'appela.

« Pierre! Y a-t-il longtemps que tu es rentré? » lui cria une voix inconnue. Pierre leva la tête. Dans un traîneau attelé de deux trotteurs gris qui faisaient jaillir des paquets de neige, Anatole passa en un éclair en compagnie de son inséparable camarade Makarine. Il était assis bien droit, dans la pose classique des dandies militaires, le bas du visage enfoui dans son col de castor et la tête un peu penchée. Il avait le teint frais et animé, son chapeau au plumet blanc était posé sur le côté, découvrant ses cheveux frisés, pommadés et poudrés de neige fine.

« Décidément, voilà un vrai sage! se dit Pierre, il ne voit rien au-delà du plaisir du moment, rien ne l'inquiète, aussi est-il toujours gai, content et tranquille. Que ne donnerais-je pas pour être comme lui! » pensa-t-il avec envie.

Dans le vestibule de Mme Akhrossimov, le laquais qui l'aida à enlever sa pelisse lui dit que Maria Dmitrievna le priait de passer dans sa chambre à coucher.

Ouvrant la porte du grand salon, Pierre aperçut Natacha

assise à une fenêtre, le visage amaigri, pâle et méchant. Elle tourna la tête vers lui, fronça les sourcils et avec une expression de froide dignité quitta la pièce.

« Que se passe-t-il? demanda Pierre en entrant chez Maria Dmitrievna.

– Du propre, répondit celle-ci, il y a cinquante-huit ans que je suis au monde et je n'ai jamais vu une honte pareille. » Et après avoir fait jurer à Pierre le secret sur tout ce qu'il allait apprendre, elle lui annonça que Natacha avait rompu avec son fiancé à l'insu de ses parents, que la cause de cette rupture était Anatole Kouraguine dont la femme de Pierre avait favorisé les entreprises et avec qui Natacha avait eu l'intention de fuir pendant l'absence de son père pour l'épouser secrètement.

Pierre, la tête dans les épaules et la bouche ouverte, écoutait Maria Dmitrievna et n'en croyait pas ses oreilles. La fiancée si passionnément aimée du prince André, cette Natacha Rostov autrefois si charmante, préférant à Bolkonski cet imbécile d'Anatole qui était déjà marié (Pierre était au courant de son mariage secret) et s'en éprenant au point d'accepter de fuir avec lui! Cela Pierre ne pouvait le comprendre, il ne pouvait l'imaginer.

Le charmant souvenir de Natacha qu'il connaissait depuis son enfance était incompatible dans son esprit avec cette idée nouvelle de sa bassesse, de sa sottise et de sa cruauté. Il pensa à sa femme. « Elles sont toutes les mêmes », se dit-il en songeant qu'il n'était pas le seul à avoir le triste privilège d'être lié à une mauvaise femme. Mais il n'en plaignait pas moins le prince André jusqu'aux larmes, il souffrait pour son orgueil. Et plus il plaignait son ami, plus grands étaient le mépris et même le dégoût avec lesquels il pensait à cette Natacha qui venait de passer devant lui dans le grand salon avec une telle expression de froide dignité Il ne savait pas que l'âme de Natacha débordait de désespoir, de honte, d'humiliation et que ce n'était pas sa faute si, malgré elle, son visage reflétait une calme et sévère dignité.

« Mais comment l'épouser! dit Pierre en réponse aux paroles de Maria Dmitrievna. Il ne pouvait l'épouser; il est marié.

– De mieux en mieux, dit Maria Dmitrievna. Joli coco! En voilà un misérable! Et elle qui est là à attendre, voilà deux jours qu'elle attend. Elle va du moins cesser d'attendre, il faut le lui dire. »

Lorsqu'elle eut appris les détails du mariage d'Anatole et exhalé sa colère en injures, Maria Dmitrievna expliqua à Pierre pourquoi elle l'avait fait venir. Elle craignait que le comte ou Bolkonski, qui pouvait arriver d'un instant à l'autre, en apprenant l'aventure qu'elle avait l'intention de leur cacher, ne provoquassent Kouraguine en duel, et elle priait donc Pierre d'enjoindre en son nom à son beau-frère de quitter Moscou et de ne plus paraître devant elle. Pierre le lui promit, ne prenant qu'alors conscience du danger qui menaçait le vieux comte, Nicolas et le prince André. Après lui avoir exposé brièvement et avec précision ce qu'elle attendait de lui, elle le fit passer dans le salon.

« Fais bien attention, le comte ignore tout. Fais comme si tu ne savais rien, lui dit-elle. Quant à moi, je vais aller lui dire qu'elle n'a rien à attendre. Et reste dîner si tu veux », lui cria-t-elle comme il sortait.

Pierre rencontra le vieux comte. Il était désemparé et affligé. Le matin même Natacha lui avait appris qu'elle avait rompu avec Bolkonski.

« C'est une calamité, une calamité, *mon cher,* dit-il à Pierre, une vraie calamité, ces fillettes quand elles sont sans leur mère; comme je regrette d'être venu. Je serai franc avec vous. On vous l'a dit, elle a rompu avec son fiancé, sans rien demander à personne. A vrai dire, je n'ai jamais été enchanté de ce mariage. Bien sûr, c'est un excellent garçon, mais quoi, ils n'auraient pas trouvé le bonheur en allant contre la volonté de son père, et Natacha ne sera pas en peine de prétendants. Mais tout de même cela durait depuis si longtemps, et puis comment prendre une telle décision sans rien dire à son père, à sa mère! Et maintenant elle est malade, Dieu sait ce qu'elle a? C'est un malheur, comte, un vrai malheur, les filles sans leur mère... » Pierre, voyant le comte très démonté, essayait de détourner la conversation, mais le comte en revenait toujours à ses préoccupations.

Sonia, l'air inquiet, entra dans le salon.

« Natacha est un peu souffrante; elle est dans sa chambre et voudrait vous voir. Maria Dmitrievna est chez elle et vous prie aussi de venir.

– C'est vrai, vous êtes très lié avec Bolkonski, elle veut sans doute lui faire dire quelque chose, dit le comte. Ah! mon Dieu, mon Dieu! Comme tout était bien! » Et empoignant ses rares cheveux gris, le comte sortit.

Maria Dmitrievna avait appris à Natacha qu'Anatole était marié. Natacha n'avait pas voulu la croire et avait demandé que Pierre le lui confirmât lui-même. Sonia le dit à Pierre en le conduisant à travers le couloir à la chambre de Natacha.

Natacha, pâle,sévère, était assise à côté de Maria Dmitrievna et, dès le seuil de la porte, accueillit Pierre par un regard interrogateur qui brillait d'un éclat fiévreux. Elle ne sourit pas, ne lui fit pas un signe de tête, elle se contentait de le regarder fixement et son regard ne lui demandait qu'une chose : était-il un ami ou un ennemi comme tous les autres, en ce qui concerne Anatole? Pierre par lui-même n'existait de toute évidence pas pour elle.

« Il sait tout, lui dit Maria Dmitrievna en le désignant. Qu'il te confirme si je t'ai dit la vérité. »

Natacha, comme une bête blessée aux abois qui voit approcher les chiens et les chasseurs, promenait les yeux de l'un à l'autre.

« Nathalie Ilinichna, commença Pierre en baissant les yeux et en éprouvant de la pitié pour elle et du dégoût pour l'opération qu'il devait faire, que ce soit vrai ou non, cela doit vous être égal car...

– Alors ce n'est pas vrai qu'il est marié?

– Si, c'est vrai.

– Il était marié, et depuis longtemps? demanda-t-elle. Parole d'honneur? »

Pierre lui en donna sa parole d'honneur.

« Il est encore ici? demanda-t-elle vivement.

– Oui, je viens de l'apercevoir. »

Elle n'eut visiblement pas la force d'en dire davantage et fit signe qu'on la laissât.

XX

Pierre ne resta pas dîner mais quitta tout de suite la chambre de Natacha et se retira. Il partit à la recherche d'Anatole Kouraguine, à la pensée de qui tout son sang lui affluait maintenant au cœur et lui coupait la respiration. Il n'était ni aux montagnes, ni chez les tziganes, ni chez Comoneno. Pierre se rendit au club. Là tout allait son train habituel : les membres venus pour dîner étaient assis par groupes et saluèrent Pierre en parlant des nouvelles du jour. Un laquais qui connaissait ses relations et ses habitudes lui annonça en s'inclinant que sa place était réservée dans la petite salle à manger, que le prince Michel Zakharitch était dans la bibliothèque et que Paul Timofeitch n'était pas encore arrivé. Un des camarades de Pierre, tout en parlant de la pluie et du beau temps, lui demanda s'il avait eu vent de l'enlèvement de Mlle Rostov par Kouraguine dont on parlait en ville et si c'était vrai. Pierre répondit en riant que c'était absurde car il sortait de chez les Rostov. Il s'informait d'Anatole auprès de chacun; quelqu'un lui dit qu'il n'était pas encore arrivé, un autre qu'il viendrait dîner. Pierre regardait avec un sentiment étrange cette foule de gens calmes, indifférents, qui ne se doutaient pas de ce qui se passait en lui. Il se promena dans les salons, attendit que tout le monde fût arrivé et voyant qu'Anatole ne se montrait pas, ne resta pas dîner et rentra chez lui.

Anatole qu'il cherchait dînait ce jour-là chez Dolokhov et tenait conseil avec lui quant aux moyens de réparer l'affaire compromise. Il lui paraissait indispensable de revoir Mlle Rostov. Dans la soirée, il alla chez sa sœur pour s'entendre avec elle sur la façon d'organiser cette entrevue. Quand, après avoir parcouru en vain tout Moscou, Pierre rentra chez lui, son valet de chambre lui annonça que le prince Anatole Vassilievitch était chez la comtesse. Le salon de la comtesse était plein de monde.

Pierre, sans saluer sa femme qu'il n'avait pas revue depuis son retour (elle lui était en cet instant plus haïssable que jamais), entra dans le salon et apercevant Anatole alla à lui.

« Ah! Pierre, dit la comtesse en s'approchant de son mari.

Tu ne sais pas dans quelle situation s'est mis notre Anatole... » Elle s'arrêta en reconnaissant dans la tête baissée de son mari, dans ses yeux brillants, dans sa démarche résolue, ces signes terribles de fureur et de violence qu'elle connaissait et dont elle avait éprouvé les effets après son duel avec Dolokhov.

« Là où vous êtes il n'y a que dépravation et mal, dit Pierre à sa femme. Anatole, venez, j'ai à vous parler », ajouta-t-il en français.

Anatole jeta un regard à sa sœur et se leva docilement, prêt à suivre Pierre.

Le prenant par le bras, Pierre l'entraîna hors de la pièce.

« *Si vous vous permettez dans mon salon...* », dit Hélène dans un murmure; mais Pierre sortit sans lui répondre.

Anatole le suivait de son habituelle démarche avantageuse. L'inquiétude se lisait sur son visage.

Entrant dans son cabinet, Pierre ferma la porte et s'adressa à lui sans le regarder.

« Vous avez promis à la comtesse Rostov de l'épouser? Vous vouliez l'enlever?

– Mon cher, répondit Anatole en français (toute la conversation se fit dans cette langue), je ne me crois pas obligé de répondre à des questions posées sur ce ton. »

Le visage de Pierre, déjà pâle, se décomposa de fureur. Il saisit Anatole de sa grande main par le col de l'uniforme, le secoua en tous sens jusqu'à ce que son visage eût pris une expression de terreur suffisante.

« Quand je dis que J'AI A VOUS PARLER... répéta Pierre.

– Mais voyons, c'est stupide. Hein? dit Anatole en tâtant à son col un bouton que Pierre avait arraché avec le drap.

– Vous êtes un misérable et un scélérat, et je ne sais pas ce qui me retient de vous fracasser le crâne avec ceci », dit Pierre, s'exprimant d'une façon si peu naturelle parce qu'il parlait français. Il prit un lourd presse-papiers, le leva d'un geste menaçant et le reposa aussitôt à sa place.

« Lui avez-vous promis de l'épouser?

– Je, je, je, je n'y ai jamais songé; du reste, je n'ai jamais rien promis puisque... »

Pierre l'interrompit.

« Avez-vous des lettres d'elle? En avez-vous? » répéta-t-il en marchant sur Anatole.

Anatole lui jeta un regard et aussitôt, glissant la main dans sa poche, en tira son portefeuille.

Pierre prit la lettre qu'il lui tendait, et, repoussant la table qui se trouvait sur son chemin, se laissa tomber sur le divan.

« *Je ne serai pas violent, ne craignez rien,* dit-il en réponse au geste apeuré d'Anatole. Les lettres, et d'une, continua-t-il comme s'il récitait pour lui-même une leçon. Deuxièmement, reprit-il après un instant de silence en se levant et en se mettant à arpenter la pièce, vous devez demain quitter Moscou.

– Mais comment puis-je...

– Troisièmement, enchaîna Pierre sans l'écouter, vous ne soufflerez jamais mot de ce qui s'est passé entre la comtesse et vous. Cela, je le sais, je ne puis vous l'interdire, mais si vous avez une étincelle de conscience... » Il fit en silence quelques pas dans la pièce. Anatole était assis à la table et, les sourcils froncés, se mordait les lèvres.

« Vous ne pouvez pas ne pas comprendre à la fin qu'en dehors de votre plaisir il y a le bonheur, la tranquillité des autres, que vous gâchez toute une vie simplement parce que vous avez envie de vous amuser. Amusez-vous avec des femmes du genre de mon épouse, avec elles vous êtes entièrement dans votre droit, elles savent ce que vous leur voulez. Elles sont armées contre vous par la même expérience de la débauche; mais promettre à une jeune fille de l'épouser... tromper, voler... Comment ne comprenez-vous pas que c'est aussi lâche que de frapper un vieillard ou un enfant!... »

Pierre se tut et posa sur Anatole un regard non plus de colère mais d'interrogation.

« Je n'en sais rien. Hein? dit Anatole qui reprenait courage à mesure que Pierre surmontait sa colère. Je n'en sais rien et je ne veux rien savoir, poursuivit-il sans le regarder et avec un léger tremblement de la mâchoire inférieure, mais vous m'avez dit des choses, le mot lâche et ainsi de suite, qu'en tant qu'*homme d'honneur* je ne peux permettre à personne d'employer. »

Pierre le regarda avec surprise, ne pouvant comprendre où il voulait en venir.

« Bien que cela se soit passé en tête-à-tête, poursuivit Anatole, je ne peux pourtant...

– Alors vous me demandez satisfaction? dit Pierre d'un ton railleur.

— Vous pouvez tout au moins retirer ce que vous avez dit. Hein? Si vous voulez que je fasse ce que vous demandez. Hein?

— Bien, bien, je le retire, dit Pierre, et je vous prie de m'excuser. » Il regarda malgré lui le bouton arraché. « Et si vous avez besoin d'argent pour le voyage... » Anatole sourit.

L'expression peureuse et vile de ce sourire que Pierre connaissait pour l'avoir vu à sa femme le mit hors de lui.

« Oh! quelle race sans cœur! » dit-il et il sortit.

Le lendemain, Anatole partit pour Pétersbourg.

XXI

PIERRE se rendit chez Maria Dmitrievna pour lui apprendre qu'il avait été fait selon son désir, c'est-à-dire que Kouraguine quittait Moscou. Toute la maison était plongée dans l'inquiétude et l'émoi. Natacha était très malade. Maria Dmitrievna lui révéla sous le sceau du secret que, le jour où on lui avait appris qu'Anatole était marié, elle s'était pendant la nuit empoisonnée avec de l'arsenic qu'elle s'était procuré en cachette. En ayant absorbé une petite dose, elle eut si peur qu'elle réveilla Sonia et lui avoua ce qu'elle avait fait. On avait pris à temps les mesures nécessaires et elle était à présent hors de danger; mais elle était cependant encore si faible qu'on ne pouvait songer à l'emmener à la campagne, de sorte qu'on avait envoyé chercher la comtesse. Pierre vit le comte désemparé et Sonia en larmes, mais ne put voir Natacha.

Il dîna ce jour-là au club et entendit parler de tous côtés de la tentative d'enlèvement de Mlle Rostov qu'il ne se lassa pas de démentir, assurant à chacun que son beau-frère avait simplement demandé sa main et avait été éconduit, c'était tout. Pierre estimait de son devoir de cacher toute l'affaire et de sauver la réputation de Mlle Rostov.

Il attendait avec effroi le retour du prince André et allait tous les jours demander des nouvelles au vieux prince.

Le prince Nicolas Andreitch était au courant, par Mlle Bourienne, de tous les bruits qui circulaient en ville et avait lu le billet adressé à la princesse Maria dans lequel Natacha rompait avec son fiancé. Il paraissait plus gai que d'ordinaire et attendait avec impatience le retour de son fils.

Quelques jours après le départ d'Anatole, Pierre reçut un mot du prince André qui lui annonçait son arrivée et le priait de passer le voir.

Le prince André, dès son arrivée à Moscou, reçut de son père le billet de Natacha à la princesse Maria (ce billet avait été dérobé à celle-ci et remis au vieux prince par Mlle Bourienne) et entendit de lui un récit amplifié de l'enlèvement de Natacha.

Le prince André était arrivé la veille au soir. Pierre vint le voir le lendemain matin. Il s'attendait à le trouver dans un état presque semblable à celui de Natacha, aussi fut-il surpris lorsqu'en entrant dans le salon il entendit dans le cabinet la voix du prince André qui parlait avec animation d'une intrigue de Pétersbourg. Le vieux prince et une autre personne invisible l'interrompaient de temps en temps. La princesse Maria vint au-devant de Pierre. Elle soupira en indiquant du regard la porte de la pièce où se trouvait le prince André, voulant sans doute montrer ainsi la part qu'elle prenait au chagrin de son frère, mais Pierre vit à son visage qu'elle était contente de ce qui s'était passé et de la façon dont son frère avait pris la nouvelle de la trahison de sa fiancée.

« Il a dit qu'il s'y attendait, fit-elle; je sais que sa fierté ne lui permet pas d'extérioriser ses sentiments, mais il a pris la chose mieux, bien mieux que je ne l'aurais pensé... Il faut croire que cela devait arriver...

— Mais est-il possible que tout soit vraiment fini? » dit Pierre.

La princesse Maria le regarda avec surprise. Elle ne comprenait même pas qu'on pût le demander. Pierre entra dans le cabinet. Le prince André, en civil, très changé, paraissant mieux portant mais avec une ride nouvelle entre les sourcils, était debout en face de son père et du prince Mestcherski et discutait avec ardeur en faisant des gestes énergiques. On parlait de Speranski dont on venait d'apprendre à Moscou l'exil et la prétendue trahison.

« Maintenant tous ceux qui, il y a un mois, le portaient aux nues, le jugent et le condamnent, disait le prince André, de même que ceux qui étaient incapables de comprendre ses desseins. Il est très facile de juger un homme en disgrâce et de lui faire endosser toutes les fautes des autres; quant à moi, je dis que si quelque chose de bien a été fait sous le présent règne, c'est à lui et à lui seul qu'on le doit... » Il s'arrêta à la vue de Pierre. Son visage tressaillit et aussitôt prit une expression mauvaise. « Et la postérité lui rendra cette justice », conclut-il en se tournant immédiatement vers Pierre.

« Eh bien, comment vas-tu? Tu grossis toujours », dit-il avec animation, mais la ride nouvelle se creusa plus profondément encore sur son front. « Oui, je me porte bien », répondit-il à la question de Pierre, et il sourit. Pierre vit clairement que son sourire voulait dire : « Je me porte bien, mais à quoi bon? »

Après avoir échangé avec lui quelques mots sur l'affreux état des routes depuis les frontières de Pologne, sur des connaissances de Pierre qu'il avait rencontrées en Suisse et sur M. Dessales qu'il amenait de l'étranger pour lui confier l'éducation de son fils, le prince André se mêla de nouveau avec ardeur à la conversation sur Speranski qui se poursuivait entre les deux vieillards.

« S'il y avait eu trahison et qu'on eût des preuves de ses intelligences avec Napoléon, on les divulguerait largement, disait-il avec feu et vivacité. Personnellement, je n'aime pas et je n'ai jamais aimé Speranski, mais je tiens à la justice. » Pierre reconnaissait maintenant chez son ami ce besoin qui ne lui était que trop connu de se passionner et de discuter même de questions qui ne le touchaient en rien, uniquement pour chasser des pensées intimes trop pénibles.

Lorsque le prince Mestcherski fut parti, le prince André passa son bras sous celui de Pierre et l'emmena dans la chambre qui lui avait été réservée. Un lit y avait été dressé et il y avait des valises et des malles ouvertes. Le prince André alla vers l'une d'elles et prit une cassette. De la cassette il tira une liasse enveloppée de papier. Il faisait tout cela en silence et très vite. Il se releva et s'éclaircit la voix. Son visage était sombre et ses lèvres serrées.

« Pardonne-moi si je t'importune... » Pierre comprit qu'il voulait lui parler de Natacha et son large visage refléta la compassion et la sympathie. Cette expression irrita le prince André; il poursuivit d'une voix résolue et désagréable : « La comtesse Rostov a repris sa parole et des bruits d'une demande de sa main par ton beau-frère ou de quelque chose de ce genre sont parvenus jusqu'à moi. Est-ce vrai?

— Oui et non », commença Pierre, mais le prince André l'interrompit.

« Voici ses lettres et son portrait », dit-il. Il prit la liasse sur la table et la remit à Pierre.

« Rends cela à la comtesse... si tu la vois.

— Elle est très malade, dit Pierre.

— Elle est donc encore ici? demanda le prince André. Et le prince Kouraguine? ajouta-t-il rapidement.

— Il est parti depuis longtemps. Elle a failli mourir...

— Je regrette vivement sa maladie », dit le prince André. Il eut un sourire froid, méchant, désagréable, pareil à celui de son père.

« M. Kouraguine n'a donc pas jugé la comtesse Rostov digne de sa main? » dit le prince André. Il renifla plusieurs fois.

« Il ne pouvait l'épouser parce qu'il est marié », dit Pierre.

Le prince André eut un rire désagréable, rappelant de nouveau son père.

« Il est parti pour Péters... d'ailleurs je n'en sais rien, dit Pierre.

— Du reste, peu importe, dit le prince André. Dis à la comtesse Rostov qu'elle a été et qu'elle est entièrement libre et que je lui souhaite tout le bonheur possible. »

Pierre prit la liasse de papiers. Le prince André, comme s'il se demandait s'il n'avait pas quelque chose encore à lui dire ou comme s'il attendait que Pierre parlât, le regardait fixement.

« Écoutez, vous souvenez-vous de la discussion que nous avons eue à Pétersbourg, vous vous souvenez sur...?

— Je me souviens, répondit précipitamment le prince André, je disais qu'il faut pardonner à la femme déchue, mais je n'ai pas dit que je pouvais pardonner. Je ne le peux pas.

— Peut-on comparer?... » dit Pierre. Le prince André l'interrompit. Il cria avec violence :

« Oui, demander de nouveau sa main, être généreux, et ainsi de suite?... Oui, c'est très noble mais je ne suis pas capable de marcher *sur les brisées de ce monsieur.* Si tu veux rester mon ami, ne me parle jamais de cette... de tout cela. Et maintenant adieu. Alors tu lui remettras?... »

Pierre sortit et alla voir le vieux prince et la princesse Maria.

Le vieillard paraissait plus alerte que d'habitude. La princesse

Maria était toujours la même, mais sous la compassion qu'elle avait pour son frère, Pierre voyait percer la joie de la rupture. En les regardant, il comprit quel mépris et quel ressentiment ils éprouvaient à l'égard des Rostov, il comprit qu'on ne pouvait même pas prononcer devant eux le nom de celle qui avait pu préférer qui que ce fût au prince André.

Pendant le dîner, on parla de la guerre dont l'approche devenait évidente. Le prince André parla et discuta sans arrêt, tantôt avec son père, tantôt avec Dessales, le précepteur suisse, et parut plus animé que d'ordinaire, de cette animation dont Pierre connaissait si bien la cause morale.

XXII

Le même soir, Pierre alla chez les Rostov pour s'acquitter de sa mission. Natacha était au lit, le comte au club, et Pierre, après avoir remis les lettres à Sonia, passa chez Maria Dmitrievna qui voulait savoir comment le prince André avait pris la nouvelle. Dix minutes plus tard, Sonia entrait chez elle.

« Natacha veut absolument voir le comte Pierre Kirilovitch, dit-elle.

– Mais comment faire, faut-il le conduire chez elle? Ce n'est pas rangé, dit Maria Dmitrievna.

– Non, elle s'est habillée et attend au salon », répondit Sonia.

Maria Dmitrievna se contenta de hausser les épaules.

« Quand donc la comtesse arrivera-t-elle enfin, je n'en peux plus! Prends bien garde, ne lui dis pas tout, dit-elle à Pierre. Le courage vous manque de la gronder, elle fait tellement pitié, tellement! »

Natacha, amaigrie, le visage pâle et sévère (nullement honteuse, contrairement à l'attente de Pierre), se tenait debout au milieu du salon. Lorsqu'il parut à la porte, elle s'agita, se demandant sans doute si elle devait aller à lui ou l'attendre.

Pierre s'approcha rapidement. Il pensait que, comme toujours, elle allait lui tendre la main; mais s'avançant tout près de lui, elle s'arrêta, le souffle oppressé et les bras inertes, exactement dans la même attitude que lorsqu'elle allait se placer au milieu du grand salon pour chanter, mais avec une tout autre expression.

« Pierre Kirilovitch, commença-t-elle en parlant vite, le prince Bolkonski était votre ami, il est toujours votre ami, se reprit-elle (il lui semblait que tout appartenait au passé et que maintenant tout était différent). Il m'avait dit de m'adresser à vous... »

Pierre, sans mot dire, respirait fortement par le nez en la regardant. Jusqu'alors il lui avait fait au fond de lui des reproches et s'était efforcé de la mépriser, mais maintenant il avait si profondément pitié d'elle qu'il n'y avait plus place dans son cœur pour le blâme.

« Il est ici, dites-lui... de me par... de me pardonner. » Elle s'arrêta et sa respiration se précipita encore, mais elle ne pleurait pas.

« Oui... je lui dirai, répondit Pierre, mais... » Il ne savait que dire.

Natacha parut effrayée de la pensée qui avait pu venir à Pierre.

« Non, je sais que tout est fini, dit-elle précipitamment. Non, cela ne pourra jamais plus se faire. Seulement ce qui me tourmente c'est le mal que je lui ai fait. Dites-lui seulement que je le prie de me pardonner... » Elle fut toute secouée d'un tremblement et s'assit sur une chaise.

Un sentiment de pitié jamais encore éprouvé faisait déborder l'âme de Pierre.

« Je lui dirai, je lui dirai tout encore une fois, dit-il, mais... j'aurais voulu savoir une chose... »

« Savoir quoi? » demanda le regard de Natacha.

« J'aurais voulu savoir si vous avez aimé... Pierre ne savait comment appeler Anatole et rougit en pensant à lui... si vous avez aimé ce mauvais homme.

– Ne l'appelez pas mauvais, dit Natacha. Mais je ne sais rien, je ne sais plus rien... » Elle fondit en larmes.

Et un sentiment plus profond encore de pitié, de tendresse et d'amour envahit Pierre. Il sentait des larmes couler sous ses lunettes et espérait qu'elles ne seraient pas remarquées.

« N'en parlons plus, mon amie », dit-il.

Cette voix douce, tendre, pénétrée, frappa étrangement Natacha.

« N'en parlons plus, mon amie, je lui dirai tout; mais je vous demande seulement une chose : considérez-moi comme votre ami et si vous avez besoin d'une aide, d'un conseil, tout simplement si vous avez besoin de vous épancher devant quelqu'un, pas maintenant, mais quand vous verrez clair en vous, souvenez-vous de moi. » Il prit sa main et la baisa. « Ce serait un bonheur pour moi de pouvoir... » Pierre se troubla.

« Ne me parlez pas ainsi, je ne le mérite pas! » s'écria Natacha, et elle voulut se retirer, mais Pierre la retint par le bras. Il savait qu'il avait encore quelque chose à lui dire. Mais lorsqu'il l'eut dit, il s'étonna lui-même de ses paroles.

« Ne dites pas cela, ne dites pas cela, vous avez toute la vie devant vous.

– Moi? Non! Pour moi tout est perdu, dit-elle avec honte et humilité.

– Tout est perdu? répéta-t-il. Si je n'étais pas ce que je suis mais l'homme le plus beau, le plus intelligent et le meilleur au monde, si j'étais libre, à l'instant même je vous demanderais à genoux votre main et votre amour. »

Pour la première fois depuis bien des jours, Natacha pleura des larmes de gratitude et d'attendrissement, et lui jetant un regard, elle sortit.

Pierre sortit également presque en courant dans le vestibule en refoulant les larmes d'attendrissement et de bonheur qui lui serraient la gorge, enfila sa pelisse et monta dans son traîneau.

« Où faut-il aller maintenant? » demanda le cocher.

« Où? se demanda Pierre. Où donc peut-on aller maintenant? Est-il possible que ce soit au club ou faire une visite? » Les hommes lui paraissaient tous si piteux, si misérables, en comparaison de ce sentiment de tendresse et d'amour qu'il éprouvait en comparaison de ce dernier regard adouci, reconnaissant qu'elle lui avait accordé à travers ses larmes.

« A la maison », dit-il et, malgré le froid de dix degrés, il écarta sa pelisse d'ours sur sa large poitrine qui respirait joyeusement.

Il faisait beau et froid. Au-dessus des rues sales et à demi obscures s'étendait un ciel sombre, constellé d'étoiles. Ce n'est qu'en regardant ce ciel que Pierre ne sentait pas l'humiliante bassesse des choses terrestres en comparaison des hauteurs où planait son âme. Comme il débouchait sur la place de l'Arbate, un immense espace de sombre ciel étoilé se découvrit à ses yeux. Presque au milieu de ce ciel, au-dessus du boulevard Pretchistenski, entourée de toutes parts et sertie d'étoiles mais se distinguant de toutes par sa plus grande proximité de la terre, sa lumière blanche et sa longue chevelure relevée du bout, apparaissait l'énorme et éclatante comète de 1812, cette même comète qui, disait-on, annonçait tant d'horreurs et la fin du monde. Mais cette claire étoile à la longue chevelure lumineuse n'éveillait chez Pierre aucune sensation de peur. Au contraire, il regardait avec joie de ses yeux mouillés de larmes cet astre éclatant qui, après avoir parcouru d'incommensurables espaces à une vitesse infinie suivant une ligne parabolique, semblait s'être soudain, comme une flèche qui s'enfonce dans la terre, planté à la place qu'il avait choisie dans le ciel noir et être resté là, la chevelure dressée, faisant jouer et briller sa lumière blanche parmi d'innombrables étoiles scintillantes. Il semblait à Pierre que cet astre était en harmonie parfaite avec ce qui emplissait son âme épanouie à une vie nouvelle, attendrie et réconfortée.

TABLE

Préface :

TOME PREMIER

TOME DEUXIÈME

IMPRIMÉ EN FRANCE PAR BRODARD ET TAUPIN
7, bd Romain-Rolland - Montrouge - Usine de La Flèche.
LE LIVRE DE POCHE -
ISBN : 2 - 253 - 01726 - 4

30/1016/2